巫哲 著
WU ZHE WORKS

狼行成双 上

江苏凤凰文艺出版社
JIANGSU PHOENIX LITERATURE AND ART PUBLISHING, LTD

图书在版编目（CIP）数据

狼行成双：全3册/巫哲著.—南京：江苏凤凰文艺出版社，2015

ISBN 978-7-5399-7105-6

Ⅰ.①狼… Ⅱ.①巫… Ⅲ.①长篇小说－中国－当代 Ⅳ.①I247.5

中国版本图书馆CIP数据核字（2015）第045453号

书　　　名	狼行成双
作　　　者	巫　哲
出 版 统 筹	黄小初　侯　开
选 题 策 划	李文峰　崔　悦
责 任 编 辑	姚　丽
文 字 编 辑	崔　悦
责 任 监 制	刘　巍　江伟明
出 版 发 行	凤凰出版传媒股份有限公司
	江苏凤凰文艺出版社
出版社地址	南京市中央路165号，邮编：210009
出版社网址	http://www.jswenyi.com
经　　　销	凤凰出版传媒股份有限公司
印　　　刷	三河市鹏远艺兴印务有限公司
开　　　本	880×1230毫米　1/32
字　　　数	570千字
印　　　张	26
版　　　次	2015年5月第1版，2019年3月第4次印刷
标 准 书 号	ISBN 978-7-5399-7105-6
定　　　价	68.00元（全三册）

影视版权抢订热线　13911704013

江苏凤凰文艺版图书凡印刷、装订错误可随时向承印厂调换

目录 上
contents
狼行成双

第一章 | 1
对头

第二章 | 62
伺候伤员

第三章 | 117
朋友

第四章 | 172
从春游开始

第五章 | 225
生日快乐

第六章 | 267
矛盾

第七章 | 360
珍惜

第八章 | 399
思考人生

第九章 | 444
一些改变

第十章 | 492
新生活

目录 中
contents
狼行成双

目录 下
contents
狼行成双

第十一章 | 553
真正的新生活

第十二章 | 648
成长

番 外 一 | 788
家长会

番 外 二 | 796
泥人套餐

番 外 三 | 804
养鱼是件严肃的事

番 外 四 | 812
练车也是件严肃的事

后　　记 | 820

第一章
对头

操场上风刮得很急，卷着莫名其妙的沙粒和草根儿往人身上一通瞎打。

边南把帽子拉低，都挡到鼻子那块儿了，衣领拉链也拉到了头，往上提着，还是被打得眼睛都快睁不开了，嘴里都能感觉到碎沙硌牙。

"今儿……又是一嘴沙子啊！"身后的万飞一面往地上啐着一面气喘吁吁地骂。

"注意素质，注意素质。"边南喷了一声，"哎这是沙子吗？勾点儿芡就是一锅酸辣汤。""为什么排球班那帮傻子不用被罚跑！"万飞一扭头看到了蹲操场边儿上看热闹的几个人。

"因为那帮傻子翻墙没让人逮着。"边南转过身倒着跑了几步，伸手在万飞脑袋上拍了一巴掌，"你跟个小脚老太太似的翻个墙两百年都没翻过去咱俩还不如傻子了。"

"那是……寸了……好吗？"万飞很不服气，喘着气想再说两句，看到一道蓝色的身影从体育馆里走了出来，赶紧推了边南一把，"老蒋老蒋老蒋出来了……"

边南迅速转身往前跑，特别敬业地吸了几口沙子。

老蒋是他们网球班的教练，体校最凶残的教练，凶残得他们连外号都没敢给他起。

"边南还有三公里！"老蒋走到跑道边，冲着从他面前跑过的边南吼了一声。

"我天。"边南一听这话，差点儿没一个跟跄跪到地上。

"我呢？"万飞顺嘴问了一句。

"你愿意就陪着他跑，你俩不是买一送一吗？"老蒋冷着脸说。

"先……拆了吧……"万飞喘得厉害。

"你个没用的玩意儿。"边南乐了。

"我累死了……谁……谁给……你按摩。"

万飞跑完最后一圈，猫老蒋腿边儿蹲下了。

边南顶着沙子继续跑剩下的三公里，他感觉腿上的肌肉在呼喊控诉着小脚老太太万飞，要不是昨儿晚上翻墙出去的时候万飞裤子让钉子钩住了，他俩也不能被老蒋当场捉住。

罚跑五公里外加三公里对于边南来说不算什么，但这玩意儿要是放在一下午的体能训练完事儿舌头都累得快吐出来了之后，就有点儿惨无人道了。

边南加速冲完最后三公里，在老蒋跟前儿站下了，弯腰撑着膝盖："够数了吗？"

"晚上接着翻，再接再厉。"老蒋面无表情地看了他一眼，转身走了。

回到宿舍已经是吃饭时间了，宿舍里的人都没在，边南把身上的衣服都扒了，往床上一瘫，指挥万飞："快，给小爷捏捏腿。"

万飞裹着一身衣服趴在自己床上没动静。

"死了啊？"边南抓过枕头往那边砸了过去。

枕头落在万飞脑袋上，他叹了口气："马上就要死了。"

"临死之前过来给我捏捏腿。"边南说。

"你就不能给一个快死的人留个好印象吗？"万飞拖着嗓音继续趴在床上，"做鬼也好放过你啊……"

"废物，要你何用！"边南叹口气跳下了床，走到万飞床边一抬脚踩在了他屁股上，"我给你踩踩？"

"哎……哎……舒服……"万飞有些夸张地呻吟着，"爷您再往上点儿，腰那儿来两脚……"

边南兜里的手机响了一声，他拿出手机，把脚往上移到万飞腰上踩了踩："记着我的大恩大德了没？"

"记着了记着了，刻在我心里永垂不朽……"万飞一个劲儿哼哼。

手机上有一条短信，发件人的号码在他手机上存的是"林阿姨"，这是他爸的老婆，算是他的后妈。

短信内容就五个字：这周回来吗？

边南皱着眉飞快地回了一条：不回。

万飞在他脚下哼哼唧唧一直在说话："要说我南哥，长得好，身材棒，还会踩背……脾气……脾气嘛……对着美女脾气挺好，你说为什么你就……"

边南的动作停下了，挑了挑眉："就什么？"

"没什么，哎，别停啊。"万飞反手往他小腿上摸了几把，"继续。"

"这什么啊！"边南往万飞腰上蹬了一下。

"哎！"万飞捂着腰扭过脸喊了一声，"做什么呢！我不就说你为什么追不着张……"

"我追不着你大爷！"边南一脚往他屁股上踹了过去，他就知道万飞要说的是张晓蓉。

"啊——"万飞又喊了一声，截瘫范儿顿时没了，捂着裆很灵活地在床上来回滚着，"我靠踩碎了！"

"你蛋长屁股上啊。"边南没理他，打开柜子拿了衣服出来甩到肩上准备去洗澡，想想又说："是不是痔疮……"

"痔疮你妹！你要不趴着让我踩一脚！"万飞从床上跳了下来，扑过来就要拽边南。

"行行行，我错了。"边南拉开宿舍门跑了出去，"知道你的是鸵鸟蛋。"

"滚你的！鸽子蛋也是有可能踩到的！"万飞扒着门喊，"等我，我也洗澡！"

边南回头看了他一眼，手往腰上一叉，拿起衣服边甩边往前扭着跑了几步："你来追我呀，来追我呀……"

旁边宿舍门打开了，王波捧着饭盒边吃边走了出来，看到他呛了一口："我靠，刚过完年就光个膀子不冷啊，今儿跑了二十公里还这么活泼呢！"

"再来二十公里我都还能上广场上来段乡村街舞。"边南从他饭盒里捏了块肉放到嘴里，回头冲万飞吼了一声，"快点儿！抢屎都抢不到热的！"

万飞抓着衣服跑了过来，从王波饭盒里捏了根青菜："波波你吃屎呢？"

王波把饭盒盖子一扣，"没完了是吧！"

澡房里已经没人了，边南拿了水卡插上，把自己扒光了站喷头下兜头冲着水。

热水包裹着酸胀的身体，非常舒畅，相当享受，他仰着脸冲了好半天才闭着眼去摸沐浴液。
　　刚伸出手，万飞在一边把沐浴液瓶子递到了他手上。
　　"靠，这么殷勤！"他睁开一只眼睛瞅了瞅万飞，"说，是不是你水卡又空了？"
　　"没呢！"万飞喷了一声，停了停又叹了口气，"不过马上就要没了……"
　　"去充钱啊！"边南站到一边抹着沐浴液，把喷头让给了万飞。
　　"没钱充。"万飞有些郁闷地说。
　　"你钱都用哪儿去了？不抽烟不喝酒不打牌也不泡妞……"边南一连串地数着，边数边觉得万飞简直能算是他们网球班的道德标杆了。
　　"谁说我不泡妞！"万飞打断他的话，"我要攒钱给许蕊买点儿礼物。"
　　"她生日？"边南推开他站到喷头下面。
　　"嗯。对了，上回你给张晓蓉买的那个链子是在哪儿买……"万飞说到一半闭了嘴，"算了那个太贵了。"
　　"你要吗？要我就拿给你。"边南问。
　　上个月张晓蓉生日的时候他买了条项链，结果人家愣是没收，连努力一把的机会都没给他留，直接把他电话、微信、QQ全拉黑，半个月才放出来。
　　项链到现在还扔在柜子里唱着悲伤的情歌。
　　"拉倒吧，万一张晓蓉一看，说这不上个月我没要的那条吗？我就全毁了。"万飞摇摇头，"可惜了，那么贵，要不留着吧，下回我泡个不是卫校的妞再给我……"
　　"张晓蓉那天连我脸都没瞅一眼，别说项链了。"边南冲完水，嘿嘿笑了两声，站到一边拿起毛巾擦着身上的水。
　　"这么帅的脸人都不看。"万飞看着他，"你悲伤吗？"
　　"悲伤。"边南点点头，"你说她怎么这么难泡？换个人早从了。"
　　"因为……"万飞犹豫了一下，关掉了水，"你的对手太强大。"
　　"对手？"边南愣了愣，"我还有对手呢？我怎么不知道。"
　　"你就是习惯了姑娘一招手就来，追个张晓蓉三天打鱼两天晒网的也忒不上心了，敌情都没摸清……"
　　"别废话！"边南不耐烦地打断了万飞，他追了张晓蓉俩月，的确是有一搭没一搭的,还真不知道自己有对手。

"你不知道张晓蓉生日那天跟谁出去了吗?"万飞还想卖关子,边南手里的毛巾直接抽在了他背上,他捂着背喊了起来,"哎!邱奕!邱奕!"

"谁?秋衣?我还秋裤呢!"边南对这个名字没什么印象,于是对着万飞屁股又抽了一下,"邱奕谁啊?"

"我靠,轻点儿!"万飞捂着屁股,"航运二年级的,上学期就挺嚣张了,你一点儿都没听说过?"

边南甩了甩毛巾,万飞迅速躲开了,他手一收,毛巾在空中抽出了响亮的一声。

"我以为你知道呢。"万飞补充了一句,盯着他的脸。

边南没说话,脸上的表情有点儿不太好看。

在这片鸟不拉屎猫不过夜号称十年内将会发展成第二个城市中心,其实离市区不远但五年了还是只有两趟公交车能到的伪城乡结合部里,体校和航运中专的学生相互不对付的传统已经保持了很多年。

这片就仨学校:体校、航运中专和卫校。

卫校小姑娘多,漂亮,剩下俩学校全是荷尔蒙过剩的。

体校姑娘本来就少,还有一半姑娘比男生都彪悍,于是几乎所有在这个"第二个城市中心"里憋得快内分泌失调了的男生都把目标锁定在了卫校的软妹子身上。

平时俩学校就吃宵夜、网吧占机子、逛街互看不顺眼的问题冲突不断,再加上抢妹子问题,这几年的关系简直水火不容。

边南从初中起就已经在体校混了,所以这里边儿够写一本书的恩怨情仇他知道得很清楚。

一听到这个邱奕是航运的他心里顿时一阵堵。

"靠。"他简单地对自己的心情做了个一字总结,拿过衣服套上了。

"还有点儿别的,听吗?"万飞边穿裤子边问。

边南看了他一眼没出声,万飞穿戴整齐之后俩人走出澡房,万飞在一边儿小声地做着小道消息播放器,"这小子听说挺嚣张,航运那边大广毕业以后不是内战不断吗?他来了半学期都给收拾了……"

"跟我有什么关系?"边南看了他一眼。

"行行行,说点儿跟你有关系的,之前一直没敢告诉你,就想着你自己能发现的。"万飞顿了顿，等着边南接腔，结果边南没吭气儿，他只好清清嗓子继续说，"听说，是听说啊，张晓蓉在追他。"

边南一脚踢在宿舍门上，门一声惨叫撞到墙上，门板上本来就努力伸展着的裂缝一下子宽敞了不少。

屋里正站在窗前眺望的孙一凡和朱斌吓了一跳，孙一凡把手里拿着的橙子往边南身上砸过去，"有病了吧？吃药！"

"你俩谈恋爱呢？"边南接住橙子，剥了皮啃了一口，"打个啵儿来看看。"

"你俩还挺活泼嘛。"孙一凡凑到边南跟前儿盯着他脸瞅了一会儿，"老蒋没把你俩整死啊？"

"晚上出去吗？"边南把换下来的衣服往塑料袋里一塞，扔进了柜子里。

"不去，老蒋刚逮着你们，还去啊？"朱斌摇摇头。

体校半封闭式管理，平时不让外出，周末能出去放会儿风，但晚上翻墙出去寻找自由奔向夜宵摊和网吧的人不在少数。

"他还能天天逮吗？"边南满不在乎地躺到床上，学校其实很少逮人，要真想逮，网吧包夜的去一次能扫出一筐来，"我还没吃饭呢。"

"我要不是裤子被勾着了也不可能被逮着！"万飞对于墙上那颗破钉子有些耿耿于怀。

"就是，今儿晚上不穿裤子翻。"边南摸出手机看了看，林阿姨给他回了条短信：那明天让老吴过去给你送衣服。

边南看了看日期，没再回短信，他觉得林阿姨大概是希望他不回家的。

边南肚子挺饿，累了一下午饭也没吃上，隔壁宿舍的过来打牌他都没情绪，塞着耳机躺床上听音乐。

一直到快十点时他才拉着万飞出了宿舍，从三楼澡房窗户出去，顺着下水管子出溜到了宿舍楼后边儿。

学校两米多点儿高的围墙对于这帮体育生来说形同虚设，蹬两下就出去了。

边南跳出围墙的时候才发现墙根儿下面还蹲着几个人，他下去的时候差点儿直接跨人脑袋上。

"我靠，谁啊这么会挑地方跳！"蹲着的人蹦了起来。

"我。"边南应了一声，看清了这是篮球班的潘毅峰，另外几个边南也都挺熟，篮球班排球班的都有，全是惹是生非小能手。

身后万飞也跳了下来："哟，开会呢？"

"你俩干吗去？"潘毅峰问了一句。

"找东西吃。"边南拉了拉衣领。

他知道潘毅峰这帮人蹲这儿不会是聊天儿，没多聊打算直接走人。

他虽说不是什么老实学生，打架比训练上课认真多了，但他不想刚被老蒋罚完就又惹出什么事儿来。

但刚迈了一步，潘毅峰叫住了他："边南，一会儿你俩来帮个忙吧。"

"哪儿？"边南停下了，潘毅峰开了口，他要再说不去就有点儿不仗义了。

航运那边一般是不拼出个老大来不算完，体校不同，都是练过的，一帮刺儿头谁也不服谁，平时相互看不顺眼，关键时刻却都能抱团。

"冬青网吧。"潘毅峰低头看了看手机，"十点半。"

"蹲谁？"万飞追了一句。

"邱奕。"潘毅峰说。

万飞一听这名字，愣了愣，接着就迅速转脸看着边南。

"嗯。"边南应了一声，没多问，手往兜里一揣就顺着路走了。

"我靠，要弄邱奕。"万飞跟着走了一会儿之后才小声说了一句，声音里透着兴奋，"是不是正合你意？"

"我现在就想吃东西。"边南在兜里摸了半天想找块儿糖吃，结果只摸出张超市小票，他转头四处看了看，"去哪儿吃？"

"老乡亲吧，我想吃他家的春饼。"万飞说，停了一会儿又说，"我就知道潘毅峰得是第一个找邱奕麻烦的，就没想着他能憋到这学期。"

"这个点儿还有个屁的春饼……"边南指了指前面的一排餐馆，"随便来个炒面什么的得了。"

"随便，你大少爷都不介意，我更无所谓了。"万飞挥挥手，倒是不在意从春饼直接凑合成炒面，"炒面的话我请你吧。"

边南和万飞坐在小餐馆靠窗的双人小桌前等炒面。

这破地方晚上一过九点，还亮着灯的就只有网吧、山寨KTV和宵夜馆子。

边南一直偏着头往窗外看，不过看不到什么东西，路灯老远才有一盏，还有不少被打坏了一直没修，外面一片漆黑，玻璃上只能映出餐馆里的景象。

餐馆里加上他和万飞一共也就四个人，另一桌大概是航运的学生，低着头埋头吃面，连话都没说过一句。

"你这周不回家？"万飞问了一句。

"嗯。"边南点点头，拿出手机盯着看了一会儿，给张晓蓉发了个信息：周六有时间出来吃饭吗？

一般他约女生不会用这样的问句，直接说周六请你吃个饭就行了，但张晓蓉不行。

"又不回？你上周也没回吧？"万飞摆了个POSE，举着手比了个二。

"回去也没意思。"边南拿着手机对着万飞拍了一张，"边馨语后天生日，我回去干吗？"

边馨语是边南同父异母的妹妹，只小他半岁，边南从小就跟她没话，到现在十来年了说过的话加一块儿估计都凑不出一首梨花体来。

相比直接对话，大概间接对话更多些，一般是这样：

边馨语："爸爸，边南打我。"

边南："我没有。"

边馨语："妈妈，边南抢我娃娃。"

边南："我没有。"

"主要还是想躲开边皓吧？"万飞给他倒了杯茶，万飞跟他从进初中体校就认识了，他家那点狗血伦理剧万飞门儿清。

"嗯。"边南喝了口茶，"他妹生日他肯定得回家。"

边皓是边馨语她亲哥，边南跟他连梨花体都没有，早两年见了面一个不合适就能打起来。

"去我家吧。"万飞说，"我妈说这周包饺子，你不是爱吃她烙的饼吗？让她给你烙饼。"

"再说吧。"边南晃了晃手机，"张晓蓉要不跟我吃饭我就去你家吃饼。"

"你俩吃饭还能吃两天吗？"万飞啧了一声。

边南笑笑没说话。

炒面吃完，张晓蓉的信息才回了过来：我这几天心情不好。

"真难伺候，等半天回句废话。"边南看着手机，皱了皱眉，"到底是心情不好不想吃，还是心情不好需要吃？吃不吃一句话的事儿这么费劲。"

"女的不都这德行吗？"万飞凑过来看了一眼，乐了半天。

"放屁，你跟李丹她们那几个女的说话有这么费劲过吗？"边南站起来穿上外套。

"跟李丹说话不费劲你追李丹啊。"万飞啧啧了两声。

"太凶。"边南龇着牙也啧了一声，低头给张晓蓉回了条信息：出来吧，我陪你到你心情好起来。

从面馆出来，离十点半还有一会儿，边南和万飞慢慢往冬青网吧那边溜达。

这片儿因为有三个学校，所以除了饭店，就数网吧最多了，大大小小十几家。

不过网吧也分地盘，冬青那边几个网吧体校的人一般不会去，航运的学生也不会到体校这边的网吧来。

如果这个点儿有人出现在对方地盘上那基本就意味着是来找麻烦的。

像边南和万飞这种一身运动服连羽绒服都带着白杠的一看就是体校的，走在航运附近就特别扎眼。

路上经过了两个还没盖好的新楼盘，边南进去转了一圈，找到两根空心铁管，拿在手上掂了掂，递了一根给万飞："一会儿机灵点儿别让钉子再钩着裤子。"

"靠。"万飞接过铁管。

边南不知道潘毅峰叫了多少人，不过就看刚才墙根儿下的那几个，按他们这个年纪中打架斗殴的水平来说已经算是个中高手了，都不是善茬，下手都狠，还得算上个万飞。

虽说万飞翻个墙都能被钉子挂在墙上，但打架的时候相当敬业以及专业，那劲头绝对超过一般学生水平，收不住就得往街头流氓上奔。

边南没把自己往这里头算，他也打架，幼儿园起就没消停过，就因为老打架他才被老爸花了钱塞进了体校说是消耗消耗精力，不过他一般不主动挑事，只是他脾气不好，碰上找麻烦的他容易一挑就着。

走了没多大一会儿，就看到了闪着光的"冬青网吧"四个字。

边南拿着铁管的手紧了紧，他没看到潘毅峰的人，不过潘毅峰带着人的时候一般不会临阵脱逃，唯一的可能是他们已经进了网吧。

"过去。"万飞加快了步伐走到了他前面。

走到离网吧也就五十米的地方时,他俩听到了网吧里传来的喧哗声,接着就看到有人从大门里跑了出来。

"堵门。"边南说了一句,两个人往大门跑了过去。

几个跑出来的人很惊慌,脸上的表情在灯光下看得很清楚,这几个都不是他们的目标,他们就是被打架吓着了逃出来的。

接着又跑出来两个脸上带着血道子的,他们手上拿着东西,有金属的反光,万飞冲上去对着前面那人的胳膊扬起铁管就抡了过去。

边南的铁管砸在了另一个人的手上,那人手上拿着的东西当啷一声掉在了地上,他扫了一眼,是网吧椅子上拆下来的不锈钢扶手。

边南对着他的肩又抡了一下,这人惨叫了一声扶着肩晃了晃,又很快地伸出手想捡起地上的扶手,边南一脚把扶手踢开,对着他的肋骨踢了一脚。

这脚他没太用力,不过那人还是被他一脚踢倒了。

边南和万飞放倒两个之后,正要冲进网吧里,结果从里面突然冲出来四五个航运的人,手里全拿着家伙,出来就狠狠地四下挥动。

边南一个没刹住,不知道是谁手里的什么玩意儿往他脸上甩了过来,他抬手挡了一下,手背上顿时有点儿火辣辣地疼。

"我靠你大爷。"边南骂了一句,也顾不上别的了,抡着铁管对着面前的人就砸了过去。

手里的铁管砸在人身上震得手有些发麻,混乱中边南自己身上也挨了好几下。他穿得少,里面就一件T恤,外面是件很薄的羽绒服,这几下砸得他有点儿窜火。

从网吧里跑出来的人不少,门口就边南和万飞俩人,没挡住,被他们冲了出去。

潘毅峰带着人跟在后面追了出来,看架势估计是占了上风,他出来看到边南问了一句:"没事儿吧?"

"没事儿。"边南应了一声。

"追!"潘毅峰吼,"谁也别想跑!"

航运的一帮人已经跑到马路上了,边南追过去手一撑翻出了人行道边的护栏,对着一个人的膝弯抡了一管子,那人跪在地上滚了一圈儿,万飞撵上去对着他的背就是一脚。

群架的过程往往很短,从边南和万飞参战到形成马路上一群人跑一群人追的局面一共不过五六分钟。

这次潘毅峰的目标是邱奕,但边南到现在也不知道这乱七八糟的一堆人里哪个才是邱奕,只是惊讶于堂堂一个航运的新任老大居然这么扛不住。

追了跑跑了停停了抡几下接着追着跑跑了停停了抡……这个过程重复了两三次之后,边南听到了身后有女生尖锐而短暂地叫了一声。

边南觉得这声音有些耳熟,紧接着身后响起了一个有些低沉的男声:"嘿。"

嘿你大爷,边南回过头。

身后一辆荧光绿的自行车瞬间冲到了他眼前,边南只来得及看清车上的人戴着口罩,口罩上露出的有着深邃眼神的眼睛很引人注目,还没等他反应,右肩上就重重地挨了一下。

这一下带来的巨大疼痛让边南差点叫出声来,手上的铁管几乎要滑落。

这人骑着自行车从他身边像一阵风般刮过,左手拎着的橡胶警棍扬起,借着自行车向前的惯性,抽在了前面万飞的右肋上。

万飞没防备,一个踉跄跪在了地上。

"后面!"边南吼了一声,给潘毅峰他们提了个醒。

但就在前面的人回头的几秒钟之内,自行车已经直直地冲到了潘毅峰的身后,潘毅峰回过头的同时,车上的人手往上一扬,橡胶警棍从下往上砸在了他下巴上,潘毅峰被砸得猛地往后一仰,倒在了地上。

航运的人在这时都停止了逃命,转过了头。

靠!

边南把铁管换到了左手,冲了过去,无论之前战果如何,潘毅峰是这次挑头的人,他被放倒了就意味着体校丢人了,而且直觉告诉他,这人就是邱奕。

潘毅峰被撂倒之后,自行车上的人有一个短暂的停顿,边南就在这个空当里冲到了他身侧,手里的铁管对着这人的脸砸了过去。

这人反应挺快,在边南砸到他脸上之前抬手挡了一下。

不过边南这一下用的劲儿不小,铁管先是砸在了他左手上,接着铁管顶端顺着惯性狠狠磕在了他眼角上。

边南准备再砸第二下的时候,那人猛地一蹬,自行车往前窜了出去。

那人骑在车上回过头看了他一眼,边南看到了他眼角下方的伤口涌出的血。

潘毅峰被人从地上拉了起来，被砸得有些变形了的下巴和扭曲着的表情看上去有点儿惨。

"我靠……"潘毅峰有些痛苦地骂了半句，吐字有些不清，估计舌头也咬到了。

"先闪。"边南说，潘毅峰伤得太不是地方，作为此次事件的领导者，下巴被打歪了直接影响指挥。

航运的人本来已经被打残了，这个突然冒出来的人一出现，顿时又找回了气势，有几个想冲过来，那人拦了一下，闷着声音说了句："走。"

两边的人相互撂下几句狠话之后，航运的人转身走了。

航运的人被揍得挺惨，要不是最后这一回合那人把潘毅峰给放倒了，今儿得算他们寻衅成功。

体校这边除了潘毅峰，别的人问题都不大，这些人身体素质都好，挨几下不算什么。

万飞被抽得挺狠，这会儿也看不出有什么太大影响。

有两个人陪着潘毅峰去了三里地之外的医院看急诊，其他的人都散了，有的去了网吧，边南和万飞翻墙回了学校。

顺着水管往上爬的时候，边南才发现自己肩上伤得比想象中的要严重，右胳膊往上抬很费劲，而且用不上力。

"妈的！"边南翻进澡房靠在墙上骂了一句，又回手把因为肋骨疼挂在窗台上进不来的万飞拉了进来。

"靠。"万飞掀开了自己的衣服，右肋下一大片乌青已经显了出来，"靠！"

边南按了按那片乌青，"肋条没断就行。"

"靠别按了。"万飞赶紧躲开，"疼……应该没断。"

"那人是邱奕？"边南闷声问了一句。

"嗯，看车就知道了。"万飞对着自己的肋条吹了吹气儿。

"真骚！"边南磨了磨牙。

在澡房里咬着牙用凉水对着肩冲了十来分钟，边南才回了宿舍，把衣服脱了，借着宿舍外面的灯光，发现自己肩膀上也全青了，凉水冲过之后没有之前那么肿了。

他咬着牙动了动胳膊，骨头应该没有问题，但肌肉哪怕有一丁点儿牵拉都疼得他想跪下，连肩带脖子那一片都疼得发麻。

"我靠……"上铺的朱斌探出半个身子，"你这怎么了？"

"能看到？"边南看了他一眼，"眼神儿不错啊。"

"废话这一大块儿鲜艳夺目的。"朱斌下了床，从柜子里翻了瓶喷雾出来，对着边南肩上喷了几下，一扭头看到万飞身上那一大条，啧了一声，"你俩干吗去了？"

"野战。"边南说，然后掀开被子倒在了床上，他打架这么久，还是头一回这么没防备地被人揍。

不过要说让他最郁闷的还不是这个事儿。

往回走时，他看到了在路边一家奶茶店门口站着的张晓蓉。

他顿时反应过来，背后那声有些耳熟的尖叫就是张晓蓉的，而且当时距离挺近，边南能猜得出那会儿张晓蓉没准儿刚从邱奕车上跳下去。

靠！

边南本来对张晓蓉没太多想法，就觉得张晓蓉漂亮，而且不是俗气的漂亮，是特有文艺范儿的那种。

现在一想到邱奕，他心里就一阵发堵，肩上的伤像火烧一样说不上来的难受。

这张晓蓉他还非追到手不可了！

憋着一肚子气，而且还是越想越气的那种气，边南居然没多大一会儿就睡着了。

第二天天还没亮被学校大喇叭吵醒的时候他还感觉这一觉睡得挺香。

翻身下床时肩上猛地一阵拉扯着的疼痛才让他想起来昨天晚上的事，顿时又有点儿窜火。

万飞起床的时候是捂着肋条侧身起来的，弓着个背感觉跟个老太太似的。

"今儿训练要遭罪了。"万飞弓着背拿了毛巾走出宿舍。

每天早上穿着运动服在学校外边顺着人行道跑圈儿的体校学生一直是"第二个城市中心"亮丽的风景线。

附近早起的大妈大叔经常驻足观赏。

边南跑在队伍中间，胳膊摆动的时候跟上刑似的，不过他还能忍得了，以前训练拉伤肩也就差不多这感觉了。

刚跑了半圈儿，边南余光扫到了一抹耀眼的绿色。

他猛地转过头看去，愣了愣："我靠！"

街对面停着辆荧光绿的自行车，车上的人一条腿撑着地，双手插在兜里正往这边看。

"我靠！"万飞正捂着右肋跑步，一扭脸也看到了邱奕，咬着牙骂了一句，"这孙子找抽呢？"

邱奕依然戴着口罩，能看到他左眼旁边露出来的半截纱布。

边南没说话，埋头往前跑，他不知道邱奕跑这儿来待着是什么意思，打架？示威？挑衅？

万飞相当不爽地一路小声骂着。

"欠揍呢，昨儿晚上那一下没把丫脑袋给抽开瓢了不爽呢。"跑了一圈儿之后万飞还在骂，对于一个打架斗狠从来没落过下风的人来说，昨天被邱奕抽的那一棍子简直比初恋还让人念念不能忘，"我要不是……我靠他怎么还在！"

边南听到万飞这动静，抬眼往之前的位置扫了一眼，有些吃惊地发现邱奕居然还在那儿，依然双手插兜地看着这边。

"他干吗呢？"边南忍不住问了一句。

"谁知道。"万飞顿了顿，凑到他耳边压低声音，"冲你来的吧？"

边南冲万飞龇着牙笑了笑没说话。

昨晚的事是潘毅峰挑的头，他跟邱奕估计之前就有仇，但理论上邱奕已经把潘毅峰收拾了，还收拾得不轻，收拾得潘毅峰今天都没出来跑圈儿，就算要跑对方地盘儿上挑衅也该是潘毅峰。

边南也觉得邱奕大概是冲自己来的，因为昨天的那一棍子。

他偏过头，盯着邱奕。

这条路很窄，他俩之间的距离并不远，边南甚至能看到邱奕在阳光下略微泛着金色的浅褐色眸子。

邱奕的目光跟他对上了，突然抬起手，指了指自己脸上的纱布。

"活你妈该！"边南的肩还扯着疼得厉害，又不想也指指自己的肩搞得跟好友好交流似的，于是骂了一句扭过头继续往前跑了。

跑步的队伍在前面拐了弯，跑出了视线范围，邱奕低头拿出了兜里已经响了半天的手机，看了一眼号码，是张晓蓉。

"嗯？"他摘下口罩，接了电话。

"你在哪儿呢？"张晓蓉问。

"小福超市门口。"邱奕说。

那边的张晓蓉明显愣了一下："怎么在那里啊？"

"看风景。"邱奕说，"十分钟能到吗？"

张晓蓉没说话，似乎在犹豫，在邱奕准备直接挂掉电话的时候，她说："好吧，那你等我。"

"嗯。"邱奕挂了电话，把口罩戴好，继续看着街对面。

张晓蓉压着十分钟到了超市门口，看到邱奕之后她拢了拢头发，笑着说："怎么跑到这里来了？"

"这儿离你们学校近。"邱奕说，他看得出张晓蓉认真打扮过，很漂亮。

"你脸怎么了？"张晓蓉看着他脸上的纱布，"是昨天……"

"要给我什么？"邱奕打断她，问了一句。

"先载我回学校吧。"张晓蓉很识趣地没再问，她看了一眼街对面，"我们学校门口的小笼包你吃过没？很好吃。"

"要给我什么？"邱奕又问了一遍。

"吃完早餐给你吧，你先请我吃小笼包。"张晓蓉背着手笑笑。

邱奕没说话也没动，还是看着她。

几秒钟之后她伸出手，把手里的东西放在了邱奕手里："我做了几个，送同学被笑手笨了，你别笑我啊。"

邱奕看了看手里的东西，是个手工做的黑绒毛钥匙扣。

"谢谢。"邱奕拿着钥匙扣来回看着，"手挺巧。"

"我手可……"张晓蓉的话没说完，抬头往对街看了一眼，突然脸色有些僵地往他身后躲了躲，"笨了。"

邱奕没往对街看，偏过头看着张晓蓉笑了笑："怕他看到？"

"啊？"张晓蓉笑着又看了看对面，"谁啊？"

"边南。"邱奕说。

"你说什么呢？"张晓蓉低头拉了拉外套，皱着眉，"我为什么怕他看见，他又不是我什么人。"

"是吗？"邱奕勾着嘴角笑了笑，把自行车调了个头，跨到了车上，"上来吧。"

张晓蓉犹豫了一下，扶着邱奕的腰坐到了后座上。

边南把饭盒往餐桌上一扔，饭盒往对面万飞面前滑过去，万飞伸出一个手指按住了饭盒："不吃啊？不吃给我。"

"随便。"边南脸色不太好看，把勺子砸进了饭盒里。

饭盒里的粥溅到了万飞手上，他哼了一声，反手在衣服上蹭了蹭："平时也没觉得你对张晓蓉有多上心，这会儿怎么气成这样？"

"这两码事。"边南没好气儿地把饭盒拿到自己面前，"你说这人怎么这么幼稚！"

"你为这事儿生气也挺幼稚的。"万飞看着饭盒，"又不给我吃了？"

"想吃自己买。"边南低头狠狠咬了一口包子，"我幼稚怎么了，我现在正是幼稚的年纪。"

上午的文化课对于万飞来说是睡觉时间，他趴在桌上睡得天昏地暗，呼噜都打上了，得亏是坐在最后一排，老师只要没被吵得讲不下去课一般也懒得管。

边南拿出手机放在万飞脸旁边录了两分钟，又拍了两张万飞不太对得起观众的睡相，然后靠在椅子上看着老师发呆。

边南上课很少睡觉，他就算困得不行也睡不着，他一般都盯着老师发呆。他们新分来的年轻语文老师说过，边南你要不想听课可以瞅瞅窗户外边儿，你这么盯着我，我以为你要上来跟我干架。

边南对着老师发了一上午愣，万飞睡了一上午，最后一节课的时候他呼噜打得英语老师实在受不了了，指着万飞说："让他醒醒，睡觉就算了，呼噜打得赶上广播了！"

边南推了万飞一把，万飞一脸不爽地嘟囔了几句，没醒。

边南拿了张纸巾揉成两团塞在了他鼻孔里，万飞扛了十来秒，被憋醒了。

中午下了课，边南把手机上的照片给万飞展示了一下："一会儿发给许蕊。"

"是不是人了你还！"万飞指着他。

"不是。"边南笑笑，正想把录音放出来给万飞听听的时候，手机响了，有电话进来，是他爸。

他接起电话："爸。"

"阿姨说你这周又不回家？"老爸的声音传了过来。

"嗯。"边南站起来走出教室靠在走廊栏杆上，"回去跟边皓打架吗？"

"你这话说的。"老爸叹了口气,"兄弟两个成天说打不打的。"

"全家就只有你觉得我跟他是兄弟。"边南说,"你不反思一下吗?"

"你少跟我用这个调调说话,你不回不回吧,下午我接你,咱俩去吃个饭。"老爸的语气不是商量,说完也没等边南回话就把电话给挂了。

"饭否?"万飞从教室里出来跟他并排靠着栏杆。

"饭。"边南揉揉肩,跟万飞一块儿下了楼。

体校就一个食堂,大师傅们每天都气儿不顺,除了有比赛的时候菜吃着还成,平时做出来的菜倒是不缺肉,但色香味儿全无。配菜的原来肯定是开养猪场的,搭配凭心情,切成什么样也看心情,边南有一回要了份青椒炒牛肉,一勺菜里一个灯笼椒,整的。

边南看着餐盘里的菜,没什么胃口,有一筷子没一筷子地吃着。

"一会去校医室看看?"万飞看着一直用左手吃饭的边南。

"嗯。"边南叹了口气,"记得说我是从上铺摔下来的。"

"然后摔在我身上了……"万飞点点头,又喷了一声,"你说老蒋能信吗?"

"信不信都得弄死我们,一样。"边南说。

边南肩上的伤不算太严重,校医检查了一下,确定骨头没问题,喷了点儿药就完事儿了。

不过下午训练的时候老蒋对从上铺摔下来还顺带砸到一个的设定并不相信。

"还有别的伤没有?"跑完三公里之后他打量着边南问了一句。

边南活动了一下肩膀,又蹦了两下:"没了,就肩……"

"往返跑六组,负重深蹲六组。"老蒋打断了他的话,"30米冲出跑四组。"

边南没说话,转身活动了一下开始了往返跑。

十米往返跑其实对肩还是有要求的,平时不觉得,伤了就会深深领悟。

老蒋把训练任务都布置了,站在一边盯着边南。

"打架了吧你?"老蒋在边南冲过他身边的时候说。

"没。"边南刹住转身往回冲。

"万飞躺地上让你砸的?"老蒋冷笑了一声。

边南再次转身往前冲:"他在伸懒腰。"

"放屁。"老蒋说。

边南没再说话，六组往返跑完了之后他才小声说了一句："就咱食堂那个没油盐味儿的菜还能让人放屁？"

今天老蒋并没太折腾他，肩伤对训练影响很大，而且边南伤的是右肩，老蒋除了步伐和抢网，没安排他练发球之类需要大量用到肩的训练。

在训练结束的时候他盯着边南说了一句这两天好好休息，又让他把校规抄三十遍。

"我们还有校规呢？"边南相当惊讶，跟万飞一块儿蹲在学校门口等他爸的时候问了一句。

"传说中是有的，老蒋不是给了咱俩范本了吗？"万飞拿着一碗酸辣粉吃得很投入。

"范本是手抄本啊，我这本抄得跟天书一样我还得先翻译……"边南动了动胳膊，"靠，我要再看到邱奕不揍死他不算完！"

"是为他砸你这一下还是为张晓蓉啊？"万飞把纸碗递到他眼前，"吃一口吗？"

"不吃。"边南推开碗，"我都为，你说张晓蓉到底看上他什么了？"

"……帅吧。"万飞接着吃，"小姑娘不都喜欢他那款吗？"

"没看清，我就光看见口罩了。"边南拍拍鞋上的灰，"帅个屁，挺骚是真的，那个色的车，还戴个美瞳……"

"美瞳？"万飞愣了愣，"你怎么知道他戴了？"

"靠！他那俩金眼珠子你没看见啊。"边南喷了一声，他对邱奕长相的印象就只有早上跑步时看到的那双眼睛。

"南哥，"万飞放下了筷子，把纸碗放到脚边，转过头看着他，"邱奕那不是美瞳，人那是混血。"

"什么？"边南瞪了瞪眼睛，"混什么血？"

"许蕊说邱奕他妈是俄罗斯人，你没看他鼻梁很高吗？轮廓也比一般人要明显，还很白……"万飞说。

"我往哪儿看去，他捂那么严实跟出来抢银行似的。"边南很不爽地站了起来，"白怎么了，白就比我强？男人要那么白干呢。"

"许蕊说那个叫玉树临风。"万飞把碗扔进旁边垃圾桶里。

"那你也挺白的，你追许蕊连吃屎的劲儿都使出来了为啥就追不着呢？"

边南靠着树冲他龇牙一乐。

"咱不是混血呗。"万飞回手指指边南,"有你这样说话的吗,你还能不能好好聊天儿了!"

"混血有什么了不起的。"边南拿了块口香糖放在他手上,"我也混血呢,我俩省混血,我妈……"

说到这俩字的时候边南突然停下了,每次说到"我妈"这个词的时候他都有种说不上来的怪异感觉,对自己亲妈难以总结的感受让他没再继续说下去。

万飞很配合地没再继续这个话题,重新在路边蹲好:"今儿晚上跟你爹吃完饭上我家去呗。"

"再说吧。"边南突然有点儿没心情说话了。

俩人沉默着在路边蹲了一会儿,边南看到了老爸的路虎开了过来,踢了万飞的屁股一下:"来了,走,送你到你家路口。"

万飞跟边南他爸挺熟,打了个招呼上了车之后还聊得挺热闹,到地方万飞下了车之后,车上只剩下了边南和他爸,车厢里莫名其妙地安静了。

"想吃什么?"老爸过了一会儿打破了沉默。

"随便。"边南拿过CD包,想放点儿音乐听,翻了半天发现自己之前放在包里的几张CD没了,里面全是边馨语的几个命根子欧巴和边皓装逼用的交响乐。

他把CD包扔回了后座,打开了收音听着。

"馨语前几天整理CD来着,你那几张碟她大概忘放回来了。"老爸看了他一眼,"我回家替你找找吧?"

"不用了。"边南笑笑,"也不是什么特别喜欢的碟,我难得坐一次车,无所谓。"

家里只有边南住校,平时在车上的基本都是其乐融融的一家四口。

老爸对吃什么也有些拿不定主意,开着车满城转悠了一个多小时,最后边南叹了口气,他知道老爸是想找家没带边馨语和边皓吃过的馆子,小时候他为这事儿闹过别扭,现在早不在意这些了,老爸却一直很注意。

"前阵儿你是不是跟徐叔去吃蘑菇菌子什么的了?"边南说。

"是啊,新开的一家,还行,野生菌都是从云南运来的。"老爸放慢车速,"想吃?"

"嗯。"边南点点头。

"那就去。"老爸打了把方向往南城开过去,"你不是无肉不欢的吗?改吃素了?"

"蒋教练说我要减重。"边南随便找了个理由。

"打个网球还管体重呢?"老爸皱了皱眉,"上周你阿姨还说你好像瘦了。"

"怎么不管,重了跑不动。"边南笑了笑,老爸这话是想让他觉得阿姨很关心他,但他过完年明明重了快十斤,这话也太假了,"她每天就遛个狗不还喊着要减肥呢吗?"

"你这个损劲儿从哪儿遗传的?"老爸摇摇头。

"我妈那儿。"边南说。

这话说完之后,老爸叹了口气,车里的气氛再次诡异地凝固了。

边南沉默了一会儿,觉得自己有点儿傻,于是揉揉鼻子又说了一句:"我卡上没钱了。"

这个话题能有效转变气氛,边南觉得每次听到自己要钱,老爸都会很高兴。

"我明天给你打钱。"老爸立马说。

"谢谢爸。"边南看着自己的手。

虽然是周末,但饭店的人却不多,老爸想上包厢,边南指了指临街的卡座:"那儿吧,包厢里吃感觉跟谈判似的。"

"那行。"老爸笑笑。

两个人坐定之后,一个服务员拿了两本菜单放在他们面前,问了一声:"两位要什么茶?"

"有什么茶啊?"边南抬头看了一眼服务员。

这一眼过去,他看着服务员浅褐色的眸子愣住了。

我靠!这什么缘分?

邱奕没有戴口罩,跟边南差不多是面对面的距离,边南总算是看清了这人的长相。

他脸上的那一小块纱布拿掉了,眼角下有一个半圆形的伤口,像个月牙儿,

皮肤的确是白,脸上轮廓很清晰,直挺的鼻子和比普通人深的眼眶,加上那对眸子,边南有些知道张晓蓉看着邱奕的时候为什么眼睛都快往出蹦红

心了。

靠！

他很不爽地收回目光，盯着面前的杯子，邱奕说了句什么他都没听清，脑子里就回荡着自己下午的那句话："我要再看到邱奕不揍死他不算完！"

可他怎么也没想到会是在这种场景下再看到邱奕。

他总不可能当着老爸的面儿揍一个饭店服务员，何况理由他也说不出口，打架被偷袭了？抢姑娘失败了？

……他丢不起这个人。

"罗汉果茶吧。"老爸先点了茶，低下头开始研究菜单，"上回吃了那个羊肚菌炖排骨不错，来个羊肚菌吧。"

"羊肚菌炖排骨。"邱奕重复了一遍菜名，低头在点菜器上按了几下。

边南听到邱奕的声音时才回过神，反应过来老爸点了他最讨厌的罗汉果茶，但他知道老爸爱喝这玩意儿，在老爸眼里什么龙井碧螺春铁观音也赶不上两块钱一个的罗汉果。

边南心里不爽，对茶又没法抗议，斜眼儿瞅着邱奕眼角的伤口："包拯的月牙儿移民了？"

邱奕看了看他，只是笑了笑，没出声。

"你管这么多呢？"老爸对他突然冒出这么一句来有些莫名其妙，"再来个松茸炖汤？"

"不爱喝汤。"边南闷着声音说。

"松茸不做汤还能怎么吃？"老爸抬头问邱奕。

"可以油煎。"邱奕说，"味道不错。"

"那油煎松茸吧。"老爸点点头。

"好的，油煎松茸。"邱奕按下点菜器。

边南偏过头看着窗外，一直到老爸点完菜，邱奕转身走开的时候他才转回头，琢磨着这时要拎张椅子抡过去，绝对能把这小子砸趴下，再上去踹两脚……

"你手怎么了？"老爸指了指他的手。

边南低头看了看自己的手，这是那天晚上在网吧门口乱七八糟群殴那会儿被刮伤的，伤口挺深，但因为肩伤，这条小伤口就被忽略了，连创可贴都没拍一块。

"训练摔的。"边南说。

"训练累吗？这学期还没跟你们蒋教练联系过，你没惹什么事儿吧？"老爸有些担心。

"老蒋又不是我哥们儿。"边南看了一眼老爸，叹了口气，"我要惹了什么事儿他早给你打电话了。"

老蒋的确会隔三岔五给老爸打电话，但偶尔晚上翻个墙这种事对于体校学生来说实在没什么可汇报的，肩伤又没证据是打架造成的，边南并不在意。

老爸看着他叹了口气，似乎有些找不到话题了，边南也沉默着，他倒是没觉得有什么不自在，跟老爸相处的绝大多数时间里，他们都是这种状态。

没过两分钟，邱奕把罗汉果茶端上来了，边南拿过壶给老爸倒了一杯。

邱奕转身走开的时候，边南回过头盯着他的背影，一直到邱奕走出去老远了，他才一扬手，叫了一声："服务员！"

邱奕停下脚步，转身又快步走了回来："先生有什么事？"

"给我杯白开水。"边南说。

"稍等。"邱奕转身走了。

边南继续跟老爸沉默地面对面，手指在空杯子上轻轻敲着。

没多大一会儿邱奕就拿托盘端过来了一杯白开水，放在了边南面前："您的白开水。"

边南看着正冒着热气的水，叫住了要转身走开的邱奕："开水啊？"

"嗯，开水，白的开水。"邱奕看着他。

"我要凉白开。"边南用手指撑着额角，看着邱奕的眼睛。

"没有。"邱奕抱着托盘，"现在天冷，都是热开水。"

"矿泉水总有吧？"边南嗔了一声。

"有，稍等。"邱奕看了他一眼，转身走开了。

老爸在邱奕走开之后才问了一句："你这是怎么了？"

边南脾气不好，但他怕麻烦，从来不会这么没事找事地刁难人，再说他也从来没有吃饭的时候喝凉白开的习惯，老爸有些不能理解。

"没什么，就是想喝凉白开。"边南把热开水推到一边。

"那个服务员你是不是认识？"老爸往他身后看了看，"同学？"

"体校没有小白脸儿专业。"边南说，"我不认识他。"

老爸还想说什么，张了张嘴没说出话来，最后只是叹了一口气。

邱奕拿来了一瓶矿泉水，给边南倒了一杯，"先生还有什么别的需要吗？"

"催一下菜，饿死了。"边南说。

邱奕应了一声走开了，不过没走远，看样子他负责的是这几个卡座，就站在离得不远的地方。

不能动手，边南唯一解气的方式就是遛他。

菜上完了之后，边南一会儿要加水，一会儿要纸巾，一会儿让换个盘子。

但邱奕始终面带微笑，有求必应，连声音都没提高过。

这让边南相当憋气，他就等着邱奕扛不住了哪怕是有一点儿不耐烦，他就可以顺着发火了，结果邱奕从头到尾都没给他一丝机会！

边南第四次抬手准备要纸巾的时候，老爸终于忍不住了，放下了筷子，"你还能不能让我安生吃顿饭了？"

"你吃你的。"边南抬了抬手，"服务……"

"先生您好，有什么需要？"一个小姑娘快步走到了桌子边。

"……员。"边南愣了愣，"换人了啊？"

小姑娘也愣了愣，不知道该说什么，又笑着问："您有什么需要吗？"

"没了。"边南闷着声音，换人了就算了，他不想遛小姑娘。

服务员小姑娘走开之后，边南突然有些泄气，觉得自己这一通折腾是不是太幼稚了，特别还是当着老爸的面儿，饭也没吃舒服。

"消停了？"老爸看着他，给他盛了碗汤，"尝尝这个杂菌汤，挺鲜的。"

"哦。"边南其实不爱喝汤，就牛肉面的汤他会喝两口，不过这会儿他还是低头把碗里的汤几口喝光了。

"这学期有比赛吗？"老爸没话找话地问了一句。

"有，市里的，四月有个排名赛，跟我没什么关系。"边南夹了一筷子不知道什么的菌子放进嘴里，味道还不错。

"这什么话，怎么就跟你没关系了？"老爸皱了皱眉。

"你不说送我去体校就是……"边南闭了嘴，就是混日子，这话老爸以前老说，不过这些年边南比赛成绩都还不错，老爸大概是开始希望他能打出点儿样子来，混日子这话就没再提，他看了老爸一眼，"我尽力吧，看老蒋安排。"

俩人在半沉默半没话找话的愉快氛围里吃完了这顿饭，老爸结账的时候边南回头看了看，店里客人比之前多了几桌，服务员来回走动着，但没看到邱奕。

跑了？

边南在心里啧啧了两声，跟在老爸身后站了起来，战斗还没有拉开序幕就结束了，没劲。

出了饭店，老爸去停车场拿车，边南懒得走，站在路边等着。

他正拿了手机给万飞发短信说自己一会儿过去，有人从对面走了进来，边南闻到了很淡的烟草味儿，抬头看了一眼，正好迎上了对方的目光。

缘分啊。

边南挑了挑眉，居然是邱奕。

跟之前彬彬有礼的微笑服务不同，邱奕跟他对视的这一眼眼神很冷，脸上也没有表情。

"逃难回来了？"边南压着把手机往他脸上砸过去的冲动，邱奕个头跟他差不多，身板儿也并不像他想象的那么羸弱，他这么轻易动手未必能占上风。

邱奕看了他一眼，往饭店那边走过去，跟他擦身而过的时候，离得很近地在他耳边轻声说了一句："怎么，这就跑了？"

边南的怒火瞬间被邱奕这句话给点燃了。

"我靠你大爷！"他骂了一句，左手拿着手机想也没想反手对着邱奕的脸抡了过去。

邱奕偏过头抬手挡了一下，边南的手砸在他手腕上，一阵生疼，估计邱奕手上戴着东西。

这点疼痛简直是火上浇油，他顾不上右肩还有伤，伸手一把抓住了邱奕的手，往自己身侧狠狠拽了一下，右膝盖顺着劲儿往邱奕肋下猛地一撞。

这一下结结实实撞在了邱奕身上，但没等他再来第二下，邱奕已经借着惯性在他右肋上砸了一拳。

这一拳砸得不比边南那一膝盖轻，边南一口气差点儿没倒上来。

正想咬牙照着邱奕脸上来一胳膊肘的时候，身后有车灯照了过来，几声急促的喇叭声响起，紧接着就听到了老爸的吼声："边南！"

车停在了他身边，老爸从车上跳了下来，抓着边南把他拉开了："干吗呢这是？"

边南虽然感觉自己头发都快被怒火点着了，但当着老爸的面他还是用尽了毕生的忍耐力没有再扑过去，他指着邱奕："最好别让老子再看到你！"

"一样。"邱奕按了按自己肋下，勾着嘴角冷笑了一声，转身走了。

"到底怎么回事？"老爸把边南塞进了车里，把着车门，"就拿个车这两分钟都能跟人打起来！你怎么这么不让人省心？"

边南坐在副驾上没吭声，想起来自己手机还扔地上呢，伸腿想下车，被老爸一巴掌推回了车里："还想干吗？"

"手机！"边南喊了一声，"捡手机！"

"你待着！"老爸吼他，转身去找他的手机，"哪儿呢？"

"树那儿呢。"边南靠到椅背上，肩和肋骨都开始抽着疼，他皱着眉盯着饭店方向。

关于为什么打架，无论老爸怎么问，边南都不再出声，问了几遍都没得到答案，老爸长长叹了口气，不再费劲，发动了车子，"回学校吗？"

"去万飞家。"边南把脑门顶在车窗上往外看着。

老爸应了一声，一路沉默着把车开到了万飞家楼下，边南打开车门下车的时候，他指了指后座，"给你带的换洗衣服。"

"哦。"边南从后座上拎出装着衣服的袋子。

"钱我明天给你转吧？"老爸又说。

"不着急，还有呢，我就随便那么一说。"边南拿出手机拨了万飞的号码，

响了两声之后被挂断了，接着万飞的脑袋从楼上某扇窗里探了出来，"我下去给你开门！"

万飞家这栋楼楼下大门的锁坏了，也没人管，回回都得打电话然后等着人下来开门再上去。

"我等他下来。"边南关上车门，"爸你回去吧。"

"边南，"老爸放下车窗在车里看着他，想了半天才说了一句，"你这一句话不合适就要动手的脾气实在是……"

"知道了。"边南拍拍车窗，往后退着走了几步，"知道了。"

"你知道了个屁！"老爸狠狠地瞪了他一眼，关上车窗把车掉了个头开走了。

一进万飞家，边南就闻到了一股烙饼的香味儿，边南愣了愣，"烙饼呢？"

"嗯，你不是回回来了都要吃吗？"万飞指了指厨房，"我妈听说你来了就去烙了。"

"大晚上的多不好意思。"边南脱掉外套跑进厨房，喊了一声："大姨！我吃过了，别忙活了。"

"顺手一挥就烙出来了，不费事，这几天他爸出差，我做了都没人吃，好容易来个吃饭的。"万飞妈妈笑着说，"你也甭客气了，这饭都蹭多少回了，我还不知道你的食量吗？"

边南也没再推辞，他回回上万飞家都没少吃，加上今天碰上邱奕，饭没吃痛快还动了手，这会儿莫名其妙地胃口大开。

万飞妈妈烙的几张饼他全给吃了，胡乱洗了个脸就进了万飞屋里，躺床上摸着肚子喝牛奶。

"跟你爸此次会晤愉快吗？"万飞进了屋，把门关上了。

"哪次会晤都差不多一个德行。"边南笑笑，又皱着眉把自己衣服掀开来看了一眼，咬牙骂了一句，"我靠！"

"天爷！"万飞凑过来看了一眼愣住了，跟着也掀起衣服瞅了瞅，"这玩意儿还带传染呢？过给你了？"

"你那智商有空的时候也拿出来晒晒行吗？都长金针菇了。"边南叹了口气坐起身，喝了口牛奶，"知道今儿吃饭我碰上谁了吗？"

"邱奕？"万飞想都没想就接了一句。

边南盯着他看了一会儿："你是不是吃成长快乐了？"

"我靠！真碰上邱奕了？"万飞有些兴奋，蹦上床盘腿坐在他对面，"说说，怎么回事儿？动手了？"

"也没怎么动，我爸在呢。"边南皱皱眉，捂着肋条慢慢地喝了两口牛奶，"今儿我爸带我去吃菌子，他跟那儿打工呢，服务员。"

"打工？"万飞愣了愣，航运学生跑饭店打工挺少见，就他们身边这帮人，去发个传单都跟判了三年似的那么痛苦。

"嗯。"边南低头把牛奶吸得哗啦哗啦响。

"他这是体验生活还是赚钱啊……"万飞抢过他手里的牛奶盒，"能好好喝吗？我最受不了这动静。"

边南没说话，躺回枕头上，脑袋枕着胳膊，"我管他是为什么，反正我跟他算是没完了，以后见一次打一次。"

"打！"万飞对于边南的决定没什么意见，反正他对打架充满了热爱，比训练上心多了。

他在边南旁边也躺下了，沉默了一会儿叹了口气："你说……我觉得吧……我就感觉吧……我就想啊……"

"您这心理活动也忒多了点儿。"边南有点儿不耐烦，"没想好憋着！"

"哎！"万飞拍了他腿一巴掌，"你说张晓蓉看上他什么了？这边要脸有脸要身材有身材要钱有钱的帅哥追着，不要，扭头追着个穷小子满世界跑，你说她是不是瞎……"

"你闭嘴！"边南蹬了万飞一脚，就算他对张晓蓉没什么"噢就是她"的感觉，那也是他在追还追不着的人，"我就喜欢她这个嫌富爱贫的精神！"

"屁的精神，那就是神经！"万飞翻了个身。

边南让他说乐了，笑了半天："我发现你有时候反应挺快的。"

"废话，成天跟你待一块儿反应不快点儿早让你损废了。"万飞抱着被子，过了一会儿突然回过头，"南哥。"

"嗯？"边南盯着天花板。

"就明儿晚上吧。"万飞在自己青了一大片的肋骨上摸了摸，"去蹲他。"

晚上十点，邱奕换好衣服，从饭店后门走了出去，站在后门的垃圾桶旁边点了根烟叼着，低头掏出了手机。

手机上有一个十分钟之前打过来的未接来电，是老爸的号，他把电话拨了回去。

电话只响了一声就被接起来了，那边响起一个稚嫩的声音："哥哥。"

"邱彦？你怎么还没睡？"邱奕皱了皱眉，"刚电话你打的？"

"已经睡了，在床上给你打的。"邱彦小声说。

"我这就回去了，你马上睡觉。"邱奕说，"我到家的时候你要还醒着你就完了。"

"我现在就睡着了。"邱彦很快地说了一句，电话挂断了。

邱奕抽了两口烟，手机上还有几条张晓蓉发过来的废话，他删掉了，把手机放回兜里的时候，身后传来了高跟鞋的声音，他回头的时候闻到了香水味儿。

"曼姐。"他跟从后门走出来的女人打了个招呼。

曼姐叫肖曼，三十多岁，是饭店的两个老板之一，平时的运营都是她在负责。

"今天辛苦啦。"肖曼停下脚步看了他一眼，"你是前阵张婷介绍来的那个吧，叫邱奕？一直还没跟你聊过呢。"

肖曼没什么架子，跟员工关系很近，喜欢听人叫她姐，没事爱找员工聊聊天。

"嗯。"邱奕点点头，错开一步站在了肖曼的下风，把手里的烟掐了。

"这点烟味儿没什么的。"肖曼笑笑，盯着他又看了两眼，"你家住哪儿？我顺路送你回去吧。"

"不用了，我骑自行车来……"邱奕说。

"这么大的风骑什么自行车。"肖曼打断了他的话，在他背上拍了拍，"车扔我车上就行，走。"

没等邱奕再说话，肖曼已经转身往停车场走了。

邱奕皱了皱眉，跟在了她身后。

肖曼的车是辆丰田皮卡，邱奕连"后备厢放不下自行车"这样的理由都没法找，只得把自己的车扔到了后斗里，上了肖曼的车。

"张婷说你在航运中专上学是吧？"肖曼开着车往他家的方向去。

"嗯。"邱奕应了一声。

"这样又上课又打工的辛苦吗？"肖曼又问。

"还成。"邱奕看着窗外，"没感觉。"

"一个学生这么辛苦出来打工，是家里有困难吗？"肖曼偏过头看了看他。

"嗯。"邱奕转过脸。

"要有什么困难跟我说，咱们饭店对员工能帮的都会帮。"肖曼说。

"谢谢曼姐。"邱奕笑了笑。

"小伙子不太爱说话嘛。"肖曼挺有兴趣地继续看着他。

"天冷。"邱奕再次把脸转向窗外。

这句话让肖曼笑了半天，最后伸手在他腿上拍了拍，"你挺逗的。"

邱奕家离饭店有点远，在一片有些年头的胡同里，地段不错，老爸一直在等着拆迁，不过等了十几年也没动静。

他回到家的时候，院子里很安静，几户人家都已经关了灯。

他掏出钥匙开了门，家里客厅里的灯也关了，门边灯亮着一个小夜灯，老爸卧室的门缝下隐隐还透出几丝光线。

他没开灯，轻手轻脚地推开老爸卧室的门，轻声说："我回来了。"

"比平时早点啊。"老爸坐在轮椅上说了一句。

"邱彦睡着了吧？小点声儿。"邱奕进了卧室，回手把门关上，"你也睡吧，要上厕所吗？"

"上过了。"老爸放低了声音。

"不用老等我，我回家的时间没准儿。"邱奕把轮椅推到床边，把老爸往床上抱的时候肋下一阵疼痛，他咬了咬牙，放下了老爸之后才搓了搓被边南一膝盖顶伤的位置。

关好老爸卧室的门，邱奕进了自己房间，借着窗外的光线看到邱彦正趴在枕头上，大半个后背露在被子外面。

他走过去弯腰盯着邱彦的脸，小家伙闭着眼睛，睫毛轻轻颤着。

"装呢。"邱奕说。

邱彦没动，还是闭着眼睛，只是睫毛一下子颤得更厉害了。

"下回再让我看到你十点之前没睡觉，你以后就都不用睡了。"邱奕说。

"那你早点回来不行吗？"邱彦睁开了眼睛，有些委屈地说。

"不装了？"邱奕在床边蹲下，"我早点儿回来成啊，以后没钱了你推着爸出去要饭吗？"

邱彦咬了咬嘴唇，把脸埋进了枕头里，过了一会儿，他的肩轻轻抽动了几下。

"哭了啊？"邱奕起身把衣服脱了，换了件T恤，拉开门走了出去，"我去冲个澡，给你十分钟哭。"

邱奕洗漱完了回到屋里的时候，邱彦还趴在枕头上，不过已经没在哭了。

他关掉灯，上了床，躺到邱彦身边，伸手往他屁股上拍了一巴掌："过来，哥抱抱。"

邱彦迅速翻了个身钻进了他怀里抱住了他的腰。

"哎，"邱奕躲了躲，"别压我肋骨，疼。"

"哥哥，"邱彦把脸埋在他胳膊里，带着鼻音，"你又打架了。"

"不是我先动手的。"邱奕搂了搂邱彦，眼前晃过边南愤怒的眼神，他笑了笑，"我就是嘴欠了一句。"

"我今天得了一朵小红花,数学测验我得了满分。"邱彦小声说,声音里透着得意。

"是吗?真厉害。"邱奕坐了起来,从床边搭着的外套里摸出钱包,拿了个钢镚出来,放进了床头的存钱罐里,在邱彦脸上弹了一下,"赶紧睡。"

周末两天的上午,是邱彦最开心的时间,平时邱奕白天上课,晚上打工,周末两个下午还得给几个初中小孩儿补课,能跟他待着的时间只有周末上午了。

从早上邱奕起床出门买早点开始他就像影子似的跟在邱奕身边说个不停,学校的事,老师说了什么,同桌说了什么,絮絮叨叨没有停下来的时候。

邱奕一般不搭话,时不时嗯嗯两声算是回应,他就能继续说下去。

一个上午邱奕都坐在院子里陪着他玩,一会儿捏橡皮泥,一会儿画画,快中午的时候邱彦揉揉鼻子,犹豫了一下,说:"哥,我想吃牛肉干。"

"行。"邱奕拿出手机看了看时间,平时他不让邱彦吃零食,不过周末会放松些,"带你去买吧。"

胡同口就有个小超市,邱彦站在零食架子前有些纠结,对牛肉干和豆腐皮无法取舍。

"都想吃,都买行吗?"他扬着脸问邱奕。

"不行,挑一个。"邱奕回答得很干脆。

"那你不吃吗?"邱彦有些郁闷。

"不吃。"邱奕说。

"我都想要。"邱彦拉了拉他裤子。

邱奕转身往超市门口走。

"牛肉干牛肉干牛肉干……"邱彦赶紧在他身后一连串地喊。

"大的小的?"邱奕走回架子前。

"大的。"邱彦指了指大袋的那种。

"中午还吃不吃饭了?"邱奕笑了笑,拿了大袋的去交了钱。

"吃啊。"邱彦很开心地跟在他身后蹦着。

边南和万飞一直睡到中午才被万飞妈妈拍着门叫醒了,"吃饭了!别睡了!真不知道你们平时在学校睡不睡觉?"

"睡啊……"边南伸了个懒腰,往万飞那边蹬了几脚,"就是睡不够……"

万飞差点儿被他蹬下床去，叹了口气，坐了起来。

"有信息吧？"万飞看到边南扔在床头柜上的手机在闪着灯，拿过来看了一眼，"哎哟，张晓蓉！"

"拿来！"边南一把抢过手机。

张晓蓉半小时前给他发了微信，边南想听，手机举到耳边了又停下了，看着万飞。

万飞正等着呢，一看他这样子就很不爽地把他身上裹着的被子一掀："怎么了，怕让我听到人家拒绝你啊？"

"靠，别耍流氓，洗澡的时候还没看够呢吗……"边南扯了扯内裤，又嘿嘿乐了两声，"小爷要真被拒了也算人生头一遭，你见证一下吧。"

"行。"万飞抠了抠耳朵。

边南按了收听，手机里传来张晓蓉很温柔的声音："你伤怎么样了啊？"

"我靠！"万飞吼了一声，"我靠！"

边南也愣了愣，这句温柔的问候瞬间把他之前对张晓蓉的不爽一扫而空，他看了万飞一眼，对着手机说了一句："没事儿，你干吗呢？"

"今儿出的是太阳还是月亮啊？"万飞跑到窗边一把拉开了窗帘，"是太阳啊……她是不是那天被你看到心虚啊？"

"心虚什么？我又不是她什么人。"边南把手机扔到一边，跳下了床，套上衣服跑进了客厅，冲着万飞妈妈喊了一声，"大姨！"

"快洗个脸吃饭，这都已经省了一顿了，我要不叫你俩，今儿都不准备吃饭了吧？"万飞妈妈笑着说。

吃完万飞妈妈做的一大桌菜，边南半躺在沙发上，手里拿着手机一下下抛着，

抛了十来下，张晓蓉的回复过来了："被同学放鸽子了，一个人逛街好无聊啊……"

边南拿着手机，想了想，直接把电话打了过去，响了好几声张晓蓉才接，她有些懒散地喂了一声。

"在哪儿逛呢？"边南问。

"步行街呗，还能在哪里逛啊。"张晓蓉说，"干吗？"

"我过去。"边南站起来，进万飞屋里拿了外套边穿边说，"你二十分钟以后在满记等我。"

万飞家离步行街很近，打车过去也就十来分钟，边南到满记的时候时间正好。

他往里扫了一眼，没看到张晓蓉，于是打了个电话过去。

"啊，我正从影城这儿往那边走呢。"张晓蓉的声音不紧不慢的，"你等我两分钟吧，我拿着东西走得慢。"

"你原地等我吧，我过去。"边南说，这也就是张晓蓉，换个姑娘他还真没这么好的耐心。

他挂掉电话，把手机放回兜里正要往影城那边走，一抬头，脚步停下了。

呵呵。

呵呵！呵呵……

缘分来了真是挡都挡不住啊。

而让边南最意外的不是在步行街随便走两步就能碰上邱奕，而是邱奕身边居然站着边馨语！

邱奕居然能跟边馨语扯上关系！

这是怎么回事儿？

边南站在原地看着邱奕，愣了半天也没想好是该装没看见走开还是上去给对方一拳还是继续愣着，或者是跟边馨语说声生日快乐？

邱奕显然也挺意外，站着没动。

"哟，边南？"边馨语打破了沉默，挑了挑眉，发现边南的视线并不在她身上时，她扭头看了看邱奕，有些茫然，"哎，你俩认识啊？"

"算是吧。"邱奕笑了笑。

"走吧。"边馨语斜了边南一眼，拉了拉邱奕的袖子，径直往前走想从边南身边过去。

邱奕没动，还是看着边南。

边南现在的感觉有些难以形容，甚至跟邱奕结下的那些梁子都已经不重要了，邱奕跟张晓蓉，邱奕跟边馨语，这都是怎么回事，他这会儿都已经不关心，面对邱奕带着挑衅的眼神他都没什么感觉了。

他满脑子里只有一个念头：边馨语认识邱奕，她会跟邱奕说吗？会说什么？

他沉默着跟边馨语擦身而过，头也没回地往前走了。

"走吧！"边馨语提高声音冲邱奕又叫了一声。

邱奕回头看了边南的背影一眼，跟上了边馨语的脚步。

往前走了一段之后，邱奕问了一句："你跟边南什么关系？"

"我跟他？"边馨语冷笑了一声，声音里全是不屑，"我跟他能有什么关系，说出来吓死你。"

"哦。"邱奕笑了笑，没说别的。

边馨语又冷笑了一声："你是不是以为边南跟我是兄妹什么的？"

"不是吗？"邱奕看了她一眼。

"算是吧，不过说出来不够丢人的。"边馨语皱了皱眉，"他是我爸跟别的女人生的。"

邱奕的脚步顿了顿，边馨语转过身退着走了几步，声音有些冷："他是贱三儿的儿子。"

邱奕没说话。

边馨语说完这话之后也没再继续，换了个话题："你说我把发梢烫一下怎么样？"

"你们学校让学生烫头？"邱奕问。

"就烫发梢有什么啊。"边馨语甩甩头发，"你觉得烫了好看吗？"

"不知道。"邱奕说。

"哎，就寒假你给陈婷婷补课的时候，我不是去找她吗，那时发梢就是卷的啊。"边馨语提醒他。

"……不记得了。"邱奕想了想。

"这都不记得？"边馨语有些失望地看了他一眼，"那我那时头发比现在长很多呢，你不会也不记得吧？"

邱奕用手遮着嘴轻轻咳了一声："你剪头发了？"

"喂！"边馨语瞪着他提高了声音，"你是不是连我长什么样子都不记得啊？"

"不至于。"邱奕说，"看到你的时候会想起来。"

边馨语还想说什么，邱奕指了指右边的路："你是要去做头发吧？我走了，补课时间快到了，生日快乐。"

没等边馨语说话，邱奕转身顺着右转的路大步走了。

边南看到张晓蓉的时候，她正坐在路边的长椅上低头玩着手机，长发挡住了半张脸，看上去安静而舒服。

不过本来会让边南心动的画面现在却没什么特别的感觉了，他走到张晓蓉旁边一屁股坐了下去。

"你吓我一跳。"张晓蓉扭头看到是他，拍了拍胸口，"怎么不叫我一声呀？"

"叫你一声不也一样吗？"边南说，"吃饭了没？"

"我减肥。"张晓蓉摸了摸自己的脸，"我脸都圆了一圈儿了。"

"看不出来，挺好看的。"边南看了她一眼。

"怎么都这么说。"张晓蓉笑了起来。

"都？还有谁这么说啊？"边南追了一句。

"没谁。"张晓蓉笑笑。

边南觉得张晓蓉这笑容有点儿提示得太明显，他也笑了笑："邱奕？"

"别乱猜。"张晓蓉收起笑容，过了两秒钟又皱着眉说，"他也没有别的意思。"

边南本来就不是个很有耐心的人，加上现在心情跟刚掉河里特别没面子地被人捞起来之后又被一脚踹下去了似的很烦躁，张晓蓉这不知道是有意还是无意的话让他相当不爽："我说他有别的意思了吗？"

张晓蓉愣了愣，这是边南第一次用这样的语气跟她说话，她拢拢头发："我也没说什么啊，你们两个都是我的朋友，我只是不希望你们因为我弄得跟有仇似的……"

"朋友？"边南靠在椅背上看着她，"邱奕是怎么回事儿我不知道，但我是在追你，你别说你不知道。"

张晓蓉低了低头，脸上还是带着微笑："边南……"

"我这人脾气不好，也没什么耐性。"边南打断了她的话，烦躁得不行，"你愿意就愿意，不愿意就直说，这么吊着我有意思吗？过瘾？"

"你说什么呢？"张晓蓉的笑容僵在了脸上。

"没什么。"边南站了起来，"就字面儿意思，愿意不愿意一句话的事，想两边儿都吊着我不陪着。"

说完这句话他转身头也不回地走了，张晓蓉在后面还喊了句什么他也没听清。

边南脾气不好，不过对女生稍微能收敛点儿，跟女孩儿约好了见了面几句话把人一扔扭头就走的事儿他是头回干。

他对张晓蓉其实挺能忍的,换了平时他肯定不会发火,今儿算张晓蓉倒霉。

一直走出了步行街,他才放慢脚步顺着路漫无目的地溜达着,外面风很大,这阵儿空气也不太好,不过周末街上的人还是挺多。

边南没有逛街的习惯,感觉没什么可逛的,一年四季都运动服,训练紧的时候只想睡觉,有点空闲也就在网吧待会儿,逛街对他来说没什么实际意义还浪费时间。

不过今天他逛了挺久,万飞的短信发过来的时候,他拿出手机看了看时间,居然已经这么转了一个小时,离万飞家已经很远了,再往前努力一把能走回学校。

万飞的短信很简短,就四个字:什么情况?

边南没回复,把手机塞回兜里,进了路边的一家小咖啡店,要了杯牛奶靠窗坐着发呆。

什么情况。

情况简直太复杂。

了解他最不愿意示人的秘密的边馨语居然认识邱奕。

而且这俩人都跟他相当不对付。

边馨语走开时的眼神和语气让他几乎可以确定,她会告诉邱奕……

边南喝了口牛奶,他不介意边馨语从小到大对他满满的恶意,不介意她说话永远夹枪带棒,不介意她张嘴就能自然地撒谎给他栽赃。

他唯一介意的就是边馨语说出实话。

除了万飞,无论多熟的朋友,都不知道看上去家境优越什么都满不在乎的边南的真实背景。

他亲妈是个小三儿,板上钉钉的事实。

边南对自己亲妈的感受无法形容。

他对老爸和亲妈之间的事并不了解,是怎么开始的,老爸又是如何回头是岸的,他都不清楚。

总之他跟亲妈待在一块儿的时间很短,也许一岁多,也许是两岁的时候,因为听说亲妈出去打麻将的时候会把边南锁在厕所里整整一天,他被老爸带回了现在的家。

边南对被关厕所这事没有印象,直到现在边南想起亲妈的时候直观的印象就是钱。

他偶尔会去看看她，见了面说不到两句话，她就会提到钱，边南不明白她从老爸手里拿走的那些钱、房子、铺面都哪儿去了。

边南叹了口气，看着窗外。

咖啡店外面有个小男孩儿蹲在树下抹着眼泪，自己以前也爱蹲着哭，莫名其妙被边皓揍了的时候，他就会蹲在后院哭。

不过他不会哭这么长时间，他觉得自己其实心挺大的，很多事郁闷几分钟也就过去了。

喝完一杯牛奶，门外的小孩儿还在哭，路过的行人有停下脚步问的，他只低头抹眼泪也不出声。

边南看着有些不忍心，放下牛奶杯子出了咖啡店，在旁边的小超市里买了两块巧克力，走到小孩儿旁边蹲下了。

"吃巧克力吗？"他剥开一块巧克力，咬了一口。

小孩儿抬头看了他一眼，脸上还挂着眼泪。

这小孩儿长得很漂亮，眼睛很大，头发有点自来卷儿，看着跟洋娃娃似的。

边南把另一块巧克力递给他："我请客。"

小孩儿犹豫了一下，接过了巧克力，想了想从自己口袋里摸出半包牛肉干来："那我请你吃牛肉干，不过我已经吃掉一半了。"

"我吃一块儿就行。"边南不爱吃零食，尤其是牛肉干，但还是从袋子里捏了一块儿放进了嘴里，"你跟这儿哭半天了，是被人揍了还是失恋了啊？"

小孩儿本来已经不哭了，正低头剥开巧克力准备吃，一听边南的话，手上的动作停了下来，头也没抬，大颗大颗的泪珠就滴在了地上。

"哎，"边南赶紧抓过巧克力往他嘴里塞，"你别哭啊，一会儿人以为我怎么着你了……"

"我的……我的……"小孩儿抬手在眼睛上抹着，"我的钱没了……"

"钱？"边南顿时松了口气，拍了拍他的背，"嗨，我以为多大事儿呢，没了多少钱啊？"

"三百多块。"小孩儿一提钱数就哭得更伤心了。

三百多块对于一个看上去也就小学一二年级的小朋友来说是挺多的了，边南喷了一声："你带那么多钱出来干吗……怎么弄丢的啊？"

小孩儿边哭边吃巧克力："我把存钱罐带出来了。"

"你真不嫌累。"边南头回听说出来玩还带个存钱罐的,"带出来买东西？"

小孩儿摇摇头："我说……我存了三百……多块钱啦,方小军就说想看看,我就拿出来给他看了。"

"那看完了呢？在哪儿看的？"边南想了想,"要不哥哥去帮你找找？"

"在那边的树洞里……"小孩儿指了指咖啡店旁边的小街。

"树洞？"边南愣了,"你把存钱罐放树洞里？"

"嗯。"小孩儿点点头。

"然后就没了？你没事儿把存钱罐放树洞里干吗啊？"边南觉得自己简直无法理解这小孩儿的思维。

"方小军说带在身上不安全,他让我藏在洞里的。"小孩儿咬咬嘴唇。

"这个方小军他妈生他的时候是不是没接住掉地上了。"边南有点儿无语,"那藏洞里以后你俩干吗去了？"

"回家了。"小孩儿说,"方小军回家了,我也回……"

"你钱罐子还在树洞里呢你回家了？"边南忍不住喊了起来,"你妈生你的时候也磕你脑袋了吧！"

"不知道。"小孩儿轻声说,"我妈死了。"

"……对不起。"边南叹了口气,在小孩儿头上摸了一把。

"我没回家呢,走到一半,方小军追过来,告诉我钱不见了,可是我放进去的时候没有人看到啊。"小孩儿说到这儿又开始哭,"我去看,真的不见了,罐子还在,可是里面的钱没有了,我哥哥知道了会打我的……"

边南听到这里终于做出了判断："问方小军要啊,他拿了。"

"他说没有拿啊。"小孩儿继续哭,"我哥哥会打我的……"

"行行行,你别哭了,鼻涕都出来了。"边南拿了纸巾出来在他脸上胡乱擦了几下,又拿出了钱包,抽了四张一百的出来,"我给你补上吧。"

小孩儿猛地抬起头,看到他手里的钱时眼神又一下黯淡了："我的钱都是一块一块的,不是整的。"

"是钱就行了呗。"边南把钱放到他口袋里。

"可是哥哥会发现的,他会打我的。"小孩儿很执着。

"你哥有病啊钱又没少,还有多,打你干吗！"边南耐心都快没了。

37

"他每天给我一块钱,我攒了很久……他知道我把钱弄丢了会……"

"会打你是吧?你哥怎么这么暴力,打这么小的小孩儿!"边南无奈地站了起来往四周看了看,"那我还得找个银行给你换成钢镚?银行的人肯定觉得我中午吃咸了。"

边南先带着他去树洞里把存钱罐拿了出来,还真是倒得一个钢镚不剩了,再拉着他去找银行的时候,小孩儿才反应过来,猛地停下了:"我不能拿别人的钱,哥哥知道了会打我的。"

"我靠。"边南皱着眉,"你哥绝对有病,有本事让他来打我!"

"不能拿你的钱。"小孩儿停下了脚步,死也不肯动了。

"算我借你的,等你以后有钱了还给我。"边南蹲下,伸出小手指,"拉个勾就行了。"

小孩儿盯着他看了一会儿,伸出小手指跟他勾了勾。

这片儿就俩银行,边南带着小孩儿进去问了,没有四百的钢镚,凑了半天只凑出二百的。

"就这么着吧。"边南帮他把钱放进存钱罐里,又晃了晃,"你哥不至于打开帮你数吧?要他真打开了,你就跟他说你拿了二百去换成整钱了,懂吗?"

小孩儿犹豫着点了点头:"谢谢哥哥。"

"行了,快回家吧,直接回家,别再弄个什么墙洞树洞的往里藏了啊!"边南交代他。

"嗯。"小孩儿抱着存钱罐扭头就跑,跑了几步又停下了,跑回了边南身边,"哥哥你给我留个电话吧,我有钱还你了就打电话告诉你。"

边南从旁边商店里借了支笔,把电话号码写在了小孩儿的手上。

小孩儿一路跑着走了之后,边南伸了个懒腰,之前郁闷的心情因为这事儿缓解了不少。

他拿出手机给万飞打了个电话:"在哪儿呢你?"

"在家呗,你约完会了?"万飞在吃东西,含混不清地问,"怎么这么快?"

"约个屁的会。"边南皱皱眉,今天就不该来见张晓蓉,"你出来吧。"

"行。"万飞说。

边南和万飞出门一般就三个目的地:网吧、饭店、电玩城。

38

平时在学校，翻墙出来的选项只有网吧和饭店，所以周末他俩要是一块儿出来就会在电玩城泡着。

"邱奕认识边馨语？"万飞坐在游戏机前听完边南简短的总结之后有些诧异，"靠，他俩居然认识？"

"嗯。"边南盯着屏幕。

"她会不会把你妈的事儿告诉邱奕？你大爷！"万飞一个分神，被边南一个连击KO了，"我觉得她肯定会说。"

"估计会。"边南拿过放在旁边的饮料喝了一口。

"真见鬼了，这要换个人也就算了，偏偏是邱奕！"万飞往机器上踢了一脚，"这要是让他说出去了……要不今儿晚上咱过去趁热揍他一顿得了。"

边南笑了笑没说话。

晚上他俩吃完饭之后边南拉着万飞继续泡在电玩城里，快十点了才打车回了万飞家。

万飞几次提议去饭店蹲邱奕，边南都没表态。

虽然他跟邱奕肯定没完，但如果边馨语真说了，他在这个时候去找邱奕麻烦，会显得有点儿蠢，再让张晓蓉认为这是因为她就更蠢了，虽然他看邱奕不顺眼的确有张晓蓉的原因。

况且四月还有比赛，他不想在比赛之前惹出太多麻烦，反正潘毅峰肯定得为他的下巴报仇，自己可以先看看戏。

回了学校没几天，边南就在食堂看见了潘毅峰，他下巴还包着，这地方伤了连藏都没法藏，老远就能看见，对于潘毅峰这种一直坚信自己是体校旗帜的人来说简直丢人丢到家了，对谁都没好脸色。

边南的伤倒是好得很快，训练什么的都恢复正常了，不过老蒋明显给他加了量，本来一周两次大运动量的素质训练变成了三次，技术训练也增加了，光一个高压球都能练得边南腿发软。

边南身体素质一直很好，平时的训练他顶多觉得有点儿累，但现在被老蒋折腾得连续两周训练完了饭都吃不下，只想喝水。

晚饭吃不下，可没过一小时就又饿得两眼发绿，食堂那时已经没东西吃了，但他连翻墙出去找东西吃的劲儿都没有。

"我感觉我要饿死在床上了。"边南捂着肚子趴在床上。

"想吃什么?"万飞的训练倒是照常进行,还把边南吃不下的那份饭都给收拾了,"我出去帮你买。"

"什么都行,能吃就行……"

"要不我一会儿上网回来给你带吧?"孙一凡在换衣服,他和朱斌准备翻墙去网吧,"小飞飞别又挂墙上了。"

"滚蛋!"万飞骂了一句,"等你带回来都明天早上了,边南得饿成标本。"

宿舍的人都出去了,边南拿了耳机塞上躺床上听音乐,听了没两首就关掉了,肚子叫的声音都快盖过音乐了。

他坐起来看了看时间,半小时了,他皱了皱眉,学校周围全是卖吃的地儿,连小超市里都能买着面,万飞这去的时间有点儿长,又被逮了?还是被人找麻烦了?

边南活动了一下胳膊,下床套了件外套出了宿舍。

现在天气稍微有点儿转暖,各路人马就跟发芽了似的特别朝气蓬勃。

体校跟航运的小冲突时不时就来一次,出去吃个饭都能为了一盘炒面是该先给谁上剑拔弩张的,就连体校自己学校里打架的事儿都明显比冬天的时候要多了。

就万飞那种一打架脾气比谁都火爆还打死也不逃跑的劲头,边南有些不放心,出了宿舍楼悄悄往围墙边走了过去。

这个时间学校里人不多,有积极点儿的在教室晚自习,偷懒的就回宿舍享受人生了。

边南先看了看围墙那边,确定没有人被挂在钉子上,然后往四周瞅了瞅,准备助个跑。

平时出去他不需要助跑,到墙边跳起来手一攀登两下就能出去,但今天太累,他怕自己会一脚蹬空啃墙皮上。

助跑了几步,他蹬了一下墙,手扳住了围墙顶上。

往上探出去的时候他听到了墙外传来了一阵急促的脚步声。

有人往墙边跑了过来。

万飞?

边南蹬着墙刚往外探出脑袋,就听到了万飞的吼声,声音离这边还有一段距离,但听得出中气特别足:"跑你大爷!"

没等他开口问是怎么回事，紧接着就看到一个身影猛地跃上了墙头。

"我靠！谁？"边南吓了一跳，压住了自己往上冲的惯性，以免自己的脸撞这人腿上。

翻上墙的这人一条腿已经踩在墙头上了，听到他的声音似乎也吓了一跳，身影顿了顿。

这一瞬间边南看清了这人的脸。

居然是邱奕！

他顿时感觉一股血冲上了脑门，这也太你妈嚣张了！

"靠！"边南骂了一句，虽然他现在的姿势并不太适合发起进攻，但还是松开了攀在墙头的左手就往邱奕腿上抓了过去。

邱奕迅速收回腿躲开了他的手，在他准备跳下墙堵人的时候，邱奕从墙头上跳了下去。

他胳膊猛地伸了出来，砸在了边南脸上。

边南来不及避开，被这一膀子直接从墙上砸了下来，背向下重重摔在了地上。

邱奕觉得自己今天就不该跟人换班。

下月初是邱彦生日，虽然时间还早，但他想抽空先去买个礼物，所以同组的小姑娘说要换班的时候他就同意了，想着买完礼物正好去饭店。

从学校出来的时候申涛还想跟着，邱奕没让他一块儿，体校的人这会都刚训练完，吃饭的吃饭，休息的休息，应该碰不上。

结果刚走到公交车站，就碰上了潘毅峰。

看到潘毅峰从旁边的奶茶店里冲出来的时候，邱奕在心里骂了一句。

这也太执着了，拿出这劲头去追姑娘，早让人逮派出所去了。

潘毅峰就带了三个人，如果有准备，邱奕也未必会吃什么亏，但今天他空着手，也不想浪费时间，于是选择了跑。

跟体校生赛跑，邱奕没什么优势，他边跑边飞快地往路边扫，想看看能不能找到板砖木棍什么的。

不过没等他找到合用的东西，万飞就从左前方迎着他冲了过来。

"靠。"邱奕的路被断了，只得转身两下蹬上了体校的围墙，打算先翻进去再想办法脱身。

会在墙头上跟边南面对面地撞上实在有些出乎意料，在眼神交会的一瞬间他甚至考虑过要不要嗨一声。

不过翻围墙这条路要再被边南给堵了,他今天会有麻烦。

边南的姿势不太有利,邱奕跳下去的时候带那一下没用太大力气,但落地的时候他还是听到了边南摔在地上发出的闷响。

他没回头看,直接往体校操场那边跑了过去,穿过操场翻出围墙就是一条小街,很黑,而且地形比较复杂。

从小街穿出去回到航运后门的时候,身后已经看不到追兵了。

他给申涛打了个电话:"把我自行车骑后门来吧。"

"让人堵了吧?"申涛一听就喊了起来,"我带人过去!"

"不用,没人了。"邱奕摸了根烟出来,刚想点上,班主任从后门走了出来,看到他手上的烟就停下了脚步,也没说话,就盯着他看,邱奕笑了笑把烟放回兜里,"赶紧拿车出来,我还要买东西。"

班主任走开之后,申涛带着几个人推着他的自行车从学校里出来了:"你是不是去体校那边的车站了?"

"嗯。"邱奕点点头。

公交车在三个学校这片有两个站,一个离体校近些,一个在卫校门口。

航运去哪边都得走一段路,邱奕不骑自行车的时候一般都不愿意倒着走到卫校门口等公车。

"要不……"申涛还想说什么,邱奕没等他说完,在他肩上拍了拍,跨上车就走了。

万飞翻墙跳进来的时候,边南正好从地上爬起来,俩人没顾得上说话,蹦起来就往邱奕跑的方向追过去,但一直追到那边围墙,也没见到人。

"我靠!"边南相当恼火,对着旁边的树踹了一脚。

"丫人呢?"潘毅峰紧跟着跑到了,指着边南吼着问了一句。

"跑了呗!"边南没好气儿地说,本来被摔了一下就挺窝火的,再被潘毅峰莫名其妙指着鼻子吼,简直是火不打一处来,瞪着潘毅峰,"您再跑慢点儿带仨警犬都闻不着味儿了。"

"你怎么说话呢!"跟着潘毅峰跑过来的人顿时炸了,潘毅峰再怎么说在体校也算横着走了三年。

"我怎么说话,我就这么说话,说十几年了你第一天认识我啊!"边南扔下一句,转身就往回走。

万飞跟在他身后，手里还拎着袋吃的，看样子是牛肉粉，不过估计汤都没了。

俩人刚走了没两步，边南被人从身后重重推了一把，他回头看都没看对着那人胸口一拳砸了过去："没完了是吧！"

"想打架？"万飞指了指体育馆，"要不那儿等你们？"

偷袭挨了一拳的是田径班的周伟，他跟跄了一步瞪着边南还想扑过来，被潘毅峰拦住了。

潘毅峰跟边南的关系算不上好，一致对外的时候还成，内部斗争时也就能维持个表面和平，边南犟起来软硬不吃。

不过让邱奕冲进体校转了一圈还跑了这种丢人的事就算再想找个人撒气儿，也不能冲着刚还帮了忙的边南和万飞。

两边都没再说话，沉默了一会儿之后边南拉了拉万飞："走。"

"你看着吧，以潘毅峰这尿性，咱三天之内一准儿得有麻烦。"万飞回头看了一眼，一路骂骂咧咧的，"靠，老子今儿就多余学雷锋做好事去帮着堵邱奕！"

边南没说话，拿过他手上的袋子打开看了看，还真是汤已经没了的牛肉粉，难为这一通折腾万飞居然还没把袋子给扔了。

"你怎么回事儿啊，不是躺宿舍蹲膘呢吗怎么跑出来了？还……"万飞啧了一声没继续说下去，"这牛肉粉一会儿你兑点儿开水放包方便面调料凑合吃吧。"

"你都一去不复返了我不得去看看啊。"边南闷着声音说道。

"我碰上许蕊就多聊了两句。"万飞有些不好意思地抓抓头发，"你没事儿吧？"

"嗯。"边南摸了摸自己后背，这一下摔得倒不算太重，只是现在天儿没那么冷穿得少了，后背被地上乱七八糟的石头硌得很疼。

被人一膀子从墙上掀得四脚朝天摔地上这事儿，一细想就窝火得不行，边南感觉小火苗在脑门儿上蹭蹭往外冒着，他抬手抹了抹脑门儿。

现在在谁跟前儿丢了面子他都能忍，就邱奕面前不能。

万飞的预言并不准确，三天之内，潘毅峰没找他俩麻烦。

这倒不意外，潘毅峰打个架打得跟刚从韩国整了下巴还失败归来似的，轻易不敢再在学校里惹事。

边南这阵儿跟潘毅峰碰面的机会也少,他们网球班下月参加排名赛的几个人每天跟老蒋相亲相爱地泡在网球场上,挥汗如雨,累得跟孙子似的,连上课时间睡觉都觉得不够睡。

"好久没去网吧了。"万飞坐在边南边上说,听声音挺郁闷。

"去屁。"边南正坐地上压腿,脸埋在膝盖上,"你是不是长称了?"

"没。"万飞叹了口气,"我跟许蕊刚有点儿希望,就让老蒋活活给灭了。"

"你脑子里就一个许蕊了。"边南弓了弓背,"起来。"

"不止,还有你呢。"万飞嘎嘎笑了两声。

边南站起来,活动了一下胳膊腿儿,训练的人都放松完去吃饭了,边南正想拿了衣服走人,老蒋在那边喊了一声:"边南你去哪儿?"

"靠。"边南说,"完了。"

"去吃饭啊。"万飞也喊了一声。

"边南半小时定点反手!"老蒋喊。

"你大爷!"边南咬着牙小声说。

边南反手力量不够,老蒋一直盯着他练,经常是别人都走了,一句边南留下,就把他扔给助教和发球机了。

边南对于提高自己反手力量和技术并没有什么热情,对于训练也没什么热情,总的来说他对网球就没热情。

老爸让他来体校他就来了,让他练网球他就练了,几年下来老蒋觉得他能有发展,就算他并不积极,但还是老蒋怎么安排他就怎么练……

边南看着飞过来的球,反手抽了一拍,其实严格说起来,他都不知道自己对什么有兴趣,就连对女孩儿的热情也就两三个月,追到了觉得没劲,追不到的像张晓蓉那样的,也没劲。

助教没有老蒋那么严,卡着半小时让边南休息了。

在一边等着的万飞拿着他手机冲他晃了晃:"刚有个你没存的号码打进来,我没帮你接。"

边南拿过手机看了一眼:"骚扰电话吧,走。"

俩人刚收了东西走出球场,手机又响了,还是之前那个号码。

"骚扰电话还挺执着。"万飞凑过来看了一眼,"不骚扰成功不罢休啊。"

"喂?"边南接了电话。

"哥哥你吃完饭了没?"那边传来一个很稚嫩的声音。

"哥哥?"边南愣了愣,"你打错了吧?"

"没有啊,你借给我四百块钱……"

"哦,想起来了,是你啊。"边南笑了笑,他都把这小孩儿给忘了,"我还没问你名字呢。"

小孩儿沉默了一会儿:"我爸和我哥叫我二宝。"

"二宝啊?你哥是不是天天见啊……"边南乐了,感觉这小孩儿警惕性还挺高,让人骗着把钱藏树洞里的时候怎么没这觉悟呢,"那我叫大虎子。"

"我有钱还你啦。"二宝对边南的名字并没有什么感觉,挺开心地说,"我爸给了我五十块钱,可以先还你……三十块。"

"你爸很大手笔嘛。"边南喷了几声,"你先攒着吧,不着急。"

"不能攒。"二宝有些着急地说,"攒攒就攒没有了。"

"那你就花掉呗。"边南有点儿好笑,他本来也没打算让这小孩儿还钱。

"不行。"二宝变得挺严肃,"你今天就过来拿钱吧,这个钱是我生日的时候爸爸给的,哥哥不知道,所以可以还你。"

"你生日啊?今天?"边南问。

"不是今天,还有好多天呢,下个月。"二宝提到生日有些兴奋,声音里都带着笑。

"那行吧。"边南想了想,今天是周五,现在训练紧,他周末都不回家,"我过去找你。"

边南没坐公车,直接打了个车去了那天碰到二宝的地方。

他在旁边商场里买了支卡通笔用礼盒装好了,走出商场的时候就看到了在咖啡店门口站着东张西望的二宝。

"生日快乐。"边南走过去,用礼盒在他肩膀上轻轻敲了敲。

"啊!"二宝转过头,看到礼盒时很意外,"谢谢哥哥!是礼物吗?还有礼物啊!"

"生日礼物,不知道你喜不喜欢,"边南蹲下看着他,"过完生日满几岁了啊?"

"喜欢!"二宝低头打开盒子,看到笔之后很开心地笑了,"我八岁了。"

边南本来想跟二宝把还钱的话题岔开了就走人,但没说两句,二宝就拉着他的手拽着他往街另一边走:"哥哥去我家,我没把钱拿出来,我怕弄丢了……"

"那下次呗,不着急。"边南说。

"下次还是一样啊。"二宝扭过头看着他,"趁我哥哥不在家,他不知道。"

边南有点儿无奈地被他拉着走进了对街的胡同里。

这片儿都是胡同,四合院挺多,边南跟着二宝慢慢往里走。

他挺喜欢这种环境,虽然没有独院儿,都是几户人一起,但感觉很有生活气息,哪怕是院子里乱七八糟的,也比自家别墅打理得整整齐齐的前后院都强。

"你家院儿里种东西了没?"边南问。

"嗯,我哥哥种了葡萄,还有好多别的东西。"二宝在胡同里的一个院子门前停下了,推开门走了进去,"就这儿。"

院子里果然搭了架子,葡萄藤抽出不少新绿的叶子,到夏天的时候应该能爬满架子,在架子下面一坐,拿壶茶,一盘小点心,这就是老爸最喜欢的状态了。

"爸爸——"二宝带着他穿过葡萄架,扯出挂在胸口的钥匙打开了自己家的门,"爸爸我带了个朋友回来玩。"

"叔叔。"边南赶紧跟着喊了一声,屋里没开灯,他连人在哪儿都没看清,"晚上好。"

"晚上好晚上好。"里屋有个男人应了一声,"二宝的朋友啊?"

边南正想说话的时候,一个男人坐在轮椅上从里屋出来了。

"二宝还有这么大的朋友呢?"男人笑着冲边南点点头,"这是你哥哥的朋友吧?"

"不是!是我的朋友,"二宝很严肃地说,他拿了杯子倒了杯热水给边南,又再次强调了一遍,"是我的朋友,叫大虎子。"

"是。"边南接过水。

"大虎子,"二宝招了招手,走进了另一间屋子,"来。"

"哦。"边南应了一声,又冲二宝他爸笑了笑,"叔叔,打扰了。"

"不打扰不打扰。"二宝他爸看着他,"吃饭了没有?"

"吃过了，吃过了。"边南赶紧说，揉揉鼻子笑了笑，"我正好路过就来陪他玩会儿。"

二宝把门关好，又贴在门上听了听才小声说："我爸回屋了。"

"你爸腿不好？"边南也小声问。

"嗯。"二宝点点头，拉开了床边柜子最下面的抽屉，拿出了一个红包，"我哥说爸爸出了车祸，腰往下都动不了……"

"哦。"边南在椅子上坐下，这间屋不大，放了一张双人床，一个一人多高的书柜占掉了很大空间，还有张书桌，上面整齐地排着两列泥人，有人有动物，有的上了颜色，有的还是白的。

"这个是还给你的钱。"二宝从红包里抽出三张十块的递给他。

"好的。"边南不忍心再拒绝，伸手接过钱放进了口袋里，又指了指桌上的泥人，"这是谁捏的？"

"我哥捏的。"二宝顿时来了兴致，拿过一个小泥人，"这个是我。"

边南接过泥人看了看，是穿着背心裤衩的小男孩儿，怀里还抱着一个球，不能说有多精致，但还是挺让边南惊讶的。

"你哥手很巧嘛。"边南把泥人放到二宝脸旁边比了比，"挺像。"

"还有这个，这个是妈妈。"二宝又拿过一个泥人，"我不记得妈妈什么样，哥哥就捏了一个给我看。"

边南看了看，发现这个泥人比之前那个捏得明显要细致，头发和眼睛都还挺传神。

"你妈妈是个美女啊。"他说，又看了看泥人，"像外国人。"

二宝听到这话笑着躺到了床上，举着泥人来来回回地看着："嗯！"

二宝心情很好，拿了个大拼图出来让边南替他拼，边南耐着性子拼了半天，只拼出了一个角。

"你不行啊！"二宝盘腿坐在床上，"我哥一小时可以全部拼完。"

边南拼得眼睛都花了就得了这么个评价，他斜眼瞅了瞅二宝："你哥天天拼当然一小时就拼完了。"

"才没有呢，我哥买回来第一次就拼完了！"二宝很得意地扬扬脸。

"那是还没拆呢。"边南龇牙。

"拆了的！"二宝哼了一声，"你就是没有哥哥厉害。"

"行行行……"边南看着他的样子乐了，"你哥天天揍你当然厉害了。"

二宝笑了起来,在床上滚了滚:"不过你脾气比我哥哥好多啦。"

"我脾气也不怎么好。"边南伸了个懒腰,把没拼完的拼图都扒拉乱了,敲了敲旁边的书柜,"这都你哥的书?"

"嗯。"二宝点头,"他的宝贝。"

"看得完吗?还宝贝呢,"边南扫了一眼,他对书有种莫名的抗拒,一眼过去连一个书名都没扫下来,"我要有这么一柜子宝贝估计早疯了。"

"我哥现在都没时间看书啦。"二宝看着书柜叹了口气。

边南在二宝屋里待了一个多小时,陪这么小的小孩儿挺累人的,边南看了看时间:"二宝,我得回学校了。"

"就走啊……"二宝明显有些郁闷,但很快又问了一句,"你什么时候再来玩?我晚上一个人可没劲了。"

"不一定呢。"边南站起来伸了个懒腰,"你哥不陪你玩吗?"

"他上班呢,要快十二点才回家。"二宝低头想了想,"那你有空过来玩好吗?"

"好。"边南摸摸他的脸,"等我比赛完了。"

"什么比赛?"二宝很有兴趣地问。

"网球。"边南说。

"我能去看吗?"二宝眼睛一亮,"我觉得打网球很帅啊!"

"行啊。"边南想了想,"不过得有人带你去,我比赛没空照顾你。"

"我让我哥带我去。"

邱奕今天下班比平时晚,怕回家不方便又在员工宿舍洗了个澡,出来刚骑上车就碰上了肖曼,肖曼直接把车拦在了他跟前儿:"上车,我送你。"

"不用,今儿也不冷。"邱奕骑在车上腿撑着地没动,这老板天天跟员工一块儿熬到这个点儿也真够拼的。

"别废话了,上来。"肖曼皱皱眉。

邱奕跟她僵持了两分钟,肖曼没有走的意思,他只得把自行车再次扔到了肖曼车的后斗里,坐到了副驾上。

"又不是个小姑娘,这么不干脆。"肖曼看了他一眼,"拿着那么大个盒子怎么骑车啊?"

邱奕笑了笑没说话,盒子他一块儿放在后斗里了,是给邱彦买的一辆遥控小跑车,邱彦想要这车想了快一年了。

"是送人的吗？"肖曼又问了一句，"给女朋友的礼物？"

"我弟的生日礼物。"邱奕回答。

"弟弟生日啊。"肖曼笑了笑，"我以为买给女朋友的呢。"

"嗯。"邱奕应了一声，肖曼大概是想问他有没有女朋友，但他懒得多解释。

路过一家24小时营业的超市时肖曼突然停了车，扔下一句等我几分钟就下车进了超市。

邱奕皱了皱眉，看看时间，今天回家比平时晚，老爸不知道睡了没有，虽然老爸自己也能上厕所上床睡觉，但他还是习惯回去帮老爸弄好。

过了一会儿肖曼拎着个袋子从超市里出来了，上车之后把袋子往他面前一递，：“送给你弟弟的，这会儿也买不到什么好东西了，小孩儿应该都爱吃巧克力吧。"

邱奕愣了愣，犹豫了一会儿接过了袋子："谢谢曼姐。"

"谢什么，员工亲属生日送份小礼物很正常。"肖曼笑着说。

回到家的时候，老爸屋里的灯已经关了，邱奕轻轻推开门，老爸已经躺在了床上："我睡下了，你赶紧睡吧。"

"嗯。"邱奕还是进去把老爸的被子整了整才拿着遥控车回了自己屋。

邱彦今天很老实地睡了，不过邱奕摸黑拿衣服的时候他还是听到动静醒了过来："哥哥。"

"睡你的。"邱奕脱掉上衣换了件T恤。

"是我的礼物吗？"邱彦揉了揉眼睛，坐起身打开了床头的小台灯。

"不老实睡觉什么礼物都没有。"邱奕脱了外裤，把小车的盒子拆了，拿出车放在邱彦身上，"先看看，明天再玩吧。"

"车！"邱彦一掀被子喊了起来。

"睡不睡？"邱奕在他光着的腿上弹了一下。

"睡。"邱彦马上缩回了被子里，伸手在车上来回摸着，"明天你陪我去玩吗？"

"好好睡觉我就陪你玩。"邱奕从书柜里随便抽了本书坐到桌子旁边，刚翻开书，就看到了桌上放着的笔，"哪儿来的？"

"我朋友送我的生日礼物。"邱彦有些得意地说，朋友两个字还加了重音。

"哟。"邱奕乐了，瞅了他一眼，"你都有朋友了啊？我以为你只有同学和邻居呢……这笔不便宜，你这朋友给你买礼物他家里知道吗？"

"我朋友不是小孩儿。"邱彦把车放到枕头边，一只手摸着，"他跟你差不多大吧。"

"跟我差不多？"邱奕看了他一眼，"哪儿认识的？"

"街上。"邱彦说，"他人挺好的，他过几天要比赛，还让你带我去看呢。"

"比赛？什么比赛？"邱奕坐到床边。

"网球比赛。"邱彦把胳膊伸到被子外边儿挥了挥，"哥你会带我去吧？"

"周末就能带你去。"邱奕听到网球比赛的时候皱了皱眉，"你朋友叫什么名字？"

"大虎子。"邱彦想了想说，似乎已经看出邱奕的不快，他讨好似的小声说了一句，"他说妈妈好漂亮……"

邱奕猛地站了起来："你带这人回家了？"

邱彦哆嗦了一下，迅速拉过被子把脑袋埋了进去："哥哥我错了，但是我没有告诉他我叫什么名字……"

邱奕一把扯开被子："你连家在哪儿都让人知道了人还需要知道你名字吗？"

"我错了。"邱彦带着鼻音，一连串地说，"哥哥我错了，我错了，再也不敢了……"

邱奕没说话，转身快步走了出去，推开了老爸那屋的门。

"邱彦今儿带人回来了？"邱奕站在床头，弯腰看了看老爸的脸。

"嗯，带了个朋友。"老爸睁开眼睛，"你是不是骂他了？"

"还没，一会儿再收拾他。"邱奕皱着眉，"那人叫什么名字？干吗的？你都弄清了没？"

"干吗的不知道，看着就是个学生，还穿着运动服，在家待了没多久就走了。"老爸叹了口气，"你弟高兴得不行，我就没多问……"

"叫什么名字？"邱奕问。

"大……大虎子。"老爸回答的时候明显底气不足。

邱奕冲他竖了竖拇指："您还真是邱彦他亲爹。"

"你也别老这样,管邱彦管那么严,他才八岁,一个小孩儿……"

"爸,"邱奕在床边蹲下,"不是我严,我平时都不怎么在家,家里就你和邱彦,正宗老弱病残,你俩战斗力加一块再乘以十也就够我一个手指头的,这么随便带个街上认识的人回来,连名字都不知道,你说我能放心吗?"

老爸沉默了一会儿重重地叹了口气,闭上了眼睛:"爸对不起你。"

"你有劲没劲啊说这个。"邱奕给老爸拉了拉被子,"行了你睡吧。"

回到自己屋的时候,邱奕看到邱彦已经没在床上了,就穿个背心裤衩冲墙站着,低着头,听到他进来,偏过脑袋悄悄瞅了他一眼。

"你跟大虎子怎么认识的?"邱奕拿了件小外套披到邱彦身上,在旁边的椅子上坐下了,看了看手机上的时间。

"街上聊天儿认识的。"邱彦低声说。

邱奕皱着眉:"然后你就领家来了?"

"没有。"邱彦用手背抹抹眼睛,"我打电话给他聊天儿,他听说我生日,就过来了……"

"打电话?"邱奕站了起来,"用爸的手机吗?"

"嗯。"邱彦点了点头。

邱奕到客厅里把老爸的手机拿了进来,今天这手机只拨了一个电话,是个没存过的手机号,他把号码记在了自己手机上。

"二宝同学,"邱奕在邱彦身边蹲下,搂了搂他,"我跟你说过,不要随便带人回家,不要在街上跟不认识的人说话,对不对?"

"我错了。"邱彦的眼泪从脸上滑了下来,一颗接一颗地挂在下巴颏上。

"这么着吧,"邱奕用手指勾了勾他下巴上的泪珠,"下回你要还想带这个大……大……虎子回来,周末我在家的时候带,怎么样?我也见见你朋友。"

"嗯。"邱彦用力点了点头,又扭脸看着他,"带我去看他比赛就能见到啦。"

"那得是周末我才有空。"邱奕拍了拍他的屁股,"去洗脸,睡觉。"

还有两天比赛,这次比赛在本市,不用往外跑。

边南挺失望,不过万飞莫名其妙很兴奋,场地适应训练的时候万飞跟打了鸡血似的,一个劲往边南反手抽。

"反手!"万飞吼着抽了一拍,下一拍接着吼,"帅!"

边南趁着万飞抽完球上网的机会回了个反手高吊球，带着上旋，万飞没追到，他又吼了一声："漂亮！"

"神经病。"边南小声骂了一句，看台上不少工作人员，还有小姑娘，按说他们比赛训练什么的被小姑娘围观是常事，万飞这反应有点儿让他受不了。

训练完了换衣服的时候边南忍不住说了一句："你今儿吃屎了吧这么兴奋。"

"嗯！吃了！"万飞嘿嘿乐着点了点头，"下回给你匀点儿。"

边南有些无奈地盯着他看了一会儿："就你这样的，许蕊瞎了眼都看不上……"

"哎！话不能说这么满！"万飞没生气，乐呵呵地在往他肩上一拍，"知道为什么我心情好得跟吃了屎一样吗？"

"看出来了。"边南一看他这反应就猜到了，啧了一声，"答应来看你比赛了？"

"没错！"万飞一拍巴掌，拎起球包往背上一甩，一路乐着出了休息室。

万飞对许蕊是真喜欢，而且特别持久，到今年夏天都该满一年了，跟边南不同，边南对张晓蓉已经算是破天荒了，但自打那天在步行街把她甩下之后，就没再搭理过她，张晓蓉发过来的几条试探的短信，边南一条也没回过。

没兴趣了，这是他分析之后给自己找出来的理由。

所以比赛当天万飞拍着他的肩说这种期待的感觉你不明白的时候，边南很诚恳地点了点头："是。"

可期待归期待，万飞快上场的时候转圈往看台上瞅，也没瞅到许蕊的人影。

"确定答应你了？"边南也跟着瞅。

"确定。"万飞把短信都翻出来给他看了，"我靠，她该不会连个小孩儿都不如吧！"

边南没说话，二宝倒是来了，坐在看台第一排，刚还特别起劲地冲他挥了手。

之前二宝给他打了个电话，说是他哥带着他到体育场了，不过这会儿他也没工夫仔细看二宝身边到底哪个是大宝。

万飞的情绪明显有些低落，跟之前适应训练时吃了屎的状态天差地别。

"估计是迟到，姑娘不都这样吗？不迟到半小时显不出来她是女的。"边南拍拍他的肩,"一会儿就来了。"

"嗯。"万飞的声音很闷。

边南和万飞的比赛在两个场地同时进行,这次的积分少,没有太牛的选手。

边南对自己的比赛没怎么担心,开场之后发现对手挺弱,他打得还算轻松。

倒是万飞的情绪让人不放心,中间休息的时候他看了看万飞那边的比赛,对手并不强,以万飞的水平,比分有点儿难看。

"二傻子。"边南擦了擦汗,小声骂了一句。

他的确是不太能理解万飞因为一个许蕊就直接影响了发挥是种什么样的感受。

你喜欢我,你不喜欢我,我喜欢你,我不喜欢你……他觉得这些东西并没有多么能让人放不下的,换成个爱字就直叫人生死相许更不靠谱。

老爸对林阿姨很好,看上去挺情深深雨蒙蒙的,但扭头就能跟老妈滚到一块儿,号称真爱,还差点因此离婚,最后真爱也就那么回事儿,再扭头还是滚回了林阿姨身边其乐融融。

至于老妈……那更没什么可说的,尽管老妈也强调过真爱,也为老爸自杀过。

真爱还真是不值钱,爱得死去活来的那些人居然都能收放自如,边南喝了口水,收回了思绪。

"你不是来看比赛的吗?"邱奕坐在体育馆外面的长椅上,看了看一直坐在他旁边的许蕊。

"算是吧,不过应该还没轮到他吧。"许蕊笑笑,弯腰揉揉自己的脚踝,"哎疼死我了。"

邱奕没说话,站起来到旁边的超市里买了两根冰棍递给她:"冰敷一下吧。"

许蕊大概是因为来晚了着急,从公车上跳下来的时候姿势太别扭,邱奕一开始差点儿以为她是被人推下来的,她脚刚着地就拧着劲儿一屁股坐地上了。

邱奕本来不想管,但许蕊一抬头直接喊了他名字,他只得过去把许蕊拉了起来。

"这阵儿你有没有跟晓蓉联系啊?"许蕊问了一句。

"没。"邱奕想走开，但附近长椅上都坐着人，他也不好当人面儿就这么走到另一张椅子上去坐着。

"是不是吵架了啊？"许蕊大概是有点儿尴尬，停了一会儿才又问了一句。

"我跟她有什么可吵的。"邱奕说。

"也是。"许蕊笑笑，"她平时那么臭的脾气在你面前都没一句话高声的……"

邱奕站了起来，走到旁边的垃圾箱边儿上点了根烟，背对着许蕊抽着。

"哎，邱奕你……"许蕊在身后又开了口，但话还没说完就被邱奕打断了。

"比赛要打完了，"邱奕把烟灰弹到垃圾桶里，转过头，"你不看比赛了啊？"

"哎，"许蕊皱着眉揉揉脚踝，"不就跟你聊几句嘛，你干吗老操别人的心啊，晓蓉这阵儿因为你心情都不好了……"

"我就觉得要是答应了别人就别随便放人鸽子。"邱奕继续背对着她，"再说张晓蓉心情不好不是因为我。"

许蕊被他这句话说得卡壳了半天才有些不好意思地说了一句："哎那我去看比赛了。"

"嗯。"邱奕侧过身冲她挥挥手，"再见。"

"这个谢谢啊。"许蕊捏着已经化了的冰棍，"帮我扔一下吧，我懒得蹦过去了……还得蹦去网球场……"

邱奕走到她面前接过冰棍袋子，正要转身去扔的时候，看到体育馆大门里走出来几个人。

体校的运动服邱奕很熟，跟劳改犯似的都在左胸上转圈儿印着白字儿。

之前陪邱彦进去转了一圈确定了让邱彦心心念念要来看比赛的大虎子就是边南之后他就出来了，现在再次看到边南那张永远带着嚣张和一丝不耐烦表情的脸，邱奕突然有点儿感慨万千。

"估计不用蹦了。"邱奕笑笑，"打完了吧这是。"

"啊？"许蕊有些吃惊地转过了身。

"我靠你大爷！"万飞猛地停下了脚步，盯着路边的邱奕和许蕊，眼里跟皮卡丘发功了似的电闪雷鸣。

54

边南正东张西望地想看看二宝在哪儿,怕一会儿人多他找不到他家大宝,听万飞吼这一嗓子他才顺着路边看了过去。

"我靠!"他眯缝了一下眼睛,以便确定自己没有看花眼。

在万飞要往那边冲过去的时候,边南一把抓住了他的胳膊:"干吗呢你?"

"你说干吗!"万飞瞪着他。

"为一个女的你至于吗!老蒋就在后头,你有病也不着急这会儿犯吧!"边南压低声音吼了一声,"换个时间我陪你!"

万飞被边南拉上了老蒋的面包车,塞在了最后一排的座位上,始终阴着脸不出声,跟要债没要成还被欠债的揍了一顿的倒霉债主似的。

另外几个队员也没多问,都在前面聊着,万飞今天比赛虽然赢了,但赢得很吃力,不爽也挺正常。

"一会儿撮一顿去呗。"李丹坐在前一排,回过头看着边南。

边南扫了一眼万飞:"不吃了。"

"至于吗?"李丹笑着伸手在万飞眼前打了个响指,"打赢了就行,想那么多呢。"

"别烦我啊!"万飞瞪了她一眼。

"哎哟!"李丹也瞪圆了眼睛,"万飞,你别顺杆儿上啊,老娘今儿心情不好还没找着人发火呢,信不信我一拍子把你抽车外边儿挂着去!"

万飞看着她,沉默了一会儿乐了:"你说你长挺好看的一女的,怎么一张嘴这形象就毁天灭地……"

后面半句话万飞说得很小声,还把脸偏开了。

"我听见了!"李丹盯着他看了一会儿,叹了口气又转头看着边南,"你俩不吃不吃吧,回去给这人顺顺毛,扎手,简直没法玩了。"

边南拍拍万飞的肩,笑了笑没说话。

万飞相当不爽,回到宿舍往床上一躺就不再说话了。

边南没提之前的事,他能理解万飞的憋屈,这事儿无论是当时冲过去还是单独找许蕊问都特丢面儿,现在万飞就憋了一肚子莫名其妙的火无从发泄。

边南换了套衣服,站到他床边:"出去转转?"

"南哥,我问你个问题。"万飞枕着胳膊看着他。

"问。"边南从桌上拿了颗棒棒糖放嘴里叼着。

"你除了运动服没别的衣服了啊?"万飞坐了起来,指着他身上的衣服,"你训练运动服,平时也运动服,跟学校待着运动服,出门还运动服,你烦不烦?"

"没了,一水儿运动服,怎么着吧!"边南笑着说。

"不怪张晓蓉看不上你!"万飞恶狠狠地咬着牙。

"你没地儿撒气儿了吧傻子。"边南乐了半天,转身从柜子里重新拿了套衣服出来,慢条斯理地换着,"看上我的多了,一个张晓蓉算什么。"

万飞哼哼了一声没说话。

"我要愿意,现在一招手没准儿还有男的往我身上扑呢。"边南换好衣服,站到万飞面前,"满意了吗老板?"

"今天吧。"万飞盯着他的脸,"就今天晚上。"

"还要先找许蕊问问吗?"边南马上反应过来万飞在说什么,不过许蕊和张晓蓉一个班的,平时关系还不错,理论上应该不会跟张晓蓉喜欢的人有什么事儿。

"问屁。"万飞从床上跳下来,在宿舍里转了两圈,"没这事儿我也要找他呢!"

正想继续转,宿舍门打开了,朱斌和孙一凡拎着两袋零食回来了,万飞扑上去抢了一筒薯片,塞了几片到嘴里咔咔咬着。

边南扯过袋子看了看,没有感兴趣的,于是从万飞手里拿了薯片,没滋没味儿地嚼着。

他讨厌邱奕,相当讨厌。

如果他俩之间仅仅是一个张晓蓉,他也未必会盯着邱奕不放,为个女的不值当,不过如果换成是万飞,别说万飞是为了一个姑娘,就是为了只母猴儿,他也会出手。

现在他和邱奕之间抛开母猴儿,不,抛开姑娘,也是新仇旧恨一堆,那天在停车场外面,邱奕挑衅时的表情和声音他一想起来就火冒三丈。

再联想到这混血小白脸儿有可能知道了他那些不愿意被人知道的秘密……

"哥哥,"邱彦靠在厨房门边,"我想打网球。"

"别想一出是一出,上月你还想拉小提琴呢。"邱奕正在给老爸和邱彦提前准备晚上的饭菜,他每天都争取提前把饭菜准备好,随便热热就能吃,实在来不及的时候就只能留钱让邱彦出去买。

"锻炼身体嘛,你说要锻炼身体的嘛。"邱彦跑到他身边挨着他腿站着。

"想锻炼身体早上起来去跑步就行。"邱奕说。

"那你也不陪我啊。"邱彦挺不开心地蹲到地上,"还说陪我看比赛,才进去一分钟就跑了。"

"我看到大虎子什么样就行了。"邱奕从锅里捏了块肉放到邱彦嘴里,对于大虎子居然真是边南,他到现在都还觉得有些意外。

"我让大虎子教我打网球!"邱彦吃掉肉之后喊了一嗓子,转身跑出了厨房。

下午邱奕要去给陈婷婷补课,他陪着邱彦玩了一会儿遥控车之后就压着时间出了门。

他补课的几个学生都是以前的同学和老师介绍的,班主任给他介绍学生的时候每次都要加上一句:邱奕你可惜了。

邱奕听这句话都快听出毛病来了,可惜不可惜他并没有多大感觉,虽然如果有条件,他应该会像同学和老师展望的那样,中考高分,高考高分,上个985来个211……

但事实就是他不能,他的路就是上个中专速度挣钱,而且还得搭上休息时间弄钱。

他能做的就是面对现实。

说起来面对现实应该算他的长项,从老妈没了的那年开始他就熟练掌握了这项技能。

陈婷婷的父母都没在家,桌上准备了不少吃的,每回邱奕到她家来都觉得是来参加茶话会的。

家里除了陈婷婷,邱奕还看到了正团在沙发里逗猫的边馨语,这俩小姑娘虽然一个初三一个高一,但关系却挺好,经常能在陈婷婷家看到边馨语。

"嗨,又见面啦帅哥。"边馨语冲他招招手,"不介意我又来蹭课吧?"

"能闭嘴不出声就行。"邱奕在桌子旁边坐下,拿过陈婷婷放在桌上的卷子低头看着,准备先给她讲讲错题。

"我先吃点东西。"陈婷婷伸手去拿桌上的凤爪。

"开始了。"邱奕一把按住了凤爪,把零食都推到了一边,要由着陈婷婷来,她可以一会儿吃东西一会儿上厕所一会儿玩手机折腾一下午,"休息的时候再吃。"

陈婷婷还算配合，半死不活地趴在桌上听他讲题，倒是没走神。

两份卷子讲完，邱奕看了一眼墙上的钟："休息一会儿吧，五分钟。"

"你比我们老师还烦人。"陈婷婷拿了凤爪跟边馨语一块儿挤在沙发上，"刚还没说完呢，这个周末你哥要带你去哪儿啊？"

"野营踏青，一帮驴友什么的。"边馨语说，听起来没什么兴趣。

"那有什么意思啊。"陈婷婷撇撇嘴。

"那也比待家里强。"边馨语往邱奕那边看了一眼，"边南这周末肯定回家，不回家我爸也得去接他回来，不够烦的！"

"你哥在家呢，怕什么，他敢怎么样啊，说起来这又不是他家。"陈婷婷边吃边说。

"唉。"边馨语皱着眉，声音有些颤，"他跟我哥打架也不是一回两回了，下手可狠了，我哥头都被他打破过，上次要不是我爸拦着，他都拿椅子砸我哥了！我就没见过这样的人……"

邱奕低头看着手机，耳朵里都是边馨语委屈的声音。

边南脾气差，除了她爸，对谁都没有好脸色，随时就能跟她哥哥动手，还踢过她养的小狗，明明是小三儿的儿子，在家却很嚣张，还把她妈妈气哭过很多次……

刚进航运的时候邱奕就听说过边南，也见过几次，只是那时航运还是大广的天下，他并没参与这两个学校之间的各种纷争。

那个时候的边南并没给他留下太多印象，大概就觉得是个刺儿头，但挺独的，体校的抱团斗殴他出现的次数不算太多。

邱奕眼前晃过边南的脸，他打架时嚣张的表情和比赛时认真的样子，邱奕还顺便脑补了一个在家里身份尴尬却还能这么跋扈的形象。

虽说跟那个能陪着邱彦玩还被邱彦认真当成了朋友的大虎子形象不太吻合……

"继续。"邱奕看了看时间，掐着五分钟准时打断了聊得正欢的陈婷婷和边馨语。

"再来两分钟嘛……"边馨语抱着猫冲邱奕拉长声音说道。

"你跟猫说吧。"邱奕看了她一眼，把英语书翻开放在了陈婷婷面前。

边馨语很漂亮，平时也不算招人烦，邱奕对她的印象不差，不过虽然邱奕能理解她对自己的家庭被破坏入侵的感受，却还是不太愿意听到耳边全是边南这个那个那个这个的抱怨。

自己每天都挺累，也够心烦的，再听到这些，心情都匍匐前进了。

给陈婷婷补完课，邱奕看了看时间，没多耽误，开始收拾东西准备去饭店。

"邱老师，"陈婷婷拿过鱼片边吃边看着他，"你有女朋友吗？"

邱奕没接她这个话，指了指她的练习册："有空把错的题重新做一遍。"

"要没有女朋友我给你介绍一个吧？"陈婷婷笑着说。

"得了吧，他们学校旁边是卫校，美女多着呢，都软萌软萌的。"边馨语啧啧了几声。

邱奕的手机响了一声，他拿出来看了一眼，是邱彦用老爸的手机发过来的，很得意地汇报他正准备给老爸弄晚饭。

"也许邱老师不喜欢软萌的呢！"陈婷婷冲邱奕晃晃手，"邱老师，你觉得馨语怎么样？"

"喂！"边馨语喊了一声。

邱奕回了条短信过去，抬眼看了看边馨语："挺好的。"

"当然挺好的啦！"边馨语瞬间脸红了，低头把脸埋到猫毛里，"这还用说吗！"

"这样的女朋友行不行啊！"陈婷婷又说了一句。

"神经了你！"边馨语喊了起来，随手抓了个靠垫扔过去。

"走了，记得复习。"邱奕笑了笑，拿了自己的包转身打开门出去了。

到了饭店刚在后门把自行车停好，手机响了，邱奕看了看，是申涛。

"嗯？"他接起电话，申涛知道他晚上要打工，一般没事不会打电话过来。

"你这两天小心点儿。"申涛说，"潘毅峰那帮人这两天晚上都在外边儿，咱好几个人落单的时候都被他们堵了。"

"哦。"邱奕应了一声。

"我们要不要动手？"申涛问，"他还没完了。"

"等我休息再说。"邱奕看到领班从后门走了出来，"挂了。"

潘毅峰最烦人的是永远不会单独出现，绝不跟人单挑，找人麻烦的时候从来都带着人，一方面能彰显他的老大范儿，一方面比较安全。

虽然没什么可说的，但邱奕始终看不上他这点，说白了就是怕死。

邱奕跟领班打了个招呼，跑进饭店更衣室换了制服。

饭店环境好，来的客人素质相对会高一些，待遇还不错，而且工作时间可以都调整在晚上，还能有轮休的时间，所以虽然离家不近，一晚上的活儿干下来挺累人，邱奕还是愿意安心在这儿先待着。

快打烊的时候邱奕看到肖曼从楼上办公室出来离开了饭店，心里松了口气。

他实在有点儿怕路上再碰着肖曼，坐肖曼车回家一路没话找话都找不出话的状态让他觉得很受罪。

今天把店里都收拾完了，他又心情不错地陪着领班在后门抽了根烟聊了几句才骑着车离开了饭店。

"不会是换了路线吧？"万飞蹲在路边的树影里，手里拿着根棍子在地上轻轻敲着。

"你之前不是看着他从这边来的吗？"边南掏了根烟出来点上了，他没有烟瘾，但偶尔会抽一根配合一下气氛。

"是啊。"万飞皱着眉，"不会是提前走了吧？我说了早点过来，你非得上电玩城……"

"你闭会儿嘴。"边南抽了口烟，低头咳嗽了两声。

"呛了？"万飞看着他。

"闭不闭？"边南瞅了他一眼。

万飞不再出声，眼睛盯着邱奕有可能出现的方向，指尖在棍子上一下下很有节奏地弹着，边南一脚把棍子给踢开了，这弹得他老想跟着节奏抖腿。

又过了十来分钟，路那边有人骑着自行车过来了。

绿色的车在路灯下很显眼。

"我靠骑这么快！很有活力嘛！"边南一把拿起了自己脚边的一根木棍，邱奕接近他们的速度相当快。

在邱奕距离他们还有十来米的时候，万飞拎着棍子从树影里跳了出去冲到了路上，吼了一声："孙子！"

邱奕估计是被突然冲出来的人吓了一跳，下意识地捏了捏闸，车速慢了下来。

但很快他就看出是怎么回事，车没停，直接往旁边转了转车头，看样子是打算加速绕过去。

边南这时才从路边冲出来,在邱奕加速蹬车之前弯腰猛地一挥手,手里的木棍几乎是贴着地面飞了出去,准确地穿进了邱奕自行车前轮的辐条之间。

　　车带着惯性又往前冲了两米才停下,邱奕从车上跳下来的同时,万飞手里的棍子在他背上狠狠抡了一下。

　　邱奕往前踉跄了两步,回手往万飞的手腕上一磕,挡住了万飞抡过来的第二下,又顺手抓住了万飞手里的棍子用力一带。

　　万飞本来就是往前使的劲儿,被邱奕这一带,直接扑了上去,跟邱奕一块儿摔到了地上。

　　虽然万飞是被邱奕带倒的,但摔到地上的时候,他已经把邱奕按住,对着邱奕的肋骨就是几拳。

　　边南走过去捡起了扔在一边的棍子,他并不是太着急上去帮忙,万飞一个常年打架的体育生,一对一,还是偷袭开场,正常情况下邱奕不可能是他对手。

　　但今天这情况还就不正常了。

　　背上已经被砸了一下,肋骨上也挨了重重几拳的邱奕居然一膝盖顶在万飞腰上,把万飞从自己身上掀了下去。

　　边南没想到会出现这种场面,今天他本来是想着先紧着万飞出气儿,可万飞居然吃了亏,虽说没吃大发,却还是把他对邱奕的那点儿火一下全点着了。

　　他想也没想对着邱奕的腿一棍子砸了下去。

第二章
伺候伤员

边南反手力量不够，但正手特别是右手的力量却相当不错，一棍子下去，邱奕松开了抓着万飞的手。

万飞跳起来往他腰上背上狠狠踢了几脚。

从万飞冲出来到邱奕倒地不起，前后不超过两分钟，后面的一辆电瓶车开过来的时候，边南和万飞已经顺着路拐了个弯跑了。

"要报警吗？"电瓶车停在邱奕旁边，有人问了一句。

邱奕手撑着地坐着，半天才开口："不用，谢谢。"

"哦。"电瓶车犹豫了一下开走了。

邱奕咬咬嘴唇，试了几次想站起来都没成功，右小腿完全使不上劲儿，钻心的疼痛让他额角冒出了细细的汗珠。

他摸出手机，想拨申涛的号时，发现手机屏幕裂了，折腾了半天也没弄亮，他皱着眉躺回了地上："靠！"

几分钟之后又一辆小电瓶停在了他身边，车上的人惊叫了一声："小邱！你是……小邱吧？"

邱奕认出了这是饭店另一班的服务员，咬牙坐了起来："哥哥手机我用一下。"

车上的人赶紧拿了手机递给他。

"睡了没？"邱奕拨通了申涛的号码。

"邱奕？这都几点了啊……"申涛的声音带着睡意，但第二句话就已经清醒了，"你出事了？"

"过来接我一下。"邱奕说。

"要带人吗?"那边申涛的声音一下提高了。

"不用,真有事儿等你带人过来我早让人干废了。"邱奕笑了笑,试着动了动腿,疼得厉害,他只好扶着腿,"把你那个小破车开过来就行。"

"等我。"申涛挂掉了电话。

边南和万飞没回学校,路边找了个烧烤摊坐下了。

万飞一口气拿了两大盘肉,还要了啤酒。

"你说他腿断了没?"万飞喝了一大口啤酒,看上去挺愉快。

"想得美你当断个腿那么容易。"边南开了一罐啤酒,"顶多骨折吧。"

"让丫还嚣张!"万飞咬了咬啤酒罐。

边南笑了笑没说话,他已经挺长时间没直接用棍子往人腿上抡了,一般都是拳头揍,拳头手肘膝盖什么的,携带方便随取随用隐蔽性强……

"一会儿去网吧?"万飞拿了个鸡翅啃着,"这阵儿训练训得人都头脑简单四肢发达了。"

"去个网吧就能提高的脑子……你这脑子从三叶虫那儿借的吧?"边南喷了一声。

"三叶虫是什么?"万飞啃着鸡翅问。

边南盯着他看了一会儿:"……还真是。"

塞了一肚子肉和酒之后,俩人起身打了个车回了学校附近。其实吃烧烤那儿就有网吧,但玩游戏这事儿,还是得在熟悉的环境里才顺手。

边南对游戏并不执着,什么都玩,万飞不同,万飞相当专一,开了机鼠标就直奔DOTA而去。

"来,"万飞瞅了他一眼,"陪我撸两把。"

"我想斗地主……"边南有点儿困。

"斗什么地主啊,兜塔!陪我兜塔!"万飞推了他一把。

"兜你大爷,还能不能念准了。"边南很无奈,"我兜一半儿肯定得睡过去……"

"你这人真没劲。"万飞叹了口气,"早知道不让你喝酒。"

边南酒量奇差,啤酒一斤的量,而且一直无法突破,喝两罐就瞌睡。

万飞不再理他,专心兜去了,边南对着电脑屏幕犯困,手机响的时候他都没反应过来,响好几声他才拿出来看了一眼。

显示的号码居然是二宝,边南愣了愣,这都快两点了。

"喂?"边南赶紧接起电话,"二宝?"

"哥哥,"二宝的声音传了出来,听上去还挺平静,"哥哥你睡觉了吗?"

"还没呢。"边南喝了口水,"这都几点了你没睡吗?是不是有什么事儿?"

"没什么事。"二宝有点儿不好意思,"我就是睡不着,又不知道给谁打电话。"

"哟,八岁就失眠,十八岁你得成仙了。"边南笑了笑,"赶紧睡吧,明天起不来去学校了。"

"我哥哥还没回来我睡不着。"二宝小声说,"他今天到现在还没回来。"

"加班吧?要不就是跟朋友喝酒去了。"边南看了看电脑上的时间,"你先睡呗,不困吗?"

"他不加班,也不出去喝酒的,他电话打不通。"二宝说这话的时候挺成熟,"我有点儿担心。"

"别担心,你哥都大人了不会有事儿的。"边南被他这么一说都有点儿没底了,"你爸在家吧?"

"在的,爸爸睡觉了。"二宝说。

"这样吧,"边南想了想,"你再等等,要是再晚……"

"回来了!有人敲门!哥哥晚安!"二宝突然打断了他的话。

"哎!"边南愣了愣忍不住喊了起来,"别随便开门!"

没等他再说你哥有钥匙怎么会敲门,那边二宝已经把电话给挂掉了。

"我靠!"边南赶紧把电话拨了过去。

"怎么了?"万飞看着他,边南这一嗓子把网吧里昏昏欲睡的人全都给喊精神了。

"小傻子。"边南皱着眉说了一句,大半夜的有人敲门,家里就一个小孩儿和一个坐轮椅的大叔……

电话拨过去没人接,边南顿时汗都下来了,站起来就往网吧外走。

"干吗去?"万飞鼠标一扔追了上来。

"去二宝家。"边南一路小跑着到了路边,东张西望半天也没瞅见有出租车,"靠,你那个古董电瓶车呢?"

"学校里呢,怎么了?"万飞转身往学校那边跑,"二宝谁啊?"

边南顾不上给万飞解释,一边跑一边继续给二宝打电话,跑到学校围墙边上正要往上翻的时候,电话接通了。

"喂!"边南喊了一声,"二宝?"

"你谁?"那边传来一个陌生的男声。

边南愣了愣:"我靠你谁啊?"

那边的人被他说愣了,过了两秒钟才说:"你找谁啊?"

"我找二宝。"边南反应过来这有可能是二宝他哥大宝,放缓了语气,"你是大……二宝他哥?"

"不是。"那人说完这句之后似乎把电话拿开了。

接着听筒里传来了二宝的声音:"喂?"

"二宝?我大虎子,是不是你哥回来了?"边南赶紧问。

"是哥哥的同学。"二宝的声音里突然带上了鼻音,"我哥哥在医院。"

电话那边二宝爸爸似乎也起床了,加上屋里有人,有点儿乱糟糟的感觉,边南没再细问,只能安慰了二宝两句。

挂掉电话之后他靠着墙舒了口气,只要不是入室抢劫就行。

这一着急,之前喝那点儿啤酒上来的劲儿全散了,边南感觉自己目光如炬,他一拍万飞的肩膀:"走,回屋睡觉。"

"我靠!"万飞甩开他的手,"遛我这一通跑完了说睡觉?老子要兜塔!"

"兜你……"边南话没说完,万飞一把抓着他胳膊就往网吧那边拽,他只得跟着走,"你兜,我在边儿上睡。"

"别废话!陪大爷撸两把的。"万飞说。

"反了你了……也就是今儿晚上心情好我不跟你计较这态度。"边南踢了他一脚,"撒手。"

"你心情好?"万飞笑着问。

"嗯。"边南喷了一声,"你心情不好啊?"

"好啊!我靠必须好,好得不得了!"万飞扯着嗓子冲着天嗷嗷了两声。

"爽了?"边南斜眼儿瞅着他。

"嗯。"万飞想了想又转过头,"咱俩会有麻烦的,邱奕那人跟别人不一样,估计打不服,而且挺阴的。"

"怕他个蛋。"边南满不在乎地说了一句。

邱奕受伤住院的消息第二天下午就传到体校了,中午吃饭的时候万飞满食堂转着打听了一圈儿,回到边南对面坐下的时候脸上的表情有些微妙。

"怎么?"边南扒拉了两口饭。

"潘毅峰还真是面若铜盆啊……铜盆啊……"万飞从边南餐盘里夹了块鸭子,又用手比了比,"我看得有这么大!"

"说正题。"边南往潘毅峰那边看了一眼,潘毅峰刚坐下,今天状态的确是有些与众不同,一扫前阵子的萎靡不振,整个人都意气风发的。

"邱奕被打住院,大家都说是潘毅峰干的。"万飞说。

边南呛了一口汤,咳了半天才抬起头:"什么?"

"潘毅峰潘老大把邱奕打进医院了。"万飞又说了一遍。

潘毅峰好面子,为了面子这东西什么面子都可以不要,这回边南算是领教了他这方面深厚的功力。

把人揍进了医院让边南有些意外,他没觉着那一下有多重,不过虽说这事儿并不光荣,也没什么值得炫耀的,但莫名其妙被人截胡了的感觉却也并不美好。

边南听着隔了几桌传来的潘毅峰大帅般的笑声,连饭都没好好吃,胡乱扒拉了几口就拉着万飞出了食堂。

回到宿舍的时候孙一凡和朱斌也聊着天儿回来了,朱斌进屋就一拍桌子,:"听说没,邱奕被潘毅峰打进医院了。"

万飞冷笑一声:"他自己说的吗?"

"他好像没说,"孙一凡躺到床上,"别人传的。"

"他那人,这么牛的事居然没到处说?"万飞继续冷笑。

朱斌想了想:"转性子了?"

"真逗。"边南笑了笑,"他转性别了也不会转性子。"

"这事儿没准不是他干的。"孙一凡抬腿蹬了蹬上铺的床板,"我反正是不太相信。"

"必须不是他啊,我靠!"万飞喊了一声。

孙一凡转过头看着他:"这位兄台如此激动,莫非……"

"你俩昨天没回宿舍!"朱斌一指边南,"是你俩干的吧!"

边南没出声,这事儿上杆子说是自己干的,在他看来是很丢面儿的事,反正早晚会露馅,到时丢人的是潘毅峰。

他是不能理解潘毅峰这种默认的态度,下巴被打歪就算了,脑子都被震松了?

万飞看边南没有解释的意思,也没再多说,往床上一倒,戴上耳机听音乐睡觉了。

连着两天,边南走哪儿都能看到潘毅峰那张春光满面的脸。

不过最近大家都挺消停,航运那边跟着邱奕混的那帮人都被老师盯死了,晚上也没见出来晃悠,体校这边没了目标,也暂时安静了。

万飞倒是一直憋着火,要不是这两天潘毅峰没出过校门,他估计早在外面跟潘毅峰干架了。

"明天你回家?"万飞跟他一块儿蹲在学校后操场边上。

"嗯,挺长时间没回了,再不回去阿姨又该说我总不回家了。"边南说。

"她说的又不是真心话。"万飞喷了一声。

"我爸觉得她说的是真心话就行。"边南笑笑。

"唉。"万飞叹了口气,不再说话。

俩人对着跑道发了一会儿呆,边南的手机响了。

二宝打来的,边南接了电话:"二宝?"

"哥哥。"二宝的声音传过来,"大虎子你会做骨头汤吗?"

"啊?"边南愣了,"骨头汤?你要做骨头汤啊?"

"嗯,我买好骨头了,就放进锅里煮吗?还要放别的什么东西吗?"二宝问。

"等等,你爸呢?让你爸教你啊。"边南拿过万飞的手机,打开了网页,低头搜着骨头汤的做法。

"姑姑带我爸去医院检查啦,没有人在家,你不会吗?"二宝似乎有些失望。

"我正查呢,别急。"边南点开一个骨头汤的菜谱,"你做汤给谁啊?"

"给我哥,他骑车摔伤啦,在医院呢。"二宝提到他哥情绪有些低落。

"……哦。"边南看着手机,"你听着啊,先将洗净的骨头砸开,然后放入冷水,冷水一次性加足,并慢慢加温……我靠!砸开?水烧开后可适量加醋,因为醋能使骨头里的磷、钙溶解到汤内……炖上两三个小时,汤就做好了……我靠要两三个小时呢?"

"我听不懂。"二宝很诚实地回答,"好久啊。"

别说二宝听不懂,边南自己念完了也没个概念,他看了看时间,这会儿才做,弄完送到医院估计都该九点了。

"算了。"边南站了起来,想到一个只有八岁的小孩儿要自己在家做骨头汤,他有点儿不放心,"我帮你买一罐拿过去,你在家等我。"

挂了电话之后,万飞盯着他:"没看出来你这么有爱心啊?"

"那换你呢?"边南说。

"让他别做了呗,让邻居教也行啊。"万飞笑着说,"反正我不会买了送过去,你是想起你自己了吧……"

"你闭嘴。"边南指了指他,"留神抽你。"

万飞没说错,从第一次看到二宝蹲在路边哭的时候,边南就莫名其妙地想到了自己,尽管自己的童年在有记忆的片段里算不上多悲惨,起码在外人看来,住着别墅,家里有几个保姆,穿着漂亮的衣服,出入车接车送……

他就是一想到二宝可能自己一个人对着灶台和大棒骨手足无措就很不忍心。

他在汤城打包了一罐筒骨汤赶到二宝家的胡同时,二宝正站在胡同口等着,一见到他就跑了过来:"大虎子!"

"我送你去医院吧,家里门锁好了没?"边南指了指身后送他过来的出租。

"锁好了。"二宝摸了摸胸口挂着的钥匙,跟着他上了车,"谢谢你。"

"我反正闲着没事儿。"边南把二宝脑袋上支起来的几撮头发扒拉顺了,"你哥要住几天啊?"

"半个月吧。"二宝低头凑到汤罐子旁边闻了闻,"好香。"

"那你每天都要送饭吗?"边南问。

"嗯,医院的饭好贵,我做好了送过去就可以了。"二宝一脸严肃地说。

"你会做吗?"边南很怀疑,"直接买现成的……"

"那比医院的还贵呢。"二宝看着他,"笨。"

"你才笨。"边南乐了,"我除了不会做骨头汤,炒几个菜还是会的,西红柿炒蛋、蛋炒西红柿、青椒炒蛋、蛋炒青椒,你什么都不会吧?"

"我明天就学会了!"二宝很不服气。

二宝他哥不知道是哪儿摔伤了，不过住的是骨科医院。

边南本来想把二宝送到病房，但下车的时候一抬眼，看到了院子里门诊大楼前站着俩航运的人。

这俩人他见过，知道其中一个是申涛，跟邱奕是铁磁。

他停下了脚步，市里就这一个好点儿的骨科医院，邱奕八成也跟里边儿躺着呢……

"我进去啦，你快回家吧。"二宝拿过他手里拎着的骨头汤，冲他挥了挥手。

"慢点儿。"边南也挥挥手，"有事儿给我打电话。"

"嗯，谢谢！"二宝很响亮地说，扭头小跑着往医院大门里去了。

边南趁着申涛那俩人没往这边看的时候钻回了出租车里。

申涛和姜凯带着邱彦走进病房的时候，邱奕正躺床上看电视，右腿被吊在半空中。

"很有气势嘛。"申涛摸了摸他腿上的石膏，"你车我帮你弄了一下，掉的漆没法补了，找不到一样颜色的漆，要喷就得全换。"

"没事儿。"邱奕看着邱彦把一罐汤放在了床头的小柜子上，伸手摸了摸他的脑袋，"这汤哪儿来的？"

"我做的，筒骨汤。"邱彦说，"吃骨头补骨头。"

"放屁。"邱奕手指在罐子上敲了敲，"咱家没有这样的罐子。"

"李奶奶家的罐子。"邱彦皱着眉，他不敢说汤是买的，更不敢说是别人买的，"快喝。"

"二宝去打点热水。"申涛晃了晃旁边的暖水壶，"会打吗？"

"会。"邱彦拎起暖水壶转身跑出了病房。

"你管得也太多了，给你弄了骨头汤就喝呗，问那么多。"申涛打开罐子闻了闻。

"我说了不许他乱花钱。"邱奕看着电视，"还说过不许说谎。"

"他看到你腿都哆嗦，买骨头汤不是为你好吗？"姜凯喷了一声，"不许说谎，你当哥的都带头说谎了呢。"

"我说什么谎了？"邱奕看了他一眼。

"这谁干的？"申涛指了指他的腿，又敲了敲石膏，"潘毅峰？"

"不说他已经认了吗？"邱奕笑笑。

69

"那你出院了我们跟谁找回来？"申涛盯着他。

"潘毅峰呗。"邱奕拿过了旁边的汤罐子，勺都是一次性的，还李奶奶家的罐子呢，李奶奶家还用一次性勺子吃饭呢……

申涛和姜凯在病房没待多久就走了，得回学校，现在班主任每天来查一次房，除了没住校的那几个人，其他只要报了住校的，全都要清点。

邱奕把邱彦拿来的骨头汤喝光了，把一次性勺子放到他眼前晃了晃，扔进垃圾桶里："行了，你回去写作业吧，明天别弄骨头汤了。"

"哥哥，"邱彦叫了他一声之后沉默了很长时间才转过头看着他轻声问，"你是不是打架了？"

"说了是摔沟里了。"邱奕说。

"不信。"邱彦皱着眉头。

邱奕看着一脸严肃的他没说话，过了一会儿才没忍住笑了："为什么不信？"

"你没有那么笨。"邱彦趴到床沿上，把脸贴着他胳膊，"哥你是打架了吧？"

邱奕轻轻叹了口气："嗯。"

"为什么总打架呢？"邱彦也叹了口气。

"我没打架。"邱奕看了看隔壁床的人，轻声说，"我就是被人揍了。"

"你要不先揍人，人家也不会揍你。"邱彦逻辑还挺清晰，"你为什么总打架呢？"

邱奕捏着邱彦的头发轻轻搓着："你为什么有时候偷偷在院子里踩毛巾？"

邱彦猛地抬起头："你看到了？"

"还踩过衣服。"邱奕笑着说。

"你偷看我！"邱彦有些不好意思地低下头，"我不高兴的时候才踩。"

"不用偷看也知道。"邱奕嘴了一声，"我衣服后背都是你的脚印……"

"我不开心才会踩，平时不会踩的。"邱彦捂住脸，闷着声音说。

"所以啊，"邱奕笑笑，"我也是。"

邱彦过了很久才抬起头看着他："哥，你是不是很累？"

"还成。"邱奕看了看手机，"行了，你赶紧回去，一会儿公车没了，回去写完作业就睡觉，我会打电话问老爸你有没有睡。"

"嗯。"邱彦把汤罐用袋子装好,走到病房门口又回过头,"等我长大就好了。"

"那你快点儿长大。"

二宝第二天打电话给边南让他去拿汤罐子的时候,边南刚被老蒋虐得差点儿跪着爬出球场。他坐在场边看着自己脚下成串滴下来的汗珠子。

"什么罐子?"他一下没反应过来二宝说的是什么。

"汤罐子呀,那个罐子不是饭店里的吗?"二宝有些着急地说。

"哦,没事儿,交二十块钱押金就拿出来了。"边南笑了笑,"你搁家里用吧,我懒得跑去还了,不是还得继续给你哥送汤吗?"

"不送啦,我哥看出来是买的汤了,今天不要汤啦。"二宝很郁闷地说。

"你哥什么毛病,买的怎么了,非得让一个八岁小孩儿在家做骨头汤吗?"边南很不爽地喊了一嗓子,"也不怕出事儿!"

"他不喝汤了。"二宝小声说,"爸爸说给他煮点粥。"

"你爸煮?"边南问,二宝他爸坐在轮椅上的样子在他眼前晃过。

"我爸教我,我煮,煮粥又不难。"二宝挺有信心地回答。

边南觉得自己可能是有病,训练完了洗了个澡就翻墙出了学校。

打车去帮二宝煮粥这种事打死他一百回他也想不到自己会做。

二宝家经济条件大概不太好,所以他哥不在医院吃饭,更不同意去饭店买吃的,于是就在家随便弄点儿吃的应付了。

边南不知道二宝家平时是怎么做饭的,但他到二宝家时,二宝爸爸正坐着轮椅指挥二宝淘米。

"大虎子!"二宝蹲在院子里的水池边,一抬头看到了边南,惊喜地喊了一声,"你怎么来了?"

"叔叔好。"边南先跟二宝爸爸打了个招呼,走到二宝身边把他鼻子上的两粒米扒拉掉,"我路过……就来看看。"

二宝爸爸对于边南要动手煮粥很过意不去,跟在后头一个劲儿说不用了。

"叔,真没事儿。"边南的动作其实比二宝熟练不了多少,他从小到大就没在厨房里待过,"您指挥我就行,我也是声控的。"

淘米,放水,剁肉末,边南在二宝爸爸的指点下手忙脚乱地在厨房里忙活了一通把粥煮上了。

煮粥不像煮骨头汤那么费劲,没多久就煮好了,边南拿了个饭盒把粥装好:"我打车送你过去。"

"不用不用。"二宝爸爸相当过意不去,赶紧拦着,"我跟胡同口老李家大小子说了,他开出租的,一会儿正好上晚班可以把他送过去。"

"哦。"边南点点头,把粥罐子放进一个布袋里系好了,"那我也走了,我……明天再过来帮忙吧。"

边南看出来了,二宝家条件不好,二宝虽然看上去挺愿意干活的,可毕竟还小,干不利索,二宝爸爸更没法干活,就胳膊能动。

本来边南还想说让院里的邻居帮着弄弄,结果一锅粥煮出来的时间里,他看到了三个邻居,除了一家长期没人住的,另两个屋里一个寡老太太、一对老夫妻……估计平时还得二宝他哥照应着。

边南长这么大,还是第一次这么按时按点儿地上门给人做饭,虽然做得不怎么样,但水平提高得还挺快。

一开始就是煮粥,然后开始往粥里加东西,接着就开始炒菜了,炒糊了两天,但接下去就突飞猛进能炒出花样了。

"我觉得我可以去开个饭馆了。"他一边翻着锅里的排骨一边跟站在身后打下手的二宝说。

"那我天天去吃。"二宝笑得很欢,"要不你会赔钱的。"

"谁说的!"边南从锅里铲出一块排骨放到嘴里尝了尝,"我觉得还不错啊。"

"我哥明天出院了。"二宝凑到灶台边,"到时让他给你做一顿尝尝,你就知道啦。"

"出院?"边南愣了愣,这也就住了一个星期的院,"骨折一个星期就出院?"

"一星期零两天啦。"二宝点点头,"石膏还没有拆呢,我哥说回家休息,换药再去医院就行。"

边南没出声,这估计是为了省钱,医院住一天费用不少。

"你还来吗?"二宝突然拉了拉他衣角。

"啊?"边南看着他,"什么?"

"我哥出院了你还来炒菜吗?"二宝抓着他衣角。

二宝挺黏他的,每次他过来,二宝都会缠着他说半天的话,边南摸摸他的头:"你哥能动吗?不能动我就再来两天呗。"

"不知道能不能动。"二宝低下头,"腿还是吊起来的呢。"

"那我明天来看看吧。"边南蹲下搂了搂二宝,"是不是你哥平时都不陪你玩啊,寂寞的小朋友。"

"他没时间。"二宝搂住他的脖子,"我哥上班上学很忙的。"

"你哥还上学?"边南愣了愣,他一直以为大宝已经正式工作了。

"嗯。"二宝点点头,又扭头看了看锅,"是不是又煳了?"

边南赶紧蹦起来把火拧小了,扒拉了几下锅里的排骨:"没煳没煳,差点儿……只煳了一点儿……"

第二天边南又打算翻墙出去的时候,万飞拉住了他:"南哥,你不会每天都是去约会吧?"

"跟谁约?"边南把手伸到他眼前,展示了一下手上被油星子燎出来的俩水泡,"黑岩吗?"

"靠你这明显是小智的喷火龙……"万飞叹了口气,"你要有个亲弟估计都没这么上心吧。"

"不知道。"边南想了想,边馨语看到他就乌云密布的脸从眼前飘过,他顿时一阵郁闷,"没感受过。"

"晚上网吧等你?"万飞躺到床上。

"嗯。"边南拿过外套出了宿舍。

边南打车到了二宝家胡同口,在小超市里顺手买了瓶可乐和几包零食,二宝挺爱吃这些,不过估计平时不总吃,每次边南给他买了他都两眼发光。

二宝家对于边南来说已经很熟悉,进了院子熟门熟路地就推开了二宝家的房门。

"大虎子来了啊。"二宝爸爸正在客厅里,看见他马上招了招手,"还想着你今儿来不来呢。"

"答应二宝要来的。"边南笑了笑,听到了二宝屋里有人说话,估计是二宝他哥。

他走过去刚要敲门,二宝已经从屋里扑了出来:"大虎子!"

"哎,刹车。"边南摸摸他脑袋,把零食袋子递给他,"给你的,慢慢吃。"

"我哥哥回来了。"二宝拉着他的手往里屋拽,又冲里面喊了一声:"哥,大虎子来了。"

"哦。"里面有人应了一声,"大虎子来了啊?"

这声音不高,不过边南听得很清楚,整个人都愣了一下。

他并没有过耳不忘的能力,但对于某些声音他却能记得很清楚,比如某个贴着他耳朵挑衅的声音。

二宝并没有注意到他的变化,把他拽进了里屋。

边南看清床上躺着的人时,有种想扭头出门到胡同里那口已经干了的井那儿跳下去的冲动。

邱奕!

居然会是邱奕!

居然是邱奕这个王八蛋!

那么可爱的二宝,居然是邱奕的弟弟!

边南瞪着在床上躺着的邱奕,半天没说出话来。

"你好。"邱奕见到他倒是挺平静,看上去就跟头回见面似的,"谢谢你这段时间照顾我弟弟和我爸。"

我还想照顾你大爷呢!

边南咬着牙,尴尬,恼火,丢面儿,还有那么一丝儿说不上来是内疚还是不好意思的情绪来回折腾着,他费了好大劲才挤出个干笑:"不谢。"

然后他一把抓住了正想出去给他倒水的二宝,咬牙保持着脸上的笑容:"宝贝儿,我一定是智力有问题了才一直没问,你叫什么名字?"

"邱彦。"二宝看了一眼邱奕,扬起头看着边南,"我叫邱彦,我哥哥叫邱奕,我也没有问过你叫什么。"

"我叫边南。"边南盯着邱奕,"边南。"

说完了他又扳着邱彦的下巴有些难以置信地盯着看了好一阵:"你跟你哥怎么长得一点儿也不像!你怎么黑眼珠子啊!"

边南这句倒是实话,邱彦长得很漂亮,跟个洋娃娃似的,但跟邱奕那张有着明显混血特征的脸完全不同,但凡要长得有两分相似,他也不至于跟头驴似的为邱奕忙活了这么久!

"可是我头发是卷的呀。"邱彦一边喊一边跑出去倒水。

邱奕嘴角一直挂着的礼貌笑容换成了一丝戏谑:"不好意思吓着你了。"

"我靠你大爷邱奕!"边南指着邱奕压低声音,"你是不是早就知道了?"

邱奕往门口看了一眼:"你猜。"

边南脸上挂不住,火一下没压住,冲过去一把揪住了邱奕的衣领:"你别再给老子撩火,以为我不敢在你家揍你吗?"

"大虎子。"邱彦捧着一杯水进来了,看到边南这动作吓了一跳,"怎么啦?"

"没没没……没怎么。"边南赶紧松了手,整了整邱奕的衣领,"你哥衣服上有脏东西。"

"哦。"邱彦把杯子递给他,很开心地拉过一张椅子让他坐,"一会儿还一块儿做饭吗?"

"别让大虎子做饭了。"邱奕爸爸把轮椅推到了门口,"一会儿我弄吧,大虎子在家吃个饭,之前做完了就跑,今儿一块儿吃吧。"

"我吃过了才来的。"边南简直没法形容自己的感受,面前是他最讨厌的人,自己却还得堆着一脸愉快的微笑,"叔叔您别管我。"

"我随便弄点儿。"邱奕爸爸笑着推着轮椅往厨房去,"你随便吃点儿,别客气。"

"我先去煮饭,"邱彦跟着往外跑,一边跑一边喊,"哥我会煮饭了!"

"真厉害。"邱奕说,眼睛还看着边南,听到老爸和邱彦都去厨房了,他才冲边南说了一句,"辛苦了啊。"

"你别跟我说话,我怕我忍不住揍你。"边南心里堵得就差吐出来了,自己这一个多星期见天儿跑来做饭,闹了半天居然是给邱奕做的!

这事儿怎么想都干得跟个傻子似的!

邱奕也不再说话,腿架在被子上,拿了本书翻开了开始看。

边南坐了两秒钟,站起来打算去厨房看看,跟邱奕这么待着他怕自己一会儿火压不住把他连石膏带腿都给砸了。

到了门口的时候他停下了,看了邱奕一眼:"我差点儿忘了查询一下我的战果,怎么样,揍得专业吗?"

"还不错。"邱奕放下书,"腓骨骨折,拍片子见骨折线,无明显位移,查体见多处软组织损伤,建议住院观察,同时石膏固定,一月后复查片子拆除石膏……"

"不错。"边南突然有点儿说不上来的滋味儿,伸手在石膏上敲了敲,冲邱奕龇了龇牙,"想找回来吗?我等你。"

边南扔下一句话就去了厨房帮忙了，邱奕靠在床上翻开书继续看。

"哥哥，"邱彦过了几分钟跑进里屋，"牛肉要炖多久啊？"

厨房那边传来边南的喊声："说了不用问，我知道要炖多久！"

"半小时就行，用高压锅炖。"邱奕笑笑，伸手在邱彦鼻尖上抹了抹。

邱彦鼻尖上都是汗珠，看上去很兴奋。

家里别说平时，就连过年也基本没有客人，邱彦能开心成这样，一刻不停地跑出跑进打着下手，邱奕很少见到。

"大虎子，"邱彦跑进厨房，"我哥说高压锅炖半小时就可以啦。"

"哦。"边南很郁闷，他的确是不知道牛肉该炖多久，但他可以查，从邱奕嘴里说出来他怎么都觉得别扭，当着邱彦的面又不好发作，只能点点头，"那炖肉的时候先把别的菜弄了吧。"

"嗯！"邱彦又转身跑到院子里，把洗好的菜捧了进来，"先炒菜吗？"

"好。"边南拿过菜，放到案板上随便拦了两刀，一想到自己在厨房这么忙活着，邱奕在床上躺着看书，他就特别想撂挑子走人。

"真好。"邱彦扒着案板看着他，脸上全是笑。

"什么真好？"边南随口应了一声。

"什么都好！"邱彦很响亮地回答，又有些不好意思地转身跑了出去。

"家里没什么客人来，他哥哥在家时间少，平时就我跟他俩人。"邱奕爸爸在厨房门口笑了笑，"这一下这么多人一块儿吃饭，这孩子高兴呢。"

"他哥哥这么忙啊？"边南也挤了个笑容出来。

"是啊，要上学，要打工，我这个情况……"邱奕爸爸说着声音就低了下去，接着叹了口气，"家里什么事都他哥哥扛着，辛苦啊。"

边南沉默着没有说话，一时半会不知道该说什么了。

边南用了快两个小时折腾出了四菜一汤，看着摆在桌上的盘子，他有点儿百感交集。

在家里他虽然不受待见，但从小到大也是少爷待遇，从来没干过活儿，现在居然做出了好几个味道不知道怎么样但卖相算是凑合的菜，还外带一个汤……

而他能取得如此重大的"进步"，居然是因为邱奕。

不，不是因为邱奕。

他要没把邱奕打进医院，也不至于会连锁反应出这个收都收不住的局面。

邱奕的腿还不能动，邱彦进屋扶他下床的时候，他跳得有些吃力。

"轮椅。"邱奕简单地说了两个字。

邱彦马上明白了，跑到爸爸身后，打算把轮椅推过去让邱奕扶着过来。

边南一看这情况自己站着不动说不过去，只得咬牙说了一句："我来吧。"

邱奕没说话，靠在床边看着他。

边南走到邱奕身边，先伸了伸左手，不知道该扶还是该搀，于是又伸出右手，但发现伸右手拧着劲儿了，于是又伸出左手。

邱奕喷了一声，一抬胳膊勾在了他肩上，借着劲往门口蹦了一下。

边南定了定神才控制住自己没直接拽着邱奕胳膊把他抡到地上，跟着邱奕往前迈了一步。

但这个跟木桩子一样的姿势让两人都行动不便，他探着脖子走了两步之后不得不搂住了邱奕的腰，咬着牙半拖半架地把邱奕扯到了桌子边，甩到了椅子上。

这还不算完，邱奕的腿放不下去，他还得弯着腰把一张凳子放到桌子下边让邱奕搁腿，好在邱奕没让他动手，自己搬着腿放了上去。

边南坐回椅子上，邱奕要敢指使他搬腿，他就敢把邱奕一拳抡出门外。

"我喝一杯这个吧。"邱彦心情很好地拿起可乐。

"渴了喝水。"邱奕看着他。

"我想喝这个……"邱彦小声说，又低头瞄了爸爸一眼。

"让他喝点儿吧。"那边老爸说了一句。

"牙要坏了。"邱奕的语气没有松动。

"可是……"邱彦垂下眼皮咬了咬嘴唇，没再说话。

边南本来不想出声，别人管教孩子的时候不多插嘴是起码的礼貌，但邱彦可怜巴巴的样子让他心里一阵发软，对邱奕的火顿时跑偏了，他没忍住开了口："又不是天天喝，喝一杯牙就坏了啊？"

"他昨天刚喝了一瓶。"邱奕扫了他一眼之后又继续看着邱彦，话却还是对他说的，"也是你买的吧？"

"我……"边南张了张嘴没说出话来。

"我过几天再喝吧。"邱彦起身拿起可乐放进了冰箱里，又扭过头，"行吗？"

"嗯。"邱奕点了点头。

邱彦很快忘了没可乐喝的郁闷，这么多人一块儿在家里吃饭给他带来的喜悦超过了喝可乐，他吃得很香。

"大虎子手艺还不错嘛。"邱奕爸爸边吃边笑着说，"一开始还总煳锅，现在也很有样子了。"

边南跟着呵呵笑了两声，埋头吃了块牛肉，发现盐好像搁少了，有点儿淡。

"这段时间多亏大虎子了，要没他帮忙，我这儿可就麻烦了。"邱奕爸爸又说了一句。

"谢谢。"邱奕放下筷子说了一句。

边南正埋头吃饭，听了这句话，也放了筷子转过了头，发现邱奕正看着他。

"没事儿。"边南应了一声。

邱奕这话总算是很难得地没附带着戏谑和挑衅，他也就配合着了，毕竟这事儿要一定掰开了说也是因为他那潇洒的一棍子才让人家里乱成一团的。

这顿饭吃得不算太尴尬，虽然边南心里很不爽，估计邱奕心里也差不多，但邱彦心情很好，话很多，扒拉完两口饭就一直说个不停，邱奕拦了几回都没拦住。

边南干脆放了筷子说吃饱了陪着邱彦说话，反正实话实说这菜要不是自己做的，他还真吃不下去。

吃完饭邱彦很麻利地收拾了碗筷拿到院子里的水池边洗去了，边南坐在屋里浑身别扭，没话找话他并不难受，他难受的是他得当着邱奕的面没话找话。

坚持了没两分钟，他起身走出了屋子，打算陪邱彦洗完碗就走人。

"我会洗碗。"邱彦看到他出来，有些得意地说，"以前都是我洗碗。"

"摔了多少碗学会的？"边南蹲到他身边，跟邱彦聊天儿要自在得多。

"没摔，一个都没摔过！"邱彦举起一个碗在他眼前晃了晃。

"好厉害。"边南笑着说。

"大虎子，"邱彦低头把洗好的碗冲了冲，有些犹豫地小声问了一句，"你明天还来吗？"

边南正要站起来，听了这话，动作停下了，弯着腰不知道该怎么回答。

"你说我哥要是不能动,就……就再来几天……"邱彦的声音还是很低,带着些试探,"你是不是不想来了啊?"

边南没出声,没错,他当然不想来了,他看到邱奕就窜火,他都佩服自己一晚上从见到邱奕到现在都还没发作。

但尽管这样,他还是没把不想来这话说出口,邱彦很敏感,他会问出这句话,明显是已经感觉到了自己和邱奕之间紧张的气氛。

小孩子有时候比成年人更敏感,就像自己很小的时候就能感觉到哪怕林阿姨对他跟对边皓和边馨语没什么不同,他也依然是这个家里多余的不受欢迎的那个人。

"不要这么随便就麻烦别人。"邱奕的声音突然从身后传来。

边南猛地直起身,扭过头看到邱奕不知道什么时候单腿站着靠在了门边。

"没有麻烦。"邱彦有些不好意思地看了边南一眼,"我不是要麻烦大虎子……"

"你让人来做饭的,这不是麻烦吗?"邱奕声音不高,也没有生气,却很严肃。

"可是……可是……"邱彦可是了两声没再说下去,低头抱起洗好的碗转身走进了厨房。

"你有病吧?"边南看了一眼邱奕,跟着邱彦往厨房走。

"别哭。"邱奕又补了一句。

边南正觉得莫名其妙谁哭呢,进了厨房发现邱彦已经把碗放好了,低头站在灶台前没动。

"二宝,"边南蹲到他身边,拍了拍他的肩,"你……"

话没说完他就愣了愣,邱彦脸上挂着两行眼泪,他赶紧把邱彦搂过来,在他背上拍了拍:"怎么哭了啊?"

"没有哭。"邱彦抬手抹抹眼泪,冲他笑了笑。

邱彦不笑还好,这眼睛里还全是泪脸上挤出个笑容的模样顿时让边南气不打一处来,他站起来转身出了厨房。

邱奕还靠在门口,边南走到他面前,往屋里看了看,邱爸爸已经推着轮椅回自己屋看电视去了。

他一把搂住邱奕的腰,把他半拖着弄到了院子里。

"干吗?"邱奕扶着葡萄架站稳了,看着他。

"我告诉你邱大宝,你有病你犯你自己的。"边南压着声音,手指都快戳到邱奕脸上了,"我是邱彦的朋友,不是你的,我爱来来不爱来不来,你管不着,懂了吗?"

邱奕笑了笑没出声。

"别笑。"边南继续指着他,"你笑起来特别欠揍知道吗?"

"哦。"邱奕应了一声,嘴角挂着的一抹微笑瞬间消失了,再抬眼看着边南的时候眼神有些冷。

边南头回看到变脸能变得如此迅速得心应手的,顿了顿才转过身,看到邱彦已经从厨房出来了,他走过去摸了摸邱彦的脑袋:"我明天过来,不过要晚一点儿,我明天下午有场地训练。"

"真的吗?"邱彦眼睛一亮,又偏过头往邱奕那边看着,"哥?"

"你的朋友你做主。"邱奕靠着葡萄架摸了根烟出来点上,"但不能总麻烦朋友。"

"知道。"邱彦很开心地回答。

边南憋着一肚子火回到宿舍的时候发现宿舍里空无一人。

洗完澡他打了个电话给万飞,万飞表示正在网吧兜着塔让他带宵夜过去。

"你三叶虫的脑子里除了宵夜还有别的没?"边南躺到床上。

"还有兜塔和南哥。"万飞很干脆地回答,"所以你带着夜宵过来,我就圆满了。"

"吃什么?"边南看了看时间,在宿舍躺一会儿再过去时间差不多。

"炒饼,大份的。"万飞说。

"嗯。"边南枕着胳膊,"告诉你件事儿。"

"来了再告诉我,我这儿忙着呢。"万飞那边乱糟糟地喊着。

"二宝他哥是邱奕。"边南说。

万飞那没了声音,过了好几秒才传来一声变了调的喊声:"你说什么?"

"我一会儿去了再说吧。"边南说,没等万飞再说话,把电话挂了。

万飞的电话马上打了过来,边南没接,躺在床上闭目养神,今天在邱奕家伤神太多,得好好休息一下。

万飞第七个电话打进来的时候边南才接了,那边万飞劈头就喊:"我靠,你狠!我到围墙这儿了,出来!"

边南乐了,笑了半天:"傻子,以后还忙吗?"

"靠，不忙了，你说什么我都立马有空听。"万飞喷了几声，"出来吧，吃炒饼去。"

边南起身拿了钱包溜出了宿舍，翻出围墙落地的时候，万飞正蹲在路边等他。

"快说，怎么回事儿？萌萌的二宝他哥怎么会是邱奕？"万飞一看他出来就蹿了过来，"这么说你这阵儿上赶着做饭手上都起泡了全喂邱奕那王八蛋了？我靠这什么事儿啊那边好容易揍爽了这边营养餐一顿不落地做……"

"听你说还是听我说？"边南看着他。

"那你说。"万飞马上闭了嘴。

"没了。"边南叹了口气，"都让你说完了。"

"那他什么反应？有没有抡着石膏腿扑面而来？"万飞莫名其妙地挺兴奋，就好像找着一个以后继续找麻烦的理由似的，"打石膏了没？"

"打了。"边南想了想，"说是什么腓骨骨折，什么骨折线的，听不懂，管他呢，反正就是骨折了……我靠邱奕是怎么把这一大通背下来的……"

"听说他成绩特别好，估计背书背习惯了。"万飞喷喷了几声，又一拍大腿，"不对，跟这没关系，靠！他能记得这些只能说明他记仇呢！我要让人这么揍了，我也得拿着病历本背。"

"你拿着病历本念都未必能念顺了，你还背呢。"边南斜了他一眼。

"南哥，"万飞拍了拍他肩膀，"你有个特别不地道的毛病你知道是什么吗？"

"别地儿憋回来的气儿都撒你身上了。"边南说完就乐了，从兜里摸了根烟出来叼着，也没点，就用牙咬着一上一下地晃。

"知道我活得多不易了吗？"万飞叹了口气，"这炒饼还吃不吃了啊……"

第二天边南早上起来跑步的时候，有点儿后悔自己一时冲动跟邱彦表了个非去他家不可的决心，一想到自己上课训练累了一天还要送上门儿去找不开心就有点儿堵得慌。

他一早上好几次拿了电话想打给邱彦说有事去不了，最后又都放下了。

邱彦特别黏他，每次看到他时眼里那种开心和期待让边南有种说不上来的温暖，他开不了口。

邱奕平时是怎么跟邱彦相处的，边南不是太清楚，只知道邱彦挺怕他哥的，哥哥不让做的，他就不敢做……

"你说邱奕为什么会有一个这么可爱的弟弟？"边南趴在桌上，小声跟万飞说，"应该说这么可爱的一个小孩儿怎么有这么一个操蛋玩意儿的哥？"

"你晚上真去啊？"万飞问他，"是不是有点儿过意不去？"

"谁过意不去了！我要不去我怎么跟二宝说？"边南皱着眉，"靠，去就去，我不光揍人，揍骨折了我还天天上跟前儿参观去！"

下午训练的时候万飞强烈要求晚上一块儿去邱奕家。

"这都快半个月了。"万飞特潇洒地一甩头，"我还没好好观赏一下咱俩的大作呢！"

边南抹了抹甩到自己脸上的汗水："靠，你赶紧去花圃那边抖抖毛，花工三天都不用浇水了。"

"一块儿去吧。"万飞把毛巾盖在自己脑袋上，"让我也体会一把站在敌人尸体上热血沸腾的感觉。"

"你得了吧。"边南擦擦汗，拎了包往宿舍走，"那天晚上敌人躺地上动不了的时候你怎么不体会？跑得跟二踢脚崩屁股上了似的……"

不过万飞说得热闹，回宿舍洗完澡往床上一躺他就不乐意动了，边南换了衣服准备走的时候，他已经躺床上脑袋冲着床尾睡着了。

边南从抽屉里找出个本子，撕了一页空白的下来，写上了"这边是头"几个字，又描了半天加粗了盖在万飞脸上，这才走出了宿舍。

学校这边出租车很少，边南看了半天没等着车，只好上了辆三蹦子。

市区三蹦子限行，他下了车之后离邱彦家还有一小段路，站在原地想了半天，又拦了辆出租。

打个车出门还得倒车挺逗的，但今天的训练累，他是真懒得走最后这十分钟了。

路过胡同口的小超市时，边南本来打算进去给邱彦买点儿吃的，但想到邱奕那个态度，犹豫了一下还是没买，他宁可带着邱彦出来买，现买现吃。

进了胡同没几步，迎面走过来一个人。

边南低着头正看着脚下的砖，感觉到有人过来了，他就往旁边让了让，正想往前走的时候，发现那人拦在了他面前。

他皱着眉抬起头，发现站在自己面前的人居然是申涛。

"你上这儿来干吗？"申涛脸上表情不太好看。

"老子遛弯有你什么事儿？"边南双手往兜里一插，看着申涛。

"那您遛。"申涛盯着他，让开了路。

边南扫了他一眼，继续往胡同里走，走了几步发现申涛跟在他身后。

他没回头，看着地上的影子，虽然不是人人都跟潘毅峰那伙似的那么爱干偷袭的事儿，但偶尔兴起了也保不齐，他自己就刚偷袭完邱奕没两天。

不过申涛跟在他身后没什么动作，边南推门进了院子，他也跟了进来。

院儿里只有那个邻居老太太正坐在葡萄架下边儿听收音机，边南叫了声奶奶好，接着就看到厨房那边跑出来一个小小的身影。

他赶紧弯腰张开了胳膊。

"大虎子你来啦！"邱彦扑进了他怀里大声喊着，往他身后一看，又喊了一声，"小涛哥哥你没走吗？"

"我落东西了。"申涛冲邱彦笑了笑，走进了厨房。

"在做饭吗？你爸爸在屋里？"边南打算进屋去跟邱爸爸打个招呼，把邱彦抱了起来之后看到邱奕正在厨房门口靠着。

"爸爸今天不舒服，吃了药先睡觉啦。"邱彦搂着他的脖子，"我跟哥哥正要做饭呢。"

"不舒服？病了吗？"边南往屋里看了一眼。

"不是病了，爸爸有时候会不舒服的。"邱彦说。

边南怕吵到邱爸爸，就没进屋，在葡萄架旁边坐下了，邱彦从兜里掏出一个红色的塑料五角星递给他："这个是今天我得的奖，送给你。"

"谢谢，你这么能干啊，还能得奖。"边南接过五角星，在自己口袋里摸了半天除了钱包什么也没摸着，"一会儿我带你去买东西吃。"

"不是周末我不能吃零食。"邱彦在他耳边小声说，"我哥不让。"

"那我带你去买玩具。"边南往邱奕那边看了一眼，邱奕没他，倒是跟一脸不爽的申涛对上了，霹雳闪电的。

"我不走了。"申涛也往厨房门边一靠，抱着胳膊。

"那你院儿门口蹲着去。"邱奕看着他，"我这儿还做饭呢，你别给我找麻烦。"

"那儿还蹲一个找麻烦的呢你让他先走。"申涛没动。

"随便你。"邱奕往灶台边蹦了两下，"你要让邱彦看出来什么你别想从我这儿站着出去。"

"我靠！"申涛小声骂了一句。

"想靠谁找谁去。"邱奕皱皱眉。

"有事给我打电话。"申涛犹豫了一会儿说。

"嗯。"邱奕点点头。

申涛走出院子的时候回头盯了边南一眼，边南也没客气，满脸不耐烦地盯了回去，要不是邱彦还靠在他身上，就申涛这态度，他早抢椅子上去了。

"我去帮哥哥做饭。"邱彦叫了一声小涛哥哥再见之后打算往厨房跑。

"你会吗？你哥做得了，你帮倒忙呢。"边南拉住他，看着邱奕在厨房里单脚蹦着很过瘾。

"医生说了他还不能下地呢。"邱彦皱着眉，"我不放心。"

邱彦这话说得跟个小大人似的，边南一时间无言以对，只得松了手。

邱彦跑进厨房之后，边南在院子里坐着，抬头看着已经长出来不少的葡萄叶子，老太太在边儿上一直看着他。

边南顶着她执着的目光坐了两分钟之后实在坐不住了，转过头："奶奶，您有事儿啊？"

"你去帮帮忙啊。"老太太伸手在他肩上拍了一下，一脸不解地看着他，估计是觉得之前他做饭挺积极的怎么这会儿袖手旁观上了。

"哦。"边南挺无奈地站了起来，慢吞吞地往厨房走了过去。

刚走到厨房门外，就看到邱奕蹦着想去拿盘子，结果邱彦正好拦在身边，他一个趔趄，打着石膏的腿条件反射直接就往地上落了下去。

"哎！"边南吓了一跳，这一下要杵地上了肯定得摔，他赶紧冲过去架住了邱奕的胳膊。

邱彦也吓了一跳，往边上连退了好几步。

"说你帮倒忙吧。"边南冲他偏了偏头，"出去等着吧。"

邱彦一溜烟地跑出了厨房，在门口站着："我是想去拿盘子。"

"我来吧。"边南看了邱奕一眼没好气儿地说，"你什么桩子站都站不稳。"

"改天让你试试。"邱奕挺平静地回答。

"靠！"边南明白了他的意思，压低声音，"怕你吗？我话放这儿了，你有本事就来！"

邱奕没出声，边南也没再多说，站在门外的邱彦让他俩连狠话都不敢往大声了放。

"行了我弄吧。"边南架着邱奕胳膊把他拖出了厨房。

扶着邱奕进了屋之后,边南把他往床上一扔:"待着吧。"

"劳驾……"邱奕躺到床上,指了指床脚的被子。

边南压着一肚子不耐烦过去把被子放好,犹豫了一下又把邱奕打了石膏的腿扶着放到了被子上。

"谢谢。"邱奕说了一句。

"你非得自己做饭吗?"边南皱着眉,"我发现你真挺有病的,叫个外卖就能穷死你了?"

"我得卧床一个月,一天三顿,早饭我爸凑合能弄,还两顿外卖。"邱奕枕着胳膊,不紧不慢地说,"胡同口最便宜的盒饭是十块,我家三口人,一天六十,邱彦就算半个人吧,一天五十,一个月是多少?你知道我晚上在饭店打工一个月挣多少吗?哦,现在这份钱是没了的……"

"行了行了!"边南打断了他的话,邱奕这么一说,让他突然有点儿莫名其妙的负罪感,本来他就想着出出气,根本没考虑过后边儿这一大堆倒霉催的连锁反应。

但一想到邱奕可能知道自己的那些破事,就又总有点儿带着恼羞成怒的不爽。

"算明白没?"邱奕依旧不紧不慢。

"你别没事儿找事儿啊。"边南指了指他,"我给二宝面子不跟你废那么多话你别顺杆儿上!"

"一千五。"邱奕说。

"靠!"边南骂了一句转身出去了。

邱奕伸手拧亮床边的台灯,拿过一本书翻开了。

边南今天真的会来他并不意外,他看得出来边南很喜欢邱彦,答应了就会来。

边南不想看见他,他也不想边南总在自己跟前儿转悠,如果让他现在每天躺床上连起来尿个尿都得想五分钟下个决心的人不是边南,就算他和边南之前干过架,他也不会这么烦躁。

可偏偏就是边南让他这一个月出不了门,不能打工,不能补课,老爸和邱彦都没人照顾,那就得另说了,这是他不能忍的。

怎么不爽就怎么来。

边南在厨房折腾了半小时,把邱奕已经切好的菜炒了,不过因为不知道哪个菜该配哪个菜,他是估计着随便搭配着炒的。

把菜在桌上摆好之后,邱彦跑进了里屋:"哥哥吃饭啦,我扶你吧。"

因为没有邱爸爸在场,边南也就没装样子,站在客厅里没动。

过了两秒钟,邱彦跑出来进了邱爸爸的屋子,把轮椅推了出来,之前在厨房里邱彦也一直在打下手,这会儿又跑出跑进的,鼻尖上全是汗。

"我来吧,你盛饭。"边南拍拍他,过去把轮椅推进了屋里。

邱奕已经起来了,扶着桌子站在床边。

边南把轮椅推到他身后,转身准备走开。

"哎,"邱奕跳着退了一步,腿碰到轮椅的时候,轮椅往后退开了,"把刹车弄一下。"

"刹车?"边南过去看了看,"一轮椅还有刹车呢?哪儿啊?往哪儿捏闸呢?"

"你以为自行车呢。"邱奕指了指轮子后面,"那个黑色的把儿,往下扳。"

"你那个骚包自行车哪儿去了?"边南把黑色的把儿扳了下去,晃了晃轮椅,还真不动了,"是不是也摔骨折了?"

"杂物房里。"邱奕坐到轮椅上。

边南站在他身后,看到邱奕坐稳了之后,他对着轮椅推了一把:"飞!"

轮椅并没有如边南所愿噌噌往门口冲出去,而是只往前半尺就停下了。

"我靠什么破轮椅!非得推着走吗⋯⋯"边南忍不住又伸手推了推,没推动。

邱奕转过头看着他,过了几秒钟才说了一句:"拉着手刹呢。"

边南顿时有点儿恼火,弯腰把那个黑把儿扳开正想再来一如来神掌的时候,邱彦从门外探了个脑袋进来:"哥哥你好了没?"

"好了。"邱奕推了推轮椅的轮子,轮椅慢慢往前滑了出去,"饿了吧?"

"还好。"邱彦有些不好意思地笑了笑,又看着边南,"大虎子做的菜很香!"

"当然香。"边南跟在邱奕轮椅后头,"我十年功力⋯⋯"

边南累了好半天才做出来的菜其实实在不怎么样,除了样子还成,别的一无是处。

不过也算是用尽他全力了,这还得算上这段时间的培训成果。

"要给你爸留点儿吗?"边南问邱彦。

"不用,下午喝了粥睡的。"邱奕在一边回答,低头喝了口汤,"我家盐没了?"

"有啊……"边南顺嘴说了一句,接着又斜了邱奕一眼,"淡了就说淡了,绕什么弯子。"

"只淡了一点点。"邱彦捧着碗喝了一口,"也很好喝的。"

"你想喝可乐就喝吧。"邱奕说。

"真的?"邱彦跳下椅子,跑到冰箱前拿出了可乐,"真的?"

"嗯,奖励你会说话,越来越有礼貌了。"邱奕点点头。

"我靠。"边南小声骂了一句,让邱奕别绕弯子,这弯子还越绕越大了,自己辛苦半天做的菜一句好话都没换着,他站起来拿过邱奕的碗,"加点盐吧,病人口淡。"

"不用。"邱奕刚想拿回碗,边南已经把他的手一把按回了桌上。

"没事儿。"边南龇牙冲他一笑,"我伺候你。"

边南拿着邱奕的碗进了厨房,打开盐罐子,舀了满满一勺盐,犹豫了一下又倒了点儿回去,再想想又舀出来一丁点儿,然后放进了汤里。

"谢谢。"邱奕看着边南放回自己面前的碗。

"尝尝咸淡合适了没?"边南坐下,很认真地看着他。

"合适了。"邱奕夹了一块排骨,他之前想做的是豆豉排骨,但现在盘子里只有排骨,"你这排骨里的豆豉……"

看到旁边大白菜盘子里的豆豉时他没再说下去,沉默地嚼着排骨,还好排骨能咬得动。

"我这是酱油排骨,"边南说,他做排骨的时候都起锅了才看到旁边还有豆豉,只好把豆豉扔大白菜里了,"你喝点儿骨头汤啊。"

"一会儿喝。"邱奕说。

"二宝,"边南喝了口汤看着邱彦,"汤是不是很难喝?你哥哥都不愿意喝。"

"不难喝呀。"邱彦马上埋头把碗里的汤喝光了,又偏过头对着邱奕小声说,"哥哥,大虎子做了好久的。"

邱奕突然有些后悔一直教育邱彦要尊重别人的劳动成果什么的,他笑了笑拿起了碗,咬牙喝了一口。

"好喝吗?"边南也偏过头,学着邱彦一脸期待地看着他。

邱奕捂着嘴咳嗽了一声:"……好喝。"

"那多喝两口。"边南笑着说,笑得他自己都觉得会不会乐得太明显。

"一会儿再喝。"邱奕放下了碗,汤齁得他眉毛都拧一块儿了,赶紧夹了一筷子豆豉大白菜放到嘴里嚼着。

边南没再继续劝,邱奕这人太不动声色,不定能怎么报复回来,爽一把就跑比较合适。

不过吃完的时候边南一直在应付话痨爆发的邱彦,邱奕又盛了碗汤的时候他挺惊讶,不知道什么时候那碗能齁死驴已经被邱奕喝光了。

"要加盐吗?"边南突然有点儿过意不去,这句话是真心实意问的,汤的确是淡了。

邱奕皱着眉看了他一眼,压低声音:"你还没完了?"

"我靠,我是真心的!"边南喷了一声,低头扒拉两口菜,"爱信不信。"

"真心的啊。"邱奕笑了,"记着了。"

边南愣了愣,反应过来之后忍不住骂了一句:"去你妈的。"

这句话刚说出口,邱奕突然把手里的筷子往桌上一摔,没等边南反应过来,邱奕已经一拳砸在了他脸上。

边南觉得自己之所以能忍气吞声在邱奕家待着,除去故意硌硬邱奕之外,还因为喜欢邱彦,他不想让邱彦失望。

当然,也有那么一点内疚,之前他完全没想过自己那两棍子会让本来就困难的邱奕家雪上加霜……

再说邱奕抛开偶尔一两句话之外并没有什么让边南特别光火的举动。

所以他怎么也没想到邱奕会当着弟弟的面儿在饭桌上一拳砸自己脸上,还那么准确地砸在了鼻子上。

他引以为傲的高富帅鼻子。

溜直、挺拔的鼻子。

"你发什么疯!"边南捂着鼻子吼了一声,这声吼完之后他就说不出别的话来了，鼻子上延迟了两秒传来的酸麻胀痛让他眼泪都下来了，别说出声，就弯个腰捂鼻子都找不到合适的姿势。

"哥哥你干吗呀？"邱彦被吓着了，瞪大眼睛半天才喊了一声，声音里带着哭腔。

"怎么了？出什么事儿了？"里屋传来了邱爸爸的声音，先是询问，接着就转成了斥责，"邱奕你干什么了？"

边南站了起来，椅子倒在了一边他都没顾得上扶一把，直接冲到了院子里。

他脑子里除了莫名其妙的愤怒和窝火再也没有别的情绪，怕自己一冲动再把桌子给掀了。

在水池边蹲下之后，他拿开手看了一眼，掌心里一团血红，再来点儿估计够染一条红领巾了。

靠！

"大虎子！"邱彦跟着他跑了出来，因为着急，经过葡萄架下边儿的时候差点摔一跤。

"没事儿没事儿，你别急。"边南皱着眉，一只手捂着鼻子，忍着酸疼，"我没事儿。"

"对不起。"邱彦脸上还挂着眼泪，急急忙忙地跑到他身边一连串地小声说，"你别生气，对不起，对不起……"

"你对不起什么啊！又不是你干的！"边南看到邱彦这样子简直火大得能去参加奥运火炬传递了，他拧开水龙头，"我先洗洗。"

"我帮你。"邱彦马上挽起袖子，伸手接了点儿水然后轻轻在他脑门儿上拍了拍，"我以前爱流鼻血，我知道怎么能止血……"

"哦。"边南没动，让邱彦一下下接了水在他脑门儿上拍着。

"你别生我哥哥的气。"邱彦吸了吸鼻子，眼泪还挂在脸上，院子里的小灯一照，还挺晶莹透亮的，看着让人心疼，"他不是故意的。"

"他还不是故……"边南忍不住喊了一嗓子，但屋里邱爸爸生气的吼声让他没把话说完，他回头瞅了一眼，"把你爸吵醒了吧？"

"我爸会骂他的。"邱彦低着头，抹了抹脸上的泪水，又继续拍着边南的脑门儿，"我哥是因为……是因为……你说去你妈的了……"

"小孩儿别说脏话！"边南条件反射地说了一句，接着愣了愣才反应过来,"我?我就顺嘴一说,我说去你妈的怎……"

我妈妈死了。

边南猛地想起来邱彦曾经说过的这句话。

也就是说,邱奕他妈死了。

"我那就一句顺嘴的话,不是要骂你妈妈。"边南皱皱眉,"他这反应也太大了吧……"

"他这段时间心情不太好。"邱彦咬咬嘴唇,从口袋里掏出块小手帕递到边南面前,"大虎子你擦擦脸吧。"

边南指了指他的脸:"你先擦擦你自己的脸吧。"

"我不用。"邱彦用手在脸上胡乱蹭了几下,"手帕干净的,我今天还没有用呢。"

边南只得接过手帕,在脸上擦了擦,鼻子下边还有点儿血迹,他特别不能忍受自己的血,站起来在水龙头下边儿把手帕搓了搓:"行了没事儿,我走了。"

"啊?"邱彦很着急地抓住了他的手。

"等等。"身后传来了邱奕的声音。

边南把手帕顺手往邱彦脑袋上一扔,转身看着邱奕:"你还想干吗?"

"二宝你进屋收拾一下。"邱奕没坐在轮椅上了,从门口慢慢蹦了几步,蹦到了葡萄架子下边儿,把石膏腿搁到了旁边的小凳子上,"我跟大虎子聊聊。"

"哦。"邱彦看了边南一眼,顶着手帕跑进了屋里。

边南没什么兴致跟邱奕聊天儿,也觉得这事儿不知道该怎么回转,正想干脆转身走人的时候,邱奕清了清嗓子:"刚我太冲动了。"

这话让边南已经迈了出去的脚步停下了,是来道歉的?

边南突然有点儿不好意思,虽然鼻子还不太舒服,但他并不想把事儿闹大,特别是这一拳的前提是他说了句脏话。

"算了。"边南摆了摆手,犹豫了一下又说了一句,"不过我那话也真没特别针对谁,就顺嘴一说。"

"我妈去世了。"邱奕说,"这话我听着不舒服,再说本来我看着你就挺心烦的。"

"我平时一般都冲别人大爷去。"边南看了他一眼,"其实我看着你也并没有多么愉快,我吃饭的时候都看着二宝。"

"大爷随便。"邱奕低头调整了一下腿的姿势,指了指旁边的凳子,"坐下聊会儿吧。"

边南看了看他的腿:"你这脚踩凳子一览众生的架势我就不坐了。"

"邱小彦,"邱奕回头冲屋里喊了一声,"轮椅帮我推过来。"

"哦——"邱彦放下正在收拾的筷子,推着轮椅小跑着出来了,熟练地把轮椅在邱奕身后放好,扶着邱奕坐下了。

"去洗碗吧。"邱奕摸摸他的头。

"嗯。"邱彦又看了看边南,才低头又跑回了屋里。

"我爸让我给你好好道个歉。"邱奕说。

"不用了,这没什么可道歉的,我揍你的事也没道歉呢。"边南在水龙头下洗了个脸,鼻子已经不出血了,他在旁边的小凳子上坐下,"这事儿算我嘴欠,而且我……反正别人要去我妈的我没什么感觉。"

"是吗?"邱奕手指顶着额角,轻轻应了一声。

"嗯。"边南从架子上揪了一片葡萄叶子拿在手里,扯着嘴角笑了笑,"边馨语不可能没告诉你吧?"

"说了一点儿。"邱奕从兜里掏了烟盒出来,拿了一根烟,"要吗?"

"不要。"边南摇摇头,"业务不熟练总呛。"

邱奕笑笑,点着了烟叼着。

说是要聊会儿,沉默了好一会儿俩人都没找着可以说的话。

邱彦捧着一摞碗出来蹲在水池边开始洗了,他俩还是在无声中挣扎。

"给我拿杯水,渴死了。"邱奕突然开口说了一句。

"哦。"邱彦应了一声,伸手冲着手上的洗洁精。

"我去吧。"边南喷了一声,站起来往屋里走,"指使个小孩儿指使得挺利索。"

"凉白开不加盐。"邱奕在身后说。

"你有完没完?"边南停下脚步。

"谢谢。"邱奕说。

边南进屋给邱奕倒水,第一次注意到饮水机旁边就黑白红仨杯子,平时邱彦都用黑色的杯子给他喝水,他也没多留意。

现在猛地反应过来,这仨杯子应该是他家一人一个,那黑的是谁的?

"是大虎子吗?"里屋传来了邱爸爸的声音。

"是我。"边南赶紧应了一声,走到里屋门边,看到邱爸爸正靠坐在床上,"叔叔没睡?"

"你没事儿吧?"邱爸爸打开了屋里的灯,盯着他的脸,"邱奕太不懂事……他平时也不会这样,受了伤脾气不好,我这阵儿身体不太好,他可能是……"

"没事儿没事儿。"边南摸摸鼻子,"我真没事儿,叔叔你别担心。"

"我刚骂了他。"邱爸爸叹了口气,"你饭没吃好吧?"

"吃好了,我都吃撑了。"边南摸摸肚子,"都圆了……"

"爸!"邱奕在院子里喊了一声。

"叔叔您休息吧。"边南退出了屋子,把门带上之前又问了一句,"叔叔,邱奕是用哪个杯子喝水的?我给他倒水呢。"

"黑的那个是他的。"邱爸爸说。

"哦。"边南关好门,看着饮水机旁边的三个杯子有点儿无语。

他居然一直在用邱奕的杯子喝水!喝得还挺愉快!

他倒了杯水回到院子里递给邱奕:"给。"

"你还知道这杯子是我的呢?"邱奕在杯子上轻轻敲了敲。

"我刚知道!"边南没好气儿地说完往凳子上一坐,刚坐下去又想起自己似乎又说了敏感词,马上看了一眼邱奕,"我就是顺嘴。"

"嗯。"邱奕喝了口水,脸上表情很平静。

"我这个没戳到您敏感的小脾气?"边南试着问。

"没。"

"你呢?"

"没。"

"……明白了。"边南点点头,"前边儿加动词不行。"

"你还知道什么是动词呢?"邱奕笑了笑。

"揍你,砸你,打得你满地找牙,这前面都是动词。"边南也龇牙笑笑。

邱奕这笑容并不太友善,带着几分嘲弄,边南没跟他计较,对于一个小学的时候就老不及格的人来说,被人觉得成绩不好早就已经不是打击了。

邱彦几个碗洗了二十来分钟才洗完,他捧着碗进厨房里放好,出来的时候仰着脸看着天喊了一声:"下雨啦!"

"不能吧？"边南也抬头，只看到了被叶子盖满的葡萄架子。

邱奕把胳膊伸到架子外面停了停："下雨了。"

"下雨啦！"邱彦又喊了一声，很兴奋地在院儿里仰着脸来回跑着。

"我得走了。"边南站起来，把邱奕的轮椅迅速地调了个头推进了屋里一扔，"走了。"

"大虎子，"邱彦跑过来往他身上一扑，拉着他的手往外拽，"我们去看雨吧。"

"你是不是成天看韩剧啊，欧巴我们去看雨，多么美的雨，噢噢……"边南被邱彦拉到了院子里，他弯腰抱住邱彦，"二宝，我得走了，要不一会儿下大了我就得淋着雨回学校了。"

"哦。"邱彦抬头看了看天，又抱着他的脖子，"那你再过两分钟，不，一分钟，过一分钟走好不好？"

"……好。"边南拍拍他的背。

边南陪着邱彦蹲在院子里"看雨"，过了立夏，雨就变得很有活力，没多大会儿工夫雨点就开始密集起来，边南赶紧拉着邱彦回了屋。

正想在雨正式咆哮起来之前借把伞回学校，还没开口，手机响了，他掏出手机看了一眼，是万飞。

"干吗？"他接起电话。

"你在哪儿呢？"万飞问。

"还能在哪儿……"边南看了邱奕一眼，"什么事？说！"

"你今儿晚上别回来，不是要考试了吗？老蒋和老吴逮人呢。"万飞压低声音，"刚从网吧扫出一堆来，现在挨个宿舍清点人数呢，我跟老蒋说你家里有事儿回家了，你别一会儿回宿舍啊，那咱俩都完蛋了！"

"我靠！"边南愣了，外面的雨就在这会儿跟下雹子似的稀里哗啦砸了下来，邱奕正指挥邱彦出去把外面晾着的几件衣服收进来，"那我去哪儿啊？"

"你回家呗！就睡一宿还怕把边皓打残了怎的。"万飞小声说。

"行了行了，一会儿我看着办。"边南把电话挂了。

他顾不上想别的先跑进了院子里，院子里还有别人家的衣服，邱彦收完自己家的又跑出去踮着腿收隔壁老头老太太的。

"进屋去！"边南一出屋就被浇了个透心凉，他在邱彦肩上拍了一巴掌，"我来收！"

"哦！"邱彦脑袋上的自来卷儿都被淋得趴脑袋门儿上了，但似乎很开心，声音特别响亮，一路又笑又叫地跑回屋去了。

"你到底兴奋个什么劲儿啊？"边南抱着衣服进了屋。

"见雨就这样。"邱奕推着轮椅进屋拿了两条毛巾出来，一条扔到了邱彦脑袋上，一条扔给了边南。

边南接过毛巾没动，邱奕看了他一眼："不是我擦脚的。"

"我靠。"边南骂了一句，"你还能不能行了！"

"新的。"邱奕说。

边南把毛巾放到一边，拉过正笨手笨脚擦头发的邱彦："我帮你擦。"

其实边南的动作比邱彦好不了多少，也就是拿着毛巾兜头胡乱地揉，照着揉面的手法来的，不过邱彦还是很享受地靠在他身上，眼睛都闭上了。

"让他自己擦，他会。"邱奕在一边说。

"他自己擦得擦到什么时候，一会儿感冒了。"边南皱皱眉，进屋的时候邱彦就已经打了一个喷嚏了。

"什么都有人帮，他就什么都不会。"邱奕说。

边南就受不了邱奕对邱彦的这个态度，也许是因为自己从来没有在边皓和边馨语那里感受过兄弟姐妹之间正常的感情，也许是因为邱彦特别黏他，也许就单纯地因为这话是邱奕说的……

总之他顿时就有点儿来气，又担心邱爸爸听到，只得压着嗓子："那也得分场合，你要锻炼要折腾得挑个他不会生病的时候。"

邱奕没再开口，边南也没理他，把邱彦头发擦干之后又把他身上淋湿的衣服脱掉了，进屋让邱彦找了衣服出来换上。

"知道吗？"边南看着他，很感慨地说，"我这辈子长到现在十来年，从来没这么伺候过别人，你是头一个。"

"头一个是我哥哥啊。"邱彦低头提好裤子。

"我……"边南让邱彦这头也不抬接的一句顶得话都没说出来。

邱彦跑到客厅，趴着窗户往外看着。

边南跟着走出来，站了几秒钟："我走了。"

"回家？"邱奕看着他。

"没想好。"边南估计邱奕听明白了刚才的电话，站在门口，雨已经正式开始下了，俩炸雷响过之后边南脸上被糊满了雨水，"网吧也行，你们这附近有网吧没?"

"没,最近的走路也得二十分钟。"邱奕指了指门,"先关上。"

边南关上门:"你家有伞吗?"

"有。"邱奕推着轮椅往旁边柜子靠过去,从里面拿了把伞出来。

"邱奕!"邱爸爸在里屋喊。

"嗯?"邱奕应了一声,"你怎么还没睡?"

"让大虎子别走了,这么大雨,打伞也得浇透了。"邱爸爸在里面说。

邱奕没出声,转脸看着边南。

"雨没多大,叔叔你休息吧,我走了。"边南说了一声,拿着伞打开门走了出去。

"大虎子,"邱彦隔着窗叫了他一声,"雨很大啊。"

边南没来得及说话就被泼了一脸水,他撑开伞,大步走进了院子里:"没多大,二宝你关上窗。"

从邱奕家到院子门口大概二十步,边南拉开院门的时候全身已经湿透。

这雨下得一点儿规矩都没有,四面八方欢聚一堂,他皱着眉,裹着一身都贴在身上的衣服又走了几步,最后还是跑回了院子里。

敲开门的时候邱奕看到他没忍住乐了:"你不是掉井里了吧?"

"有雨衣没?"边南站在门外哗啦啦地滴着水。

"没有。"邱奕摇摇头。

"你别玩我。"边南指了指他。

"真没有,邱彦幼儿园的时候买过一件,现在小了。"邱奕眯缝了一下眼睛,"你要试试吗?"

"你大爷。"边南小声骂了一句,身后一道闪电划过,接着是一声炸雷,他蹿进了屋里。

"大虎子你也怕打雷啊!"邱彦看着蹿进屋里的边南笑得很响亮。

"我不怕,你怕啊?"边南喷了一声,他不能说是怕打雷,只是打雷的时候他会觉得很没安全感,不太踏实,如果是睡觉的时候打雷,他会觉得自己睡在大街上。

"我才不怕打雷。"邱彦把窗户关好,指着邱奕,"我哥怕!"

"闭嘴。"邱奕靠在轮椅里说。

"哎哟是吗?"边南一下来了精神,乐了半天,"邱大宝你怕打雷啊?"

"你还走不走了？"邱奕看着他。

"我等雨小点儿了再走不行啊。"边南走到窗边往外看着，"靠，这雨都打横着就出来了，练的都是扫堂腿。"

"邱奕。"邱爸爸在里屋叫了一声，接着是一阵剧烈的咳嗽。

"爸吃药了没？"邱奕问邱彦，把轮椅往里屋推过去。

"晚上的还没有。"邱彦看了看墙上的钟，跑到桌边拉开抽屉拿出一个小药盒跟在邱奕身后进了屋。

边南在客厅里坐下了，有点儿口渴，想用邱彦的杯子喝水，但剩下的一白一红俩杯子他也分不清哪个是，又怕用错了不礼貌，犹豫了半天只得拿黑色的接了杯水喝了。

"一会儿让大虎子别走了，二宝跟我睡，你俩睡你那屋就行。"老爸吃完药看着邱奕，"这雨没几个小时停不了。"

"好呀。"邱彦扑到老爸身上趴着，"我睡爸爸这儿。"

"你别管了。"邱奕把药盒收拾好，"人也不是小孩儿了，爱淋淋呗管那么多呢。"

"你这话说的。"老爸皱皱眉，"这是二宝的朋友，又不是你的朋友，你朋友上家来的时候你是怎么做的？"

"知道了，睡吧。"邱奕把毛巾被盖到老爸身上，拍了拍邱彦的脑袋，"去刷牙，都九点了。"

"嗯。"邱彦很听话地跑了出去。

邱奕把老爸屋里的窗帘拉好，关上灯正要出去的时候，屋里突然被闪电照亮，跟着就是一个炸雷，雷声听着就跟在屋顶上炸开了似的。

邱奕手抖了一下，啪地把灯又打开了。

老爸躺床上没动，闭着眼没出声，但脸上的笑很明显。

"别笑。"邱奕把灯再次关上，"你以为闭眼儿笑别人就看不了到吗？"

老爸嘿嘿笑了两声没再说话。

邱奕推着轮椅回到客厅，把电视声音调小了，拿起杯子在饮水机上接了杯水，正要喝的时候，边南突然在旁边轻轻清了一下嗓子："我刚用你杯子喝水了。"

"哦。"邱奕应了一声，眼睛看着电视。

"用的是那……"边南话还没说完，邱奕已经拿着杯子喝了一口，他顿了顿,"算了。"

邱奕转过头:"用的是哪边?"

"你喝的那边。"边南有点儿幸灾乐祸地笑着,"不好意思啊,本来想提醒你的。"

"你很介意这个?"邱奕没什么反应地看着他。

"我靠你不介意吗?"边南喷了一声,别人的他可能不介意,但邱奕他绝对介意,有仇呢。

"不介意。"邱奕把杯子举到嘴边,把杯子转圈儿用牙磕了一遍,然后看着他,"我没你那么讲究。"

"您脑子盐碱地吧!"边南忍不住压着嗓子吼了一声,"有病吃药别耽误治疗你懂吗?"

"红的是二宝的。"邱奕转过头继续看电视。

边南跳起来拿了红杯子灌了一大杯水才又重新坐下了。

邱彦洗漱完进屋换上了背心裤衩跑到客厅往边南腿边一靠:"大虎子,雨还在下,好大啊。"

"我知道。"边南把他抱到腿上搂着,扭头看了看窗外,其实不用看听也听得见了,雨声大得屋里电视声都听不清了,"屋里会不会进水?"

"不会。"邱彦晃着腿,"我们这片儿地势高,不容易淹。"

"懂得还挺多。"边南在邱彦腿上捏了捏,要说虽然家里经济条件不好,不过邱彦还是被养得挺好的,身上软乎乎的,肉不少。

"睡吧。"邱奕说了一句。

"哦。"邱彦从边南身上扭着滑下了地,到里屋拿了自己的小毛毯出来,"大虎子,我刚看了一下,雨可大了,你不要走啊,会感冒的。"

"……你快睡吧。"边南有些尴尬地回答。

邱彦进了邱爸爸屋之后,客厅里就剩边南和邱奕了,俩人沉默地盯着电视。

边南裹着一身湿了的衣服,偏偏今天出门穿的还是牛仔裤,湿了之后难受得无法忍受。

电视里正重播着一个不知所云的偶像剧,他没头没脑地看了半天也不知道讲的是什么内容,演员还都长一个样儿。

不过邱奕一直盯着屏幕没动,他也不好说换个台,只得走到窗边赏雨,赏得无聊了又坐回去看几眼。

赏雨赏到第三回的时候，邱奕终于拿起遥控器换了个新闻台。

"我靠！你总算换台了……"边南回头感叹了一句，坐回了椅子上。

"嗯？"邱奕偏头看了他一眼，"我以为你在看。"

"我一直坚持吃药，这玩意儿从来不看。"边南拿过邱彦的杯子喝了口水。

邱奕笑了笑没说话，俩人继续沉默地对着新闻发呆。

边南一直盯着电视屏幕百无聊赖地在心里哼着歌。

雨一直下，气氛不算融洽……

这是入夏之后的第一场暴雨，老天爷像是要过瘾似的一直下个没完，过了十一点还没有一点儿停的意思。

边南正愁该怎么办，邱奕突然扔下了遥控器，推着轮椅往门口去。

"干吗去？"边南顺嘴问了一句。

"尿尿。"邱奕说，拿过了旁边的伞。

"怎么尿？"边南看着邱奕的腿愣了愣，厕所在院子里，他还真没想过邱奕这个样子该怎么上厕所。

"什么怎么尿，"邱奕看了看他，打开了门，"除了常规尿法你还有什么独门秘籍吗。"

"靠。"边南往轮椅上踢了一脚，"谁问你这个了，你用嘴尿我都不会拦着。"

邱奕把伞撑开，一只手推着轮椅出去了。

边南看着外面哗啦啦跟泼水节一样愉快的雨水，又想象了一下邱奕摔进蹲坑里的情形，站起来跟了出去："要帮忙吗？"

"谢谢。"邱奕在雨里说。

边南低头冒着雨跑了过去，拿过他手里的伞，推着轮椅往厕所快步走："我发现这伞打不打都一个德行。"

"那你别打了。"邱奕说。

"凭什么。"边南弯腰往邱奕身边凑了凑，减小俩人的面积以便能同时缩在伞下边儿。

厕所不大，轮椅推进去之后就没有太大的空间了。

邱奕站起来蹦了两步，边南收了伞斜眼儿瞅着他："当心别摔坑里了。"

"你要观摩学习吗？"邱奕站稳之后回头看看他。

"我等着教你呢，怕你不知道该用一只手扶着还是俩手捧着。"边南转身走出厕所，"摔了别叫我。"

边南撑着伞在厕所外边儿等着，风卷着雨水打在身上，感觉有点儿冷。

他对于这雨能在正常人睡觉时间之前停下已经不抱希望，只琢磨着一会儿该怎么跟邱奕开口说留下来：

雨太大我不走了。

或者直接说，我睡哪儿？

再或者说我在你家打个地铺……

怎么说都挺没面子的。

"好了。"邱奕在他身后说。

边南让开路，邱奕出来之后他推着轮椅飞快地跑回了门口。

"这比慢慢走还湿得彻底。"邱奕叹了口气。

"还真是……"边南原地蹦了蹦，溅起来的水把裤腿全打湿了。

"明儿再走吧。"邱奕进了里屋，打开衣柜门拿了套运动服出来，"这雨不知道什么时候才能停。"

一听这话，边南顿时松了口气，邱奕替他省掉了主动开口的麻烦，他走过去靠在门边："我在客厅打个地铺。"

"地上不干净，我腿伤以后都没擦过地。"邱奕指了指床，"睡床吧，挤不着。"

边南扭头看了看客厅的地板，邱奕家进屋不用换鞋，地上干不干净看不出来，但有不少带着水的脚印是真的，他犹豫了一下："那我在这屋打地铺。"

"随便。"邱奕指了指柜子，"东西自己拿吧。"

邱奕去洗漱，边南在柜子里找了席子铺在了地上，又铺了床小毛毯在上边，感觉差不多了，床上的俩枕头他分不清哪个是谁的，邱彦是个小朋友，理论上应该是靠里睡的，他抓了靠墙的那个扔到了席子上。

地铺整理好之后，边南脱掉了上衣，打算把邱奕给他拿的衣服换上。

裤子脱到一半儿正撅个屁股的时候突然被推开了。

"哎。"边南吓了一跳，直接跪在了席子上，半天也没能把裤子提回去。

其实他并不在意穿个内裤见人，平时训练完了一帮人挤澡房里洗澡脱个精光一点儿感觉也没有，主要是现在自己撅个腚对着仇人，对形象有所影响。

邱奕愣了愣笑了，指着席子上的枕头说："那是我的。"

"靠。"边南一把抓过枕头回手扔到了床上，站起来把裤子提好了，想想又脱了下来，"你让二宝睡外边儿啊？也不怕一脚把他蹬下去……"

"从来都是他蹬我。"邱奕嘴角带着嘲弄的笑容，"淋湿了？不知道的以为你尿床了呢。"

"管这么多累不累。"边南瞅着他。

"要换吗？"邱奕收了笑容问。

边南赌气直接一把把内裤给脱了扔到一边："不换。"

"这么不文明。"邱奕站起来跳到床边坐下。

"有意见？"边南拿过邱奕给他的运动裤看了看，直接套上了，大小还挺合适。

"没。"邱奕脱掉了上衣，又很费劲地把裤子脱下来一条腿，然后看了边南一眼，"帮个忙。"

边南慢吞吞地过去把挂在他石膏腿上的裤子拽了下来扔到床上。

虽然之前俩人相互不对付了这么长时间，但这阵这么跟老妈子似的伺候着，边南感觉自己都快习惯了，再练练没准儿可以去医院弄个护工的活儿干干。

"你还真挺白啊。"边南帮邱奕把被子放好垫在腿下边儿。

"羡慕吗？黑皮。"邱奕往枕头上一躺，枕着胳膊说。

"羡慕个屁，灯泡。"边南光着膀子走了出去。

胡乱洗了个脸，随便冲了冲胳膊腿之后他回到屋里："我关灯了啊。"

"开着吧。"邱奕说。

边南愣了愣，接着就乐了，在开关上拍了一巴掌把灯关了："别怕，你边大爷在呢。"

"傻子。"邱奕叹了口气。

"谁怕打雷谁傻子。"边南心情不错地蹦到席子上躺下了。

刚躺下的时候感觉还成，挺舒服，没多大会儿边南就感觉到了从地上透上来的一阵阵凉意。

这凉意就着窗外哗啦啦的雨水一点点地在他身上蔓延，他翻了个身，把身上盖着的毛巾被裹了裹。

但还是有点儿冷，柜子里没别的东西能盖了，边南有点儿想等邱奕睡着了以后把他垫腿的被子拽下来盖上。

不过邱奕很长时间都没睡着，在床上来回动着。

"你炒菜呢？"边南坐起身看了看。

"嗯。"邱奕正把打着石膏的腿抬起来往上杵着，"充血了有点儿不舒服。"

"你这会儿就该老实躺医院里把那条腿挂着。"边南啧了一声，"非跑回家蹦来蹦去。"

"住院太贵，回家一样能躺着，打个针检查什么的再去就行。"邱奕说。

也许是因为屋里一片黑暗，边南看不到邱奕，火气都没了，倒是觉得有点儿过意不去。

沉默了一会儿他忍不住问了一句："你跟许蕊怎么回事儿？"

"许蕊？"邱奕顿了顿，"你俩就为这事儿？"

"当然不光为这个，这就一炮捻子，本来就看你不顺眼。"边南躺回枕头上，莫名其妙没收住想到了张晓蓉，"靠，你以为你谁啊，玩个白马王子范儿了不起了？不揍你揍谁。"

"我跟许蕊不熟，那天就是碰上了。"邱奕说得很简单，"她跟张晓蓉……"

"别提张晓蓉！"边南往席子上拍了一巴掌。

"晚安。"邱奕说。

屋里恢复了沉默，只能听到雨声。

边南闭着眼睛强迫自己入睡，按说就着雨声睡觉是最舒服的，但透过席子和小毛毯涌上来的寒意却让他没法忍受。

夏天都来了，雷都打上了，还这么冷，老天爷简直太不专业！边南又翻了个身把毛巾被裹紧。

一想到邱奕在床上躺着挺爽，听呼吸似乎已经睡着了，他就有点儿不平衡，早知道这样还不如淋着雨出去找个网吧泡一宿呢。

躺了一个多小时，雨声都小了，边南还在地上翻滚着，最后实在扛不住了，他伸着头往床上看了看："邱大宝。"

邱奕没回应，他用胳膊把身体撑起来："邱奕。"

过了几秒钟邱奕才有些迷糊地应了一声："干吗？"

"你冷不冷？"边南问。

"要给我暖床吗?"邱奕声音里带着睡意。

"要脸吗你?"边南坐了起来。

"你冷啊?"邱奕偏过头看了看他这边。

"略微有点儿不太温暖。"边南说。

邱奕叹了口气,拍了拍床:"上来。"

"我意思是说……"边南犹豫着,"还有没有……"

"在我爸屋里。"邱奕迷糊着有些不耐烦,"不上来就冻着。"

"靠。"边南小声骂了一句,抱着毛巾被磨了磨牙,把枕头扔到了床上,"你进去点儿,给我腾点地儿。"

邱奕闭着眼睛往里让了让。

边南把毛巾被和用来垫的小毛毯摞好,躺到床上盖好。

刚一躺下,后背立马一阵温暖,他很舒服地哼了一声:"我靠,刚冻死爷了。"

躺上床之后,边南感觉自己整个人都放松了,虽然身上的毛巾被和小毯子加一块儿也就那么回事儿,但比躺地上暖和多了。

就是身边躺着的人居然是邱奕,这让他有点不适应,而且这家伙盖的毯子明显比自己的厚!

这要是万飞,毯子早让他抢过来了……

边南脑子里天马行空东拉西扯地转着,没多大会儿工夫就迷迷糊糊地睡着了。

邱奕半夜感觉有点儿喘不上气儿,醒过来的时候发现暴雨已经停了,只能听到屋檐上滴滴答答的水滴声。

他睁开眼睛,耳边有暖乎乎的热气儿,他偏过头,边南的呼吸顿时扑了他一脸。

"靠……"邱奕这才发现边南不知道什么时候已经整个人都翻到了床中间,胳膊搭在他胸口上。

他正皱着眉要把边南胳膊拿开的时候,边南在他耳边嘟囔了一声,腿一抬就往他身上压了过来,腿直接就准备往他还打着石膏的腿上搁。

"哎!"邱奕一脚把他的腿蹬了下去,"边南!"

边南往他这边蹭了蹭,没醒。

"你过去点儿!"邱奕掀掉他搭在自己胸口上的胳膊,把他往外推了推。

"嗯……"边南翻了个身。

没等邱奕躺好,几秒钟之后他突然猛地坐了起来,接着就直接蹦到了地上。

"我靠几点了?"边南喊了一声。

"……干吗呢你?"邱奕被吓了一跳,跟着坐了起来,伸手拧亮了床头的台灯,"一惊一乍的。"

"啊?"边南回过头,迷迷瞪瞪地用手遮了遮灯光,看着邱奕,好半天才回过神来,"现在几点啊?"

"我哪知道,鸡都没醒呢。"邱奕困得不行,躺回了枕头上。

"我靠那你推我干吗?"边南压低声音,"老子以为天亮了要起来跑步呢!"

"去跑吧,你周扒皮吗起得比鸡早……"邱奕闭上眼睛,"你睡觉是不是有抱枕?"

"没啊。"边南躺回床上,发现自己的枕头不知道什么时候跑到床中间去了,他把枕头扯回自己这边,"嘿,别人睡觉抢被子,你睡觉抢枕头啊。"

"你一会儿离我远点儿。"邱奕把脸扭过去冲着墙,他没法翻身,只能转转头,本来就挺烦躁的,再大半夜地被勒醒,瞌睡都快让边南折腾没了,"再搂我你就滚地上睡去。"

"谁稀罕搂你啊。"边南盖好毯子,要关灯的时候愣了愣,猛地转过身,"我搂你?"

"嗯。"邱奕冲着墙应了一声。

"我搂你?"边南有点儿不能相信,一巴掌拍在邱奕胳膊上,"我有病啊!"

"我上哪儿知道你有没有病。"邱奕转头看着他,搓了搓胳膊。

"我没病我搂你?"边南瞪着邱奕。

邱奕皱着眉说:"你不说你一直吃着药吗?昨儿晚上没吃犯病了吧?"

"吃你大爷。"边南骂了一句,躺下用脑袋在枕头上狠狠砸了一下。

"我大爷都六十多了。"邱奕偏过头继续冲着墙。

"你有完没完?"

"再搂我别怪我踹你下去。"

"我要再搂你我自己下去!"

边南话是放出来了，不过睡着了之后自己是什么样他也不知道。

所以第二天早上醒过来一睁眼就看到了邱奕的鼻尖时，他相当震惊，再扫了一眼自己，果然是胳膊腿都搭在了邱奕身上。

靠！

他在心里怒吼了一声，憋着气轻手轻脚地翻了个身坐起来了。

这要再让邱奕发现，自己不定得被挤对成什么样。

"唉……"邱奕在他身后叹了口气。

边南立马从床上蹦到了地上，转过身看着他。

"早。"邱奕睁开了眼睛，正举着胳膊活动着。

"……早。"边南有点儿尴尬地应了一声。

邱奕坐起来靠在床边，看了他一眼突然笑了笑，笑容里带着戏谑。

"睡醒了没？笑个屁。"边南皱着眉转身准备把地上的席子收拾起来。

房门被轻轻敲了两下推开了，邱彦穿着背心裤衩跑了进来："哥哥早。"

"早。"邱奕笑笑。

"大虎子早！"邱彦又很响亮地叫了边南一声。

"哎，早。"边南摸摸他的头。

"大虎子你裤子要掉啦。"邱彦指了指他。

边南低头发现自己裤子一半挂在胯上，正有继续向下的趋势，他赶紧提了提裤子，明白了之前邱奕在笑什么。

"你这什么破裤子！"他看着邱奕。

"大虎子你没穿内裤啊？"邱彦像是发现了新大陆，伸手就往他裤腰上抓过去。

"哎！"边南弯腰搂住了他，"你小子怎么这么烦人，我内裤湿了就没穿。"

"我哥有啊，新的。"邱彦回头看了看邱奕。

"他不要，他说他就喜欢光着。"邱奕说。

"早饭想吃什么？"边南拉了邱彦就往外走，"我带你去买。"

这段时间早饭都是邱彦出门去买，或者邱奕简单做点儿。

边南知道昨天晚上邱奕的腿就已经不舒服了，也不好意思让邱奕弄，自己又不知道怎么弄，于是洗漱完就打算出门去买了。

"我去买就行。"邱彦拿着邱奕的钱包站在院子门口。

"我请客。"边南拉着他的手往外走,"想吃什么跟我说,你哥不让你吃的我给你买。"

"豆浆油条。"邱彦说。

"你哥不让你吃豆浆油条?"边南啧了一声,"他是真有病。"

"他让我吃。"邱彦在他身边蹦着踩水,"我是说我想吃豆浆油条。"

"你真没追求。"边南笑笑,"那就豆浆油条吧。"

"还想吃油饼。"

"没问题。"

边南带着邱彦往胡同口走,快出胡同的时候,有人骑着辆电瓶车拐了进来。

邱彦一抬头喊了一声:"小涛哥哥!"

边南跟着看了一眼,果然是申涛,他车把上还挂着两个装着饭盒的塑料袋,看样子是早餐。

申涛看到边南相当吃惊,一脚刹车把车拦在了边南跟前儿:"你怎么在这儿?"

边南本来不想说话,但申涛的口气很不客气,带着质问,他压着火回了一句:"我想在哪儿就在哪儿,有你什么事儿?"

"他什么时候来的?"申涛问邱彦。

"昨天啊。"邱彦没注意他俩之间的气氛,一边低头踩水一边说,"昨天下雨大虎子就没有走。"

"靠。"申涛瞪着边南骂了一句。

"你靠一个试试。"边南说。

申涛没说话,盯了他一眼,骑着车往里去了。

邱奕刚把上衣穿好,外面门响了,接着就听到了申涛的声音:"叔,我来了。"

老爸在那边屋里应了一声。

"你怎么跑来了?"邱奕问。

"我昨天回家了,今天去学校正好路过就来了,顺便带了点儿吃的。"申涛进了里屋,看到了床上还没整理好的铺盖,愣了愣,"他还有这么高规格的待遇呢?"

"太冷就叫他睡床了。"邱奕看了他一眼,"你俩碰上了?"

"嗯。"申涛盯着他,"邱彦睡哪呢?"

"睡我爸屋。"邱奕往床边挪了挪,拿过裤子,"帮个忙。"

申涛站着没动:"干吗留他在家过夜啊?"

"下那么大雨我能往出赶人吗?"邱奕把裤子扔到一边,申涛的脸色已经很难看了,他顿时有点儿烦躁。

"我看到他就来气儿,我没你这么好脾气。"申涛拿过裤子套在了邱奕腿上,扶着他站起来。

"那你觉得我该怎么着?"邱奕喷了一声。

"……不知道。"申涛也喷了一声。

"去帮着点儿我爸。"邱奕指了指轮椅。

申涛推着轮椅出去了,进了隔壁屋。

边南买好早点,领着邱彦回到了院子门口,他蹲下搂了搂邱彦:"我不进去了,我得去学校,早上跑步都错过了。"

"那你不吃早点吗?"邱彦问。

"我不饿。"边南想了想,从袋子里拎出根油条叼着,"我吃根油条吧。"

"再拿杯豆浆吧。"邱彦低头在袋子里掏着。

"不了,你快进去吧,再磨蹭上学要迟到了。"边南拍拍他的屁股,"我衣服还在屋里,我明天再过来拿。"

邱奕伤了之后家里一团糟他已经体会到了,虽然他有点儿不想承认,但还是忍不住内疚,就那么一丁点儿,就一丁点儿……反正他打算有时间就过来看看,给钱邱奕估计不会要,但搭把手帮个忙还是可以的。

以后邱奕想怎么报复,是断他一条腿还是麻袋套了一顿乱棍那另说。

"明天啊……"邱彦一听说他明天才来,语气就没之前那么欢快了,"知道啦。"

"我今天晚上要回家。"边南摸摸他的脸,"明天我给你带个变形金刚来。"

邱彦很惊喜地抬头看了他一眼,但又很快垂下了眼皮:"我哥肯定不让要。"

"没事儿有我呢。"边南拍拍胸口,"进去吧。"

边南本来的计划是在邱奕家吃完早饭再回学校,现在申涛来了,还明显对他一肚子火，他就不打算再进去受罪了，出了胡同打了个车回了学校。

到学校的时候正赶上早饭时间，他直接去了食堂，还没进去就碰上了老蒋。

"昨天晚上哪儿去了？"老蒋拿着个花卷啃着。

"回家了。"边南抓抓头发。

"是吗？"老蒋冷笑了一声继续啃花卷，"什么时候回去的？"

"洗完澡以后啊。"边南眼睛往食堂里扫着，看到了万飞正捧着饭盒冲他傻乐。

"请假回家是正常要求。"老蒋咽下花卷。

"是。"边南赶紧一连串地点着头。

"那你为什么要翻墙？"老蒋紧跟着问。

"我……"边南没想到老蒋会来这一句，"习惯了。"

老蒋冷笑一声，把吃剩的小半个花卷捏在手里指了指他："你该跟你爸说说，当初想辙给你弄到表演学校去多好，肯定比打网球有发展。"

"那多不好。"边南摸摸脸，嘿嘿笑了两声，"我这么帅，这是要把人饭碗都抢了的节奏啊，不能那么不地道。"

"下午训练见。"老蒋拍拍他的肩大步走了。

"你没露馅儿吧？"万飞一看老蒋走开了，立马跑了过来。

"馅儿从你那儿开始就散了。"边南叹了口气，"下午估计要废。"

"没事儿，明天就周六了，去我家休养生息呗。"万飞打量了他一下，"这衣服哪儿来的？没见你穿过。"

"邱奕的。"边南不想吃东西，坐在万飞对面看着他往嘴里塞东西。

"什么？"万飞愣了愣，"我靠，不是吧，你昨儿晚上在他家过的夜？"

"要不我上哪儿？"边南瞪了他一眼，"你电话那会儿才打，都下暴雨了，我要出去踩个井盖儿淹死了上哪儿说理去。"

"那你也真够可以的，你不怕他半夜起来揍你一顿啊，腿都让你打折了。"万飞啧了两声。

边南没吭气儿，揍一顿倒还好了，他是真没想到邱奕还挺能损人的。

边南回宿舍把衣服换了叠好，想着晚上回家洗了明天带过去给邱奕。

上午的课还是老样子，大家都没精打采的，一点儿也没因为下周就要考试了有什么改观，倒是万飞居然在记笔记，这让边南很意外。

"闲着也是闲着。"万飞唰唰地在笔记本上写着。

边南没理他，拿了本书顶在下巴上继续看着老师发呆。

想到书，他就想到邱奕屋里那一柜子的书，昨天也没好好研究一下都是什么书。

老爸书房里书也很多，边南估计他应该一本也没看过，买来就是为了跟其他矿场老板划分档次用的，体现有文化矿主和没文化矿主在思想层次上的不同。

中午吃饭的时候边南挺认真地吃了不少，为了对抗下午老蒋有可能对他实施的折磨。

老蒋果然没让他失望，连带着万飞一块儿，俩人上来就先是五公里，然后才开始体能训练。

天气已经转暖，昨天一场暴雨把地都淋透了，下午太阳一晒，闷热得不行，边南觉得自己汗水砸在地上都带响儿了。

训练结束的时候他在场地边上坐了半天才拖着一身疲惫去洗了澡。

周末宿舍里基本没人，边南和万飞洗完澡把东西收拾好的时候宿舍已经一片安静。

边南打了个车，把万飞送到家之后让车转头往自己家开。

司机话挺多，从年轻的时候打架谈恋爱说起，一直说到他三岁的小女儿，边南靠在车门边看着窗外，有一搭没一搭地应着，配合着司机的话题。

他每次回家都觉得很有压力，阿姨的微笑，边皓冷着的脸，边馨语夹枪带棒的话，还有个老爸努力地在一边和着稀泥。

每次回家他都能深刻体会到多余这个词的真切含义。

车在小区门口停下，边南在车上又坐了一会儿才付钱下车，他沿着修得很漂亮的小石子儿路慢慢往自己家走。

到了院子门口，他往开着的车库门里看了一眼，老爸的车都在家。

他低头准备掏钥匙，没掏两下，手机响了。

"喂？"他接起电话，一只手在包里翻着。

"小南啊，"阿姨的声音从听筒里传来，"你是明天回来吗？明天让老吴去学校接你吧。"

边南愣了愣，没出声，掏钥匙的动作停住了。

他之前说过今天回家。

"小南?"阿姨叫他。

"嗯。"边南很快明白了阿姨的意思,今天不要回家,家里估计有什么事,不方便他这个身份尴尬的人在场,他转过身顺着路往外走,"不用接了,我明天不回了。"

"那怎么行,上星期也没回家呢,明天让老吴接你,我还给你买了衣服呢,"阿姨笑着说,"明天回来试试合不合身,好了我挂了啊。"

阿姨说完就挂掉了电话,边南站在路边,拿着电话沉默了一会儿才对着话筒嗯了一声。

天有点儿阴,估计还有暴雨要下。

边南拧着眉顺着小路慢慢往外走着,他低头看着手机,来回翻着电话本,最后拨了万飞的号码。

在等电话接通的时候前方有车开过来,边南往旁边让了让,车里的人却还是按了两声喇叭。

这条路不宽,但就算是辆坦克也该开得过去了,边南一边继续往边上让,一边有些不耐烦地抬头扫了一眼。

车已经离得很近,边南清楚地看到了坐在驾驶座上的边皓,还有他冷漠中带着厌恶的眼神。

边皓的目光跟他对上了,手又往喇叭上按了一下,声音很刺耳。

边南脸上没有表情,看到副驾上坐着一个长发姑娘时,他明白了阿姨不让他回家的原因,大概是边皓今天要带女朋友回家。

他一直让到了路边的花坛边,边皓才又按了一声喇叭加速往前开走了。

"靠,风一样的傻子。"边南骂了一句,电话接通了,他把手机拿到耳边,"你在家吗?"

"在我姥姥家呢,明天回去。"万飞说,"怎么了?你在哪儿呢,不是说回家吗?"

"嗯。"边南闷着声音。

"边皓也回家了?"万飞想了想,"要不你去我家吧,我现在回去。"

"不用了。"边南赶紧说,万飞每月去姥姥家住一天,他姥姥每次都舍不得他走,边南最不乐意的就是打扰老太太享受天伦之乐,"我没事儿。"

"你是在家还是出来了?"万飞问。

"在家呢。"边南回头看了一眼,"行了你陪姥姥吧,我挂了。"

"明天我回家了给你电话。"万飞说。

"嗯。"

边南挂掉电话,有些郁闷地在小区门口站着,他饭也没吃,还拎着一包换洗的衣服,结果连家门都进不了。

站了几分钟之后他抬手拦了辆出租,打算回学校随便吃点儿东西就待宿舍里睡觉得了。

车开到学校路口拐到路边,边南让司机停了车,路口这边全是小吃店。

他一边掏钱,一边打开了车门,一条腿迈了出去。

"边南!"旁边的店里有人喊了一声,"来得正好!"

边南没有回答,只是顺着声音迅速扫了一眼,看到了潘毅峰那帮人正蹲在一家奶茶店门口,潘毅峰见了他就立马一蹦,往车这边走了过来。

他飞快地把腿缩回了车里,关上了车门:"师傅,开车,不在这儿下了。"

周末学校没什么人管,出入也自由,简直是打架斗殴的好时光。

潘毅峰守在这儿的唯一原因就是他在纠集人马准备找不知道谁的麻烦。

边南本来就不太愿意跟他一块儿混,现在又刚把邱奕打成那样,不想再惹什么麻烦。

出租车掉头开走的时候,边南回头看了一眼,潘毅峰指着车嘴里骂骂咧咧的,听不清在吼什么。

"去哪儿?"司机问他。

"购物广场。"边南靠在椅背上随口说了一句。

司机开着车往市区走,边南对着窗外发愣,如果是跟万飞在一块儿,那网吧、电玩城都是好去处,但一个人待在这些地方他会觉得没劲。

他不喜欢热闹,一个人待着却也会不舒服。

车到了地方,边南下了车慢吞吞地晃进了商场里。

这个时间商场里人很多,他混在人堆里转了几圈,到顶楼想随便吃了点儿东西,结果发现所有店里都堆满了大人小孩儿,于是他又慢吞吞地往楼下晃。

晃到四楼儿童玩具区的时候他停下了脚步,犹豫了一下走了货架之间。

很多变形金刚,大的小的。

他摸出手机,拨了邱彦的号码。

"大虎子啊。"那边有人接了电话。

边南愣了愣："靠，邱奕？"

"嗯。"邱奕应了一声。

"我找二宝。"边南闷着声音说。

两秒钟之后，听筒里传来了邱彦开心的声音："大虎子！"

"我给你买变形金刚呢，你喜欢哪个？"边南说，"到一边儿悄悄说给我听，别让你哥听到。"

"嗯。"邱彦大概是跑进了屋里，压低声音小声说，"我喜欢大黄蜂！我可喜欢大黄蜂啦！"

"好，那就大黄蜂。"边南点点头，挑了个20厘米高的大黄蜂，这个不太复杂，比较适合能把存钱罐放树洞里还被别人给拿光了的小朋友玩。

"大虎子你吃饭了吗？"邱彦问。

"吃了。"边南说，肚子不太配合地叫了一声。

"真的啊？今天我哥哥炸了鱼柳。"邱彦试探着，"你想吃吗？"

"我……"边南肚子又叫了一声，他知道邱彦的小心思，这小家伙估计是想今天就拿到大黄蜂，"你哥不是走不了路吗，还炸鱼柳？"

"他坐着轮椅炸的。"邱彦笑着说，"很快就炸好啦，我还出去买了卤牛肉呢……你想不想吃啊？"

边南靠着货架叹了口气："那我现在过去吧。"

"真的吗？"那边传来邱彦开心的笑声，笑得脆响。

"嗯，真的。"边南笑笑。

挂掉电话，他拎着大黄蜂去交了钱，下楼的时候有点儿犯愁，他实在不太想见邱奕，只得强调了一下还得去把自己的衣服拿走这个理由。

边南拎着大黄蜂推开院门，院儿里几个老头老太太都坐在葡萄架下边，邱爸爸也坐着轮椅，跟老头老太太聊着天儿。

"哟，大虎子来了？"邱爸爸看到他就笑着说。

"大虎子！大虎子！"邱彦从屋里跑了出来，一边跑一边喊，"你来啦！"

眼前的场景和声音让边南有种莫名其妙踏实下来的感觉，跟邱爸爸和几个邻居打了招呼，他弯腰搂了搂邱彦："我快吧？"

"嗯！"邱彦用力点了点头，目光落在了他手里拿着的盒子上，兴奋地小声说，"是大黄蜂吗？"

"是。"边南也小声说。

"进屋进屋。"邱彦拉着他往屋里走。

"哥哥,大虎子来啦!"邱彦进了屋冲架着腿在客厅里看电视的邱奕喊了一声,拉着边南就往里屋走。

"吃了没?"邱奕跟他点了点头,随口问了一句。

"吃……了。"边南回答,桌上放着的炸鱼柳和卤肉混合着的香味飘进他鼻子,让他的回答有些不太干脆。

"二宝,"邱奕看了一眼正埋头拽着边南要往里屋走的邱彦,"你干吗?"

"……不干吗呀。"邱彦停下了脚步,"我跟大虎子进屋玩。"

邱奕看了看边南手上的盒子,皱了皱眉:"这什么?"

"这个是……"边南一看邱奕这表情就知道他不会同意让邱彦收下大黄蜂,心里飞快地盘算着该怎么办,"这个是大黄蜂。"

"哦。"邱奕看着他,"然后呢?"

邱彦紧紧抓着边南的手,边南被他抓得都跟着紧张起来了,最后一咬牙,把大黄蜂盒子往邱奕面前一递:"送你的。"

"什么?"邱奕愣了愣。

"送你的,大黄蜂。"边南说。

邱奕有些吃惊地挑了挑眉毛,没有说话,过了一会儿开始笑,笑了半天都没停下来。

"笑屁啊。"边南把盒子放到他腿上,"给你就收下。"

"为什么送我个大黄蜂?"邱奕手指撑着额角看着他还在笑。

"有什么为什么的,为我……"边南差点儿顺嘴就说为我把你打成这样了,还好收得快,他看了邱彦一眼,又转回头看着邱奕,"为你腿快点儿好,你要不喜欢就转送给别人。"

邱奕终于不再笑,轻轻叹了口气:"您这智商跟二宝的不相上下啊。"

"你还能不能行了。"边南一把拿过盒子,塞到了邱彦怀里,"我送你哥的,你帮他收起来吧。"

"哦。"邱彦犹豫了两秒钟,抱着盒子转身就跑回了屋里。

"你怎么这样。"边南看着邱彦进屋了,才压着声音说了一句。

邱奕对邱彦的这种态度每次都让他很不舒服。

"多少钱？"邱奕问他。

"什么多少钱，大黄蜂？"边南喷了一声，"几百块，不贵。"

"觉得几百块不贵的那是你，以后别随便给他买东西。"邱奕调整了一下坐姿，低声说，"总这么轻易拿到超出我们家经济范围的东西，对他不太好。"

边南没说话，他知道邱奕的意思，一时半会儿也找不到合适的话来反驳，愣了一会儿有点儿尴尬，走到桌边拿了条炸鱼柳放到了嘴里。

"哎！"嚼了两下之后边南忍不住喊了一声，"味道还可以啊，你做的？"

"嗯。"邱奕拿着遥控器换了个台，"你是不是没吃饭？"

"吃了。"边南又拿了一条鱼柳，"我就是顺路过来拿衣服的。"

"晾院子里了，你去收吧。"邱奕说。

"你还洗了啊？"边南顿时有点儿不好意思。

"扔洗衣机一锅烩了，不然还单拎出来放着吗？"邱奕说，"还有你的内裤。"

"这个不用特别说明！"

边南转身去院子里把自己的衣服收了下来，进屋的时候正好邱爸爸要回屋，他帮着给推回屋里了。

邱爸爸身体不太好，跟边南聊了几句就说累了要去床上躺着。

"二宝！"邱奕叫了一声。

"来啦！"邱彦从里屋里跑了出来，很熟练地把邱爸爸推进了屋里，跟着又跑出跑进地拿药，拿毛巾给爸爸擦脸，最后把爸爸扶上床了才又一溜烟跑回了屋里玩大黄蜂去了。

边南本来想搭把手，结果愣是没找到机会。

"二宝真挺能干的，也挺懂事的，除了不会做饭，什么都会。"边南感叹了一句，又捏了两条鱼柳，准备进里屋跟邱彦玩一会儿，"你没必要盯他盯那么紧。"

"你因果关系弄倒了。"邱奕说。

边南愣了愣才想明白了邱奕这话的意思，把鱼柳塞到嘴里转身进了里屋。

邱彦已经把大黄蜂拆了，放在床上玩得正欢。

"喜欢吗？"边南摸摸他脑袋。

"喜欢！"邱彦躺在床上笑得鼻子都皱了，"谢谢。"

边南在床边坐下，陪着邱彦玩，看着邱彦开心的笑脸，再想想邱奕的话，他不知道心里是什么滋味儿，就觉得特别心疼邱彦。

"大虎子，"邱彦躺下枕着他的腿，举着大黄蜂，"你吃了鱼柳了？"

"当心砸脸。"边南在大黄蜂上敲了敲，"你怎么知道我吃鱼柳了？"

"闻到了。"邱彦笑着说，"你手上有鱼柳味儿。"

"靠。"边南在牛仔裤上蹭了蹭手，"鼻子挺灵啊。"

"好不好吃？"邱彦把腿也举了起来，手腿并用地顶着大黄蜂，折腾得脑门儿鼻尖上都出汗了。

"嗯。"边南应了一声，虽然不想承认，但邱奕的手艺的确是不错，特别是对于肚子正饿的人来说。

邱彦也许是不经常能得到玩具，拿着大黄蜂玩得兴高采烈，边南拿手机对着他拍了几张照片。

"你还挺上相的。"边南看着手机里的照片，邱彦的大眼睛很可爱。

"哈哈哈。"邱彦凑过来看了看，笑得很响亮，又扒着床沿冲客厅喊，"哥哥！哥哥你看我和大黄蜂的照片！"

"看不到。"邱奕在客厅说。

"你拿给我哥看。"邱彦很兴奋地拼命推着边南。

"好好好好，别推别推。"边南只得站起来，拿了手机走到客厅，递给了邱奕，"看吧。"

邱奕接过手机，笑着低头翻着相册："拍得挺好。"

翻了三四下之后他停了停，又翻了几下之后把手机递回给边南："那个是万飞吗？"

"嗯？"边南拿过手机看了看，发现邱奕翻到了后面，"是。"

"这么多。"邱奕乐了，"你俩什么关系啊？"

"我靠，你想什么呢！"边南喷了一声，又前后翻了翻，发现他手机相册里一连十来张还真全都是万飞，都是吃饭或者上课的时候没事儿干拍的，他忍不住也乐了，"靠，我怎么这么无聊……"

"你一会儿别再跟二宝玩了。"邱奕看了看钟，"他今天作业还没写。"

"哦，二年级能有多少作业，五分钟的事儿。"边南也看了看时间，八点多了。

"抄抄生字什么的，关键是他写字跟刻钢板似的特别慢……"邱奕说。

"那我回学校了。"边南想了想，这会儿潘毅峰应该已经出发去寻仇了，出去吃点儿东西正好回学校睡觉。

边南拿过自己的包，把衣服往包里塞，塞了一半停下了，在包里翻了半天，扯出一截儿袖子："你衣服我还没洗，洗完了给你拿过来吧。"

"随便。"邱奕看着他包里的衣服，"你回学校？"

"嗯。"边南把衣服乱七八糟地塞好。

"从宿舍扛一堆脏衣服出来转一圈儿又回去？"邱奕搬着腿换了个角度架在凳子上，"锻炼身体挺下本儿啊。"

"本来是要回家的。"边南把包拉好扔在地上，想到之前回家的事，他心里一阵发堵，也没心情跟邱奕斗嘴了，"家里有事……就不回了。"

"哦。"邱奕看着电视笑了笑。

边南回头看了他一眼，不知道是不是自己太敏感，邱奕的这个笑容似乎意味深长，让他顿时有种被扒光了衣服扔到大街上了的感觉，他忍不住对着包踢了一脚："你笑什么？"

邱奕顿了顿才反应过来："想这么多不累吗？"

"你先瞎笑我才想的。"边南看着邱奕的反应的确不像是在笑他，这才弯腰拎起了包。

"我知道的没你想的那么多。"邱奕说。

"你知道多少？"边南盯着他。

"这么在意这些？"邱奕拿起杯子喝了口水，"喝水吗？"

"在意。"边南走到饮水机旁边拿了邱彦的红杯子接了半杯水，摸了摸鼻子，"你不也因为一句话揍我一拳吗？"

虽然性质不同。

边南仰头把杯子里的水都灌了下去。

邱奕笑了笑，停了一会儿才开口："我只知道你妈的身份，别的不知道。"

"这就够了。"边南皱皱眉，低头看了看杯子，"靠你家水怎么一股板蓝根味儿？"

"不好意思忘告诉你了，"邱奕笑了笑，"二宝同桌感冒了，怕过给他，就让他吃了板蓝根，估计没洗杯子。"

"哎……"边南拿水涮了涮杯子,重新接了一杯。

"大虎子,"邱彦从里屋探出半个脑袋,一看到他放在地上的包,立马急了,"你要走了啊?"

"嗯,我要回学校。"边南笑笑。

"我写完作业你再走好吗?"邱彦跑出来拽住了他的包。

边南看了邱奕一眼,邱奕没什么反应,于是他冲邱彦点了点头:"行,不过你要认真写,现在就去写。"

"嗯!"邱彦用力点点头,跑回了里屋。

边南坐到沙发上喝了口水,把嘴里的板蓝根味儿给涮掉了。

邱奕眼睛盯着电视,他也只好把目光放在电视屏幕上:"换个能看懂的台,别老看偶像剧。"

邱奕按了按遥控器,节目换了,一个农民大叔正一脸严肃地现场教学,如何骟羊。

"哎,就这么弄?"边南一眼看过去,大叔正手起刀落,羊看上去没什么痛苦,骟完就下地跑开了。

邱奕啧了一声,换了个电影台。

俩人盯着电视陷入了"我假装一点儿也不尴尬一点儿也不别扭"的深渊里。

第三章
朋友

电影是从半截儿看起的,边南看了一会儿实在忍不住了,小声问邱奕:"这人到底是怎么回事儿?"

"不知道。"邱奕也看得挺茫然,"刚还跟老婆依依不舍,这会儿又要杀……"

"我知道了!"边南一指电视,"俩人!长一样。"

邱奕没出声,又看了几分钟才冲边南竖了竖拇指:"就这么回事儿。"

接下去俩人又陷入了沉默。

知道电影大概是怎么回事之后,边南就没心思再看下去了,他起身进了里屋去看邱彦小朋友写作业。

邱彦在桌子前坐得笔直,写得很认真,边南走到他身边了他才发现,他抬起头看着边南:"你看我写的字。"

边南弯腰凑过去看了看,邱彦的写得还挺工整,但这都半个小时了,就写了不到一页。

"还有多少要写?"边南忍不住有点儿担心。

"再写完一页就可以啦。"邱彦指指本子。

"那加油写。"边南摸摸他的脑袋。

边南回到客厅,邱奕还在看那俩脸长一样的电影,边南靠在沙发上百无聊赖地玩着手机。

因为跟老爸也经常处于无话可说的状态,所以他对于这种尴尬场面一向挺适应,但不知道为什么,对方是邱奕的时候他就特别别扭。

玩了一会儿手机之后,他没话找话地说了句:"你妈妈是俄罗斯人啊?"

"嗯。"邱奕点点头。

"战斗民族。"边南竖竖拇指,"你身上能看出点儿来,二宝一点儿也不像,小棉花团儿。"

"是吗?"邱奕笑了,"我跟他那么大的时候也一样。"

边南盯着邱奕看了一会儿,无法想象跟邱彦一样松软可口的邱奕:"不能吧,你这也太不科学了。"

邱奕笑了笑没说话,继续看着电影。

边南觉得这事儿大概跟他妈妈去世有关系,也没多问。

他不太能体会失去妈妈是什么感觉,如果他亲妈突然没了……边南看着墙上的钟想了很久,他应该不会有那些书里写的痛苦感受吧。

"你妈对你很好吧?"边南有些感慨地问了一句。

"嗯。"邱奕放下遥控器,拿起杯子喝了口水,"你妈对你不好吗?"

边南看了他一眼:"不知道,我跟我妈就没怎么在一块儿待过。"

邱奕沉默了好一会儿才说:"没在一块儿待过也应该是心疼自己儿子的。"

边南嘿嘿笑了几声没吭气儿。

邱奕偏过头,手指撑着额角看着他,半天都没动。

"把你帅晕了还是怎么着,"边南有些不自在地摸了摸自己的脸,又低头检查了一下裤子,他很少穿牛仔裤,没准儿裤门儿忘了拉,"再看收费了啊。"

"随便看看。"邱奕还是没动,"你跟边馨语关系也不好吧?"

"那能好得了吗?"边南扯着嘴角笑了笑,表情有些失落,"在他们眼里,我这叫……原罪。"

"原罪?"邱奕挑了挑眉毛。

"是不是特牛?边馨语冲我说这话的时候才九岁。"边南又嘿嘿笑了几声,"我那会儿还特地去查了一下这是什么意思。"

"查到了?"邱奕活动了一下腿。

"嗯,后来我就突然懒得跟她吵了。"边南揉了揉鼻子,"小时候我就特不服气,凭什么,凭什么他们对我可以想骂就骂,想打就打……"

边南伸了个懒腰,叹了口气:"后来明白了,因为我妈破坏了人家家庭,我背着原罪，就凭这个。"

邱奕没再说话，拿起遥控器一下下在手里翻转着。

边南窝在沙发里对着天花板发了一会儿愣之后突然发现自己居然说了这么多平时他绝口不提的东西。

也许是因为知道边馨语跟邱奕说过这些，也许是太没话题了……但不管怎么说，这都让他略微有些不安，一下坐直了。

邱奕没什么反应，边南僵了半天，出于一厢情愿的交换心理，他试着问了一句："你妈妈……"

可能自己亲妈实在有些不好提，他对别人的妈妈一直都挺好奇的，比如万飞的妈妈，特别会做菜，很豪爽，孙一凡的妈妈很凶，每次打电话开场白都是你个不孝的玩意儿……

"去世了。"邱奕回答得很简单。

简单得边南一时都没反应过来："啊？"

"车祸。"邱奕补充了一句。

"……哦。"边南对于自己没头没脑一通话就换回这么两句无法再继续聊下去的回答有些郁闷，"靠，跟你一比我真是太实诚了。"

"你是心大，跟二宝似的。"邱奕看了他一眼，有些费劲地伸手从茶几下摸了包烟出来："要吗？"

"不要。"边南摇头，看了看邱爸爸那屋，小声说，"你爸不管你抽烟？"

"管。"邱奕叼着烟笑了笑，"我就仗着他行动不便发现不了。"

"唉……"边南拉长声音叹了口气。

又过了半小时左右，邱彦捏着自己的本子从里屋蹦了出来，很得意地冲边南晃了晃，然后把本子放到了邱奕腿上："我写完啦。"

"你什么时候能半小时写完我让你喝可乐。"邱奕打开本子看了看，"字写得越来越好了。"

邱彦往边南身上靠着："老师也说我字写得可好了。"

"真厉害。"边南搂着他在他身上狠狠揉了几下，"哎你可真好玩。"

邱彦大概是被他碰到了痒痒肉，很响亮地笑了几声，在沙发上扭成一团。

"好了，没错字。"邱奕把本子合上，"那大虎子该回去了。"

"哦。"邱彦趴在沙发上没动。

"有空再来找你玩。"边南在他屁股上拍了一巴掌,站起来准备拿包走人。

"那你什么时候有空啊?"邱彦马上追问。

"我……"边南抓抓头,什么时候有空?

在知道邱奕是大宝之前,他倒是有过计划,在大宝腿好利索之前尽量抽时间过来帮忙弄点儿什么,邱彦和邱爸爸俩人在家什么都不方便他的确挺不落忍的。

但现在……

知道真相的他眼泪掉下来,攒攒都够串条项链了。

现在要让他过来,他是真的不太情愿,也太尴尬了……

"明天就得过来。"邱奕突然说,"我要去医院。"

"什么?"边南猛地转过头。

"你过来送我去医院,检查。"邱奕靠在椅子上特别平静地说。

边南凑到邱奕脸跟前儿,压着嗓子:"你是不是遛我呢?"

"不遛你遛谁啊。"邱奕也压低声音。

"我靠。"边南继续压着嗓子,想想又觉得自己底气不是太足,"我以为咱们经过亲切友好的交谈……"

"那你明天就亲切友好地过来帮个忙吧。"邱奕眯缝了一下眼睛。

边南咬着牙憋了半天:"靠!算老子赔你的,看谁能把谁恶心死。"

"不能说粗话。"邱彦突然从沙发上站了起来,看着边南说了一句。

"我……"边南看了他一眼,"不说了。"

邱彦低头在本子里翻了翻,拿出一朵夹在本子里的小红花贴纸,冲他招了招手。

边南只得在他身边蹲下:"干吗?"

"这个是奖励。"邱彦很认真地把小红花贴在了他左脸上,"不说粗话就给你一朵。"

"谢谢啊。"边南很无奈地摸了摸脸上的贴纸。

边南拎着包走了之后,邱彦在客厅里站了一小会儿转身准备跑回里屋,邱奕叫住了他:"二宝同学。"

"啊。"邱彦趴着门框露出一只眼睛看着他。

"把那个大黄蜂拿过来。"邱奕招了招手,"咱俩聊聊。"

"……哦。"邱彦进屋把大黄蜂拿了出来,低头站到了邱奕身边。

"知道这个东西多少钱吗?"邱奕拿着大黄蜂在他眼前晃晃。

"不知道。"邱彦小声说,想了想又抬起头,"50块!"

"翻十倍都不止。"邱奕说。

"啊?"邱彦认真地算了很长时间才瞪圆了眼睛,"这么多!"

"这次就算了,"邱奕用手指在他脑门儿上弹了一下,"以后不要随便问别人要东西,这个对于大虎子来说也许不算什么,但对我们家不一样,懂吗?"

邱彦盯着大黄蜂看了很久,低下头小声说:"嗯,我不知道这么贵,方小军说他那个30块。"

"他那个跟这个能一样吗?胳膊腿儿都掰不动……"邱奕叹了口气,在钱的事上,他其实挺矛盾,一方面他不想让邱彦跟他一样每天算计这些东西,一方面却又想让他明白家里的情况,"行了不说了,你给大虎子打个电话,谢谢人家,以后不要随便跟人要东西了。"

"哦。"邱彦拿过手机,想了想又扭头问邱奕,"哥哥,你怎么知道是我说要大黄蜂的呀?"

"这不废话吗?你不跟人说要这个,他那种粗枝大叶的傻……子,能想到送你这个啊?"邱奕挥挥手,"打完电话洗脸睡觉去。"

邱彦电话打过来的时候,边南刚到宿舍楼下。

"二宝?"他接了电话,"怎么了?是不是你哥骂你了?"

"没有骂我。"邱彦小声说,"是我哥让我谢谢你买的大黄蜂,我不知道那么贵……"

"没事儿没事儿,不贵的。"边南赶紧说,"就当是我送你的六一礼物,六一的时候我就不送你东西了。"

"我还该你钱。"邱彦声音更小了,似乎是躲着说的,"不过我记着呢。"

边南叹了口气,邱彦有时候跟个小傻子似的,有时候心思又重得不行,他想了想:"二宝,那个钱呢,你满18岁之前还我就行了,一年40,今年的已经还过了,怎么样?"

"好!"邱彦声音一下响亮了。

跟邱彦打完电话,边南回到宿舍,冲了个澡之后躺床上发愣。

隔壁宿舍有几个人，王波那几个，边南能听到他们打牌时的笑声，王波还过来叫了他两次，他都躺着没动。

今天他拎着包出去的时候王波看到了，知道他是要回家，现在拎着包又回来了，边南不想跟人说话，怕被问起为什么的时候编不出合适的答案。

他拿了耳机塞上，听了一会儿音乐，发现对培养瞌睡没什么帮助，于是又拿了手机开始玩游戏。

玩了没几分钟，电话响了，他顺手按了接听之后才看清是老爸的号码。

"爸。"他接了电话。

"怎么没回家？"老爸语气带着无奈。

"我……"边南愣了愣，什么时候变成是他不回家了？

"阿姨说给你打电话，你说不回家，这周不是不训练吗？"老爸叹了口气。

边南坐了起来，咬着嘴唇沉默了很长时间才说了一句："有事，我明天晚上再回去。"

"阿姨给你买了不少衣服，明天一定要回来，知道了吗？"老爸说，"要不要叫老吴去接你？"

"我打车回去就行，不用接了。"边南觉得自己嗓子有点儿发紧，挂掉电话之后他狠狠地咳嗽了几声。

如果换了是几年前的他，这事他一定不会这么认下来，他一定会告诉老爸，不是我不回，是阿姨不让我回。

但现在的他不会再这么说了，阿姨在电话里说得很巧妙，只字没提不让他回家，他要跟老爸说了，反倒会变成挑阿姨毛病的不懂事的孩子。

他把手机扔到一边，玩游戏的心情也没了，胸口堵得难受。

在床上坐着愣了一会儿，他跳下床，抡起一张椅子狠狠地砸在了地上。

椅子是孙一凡的，孙一凡每天坐着晃椅子能晃半小时，椅子已经散架过两次。

边南这一砸，椅子很干脆地身首分离了。

他还没顺过气儿来，过去捡起一条椅子腿对着墙又砸了一下，再拎起椅子面儿抡在了门上。

最后对着屋里的铁皮柜子又哐哐踹了好几脚，才喘着气停下了，蹲在地上愣神。

"边南?"宿舍门被人轻轻推开了,王波一只手把着门,一副随时关门闪人的架势,"怎么了?"

"没怎么。"边南蹲地上扫了他一眼,"玩你们的牌去。"

"是不是吵到你了?"王波看到碎了一地的椅子又问了一句。

边南平时乐呵呵的时间居多,但真发起火来教练都拦不住,王波是输了牌被逼得没办法才敢过来问情况。

"没。"边南站了起来,把椅子踢到一边,"你们屋有泡面吗?"

"我有,你没吃饭啊?"王波转身往自己宿舍走,"我给你拿吧。"

王波给他拿了个碗面过来,又回去继续打牌了。

边南拿了水壶,打开用手试了试,皱皱眉:"我靠,还没一个屁热……"

水是温的,估计泡不开面,不过他还是把水倒进碗里,盖好纸盖,耐心地对着碗等了十分钟。

时间到了掀开纸盖他忍不住乐出了声,水都凉了,面还是一整块儿。

他拿起叉子在面饼上来回戳着,面饼被他连戳带晃地弄散了,不过吃到嘴里口感很苍凉。

"唉。"边南起身到旁边的架子上翻了一瓶万飞的泡椒出来,拨拉了七八个小辣椒到碗里。

他不是太能吃辣,夹了个泡椒放嘴里刚嚼了两口,还没来得及裹口面呢,就觉得整个脸上的血液都沸腾了。

他迅速把嘴里的泡椒吐了出来,拿过不知道是谁的杯子灌了好几大口凉白开。

嘴里的辣味没有被水带走,依然是火辣辣的,边南把满满一杯水都喝光了,还是没能拯救自己的舌头,眼泪都辣出来了。

他抹了抹眼睛,站起来到镜子面前瞅了瞅自己,俩眼睛都红了,看着跟刚哭过似的,鼻头都带着红润。

"没救了。"他冲着镜子乐了半天,回到桌边坐下。

对着碗里的面发了会儿呆,他把碗推开,趴了下去,把眼睛压在了胳膊上。

邱奕腿伤了之后,每天作息时间变化很大。

以前是一大早起床弄早点,准备好中午晚上的饭,然后去学校,放了学又赶着去打工,周末去补课。

时间安排得挺满,打个架斗个殴还得见缝插针,得旷课迟到早退相结合才能忙得过来……

现在腿伤了,除了早上还是按点儿醒过来盯着邱彦收拾好去上学之外,别的时间他都可以躺在床上,看看书,看看电视,闲得无聊还可以捏捏泥人儿,跟度假似的,就是如果要做饭有点儿费劲,站着的时间长了腿会不舒服。

"哥哥,"邱彦洗漱完了手里抱着大黄蜂站在床边,"是要出去买早点吗?"

"嗯。"邱奕换了件衣服,"我钱包在外屋,你问问爸想吃什么去买吧。"

邱彦点点头,走了两步又退了回来:"大虎子什么时候来?"

"不知道,昨天我有没有跟他说时间?"邱奕想了想,昨天边南怒气冲冲地走得挺迅速,他不记得说没说了。

"没有。"邱彦低头摸了摸大黄蜂的胳膊,"我打电话给他好不好?"

"你打吧,估计没起呢。"邱奕说。

其实去医院检查叫申涛来就行,但一想到边南正顶着恶心烦躁坚持不懈地出现想要恶心他,他当然也不能放过这么好的机会。

怎么也得恶心回去啊,谁也别欠谁。

多么敬业。

边南接到邱彦电话的时候已经出门了,正蹲在公交车站等车,他起得挺早的,还出去跑了几圈。

其实也不是起得早,他这一夜就没怎么睡。

"你不要吃早点,我正在排队买包子呢。"邱彦在电话里喊着,"我们胡同口这家包子店的小笼包特别好吃!"

"好好好,你别打电话了,手机放好别丢了。"边南交代。

这个点没有三蹦子,更别说出租车了,他蹲站台上靠着广告牌都快睡着了才看到公车过来。

公车并不直达邱奕家胡同口,还得走一条街。

边南下了车就拦了出租,他倒不是懒,就是大概没睡好,脑袋发沉,多一步路也不愿意走。

"叔,能在这儿等几分钟吗?我还得用车。"边南在胡同口准备下车的时候问司机。

"哟,这可等不了,这儿不让停车。"司机摇头。

"就几分钟,我进去扛个人……"边南看了看四周,要把邱瘸子弄医院去必须得有车,但这儿还真没看到有出租,跟学校那边一个德行。

"真不行。"司机还是摇头,车后传来了喇叭声,司机回头瞅了一眼,"你看,还堵人家路了。"

"行吧。"边南无奈地付钱下了车。

出租车开走之后,他看到之前按喇叭的是辆白色的皮卡,那车就那么直接停在了路边。

"靠。"边南不知道是司机忽悠他还是这车违章了,冲车里的人喊了一声,"这儿不让停车知道吗?堵路了!"

"什么?"驾驶座的窗户里有个女人探出头。

边南没理她,先去包子店看了看才转身进了胡同,他没见着邱彦,小家伙应该是已经买完回去了。

边南进院子的时候就听到邱彦在屋里唱歌,估计是学校教的歌,就听见老师累了,喝茶什么的,邱彦嗓子挺好,脆响的,可惜没太在调上。

"唱得真好。"邱奕给他鼓掌,"唱得我都忘了这歌原来什么调了……"

边南走到葡萄架的时候喊了一声:"二宝!"

"啊!"邱彦终于不唱了,从屋里跑了出来,"大虎子!"

"听见你唱歌了。"边南捏捏他的脸。

"好听吗?"邱彦眼睛发亮地看着他。

"好听。"边南笑着说,"企鹅都听到了。"

"企鹅怎么听到的啊?"邱彦有点儿迷茫地拉着边南进了屋。

"调都跑南极去了呗。"邱奕说。

邱彦对这个评价没感觉,默认为表扬,笑得挺开心。

"叔叔早。"边南跟邱爸爸打了个招呼,跟邱奕眼神对上之后点了头就坐下了。

"麻烦你了啊。"邱爸爸说,把包子推到了他面前,"来,先吃早点。"

邱奕放了碗豆浆到他面前,边南塞了口包子,含混不清地说了声谢谢,拿了碗就喝了一口。

"烫……"邱奕话还没说完,边南就蹦了起来跑到院子里。

把豆浆给吐了之后又在水龙头那儿用凉水涮了涮嘴才又回了屋里:"烫死

我了。"

"你梦游呢？"邱奕说，"刚热过的，你拿着没感觉啊？"

边南摸了摸碗，的确是挺烫的，他迷迷糊糊的也没注意。

"我默认它是凉的了。"边南拿了个包子狠狠咬了一口。

吃了没几口，沙发上放着的手机响了，边南离得近，回手把手机拿过来递给了邱奕。

"曼姐？"邱奕接起了电话，这号码他给肖曼打电话请假的时候肖曼记下来了，肖曼说今天要来看看他，他说要去医院不在家，肖曼又说开车送他去，他拒绝了半天，没想到肖曼今天还是过来了。

"你家在胡同哪儿啊？"肖曼的声音传了出来，"我在胡同口了。"

"真不用送，我叫了朋友来。"邱奕放下了手里的包子，往院子门口看了一眼。

"有车多方便，你赶紧说你家在哪个院。"肖曼语气很坚定。

邱奕沉默了几秒钟才开口："最里边儿。"

"我们老板来了。"挂了电话之后他撑着桌子站了起来，抓了一把边南肩上的衣服，"帮个忙。"

"怎么老板都过来了？"邱爸爸赶紧推了轮椅想往外去，"这多不好啊。"

"爸你待屋里就行，你跟二宝先吃着。"邱奕拦住了老爸。

"出去接驾？"边南站起来扶住邱奕问了一句。

"嗯。"邱奕蹦了蹦。

邱奕的老板，应该就是他打工的那个饭店的老板，也就是他俩第一次单兵作战时的那个饭店……前尘往事涌上心头，邱奕挑衅的那句话每次想起来都让边南有种要捞袖子当场再干一架的冲动。

边南跟邱奕俩人一副勾肩搭背好兄弟的样子往院子里走，边南想往邱奕腰上搂着好使劲的时候，一把摸到了邱奕T恤里边儿。

还挺滑，边南喷了一声，凑到邱奕脖子旁边闻了闻。

"干吗？"邱奕问。

"闻闻臭没臭，这阵儿都没洗澡吧？"边南有点儿幸灾乐祸地说，不过邱奕身上有一股香皂味儿，还是薄荷的。

"昨儿晚上刚洗了。"邱奕勾勾嘴角，"早知道你好这口就给你留着了。"

"你恶不恶心！"边南斜了他一眼，拖着他往门口走，"就你这形象还能洗澡呢？这难度得有3.0吧？"

邱奕没理他，他挺有兴致地换了解说腔："现在大家看到的是胡同队选手邱奕，他这次洗澡的动作是305B，反身折腾两周半……不，反身翻腾两周半，难度系数3.0……"

"曼姐。"邱奕抬头冲院门儿外面喊了一声。

"我们期待他的精彩表现……"边南架着邱奕走到了门口，跟着看了一眼，邱奕的老板是个女的，看着有点儿眼熟。

"你看，这样子怎么去医院？"肖曼看到他俩笑了笑，"你朋友？"

"嗯，边南。"邱奕应了一声，又给边南介绍了一下，"我打工那个饭店的老板，曼……"

邱奕的话还没说完，边南就稀里糊涂地冲肖曼一点头叫了声阿姨好。

"阿姨？"肖曼愣了愣，接着就笑得停不下来，"邱奕叫我姐呢。"

"嗯？"边南愣了愣，他没细看这女的，就感觉跟他妈差不多的样子。

"刚胡同口是不是你啊？"肖曼看了看边南。

"啊？"边南这才认真看了她一眼，发现她就是刚把车停胡同口的那女的。

"你去吃早点吧。"邱奕松开了勾着边南脖子的胳膊，"叔跟肖阿姨聊会儿。"

边南当着"阿姨"的面儿不好发作，把邱奕往门框上一甩转身回了屋里，看到坐在桌边认真啃着包子的邱彦，他心情才好转起来。

邱奕把那个曼姐堵在院门口，说了几分钟话之后，曼姐转身走了。

边南用余光看到了邱奕正慢慢往回蹦，但他坐着没动，要不是邱奕嘴欠，他给邱彦一个面子也会过去把他扶进来的。

邱彦吃完一个包子之后抬头往外看了一眼，跑出去把邱奕给扶进了屋。

"怎么没让老板进屋坐坐？"邱爸爸往外看了看。

"不用。"邱奕飞快地吃掉一个包子，看了看时间，"打个车去就行，没必要欠老板一个人情。"

边南想说那我给你做了那么多饭得折成多少人情，想想又没开口，这估计得算自找的。

他有点儿泄气。

去医院得赶早，这年头男科医院一大早都能人满为患，骨科医院人也一样少不了。

边南用轮椅把邱奕推到胡同口，又跑到小街上叫了辆出租过来。

邱奕没法坐在车里，只能横靠在后座上，边南撅个腚把他扶进去又撑着后座让邱奕按着他的肩把坐姿调整好了，最后他再把邱奕腿也安顿好了才算完事。

"这位爷，行了吗？"边南扶着车门，这通折腾把他汗都折腾出来了。

"可以起驾了。"邱奕看了他一眼。

边南都懒得回嘴了，困得厉害没精神，只是回头交代了邱彦几句，让他把轮椅推回家，然后上车坐在了副驾上。

车开了之后，边南靠在椅背上眯了会儿才说了一句："你是不是有毛病，让你老板送你多好，她那个皮卡多宽敞，你躺后斗里就行，想怎么待着怎么待，想翻想滚随您大便……"

"你知道个屁。"邱奕说。

"翻滚吧，邱大宝！"边南喊了一声，又回头看着邱奕，"我就知道你这个屁了，我知道你就想遛我，没事儿，您随意。"

"你话真多。"邱奕忍不住说了一句。

"那你是没见过话多的。"边南指了指旁边的司机，"开出租的话才多呢，是吧大哥？"

司机大哥看了他一眼："我这儿还一句话都没说呢。"

邱奕在后座乐了，边南跟着嘿嘿笑了几声，脑袋顶在车窗上不再出声。

今天他是话多，没休息好或者心情不太好的时候他的话就特别多，从小就这毛病，晕车的时候话也多，阿姨说他小时候一边吐还能一边说个不停，也算是特殊技能了。

边南身体还不错，从小医院就很少进，进体校之后受伤了去过几次，不过到现在也已经两三年没来过医院了。

按邱奕的指点他楼上楼下跑了好几趟，把检查的单子拿了，架着邱奕往楼上走。

因为就在二楼，他俩就没绕远去电梯，打算直接走楼梯上去。

但走了两级台阶边南就停下了，邱奕打着石膏的腿两次都敲在了台阶上。

"要不我抬着你腿，你蹦？"边南说。

"我架你一条腿你蹦一个我看看。"邱奕扶着栏杆不动。

"那你退着蹦。"边南指挥他。

邱奕看了他一眼："你给我示范一个。"

"劳驾让让。"一个男人碰了碰边南的胳膊。

他回过头,看到男人身后背了个人要上楼,他和邱奕挡了路。

边南让开了路,看着那男人上去之后,又盯着邱奕看了一眼。

"哎!"他一咬牙,转身弯下了腰,手冲后招了招,"上来,快!"

邱奕趴到了他背上："背得动吗?"

"再来俩也背得动。"边南扳住邱奕的腿,调整了一下姿势,飞快地往楼上跑去,"靠,早知道拖你过去坐电梯!"

邱奕没有外伤,不需要换药,医生检查完了之后发现石膏有松动,于是又重新打了石膏。

边南在一边儿等着,听到医生有些不满,因为邱奕没按要求好好卧床和抬高腿,影响恢复。

邱奕一直没怎么说话,只是时不时应一声。

边南叹了口气,靠着椅子看着地。

医生的声音跟念咒似的,他听着有点儿犯困。

"你自己也注意点,不肯住院,回家又不好好休息,"医生皱着眉看着邱奕,"你要觉得这腿这么没所谓,我干脆帮你拆了石膏你跑步去吧。"

"我注意。"邱奕说。

"再开点消炎药,让你朋友……"医生在病历本上唰唰画了几个毛线团,然后转过头冲边南正要说话,突然愣了愣,"这就睡上了?"

邱奕往边南那边看过去,发现他坐在椅子上,坐姿还挺标准,但低着头已经睡着了,他只得喊了一声："边南。"

边南没动静,医生起来推了他一把："小伙子别睡……"

边南突然一抬头跳了起来,直接转身跑了出去,冲到走廊上愣了愣才又小步蹦着退回了屋里,有些不好意思地抓抓头："吓我一跳。"

"帮我拿一下药吧。"邱奕伸手到兜里掏出钱包递给边南。

边南拿过缴费单,在钱包上拍了一下,没接,转身走出去了。

从医院出来的时候已经中午了,边南看了看手机："别做饭了,一会买点儿吃的带回去吧。"

没等邱奕开口,他又补了一句:"我去买。"

邱奕没说话,边南架着他走到路边,拉开了一辆出租车的车门,把他塞进了车里:"我想吃糖醋排骨……你们家附近有什么好馆子吗?"

"没有,都大排档级别的。"邱奕说。

"我一会儿找找吧。"边南低头在手机上找饭店,想找家能做了送出来的,"你有什么想吃的吗?"

"随便。"邱奕说。

"靠我最烦别人随便了。"边南皱着眉,"随大便还是随小便啊?"

邱奕笑了笑没出声。

边南在手机上翻了半天,最后闷着声音说了一句:"这阵儿你别做饭了,我有空过来帮忙,没空我叫外卖送。"

"嗯?"邱奕有点儿意外,边南虽然被逼得不情不愿地也会来,但现在主动提出来让他没想到。

"哎。"边南扭头扫了他一眼,"医生不说你没老实卧床恢复得不好吗……你也不用谢我,我不是为你,我为二宝。"

边南虽然在医生办公室里睡着了,但在睡着之前还是听到了医生对邱奕的批评教育。

如果他不过来帮忙,邱奕就两个选择,要不就是继续自己折腾,腿继续不能好好恢复,要不就是让二宝和邱爸爸来折腾。

对于边南来说,他本来就没想过要真把邱奕整出个什么好歹来,也不希望邱奕的腿真的好不了留下什么毛病,可要让小不点儿二宝和残疾大叔每天那么辛苦,他更接受不了。

唯一的解决办法就是他承担后果,出钱出力。

只希望邱奕那腿能给点儿面子早点好,让自己当小工的时间能短点儿。

坐车上他打了几个订餐电话,第一个馆子表示只送不超过五公里的距离,第二个馆子表示现在人手不够没办法送,第三个馆子表示不超过三百块不送……

"靠。"边南简直烦得不行,"那你们随便再加俩菜给我凑够三百!"

挂掉电话之后邱奕看着他,半天才叹了口气:"你吃过普通外卖吗?"

"怎么没吃过?"边南挺郁闷,"学校那边一碗牛肉面也能给送到围墙边儿上,还能顺带帮去超市买饮料呢!"

"那你打电话给正经能送餐的快餐店不行吗,非得在饭店订?"邱奕有点儿无语。

"快餐不好吃,我饿了想吃好吃的。"边南说。

把邱奕弄回家之后又等了快一个小时,边南都已经决定去胡同口的小餐馆随便拎几盒回来的时候,饭店送餐的总算到了。

"哇!"邱彦扒着桌子,"这么多!吃不完啊……"

"去拿几个盘子来。"边南拍拍他的脑袋,"有什么吃不完的。"

"这得不少钱吧?"邱爸爸看着桌子上大大小小的餐盒。

"没多少,这阵儿都吃我做的菜,改善一下伙食吧。"边南一个个盒子打开,把菜倒进邱彦拿来的盘子里,"我自己都忍不下去了。"

"邱奕。"邱爸爸看了邱奕一眼。

邱奕应了一声,手伸进了兜里,看样子是要掏钱包。

"别啊。"边南看着他的手。

邱奕没动,沉默了两秒钟,抽出手冲他勾了勾手指:"过来。"

边南犹豫了一下凑到了邱奕跟前儿。

"你要请客?"邱奕小声问。

"废话。"边南也小声说,"我要不请客我能这么点吗?"

"我钱包在里屋,你去拿吧。"邱奕用正常声调说了一句。

边南明白了他的意思:"一会儿吧,不着急。"

"哎,二宝你去拿来。"邱爸爸推了推邱彦,"一会儿忘了。"

"我去我去。"边南赶紧往里屋走,"二宝盛饭,开吃了。"

边南进屋转了一圈,从自己钱包里掏了几张钱出来一边往钱包里塞一边走回了客厅:"多拿了好多张。"

邱奕笑了笑没说话。

边南本来就点了三菜一汤,让饭店凑数的时候加了两三个菜,不过好在加的菜有俩是白切鸡和烧鹅,没吃完比较好收拾,可以留着晚上吃。

邱彦挺兴奋,吃完了饭就拿了变形金刚和遥控车跑院里玩去了,自己一个人在院子里又喊又笑的。

邱奕看了看墙上的钟:"邱二宝!"

"什么事?"邱彦在院子里响亮地回答。

"几点了知道吗?"邱奕皱着眉。

邱彦跑回屋里看了看钟，然后捂住了自己的嘴，含混不清地说："一点啦，我没看到时间。"

"洗碗。"邱奕指了指桌上的碗筷。

边南帮着把碗筷都收拾到了院子里的水池边，蹲在一边看着邱彦洗碗："一会儿我带你出去玩车吧。"

"好啊。"邱彦眼睛一亮，飞快地转动着手里的盘子，"我们可以去旁边火柴厂院儿里玩，那里没有人上班啦。"

边南陪着邱彦洗碗的时候听到自己的手机在屋里响了，他摸了摸身上，不知道什么时候自己把手机塞到包里了。

电话是老爸打过来的，接通的时候边南听到了老爸很不满的声音："你搞什么？"

"我……"边南皱皱眉，他知道老爸指的是他今天回家的事，"我下午回去。"

"我都告诉你了阿姨给你买了东西，你早点回来不行吗？"老爸听上去有些生气，"边皓给你打电话你也不接……"

"他给我打电话了？"边南愣了愣，边皓给他打电话就像让他给边皓打电话一样是连低概率都算不上的事，直接不可能。

他把电话拿到眼前看了看，没看到有未接来电的提示："我这儿没有，他怎么可能给我打电话？"

"行了你别说这些了。"老爸沉着声音，"你马上回来！"

"……知道了。"边南心里一阵烦躁，挂掉电话之后站在原地半天都没动。

邱爸爸吃完药回屋去休息了，邱奕才坐在沙发上叫了他一声："哎。"

"嗯？"边南回过神来看着他，"干吗？"

邱奕冲门口抬了抬下巴，边南回过头，看到邱彦已经洗完了碗，正扒着门框一脸期待地看着他。

"你要有事就我带他出去玩。"邱奕说。

"没事儿。"边南走过去一拍邱彦的肩膀，"走，玩车去。"

反正已经晚了，老爸也已经不高兴了，他也就懒得再急急忙忙地赶回去，如果不是怕自己"不懂事"的形象在老爸心目中被再一次深刻描绘，他今天都懒得回去。

有时候他会觉得自己很无助，亲妈不要钱不会出现，边南从来没从她身上体会过亲情，他唯一的救命稻草是老爸，可老爸首先是别人的爸爸，被他亲妈伤害过的那家人的爸爸和丈夫。

而他就是个不受待见却又娇生惯养长大的废物。

边南坐在火柴厂废弃的院子里，看着邱彦满院子追着车跑，突然有些感慨，有时候真觉得自己挺郁闷的，可想到邱奕就觉得有点儿不可思议。

按邱彦的说法，他没见过妈妈，那也就是说，起码在八年前，邱奕的妈妈就去世了，车祸，邱彦说过邱爸爸的腿也是因为车祸……

边南皱皱眉，如果是同一次事故，那邱奕九岁或者十岁就开始了现在这样的生活？

"二宝。"边南叫了邱彦一声。

"啊！"邱彦响亮地回答。

"过来让哥抱抱。"边南张开胳膊。

邱彦抓着遥控车跑过来扑进他怀里："好像快没电池啦。"

"去超市买电池就行。"边南搂着邱彦，下巴在他脑袋顶上蹭了蹭。

陪着邱彦玩了一个多小时的车，边南才把满脑门都是汗的邱彦带回了家。

"我……"边南跟在邱彦身后往屋里走，刚想说要走了，邱彦突然回过头把手指放在唇上嘘了一声。

"我哥睡着啦。"邱彦悄声说。

"哦。"边南看了一眼，邱奕躺在沙发上枕着胳膊，腿架在沙发扶手上，看上去是睡着了，他低声说，"你先去洗个脸，都是汗。"

邱彦拿了毛巾跑去洗脸，边南走到屋里，犹豫着要不要叫醒邱奕说一声。

"邱大宝。"他弯下腰轻声叫了邱奕一声。

邱奕没反应，他又往前凑了凑："哎，大宝同学，邱大宝，邱奕……白皮儿小娘们儿……"

邱奕估计是真睡着了，他哼了一声，抬手想推醒邱奕，手举起来以后又停下了，他发现邱奕睫毛还挺长的，平时倒是没看出来，感觉不太显眼。

因为睫毛不是黑的？

他凑过去，盯着邱奕的睫毛，混血儿的睫毛是什么颜色的？

会打卷儿吗？

"你跟个火球似的你知道吗？"邱奕突然睁开了眼睛。

"我靠!"边南吓了一跳,压着嗓子喊了一声,"你睡没睡着啊?"

"睡着了,让你烤醒了。"邱奕扫了他一眼,"你干吗呢?"

"没干吗我就跟你说一声我把二宝带回来了,我得回家了。"边南拿过自己的包,想了想又问了一句,"你睫毛是什么颜色的?"

"什么?"邱奕愣了愣。

"睫毛,什么颜色?"边南指了指自己的眼睛,"我的是黑色的,虽然不怎么能找着。"

"我不知道,没研究过。"邱奕乐了,"你真挺闲的。"

"那不是没见过混血儿吗?"边南喷了一声,顺手拉过洗完脸进屋的邱彦,"二宝来让我看看你睫毛是什么颜色的。"

"黑的呀。"邱彦闭着眼睛扬起脸冲着他,睫毛跟着眼皮一个劲儿地颤着。

"我以为会是棕色的呢。"边南笑着捏捏他的脸,"你歇会儿吧,我得回家了。"

"什么时候再来啊?"邱彦问他。

"有空就来。"边南回答。

他突然发现自己说出这句话的时候挺自在。

习惯真可怕。

从邱奕家出来之后,边南打了个车回家,上车没几分钟他就靠着车座睡着了。

司机把他推醒的时候他一睁眼就看到了小区特别土豪的大门以及大门上特别土豪的小区名字,顿时觉得压力很大。

回家对他来说真不是件享受的事,尤其是边皓和边馨语同时在家的时候。

他没让司机把车开进小区,下了车慢慢顺着小路溜达。

到了家里院子门外,他掏钥匙的动作也很慢,总在想会不会掏到一半电话又响了……

"小南回来了啊!"推开客厅大门的时候林阿姨的声音传了出来。

"阿姨。"边南叫了一声,笑了笑,"我中午跟同学吃饭,回来晚了。"

"没事儿没事儿,你爸还念叨呢,我就说肯定是跟同学在一块儿啊。"阿姨过来上上下下打量着他,"才刚到夏天怎么就感觉晒黑了啊?"

"我就没白过。"边南笑着说,正想拿着包回楼上自己房间,一抬眼看到了客厅里坐着的边皓，笑容不受控制地僵在了脸上。

"这一身汗，快上楼去洗个澡，给你买的衣服我都放在你房间了，你看看喜不喜欢。"阿姨拍拍他后背，"你爸在书房。"

"嗯。"边南往楼上走，"谢谢阿姨。"

老爸的房间在三楼，三楼基本是他的地盘，书房健身房收藏室，弄得挺像那么回事，不过边南很少上去。

到自己屋里放了包之后，他看了看放在床上的几个袋子，衣服裤子好几套，边南喜欢黑白灰不起眼儿的颜色，阿姨却喜欢亮色，每次买给他的衣服颜色都很亮眼。

他挑了几件稍微素色些的，打算回学校的时候带过去，然后出了房间准备去书房跟老爸聊几句，刚走出房间，发现边馨语正靠在走廊墙边，看到他出来，似乎犹豫了一下才一抬下巴："哎，边南。"

边南停下脚步看着她，她清了清嗓子，眼睛看着边南身后的墙："那个……你跟那个……邱奕……你俩熟吗？"

"凑合。"边南说，对于边馨语会突然跟他说话，内容还是邱奕，他很意外。

"他是不是腿受伤了啊？"边馨语问他，眼神还是到处飘着。

"嗯，骨折了。"边南转身准备上楼。

"哎！你急什么！"边馨语皱着眉提高声音说了一句，接着又放低了声音，"伤得怎么样？你知道他家住哪儿吗？他是不是没在医院了？"

"你……"边南看着她，脑子里飞快地梳理着边馨语和邱奕的关系以及边馨语会找他问这些的原因，"给他打个电话不就知道了？"

"能找到他我还问你吗！他电话关机了！"边馨语有些不爽地说。

关机？边南愣了愣，突然想起来他每次打电话过去，打的都是二宝给他留的那个号码，邱奕的手机关机了？

"你说话啊。"边馨语催他。

"我也不知道，我是听人说的，我连他电话号码都没有。"边南说。

"怎么可能，我不信！"边馨语突然伸出手，"你电话我看看！"

边南没理她，转身直接往楼上走，如果不是因为这次事情，他跟邱奕还真就是不可能有什么交集的关系。

"给我看看！"边馨语拉住了他的胳膊，提高了声音。

"馨语？"边皓在楼下客厅里喊了一声。

"没跟你说话。"边馨语冲楼下也喊了一声，扭头继续盯着边南。

"撒手。"边南烦躁得不行，但最后还是在边馨语松开他胳膊之后掏出了手机扔到了她手上，然后上了楼。

他电话里存的是二宝那个号码，用的名字是小卷毛。

老爸坐在书房的落地窗前泡茶，听到他进来，招了招手："来，喝茶。"

边皓对茶没兴趣，他更喜欢咖啡，边馨语每天减肥，如果是减肥茶她还有可能喝一口，家里能陪着老爸玩玩茶的只有边南，虽然他对茶也同样没兴趣，但他却是家里唯一不会公开抗拒老爸的人。

他不敢，他没有底气。

"中午是跟同学吃饭去了？"老爸给他倒了一杯茶。

"嗯。"边南点点头，拿过茶喝了。

"阿姨给你买的衣服看了吗？"老爸问他。

"看了，挺好的。"边南拿过一边的养壶笔在手上来回刷着。

老爸停了一会儿，似乎是找不到话题了，于是靠在椅子上不再出声。

边南也不说话，自己倒了杯茶喝了，也往椅子上一靠，闭上了眼睛，他一夜没睡好，今天又忙活了一天，闭上眼没两分钟就全身发软地跟周公打太极去了。

再醒过来的时候，他身上搭了条小毛巾被，老爸已经没在旁边了。

他拿过已经凉了的茶喝了一杯，起身出了书房往楼下走。

到二楼的时候他听到楼下客厅传来了笑声，靠着栏杆看了看，边馨语正靠在老爸身上说着什么，一家人笑得很开心。

边南打消了去楼下凑数的念头，回了自己房间。

他的手机被边馨语放在桌上，他拿起来看了看，估计边馨语没找到什么有用的号码。

他坐到桌前，打开了电脑，给万飞打了个电话："在干吗呢？"

"兜塔呢！"万飞说，"你在家？"

"嗯，来斗地主。"边南喷了一声。

"我兜……靠，行吧，斗地主就斗地主。"万飞叹了口气，"你真没劲。"

边南龇牙笑了笑，挂掉了电话，投入了斗地主的大业当中。

老爸这个周末两天都在家，边南也只能一直在家待着，中间他给邱奕家订了两次K记送过去，邱彦还打了电话过来兴奋地表示好吃。

邱奕没跟他联系，估计会对他连续两顿都让小不点儿吃K记有意见。

"难伺候啊……"边南打开网页，输入了傻子菜谱几个字，搜了半天才反应过来自己想搜的是懒人菜谱。

懒人菜谱多如牛毛，都说自己可以让零基础的傻子做出美味，看多了会让人产生一种自己已经是大厨了的错觉。

他仔细地挑了几个食材方便处理，不用什么摘叶子剥皮挑籽儿，声称十分钟出成品的菜，在手机上把步骤都详细记了下来。

按这节奏再来一个月，没准儿以后宿舍的人都不用翻墙出去找宵夜了，边大厨为您服务。

每次边南回家，主要的活动范围就是自己的房间，除了吃饭，他能不出屋就不出，玩玩游戏或者看电影，最多是在后院儿没人的时候会去院子里待一会儿。

不过去年边馨语在后院儿养了只杜宾，看着很凶，最大的爱好却是见人就舔，边南在后院儿待着的时候，有一半时间在躲它的舌头，一个不小心它就能扒着你胳膊往你脸上舔。

边南去院子里待了没多大一会儿就被舔回了屋里，闷头斗了一个小时地主，家里的保姆上楼来敲门，他才下楼去吃饭。

在家吃饭的时候他一般不怎么说话，除非直接问到了他，否则就埋头吃自己的。

从小就住校，所以周末家里饭桌上的话题他也不太能插得上嘴，一般是老爸的自我工作总结，边馨语的一周总结加撒娇，阿姨补充，边皓跟他差不多，话少，但偶尔眼神交会的瞬间边南总觉得要是没人，边皓能把桌子上的菜都扣他脸上。

当然，他的感受也差不多。

在家吃过晚饭之后，边南准备回学校，他把阿姨给他买的衣服塞进包里，毫无目标地转了两圈之后走出了房间。

边馨语在走廊拐角正要下楼，听见他门响，又退了回来。

边南看到她一脸欲言又止的表情，关上门说了一句："我真没他电话。"

"谁问你要电话了？谁跟你说话了啊！神经病！"边馨语白了他一眼，飞快地顺着楼梯跑了下去。

边南慢吞吞地下了楼,家里所有人都在客厅里坐着,他站在楼梯边儿闷声说了句:"我回学校了。"

老爸站起来走到他身边,在他肩上捏了捏:"下周考试?"

"嗯。"边南点点头。

"好好看书。"老爸笑笑,"让老吴送你吧。"

没等边南回答,边皓在一边冷冷地说了一句:"晚上我要去接人,会喝酒,得让吴叔开车,让他自己走。"

"你几点接人?"老爸回过头问。

"不用送了,我打个车就行。"边南把包甩到背上,没看边皓直接走出了家门。

边南打了个车回了学校,到门口的时候接到万飞的电话问他到没到,说是带了一大兜他妈做的麻辣牛肉干儿过来,宿舍几个人正商量着买点儿啤酒晚上看鬼片儿。

"我去买吧。"边南过街到对面超市拎了一打冰啤酒。

正结账的时候有人走进了超市,他扫了一眼,发现是潘毅峰那伙人。

"哟,回来了!"潘毅峰一看是他,马上走过来揽住了他的肩膀,"周末过得好吗?"

"嗯。"边南应了一声,付了钱了之后甩开潘毅峰的胳膊想走,但潘毅峰几个人很快地堵在了他面前,他皱了皱眉,"干吗?"

"你那天是不是去医院看眼睛了?你眼睛是不是瞎了?"潘毅峰脸上带着笑容。

边南知道潘毅峰指的是那天他没下车就跑了的事儿,觉得这人简直烦透了,没完没了跟老太太更年期过不去了似的。

"是,我眼睛最近有点儿毛病。"他扯了个大塑料袋把啤酒装上,推开潘毅峰,边往外走边说,"除了人什么都看不清。"

都走出超市了,潘毅峰才反应过来他这句话的意思,冲了出来:"你把话再给老子说一次!"

边南跟潘毅峰的关系算不上紧张,还一块儿跟航运的打过几次架,平时就算有点儿小摩擦也一直没擦出过什么了不起的火花来,但这会儿潘毅峰看样子却不打算轻易作罢。

快毕业了吧，边南想了想，每年这个时间，高三的都特别嚣张，平时积攒着的火都指着毕业前喷发一回，就好像错过了，毕业了就再也没机会找谁麻烦了似的，潘毅峰也算是盼到这天了。

终于盼到这一天，让你盼了好多年……边南简直想拿个拖把给他伴唱了。

"我说我眼睛最近除了人什么都看不清。"边南回头盯着潘毅峰的脸重复了一遍之前说的话。

本来他不想惹麻烦，无奈这两天他心情的确不怎么好，潘毅峰如果坚持找麻烦，他当然也不好一再推辞，面子总得给点儿嘛。

"你找死是吧，忍你很久了！"潘毅峰抬了手，想往边南脸上招呼。

没等边南退开，后面超市收银的小姑娘拿着手机出来了，尖着嗓子喊了一声："别在这儿打架！在这儿打我可给你们教练打电话了啊！我这儿有你们体校好几个教练的电话！"

潘毅峰的手僵在了空中，犹豫了两秒钟放下了。

小姑娘说的要是我报警了啊，估计没谁会在意她，可说的是有教练电话，无论真假，这威慑力可就大得多了。

边南看潘毅峰他们几个一时半会儿没找着合适的解决方案，也没有继续动手的打算，于是转身往学校门口走了过去。

刚过了街就看到万飞和孙一凡还有朱斌一块儿从校门里晃了出来。

"靠，就一提溜啊？这能够吗？"万飞往袋子里瞅了瞅，"我们几个还怕你拿不了呢……"

"你们还打算一人一打？"边南把袋子往万飞手里一塞，"我一罐就能睡到明天中午了。"

"我们根本就没算你那份儿……那几个什么意思？"孙一凡看到了对街站着的潘毅峰。

"没事儿。"边南揽着孙一凡的肩膀走进了学校，"保留节目嘛。"

"找你约啊？"万飞马上也回过头往那边瞪了几眼，"那约啊……等等，为什么啊？"

"不提了。"边南不想多解释自己回家都到家门口了又被支回学校的事儿，快步走到了前面。

万飞老妈做的牛肉干儿很美味，量还足，四个人开了电脑温习完两部午夜凶铃，啤酒都喝光了，牛肉干儿还有剩。

"我去厕所。"边南只喝了一罐啤酒,但为了缓解牛肉干儿的麻辣,他喝了好几大杯的水。

刚从床上下来穿上拖鞋,宿舍里几个人纷纷表示要结伴去厕所,争先恐后扯来扯去地往外扑,谁也不肯落在最后。

"服了。"边南被挤到了最后边儿,有些无奈,"你们至于吗怕成这样……"

"还好在家洗了澡。"万飞啧啧了几声。

边南上完厕所之后扑到床上抱着枕头就闭上了眼睛,今天只喝了一点儿啤酒,没有达到发晕的线。

不过对瞌睡挺有帮助,闭上眼没多久他就伴着宿舍里几个人兴奋的聊天儿声睡着了。

早上起床还没晚点,跳下床就连踩了好几脚空罐子,他叮叮当当地把罐子都踢到一块儿,然后对着墙一个个踢过去,罐子们都准确地在墙上弹了一下之后落进了垃圾桶里。

"我靠,你今儿去足球班报到得了……"万飞被吵醒了,皱着眉从床上跳了下来,"以后男足就看你了。"

"丢不起那个人。"边南笑着跑出了宿舍。

这两周因为要开始考试,所以训练的量没有平时那么大,老蒋也没给边南加量,只是每次边南的目光跟他对上时,都能在老蒋眼里看到秋后算账四个大字熠熠生辉。

估计考完试他的末日就得到了。

他每天放松的时间除了睡觉和跟万飞瞎扯,就是去邱奕家。

邱奕家有可爱的二宝,每次看到二宝笑他都忍不住会跟着乐,都不知道究竟在乐什么。

最重要的,那个葡萄藤已经爬满了架子的院子和那个有些破旧的家,让他觉得真实。

比他家上下四层有天有地的土豪别墅要真实得多。

还有渐渐变得不那么讨厌的邱奕。

对于边南来说,之前邱奕和潘毅峰他都挺讨厌,但对邱奕的讨厌并不源于邱奕这个人,跟潘毅峰那种浑身上下都散发着"快来讨厌我吧"气息的人不同,邱奕本身并没什么让人讨厌的地方。

特别是相处时间长了，边南之前对他的抵触情绪已经一点点消散，除了偶尔斗个嘴对着呛几句之外，时不时也能聊上几句。

"南哥，"万飞搂着边南的肩膀，往他嘴里塞了颗奶糖，"跟你商量个事儿。"

"说。"边南嚼着糖往宿舍走，准备洗个澡去邱奕家包饺子。

这几天吃的都是懒人菜谱，邱奕已经无法忍受，表示今天一定要包饺子吃，否则绝食。

边南觉得包饺子这主意不错，邱奕坐轮椅上可以把剁馅儿和包饺子的活都干了，他只用和个面就行，在边南的概念里，和面简直跟玩一样轻松。

"我今天跟你去邱奕家吧。"万飞说。

"嗯？怎么了？"边南愣了愣，万飞对邱奕虽然也没有一开始那么抵触了，但多少还是有些硌硬，现在突然提出要去邱奕家让他挺意外。

难道是因为今天上午考试考砸了太郁闷？不过万飞考二十分的时候也没影响过他翻墙出去通宵兜塔的。

"许蕊让我去道个歉。"万飞有些不好意思地抓抓头，"她说……"

"我靠，你跟许蕊还扯着呢？"边南忍不住喊了一声，"我是不是该去门口打印店给你打一张深情款款的纸贴脸上啊！"

"你能不能磨炼一下你的耐性啊！"万飞也喊了起来，"我说完一句话都用不了三十秒，你闭嘴三十秒就能憋死啊！"

边南盯着他："给你三十秒。"

万飞被他盯得顿时有点儿紧张，半天才把话给说明白了。

许蕊是个挺聪明的小姑娘，一听说邱奕被打了，立马就知道不是潘毅峰，直接找了万飞问。万飞一见美人儿就全招了，于是许蕊表示她对邱奕什么心思也没有，在对那天错过看比赛的事给万飞道歉之后，她要求万飞给邱奕道歉。

"就这么回事。"万飞抹抹脑门儿上的汗，"她怪我太冲动，这事解决了才肯跟我好好说话。"

"你……"边南不知道该怎么评价这个事儿，好一会儿才一挥手，"随便你吧，愿意去就去吧。"

出发之前边南打了邱彦的电话，想告诉他今天吃饭多一个人，面要多准备点儿，结果连着三个电话都没人接听。

"奇了怪了……"边南皱皱眉，平时就算邱彦没接电话，邱奕也会接。

"怎么了？"万飞跟在他身边，东张西望地一边提防着会突然出现的教练一边找车。

"没人接电话，算了不管了，去了再说吧。"边南看到一辆出租车开了过来，一拍万飞，"走。"

在车上边南又打了两次电话，都没人接，他皱了皱眉，心里有点儿不太踏实。

出租车离胡同口还有一小段距离就停下了，胡同口摆摊的很多，就口那儿有位置能停车，但现在一辆面包车把那儿给堵上了。

边南跟万飞下了车，刚走进胡同里，边南就觉得这里的气氛跟平时有点儿不同。

别的院子门口站着几个人，都正往胡同里边看着。

"干吗呢这是？"万飞小声问了一句。

边南没说话，拔腿往胡同里跑去，离着邱奕家的院子还有十来米的时候他就听到了邱彦的哭声。

到了大门的时候边南看到了蹲在院门石阶上抱着膝盖哭得满脸眼泪的邱彦。

"二宝！"边南心疼不行，过去一把把邱彦搂进了怀里，"怎么了？你怎么哭成这样？"

"大虎子——"邱彦抬头看到是他，顿时哭得更大声了。

院子里很吵，边南抬头看到七八个人站在里边儿，有男有女，把本来就没多大的院子挤得满满当当。

邱奕坐在葡萄架子下，打着石膏的腿架在旁边的凳子上，面对着指着他不知道在骂着什么的两个女人没有任何表情，不出声，也不看。

"我靠，怎么回事？"万飞一看院子里这架势愣了。

"我告诉你邱奕，你家有你家的难处，可别家也不是没难处的！占着老头儿老太太的房子你们倒是过得挺滋润！钱也不还……"一个四十多岁的男人指着邱奕正说着，一偏头看到了站在院子门口的边南和万飞，"你俩干吗的？我们家的事儿看什么热闹！"

边南没吭气儿，他还没弄明白这是怎么回事，这些人是什么人，来干吗的。

还钱？我们家的事儿？

"跟你们一样来要债的。"一直沉默的邱奕开口说了一句。

"要债的？"一个女人上上下下打量着边南和万飞，又指了指邱奕，"他问你们借钱了？"

边南压着心里的惊讶，迅速跟邱奕对视了一眼，邱奕很平静地看着他。

这什么台词啊！

"没错。"边南沉默了两秒钟之后说，无论这院儿里的人跟邱奕是什么关系，看上去都很不友好，估计是来找麻烦的，他只能配合邱奕。

"借了多少？"女人有些怀疑地问。

"关你屁事，你帮他还啊！"边南在很短的时间里给自己找了个恶霸债主的角色，又一脸不耐烦地追了一句，"你们是他什么人？"

没有人回答，邱奕清了清嗓子："我家亲戚。"

"亲戚？"万飞终于反应过来了，加入了表演行列，眼睛一瞪，"亲戚正好！帮他把钱还了吧！"

在没穿校服的情况下，边南和万飞看上去都不是什么善茬，尤其万飞，吃面忘了带钱直接就走都没人敢拦他，第二天给老板送钱去的时候人还不敢收。

院子里的人都还没从这突如其来的转折里回过神来，没人出声。

"我们没有钱还……"邱彦带着哭腔的声音从边南身后传了过来。

边南听到他这声音差点儿出戏，就想回手抱着邱彦好好安慰一下。

"没钱还好办，"他随手从门边抄了根棍子拿在手里，"不还有条腿吗？一块儿砸了吧！"

"谁都别走！"万飞指着院子里的人。

俩人横眉立目一脸凶相地说完台词之后，院子里陷入了短暂的安静之中。

这些人一看就知道并不是专业流氓，就是普通老百姓和普通老百姓的一般人儿朋友，论范儿绝对比不上边南和万飞。

边南为了加强冲突感，拎着棍子走到邱奕跟前儿，一棍子擦着邱奕砸在了旁边的椅子上，恶狠狠地说了一句："今儿不给钱我不走了！"

"不拿钱谁也不能走！"万飞回手把邱彦拎进了院子里，一脚把院门给踢上了，"我们也不容易，大热天儿地来回跑，胡同口还有一帮哥们儿等着呢！今儿不给拿点儿，我们交不了差你们也别想好过！"

一听到胡同口还有人等着，一个男人皱了皱眉："我们也是来要钱的！"

"那我不管，你要不要钱跟我没关系。"边南一屁股坐到了椅子上，手里的棍子在地上一下下点着,"我就知道你们是他家亲戚,他没有钱,我就管你们要!"

"有这么不讲理的吗!没听说过!"女人喊了起来,往院子门口走了两步。

"现在听说了。"万飞慢慢走到院子中间瞪了那个男人一眼,不太明显地把院门的路让了出来。

"先回去。"男人皱着眉,"乱七八糟!惹一堆什么麻烦!"

院里杵着的几个人动了动,跟着开始往门口移动。

"想走?"边南拿着棍子站了起来。

没人回答他,几个人很快地走出了院子之后听到从胡同里传来了他们的咒骂声。

"还钱啊跑什么跑!"边南入戏很深,抡着棍子对着旁边的葡萄架子敲了一下。

葡萄架子稀里哗啦地晃了起来。

"嘿。"邱奕在他身后叫了他一声。

"干吗?"边南转过身拿棍子指着他。

"……**醒醒**。"邱奕抬头看了看葡萄架,"敲散架了你修吗?"

"我没使劲。"边南喷了一声,把棍子扔到一边,扶着架子摇了摇,猛地又扭过头往万飞身后看过去,"二宝!"

"大虎子!"邱彦一直站在角落里抹着眼泪,这会儿才又哭出了声,边哭边往这边跑过来,"哥哥——"

"别哭别……"边南弯腰张开胳膊。

邱彦抹着眼泪从他身边跑过去扑进了邱奕怀里:"哥哥——"

万飞一瞅就乐了,笑得停不下来。

"哎!"边南喊了一声。

"大虎子——"邱彦又转身扑进了边南怀里。

"不哭不哭。"边南赶紧搂住他,"没事儿了啊,人都走了,我刚也不是真的找你哥要钱,演戏呢懂吗?"

邱彦哭得很伤心,估计是吓得不轻,边南使劲在他后背揉着,压着声音问邱奕:"怎么回事儿?"

"一会儿跟你说。"邱奕转了转轮椅,"你帮我哄哄二宝,我先跟我爸说

144

会儿话。"

"嗯。"边南抱起邱彦，擦了擦他脸上的眼泪。

邱彦鼻子眼睛都哭红了，看着可怜巴巴儿的，让边南心疼得不行，搂着他都不知道该怎么办好了，就只能一直在邱彦脑袋上揉着。

"我头发……"邱彦一边抽着一边说，"乱了。"

"乱了梳整齐就好啊。"边南有点儿想笑，这会儿小孩儿居然还想到头发乱了。

"有……有卷儿……"邱彦继续抽泣，"乱了梳……梳着……很疼……"

"那不揉了不揉了。"边南搂着他坐下，"没乱。"

"南哥，"万飞挨着他坐下了，"那些人出去该发现胡同口没咱俩的兄弟守着了……"

"那又怎么样。"边南很无所谓，压低声音，"他们又不是黑社会，就是来要钱，还能回来跟我们再来一场吗？"

"来一场也不怵他们！这都什么事儿啊……"万飞转头往屋里瞅了瞅，"他家亲戚怎么这样？"

"有什么奇怪的，你以为人人都跟你姥姥那一家子似的那么新闻联播啊……"边南叹了口气，不过邱奕这些亲戚也的确有些让人吃惊。

如果他和万飞没过来，这事儿邱奕该怎么收场？

"飞啊，"他想了想，拍了拍万飞的肩，"会剁馅儿吗？"

万飞愣了愣："还包饺子？都这样了……"

"包啊，干吗不包？"边南捧着邱彦的脸亲了一口，"都哪样了啊，包饺子多有气氛，有什么不开心包包就包没了。"

"……成。"万飞点点头。

邱奕坐在床边，老爸一直闭着眼睛躺在床上，不说话也不动。

邱奕坐着也没动，跟老爸一块儿沉默着。

几分钟之后，老爸叹了口气："大虎子是不是还在呢？"

"嗯。"邱奕应了一声，"陪二宝呢。"

"要不你明天拿点儿钱上你二叔家……"老爸又叹了口气。

"我之前说过十月还他一部分，他也答应了。"邱奕拍拍老爸的手，"现在来闹不是为钱，要不老叔也不会跟着他来了。"

"他们是为房子。"老爸扭开脸冲着墙。

"你别操心这些事儿了。"邱奕活动了一下胳膊,"躺会儿等着吃饭吧,今儿包饺子。"

"邱奕,"老爸睁开眼睛看着他,"你……"

"不累,不辛苦。"邱奕笑了,"你这些话都问多少遍了。"

"二宝怎么样?"老爸换了个话题。

"哭会儿就好了,有吃的就不记得了,放心吧。"邱奕挪了挪轮椅,往门口推过去,"你眯会儿,吃饭我叫你。"

邱奕回到院子里的时候,看到边南和万飞都挤在厨房里,邱彦捧着一盆面从厨房里走出来。

"哥哥!"邱彦看到他就喊了一声,脸上已经没眼泪了,擦得挺干净,就是说话还带着鼻音,"包饺子!"

"放桌上。"邱奕指了指葡萄架下面的小桌子,"去把这儿的灯打开。"

邱彦把盆放好,跑到门边踮着脚按了开关,吊在葡萄架下面的一盏灯亮了起来。

"哟,这儿还有灯呢?"边南出来喊了一声,"之前没见开啊,一开灯顿时感觉这顿饺子得上两千。"

"灯泡坏了,今天刚换上。"邱奕看着边南手上拿着的擀面杖,"面都还没和呢。"

"我拿给你的。"边南把擀面杖放到邱奕手里,又回头看了看厨房,"我带了个帮手来,我都不知道万飞还会剁馅儿呢,你轻松了。"

"他怎么来了,有事儿?"邱奕很清楚万飞不可能没事儿跑他家来。

"那个,"边南坐下捏了撮面粉在手里玩着,等邱彦跑进厨房了他才小声说,"他是来那什么的,为揍你的事儿……"

"来让我揍吗?"邱奕说。

边南把面粉撒到邱奕的石膏上:"他是从犯……哎他就是来道歉的,你给点儿面子,要揍也行,别打脸。"

"算了,我也没记着他。"邱奕把石膏上的面粉吹掉,"我都记你头上了。"

万飞会剁馅儿,而且还剁得不错,叮铃当啷了半小时,边南在邱奕的指点下把面和好之后,他那边饺子馅儿也剁好了。

"你行啊!"边南进厨房看了看成果,在万飞脑袋上拍了一巴掌,"真没看出来你还会这个。"

"就会这一样,而且还没机会施展我的才华,我妈不爱吃饺子。"万飞拿筷子往馅儿里戳了戳,拿出来舔了一下,"咸淡正好,拿去包吧。"

"以后我上你家你给我包饺子得了,也不用辛苦你妈给我烙饼了。"边南端起一盆馅出了厨房,"虾仁儿的我最喜欢。"

因为想着多包点儿能留着平时当早点,所以万飞剁了一大盆馅儿,边南端着感觉跟要喂猪似的。

"要包了吗?要包饺子了吗?"邱彦很兴奋地围着边南转,仰着脖子盯着他手里的盆儿。

"要包了要包了,你站一边儿去。"边南说,院子里的地都是石板的,年头长了凹凸不平,他怕邱彦一兴奋摔了,"一会儿你也学着包几个让你爸爸尝尝你的手艺。"

"我会包!"邱彦边喊边跑到了一边站着,"不过我包的是圆的!"

"你包的那是汤圆吧?"边南一听就乐了,大步往桌子那边走,边走边扭头看了他一眼,"一会儿包一个我看……"

话还没说完,脚底下突然被翘起来的石板绊了一下,他顿时一个踉跄往前冲了出去。

要完!

"大虎子——"邱彦站在一边喊了一声。

边南顾不上理他,端着饺子馅努力地保持平衡想要控制住自己往前的势头,但估计是加上了这盆馅儿的重量,之前又走得太潇洒,惯性简直势不可挡,他咬牙往前又冲了两步,发现腿已经跟不上身体的速度。

我靠不能摔!

这一大盆馅儿要是扣地上了今儿晚上到九点都吃不上饺子……

边南捧着盆儿身体在前腿在后地往前扑,眼看就是要连人带盆儿砸邱奕身上了,只得吼了一声:"让开!"

邱奕明显被吓了一跳,赶紧用没伤的那条腿往桌上蹬了一脚,轮椅向后滑开了。

看到邱奕躲开了,边南咬牙保持的那点儿平衡终于被打破,又冲了两步之后抱着盆儿直接跪在了邱奕跟前儿。

他腾出一只手往地上撑了一下,终于停住了。

"你没事儿吧?"邱奕把轮椅往前推了推,伸手想把他拉起来。

"没事儿。"边南胳膊撑着地,把盆儿放在了地上,"我靠,吓死我了。"

"……平身吧。"邱奕叹了口气,"石膏都让你吓裂了。"

"你别见缝插针占便宜!"边南瞪了他一眼,作为一个每天还有步伐训练的网球选手,这一跤摔得他无比尴尬,都懒得跟邱奕对呛了。

"你这什么出场方式!你的步伐呢!"万飞站在厨房门口,这会儿才回过神跑了过来,拽着他胳膊把他拉了起来,笑得声音都跑调了,"我靠这速度比平时训练冲出跑还牛啊!"

"你乐个屁。"边南站了起来,拍了拍裤子上的灰,"你跪着下楼梯的时候我笑了没?"

"你笑了两天好吗?"万飞接过盆儿放到桌上。

"大虎子你有没有摔破啊?我家有药。"邱彦大概这会儿才从震惊状态中回过神,跑过来弯腰想掀开边南的裤腿儿看看。

"没摔破,都没觉得疼。"边南摸摸他的脑袋,"吓着你了吧?"

"没有。"邱彦摇头。

"真体贴。"边南笑着去水池边洗了洗手,"包饺子吧!"

万飞会剁馅儿但不会擀皮儿,边南是什么都不会就等着直接拿现成的面皮儿包,擀皮儿的工作只能邱奕来完成。

边南推着轮椅调整了好几分钟才帮邱奕找到了顺手的姿势。

"你俩一块儿包吧。"邱奕在自己面前的桌上撒好干面粉,拿过揪好的剂子低头开始擀皮儿。

"你供得上……"边南正想质疑一下,看到邱奕拿的是俩剂子,同时开工,愣了愣,"吗……"

"供得上。"邱奕飞快地擀出了两张皮儿,往桌子中间一扔,"赶紧的,饿了。"

边南拿过一张皮儿,在手里转来转去地摆了半天,邱奕又扔了两张过来之后他才挑了一大团馅儿放了上去。

"太多啦。"邱彦扒着桌沿盯着他手上的馅儿。

"不多。"边南伸手在他鼻子上划了条白道,"大馅儿饺子才好吃。"

"可是太大啊,包不上的。"邱彦很执着地提醒他。

被一个小屁孩儿反复提醒让边南很没面子,他也很执着地说:"不……"

"南哥,馅儿多了。"万飞包好了一个,放到了桌上。

"你闭嘴!"边南瞪了他一眼。

"不多。"邱奕看了看他手里的馅儿,"不带褶儿就不多,反正估计他也包不出褶儿来。"

"我包的也没褶儿。"邱彦很开心地说。

"你们能不能行了!"边南有点儿不爽,捏着皮儿开始包,"我就有褶儿!看着!"

"有褶儿了!"邱奕突然说。

"嗯?"边南愣了愣,他都还没把皮儿合上。

"哪儿呢?"万飞凑过来看。

邱奕指了指边南眉心:"这儿,眉毛拧出褶儿了。"

"哈哈哈!"邱彦抱着边南的胳膊很响亮地笑了起来,声音脆嘣嘣的,而且笑起来就收不住了。

边南本来半天也没捏出一个饺子来又被邱奕嘲笑了挺窝火的,但邱彦这一通笑得没完没了,万飞也在一边儿乐,他绷了一会儿没绷住也跟着乐了:"有病。"

边南经过各种努力把饺子皮儿给撑破了,又粘了一块上去打了个补丁,最后包成了一个圆球放到了桌子中间。

万飞包的饺子也不怎么样,站都站不住,全趴着,但跟他包的球一比,这些匍匐在球脚下的饺子顿时就漂亮起来了。

"放刚才一半的馅儿就行。"邱奕看他又拿起一张皮,在一边说了一句。

"哦。"边南挑了一筷子馅儿,又在盆沿上刮掉了一点儿才放到皮儿上开始包。

边南没包过饺子,也没见过人包饺子,笨手笨脚地包出两个饺子之后,他开始觉得包饺子还挺有意思的。

"大虎子你好聪明啊。"邱彦盯着他,看他包了几个饺子之后说了一句,"包得比万飞哥哥的好了。"

"那必须的!"边南顿时得意起来,经过十来个饺子的练习,他包的饺子已经能站起来了,万飞的还是一水儿趴着的。

"品种不同懂吗?"万飞啧了一声。

"懂。"边南点点头,"我这个是竖版的,你那个是横版的。"

邱奕放下了擀面杖,看着桌子中间堆起来的饺子皮:"你俩这速度能不能提提?"

"我已经超速了。"万飞埋头苦包,都没工夫抬头看邱奕。

"这速度我们明天早上吃早点正合适。"邱奕拿起一张皮儿开始包饺子,"给你俩表演个魔术。"

"什么?"边南看着他,"大变活人?"

"大变饺子。"邱奕说。

邱奕拿过张饺子皮儿往手里一放,筷子挑上馅儿,接着就很熟练地捏了两下,前后大概两三秒钟,一个胖乎乎的饺子被放到了桌上。

"变。"邱奕说了一句,又拿起了一张皮儿,同样是两三秒钟,又一个饺子放到了桌上,"变!"

万飞手里拿着张饺皮儿看呆了,都没顾得上包,边南眼睛一直盯着邱奕的手,邱奕的手指挺长,包饺子的动作还挺有美感,他看了半天才说了一句:"你是不是卖过饺子啊?"

"嗯,其实一捏就行,我这是为了美观。"邱奕应了一声,把手里包好的饺子轻轻扔到桌上,"变!"

"别变了……"边南一直觉得邱奕挺成熟,平时对谁都有点儿严肃,邱彦被教训的时候他都跟着一块儿紧张,现在这一通变变变,他顿觉得邱奕也不过如此,挺幼稚一人,他把饺子挨个码整齐,"你还真卖过饺子?"

"你从我家出去的时候见没见着小街上有家东北大馅儿水饺?"邱奕继续飞快地包着饺子。

"我看见了。"万飞说,继续包着饺子,"就街口那家吧?"

"嗯。"邱奕点点头,"我在那儿打过工,包饺子。"

"你还真是……"边南不知道该说什么,低头笨手笨脚地包着饺子,"牛。"

有了邱奕的加入,饺子皮儿很快都被包没了,邱奕又接着把剩下的剂子都擀了出来,等几个人把饺皮都包完了,馅儿还剩了点儿。

邱奕让边南去厨房拿了点儿芡粉,拌在了馅儿里,捏了几个肉丸子。

"行了,下饺子去吧。"邱奕拍拍手,"这个一会儿煮汤。"

"水开啦!"邱彦一直守在厨房里烧水,水一开立马很激动地跑院儿里喊了一嗓子。

"来了来了!"边南跳起来,直接把桌面拿了下来,端进了厨房。

煮饺子还是比较容易的,边南之前查过饺子该怎么煮,留出一半当早点的饺子之后,他把今天的饺子都煮出来了,看着有点儿多,感觉吃不完。

"哥哥说拿点儿给爷爷奶奶。"邱彦站在一边说。

"好。"边南盛了两碗饺子出来,"我拿过去,你带路。"

邱彦带着他穿过院子往老头老太太家走,万飞跟邱奕面对面坐在葡萄架子下边儿,对着个没有了桌面儿的桌架子。

"那个……"万飞瞅了一眼边南,话开了个头又停下了。

他看上去一脸尴尬,估计是想趁没人给邱奕道歉,边南冲他龇牙乐了一个,端着饺子走开了。

万飞为了许蕊还真是豁出去了,这人脸皮厚,但在给人低头服软这事儿上他脸皮又特别薄。

边南轻轻喷了一声,有点儿感慨。

为了爱情!嗷嗷!

他实在不太想象得出来。一想到爱情这东西,他就会无法控制地想到老爸老妈,还有无奈的林阿姨。

而自己就是在所谓的"真爱"和"嗷嗷爱情"之下多余的产物,因为狗屁真爱而背上原罪的人。

"奶奶!"邱彦转身接过边南手里的碗,捧进了邻居家里。

边南收回乱七八糟的思绪,陪着邱彦把饺子都送完了,回去时万飞已经把桌子架好,饺子也都拿出来放好了,看样子是已经道歉结束了。

"去叫爸爸起来。"邱奕拍拍邱彦,站了起来,拉过张椅子坐下了。

"我去扶吧。"边南看着邱彦推着轮椅,跟着也想进去。

"不用。"邱奕拉了他一把,"他能行,平时都是自己。"

邱奕本来是往他胳膊上拉,结果边南一抬手,邱奕拉在了他手上。

边南愣了愣,这动作感觉跟幼儿园小朋友牵手好朋友似的特傻,估计邱奕也有同感,两人同时一甩手。

"要搭脚吧?"边南把一张凳子用脚勾过来踢到桌子下边儿。

"嗯。"邱奕往下面看了一眼。

"佛山有影脚!"边南喊了一声,作势往邱奕腿上踢过去,然后用鞋尖顶着石膏把他的腿架到了凳子上。

万飞之前听说过邱奕爸爸不能走路,不过看到邱爸爸坐着轮椅从屋里出来的时候还是有点吃惊,赶紧站起来鞠了个躬:"叔叔好,我叫万飞,我是大……边……大虎子的同学。"

"坐下坐下,怎么这么客气。"邱爸爸笑着说,"你们忙半天了,快吃吧!"

"馅儿都是万飞哥哥剁的!"邱彦往邱爸爸碗里一个个地夹着饺子,"这个扁的是他包的,这个只有两个褶的是大虎子包的……"

"我的不止俩褶吧。"边南夹了一个饺子蘸了醋咬了一口,"哎!舒服。"

包饺子对于边南来说是件挺遥远的事,他以前并没觉得饺子跟别的菜有什么区别,但现在想想,大概是因为他从来没有过这种大家一块儿动手包出饺子来的经历。

吃饺子是顺带的,包的过程才是乐趣。

当然也得看是跟谁一块儿包,要在家里让他跟边皓边馨语包饺子,那就是受刑了,还是酷刑。

"喝点儿酒吧?"邱爸爸突然对边南说了一句,"冰箱里有啤酒,咱爷几个喝点儿?"

"行啊!"万飞马上积极响应,"饺子就酒越喝越有!"

"我陪聊吧。"边南站起来准备进屋拿啤酒,"我就一瓶的量……"

"冰箱里有可乐。"邱奕说,"二宝也一块儿喝吧。"

"我去拿我去拿!"邱彦一听这话马上跳了起来跑进了屋里,又在屋里喊,"拿几瓶啤酒啊?"

"一人一瓶,喝完了再拿。"邱奕说。

"哦!"邱彦从冰箱里拿了可乐抱着,探出脑袋数着桌子边的人,"一,二……"

"三。"边南冲他伸出三个手指,"先拿三瓶。"

"四个人呀。"邱彦偏过头继续数。

"你哥不能喝。"边南回头冲邱奕龇了龇牙,笑着说,"是吧,骨折了喝酒影响恢复。"

邱奕看了他一眼:"喝一瓶应该没……"

"不行。"邱彦很严肃地结束了此次讨论，回身抱了三瓶啤酒出来放到了桌上，"给你喝一杯可乐吧。"

其实这桌人真正能喝的只有万飞，边南一瓶的量，邱爸爸身体不好，喝啤酒跟喝白酒似的抿着喝，邱奕没份儿，不知道酒量怎么样。

虽说酒只是喝个样子，但这顿饺子吃得欢声笑语的挺有气氛，让人觉得放松。

初夏的夜晚，胡同，四合院儿，葡萄架下面暖黄色的灯光，时不时在腿上咬一口的蚊子。

饺子，啤酒，说个不停的二宝，不太说话只是一直在边儿上呵呵乐的邱爸爸，一喝酒就豪情万丈的万飞，还有……看起来已经挺顺眼的邱奕。

边南靠在竹椅上拿着啤酒瓶灌了一口，挺踏实。

酒足饭饱之后边南进厨房转了一圈，发现饺子还有剩："咱们战斗力也不行啊！"

"我已经吃撑了！"万飞按肚子喊了一声。

边南揉了揉肚子，走出厨房时脚下还晃了晃："我要不是喝了酒，还能再吃二十个。"

"你这也叫喝了酒？"万飞瞅着他嘿嘿乐了半天，扭头冲邱奕，"哥们儿，你腿好了咱喝顿痛快的，一看你就能喝，战斗民族必须能喝。"

"嗯。"邱奕点点头，他跟邱彦俩人分了一瓶大可乐，现在肚子里全是气儿。

"我喝的不是酒是什么！"边南过来指着万飞，"说，是什么！"

"南哥咱能不丢人吗？一瓶啤酒你就耍酒疯……"万飞看了看手机，"不早了，赶紧帮着收拾一下回学校吧。"

"行。"边南把桌上的碗摞到一块儿拿了往水池走，转身的时候直接撂倒一张椅子也没扶。

"大虎子酒量不行啊。"邱爸爸看着边南笑了，"你们别弄了，回学校休息吧，让二宝收拾就行。"

"嗯。"邱彦马上开始收拾桌上的盘子，"我没喝酒。"

"叔你甭管了我没事儿呢。"万飞在家虽然也是个不干活的，但起码目前还神清气爽，收了碗筷拿到水池边把边南推开，蹲下开始洗碗。

万飞洗碗跟邱彦水平差不多，费水，洗完几个碗拿到厨房放好，那边邱彦都已经把邱爸爸推回屋吃了药，正拿着衣服要洗澡了。

"大虎子，"一看到边南从厨房出来，邱彦立马跑过来挨着他，"你要回学校了啊？"

"嗯。"边南点点头，这一点头眼前就有点儿晃，"我明天过来，可以早一点过来，明天下午我们考试，考完了不用训练。"

"哦……"邱彦拉长声音，挨着他没有动。

"洗澡去，别磨蹭了。"边南推了推他。

"好吧。"邱彦抱着衣服走进了厨房边儿上的澡房里，刚进去又退了出来，"大虎子。"

"嗯？"边南扭头看他，又是一阵发晕。

"明天我们去澡堂吧。"邱彦说。

"……行，你快洗你的，你怎么这么啰唆。"边南笑着说。

邱彦关上门洗澡了，边南看了看邱奕："走了，还有什么要帮忙的现在说啊，什么上厕所上床拿东西的。"

"没了。"邱奕坐在葡萄架下面笑了笑，"今天……谢谢。"

"不用这么客气，"边南指了指万飞，"他本行。"

"有事儿您找我。"万飞很配合地一叉腰。

"专业要债，电话139×××××××××，只要一个电话，卸胳膊卸腿儿任君选择。"边南一拍万飞肩膀，转身往外走，边走嘴上还没停，"十年信誉，童叟无欺，一个电话替您解决后顾之忧……"

"哥哥，"邱彦在澡房里冲着水，"大虎子走了啊？"

"嗯走了。"邱奕应了一声，伸着胳膊把旁边石墩子上的茶壶拿过来放到了桌上，倒了两下发现壶已经空了。

"他还没有跟我说再见呢！"邱彦衣服都脱光了，又拉开了澡房门，挺郁闷地站着。

"他都扭着秧歌走的，哪还能记着这个。"邱奕指指他，"快洗澡。"

"好吧。"邱彦想了想，关上了门，"他酒量真差。"

"嗯。"邱奕笑笑。

"不过我今天很高兴，家里人多好玩。"邱彦扯着嗓开始唱，"咱老百姓，今儿晚上真呀真高兴！吼！咱老百姓，今儿晚上真呀真高兴！嘿！咱老百姓，今儿晚上真呀真高兴！吼！"

"唉……"邱奕拉长声音叹了口气，仰着脖子靠在椅子上，"你这走调遗传的谁啊？"

"爸爸说我唱歌像他！"邱彦很兴奋地在澡房里喊。

"爸可真疼你，这事儿也往自己身上揽。"邱奕看着灯笑了半天。

其实他今天心情也还不错，至少之前二叔和老叔上门找麻烦带来的郁闷已经消散了不少。

他朋友不多，除了申涛和几个关系近点儿的同学，别的他都刻意保持着距离，交朋友是要时间的，他连打架发泄的时间都快没了，哪来的时间跟朋友混在一块儿。

在为数不多的朋友里，像边南和万飞这种性格的基本没有。

跟边南接触的日子越来越多，他发现自己一开始对边南的判断大概是有点儿失误了。

没心没肺才是他的主要特征。

他仰着头轻轻晃了晃椅子，之前还真没看出来边南是这样的人。

院门响了一声，这个时间他们院儿里是不会来人的，邱奕正想扭头看看是什么人的时候，一张脸从身后出现在了他上方。

是边南。

"落东西了？"邱奕仰着头没动。

"你吃宵夜吗？"边南低头看着他，一抬手，把一个西瓜拎到了邱奕眼前，"西瓜。"

"哎！"邱奕赶紧偏开头，边南自打喝完那瓶啤酒之后就一直处于不稳定状态，邱奕怕他手一哆嗦把西瓜砸他脸上，"拿开。"

边南把西瓜放到了桌上："我挑了个最大的。"

"万飞呢？"邱奕往门口看了看，没人。

"回学校了，不，回网吧了。"边南一屁股坐到了邱奕旁边的椅子上。

"你有事儿？"邱奕看着他，琢磨着他是不是想起还没跟邱彦说再见。

边南拿过旁边的茶壶看了看："你还有这种老头儿习惯呢？喝茶？"

邱奕没说话。

边南也没理他，拿了壶进屋重新泡了一壶又端了出来放在了桌上："你要喜欢喝茶下次我回家给你拿点儿我爸的好茶叶……不过得等，我不定多久回一次家。"

"说事儿。"邱奕伸手在西瓜上敲了敲,"你是找二宝还是找我?二宝在澡房开演唱会呢。"

"我没事儿。"边南喷了一声,"我就是待这儿醒醒酒。"

"那给我倒杯茶吧,谢谢。"邱奕叹了口气。

"嗯。"边南拿杯子给他倒了茶,"喝一晚上可乐挺过瘾吧?"

"还成。"邱奕笑了笑,"你喝一瓶啤酒过瘾吗?"

边南嘿嘿嘿乐了好一会儿:"跟你不能比,基因在这儿摆着呢,不光喝酒,你看下午你跟大爷似的往这儿一坐……"

邱奕看了边南一眼,边南往他身边凑了凑,压低声音:"我不知道这事儿我问了合适不合适,但这事儿我正好碰上了,咱俩也算朋友……算吗?咱俩?在我看来不讨厌的就能叫声朋友了……"

"算吧。"邱奕拿起杯子喝了口茶。

"你家这亲戚是怎么回事儿?我不多打听,"边南犹豫了一下,"我就想问问,你欠人多少钱啊?"

邱奕眉毛挑了一下,看着他没出声。

"我不是那个意思……"边南指指他眉毛,"这儿别动。"

"那你说。"邱奕无奈地笑了笑。

"我意思是,你要差得不多,我这儿有点儿,你欠我的钱,我肯定不会上门这么要债,把二宝都吓哭了。"边南咬咬嘴唇。

邱奕盯着边南很长时间,突然觉得自己对边南"没心没肺"的判断似乎也并不正确。

"那什么,"边南见邱奕没出声,顿时有点儿尴尬,"我没别的意思,我这儿也不多,我就是想……"

"谢谢。"邱奕打断他,"真的谢谢。"

"不用这么客气。"边南抓抓头发,等了半天邱奕也没再说话,他只得又问了一句,"谢完了呢?你是要还是不要啊?"

邱奕笑了起来,拿起杯子喝了口茶:"不用了,但是真的很感谢你。"

"不要你还谢什么啊。"边南拿过杯子给自己也倒了杯茶,头还有点儿晕,茶有一半都倒在了桌子上,"我就是担心,他们再这么来要怎么办,总不能回回都有黑恶势力同时来要债吧?"

"欠债还钱天经地义。"邱奕看着杯子里的茶,"他们也不总这样,毕竟还是亲戚。"

"这还亲戚呢！"边南压着声音，回头看了看澡房，邱彦还在里面边洗边唱，他啧了一声，"二宝真是小狗性格啊，记吃不记打的。"

"大虎子！"邱彦洗完澡抱着衣服出来，一眼就看到了在葡萄架下坐着的边南，惊喜地喊了一声，连跑带蹦地扑了过来，"你不是走了吗？"

"嗯，走到胡同口看到有西瓜，就买了一个，想吃吗？"边南把他抱到腿上，摸了摸他脑门儿，"怎么刚洗完澡就一脑袋汗啊。"

"唱歌唱的！"邱彦很响亮地回答。

邱奕在一边竖起食指放到了嘴边："别人都睡了。"

"我唱歌呢。"邱彦压低声音很小声地在边南耳边说。

"你想吃西瓜？"邱奕看到他眼睛一直盯着西瓜。

"能吃吗？"邱彦小声问，"我想吃一片。"

"吃吧。"邱奕点点头。

边南起身去厨房拿刀，在邱彦的指点下从柜子里拿出一把一尺来长的西瓜刀。

"我靠你家还有这个呢？"边南举着刀回到桌边，"牛啊，你用这个打……"

话说到一半，边南想起来邱彦还在身边，赶紧闭了嘴。

"神经病。"邱奕把茶壶拿开，"你用过这个？"

"没，不敢，这个太夸张。"边南摇头，拿刀在西瓜上比画着，"横着切还是竖着切啊？"

"你连切西瓜都不会啊？"邱彦趴在桌上有些惊讶。

"不会，你当谁都跟你哥似的呢什么都会……"边南又比画了一下，"你脸拿开，我怕切着你。"

"我来吧。"邱奕叹了口气。

边南把刀递给了邱奕，又连人带椅子地把邱奕往桌边挪了挪："靠，你挺沉的。"

"你不说我这样的来俩也轻松吗？"邱奕笑笑。

"你在家猫了都快一个月了，长秤了懂吗？"边南扶着西瓜。

邱奕切了半个西瓜，拿了一片给邱彦，邱彦心满意足地啃了一脸西瓜汁儿。

"行了，洗脸刷牙上床睡觉。"邱奕拍拍他脑袋。

"嗯。"邱彦洗漱完了往屋里跑，"我睡爸爸屋里吗？"

"你……"邱奕看了看边南。

"不用不用不用。"边南赶紧摆手，"我一会儿走，我明天上午考试。"

"哦。"邱彦点点头，冲边南挥挥手，"晚安。"

"晚安。"边南过去搂着他亲了一口。

坐下来吃西瓜的时候邱奕又问了他一遍："你能回学校吗？"

"我真没喝醉，就是有点儿晕，我喝一口酒就能有这效果。"边南叹了口气，指着自己的脸，"你看我这英俊的脸，像是醉了的人吗？"

"太黑了看不清。"邱奕咬了一口西瓜，"听着挺像的。"

"你差不多得了啊，我是黑点儿，至于看不清吗？"边南有点儿不爽，他觉得自己这是健康的小麦色，挺帅的。

"……我是说灯不够亮。"邱奕看了他一眼。

边南顿了顿，咬了一大口西瓜，含混不清地说："靠！"

夏天的葡萄架下吃西瓜，很美妙的感觉，西瓜要是冰的就更爽了，两人都没再说话，埋头啃完了半个西瓜。

邱奕按了按肚子，这回是真吃撑了。

"你家这房子，"边南进屋拿了纸巾出来，一边抹嘴一边小声问，"是你爷爷留下的？"

邱奕拿着纸巾，边南再次刷新了他的印象，下午院儿里乱七八糟的情况下，边南居然注意到了这么不起眼的一句话。

"嗯，以前我爸从爷爷手上买下来的。"邱奕低头在手上擦着。

"给了钱他们还那么嚣张？"边南压着声音。

"因为太便宜。"邱奕笑笑，"就给了五万，也没个协议什么的，现在这房子要是拆迁，就值不少钱了。"

"难怪。"边南把西瓜皮扔进垃圾桶里，把桌子擦了，"我这算多嘴瞎打听吗？"

"算。"邱奕笑了。

"那我走了。"边南转身冲着邱奕嘿嘿乐了两声，这一转身太潇洒，他感觉有点儿晕，赶紧弯腰撑在了邱奕轮椅的扶手上，"你要上厕所洗手什么的要帮忙吗？"

邱奕看着边南凑到了眼前的脸没说话，虽然光线不太够，这个距离还是能看清边南的脸，总觉得一瓶酒下肚之后的边南看起来跟平时不太一样。

说醉了的确不是，但突然因为一瓶啤酒整个人就放开了的感觉，加上专程跑回来一趟说想帮他还钱这事儿，让他现在看边南比平时顺眼点儿。

"要不……"邱奕靠在椅背上想了想，话还没说完就让边南打断了。

"上厕所是吧？"边南乐了，"一晚上可乐西瓜的。"

"谢谢。"邱奕无奈地准备站起来。

边南扶了他一把，他蹦了两步停下了，一晚上坐着没动，猛地站起来，腿有些发麻，受伤的腿还有点儿胀得难受。

"怎么了？"边南扶着他问，又看了看他的腿。

"缓缓。"邱奕皱皱眉。

"那您先缓着。"边南松了手往厕所跑，"我先解决一下。"

跑到厕所门口脚底下没站稳，差点儿摔倒，他踢了一脚门框："吓死爷了。"

上完厕所之后他步履轻盈地跑出来，邱奕往厕所方向已经蹦了几步。

"看起来你也挺急啊？"边南拍了拍他小腹。

"……还成。"邱奕有点儿无语。

"来，哥哥扶你蹦。"边南上完厕所很愉快，架着邱奕往厕所走。

走了两步他觉得有点儿使不上劲，邱奕大概是腿还没缓过来，蹦得很慢。

"真磨蹭，算了我吃点儿亏吧。"边南一弯腰，胳膊往邱奕腿上兜了过去。

邱奕吓了一跳，没来得及喊出来，脚下一空，被边南打横抱了起来，他忍不住骂了一句："你有病吧！"

"二宝说了，不能说粗话！"边南嘎嘎乐着抱着他跑到了厕所门口放下了。

"一瓶啤酒就能让您抽风抽成这样也是个奇迹了！"邱奕推开他蹦了进去。

"我这不是怕你憋急了吗？我又没把你扔进去。"边南喷了一声，又补充了一句，"不过你真挺沉的，比万飞沉多了。"

"那你抱万飞去。"邱奕在里面没好气儿地说。

"抱腻了。"边南笑着说。

邱奕上完厕所，看边南那架势正在兴头上，估计是等着打算再把他抱屋里去。

"我还要洗漱。"邱奕把着门框，"你回学校吧。"

"不用我帮忙了？"边南转身过去拿起包，"我走了啊？"

"快走。"邱奕挥挥手。

"那我走了，"边南把包甩到背上，"晚安。"

"晚安。"邱奕说。

边南打了个车回学校，出租车上空调开得很足，半路上边南那点头晕的劲儿就全散了，只觉得冷。

下车的时候扑面而来的暖风让他想跑两步。

不过想起自己在邱奕家似乎有点儿兴奋过度，他立马又打蔫儿了。

他酒量的确是个奇迹，但以往有点儿晕也就是找个地儿窝着发愣，很少有这种状态。

他在马路边儿上蹲了一会儿，觉得大概是因为今天包饺子了。

包饺子在他心里是很特别的事儿，过年过节，一家人聚在一块儿热热闹闹地包着饺子，说说笑笑。

亲身经历一次这种只在电视里看过却从来没有体会过的场面，让他整个人都觉得踏实舒服。

比那瓶啤酒劲儿大多了。

在邱奕家包过这顿饺子之后，边南对邱奕最后的那点儿不爽也消散了。

万飞本来对邱奕还有点儿不满，不过拿他的话来说，吃人嘴短，再加上许蕊对他的态度已经有了转变，他每天满脑子都是许蕊，也搁不下别的了。

边南依旧隔三岔五去邱奕家转一圈儿，碰上要去医院检查就陪着去，一直到医生说下周拆石膏，边南才松了口气。

邱奕没参加期中考，但总算是能赶上期末考了。

期中考过后，边南和万飞的成绩都挺难看的，边南是无所谓，家里没人对他的成绩有什么期待，就老爸叹了几声气。

但就像边南没底气对抗家里的任何一个人一样，老爸对边南也一直没有真正训斥的底气，最多就是教育两句，两人在很多事上都同样发虚。

万飞比较严重，被他爸教训了好几天，想起来了就抄家伙抽几下，跟解闷儿似的。

"都考完两星期了,我爸还过不去呢!我靠我在学校被老蒋折腾一个星期好容易回家了,又被我爸一顿收拾。"万飞捞起衣服,"看到没……哎,怎么印儿没了?"

边南拿过孙一凡挂在床边的皮带往万飞屁股上抽了一下:"喜欢啊?我帮你。"

"靠!你还有没有人性!"万飞跳开喊了一嗓子。

不过虽然他俩跟邱奕的矛盾算是解决了,但体校和航运的矛盾却依然存在。

特别是在航运老大腿没恢复,连期中考都错过了的情况下。

体校即将毕业的伪老大潘毅峰对群龙无首的航运进行了多次打击,看样子是想赶在暑假之前乘胜追击扬眉吐气。

"昨儿晚上申涛他们被潘毅峰带人堵网吧后面的胡同里了。"训练完了几个人挤一块儿洗澡的时候孙一凡说了一句,"打得够呛。"

"你去了?"边南顶着一脑袋泡沫看着他。

"去了。"孙一凡冲着水,皱着眉,"我还没进网吧就被他拉上了,靠。"

"战况怎么样?"万飞挨过来问。

"能怎么样,申涛那边七个人,都伤了,不过应该不太严重,我在大部队后边儿,看不太清。"孙一凡说。

"那等邱奕回来了还得有大动静。"万飞啧了一声。

"那估计还是航运要吃亏。"孙一凡放低声音,"潘毅峰这回带的人有几个不是咱学校的,外边儿的。"

边南皱了皱眉,潘毅峰开始找专业流氓了?

"丫早毕业早安生。"孙一凡也是一脸嫌弃。

虽说两个学校这么多年都不对付,打群架简直是家常便饭,但从来都是拳头棍子解决,也从没人叫过外援,潘毅峰这种坏了规矩的行为谁都看不上。

"你明天上午是不是要陪邱奕去医院拆石膏?"万飞跟在边南身后。

"嗯。"边南应了一声,"干吗?"

"要不要提醒他?"万飞小声说。

"申涛又不是哑巴,他能不说吗?"边南拍了他脑袋一下。

"也是。"万飞啧啧,"潘毅峰这人生够写一本不要脸指南了。"

邱奕本来打算周五就去拆石膏，但边南觉得这么隆重的事必须要参加，于是把时间推到了周六上午。

"我来了！"边南推开院子门喊了一声，"出发吗？"

"我也要去！"邱彦从屋里跑了出来，"我哥不让我去！"

"医院有什么可去的。"边南弯腰抱起他，"一会拆完了你哥抢着腿回来带你玩去。"

"可是我想去。"邱彦在他怀里扭了扭。

"你等我回来我带你去公园。"邱奕从屋里跳了出来，"你要跟着去我们就回来在院儿里玩。"

邱彦抱着边南的脖子趴在他肩上想了半天："那你们多久回来？"

边南拍拍他后背："拆完就回来了，要不了多久。"

"你写完两页毛笔字，我们就回来了。"邱奕指了指桌上的纸和笔。

"好吧。"邱彦从边南身上滑下去，跑到桌边，拿起了毛笔，又扭头有些兴奋地对边南说，"我们开始学写毛笔字啦！"

"真厉害，我都不会写。"边南过去瞅了瞅，纸上刚写了两个字，看着跟爬出来的似的，半天他都没看懂写的是什么字。

"我可以教你。"邱彦很严肃地说。

"好。"边南也很严肃地点头。

"你教我打网球。"邱彦又说。

"……好。"

邱奕的腿上出租车依然费劲，好在边南知道他腿已经没什么问题了，动作可以不那么小心翼翼，他推着邱奕的肩把他塞到了后座上。

到了医院下车的时候也是直接一把就把邱奕给拽了出来。

"你现在是不是非常愉快？"邱奕被他拽得一个趔趄，忍不住问了一句。

"这都被你看出来了。"边南笑着摸了摸自己的脸，"我是不是笑得太明显？"

"笑吧。"邱奕看了他一眼，"你笑起来还挺帅的。"

"哎！"边南喊了一声，在他肩上用力拍了两下，"你总算把心里话说出来了！"

邱奕张了张嘴，最后叹了口气："进去吧。"

邱奕拍了片子，确定可以拆石膏了，医生让他坐在了椅子上，转过身拿出了一把锯子。

确切地说，是根锯条。

边南盯着锯条，觉得自己腿上一阵发凉。

没等他问，医生扶着邱奕就开始锯，锯片在石膏上发出沉闷的声音。

边南继续盯着锯条，总觉得医生动作这么潇洒，下一锯子就该锯腿上了。

"有个事儿。"邱奕突然抬头冲他说了一句。

"嗯？"边南看他。

"忘带鞋了……"邱奕指了指自己的脚。

邱奕打了石膏的腿一直没穿鞋，就另一只脚穿了一只拖鞋。

"蹦回去呗。"边南乐了。

"外面就有卖拖鞋的摊儿。"医生拿着锯条冲边南挥了挥，"你去给他买一双不就得了。"

边南本来还想损两句，一看医生严肃的脸和锯条，又闭了嘴，把自己脚放到邱奕脚边比了比："你穿多大码的？"

"44，43也穿过，"邱奕说，"得试……"

"废话我还穿过33的呢。"边南脱下自己一只鞋踢过去，"我44的，你试试。"

"买个拖鞋大点儿小点儿有什么关系。"邱奕试了试他的鞋，"正好。"

边南出了医院，他没打算在地摊儿上买拖鞋，邱奕总算拆石膏了，怎么也得买双过得去的。

拐了个弯有条小商业街，他找了家卖跑鞋的店，给邱奕试了一双，挑颜色的时候有点儿犹豫不决，在荧光绿和白色之间来回比了半天，虽然他觉得邱奕挚爱的应该是荧光绿，但最后还是按自己的习惯挑的白的。

交了钱出门走了几步，他又返回去买了双袜子，袜子他挑了双红的。

邱奕拆完了石膏，穿上边南买回来的鞋试了试，还挺合适。

"颜色喜欢吗？"边南弯腰看着鞋，"还有一款带点儿荧光绿的，你要不喜欢这个就拿去换那个荧……"

邱奕斜眼儿瞅了瞅他，边南也盯着他："怎么，你不是喜欢荧光绿吗？自行车都刷的绿漆。"

"所以你给我买双红袜子是什么意思？"邱奕站起来往楼下走，"不该给我买双绿袜子吗？"

"没绿的啊,大红大绿反正是一家的,我觉得红的也挺喜庆,庆祝你终于能走路了。"边南跟在他身后啪啪鼓了会儿掌,"庆祝庆祝,热烈庆祝。"

邱奕有一个多月没用两条腿走路了,从诊室走到医院门口用了老半天,一直低着头看自己的腿。

"怎么了?脑袋太沉了吗?一直就没抬起来过。"边南站在路边问他。

"没,就觉得有点儿不适应。"邱奕笑了笑站直了,"你手机我用一下,给二宝打个电话。"

"……哦。"边南瞪着他,半天才从兜里掏出手机,"我靠,你跟我一样高吗?"

邱奕没理他,拨了电话问邱彦毛笔字写完了没,告诉他再过半小时他们就回去了。

"哎。"边南围着他转了一圈最后跟他面对面站下了,盯着他又看了一会儿,"我好像是第一次跟你这么站着说话啊。"

"是吗?"邱奕左右看了看,往对街走过去,"那边有个公车站。"

"哎,也是头一回这么跟你溜达不用搀着你啊,还有点儿不习惯呢!"边南喷了两声。

如果算上第一次邱奕用警棍砸他,他俩认识也算有一学期了,可这里边儿除去打架挑衅时一闪而过的并肩,剩下的就都是邱奕一个多月都没能站直的状态了。

"你还有这爱好?"邱奕把胳膊伸到了他面前,"那你搀着我吧,不过瘾你可以背着我,我不介意。"

"信不信我一掌下去直接转身回医院给你胳膊打石膏。"边南往邱奕胳膊上拍了一巴掌,脆响。

邱奕没理他,走到站台看站牌。

"打车吧,这么热的天儿挤什么公车啊。"边南懒洋洋地靠着广告牌,突然发现邱奕胳膊被他拍了一下的地方居然留下四道红印,他凑过去看了看,"我靠,我没使劲儿啊。"

"现在还疼呢。"邱奕在红印上搓了搓。

"扯吧你就。"边南靠了回去,"你这就是太白了,不经打,弹你一下估计都能看出来,你要像我这样,我妈扇我一耳光都挥挥衣袖不留下一个指头印……"

"你妈还打你呢？"邱奕回过头。

"就打过一次。"边南嘿嘿笑了两声。

"哪个妈啊？"邱奕问。

"还能哪个妈，亲妈啊，边馨语她妈我叫阿姨。"边南笑笑，"管人家叫妈不给人添堵吗？"

"车来了。"邱奕拉了他一把。

"是空调……"边南无奈地往进站的公车上扫了一眼，眼睛一下瞪大了，"打车打车打车，这能挤上去吗？"

"不打。"邱奕拉着他就往车门走，"我就想站会儿，我好久没站着了。"

"哎……我靠。"边南被一个大妈挤到一边，紧跟着又被踩了两脚，"奶奶好身手！"

边南很少坐公车，一般都打车，要不就吴叔送他，加上这站不是大站，没人排队，都乱七八糟地往上挤，他感觉快有点儿找不到车门在哪儿了。

他被邱奕拽着好容易挤上了车，贴在邱奕身后感觉自己热得跟烧着了似的。

邱奕突然背过手往他屁股上摸了一把，边南愣了愣："别瞎摸。"

"美得你。"邱奕扭头瞅了他一眼，手又往前点儿摸到了他裤兜上，把他的手机掏出来拿了手上，低声说，"搁兜里一会儿就没了。"

"你说你是不是有病，非要体会直立行走的人生。"边南抹了抹汗。

医院离邱奕家有十来站，过了三站之后他俩被从前车门挤到了后门，只有人上没有人下，边南感觉自己平时训练都没这么遭罪。

"哎。"他戳了戳邱奕后腰，"你能转过来吗？我脸冲着你后脑勺真别扭。"

邱奕犹豫了一下，有些费劲地转过了身："你跟我脸冲脸就不别扭了吗？"

边南往后仰了仰头，邱奕这一转过来，他俩就跟要干吗了似的脸对着脸，邱奕的睫毛他都快能数得清了，他叹了口气："哥我求你了咱俩下站下去吧。"

"嗯。"邱奕偏开脸应了一声。

下站车一停，他俩跟打架似的从后门挤下了车。

"我——靠!"边南揪着衣领抖了半天,又扯了扯裤子,"人怎么这么多!挤都挤硬了!"

"周末呗,你……"邱奕看着他有点儿想笑,"请你吃冰吧。"

"我请。"边南看到旁边有个小店,"庆祝你终于拥有了两条腿的人生。"

俩人进了店里要了两大盘刨冰,边南埋头吃了几大勺之后才往椅背上一靠,仰着头长长地舒出一口气:"哎,缓过来了。"

"你坐过公车没?"邱奕吃了口刨冰。

"这话问的,当然坐过啊,只是坐得少,这么热的天儿我一般就不挤了。"边南擦了擦额角的汗,"你平时都骑车吧?"

"嗯,其实我忘了今天是周末,平时也没这么多人……"邱奕也一样热出了一身汗。

"一会儿打车回去吧。"边南掏出手机看了看时间,"二宝该急了。"

"嗯。"邱奕低头慢慢吃着刨冰。

"哎,问你个事儿。"边南看着手机,"你手机呢?"

"摔坏了。"邱奕回答得很简单。

"怎么摔坏的?"边南愣了愣。

"问万飞啊。"邱奕咬着勺看了他一眼。

"真是那次摔坏的?"边南含着一口冰含混不清地喊了一声。

"嗯,不然就是你那天要债砸坏的。"邱奕笑了笑。

"滚蛋。"边南突然有点儿不好意思,邱奕这么长时间都没再买个新的,估计是经济上不允许。

他把盘子里的刨冰都吃光了之后又犹豫了很长时间,才把自己的手机推到了邱奕面前:"要不……"

"不用。"邱奕打断了他。

"旧手机,又不是新买一个给你。"边南又推了推手机,"我还一部手机,我爸找不着地儿给我花钱,每年生日都送我个手机,我还一个没来得及用呢。"

看邱奕不出声,他啧了一声:"你这人怎么这么费劲啊。"

"行行行,不费劲了。"邱奕挥挥手,"把你卡拿出来。"

边南马上拿过手机,把卡拆了出来。

"里面东西不删吗？照片短信微信什么的。"邱奕问。

"没什么东西，你要看着不顺眼就删。"边南手机里没什么秘密，除了偶尔玩玩游戏，给万飞拍个丑照，就没别的东西了。

"好吧。"邱奕拿过手机放进了兜里。

"对了，那么……"边南想了想，"边馨语……前阵我回家，她问我要你电话来着，说联系不上你。"

"哦。"邱奕应了一声，"那估计我一开机手机就得卡死机了。"

"你跟边馨语……"边南忍不住问了一句。

"什么关系也没有。"邱奕马上回答。

"谁问你什么关系了，我又不会因为她揍你。"边南敲了敲桌子，"我就想问你俩怎么认识的。"

"我给她同学补课。"邱奕说。

"没了？"

"你觉得还应该有点儿什么啊？"

"不知道。"边南嘿嘿笑了两声，站起来蹦了两下，"走吧！"

俩人打了个车，刚到胡同口，就看到了站在树下跟另一个小男孩儿说话的邱彦。

他俩从他身后走过去的时候邱彦正挺得意跟那个小男孩儿展示着手里的大黄蜂："胳膊可以这样抬起来。"

"咱俩换着玩吧，我那个大黄蜂的颜色比你这个漂亮多了。"那个小男孩儿说。

"可是……"邱彦低头看着自己手里的大黄蜂，"我这个可以动。"

"你这个颜色都不对。"小男孩儿说。

邱彦把大黄蜂举了起来："可是……"

"换吗？换一天。"小男孩儿说。

"不换！"边南过去说了一句，把邱彦拉到了自己身边。

"大虎子！哥哥！"邱彦扭头看到是他俩，开心地喊了一声，"你们回来啦！"

"你谁啊？"边南冲那个小男孩儿抬了抬下巴，这小孩儿一看就鬼精鬼精的，还换着玩呢。

"他是方小军。"邱彦说，"我同桌。"

"你就方小军啊！"边南一听就气不打一处来，指着方小军，"你还敢来换大黄蜂？你信不信我胳膊腿儿都给你换了啊！"

"神经病！"方小军被他吓了一跳，退了两步大喊着转身飞快地跑了，边跑还边回头喊，"你那个大黄蜂最丑了！"

"嘿我这暴脾气！"边南放开邱彦，转身就打算追过去。

邱奕一把拽住了他："哎你干吗呢？"

"这小孩儿忒坏了。"边南指着方小军，"他……"

邱彦突然扑过来抱住了他，边南猛地反应过来，后半句话卡在了嗓子眼儿里。

他低头看了一眼邱彦，刚还差点儿让人骗了大黄蜂，这会儿又马上能反应过来打断他说话，这小东西的脑子时灵时不灵的怎么一点儿谱都没有。

"吃完饭带你出去玩。"邱奕伸手在邱彦下巴上轻轻勾了两下，"回去收拾一下，我跟大虎子去买点吃的。"

"嗯！"邱彦兴奋地往胡同里跑，"我想吃薯片！"

"直接把午饭买了吧。"边南往旁边的小吃店走，"还是你做？我还没吃过你做的饭……"

"等等。"邱奕从他身后一伸胳膊，勾着他脖子往后拉了一把，贴在他耳边问，"方小军怎么回事儿？"

"什么？方小军怎么了？"边南抓着邱奕手腕拉了一下没拉开，只得偏过头，看着邱奕的鼻尖，"你不热啊？"

"你说完了再热。"邱奕收了收胳膊，"不说我收拾你。"

"哎你快收拾一个我看看你多大本事。"边南乐了。

邱奕想都没想伸手抓着他的裤子就往下一拽。

"哎我靠！"边南吓了一跳，赶紧揪住自己的裤子，"你神经病啊！"

"方小军怎么回事儿？"邱奕又问，"你要不说我回去直接问二宝了。"

"别问他别问他。"边南把裤子提好，"哎！我跟你说了你也别问他，要不他该觉得我出卖他了。"

"嗯。"

"方小军那个熊玩意儿把二宝存钱罐里的钱都骗走了。"边南飞快地说，"钱我替他填上了，说好了每年还我40，撒手！"

邱奕松开了胳膊，过了一会儿才看着他说了一句："我说存钱罐里怎么有整钱呢,你给的啊?"

"你偷看他存钱罐了?"边南斜了他一眼,"干吗偷看啊?"

"没偷看,他每天抱着钱罐子等着装满呢,我有时候偷偷往里放点儿。"邱奕皱了皱眉,"都让方小军骗走了?"

"是啊,蹲路边哭呢,我就这么认识二宝的。"边南抬手擦了擦汗,"咱能先进超市吹会儿空调吗?"

邱奕走进了超市,叹了口气:"都八岁了脑子还这样。"

"他就是太单纯了。"边南拿了个筐在货架中间转悠着,"要不我跟他聊聊,让他以后长点儿心眼儿。"

"不用。"邱奕说。

"为什么?下回再让人骗了呢?"边南有点儿不理解。

"他是缺心眼儿,又不是缺智商,还能总被骗吗?骗一回就懂了。"邱奕拿了筒薯片放进筐里,低声说,"还能单纯几年啊。"

边南没出声。

俩人在超市买了点儿零食,边南本来想着再买点儿菜,吃一顿邱奕做的大餐,结果邱奕想了半天,拿起一个鸡蛋冲他晃了晃:"蛋炒饭吧,正好昨天的饭煮多了还有剩的。"

"真没良心!"进了院子边南还挺不爽,"我这一个多月跟头驴似的,都快练出一桌满汉全席了,你居然就给炒个饭!"

"中午吃炒饭?"邱彦正踮着脚在院子里晾衣服,听到边南的话眼睛一亮。

"嗯。"邱奕点点头。

"啊——蛋炒饭!"邱彦喊了起来,手上的衣服掉地上了都没注意,"蛋炒饭!"

"……一个蛋炒饭都能让你这样?之前我做的排骨啊牛肉啊也没见你乐成这样啊!"边南过去把衣服捡起来拿到水池里冲了冲,递给邱彦。

"我哥哥做的蛋炒饭可好吃了。"邱彦眼睛亮晶晶地跟边南介绍,"春游的时候带出去,我们老师都来抢呢!"

"你们学校还有春游啊?"边南抱着他捏了捏脸,"现在学校不都没有春游秋游了吗?"

"有。"邱奕拿着鸡蛋进了厨房,"小朋友们带上吃的喝的,坐学校操场上吃,吃完就算春游了。"

"我们还做游戏呢!"邱彦说。

"那叫个屁的春游啊。"边南乐了,"一会儿吃完饭我带你去夏游!"

边南进屋跟邱爸爸打了个招呼,邱爸爸正坐轮椅上看电视,手撕鬼子的片儿他看得还挺投入,边南跟着看了一会儿实在受不了了,去了厨房。

"要帮忙吗?"他看到邱奕已经把剩饭盛了出来,正在打蛋,"你这招螺旋转圈儿拳使得不错啊……都看不清了。"

"求你出去跟二宝玩会儿。"邱奕手上没停,"别烦我。"

"靠。"边南指了指他,转身出了厨房,"我还烦你呢,简直烦得不行不行的。"

邱奕在厨房里的操作明显要比边南熟练太多,边南跟邱彦玩了没多大一会儿,就闻到了飘过来的香味儿。

这香味儿不是简单一个蛋炒饭能有的,边南有点儿想进厨房看看,但最终还是选择了跟邱彦玩遥控车。

十来分钟之后邱奕从厨房里端出两盘蛋炒饭,邱彦一看就蹦了起来,跑过去端了一盘往屋里跑:"好了好了!"

边南起身去厨房帮着端盘子,看到盘子里的蛋炒饭就愣了,金色的饭粒儿里点缀着红色的虾仁儿和火腿肠,绿色的葱,看上去相当漂亮。

边南咽了咽口水,拿起盘子里的勺舀了一大勺放进嘴里,嚼了两下冲邱奕竖了竖拇指:"你牛!"

虽然之前就知道邱奕会做饭,还做得不错,但边南觉得邱奕的水平也就比自己高个一级两级的,现在真吃上了才知道,人家一个蛋炒饭就能秒杀自己一个多月来所有的懒人菜谱了。

"能再炒点儿吗?"边南扒拉着盘子里的饭,"我带点儿回宿舍给万飞尝尝,这不输万飞他妈的手艺了。"

"没饭了。"邱奕说。

"煮啊!"边南把盘子里最后几粒饭都吃光了。

"得冷饭,热饭炒出来是一坨。"

"哎甭管什么饭,你再炒一次,多炒点儿,行吗?"

"行。"

邱彦吃完之后跑出跑进地把几个人的盘子都收了,蹲在水池边一边洗一边问:"哥哥,我们去哪里玩啊?"

"你想去哪儿?"邱奕低头看着自己脚上的鞋,扯了扯红色的袜子,有点儿想进屋去换一双。

"我想游泳!"邱彦回答。

"那就去游泳。"邱奕点点头。

"去什么?"边南愣了愣。

"游泳。"邱奕说。

"游泳?"边南揉了揉鼻子,"能……玩别的吗?"

"嗯?"邱奕看着他,过了一会儿,嘴角慢慢往上勾出了一个微笑,"堂堂一个体校生,不会游泳?"

第四章
从春游开始

邱彦爱玩水,从上回下个暴雨他都能在雨里兴奋得又叫又蹦的就能看出来了,现在一听邱奕答应了去游泳,他立马就兴奋得差点一转身撞桌子上。

边南不想扫他的兴,在邱彦跑回屋里找自己的泳裤之后他才转过头看着邱奕,憋了半天说了一句:"谁规定体校的就得会游泳啊。"

"那你陪他去吗?"邱奕往屋里看了一眼,笑着问。

"陪啊,大不了我不下水。"边南斜眼儿看着他,"你能不笑吗?笑起来一点儿都不像好人!"

"哦。"邱奕收了笑容,过了两秒钟又乐了上。

"不会游泳有什么可乐的,你还不会打网球呢,我带二宝去打网球你陪不陪啊!"边南往桌上踢了一脚。

"你不下水?在边儿上看?"邱奕搓了搓脸。

"……下水也没什么大不了的,我就是不会游,又不是怕水,我站水里待着不就行了吗?"边南想了想,"是去哪儿游啊?现在哪个游泳馆都得下饺子吧?去年我陪人去过一次,大妈连浴液都带进去了,也不知道用没用……"

"不去游泳馆,"邱奕站了起来,"去河里。"

"河里?"边南愣了,"我靠就咱护城河那个水跳下去捞出来直接就能冒充泥人张最新作品了。"

"傻子才跳护城河。"邱奕往屋里走,"出城。"

"出城?怎么出?打车?"边南跟着他,"多远?"

"骑自行车啊。"邱奕回过头,顿了顿,"忘了你没车……"

"打车呗,大不了算双程路费啊。"边南一想到要出城就觉得动静很大,一般来说在他家超过两公里没车就没人动弹了。

"然后咱们跑步回来吗?"邱奕拉开衣柜门,"智商。"

"那我怎么去啊?"边南看到邱奕扯出来一条黑色泳裤,"我以为**你泳裤**也是荧光绿的呢。"

"邻居家借一辆就行。"邱奕看了他一眼,伸手从柜子里又扯出一条泳裤,放在了边南的手上,"你的。"

边南低头看了一眼,一抹艳丽的荧光绿色跃入眼帘,他跟被烫了手似的把泳裤扔回了柜子里:"你还真有这色儿的裤子啊!"

"买一送一。"邱奕把泳裤又拿了出来,"送的那条只有这个色儿,**没得挑**,你穿不穿?内裤、这条泳裤,你自己选。"

"还有别的吗?"边南很不甘心,推开邱奕,在衣柜里仔细**翻着,连邱彦**小朋友的泳裤都是蓝色的,凭什么他就得裹着条明艳的绿裤衩。

"真没了,一年就游几回,谁还囤泳裤啊。"邱奕拿了包,**把邱彦要换的**衣服放了进去。

"这条小了,肯定小了。"边南拿起泳裤比画了一下。

"不小,合适的。"邱奕说。

"不小我也不穿这个绿叽叽的裤子!"边南瞪着他。

"那你穿这条。"邱奕把黑的那条扔给了他,"二宝都没你这么**费劲。**"

"废话。"边南指了指邱彦,"他不费劲是因为他那条不是**绿的!**"

"那你穿我的吗?"邱彦马上低头准备把已经穿上的泳裤**脱**下来。

"哎哎哎哎宝贝儿,"边南赶紧过去抱住他,"我不穿你的,**我也穿不**上……"

因为不是去泳池,所以他们都在家里把泳裤换上了。

边南扯了扯黑色泳裤,还挺合适,邱奕屁股上那条绿的其实**也不难看**,不知道是不是因为邱奕肤色白,衬一块儿看着还成。

这小子身材不错,结实匀称,这要让那些小姑娘看到了,**估计得尖叫**。

边南想象了一下这娇艳的绿色遮在自己身上的样子……**身材必须没问题**,就这俩色搭一块儿……啧。

"出发!"邱彦激动地背着自己的小书包跑出了门。

邱奕拿了药让邱爸爸吃了,又去邻居家给边南借了辆自行车。

"会骑吧?"邱奕看着他,"不会骑我带你,借辆女式车给二宝自己骑就行。"

"我会。"边南跨上自行车蹬了出去。

他们要去的那条河在城郊,是条没多大的小河,进城汇入护城河泥汤之前的水挺清,不过很多地方都浅,只能扑腾不能游。

邱奕准备带着他们去的那段水能到腰,再深点儿也有,水流不急,很合适游泳。

边南背着一包零食饮料跟邱奕并排骑着车,他最后一次骑自行车是小学了,现在骑着车一路裹着风飞一样还挺惬意。

离开市区之后,路上的车和人一下都少了,路两边开始出现农田,风也变得清凉起来,很有郊游那种放松和愉快的感觉。

"门前大桥下,游过一群鸭,"邱彦抱着邱奕的腰坐在车后座上,一边晃着腿一边扯着嗓门喊,"快来快来数一数,二四六七八,咕嘎咕嘎……"

邱奕叹了口气。

"别叹气。"边南挨过去一拍他的肩,"咕嘎咕嘎没走调!"

"咕嘎咕嘎——"邱彦马上又喊了一遍,"咕嘎咕嘎,真呀真多呀,数不清到底多少鸭,数不清到底多少鸭……"

"能换一首歌吗?"邱奕回手摸了摸邱彦的脸,"哥要疯了。"

"来来我是一个菠菜,菜菜菜菜菜菜……"邱彦倒是很听话,马上换了一首唱上了,"来来我是一个菠菜,菜菜菜菜菜菜……来来我是一个菠菜……"

"哎!还菜个没完了。"这回边南也扛不住了,"换换换,换一首。"

"哦。"邱彦停下想了想,"来来我是一个菠萝,萝萝萝萝萝……"

"宝贝儿,"边南迅速从兜里拿出一小袋牛肉干,用牙撕开了递到了邱彦手里,"让你换一首怎么还这个?"

"换成菠萝了呀。"邱彦说,终于不再唱歌,低头开始吃牛肉干。

"我也要。"邱奕转头冲边南说。

"要什么?牛肉干啊?"边南又往兜里掏了掏,掏出一袋瓜子,"没了,这个行吗?"

"我怎么嗑?"邱奕看着他。

边南喷了一声,又摸了摸口袋,没别的了,其他的零食都在包里,他又背着手在包里掏了半天,汗都折腾出来了,摸出来一包豆皮。

邱奕似乎对豆皮没什么兴趣,边南一看他那表情就怒了,把豆皮往他眼前一递,吼了一声:"就这个,不吃拉倒!"

邱奕一把抓过豆皮:"喊什么。"

"你现在不是病人了,再敢遛我留神我收拾你。"边南用力蹬了两下骑到前边儿去了。

出发的时候邱奕说骑车到河边不远,边南觉得自己果然是太天真了,居然相信了他的话。

虽说一路看看风景吹吹风聊着天也没觉得太累,但最终他俩骑了足足两小时才到地方,中途边南怕邱奕的腿还没好利索,把邱彦弄到了自己车后座上,下车的时候边南感觉自己跟跑完五公里似的,一身汗。

"你没事儿就骑这么一通带二宝来游泳?"他一把自己T恤给扒了扔到车把上,"你是不是精力有点儿过于旺盛了……"

"哎,他就喜欢这儿有什么办法。"邱奕也把上衣给脱了,"累死我了。"

"我一点儿也不累我下去啦。"邱彦几下就把自己的衣服裤子都脱掉了,扔了一地,顺着小路就往河边跑了过去。

"二宝!"边南喊了一声,有点儿着急,从路上到河边中间隔着一片小林子,也看不清情况,"你就让他自己下去了?"

"他不会下去的,我没在他只泡脚。"邱奕笑笑,推着车进了林子,走到了河滩边,"衣服放这儿吧。"

邱彦已经跳进了河里,不过没往深的地方走,只是在靠近岸边水到他膝盖的地方站着。

"大虎子!"他转头冲边南招手,"快来呀!"

"来了!"边南一咬牙,把裤子脱了,不就河里游个泳吗?不会游还不会在水里溜达吗!

"钱包和重要的东西给我。"邱奕拿出了个密封袋。

"干吗?带下水啊?"边南看了看四周,人毛都没一根儿,"这都没人啊。"

"防着点儿。"邱奕把自己的钱包放进了袋子里。

"哦。"边南把自己钱包也掏出来扔了进去,看着邱奕走到一边蹲下,把地上的石头搬开,把袋子放了进去,再用石头压好了。

"大虎子——"邱彦又喊了一声。

"二宝——"边南也喊了一声,把鞋一蹬,光着脚跑了过去。

跑了没两步他就想龇牙,地上全是大大小小的鹅卵石,硌得他站都站不稳,好容易才连晃带蹦地跑进了水里。

邱彦一看他过来了,弯腰从河水里揪出几根水草,笑着甩到了他身上,然后往前一扑,蹬了几下,还没等边南把身上的水草扯下来,他已经游到了河中间。

"大虎子过来!"他很兴奋地叫了一声。

"那儿有多深?"边南慢慢往邱彦身边走过去,水很快就到了他大腿。

"不知道。"邱彦声音因为兴奋而清脆响亮,"我踩不到底!"

"那你是怎么站着的?"边南有些吃惊,邱彦没在游,脑袋和肩都在水面上。

"我踩水的!"邱彦很开心地把胳膊举了起来,"我会踩水!我哥哥教我的!"

一个八岁的小孩儿都能在河里踩水玩,边南叹了口气,继续往前走,脚下要找到个平的地方几乎不可能,每一脚都踩在圆石头上,大的小的没准儿,走两步就要滑一下……

水快到边南胸口时,他感觉到身后有水波推了过来,回过头看到邱奕已经游到了他后面。

"怕水吗?"邱奕停下站了起来。

"不怕。"边南揉揉鼻子,"就是不会游。"

"那憋气。"邱奕说。

"什么?"

"憋气。"

边南有点儿莫名其妙,但还是下意识地配合着邱奕的话憋了气。

没等他明白为什么要憋气,邱奕突然跳了起来,胳膊往他肩上一按,整个人压到了他背上。

一串白色的水花在他眼前溅起,他根本没时间挣扎就一个趔趄被按进了水里。

想再往上站起来已经不可能,他只能听到耳边咕噜咕噜的水声,猛地感觉有点儿奇妙。

邱奕并没有一直压着他,两秒钟之后就从他背上滑到了一边,他偏过头,看到了水波里邱奕带着笑的脸。

午后的阳光很强烈,穿过河水能一直照到河底的石头上,阳光在水波里闪出各种变幻着的光芒,形成粼粼波光。

边南感觉自己是头一回看到邱奕这样的笑容,他发现邱奕平时看上去冷淡不好接近的外表下,其实也只是个跟自己差不多的同龄人,只是隐藏得实在有点儿深。

憋气对于边南来说没什么难度,他也不怕水,只是憋着气猫水里没几秒钟就感觉自己要漂起来了。

邱奕按住了他的肩,他吐出一串气泡,感觉自己屁股已经浮出了水面,被阳光晒得暖呼呼的。

这姿势要让万飞看到,别说笑两天,笑一个暑假都不在话下。

正想调整一下这个撅着腚的姿势,身边的水流猛地带着他晃了晃,一团卷毛出现在了他眼前。

邱彦很灵活地潜到了他和邱奕之间,冲他笑了笑之后,猛地往河底扎了下去。

边南伸手在他腿上捏了捏,小不点儿这是要显摆呢!

不过大概是泳裤有点儿大了,邱彦扎下去时,裤子往下滑了一巴掌大,露出了圆圆的屁股蛋儿。

边南一看就乐了,但笑容还没展开,就呛了口水。

要说让他憋气一点儿问题没有,但呛了水感觉就不同了,立马有点儿痛苦,他感觉此时此刻就要被憋死了。

邱奕赶紧靠过来托着他下巴把他推出了水面。

"啊——"边南狠狠吸了口气,又咳嗽了半天,"啊!"

"你没事儿瞎乐什么……"邱奕抹了抹脸上的水。

"没忍住,二宝的屁股太好笑了。"边南咳了两声又乐了,"他裤子是不是大了?"

"有绳儿他不系。"邱奕笑了笑,潜到水里把邱彦拎了起来。

边南把他裤子上的绳子系紧了:"宝贝儿你屁股真白,看着想咬一口。"

"我哥哥的屁股也很白。"邱彦脑袋上的卷毛贴了一脑门,挣扎着要往水里去。

"……是吗？"边南瞅了邱奕一眼，邱奕身上挂着水珠，在阳光下被他白皙的皮肤一衬，都闪着耀眼的光芒，"我看也是，眼睛都晃瞎了。"

邱彦飞快地再次游了出去，脚丫子在水面上打了两下，就又潜到河底去了。

"要我教你吗？"邱奕问。

"什么？游泳吗？"边南看着他。

"嗯，省得你站这儿没事儿干。"邱奕笑笑。

"怎么教？"边南觉得学学也行，闲着也是闲着。

邱奕退开了两步，伸出手在水面下竖起了两根手指："来。"

"来什么？"边南愣了，"怎么来？"

"趴上来呗。"邱奕动了动手指。

"我靠？趴你手指头上？"边南指着他手指，"你练二指禅呢？这能趴得住吗！"

"二宝就这么学的。"邱奕想了想，伸出了三个手指，"稍微托着点儿就行，你打了好几年球，这点运动平衡能力应该还是有的。"

"二宝能趴你手指头上是因为他才八岁，就他这小体格顶天了60斤。"边南对于邱奕打算用手指顶着他学游泳不能接受，"60斤就够我一个零头的……"

邱奕叹了口气，把手指换成了手掌："这样行吗？这260我也托得住了。"

"嗯。"边南伸手往他手上拍了拍，"这是要托哪儿？"

"下巴。"邱奕说。

"明白了。"边南摸了摸下巴，吸了口气，在水里轻轻跳了一下，往前扑了出去。

邱奕伸出右手托住了他下巴："保持平衡，胳膊打开。"

"怎么保……"边南按邱奕说的张开了胳膊，"我脚到底儿了。"

邱奕左手往下兜在了他肚子上，把他身体往上托了托："感受一下。"

"感受什么？"边南觉得自己张开胳膊跟个傻子似的，"我就感受到你手碰我肚子上很痒。"

"算了，你游吧。"邱奕带着他顺着河水往下游走了两步，还是把托着他下巴的手掌换成了手指顶着，"划水会吧？你腿先别动，划胳膊。"

"好。"边南吸了口气,胳膊狠狠地在水里划了一下。

邱奕没有跟着他移动,松开了托着他肚子的手,顶着他下巴的手指继续顶着,防止他下沉。

边南胳膊力量比普通人要强得多,借着水的浮力,加上是顺水,他轻松地往前漂了出去。

邱奕用手指在水里半戳半撑地托着他,虽然这点力量不大,但还是挺有安全感的。

但在他往前游了也就一米多点儿之后,邱奕突然收回了手。

这两根手指对身体的支撑到底有多少,边南不知道,但邱奕收回手之后,他就感觉自己身体猛然一沉。

"我靠,你别拿……"边南话没说完就沉进了水里,吹出俩气泡。

憋着气被按到水里和划水划一半突然发现自己沉底儿了,那感觉是完全不同的。

特别是话都没来得及说完就直接变成了吹泡泡的状态。

吹完泡泡边南就又呛了口水,呛得感觉像要从脑门到后脑勺被掀掉了似的那么难受,顶得上吃十勺芥末了。

他赶紧想踩到河底站起来,这儿的水应该只到胸口,但连踩了两脚都打滑了。

我靠!

一个网球小能手,就要这么淹死在齐胸深的水里了!

教练个傻子还不知道过来救人!

王八蛋!

邱奕看着边南从自己面前往前划过去,水面之下的姿势还挺标准,身体绷得很直,加上阳光下健康的小麦色皮肤和结实匀称的身材,看上去就跟游泳高手似的。

结果出去没到两米,就沉下去了。

邱奕等了几秒钟,发现边南没有挣扎着露出水面的意思,这才赶紧游了过去,一把抓住了他胳膊,再托着他下巴抬了一下。

"我——靠!"边南吼了一声,反手也抓住了邱奕的胳膊,一边抹脸一边咳嗽,半天才转过脸来盯着邱奕,"你就这么教人的啊!我差点儿被淹死!"

边南眼睛都呛红了,邱奕有点儿过意不去,抬手拍拍他的脸:"我就慢了两秒,以为你能站起来呢。"

拍完他俩都没出声,过了一会儿边南才摸了摸脸乐了,顺手在邱奕脑袋上扒拉了两下:"你是不是哄二宝哄习惯了啊?"

"哥哥——"邱彦从河中间钻出了水面,手里举着一块大石头,"我找到一块宝石!"

"真牛!"邱奕应了一声,"扔了再摸一块儿吧。"

"你不看一下吗?"邱彦踩着水两手举着石头就过来了,"真的是宝石,跟以前的不一样!"

"我看看。"边南看邱奕对这块"宝石"没什么兴趣,于是伸出手接过了邱彦手里的石头。

就一块普通石头,上面有点儿白色的条纹,往河滩上一扔立马就能融入芸芸众石当中。

邱彦脚踩不到底,搂着边南的胳膊挂在他身上,很期待地问:"是不是宝石?"

"宝石!"边南很肯定地点了点头,把石头递到邱奕眼前,"看,花宝石。"

邱奕张了张嘴不知道该说什么,边南把石头塞进了自己泳裤后面,搂了搂邱彦:"再去摸摸看有没有别的宝石。"

"嗯!"邱彦受到鼓励,兴致高昂地扑腾着游了出去。

"你还游吗?"邱奕看着边南。

"游啊。"边南甩甩头,抹了抹脸上的水,"我跟你说邱教练,你也太不专业了,我刚出去一米你就撒手,你是不是成心的?"

"我跟不上你,要不你逆水划。"邱奕往水下看了看,"你带着宝石游?"

"不带。"边南掏出石头扔进了水里,"他估计用不了三分钟就忘了这块宝石了。"

"你就这么骗小孩儿?"邱奕笑了。

"那也比你理都不理他强,他就兴奋这一下你都不配合。"边南喷了一声,"二宝肯定特想有个我这样的哥。"

"给你了,快带走吧,烦死我了。"邱奕身体微微一沉,胳膊伸出,腿在水里轻轻蹬了一下,身体在水中快速地窜了出去。

边南站在水里没动,看着邱奕在水里游出去很远,才学着他的样子也一蹬腿。

不过借着惯性冲出去也就一米,逆水的强大的阻力就让他停下了,接着又沉到了水里。

这回他有经验了,迅速收腿往水底一踩,这水不算深,他好歹一米八六的个儿,站起来就……

我靠!底儿呢?

边南埋在水里,心里骂了一句,什么鬼地形居然又踩不到底了!

他正挣扎着想着要不先自学成才把踩水学会得了,一只手伸到了他眼前。这回教练的反应还算快!边南赶紧一把抓住,邱奕把他拉出了水面。

"我靠一步有底儿一步踩空的什么玩意儿啊!"边南一露出水面就喊了一声。

"这河之前被挖过沙,有坑。"邱奕拉着他退了一段。

边南看了他一眼,虽然知道他说的是河底,但听着还是有被骂了的感觉。

"要不你就这么游吧。"邱奕把手抽了出来,手指托住了他的下巴,"基本动作我看你也懂。"

失去了邱奕的支撑,边南赶紧又是划水又是蹬腿的,下巴被邱奕托着,感觉自己跟个傻子似的。

"胳膊和腿不要同时动,划水,蹬腿。"邱奕向后倾斜着身体,一只手托着他,另一条胳膊划水,腿时不时蹬一下,带着他往前游,"不要总想着你的头,我保证你不会呛水。"

"我都呛两回了。"边南很努力地蹬一下腿,再划一下胳膊。

"胳膊划水的时候稍微往下点儿,就不容易沉了。"邱奕的指尖在他下巴上勾了勾,"不用抬这么高,学会了以后就不用抬着头了,换气就行。"

"别挠下巴,痒痒。"边南喷了一声。

边南不怕水,呛了两回之后,对呛水也无所谓了,加上毕竟是体校的,身体协调能力和力量都不错,邱奕带着他在水里练了几个来回,他已经能游了。

"我手拿开了啊。"邱奕说。

"嗯。"边南蹬了蹬水,身体往前冲了一截,"我觉得我可以挑战更高难度了。"

"这样!"邱彦突然从他身边冒了出来,把脸埋在水里跟身体平行地游了一段,"这样游得快!"

"好!"边南学着他的样子把脑袋放平,试着游了几下,换气的时候喝了一口水,他继续努力,第二次换气的时候又喝了一口水。

"回去吃点儿泻立停。"邱奕一直跟在他身边。

"你闭嘴。"边南蹬腿划胳膊的忙得都顾不上跟他对呛了。

"放松。"邱奕在他背上拍了一下,"让水托着你。"

边南挺聪明的,或者说在运动这方面比较聪明,半小时之后,虽然他的自我评价是"怎么感觉我跟个水爬虫似的",但他已经可以在水里很轻松地来回游了,逆水顺水都游得嗖嗖的。

"怎么样?"边南游了几个来回之后停在了邱奕身边。

想踩着河底站住的时候又踩了个空,他只得伸手往邱奕肩上一搭想借点儿力。

邱奕也没站到底,他是在踩水,边南这突然一按,他猛地往下一沉。

边南赶紧撒手,怕邱奕一恼火把他给拽下去,他往旁边游开,找了个地方站下之后回过头却没看到邱奕浮起来,他吓了一跳:"邱大宝!邱教练!邱奕!你别吓我啊!"

身后的水突然向他推过来,虽说游泳他已经没什么问题,但在水里的灵活程度还有待提高,这点他很有自知之明。

所以尽管他知道过来的肯定是邱奕,但并没回头研究邱奕是要从哪儿冒出来,而是直接屏住了呼吸。

邱奕从他身后的水面下跃出了水面,砸到了他身上,把他按下了水。

边南正在得意邱奕的小阴谋没得逞,没想到邱奕跟着也潜到了水下,一手扳着他的肩往下压,一手从身后抓住他泳裤狠狠往前一掀。

他被邱奕跟个玩具似的在水里抡了个前空翻,水顿时从鼻子里灌了进去。

等他呛着水站起来的时候,邱奕已经窜到好几米之外去了。

"你狠!"边南捏着鼻子指着他,"我靠整人还带花样翻新的!"

"下次记得这种时候要出气儿,把气吐出来。"邱奕笑着说,"水就进不去了……"

"哥哥!"邱彦突然一边踩水一边指着岸上。

边南和邱奕一块儿转过头,看到了岸边站着个老头儿,看穿戴应该是附近的村民。

"他干吗呢？参观？"边南一边抹脸一边问了一句，这老头儿可能是出来捡柴的，不过一直盯着他们几个看让人觉得有点儿别扭。

邱奕没说话，愣了一秒钟之后突然猛地向岸边游了过去，速度很快。

边南没想到邱奕游泳能有这个速度，有些吃惊。

但几秒钟之后他就顾不上吃惊了，跟着往岸边冲。

老头儿居然拎起了他的包，转身就跑。

"你大爷！"边南吼了一声，那包老头儿拿了也就拿了，无所谓。

有所谓的是他们几个的衣服都放在包里了！

邱奕的腿一个多月没怎么动过，不太灵活，边南顾不上脚下石头硌人，连滚带爬地上了岸就追，追出去跑到了公路边，也没看到老头儿的影子。

邱奕从林子里跑出来的时候，他正站路边骂骂咧咧。

"我靠！"他简直无语了，"这叫什么事儿！给二宝买的零食都在里边儿呢！衣服也没了……"

邱奕皱着眉往四周看了看："老头儿是不是练过？"

"还好你把钱包另外放了，我身份证银行卡乱七八糟的都在里面呢。"边南喷了一声，突然扭头看着邱奕，"你是不是知道会出这事儿啊？"

"我没碰到过这种事。"邱奕叹了口气，"你那个包……老乡还挺识货，我以前带二宝来都拿的塑料袋。"

"现在怎么办？咱俩就这么回去？"边南指了指身上的泳裤，"还好老头儿大概觉得推着车跑不掉，要不咱得走回去了吧？"

邱奕没说话，看着边南，又低头看了看自己，最后弯腰撑着腿乐了："你还好，我这么鲜艳……跟绿蚂蚱似的……"

边南没忍住，跟着也乐了。

俩人蹲路边你看我我看你笑得停不下来。

邱彦跌跌撞撞地也跑了过来，老远就冲他俩喊："包呢——"

"那个爷爷拿走了。"邱奕笑着说。

"那怎么办？"邱彦扯扯自己的泳裤，"没有裤子穿啦。"

"你是小孩儿怕什么。"边南还是想笑，出门游个泳把衣服裤子都游没了也算是珍贵的回忆了，他在邱彦的肚子上弹了弹，"我跟你哥哥才美呢。"

邱奕笑着站了起来："再游会儿吧，不过一会儿游完了没东西吃了。"

"哦！"邱彦正在兴头上，对于没东西吃并不太在意，转身又往河边跑了。

"我也再游会儿。"边南看了看自己的脚,刚跑过来都没注意,脚被硌得有点儿疼,还好没破。

"对不起啊。"邱奕在一边说了一句。

"什么?"边南愣了愣,"这事儿你对不起什么啊!"

"去游泳池就不会丢东西了。"邱奕笑笑。

"去游泳池也不好玩啊,我在人堆儿里未必能学得会游泳。"边南往前走。

"我要把你包也埋了就好了……"邱奕笑过之后越想越郁闷,皱着眉。

"哎行了。"边南回手拉了拉他,"一个包也没什么的,那老头穿得那么破没准儿是太穷了,又没什么重要的东西,你这样多没意思,出来玩的啊。"

邱奕没出声,俩人回到河边,他在一块石头上坐下了:"我歇会儿。"

"体力不支了?"边南看着他。

邱奕把腿伸直:"感觉有点儿……"

"我靠,又伤了?"边南一阵紧张,直接跪到邱奕腿边,盯着他的腿,"还是根本就没好?"

"你……"邱奕胳膊撑着膝盖,手往嘴边遮了遮。

边南看到了他没忍住的笑容,又看了看自己的姿势,的确是挺虔诚的,就差磕头了。

"你这不对啊,"边南坐在了河滩上,"我这是关心你。"

"没事儿。"邱奕摸了摸小腿,"就感觉有点儿发酸,可能是太久没动。"

"那这正常。"边南指了指他的腿,"你没发现这哥俩都不一样儿粗了吗?"

"哎!"邱奕叹了口气,往后慢慢地躺在了河滩上,"我晒晒,补补钙。"

边南没理他,蹦着跑着下了河,邱彦正在水里扑腾,他游过去跟邱彦一块儿往水里潜着找宝石。

"潜下去的时候要吐点儿气,"邱彦指点他,"要不会漂起来的,然后用力往下游就可以啦。"

邱彦当教练比邱奕要积极,但就是太啰唆,好在边南已经有了些经验,很快就能陪着他在河底趴着了。

不过邱彦精力太旺盛,或者是太喜欢玩水,边南陪他玩了**没多大一会儿就**觉得累了,他手里拿着三四块邱彦找到的宝石:"二宝,你累不累?"

"不累。"邱彦翻了个身躺在了水面上,"你看,我可以这样漂着。"

"你真能折腾。"边南知道为什么邱奕会说把邱彦送给他了,这小不点儿简直跟身上背着永动机似的,他摸摸邱彦的鼻子,"我去岸上歇会儿,**你的宝石我帮你拿上去。**"

"嗯。"邱彦闭着眼漂在水面上应了一声。

边南抱着几块破石头回到了岸边,往地上一扔。

邱奕正枕着胳膊闭眼晒太阳,听见动静眼睛睁开了一条缝:"**不游了?**"

"歇会儿。"边南在他身边坐下,"你腿没事儿吧?"

"嗯,现在没什么感觉。"邱奕屈起一条腿晃了晃。

"真没想到一棍子能砸成这样。"边南坐了一会儿,也躺下了,"**早知道不如就踹两脚跑了得了。**"

"那你早完蛋了。"邱奕说。

"你意思是你现在好了,我也该准备完蛋了呗?"边南扭了**扭,后背有块**大石头顶得他跟要下腰似的难受,他往右挪了挪,右边是块更大的,**顶在他屁股上**,他只得往邱奕那边蹭。

一直蹭到跟邱奕挨着了,才算找到稍微平坦点儿的地方。

"你不热啊?"邱奕扭头看着他。

"这边没地儿了。"边南也扭头看他,"你占了最平的一块儿,**我匀点儿还不行了啊。**"

"你再晒晒能去煤堆儿里卧底了。"邱奕拿了块儿石头垫在自己**脑袋下面**枕着。

"你再废话信不信我揍你啊,瘸子!"边南喷了一声,也摸了块石头往自己脑袋下面塞好。

"快来,我皮痒了。"邱奕也喷了一声。

边南乐了,笑了好一会儿才有些犹豫地说:"哎,那事儿你知道了吧?"

"什么事?"邱奕抬起手,迎着阳光,光线从指缝中穿过,**洒在他脸上**。

"就申涛他们被傻潘堵了的事。"边南说。

"嗯。"邱奕把手放到他眼前握成拳,用食指勾住大拇指,**大拇指上下动**了动,看着跟嘴似的一张一合,"知道啦。"

"我靠。"边南揪了根草塞到"嘴"里,"你真幼稚。"

邱奕动着手指,把草"吃"了进去,又从另一边搓了出来:"直肠子,吃完就拉……"

"哎!"边南一巴掌拍开了他的手,"我跟你说正经的呢,你注意点儿,潘毅峰这回找的是外边儿的人,跟以前不是一个级别的。"

"知道了。"邱奕放下手,慢慢坐了起来,手撑着地看着他,"你先照顾好你自己吧。"

"什么意思?"边南眯缝着眼看着他,邱奕背着光,脸上被阳光镀上了层淡淡的金色。

"我收拾完他就该轮到你了。"邱奕笑了笑。

边南没多问邱奕打算怎么收拾他,反正之前他放过话,要打要砸要套了麻袋揍随便,他都等着。

也没准儿邱奕不准备打他,就让他带邱彦游两天泳就能把他累半死了。

邱彦的确是个精力过于旺盛的小男孩儿,边南和邱奕在太阳底下晒得口干舌燥的,早就没有享受日光浴的美妙心情了,他还在水里来回游着。

邱奕实在忍无可忍,下水把他给拎上了岸。

"我不累呀。"邱彦还挺不情愿地一步一回头往河里瞅。

"手举起来看看。"邱奕坐到石头上看着他。

邱彦把手举了起来,又低头把手藏到了身后。

"手怎么了?破了?让鱼咬了?"边南拉过邱彦的手,邱彦握着拳头,也看不出有什么问题,想掰开他手指的时候邱彦握得紧紧的不让他看,他把邱彦抱到一边,小声说,"悄悄让我看一眼。"

邱彦犹豫了一下,把手张开了,手指头上已经全白了,布满了大大小小的皱。

"我哥哥说,"邱彦往邱奕那边看了一眼,"这个皱皱很多很深的时候就是脱水啦,脱水就不能再游了。"

"那就不游了呗。"边南乐了,邱奕居然就这么蒙小孩儿,他捏着邱彦的手指,"再游就干巴儿了,再说咱包被那个飞毛腿儿爷爷拿走了,水啊吃的啊都没了,你再游下去口渴了咱没水喝了,你看你哥得身上都煞白了。"

"他本来就白。"邱彦看了看边南,"你眼神儿不太好。"

"嘿!"边南被小孩儿当场戳穿有点儿没面子,又有点想笑,"你这小屁孩儿真烦人。"

"我们没有衣服穿了!"邱彦突然反应过来,想起了这件严重的事,"我们怎么回去啊?"

"就这么回呗,没衣服穿又不是没裤子穿,老头儿还把鞋给咱留下就不错了。"邱奕过去把埋在石头堆下面的袋子拿了出来。

"可是……可是……"邱彦用手挡着自己裤裆,"这是游泳裤啊。"

"哎哟,还挺讲究。"边南没绷住乐得不行,把邱彦泳裤上的绳子抽紧系好,又跑到旁边的草丛里揪了片大叶子递给邱彦,"你用这个挡着脸,别人就不知道你是谁了。"

"哦。"邱彦犹豫了一下,把叶子举到了自己脸前。

边南把邱彦抱到自己车的后座上,邱彦泳裤里塞着边南和邱奕的钱包,手里一直举着那片叶子挡着自己的脸。

"就这么……出发?"边南跨上车,看着旁边的邱奕。

邱奕也跨到了车上,低头看了看自己的泳裤:"出发呗,不然怎么办,埋头骑就行。"

"我们会不会被拍照?"边南蹬了一下车,往前骑了出去,"会不会有人给电视台爆料说有俩男的在街上裸骑?"

"我们不是裸的,"邱奕纠正他,"我们穿了裤子。"

边南扯了扯泳裤:"其实我一直想说……你还好,你裤子明显,我这黑裤子离远了……可能看上去是一体的。"

"你俩换一下就都很明显了。"邱彦在后头举着叶子说了一句。

"我才不换!"边南乐了,这小家伙偶尔反应还挺快,"我才不要那条早春三月的裤子。"

从河边到市里这一路还凑合,路上都是农田和村子,没什么行人,只偶尔有飞驰而过的车。

尽管有一辆车从对面开过来,经过他俩身边的时候还按了喇叭,但好歹都是转瞬即逝的事儿,没给他俩带来什么太大压力。

进了城就不同了,人和车一下子多了起来。

边南从来不在意别人的眼光,但现在这种形象还是让他有点儿尴尬,唯一庆幸的是自己身材不差。

他瞄了一眼邱奕,邱奕一脸平静地骑着车。

边南估计邱奕也得是个承受力特别强的主儿，平时骑个荧光绿的车就够那什么的了，今天居然还配了条同色的泳裤，肤色和身材一衬，跟出来走秀似的。

他俩凑一块儿绝对是今天这条路上一道亮丽的神经病。

"咱打个车吧？"边南看到了出租车，"我看到有人拿手机对着咱俩了。"

"车上放得下两辆自行车？"邱奕看了他一眼。

"我口渴。"邱彦在身后说了一句，还举着叶子靠在边南背上。

"回家喝水。"邱奕很简单地回答。

"要不就在这儿停下打车吧，打两辆就行。"边南放慢了速度。

"我想喝水。"邱彦又小声说了一句，"我好渴啊，好渴。"

"我们马上……"边南把自行车停在了路边，腿撑着地，回过头摸了摸邱彦的脑袋，正想说马上到家就能喝了的时候，看到了邱彦已经干得有些起皮儿的嘴唇，"帮你买水。"

"我去买吧。"邱奕看边南下了车，拦了他一下。

"你太抢眼了，进店里吓着人，我还低调点儿。"边南拿过钱包，看准了路边一个小杂货店，小跑着过去了。

"拿瓶水。"边南把钱扔在老板面前的桌上，打开冰柜拿了瓶水。

"你们这是……"老板拿着钱，往店外邱奕那边瞅了瞅，"铁人三项？"

"什么铁……啊是，我们是钛合金人三项。"边南敲敲桌子，"快找钱，比赛呢，我们要保持领先。"

边南买了水出来，邱奕已经拦下了一辆出租车。

"你带二宝先回去吧。"邱奕看着正举着瓶子咕咚咕咚灌水的邱彦，"这半天才一辆空车。"

"那多不仗义，这么丢人的事儿有个伴儿比较舒服。"边南笑笑，他这一路过来已经感觉没什么了，反正也没人认识他是谁。

"那随便你。"邱奕伸手继续拦车。

俩人站路边伸了半天手，之前的那辆出租车的司机都有点儿不耐烦了。

"叔，"边南扒着车窗，"你把表打上，到地儿了咱再多算点儿车费呗。"

说完他一转身，看到一辆路虎往路边靠了过来，他愣了愣，赶紧往车牌上瞅了一眼，一串8跃入眼帘。

"我靠，这我爸的车……"边南喊了一声，正想说天助咱仨也，突然看到了坐在驾驶室里的人不是老爸。

邱奕也跟着往车里看了一眼，副驾上的人已经放下了车窗探出了头，带着笑冲他挥手，他也愣了："边馨语？"

"邱奕！你怎么在这儿？"边馨语没等车停稳就打开车门跳了下来，盯着邱奕上上下下打量了一通，"你这是……"

"游泳出了点儿意外。"邱奕扭头看了看边南，发现边南已经走开了。

"是在打车吗？我送你，我哥开车呢。"边馨语笑着又往他身后看了看，"那是你弟弟？好漂亮啊！"

"不用了。"邱奕对于边南和边馨语在这种情况下见了面都能跟没看到对方一样的场面有些不适应，"要不你送边……"

"哎呀，没事儿，反正都是要进城，这样站路边也太拉风了吧。"边馨语拉了拉他胳膊，又冲邱彦招了招手，"小不点儿，姐姐送你和哥哥回家。"

"边南，"邱奕转身走到边南身边，"你……"

"你坐那车，这儿不好打车，"边南把自己那辆车放到了出租车后备厢里，"这赤身裸体地在街上就别啰唆了。"

邱奕不想上边馨语的车，但看边馨语的意思，也没打算送边南，他要不上车估计这局面就得僵住，他想了想："你带二宝。"

"嗯。"边南应了一声，拉开车门，"二宝上车。"

"我哥哥呢？"邱彦跳上了车。

"他坐那个大车，咱这样就不用再打一个车了。"边南也上了车，摸摸他的头。

"哦。"邱彦对于哥哥要坐大车没什么感觉，上车就趴在了边南腿上，估计是累了。

出租车开走之后，邱奕转身也上了车，坐在后座上。

边馨语拉开了副驾的门，想想又关上了，也坐到了后座上。

"这是我哥，边皓。"边馨语笑着说，又拍了拍边皓的肩，"哥这就是我说过的，给婷婷补课的那个老师，邱奕。"

边皓回过头冲邱奕点点头："总听我妹说起你，今儿总算见着了。"

邱奕笑了笑没说话，今天这面见得印象估计是挺深刻的。

边皓问了邱奕家地址之后发动了车子。

邱奕看着窗外,边皓的样子还算顺眼,长得跟边南不像,更硬朗些,边南虽说是黑皮,但在没挂上不耐烦的表情时,脸上的线条和五官比较柔和,估计是更像妈妈。

"你去游泳了?"边馨语在一边问他。

"嗯,带我弟去玩。"邱奕点点头。

"我听说你腿受伤了,已经好了吗?"边馨语拢拢头发,看了看他的腿,"我给你打了几个电话,都没打通,你换号码了?"

"好了,没换。"邱奕简单地回答。

"那我还是打不通啊。"边馨语拿出手机低头按着,"号码错了吗?以前能打通的啊。"

"没开机。"邱奕说,他往前看路的时候,在后视镜里跟边皓正盯着他看的目光迎上了。

邱奕没有回避他的目光,边皓又跟他对视了好几秒钟才移开了视线看着前方的路。

边馨语沉默了一会儿,又笑了笑,有些尴尬地说:"边南……叫他上车他也不会……"

"前面是左转还是直行?"边皓打断边馨语的话问了一句。

"左转。"邱奕说。

"你不开着导航吗,还要问。"边馨语皱皱眉。

边皓没出声,沉默着继续开车。

边馨语虽然对边南一直没有一句好话,但在别的方面还算单纯,大概只是想向他解释一下为什么没叫边南上车,但边皓不同,他明显不想让边馨语在这种情况下把自己家复杂的关系拿出来跟外人说。

所以邱奕很快换了个话题:"你也是出去玩了吗?"

"嗯,我跟我哥去摘樱桃了。"边馨语挺开心地拎起一个袋子,"正好,你拿点回去给你弟弟吃吧。"

"不用了。"邱奕笑笑。

"别这么客气嘛。"边馨语拿了另一个袋子往里装了不少樱桃,"我们就是玩,摘了这么多也吃不完的。"

邱奕没往后视镜里看都能感觉到边皓盯着他的眼光,于是没再推辞:

"谢谢。"

"你什么时候有时间,一起去摘樱桃啊,葡萄也熟了摘葡萄也可以……"边馨语看着他。

"我没时间。"邱奕再次笑笑。

"……哦,对了,你要打工还要补课,的确是没什么时间啊。"边馨语叹了口气,"你腿好了是不是还要给婷婷补课?"

"嗯。"邱奕被边皓盯得实在难受,忍不住指了指前面,"看路。"

邱奕没让边皓把车开到胡同口,只让他在小街上停了车,边馨语还想送他到门口,也许是想知道他家住哪儿。

"你就这样走回去啊?还远吗?"边馨语问。

"不远了没事儿。"邱奕开门下了车,去后备厢里把自行车拿了下来。

边馨语下了车:"送你到门口也不……"

"馨语上车,你操什么婆婆心呢。"边皓在车上说,"哪还有强迫送人的。"

"谢谢了。"邱奕跨上车,冲边皓点了点头,蹬着车走了。

回到家的时候,边南已经先到了,拿了他的一套衣服换上了。

"二宝睡了。"边南看到他进屋,小声说,"我穿你衣服了,还拿了条你的新内裤。"

"嗯。"邱奕脱下了身上的泳裤,拿了条运动裤套上。

"你……挂空挡啊?"边南愣了愣。

"焐一路了,松快松快。"邱奕笑笑,"一会儿吃饭?"

"不了,我看二宝估计明天早上才能醒,刚你爸还说已经吃了饺子,隔壁老太太拿来的。"边南抓抓头发,"你随便弄点吃吧,我回学校了。"

"吃樱桃吗?"邱奕指了指桌上的袋子。

"他俩是去摘樱桃了吧?"边南拉开袋子看了看,"不吃了,我走了……你下周回学校?"

"嗯,下周见。"邱奕说。

边南乐了:"路上见了打招呼吗?"

"我叫你一声大虎子,"邱奕靠着门框笑着说,"你敢答应吗?"

"靠!"边南龇牙冲他一乐,"我叫你一声邱大宝,你敢答应吗?"

边南走了之后,邱奕拿了药给老爸吃了,本来想随便弄点儿吃的,但灌下三杯水之后，感觉吃不下什么东西了，于是回屋躺到了床上。

邱彦趴在一边睡得很沉，边南也没给他找条内裤穿上，就那么光着盖着条小毛巾被，邱奕在他屁股上拍了一巴掌他都没醒，继续打着小呼噜。

"睡吧……"邱奕拿了枕头放在床头靠着，他已经很久没有把腿这么自在地放在床上了，感觉很舒服。

靠了一会儿，他拿出了边南的手机，把自己的手机卡放了进去。

开机之后，信息一通闪，他随意扫了一眼，多数都是边馨语的号码，还有几个是同学的。

边南的手机还挺新，估计没用几个月，手机里的应用也很少，就几个俄罗斯方块连连看之类打发时间的小游戏，歌倒是存了不少。

邱奕看着手机还有一半的电量，想起来没有充电器，于是给边南发了条短信：我叫你一声大虎子，你敢把充电器给我吗？

发完短信，正打算把手机放到一边的时候，他手指碰到了屏幕，相机打开了。

他对着半张着嘴的邱彦拍了张照片，然后随手翻了翻手机相册。

边南手机里照片不多，上回看到的万飞的照片占了多数，基本都是各种搞笑睡相和训练时摔倒之类的。

往后翻了一会儿，他手指停下了，看着照片愣了愣，接着就笑了起来。

照片是对着镜子自拍的，也不知道是在秀腹肌还是在秀内裤。

"还有这爱好呢。"邱奕笑了半天，把照片发给了边南，加了一句：兄台很威风啊。

边南回到学校，在门口的小面馆要了份大碗的拉面，又拿了罐可乐，冲街坐着慢慢吃。

要说是铁人三项，还真没说错，算上追偷包老头儿那段路，跑步游泳骑车都齐了，边南在自己腿上敲了敲，这傻不拉几的感觉跟训练完了差不多。

一碗拉面下肚，他热出一脑门儿汗来，爽。

学校里很安静，宿舍里基本没人，边南一路上楼一路数着，加上他估计也就五个人。

他们宿舍照例是空的，推开门时一阵没散尽的汗味儿扑面而来，如同一记黯然销魂掌迎面拍来。

边南迅速退出了宿舍门外,还是感觉被掌风扫到了。

"高手!"他皱着眉重新进了屋,一眼就看到了朱斌搭在床架上的运动服。

这厮回家了居然都不把衣服带回去,都快懒成水蚺了!

边南过去把衣服扔进了墙角的桶里,又接了半桶水泡上,再扣了个盆儿,这才算是化解掉了这一掌。

他去冲了个澡,身上酥酥软软地躺到了床上,正式入睡前的这段时间是最难熬的,干什么都没劲,偏偏还闲得睡不着。

他跳下床,从柜子里拿出了一直没用的新手机,装上卡边充电边开了机,正好研究一下新手机,把软件什么的下载了装上。

他一开机首先蹦出来的是万飞的短信,连着好几个:

你怎么关机?

回家了?

靠,回话,你是不是被人卖山里去了?

山里都要小媳妇儿,要你有什么用!

对了,壮劳力可以种地。

边南对着短信乐了半天,给万飞回了个电话,俩人闲扯了几分钟。

这阵儿许蕊跟万飞的关系有所进展,跟他吃了个饭,收下了他送的一个小发卡。

就这点事儿把万飞给激动得都要吃速效救心丸了,打电话的时候就听他兴奋地说着。

边南挺替他高兴的,虽然他没体会过这种感觉。

以前他也送小姑娘礼物,贵的普通的都送过,也没因为谁收了他的东西就激动成这样的,收到小姑娘送给他的各种东西他也没什么特别感受。

谈恋爱不就这样吗?吃饭聊天儿送东西,他一直是这么想的,挺没意思。

不过万飞还真是让他开眼了,还没谈上呢就这样了,开始谈了不得天天带着急救箱啊。

听万飞兴奋完之后,他挂了电话,打开了别的短信。

一个没存过的手机号给他发了两条短信,他点开看了看:

叫你一声大虎子,你敢把充电器给我吗?

边南愣了愣,反应过来这应该是邱奕的号,笑着把这号码给存了,名字写的是邱大宝。

存好号码再看第二条短信的时候他愣住了,一下坐了起来:"我靠!"

相册里这张照片居然忘了删!

他拿着手机都不知道该怎么给邱奕回复了。

这照片是前阵他回家的时候拍的,大清早万飞抽风,拍了张这样的照片发给他,说:拔地而起!

他正好起床,顺手也拍了一张给万飞发了过去:谁与争锋!

这傻子!发完了照片他居然没删?

他犹豫了一下,按下了邱奕的号码把电话打了过去:"你大爷!你没事儿翻人手机有病啊!"

"这是我的手机。"邱奕笑着说。

"……我靠,这我拍着跟万飞逗着玩的,你快给老子删了。"边南说。

"嗯。"邱奕应了一声,"我还想留着当把柄呢。"

"当个屁的把柄,这上头又没我的脸,谁知道这谁啊。"边南喷了一声。

"膝盖上的疤挺明显的,还是十字的。"邱奕说,"上帝保佑。"

边南让他说乐了:"能看到疤啊?那是我小时候摔的,特别巧就摔在十字钢上了。"

"摔了个叉,以后有机会再摔个对勾吧。"邱奕笑了半天。

"对了,你周一过来拿充电器吧。"边南看到扔在桌上的充电器说了一句。

"不着急,我用万能充也能充上了。"邱奕声音挺低,估计怕吵到邱彦睡觉。

边南一听这话就乐出声了:"别啊,来拿啊!你是不是不敢上我们这边儿来啊?"

"又不是没去过。"邱奕笑了笑,"我有空过去,记着这可是你叫我去的,别后悔啊。"

"我怕你吗邱大宝？"边南嘿嘿乐了两声，"你别让潘毅峰给截了就行，那我还真不知道要不要出手救你。"

边南折腾新手机折腾了一个多小时，总算是把自己的瞌睡给折腾出来了，他塞上耳机，定了个半小时后自动关机，然后闭上了眼睛。

一夜连梦都没做，第二天早上他醒的时候还是入睡前的姿势，都没动过。

周日下午开始陆续有人回了宿舍，万飞回来的时候照例带了一堆他妈做的吃的。

"朱斌同学！把你那酱菜衣服洗了，昨天给我熏出一里地去差点儿回不来！"边南坐在床上喊了一声。

"要不留着也成，"孙一凡啃着牛肉干，"等王波打牌输了再赖账不去买宵夜，就把他跟这衣服一块儿锁柜子里。"

"哎我洗洗洗洗洗……"朱斌拎着桶跑出了宿舍。

日子还跟以前一样，没什么变化，周末大家回来以后就凑一块儿瞎聊，晚上继续翻墙出去到网吧通宵。

接着就又是一周的上课和训练，暑假的时候有比赛，没多长时间了，周一老蒋就表示训练得加量。

边南却觉得这种跟以前没什么不同的生活有了点儿变化。

更无聊了。

他有点儿羡慕万飞，起码万飞现在每天都乐呵呵的，全身散发着"我要谈恋爱"的荷尔蒙气息。

一想到自己不用再每天上邱奕家报到了，边南突然觉得有点儿失落，就好像空出一块时间不知道该怎么用掉了，以前也没觉得这块儿时间是多出来的啊！

邱奕回校两天了，两个学校都还没什么动静，不过气氛明显有些紧张，两边的学生偶尔碰上了都剑拔弩张的。

"你说邱奕在想什么呢？"万飞坐在边南对面，一边啃着鸡腿一边思索着，"要是别人被堵了也就算了，申涛跟邱奕的关系那么铁……就好像要我被堵了，你怎么着也不能这么平静地待着吧。"

"要不你出去让人堵一回试试。"边南趴在桌上，面前的菜都没怎么动筷子。

他俩很久没有下午在学校食堂吃饭了,今天边南被老蒋折腾了一下午,出体育馆的时候腿都是软的,失去了翻墙出去找食的兴致。

"不会是怕了吧?知道潘毅峰找了外面的人,不敢惹了?"万飞吃得倒是很愉快。

"你俩现在不是挺熟的吗?打个电话给他问问呗。"

"你还真不嫌事儿多。"边南伸手往万飞脑袋上拍了一巴掌,"他俩要再打起来,我夹中间不难受吗?傻子。"

"那你站邱奕那边儿呗,反正潘毅峰马上就走人了,也不用给他面子。"万飞满不在乎地说。

"放屁,体校就潘毅峰一个人啊,他毕业了别人都一块儿瞎了吗?"边南扒拉了两口饭,"你那点智商别都用在许蕊身上,好歹匀点儿出来留着以备不时之需。"

一星期还没过完,体校和航运之间诡异紧张的气氛就被打破了。

星期四早上,边南还没起床呢,孙一凡上厕所一脑袋磕门上,把他吵醒了。

"靠,你这是想不开了吗?"边南迷迷糊糊地说了一句。

"啊……"万飞在床上哼了一声。

孙一凡出去没两分钟,一推门冲进了宿舍:"起来!别睡了,去门口看热闹。"

"什么热闹?"万飞顿时清醒了。

"潘毅峰被人锁大门上了!"孙一凡压着声音说了一句,转身又跑出去了。

"我靠!"边南愣了愣,跳下床瞪着万飞,"他说什么?"

"潘大脸被人锁在大门上了?"万飞也跳下了床,"走走走,看看去。"

"怎么锁的?这什么时候锁的啊?"边南很吃惊,边穿衣服边拿起手机看了看时间,刚过五点,离训练时间都还差一个小时,这大清早的。

他俩跑出宿舍楼的时候,边南停下了,拿过舍管放在门边的一个竹扫帚。

"干吗呢你？"万飞看着他，"这会儿不会有人动手吧。"

边南没出声，把扫帚上面用来固定的一根细铁丝拧了下来，然后跟万飞一块儿跑到了学校门口。

校门那儿已经站了二三十个人，不少是刚从网吧出来准备回宿舍的，边南听到了潘毅峰骂骂咧咧的吼声。

靠近看清是怎么回事之后，边南差点儿没笑出声来。

潘毅峰穿着条内裤，右手被一条铁链锁在了大门上，手腕磨得通红，有些地方已经破皮儿了。

这会儿他正愤怒地边骂边甩着链条，旁边有人拿着根铁棍想把锁撬开，折腾了半天都没成功。

潘毅峰骂了一半抬头看到了边南，瞪了他一眼："看什么看！"

边南没说话，把从扫帚上拧下来的铁丝递给了万飞。

这是万飞的隐藏技能，开锁小能手。

万飞明白了他的意思，拿着铁丝走了过去，看了看锁，把铁丝捅到了锁眼儿里，低头来回弄了几下，锁卡嚓一声弹开了。

潘毅峰抽出手，狠狠地把铁链砸在地上，推开身边的人往宿舍那边走了。

"干吗帮他开锁，锁到天亮所有人都看到了才精彩。"万飞看着潘毅峰的背影，"他又不会领咱的情。"

"他太记仇。"边南踢踢地上的铁链，"这种人……"

"我靠这招太绝了。"万飞想想又笑得停不下来，"潘大脸那么好面子的人这下栽爽了！"

边南一直以为邱奕会跟潘毅峰硬碰硬来场恶斗，没想到会以这样的场面结束。

而且他刚才看了看潘毅峰身上，没有伤，连擦伤和淤青都没有。

潘毅峰好斗，在体校这几年大大小小的架回回都有他，也怕死，出门必须成群结队就怕落单了让人揍……但真揍到他头上，还真不会让他伤了元气，没准儿还会被他吹成一次风光的经历。

邱奕对潘毅峰的尿性还挺了解，没揍他，而是准确地一击打在了潘毅峰真正的要害上。

回了宿舍之后,几个人还在热烈讨论,潘毅峰这个伪老大挺失败,丢了这么大脸之后,大家居然暂时没想起来这是航运老大对体校的挑衅。

边南拿了手机出了宿舍,走到走廊的窗户边拨通了邱奕的号码。

"早。"那边邱奕接电话挺快。

"……早。"边南探出头往楼上看了看,潘毅峰宿舍在他们楼上,不过上面挺安静,没有听到潘毅峰愤怒的咒骂声,他撑着窗台,"你在哪儿?"

"学校。"邱奕回答。

"潘毅峰那事儿你干的吧?"边南问。

"你猜。"邱奕的声音很平静,让人听不出什么情绪来。

"除了你没别人了。"边南压低声音,"你这招挺狠。"

"申涛肋骨断了两根。"邱奕说得很平静,但听得出提到这事时很不爽,"我没把他全扒光算是给他留面子了。"

"肋骨断了?"边南愣了愣,他一直没太关注这事儿,就知道申涛被堵了,后续他也没再打听。

"嗯,谁帮他开的锁?"邱奕问了一句。

"我让万飞开的,他溜门破锁是一把好手。"边南抓了抓头发,"你什么时候把他锁上去的啊?"

"四点。"邱奕说。

时间也挑得不错,四点没人会出校门了,网吧通宵的那会儿也不会回来,潘毅峰被锁那儿连个报信儿求救的人都找不着……

边南正想多问两句,突然听到楼上一阵乱,砸凳子的声音和玻璃破碎的声音同时传来,还带着潘毅峰的吼声。

"我靠有动静了。"边南说,"我先去看看。"

潘毅峰在楼上动了手,被他追着拿椅子抡的是头天晚上跟他一块儿吃宵夜的跟班。

"老子上个厕所人不见了你们居然去上网!"潘毅峰手里的椅子已经被抡散架了,只剩了一条腿儿。

被抡的那俩也豁出去了，跟潘毅峰扭成一团。

周围有不少人围观，但低年级的不敢上去拦，高年级的对潘毅峰那伙人也都看不上，平时没人敢惹他们，现在也没人去拉。

一直到几个人身上都见了血，周围的人才上去把他们给拉开了。

被架开的时候潘毅峰正在兴头上，脚还狠狠蹬着。

边南站得有点儿近，被他在腿上蹬了一下。

"哎我靠！"边南拍了拍裤子，拉了拉旁边的万飞，"走走走。"

体校老大潘毅峰被航运老大寻仇，半夜吃宵夜上厕所落单时被劫持，先是锁在旁边工地上，然后又被锁在了体校大门上……

这事儿还没到中午就已经传遍了几个学校。

潘毅峰本想在毕业前轰轰烈烈一把，没承想被邱奕这么整了一回，一整天脸色都很难看，基本上处于谁看他一眼他就要动手的状态。

中午他就被拎到办公室里谈话去了，再出来的时候有点儿发蔫。

"他还想进俱乐部打球的。"训练时万飞跟边南跑在五公里队伍的最后面，分析着潘毅峰蔫了的原因，"这事儿要闹大了，他就不一定能进去了，估计被教练警告了。"

"他进打架俱乐部合适。"边南笑了笑。

"你想过没？"万飞跑了一段之后看着他。

"想什么？"边南问。

"咱还一年毕业了，你想过毕业以后干吗没？"万飞抹了抹汗，"我妈想让我考体院。"

边南沉默了。

是啊，还有一年就毕业了，真快。

但他从来没想过毕业之后的事，居然从来没想过。

训练结束之后，边南洗澡洗了很长时间，一直在琢磨这个问题。

他突然觉得很迷茫，也很害怕。

洗完澡之后万飞要去网吧，边南躺在床上没动："我不去了，我躺会儿。"

"你没事儿吧,一直没精打采的,是不是哪儿不舒服?"万飞摸了摸他脑门儿。

"真没事儿,我反省一下我的人生。"边南瞪着上铺的床板。

"……靠。"万飞弯腰盯着他看了一会儿,转身出门了。

在床上躺着反省了半小时也没反省出个所以然来,边南叹了口气。

手机响了,新手机铃声跟之前的不同,响了好几声他才反应过来,拿过手机接了电话。

"有空吗?"邱奕的声音传了过来,"把充电器拿给我吧。"

"行,你在哪儿呢?"边南坐了起来。

"在上回碰到你的那个围墙外边儿。"邱奕说,"你都从那儿出来的吧?"

"嗯。"边南拿上充电器出了宿舍,"你很嚣张啊,一个人跑这儿来。"

"那你快通知潘毅峰我在这儿呢。"邱奕笑了笑。

从围墙跳出去的时候,边南想起了被邱奕一膀子掀回墙里摔地上的事,有点儿感慨,这才没几个月,俩人的关系居然已经变成这样了。

从围墙跳到地上之后,边南没看到路边有人,只对街有几个体校的刚从超市出来。

边南拿出手机正想给邱奕打个电话,身后传来了邱奕的声音:"我要现在给你一棒子你声儿都出不了就得倒地。"

"靠!"边南回过头,看到了靠在墙边树影里的邱奕,他一身黑色休闲裤和黑色的T恤跟阴影完美地融为一体,"你来拿个充电器还穿个夜行衣。"

"吃饭了没?"邱奕转身沿着路往车站那边走,"那边开了个手把肉,请你吃饭。"

"大热天儿的吃什么手把肉啊……"边南又往对街看了看,他不想让体校的人看到邱奕,虽说潘毅峰栽了不少人心里是挺痛快的,但让潘毅峰栽的人是航运的老大,这点上体校肯定会一致对外,"干吗要请我吃饭?"

"谢谢你这段时间出钱出力,帮了我不少忙。"邱奕转头冲他笑笑。

边南正想说不用谢这是我应该做的请叫我红领巾,还没开口,邱奕又接了一句:"虽然这都是你自找的。"

"……我请你,这么记仇。"边南喷了一声,犹豫了一下又说,"你请我吃饭的话,请蛋炒饭吧,上回在你家吃的那种。"

邱奕看着他笑了笑:"好吧。"

边南虽然已经在食堂吃了,但只是随便扒拉了两口,现在都感觉不到肚子里有食物存在,所以他打算跟邱奕一块儿再吃点儿,不过得去远点儿的地方,比如车站再过去一些的那条小街,那里两个学校的人都少。

"对了,"邱奕走了几步停下了,在裤兜里掏出个东西递给了他,"二宝让我带给你的。"

"什么东西?"边南接过来借着路灯的光看了看,半天也没看明白这个用一根铁丝穿着三个棕色小泥球的东西是什么。

"他说这是肉串儿,他用陶土做的。"邱奕说。

边南看着手里这个只有一个手指长短的微缩肉串儿乐了:"他怎么想的啊做这么个玩意儿送我,替我谢谢他,告诉他我特别喜欢。"

两人正说着话,后面传来了说笑的声音,边南一扭头就看到了从超市出来的那个体校的往他们这边走了过来。

"我靠!"边南赶紧一把把邱奕推进了树影里,然后拽着他飞快地往前走,"快走走走走……"

"你……"邱奕被他拽得只能跟着,半走半跑的,他有些无奈,"非搞得跟偷情一样干吗?"

"放屁,偷情没这样的,私奔才这样。"边南一直把他拉进了拐角工地旁边的小胡同里才停下,"老子不是怕你挨揍吗?风口浪尖的,让人看到了咱俩都麻烦。"

俩人在胡同里站了一会儿,也没说话,边南感觉这气氛再站几分钟真快成偷情的了。

"应该过去了吧?"他问邱奕。

"不知道,我就知道我挺饿的了。"邱奕叹了口气。

"这么晚还没吃？你们不经常去卫校食堂吃饭顺便看美女吗？"边南摸了摸身上，摸到一片口香糖，递给了邱奕，"饿了先拿这个顶顶吧。"

"嗯，没错。"邱奕笑了笑，接过口香糖，"羡慕？"

卫校食堂伙食好大家都知道，但卫校离航运近，体校的学生要过去肯定得跟航运发生遭遇战，所以他们基本不去。

边南龇了龇牙："我羡慕个屁，小爷跟这儿混了六年了，卫校小姑娘见多了。"

"我看也是。"邱奕点点头，拿出手机，"看看这电话本里的姑娘，我数了一下能有二三十个……还有几个没名字就只有个代号的是什么？什么恨天高大红嘴小眼睛的……"

"你没完了是吧！"边南啧了一声，只有代号的是人姑娘把号码给他之后扭头他就把人名字给忘了的，"早知道就该刷了机再给你。"

"走吧，吃饭。"邱奕笑笑。

边南带着邱奕去了小街，找了个有空调的小饭店。

已经过了饭点儿，店里只有两桌小情侣在吃饭，他俩进去的时候，几个人抬头看了一眼，虽然很快就转开了头，但边南还是看到了他们眼里的吃惊。

"你们学校的？"他找了张靠里的桌子坐下了。

"嗯。"邱奕往那边看了一眼也坐下了，"没事儿，都不是惹事儿的人。"

"其实吧，"边南拿着菜单翻着，"我以为今天你是趁热来收拾我的。"

"本来就是这么想的。"邱奕往杯子里倒上茶，"不过我晚上要上班，吃了东西就得赶紧过去了，改天吧。"

"这话说的，跟我求着你收拾我似的。"边南叫了服务员过来，点了几个做得快的菜。

"放心吧，不求我我也会收拾你的，早晚的事。"邱奕掏出烟点了一根叼着，"我这人记仇。"

菜很快上来了，小店里的菜没什么卖相，不过味道还成，就是味精比学校食堂还舍得搁，拿上来的时候边南看到菜叶上还有味精粒儿。

"你不回家，二宝自己做饭吗？"边南舀了碗汤，把菜夹到汤里涮了涮。

"早上就准备好了，都是蒸一下就能吃的。"邱奕低头吃饭，"昨天给他炸了鱼柳，估计今儿晚上就能吃光了。"

想到鱼柳，边南咽了咽口水，夹了块肉也在碗里涮了涮才放到嘴里："你还回原来那个饭店打工吗？"

"嗯，老板让回去就回去了，省得花时间找地儿。"邱奕点点头。

"真够拼的。"边南有点儿感慨，邱奕的腿拆石膏也就一个星期不到，就又开始这么连轴转了，"你这样还有休息时间吗？"

"还成。"邱奕笑笑。

"你要毕业了也这样吗？"边南想了想，"白天上班晚上还打工？"

"不一定。"邱奕喝了口汤，"毕业如果上船了就打不了工了。"

"上船？你学的什么专业啊？"边南有点好奇，虽然旁边就是航运中专，但他对这些完全不了解。

"航海技术。"邱奕回答，看边南还是一脸茫然，又补了一句，"有些学校叫船舶驾驶。"

"我靠，开船啊？"边南啧啧了两声。

"想得美。"邱奕笑笑，"你呢？"

边南没出声，他本来就在迷茫自己以后该干吗，还没迷茫完呢，邱奕这一问，他更迷茫了，沉默了半天才叹了口气："不知道，要不考体院，要不就找个俱乐部，或者去哪儿当教练……"

哪样他都没兴趣，他根本不知道自己想干什么。

"还有一年呢，慢慢想吧，你爸没给你安排一下吗？"邱奕把碗里的饭吃完了，放下了筷子。

"他能怎么安排，估计就让我跟着他，要么就给个店吧。"边南也放下了筷子，想到这些他就没什么心情吃了，"怎么安排都会让阿姨和边皓不舒服，所以我从来都不想这些。"

"这些事不想又不会没了，总得面对，早想早解决不好吗？"邱奕笑笑，拿出手机看了看时间，"我得走了。"

"说话跟个小老头儿似的干吗呢？"边南招手叫来服务员结了账，拿出充电器放到邱奕面前,"接口那儿让我踩了几脚,充电的时候有点接触不良,得压着点儿。"

"嗯。"邱奕把手机和充电器放进了包里,站了起来,"有空给二宝打个电话吧,他这几天总念叨你。"

"我暑假教他打网球。"边南也站起来,"你不反对吧?"

"不反对,省得我担心他到处跑了。"邱奕往饭店门口走了过去。

邱奕今天没骑自行车,要去公车站坐车,边南本来可以直接回宿舍,但想到万一邱奕一个人等车的时候被人蹲了,那他实在有点儿不够意思。

于是他陪着邱奕一块儿站在了站牌下,时不时往四周看一圈,跟地下党等着接头似的,好在没站几分钟车就来了。

"走了,谢谢。"邱奕拍拍他肩膀。

"请叫我红领巾。"边南还是找着机会把这话给说了出来。

"我没有问你的名字。"邱奕笑着上了车。

车开走之后边南还在站台上待着,他突然不知道是该回宿舍发呆还是去网吧找万飞发呆,这阵子时不时冒出来的这种空落落的感觉实在让人受不了。

特别是在和邱奕讨论完"以后"之后,虽然只是简单的几句,却还是让他对自己的"以后"有了些没着没落的担心。

他沉思了半天,决定去网吧。

万飞正在网吧里酣战,边南站在他身后,把他兜里的手机和钱包都拿出来了他都没感觉到。

最后边南把一瓶饮料放到他面前,他这才抬头看到了边南:"哎,南哥?你不是思考人生吗……"

"思考完了。"边南把他的手机钱包都扔到他身上,打开了他旁边的机器,"你说你出来通个宵带着这些干吗?捏张身份证不就得了。"

"靠,你现在隔空取物突飞猛进啊!"万飞拿过饮料飞快地拧开盖子喝了一口,眼睛盯着屏幕问,"思出什么来没?"

"没,两眼儿一抹黑。"边南靠着椅子,盯着桌面,也不知道该玩什么。

"你等会儿。"万飞看了他一眼,"我兜完了陪你斗地主。"

"我陪你兜吧,今天不想斗地主了。"边南说。

"还是我南哥体贴！"万飞很愉快地在他腿上拍了两下。

边南挺久没通宵了，陪万飞兜了没多久就开始犯困，过了十二点眼皮都哆嗦上了，眼泪哗哗的跟碰上什么冤情似的。

他实在扛不住，也不管万飞抗议，扔了鼠标把腿往旁边椅子上一搁就闭上了眼睛。

"你神经病啊跑网吧来睡觉！"万飞叹了口气。

"就睡了怎么着吧。"边南说，"我都快困哭了。"

"行了你睡吧，走的时候我叫你。"万飞啧了一声。

这一夜在网吧睡得很痛苦，半夜还有人玩兴奋了喊得停不下来，边南拿烟缸往桌面上砸了一下，才算是安静下来。

不过他自己的瞌睡也被砸没了，看看时间，坐起来斗了几圈地主，窗外开始蒙蒙亮，他拉着万飞出了网吧。

"哎！"万飞伸了个懒腰，"你明天回家吗？"

"回吧。"边南想了想，"你周末约许蕊了吧？"

"就周末这点儿时间能约约了。"万飞蹦了蹦，"不过你要去我家的话我就不约她。"

"我回家，你快使点劲儿把她搞定吧，成天魂不守舍我都替你着急。"边南在路边的早点摊上停下了，跟万飞一人买了杯豆浆。

"你别说我，南哥，"万飞胳膊往他肩上一揽，嘿嘿笑了几声，"我怎么觉得你最近也有状况呢，魂不守舍得算上你一个。"

"我那是闲的。"边南喝了口豆浆。

要说闲，周末才是真的闲得没着没落。

为了成全万飞追姑娘的大业，边南周末回了家，让他稍感愉快的是边皓不在家，边馨语也没在家，据说是去她好朋友家陪着补课了。

好朋友？

边南突然想起邱奕提过给边馨语闺蜜补课的事。

这缘分还真是深深浅浅不可捉摸啊……

没有边皓兄弟俩在家,边南出出进进的自在不少,去后院被边馨语的狗舔来舔去的也没那么烦躁了。

转了几圈之后他跑到老爸书房里,看着柜子里放着的一堆茶叶。

"爸,这些茶叶你都喝吗?"他拿了一罐看着,也看不出个好坏来。

"哪喝得了这么多。"老爸在一边洗茶,"怎么,你要?"

"我有个朋友挺爱喝茶的,我想拿一罐给他。"边南说。

"哪有拿一罐的,拿两罐,好事成双。"老爸站起来走到柜子旁边,"你这朋友爱喝什么茶?"

"……我不知道。"边南抓抓头。

"关系很好的朋友吗?"老爸拿了两罐出来。

"关系……算……"边南还真不知道他跟邱奕这个关系该怎么算,他俩一边一块儿吃饭聊天出去玩得挺愉快,可一边吧还有账没清,"算挺好的。"

"拿这两罐吧,给朋友得拿好点儿的。"老爸把茶叶递给他。

晚饭的时候边馨语没回来吃,一直到快十点了才到家。

边南正躺床上玩手机,听到边馨语跑上楼的声音,他伸手把屋里的灯关掉了。

边馨语在他房间门口站了一会儿,进了自己屋,过了几分钟又出来了,轻轻敲了敲他的门:"边南,你睡了吗?"

边南没出声,他知道边馨语会找他。

边馨语摆明是了是喜欢邱奕,虽然边南说过他跟邱奕不熟,但那天铁人三项的风采搁谁估计都不相信他俩不熟,边南就知道边馨语肯定得找他打听邱奕的事。

他不想在这里头掺和,边馨语喜欢谁要追谁追得着追不着都跟他没关系。

边馨语在走廊里来回走了能有十几分钟,脚步在边南门口有些犹豫着停下,接着又走开,过一会儿又停下。

边南突然有些感慨,现在也不是春天,怎么身边的人一个个都这样……

边馨语长得漂亮,学习也很好,从小到大追她的人都快把妹控边皓逼出毛病了,边南还是第一次看到她为了一个人这样。

是爱情吗?

边馨语对邱奕是吗？万飞对许蕊是吗？

爱情会就这么突然就出现了？

会不会突然又那么没了？

不过一直到第二天下午边南收拾东西准备回学校了，边馨语也没有再找他，只是看着他时有些欲言又止。

边南都替她觉得费劲了，比万飞还费劲。

回到学校之后他给邱彦打了个电话，小家伙兴奋得不行，叽叽呱呱说得停不下来，好几分钟之后才因为喘不上气儿停下来了。

"二宝你肺活量真好。"边南趴床上一直乐，感觉自己好些天来那种莫名其妙的低落情绪被一扫而空。

打完电话他才想起忘了告诉邱彦他下周要过去，拿茶叶给邱奕。

想想他又觉得直接过去给邱彦个惊喜也行。

不过这周老蒋继续发威，就像是为了配合考试，以防他们还有力气去网吧厮混似的，每天下午不把人给折腾残了不算完。

边南今天被老蒋继续盯着练反手，训练结束的时候累得饭都不想吃了，灌了一肚子水往床上一瘫直接愣到了快八点。

"哎，南哥，"万飞进门的时候就近趴在了孙一凡床上到现在也没力气挪窝，"还有吃的吗？"

"昨天就吃光了。"边南坐了起来。

"万大哥你回你床上去行吗我求你了。"孙一凡被万飞挤在床里头侧着身，"还有没有点儿人性了啊。"

"饿成这样还能有什么人性！"万飞往孙一凡肚子上拍了一巴掌，"只有对食物深深的渴望！"

"想吃什么？"边南下了床，穿上了衣服，"我去买。"

热狗、汉堡、酸辣粉、炒饼……边南翻出围墙的时候还一直在想着万飞开的食物清单，这人饿急了估计能把这条街大小饭店的菜单都背出来。

边南没打算把这些都买全了，他精简出了跟自己想吃的重合的那几样，先去成都小吃买酸辣粉。

酸辣粉离得不远,就在工地对面,过了上回他跟邱奕躲人的那个胡同就是了。

快走到胡同口的时候,他听到身后传来了有些杂乱的脚步声。

他很快地回过头扫了一眼,看到身后这几个人穿的不是体校的运动裤时,他马上明白了是怎么回事,想也没想拔腿就跑。

还没跑两步,背上被什么东西砸了一下,不疼,但吓了他一跳,就在一分神的瞬间,有人冲了上来,接着边南只觉得眼前一黑,紧跟着闻到了一股饲料味儿。

"我靠!"他喊了一声,"邱奕你大爷!"

王八蛋!居然往人脑袋上套饲料袋子!

边南从小到大在电视电影里看过无数次,主角配角路人炮灰什么的被人套个麻袋拖小胡同里,装后备厢里,扔河里……

但怎么也没想到自己有一天会碰上同样的事,不就出来买点儿吃的吗?

就被套了袋子!

还是饲料袋!

带着一股子酸臭味儿!

边南挣扎着想要把饲料袋从脑袋上拿下来,这个味儿他实在受不了。

但他胳膊刚抬起来,就被人抓着往后一勒,接着手腕上一凉,一根链条锁绕在了他手上,咔嚓一声锁上了。

紧跟着就有人把袋口狠狠往下一拉,袋子把他胳膊也一块儿套了进去。

靠!

边南觉得这事儿也太够劲了,他简直百分百确定这是邱奕干的,这事儿只有他那种在水里整人都带花样儿的人才干得出来!

"你挺会玩啊!"边南的胳膊被身后的人死死地扣着动不了,骂完这句之后他不再吭声,袋子太合身,一张嘴说话都贴嘴上了。

偷袭的人有三四个,边南从脚步声里差不多能判断出来,但始终没有一个人说话。

他估摸着右前方有人,准备抬腿蹬过去的时候,肚子上被人砸了一下。

"靠……"他身体猛地往前弓了弓,这一下不轻不重,砸得他有点儿反胃,话都说不出来了。

没等他缓过来,两个人架着他胳膊把他连拖带拽地弄进了旁边的小胡同里,跌跌撞撞地被人推到了墙边。

边南什么也看不到,功夫不到家又没法准确听音辨位,只能是先靠着墙静观……不,静听其变。

不过接下去的动静让边南有点儿措手不及。

有人靠近了他,先是扳着他的肩,一抬膝盖撞在了他肚子上,依然是不轻不重正好让他吃痛弯下腰的力度。

接着他就感觉到自己肩上、背上、胳膊上、腿上被连续地拳打脚踢。

边南手被锁在身后,除了弓着背挨着,连躲都不知道该往哪躲。

这人拿他当沙袋似的一通打,每一下都避开了要害,但同时也保证了每一下都很疼,打了能有两三分钟还没停手。

"邱奕你是不是有病!"他喊了一声。

对方没有出声,一脚踢在了他屁股上,又一掌劈在了他肩上。

边南晃了晃,靠着墙,肩上的酸疼简直扛不住,他咬着牙:"行吧随便打……别打脸。"

这话一说出来,对方突然停下了,手隔着饲料袋摸到了他脑袋上,又摸到了他脸上,然后往他脸上一边拍了一下。

"……邱奕你大爷!"边南简直无语了,全身被打得又酸又痛的又来这么一下。

"是我。"终于有人开口说了一句话,"我就是来教训你一下。"

这的确不是邱奕的声音,边南听出来了,这是申涛那小子。

他靠着墙在袋子里啐了两下,嘴里不知道是不是进了饲料渣子:"你肋条刚断了没两天就能揍人了?你超人啊!邱奕呢?说话!"

"邱奕没来。"申涛说。

"放屁,你别蒙我,就是邱奕,踢我一直用的左腿,右腿还不敢随便用劲呢吧!"边南说,又转身晃了晃被锁在身后的手,"这跟锁潘毅峰那条是不是同款啊?"

申涛没有说话。

"打完了没啊?"边南喊,"松开!老子腿疼要揉揉。"

有人走了过来扳着他的肩把他转回身还是靠着墙,隔着饲料袋边南看不见这是谁,但莫名其妙就能感觉出来这是邱奕。

"有句话带给你。"这人一开口,果然是邱奕。

"就知道是你。"边南啧了一声,"帮谁带话啊?说。"

邱奕清了清嗓子:"邱奕让我给你带个话……"

"什么?"边南愣了愣,这什么乱七八糟?

"邱奕明天请你吃蛋炒饭,问你去不去。"邱奕说。

"啊?"边南半天才反应过来邱奕在说什么,"我靠你大爷你都这样了还装呢?"

"你去不去啊?"邱奕隔着袋子拍了拍他的脸。

"哎别拍全都饲料渣!"边南赶紧往后躲了躲,"去去去去!老子去告诉二宝他哥打我!"

"那我就告诉二宝,他哥的腿是被大虎子打断的。"邱奕说。

"……你狠。"边南往前撞了一下邱奕的肩,"开锁!"

邱奕似乎是在身上翻着,过了一会儿大概是问了申涛一句:"钥匙呢?"

"你不是吧!"边南忍不住喊了一声,靠墙上往下蹭了蹭,想把袋子蹭上去但没成功,"袋子先拿掉!"

没人理他,听声音申涛也在自己身上翻了半天才说:"在我这儿呢。"

"开开。"邱奕说。

申涛走到了边南身边,在打开他手上的锁的同时,边南听到了有脚步声音往胡同口那边快步走了过去。

手一松开他就狠狠地把脑袋上的袋子一扯,看到一个人影在胡同口一晃,拐出去了。

210

他回头看了看站在自己身边的人,申涛和另一个他不知道叫什么的,他俩总跟邱奕在一块儿。

"邱奕呢?"边南看着申涛。

申涛摊了摊手:"说了他没来。"

"我靠航运是不是开了个神经病表演专业!"边南骂了一句,也没跟申涛多说,扭头往胡同口追了出去。

邱奕跑得还挺快,看来腿虽然还不敢踢人,但跑步没什么问题了,就这一会儿已经跑没影了。

边南站在街边也不知道该往哪边追,愣了几秒,他掏出手机。

正要拨邱奕的号码时,一辆自行车从路那边冲了过来,从边南跟前儿经过时,路灯下的荧光绿依然那么鲜艳夺目。

"你……"边南指着他都不知道该骂还是该冲过去了。

邱奕没停,车向前飞快地窜了出去,他回过头看着边南,勾了勾嘴角,转回头蹬了两下车,消失在路那头。

边南拎着几袋子吃的回到宿舍的时候,万飞正准备换衣服。

看到他回来,万飞把衣服扔到床上跑过来:"我靠,怎么这么久,我以为你被抓了正打算去……你身上什么味儿?"

"拿着。"边南瞅了他一眼,把袋子都挂到了他手指头上,打开柜门拿了衣服,"我去洗个澡。"

"不是,怎么回事儿啊?"万飞拽住了他,凑到他身边吸了吸鼻子,"哎是不是……"

"闭嘴啊!"边南瞪着他,"留神我抽你!"

边南在澡房里闻了闻自己的衣服,也不知道是鸡饲料还是猪饲料的味儿。

他把衣服扔到一边,打开了喷头哗哗地兜头冲着水,身上被揍过的地方让凉水一激,都像是刚回过神来似的,开始隐隐作痛,没到打架被揍的份儿上,但也跟从楼梯上滚下去差不多了。

"靠。"边南小声骂了一句,摸了摸屁股上被踹了一脚的位置,估计这块儿得青了。

骂完了他又觉得有点儿想笑，撑着墙乐了半天。

其实他知道邱奕会来找他麻烦，邱奕这人，记不记仇不说，如果不打算找他麻烦就不会说出来，说了肯定就会做。

边南喷了一声，只是打从第一次他跟邱奕说了"想找回来吗？我等你"那句话开始，他就设想过邱奕找他麻烦的各种场面和应对方式。

虽然套个麻袋也是边南自己说过的，但万万没想到，邱奕会真来这一招。

"幼稚！"边南挤了一大坨沐浴液到身上，狠狠一通搓。

也不知道申涛对于他们老大用这种逗你玩的方式来报复体校的仇家作何感想。

边南裹着一身泡沫站在喷头下冲着，明天去吃蛋炒饭？

揍人一顿末了来句请你吃蛋炒饭……

这事也就邱奕干得出来了！

洗完澡光着膀子回到宿舍的时候，万飞已经吃完了，把他那份酸辣粉放到了饭盒里。

"闻闻还有味儿吗？"边南把胳膊伸到他鼻子跟前儿。

"好香。"万飞嘿嘿笑了两声，"香喷喷的。"

"你没事儿吧？"孙一凡趴在床上问他，"背上怎么青了？"

"摔的。"边南抓过件背心穿上了。

"摔了？"万飞一听就站了起来绕到了他身后，"你这是让人过肩摔了吧！你到底碰上谁了？"

"谁有本事过肩摔我？"边南把胳膊往万飞肩上一搭，"来，你过一个试试。"

"我摔不了你不表示别人也摔不了你。"万飞叹了口气，"不说拉倒，我能猜到。"

边南没理他，坐下拿了叉子开始吃酸辣粉，吃完了拿着饭盒去洗的时候，万飞跟了出来。

"你干吗？"边南回头看了他一眼。

"是邱奕吧？"万飞问。

边南没说话,拧开水把饭盒放在池子里冲着。

"我就知道是他。"万飞靠在水池边,"航运敢这么堵你的只有邱奕了。"

"我又不是潘毅峰,有什么不敢堵的。"边南拿着叉子在饭盒里转着。

"潘大脸那是野狗,不扎堆儿不敢出门,你是独狼,惹急眼了能拼命。"万飞嘿嘿笑了两声,"不过邱奕好像揍得不太认真,是为上回那事吗?"

"有没有常识了,狼也是群体行动的。"边南摸了摸饭盒,还是一层油,于是继续冲。

"我问你话呢,还是不是哥们儿了啊!"万飞推了他一把。

"嗯,是他。"边南点点头。

"这算是找回来吗?"万飞啧啧了几声,"这回两清了?"

"嗯。"边南拿起饭盒看了看,凑合了,转身往宿舍走。

"哎……"万飞拉长声音伸了个懒腰,"又少了一个对头,没劲啊。"

"有病打120。"边南说。

被邱奕揍过的地方没有伤筋动骨,但第二天边南起床的时候还是感觉跟一个月没训练冷不丁跑了个十公里似的……

对着镜子看了看,背上屁股上都有青紫,他叹了口气,比起邱奕那条腿来说,这点儿伤就这么着了吧。

没伤在脸上他就忍了。

下午训练完了他把从家里拿的两罐茶叶塞进包里,翻墙出了学校,头天挨顿揍,第二天背着两罐上好的茶叶上人家家里去吃饭。

这种事儿简直好几言都难尽。

他本来想给邱奕打个电话问问他在哪儿,但他们训练完这个时间,航运那边早就下课了,邱奕估计已经回家了。

他打了个车直接去了邱奕家,刚进胡同口,就听到了邱彦的喊声。

"大虎子——"邱彦从他家院子门口一边喊一边冲着跑了过来。

"哎!"边南赶紧扎了个马步张开胳膊等着。

邱彦跟颗小炮弹似的撞进了他怀里,要不是边南已经有准备,肯定得让他撞个屁墩儿。

"撞得疼不疼啊？你还真是……"边南抱起他，在他脑袋上用力揉了揉。

"不疼！"邱彦很响亮地回答，搂着他脖子不撒手了。

"想我了没？"边南抱着他往里走。

"想！"邱彦晃晃腿，"可想啦！"

"我也想死你了！"边南在他脸上亲了一口。

邱彦笑得脆响。

进了邱奕家院子，边南把邱彦放到地上。

厨房里开着灯，不过没见邱奕人。

"哥哥！"邱彦站在院子里喊，"大虎子来啦！"

"屋里呢！"邱奕的声音从房里传出来。

边南进了屋，邱奕拿着杯子正要进邱爸爸屋，看到他笑了笑："来了？"

"嗯。"边南也笑了笑，到邱爸爸房间门口打了个招呼："叔，我又来蹭饭了。"

"欢迎多多来蹭。"邱爸爸靠在床上笑着说，"我就不招呼你了，今天有点儿累。"

"您歇着，我哪还用招呼。"边南笑笑。

邱奕让邱爸爸吃完药之后回到客厅，边南正从包里把茶叶拿出来放在了桌上。

"呃。"边南看到了邱奕有些诧异的眼神，抓抓头，指着茶叶，"你不是爱喝茶吗？"

"从家拿的？"邱奕拿起茶叶罐子看了看。

"嗯，问我爸要的，他喝不完。"边南说。

"……谢谢。"邱奕压低声音，"不过这也太贵了。"

"贵吗？"边南也放低声音，"又不是买的，我爸让拿这个我就拿了，你别说你不要啊！"

"谢谢。"邱奕笑了笑，"要不是知道你家情况，这架势还以为你来提亲呢。"

"滚。"边南乐了，"提谁啊，二宝吗？不过二宝要是个小姑娘我没准儿真等他十年。"

邱彦给边南倒了杯水，然后就跟在边南身边不走了，絮絮叨叨说个没完：测验得了满分，毛笔字得了一朵小红花，放学的时候摔了一跤，体育课学了打拳，哥哥昨天去跳舞了……

"什么？"边南正想去厨房看看，听到这句的时候停下了脚步，"你说什么？你哥去跳舞？"

"嗯。"邱彦拿着根棒棒糖舔着，"去跳舞啦。"

"他还有时间去跳舞？跳什么舞啊？"边南实在无法想象邱奕跳舞的样子，嘴都快合不拢了。

"就在旁边火柴厂里，上回我们玩车那里，好多人呢。"邱彦说，"有很多阿姨奶奶……跳舞的歌我会唱啦……"

"等等！"边南愣住了，"等等……阿姨奶奶？火柴厂？"

"嗯！"邱彦点点头，然后脸一扬，闭着眼就开始唱，"你是我的小呀小苹果，怎么爱你都不嫌多……"

边南进厨房的时候笑得停不下来，靠着门看着正低头切火腿肠的邱奕，乐得都快站不住了。

"干吗？"邱奕回头瞅了他一眼。

"听说你去隔壁火柴厂跟大妈们跳广场舞了？"边南走到他身边，撑着灶台，感觉自己快笑岔气儿了。

"邱二宝！"邱奕冲门口吼了一声，"你怎么什么都跟人说啊！"

"火火火火火……"邱彦估计是没听见邱奕的话，在院子里很开心地边蹦边唱。

"你真去跳了啊？"边南按着肚子，"我靠，笑得我肚子都快裂了。"

"嗯，去了。"邱奕看了他一眼，继续低头切火腿肠，"昨天揍完你心情愉快，就去活动了一下。"

一听这话，边南顿时不笑了，直起身指着他："你别提这事儿，你一提这事儿我就想抽你你知道吗？"

邱奕勾勾嘴角，突然把手上的刀掉了个头，用刀把在他背上敲了一下："还疼吗？"

"我靠！"边南一下绷直了背，"轻点儿！能不疼吗都砸青了！"

"真的吗？"邱奕脸上的笑容突然没了，一脸严肃地看着他，"谁干的！我替你出气！"

边南看着他没说出话来，过了一会儿才冲他一竖拇指："演得好，演，演，继续演，争取明年二月拿个影帝。"

邱奕笑着往碗里敲了几个鸡蛋："有药，吃完饭搓搓吧。"

"够不着。"边南没好气地说。

"我给你搓。"

邱奕做的蛋炒饭还是那么绝色，边南和邱彦一人一盘端了坐在葡萄架下的桌子旁边。

闻到蛋炒饭香味的时候边南的肚子狠狠地哼哼了一声。

"葡萄什么时候能吃啊？"边南吃了一口饭，抬头看着头顶密密实实的葡萄叶子，里面藏着不少绿色的小葡萄。

"暑假过后。"邱奕又拍了盘黄瓜拿过来放在桌上，看着边南，"喝啤酒吗？"

"……不喝！"边南喷了一声，"你又不是不知道我酒量，喝完了不定被你怎么损呢，不喝。"

邱奕笑笑，进屋拿了瓶啤酒出来，用牙把瓶盖咬掉放在了桌上。

"我喝一口行吗？"邱彦趴在桌上问。

"嗯。"邱奕应了一声。

邱彦抱过瓶子仰头喝了一口，喝完之后还闭着眼拉长声音叹了口气："好冰！"

边南瞪着他半天才转过头看着邱奕："你让二宝喝酒？"

"偶尔一口，也不总喝。"邱奕笑着说，"他喝一瓶也没问题，比你强。"

"我靠，这是遗传吧？"边南低头扒拉了两口炒饭，"我爸妈酒量都不行，我爸碰上要喝酒的局都带着酒保去。"

"我也不行，白酒也就三两的量。"邱奕说。

边南瞅了他一眼没出声，三两？这不可能，就看邱奕咬开瓶盖那个轻松熟练的样子就不可能。

"我哥哥喝醉了会唱歌。"邱彦突然说了一句。

边南乐了:"真的?"

"嗯!"邱彦认真地点点头。

"哪儿都有你。"邱奕在他脑门儿上弹了一下,"赶紧吃,吃完了上爸屋里写作业去。"

"为什么要上爸爸屋里?"邱彦捂着脑门看他。

"因为大虎子屁股疼,要在咱屋里擦药。"邱奕说。

"哦。"邱彦往边南屁股上看了一眼,低头吃着饭,"是不是摔的?我上星期也摔到屁股了。"

"……是。"边南盯着邱奕。

邱奕跟他对视了一眼,喝了口啤酒:"好吃吗?"

"挺好吃的。"边南闷着声音说,低头一通扒拉。

邱彦吃完饭就拎着书包进邱爸爸屋写作业去了,边南靠在躺椅上看着邱奕在水池洗碗。

"那个袋子,"他琢磨了半天,"是装什么的?"

"肉鸡饲料。"邱奕飞快地洗着碗,"鱼粉、豆粉、麸皮、玉米、次粉、添加剂,包括每公斤料中加硫酸铜0.24克、硫酸亚铁0.466克……"

"停停停!"边南忍不住喊了一声,"你是不是有背书的瘾啊?"

"就告诉你里边儿都有什么。"邱奕洗好碗,拿着进了厨房。

边南跳起来跟了过去:"按说这些东西不臭啊,怎么那袋子味儿跟装了农家肥似的?"

"放久了呗。"邱奕叹了口气,"我本来想按您的要求找个麻袋,但时间紧没找着,就从我们邻居鸡窝后面随便拽了一个。"

边南听了这话简直不知道该弄个什么表情搁脸上了,最后一掀衣服:"给小爷上药!伺候不好我跟你没完!"

"进屋。"邱奕走出厨房,"我拿药。"

邱奕去邱爸爸屋里拿了药过来,边南正掀着衣服背对着穿衣镜研究自己的背。

"青这么大块儿？"邱奕看了看他的背，"我感觉我没怎么使劲啊。"

"你感觉！"边南把上衣脱了往椅子上一甩，"你感觉失灵了！"

"趴床上吧，我给你擦药。"邱奕指指床。

"怎么趴，我肚子也疼着呢！"边南转过来，肋条下边儿也一块青。

"那你跪着。"邱奕看着他，拧开了药瓶，往手上倒了点儿搓着。

"我腿上也青着呢！"边南磨磨牙，把裤子拽到大腿位置展示了一下他腿上的青紫，又转过身指着屁股，"也坐不下去，这儿也青的！"

"那你站着。"邱奕放下了药瓶。

"靠。"边南想了想，趴到了床上。

邱奕拿遥控器把空调打开，然后也上了床，跪在床上直接往他身后一跨。

"嘿！您这什么姿势？"边南扭头看了看他，"怎么着还想按着打一顿啊？"

"武松打虎子。"邱奕一只胳膊撑着床笑了笑，"拧着腰擦药我难受，使不上劲儿。"

边南看着他这居高临下的姿势，犹豫了一下："轻点儿啊，怎么感觉你这么不靠谱呢……"

邱奕把搓好药的手盖在了他后背上："要不我让二宝来，他肯定特别乐意。"

邱奕掌心带着凉意按在背上还挺舒服，边南趴到枕头上："别废话了，干活吧。"

邱奕的手在他背上不轻不重地搓了几下："能忍吗？"

"嗯。"边南闭上眼睛，有人这么伺候着必须抓紧时间享受。

"再重点儿呢？"邱奕边搓边问，又拿过药瓶来看了看，"得搓得发热发红，就现在这样搓就能搓下泥儿来。"

"老子身上没泥儿。"边南喷了一声，"使点劲儿呗。"

邱奕立马加大了力度，在他背上一搓，边南拍了一下床板："啊……"

"疼？你怎么这么娇气。"邱奕停了手。

"我就是还不适应，你搓你的。"边南抱着枕头，其实这几下真不算手重，只是这伤一直没碰着，冷不丁一搓就感觉疼了。

在学校训练的时候也经常有个碰伤磕伤的,万飞给他搓药的时候那才叫下狠手,跟搓铁板似的咬牙切齿,好几回都给他搓得破皮儿了。

邱奕给人上药这手法比万飞强太多,背上两块青紫,没多大一会儿就搓热乎了,边南有种正享受着按摩的感觉,闭着眼哼哼了两声。

"还舒服吗这位爷?"邱奕一只手在他背上挺专业地搓着。

"不错。"边南竖起拇指,"一会儿爷给你打赏。"

"谢了。"邱奕搓了一会儿问他,"你是说屁股上也有伤?"

"是,让您一脚踹的,别装不知道。"边南背过手指着自己屁股,"瞅见没!"

"嗯。"邱奕直起身,看到了边南屁股靠上点儿的地方有一块青,他抹了药直接一把搓了过去。

"我靠,你动作慢点儿!"边南喊了一声,捂住伤,"刚表扬完呢,这一上手跟要逼供似的干吗啊!"

"这么怕疼啊?按说得使劲儿把淤血搓开了才能行。"邱奕笑着说,劲儿比之前小多了。

"哎,对了,就这样。"边南冲他竖了竖拇指,"我不需要治伤,我就图个舒服。"

边南这阵训练一直挺累,往床上一趴,让邱奕这么搓搓按按的,没多大一会儿就觉得舒服得想睡觉。

"哎大宝,"他偏过头,还是闭着眼睛,"你是不是还去盲人按摩打过工啊?"

"这是擦药。"邱奕停了停,用拇指按在他脖子后面,顺着脊椎一路往下按了按,"这才是按摩。"

"哎……啊……"边南忍不住叫出了声,"我靠!再来两下!快快。"

邱奕叹了口气,手指又顺着脊椎骨推了上来,再往两边肋骨上顺着按过去。

"嗯……"边南哼哼了两声,"哎……手法不错,你肯定跟盲人按摩那儿打过工,工号是二吗,2号小师傅?"

"你嘴能闭一会儿吗?"邱奕停下了。

"怎么了？我夸你呢！"边南喷了一声，"夸你你就赶紧听着，我夸你一次不容易，错过了就没了。"

"那你夸吧。"邱奕只得继续在他背上按着。

"先按按，哎哟不错！上药顺带手搓搓得了。"边南边说边乐，这么按按还真挺舒服的，"我跟你说，你比我们队医强多了，能再给捏捏肩后边儿吗？还有胳膊，我今儿训练尽抽反手了，吃饭拿筷子都哆嗦……"

邱奕突然往他后脑勺上甩了一巴掌："想按就闭嘴！没完了你还！"

"哎！"边南摸摸自己后脑勺，"行行行我不出声了，你这态度也太恶劣了，我这可是让你给揍的。"

"你闭嘴就行。"邱奕说。

边南不再哼哼，闭着眼享受着按摩，过了一会儿他睁开眼睛："哎，大宝。"

"什么事？大虎子。"邱奕有点儿无奈。

"你喝多了真唱歌啊？"边南问。

"不知道，喝多了谁知道。"邱奕在他脖子后面一下下捏着。

"你唱个歌来听听呗，你声音挺好听的。"边南又闭上了眼睛，"你唱歌不跟二宝似的调满街跑吧？"

邱奕没理他，手顺着他脖子往上捏，摸到他后脑勺上把他往枕头里一按。

"不唱不唱呗。"边南闷在枕头里说，"我给你唱，你是我的小呀小苹果，怎么爱你都……"

邱奕抓过旁边的小毛巾被按在了他脑袋上，又在他屁股上拍了一巴掌："闭嘴！"

"不嫌多……"边南挣扎着把这句唱完了。

邱奕顺手往他肋条上戳了两下。

"哎！"边南身体猛地一绷，"我靠，别！痒痒！"

"怕痒啊？"邱奕乐了，又戳了两下。

"你大爷。"边南反手往他腰上掐了一把，"你不怕吗？"

邱奕撑着床没动："不怕。"

220

"我靠!"边南又在他腰上腿上抓了几把,胳膊往床上一摊,"哎!不玩了!"

邱奕笑了一会儿,把边南脑袋上的毛巾被拿开了,随便又给按了会儿。

"舒服。"边南闭着眼低声说,没多大一会儿他就没了动静。

邱奕按得感觉手都有点儿酸了之后停下了,看看时间,这一通折腾居然都快九点了,他在边南背上轻轻拍了拍:"边南?"

边南没应声,呼吸很慢。

"大虎子?"邱奕低头看着他的眼睛,"睡着了?"

边南依旧保持着之前的姿势没有动,呼吸平稳,看样子是真睡着了。

"按完了啊,记得打赏。"邱奕小声说了一句,手掌在他背上搓了搓,把药蹭到了他背上。

手机在床头响了起来,邱奕迅速拿过手机按了静音,跳下床拿着手机走出房间才按了接听。

"在哪儿呢?"申涛的声音传来。

"家呢。"邱奕往老爸屋里看了一眼,邱彦正埋头刻着钢板。

"我回家路过你家胡同口,出来一下。"申涛说。

"嗯。"邱奕挂了电话走了出去。

申涛蹲在胡同口的马路边上等他,他走过去蹲在了申涛身边。

"吃了没?"他问申涛。

"吃了。"申涛看了他一眼,掏了烟盒递给他,"边南在你家?"

"嗯。"邱奕抽了根烟出来点上。

"你……"申涛皱皱眉,"这算怎么回事儿?"

"什么怎么回事儿。"邱奕叼着烟,"胡宇说要找他麻烦,我不是带你俩去了吗?"

"就跟玩似的那么……"申涛盯着他,"算了我也没问你昨天的事儿。"

"那你要问什么?"邱奕看着地。

申涛张了张嘴没说出话来,犹豫了半天才跟下决心似的问了一句:"我问你跟边南怎么回事儿。"

"没怎么回事儿。"邱奕回答得很快。

"那你叫他上你家吃饭干吗?"申涛狠狠弹了两下烟灰。

"你不也总上我家吃饭吗。"邱奕笑笑。

"那能一样吗?"申涛压低声音喊了一嗓子。

"哪儿不一样了。"邱奕没什么表情。

"邱奕……"申涛眉毛拧着,"算了但愿是我想多了。"

"真是你想多了,我还不能交个朋友了吗。"邱奕笑笑,继续抽着烟。

"就当我闲的吧,我也没别的意思,就是多嘴一问。"申涛站了起来,跨上了停在路边的电瓶车。

申涛的车开走了,邱奕蹲在路边,把烟抽完了才站了起来,到旁边的小超市买了条口香糖嚼着回了家。

邱彦已经写完了作业,正坐在客厅里拿着本子等他检查。

"我刚去屋里看了看,"邱彦把本子递给他,坐在椅子上晃着腿,"大虎子睡着啦。"

"嗯,我给他捏得太舒服。"邱奕坐到沙发上打开了本子看着。

"那我今天晚上跟爸爸睡吗?"邱彦从椅子上下来,爬到沙发上挨着他。

"随便。"邱奕搂搂他,"爸还咳嗽吗?"

"刚才没有咳,就看电视笑的时候咳了两声。"邱彦在他怀里扭来扭去地蹭着。

"好了,没错字,去洗澡吧。"邱奕拍拍他,"别玩水了。"

"嗯!"邱彦拿了衣服一溜烟跑进了院子里。

把邱彦和老爸都安顿好了之后,邱奕去冲了个澡,回到了屋里。

边南姿势都没变,还趴床上睡得昏天黑地的。

邱奕把灯关了,换了床头的台灯。

"哎,"邱奕手指在边南胳膊上弹了弹,"这位同学,你还回不回学校了?"

边南皱着眉哼了一声,眼睛都没睁。

"边南,"邱奕推了推他,"着火了。"

"啊……"边南翻了个身冲墙躺着继续睡。

邱奕只得把他再往里推了推,从书柜里抽了本书躺到了床上,翻开了准备看。

刚在床头靠稳了,边南又嘟囔着翻了个身,胳膊直接搭到了他小腹上。

邱奕啧了一声,拿着他胳膊放到床上。

没两秒钟边南的胳膊又搭了过来,直接砸在他肚子上,邱奕本来就喝了一肚子啤酒,被这一砸顿时感觉不太美妙。

"哎!"邱奕合上书,"你这是睡没睡着啊!"

边南往他身边又挤了挤,皱着眉嘟囔了一句:"你家空调……冻死企鹅了……"

邱奕抓过遥控器把温度调高了几度,又把毛巾被扔到了边南身上:"你晚上不回学校了啊?"

"……不回。"边南抱着毛巾被翻了身冲墙缩着,"困,不……"

毛巾被裹上之后,边南不再翻来挤去,邱奕脱掉衣服,从床头的抽屉里拿出一副眼镜戴上了,重新翻开书,一本小说看了俩月都没看完,真够忙的。

看了一会儿,边南翻了个身,邱奕条件反射地伸手挡了一下,怕他又一胳膊搭过来,不过边南只是把自己团成团继续睡。

邱奕推了推眼镜继续看书。

没过几分钟他听到了边南的笑声。

"邱大宝,"边南估计是刚醒,声音里还带着鼻音,"你近视啊?"

邱奕摘了眼镜看了他一眼:"你有意见?"

"多少度啊?"边南继续嘎嘎乐着,"平时也没见你戴眼镜,你揍我的时候有没有踹申涛身上啊?"

"二百度不到,看书才戴。"邱奕把书扔到桌上,看了看时间,"你回学校吗?"

"不回。"边南拉拉毛巾被,"我困死了不想动。"

"那老实睡吧。"邱奕起身从柜子里拿条小毛毯躺下,关掉了台灯。

"我睡觉一直挺老实的。"边南往墙边退了退。

"呵呵。"邱奕说。

"呵你大爷……我又搂你了?"边南问。

"嗯,八爪鱼似的。"

"不可能。"

"呵。"

"靠,搂你怎么了,搂你一下算你占我便宜知道吗?你又不是女的。"边南很不爽地啧了一声,跟赌气似的翻身把胳膊狠狠搭到邱奕身上,想了想又用力在他肚子上搓了几下,"不服气再来搂我啊!"

第五章
生日快乐

邱奕一巴掌拍在他胳膊上，一声脆响。

"哎！"边南迅速缩回手，在胳膊上一通搓，"摸你一下这么狠干吗？真打啊！"

"我什么时候假打过你。"邱奕拉过小毛毯盖好。

"你昨天也不算真打。"边南嘿嘿笑了两声，"我问你，一开始你是不是拿东西砸我了？"

"嗯，是不是一点儿也不疼？"邱奕翻身背冲着他躺着。

"不疼，就吓我一跳，拿什么砸的？"边南扳着他的肩把他扳回了平躺，"哎，这聊天儿呢，有你这样的吗？"

"我的鞋。"邱奕说。

"我发现你真挺有病的。"边南听了乐了好一会儿，"其实你要想找回来，直接来就行，干吗还带人？"

"一对一我怕干不过你。"邱奕把他往里推了推，"谁知道你会不会反抗。"

边南啧啧了几声："你要说是为砸断你腿那事儿来找我，我肯定站那儿不会动。"

"睡吧。"邱奕叹了口气，"你不说好困好困好困不想回学校吗？怎么这会儿这么精神。"

"让您那眼镜把瞌睡笑没了。"边南嘿嘿笑着，不再说话。

虽然邱奕确定自己睡前已经把空调温度调到26度了，但半夜还是被边南一胳膊砸醒了。

边南跟个火炉似的贴在他背后，胳膊搭在他腰上。

他回手往边南身上摸了摸，小毛巾被还盖着，他又迷迷瞪瞪地看了一眼空调上的温度数字，确定还是26度，于是把边南推开了。

他好容易再次进入梦乡，梦到跟申涛俩人去采蘑菇，正觉得傻呢，就感觉腰被人搂住了。

他一边继续采蘑菇，一边伸手往自己腰上摸了一把，摸到了边南的胳膊，叹了口气，还是采蘑菇吧。

边南早上的生物钟被长期训练调整在五点，醒过来的时候天刚蒙蒙亮。

因为没有听到宿舍外面走廊习惯性传来的打闹声，他用了好几分钟才明白过来自己没在宿舍，在邱奕家。

"你醒了啊？"邱奕的声音从前面传来。

"嗯。"边南打了个哈欠，瞪着眼半天才看清自己眼前的是邱奕的后脑勺，"哎？"

"哎屁啊，起开点儿。"邱奕往后推了推他，"在我枕头上挤了一夜，再来一小时就能成功把我挤下床了。"

"你家空调太冷了。"边南很无所谓地又打了个哈欠，大概是昨天按摩了身上有点儿酥软，不想动，"我跟你说，我们宿舍没空调，我好久没晚上睡得这么冷了。"

"让开，挤我一晚上还有完没完了。"邱奕说。

"谁乐意挤你啊……"边南喷了一声，又故意往邱奕那边用力挤了一下，"你这床小得都快赶上条凳了！"

"哎！"邱奕忍无可忍地坐了起来，"你睡没睡醒啊？"

"醒了！我和我儿子都醒了！"边南翻身躺平，掀开毛巾被，伸了个懒腰，"哎，不知道能不能赶上跑步，赶不上今天下午就惨了。"

"那你还磨蹭什么。"邱奕下了床，拿了T恤套上。

"等一会儿呗。"边南扯了扯裤子，"这又不是宿舍，我要整理一下着装，就这样子出去让二宝看到多不好。"

"……二宝还没起来。"邱奕看了他一眼，"你那威风的照片就这姿势拍的吧？"

"嗯。"边南嘿嘿笑了起来,笑了两声又一瞪邱奕,"你删掉了没?"

邱奕笑了笑没说话,走出了房间,然后又突然退了回来:"没删,留着以后发传单。"

没等边南跳起来,他已经走到院子里去洗漱了。

边南在屋里转了两圈,找到了手机,飞快地打开相册,发现相册已经删空了,别的地方也没存图片。

他又翻了翻短信和电话本,发现邱奕把这些也删光了。

"靠,吓我一跳。"边南把手机扔到床上,穿上衣服,活动着胳膊走出了房间。

边南洗漱完,收拾了东西准备走的时候,邱奕正在厨房做早餐。

他进去看了一眼:"靠,西红柿炒蛋?"

"嗯,盖饭。"邱奕点点头,"二宝爱吃。"

"……我不跑步了。"边南做出了决定,把包往外面的椅子上一扔。

"那下午得挨罚?"邱奕问。

"没事儿,罚习惯了。"边南搓了搓手,"我可以帮忙。"

"锅里热了饭,盛盘子里就行,四个人的。"邱奕说。

边南拿了盘子,笨手笨脚地把饭盛好了,锅里的饭还有多,估计是留着邱爸爸和邱彦中午吃的。

他犹豫了一下:"我是不是把你爸跟二宝的那份吃了?"

"没。"邱奕很麻利地把炒好的菜铲到了几个盘子里,"我爸晚上想吃面条呢,饭有多。"

在邱奕家吃完盖饭,边南看了看时间,如果不跑步,那他时间还有多,于是带着邱彦出了门。

"我哥哥没怎么送我上过学。"邱彦拉着他的手,一路蹦着,心情很好。

"他太忙了。"边南说,他们出门的时候邱奕还在准备中午和晚上的菜,把肉先炒熟了放好,邱爸爸做的时候直接用就行。

"嗯。"邱彦点点头,拽着边南的手一步一蹦地走,"不过哥哥不忙也不大送我。"

"为什么?"边南看着他。

"哥哥说我去学校很近,也不用过马路,自己去就可以啦。"邱彦一直在蹦,"从家里到学校走五分钟,哥哥算过。"

边南让他蹦得有点儿眼晕，干脆弯腰把他跑了起来："宝贝儿你快别蹦了，当初你蹲路边哭的时候我真没看出来你精力这么旺盛啊……"

边南打了车回到学校的时候跑步的队伍已经回校了，他溜进宿舍的时候，万飞他们几个正准备去吃饭。

"早上老蒋监工了没？"边南扔下包。

"没来。"孙一凡说，"你跑哪儿去了？"

"玩去了。"边南往床上一躺，"哎我睡个回笼觉。"

万飞等孙一凡和朱斌都走了之后一屁股坐到了他床上："在邱奕家过的夜？"

"嗯。"边南揉揉鼻子，"你吃早点去，别等我，我吃过了。"

"南哥，"万飞站了起来指着他，"你这样是不对的。"

"什么？"边南愣了愣。

"你跟我们过去的仇人走得这么近，"万飞一脸严肃，"你就不怕我吃醋吗？"

"傻子！"边南一下乐了，"你跟许蕊腻一块儿我还没吃醋呢。"

万飞看着他好一阵没说话，最后叹了口气，一边往外走一边说："你这比较对象找错了，我跟许蕊那是情侣，你跟邱奕也是吗？"

"滚！"边南笑着喊了一句。

回到学校，重复着的生活就再次开始。

边南依然被淹没在上午睡觉下午训练，晚上要不翻墙要不在宿舍跟人扯淡要不发呆的状态中。

偶尔去网吧，他总忍不住往航运那边瞅一眼，虽然知道邱奕这个时间在打工不可能碰得上。

他不知道自己是不是太无聊了，每次万飞跟许蕊煲电话粥，或者在网吧沉迷兜塔的时候，他都会拿出手机，给邱彦打个电话。

别人跟女朋友煲电话粥，他跟寂寞的小话痨二宝煲。

他发现邱奕在赚钱这事儿上还真是挺拼命的，每次他给邱彦打电话，家里永远都只有邱爸爸和邱彦两个人，邱奕每天都得快12点了才回家。

休息的时间，只要不是周末，他也不怎么在家，每次邱彦都说哥哥跟小涛哥哥出去啦，估计是要抽时间平定航运的内部纷争。

一直到期末考完，边南给邱彦打电话，才听到了邱奕的声音。

边南告诉邱彦自己后天有比赛，邱彦一下喊了起来，声音嘹亮，震得边南把手机都拿开了。

"哥哥——大虎子要比赛了，我想去看——"

"……宝贝儿你身上有没有音量调节钮？"边南叹了口气。

"你比赛？"那边传来了邱奕的声音。

"嗯，后天，周日。"边南本来没想太多，冷不丁听到邱奕的声音时，他突然莫名其妙地有点儿期待，"你能带二宝去看吗？"

"不知道。"邱奕说，"我时间不确定。"

"我想去看，我想去看，打网球。"邱彦在一边兴奋地喊着，"打网球，我想看大虎子打网球，我想打网球……火火火火火……"

"那要不我让人去接……"边南话还没说完就被打断了。

"我到时看看，有时间我就带他过去。"邱奕说。

"……哦。"

挂了电话之后边南拿着电话，邱奕语气里的冷淡让他愣了半天都没回过神来。

以前他跟邱奕打电话也差不多是几句了事，但跟今天的感觉完全不同。

他有点儿想不明白邱奕这是怎么了。

他坐到床上，摆了个深思的架势思考了一会儿，没想出来近期有什么事儿能让邱奕的态度有这样的转变。

潘毅峰被锁门上之后，暂时消停了，没有他领头，体校的人大多也不会贸然在航运老大已经恢复的时候去找麻烦。

俩学校之间没什么动静，他跟邱奕之间打从上回吃完蛋炒饭之后就没见过面，理论上也不可能有什么矛盾。

再说自己要真有什么地儿惹着邱奕了，以他那个性格，能不出声儿？

"这叫什么事儿……"边南把手机塞回包里，进了体育馆。

因为后天比赛，这两天体能训练不太残酷，老蒋对他们挺温柔。

不过边南还是被单拎出来了，发球几次都没让老蒋满意。

"早饭吃了没？"老蒋问他。

"吃了。"边南拿着球拍，一下下拍着球。

"午饭呢？"老蒋又问。

"……吃了,谢谢教练。"边南瞅着地。

"你吃屁了!"老蒋突然提高了声音。

边南吓了一跳,球差点儿往老蒋身上拍过去,他赶紧抓住球。

"就你发的球,隔壁卫校小姑娘接着都不费劲!力量!准确性!我全没看见!"老蒋瞪着他。

"要姑娘漂亮,我杀球也能让她接着……"边南低头小声说,今天他状态的确有点儿蛋疼。

"甭跟我耍贫嘴,耍贫嘴比赛我一点儿不担心你,冠军舍你其谁!"老蒋指着他,"你不要休息了,练发球!"

老蒋又一指万飞:"你乐什么?你陪着,什么时候我满意了什么时候走!"

边南和万飞从体育馆出来的时候,天都黑了,食堂早就没吃的了。

他俩洗了澡出来发现宿舍桌上放着俩塑料袋,里面好几个饭盒。

"这什么?"边南一进来就闻到了饭菜香。

"老蒋拿来的。"朱斌正站孙一凡床上给他踩腿,"炖猪蹄儿。"

"我靠!"边南扑过去抱住饭盒,"快看我眼泪有没有哗哗流下来!"

"我口水哗哗流了。"万飞乐得不行,拖过椅子,"赶紧的,吃吃吃吃……"

老蒋拿来的猪蹄量相当足,宿舍四个人分着吃完都觉得撑了。

"老蒋赶上亲爹了。"边南靠在床头嘬着手指头。

"为了老蒋!"万飞一挥胳膊。

"为了老蒋!"几个人都一挥胳膊。

星期天邱奕还在享受难得的回笼觉时,就听到了客厅里有脚步声,进进出出的,是邱彦。

他摸摸身边,床都是冷的,估计小家伙起来时间不短了。

邱彦因为早睡,所以一直早起,不过周日他一般不会起这么早,总要在床上扭来扭去,一直到把他哥的瞌睡全折腾没了才罢休。

邱奕轻手轻脚地起了床,往客厅看了看,发现邱彦光着膀子正忙着,往桌上摆碗筷,桌上还放着一兜冒着热气儿的包子,几杯豆浆。

"你去买早点了?"邱奕走出房间。

"嗯,我刚买回来。"邱彦把碗摆好,又拉开抽屉把老爸要吃的药都找了出来，拿小药盒分着，"你快吃。"

邱奕拿了毛巾牙刷到院子里洗漱，邱彦还在屋里忙着，给老爸吃完药以后又跑到院子里把昨天晾的衣服都收了。

邱奕叹了口气，他知道邱彦这是为什么。

为了看边南的比赛，小东西也算是拼了……

吃完早点，邱彦又捧着碗去洗了，洗碗的时候还扭头往屋里瞅他，他坐沙发上玩手机，装没看见。

把所有平时早上都是邱奕做的事做完之后，邱彦爬到了沙发上，挨着邱奕蹭来蹭去，好一会儿才叫了一声："哥哥。"

"嗯。"邱奕放下手机。

"你今天上午出去吗？"邱彦抱着他的胳膊。

邱奕笑了笑，伸手在他头发上抓了抓："去穿衣服，带你去看比赛。"

"啊——去看比赛！"邱彦扯着嗓子喊了一声，蹦下沙发跑进了屋里，飞快地穿好衣服又跑了出来。

"走吧。"邱奕伸了个懒腰，带着邱彦出了门。

他们到体育馆网球场的时候，比赛还没开始，邱奕本来想带邱彦先进去找个稍微靠前点儿的位置，但邱彦非要在门口等着边南。

邱奕只得陪着他在门口站着，感觉跟等着围观欧巴的小姑娘似的。

好在没等多久，体校的车就开过来了，车上下来一堆穿着体校运动服的人。

邱奕猛地看到这么多体校运动服，下意识有了种"是不是应该逃跑"的错觉。

边南是最后一个从车上跳下来的，背着球包。

邱奕看到他的时候眯缝了一下眼睛，这是他第二次看到比赛状态下的边南，依然是不耐烦和嚣张的表情，体育生特有的那种懒散中带着一丝比赛前的严肃，

说不上来的感觉，但挺有范儿。

"边南——"邱彦边喊边跑了过去。

邱奕有点儿想笑，邱彦在当着边南的队友和教练时居然还记得叫边南的大名儿，没叫大虎子。

边南看到邱彦时脸上带着明显的意外，接着就是惊喜，他把球包往万飞身

上一扔就蹲下搂住了邱彦。

俩人说了两句，邱彦回头往他这边指了指。

边南看了过来，跟他目光对上时，邱奕犹豫了一下，冲他竖了竖拇指，用口型说了句：加油。

边南愣了愣，嘿嘿乐了两声，摸了摸邱彦的脑袋，转身走进了运动员通道。

老蒋带着队，边南跟在队伍最后面走进运动员通道，听到前面有人压低声音问了一句："我靠，那是邱奕吗？"

"就是邱奕。"另一个也压着声音说，还回头瞅了边南一眼，"他跑这儿来干吗？"

万飞走在边南前面，有些不耐烦地推了那人一把："操么多心，人就不能来看个比赛吗？给你对手加个油助个威什么的！"

"我靠有你这么说话的吗……"那人哭笑不得地摇摇头往前走了，马上要比赛了，大家都挺紧张，也没人顾得上一直琢磨邱奕为什么会来。

"本来就是，你还指望航运老大过来给你加油吗？"万飞嘿嘿一乐，胳膊往边南肩上一搭，凑到他耳边低声说，"是带小朋友过来给你加油的吧？"

边南笑了笑，看了看手里捏着的一个塑料的红色五角星，这是刚刚邱彦给他的，说是期考满分的奖励，送给他当幸运符。

入场之后，离边南的比赛时间还差一会儿，他拿了东西准备进场地。

"许蕊来了？"边南看到万飞一直眼神飘忽地到处瞅，就怕许蕊再放万飞鸽子，那这回万飞比赛绝对会输。

"来了。"万飞笑得眉毛都快起飞了，他指了指对面的看台，"就在对面，黄色衣服的。"

今天观众挺多的，市里一年顶天了也就能有两回大比赛，球迷们来得很踊跃，边南半天才在人堆里找到许蕊。

"今儿你得大展身手，别跟上回似的。"边南笑着说，目光往旁边一扫，看到了邱奕，还有他身边端正地坐着的邱彦小朋友。

"你先别管我，注意发球姿势，还有反手。"万飞一脸严肃地拍拍他的肩，"反手！"

"大虎子！"邱彦小声说，一把抓住了邱奕的胳膊，有些激动地指着走到场地边上的边南。

"嗯。"邱奕拍拍他的手。

邱奕对网球没兴趣,平时电视上的网球比赛都没看过几场,现场看比赛是头一回,本来是抱着随便看看的想法,被邱彦这一抓,他居然跟着有些紧张。

穿着白色运动服的边南倒是很平静,今天太阳有点儿烈,他戴着帽子,脸被遮在帽檐下的阴影里,只能看清下巴和抿着的嘴。

"哥哥,"邱彦把手里的小望远镜递给他,"你看。"

"看什么?"邱奕接过望远镜看了看,边南正在检查拍子,拉了拉手上的黑色护腕,突然转头往看台这边看了过来。

邱奕迅速把望远镜放回了邱彦手里。

"他在看我吗?"邱彦冲边南那边拼命挥手。

"他顾不上看你……"邱奕摸摸他的脑袋,理了理站在他头顶上的一撮卷毛。

比赛开始,边南先发球。

他拿球拍拍了几下球,拿着球停了两秒,把球向空中抛起,身体向后微微倾了倾,扬起拍子有力地把球打了出去。

场地里挺安静,击球时砰的一声众人听得很清楚。

对方接球,把球回到了底线另一端,边南速度很快,几步跨过去,反手把球拉了回去。

这一拍回得很漂亮,角度有点刁,落在边线旁,很靠近球网,对方勉强回球时球没有过网。

场地里响起了掌声,邱彦跟着用力拍了几下手。

邱奕看了一会儿,看不出什么门道,只好把目光放在了边南身上。

他跟边南虽然干过架,但从没见过他训练和比赛的样子,这状态跟打架时完全不同,带着自信和从容。

边南在场地上来回快速跑动和击球时透出的力量让他有些吃惊。

之前只觉得边南身材不错,现在看着他跃起扣球时身体绷出的弧度和猛地向前挥拍时漂亮流畅的动作,邱奕不知道该用什么形容。

拿下第一局的时候,边南在掌声中把球拍立在自己脸前,透过网子往看台这边看了过来。

邱彦有些激动地站起来把手举到头顶上使劲拍着:"大虎子赢啦!"

"嗯。"邱奕不知道边南往这边看的动作是有意还是无意,也跟着鼓了鼓掌。

"他是不是很厉害?"邱彦有些得意地看着他。

"是,很厉害。"邱奕笑着点点头,从包里拿了瓶水递给他,邱彦这劲头就跟是他自己赢了比赛似的。

第一局结束交换场地的时间很短,边南拿毛巾擦了擦汗之后,又回到了场上。

邱奕搂过邱彦,轻声说:"我去下厕所,你在这儿看着。"

"好。"邱彦抱着瓶子应了一声,眼睛还盯着边南。

邱奕离开了看台,走出网球场,外面是条走廊,他站到了走廊尽头的窗前,点了一根烟。

窗外是跑道,被阳光晒得有些晃眼,邱奕趴在窗台边喷出一口烟,看着在阳台上变幻着深浅的烟雾出神。

抽完烟回到看台上时,他看了看比分,平分。

邱彦靠到他身边气儿都不带喘地给他解说了半天,大虎子失误了一次,不过马上又把分拿了回来……

"嗯嗯。"邱奕点头应着。

"你不是上厕所吧?"邱彦看着他,"你去抽烟啦?"

"上完厕所抽了一根。"邱奕拿了条口香糖出来嚼着。

"爸爸说再发现你抽烟就把你腿打废,他把轮椅让给你……"邱彦小声说。

"不用让,再买一个就行。"邱奕笑着捏捏他的脸,"看你的比赛。"

这场比赛不算太激烈,边南的对手跟他有差距,虽然比赛邱奕看得挺茫然,但看到一半的时候他就觉得边南会轻松赢。

边南的体力和反应速度都强过对手,动作力量什么的始终跟刚开始比赛时差别不大,打到最后的时候挥拍的动作依然漂亮。

邱彦的眼睛一直紧盯着场上,这份专注让邱奕有些意外。

小东西的爱好并不太多,跟这个年纪大多数孩子一样,他对任何一件事的专注时间都不长。

他一直觉得邱彦就是一时兴起要学网球,用不到放暑假就会把这事儿给忘了,没想到他能像今天这样坐在看台上顶着太阳看两三个小时的网球比赛,连厕所都没去过,简直刷新了邱奕之前对他的判断。

只是他不确定这是对网球的兴趣,还是对大虎子的……

两个小时之后,比赛结束,边南直接拿下三盘赢了比赛。

邱彦兴奋得脸都红了,巴掌也都拍红了,邱奕拉着他准备走:"走吧?看过瘾了没?"

"我要等大虎子出来……"邱彦拽着他不肯挪窝。

"他没那么快,你要跟他说话找别的时间呗。"邱奕看了看场上,边南刚擦完汗,把毛巾顶在脑袋上正收拾球包。

"哥哥……"邱彦皱着眉拖长声音哀求着。

"哎。"邱奕很无奈,掏出手机递给他,"那你出去给他打个电话问问他有没有时间。"

邱奕带着邱彦在体育场后门等边南,这个门离网球场距离远,不容易碰上体校的人。

十来分钟之后边南远远地跑了过来,脸上还挂着汗珠,在阳光下闪闪发亮。

"怎么样?"边南跟跑过去迎他的邱彦击了一掌。

"真棒!"邱彦喊。

"你的幸运符特别管用。"边南从兜里掏出那颗小五角星晃了晃。

"肯定啊!"邱彦开心得眼睛都找不着了。

边南擦擦汗,看了看邱奕,慢慢走了过去:"还以为你没时间带他过来呢。"

"正好没事儿。"邱奕说。

"哦。"边南笑笑,笑完了之后他发现自己居然不知道下句话该说什么合适了。

邱奕的态度跟比赛之前在门口冲他竖大拇指时又不同了,回到了那天打电话时有点儿冷淡的样子。

这态度让边南相当尴尬,他不知道为什么这也没多久不见,怎么就能莫名其妙变成这样了。

"我说,"边南抓抓头,"你没事儿吧?你……"

"我们得走了。"邱奕打断了他的话,"我下午要给人补课的,再晚赶不上了。"

"靠!"边南被这么堵了一下顿时有点儿窜火,接了邱彦电话他立马把老蒋扔一边儿跑了过来,结果就这样,"那你赶紧走。"

话说完之后俩人都没动,邱奕似乎也有些尴尬,过了两秒钟他清了清嗓子:"你们放假了吧?"

"下星期。"边南没好气儿地说。

"那是不是就可以教我打网球啦?"邱彦很开心地问。

"嗯。"边南蹲下抱抱他,"是,你想什么时候学打电话给我,我去接你就行,我训练的时候你也可以在旁边玩。"

"可是我没有球拍……"邱彦有些犹豫地看了一眼邱奕。

"没事儿,我帮你借个儿童拍。"边南说。

"谢谢大虎子!"邱彦很响亮地说。

邱奕一直没出声,边南站起来看了他一眼:"你不说赶着走吗?不走啊?"

"走。"邱奕笑笑,拉过邱彦的手,"我们回家了。"

跟邱彦挥手道别之后,边南看着邱奕的背影站了一会儿,好几次都有冲过去吼一声的冲动。

你有病啊,我哪儿惹你了啊!

不过最后他还是转身又跑回了网球场,老蒋的总结训话还没完呢。

放暑假之后,边南轻松了不少,虽说休息个十来二十天就得重新回学校训练,但至少没有每天上午的睡觉课了。

不过烦心的事儿也有,那就是宿舍不能住了。

特别是今年暑假,以往边南还会偷偷溜回宿舍住,但今年宿舍要重新装修,连偷偷溜进去都不行。

回家住一个暑假对于边南来说是种煎熬。

"我家过几天要出门旅游。"万飞跟边南一块儿蹲在学校门口的台阶上,等着边南老爸的车,"你要不一块儿去玩玩?"

"不了,我答应了二宝教他打网球。"边南说,"我都给他找好儿童拍了。"

"那我回来了你上我家去住吧。"万飞又说。

"你出去玩不怕犯相思病吗?"边南看着他问了一句。

"我靠!"万飞一把搂住自己的大包,"我现在就犯病了……"

俩人嘿嘿乐了半天,边南拍拍他的肩:"回来你俩请我吃个饭吧,好了也有阵子了,我都还没跟许蕊正式说过话。"

"行!想上哪儿吃你说话!"万飞心情很好。

老爸的车来得很快,他俩上车以后,照例是万飞跟老爸一通聊,顺便夸了一通边南比赛如何牛。

"叔,您有空真该去看看边南比赛。"万飞特别诚恳地说,"帅得我小心脏一抽抽的,都怕我女朋友跟他跑了。"

老爸笑了笑:"好好,有空我去看看。"

边南没出声,这话老爸以前经常说,在边南还很期待他能到比赛现场看看的时候。

不过现在边南已经不会期待老爸去看比赛了,他太忙,使个大劲还能去去的只有边馨语的家长会了。

他们回到家,家里人很齐全,都坐在客厅里。

边南拎着包直接上楼回了自己屋里,换了衣服在屋里愣了一会儿,他听到敲门声,打开门发现是老爸站在门外。

"我刚给你们蒋教练打了电话,"老爸进屋坐下了,"他说你这次比赛几场都发挥得很好。"

"还成吧。"边南说。

"现在有比赛也不跟我说了。"老爸叹了口气,"我去不了,也可以告诉我成绩嘛。"

"嗯。"边南应了一声。

老爸沉默了一会儿:"下星期我有点儿时间,跟你阿姨商量了,带你们一块儿去海边玩玩,我们全家都去。"

老爸说到全家两个字时加重了语气,但边南想也没想就拒绝了:"我去不了,我要训练呢。"

"蒋教练说你们下个月才开始训练啊。"老爸愣了愣,"咱们回来的时候能赶上训练。"

"爸,"边南在老爸对面的椅子上坐下,想了想才开口,"我就不去了,这样大家玩得都开心些,你懂我意思的。"

老爸看着他很长时间都没有说话,最后重重地叹了口气,在他肩上按了按,起身走出了房间。

边南说的是大实话,他不愿意全家出行,所有的人都会不痛快,何必呢。

比起没滋没味儿地去海边遭罪，还是教邱彦小朋友打网球更有乐趣。

学校的网球场暑假的时候会有暑期班，边南跟办班的老师混得很熟，带着邱彦进场玩玩完全没问题。

今天是邱彦同学学习网球的第一天，邱奕骑着车送他过来的。

边南在校门口等邱奕时觉得压力有点儿大，这进进出出的偶尔还能碰上体校的人，网球班下个月才有训练，但别的班一放假就训上了的。

"快！"边南一看到邱奕就招招手，过去把邱彦从车后座上一把抱了下来，"你快走，篮球班的人刚进去俩。"

"我还想进去看看呢。"邱奕腿撑着地说。

"什么？"边南挑了挑眉毛，"你直接说你想进去找揍比较合适。"

"潘毅峰毕业了，你们现在没个挑头的，没人会把我怎么样。"邱奕笑笑，"除非你动手。"

"我手正痒痒呢。"边南把邱彦放到地上，邱彦一溜烟跑进了校门，他犹豫了一下，"行吧，走。"

"我去放车。"邱奕往旁边的车棚骑了过去。

邱奕说得没错，再说暑假会被叫来训练的，都是平时被认为会有发展的学生，一般情况下不会跟人起什么冲突，训练都累屁了谁还有闲工夫找事儿。

边南带着邱彦进了网球场，把找人借来的儿童拍和球包给了邱彦。

邱彦穿着一套小运动服，白色上衣，黑色短裤，看上去特别精神，拿着拍子来回盯着看。

"咱们今天先不学具体动作，先熟悉一下拍子和球。"边南问旁边的一个教练要了个网球，"你先玩玩球。"

"嗯！"邱彦拿着球往地上砸了一下，球弹起来，他接住球，再往地上砸，又伸出球拍去拍了几下球。

"不错嘛！"边南笑着说，邱彦之前没碰过球，这些动作应该是比赛的时候看来的，不过看着还挺有样子。

邱奕跟着进了球场，坐在了边南身边。

"二宝没准儿挺合适打网球。"边南看了他一眼。

"是吗？"邱奕看着在一边用球拍拍着球来回转悠的邱彦。

"模仿能力挺强的。"边南说。

邱奕没说话，俩人一块儿看着邱彦沉默。

坐了一会儿之后边南实在扛不住了,说出了一直想说的那句话:"你是不是有病?"

"啊?"邱奕愣了,扭头看着他。

俩人距离挺近的,这一扭脸,基本上就面对面了。

边南盯着他看了一会儿:"你肯定是有病了,都病出黑眼圈儿了。"

"是吗?"邱奕笑了,"这几天没睡好。"

"你先说你是不是有病吧,你要有病我给你找点儿药。"边南挺不耐烦地说。

邱奕过了一会儿才回答:"没有。"

边南没想到邱奕会一本正经地回答这个问题,一下子不知道说什么了。

"怎么了?"邱奕从口袋里摸出一小包牛肉干,递到他面前,"吃吗?"

"训练的时候不要给教练送吃的!"边南推开他的手,"我最近没惹你吧,你成天拉个驴脸给谁看呢?"

"至于吗……"邱奕摸摸自己的脸。

"至于!怎么不至于?您这脸都不用连起来,直接绕地球一圈儿。"边南喷了一声。

邱奕一下乐了,笑了半天都没停下来,边南瞪着他,绷了一会儿也乐了,俩人嘿嘿笑了好一会儿,都不知道有什么可乐的。

邱奕笑着把牛肉干放到嘴里,嚼了一会儿才低声说了一句:"不好意思啊,我就是没睡好。"

虽然邱奕到底为什么会突然有点儿冷淡边南最后也没弄明白,但他却并不太在意,他就当邱奕是病了。

反正现在他俩已经回到之前的状态,坐在阳光里有一搭没一搭地聊着,没有莫名其妙的尴尬,这就行了。

他向来不太会追究这种事,从小到大养成的习惯,如果他一直追着问为什么你们会这样对我,最终的结果通常会让他陷入痛苦。

"现在放假了,你没平时那么忙了吧?"边南看着在场边拍着球来回跑的邱彦。

"差不多吧。"邱奕笑笑,"暑假时间多,正好再找份事儿做。"

"哎!"边南忍不住叹了口气,"你就不能先歇歇吗?"

"你每天训练,觉得累,但扛得住,让你休息一个暑假再开始训练,你什

239

么感觉?"邱奕问他。

"想死呗。"边南说。

"我这儿也一样。"邱奕笑了。

"……你这意思是就让自己一直绷着呗,绷断为止?"边南喷了一声,"你也挺牛的,还有工夫管你们航运那些破事儿。"

"不管了。"邱奕靠在椅子上仰了仰头,"以后谁乐意管谁管吧,我下学期得实习了。"

"那又得群魔乱舞一阵儿了。"边南招手把邱彦叫了过来,"我找个小哥哥教你发球好不好?"

"好!"邱彦抱着拍子用力点点头。

"你这教练当得真轻松。"邱奕笑着说。

边南起来走到旁边的教练身边说了几句,教练叫来了一个小男孩儿,看着十一二岁的样子。

小男孩儿带着邱彦走到了场地里,开始给他讲解发球的姿势和要领。

邱彦瞪大眼睛盯着他的动作,很认真。

"边南,"教练拍了拍边南的肩膀,"去帮我给那边的几个小孩儿喂球,那几个练回击。"

"哎?"边南愣了愣,顿时一脸不情愿,"我就休息这两天你别让我摸球了,我朋友还在呢。"

"谁让你放假了还跑这儿来呢?"教练推了他一把。

边南只得拖了一筐球过去了,回头瞅了一眼邱奕,邱奕正冲他乐呢。

喂球并不累,就担当个跟发球机差不多的角色,边南拿了球懒洋洋地一个个打过去,对面的小孩儿练习回击。

"别带旋儿!"教练喊。

"……哦。"边南懒洋洋地应了一声,继续拿起球打过去。

邱奕看着他,拿了颗巧克力放到嘴里。

边南的动作很懒散,看着跟下一秒就要倒地睡着了似的,不过技术动作却还是很标准,过去的球落点也一直在变化着。

半死不活地喂了半小时球,边南才回到了场边的椅子上坐下了。

"看着跟早上刚被揍过一样。"邱奕给了个评价。

"我靠,懂个屁,我这是不想出汗。"边南喷喷几声,又冲正埋头练发球的邱彦喊了一声，"二宝！歇会儿！"

"不！"邱彦很干脆地摇头。

"我去陪二宝玩会儿。"边南又站了起来。

邱彦很聪明，模仿能力和身体协调能力都不错，很短的时间里就能把球发得像模像样了，就是偶尔会击空。

边南把着他的手纠正了一下他的姿势，摸到他一身的汗。

"宝贝儿我在你球包里放了毛巾，擦擦汗去。"

"哦。"邱彦跑到球包旁边，从包里拿出毛巾，在脸上脖子上胡乱擦了几下，又学着边南的样子把毛巾盖在脑袋上，拿出瓶子喝了两口水。

邱彦精力很旺盛，快中午的时候邱奕被太阳晒得有点儿受不了，直接到场地里把他拎了出来。

"你看，你都晒黑了。"边南摸摸他的脸。

"我不怕黑。"邱彦一脸不情愿。

"那你看你哥。"边南只得又指指邱奕，"他都晒黑了。"

"我哥晒不黑的，我爸说小时候我哥在院儿里铺个席子趴上面晒了两天都没有黑……"邱彦说。

"哎，"邱奕有点儿无奈，掀起邱彦的衣服拿毛巾把他身上的汗都擦了擦，又将东西收拾到球包里，"那你看大虎子，他再晒黑点儿就只剩牙了。"

邱彦转过脸盯着边南。

"放你的屁。"边南乐了，"我就是这健康帅气阳光的小麦色，跟只剩牙差远了好吗？"

"配合一下。"邱奕说。

"哦，二宝，你先认认我的牙。"边南冲邱彦龇了龇牙，"以后你看不清我脸的时候就看牙。"

邱彦愣了愣，很响亮地笑了起来。

邱奕并不是每天都有时间送邱彦来练球，他又接了两个给初三学生补课的活，隔天的上午下午都安排了。

他不能送邱彦的时候，边南会打个车过去接，带着邱彦每天蹭场地，偶尔帮教练打个下手。

老爸带着全家出门去海边度假了，临走前做了最后的努力，想让边南一块儿去，边南依然拒绝了。

只有自己一个人的家,让边南松了口气,给家里的保姆也放了假,他陪邱彦练完球回家的时候终于不再觉得煎熬。

"大虎子,"邱彦今天难得在练习的时候主动跑到场边休息了,坐在他身边擦着汗,"30块钱能买什么东西啊?"

"嗯?"边南正玩手机呢,听了这话转过了头,"你要买什么?"

"不知道。"邱彦低头晃了晃腿,"我有30块钱。"

"你给谁买东西?"边南问。

"给我哥哥。"邱彦有些不好意思地笑着说,"他明天过生日了,我想送礼物给他,但是我没有买过礼物。"

"你哥生日?明天?"边南愣了愣。

"嗯,你陪我去买礼物好吗?我不知道买什么,30块能买什么?"邱彦有些纠结,"买零食?"

"零食是买给你自己的吧?"边南乐了,"那一会儿练完球了我陪你去商场。"

边南在买礼物上是老手,他以前给小姑娘买礼物花样翻新都没有重样儿的。

给男生的礼物也没少买,不过如果是他送给邱奕的礼物,那随便都能想出来,但邱彦这份礼物的上限是30块钱,他就得琢磨一下了。

带着邱彦在商场里转了一圈儿之后,他俩去了小商品一条街,这里有不少价格便宜但很好玩的小东西。

邱彦攥着他那30块钱一路盯着各种小玩意儿看,但始终没有挑出想买的,这个好,那个也挺好玩的,边南感觉这位小朋友的选择困难症已经到了晚期。

最后还是他拍板挑了一盏能夹在床头的阅读灯。

灯设计得很简洁,就在夹子上有一根能调节角度的金属软管和一支细长的小灯管。

边南拿出了十来年砍价的全部功力,不过他买东西基本不讲价,所以全部功力加一块儿大概也只有两成,最后老板一挥手,30块可以买个白光的那种。

边南本来想添20块买个能调白光和暖光的,但考虑再三还是放弃了,这毕竟是二宝自己送哥哥的礼物。

"哥哥会喜欢吗?"邱彦抱着盒子跟在边南身后,"这个灯像水管一样。"

"……怎么就像水管了？"边南想笑。

"像我家喷头上面的那个管子。"邱彦看了看盒子上的图片。

"这个叫简约！你懂什么！"边南喷了一声，其实还真挺像的，"让你自己挑你挑到你哥明年生日也定不下来。"

"不过这个可以扭来扭去，挺好的。"邱彦又研究了一会儿，"好玩。"

送邱彦回家的时候邱奕出门补课了，边南帮着邱彦把灯藏在了柜子里。

"明天再拿出来，知道吗？"边南关好柜门，"这叫惊喜。"

"嗯。"邱彦点点头。

"明天下午我要过来的事要保密。"边南说，"我带蛋糕过来，你爱吃栗子蛋糕对吧？"

"是的。"邱彦响亮地回答。

"那我就订个栗子的，别让你哥知道。"边南又强调了一遍。

"知道啦！"邱彦拍拍他的肩。

边南对自己的生日怎么过不太有所谓，反正每年都是林阿姨在家给他过一次，他拉上同学出去再过一次。

但他喜欢给别人过生日，挑礼物，送惊喜，每次他都觉得很有意思，特别对方如果是邱奕这种从来不过生日，生日当天就自己煮碗面吃了完事的人，那就更有意思了。

那种看着对方因为自己而开心的感觉，每次都会让他觉得自己还是有人需要的。

从邱奕家出来，边南跑到了商场，准备给邱奕买件礼物。

不过转了两圈之后，他在商场休息区的椅子上坐下了，他居然不知道该给邱奕买什么合适！

在他心里，邱奕的礼物不能随便买，怎么也得跟给万飞买那样，送点儿跟关系对等的东西，他给万飞买过PSP，买过游戏手柄，万飞爱玩游戏。

可邱奕呢？这人除了上课就是打工。

边南连他有什么兴趣爱好都不清楚，邱奕抽空会打个架，但这不能算爱好，总不能送套打架工具，再说邱奕已经表示要退出打架界了。

爱看书？可爱看什么书呢……不知道，边南因为一直觉得自己有文字过敏症，看了字就浑身难受，所以从来没细看过邱奕书柜里那一柜子都是什么书。

大百科全书？二十四史？

十万个为什么?

边南买了个甜筒,坐在椅子上搅了半小时脑汁,最后他先去护肤品区转了一圈,然后出了商场,走进了一家自行车专卖店。

邱奕那辆标志性的绿油油的车骑了不短时间了,加上上回他跟万飞偷袭的时候车被摔过,那天带邱彦去游泳的时候他能听到车时不时咔嗒响几声。

换辆新车吧!

边南对自行车不了解,只能按着邱奕那个车的样子挑了一辆,骑着在人行道上转了两圈儿,很省力,轻轻一蹬就嗖嗖地窜得跟要起飞似的。

"挺好。"边南说,他往店里看了几眼,"有别的色儿吗?"

"有,白的黑的,蓝色的也有,还有一款花的。"销售员指着几辆车,"我们这里颜色不全,你要挑合适了我们从仓库给你调过来也行。"

"有……"边南抓抓头发,"有……绿的吗?"

"绿的?没有。"销售员愣了愣,"你要什么绿色?不着急拿走的话,我们可以帮你喷色。"

"荧……荧光……"边南一拍车座,"哎算了,要白的,白架子白轱辘,越亮越好。"

把礼物搞定之后,买蛋糕就好办多了,家里别墅那个小区有家只做小区业主生意的特别能装咖啡店,下午茶的甜点做得很好,林阿姨和边馨语总上他家吃东西,他家也会帮客人定做各种点心。

边南到店里订了个双层的蛋糕,让店员记得在上面转圈儿写上"邱大宝生日快乐"。

第二天拎着蛋糕骑着车往邱奕家去的时候,边南感觉特别遭罪。

他家跟邱奕家离得挺远,中间要骑着车跋山涉水的,他自行车技术相当一般,从小到大就没骑过几次,上回带邱彦去游泳的时候就老担心会把邱彦连人带车都翻出去,现在单手掌舵,夹在跟海一样澎湃的电瓶车中简直是受罪,他又得留神车,还得提防着手里的蛋糕别被人碰了。

骑到邱奕家胡同口的时候,他折腾出了一脸汗,不过时间还掐得挺准,在邱奕到家但还没开始做饭这个空当里。

他骑着车进了胡同,邱奕家院子门是开着的,在外面就能听见邱彦在里面唱歌,听不清歌词,听调完全不知道唱的是什么歌。

"二宝。"边南在门外压着声音叫了他一声。

邱彦的歌声顿了顿,接着就边唱边跑到了院门口:"太热烈太热烈太热烈太热烈!这白天的幻觉,耶耶耶耶……"

"太热烈太热烈太热烈太热烈。"边南总算听清了歌词,没想到邱彦还会唱这样的歌,他跟着小声唱了一句,想把邱彦的调从宇宙之巅拉回来,但没成功,他刮了刮邱彦的鼻子,"你哥回来了吗?"

"这美丽的误会,耶耶耶耶……"邱彦边唱边点了点头。

"哎你别唱了。"边南叹了口气,虽然他知道邱彦很聪明,这是为了不让邱奕知道有人来了,但还是有点儿扛不住,"你让开,我直接骑进去。"

"是爱情的滋味!"邱彦坚持把这段唱完了才退到了门后。

边南把车搬过门口的坎儿,骑上去喊了一声:"邱大宝!"

"嗯?"邱奕拿着一杯水从屋里走了出来。

边南这边同时猛地一蹬,车飞快地窜到了葡萄架子下,顶着邱奕跟前儿停了下来。

"生日快乐!"边南把蛋糕拎起来又吼了一声。

邱奕往后退了一步,有些吃惊地看着他,张着嘴半天没说出话来。

"我靠快接一下。"边南把蛋糕往前递了递。

邱奕接过蛋糕,放在了旁边的小桌上,又盯着他,似乎还没回过神儿来。

"这车我挑的,比你现在那辆骑着爽多了。"边南下了车,把车停好,"你上来试试,不过我忘了个重要的事儿,我忘买车锁了……"

邱奕的胳膊突然从他身后伸了过来,一把勒住了他的肩往后一拽。

边南没站稳,跟跄着靠到了邱奕身上:"干吗?"

"谢谢。"邱奕在他耳边说,"谢谢。"

"你大爷!吓我一跳!你这威胁人和感谢人都用一种表达方式啊?"边南迅速抓住自己裤腰,"不会都有拽人裤子这个程序吧?"

邱奕笑着松开了他,拍了拍车座:"你这……也太费心了。"

"有什么费心的,上店里买了骑过来就行。"边南嘿嘿笑了两声,"不过说真的我没好意思问人家有没有荧光绿漆,你那色儿是自己喷的吧?"

"不是,直接买的就是那个色儿。"邱奕跨到车上。

"直接就有那色儿?全市就卖掉了你那一辆吧……"边南乐了。

"你就跟这荧光绿过不去了是吧?没完了还。"邱奕有点儿无奈。

"试试好骑吗?"边南说。

245

邱奕掉转车头，在院子里转了一圈，停在了边南面前："很舒服。"

"你骑车技术不错。"边南竖了竖拇指，就这小院子里还堆满了花盆木箱破锅的，邱奕转了一圈稳稳的什么也没碰着，"我一路骑过来累一身汗。"

"你骑车还不如二宝了。"邱奕笑笑。

"滚蛋。"边南拎着蛋糕进了屋，"冰箱有空地儿吗？先冰上吧。"

邱奕跟进来打开冰箱，挪了半天腾出一块儿地方来："怎么买个这么大的蛋糕？"

"好看啊，今天吃不完可以留着明天当早点嘛。"边南看了看还在院子里围着车转的邱彦，"二宝喜欢吃，我专门买的栗子的。"

"谢谢。"邱奕看着他，"真挺意外的。"

"咱俩生日挺近的，我还一个半月生日。"边南嘿嘿乐了两声，"你到时记得送我礼物。"

"好。"邱奕点点头。

"你今儿晚上不去饭店吧？"边南看着邱奕把蛋糕和自行车都放好了才想起来问了一句。

"要去。"邱奕皱皱眉，"我今天正常上班的。"

"啊？"边南忍不住喊了起来，"你不是吧！"

"我不知道你会来，"邱奕看上去挺纠结，拧着眉，"怎么办？要不你回……"

"你骗我！"边南指着他，打断了他的话，指了两下之后转身就往邱爸爸屋里走，"小样儿！你平时说话哪儿来这么多表情！"

邱爸爸在屋里看拳击比赛，正对着电视挥着拳。

"叔！"边南进去站到他面前，跟他对着挥了两拳，"我来了。"

"听到了，喊得全胡同都知道你来了。"邱爸爸笑着说。

"叔，邱奕晚上是不是休息？"边南问他。

"是啊，休息，生日嘛，休息一天，煮个面什么的。"邱爸爸点点头，"不过不知道你要来，今天菜都没买呢。"

"没事儿，去趟超市就能买上菜了。"边南跑出了屋。

邱奕没在客厅里，边南进了里屋，看到他正在换衣服。

"就知道你骗我，神经病。"边南过去对着他腰戳了两下，"痒痒！"

邱奕拉好衣服，回过头看着他："说了我不怕。"

"凭什……"边南话还没说完,邱奕飞快地往他肋条下边儿戳了戳,他条件反射地蹦起来捂着肋条直接一屁股坐在了旁边的椅子上,"我靠!"

"我去买菜。"邱奕拿过钱包放进口袋里,"你陪二宝下跳棋吧,他下午人格分裂自己跟自己下了一个多小时。"

"晚上再陪他下,要不你陪他,我去买菜,哪有让寿星出钱买菜的。"边南说。

"寿星不出钱,老板发了红包。"邱奕拍拍口袋。

"那不一样,红包你留着,两回事儿。"边南问,"你们饭店福利还挺好啊,还是上回那个什么姐吗?"

"嗯。"邱奕应了一声。

"我要去买菜!"邱彦在客厅听到了他们说话,立马喊了起来,"我要去买菜,我买菜!"

"……带你一块儿去呗。"边南喷了一声,"二宝这教育真到位,一个小男孩儿,居然喜欢买菜。"

"他就是想出门儿。"邱奕笑笑,"你现在就让他去胡同口扔垃圾他也一样积极。"

买菜不用去太远,小街上那个小超市里就有。

边南对买菜没研究,也没兴趣,就趴推车扶手上拿着手机一边斗地主一边跟着邱奕走,邱彦精力旺盛地在他身后拽着他裤腰推着他。

邱奕对这个超市很熟,东西在哪儿都清楚,边南甚至发现有超市大姐跟他打招呼,走到卖鸡蛋那块儿的时候,居然还有个大姐给邱奕专门留了两盒打折的鸡蛋。

"哎,我知道你为什么去跳广场舞了。"边南有些震惊,"您这丘比特拿的是霰弹枪啊,一打打一片。"

"羡慕吗?"邱奕把鸡蛋放进推车里,"火柴厂那儿晚上八点开场。"

买好了菜结账的时候边南一看邱奕要掏钱包,一把把他推到边儿上,掏出钱包:"你别动,我来。"

邱奕没有跟他争,只是拿了会员卡出来递给他。

"阿姨帮我看看有多少积分了。"邱彦扒着收银台,"能换酸奶了吗?"

"可以换了哦。"收银员看了看积分,"今天换吗?"

"换!"邱彦说,说完又看着邱奕,"换吗?"

"换呗。"邱奕点点头。

邱彦心满意足地换了一排不知道什么牌子的乳酸饮料,昂首阔步地拎着走出了超市。

"我看那儿还能换一整套锅呢。"边南说,"怎么不留着换大件儿的啊?"

"别想了,有二宝在永远就能只换吃的,凑够最低那档就换了。"邱奕叹了口气。

回了家,邱奕开始准备晚餐,边南陪着邱彦在葡萄架下边儿下跳棋,一人三个角。

边南觉得邱彦大概是下午裂成两半儿的人格还没重组好,每次轮到他跳子儿的时候,他都会小声说话:"你说,往这儿跳行不行?嗯,我觉得可以呀……那就这么跳吧,下轮让你跳……好的……"

"你跟谁说话呢?"边南问他。

"跟自己啊。"邱彦低头捏着玻璃珠子跳了一串,"我得商量着跳,得调度啊,这么多呢。"

"哟,你还知道调度这词儿呢?"边南赶紧把刚喝的一口水咽了下去,然后嘎嘎一通乐。

"粥还是米饭?"邱奕在厨房里问了一句。

"粥。"边南和邱彦一块儿回答。

"大米粥小米粥?"邱奕又问。

"大米粥。"邱彦说。

"小米粥。"边南同时开口,紧跟着又说,"大米粥吧。"

邱奕做菜动作很快,也不需要有人打下手,不到一小时,几个菜就全上桌了,边南闻着香味儿,棋下不下去了:"准备吃了吧?"

"嗯。"邱奕捏了一小块儿炒鸡块放到邱彦嘴里,"还一个青菜炒出来就吃了。"

"好吃!"邱彦喊了一嗓子。

边南把跳棋收了,去厨房把碗筷拿出来,邱彦已经把邱爸爸推到了院子里:"爸爸你喝酒吗?"

"来点儿吧。"邱爸爸挺有兴致,拍拍边南的肩,"跟叔叔喝两杯。"

"我大概也就能跟您喝两杯。"边南嘿嘿乐着。

邱奕拿了三瓶啤酒出来，咬开了瓶盖一人面前放了一瓶，又帮邱爸爸倒了一杯："你就这杯吧，医生说了少喝酒。"

"行。"邱爸爸乐呵呵地点点头，拿起了杯子，"儿子生日快乐。"

"生日快乐。"边南跟着拿起瓶子。

邱彦也举着自己的酸奶："碰杯！哥哥生日快乐！"

"谢谢。"邱奕笑着拿起瓶子跟他们挨个碰了一遍。

"哎，我得先垫点儿，别喝了这一口就倒了。"边南喝完一口啤酒之后拿着碗站起来往厨房走，"我喝点儿粥。"

"刚用凉水泡上，还烫呢。"邱奕跟了过来，"你喝粥要加料吗？"

"来点儿蚝油就行，我不爱喝淡……"边南一边说一边拿了大勺在锅里搅了搅，愣住了，"这什么粥？"

"大小米粥。"邱奕拿出蚝油往他碗里倒了点儿。

"什么大小米？"边南凑过去盯着粥看，"这就二米粥！"

"知道你还问，你要小米，二宝要大米，就都放了。"邱奕敲敲锅，"有意见？"

"不是……不爱吃二米粥，我爱吃甜的小米粥……"边南很纠结，他没想到邱奕会如此简单粗暴地同时满足他和邱彦的要求。

"等等。"邱奕出了厨房，过了一会儿又进来了，拉过他的手，把一根牙签放在了他手上，转身走出厨房，"想吃什么自己挑出来吧。"

"你狠！"边南喊。

最后他还是决定就用蚝油，盛好拌好之后端着碗回到桌子边尝了一口："哎？味道还不错嘛。"

"废话。"邱奕笑笑，"煮一块儿味道都一样。"

"口感比白粥强啊。"边南觉得这粥还挺意外的，"我家保姆做的没这个味道好。"

喝完这碗粥之后，邱爸爸突然对着他一举杯子："大虎子，来，干了！"

"啊？"边南拿起自己只喝了一口的瓶子，再看看邱爸爸那半杯啤酒，"叔您这也太狠了……"

"我就说说，这不显得豪迈嘛！"邱爸爸笑着把杯子里的酒喝光了，"我干了，你随意！这句也挺豪迈的。"

边南对着瓶子喝了两大口，虽然邱爸爸说了随意，但他也不能太随意了。

喝完之后他抹抹嘴："哎,大宝,今天晚上我要有什么奇怪的举动你别揍我,我感觉我可能要丢人。"

"嗯。"邱奕笑了笑,拿起瓶子给自己杯子里倒满了,"酒量不行,架势还挺足。"

边南喷了一声,也把酒倒进了杯子里。

"你还说别人。"邱爸爸看着邱奕。

"哎?"边南反应很快地抓住了他这句话,盯着邱奕,"听叔叔这意思……你也不怎么样?"

邱爸爸在旁边一通嘿嘿嘿地乐。

"别激动。"邱奕慢悠悠地拿起杯子在他的杯子上轻轻敲了一下,喝了一口酒,"够你倒十来回了。"

邱爸爸继续在一边嘿嘿笑。

"您是不是该吃点儿别的药了啊。"邱奕被他笑得也跟着乐了,"笑得没完了还。"

"今天我高兴啊,以为你又要自己一个人煮面吃呢。"邱爸爸伸手在邱奕肩拍了拍,"跟边南一样像个小孩儿多好。"

邱奕听了这话没出声,笑了笑,低头夹了一筷子青菜吃。

边南本来也跟着邱爸爸在嘿嘿乐着,看邱奕这样,嘿嘿了两声有点儿不好意思了。

他知道邱爸爸这话的意思,邱奕的确有着跟同龄人不相符的成熟,偶尔边南跟他待一块儿会有随时被他教育的错觉。

"我才是小孩儿。"邱彦一直埋头吃菜,这会儿才说了一句,"我刚八岁。"

"是,你是个特别可爱的小孩儿。"边南乐了,摸摸他的头,"长大了别跟你哥似的那么严肃就行。"

"我严肃吗?"邱奕看着他。

"是。"边南点头。

邱奕做的菜味道很好,边南感觉这水平直接能秒杀他家专业做菜的保姆了。

大家埋头苦吃了一通之后就开始边喝边聊,只有邱彦的脸还继续冲着碗。

邱爸爸的啤酒很快就喝没了,他还想偷偷再倒点儿,邱奕拿过他面前的酒瓶一仰头把半瓶多酒一口气全喝光了。

"哎，抠门儿。"邱爸爸叹了口气。

"抠门儿！"邱彦咬着一块排骨跟着喊了一声。

"没错，一直都抠门儿。"邱奕笑着进屋又拿了两瓶啤酒出来。

边南觉得自己的脸有些发热，扭头往自己脚边看了一眼，顿时没刹住吼了一声："我靠！"

几个人都被他吓了一跳，邱奕咬下来的瓶盖直接掉到了邱彦碗里："怎么了？"

"奇迹出现，一二三！"边南指着自己脚边的啤酒瓶，"我居然喝三瓶了，看你居然还没重影儿！"

"心情好就喝得多！"邱爸爸一拍他肩膀，"我跟你说，叔叔年轻的时候啊……"

邱爸爸今天情绪特别高，话也比平时多，光是跟边南说他年轻的时候上农民家里偷鸡的事儿就说了快半小时。

邱爸爸是个话痨这个发现还挺让人吃惊的，边南拿起瓶子又喝了一口。

"我用绳子套鸡那是一流水平，嘟儿一套，从不失手，保证绳到鸡来。"邱爸爸很得意地说，"后来就去公园里套圈玩，一块钱十个圈儿，十发百中，特别潇洒，邱奕他妈妈就这么给骗来的……"

说到这里，邱爸爸突然没了声音，捏着杯子半天都没再说话。

边南有点儿不知道该怎么办，赶紧看了邱奕一眼。

邱奕一脸平静地吃着鸡翅，过了一会儿才说："二宝给哥唱首歌。"

邱彦一点儿没犹豫，从凳子上跳起来就一边扭一边开始唱："熟悉的脸孔，出现在我家的途中……"

邱爸爸被这一嗓子给喊乐了。

"这什么歌？"边南已经放弃了从邱彦的调里寻找歌曲，直接问了邱奕。

"镜头里看见你，"邱奕看着他，跟着邱彦一块儿唱，"由远而近放大的笑容……"

"来个生日歌啊。"边南说，好像有点儿大舌头了。

"这个就是！"邱彦在走调的空余时间里忙不迭地说。

邱奕用手在桌上敲着节奏，一块儿继续唱了下去："收到礼物的我很感动，原来你为了我的生日惊喜在偷偷地打工……"

边南总算听出了这歌跟生日有什么关系,乐了好半天:"小爷没去偷偷打工,这歌应该下月我生日的时候唱给我听。"

邱彦喝了点儿酸奶比喝了酒还兴奋,又一连串唱了好多首歌。

一直到邱爸爸说累了要休息,他才终于被按下了静音键。

边南开始有点儿发晕,但跟平时喝了酒那种晕还不同,不知道是不是因为笑多了大脑缺氧,他感觉思维都有点儿滞后了。

平时他对喝酒没什么特别的喜好,就是别人喝他就跟着喝点儿,控制在自己即将发晕的边缘就停下了。

但今天他没找着节奏,邱奕把邱爸爸和邱彦都安顿好之后,他还靠在躺椅上拿着啤酒瓶慢慢喝着。

"哎!"边南看着邱奕,"蛋糕忘吃了,没插蜡烛,也没唱生日歌。"

"……真是。"邱奕也看着他,"扯淡扯忘了,都怪我爸。"

边南乐了,冲着他一通笑,笑得停不下来。

"你是不是要开始抽抽了?"邱奕坐到他旁边往椅背上一靠,被他带着也开始笑。

边南一边乐一边转过脸看着邱奕,他很少看到邱奕这样笑,邱奕笑起来一看就跟邱彦是亲哥俩,眼睛都是弯着的,嘴角不跟普通人似的往两边,而是向上翘着。

"你笑起来挺像好人的。"边南用酒瓶碰了碰邱奕的胳膊。

"是吗?"邱奕转过脸,"这个秘密都被你发现了,喝多了吧。"

"你大爷,我夸你呢。"边南指着他,"其实我是想说你人挺好的,比我以前想的要好。"

邱奕没说话,只是冲他笑了笑。

"你酒量也……不怎么样啊。"边南喷了一声,脑子里乱七八糟地嗡嗡响着,也听不清响什么,自己说话都跟隔着棉花似的,"我以为你起码二斤的量呢。"

"我这是高兴。"邱奕晃了晃椅子,闭上眼睛,"跟酒量没关系。"

"真的?"边南撑起身体,葡萄架下暖黄色的光打在邱奕脸上,他睫毛轻轻颤着,在脸上拉出一小片阴影,边南盯着他看了一会儿,"也是,你还……没开始唱歌呢。"

"你舌头打卷儿了。"邱奕勾勾嘴角。

"放屁，打卷儿的那是二宝……的头发。"边南把瓶子里最后一口啤酒喝光了，"一，二，三，五……我靠，我成仙了……你那边多少？"

"没数。"邱奕的啤酒早已经喝没了。

边南站起来到邱奕之前坐的椅子边看了看："一二三四，二二三四，三二三四……"

"你要不要睡觉？"邱奕听着他这动静笑了起来。

"一会儿再睡。"边南拿起一个空瓶子，"我给你唱首生日歌。"

"好。"邱奕睁开眼睛看着他。

"祝你生日快乐，祝你生日快乐。"边南拿着瓶子唱着，边唱还边挥着胳膊，"大宝生日快乐……大宝生——日——快——乐！"

唱完之后他给自己鼓了鼓掌，低头在裤兜里掏了半天，掏出个盒子来："我还有个小礼物要送你，特别适合你。"

"什么？"邱奕笑了笑。

"大宝……"边南说着抬起头，刚想迈步，就觉得眼前一阵眩晕，跟跄了一下差点儿又跪到邱奕跟前儿，他赶紧伸手撑在了邱奕那张椅子的扶手上，把盒子递到他眼前，"大宝天天见。"

"你真想得出来。"邱奕接过他手上的大宝SOD蜜，笑得眼睛都快睁不开了。

边南跟着乐，头还很晕，大概是酒劲儿已经上来了，他不敢动，双手撑着扶手看着邱奕。

邱奕笑了一会儿，把盒子拆了，从瓶子里挤了点儿乳液出来，往自己鼻尖上抹了一下。

边南定定地看着邱奕，终于发现邱奕脸上已经开始有重影儿了。

他盯了半天都没能把两层重影儿对到一块儿，又眨了眨眼睛："你双层了。"

"你……"邱奕被他盯得难受，伸手推了推他的脸，"都对眼儿了知道吗？"

"推什么推！"边南晃了晃，又眨了眨眼睛，"真有重影儿了，跟我对没对眼儿没关系。"

边南酒劲儿来得有点儿慢，这都喝完半天了，才开始慢慢展现出该有的实力。

邱奕看着他慢慢凑近，一直到两人的呼吸都已经扑到了对方脸上了。

"都是酒味儿……"他正要再次推开想仔细研究重影儿的边南时，发现边南有些控制不住身形了，靠近的速度有点儿快。

他赶紧在边南猛地砸下来那一瞬间转开了脸。

边南没刹住，脑门直接磕在了椅子靠背上。

邱奕没说话也没再动，边南也保持着这个诡异的姿势没动。

相当的晕，还有点儿乱七八糟，恍惚中还觉得，丢人了，边南在一片混乱的晕眩中被自己的状态弄得挺茫然。

喝高了居然能办出这么丢人的事儿来……太丢面儿了这也！这不得被邱奕笑话死啊！最后他恼羞成怒地低头在邱奕肩上咬了一口。

"哎！"邱奕忍不住喊了一声。

边南没说话，在咬完这口之后，撑着扶手的胳膊突然松了劲，整个人一下压在了邱奕身上。

"喂！"邱奕今天吃得不多，但啤酒喝了不少，被他这一压感觉尿都快被挤出来了，赶紧抽出胳膊推了推他，"起来。"

边南没动，下巴还挂在他肩上，硌得他肩膀一阵阵酸疼，他偏过脸抓着边南的头发把他脑袋往后拉了拉："边南？"

"你不是吧！"看清边南的脸之后邱奕喊了一声，"我……靠！"

边南睡着了。

邱奕还没见过喝多了前一秒刚咬人一口，后一秒立马就能陷入沉睡的人，边南算是让他长见识了。

而且在跟邱彦和老爸装睡的长期斗智斗勇中攒出来的经验让他马上就能判断出边南这是真睡着了，他抓着边南头发的手一松开，边南就直接出溜到了地上。

"我服了你了。"邱奕无奈地从旁边躺椅上拿了个靠垫放在了边南脑袋下边儿，然后起身一边揉着肩一边去上了个厕所。

邱彦和老爸都已经睡下了，屋里关着灯很安静。

邱奕进屋把邱彦扔得满床都是的玩具和衣服收拾了一下。

边南还睡着没动，身体跟拧绳子似的拧着劲儿，他过去拽着边南的胳膊拉了拉："醒醒。"

边南连哼都没哼一声，更别说配合他起来了。

邱奕叹了口气,在旁边坐下了,拿过邱彦没喝完的酸奶喝了几口。

他今天啤酒喝得不少,现在也有点儿犯困,平时把边南扛屋里去没什么问题,但今天边南跟个麻袋似的完全无法配合,要扛起来估计不可能。

喝完酸奶之后,他站了起来,把边南推成了半坐着,从他胳膊下面伸手半提半拽地把边南往屋里拖了过去。

"哥哥,"邱彦不知道什么时候起了床,穿个小裤衩站在老爸屋门口,"你在干吗啊?"

"看不见吗?把大虎子弄到床上去呗。"邱奕叹了口气,"你起来干吗?赶紧睡觉去。"

"我尿尿。"邱彦往门口跑过去,又盯着边南看了一眼,"大虎子晕倒了吗?"

"嗯,被我帅晕了。"邱奕笑笑,把边南拖进了屋里,"要尿赶紧去,别一会儿让我看到你还没睡!"

进屋他把边南脸冲下往床沿上一扔,边南哼了一声趴到床上,腿还跪在地上。

他把边南的鞋踢掉,兜着他的腿把他掀到了床上。

"啊……"边南翻了个身,嘟囔了一声,"杀人了。"

"你别往里去。"邱奕过去把已经滚到墙边的边南拖到了床边,"裤子上都是土。"

边南迷迷瞪瞪地睁开眼,目光也没个焦距,不知道在看哪儿,没等邱奕再说话,他很麻利地把自己裤子脱了,直接蹬到了地上,脚差点儿踹到邱奕身上,脱完裤子他就又翻了个身贴在了墙上。

"我靠!"邱奕有点儿恼火地伸手往他腿上甩了一巴掌,甩了一手汗。

他在边南身上摸了一把,叹口气拿了条毛巾到院子里弄湿,回到屋里把空调打开了,又拍拍边南:"哎,擦擦,一身汗。"

"不。"边南脸冲墙抱着毛巾被很干脆地回答,接着又发出了低低的鼾声。

"找抽呢吧你!"邱奕没有洁癖,但特别不能忍受有人一身汗躺在他床上,这也就是边南个儿太大,他折腾不动,要换了邱彦,早被他拎澡房里冲着去了。

"别烦!"边南突然翻了个身,胳膊往他身上一挥。

他赶紧躲开,边南的胳膊砸在了床板上,眼睛还是闭着,睡得挺沉的样子。

"你最烦!"邱奕简直无语,过去对着边南的胳膊就是两巴掌,啪啪的。

边南皱着眉在他打过的地方抓了抓,皱着眉又继续睡了。

邱奕顾不上别的了,边南这一身汗,还穿着在地上滚过的衣服,再折腾两下,他这床就没救了。

他站起来跨到边南身上,把他衣服推到胸口,拽着他胳膊一把就把衣服给扯了下来扔到了地上,再拿着湿毛巾在他胸口上肚子上一通狠擦,擦完了再把边南掀成趴着,在他背上又来回擦了一遍。

去把毛巾搓了一下回来又跟烙煎饼似的把边南擦了一遍之后邱奕才拿了换洗衣服去冲了个澡。

回屋的时候边南睡得还算老实,挨着墙,邱奕关了灯,拍拍枕头准备睡觉的时候,感觉到枕头下边儿有东西,于是开了台灯,掀开枕头看到下面放着一个用包装纸包着的盒子,上面还粘着一张小卡片,上面是邱彦工工整整的一行字:哥哥生日快乐,快长快大,越来越帅。邱彦。

他笑着把盒子拆开了,看到里面是一盏阅读灯。

对于邱彦没给他买零食而是买了一盏灯,他挺意外。

他收起了台灯,把阅读灯夹在了床头,然后去了老爸屋里。

邱彦闭着眼躺在床上,邱奕凑近看了看,他睫毛颤得很厉害。

"二宝。"邱奕摸了摸他的鼻子。

"我刚尿完尿,就没有睡着。"邱彦睁开眼睛。

"我看到你送我的礼物了。"邱奕笑着在他脑门儿上亲了一口,"谢谢,我特别喜欢,已经换上了。"

"真的吗?"邱彦眼睛一亮,"大虎子说你肯定喜欢的。"

"真的。"邱奕说,"大虎子带你去买的吗?"

"嗯,他挑的。"邱彦有些不好意思地笑着说,"我本来想买吃的。"

"想吃什么明天哥给你买。"邱奕拍拍他的脸,"睡吧。"

回到床上,邱奕躺下,关掉了夹在床头的小灯,过了两秒又抬手打开了,然后再关掉,重复地开灯关灯几次之后,他用胳膊肘在边南背上碰了碰:"哎。"

边南呼呼睡着,他想了想,撑起胳膊把边南扒拉成平躺,在他耳边轻声说:"谢谢啊,这个灯。"

边南吧唧了一下嘴,拧着眉继续睡。

邱奕盯着他看了一会儿,关掉了灯,狠狠地伸展了一下胳膊,闭上了眼睛。

这一夜边南睡得挺安静,没再跟之前那样张牙舞爪的,让邱奕消消停停地一直睡到了邻居家的鸡叫早。

邱彦起得挺早,听动静是在院子里收拾昨天晚上的碗筷。

邱奕想起床说一声放着让他来弄,结果刚坐起来,边南腿动了动,没等他转头,边南已经像被捅了一刀似的蹦了起来。

"你……"邱奕让他吓了一跳,扭过头看到边南正盯着他,"干吗?"

"……早。"边南说,然后直接一翻身跳下了床,在屋里转了两圈之后拿起衣服胡乱地往身上套着。

"你有急事儿啊?"邱奕莫名其妙地看着他。

"没,啊有。"边南抓抓头,"有,有点儿事儿。"

"裤子穿反了。"邱奕指指他的裤子。

边南低头扯着裤子看了看,飞快地脱掉重新穿好了,转身伸手去拿包的时候腿磕在了桌沿儿上:"哎!"

"你昨天没磕脑袋啊,"邱奕看着他晕头转向的样子,"干吗呢?"

"我得走了,还有事儿。"边南背上包,"昨天我喝多了……"

邱奕反应过来他大概是因为昨天晚上的事儿,刚想开口说没事儿,边南已经大步往门口走了过去,又说了一句:"哎我都喝断片儿了。"

邱奕的话卡在了嗓子眼儿里。

人都喝断片儿不记得了,那也不需要安慰了。

边南跑到院子里的时候,邱彦正从冰箱里抱出蛋糕放在了桌上,一看到他出来,立马扑了过来:"大虎子!"

"哎宝贝儿,起这么早。"边南蹲下抱了抱他,"你干吗呢?"

"准备吃蛋糕呀。"邱彦挥了挥手里的一包蜡烛,"昨天没有吃,晚上我做梦都梦到了。"

"……哦。"边南本来想直接走人,被邱彦这么一说,有点儿不知道该怎么办了,他回头往屋里看了一眼,邱奕已经一边穿衣服一边走出来了,他只得把包放到凳子上,"那吃吧。"

昨天他迷迷糊糊瞪着邱奕半天最后啃了一口的记忆仍然清晰地在脑子里转着,晚上做梦都梦到了。

挺尴尬的这事儿,要换了万飞,随便啃都没事儿,关系在那儿放着呢,他跟邱奕虽然也挺熟了,但似乎没熟到能这么瞎闹的程度。

这事儿一想就老觉得会破坏了他英俊潇洒的光辉形象,他帅炸天的体育单挑王的形象。

不过邱奕看上去没什么异常,看他时的眼神跟平时一样。

边南对着蛋糕愣了半天,琢磨着邱奕也许也喝高了根本不记得了,只要别觉得他有毛病就行。

酒果然不是他能随便碰的玩意儿!

"大虎子!"邱彦叫了他一声,"点蜡烛!"

"哦。"边南回过神来接过蜡烛。

邱彦对吃蛋糕的过程要求很严格,虽然是大清早,但点蜡烛唱生日歌的步骤却不能少。

边南低头把蜡烛盒子拆了,正想找个火机,邱奕从兜里掏了一个递过来。

"点几根啊?"边南问他,"你这是几岁生日?"

"十八岁!"邱彦在一边很响亮地回答,"成人啦!"

"哦。"边南笑笑,低头抓着一把蜡烛一块儿点了,数了18根出来插好,"就比我大不到俩月啊,我以为你大我十岁呢。"

"你不是跟二宝同岁吗?"邱奕从蛋糕边上抹了点儿奶油舔了舔,"好甜。"

"好了,快去把你爸爸推出来。"边南拍拍邱彦的肩。

大家一起围桌子边拍手边唱完生日歌,然后邱奕低头把蜡烛都吹灭了,邱彦才满意地开始给大家分盘子:"吃蛋糕!"

"切这个得弄个大家伙。"邱奕去厨房拿了把西瓜刀出来,在蛋糕上比画了一下,"我切?"

"嗯。"边南点点头,看着邱奕握着刀的手,感觉跟要开打似的,"寿星……切吧。"

蛋糕分好之后,边南低头狠狠咬了一口,还挺好吃的。

邱彦在他旁边蹦了半天,他转头发现邱彦手指上顶着一坨奶油,举着胳膊一直蹦,估计是想往他脸上抹,蹦了几下没够着只好把奶油抹在了他手上。

边南乐了,蹲下用手弄了点奶油抹在了他鼻子上,又在他下巴上点了几下:"白胡子小老头儿!"

"你也是!"邱彦笑得很开心,往他嘴上抹了一圈奶油,又举着蛋糕往邱奕身上扑过去。

邱奕赶紧也蹲下,让邱彦在他脸上抹了几道。

邱彦举着蛋糕往邱爸爸那边去的时候,邱奕突然飞快地伸手往边南脸上勾了一下,一坨奶油糊在了他脸上。

邱奕还挺玩得开,昨天统共五瓶啤酒就把自己喝成了神经病还啃人一口对于边南来说挺尴尬的,总觉得跟人关系没随意到那份儿上,但他发现邱奕似乎没什么感觉。

从小到大边南都习惯了用大大咧咧来掩饰自己对别人反应的敏感,他觉得邱奕也许也是在掩饰,怕他尴尬……

心里乱七八糟不知道在瞎想什么,边南一抬手,把一整块蛋糕直接按在了邱奕脸上。

"你……"邱奕没躲开,脸上糊满了奶油和蛋糕渣子,于是一把抓过边南的胳膊把自己手里的蛋糕也按在了他脸上。

"哈!哈哈!哈哈哈……"邱彦响亮地笑了两声之后是一连串停不下来的笑。

边南把嘴角的奶油舔进嘴里,一抬头看到邱奕从奶油里抹出俩窟窿露出眼睛来,顿时一通狂笑,跟着邱彦笑得刹不了车了。

"笑屁。"邱奕也乐了。

蛋糕很大,又齁甜的,除了邱彦,大家都是吃了一块儿就饱了,邱彦一个人吃了两大块儿才躺到躺椅上舒服地打了个饱嗝:"这个蛋糕好吃。"

"剩下的都是你的了。"邱奕把蛋糕盒子盖好放回了冰箱里。

"吃完这些你就得胖一圈儿。"边南蹲在水池边洗脸,脸上都是油,拿香皂搓了半天摸着还是油油的,"哎是不是得弄点儿洗洁精啊……"

"你手机响了。"邱奕在一边顶着一脸奶油说。

"帮我看看,估计是万飞的。"边南挥挥手,捧了水继续往脸上搓着。

邱奕从他包里翻出手机,看了看,走到他身边蹲下了,轻声说:"来电,老妈。"

"什么？"边南愣了愣，转过了脸。

邱奕把手机递到他眼前，又把手上的毛巾放到了他手上。

"我靠，她给我打电话干吗？"边南抓过毛巾胡乱擦了擦脸，又在身上蹭了蹭手，拿过了电话。

邱奕蹲到水池边开始洗脸，边南拿着手机看了半天，最后走出了院门，在胡同里接起了电话。

"喂？"边南靠着墙。

"喂什么喂，没存我号码啊？"那边传来了老妈的声音。

说实话，老妈的声音很好听，四十岁的人了，声音听着跟小姑娘似的娇滴滴的，但边南每次听到她声音都觉得心里有点儿发堵。

"存了啊。"边南说。

"叫声妈那么难啊，日子过得舒坦就顾不上亲妈了呗？"老妈语气带着不满，"你妈要死了你估计都不会来看一眼吧！"

"有什么事儿吗？"边南皱皱眉问了一句。

"我能有什么事儿！在你眼里我有什么事儿了才叫有事儿！"老妈一连串地说，"我要死了算事儿吗？"

边南叹了口气没出声。

"跟你那个亲爹一样狼心狗肺！"老妈又补了一句。

边南正想开口，电话那边传来了一个男人的吼声，什么东西被摔碎了，老妈尖叫了一声"你神经病啊"直接把电话挂掉了。

边南愣了愣，再打过去，老妈没接电话。

"我以为你走了呢。"邱奕的声音从身后传来。

边南赶紧回过头："你一直在这儿？"

"没。"邱奕看了他一眼，"一秒钟之前我刚出来。"

"……哦。"边南把手机放进裤兜里。

"你没事吧？"邱奕指了指他的脸，"脸色有点儿不太好看。"

"是吗？"边南摸了摸自己的脸，"香皂洗的吧。"

"怎么不说是抹大宝抹的啊？"邱奕笑了起来，过了一会儿才放轻声音问了一句，"出什么事儿了吗？"

边南没回答邱奕，进了院子坐到椅子上看着邱彦收拾桌子。

他跟他亲妈没多少感情，平时联系得也少，偶尔打个电话或者过去看看，但每次都没什么美好的记忆就是了。

老妈脾气不太好,说话永远带着损劲儿,他弄不清老妈究竟是想见到他还是不想见到他。

但今天他有点儿不踏实,老妈是一个人住,也没男朋友,平时打个牌都是去牌舍,今天突然听到有男人在旁边砸东西,他有点儿担心,担心老妈会有什么麻烦,以及万一老妈有了麻烦之后的一串连锁反应。

他想过去看看,但老妈平时接触的人……不太好说,如果万飞没出门儿,他肯定会叫上万飞一块儿过去。

但现在如果一定要带人过去,只有邱奕,虽说邱奕知道他家的事,理论上也比万飞更靠谱……

他拿出手机,又拨了一次老妈的号码,还是没人接。

"靠。"他皱着眉小声骂了一句。

邱奕坐到了他身边:"要去看看吗?我下午才补课,早上没事,可以陪你一块儿。"

"靠!"边南迅速转过脸盯着他,"你偷听了吧?"

"这还用偷听吗?"邱奕笑了,"接完电话脸就能绕地球两圈儿了,打电话过去又没人接。"

"我妈……"边南犹豫了一下才说了一句,"要不……你陪我过去看看吧,我怕她让人揍了。"

老妈住在城东一个小区,房子是老爸分手的时候给她买的,据说边南当年就是被锁在这套房子的厕所里被老爸解救的。

边南没有太深刻的记忆,只是在之后很多年的梦里,梦到关于房子的内容时,都会出现这一套,但从来没梦到过厕所。

老妈的房子在一楼,带一个小小的半开放式院子,有十来盆早已经枯死了的花花草草。

边南按门铃前先站在门外听了听,屋里很安静。

邱奕从他身后伸出手在门铃上按了一下。

老妈穿着睡衣开的门,看到门外站着的边南和邱奕显然有些吃惊。

"你怎么来了?"老妈拢拢头发,转身回了屋里,"看戏的反应还挺快,可惜已经演完了。"

"我在外边儿等你吧。"邱奕说。

"嗯。"边南进了屋。

"你新交的朋友吗?"老妈坐在沙发上,点了支烟看着他,"你不总是跟万飞一块儿的吗?"

边南没说话,屋里一片狼藉,地上全是玻璃茬子,花瓶和窗户碎了一地,老妈很喜欢的一套茶具也被砸碎了。

"看够了没,要不要拍两张照片存着啊?"老妈说。

"你男朋友干的?"边南问她。

老妈夹着烟笑了起来,半天才站起来用脚把地上乱七八糟的东西踢到一边,过去给边南倒了杯水:"他脾气不太好。"

"打你了?"边南接过杯子的时候看到了老妈手腕上有几条红道。

"没,我抽他的时候被抓的。"老妈拍拍他肩膀坐回沙发上,"哎!你还知道跑过来看看,真感动,比隔壁那家的狗强多了,碰上事儿只会跑。"

"那你赶紧生条狗跟他家比比。"边南放下杯子,往门口走了过去。

"王八蛋!你再说一句!"老妈突然吼了一声跳起来,手上的烟几乎指到他脸上,"我这辈子都毁你爸手上了!生个儿子现在就是这么对我的!"

边南没说话,只是靠在桌边看着她。

"我跟你说,边南,"老妈沉默了一会儿,用手指在他胸口上一下下戳着,"谁都能看不起我,就你不能。"

"我没看不起你。"边南皱皱眉,"我只是不知道你到底想要什么。"

老妈低头狠狠抽了两口烟:"你那儿有钱吗?"

边南差点儿笑出来。

"他从别人手上接了个小工程,差点儿钱。"老妈看着他,"你那儿有多少?"

"你要多少?"边南问。

"二十万。"老妈说。

"我哪儿来的二十万?"边南看了看一地的残骸,"那人知道你还有套房吗?"

除去之前被老妈折腾没了的铺面和房子,老妈名下还有一套小房子,在市区不错的地段,她把那套房出租了,租金不低,如果不瞎折腾,她生活不成问题。

"我又不傻。"老妈笑了笑,"但这人对我还不错,我就是想帮他一把,一块儿……"

"我没有二十万。"边南说，老妈高中毕业之后当了几年服务员，认识老爸之后到现在就没工作过，边南根本不相信她能跟这人干得了什么工程。

"那你有多少？钱要不够我就得卖房子。"老妈皱着眉。

"你还说你不傻？"边南看着她，"我没钱，你过不下去了我给你生活费，我给你养老，多的钱我没有。"

"滚吧。"老妈坐回沙发上，"滚吧。"

边南拉开了房门，老妈在他身后又追了一句："我不需要你养，你留着去养你亲爹和你阿姨吧！不过也许轮不上你去养……"

边南没在门外看到邱奕，四处看了看才发现邱奕在旁边的一排健身器材那儿跟一个老太太面对面玩扭腰器。

边南走过去坐在了跷跷板上，邱奕从扭腰器上跳下来，坐到了他对面。

"跟奶奶聊天儿呢？"边南蹬了一下地，跷跷板跷了起来。

"嗯。"邱奕也蹬了一下，"聊完了？没事儿吧？"

"没事儿。"边南闷着声音说，"反正就那么回事儿了。"

"你跟你妈长得挺像的。"邱奕说。

"都这么说。"边南笑笑，"不过我跟我爸一样黑。"

玩了一会儿跷跷板，两人离开了小区，沿着路慢慢往前走。

边南低头看着地上的花砖，沉默了很长时间之后问了一句："谁把谁一辈子给毁了，这话你觉得有意义吗？"

"你妈说的吗？"邱奕看看他。

"嗯。"边南笑笑，"她一直说她是真的爱我爸，我爸毁了她这辈子。"

邱奕没说话。

"我觉得没谁毁谁这说，要真论起来，她先毁别人家来着。"边南对老妈的感情很复杂，在这一点上他始终不能认同她，"以真爱为借口，只是最后没全毁了而已，末了还把自己过成了这样。"

边南想到临出门时老妈那句话，心里狠狠抽了一下。

"真爱吗？"邱奕说。

"嗯，真爱呢，"边南仰起头看着天，"这种真爱有什么意义，以伤害别人为前提的真爱根本就不算爱，自私而已。"

"有些感情从开始就注定会有伤害，别人，或者自己，"邱奕掏出烟点了一根叼着,"无论你愿意不愿意。"

"就我妈和我爸这样的。"边南喷了一声。

"还有别的。"邱奕吐出一口烟。

边南想了想,忍不住把这话跟邱奕那天的话想到了一块儿,总觉得自己似乎是感觉到了邱奕的什么秘密,试着问了一句:"比如?"

"你猜。"邱奕冲他笑笑。

"神经病,"边南一挥胳膊,"不管了!走,打车回去,我下午带二宝去打球。"

谁都有点儿不愿意说出来的秘密吧。

带着邱彦胡乱玩了几天网球之后,边南开始安排邱彦进行系统训练。

邱彦让他挺吃惊,就算是枯燥的各种基础训练,他都会认真完成,比暑期班的那些孩子都有劲头。

教练找了边南,说这个卷毛小朋友条件不错,想问问家里愿不愿意让他正经练下去。

虽说邱彦不是他亲弟弟,但被这么表扬,边南还是觉得很得意。

"你来接二宝的时候带个甜筒给他吧。"边南给邱奕打了个电话,"他训练特别认真,值得奖励。"

"好,你要吗?"邱奕笑笑。

"要啊,我也挺认真的。"边南嘿嘿乐了两声。

训练完了之后边南带着邱彦走到了远离学校的路口等邱奕。

邱奕骑着车过来的时候,边南发现白车比荧光绿的车更显眼,老远就能看见了,简直骚包得不行。

"哥哥!"邱彦跑过去喊了一声。

邱奕的车停在了他面前,把手里拿着的甜筒递了一个给他:"这一脸汗。"

"你牛啊。"边南走过去,"甜筒都没化呢。"

"一路狂蹬过来的。"邱奕把另一个甜筒递了过来,"这车挺起速的。"

"你比万飞靠谱多了。"边南冲他竖了竖拇指,"那小子给我带的甜筒从来都是被他咬过的。"

邱奕迅速把甜筒收了回去,低头咬了一口,然后再递过来:"给。"

"你大爷!"边南拿过只剩了小半个球的甜筒喊了一声。

"这不是怕你不习惯吃一整个儿的吗?"邱奕笑笑。

"放屁!"边南骂了一句,狠狠地把剩下的那半个球塞进了嘴里。

甜筒在嘴里半天没化,边南牙都冻麻了,脸上也冻得生疼。

"我靠……"他含混不清地说,"冻死我了。"

"谁跟你抢啊。"邱奕乐了。

边南没说话,捂着脸努力地把冰淇淋球咽下去。

巫哲 ◎ 著
WU ZHE
WORKS

狼行成双

中

江苏凤凰文艺出版社
JIANGSU PHOENIX LITERATURE AND
ART PUBLISHING, LTD

第六章
矛盾

阳光斜着打在邱奕脸上，让他本来就清晰的轮廓变得更加立体，边南看着他脸上的笑容，最后一屁股坐在了路边的一堆砖上："哎，你赶紧带二宝回去吧，晚上不是还要上班吗？"

"嗯。"邱奕把车掉了个头，邱彦爬上后座坐好之后，他看了看边南，"你回家吗？"

"大虎子去我家吃饭吧。"邱彦喊。

"不了不了，我回家。"边南赶紧摆摆手，冲邱彦笑了笑，"我家冰箱里一堆吃的，再不吃掉就得坏了。"

邱奕骑着车走了之后，边南又在砖堆上坐了半天，被冻麻的脸恢复之后他才站了起来。

放假之后学校这边基本打不到车，连三蹦子都度假去了，边南只得去坐公车，倒了三趟车，还坐反一次，耗时快两个小时才回到了家里。

家里没吃的，老爸出门之前给他卡里存了钱，让他出去吃。

老妈问他要钱的时候他说没有，其实就算没有二十万，他卡里小十万还是有的，老爸光这次存个饭钱都存得跟要出门三年似的。

他就是不想拿钱给老妈，无论是说他无情也好，比狗强不如狗也好，他就觉得以老妈的风格，给多少钱都没个头。

边南在家里转了一圈，给客厅和书房的花浇了浇水，又到院子里拿水管把花花草草淋了一遍。

这次去海边是自驾游，老爸和边皓一人开了一辆车，所以边馨语把她的宝贝狗也带上了，边南浇完水之后坐在石凳上，没了舔来舔去的狗舌头，坐在这里居然有点儿寂寞。

以往他去老妈那儿回来都会挺郁闷的，但过一会儿就缓过来了，今天却一直是想起来就郁闷。

老妈不愧是亲妈，最后那句话准准地戳在了他伤口上。

"哎——"边南到旁边的吊床上躺下，轻轻晃着，不去想了，反正已经这样了，想来想去也没什么意义，想点儿别的呗。

然后就顺着思路想到了邱奕。

他在心里轻轻叹了口气，要说邱奕家够困难的了，比起他家来说，那日子简直没法过，可虽然他觉得邱奕有时候有点儿冷，但他身上却有他没有的那些东西：坚定，目标，方向……什么的。

"靠。"边南想想就觉得挺郁闷，坐起来想去吃点东西转移一下注意力。

他一只脚刚着地，另一只脚还勾在吊床上，吊床已经猛地往后一晃，被勾着的脚跟着吊床往后一拉，让他瞬间劈了个大叉坐在了地上。

"这柔韧性！"边南咬着牙夸了自己一句，半天才挣扎着站了起来。

大腿内侧被这一扯，走路都横着了，路过镜子的时候边南看了一眼，特别威武。

邱奕今天挺忙，有人在店里弄什么庆功宴，包了二层几个大包，人比较多，二楼的服务忙不过来，邱奕他们几个一楼的被叫过去帮忙，楼上楼下一通跑。

等到二楼散了的时候，邱奕才有了这个晚上的第一次休息。

他绕到后门抽烟，拿出手机看了看，有一个申涛的未接来电。

申涛一放暑假就回了老家，得下个月才能回来。

他把电话回了过去："玩得痛快吗？"

"痛快个屁啊！"申涛笑着说，"天天给几个姨拎包。"

"训练一下，为以后给老婆拎包打打基础。"邱奕笑笑。

"那你得先训练一下对姑娘不总冷着个脸……算了不说这个。"申涛叹了口气，"那天给你发短信祝你生日快乐也不回一个，我还等半天。"

"喝了酒睡了。"邱奕说。

"喝酒？"申涛愣了愣，"跟谁啊，跟叔叔？"

没等邱奕开口,他又说:"还是边南?"

"嗯。"邱奕抽了口烟应了一声。

申涛沉默了,过了一阵儿才低声说:"不知道你想什么呢。"

"就朋友,我能想什么。"邱奕说。

"这事儿我不好说什么,这是你自己的事。"申涛说得有点儿费劲,似乎是不知道该怎么表达,"反正这个吧,咱俩这么多年哥们儿了……边南毕竟是体校的,还是个刺儿头。"

"知道你想说什么,再说我又没想要跟体校建立友好通道。"邱奕掐掉烟,把烟头扔进旁边的垃圾桶里,"就是交了个朋友。"

"我给你买了套工具。"申涛换了个话题。

"什么工具?听着怎么这么流氓。"邱奕笑笑。

"靠,你真是……"申涛说,"你原来做小泥人儿的那套工具不是不顺手了吗?我给你买了一套,回去的时候拿给你看看合不合用。"

"我都没时间做那些了。"邱奕叹了口气。

"那就放着呗,又没保质期。"

"谢了。"

那些小泥塑他的确是很久没做过了,没时间,做这东西需要大量时间,还得心静。

邱奕回到家时老爸和邱彦都已经睡了,他坐到桌子前,拿起妈妈的那个小人儿看了看,这个泥塑他花的时间最长,因为做的时候邱奕已经不太记得妈妈的样子了,明明觉得就跟刻在心里了一样,但做的时候偏偏就看不清了。

太久了。

他放下小泥人,拿过日历翻了翻,边南的生日在开学前,做一个不知道时间还够不够。

老爸一家四口从海边回来的时间比之前计划的早了两天,几个人开门进屋的时候边南刚看了一通宵电影正躺客厅沙发上呼呼大睡。

听到有人进门的声音时他被吓了一跳,迷迷瞪瞪直接从沙发上翻到了地上。

"怎么在这儿睡?"老爸看了看钟,"你这是午睡还是昨天睡到现在啊?"

"午睡。"边南爬起来揉揉鼻子,过去接过了阿姨手里的箱子,"你们不说玩到周六吗?"

"哪儿哪儿都是人,海滩上人也多,哪是看海啊,看人都看腻了。"阿姨说,又从随身的包里拿出了个盒子,"对了小南,我给你买了点儿东西,看看喜欢吗?"

"谢谢阿姨。"边南接过盒子,"别老给我买东西,你们好好玩就行啊。"

边皓和边馨语跟着也进了屋,边南看了他俩一眼,拿着阿姨送的那个盒子准备上楼,狗跑过来直接扑到了他身上一通舔,他半天才挣扎着逃上了楼。

几个人还在楼下讨论着这次玩的事,商量下回去哪儿。

边南拆了盒子,阿姨给他买的是块潜水表,挺漂亮,就是估计没什么能用上的机会,带邱彦去游泳的时候倒是可以戴上让他玩玩。

想到邱彦,他叹了口气。

这几天邱奕挺忙,他补课的一个学生中考考得不错,给他又介绍了两个初三的孩子,邱奕的时间一下都被填满了。

邱彦来学网球基本都是他给送到学校门口,让邱彦自己跑进来,练完球要不就是边南给送回去,要不就是邱奕过来接了走。

两人话都说不上几句。

房门被很轻地敲了两下,边南放下手表,过去打开了门。

边馨语站在走廊里,看到他有些局促地原地蹦了两下才走了过来,把手里拿着的一个小纸袋递了过来。

边南莫名其妙地接过纸袋看了一眼:"什么?"

"那个⋯⋯"边馨语低头捂着嘴清了清嗓子,"是我买的纪念品,一个给你的,还有一个是给⋯⋯给⋯⋯"

"给邱奕?"边南问。

"嗯。"边馨语点点头,"麻烦你帮我给他,我怕我拿去他不要。"

"⋯⋯我拿去他也不一定要啊。"边南不知道这是什么纪念品,按邱奕那个脾气,他还真拿不准他会不会收边馨语的礼物。

"就普通的男式珍珠手链,也没什么别的意义。"边馨语似乎有些尴尬,飞快地说了一句,"他不要你就留着吧或者扔了也行。"

没等边南再说话,她扭头跑回了自己房间关上了门。

边馨语挑的两条手链是一样的,挺漂亮的黑珍珠。

第二天邱奕送邱彦来学校的时候,边南蹲在门口等他。

"大忙人,"边南过去扶着他车把,"要见你一面还得蹲点儿。"

"有事儿吗?"邱奕笑笑。

边南把装着手链的纸袋递到他面前:"边馨语送你的,怕你不收,让我帮她给你。"

"边馨语?"邱奕愣了愣,接过纸袋,"什么东西?"

"珍珠手链,她不是去了趟海边嘛,说是纪念品,我一条,你一条。"边南说。

"一样的?"邱奕拿出手链。

"嗯。"边南发现黑珍珠衬在邱奕白皙的皮肤上相当好看,"哎你戴应该挺好看,黑白分明。"

"你戴吗?"邱奕问他。

"我训练不让戴啊。"边南抓抓头,"要不你收下得了,省得她老来找我,简直难受……"

邱奕看着手里的手链,沉默了老半天才点了点头:"那行吧,我晚上给她打电话谢谢她。"

邱奕把手链放到了口袋里,掉转车头准备走的时候,边南又叫住了他。

"那什么,"边南冲他龇牙笑了笑,"我晚上上你家吃饭吧,我带菜过去,你不用弄,吃完你上班去就行。"

"我今儿晚上调休。"邱奕看着他,"你不想回家是吧?"

"回家别扭,过几天我们开始训练了我跟教练说说住校就行了。"边南叹了口气。

"打算在我家吃几天啊?"邱奕笑了。

"不知道,反正我去之前通知你,我管买,你不还省事儿吗?"边南嘿嘿笑了两声。

下午带着邱彦训练完了之后,边南又领着他跑了趟超市,买了一大堆邱彦爱吃的熟食,什么叉烧、烧鹅、海带结之类的一样来了点儿。

"这么多!"邱彦很开心地捧着袋子边走边闻,"我会长胖的,哥哥说我这阵儿老打球还胖了好多呢。"

"我掂掂,"边南把他抱了起来,又捏了捏他肚皮,"好像重了,不过不是肥肉,告诉你哥,你这是锻炼了长肌肉了。"

"我还长个儿呢。"邱彦挺得意地摸了摸自己头顶,"前天我碰到方小军了,他原来到我耳朵上边儿,现在到我耳朵下边儿了。"

"好样儿的!"边南竖了竖拇指,想了想又叹口气,"我说你能不能别跟那个方小军玩了啊,那小子全身上下长的心眼儿都够让密集恐惧症的人晕倒两回了。"

"哦!"邱彦响亮地回答了一声,也不知道听没听明白。

到了胡同口边南把邱彦放了下来,邱彦拎着袋子往里跑。

跑半道碰上了隔壁院儿的小孩儿一家拿着大包小包地出来,邱彦好奇地停下了脚步。

"叔叔,你们干吗去呀?"邱彦仰头看着邻居爸爸背上的一个大包。

"去野营啊。"邻居爸爸笑着说。

"我们去野营,烧烤、钓鱼、游泳……"小孩儿很兴奋地跟邱彦一连串地数着,"我们还带帐篷了,还要露营!明天才回来!"

"哦。"邱彦眼睛瞪得挺圆,一脸羡慕。

"你们去过吗?"小孩儿问邱彦。

他爸爸拍了拍小孩儿的头:"二宝爸爸身体不好去不了。"

"我们冬天去。"邱彦小声说,在自己胳膊上挠了挠,"夏天有蚊子咬……"

邱彦和边南进院子的时候,邱奕刚到家,正拿了抹布蹲自行车旁边擦着。

"哥哥!"邱彦本来还有点儿郁闷,一看到邱奕就又喊上了,"哥哥!胖猴儿他们家去野营呢!烧烤!钓鱼!游泳!还睡帐篷!明天才回来!"

"记忆力挺好。"边南在后边儿说,"项目顺序都没背错。"

"冲个澡去,一身汗。"邱奕拍拍邱彦的屁股,"洗完好吃饭了。"

"有叉烧——"邱彦喊着跑进了屋,拿了衣服又一溜烟跑进了澡房。

边南在邱奕身边蹲下了,啧了一声:"切!那小子叫胖猴儿吗?去露个营也乐成这样,拉着二宝一通显。"

"你都多大人了啊还说这话。"邱奕看了他一眼乐了,"要换了二宝去露营,他得喊得这一条胡同所有人都知道。"

"那不怪你吗?还哥哥呢,"边南指着他,"你都不怎么带他出去玩。"

"我答应他明天下午去游泳了,后天我没安排事儿。"邱奕拿了抹布去水池搓着,"还可以陪他去游乐场……"

"我靠,都安排好了?"边南愣了愣。

邱奕点了点头,刚想说话,边南打断了他:"你都没跟我说一声儿啊?"

"早上刚商量好,没来得及告诉你。"邱奕看了他一眼,"你比八岁小孩儿还着急玩啊。"

"我闲得呗。"边南突然有点儿不好意思,都不知道自己怎么会因为邱奕带自己弟弟出去玩没告诉他就急上了。

邱奕拿了菜去厨房加工,边南在院子里数了数葡萄,然后进了厨房准备帮忙端菜,但刚到厨房门口就听到了邱彦的声音。

"哥哥,帐篷有多大啊?"邱彦刚洗完澡,头发还滴着水,"有咱屋那么大吗?"

"大的小的都有。"邱奕回答他。

"烧烤都烤什么呢?牛肉吗?还是鱼啊?是不是叉烧啊?"邱彦又问。

"都可以烤。"邱奕拿了一片叉烧塞到他嘴里,"拿碗去。"

"明天不游泳了!"边南往厨房门口一站,胳膊撑着门框特别有气势地说了一句,"明天去烧烤!露营!"

"什么?"邱奕转过头吃惊地盯着他。

"啊——真的吗?"邱彦喊了起来,嗓子都有点儿破音了。

"真的!烧烤!钓鱼!游泳!还睡帐篷!"边南龇龇牙,想了想又补了一句,"什么时候回来听你哥哥的。"

"去不去怎么不听我的?"邱奕有点儿哭笑不得。

"这个听我的。"边南指指自己,"如果不过夜,下午去晚上回来也能玩够了,你要觉得人少没意思,多叫上几个人也行,什么申涛的都叫上呗。"

"申涛在老家没回……"

"那叫别人呗,你们那伙人都行啊。"

"你是要去烧烤还是打架啊?"邱奕看着他。

"烧烤啊。"边南乐了,"我不是怕人少了不好玩吗?"

"随便玩玩得了,你也太想一招是一招了。"邱奕想了想,"就去游泳那个河边儿吧,烧烤游泳都可以了……怎么去?东西不少吧?"

"我开车,借我爸的车就行。"边南很无所谓地挥挥手,"我家好几套BBQ的东西,现成的。"

邱奕没说话,似乎还在考虑。

边南推了他一把,看着正在摆碗筷的邱彦:"你不知道刚二宝那样子,太让人心疼了,他跟人说冬天才去烧烤,夏天有蚊子。"

邱奕叹了口气:"服了你了。"

虽然最后邱奕没同意露营只同意了烧烤,邱彦还是兴奋得不行,连叉烧都不能吸引他的注意力,一边吃饭一边跟邱爸爸说个不停。

"烧个烤把你乐成这样。"邱爸爸叹口气,"当年我们,那天天都在烧烤,不烧烤没饭吃……"

接着他就又聊兴大发地开始说以前的事儿,说到饭都吃完了还没停。

邱奕拿了碗去洗,边南跟过去蹲在他旁边笑着说:"哎,二宝听得挺有瘾啊,碗都不洗了。"

"这些他都听好些年了。"邱奕说。

"……那他还这么投入?"边南往那边看了一眼。

"我爸每天就待在家里,也没什么别的事儿可说。"邱奕笑笑,"我跟二宝说了,我爸说什么都得认真听,要不他多没意思。"

边南看了看说得挺有兴致的邱爸爸,突然有些感慨,邱爸爸这样子在家待着已经很多年了啊。

"我去听,我还没听过这段儿呢。"边南起来跑过去坐到了邱爸爸身边。

邱爸爸一直聊到了九点多才回屋看电视去了,邱彦站在客厅里看着边南:"大虎子你跟我哥睡吗?"

边南愣了愣:"啊?"

"你今天不走了呗,明天早上去打球,下午就去烧烤了呀!"邱彦一脸期待地说。

"我……"边南往邱奕那边看了看,说实话他挺愿意待这儿的,比家里强太多。

但他也不知道自己一个外人成天跑邱奕家混着,邱奕会是什么感觉,他跟万飞关系那么好,也没成天泡万飞家里。

"你上爸屋里睡吧。"邱奕冲邱彦挥挥手。

边南进了里屋,邱奕跟在他身后走进来,顺手带上了门。

"遥控器呢?"边南问,"热死了。"

邱奕把遥控器扔给他,在椅子上坐下:"明天不打球了吧?下午要去的话得准备东西。"

"嗯。"边南坐到他旁边笑了两声,"我其实有点儿兴奋。"

邱奕瞅了他一眼:"为什么?"

"好久没去烧烤了。"边南往床上一躺,"上回去烧烤还是跟万飞他爸妈一块儿去的,回来拉了两天肚子。"

"衣服脱了再躺。"邱奕指指他。

"哦。"边南坐了起来,脱衣服脱到一半的时候他想了想,"我喝多了那次……你给我折腾到屋里的吧,辛苦你了啊。"

"不辛苦,不过你喝了酒真烦人。"邱奕从抽屉里拿了个本子出来,把腿架在桌上,靠在椅子里,拿了支铅笔在本子上勾勾画画的。

边南嘿嘿乐了两声,捂着肚子躺倒在枕头上。

枕头上能闻到干净的香皂味儿和洗发水味道混杂在一块儿,挺好闻的。

邱奕一直在本子上画着,时不时往他这儿瞅一眼,边南看了一会儿,摸了摸自己的脸:"你是不是在画画呢?"

"嗯。"邱奕停了笔,侧过脸看着他。

"画我吗?"边南坐了起来,想凑过去看看。

邱奕啪一声合上了本子,手里的笔顶在了他下巴上:"画完再看。"

"还卖关子呢……"边南躺回床上,"我能动吗?"

"随便动。"邱奕打开本子继续画着。

"你太不专业了。"边南喷了一声,枕着自己胳膊,"人家画人的,模特都不让动弹。"

"那你别动呗。"邱奕说。

"就动。"边南踢了踢腿,又来回翻了几下。

邱奕看着他没说话,过了一会儿笑了。

边南指着他一脸严肃地说:"傻乐什么!好好画!"

"嗯。"邱奕笑着点了点头。

俩人都没再说话,边南枕着胳膊看着邱奕手里走走停停的笔。

这种感觉还挺不错的,屋里很静,空调发出很低的嗡嗡声,眼睛跟着笔走的时候,边南能听到笔尖在纸上划过时沙沙的响声。

邱奕画得很认真,偶尔往他这边扫一眼,边南感觉他俩跟在自习室里好好学习天天向上的好学生似的。

在体校想体会这种安静的氛围还真挺不容易的。

"你交过女朋友吗?"他瞪着天花板顺便问了一句。

"没。"邱奕回答得很简单。

"按说你这条件没谈过挺奇怪的,长得好,做饭好吃,懂事儿,跟你待一块儿感觉什么都不用操心……"边南看着他,"你喜欢什么样的姑娘?"

"要给我介绍吗?"邱奕问。

"美得你,有合适的我自己留着了。"边南笑笑。

"看来是没合适的啊。"邱奕说,"往卫校跑得不够勤快。"

"你这就不懂了。"边南冲他呲呲牙,一提卫校他又想起张晓蓉了,于是叹了口气,"算了。"

邱奕转了转笔,看着他笑了笑。

"大宝,"边南侧过身躺着,"你画我的时候得实事求是。"

"嗯?"邱奕笑着看了他一眼。

"不要歪曲我的形象,像我这么玉树临风,目……什么朗来着?"边南皱着眉半天也没说利索,"还是剑什么眉毛什么……唉文盲真可悲……"

"目若朗星?剑眉星目?"邱奕笑了起来,靠在椅子扶手上,双手比了个框,对着他打量了半天,"我发现你脸皮真挺厚的。"

"靠!"边南指了指他,"你要敢把我画难看了我就把二宝拐走。"

"当个模特还带威胁人的。"邱奕叹了口气,"我尽量吧。"

"你最好尽量,别画完了咱俩再打一架。"边南笑着说了一句,找了个舒服的姿势继续躺着发呆。

他躺了能有十来分钟都没动,邱奕的笔在纸上走走停停地也没再说话。

"哎!"又待了几分钟,边南转脸看着他,"画到哪儿了?"

邱奕扫了他一眼,又低头看了看画本说:"这个不好说。"

"嘿……"边南愣了愣,"这还有不好说的啊?商量个事儿。"

"什么?"邱奕把还架在桌上的腿收回来。

"我要动了。"边南说。

"动呗,也没谁不让你动啊。"邱奕笑笑,低头准备继续画。

"我是要大动。"边南坐了起来,"小爷要上厕所,憋不住了,模特消失一会儿不会影响你吧?"

邱奕乐了,笑了半天才点点头:"不会。"

276

"那我去了。"边南趿上邱奕的拖鞋一阵风似的刮了出去。

邱奕把腿搭回桌上,听着边南一连串的声音,先是撞了一下葡萄架,接着踢了一脚花盆,最后边骂边跑进了厕所。

他拿着笔一下下转着,又看了看自己在纸上画的东西,笑了半天。

放在桌上的手机响了一声,他拿过来看了看,是边馨语的短信,只有很日常的一句话:在上班吗?

他看了看时间,拨了边馨语的号码。

"啊,你没上班吗?"边馨语很快地接了电话,声音里透着笑意。

"今天调休。"邱奕说,"那个手链边南拿给我了,谢谢。"

"哎不要这么客气啊。"边馨语有些不好意思地笑了起来,"那个是出去玩的时候看到觉得好看就买啦,你喜欢吗?"

"挺喜欢的。"邱奕笑笑,"不过以后别这么买东西了啊,这次就谢谢了。"

"也没什么的,我出去玩都会给朋友带礼物的嘛,也没什么别的意思,你和边南的都买的一样的呢。"边馨语笑着说,"哎你收下了我就开心了,我总是……总是有点担心……"

"嗯?"邱奕应了一声。

"担心你会讨厌我什么的。"边馨语小声说,"我看你和边南关系挺好的,毕竟我跟他一直不怎么对付……"

"我不讨厌你。"邱奕明白了边馨语的意思,"边南也没怎么跟我提过你。"

"啊我也不是那个意思,哎说乱了。"边馨语有些着急,"不说了不说了,总之手链你喜欢就好,我挂了拜拜。"

"晚……"邱奕话还没说完,边馨语已经把电话给挂掉了,他叹了口气,"安。"

边南几分钟之后才回了屋,邱奕听到邱彦从老爸屋里跑到了客厅,估计是兴奋得睡不着,看到边南出来了就又要缠着他说明天烧烤的事。

"烧烤有鸡翅吗?"邱彦小声问。

"有啊,还有牛肉羊肉。"边南也小声回答,"你想吃什么肉我们就买什么肉。"

"我还想吃火腿肠。"邱彦说。

"好，我们烤热狗吃。"边南笑笑。

"这么多肉，哥哥不让吃怎么办？"邱彦有些担心，"他说我老吃肉不吃青菜会上火，还会胖。"

"你别吃太多，一种肉吃一口就好了。"边南给他出主意，"要不还可以让你哥去游泳，然后他游的时候就可以多吃点儿……"

俩人在客厅嘀咕了快十分钟，邱彦才又睡觉去了。

边南进了屋，往床上一坐，看了看邱奕，又把目光移开了："二宝估计得折腾到半夜才睡得着了。"

"你给他出的主意不错啊。"邱奕笑笑。

"不带偷听的啊。"边南啧了一声，"我就安慰他一下，就他那小食量，你让他敞开了吃他能吃多少啊，再说一玩疯了就顾不上吃了。"

"你睡吧。"邱奕抽了本书出来靠在椅子上准备看。

"你画完了？"边南指了指桌上的本子，"我看了啊。"

"嗯。"邱奕点点头。

边南一直保持着小学时代火柴棍小人儿的画风，所以对于会画画的人一直相当佩服。

他怀着崇敬的心情打开了画本，打算欣赏一下邱奕的素描，顺便看看自己有没有被画出真我风采。

画本是新的，翻开第一页就能看到邱奕刚才的画。

边南看了一眼就愣住了，扭脸瞅了瞅邱奕，又转头盯着画看了几秒钟，再转过脸："我靠，你对着我画半天就画了这么些……三头身小胖人儿？"

"怎么了？"邱奕笑笑，"难道不像你吗？"

"我以为你要画个素描什么的呢！我靠难怪你让我随便动……"边南盯着本子上十来个小人儿，各种角度都有，正面侧面，仰视俯视的，笑着的，生气的，瞪眼的，画得还真挺有水平，他一眼就能看出这是自己，神态和五观都画得很神似，"还真挺像，Q版也能这么像啊……"

"我去冲个澡。"邱奕合上书站了起来。

"我也要……"边南顺嘴说了一句，看到邱奕停下来看着他，他啧了一声，"我说我一会儿，拿套衣服给我。"

"柜子里自己找。"邱奕拿了床头刚收了还没叠的衣服出去了。

"……哦。"边南起身打开了柜子。

邱奕的衣服不多，他差不多都见过，随手抽了件T恤出来，又找到了上回穿过的那条运动裤，再翻了条新内裤出来。

过两天得给邱奕买几条内裤，他都拿人家两条了……

邱奕洗完澡回屋的时候，边南还保持着这个姿势没变。

"哎，"邱奕拍了拍他的腿，"你不是要洗吗？"

"这就去。"边南抓着衣服弹了起来，"我又拿了你一条新内裤。"

"拿呗，你原来不是不穿的吗？"邱奕说。

"你当谁都跟你似的爱挂空挡啊，我没有才不穿呢，脱了给我。"边南指了指邱奕脚上的拖鞋，"你现在是不是也没穿啊？"

邱奕坐到床上把拖鞋踢到他跟前儿，笑了笑没吭声。

"好一个屁股啊……"边南抱着衣服扑到床上蹬了两下腿，拉长了声音喊了一嗓子，然后低头换了拖鞋第二次带着风跑出了房间。

邱奕在床边乐了一会儿，光着脚跑到柜子跟前，抽了条内裤出来穿上了。

边南洗了澡，经过客厅的时候，往邱爸爸屋看了一眼，发现门开了一条缝。

他指着门缝压低声音说："二宝！你还不睡！"

"不过夜是不是就没有帐篷了啊？"邱彦从门缝里露出一只眼睛小声地问。

"有，有帐篷。"边南过去蹲在门边，"我保证把东西都给你找齐，你快睡，明天起不来不带你去了。"

"晚安大虎子。"邱彦笑着说。

"晚安二宝。"边南摸摸他鼻尖。

邱奕已经躺下，屋里的灯关了，只亮着床头的阅读灯。

边南轻手轻脚地走过去，发现邱奕眼睛还是睁着的，他顿时往床边哐地一坐："哎？我以为你睡着了呢。"

"瞌睡都让你这一屁股坐没了……"邱奕叹了口气。

"这灯怎么样？"边南爬上床，靠墙躺下了，看到灯又有点儿得意，感觉挺适合邱奕平时躺床上看个书什么的，"比你原来那盏方便多了吧？"

"嗯，谢谢。"邱奕把灯拧成了个圈，"挺好玩。"

"别谢我，你得谢二宝。"边南嘿嘿笑了两声。

"谢过他了。"邱奕关掉了灯，"赶紧睡吧，得休息好，带二宝玩比犁一天地还累呢。"

"晚安。"边南拉过毛巾被盖上。

"晚安。"

说完晚安能有快一个小时，边南也没睡着，闭着眼脑子里乱七八糟不知道在想什么，翻了几次身之后，邱奕往他胳膊上甩了一巴掌："睡不着沙发上躺着去。"

"没空调，不去。"边南翻身冲着墙，开始在心里数羊，一只羊，两只羊，三只羊，四只山羊，五只绵羊，六只卷毛羊，七只二宝……

邱奕本来有点儿困，甩完边南那一巴掌之后把自己瞌睡给甩没了，只能闭着眼再次培养瞌睡。

边南倒是没多大一会儿就睡着了，比较显著的特征就是他一翻身潇洒地把胳膊搭到了邱奕的肚子上。

邱奕长长地叹了一口气，想把他胳膊扔开，但两秒钟之后他还抓着边南的手没动，最后他松了手，没再管边南的这条胳膊。

边南说是没有抱抱枕的习惯，但这一夜因为邱奕睡得不太实，睡梦当中能感觉到边南的胳膊和腿分别砸过他的胸口、肚子、腿、小腹……最后他不得不在迷迷糊糊当中翻身往边南胳膊上甩了一巴掌，再把腿压在了边南腿上。

边南总算是消停了。

早上边南醒得挺早，天没亮邻居家不知道为什么开始骂鸡，鸡被骂醒了叫了几嗓子，把边南给吵醒了。

他还没等动弹，一扭脸就看见了邱奕的脑门儿。

又搂了？边南顿时有点儿不好意思，但很快就发现自己是仰面朝天睡的。

是邱奕搂的自己。

边南冲着天花板开始乐，笑得停不下来。

邱奕让他给笑醒了，嘟囔了一句："你带药了没？"

"邱大宝，"边南转过脸看着他继续乐着，"今儿可是你抱的我。"

"嗯。"邱奕还没太睡醒，应了一声之后顺手在他脸上拍了拍，又搓了搓他的头发，"我再睡会儿……"

邱奕估计是迷糊着把他当成了邱彦，平时邱奕对邱彦挺严格的，但这个温柔的动作还是能看得出邱奕对他弟弟有多心疼。

他把邱奕掀开坐了起来，伸了个懒腰之后跳下了床。

脑袋还有点儿晕,他跑到院子里被早晨清凉的风吹了几个来回才算是完全清醒过来了。

全院他是第一个起床的,天刚蒙蒙亮,也不知道现在是几点,边南打算洗漱完了去胡同口先把早点买回来。

洗完脸他从包里找出了漱口水,正仰着脖子往嘴里倒的时候,邱奕突然从里屋走了出来:"要我给你找牙……"

边南呛了一口,直接把漱口水给咽了下去,跑到院儿里弯个腰咳了半天:"哎我靠,你能不这么吓人吗?"

"您这小胆儿也太袖珍了点儿吧。"邱奕有些无奈,过去在他背上拍了拍,"好喝吗?"

"来!"边南把漱口水瓶子往邱奕前面一递,"咱俩走一个!"

"我上午去补课。"邱奕没理他,蹲到水池边开始洗脸,"八点半开始,大概十点多就能回来了。"

"嗯。"边南含了口漱口水在嘴里,点了点头。

"你先回家把工具拿来吧,等我回来了直接去超市买现成的鸡翅啊肉什么的。"邱奕一边洗脸一边安排。

"嗯。"边南继续点头。

"三辆自行车差不多能搭过去了。"邱奕叼着牙刷。

"嗯。"边南点头,点完了又猛地转过头,"嗯?"

"没本儿还想开车啊?"邱奕看着他。

边南把嘴里的漱口水给吐了:"我14岁就开车了,开好几年了。"

邱奕没理他,专心地刷着牙。

"咱出城那条路人少车也少,你放心,我慢慢开,肯定不会有事儿,我保证。"边南举了举漱口水瓶子,"今天又不是周末。"

邱奕刷牙没理他。

"大宝,大宝哥,哥哥。"边南往他身边凑了凑,在他肩上撞了一下,"哥……"

"你大爷。"邱奕被他直接撞得一屁股坐在了地上,裹着一嘴牙膏沫骂了一句。

他赶紧过去把邱奕拉起来,小声说:"我求你了,我开车稳着呢,你要看我开快了我直接停车把东西扛过去还不行吗?"

"哎,行行行行。"邱奕看了他一眼,"就这一次啊,你慢点儿开。"

"放心吧!"边南往他肩上一拍。

边南去胡同口买了早点,怕邱彦在家等得着急,早点也没吃就打了个车跑回家拿东西了。

到家的时候只有林阿姨起床了,她正坐在客厅里慢条斯理地吃水果早餐,看到他跑回来有些吃惊:"小南?还以为你得中午回呢,吃早点了没?"

"吃过了。"边南笑笑,"阿姨,咱家那套烧烤的工具搁哪儿了?我跟我朋友去烧烤要用。"

"让李姐找找,我记得放杂物间呢。"阿姨去厨房叫了保姆去找,回到客厅又把一盆沙拉放到他面前,"吃点儿水果。"

"哦。"边南拿叉子戳了几块儿放到嘴里,"我爸起床了吗?"

"在书房呢。"

问老爸借车完全没有难度,边南开口要车钥匙的时候,老爸只说路虎过两天要跑长途得拿去保养,问他另外那辆福特行不行。

"行,只要别让我开边皓那辆就行。"边南嘿嘿笑了两声。

"是要带姑娘出去吗?"老爸看着他问了一句。

"嗯?不是啊。"边南从老爸的茶盘里拿了块小蛋糕吃了。

"感觉你今天心情不错,我以为你带小女朋友出去玩呢。"老爸笑了笑。

"我哪儿来的小女朋友。"边南突然想起了张晓蓉,他发现在张晓蓉之前自己追的姑娘是谁一下子都想不起来,感觉这一学期自己净围着邱奕转了……

"下学期你去学车吧,够岁数了,学完我送你辆车。"老爸拍拍他肩膀。

"谢谢爸。"边南抓抓头,"车再说吧,我也没什么机会开。"

拿了钥匙出了书房正要下楼的时候,老爸在书房里又追了一句:"真不是姑娘吗?怎么感觉就是呢?"

"真不是。"边南有些无奈,"我什么时候会费劲开车带姑娘出门儿啊。"

"也是,那你乐成这样……"

边南的确是从来没开车带过姑娘,一是他开车机会不多,二是嫌麻烦,要说心情……今儿的确是心情很好。

他把工具和帐篷都放到后备厢里,跳上车,把车里的音乐打开了,一听就是老爸的风格。

他调了调车座,一边把车开出车库,一边跟着唱了一句:"天上掉下个邱大宝……"

唱完了感觉哪儿不对劲,于是闭了嘴,换了张碟。

边南开着车在胡同口没找着地儿停,正想再转一圈找找车位的时候,看到了背着小书包站在胡同口的邱彦。

他把车靠了过去,放下车窗喊了一声:"二宝!"

"大虎子!"邱彦跑了过来,踮着脚往车里看,"我们开车去吗?你开车吗?"

"上来。"边南伸手把副驾的门打开了,"陪我找车位。"

邱彦爬上了车,把车门关好之后跪在副驾座位上好奇地东张西望:"这个车是你家的吗?比胖猴儿家的车大多啦,真舒服!"

"嗯,这是我爸的车,借来用的。"边南笑着把天窗打开了,"上去看看吗?"

邱彦站到座位上把脑袋从天窗探了出去,兴奋地往两边看着。

边南开着车又转了一圈,总算是看见一辆车打了火准备开走,于是赶紧把车挨到了旁边,等那车一走立马挤了进去。

"走。"边南拍拍邱彦的屁股,"咱先去把烧烤的东西买齐了,你哥上完课回来就可以直接出发了。"

"好!"邱彦背起书包。

"等等。"边南拽住他的书包打开看了看,"你现在就背着一包什么呢?"

"出去玩要用的东西。"邱彦很兴奋地回答。

边南看到包里有一瓶水、一条小毛巾,还有一包牛肉干,他乐了:"哎,小东西你还有私货呢?"

"这个是哥哥说出去玩的时候吃的。"邱彦笑着说。

边南带着邱彦去了超市,他买这些东西没什么经验,但超市大姐认识邱彦,邱彦说是要去烧烤,大姐立马把他俩领到了烧烤专区。

"这儿都是烧烤现成的肉,串上烤了就能吃,那边架子上有烧烤酱什么的,你们慢慢挑吧。"大姐上下打量着边南,"他哥哥怎么没来?我看你也不太懂啊。"

"没事儿,每样来点儿就成呗。"边南笑笑,感觉自己推个车挺专业的,居然被超市大姐直接鄙视了。

邱彦看什么都想吃,边南看什么都觉得差不多,于是邱彦说要什么他就拿什么,牛肉羊肉热狗鸡翅丸子再加上各种辣的甜的咸的麻的烧烤酱。

最后边南又多加了两份熟食,留着给邱爸爸中午和晚上吃。

结账的时候邱彦熟练地拿出了超市的积分卡,刷完之后又够换一排优酸乳了。

"换吗?"收银的问他。

"换!"邱彦很开心地喊。

"多攒点儿换别的不好吗?"边南有些无奈,"什么刀啊锅啊……"

"又不能吃。"邱彦很干脆地回答。

把吃的都买齐了之后,边南领着邱彦回了家。

把给邱爸爸买的菜都弄好用碗装了之后,邱奕打了个电话过来,问东西买了没,没买他就带回来。

"哎都买齐了,就等你回来就出发。"边南看看背着书包在院儿里来回跑着兴奋得找不着北的邱彦,"你赶紧的,我感觉再过半小时不出发二宝就要抽过去了。"

"就这个feel倍儿爽!倍儿爽!"邱彦在院子里边蹦边喊,"这个feel倍儿爽!feel feel倍儿爽爽爽爽爽!"

"哎哟……愁死我了。"边南挂了电话,找了几个袋子把买来的肉都分开装好,拎着出了屋,"卷毛宝贝儿快别喊了,跟我把东西放车上去。"

"好!天是那么豁亮!地是那么广!"邱彦跑过来帮他拎了一个袋子,"情是那么荡漾!心是那么浪……"

邱奕回来得挺快,骑车赶出了一身汗,换了身衣服之后把邱爸爸的药准备好了,几个人就被邱爸爸催着出了门。

看到后备厢里的东西时他愣了愣:"这够把咱胡同的孩子都招来办个夏令营了……"

"吃不完拿回来搁冰箱不就得了。"边南打开副驾的门把他推上了车,"后座留给二宝玩。"

边南发动了车子,邱奕一直盯着他的手和腿,他叹了口气:"这车自动挡,傻子都能开,你放心行吗?"

"我就看看傻子开车。"邱奕笑笑。

"靠。"边南笑着骂了一句,把车开出了车位,往城外开去。

邱奕发现边南的车开得还真挺稳,而且边南开车时脾气相当好,不争不抢,挺让他意外的。

上回骑车骑个半死的路程今天开车没多长时间就到了,边南拍拍方向盘:"怎么样?"

"嗯,挺好的,火爆脾气一开车都没了。"邱奕笑着点点头。

"废话。"边南喷了几声,"无证驾驶还敢有脾气,等着警察叔叔来抓吗……"

河边挺清净,边南四处看了看,上回偷包的老头儿不知道会不会又埋伏在附近。

"帐篷!帐篷!"邱彦跳下车就开始喊。

边南和邱奕把东西都拿到了河边,边南打开了装帐篷的包递给邱彦:"来吧,你来架帐篷。"

这帐篷是个自动帐篷,扔出去就自动撑开了,边南觉得这种帐篷少了不少乐趣,但对于邱彦来说却很合适,要让他去支帐篷肯定不行,玩这个正好。

邱彦看着帐篷跟变魔术似的自己打开了,兴奋得不行,缠着边南把帐篷收好,又扔了出去。

边南帮他收了四次帐篷,他扔了四回,这才算是过够瘾了。

把帐篷在河边固定好,又铺上了防潮垫,邱奕把零食都扔进了帐篷里:"行了你就待里边儿吧。"

"好!"邱彦爬进去把帐篷的门给拉上了。

边南拿了烧烤的东西摆好架好了,想叫邱奕一块儿弄,一扭头发现邱奕已经把上衣脱了。

"你……"边南看着他的背,"干吗?"

"先游会儿泳。"邱奕回过头,一边脱裤子一边说,"你饿了吗?现在就要吃?"

"不得先准备好吗?"边南看着他脱完外裤,又准备脱内裤,"你就这么换泳裤?"

"不用准备。"邱奕看了他一眼,从包里拿出泳裤,绕到了帐篷那边换上了,"一会儿游完了我弄给你吃,你只管吃就成。"

"真的?"边南本来就不想做准备工作,一听这话立马把衣服也脱了,

"那我也游会儿去。"

"大虎子帮我找块儿宝石!"邱彦在帐篷里喊,"要红宝石!"

"好!"边南应了一声,拿出自己的泳裤飞快地换上了。

邱彦随口一句红宝石,边南也没多想就答应了,结果到了河边找了半天,也没看到红石头。

"二宝真会出题嘿。"边南有点儿无奈。

"岸边要有好看点儿的石头早让人捡光了。"邱奕跳进了河水里,几下游到了河心,"你不是会潜水了吗?"

"……我感觉我忘了。"边南犹豫了一下,也扑进了水里,想想又补充了一句,"你别整我啊!"

邱奕没理他,直接一个猛子扎了下去,几秒钟之后他冒出水面,手里拿着一块红色的花石头:"红宝石。"

"哎?"边南赶紧连游带蹦地扑了过去,伸手刚想接过石头的时候,邱奕把石头扔回了水里。

"嘿!成心呢吧!"边南吼了一声。

"这颗是花的。"邱奕往他脸上泼了点儿水,"二宝要的是红的,以前来的时候找见过。"

"你大爷。"边南磨磨牙,运气吸气之后憋着气儿也扎进了水里。

潜水是邱彦教的,教得不太认真,边南学也没学得太好,下了水之后他拼命往河底划了几下水,身体倒是立马就潜下去不少,屁股露出了水面,然后就这么撅着没进展了。

边南感觉自己跟个蛤蟆似的蹬了两下水,蹬了个空,腿也跑水面上边儿去了。

他有些郁闷,有一搭没一搭地又扒拉了两下,倒着挂水里不动了。

身边有水波划过,他扭脸看了看,邱奕跟条鱼似的往水底游了过去。

阳光在水波里折出各种彩色的光斑打在他白皙的皮肤上,边南盯着他的腿,邱奕的腿很直,打水时很有力,两下就摸到了河底的石头。

边南试着绷直腿打了两下水。

挺好,本来还能挂水里,这两下打完,他直接浮到了水面上,以前还怕沉底儿,现在好了,妈妈再也不用担心我漂不起来了……

边南再次吸了口气,狠狠地扎进水里,然后使劲儿划了两下。

邱奕还在河底，扶着一块大石头看着他。

边南看见他指了指自己的嘴，然后从嘴里吐出了一小串气泡。

气泡从邱奕脸前向上飘去，带着细小的光芒，边南盯着看了一会儿，阳光这么在气泡上一折射，还挺漂亮的。

要把肚子里的气儿吐掉，边南定了定神，把吸的那口气慢慢吐了点儿出去，这回往下划水的时候，身体总算是跟着沉了一些。

邱奕伸出了胳膊，示意他抓着自己的手。

边南一边又吐掉一点儿气，一边伸手抓着了邱奕的手。

邱奕把他往下拽了到了河底。

河底有几丛水草，边南抓住了其中一丛，总算把自己固定在了水下。

水挺急的，他的身体顺着水流转了个方向，跟邱奕正好面对面。

邱奕笑着冲他竖了竖拇指。

他也龇了龇牙。

如果只是单纯地憋气，边南估计自己憋不了多长时间，但整个人沉在河底时，感觉完全不同，水流的声音忽大忽小，忽远忽近，变幻着颜色和形状的水波。

清澈的水下世界给人一种眩晕而新奇的感觉，分散了他的注意力。

邱奕低头在水里找着红石头，过挺长时间才会吐出一小串气泡。

边南学着他的样子憋着气，慢慢一点点儿地往外吐，不过他的气泡明显要比邱奕的大不少。

邱奕找到了一颗半红色的石头，在他眼前晃了晃，然后伸出手指往河面上指了指，示意边南上去换气。

邱奕带着淡淡金色的眸子在水里看起来很灵动，特别是前额头发遮住眼睛又被水带开时，战斗民族混血真是占便宜。

他抓住了邱奕的手，在邱奕带着他往上打水时，借着惯性向前凑了凑。

本来是想往邱奕身边一窜而过，结果没控制好，脑袋直接磕在了邱奕下巴上。

邱奕笑着顺手推开他，手在他肚子上一带。

边南立马觉得一阵痒痒，狠狠地呛了一口水，辛辣和窒息感同时张牙舞爪地缠了上来，要死。

邱奕一只手往他泳裤上一抓，另一只手托住他下巴，用力蹬了几下水，把

287

他推出了水面。

边南露出水面之后刚吸了半口气,又是一顿狂咳,肺里本来就没存几口气儿,这一阵咳,感觉都没气出来了,只出气儿不进气儿的感觉简直生不如死。

邱奕把他拖上了上岸,扔在河滩上,在他背上一通拍。

边南总算是抽进去一整口气儿,缓过来了。

"怎么了?"邱彦塞着一嘴饼干从帐篷里爬了出来,很着急地边喊边掉渣,"大虎子呛水了吗?"

"我……趴会儿……"边南往帐篷那边爬过去,河滩上被晒得滚烫的石头烙得他难受。

"没事儿,跟你小时候一样。"邱奕笑着拍拍邱彦的脑袋,"你游泳吗?让大虎子躺会儿。"

"嗯。"邱彦看着边南爬进了帐篷,脱掉自己的衣服裤子,连泳裤也没穿就往河里跑,"我给大虎子捞鱼去!"

边南一身水地躺在帐篷里,大口地喘着气,好半天呼吸才慢慢平静下来。

"我靠……"他把胳膊搭在脸上,长长地舒出一口气,"我靠……"

"要擤擤吗?"邱奕弯腰进了帐篷,扔了包纸巾在他肚子上。

"擤什么,水吗?"边南没动,"我鼻子里没水,肚子里好像挺多的。"

"张嘴。"邱奕从零食堆里翻了瓶已经被邱彦吃得没剩几颗的薄荷糖出来,"吃颗这个能舒服点儿。"

边南看了看他手上的糖,张开嘴,邱奕把糖放进了他嘴里,清凉的感觉在口腔里散开,被呛得生疼的地方好受了不少。

"潜水二把刀还在水里玩花活。"邱奕在一边笑着说了一句。

"谁二把刀了!"边南挺不服气地喊了一声,喊完了想想,发现重点不是这个,于是顿时有点儿莫名其妙臊得慌,"谁玩花活了!"

邱奕也含了颗薄荷糖,把零食收拾到一边儿,坐了下来。

"就算是花活,你也未必玩得了。"边南喷了一声。

邱奕笑了笑没出声。

"我吧,我就是……"边南想描述一下自己的计划,"我就是想蹭一下,来个急刹回转的优美身姿。"

"嗯。"邱奕应了一声,舌尖带着糖在嘴里转着,糖在牙齿上敲得喀啦喀啦响,"花样游泳啊,我以为你要打网球呢,那水底漫步的步伐多拉风。"

"切,要真是打网球我肯定不会呛着……"边南说一半停下了,喷了一声瞪着邱奕,"老挤对我有意思啊,你想怎么着啊!"

"我没说要怎么着啊。"邱奕笑了笑,也没看他,只低头看着自己的手,把边南拉上岸的时候,他的手指在石头上磕了一下。

"哎,呛水真要命。"边南躺了一会儿觉得好受些了,长长地出一口气,"今天丢人了。"

特别是邱奕这个不紧不慢不痛不痒的态度,让他觉得相当丢人。

"边南,"邱奕看着他,"我觉得你这人有时候表里不一。"

"嗯?"边南愣了愣,感觉这不是什么好词儿,"怎么说?"

"看着什么都不走心的样子,"邱奕看着自己的手,"其实很多事儿都在意得要命。"

"我在意什么了?"边南有种被说中了心事的隐隐不爽。

"表面挺自信,其实你……"邱奕犹豫了一下,"有点儿自卑吧。"

"自卑?"边南瞪着他,"我凭什么自卑?"

邱奕沉默了一会儿才轻声说:"你妈……"

"你闭嘴!"边南突然吼了一声。

"对不起。"邱奕说,看着河水不再说话。

边南说不出心里是什么感觉,有点儿不爽,有点儿憋屈,还有点儿……恼羞成怒。

是的,被说中了。

两人都不出声地待了一会儿,邱奕似乎是想缓和气氛,说了一句:"你不游了吗?二宝的红宝石还……"

"红宝石你大爷啊!"边南一拍防潮垫,他觉得冲邱奕这么发火挺没意思的,但心里的不爽还没完全消退,他指了指邱奕,"别提啊!"

"红宝石。"邱奕笑着又说了一遍。

边南瞪着他没出声,两秒钟之后猛地往前一扑,把邱奕按倒在了防潮垫上。

邱奕没防着他会突然有这样的举动,想挣扎着坐起来的时候,边南已经整个人都骑到了他身上。

"干吗?"邱奕看着他,"打架啊?"

"没错!不揍你一顿你还真以为我从良了啊!"边南瞪着他。

邱奕没说话,突然笑了起来,边南瞪了他一会儿,叹了口气翻身躺了回去。

"边南,"邱奕终于不笑了,抬手在帐篷上一下下划拉着,"你这生气是真的还是假的啊?"

"不知道。"边南皱着眉抓了抓头,"都有吧。"

"脾气真不怎么样。"邱奕说,"对不起啊。"

"算了,我从小就这样,再小点儿的时候还老跟边皓干架呢。"边南闭上眼睛,"我跟你这儿脾气算好的了,也不知道为什么。"

说完又有点儿郁闷,虽说他跟邱奕也算得上熟人了,但家里这点破事儿除了万飞,他从来没跟人说过,现在一不留神说了出来,他突然觉得有些丢人。

他本来就挺不愿意在邱奕跟前儿丢人的,结果邱奕却阴差阳错地知道得一点儿都不少,想想就有些不爽,还让邱奕看出了他对这些事有多在意。

俩人并排躺着休息了一会儿,边南心里有点儿别扭,这么躺着也不愉快,没一会儿他就站了起来出了帐篷。

原地愣了愣之后他溜达着走进了树林里。

"大虎子——"邱彦还在河里玩水,看到边南跑出去喊了一声,但边南没吭声。

邱奕坐起来,又缓了缓才把脑袋探出帐篷去看了看,边南已经没影儿了,不知道跑哪儿去了。

"哥哥——"邱彦在河里又喊了他一声。

"抓到鱼了没?"邱奕问。

"没有,我在找宝石了!你看!"邱彦踩着水,手里举着几块石头,"大虎子干吗去了?"

"不知道,尿尿吧。"邱奕出了帐篷,四周都没看到边南的影子,"他往哪边走的?"

"那边。"邱彦指了指树林深处,"你也要去吗?我刚在河里尿啦。"

"……尿吧。"邱奕拿了边南的鞋往树林里走了过去。

边南没跑多远,他没穿鞋,跑了也就一两百米就觉得脚被石头硌得很疼,还有很多乱七八糟的草在他腿上划来戳去的。

邱奕的脚步声从身后传来的时候,他正坐在一块大石头上检查自己腿上被划出来的小血道子。

听到邱奕过来，他就感觉自己这行为似乎挺幼稚的，顿时觉得血都往脸上涌，腿上伤口都没血可流了，头也没好意思回。

"我以为你开车走了呢。"邱奕笑着说，把鞋扔到了他身边。

"车钥匙都没拿。"边南把脚上的草屑在石头上蹭了蹭，穿上了鞋，"再说我都没看方向，车在哪边儿停着我都不知道……"

邱奕在他身后站着，边南也没再出声，低头揪了一把草在手上玩着。

沉默了一会儿邱奕说："过去吃东西吧，一会儿二宝饿了就该闹着要烧烤了。"

"哦。"边南扔掉草站了起来，转身跟邱奕目光对上又是一阵不自在，莫名其妙地说了一句，"薄荷糖还有吗……"

邱奕指了指自己的嘴，清了清嗓子："最后一颗……在我嘴里。"

边南张了张嘴没说出话来。

邱奕似乎被他传染得也有点儿不自在，转身往回走。

边南低着脑袋跟在他身后走了几步又停下了："那什么，我就是有点儿心情不好，我不知道是怎么回事儿……"

"嗯。"邱奕回头看了他一眼，"看出来了，是我不该说那些。"

"我意思是，我不是想……"边南抓抓头发，"你别觉得我扫兴就行。"

"没觉得。"邱奕笑笑。

"真没觉得？"边南喷了一声，"要别人跟我似的这么着，我肯定得骂一句矫情。"

"真没觉得。"邱奕笑了笑，"谁还没点儿情绪啊，我看你平时挺大大咧咧厚脸皮的，说话就没太注意……"

"那不一样，也不什么事儿都……"边南一甩手，"靠，这跟脸皮厚不厚有什么关系，我平时脸皮也不算厚啊！"

"你对自己居然没有一个正确的认识。"邱奕笑着说。

"我有啊。"边南指了指自己，"长得帅，身材好，脾气……挺好，还会按傻子菜谱做菜……"

邱奕看着他笑了好一阵没停下来，边南想了想："笑你大爷，是懒人菜谱。"

回到帐篷边上的时候，邱彦还在水里扑腾着，他不知道上哪儿弄了根有他胳膊那么点儿粗的树枝，企图抓着树枝漂在水里，但一直不成功。

"二宝以后物理估计及不了格。"边南把烧烤的架子支上,把炭袋放进炭盘里点着了。

"这袋是牛肉吗?"邱奕把装肉的袋子打开,把肉往签子上穿。

"不知道。"边南蹲到他身边,"我就认识鸡翅和丸子。"

之前的别扭慢慢消退了,邱奕平静的表现让边南心里松了口气,他其实挺担心自己这样会让邱奕有什么想法,他挺在意这个朋友。

对他来说,邱奕跟一般朋友不太一样,不是跟万飞那样的铁子,也不是孙一凡朱斌那样特熟的哥们儿,具体他也琢磨不出到底什么样,就感觉挺愿意跟邱奕待一块儿,不希望邱奕对自己有什么不好的看法。

复杂纠结的家庭一直是他心里的坎儿。

当然……自己没准儿是想太多了,算了,这有什么可琢磨的……

边南埋头对着鸡翅一通戳,然后递给邱奕刷上烧烤酱。

"我也要弄!"邱彦扯着树枝跑上了岸,"我也要玩——"

"给,你刷酱。"邱奕拿了把刷子递给他。

"刷多少?"邱彦一手举着肉串一手举着刷子,头发上的水和刷子上的酱一个劲往下滴。

"一边刷一下就行。"边南拿着鸡翅在刷子上蹭了蹭。

"好嘞!"邱彦很认真地低头开始刷酱。

边南看着邱彦,小不点儿很投入,他伸手捏了捏邱彦的脸,有些感慨:"有个弟弟挺好的。"

"你……"邱奕说一半就停下了。

"边馨语从来没让我感觉我有个妹妹。"边南笑笑,他知道邱奕想说什么。

邱奕没再说话。

"我泡会儿水去。"边南突然把手里的东西往盘子里一扔,跳了起来往河里跑过去,"热死了!"

"别去中间!"邱奕在身后喊了一句,"呛水了我来不及弄你上来!"

呛水?

之前呛水的情形飘过边南眼前。

靠!

边南脚下绊了一下,直接摔倒在了水里,他有些郁闷地吸了口气,顺势潜进了水里,一边慢慢吐气,一边抓着浅水里的水草往河底深点的地方爬了过去。

到了之前找宝石的那地儿他才停下了,揪着一把水草在水里飘着,看着自己吐出的气泡往水面上飞去。

别想了,边南,也许没人像你一样这么在意这些。

其实平时他想得也不多,因为心烦,他习惯于能不想就不想。

身边有浪推过,边南转过头,看到了邱奕的脸。

邱奕穿过水飞快地游到了他身边,一把抓着他的胳膊,把他拖出了水面。

"干吗?"边南抹了抹脸上的水。

"你干吗呢?"邱奕皱着眉,"我以为你顺水冲走了呢。"

"我练潜水呢……"边南有点儿不好意思地咧嘴笑笑。

"憋挺久啊。"邱奕拉着他往岸边游过去,"别练了,能吃了,二宝叫你你没听见吗?"

"……没。"边南往岸上看了看,邱彦正拿着个鸡翅边啃边往这边瞅。

折腾这么一通,边南感觉自己好像是饿了,闻到烧烤架上传来的香味时,他肚子叫了一声。

"可好吃了!"邱彦跑过来,递给他一个鸡翅,"好吃得不得了!"

"是吗?我尝尝。"边南笑着接过鸡翅咬了一口,"嗯!好吃!这个是你刷的酱吗?"

"是的,我刷了好几个鸡翅呢!"邱彦眼睛亮晶晶地喊。

"真棒!我得多吃几个。"边南两口把鸡翅啃了,又过去拿了一个。

"你能吃辣吗?"邱奕问他,手里拿着个辣椒粉的瓶子正要往上撒。

"一点儿,一丁点儿。"边南平时不太吃辣,盯着邱奕的手,生怕他撒多了,"老干妈那种辣我一咬牙一跺脚差不多能忍了。"

"老干妈是辣的吗?"邱奕看着他。

"我靠!我自己来吧!"边南赶紧拿过他手上的辣椒瓶子,用手指轻轻敲了敲瓶子,辣椒粉洒出来一小片,"可以了,看到没,我就吃这样的。"

"……我都能数出粒儿来。"邱奕看了看。

"我就这承受力。"边南咬了一口,"挺好。"

邱彦平时吃得不算多,但今天因为是第一次烧烤,旁边还有个帐篷,他简直兴奋得不行,拿个盘子装了一盘吃的非要坐在帐篷里吃。

吃完又跑出来拿一盘，再坐到帐篷里，来来回回地折腾着，一手拿盘子一手举着饮料跑来跑去的时候还摔了一跤。

"好了吧，都掉地上了。"邱奕看了他一眼，笑着说。

"哎摔伤哪儿没？"边南吓了一跳，蹦过去一把把邱彦从地上拎了起来。

"没有，肉都掉啦……"邱彦挺郁闷地蹲下把肉串捡到盘子里。

"还有呢。"边南看到他膝盖上蹭破了皮儿，顿时有点儿心疼，"疼不疼啊？"

邱彦低头看了看自己膝盖："不疼……我的肉都掉啦！"

"哎你肉没掉。"边南捏了捏他肚子，"你肉都跟这儿长着呢，还挺厚实。"

邱彦很响亮地笑了几声，笑完又低下头："肉……浪费啦。"

"没浪费，这儿又不是大街上，不脏。"边南安慰他，然后拿过盘子，把肉串重新放回烤架上，换了一盘递给邱彦，"让你哥给回回炉就行。"

邱奕把肉上的草屑吹掉，重新刷了酱烤了烤："你吃我吃？"

"一人一半。"边南为了不让邱彦觉得浪费，决定把肉吃掉，不过从小到大他还没吃过掉地上再捡起来的东西，"这儿应该没什么污染吧？"

"应该没。"邱奕把重新烤好的肉递了一串给他。

"这都没人来……"边南咬了一口，吃着没什么感觉。

"谁说没人来，有游泳的，还有放牛的，牛都从这儿下水……"邱奕看着他。

"你大爷！"边南骂了一句。

邱奕笑笑，拿起一串肉也咬了一口："大少爷，胃口还挺浅。"

边南跟着笑了两声，然后就有点儿收不住，乐了半天才停了："你真能影响食欲。"

邱彦这一个下午玩得很尽兴，吃了烤，烤完吃，吃完下水游泳，捞了石头跑帐篷里放着，然后继续吃……

折腾到天都擦黑了，他才终于抓着一个鸡翅趴在帐篷里睡着了。

"天爷。"边南进帐篷里看了看，拿走了他手里的鸡翅，然后往邱彦身边一躺，长长地舒出一口气来，"总算是不折腾了。"

"你累了？"邱奕把火灭了，蹲在外面慢慢收拾着没吃完的东西。

"不知道，主要是太劳神。"边南枕着胳膊，扯过条毛巾盖在邱彦背上，

"我训练一下午也没这么累的,二宝精力也太旺盛了。"

"谁让你非得陪着他来回跑。"邱奕把东西整理好,又拿了个垃圾袋把地上的垃圾捡了进去,"你让他自己折腾就行。"

"好容易出来玩一次,他哥不鸟他,大虎子也不鸟他,那多没劲。"边南摸摸邱彦的头发,忍不住又感叹了一句,"有个弟弟真挺好的,二宝多好玩啊。"

"送你了。"邱奕说,"赶紧拿走。"

边南没说话,翻个身看着邱彦。

邱彦睡得很沉,脸压在垫子上,鼻子都压皱了。

边南在他鼻尖上摸了摸,不知道邱奕小时候是不是这么可爱,跟个肉包子似的……

按邱奕这成熟的样子,跟邱彦这么大的时候肯定跟个小大人似的没这么好玩,他翻了个身坐了起来想求证一下:"邱……"

邱奕正好这时往帐篷里探了进来,想把扔在帐篷里的零食袋子拿走。

边南没刹住,俩人脑袋猛地磕在了一块儿。

"哎我靠!"边南捂着脑门儿倒回了垫子上,"你怎么……如此突然!"

邱奕被撞得蹲在帐篷门口也捂着脑门儿半天没缓过来:"过奖了。"

边南揉着脑门笑了起来:"哎,其实有时候你也挺逗的,不绷着的时候。"

东西都拿车上去了之后,邱奕把邱彦从帐篷里抱了出来,边南把帐篷收了。

邱奕把邱彦扔到后座上,给他换了套衣服,邱彦翻了个身继续趴着睡得呼呼的。

边南坐在驾驶室里发动了车子,邱奕扶着车门:"你不换衣服了啊?"

"……哦。"边南愣了愣,把车熄了火,从包里扯出衣服,天已经黑了,他也没躲着,直接在车旁边把衣服换上了。

邱奕换好衣服上了车,看着他:"你……"

"嗯?"边南没看他,发动车子边掉头边应了一声。

"没什么,慢点儿开。"邱奕说。

"放心吧。"边南笑笑。

一路上俩人都没说话,边南开了音乐小声放着,连着十来分钟都是**越剧**,

他看了邱奕一眼:"我爸的格调是不是很高?"

"挺好听的。"邱奕笑着说。

"听点儿别的吧。"边南调到电台,来回找了半天也没找着个放音乐的台,"要不换张碟听得了……"

刚伸出手,邱奕在他手背上弹了一下:"就听越剧,你别折腾了,看路。"

"哦。"边南收回手。

回到胡同口,下班的人都回来了,路两边停满了车,有没有车位的地方都挤着车。

"我不进去了,东西你拎回家吧,这两天都不用买菜了。"边南把车临时停在了路上。

"嗯。"邱奕打开车门跳了下去,又回头说了一句,"谢谢啊。"

"什么?"边南有点儿走神。

"今天带二宝出去。"邱奕看着他,"谢谢了。"

"干吗这么客气。"边南揉揉鼻子,"搞得跟第一天认识似的。"

邱奕笑了笑,一手拿了袋子,一手把邱彦抱了起来,关上车门:"开车慢点儿。"

"知道,我一会儿把车推回去。"边南说。

看着邱奕的背景消失在胡同里,边南把车开了出去,拐了个弯上了回家的路。

音箱里又传来熟悉的那一句,边南跟着哼:"天上掉下个邱大宝……靠。"

十分钟之后他把车停在了路边的临时停车位上,在自己包里翻了老半天,从最下面翻了包烟出来,下车蹲在路边把烟点了叼着,抽一口呛一口。

呛了五六口之后他觉得肺都咳得要翻个儿了,有点儿恼火地把烟在地上掐灭了,瞪着路中间的双实线发愣。

一想到回家他就有些愁得慌,今天挺愉快的郊游烧烤跟一会儿回家的沉闷形成了鲜明的对比。

过了一会儿他拿出手机,拨了万飞的号码,愣了两秒又挂掉了,想了想又拨了过去,又很快地挂掉了,把手机放回了兜里。

几分钟之后万飞的电话打了过来:"我靠,你什么时候开始省电话费了啊?"

"你那边儿响了？"边南愣了愣。

"废话，就响一声，摸出来就挂了，我以为你打错了呢，刚放好又响一声……"万飞说，"怎么，是不是想我了？"

"是，想疯了，你什么时候回？"边南笑着问。

"明天下午到家，过两天不是要训练了吗？你先上我家住几天，然后咱俩直接回宿舍？"万飞心情挺好地安排着。

"就等你这句话了。"边南一直就等着回学校住，原来都去邱奕家蹭饭待着，现在他突然有些不想去了。

"你没什么事儿吧，怎么听着没什么情绪啊？"万飞问。

"我能有什么事儿，你赶紧回来请我吃饭。"边南挂掉电话，继续瞪着路中间的双实线发呆。

他挺羡慕邱奕家的，爸爸、弟弟，和和乐乐的一家人，他挺希望自己也能拥有这样的一个家，拥有不了也希望能融入这样一个家里。

也许就因为太在意，他反倒有些不自在了，越是走得近，知道得就越多，有几个人能像万飞那样，完全不在乎他的家庭和他尴尬的身份呢。

边南一早就从家里出来了。

昨天邱彦玩得太疯，他跟邱奕说了让邱彦今天休息，不打球了，而他还是在跟平时差不多的时间去了学校，坐在训练场里看着暑期班的小孩儿训练。

教练对于抓到个免费帮手很满意，让边南替他带了几个孩子一直练到中午。

下午边南坐到了球场铁网的外边儿，教练再叫他进去陪练的时候他龇牙乐着："我就路过的看看，我都没进去呢。"

"你们下星期就训练了，还不动一动预热预热！"教练说。

"我一直热乎乎的。"边南原地蹦了蹦，掀起自己的T恤，"看，都是热乎乎的汗水。"

"你今天没带邱彦还跑这儿来干吗？"教练无奈地看着他。

"我闲的，一会儿就走了。"边南嘿嘿笑了两声，主要是没地儿可去也无事可做。

暑假要训练，班上的人全都赶着这阵儿出去旅游了，不出去的也是整天在网吧电玩城约着玩，边南没什么兴趣，简直寂寞如雪。

万飞下午三点多打电话过来说到了家了的时候，边南才感觉自己总算是重新焕发了活力,跑出校门打了个车直奔万飞家。

万飞一家人刚到家,边南砸门的时候,他们刚收拾好。

"哎哟,早知道出去的时候带上边南。"万飞妈妈看到他就笑了,"这一秒不带差的刚进门就来了。"

"大姨,瘦了。"边南跟万飞爸爸打过招呼之后指指万飞妈妈的肚子,"一直发愁的小肚子没了!"

"晚上是不是想吃烙饼啊?"万飞妈妈拍了拍他。

"这几天您就看着安排吧,我住下了。"边南笑着跑进了万飞屋里。

"这个是我专门给你挑的。"万飞递给他一个盒子,"我妈还跑庙里开过光了。"

"玉坠儿?哎,漂亮!"边南打开盒子,里面放着个平安扣,他打开门冲客厅里喊了一声,"谢谢姨!"

"南哥,过来帮我看看。"万飞坐到床上,又拿出了个小盒子,"这是给许蕊带的,你觉得她能喜欢吗?"

边南喷了一声,凑过去看了看,是一颗小玉豌豆。

"我靠,我喜欢这个。"边南摸了摸。

"你这人怎么这样!"万飞乐了,"豌豆是女孩儿戴的。"

"还有这讲究?我就觉得挺好玩的。"边南拿起来看了看,"她肯定喜欢,小姑娘不都喜欢这种吗?关键这还是你大老远带回来的。"

"嗯!"万飞把盒子收好,躺到床上,"明天约她出来的时候给她,顺便咱一块儿出去吃一顿。"

"行。"边南点点头。

"南哥,"万飞躺了一会儿,用脚蹬了蹬他,"你这几天都干吗了?感觉你没什么兴致啊,见了我都没拉着我出去打电动。"

"不是怕您旅行累了吗?"边南的确是有点儿情绪低落,也不知道是因为太闲了还是因为昨天的事儿想得太多,反射弧挺长的,昨天玩得还挺开心,这会儿才开始后反劲儿。

"不累。"万飞枕着胳膊看着他,"说说呗,是不是碰上什么事儿了?"

"没。"边南靠在床头,想了半天突然往万飞身上一扑,凑到他眼前盯着。

"干吗呢?"万飞让他弄愣了,跟他眼对眼地瞪着。

"我帅不帅？"边南问。

"……帅，相当帅。"万飞半天才说了一句，"我靠，是什么让你对自己的美貌产生了怀疑？"

"别废话，你看着我。"边南指了指自己，"你觉得我这人怎么样？"

"挺好的啊。"万飞皱着眉看着他，拿手在他眼前晃了晃，"你没事儿吧？"

"算了。"边南叹了口气，靠回床头，万飞估计没法体会他的郁闷，他现在也不知道该怎么说。

"南哥，你是不是……碰上了个无视你帅气脸蛋儿的姑娘？"万飞琢磨了一会儿问了一句。

"没。"边南闷着声音。

"那是怎么了啊？"万飞坐了起来。

"不知道。"边南还是闷着声音，"我大概有病了。"

万飞愣了，瞪着他好一会儿，张了几次嘴，最后才出了声："什……什么病？"

"你到底有没有脑子啊！"边南往他腿上踹过去。

"靠，你说你有病，我不就只能问你什么病吗？"万飞捂着腿喊。

边南刚想说快把你脑子里那些草拿出来，手机响了。

他摸出手机，看了一眼就盯着屏幕不动了。

是邱奕。

他突然有点儿不敢接邱奕的电话。

他不知道为什么会有那种想要接近邱奕，小心翼翼想要靠近他和他家却又自卑得不敢动的想法。

特别是自己的自卑都已经被邱奕看出来了之后。

"邱奕。"万飞凑过来往手机上看了一眼，"接啊。"

边南还是没动。

一直到铃声停了，他才松了口气。

"怎么不接啊？你俩吵架了？闹崩了？"万飞一通猜，"他揍你了？不，你揍他了？还是……"

电话再次响起，还是邱奕。

看着万飞莫名其妙的眼神，边南实在有点儿扛不住，接起了电话。

"您拨打的用户……暂时……"边南觉得自己大概是真的病了,接了电话之后冲着听筒来了这么一句,还没说利索。

"暂时无法接听。"万飞反应挺快地在一边提醒他。

"……暂时无法接听。"边南说,那边邱奕没出声,也没挂,他只得继续往下说,"Sorry, The sub………sub……哎算了,什么事儿?"

"The subscriber you dialed can not be connected for the moment, please redial later."那边传来了邱奕的声音,英文说得还挺标准,"是要说这句吗?"

"……不是。"边南说。

邱奕笑了笑:"二宝要吃蛋挞,让我多做点儿给你留着,你晚上……"

"我不过去了。"边南飞快地打断了邱奕的话,"我在万飞家待着呢。"

"这样啊,那行吧。"邱奕也没多说别的,挂掉了电话。

邱彦一直仰着头看着邱奕打电话,挂掉电话之后他很急切地拉了拉邱奕的衣服:"大虎子什么时候过来?"

"他今天不过来,在同学家呢。"邱奕摸摸他的头,"你跟我去买蛋挞皮儿吗?"

"他不过来啊?"邱彦有些失望,"他不来吃蛋挞吗?"

"他下次过来吃呗。"邱奕换了鞋,"要不我明天早上再做几个,你去打球的时候带给他吧。"

"好!"邱彦点头。

邱彦没跟着他一块儿去买蛋挞皮儿,比起不爱逗他,也不是总有精力陪他一块儿玩的哥哥,邱彦应该更喜欢跟边南待在一块儿。

邱奕去买了做蛋挞要用的材料回到了家里,邱彦正蹲在院子里玩遥控车,拿车绕着边南送的那个大黄蜂绕圈圈。

"明天小涛哥哥会来,带你出去玩电动怎么样?"邱奕说。

"小涛哥哥不好玩。"邱彦盯着车,"大虎子好玩。"

邱奕乐了,申涛跟他差不多,跟边南一比都有点儿太严肃,邱彦之所以这么喜欢边南大概就因为边南……幼稚?不,有童心吧,对小孩儿的耐心也比他和申涛强得多。

虽然他不太确定边南在想什么,但总觉得边南以后不会再这么总跑过来陪二宝玩了。

邱奕进了厨房,把牛奶和糖倒进锅里,放到火上慢慢搅拌着等糖化。

搅了一会儿他尝了尝，邱彦爱吃甜食，越甜越好，不过糖他没放太多，在自己对甜味儿接受程度的最高线里。

糖化了之后他把锅拿到一边，转身拿了面粉准备筛进锅里。

不知道是不是被边南神神道道的行为影响了，他有点儿心不在焉，刚筛了一下，筛子下边儿腾起来的火吓了他一跳，退开之后才发现自己把面粉都筛到灶上了，火还没关。

他过去关掉了火，把面粉筛进锅里，放蛋黄的时候差点儿又往灶上扔了过去。

他啧了一声，放下了手里的东西，撑着灶台吸了口气，慢慢吐出来之后才重新拿起打蛋器继续在锅里搅拌着。

"哥哥，"邱彦跑进了厨房，"好了吗？"

"……这才刚弄了一小半，还没烤呢。"邱奕笑笑。

"那你记得留出明天早上的啊，带给大虎子的。"邱彦一脸严肃地提醒他。

"嗯，记着呢。"邱奕点点头。

"哥哥，"邱彦坐在厨房门边的小凳子上，"大虎子下个星期就要开始训练啦。"

"嗯。"邱奕把蛋挞皮儿在烤盘里码好。

"他开始训练我就不能跟着他打球了。"邱彦有些失落。

"你要确定喜欢打，我就交钱让你跟着那些暑期班的小朋友一块儿练。"邱奕说。

"不用，学费很贵，等大虎子有空了教我就可以。"邱彦看着他，"他训练的时候我可以去看吗？"

"他训练的时候没工夫理你。"邱奕把拌好的牛奶糊倒进蛋挞皮儿里。

"我就在旁边看看呀，又不用他理我。"邱彦说。

邱奕沉默了一会儿，把蛋挞放进烤箱之后才说了一句："随便你。"

边南和万飞蹲在公车站，今天邱奕没时间送邱彦过来，小家伙自己坐公车来的。

看着邱彦拎着个饭盒从公车上跳下来的时候，边南愣了愣："还带便当啊？"

"蛋挞！"邱彦举起饭盒，"哥哥早上做的……万飞哥哥好。"

"哎好好好。"万飞摸摸他的头,"二宝记性不错啊,我就去一回,就记得我名字?吃巧克力吗?哥哥给你买!"

边南接过饭盒,打开之后一阵浓郁的香味立马飘了出来,他看着饭盒里整齐码着的六个还热乎着的蛋挞,心里猛地涌起一股说不上来的滋味儿,带着点儿莫名其妙的感动。

"这邱奕做的?"万飞伸手拿了一个,咬了一口就喊了起来,"哎?挺好吃啊!"

"让你吃了没啊你就拿!"边南还没欣赏够,顿时就缺了一个,一二三,一二没了,一二,一二,一没了,看着特别不舒服。

"真挺好吃,你快尝尝。"万飞把蛋挞塞进嘴里,"没想到邱奕还挺贤惠的啊,现在姑娘都没几个这么会做吃的了。"

边南拿起一个咬了一口,酥软香甜的味道让他闭了闭眼睛,他蹲下含混不清对邱彦说:"转告你哥,真好吃。"

"好!"邱彦很满足地看着他。

"你拿一个吃,剩下的休息的时候吃。"边南把饭盒递到他面前。

"我不吃了,我昨天吃了十个,哥哥不让我吃了。"邱彦看着蛋挞咽了咽口水。

"十个?"边南马上把饭盒盖上了,"你也不怕闹肚子。"

他带着邱彦往学校球场走的时候,邱彦心情很好,蹦来蹦去的。

"大虎子,"他拉拉边南的手,"我哥哥还会炸麻花,你去我家的时候让他炸给你吃,很好吃。"

"好。"边南点点头。

"你什么时候去啊?"邱彦紧跟着就问。

边南张了张嘴没说出话来,万飞在一边接了一句:"我去有得吃吗?"

"有呀,分你一根。"邱彦说。

"我得吃十根。"万飞啧啧两声,"一根吃不饱。"

"那大虎子吃不完的都给你吧。"邱彦想了想。

"靠!"万飞笑了起来,往边南肩上拍了一巴掌,"这不是邱奕的弟弟,这是边南的亲弟弟!"

边南嘿嘿笑了两声,弯腰在邱彦脑门儿上亲了一下。

"你什么时候去啊?"邱彦执着地又问了一遍。

"那什么，"边南揉揉鼻子，"我下周要训练了，很忙，不知道什么时候有时间呢。"

"那训练之前去啊。"邱彦思维很清晰。

"训……训练之前吧，事情也挺多的……"边南不知道该怎么说了，他挺想去的，但昨天拒绝了邱奕的邀请之后，邱奕平静得甚至没多问一句的态度让他敏感地觉得邱奕未必有多在意跟他的关系。

"二宝，"万飞在一边说，"你哥这个暑假很忙吧？"

"嗯。"邱彦看着他。

"是不是每天都要去打工什么的？都没休息啊？"万飞又说。

"……嗯。"邱彦低下了头，"今天晚上他还要去学校帮老师弄资料，好忙的。"

"那大虎子过段时间再去呗，炸麻花挺麻烦的，等你哥哥没那么忙的时候再去吃吧？"万飞说。

"那哥哥不忙的时候我告诉你？"邱彦纠结了一会儿抬头问边南。

"好！"边南赶紧点头。

邱彦开始打球之后，边南买了两瓶水跟万飞坐在旁边看着。

"南哥，"万飞喝了一口水，"咱俩是不是哥们儿啊？"

"嗯？"边南看了他一眼，"必须得是亲哥俩。"

"那说说呗，"万飞啧了一声，"你跟邱奕怎么回事儿啊？"

边南捏捏手里的瓶子："没……"

"闭嘴。"万飞打断了他的话，"我又没傻透，真当我看不出来啊？平时二宝要让你上他家，你蹬着风火轮就过去了，今儿居然找理由不过去，肯定是跟邱奕出什么问题了……说吧，是不是干架了？要我说，跟邱奕关系再好吧，他也是航运……"

"你闭嘴。"边南拿瓶子往万飞脑袋上敲了一下。

万飞没理他："你不说我闭不上了，别说嘴闭不上，睡觉我眼睛都闭不上，从昨天到现在，就你这德行我看着都烦死了，你说你……"

"你有没有比跟我关系更好的朋友？"边南说。

"你平时也不是这么磨……"万飞一气儿说着，说一半变了调，拐着就往上扬出了二里地，"南哥你这话什么意思我怎么可能……我靠，你有啊？"

边南没说话，盯着手里的水。

这句话他说出来就觉得说得不太准确，他跟万飞这种买一送一铁得斧子都劈不开的关系不是别人能有的，但要说更准确的说法是什么样的，他却也想不出来。

反正就是挺乐意跟邱奕待在一起，愿意陪邱彦一块儿玩，愿意在邱奕家待着，而且有点儿害怕这种状态被破坏。

"你要抛弃我了？"万飞扳过他的肩，一脸茫然地盯着他，"咱俩正在说邱奕吧，你扯哪儿去了啊？"

"就说他呢。"边南斜了他一眼。

"我靠！你最铁的人不是我吗？"万飞在椅子上蹦了一下，又压着声音喊，"你叛变了，南哥你居然抛弃我要跟邱奕混一块儿去……"

"你能消停会儿先不出声吗？"边南按着额角看他，"你小学生啊？"

万飞猛地没了声音，胳膊撑在膝盖上，盯着球场上跑来跑去的小孩儿。

边南一直在咔咔地捏着手里的瓶子。

过了很长时间万飞才转过头，有些不理解地看着他："我一直就觉得你能跟他这么好挺神奇的，这么上心，感觉比咱俩关系都好了啊。"

"你不爽了啊？"边南笑笑。

"没，我爽着呢，咱俩多少年的关系，那是随便能撼动的吗。"万飞喷了一声，想想又说，"这事儿要让咱学校的人知道了你俩得有麻烦吧，邱奕怎么说也是航运老大呢。"

边南没说话，是啊，俩学校干架的核心人物呢。

"说话啊。"万飞等了一会儿见他没出声，用肩撞了他一下。

"其实跟咱俩这关系也不太一样，咱俩是铁磁，他……不是，我也说不上来。"边南把瓶子放到嘴边，牙齿在瓶口上一下下磕着，"就是我挺愿意跟他待一块儿的，我挺喜欢他爸他弟弟，在他家待着就觉得这才是真正的家……但又担心招人烦，我这是不是小时候在家折腾得落下病了？"

"什么病？"万飞说。

"这不问你呢吗？"边南斜了他一眼。

"我上哪儿知道啊。"万飞说得有些犹豫，"比咱俩还要好？那是什么啊？亲兄弟了得是。"

边南没说话，瓶口从牙上滑开，在他嘴上狠狠硌了一下，他捂着嘴皱着眉骂了一句："我靠。"

"你为什么这么在意他啊？"万飞也咔咔地捏着瓶子，"他家很好吗？那么困难，病着的爹，那么小的弟弟……"

"我就是在琢磨这个。"边南盯着他，"你说话小点声儿。"

"南哥！我已经是气若游丝了。"万飞凑到他耳边，用快不行了的声音说，"我觉得吧……哎我是不是用了个成语？"

"把你的屁一次性先放完。"边南说。

"我还是憋回去吧。"万飞想了想，"反正我没碰上过这样的朋友，你要不上我家多待会儿，我家也温暖着呢……我爸不揍我的时候。"

边南乐了。

边南说不清自己对邱奕到底是什么感觉，朋友？哥们儿？还是比这些更好的？

对他来说……邱奕家院子里的葡萄架子，放着茶壶的小桌，满院瞎跑的二宝，坐着轮椅呵呵笑着的邱爸爸，都在邱奕对他的吸引力范围里。

边南交心的朋友不算太多，除了万飞。

万飞跟他认识的时间很长，算得上是最了解他的，知道他家的事，知道从小因为这些事，他心里的自卑。

挺多余的一个人，这是他给自己的定位。

他对被人排斥和被人拒绝有着深深的恐惧。

这次估计万飞也理解不了他的感受了。

"算了，不想了。"边南伸了个懒腰，"不管了。"

"这就对了。"万飞笑了起来，"南哥，你就不琢磨事儿的时候可爱，才像你。"

"靠，还能总不琢磨吗？你脑子里连弦儿都没有的人偶尔还思个考呢。"边南啧啧两声。

"挤对吧，使劲儿，反正我习惯了，你这损功就在我身上练出来的。"万飞乐了两声，也伸了个懒腰，"哎……无聊啊，没放假盼着放假，放了假又觉得没事儿干了。"

"哪年不都一样吗？"边南笑笑，不过今年好像就是特别没劲。

在没跟邱奕走近之前，他的生活也是这样，去不了万飞家的时候，他会跟班上同学去网吧，去电玩城，去街上闲逛，还会约上一帮认识不认识的人聚会，看看有没有顺眼的女孩儿……

现在所有这些以前干惯了的事儿,他都突然觉得没劲了,不想参与了。

训练完了把邱彦送回家之后,他俩没坐车回去,顺着马路一直溜达了俩小时,然后去了电玩城。

电玩城里人很多,开着冷气儿都感觉不到凉意。

俩人坐在面对面的两台机子上对战了一通,万飞一把没赢,站起来把边南手边的一盒游戏币一拿:"不玩了,换别的,要不就先去吃点儿东西,饿死了。"

"输了就跑。"边南站了起来,看看手机,没什么感觉已经玩了两三个小时,饭点儿早过了,"吃东西吧,吃完回宿舍看看,看看床上长毛了没。"

"先说好,这回别再让我给他俩收拾床!"万飞说。

"谁让你收拾了,上回收拾是你自己床湿了要睡人家的……"边南边说边往外走,琢磨着去吃点儿什么。

"这回我床就算没板儿了我也不收拾他俩的,我跟你挤。"万飞强调了一下。

在街上转悠了半天,没什么可吃的,最后俩人打车回到了学校,因为有训练的已经回校,所以附近的小吃店什么的都开着。

还是学校附近的东西吃起来比较熟悉,最主要是哪儿有什么都知道。

不过万飞突然非常想吃冷面让他实在有些不知道该说什么好。

"你不是好饿好饿好饿吗?"边南看着放在桌上的两碗冷面,"就吃这个?"

"一会儿再吃别的嘛。"万飞嘿嘿笑了两声,"许蕊总拉着我东吃点儿西吃点儿的,习惯了。"

"习惯个屁。"边南吃了口面,"你俩才几天啊你就习惯了?脸真大。"

"就想吃冷面怎么了?"万飞看着他,"我就想吃冷……"

"吃吃吃,吃一个月你就是体校第一冷面郎君了。"边南指指面,"吃。"

吃完冷面,边南已经不想再吃别的东西了,万飞还没饱,拉着他往航运那边走,两个学校交界的地方,有家陕西面馆,味道很正,万飞想去那儿再吃点儿。

现在航运的学生都放假了,体校部分人因为要训练回了校,应该不会有什么冲突。

边南本来不想过去,但犹豫了一下,还是一块儿去了。

邱奕在学校呢,也不知道能不能碰上……

离面馆还有十来米的时候,万飞突然停下了。

边南低着头跟他后边儿,他这一停,边南直接撞到了他后背上,吓了一跳:"干吗?"

"潘毅峰?"万飞冲前面抬了抬下巴,"咱过去吗?"

边南往前看了一眼,发现前面路口灯影里站着五六个人,潘毅峰正叼着烟靠着树。

他刚想说回宿舍,潘毅峰一转头,目光跟他对上了,马上往他们这边一指,喊了一声:"边南!"

"靠。"边南真不想应,但他发现从另一条路上又走过来了几个人,全是体校的,有几个平时跟他关系还成。

"这放着假呢,要找谁麻烦?"万飞小声说。

"用问吗?二宝早上不说了吗?他哥今儿晚上在学校。"边南皱了皱眉,手往兜里摸了摸手机,一帮人全看着这边,他原地站了一会儿,"算了,过去看看怎么回事儿。"

"这回不跑了?"潘毅峰看着他,"上回跑得那叫一个快啊。"

边南笑了没说话,他就知道潘毅峰得记着这事儿,当着这么多人的面儿说出来就是为了断他后路。

再不想参与这些事,他也只能先留下,要不他以后在体校日子估计不好过。

"要干吗?"万飞皱着眉在一边问了一句,一脸不耐烦,"我饭还没吃呢。"

"堵邱奕。"潘毅峰说,盯着边南的脸,"你没意见吧?"

边南皱了皱眉没出声,也没看潘毅峰,扭脸看着停在路边的一辆车。

"你什么意思?"万飞瞪着潘毅峰,潘毅峰明摆着是冲边南,说给体校这帮人听的,他顿时就相当不爽了。

"我能有什么意思。"潘毅峰冷笑一声,"就怕有人舍不得对好兄弟动手嘛……"

"废话真多。"边南说,要不是不想扩大事态,这会儿他真想一拳砸到潘毅峰脸上。

他跟邱奕关系好知道的人本来没几个，潘毅峰怎么知道的他不清楚，但被他这么一说，在场这些人全知道了，他要跟潘毅峰顶着来，没准儿现在就得打起来，还挡不住。

靠！

潘毅峰的电话响了一声，他没看，直接转身往航运那边走了过去："出来了。"

站着的这些人立马分成了两拨，一拨往航运正门的路走，一拨跟着潘毅峰往航运后门的小街跑过去。

边南拉上万飞，跟在了潘毅峰这边。

邱奕估计不会走正门，后门离体校远，相对来说不容易碰上体校的人。

不过无论邱奕往哪个门走，边南都会跟着潘毅峰，这人单挑没胆，带人斗殴下手却很黑。

一会儿该怎么办？

边南脑子里不停地琢磨着。

以前碰上这种事儿一块儿去也就一块儿去了，打了也就打了，无所谓。

但现在不同，他不可能动手，那是邱奕，已经跟他算是关系很不错了的朋友。

就算抛开这层关系不说，邱奕是邱彦他哥，软乎乎的可爱的二宝的亲哥……

但他该怎么办？

就算豁出去以后在学校被人找麻烦不管，一会儿是直接冲过去和邱奕一块儿跟潘毅峰干一架还是……还能怎么办？

边南觉得烦躁得不行，长这么大头一回为了堵个人打个架愁成这样！

前面的人走得快，边南和万飞跟在后面慢慢与他们拉开了一小段距离。

边南从兜里拿出了手机，准备给邱奕打个电话。

刚点开邱奕的名字还没来得及拨号，前面有人吼了一声。

邱奕骑着车的身影紧跟着就从拐角出现在他的视野里。

抬头看到体校的人时，邱奕已经没有时间再掉头往回冲，小街很窄，路边停满了车，还有夜市摊子，再说从正门那边过去的人用不了几分钟就能从那边堵过来。

几个人已经冲了上去，手里拿着棍子扑上去对着邱奕就抡。

"靠！"边南骂了一句，赶紧跟万飞往前冲了过去。

跟万飞往那边跑了没两步，突然有人喊了一声。

已经挨了几棍子的邱奕突然抽出了车锁，狠狠砸在了一个人肩膀上，接着又往旁边一甩，抽在了潘毅峰胳膊上。

如果邱奕要对打，肯定得吃大亏，不过在挥了两次车锁之后，他猛地一蹬，自行车从人缝里一撞，手里的车锁对着挡在他跟前儿的人脸上砸了过去。

那人躲了一下，邱奕抓住这个机会冲了出来，背上又挨了两棍子，但他没有停。

看着邱奕往自己这边冲过来的时候，边南站在路中间愣住了。

"边南！"有人吼了一声。

邱奕的目的不是打架，是跑，所以尽管身上挨了不少下，那几个人还是没拦住邱奕，让他找到机会逃脱了。

边南知道潘毅峰那帮人是让自己拦下邱奕。

如果自己想拦，邱奕绝对跑不掉，他打架都喜欢一对一，何况自己旁边还有个万飞。

"南哥。"万飞在旁边很急地压着声音喊了他一声。

边南没动，迎上了邱奕的目光。

他心里沉了沉，迅速转开了视线。

邱奕脸上有明显的诧异，眼神也很复杂，两人目光对上之后邱奕嘴角那一抹说不出是什么意义的笑容，在边南心里扎了一下。

邱奕大概想不到自己会跟着潘毅峰的人站在这里吧。

邱奕的车带着风从他身边冲过，消失在了路那边，边南始终站在原地没动，也没回头看。

"我靠你大爷边南！"潘毅峰一看事情居然变成了这样，边吼着边几步冲到边南面前对着他脸一拳砸了过来。

边南没等他拳头碰到自己，直接抬手对着他胳膊劈了一下，拳头从他耳边擦了过去，潘毅峰打了个空，顿时怒火中烧地转身又想抡一拳。

"你想干吗？"万飞从旁边冲过来直接撞在了潘毅峰身上。

身后几个人赶紧拉住了潘毅峰："大潘，先走，别在这儿跟自己人动手。"

"自己人？"潘毅峰指着边南，"这叫自己人？你们眼瞎了看不到他放走了邱奕吗？"

"放了怎么着？"万飞瞪着他，万飞只有一个原则，谁惹边南跟谁急，不管别的。

"边南，你牛！"潘毅峰还指着边南，"我记着你这回了！以后别说我不顾着体校的面子找你麻烦！"

"随便。"边南看了他一眼，转身走了。

潘毅峰没有追过来，万飞时不时回头看一眼，边南一直低着头往前走。

他无所谓潘毅峰会不会追上来跟他干一架，他不怵这人，再说也已经撕破脸了，他放走邱奕，那些人全都看到了。

他现在只郁闷邱奕最后的那意外而复杂的眼神，虽说之前他们也开玩笑地说过如果打架的时候碰上的事儿，但边南从来也没想过真会来上这么一回。

要他已经冲过去帮邱奕了还好说，可他偏偏还没来得及！

就算他没动手放走了邱奕，可那种情况下站在后面怎么看怎么像个准备截后路的帮手，顶多算是临时后悔了！

"要不要给邱奕打个电话解释一下？咱不是过去堵他的。"万飞小声说。

"谁会信？"边南看了他一眼，现在他别说给邱奕打个电话解释，就连想到邱奕的时候都觉得心里一阵堵。

"干吗不信？"万飞皱着眉。

"干吗要信！"边南突然很烦躁，冲着万飞吼了一句，"我从小到大跟谁解释都没人信过！我说我没打架我没骂人！谁信过我！我爸信吗？阿姨信吗？我就是个多余还惹事儿的货色！谁信我谁是傻子！"

万飞张了张嘴没说出话来，半天才叹了口气："南哥你……"

"不说了，走。"边南闷着声音说，"我不是要吼你。"

"你吼的就是我……"万飞拍拍他的肩，"不过我无所谓。"

边南走了几步又乐了。

俩人也没心情去宿舍看了，到街上直接打了个车回了万飞家。

边南躺床上一夜都没睡踏实，什么也没想，也什么都想了，乱七八糟的，从小到大的事儿想了个遍。

天快亮的时候他觉得自己跟邱奕之间的关系大概是维持不下去了，都一张床上睡过好几次的朋友，居然跟人一块儿堵他。

真操蛋。

算了，不想了，本来也没指望跟邱奕能多要好，只不过是被他家里那种温暖吸引了，本来也觉得自己没可能拥有那么一个家，只不过是想靠近点……

就这么着吧。

如果邱奕不提，他也不打算再多说什么了。

反正无论说什么，邱奕信还是不信他都觉得邱奕不会信，顶多是给个面子。

如果邱奕不再理他，他也不会再上赶着跟邱奕走近了，就这么回到陌生人的关系也没什么大不了的，本来就是没交集的两个人。

不过说是这么说，实际情况却跟他想象的有点儿不同。

他是没再主动找过邱奕。

邱奕也没跟他说过那天的事，但有空的时候会送邱彦来学校。

俩人总能碰上。

那辆白色的自行车隔着老远就能看到，边南蹲学校门口每次都会有种莫名其妙的期待，但邱奕的车停到他跟前儿时，他又会觉得浑身都不自在。

"大虎子！"邱彦从后座上跳下来，往边南身上蹭了蹭就跑进了学校。

他已经在学校里混熟了，不需要边南再一直陪着他，到了球场自己就会缠着教练。

"那个，"边南看着邱奕，"我马上开始训练了，没时间陪二宝，我跟教练说了，他可以继续跟着暑期班的小孩儿一块儿练习。"

"方便吗？"邱奕问他。

"没事儿我跟教练很熟，多一个二宝不影响。"边南揉揉鼻子，看到了邱奕手腕上戴着边馨语送的那条手链，还真是很酷，他没话找话地说了一句，"戴上了啊？"

"嗯。"邱奕笑笑，看了看手链，"她总问戴没戴，干脆就戴上了。"

"……挺好看的。"边南点点头，"我先进去了。"

"好。"邱奕腿撑着地跨在车上没动。

边南僵了两秒，转身进了学校。

接下去连着几天一直到边南开始训练，邱奕都没再送过邱彦，每次都是邱彦给边南打电话，说自己上公车了，边南再去车站接他。

邱彦每天兴高采烈地练球，没事儿就缠着边南跟他对打，也没提让边南去家里玩的事，不知道是不是万飞说的那句哥哥很辛苦要让他休息起了作用。

边南有点儿空落落的，待万飞家里有空俩人就兜塔，兜完了就斗地主。

"南哥，"晚上睡觉的时候万飞躺在床上轻轻碰了他一下，"睡了没？"

"又不是吃了安眠药，这刚躺下就能睡着？"边南啧了一声。

"你真打算跟邱奕这样了？"万飞小声说，"不别扭吗？"

"还能怎么样。"边南并没有回避，虽然他并不愿意承认，但他这几天没见着邱奕的确跟使不上劲儿似的没着没落，邱奕身边的那份温暖的确让他在意。

万飞叹了口气："感觉你心情不好，你为邱奕这样我都挺不爽的了。"

"你……"边南在黑暗中盯着墙上的月光，"真不爽了啊？"

"没有。"万飞回答得很快，"你就说你在意的是头驴……"

"滚你妹的闭嘴！"边南简直无语。

"我也没二话，我认你这个人，咱俩还是铁子就成。"万飞坚持把话说完了，然后给自己鼓了鼓掌，"我靠真感动，我眼泪都要下来了，南哥你不亲我一下吗？"

"我亲你个屁啊！"边南往他肚子上甩了一巴掌。

"现在没屁。"万飞翻了个身背对着他，在自己屁股上拍了两下，"屁股行吗？"

"傻子。"边南忍不住乐了。

"知道吗？我觉得你这人啊，明明大大咧咧什么都不在乎，脑子平时都懒得用。"万飞又翻过身来脸冲着他小声说，"有些事儿你太在意了，脑子就会不怎么好使，要搁以前你肯定不会让我抓着这么大的破腚。"

边南笑得差点儿呛着，一边咳一边踹了万飞一脚："文盲快给老子闭嘴。"

"破绽，破绽。"万飞啧了一声，也嘿嘿乐了，"其实我看到这词儿就会念了，说话的时候就老想着腚，你看我这就是因为太在意许蕊了，脑容量就越来越小。"

边南还是在笑，停不下来，俩人在黑暗里一通傻乐，笑了能有好几分钟，边南才拉长声音叹了口气："唉——"

叹完气之后，两人同时沉默了。

"我真希望有个他那样的家。"边南过了一会儿轻声说。

"我知道。"万飞说，"不过他家也不怎么样吧，情况那么不好。"

"那也比我家强。"边南喷了一声,"穷点儿困难点儿但是回家待着人就消停踏实。"

"那是因为你没为钱操过心。"万飞的思维简单明快,"你根本不知道人那种愁钱的家庭有多辛苦。"

"也许吧。"边南皱皱眉,"我看二宝每天都乐呵呵的。"

"废话,他那么小懂什么,这更说明邱奕辛苦。"万飞喷了一声,"还是我家好,你要不上我家找温暖去得了,上我姥姥家,住仨月……不过邱奕要是个女的我肯定不这么说……哎他如果是个女的应该很漂亮……"

"服了你了,你心真大,吃下去的东西都没在肚子里吧。"边南很无奈,"我这儿正烦着呢。"

"那能怎么办啊,这事儿你愁就能愁没了吗?再说你这儿愁云惨淡的……哎成语?"万飞坐了起来,手指戳了戳边南的肚子,"你跟这儿愁云惨淡的……"

"你赶紧闭嘴吧。"边南往他背上甩了一巴掌。

"去跟他解释吧。"万飞也一巴掌拍在他背上。

"不敢。"边南回答得很干脆,"你那儿有烟吗?"

"有。"万飞跳下床,在抽屉里翻出一包烟扔给他,"一抽就呛还管人要烟呢。"

"你连抽都不会抽还买烟呢。"边南拿出根烟点上叼着,也没吸,就盯着月光里蓝色的烟雾。

"南哥,这不是你的风格。"万飞靠窗站着,"你以前没这么磨叽,以前你就算是看上哪个姑娘了,也没这么啰唆的,早就要电话打过去约了。"

"这不废话吗!邱奕是姑娘吗?这跟追姑娘是一回事儿吗?"边南皱着眉。

"那怎么办?"万飞看着他。

边南沉默了一会儿,把烟掐了往枕头上一倒:"不怎么办,就这么着吧,不管了,过阵儿没准儿就过去了。"

"你……"万飞喷了一声,"行吧,随你。"

边南闭上眼睛,不去想了,就像以前碰到过的很多事一样,不去想就行了,

家里的事、老妈的事、各种烦心的事,不想就行了,管他呢。

邱奕坐在桌子前，床头灯拧着往他这边照着，邱彦趴在床上，已经睡沉了。

已经快1点了，他挺困的，但却没打算睡觉。

手里的小泥人还是个半成品，邱奕对着这个泥坯已经好几个晚上了，申涛送他的工具很顺手，可他一直到现在也没下刀。

理论上做个边南的小泥塑并不算难，草图他已经画了无数张，手里的坯子也已经有了雏形，但他却静不下心来。

刀在他手指间飞快地一圈圈转着，举起又放下，反反复复。

最后他拿了根烟起身出门走到了院子里，在葡萄架下放着的躺椅上坐下了。他靠着椅背，看着在茂密的叶子中间若有若无的月光，点上烟之后，兜里的手机响了一声。

是申涛的短信：把你电话给要补课的那小孩儿家里了，他妈会给你电话。

好。邱奕回了一条。

"就知道你还没睡。"申涛把电话打了过来。

"你不也没睡吗？"邱奕笑笑。

"我是刚回来，跟你不一样。"申涛说，"我说，要不你……"

"不。"邱奕打断了他的话。

"不什么不啊？你知道我要说什么吗？"申涛无奈地说。

"是想让我问问边南吧？"邱奕抽了口烟。

"你觉得……"申涛说，"他是怎么回事？"

"想拦着潘毅峰吧。"邱奕笑笑，"这个不用问。"

"他当时要是想拦着，为什么不跟你说，他也不像是能憋得住的人。"申涛跟他意见不是太统一。

"不知道。"邱奕掐了烟，"行了你睡吧，最近管得真多。"

申涛没再说话，把电话挂了。

邱奕拿着手机愣了一会儿，又摸出烟点了一根，看了看手机上的日期，离边南的生日没多少天了，得抓紧做好。

他答应了边南会送他礼物就一定会送，就算跟边南已经大半个月没联系，也没见过面……就算只为这个生日。

"干吗还带个人啊？"边南看着从对街走过来的许蕊和她身边的女孩儿，用胳膊碰了碰万飞，"不说就你们小两口请我吃饭吗？"

"大概她是怕你当灯泡难受吧。"万飞也不知道许蕊要带人过来。

"一个灯泡难受,俩灯泡就不难受了?"边南看到许蕊冲他们这边招手,冲她笑了笑。

"我哪知道。"万飞嘿嘿笑了两声。

许蕊带来的女孩儿边南看着有点儿眼熟,应该也是卫校的。

"苗源,我们隔壁班的。"许蕊给他俩介绍身边的女孩儿,"我俩最近特别腻乎,就拉着她一块儿来了。"

"嗨!"苗源个子挺高,不算漂亮,但长得挺大气,她冲边南笑笑,"可算是能面对面看看了。"

"幻灭没?"边南也笑了笑,他的女朋友虽然都那么回事儿,但经验还在,一眼就看出苗源绝对不是许蕊主动叫来的。

"没,更帅了。"苗源并不害羞,笑着说,"叫我苗苗就行,苗源听着像男孩儿名字。"

"喵。"许蕊靠在苗源肩上笑了笑,"走吧,上哪儿吃?"

"你们带路。"边南拿出手机看了看时间。

"我想吃西餐,咱去吃西餐吧?"许蕊拉拉万飞的胳膊。

"好。"万飞点头,看着边南,"这个要南哥带路了,这些他熟。"

"我熟个屁,我这阵儿……"边南说一半闭了嘴,我这阵儿吃的都是邱奕家的饭这话差点儿蹦了出来,"我这阵儿都没在外边吃。"

"那听我的吧?我知道一家牛排不错,想起来就有点儿馋,去那儿行吗?"苗源说。

"走。"万飞一挥手。

几个人走到街口拦了辆出租,边南正想着该怎么坐。

"你上前面,你得给钱,"许蕊把万飞推到副驾上,然后拉着苗源上了车,她冲边南招招手:"南哥后边儿挤挤吧。"

边南笑笑,上车坐在了苗源身边。

车开了之后,苗源跟司机说了地点,然后转过头看着边南,小声说:"我看看你手机呗?"

边南摸出手机递给她,她接过去低头按了几下,身上的手机响了一声,她笑着把手机还给边南:"这个是我手机号,存不存都没关系,我就是存个你的号码。"

边南还真没打算存,苗源虽然长得还挺顺眼,但不是他喜欢的类型。

不过苗源说是这么说,眼睛却一直看着他,他只得把苗源的号码存上了,名字写上苗苗。

苗源挺开心,打了个响指,靠到了许蕊身上,俩姑娘一通乐。

苗源说的那家餐厅离学校不近,但离边南家不远,在一个区,下车的时候边南才发现这餐厅他来过好几次。

"就这儿啦,好吃不贵,我最爱的牛排!"苗源拉着许蕊,两人在前面往餐厅走了过去。

"我特想吃糖醋里脊。"万飞跟在后边小声说。

"跟姑娘出来吃饭你还想点菜?"边南胳膊往他肩上一搭,"想吃明天咱俩吃去。"

"那咱就去……"万飞说一半突然没了声音,脚步也猛一顿,"我靠,那是边馨语和……邱奕?"

边南抬起头,顺着万飞的目光往前看去,还真是邱奕和边馨语,两人也一拐弯,跟在许蕊和苗源身后往餐厅里走。

"我……"边南心里乱七八糟的感受全涌了上来,揉成团拍扁了能铺满一个网球场了。

"要……打个招呼吗?"万飞也挺意外。

"不。"边南说,正说着,邱奕大概往前看到了许蕊,于是转过了头,目光跟边南正正地对在了一块儿。

边南脸上都不知道该放什么表情合适了:"靠。"

邱奕看到许蕊的时候感觉挺意外,他没想到会在这里碰上许蕊,万飞肯定就在后面,而这种情况下,有万飞多半就会有边南。

他是犹豫了一下才回的头,果然看到了跟在后面的边南和万飞。

边南的表情有点儿不好形容,邱奕估计他不会顶着这个难受的表情跟自己打招呼,加上自己身边还有个跟边南一直不对付的边馨语。

于是他只是冲边南笑了笑,就转头跟边馨语一块儿进了餐厅。

边馨语对这个餐厅挺熟,找了个靠窗的卡座坐下了。

"我直接全点啦?"她接过服务员递来的菜单。

"嗯。"邱奕在她对面坐下,一抬头就看到了边南。

他们四个人坐在斜对面的四人桌,边南和万飞并排坐着,脸冲着他们这边。

边南跟他眼神对上之后,嘴角扯了扯,想笑又没笑出来的样子,挺尴尬,接着就转头跟坐他对面的姑娘说话,没再看这边。

邱奕拿起杯子喝了口水,看着边馨语点东西。

"好了。"边馨语点好东西之后合上菜单,笑着说,"都是他们这里做得比较好的。"

"你爱吃就行。"邱奕点点头。

"其实我吃不了多少,你是主力啊。"边馨语一直在笑,"我在减肥呢。"

"你不胖。"邱奕发现边馨语的眼睛笑起来跟边南挺像,他抬眼往边南那边看了一眼,边南也正往这边看,发现邱奕的视线之后迅速转开了脸。

"谢谢。"边馨语托着下巴,笑盈盈地看着他,"真没想到你今天会叫我出来吃饭。"

"算是答谢吧。"邱奕看了看手腕上戴着的手链。

"只是答谢?"边馨语噘了噘嘴,"我发现你这人吧,对女生真是连假话都懒得说啊。"

"知道是假话还想听吗?"邱奕笑笑。

"听啊,起码听着舒服嘛。"边馨语捧着杯子有些不好意思地笑了笑,"人不都是这样的吗?"

"我不是。"邱奕说。

"哎呀,换个话题。"边馨语无奈地放下杯子,"对了,婷婷她妈妈给你电话了没?她说要请你吃饭,本来考完就该请你的,但她爸爸出差没回,现在回了来就……"

"不用,我跟她妈妈说了不用了。"邱奕往边南那边看了一眼,边南正低头玩着手机,他在边南抬眼的瞬间把视线收了回来,看着边馨语。

"就是想谢谢你嘛,婷婷考得挺好的,她妈妈特别高兴。"

"不用。"

"啊……"边馨语拉长声音,趴到了桌上,皱着眉,"邱奕,跟你交流好困难啊。"

"我不是故意的。"邱奕笑了起来。

"你要是故意的我早就不理你了。"边馨语叹了口气,"婷婷也说你是聊天十级伤残,你给她补课这么久,补课内容之外的话加起来都没有十句呢。"

"不止吧。"邱奕想了想,"我起码每次都会说一句先不要吃东西或者休息的时候再玩手机。"

边馨语捂着嘴笑了半天:"除了交流困难,你有时候也挺逗的。"

边南看着边馨语的背影,她正捂着嘴笑得肩膀一个劲儿颤着。

"许蕊,"边南敲敲桌子,打断了正跟万飞聊得欢的许蕊,"咱俩换换。"

"啊?"许蕊迅速瞟了一眼身边的苗源,"跟我换座?"

"嗯。"边南站了起来,指了指万飞,"你快过来跟他搂成一团。"

"烦人。"许蕊笑着也站起来,跟边南换了座位,"我才不想跟他挨着呢。"

"你也忒假了点儿。"边南坐到了苗源旁边,这回看不到邱奕和边馨语了,他感觉松了口气。

许蕊坐下之后往前看了一眼,愣了愣:"哎,邱……"

"没错。"万飞赶紧一伸胳膊把她往自己身边一搂,拿了个餐包递给她,"秋天快到了要进补,吃面包补面包……"

苗源拿着根薯条正要吃,一听这话没忍住笑出了声:"什么跟什么啊。"

"许蕊你看上他什么了?"边南问。

"我一直没想明白呢。"许蕊笑着说。

"看上他好欺负了。"苗源边吃边说,"就万哥这种款式的,别名就叫随手欺。"

"哎!"许蕊轻轻一拍桌子,笑了半天,"那你怎么没看上个随手欺的啊,边南可不好对付,对吧南哥?"

"你要对付我吗?"边南笑了笑,看着苗源。

"大哥饶命。"苗源冲他一抱拳,有些不好意思地笑着,"我就觉得你特别帅,腿长身材好,我目前的心愿就是近距离瞅瞅。"

"那你快瞅,一会儿吃完饭我要回去睡觉了。"边南觉得苗源挺逗的,跟卫校那些小姑娘风格不一样,搁体校这边更合适。

这顿饭吃得有点儿辛苦,虽然几个人聊得挺开心的,但边南始终有点儿心神不宁。

一开始觉得抬眼就能看到邱奕让他很不自在,特别是他总会忍不住地往那边看,可是换到苗源旁边之后,他又后悔了。

他俩还在聊吗?

还是边吃边聊……

走了没?

边南来来回回总想着这些乱七八糟的,盘子里的牛排是怎么吃完的他都不知道。

一直到许蕊和苗源要了餐盒准备替宿舍的姑娘带点儿鸡翅回去吃的时候,边南才回过神儿来,一顿饭吃完了。

万飞结完账,几个人收拾东西站了起来。

边南飞快地往邱奕那桌看了一眼。

他俩也吃得差不多了,边馨语托着腮,邱奕正跟她说着什么。

这场面让他心里很不是滋味,隐隐有被抽了一鞭子似的感觉。

在他跟着潘毅峰一块儿"堵"了邱奕之后,邱奕始终没提这茬,他不联系邱奕,邱奕也没主动联系他,他根本琢磨不透邱奕到底是怎么看自己的,现在又跟从小就跟他不对付看不起他的边馨语一块儿……

他看了万飞一眼,万飞松开了正搂着的许蕊,把胳膊往他肩上一搭,眼神挺复杂。

离开餐厅得经过邱奕和边馨语那桌,边南跟着往外走的时候心里一直在反复思考着要不要打个招呼。

要不要打个招呼?

要不要打个招呼?

要不要……

"走了?"邱奕的声音传来。

边南收回思绪,转过脸,看到了邱奕嘴角的笑容。

"啊……嗯。"边南点点头。

邱奕没再说别的,转开了脸。

出了餐厅之后,苗源回过头看着边南和万飞:"哎,我刚没看错吧?那是邱奕?"

"是。"万飞搂着边南的肩。

"哎?你们没当场打起来啊?"苗源笑着说,"我以为体校的跟航运的见了面就得打呢,何况还是你们这级别的。"

"你当我们是潘毅峰那神经病呢。"万飞嘿嘿笑了两声。

"哎说起那个潘毅峰，"苗源啧了两声，"真是神经病没跑，前几天航运好几个都被堵了。"

"他不是毕业了吗？"许蕊问。

"是啊，所以才是神经病啊，都毕业了还咬着不放呢。"苗源一脸鄙视。

"你怎么知道的？这还放着假呢他上哪儿堵人？"万飞皱着眉问。

"我朋友说的，小蕊也认识，就那天跟咱一块儿逛街的那个小傻妞，她男朋友航运的。"苗源看看许蕊。

"嗯记得。"许蕊点点头，想了想又一拍苗源，"哎她那天买的那个面膜用了没，有用吗？我还等着反馈呢。"

"我一会儿问问她。"苗源说，俩人在前面跑着题聊到一边儿去了。

"大潘还堵人呢？"万飞看着边南，"是不是上回没堵成邱奕不死心？"

"我上哪儿知道去。"边南闷着声音说，"我这阵儿又没跟邱奕联系。"

"要不要问问确定一下？"万飞皱着眉。

边南看着他没说话，他又补了一句："这事儿要是真的，我担心傻潘过阵儿就该找我们麻烦了，他疯狗似的，之前是没毕业不敢动我们，现在可算是奔跑在自由里了。"

"怕他个鸟。"边南咬牙。

"防着点儿吧。"万飞说，"这逼现在都跟外面的人一块儿混，下手跟我们不是一个重量级了。"

"嗯。"边南应了一声。

把许蕊和苗源都送回去之后，万飞才在出租车上小声问了边南一句："你没事儿吧？"

"我有什么事儿？"边南看着他。

"你这一晚上的样子你照照镜子去，要不知道的还以为你看上苗源了心神不宁呢。"万飞一连串地喷着。

"边馨语一直追邱奕呢。"边南说。

"我看邱奕那样也不像是被追着了啊，谈恋爱的人不那样聊天，表情不对。"万飞很有经验地分析着。

"我不是为这个。"边南皱着眉，边馨语要真跟邱奕有点儿什么了，他肯定能知道，边馨语不是个能瞒事儿的人。

"那你为什么？"万飞盯着他。

边南靠在车窗边往外看着。

他不知道。

也许他是因为羡慕别人可以坦然地坐在邱奕面前，看着他，跟他说话。

也许他是因为在自己挺郁闷的时候却看到邱奕平静的笑容，突然更郁闷了。

也许他是因为以为自己可以慢慢对失去这个朋友无所谓最后却发现做不到。

也许……仅仅是因为不知道该怎么处理那天的事儿而已。

"烦死了，靠！"边南骂了一句。

"烦谁？"万飞愣了愣。

"我自己。"

"走到街口再打车吧。"边馨语跟邱奕一起走出餐厅，"我想走一会儿消消食，行吗？"

"嗯。"邱奕点点头。

"真没想到会碰上边南和他女朋友，高个儿那个应该是吧？矮个儿那个我看拉着万飞的手。"边馨语说，"看着也不漂亮，我还以为边南眼光很高呢。"

邱奕转头看了她一眼，她赶紧摆摆手："我不是在说他坏话啊。"

邱奕笑笑。

"我就是奇怪，边南身边女孩儿挺多的，也没见他跟谁处得时间长些，一直以为这人眼光高，刚那女孩儿看着挺普通的……"边馨语说了几句又停下了，"哎越说越怪了，算了不说了。"

"打个车吧。"邱奕伸手拦了辆出租车。

"我说了想走到街口呢……"边馨语有些不情愿。

邱奕拉开车门看着她："你说了吗？"

"我要没说你嗯什么啊？"边馨语叹了口气，坐进了车里，"真是交流困难。"

邱奕关好车门，递了钱给司机，边馨语在车里喊了一声："你不上车啊？那你怎么回？"

"跑回去。"邱奕说。

看着出租车开走之后，邱奕才又伸手拦了辆车，在车上他给申涛打了个电话:"过来喝酒。"

"你家?"申涛问。

"嗯。"邱奕看着窗外。

"行,我带酒过去。"申涛挂掉电话。

申涛家离得不近,不过邱奕在胡同买了些烧烤到家的时候,申涛已经在院子里坐着了,装着酒的兜放在小桌上。

"这个胳膊可以这样抬起来,你看。"邱彦正在给他演示大黄蜂的POSE。

"嗯。"申涛应了一声表示看见了,又回头看了一眼邱奕,"这么慢。"

"远。"邱奕过去摸摸邱彦的脑袋,"洗洗睡觉了。"

"没劲。"邱彦把大黄蜂收好,抱着往屋里走。

"说谁没劲呢?"申涛笑着问。

"你啊,还有我哥。"邱彦说完就一溜烟跑进了屋。

"那谁有劲啊?"申涛又问。

邱彦进屋了没听见,邱奕在旁边坐下:"边南呗。"

"这点儿你们兄弟俩意见应该是统一的。"申涛把酒拿了一瓶出来放在桌上。

邱奕笑了笑:"今儿跟边馨语吃饭碰上边南了。"

"是吗?"申涛进厨房拿了两个杯子出来倒上了酒,"要聊聊吗?"

"不。"邱奕靠在躺椅上轻轻晃了晃,"就让你来喝酒。"

能这么陪着邱奕只喝酒吃菜不说话的人,大概只有申涛了,俩人坐在院子里慢慢地喝着酒,谁也没说话。

两小时之后,申涛拿来的几瓶酒喝得差不多了,他站起来到水池边洗了洗脸:"我不行了。"

"跟二宝挤挤吧。"邱奕说,把杯子里最后一口酒喝了。

"我睡沙发。"申涛抹抹脸上的水,"二宝睡觉老爱踢人受不了。"

邱奕在院子里又坐了一会儿,进屋的时候申涛已经在沙发上睡着了。

他进了里屋,邱彦趴在床上睡得小呼噜一串串的,邱奕过去把邱彦翻了个个儿冲上,给他盖好毛巾被之后坐在了桌子前。

从抽屉里拿出眼镜戴上之后,他把灯头拧过来对着桌子,拿起了没完工的小泥人。

"我靠。"边南跑完十公里,直接往站在跑道边等他的万飞身上一扑,"老蒋个变态!"

"谁让你没伺候好他。"万飞嘎嘎乐着,把毛巾扔到他脑袋上,学着老蒋的调,"边南!你打多少年网球了!你很累吗!动作变形变成这样还不如暑期班的小屁孩儿!去跑十公里清醒清醒!对了!明天你生日吧?生日快乐啊!"

边南推了万飞一把,坐到了台阶上:"靠,你说他是不是变态。"

"怪谁啊,你这阵儿本来就不在状态。"万飞啧啧两声,"还好二宝今儿没来,要不得多失望。"

"闭嘴。"边南指了指他。

"明天怎么安排的?"万飞坐到他身边,"孙一凡跟我说,我们宿舍几个凑凑请你吃顿金钱豹。"

"没胃口。"边南头一回在自己快过生日的时候一点儿兴致都没有。

"南哥,咱把话铺开了说吧,你到底怎么想的?这都半个月了,要死不活的……"

"谁要死不活了?"边南瞪着他。

"你啊。"万飞也瞪着他。

"靠,你现在牛了啊。"边南让他这表情逗乐了。

"我……"万飞正要说话,边南扔在包里的手机响了。

"你就是废话多。"边南把手机掏出来,"越来越多了,拿铲子铲铲能卖出二十块……"

邱大宝。

边南看到屏幕上的来电显示时手哆嗦了一下差点儿把手机扔到地上。

"谁啊?"万飞凑过来看了一眼,愣了愣,瞅了他一眼之后转身走开了。

边南犹豫了一下接起了电话:"喂?"

"我。"邱奕的声音传了过来。

"啊。"边南说。

"生日是明天吗?"邱奕笑了笑。

边南感觉自己像有好几年没听过邱奕说话了似的,居然有种恍如隔世的感觉……他把手机往耳朵上按了按,半天没说出话来。

"是明天吗?还是我记错了?"邱奕笑着问。

这熟悉的声音和语气,还有笑声,就贴在边南耳边,让他手心里有些冒汗，张了半天嘴也没想好该先说什么，最后他清了清嗓子，"是……明天。"

"有礼物送你。"邱奕说，"明天晚上我去上班之前拿给你吧？"

"啊？好……谢谢。"边南觉得自己嗓子有点儿发干。

"那明天我到了给你电话。"邱奕说。

"好。"

邱奕那边沉默了一会儿："那我挂了。"

"……好。"边南应了一声，听着电话挂断的声音，愣了很长时间才慢慢坐到了台阶上。

把手机放回包里之后，边南又在台阶上愣了一会儿，才回过头看了万飞一眼。

万飞大概是在给许蕊打电话，笑得发际线都快弯了。

看到他已经接完了电话，万飞很快挂了电话跑了过来："什么情况？"

"邱奕说明天把礼物给我拿过来。"边南拎起包往肩上一甩，"走吧，吃东西去。"

"他还有礼物送你？"万飞有点儿吃惊，"你俩连点头之交都快维持不下去了……"

"上个月他生日的时候我问他要的。"边南闷着声音说，万飞一句点头之交让他猛地想起那天餐厅里邱奕那句淡淡的"走了"，顿时一阵郁闷，"你最近成语掌握得炉火纯青啊，都到了找抽的高度了。"

"你还问他要礼物啊？"万飞嘿嘿笑了两声。

"嗯，就顺嘴说了一句。"边南看着地面，突然有点儿庆幸自己那天随口说了一句要礼物。

要不这关系还真没准儿就划上休止符了。

虽然这阵他被这事儿弄得焦头烂额，训练时不知道挨多少回罚了，但听到邱奕的声音，知道明天能见个面，他还是莫名其妙地有些开心和期待。

只是也许见了面也说不上两句话，说了也不知道该不该提那天的事儿，提了也不知道邱奕信不信，邱奕说相信了他也不知道是不是真的……

想到这儿他又有点儿低落，可再一想，那也好过面都见不着，于是心情又往上扬了扬，但是见了面又怎样……

他的情绪就这么忽起忽落地来回折腾着，简直想发疯。

就这么一路一言不发地走着，边南也没看路，一直到万飞把他拉进了一家店，他才回过神来。

这片儿他们都太熟了，一看店里的摆设他就喷了一声："又吃炒饼，你真专一，要不是有许蕊，我都以为你看上他家姑娘了！"

"傻啊。"万飞斜了他一眼，"没看前面是潘毅峰带着人啊！"

"他带人来了？"边南拧拧眉，扭头就想出去看看。

"我的亲哥，"万飞一把拉住他，把他拽到了最靠里的桌子边上，"带的都不认识的，咱别出去找死了。"

边南坐下倒了杯茶喝了一口："你还怕找死啊？这不是你的风格啊，你的风格应该是专门找死。"

"靠！"万飞指了指他，"要不是你现在魂不守舍这德行，我能怕吗？我怕你恍恍惚惚出去拖我后腿！哎……我最近好像是真挺能蹦成语的，估计考个体院不成问题了。"

"牛了你。"边南竖竖拇指，"后腿儿最牛。"

不过万飞这话没错，就这魂不守舍恍恍惚惚的样子，别说万飞，边南自己看着自己都烦透了。

什么时候他对这些事已经在意到这种程度了？

从小到大他都没这么在意过什么人，除了万飞这个最铁的哥们儿之外，别的人他真无所谓他们怎么看他。

也许是从小到大根本就没人知道他的家庭，没人了解他内心那些压抑着的秘密。

现在邱奕知道，邱奕了解了，自己却又有些不自信了。

本来他什么都不爱多想，现在却想得天翻地覆的，跟个娘们儿似的真没意思！

"靠！"边南骂了一句，把茶杯往桌上重重一放。

正给他们把炒饼端过来的服务员吓了一跳，把俩盘子往他俩面前一扔，万飞面前那盘炒饼里有一片肉掉在了桌子上。

"哎我的肉，统共三片儿你还给我吓跑一片儿！"万飞很心疼，拿着筷子盯着桌上的肉。

边南没吭声，把俩人的炒饼换了一下，低头开始吃。

扒拉了好几口之后，他才抬起头看着万飞，嘴里含混不清地说了一句："我明天……跟他聊聊吧。"

"什么？"万飞愣了愣。

"我试试明天跟他解释一下。"边南把炒饼咽了下去又说了一遍。

"我靠！真的？"万飞眼睛瞪圆了。

"嗯，说完了也不用再每天这么瞎想了，不够烦的！就是不知道现在才解释是不是有点儿晚。"边南狠狠地又塞了一口炒饼到嘴里。

万飞愣了半天，伸手在他肩上用力拍了拍，又竖了竖拇指："不晚，朋友之间没有早晚！"

做出决定之后，尽管还不知道情况会怎么样，边南却突然觉得轻松了。

就跟小时候拿成绩单回家似的，没交给老爸的时候他紧张得腿都抖成罗圈儿了，成绩单一递过去，突然就轻松了，是打是骂都无所谓了。

吃完炒饼他又拉着万飞去吃了点儿烤串儿才回了学校。

"傻潘走了？"边南一路都没碰上潘毅峰，觉得有点儿奇怪。

"不知道，现在好些人都回校了。"万飞东张西望地看着，"估计他也不敢随便动手了吧？"

"不知道是来找谁的。"边南说，"也有可能是来示威的。"

"这两天注意着点儿吧。"万飞喷了一声，"去年三年级那谁不是让外面的人捅了吗？我看傻潘带的那几个人看着都不是好鸟，老远就能闻见一股流氓味儿。"

回了宿舍洗完澡，边南躺床上一边听着万飞和孙一凡朱斌比赛吹牛皮，一边拿着手机来回翻着。

他想给邱奕发个短信问问礼物是什么，但想想还是点开了斗地主。

就当邱奕给他个惊喜吧。

斗地主一直斗到手机没电他才把手机扔到了桌上充电，倒回床上睡觉了。

这一夜梦多得让他半夜惊醒了两三回，从小到大还没这么车轮战似的做过梦。

一开始他猜到自己会做梦，感觉没准儿能梦到邱奕。

结果这一宿到天亮，他全梦到自己在爬山，爬到山顶，往下一蹦，然后拉降落伞，结果没找着伞绳，摔地上之后又继续爬，爬上去又跳……来回跳了十来次才想起来自己爬上去好像是要看日出。

这一天训练的时候他总感觉没睡醒，又被老蒋罚跑了十公里，再这么来几回他觉得自己干脆转个班去练马拉松得了。

暑假训练没课,所以下午的训练没到饭点就结束了。

从训练结束,边南就忍不住老掏手机看,洗完澡回了宿舍他就把手机放在了桌上。

"几点出发?"孙一凡走过来问他生日饭的事儿,"我跟隔壁宿舍几个都说好了,就等寿星一声令下了。"

"我等个电话,拿点儿东西就走。"边南抓抓头,心里有点儿紧张,"吃完了一块儿去唱歌。"

"好。"孙一凡打了个响指,"对了,我给你准备了份特别有创意的礼物,到时看了请给我个激动的回应。"

"……成。"边南对孙一凡的礼物没什么期待,万飞生日的时候他送了两盒套子。

在宿舍里煎熬了快两个小时,桌上放着的电话终于响了,边南从床上直接蹦到地上,扑过去拿起电话一看,老爸的。

他顿时有点儿泄气:"爸?"

"今天是跟同学一块儿过是吧?"老爸问他。

"嗯,吃个饭唱个歌什么的。"边南说。

"我昨天给你卡里打了钱,忘跟你说了,带同学玩好点儿。"老爸又放低声音,"明天一定回家,我和阿姨给你准备了礼物。"

"嗯。"边南本来想说别再送手机了,但怕这么一说老爸停不下来,于是只是应了一声。

挂了老爸电话之后,边南坐在床沿儿上愣了,觉得自己真有点儿……

愣了两分钟,他站起来去了厕所。

刚尿完还没从厕所出去,就听到了自己的手机铃声和万飞的声音:"南哥电话!"

"哎!"边南赶紧提了裤子跑出去。

这回电话是邱奕打来的,屏幕上邱大宝三个字让边南心里莫名其妙有些紧张,不知道接起来该说什么好。

"喂?"他接了电话。

"我到了,到你们学校门口?"邱奕的声音有点儿喘,听着像是在骑车。

"别。"边南想了想,"不少人回来训练了,都住宿舍呢,现在又没门禁,太容易碰上人了。"

"那我就路口等你？"邱奕问。

"嗯，工地那儿吧，我这就过去。"边南跑回了宿舍。

"好。"邱奕挂了电话。

边南换了件衣服，出了宿舍发现手机没带，又转身进去拿上，出来走了两步又回宿舍拿着杯子喝了口水，然后定了定神才又出门下了楼，有些紧张地往校门口走过去。

刚走出校门他就停下了。

校门口停着三辆摩托车，车上都带着人，潘毅峰正坐在一辆车的后座上跟他从前的跟班儿说着话。

看到边南出来，他吼了一声："边南！"

边南看了他一眼没回话，琢磨着要是打起来自己该往哪边跑。

"好久不见，真想跟你好好聊聊，不过今天我太忙了，为今天我忙活一星期了。"潘毅峰并没下车，也没有让人过来揍他的意思，只是冷笑着又指着他说了一句，"改天，你别跑。"

边南没说话，站墙边儿看着他。

潘毅峰说完这话之后，几辆摩托车轰了油顺着路开走了。

边南看着他们走的方向，皱了皱眉，他们几个是往市区走的，工地是必经之地。

他马上拿出手机，拨了邱奕的号码。

"报信儿？"潘毅峰的一个前跟班在旁边说了一句，"都说你跟航运的人熟，跟邱奕是铁子，还真是啊？"

边南扫了一眼没理他，把电话拿到耳边听着，这人的话让他心里猛地一沉。

他们堵的是航运的人，这么大阵式，除了邱奕不会是别人。

"晚了，已经堵上了大潘才过去的。"那人又补了一句。

邱奕的电话没有人接，响了几声后边南挂了电话，拨腿往路口工地那边跑了过去。

他一边跑一边拨通了万飞的电话："带几个人过来，工地。"

"我靠！"万飞愣了愣，但他最大的优点就是在这方面反应很快，边南立马听见他喊了一声，"走走走，工地，边南出事儿了！"

"要快，带东西！"边南听着电话那边的一片喊声，"是邱奕，不愿意的别让人来。"

"我们为你去。"万飞很快地说了一句,挂了电话。

边南感觉自己这辈子都没这么跑过,风在耳边带着响儿地刮过,刚剃的寸头都快飘起来了,全身的血都烧得要破皮而出。

邱奕只有一个人。

潘毅峰光刚才就已经有五六个人,还不算已经在那边堵上了邱奕的。

邱奕就算是公认的打架小能手,这次也肯定要吃大亏。

边南急得想吼两声,两条腿实在不够用,自己要是条狗早跑到地儿了!

不,要是匹马才行……

市里这阵儿在创城,这回力度很大,城乡结合处也没放过。

一路跑着边南居然连跟棍子都没找到,什么棍子、石头、碎砖,全都没看见。

他不知道自己空着手这么跑过去能有多大用处,但还是埋头往工地冲着。

距离工地还有几十米的时候,他看到了工地外面停着的几辆摩托,还有两个快步往相反方向跑开的路人。

邱奕倒在地上的那辆白色自行车像刺一样扎进了他视线里。

最后一丝被堵的不是邱奕的希望也破灭了。

工地里应该能找到打架的东西,但过去了就不一定还有机会捡,边南冲到邱奕自行车旁边,一脚踩在后轮上,手抓着车撑子狠狠一扳,车撑子被他从车上生生扳断了。

弹簧在他手上猛地抽过,手背上顿时一阵火辣辣的疼痛。

一拐进工地,边南就看到了手里抡着铁棍和刀的人,有十来个。

人缝里能看到已经躺在了地上的邱奕,他正抬着胳膊护着头,白色T恤上能看到鲜红的大片血迹。

"我靠你大爷!"边南吼了一声,仿佛邱奕的血染进了他眼睛里,他只觉得眼前一片血红。

他抡起了车撑子往离他最近的那人头上砸了过去。

车撑子没多大威力,但正手大力扣球是边南的撒手锏,这一下他用了全力。

那人捂着脑袋一声惨叫,边南又往他腰上狠狠一脚蹬了过去,这人倒在了地上。

边南的目标不是还在外围没来得及动手的人，他抡着车撑子连踹带蹚地想要接近正围着邱奕打的那几个人，他看到了潘毅峰手上拿着刀。

这伙人发现了有人从后面杀了过来，几个人立马回过身，手里的铁棍和链子往边南身上砸了过来。

边南眼前依然一片血红，他只盯着地上的邱奕和潘毅峰手上那把刀，他的头上、肩上、胳膊上、背上，砸的敲的抽的全都落了下来。

车撑子并不好用，太细了甚至抓不牢，边南的小臂被重重砸了一下之后，车撑子脱了手。

于是他改成了拳头，狠狠地一下下往眼前的人脸上脖子上抢去，身上已经感觉不到疼痛，只有焦急和怒火，烧得他无法忍受。

一片混乱当中他冲到了邱奕身边，一把抓住了刚往邱奕胸前砸了一砖头那人的头发，往后一拉，一拳打在了这人鼻子上。

边南趁这人往后一仰的机会，扑到了邱奕身上。

有人扳着他的肩，板砖砸在了他肩上，他咬着牙没动，抓了一把邱奕的胳膊，想确定他有没有事，结果摸了一手血。

"傻的吗你。"邱奕在他耳边低声说了一句，声音听上去很吃力，带着沙哑的喘息。

边南觉得这一瞬间自己大概是被打蒙了，想说我礼物呢，又想说那天我就想这么挺身而出保护你来着，但都没来得及说出口，背上和头上被不知道什么东西砸了两下，他一阵眩晕，被身后的人一把拉开了。

他挣扎了两下，手往旁边捞了一把，想看能不能抢下什么棍子之类的东西，但捞了个空。

潘毅峰一脚踹在邱奕肚子上，在邱奕哼了一声团起身体的时候，边南看到了潘毅峰往他身上扎过去的刀。

"靠你大爷！"边南喊了一声，胳膊肘往后猛地一撞，挣脱了身后拉着他的人。

边南直接抓住了刀刃，挡住了扎向邱奕的这一刀。

潘毅峰抽出刀，在边南手里深深地划了一道。

边南忍着钻心的疼痛，又一把死死抓住了潘毅峰的手腕，掰着他手指头要把刀抢下来。

邱奕这时一脚蹬在了潘毅峰小腹上。

潘毅峰喊了一声,手上没了劲,边南把刀抢了下来。

还没来得及调整,身后扑上来了几个人,把他和邱奕都压在了地上。

场面顿时乱成了一团,边南听不清声音,也看不清人,只知道邱奕在他左边替他扛了两棍子。

他吼了一声,狠狠地挥了挥胳膊,想把按着他的人掀开。

"啊!"有人喊了一声。

边南听出这是潘毅峰的声音,接着就看到潘毅峰按着肚子跪在了地上。

混乱中谁也不知道这是怎么了,潘毅峰咬着牙,从牙缝里挤出几个字:"我靠,谁捅了老子。"

边南有点儿晕,不知道自己什么时候往潘毅峰肚子上捅了一刀。

"给我!"邱奕挡在了他身上,手抓住了他手里的刀,声音很低地说,"松手。"

边南的手紧了紧,没等出声,头上被人重重踢了一脚,眼前的血红色消失了,一阵黑雾裹了上来,感觉像是要睡着了,全身无力,头很重,眼皮也很沉。

边南知道自己大概是被谁一脚踢晕了,他初中时因为带病训练太累了晕过一次,跟现在的感觉不太一样,被踢晕的滋味儿不怎么好受,虽然一点儿都不疼。

眼前一片浓浓的黑雾,什么也看不见,耳朵里似乎还能听见声音,却什么也听不清,嘈杂而混乱,声音忽远忽近,他似乎隐约听到了万飞的吼声。

帮手来了吗……真慢……

各种声音渐渐远去,最后他所有的感觉都消失不见了。

不知道过了多久,边南感觉自己再次有了浅浅的意识。

他像是在做梦,醒不过来,却也没法再继续睡下去了,像是被关在一个闷罐子里,能呼吸却并不畅快,全身都因为疲惫而发软。

怎么了?

在哪里?

他的眼前有了光亮,带着光晕的白色。

邱奕的电话。

潘毅峰。

工地。

血和刀。

"给我……松手……"

邱奕的声音在耳边响起。

邱奕!

画面在边南眼前飞快地旋转而过,他猛地睁开了眼睛,只看到一片刺眼的白光,他的眼睛被刺激得一阵发疼。

"醒了?"有个女人说话的声音,"小南?"

"阿……姨?"边南听出了这是林阿姨的声音,他有些吃力地再次睁开眼睛。

他的声音干涩而沙哑,把自己都吓下了一跳。

"是我,你总算醒了。"阿姨轻声说,按下了床头的呼叫铃,"没事了,先别动,等医生过来,我给你爸爸打个电话,他早上刚回去。"

"邱奕……"边南皱着眉,看到了自己上方挂着的吊水袋子,里面还有大半袋水。

阿姨没有回答他,给老爸打了电话。

医生过来看了看他,跟他聊了几句,然后跟阿姨说没什么问题了,观察两天就可以出院。

边南一听还要两天,顿时就有点儿急,想要坐起来,刚动了动胳膊就觉得全身一阵酸疼,估计身上被砸得够呛。

"阿姨……"他不知道自己在医院躺了多长时间了,他想知道邱奕的情况,想知道万飞的情况,但刚开口就被阿姨打断了。

"我不清楚。"阿姨脸上带着笑容,"你爸爸一会儿就过来了,他守了你两天,早上我刚替下他。"

边南闭了嘴,没再说话。

本来他想再问问自己手机在哪里,但阿姨的笑容掩饰不住她的不满,这件事是他惹了麻烦,他不想再让阿姨和老爸不爽。

老爸来得很快,拧着眉一脸疲惫。

"爸……"边南看到他,立刻挣扎着想坐起来,阿姨扶住他,拿了个枕头垫在了他背后,他看着老爸,"对不起。"

"不说这个。"老爸摆摆手,盯着他看了看,又转头问阿姨,"医生来过了?"

"来看过了说是没什么问题了,观察两天就可以出院。"阿姨拍拍老爸的背,"没事了。"

阿姨走出病房,带上了门。

"晕不晕?"老爸问他。

"不晕,就是没什么劲。"边南回答。

"你躺了两天,肯定没劲。"老爸走到他身边看着他,"有没有哪里不舒服?"

"没有。"边南轻轻活动了一下脖子和胳膊,身上和手上都缠着绷带。

"手差点伤到筋!你这是运气好!要是断了,就算接上也会影响手的动作!你懂不懂?"老爸指着他的手,"以前你打架,我就想着你年纪小,叛逆,怎么现在还能打成这样?"

边南没有说话。

"你太不让人省心了。"老爸重重叹了口气,拿过椅子坐在了他床边。

"对不起。"边南看着自己的手指轻声说,沉默了一会儿才又试着问了一句,"爸,我朋友……"

"在看守所里呢。"老爸说。

"什么?"边南差点从床上蹦起来,"谁在看守所里?邱奕?还是万飞?怎么会在看守所里?"

"万飞没事儿。"老爸皱着眉,"有人报警了,警察去了,不在看守所里待着上哪儿待着!"

边南觉得自己手脚一阵发凉,万飞没事,那就是邱奕在看守所里!

他有些喘不上气,半天才压着声音喊了一句:"邱奕是被打的!他怎么会在看守所里!他都被打成那样了!那不是正当防卫吗!"

"正当防卫?人都捅进医院了!就算是正当防卫,调查清楚之前也一样要待在看守所里!"老爸有些生气地站了起来,指着他,"要不是我找了人,你也一样!"

"爸!"边南顾不上手上还扎着针头,掀开被子就要下床。

"你又想干什么?"老爸抓住了他的胳膊,"你能不能不要再让我操心了!"

"爸,"边南也一把抓住了老爸的手,声音有些颤抖,"捅人的是我啊!

333

不是邱奕！"

老爸愣住了，盯着他半天没说话。

"潘毅峰拿了刀要捅邱奕，我抢了刀。"边南的手抖得很厉害，"当时太乱了，我不知道我怎么捅着他的，但真不是邱奕捅的！"

"闭嘴！"老爸压着声音吼了一声，"讲义气不是这么讲的！他自己都认了！被捅的也说是他干的！你在这儿抽什么疯！"

"潘毅峰这个王八蛋！邱奕认什么了？"边南只觉得自己全身都凉透了，"他说是他捅的？他神经病吗！"

"你闹够了没有！"老爸提高了声音，眼神里的怒火都快窜出来了，"你还嫌给我找的麻烦太少了吗？你给我消停点儿！"

"爸……"边南觉得自己嗓子眼儿堵得厉害，干涩得说话都吃力了。

"边南我警告你，不要再惹麻烦，从小到大，你惹的麻烦已经够多了，谁家的孩子也没有你这么让人伤心！"老爸把他推回了床上。

边南躺在枕头上，脑子里乱成了一团。

给我。松手。

邱奕还是从他手上拿走了刀。

他干什么！

神经病！

有病！

边南抬起胳膊放在了眼睛上，鼻子酸得厉害，没忍住的眼泪从眼角滑了下来。

他已经很久没哭过了，甚至已经记不清上次哭是什么时候又是为了什么。

他还以为自己这辈子都不会再哭，而现在眼泪却怎么也控制不住。

为了防止他一冲动跑出医院，老爸扔下工作，在病房里又守了他一个上午。

边南全身无力地躺在床上瞪着天花板发愣。

他觉得自己的思维是凝固的，不能思考，也无法说话，定格在了最后邱奕握住他拿着刀的手那一瞬间。

午饭的时候，病房门被敲响了。

老爸过去打开门，边南看到了万飞的脸。

"万飞！"他喊了一声猛地从床上坐了起来，大概是起得太猛，头一阵发晕,他差点儿一脑袋扣在床栏上。

"哎你别动你别动。"万飞在门外有些着急地喊,又冲站在门口的老爸笑了笑,"叔叔,我们来看看边南。"

老爸叹了口气,走出了病房,站在了走廊里。

"你没事儿吧?"边南盯着万飞。

"没事没事。"万飞往自己身上拍了几下,"我能有什么事……"

万飞进来了之后,边南才看到他身后跟着申涛,顿时一阵激动:"邱奕怎么样?伤到哪儿了?严重吗?"

"比你好点儿,刀伤都不深,基本是划伤,没有太严重的伤。"申涛回手把门轻轻掩上,"他知道怎么保护自己,你是不是没被人围着打过?要害全送给人家了。"

边南听到邱奕没有太严重的伤,顿时松了口气,绷着的神经猛地松了松,差点儿倒回枕头上。

但他很快又想起来邱奕还在看守所里,顿时一阵堵:"邱奕怎么回事?傻潘是我捅的!他为什么要认?"

申涛眼里掠过一丝惊讶,瞪着他半天没说出话来。

"南哥,"万飞吓了一跳,跑到床边摸了摸他脑门儿,"你说什么?"

"刀是邱奕从我手上拿走的!"边南皱着眉,"傻潘被捅了以后他从我手里拿走的!"

万飞说不出话来,回头看着申涛,愣了一会儿之后他突然跳起来把申涛一把按到了墙边:"这事儿还没弄清楚,你要敢乱说出去,我就一刀也把你捅了!"

申涛没出声,推开万飞,走到床边,盯着边南看了很长时间,把手里的一个袋子放在了床头柜上。

"刀不是你们带去的,刀是潘毅峰的。"申涛似乎是在思考,说得很慢,"打的是邱奕,工地对面小卖部老板报的警,潘毅峰到的时候就拿着刀,老板看到刀才报的警。"

"你说什么废话!"万飞在一边听得有些着急。

"他们打的是邱奕,这一点是事实。"申涛看着边南,"所以,刀在邱奕手上,就可以往正当防卫上靠,在你手上,就不一定了,没人看到你被打。"

"靠,所以他就去顶吗?"边南愣了半天,"谁这么告诉邱奕的!"

"没谁告诉。"申涛说，"我猜的。"

"你猜？"边南提高了声音，"你猜？"

"我猜邱奕就是这么想的。"申涛指了指桌上的袋子，"他给你的礼物，已经坏了，我第二天才去捡回来的。"

边南过了一会儿才伸手把袋子拿到了自己面前，他突然有点没勇气打开，低头轻轻挑开袋子的时候他的手指莫名其妙地哆嗦得厉害。

等看清了袋子里的东西时，他的泪水再一次涌了出来。

袋子里放着一个已经碎成了四五块的小泥人。

只看局部边南就知道这是自己，体校的运动服，手里小小的网球拍。

他拿出了小泥人的脑袋，看着自己很Q的脸和表情，擦了擦眼泪，乐出了声，笑了一会儿眼泪再次滑了下来。

"我靠……"边南屈起腿，把脸压在膝盖上，闷着声音，"真像我。"

万飞第一次见到边南哭，愣那儿半天不知道该怎么办，最后他走到床沿上坐下，搂着边南的肩，在他背上轻轻拍着："乖，不哭……"

"你大爷。"边南推开他，想擦擦眼泪，习惯性抬起右手，发现全是绷带，只好抬左手，可还扎着针，他只好又抬起右手，用绷带在眼睛上蹭了蹭。

"南哥，"万飞停了一会儿，看看申涛，又转回脸来看着边南，"申涛今天到学校找我，是有个事儿。"

"说。"边南吸吸鼻子。

申涛也坐到了床沿上："邱奕现在在看守所，不管他认不认，潘毅峰那帮人都已经咬死是他捅的，这个事，处理起来不是太简单，就是正当防卫这个线，他过了还是没过……"

"是想找个律师吗？"边南马上问。

"现在邱奕人在看守所，谁也见不着，只有律师能带话，我就想找个靠谱的律师……"申涛看着他。

边南知道申涛的意思，但找律师这事儿，以老爸之前的态度，他并不敢确定老爸会帮忙。

他咬着嘴唇盯着小泥人碎块儿，很长时间之后才抬起头："找边馨语。"

"什么？"万飞愣了愣。

"边馨语……肯定会帮忙去求我爸，她只要开口，我爸基本……没有不答应她的事。"边南说得有些艰难，"我爸现在对我很恼火，我去求未必管用，有她的话就没问题。"

"她应该还不知道这个事吧？"申涛问。

"应该不知道，要知道了早闹起来了。"边南叹了口气。

"那我打个电话给她说说？"申涛看着他。

"嗯。"边南点点头。

"别说顶替的事。"万飞盯了一句，"要说了边馨语能把边南撕了。"

"我有数。"申涛站了起来，"你先养伤吧。"

"二宝和邱叔叔……什么情况？"边南轻声问，这是他最害怕的事，邱奕出了事，邱彦和邱爸爸会怎么样？

"还好，我每天都会去。"申涛说，"二宝哭了一阵儿，现在没什么事了，过阵邱奕出来了就行了。"

申涛和万飞走了之后，边南靠在床头，盯着那个碎了的小泥人看了整整一个下午。

申涛捡得挺细，有些碎成小片的他也都捡了回来，护士进来把吊完的水撤了，边南用左手试着拼了一下，大致能拼回原来的样子。

老爸一天都没有离开医院，始终在一边坐着，生意上的电话很多，他来回在走廊和病房之间走着。

"爸，我没事儿，你回去歇歇吧。"边南看着老爸。

虽然从小跟老爸都没什么话，有事儿他也不会跟老爸说，更愿意埋在心里，但老爸对他的关心他还是能感觉到的，哪怕老爸对他的关心因为过去的那些破事和边皓边馨语的不满而有些纠结。

现在看着老爸这样子他挺不是滋味儿的。

老爸没理他，一直沉默地坐在病房里，探视时间结束之后他才站起来，沉默地离开了病房。

边南躺在病房里，带个客厅和阳台的单人病房很安静，边南觉得这种安静让人难受，还不如住在普通病房里，听听别人说话还能分散一下注意力。

护士进来的时候，边南让她帮着把电视打开了，他瞪着电视继续发呆，右手有些疼，不强烈，隐隐一下下蹦着疼。

邱奕在做什么？

有没有什么地方的伤跟他一样也这样不轻不重地疼着？

邱奕在想什么？

邱奕没有像他这样没有知觉地躺了两天，该想的都想过了吧？

自己呢，又在想什么……想着自己十来年里最神奇的生日，想着自己还没有收到邱奕的那句生日快乐，想着那个碎了的生日礼物。

邱奕在他晕过去前说的最后那句话始终在他脑子里疯狂地回响着。

边南按了铃，叫来了护士。

"有安眠药吗？我睡不着觉。"他说。

"哟，你这情况可不能吃安眠药。"护士笑着说，"现在还没到十点，睡不着很正常啊，先看看电视。"

"有吃的吗？宵夜。"边南又问。

"没有，晚饭没吃点儿吗？"护士还是笑着。

"吃不下……算了。"边南活动了一下自己的腿，"再熬一天就出院了。"

"要医生检查过之后才知道能不能出院哦。"护士拍拍他的肩，"你好好休息吧。"

其实边南叫护士过来就是想有人说说话，哪怕几句也好，他一个人待着实在有些扛不住，老是会想邱奕怎么样了。

笑着跟他聊天儿的邱奕。

给他做小泥人的邱奕。

受伤了的邱奕。

替他顶了事的邱奕……

边南在医院待了一天，老爸再来医院的时候他就闹着要出院。

医生做过检查之后，认为没什么大问题了，静养就行，老爸的意思是再观察几天，边南打死不同意，虽然他不想让老爸担心，但还是坚持要出院。

他在医院一小时都待不下去了。

最后老爸让他磨得没办法，同意了让他出院。

边南一秒没耽误地催着老爸办了手续。

"先带你去吃点儿东西……"老爸发动车子。

边南拉着安全带有些犹豫，老爸看了他一眼："然后你回家换套衣服，想去哪儿我再送你去。"

"……不用送。"边南系好安全带，老爸在这方面还是挺了解他的，他想去邱奕家，急得不行。

老爸没说话，把车开出了停车场。

车是往回家的方向开的，老爸没去太远，顺路带着他到了小区旁边一个小餐厅，点了两个清淡的菜，又让服务员拿了个勺子给边南。

边南有点儿饿，醒了之后他就没什么胃口，到现在才开始想吃东西。

他左手拿着勺，挺别扭地埋头吃了几口，才发现老爸没动筷子，于是也放下了勺子："你怎么不吃？"

"小南，"老爸拿起碗盛了点儿汤，"是你让馨语来找我的吗？"

"啊？"边南愣了愣，顿时有些尴尬，低头看着碗里的菜，过了一会儿才应了一声，"是，她……怎么说的？"

"跟我又哭又闹的。"老爸看着他，"她认识你这个朋友？"

"嗯。"边南揉揉鼻子，"邱奕给她朋友补课。"

"补课？"老爸拿起汤碗喝了一口。

"是，邱奕……学习很好，平时都带学生，还去打工……"边南一想到邱奕就一阵说不来的难受，"他家条件不太好，但是他特别能干，他家的事儿都是他一个人扛着。"

老爸没说话，慢慢喝着汤，汤喝完以后他才放下碗问了一句："你为什么不来找我说？"

边南抬起头，半天才闷声说："我怕你……不想管。"

老爸重重叹了口气："你都说了他是替你顶的……你连问都没问我就觉得我不想管？在你眼里我就是这样的爸爸吗？"

边南拿起勺舀了根青菜放在嘴里嚼着，没吭声。

从小到大，他已经习惯了不提要求，不在家里争取任何事情，加上虽然他惹过不少麻烦，却没惹过这么大的麻烦，老爸之前不满的语气让本来就底气不足的他跟漏了气似的……

"我联系了律师，你朋友这个情况正当防卫问题不大，我会安排。"老爸说，"你别再一冲动让人知道他是顶的你，这样他这个事性质就变了。"

"嗯。"边南低头应了一声。

"小南，"老爸捏捏眉心，"爸爸不知道你平时都在想什么……"

"谢谢爸。"边南说。

老爸看了他一眼，话没有再说下去，换了个话题："你朋友要出来也不会

339

太快,按程序走得两三个月,我给你卡上打点钱,你给他家先帮着点儿忙,等他出来了,我再好好谢谢他,但是你……等这事儿过了我们再慢慢谈吧。"

"哦。"边南扒拉了两口菜。

沉默着吃完了饭,边南跟老爸回家换衣服。

阿姨在午休,边馨语和边皓都没在家,保姆说边皓带边馨语去什么会所玩了。

边南能猜到是怎么回事,边馨语估计是因为邱奕的事在家里哭过,边皓拿他妹妹当眼珠子护着的,这种情况肯定会带她出去散心。

边南松了口气,要这俩人都在家,他真不知道该怎么应付。

边馨语肯定会缠着他问情况,也许还会哭,她哭了,边皓根本不会管原因,没准儿直接上来就开战了。

边南一进自己屋,就看到了放在桌上充着电的手机,他扑过去一把抓过手机。

愣了愣他才反应过来,现在有手机也联系不上邱奕。

他开了机,随便翻了两下,这两天没什么电话和短信,平时联系的都是同学多,都知道他住院了。

不过看到未接电话里邱彦的号码时,他顿时一阵着急,胡乱换了身衣服,背了包一边往楼下跑一边给邱彦打了过去。

电话只响了半声就被接起来了,边南听到了邱彦拉长了带着鼻音的声音:"大虎子——"

这透着委屈的叫声让边南跑出院子门的时候差点儿摔了一跤,他一连串地说:"二宝二宝二宝你乖乖的,我马上去你家,你在家等我。"

"嗯。"邱彦应了一声。

"你爸爸还好吗?"边南往小区外面跑。

"还好。"邱彦放轻了声音,"爸爸刚睡觉了。"

"嗯,我马上到,你等我。"边南挂了电话,跳上了小区外面停着的一辆出租车,"叔……哥,快开车。"

路上他又给万飞打了个电话,问了问情况。

万飞已经替他请好了假,学校那边对他的处理要等开学之后才知道。

边南对自己并不担心,他担心的是邱奕,但这刚两三天,律师也得明天才去见人,现在只能等消息。

这种没着没落使不上劲的感觉让他很煎熬。

边南进院子的时候,邱彦正抱着大黄蜂团在躺椅上,闭着眼睛像是睡着了。

"二宝?"边南走过去弯腰轻轻叫了他一声。

邱彦睁开了眼睛,看到边南时眼睛一亮,起身一把搂住了他的脖子,大概是怕吵到邱爸爸午睡,他只是小声地在边南耳边喊着:"大虎子……"

"哎,小东西。"边南胳膊上后背上都很酸痛,但还是把他抱了起来,在他脸上用力亲了两口,"想死我了。"

"大虎子你的手怎么了?"邱彦见了边南虽然很兴奋,但还是在第一时间发现了他缠着绷带的手,"小涛哥哥说你生病住院了,你是手疼吗?"

"……嗯。"边南含糊地应了一声,看来申涛没把他是跟邱奕一块儿打架的事告诉邱彦,"现在不疼了,一点儿也不疼。"

"我哥哥……"邱彦往他肩上一趴,眼泪哗哗地就流了出来。

"你哥哥没事的,他是碰上坏人了……"边南心疼得不行,一时半会儿却组织不起合适的语言来,只能在邱彦背上用力揉着,"过阵儿他就能回家了,警察要花点时间把事儿查清楚,然后你哥哥就能回家了。"

"嗯。"邱彦点点头,用手背在眼睛上蹭着,"我就是想哥哥了。"

"我知道我知道。"边南在他脑袋上摸摸,抱着他坐到了椅子上,搂紧他,"我也……"

邱彦趴在边南身上跟他说着话,边南费了半天劲安慰他,哥哥没事,哥哥的伤不严重,哥哥过段时间就回家了……

不过邱彦明显比普通同龄的孩子要懂事,也许跟邱奕平时的教育方式有关,虽然邱彦很多时候都傻乎乎的也没心眼儿,但这件事上他却很明白,并没有多哭闹。

申涛之前应该也给他解释过,他哭了一会儿就停下了,带着重重的鼻音说:"哥哥回来之前我要照顾爸爸。"

"嗯。"边南捏捏他鼻子,"我也会每天过来的,小涛哥哥是不是也每天都过来?"

"他每天送饭过来。"邱彦趴在他身上,"还有哥哥的同学。"

看着邱彦,边南一直乱糟糟的心里静了不少。

这是邱奕的家,有邱奕的爸爸和弟弟,边南轻声跟邱彦聊着天,有种邱奕就在里屋坐着的感觉。

邱彦兴奋劲儿慢慢过去之后就困了,趴在边南身上没多久就睡着了。

边南轻手轻脚地把他抱回了屋里放在了床上。

在邱彦的小呼噜里,边南坐到了邱奕的书桌前,看着桌上一字排开的小泥人们。

看了一会儿,他从自己包里拿出那个碎掉的泥人,把所有的碎块儿都放在了桌面上。

他不知道这东西是怎么做的,想在邱奕这儿找找有没有东西能修复,但拉开抽屉看着邱奕那一堆的工具,老半天也没判断出来该怎么办。

还是买支502吧,边南关上抽屉,他想在邱奕出来之前把小泥人粘好。

他轻轻叹了口气,愣了一会儿之后,又重新拉开抽屉,拿出了邱奕画画的那个本子。

本子已经画了差不多半本了,邱奕有闲着没事儿就画小人儿的习惯,边南一页一页翻着。

每页都画着几个不同姿势的小人儿,从特征上能看出都是谁,有邱爸爸、二宝、邻居老太太,还有正在打架的万飞和申涛。

边南忍不住乐了,真像!

最后两三页画的都是他,大概是为了做小泥人,画了不少,最后挑了其中一个姿势。

邱奕,你现在怎么样?

边南翻完了,合上了本子,趴到了桌上。

现在他已经可以确定,邱奕根本没把那天的事儿放在心上,只有他挺多余地纠结着要不要解释该怎么解释。

患得患失不是你的风格啊,边南。

隔壁屋里传来了邱爸爸咳嗽的声音。

边南立马蹦了起来,走到客厅,站在邱爸爸屋门口轻轻叫了一声:"叔?醒了?"

"大虎子啊?"邱爸爸在里面问了一句。

"是我。"边南推开门,看到邱爸爸正靠在床头,他倒了杯水递过去,"叔,你还好吧?"

"好着呢。"邱爸爸笑了笑,"没事儿,你出院了?伤怎么样?"

"我……没什么问题了。"边南说,邱爸爸估计是知道这件事儿自己也参与了。

"怎么没在家多休息两天就跑出来了?"邱爸爸看上去精神还不错,比边南想象中的状态要好。

他突然觉得邱奕身上那种永远平静淡定的气质没准儿是遗传。

"我哪待得住,要不是不让出院,我昨天就来了,"边南坐到床边的凳子上,"叔……这事儿……你都知道了?"

"知道了。"邱爸爸点点头,"申涛说你爸爸同意帮忙找个律师?真是谢谢了啊,太麻烦你爸爸了。"

"这本来就该……"边南说得很费劲,他不知道该不该把邱奕替自己顶事儿的情况说出来,他不想让邱奕在邱爸爸心里替自己背了黑锅,又怕说出来会让邱爸爸讨厌自己,心里来回挣扎了半天,最后他一咬牙,"叔,邱奕没捅伤人,他是……他是……捅人的……是我。"

邱爸爸有些意外,看着他没说话。

"叔你骂我吧,要不打我也行。"边南凑到床边低着头,"我……"

邱爸爸在他肩上拍了拍:"好。"

"啊?"边南愣了愣。

"打完了。"邱爸爸笑了笑,"我这个身体,打个人也就这程度了。"

"叔……"边南不知道该说什么好了,鼻子又有点儿发酸。

"邱奕这孩子,从小有就主见,他要做什么都有自己的想法,谁也别想替他拿主意。"邱爸爸说,脸上带着一丝不明显的骄傲,"他要替你,应该有他的想法,如果有什么问题,他出来了你俩自己解决就行,你可以让他揍你嘛。"

其实我俩没少对着揍……

边南看着邱爸爸,突然笑了起来,半天都停不下来。

"你这孩子。"邱爸爸笑着咳嗽了两声,"去帮我把药拿来吧。"

"好。"边南蹦了起来。

边南在邱奕家泡了一下午,陪着邱彦玩,带他出去买吃的,顺便还买了瓶502。

看着邱彦在自己身边蹦来蹦去的样子,边南觉得似乎又回到了之前的日子里,他带着邱彦出来,偷偷给他买哥哥不让他吃的零食,但每次买完都会被邱彦一兴奋不小心给出卖。

边南想到这儿，站超市货架前对着一排牛肉干儿乐了好一阵。

俩人在超市买了零食和菜，结账的时候，邱彦又盯着积分，然后很积极地换了优酸乳。

边南对他这份执着相当佩服，这玩意儿居然这么久都没吃腻。

走出超市的时候，他的手习惯性地伸进兜里拿出了手机，想给邱奕打个电话告诉他菜已经买好了，紧接着就回过神来了，邱奕联系不上。

他盯着手机上邱大宝三个字看了很长时间，叹了口气。

老爸说，两三个月。

两三个月？

两三个月！

边南突然有种没着没落的感觉。

那个温暖的小院子里的家，少了谁都感觉不圆满。

边南把手机放回兜里，弯腰一把搂过邱彦，狠狠地揉了两把："走，回家。"

下午五点没到，边南正坐在院子里用手机翻着菜谱，琢磨着该做点儿什么吃的时候，申涛推门进了院子。

"出院了？"申涛看到他问了一句。

"嗯。"边南站起来，看到了申涛身后还跟着俩航运的人，手里都拿着袋子，看样子是吃的。

局面有些尴尬，平时见了面就要红眼的人，现在估计是知道边南为了邱奕被打进了医院，那俩航运的似乎不知道该怎么说话了。

"我买的都是熟食。"申涛走到边南身边看了看他的手，"我们都不会做饭……你这手也做不了吧，吃现成的得了。"

"你们吃吧，我一会儿得回家吃，我早上才出的院。"边南低声说，跟申涛走到一边，"律师明天能见到邱奕，有什么情况会告诉我爸。"

"好。"申涛点点头，从包里掏出个手机递给了他，"给。"

"这什……"边南接过手机，一眼就认出了这是自己给邱奕的那个手机。

"你拿着吧。"申涛看了看他。

边南把手机放进了自己包里，有些尴尬地又拿了出来，把手机在手上转了几下又放进了包里。

他一直没抬头，不想让申涛看到自己脸上的内疚，再怎么说自己是要去帮邱奕也不能缓解，邱奕最终还是因为替他才会在拘留所里待那么长时间。

"那个……"边南犹豫了一会儿，"你拿着也行啊，给我干吗？"

"那给我。"申涛伸手。

"我靠。"边南愣了。

"这不得了。"申涛笑了笑，转身走到水池边洗了洗手。

边南在原地站了一会儿才进了屋，跟邱爸爸说了得回家吃饭，明天再过来之后，他又搂着邱彦陪他聊了几分钟，又保证了明天一定过来，这才离开了邱奕家。

一出胡同口，他就拿出了邱奕手机，按了两下发现居然没电关机了。

"哎我靠。"边南很郁闷，一路上手机都拿在手上，翻过来掉过去地转着，一直到要拿钥匙开门他才把手机放回了包里。

家里只有老爸和阿姨两个人，保姆已经做好了晚饭，医生让边南这几天吃清淡些，阿姨交代了保姆，没做老爸在家必吃的红烧肉。

老爸估计是以为他不会回家吃饭，看到他回来挺高兴。

"说了会回来的。"阿姨拉着他看了半天，"看着是没什么事了，这阵儿还是要注意休息，别让我和你爸爸担心，你也不是小孩子了，以后要懂点事，这次连馨语都跟着受罪了。"

"嗯。"边南点点头，阿姨很温和的话让他的心情顿时有些低落，"我知道了。"

闷着头吃完饭，边南回了楼上自己的房间。

把邱奕的手机电池抠出来用万能充插上了，边南坐在椅子上，盯着跳动的小灯。

二十分钟之后他拿过电池装上，开了机。

邱奕用了这个手机之后，基本什么也没动，都保持着原样。

未接来电里有些边南不认识的号码，打得最多的是号码是"曼姐"，邱奕打工那个饭店的老板。

把这些都看了一遍之后，就没什么可看了，想了想他又打开了手机相册。

看到第一张照片的时候边南笑了起来。

照片上是邱奕坐在葡萄架下，嘴里叼着烟，脸上带着一丝笑容。

这应该是邱彦拍的，每次邱彦发现邱奕抽烟，都会一脸严肃地教育他，这估计是拍了做证据的。

边南百无聊赖地看了一会儿照片,手机又没电了,他只得关了机用万能充继续充电,然后从包里拿出了今天买的502和碎了的小泥人。

"来吧。"边南小声地说,他把身上的T恤脱掉,光着膀子坐到了桌子前。

他长这么大,做过的最细致的活大概就是小学的时候劳技课上教的缝扣子了,把小泥人粘好对他来说简直是个巨大的挑战。

大块儿的还好判断,那些小块儿的只能按颜色去拼,但因为碎片并不齐,边南拿着一块小的转了半天都不知道归属地是哪儿。

没到半小时他脑门儿上就冒汗了。

他决定先不管别的,把大的粘好再说。

深吸了一口气之后,他小心地把502挤到泥人断口的地方,用了好几分钟才把断开的腿和身体对齐了。

用手又按着等了一会儿,他试着轻轻掰了一下,粘牢了。

"嘿!"边南顿时有种莫大的满足感。

他把台灯打开,趴到了桌上,开始认真地继续粘下一块。

受了伤的右手缠着绷带,活动很不方便,只能做劲儿不大的捏捏,别的动作只能靠左手,所以边南光把腿和身体粘上再粘到底座上就费了半天劲。

大块儿的还没粘完,他就已经困得不行了,抬眼看了看钟,居然用了快一个小时!

"这什么进度……"边南嘀咕着,拿起了小泥人的脑袋,比来比去发现还少了脖子和胸口那截儿,于是又在桌上找了找,都是碎得比较小的碎片。

他一边打着哈欠一边把小块儿的先往上粘,手不灵活,这台灯感觉也不够亮,鼻子都快跟小泥人顶上了,也经常看不清对没对齐。

边南啧了一声,这灯以前也没觉得不够亮……大概是统共没用过几次,回家了不看书不看报的一般不开。

太费眼,他眼泪都瞪得哗哗的了。

边南又打了个哈欠,当然,也有可能是困的。

早上门被轻轻敲响的时候,边南还在梦里,正梦到自己因为打架斗殴被抓进了警察局,低着头在地上蹲了好几天,脖子和肩膀都酸得厉害,还不敢动,据说要是他不老实,同犯邱奕就要被枪毙……

敲门声响了好一阵,他才慢慢从这个梦里清醒过来。

动了动脖子发现真是酸得他想龇牙,肩膀的酸痛都从后背蔓延到腰上了。

"……谁?"他迷迷瞪瞪地抬起头问了一声。

出了声之后他才彻底醒过来,有些吃惊地发现自己居然坐在椅子上就睡着了,脸直接扣在桌面上。

"我。"门外传来边馨语的声音,很轻。

"哦……等等。"边南站了起来拉了拉裤子,弓着背正要过去开门,突然觉得手上挺沉,还有点儿拖拖拉拉的累赘感。

往手上看了一眼,他愣了愣,手上有个东西,他习惯性想揉揉眼睛,一抬右手,发现那东西跟着一块儿举了上来。

他一下没收住,手上的东西在鼻梁上砸了一下,他看清之后忍不住骂了一句:"我靠!"

只粘了一半的小泥人居然牢牢地粘在了他右手中指和拇指之间。

边南瞪着自己呈兰花指状捏着小泥人的手,半天才回过神,试了试想把泥人从手指头上扯下来,龇牙咧嘴折腾了半天也没成功。

考虑到边馨语还站在门外,边南只得先拿着半个小泥人,把衣服套上,过去打开了房间门。

边馨语正转身要回自己房间,听到开门声回过了头。

边南发现她眼圈有点儿发红,人也不太有精神的样子:"有事?"

"你有……"边馨语理理头发,"邱奕的消息吗?"

听到邱奕的名字,边南心里顿时有点儿不是滋味儿:"没有,看守所里只能见律师,别的人都不能见。"

"哦。"边馨语低下头,"那天你跟他一块儿受的伤,你看到他伤成什么样了吗?"

"我当时顾不上细看,后来申涛说是没大问题。"边南把捏着泥人的手放在门后,"你没问问他吗?"

"问了,他也是这么说的,我再问他就没说了。"边馨语笑笑,转身往楼下走去,"行了没事了。"

边南关上门,边馨语这一问,让他的心情顿时又有些不明媚了,手上粘着的小泥人也变得沉甸甸的。

站了好一会儿之后,他才坐回桌前,找了把小刀,把泥人粘着手指的那一部分切开了。

看着桌上的半成品和手指上的502他叹了口气。

上网查了查该怎么把这玩意儿弄干净,发现挺多人被粘了手指头的,他对着电脑乐了半天。

今天他不用去学校,老爸和老蒋已经联系过了,但他在家里待不住,还有几天就开学了,他还是打算去学校待着。

把自己和邱奕的手机都放进包里,犹豫了一下,他又把没粘好的小泥人用袋子包好也放了进去。

背着包正要下楼,边皓顺着楼梯走了上来,把他堵在了走廊里。

边南看着他没说话。

边皓面无表情地盯着他看了很长时间才问了一句:"要出去?"

"嗯。"边南应了一声,绕过边皓准备下楼。

边皓一把抓住了他的胳膊:"让你那些狗屁朋友离馨语远点儿!"

"松手。"边南看了看他的手。

"我在跟你说话。"边皓声音很冷。

"这话你跟我说不着,"边南看着他,"跟边馨语说去。"

边皓拧着眉手上一紧,正要说话,边馨语打着电话从房间里走了出来:"我十点才能到啊,我刚起床呢。"

边皓一听她声音,马上松开了边南的胳膊,狠狠瞪了他一眼,转身往楼上走了。

边南背好包下了楼,楼下没人,他进饭厅拿了盒牛奶出了门。

上出租车之后他拿出手机准备给万飞打个电话,弄了半天没找到万飞号码,这才发现自己拿的是邱奕的手机。

他闭上眼睛靠到车窗上,脑门儿往玻璃上轻轻磕了磕,重新拿了自己的手机出来打了过去:"我一会儿到学校。"

"不是让你休息吗?"万飞有些意外,"你跑学校来干吗?"

"家里待不住。"边南说。

"你现在回学校,不怕有人找麻烦吗?"万飞低声说,"潘毅峰的人都在呢,毕竟你帮的是航运的人,这都明面儿上帮两回了。"

"我难道就一直不回学校了吗……"边南笑了笑。

"先休息好啊。"万飞喷了一声,"这帮傻子过几天也就消停了。"

边南想了想:"那我去陪二宝吧。"

"嗯,训练完了我给你打电话。"万飞说。

边南让司机掉头去了邱奕家。

邱彦马上要开学了,边南进院子的时候他正趴在桌子上检查自己的暑假作业。

"大虎子!"一看到边南进来,他立马扔了本子扑了过来。

边南弯腰抱了抱他,从包里拿了盒巧克力:"今天可以吃三小块儿。"

"好!"邱彦很开心地接过盒子开始拆。

边南进屋跟邱爸爸聊了几句,回到院子里看了看摊在桌上的本子:"在检查作业啊?"

"嗯。"邱彦低头忙着拆盒子,"以前都是哥哥检查,现在他不在我就自己检查啦。"

"我给你检查吧。"边南坐下,拿过了他的作业本。

"哦。"邱彦抬起头,"你会吗?"

边南看着邱彦一脸怀疑的表情,翻本子的手僵在了空中,好一会儿他才放下手:"二宝,你是怀疑我检查不了你小学二年级的作业?"

邱彦想了想:"应该……可以吧?"

"行了闭嘴。"边南无奈地挥挥手,"吃你的巧克力去。"

邱彦的作业写得不错,字迹很工整,没错字,题也都对,还有不少日记,不过每篇都只有几行字,总结一下基本都可以缩成一句话。

日期天气。

今天跟哥哥还有大虎子去烧烤了,烧烤很好玩,睡了帐篷。

今天去打网球了,很累。

今天看到大虎子打球了,很厉害!

昨天晚上起来尿尿看到哥哥没有睡觉。

哥哥又没有睡觉。

哥哥好几天都不睡觉,还抽烟,我要告诉爸爸!

哥哥受伤了。

邱奕受伤之后邱彦就没再写过日记。

边南看着这些心里有点儿堵得慌,他拉过邱彦:"等你哥哥回家了,我们一起出去烧烤好不好?"

"好！"邱彦眼睛都亮了，"也带帐篷吗？"

"带，你想带什么我就给你带上什么。"边南点点头。

邱彦很兴奋地跑进屋里冲邱爸爸激动地一通喊，连比画带说的把那天去烧烤的事又说了一遍。

其实要不是边南实在没心情，现在带邱彦出去玩都没问题。

但一想到邱奕还一点儿消息都没有地待在看守所里，他就连吃东西的兴致都没有了。

也就只有看着邱彦在他面前蹦蹦跳跳唱着跑调的歌的时候他能暂时转移一下注意力。

不过要说邱彦虽然能解闷儿，时间长了他却有点儿扛不住。

以前每次他说邱彦可爱，邱奕都会说"送你了"，现在连着几天他都待在邱奕家，跟邱彦泡在一块儿，可算是体会到了邱奕为什么会这么说。

邱彦就像个背着永动机的小动物，精力旺盛到边南觉得他直接去参加体校网球班正式训练都没问题。

除了吃饭睡觉，别的时间邱彦都在院子里跑着，摘葡萄吃，要不就摘了葡萄送给邻居，再要不就顺胡同挨个院子找人玩，人家玩累了，他又回到院里折腾边南。

邱彦开学之后，边南感觉自己好像都让这小家伙给折腾瘦了。

"都说七岁八岁狗都嫌，九岁还有大半年，真没错啊……"边南蹲在他面前感叹了一句。

"你嫌我吗？"邱彦头都没抬，"你又不是狗。"

"嘿！"边南乐了，"你要长大了比你哥还烦人。"

"我哥才不烦人呢。"邱彦跑到他背后趴着，"大虎子，我想哥哥了，都大半个月了……"

"就快回来了。"边南回手拍拍他屁股，"就快回来了，你好好上课，要不你哥回来肯定要治你。"

"治你。"邱彦很响亮地笑了，"我跟你一块儿玩的。"

律师已经见过邱奕几次，邱奕状态不错，伤没什么问题，边南从邱奕床头拿了几本他正在看的书和几套换洗衣服托律师带了过去。

邱奕让律师带出来的话只有一句：谢谢，我没事，别担心。

这句话让边南低迷了大半个月的情绪终于抬了头，这是邱奕说的话，邱奕让律师带出来的话!

他几乎能想象出邱奕说出这句话时脸上的表情。

无论这话是带给谁的,边南都觉得似乎一直没顺过来的气儿一下就通了,一直提着的心也啪一下就落下去了。

但接着想了想他又觉得这简直比不知道他消息还要痛苦,他看着律师:"就这一句? 叔,你没记错吧? 没别的话了?"

"你朋友话很少啊。"律师笑笑,"感觉说这几句差不多了,你别担心,这事儿没有问题,再有一阵儿就能出来了,我会随时跟你爸爸联系的。"

边南差不多是掰着手指头过日子的,律师没说准确时间,他掰指头也没个目标,反正就每天起床先拿手机看看日历。

回学校这段时间的训练并没有比之前轻松,虽然他手伤没好,没法握拍,但体能训练却不影响,感觉简直给了个老蒋折磨他的好机会。

没法技术训练,那就体能呗。

每天跑、跳、步伐、力量……

"我要申请转田径班!"边南趴在床上抱着枕头,"长跑短跑跳高跳远都行……老蒋以前是田径教练吧!"

"过两天手就能拆线了。"万飞拍拍他屁股,"马上熬到头了。"

"放屁。"边南说,"能拿拍了老蒋又该说了,你怎么拿的拍! 吃的是饭还是屎啊! 反手力量不行就算了,正手力量让狗啃了吗!"

宿舍里几个人一阵乐,孙一凡换好衣服:"吃饭去吗? 还是我们给你带?"

"吃。"边南下了床,这种训练量要不好好吃饭,他觉得自己大概会直接晕倒在跑道上。

饭堂人挺多,边南进去的时候不少人都往他这边看了过来。

边南没理会这些目光,打了饭之后跟宿舍几个人找了张桌子坐下开始吃。自打他回学校之后,这种情况经常出现,他都已经习惯了。

跟潘毅峰打架并不奇怪,潘毅峰跟体校不少人都有矛盾,但帮着航运前老大打架还被打进了医院,这事儿就有点儿那什么了。

在两个学校的斗争史上还没有过这种神奇的事件。

不过因为现在潘毅峰也关着没出来,群众的传言越跑越偏,现在大概已经翻新到8.0版本了,邱奕和边南合伙把潘毅峰捅进了医院,估计再过一阵就是他俩合伙把潘毅峰给捅死了。

边南的手指头掰了快两个月,天儿都凉透了,老爸那边终于收到律师的消息,说正当防卫事实清楚,一周之后人就可以出来了。

边南听到这个消息的时候居然有种自己被判了十年终于刑满释放了的狂喜,拿着电话半天才说了一句:"爸,谢谢了。"

之前他每天看日历的时候并没觉得日子过得有多慢,现在知道没几天了,却发现日子跟凝固了似的怎么扒拉也不动。

"到时要去接吧?"万兮跟他一块儿坐在跑道边上,"他家也没谁能去接了。"

"嗯。"边南点点头,本来应该带着邱彦一块儿去,但那天邱彦学校安排了小朋友们去敬老院打扫卫生,邱爸爸的意思是他直接去接了邱奕回来给小家伙一个惊喜就行。

不过申涛他们几个肯定也会去接,一想到跟他们一块儿站在看守所门口,边南就觉得场面挺逗。

边南打电话跟申涛说了这事儿之后,问了一句:"你们几个人去接?要不我开车一锅拉了去吧?"

"你去接就行了。"申涛说,"我们这边等他回学校了再接风。"

"嗯?"边南有些意外,申涛跟邱奕那么铁的关系居然不去接?

"你想见我们啊?"申涛问,"我们不去你还挺失望?"

"你大爷。"边南乐了,"那我自己去。"

自己去就自己去吧,毕竟是两拨人,见了面儿尴尬。

别的边南没有再细想,对他来说,现在一切都无所谓,他唯一来回想着的事儿就是去接邱奕。

走神被老蒋罚跑他都跑得挺愉快。

不过真到了这天,他却突然开始紧张。

跟老爸借了车,一路看着导航往看守所开愣是拐错两个弯,还好他出门儿早。

把车在路边停好之后,边南怀着不知道是什么的心情下了车,靠着车门站在看守所对面的马路边上。

时间还没到八点半,边南看了看四周,还停着几辆车,不知道是不是来接人的。

不过站车外边儿吹着冷风的只有他一个。

顶着大清早的冷风吹了一个多小时之后，看守所的门开了。

边南一阵激动，直接就迈着大步走过去了，走了两步才看清出来的是个胖子，身后有个女人从车上跳了下来，喊着老公跑了过去。

靠。

边南靠回车门边，继续吹着风。

又吹了半小时，里面又出来了两三个人，但都不是邱奕。

边南有点儿扛不住，坐回了车里，靠在车窗上继续盯着看守所的大门。

没过多久他就开始觉得眼皮打架了，这还是他长这么大头一回等人等得都紧张得犯困了的。

等个人还能等出这效果来。

真神奇。

边南眼前一会儿清晰一会模糊地来回折腾着。

不知道过了多长时间，边南在迷糊中看到了有个人影从远处走了过来。

他愣了愣，接着用力眨了几下眼睛。

视线清楚了之后，他看清了走过来的是邱奕。

邱奕没什么变化，风吹起他前额的头发，边南看到了他略微有些疲惫的表情和依然漂亮有神的褐色眸子。

"邱奕！"他隔着车窗先喊了一声，然后推开车门跳了下去。

由于坐姿有些别扭，脚着地的时候他才发现腿都麻了，他咬了咬牙才没离着老远就跪了下去。

站在原地看着邱奕慢慢地走到跟前，边南才说了一句："我靠我以为我记错日子了。"

"瘦了啊。"邱奕看着他笑了笑。

瘦了吗？

边南下意识地抬手摸了摸自己的脸。

一阵冷风吹过来，他猛地反应过来现在瘦成人干儿了都不是重点！

重点是邱奕。

要算上之前相互回避着的时间，他已经三个月没有这样面对面地看着邱奕，听着他的声音了。

他想再说点儿什么，比如谢谢你，你傻吗之类的，不过现在他终于体会到了无数要说的话争先恐后想要出来，结果全都被堵在了嗓子眼里谁也出不来的操蛋感觉。

邱奕也没说话，跟他默默对视了一会儿之后，张开了胳膊。

边南瞪着他，有些犹豫着不敢确定，一时反应不过来邱奕这个突然的动作是不是要……拥抱？

拥抱？

邱奕看他没动，张着胳膊也没动："我不是在大鹏展翅。"

"靠。"边南小声骂了一句，笑着过去搂住了他。

邱奕在他背后轻轻拍了拍："谢谢。"

"该我谢你啊。"边南狠狠地收紧了胳膊，结结实实地把邱奕搂住，在他背后用力地拍了几下。

"这种事居然都要跟我争啊？"邱奕笑了起来。

两人沉默地在冷风里久别重逢地拥抱了一会儿，边南松了手，退了一步："邱奕，我跟你说个事儿。"

"嗯？"邱奕看着他。

"就那天大潘堵你……"边南抓抓头，"我在那儿不是要帮忙。"

"我知道。"邱奕笑着轻轻说了一句，又抬头看了看天，"挺冷啊。"

"靠。"边南听了这话，才注意到邱奕穿的只是件长袖T恤，他立马开始脱自己的外套，"我不是让律师带了外套给你吗？"

"蹭脏了。"邱奕按住了他的手，"别脱了，上车不就得了。"

"哦，对啊。"边南回身要拉开副驾的门，又想起什么似的往后备厢跑过去，"你先过来。"

邱奕走到车后，看到边南手里拿着一把树枝，他愣了愣："这什么？"

"柚子叶……"边南看着手里的树枝乐了，"我爸弄的，说用这个去去晦气。"

边南拿着树叶在邱奕身上拍了几下，关上了后备厢的门："就这么着吧，上车。"正要往车头走的时候，邱奕突然抓住了他的胳膊。

边南回过头："怎么？"

"看看。"邱奕把他右手掌心朝上拉了过去，低头看着他手上那条横贯了整个手掌的伤疤。

"没事儿，已经好了，现在行动自如。"边南也看着自己的手，"现在掌纹都牛起来了。"

说实话，他从拆线之后就没细看过这个疤，现在看看，还真挺吓人的，而且因为疤还没完全好，手在张开的时候会有被拉扯着的紧绷感。

邱奕没说话，指尖在那条伤疤上轻轻戳了戳，皱着眉问："有感觉吗？"

疤比较丰满，邱奕指尖划过时只有隐隐厚钝的触感，他嘿嘿乐了两声："没感觉那就是真废了，有感觉，感觉明显着呢。"

邱奕似乎还有些不放心。

"真……没事儿。"边南看着邱奕，"我都已经开始训练快一个月了。"

"脑袋呢？"邱奕又摸了摸他后脑勺，"那一脚踢哪儿了？"

"不知道。"边南还真不知道那一脚踢在哪儿了，反正醒过来的时候就觉得脑袋有点儿发胀，"你别管我了，先上车。"

"你是不是该去学个本儿了？"邱奕上了车，"这无证驾驶都敢把车开看守所来了。"

"本来想暑假学的，这不是碰上事儿了吗？"边南笑笑，发动了车子，"咱直接去学校接二宝吧，我听你爸说他们今天去做好事，放学早。"

"好。"邱奕点点头。

"对了，"边南指了指自己扔在后坐的包，"你手机在我包里，我充好电了。"

邱奕回头从包里拿出手机看了看，放到了兜里："申涛给你的？"

"嗯。"边南应了一声，"你的伤怎么样？到底伤哪儿了？"

"哪儿都有。"邱奕笑笑，捞起袖子，胳膊上有两道已经愈合的刀伤，"但都不严重，还没你扑我身上顶我肚子那下疼呢。"

"我靠？"边南愣了，"我顶着你肚子了？我真不知道，我当时急红眼了……"

"你以后快别打架了。"邱奕叹了口气，"没见过打架的时候把整个后背都让给对方的。"

"我也不总这样，那不是因为……"边南说到一半停下了。

"我知道，谢谢。"邱奕看了他一眼，"好好开车吧。"

边南把车开到邱彦他们学校门口时，正好看见一溜儿小朋友拿着水桶抹布排着队准备进校门。

邱彦把自己绿色的小桶扣在了脑袋上，手里拿着抹布一蹦一跳地走在队伍最后面。

"嘿这傻小子,什么色都往脑袋上顶啊……"边南一看就乐了。

"二宝!"邱奕放下车窗冲那边喊了一声。

邱彦听到声音愣了愣,猛地转过了头。

"哥哥!"看到打开车门下来的邱奕时,邱彦眼睛都瞪圆了,接着拔腿就往这边冲了过来,边跑边喊:"李老师!我哥哥来接我了!"

边南第一次发现邱彦的弹跳力如此惊人,他跑到邱奕跟前儿猛然一蹦,直接跳到了邱奕身上,胳膊搂住邱奕脖子,腿勾在了邱奕腰上:"哥哥——"

没等邱奕出声,他眼睛一闭,脸冲着天就哇的一声哭了起来。

边南把车往路边靠了靠,邱奕抱着邱彦上车,因为邱彦像八爪鱼一样缠在邱奕身上,怎么也不肯松,邱奕费了半天劲才上了车。

"哎哟,宝贝儿,"边南摸摸他的脸,"这哭得……"

邱彦搂着邱奕的脖子哭了一路,就好像这么久想哥哥又一直憋着的难受劲这会儿得全都哭掉一样。

一直到车开到胡同外面的小街了,邱彦才慢慢没了声音。

"不哭了?"边南看了一眼。

"睡着了。"邱奕往后靠在了车座上,轻轻舒了一口气,"喊得我头都疼了。"

"头疼?"边南立马盯着他。

"……一个比喻。"邱奕说。

"哦。"边南感觉自己有点儿傻了。

邱奕抱着邱彦下车,刚想把邱彦递给边南好去拿自己的包,邱彦一睁眼就拼命扭动着又勒紧了他的脖子。

"我拿东西吧。"边南把两人的包都拿了出来。

"哥哥。"邱彦搂着邱奕的脖子叫了一声。

"嗯。"邱奕应着。

"哥哥。"

"嗯。"

"哥哥。"

"什么事儿?"

"我三年级了。"邱彦肿着眼睛笑着说。

"真厉害。"邱奕亲了他一口,"比大虎子能干了。"

"哎！"边南在后面喊了一声，"不带这么踩着我夸他的啊。"

时间已经中午了，边南在烧卤店买了点儿熟食，省得邱奕在看守所待了俩月刚出来还得张罗做饭。

回到家之后，邱彦才总算是缓过劲儿来了，一路喊着跑进了邱爸爸的房间。

"煮点儿饭吧。"邱奕对边南说，"我跟我爸先聊聊。"

"嗯。"边南点头，他想说你快点儿聊，聊完了咱俩也好好聊聊，拘留所三月游肯定有不少奇闻异事。

邱奕进了邱爸爸屋之后，边南给万飞打了个电话，又给老爸打了个电话："爸，人接到了。"

"好，跟你朋友说，明天我请他吃个饭吧，好好谢谢他。"老爸说。

"我一会儿跟他说，爸，"边南抓了抓头，"谢谢了。"

"怎么老说这个。"老爸叹了口气，"行了，你先跟你朋友聊着吧。"

挂了电话之后边南拉着邱彦去厨房煮饭，邱彦的心情相当好，洗锅淘米跑出跑进的都不用边南动手了。

"开心了？"边南蹲下摸摸他的头。

"嗯！"邱彦用力点点头。

"见你哥连碰都不让我碰了。"边南笑着喷了一声。

邱彦立马扑过来抱着他，在他脸上响亮地亲了亲。

邱奕跟邱爸爸在屋里聊了快一个小时才推着他出来了，边南把菜都摆到了桌上："叔，中午咱随便吃点儿，晚饭出去吃吧，我今天开了车，轮椅放后备厢就成。"

邱奕看了他一眼，他嘿嘿笑了两声："干吗？"

"那就出去吃，我也坐坐你的车。"邱爸爸笑着说。

"他没本儿，无证驾驶呢。"邱奕说，拿过碗帮邱爸爸盛了饭。

"不去远地儿，就附近吃，不影响。"边南坐到邱爸爸身边，"叔，我车开得挺好的。"

"咱这片不总有交警吧？"邱爸爸问邱奕，"有交警也不会没事儿就拦下来问……"

"有你这样的吗？"邱奕无奈了，"他管你叫叔呢，你就这么当叔的？"

"你管我叫爹呢，我还成天被你训呢。"邱爸爸笑着说，"一直就没找着当叔的感觉。"

邱奕盛了饭放到边南面前："快去考本儿吧。"

这顿饭吃得很欢乐，邱爸爸和邱彦的话都很多，一直问着邱奕这阵是怎么过的，身上的伤怎么样了。

"哥哥你为什么没剃光头？"邱彦边吃边问。

"因为我太帅了，人家舍不得。"邱奕说。

邱彦抬起头盯着他看了半天："骗人。"

"我不帅吗？"邱奕夹了块叉烧放到邱彦碗里。

"让人说个帅还要贿赂！"边南乐了。

邱奕笑着看了看他，边南立马觉得挺不好意思，于是低头扒拉了两口饭说了一句："帅，我不用贿赂。"

"帅！"邱彦喊了一声，"我也帅！"

"你现在是又可爱又漂亮，过几年才帅。"边南说。

"我帅！"邱彦喊。

"哎，帅！有三个你哥那么帅！"边南摸摸他的脸。

吃完饭边南帮着邱彦一块收拾碗筷，敲得叮叮当当的。

邱奕这一回来，他家从屋里到屋外感觉都变了样，以前不觉得，现在一有了对比，才猛地发现邱奕在这个家里扛起了多大一份担子。

等到全收拾完了，邱彦跑到邱爸爸屋里看电视去了，邱奕去洗了个澡，进了里屋，边南还站在客厅里愣着。

过了一会儿邱奕探出头："不进来聊会儿吗？"

边南这才走进了屋里，顺手把门带上了。

"这阵儿是不是没休息好？你真瘦了，一眼就能看出来了。"邱奕脱掉上衣，打开衣柜门，在柜子里翻着，想找件厚点儿的衣服换上，"这都这么冷了，我还没收拾夏天的衣服呢……"

边南靠在桌边，盯着邱奕的背，过了一会儿没头没脑地说了一句："你还没祝我生日快乐。"

邱奕停下了翻衣服，笑着转过身："生日……"

"等等。"边南打断了他，跑到客厅拿了自己的包进来，从包里拿出了那个已经粘好了的小泥人递到他手上，"好了。"

邱奕低着看着手里的小泥人，很久都没动。

小泥人粘得还行，基本都对齐了粘的，就是有些地方缺了口，颜色也掉了。

边南看着真不像是能做这种细活的人，他平时大大咧咧的，就走个路都能撞上桌子，居然能把摔碎的泥人粘好了。

那天他被潘毅峰的人带来的人一棍子砸在后背时，第一个反应就是泥人估计要碎了……

还真碎了。

他仔细看了看，泥人鼻子上还有一小块被磕掉了。

"哎，想什么呢？"边南打断他的思绪问了一句，"我手艺怎么样？粘了三个晚上，还把手指头都粘上去了。"

邱奕走到他面前，把小泥人放到了他手上："这个我做了差不多一个月，想着该做什么样子的。"

边南看着他笑了笑，本来挺熟的俩人，经过这几个月莫名其妙的各种事件和分离之后，这么面对面站着的时候居然有点儿尴尬，感觉像是要洽谈业务。

"想了很多天，最后决定做个拿着拍子的。"邱奕也笑笑，"我觉得你打球的时候跟平时不太一样。"

"是吗？"边南看了看小泥人。

"嗯，第一次看你打球就这么觉得了，挺有范儿的。"邱奕在小泥人脸上弹了弹。

"那必须的……"边南顺嘴就准备嘚瑟两句。

不过还没等他继续说下去，邱奕突然站直了，把小泥人往他眼前一递："边南，生日快乐。"

边南突然就说不出话来了。

感动，激动，或者是别的什么，让他猛地有点儿百感交集。

这句迟到了两个月的生日快乐，瞬间让他鼻子发酸，眼睛也跟着有些发热，突然就觉得自己之前瞎琢磨了那么多简直对不住邱奕。

"边南，"邱奕看他半天没说话，叫了他一声，"你是不是还在想那天的事儿？你可真不像是这么能琢磨的人啊。"

"啊？没在想了。"边南笑了起来，抬起胳膊活动了一下，"不过我要真想起事儿来一般都能钻到牛角尖最里头那块儿去。"

第七章
珍惜

"其实我是想说,"边南想了想,"我之前……害怕会失去你这个……朋友。"

边南这句话说完之后,两人都没再说话。

邱奕静静地看着他,屋里一片安静,阳光从窗外洒进来,铺在桌上。

"我……"这话让邱奕很长时间才回过神来,手在边南肩上轻轻捏了捏,"也一样的。"

边南没说话,瞪着他一动不动。

他等了一小会儿,抬手在他眼前晃了晃:"睡着了?"

边南笑着拍开他的手说:"我就回味一下,小爷还没缓过劲儿来呢。"

"那你……慢慢缓。"邱奕笑了笑。

"来个拥抱吧。"边南张开胳膊。

邱奕笑着过来抱住了他,在他背上轻轻拍了几下:"心思挺重的,真不知道你都想些什么呢。"

"一般不会多想。"边南嘿嘿笑了两声,"在意了才会想想,特别在意的才会一直想。"

"好有哲理啊。"邱奕笑了起来,"给你弄个语录吧。"

"边大帅哥妙语集……"边南闭上眼睛,说实话,这一刻他是真感觉到了踏实,从内到外的踏实。

"哥哥!"门外突然传来了邱彦的喊声,紧接着门锁就被拍了一下。

"哎!"邱奕大声应着,卧室这门经常卡住,从外面打不开,他从床中间直接扑到了床脚,在门锁上拍了一巴掌。

"哎哟!"边南让邱奕在耳朵边上这一声吼吓得差点儿一脑袋撞上柜子,他没想到情绪一向不外露的邱奕两三个月没见着弟弟能成这样,"好嗓子……"

邱奕回头看了他一眼,笑了笑。

"门又卡上啦。"邱彦跑到邱奕跟前,等邱奕坐到椅子上之后,搂着邱奕的脖子往他身上一坐,"哥哥你一会儿送我去学校吗?"

"哎,送……当然送。"邱奕搂搂他,又揉了揉他头发,"坐好别乱扭。"

"哦!"邱彦应了一声,偏过头看着站在一边的边南,"大虎子也去吗?我想坐车去。"

边南坐在椅子上一挥手:"去,我开车送你过去,下午我们还开车去接你,一块儿出去吃饭。"

"好!"邱彦很响亮地喊了一声。

"小点声儿。"邱奕拍拍他的脸,"爸爸睡着了吗?"

"爸爸睡着啦,我把他的门关上了。"邱彦说,又在邱奕背上摸了摸,"哥哥你不冷吗?"

"冷,"邱奕把他拎起来扔到一边,下床走到了柜子前,"我刚还说找件衣服……"

边南往邱奕身上扫了一眼,看到了邱奕肚子上一条挺长的伤疤。

边南忍不住伸手碰了碰,皱着眉说:"这得留疤了……"

"哥哥……"那边邱彦突然带着哭腔喊了一声。

"二宝怎么了?"边南吓了一跳,赶紧站起来过去抱住了邱彦。

"吓着了吧。"邱奕从柜子里随便抽出一件长袖T恤,"这都多大的人了,哭五分钟吧,我给你掐着表。"

边南顺着邱彦的视线看过去,邱奕左肋下也有一条刀伤。

"这不是吓的。"边南喷了一声,擦了擦邱彦脸上的眼泪,"这是心疼的,是不是,二宝?"

邱彦一边低头揉眼睛,一边点了点头。

"哥哥没事儿了。"邱奕穿上衣服,手撑着床沿靠过来在邱彦脸上亲了一口。

边南拿了车钥匙,出门的时候肩膀在院门上磕了一下,皱着眉龇了半天牙。

"你开车有问题吗?"邱奕跟在后面忍不住问了一句。

边南回过头狠狠瞪了他一眼:"没问题!别那么多废话!"

"哦。"邱奕笑了笑。

邱彦背着书包拉着边南的手拼命地往前拽着走,边走边兴奋地嚷嚷:"晚上去哪里吃饭啊?烧烤吗?"

"想烧烤也行。"边南说,"咱找个农家乐就能吃了,现成的炉子什么的那种……"

"有帐篷吗?"邱彦问。

"没有,你怎么就盯着帐篷了,要不我把上回那个帐篷送你吧。"边南无奈地说,"你在屋里支起来睡觉得了。"

"好!"邱彦喊。

邱彦这个兴奋劲大概是过不去了,哥哥终于回家,大虎子开车送他上学,他一直趴在车窗上,一路看到认识的同学就喊。

最后到学校门口的时候,车上加他一共坐了四个小孩儿,包括边南最看不上的方小军。

几个都是狗都嫌的年纪的小男孩儿在后座上又喊又闹,边南的头都快炸了。

"行了,赶紧下车,"邱奕在副驾上回过头,"你们几个吵死了,赶紧下去。"

"下午来接我吗?"邱彦有些担心地问。

"接。"边南点点头。

"那我们下午也坐车吗?"方小军马上也问。

"美死你。"边南指着他,"要不是给邱彦面子,你刚才都别想上车,滚蛋!"

"有什么了不起!"方小军喊了一声跳下了车,"破车!看把你得意的!"

边南咬着牙开了车门就要下车。

"怎么?"邱奕一把拉住了他,"你要下车跟一个八岁小孩儿打架吗?"

"我就不明白了,"边南关上车门,"这小孩儿骗邱彦钱,还想骗他玩具,没发现的还不定骗什么了呢,你就这么看着?"

"你也太能操心了。"邱奕笑了,笑了一会儿才靠在座椅上伸了个懒腰,"朋友是他自己交的,要由他自己来看清,在这之前,我们无论做什么,都是'干涉他交朋友的权利',看清之后,他选择什么样的方式处理,是绝交,还是小心提防着继续一块儿玩,这都是他自己的决定……"

"哎!"边南喊了一声,"这什么乱七八糟的,他才八岁,你觉得他能想明白吗!"

"总会明白的,有些事,吃一次亏记一辈子,比总被护着要强。"邱奕放下车窗,摸了根烟出来点上,"你要在这儿等二宝放学吗?"

边南发动车子,往前开了一段才问了一句:"回家?"

"随便。"邱奕叼着烟,"你想去哪儿就去。"

"嗯。"边南把车开上了大路,没往邱奕家的方向开。

二十分钟后,车停在了一个街心公园旁边。

公园里有个小茶吧,挨着湖边有一条玻璃回廊,坐在回廊里晒着太阳看着湖水,很舒服。

边南坐下要了壶铁观音,他不懂茶,老爸最近在喝这个,他又随便要了几份点心。

服务员把茶和点心都放下来之后,回廊上就剩了他跟邱奕俩人,桌椅和木地板上都堆满了午后的阳光,暖洋洋的让人觉得慵懒。

阳光里邱奕的头发跟眸子一样闪着淡淡的金色光芒,被阳光勾出了完美轮廓的脸让边南每次看过去都觉得挺养眼。

他站起来,坐到了邱奕身边,俩人一起对着湖面坐着。

"我觉得,"边南想了很久,"今天跟做梦似的。"

"嗯。"邱奕拿起茶杯喝了口茶,眯缝着眼睛看着湖面。

"那什么……"边南揉揉鼻子,不知道该怎么说,"就,你……说的那个话,是真的吗?"

"哪句?"邱奕看了他一眼,"我今天说了不少话。"

"别装傻。"边南啧了一声。

邱奕笑了笑:"这种事怎么能说假话。"

"怎么会这样啊,"边南冲着湖面一通乐,"这也太巧了……"

"是吗?"邱奕往后仰了仰,枕着椅背,"要不再重新来一次,我骂你一句变态,然后打一架吧。"

"晚了。"边南笑着说,过了一会儿他转过身侧靠着,看着邱奕,"那你是……哎,怎么说呢,我真没想到咱俩能成朋友。"

邱奕笑了笑,抬手遮了遮脸上的阳光,过了一会儿才说了一句:"是什么让你有这种错觉的?"

"嗯?"边南愣了愣。

"不过我朋友的确不多,很少,像你这样的……"邱奕轻声说,"你是个例外。"

是的,朋友很少。

像边南这样的朋友根本没有。

他不太敢交朋友。

连亲戚都躲得远远的,他觉得大概也不会有什么朋友能再走近了。

再说也没时间。

打工,上学,写作业,照顾爸爸,照顾弟弟……

他有限的时间里都在思考着怎么赚钱,以及怎么安排这点儿钱。

朋友这种关系变得有些奢侈。

等到他慢慢适应了这样的生活,他也已经习惯了没有朋友,特别是倾诉和发泄这种可以对朋友做的事由打架代替之后。

"为什么?"边南的声音在耳边响起。

他收回思维,一直盯着湖面的眼睛有些发涩,他按了按眼睛转过头:"什么为什么?"

"为什么……我会是个例外?"边南清了清嗓子,"我是不是太帅了?"

"因为够傻好欺负。"邱奕想也没想就说。

边南乐了,"老子说正经的呢。"

"你为什么在意我这个朋友?"邱奕反问他。

"漂亮。"边南冲他竖了竖拇指,"你是真漂亮。"

邱奕笑着冲他竖了竖中指:"没看出来你这么肤浅。"

"视觉动物嘛,你敢说你不觉得我帅吗?"边南啧啧了几声,"先注意到了,才有后来啊。"

"后来呢?"邱奕拿起茶壶倒了一杯茶,"这茶挺不错。"

"后来就觉得你没那么讨厌。"边南想了想,"你知道吗,讨厌一个人,也会老注意着，时间长了，比普通同学朋友了解得都多，等发现这人没想象中那么讨厌的时候，就……晚了，要成朋友了。"

"比如潘毅峰吗？"邱奕突然笑了起来。

"那人是比想象中的更讨厌！"边南一想到潘毅峰就有种现在立马扛着大刀上看守所砍人的冲动，"还没顾得上打听呢，他被捅成什么样了？"

"伤情鉴定是轻……"邱奕话还没说完就被边南打断了。

"等等，"边南喝了口茶，又拿了块小蛋糕咬了一口，"跑题了。"

"哦。"邱奕看着他，"那正题是什么？"

"轮到你了，为什么？"边南问。

邱奕没说话，边南会这么死揪着这个问题不放，虽然不太合他看上去大大咧咧的性格，但邱奕却能明白。

没安全感。

边南只是看上去大大咧咧而已，细心，敏感，也许还有多疑。

还有……那种对人缺乏信任的感觉。

这样的一个人，突然发现自己有了一个很在意的人，不是那么容易就能踏实下来把"这个人也正好跟我想的一样"当成自然而然的。

"很帅。"邱奕想了想。

"能不按着我的提示说吗？"边南一口吃掉蛋糕。

"没说完呢。"邱奕看着他。

"接着说。"边南捏着茶杯。

"打球很帅，打架也挺帅，"邱奕慢慢地说着，从第一次见到边南开始的回忆在脑海里飞快地闪过，"流氓相也帅……"

"我什么时候流氓相了，那是万飞，你是不是记混了。"边南插了一句。

邱奕把手指在唇边竖起："你别说话。"

"哦。"边南应了一声。

"你很善良，脾气也没有别人想得那么差。"邱奕看着他，"你对二宝真是……温柔。"

边南乐了，指着他，"说真的要二宝是个小姑娘没准儿真能再打起来，丫居然敢抢我妹妹什么的。"

"让你别打岔。"邱奕笑了，"让你这岔得我都不知道想说什么了……其实也没什么可说的，就这么回事儿。"

"嗯。"边南看着他,想了想,"大概也就是这样吧,这种事儿还真说不出个详细原因来。"

俩人继续对着湖面喝茶。

"对了,"边南去了趟厕所回来,又要了盘点心,"我爸想请你吃个饭,算是正式谢谢你。"

"谢我什么?"邱奕问。

"谢你替我顶了那一刀呗。"边南一想起这事儿就一阵难受,这两个月他都不敢再回头多想,"你不知道我在医院醒过来的时候是什么感觉,就想找着你当面跟你问一句你是不是有病。"

"这个有什么可谢的。"邱奕挺无所谓地说。

"那你跟我爸说呗,你要不去,他可能会拿着礼品上你家。"边南喷了一声,"我爸那人就那样,再说我还要谢你呢。"

"嗯?你也要谢啊?"邱奕笑了,"你谢行,怎么谢?"

"随便你说。"边南看着他,过了一会儿有点儿不踏实,"你怎么笑得这么不怀好意呢?"

"我一直这么笑。"邱奕还是笑着,"你心里不知道想什么呢,看人笑都看出问题来了。"

"是吗?"边南盯着他看了一会儿,小声说,"哎,邱奕。"

"嗯?"邱奕应了一声。

"我现在什么感觉你知道吗?"边南压低声音往他这边凑了凑,"特舒服。"

邱奕笑着在他眼前打了个响指,又顺手在他鼻子上弹了一下:"是吗?"

"你有什么感觉?"边南轻声音问。

"嗯?"邱奕拿起茶杯,"挺舒服。"

"别……别的呢?"边南又问。

"你到底想问什么啊?"邱奕边喝茶边瞅了他一眼。

边南喷了一声:"想问的多了,哪天理顺了再慢慢说吧。"

"我可算知道这阵你过得怎么样了,"邱奕说,"估计成天纠结得跟团毛线似的。"

边南突然笑了起来,把腿搭到栏杆上乐了半天。

"笑什么?"邱奕捏捏他的手。

"就是想笑一会儿，这阵儿事太多了。"边南举起手，看着指缝里透过来的阳光，"你懂那种感觉吗，做了一夜不开心的梦，突然醒过来了，原来是个梦啊，就那种突然很轻松高兴的感觉。"

"是吗？"邱奕笑了笑，抬手把胳膊放在边南身后的椅背上，手指轻轻在椅背上一下下敲着。

边南和邱奕在湖边喝着茶吃着点心，有一搭没一搭地聊了很长时间。

要搁平时，让边南这么对着一壶茶看着湖水一坐好几个小时，他估计能疯，但今天却没有感觉，甚至在阳光里踏实地睡着了。

三点半的时候邱奕推了推他肩膀，他才猛地醒了过来，直接蹦起来喊了一声："完蛋了，接二宝要晚了吧？"

"……不晚。"邱奕看着他，"我看着时间的，现在过去正好。"

"哦。"边南抓抓头，这睡着觉被猛地叫醒，他还有点儿迷迷糊糊，看着邱奕半天才往椅子边一扑，抓住了他的胳膊，又捏了好几下。

"怎么了？"邱奕看着他。

"没。"边南一通乐，"睡迷糊了，还以为你越狱了呢。"

"走吧。"邱奕站起来，顺手在他肩上带了一把。

车在学校门口等了五分钟，就听到了放学的音乐声，没两分钟就看见邱彦提着书包跑了出来，脸上带着兴奋的红晕。

"怎么一身汗？"边南往他脖子上摸了摸。

"上体育课！"邱彦喊着，"我要坐前面！我坐前面吧！"

邱奕从副驾下来，拿过他的书包，换到了后座。

邱彦扯着安全带坐在副驾座上："方小军还想坐车呢。"

"他脸真大。"边南马上跳上了车，打了火就赶紧开，怕万一方小军追出来了，"他没跟着出来？"

"没，我说就辆破车有什么可坐的啊，他就没来了。"邱彦扭着身体往后，"哥哥，我想喝酸奶。"

"我给你买！"边南听到邱彦居然这么潇洒地拒绝了方小军，本来就挺明媚的心情更是金灿灿了，把车往路边一停，跑到超市里给邱彦买了一大盒酸奶。

回到邱奕家时，邱爸爸已经收拾好了。

"好久没出去吃饭了。"看到他们几个进门，邱爸爸立马指挥邱奕，"给我找套衣服换上。"

"嗯。"邱奕进屋找了衣服帮邱爸爸换上,又拿了药让他吃了,"你是不是跟这儿等一下午了就想着晚上怎么吃呢?"

邱爸爸笑了半天:"还是我儿子了解我。"

"叔,今天放开了吃。"边南推着轮椅往外走。

"吃不了多少。"邱爸爸一直笑呵呵的,"主要吃个气氛。"

邱奕把轮椅往胡同口推的时候,一路都碰上下班回来的邻居。

老邱出门儿啊?

邱叔这是去哪儿享受啊?

邱爸爸一脸严肃:"视察一下,视察一下。"

边南跑着出去把车开到了胡同口,打开车门先上了车,邱奕抱着邱爸爸上车,他在车里扶着。

邱爸爸个子不矮,但很瘦,边南半扶半托地把他安顿在后座上时有些感慨,太轻了。

邱彦这回没再闹着要坐前面,很麻利地爬上后座挨着邱爸爸坐下了:"我陪爸爸。"

不过开车之后他就坐不住了,一会打开车窗往外瞅,一会又让边南把天窗开开,把脑袋探出去:"爸爸,你看,这里可以爬出去……"

"哎!"边南扯了他裤子一把,"别爬。"

"我说可以爬出去,"邱彦扒着天窗低头看他,"没说要爬出去。"

"坐下。"邱奕说了一句,"再烦人一会儿吃饭你就在车上待得了。"

"坐着啦!"邱彦马上坐回后座靠着邱爸爸。

"赶紧长大吧,烦死了。"邱奕叹了口气。

"长大更烦怎么办?"邱爸爸在后面笑着说。

"卖掉。"邱奕说。

"卖掉哥哥吧。"邱彦还抱着那盒酸奶,边喝边说。

"卖掉我谁供你上学?"邱奕喷了一声。

"那……"邱彦想了想,"卖掉大虎子吧。"

"哎,我就知道得卖我了。"边南乐了,"卖掉我谁给你买酸奶,谁带你烧烤,谁……"

邱彦很大声地叹了口气,往邱爸爸腿上一躺,想了半天,最后挺委屈地说:"那卖掉我吧。"

"我买了。"边南拍板。

边南怕邱爸爸身体坐不了太长时间的车,就近去了一条饭店比较多的街,邱奕一家都爱吃辣,边南挑了家川菜馆子。

"怎么在这家?"邱奕下车的时候轻声提醒他,"你不是吃辣就死吗?"

"你才吃辣就死……"边南笑着说,"这不主要让你爸吃爽了吗,而且这家在一楼,轮椅好推。"

邱奕在他背上轻轻拍了拍,没再说别的。

今天不是周末,饭店人不算太多,还有个小包厢空着,几个人进了包厢。

边南点菜的时候,邱彦发现了包厢里放着的一个儿童坐椅,立马来了兴致:"这是什么?"

"这个是儿童坐椅。"服务员回答他,"给小朋友坐的。"

"我是小朋友。"邱彦点点头,把椅子拖到了桌子边儿上,研究着该怎么坐上去。

"那是隔壁毛毛那么小的小朋友用的。"邱奕看着他。

"是吗?"邱彦皱着眉,还想往椅子上爬,"不信。"

"那你上去。"邱奕站了起来,"先说好,不管塞不塞得进去,你今儿就坐这个吃。"

"等等。"邱彦迅速退开了,站到一边比画了一下,"我会被卡住的。"

"坐哪个?"邱奕问他。

"这个。"邱彦指了指旁边的椅子,把儿童坐椅放回了原处,"这个给毛毛坐吧。"

"我发现了,"边南一边点着菜一边指了指邱彦,"小玩意儿你这精力过剩得一不留神就要往熊孩子那头窜。"

"我哥可留神了呢。"邱彦趴到桌上,有些不好意思地抱着酸奶喝。

边南点好了菜,基本都是服务员推荐的招牌菜。

他请人吃饭的时候一般不跟老爸似的一通瞎点,都按人数,但今天点得有点儿多,主要是想着邱爸爸出来一趟不容易,而且他今天心情好得实在收不住。

最后邱奕拿过菜单又给去掉了两个才让服务员出去了。

邱爸爸挺长时间没到饭店吃过饭,现在看到包厢里电视小冰箱空调厕所一应俱全，顿时来了聊兴。

"现在包厢都这么齐全了，以前最牛的包厢里也就搁台电视，插俩话筒，吃完饭了就地在包厢里就开唱了，吃饭一小时，唱歌四小时，出门儿的时候服务员脸都是绿的……"

边南一边听一边乐着，邱爸爸的故事里一般都会有邱奕他妈妈，果然这会儿没说几句就出场了。

"我跟你阿姨那会儿不懂，听说广东那边吃完饭了都要喝喝茶，我俩就说学着点儿人家享受生活，吃完了饭就让人拿了壶茶……就全是碎茶末子的那种，我俩坐那儿喝了快一小时最后被人撵出去了。"

边南一通乐，笑得不行，扭头想跟邱奕说话的时候，发现邱奕脸冲着电视正发呆。

"想什么呢？"边南小声问。

邱奕笑着说："想起我妈了。"

边南心里有些不好受，但为了缓和邱奕的心情，还是嘿嘿乐了两声。

邱爸爸年轻时据说能吃半头猪，受伤以后就没这食量了，小半碗饭，一样菜再吃个几口，就基本喊着吃不下了。

邱奕边南和邱彦今天依然是主力，而且大家心情都不错，这力比平时要主得更牛些，边南点的都是微辣，边吃边喝水还凑合，主要是心情美。

邱彦吃得格外欢实，埋头吃到最后捧着肚子靠在椅子上叹了口气："好撑啊……好辣啊……"

"有冰淇淋，要吗？"边南问他。

邱彦没说话，捂着肚子皱着眉想了半天才很郁闷地往桌上一趴："吃不下了。"

听着他委屈郁闷的声音，边南乐得不行："没事儿，什么时候能吃得下了我给你买。"

吃完饭边南开着车又回了胡同，一路上都听着吃撑了兴奋得不行的邱彦跟他哥说话，感觉说一宿都没问题。

"今儿晚上你话真多啊。"边南回过头说了一句。

"开心啊！"邱彦很响亮地回答，扒着椅背，"我平时话也很多呀！"

"你平时……"边南还想逗他两句，话没说完被邱奕打断了。

"好好开车。"邱奕在一边声音不高地说。

370

"知道了。"边南喷了一声,盯着前面的路。

回到家歇了一会儿,邱爸爸回屋看电视去了,边南正想进邱奕屋里,邱彦提着书包跑了进去,一边跑一边念叨:"作业,写作业,嘿呀,写作业,嚯呀,写作业……"

"你不看看电视歇会儿吗?"边南问。

"写完了再歇呀!"邱彦一扬脑袋回答他。

其实邱彦每天都是一吃完饭就进屋写作业了,一气儿写完了才出来,这是个好学生的习惯,边南张了张嘴没说出话来,只得去饮水机旁边给自己倒了杯水,一边喝一边在心里叹了口气。

邱奕一直坐在沙发上看着他,这会儿笑着站了起来,走到了院子里。

边南犹豫了一下,放下杯子跟了出去。

今天没在院子里吃饭,葡萄架子下面的灯没有开,院子里很黑,隔壁老头老太太都睡得早,这会儿屋里也已经没有了灯光。

邱奕站在院子里,掏了根烟出来叼着,正在兜里找火机的时候,边南走过去,一屁股坐到了椅子上,顺手拿走了他叼在嘴上的烟扔到了旁边的桌子上。

"干吗?"邱奕笑笑。

"少抽点儿吧,一会儿二宝出来逮你。"

"你……"邱奕回头往屋里看了看,"都开始管上我了啊?"

"我怀疑你烟龄都赶上二宝年龄了吧?"边南凑过去在他身上闻了闻,"我闻闻……靠,一身花椒味儿……"

"多带劲儿啊。"邱奕笑了起来,手里拿着打火机在桌上一下下轻轻敲着。

今天晚上月亮还挺圆的,也很亮,洒了一地银色。

边南抬起头,靠在椅背上看着夜空,这两个月以来他都没有心情……虽然他有心情的时候也不太看月亮。

不过眼下心情真挺好的,平时很少看的月亮也变得挺可爱了。

边南看着邱奕,沉默了一会儿说了一句:"那天跟傻潘过去堵你,你没误会吧?"

"没。"邱奕重新拿起烟点上了,"你应该不是那样的人。"

"那你干吗不理我了?"边南皱皱眉。

"你先不理我的。"邱奕说。

俩人的对话听着跟幼儿园小朋友似的,边南忍不住笑了半天:"明明是你先的,我以为是因为我问了……不该问的所以你不想理我了。"

"我没有那么小气,难道不是因为你想得太多不理我吗?"邱奕叼着烟。

"我……"边南愣了半天,最后一挥手,"记不清了,再这么绕下去都糊涂了,以后写个谁先不理谁备忘录得了,记载咱俩颠簸的关系。"

邱奕笑了好一会儿,手上夹的烟都差点儿掉了:"我看行。"

多好。

边南伸了个懒腰,这种重新回来的踏实消停的感觉真好。

俩人有一搭没一搭地聊了挺长时间,里屋写作业的邱彦还没有写完的意思。

边南叹了口气:"我……先回家吧。"

他去水池那儿洗了个脸,站起来,跑进屋里拿了包。

"不跟二宝说一声吗?"邱奕看着他。

"说了一会儿该不让我走了。"边南埋头冲了两步又停下了,虽然真要走又有些舍不得,但聊这一通也聊得挺愉快了,他回过头看着邱奕,"明天我给你打电话,吃饭的事儿。"

邱奕笑笑,起身拍了拍他的肩:"到家了就得给我打个电话,这阵应该安全了,潘老大进去了。"

"嗯。"边南往屋里看了一眼,笑着扭头大步走出了院子。

边南把车窗全打开,一路吹着冷风往家里开。

心里还没褪尽的兴奋和关系终于恢复的感慨夹杂在一块儿,滋味儿真是比晚上的川菜还复杂。

不过吹了没多久他就把车窗关上了,脸吹麻了。

回到家里等着车库门打开的时候他往楼上看了一眼,老爸书房里灯没开,车开进车库,老爸的车果然不在。

倒是平时不常在家的边皓的车停在车库里,边南一看到他的车就觉得犯堵,

不过今天堵得没平时那么厉害。

顺着车库往客厅去的楼梯走了没两步,边南猛地听到了边馨语的哭声。

他犹豫了一下,打开了门,车库和客厅连着的门在走廊这边,一开门边南就看到边馨语哭着跑上了楼。

"你爸回来了？"阿姨的声音传了过来。

"是我。"边南回了一句，穿过走廊走进了客厅里。

已经站了起来的阿姨看到他，坐回了沙发里，平时见到他就会挂在嘴边的笑容今天不知道是不是因为边馨语而忘了挂上。

边皓站在楼梯旁边，边南看到他的脸就觉得今天不应该回来，边皓比他白点儿，但现在脸黑得跟他差不多了……

"你那个朋友跟馨语到底是怎么回事？"边皓大概是当着阿姨的面，脸上怒火都快烧穿天灵盖了，声音却还控制在正常范围里。

"邱奕吗？"边南走到一边换鞋，他不知道边馨语说了什么，猛地这么一下他都不知道该怎么说，只知道边馨语大概是跟边皓吵架了，"我不清楚，边馨语认识他比我认识他要早。"

"他俩是不是在谈恋爱？"阿姨在一边问了一句。

"啊？"边南吓了一跳，转过头看着她，"不可能吧。"

"这个应该没有，你别想那么多。"边皓对阿姨说，又盯着边南，"你那朋友想干什么，吊着小姑娘玩吗？"

边南压着火，也盯着边皓："他干什么了吗？他跟边馨语平时都没联系吧。"

"没联系？"边皓走到他面前，指着楼上，眼睛里的火嗖嗖往外窜着，"没联系馨语非闹着要跟我爸去请他吃饭？没联系他收馨语的礼物？没联系他请馨语吃饭？这叫没联系？"

边南本来挺好的心情，回来还没弄清楚情况，就被边皓这机关枪似的一通喷，整个人顿时烦躁得不行，但还是努力压着火："请吃饭是回礼吧。"

"为什么要收礼物？"边皓问。

"是说那条手链吗？我拿过去的，边馨语跟人说了不光他一个人有也没别的意思人才收的，怎么了？"边南火了，瞪着边皓。

"你帮着送的？"阿姨在旁边把手里的杯子重重放在了茶几上，"你怎么能这样？明知道我们不可能允许馨语跟那种人来往！"

那种人？哪种人？

边南实在扛不住了，绕过边皓往楼上走："我要不帮着送，又该有别的说法了。"

"你站着！"边皓吼了一声。

"干吗?"边南转过身。

"你不要说话。"阿姨站起来拉开了边皓,往楼梯上走了两步站到边南面前,"跟你那个朋友说一下,无论他对馨语是有意思还是没意思,都让他离馨语远一些,不要把我们家搞得乱七八糟的。"

边南没有说话。

阿姨转身走开的时候又轻轻叹了口气:"你这回惹的事已经够让人头痛的了。"

边南都不知道自己是怎么上的楼回的房间,关上门之后他在屋里站了一会儿,打开衣柜门,一胳膊肘砸在了隔板上。

隔板咔的一声裂开了,胳膊上的钝痛和裂开的隔板让他一下舒服了不少。

他拿出手机正要跟邱奕说一声自己到家了的时候,邱奕的电话打了进来:"到了没?"

"到了。"边南躺到床上,"刚进门。"

"嗯。"邱奕笑了笑,"还怕你迷迷瞪瞪开反方向了呢。"

"放屁,小爷神智相当清醒,黑白分明。"边南乐了两声,笑完之后又沉默了,邱奕那边也没说话,等了几秒钟,边南咬咬嘴唇,"我一会儿上你家待着吧。"

这话让邱奕愣了好一会儿才开口:"那你刚跑什么啊?刚到家又过来?"

"哪儿来那么些废话啊。"边南闷着声音,"你就说行不行吧。"

"那你过来呗。"邱奕说,"别开车了,打车吧。"

"我一会儿给二宝带个冰淇淋。"边南想了想,"冰淇淋能吃吧?我看他今天吃饭的时候就很想吃了。"

"买最小的。"邱奕叹了口气。

"哦。"边南应了一声挂掉了电话,收拾了一下东西拎着包出了房间。

一开门就看到了站在边馨语门口的边皓。

两人对视了一眼,边南压着火,心想着边皓如果再开口他就动手。

"走开啊!"边馨语在屋里边哭边喊,"我自己的事谁要你多管了!关你什么事啊!走开!"

边皓顾不上理边南,在边馨语的门上敲了敲:"先开门,你要打我也得先开门不是吗?"

"谁想打你了!没心情!"边馨语在屋里踢了一脚门。

边南转身走开了,到现在他也没完全弄清这到底是什么情况,既然边皓没理他,他也懒得多想。

林阿姨没在楼下客厅,边南松了口气,正要出门的时候,保姆从厨房走了出来:"小南又出去啊?"

"嗯,去朋友家住。"边南走到门边换鞋。

"我做了点心,要吃点儿吗?"保姆问。

"吃不下,晚饭吃太多。"边南笑着说,拉开门跑了出去。

一走出院子他就感觉堵在胸口的一口气吐了出去,人舒服了不少,院子门在身后咔的一声锁上之后,他把包甩到背上,一路小跑着到小区门口,上了辆出租车。

出租车到了胡同口时,边南还没下车就看到了站在胡同树下边的邱奕。

"你怎么跑出来了?"边南跳下车跑过去,笑着问。

"听。"邱奕一脸严肃地看着他。

"听什么?"边南愣了愣。

"你是我的小呀小苹果……"邱奕往火柴厂那边指了指,"我是准备出来活动一下的。"

边南乐了:"你还真跟大妈一块儿跳广场舞啊!"

"一块儿吗?"邱奕转身往那边走,"赶紧的,九点半结束了,还能蹦十分钟。"

"哎哎哎!"边南赶紧抓住邱奕的胳膊,"你真的假的,我不去。"

"我跟你说,"邱奕笑着把他往火柴厂那边拽,"超市的大妈大姐,还有小街上那些做生意的,都在这儿玩,我得跟她们搞好关系。"

"你有病……跟她们搞好关系干吗啊?"边南不明白,被他拽着走了好几步才反应过来,"是想让超市大姐给你留便宜菜吗?"

"不光这个,我补课的学生也有不少都是她们给介绍的,大妈们人脉可丰富了。"邱奕笑着说,"再说有时候二宝跑出来玩她们看到了也能照顾一下,毕竟我在家的时间太少。"

边南没说话,虽然很不情愿,但还是跟着邱奕进了火柴厂。

他是真没想到邱奕想得有这么多。

这要搁他身上,想一年也未必能想到。

"哎哟,小邱来了!"有眼尖的大妈一眼就看到了邱奕,边跳边喊了一声。

"这都多久没来了啊。"另一个年轻些的大妈也尖着嗓子边跳边走了过来,"那天碰上二宝,说你生病住院了?"

"嗯,现在好了。"邱奕笑着说,"是不是快回家了啊你们?"

"你来了就再活动会儿呗。"几个大妈都走了过来,一边活动胳膊腿一边打量着边南,"这是你同学吗?哎长得也挺帅嘛!"

"哎,现在小孩儿基因都挺好的,就我孙子他们初中那个班上,男生女生都长得好。"一个大妈拍了拍边南的胳膊,"小伙子,叫什么名字啊?"

"姐,我叫边南。"边南赶紧回答,看这大妈脸上妆还挺浓,感觉眼线都画了两层,挺时尚,于是叫了声姐。

这声姐把一帮大妈大姐都给叫乐了,拉着边南就往队伍里去,都说要教他跳舞。

边南没想到她们会这么热情,挣扎着回头想向邱奕求救。

"加油!"邱奕笑着看着他,跟着音乐跳了个动作。

说实在的广场舞的动作都是简单中透着二,但邱奕长胳膊长腿地一个动作跳出来却很舒展,边南猛地愣了愣。

原来这东西也得看是谁跳……

就这一愣神,他被拉进了跳舞的队伍里。

大家给他在领舞的大姐后面腾了个空,方便他能看清领舞大姐的动作,然后迅速归队开始跳。

"动起来。"一个大姐挥了挥胳膊,"别不好意思,这对身体可好了,年轻人也应该多动动,每天玩电脑多闷啊。"

"哦,好。"边南瞅了邱奕一眼,这小子已经蹲到了小音箱旁边,跟守音箱的大叔聊上了,他只得一咬牙,盯着领舞大姐的动作举起了胳膊。

要让边南训练,什么动作都没问题,但就着音乐挥胳膊迈腿的他还真是有点儿跟不上,感觉自己在队伍里跟头猩猩似的,没多大会儿就出了一身汗,逗得旁边的几个大姐一直笑。

他怎么也想不到自己有一天会在一帮大妈大姐的笑声中跳着广场舞,还跳得一直没压到节奏。

等到放音乐的老头儿喊了一声今儿就到这儿吧,边南顿时松了口气,冲到音箱边儿上一把抓住了邱奕:"你自己不跳!"

"我聊天儿呢。"邱奕笑着冲他竖了竖拇指,"跳得挺好的,别样的风情。"

"别什么鬼样风什么鬼情……"边南扯了扯衣服,"跳得我这一身汗赶上训练了!"

跟大家告别之后,边南立马拉着邱奕去了超市,还好这超市虽然小,但营业时间一直到晚上十点,这会儿还没关门。

边南在超市里按邱奕的规定买了个最小盒的冰淇淋。

"二宝估计都睡着了。"邱奕说。

"那就明天吃呗,答应了给他买的。"边南喷了一声,"谁让他哥非拉着我去跳广场舞的!"

"你到的时候他都已经洗完澡了……"邱奕又开始乐上了,"你跳舞真难看。"

"能不这么直白吗?"边南看着他,想想也乐了,"我感觉跟个猩猩似的,就差捶胸口了。"

一块儿回到家的时候,邱爸爸和邱彦都已经睡了。

邱彦的作业本还放在客厅的桌上等着邱奕给他检查。

边南往邱奕屋里看了一眼,回过头压低声音冲邱奕说:"二宝今儿睡这屋了?"

"嗯,他睡的时候我不知道你还要过来。"邱奕拿过作业本翻开了,"一会儿把他抱我爸屋去就行。"

"别折腾了,我睡沙发。"边南突然有点儿不好意思,要是之前,抱过去就抱过去了,现在自己突然跑过来还要把小家伙赶开太没当哥的样子,邱彦要被弄醒了肯定特别不愿意,毕竟那么久没见着邱奕了。

邱奕抬头看了他一眼:"一块儿挤吧,反正天冷了,二宝不占地儿。"

"那多不好。"边南走到邱奕身后,"万一你要个流氓什么的呢。"

"这话说得,好像你有多正经似的,之前睡觉流氓都要成什么样了。"

"那能一样吗?"边南乐了,看了一眼邱彦又小声说,"哎我还真不知道我睡觉那么不老实呢。"

"一会儿你挨着二宝睡,就老实了。"邱奕说。

洗漱完边南进屋把门关上,邱奕已经睡在了床中间,邱彦被他推到了靠墙那边。

"不是让我挨着二宝吗?"边南笑着说。

"我怕他半夜踢人。"邱奕把枕头放好,"一踢就是连环踢,不给人踢醒了不算完。"

边南笑了半天,躺到了邱奕身边。

床虽然能睡下两个半人,但没法一人一床被子,邱奕把自己身上盖着的被子盖到了边南身上。

带着邱奕身上柠檬香皂味儿的暖意扑过来,边南扯了扯被子,很舒坦地叹了口气。

"哥哥。"邱彦大概是被吵醒了,嘟囔着叫了一声,抱住了邱奕的胳膊。

边南撑起胳膊往那边看了看。

"嗯。"邱奕摸摸邱彦的脸,"睡吧。"

"你不跟爸爸吵架了啊?"邱彦迷迷糊糊地问。

"本来也没吵。"邱奕帮他盖好小被子,"赶紧睡,要不扔你上院儿里扫地去。"

邱彦没再说话,哼哼了两声就又睡着了。

"关灯。"邱奕说。

边南抬手把床头的灯关掉了,屋里陷入了黑暗,他侧过身脸冲着邱奕,声音很低地问:"怎么跟你爸吵架了?"

"没吵。"邱奕转过脸冲着他,手指在他胳膊上拍了拍,"就我说了他两句,他不服气跟我争来着。"

"你没事儿说他什么啊?"边南皱皱眉。

"就让他别没事儿就鼓励你无证驾驶。"邱奕笑笑,"他说看你高兴,就不好泼凉水。"

"哎,"边南戳了戳他肚皮,"我就不明白了,你怎么对我开个车就这么看不顺眼呢。"

"不是不顺眼。"邱奕叹了口气,过了一会儿才轻声说,"是不放心,其实我爸也不放心,在车上一直很紧张,你没发现吗?"

边南愣了愣,仔细想了想,邱爸爸在车上的时候紧张了吗?感觉就是一直没怎么说过话。

现在想想,邱爸爸心情好的时候挺爱聊的,在车上话突然这么少,的确是有点反常。

"紧张什么啊？"边南突然有些过意不去，"其实我开得挺慢的。"

邱奕没说话，在他胳膊上一直轻轻弹着的手指顿了顿。

"我妈……"邱奕声音很轻，说完转头看了看邱彦，邱彦小呼噜打得很欢，他又转回来在边南耳边轻声说，"我妈去世和我爸的伤，都是因为……车祸。"

"……听你说过。"边南知道这事儿，但邱奕一直没跟他细说过。

"肇事司机跑了，一大清早那条路上没有人，也没人看到车牌什么的。"邱奕说得很平静，"我妈没救过来，我爸就只能坐轮椅了。"

边南没想到会听到这样的事，顿时僵住了。

愣了半天他猛地抱紧了邱奕，狠狠地搂了好一会儿才小声说："对不起对不起，我以后不开车了，我拿了本儿再……不，我不开了。"

"不是不让你开，有本儿了好好开谁管你。"邱奕笑了笑，"我爸是有阴影，他有点儿怕车，总怕会撞上什么，也怕开车的人嘚瑟……你说你开车的时候是不是挺嘚瑟的？"

"我就为了在你跟前儿显摆才开的。"边南说的倒是实话，"但是我没本儿，我开车一直很小心，我是嘚瑟才开的车，但我开车的时候不嘚瑟……有点儿绕，你能听懂吗？"

"能。"邱奕笑了起来，"我爸今天也说你开车还挺稳。"

"哎我不知道，我要知道今儿就不说开车了，你也不跟我说清楚，我还以为你就是平时教育二宝教育惯了非得说我两句才舒服呢。"边南一想到邱爸爸坐在后座上脑子里都是痛苦的回忆就一阵难受。

"你本来就欠教育。"邱奕手指往他脑门儿上弹了一下，"睡吧，我明天得去学校报到，要看看学校怎么处理我。"

"处理个屁。"边南本来因为邱爸爸的事儿正难受，一听到这事儿又立马窜了火，声音也有点儿没控制住，"潘毅峰那个蠢货还没被处理呢！"

"他不由你们学校处理了，他得进去蹲两年。"邱奕笑了笑，"我错过实习安排了，看还有没有地儿能去，如果学校非得处理我，我想过了，估计让重读一年，没什么的。"

"要不……"边南知道邱奕上这个中专是为了能早点儿上班，再重读又是一年太耽误时间，"要不让我爸……"

邱奕翻了个身，他能听得出边南说这话的底气不算太足："不用，你操心你自己就行，今天回家是不是碰上什么事儿了？"

边南没吭声。

"你今天干吗非得回家，平时不都回宿舍的吗？"邱奕又问。

"我这不刚出院没两天吗？阿姨说别让我爸和她再担心了什么的，我就想着要不回家待待呗。"边南声音挺郁闷，"结果……早知道我就不回了。"

"怎……"邱奕正要说话，身后的邱彦翻了个身，背顶着墙，一脚蹬在了他屁股上，他叹了口气，背过手去把邱彦的脚拿开了，"怎……"

话还没说出来，邱彦又一脚蹬在了他背上。

"这是练上了啊？"边南乐了。

邱奕坐了起来，用邱彦身上的被子把他连胳膊带腿一块儿给裹了起来，卷成了一个筒推到了墙边。

"这能行吗？动都动不了了。"边南有点儿担心。

"说完话再弄开就行，我平时看书的时候就这么把他卷起来。"邱奕重新躺好，"哎……我刚想说什么来着。"

"就，大概是明天我爸请你吃饭，边馨语想跟着一块儿去。"边南皱着眉回忆着之前在家里的事儿，"但边皓和阿姨不让，她就闹，也许说了点儿什么吧，反正她送你东西你请她吃饭什么的边皓都知道了，见了我就跟我急……"

"手链是你拿来我才收的，再说她一个小姑娘，我也不好总冷着个脸，她又没说过什么也没惹过我。"邱奕也皱了皱眉，"边皓是不是……有病？"

"有，必须有，而且还挺重。"边南说，"我跟你说，要边馨语哪天出了什么事儿，边皓能嘎嘣一下死过去。"

邱奕让他这语气给逗乐了，压着声音笑了好一会儿："看出来了，上回游泳回来，他跟盯什么似的瞪了我一路。"

"丫居然敢光个屁股跟我妹挤一个车里，找死呢！"边南咬牙切齿地学着边皓说话，"回去得把边南揍一顿！"

"那要哪天边馨语嫁人了呢？"邱奕乐得不行。

"那他就死去呗！"边南啧了一声。

跟邱奕窝一块儿小声聊到半夜，边南觉得郁闷的心情散去了不少，人也轻松了很多。

总算有了睡意，他打了个呵欠："把二宝松绑吧，别给勒坏了。"

"勒不着。"邱奕把邱彦身上的被子扯松盖好，邱彦立马翻了个身贴到了他身边。

"困死了,看到二宝这睡相就更困了……"边南又打了个呵欠,侧过身想往邱奕那边摸摸床还有没有空地儿,胳膊刚伸过去,手就摸到了邱彦肉乎乎的小胳膊。

"哎!"边南赶紧缩了手,怕吵醒了邱彦,笑着说,"这小肉胳膊够吃一顿了……"

他翻身躺平闭上了眼睛。

邱奕笑了笑:"晚安,今儿晚上再八爪鱼我对你不客气。"

"晚安。"边南笑着说,"有本事就来,正好挺久没活动了。"

说完晚安之后,边南并没有马上睡着。

身边邱奕平稳的呼吸和邱彦的小呼噜都让他觉得很动听。

"邱奕,"边南捏了捏邱奕的手指,轻声问,"你睡着了吗?"

邱奕没动,过了一会儿才轻声回答:"睡着了。"

边南闭着眼睛乐了,"我还想再聊会儿呢。"

"想聊什么,你不睡了啊?"邱奕继续平静地回答。

"你……有没有……"边南想问问邱奕有没有跟他一样心情不错,但又有点儿开不了口,觉得这事儿要问出来还真挺不好意思的。

"有没有挺开心,睡不着的感觉?"

邱奕说,"有。"

"有?"边南扭头看了看邱奕,"大师,麻烦你给我指条路,怎么能像您一样平静?"

"来,这位小施主,看我的手——"邱奕把胳膊伸出了被子,手指在边南眼前晃了晃,然后往墙那边指了指,"指了,看到没。"

"……知道了。"边南愣了愣,叹了口气,他不用看也知道邱奕指的是正抱着被子睡得天昏地暗的邱彦小朋友。

"其实吧,"邱奕停了一会儿,语气平静而严肃,"我也没多平静,就怕再聊下去把这个小东西吵醒了我俩要累死。"

边南听到这话沉默了没两秒钟就笑了起来,闭着眼睛乐得停不下来。

"笑什么?"邱奕问他。

"不知道,就是想笑。"边南边乐边说。

邱奕绷了一会儿跟着他一块儿开始笑。

俩人笑了有两分钟才慢慢停下了，邱奕长长地舒了口气："行了，睡吧。"

这觉睡着了还是挺沉的，边南感觉自己没做梦，就那么一个姿势直接睡到了天亮。

迷糊中听到了隔壁院儿里的鸡在叫，身边的人在翻来滚去的。

他迷迷瞪瞪地哼了一声，手摸了过去，刚想说大清早的你翻个腿啊，手摸到了肉乎乎的一条胳膊。

"嗯？"边南转过头，看到了邱彦亮晶晶的眼睛和一脑袋乱糟糟的卷毛。

"大虎子！"邱彦看他睁开了眼睛，立马拱着挨到了他身边，"早！你昨天没回去呀？"

"早，我昨天回了又来了……你怎么跑中间来了？"边南撑着胳膊往里面看了一眼，邱奕正盖着邱彦的小被子蒙着头冲墙睡着，"把你哥赶过去了？"

"我醒得太早啦。"邱彦很开心地笑着，"哥哥说他还要再睡一会儿，让我过来拱你。"

"嘿！"边南一下坐了起来，掀起被子对着邱奕屁股踹了一脚，"起床！"

邱奕没动，只是从被子下面伸出手冲他竖了竖中指。

"我们去买油饼吧，我想吃油饼。"邱彦跟着起来了，扑到边南背上趴着，手在他肩上一下下拍着，"油饼！哈！油饼！嚯！油饼！呔！油饼！当！"

"哎——"边南拉长声音喊了一声，"油饼油饼，你先去洗脸刷牙。"

邱彦神采奕奕地穿好衣服跳下了床，哼着首因为走调听不出来是什么的歌跑到院子里洗漱去了。

边南打了个呵欠，往后一倒，躺回了枕头上。

"油饼。"邱奕还是冲着墙，"我还要豆腐脑。"

"你挺美啊，大清早就指使人！"边南最后一点儿瞌睡也没了，翻身往邱奕身上一压，把他的脑袋从被子里扒拉了出来，手在空中用力挥了几下，凉透了再往邱奕脸上脖子上一按。

"别瞎摸，齁凉的。"邱奕笑了，坚持不睁眼儿，"麻酱烧饼……炒肝儿……糖火烧……"

"行行行行……我去买。"边南本来早上起来还没什么食欲，让邱奕这一数顿时饿了，抓过衣服套上下了床。

邱奕伸个懒腰坐了起来。

"麻酱烧饼炒肝儿糖火烧都要吗？"边南问。

"看着买吧，就这几个人。"邱奕说。

边南对早餐要求不高，也没什么特别想吃的东西，就带着邱彦在一排早点摊儿上来回转悠，把邱彦想吃的都买了，拎了一大堆。

不知道是不是因为天冷了，该贴膘了，一屋子人都挺能吃，光邱彦一个人吃了仨油饼带一碗豆腐脑，最后买来的东西一点儿没剩下。

"吃多了好像，大清早就吃多了可不行。"邱爸爸推着轮椅在院儿里来回转悠，"得散散步消食儿。"

边南有点儿想笑，但一想到昨天晚上邱奕说的事，看着邱爸爸这么跟他们逗乐又感觉很心酸。

吃过早餐，邱彦背着书包跑出了院子自己上学去了。

边南本来想打车去学校，但邱奕要坐公车，他只能跟着。

好在去学校这条线比较偏，车上人不多，他俩上了车居然还找着俩座。

一路上两人都没说话，边南觉得很惬意，干燥的空气里有某种说不上来的属于这个季节特有的味道，车窗外满地的黄叶看上去赏心悦目。

边南先下车，邱奕要坐到下一站。

准备站起来的时候，边南转过头，有些紧张地说："我下午给你打电话，我爸应该会过来接咱们。"

"嗯。"邱奕点点头。

大概是因为出了这么大的事儿现在又要见长辈，俩人都有些紧张，一脸严肃，跟地下党接头似的。

边南跳下车，往学校围墙那边走过去，这个时间早锻炼已经结束了，从大门爬进去是找死。

这围墙边南翻了好几年，熟得就跟走楼梯似的，腿蹬两下手一攀就过去了，

一想到再有半年就翻不了了，还有那么点儿忧伤。

毕业前应该来拍几张潇洒的翻墙照，用于纪念他乱七八糟没追求没目标迷迷糊糊的几年青春。

落地的时候发现墙边有人蹲着，边南吓了一跳，扭头看了一眼，是二年级

篮球班的三个人正蹲在墙边抽烟，这几个一进学校就迅速拜入潘毅峰门下，担任狗腿一职已经两年了。

看到边南的时候这几个人眼里满是不屑，不过边南一眼瞪回去的时候，他们站起来走开了。

边南喷了一声，就这样的货色，再来一个排他也不怵，就算是潘毅峰在世……在校的时候也没谁敢随便找他麻烦。

溜进宿舍的时候，孙一凡和朱斌都没在，只有万飞正一边穿外套一边准备锁门。

"南哥！"一看到他，万飞立马伸手对着他的脸一指，"昨儿晚上干什么去了？"

"……回家了。"边南犹豫了一下，没好意思说在邱奕家。

"回家？"万飞把门又打开了，"要拿东西吗？你回家干吗？明天才周末呢。"

边南进去拿了上午上课用的书，闷着声音："惹了事不得做做样子吗？回家待着显得我老实。"

"被边皓虐了吧？"万飞锁好门，搂着他肩往楼下走。

"边皓病情加重了。"边南喷了一声，"已然奔神经病那头一去不复返了。"

俩人嘎嘎一通乐，乐完了万飞拍拍他："邱奕什么情况？"

"还成，伤得不重，今儿去学校了。"边南磨磨牙，"傻潘还关着呢，哪天要判了咱俩得记着给他上香。"

"是探监，打个架不至于就毙了……"万飞纠正他。

"就他这么下去，早晚得毙。"边南啐了一口。

上午的课上了两节，边南坐那儿犯困犯了两节，第二节下课的时候被老蒋叫去了办公室。

打架的事儿老蒋倒是没多说，只说想跟他聊聊毕业以后的事。

"你估计是不会考体院了。"老蒋给他倒了杯水，"自己有没有别的打算？"

"没有。"边南很诚实地回答，"完全没想过。"

"你还有一个学期就毕业了。"老蒋在他对面坐下，"还想继续打球吗？"

边南看了老蒋一眼，沉默了一会儿，才轻声说："不想。"

"我就知道。"老蒋笑了，"你小子一直就不喜欢网球吧？"

"嗯，我爸让打就打了。"边南抓抓头，"真不想毕业了还打。"

"可惜了，"老蒋叹了口气，"可惜了啊。"

边南笑了笑没出声。

"那是打算直接工作了？"老蒋问他。

说实话，老蒋的这些问题让边南有些犯愁，也有些烦躁。

他从来没想过这些，就算偶尔想起，也就一闪而过。

对未来的生活，他始终迷茫，从小他就没对自己的未来有过什么想法，小学时写作文让写我的理想，他愣是憋了两天，最后才很费劲地写了个我想像我爸那样包好多个矿。

那大概是他长到现在唯一一次面对理想和未来这种东西，之后就再也不愿意多想了。

"我熟人那边有个网球俱乐部……"老蒋看了他一会儿，点了根烟。

"是那个展飞俱乐部吗？"边南问了一句。

"对，他们不是有个培训基地吗，正缺人呢，我的意思是，你要愿意的话，到时我可以推荐你去试试，教练助理什么的。"老蒋说。

"哦。"边南看着手里的杯子。

"你先想想吧，回家再跟你爸商量商量。"老蒋拍了拍他的肩。

"嗯。"边南点点头，站起来走出了办公室。

关于毕业，关于工作，关于从没想过的"以后"，一下就这么摆在了边南面前。

他琢磨了一个中午加一个下午，体能训练的时候还跟万飞一边跑一边惆怅了一回。

"我觉得还成，如果你爸不管你的话，去展飞挺好的，咱这儿就他们最牛了。"万飞说。

"我爸怎么管我？"边南说，老爸除了是个矿主，还有不少别的东西，物流公司、饭店之类的，边皓现在就接手了物流那块儿。

不过再多的边南并不了解，也从来没打听过。

他一直怕打听了会让阿姨有多余的想法，三儿的儿子抢家产之类的，电视剧里看看就够糟心的了。

"随便一个什么店给你就成了呗,或者给你一笔启动资金什么的。"万飞想想又喷了一声,"你阿姨和边皓估计会不舒服。"

"这事儿谁能舒服得了。"边南挥挥胳膊,"算了先不想这个,跟我爸聊了再看吧。"

训练结束之后,老爸的电话打了过来:"放学了吗?"

"嗯。"边南应了一声,"我刚洗完澡。"

"我还几分钟到你们学校,你叫上邱奕在门口等我一下吧,万飞也叫上吧,你们能自在些。"老爸说,"邱奕要有朋友也叫上,别人少了一紧张都跟你似的一顿饭说不上三句话。"

"哦,门口……"边南犹豫着,要把邱奕叫到体校门口来简直跟示威差不多了,但要让老爸改地方又没法解释,本来就刚惹完事,他只得答应下来,"好的。"

挂了电话之后,他看了万飞一眼:"一块儿吃去,不过我爸要上咱门口来接邱奕去吃饭。"

"哎哟!"万飞乐了,跟他一块儿往门口走,"这会儿门口人不少呢,今儿都回家。"

边南拨了邱奕的号码:"能走了吗?"

"能。"邱奕那边听声音还在教室里,旁边有人喊着打牌什么的。

"那什么,你……过来吧,我爸马上到。"边南说。

那边邱奕笑了:"要带家伙吗?"

"带上申涛吧,我爸说人多热闹。"边南已经走到了校门口,还真是不少人,有等车的,有等人的,还有聊着天没急着走的。

"带上申涛可就真成打架了。"邱奕说。

"没事儿。"边南看了看四周,没看到能跟他和万飞叫板的人,"我在这儿呢,现在基本没人敢惹我,顶天儿了瞪几眼,反正转过年在学校待着的时间也不多了。"

邱奕和申涛俩人从马路对面往体校大门口晃过来的时候,在门口站着的体校学生都看了过去。

还有几个反应很快地立马扭头看着边南和万飞。

"真嚣张啊。"万飞伸了个懒腰,也不知道是在说邱奕他们还是说他跟边南。

边南远远看到了老爸的路虎开了过来,冲邱奕和申涛招了招手,顺着路往旁边走了几步。

"谢谢啊。"申涛跟过来说了一句,"正想贴膘呢。"

"还贴膘呢。"万飞啧了一声,"那天你来得也太慢了,是不是跑不动?"

"你们到工地大半站地,"申涛不紧不慢地算着账,"我们到工地两站地……我到工地大概用了……"

"哎赶紧上车。"边南打断了他俩,老爸的车已经停在了路边,"上车上车上车!"

边南上了副驾坐下,另外仨坐在了后座上。

老爸把车掉了个头往前开了出去。

"叔叔好。"邱奕在后面打了个招呼,"我是邱奕,这是我朋友申涛。"

"好好。"老爸点点头,从后视镜里看了看他,"身体没事了吧?"

"没事儿了,本来也没伤得太重。"邱奕说。

"嗯,没事就好,这次的事谢谢你,今天就算是给你压压惊了。"老爸笑着说。

"叔,上哪儿吃?"万飞大概是觉得气氛太严肃,探了个脑袋打了个岔。

"我在金鼎订了桌,行吗?"老爸笑了笑。

"太行了。"万飞嘿嘿笑了两声。

边南看了老爸一眼没说话,金鼎是市里号称六星还是几星酒店的餐厅,去那儿请客的确是老爸的风格,潇洒的暴发户矿主表达诚意最直接的方式之一。

想到这里,边南突然又有点儿担心,之前邱奕在看守所待着的时候,老爸就给边南卡里存过钱,让他先照应着邱奕家,说是出来了再好好感谢。

矿主大人表达诚意一向是直接而热忱的,一顿金鼎应该打不住,老爸估计还会……给邱奕塞钱。

以邱奕和老爸的性格,边南担心俩人会因为塞钱闹出什么不开心来。

下车的时候边南想跟邱奕说一声,但没找着机会,只得一边跟老爸说着话,一边飞快地给邱奕发了条短信:我爸可能会给你钱,你有个心理准备。

发完之后他等了一会儿,居然没听到邱奕手机响。

他忍不住推了推邱奕:"你手机响了。"

"嗯?"邱奕看了他一眼,从包里摸出了手机看了一眼,又抬眼冲他笑了笑。

边南也冲他龇了龇牙。

邱奕跟在老爸身后往电梯里走,在手机上按了几下:我会处理。

边南跟老爸吃饭向来沉默是金,虽然一块儿吃饭的次数并不太多,但加一块儿也差不多能凑出一筐金子了。

今天多了几个熟人,他本来应该舒服不少,可是因为不知道老爸会不会有什么惊人举动,也不清楚老爸的态度和阿姨边皓是否一致,他感觉自己这顿饭没准儿还能攒出一小盒金子。

老爸对这里很熟,服务员也都认识他,领着进了包厢之后,老爸直接跟服务员说了一句菜你们看着上吧就坐下了,又招了招手让邱奕坐在了他身边。

邱奕笑笑坐下了,边南坐在了老爸对面,挨着老爸排排坐他有点儿不自在。

"你和你这个同学,都是航运中专的是吧?"老爸看着邱奕。

"嗯。"邱奕点点头,"明年就毕业了。"

"那现在要实习了吧?"老爸又问。

"是的。"邱奕说。

服务员拿了茶进来,边南闲得难受,从服务员手里拿过茶壶围着桌子转了一圈,把大家的茶都倒上了。

"认识边南很久了吗?"老爸喝了口茶,"这小子很少跟我说这些事,跟他关系好的同学朋友我就知道一个万飞。"

"必须知道我,我跟边南可是小学就在一块儿混了。"万飞嘿嘿笑着。

"跟万飞比不了。"邱奕笑了笑,估计被老爸这么追着问也有些不自在,拿着茶杯一口茶喝了老半天,"我跟边南是上学期才认识的。"

"哦。"老爸点点头,"这次的事,你家里也担心了吧。"

"还好。"邱奕转了转杯子,"边南和我朋友都去家里帮忙来着,所以还好。"

边南在一边听着这样一本正经的对话,简直难受得快起痱子了,好在没多大一会儿服务员就轻轻敲了门,开始上菜。

"哎,我饿了。"边南拿起筷子,"先吃了再说吧。"

"尝尝味道怎么样。"老爸笑着说,"我也不知道你们的口味就直接给做主了,都是他们这儿做得比较地道的菜。"

"那得让邱奕尝尝。"边南看了邱奕一眼,"他做菜牛着呢,没准儿尝完了回去就能照样做出来了。"

"哪那么容易。"邱奕乐了,夹了一筷子菜。

"很难吗?"边南喷了一声。

"当然难,你看你对着傻子食谱做了那么久……"申涛边吃边说。

"什么傻子!怎么我就说错一次人人都盯着不放了!"边南瞅了他一眼,"懒人!懒人食谱!我感觉我做得还成吧。"

老爸听了这话有些吃惊,看着边南:"你做菜了?"

"嗯。"边南点点头,"就邱奕之前腿被……伤了,我帮忙呢,做了几次。"

边南从小到大没干过家务活,家里有保姆,别说做饭做菜,就连换下来的衣服都直接扔卧室里,等保姆拿了去洗的。

老爸这个惊吃得有点儿大,好半天才说了一句:"真没想到啊。"

邱奕从边南爸爸的眼神里看到了惊讶之外一闪而过的一丝失落,他冲边爸爸笑了笑:"叔叔,边南平时也没个发挥空间,回去了让他做几个菜给您尝尝呗。"

"是。"边爸爸点点头,"是得让他做几个,他都没跟我说过,我还真想尝尝什么味儿呢。"

"这事儿要换了我,我也不好意思跟我爸说,再说做得也实在不怎么样,是吧边南。"邱奕笑着吃了口菜,给边南圆了圆,换了哪个当爹的,自己儿子什么都不跟自己说,估计都不舒服。

"嗯。"边南看了他一眼,又看了边爸爸一眼,"要不我明天给你炒个鸡蛋你尝尝吧。"

"好!好!"边爸爸笑了起来,"好!"

"说到做菜,"万飞在旁边说,"我还差点儿想去学厨师了呢。"

"那得谢谢体校了。"申涛说了一句。

"……有什么可谢的,挨着得吗。"万飞愣了愣才反应过来,"嘿,你还别小看人,我做菜比边南强多了!"

"是。"边南乐了,"万飞还会和面包饺子呢,还烙过饼,中间没熟,皮儿还挺好吃的。"

"那是你老催着要吃吃吃,我没把握好火候,下回我请你们吃饭,就烙饼!"万飞很不服气。

万飞天生就是个活跃气氛的好手,他吃饭快,几下扒拉饱了就开始说,逮谁跟谁聊。

无论气氛是什么样的,都不会影响他的发挥。

老爸几次想要再问邱奕点儿什么,稍一停顿就被万飞迅速拉跑了话题,最后还给厅说了半天矿场工人有多辛苦……

"唉,这也太辛苦了,还危险,"万飞皱着眉摇摇头。"不能去。"

"这话说得,好像你打算去似的。"邱奕嘴角一直都带着笑,这会儿乐出了声。

"赚得多啊,都得考虑嘛,你们跑船不也挺辛苦吗?但是钱多。"万飞喷了两声。

万飞一提起跑船,边南想起来今天沉思自己的"未来"过于投入,都还没顾得上问邱奕的实习安排怎么样了。

现在猛然提这事儿,他顿时有些坐立不安,有点儿后悔自己为什么要坐在老爸和邱奕对面,现在除了傻笑两声,连小声问问都不方便,只能煎熬着一直等到大家吃完饭。

不过因为有个长辈在,他们吃饭都吃得挺快的,一个多小时大家就都已经放了筷子靠在椅子上瞎聊了。

"饱了。"边南摸摸肚子看了万飞一眼,又看了看申涛,"再来点儿什么吗?"

"我一直压着没打嗝呢。"万飞嘿嘿笑了两声,"吃不下了。"

"我也吃饱了。"申涛冲老爸笑了笑,"叔叔破费了。"

"哎,说这些干吗,都是边南的朋友,这次邱奕又遭了这么大的罪。"老爸拍了拍邱奕的肩膀,"谢谢了。"

"那走吧。"边南站了起来。

"你急什么。"老爸叹了口气,也站了起来,"这都没好好聊。"

"跟一小孩儿你还聊上瘾了。"边南嘀咕。

屋里的几个人都站了起来,老爸一边往外走,一边从兜里掏出了车钥匙递给边南:"去把车开到门口来吧,我跟邱奕再聊两句。"

边南一听就知道老爸要干吗了,这是要塞钱的节奏。

"哦。"他接过钥匙,看了邱奕一眼,转身跟万飞和申涛进了电梯。

邱奕也能估计到边爸爸还有话要说，这顿饭他一直在打听自己的事，但万飞这个打岔小能手功力太强，估计话都没说痛快。

"我们去门口等着吧。"边爸爸拍拍他的肩。

"嗯。"邱奕跟着他一块儿往楼梯走。

"邱奕，"边爸爸走了两步又停下了，打开了手包，拿出了一个红包递了过来，"叔叔是个粗人，也不知道该怎么感谢你合适……"

虽说有心理准备，邱奕看到跟本书似的红包时还是吓了一跳，他赶紧按住了边爸爸拿着红包的手："叔叔，你这是干吗？"

"边南跟我说了些你的事，你这两个月不在家，你家里的人也受罪了。"边爸爸说，"没多少钱，就是个心意，再怎么说你是替边南顶了事儿。"

"叔叔，"邱奕按着他的手没松，"咱把这个事捋一捋，行吗？"

"你说。"边爸爸笑了。

"这事儿起因是我，那些人的目标也是我，跟边南没关系。"邱奕不急不慢地说，"他是来帮我，又因为我受了伤，我说人是我捅的，这本来就是应该的，您明白我意思吗？边南不欠我的，如果一定要这么说，是我欠了他的，不关他的事却让他受了伤，您帮我找的律师也帮了很大的忙……"

"你……"边爸爸有些无奈地皱了皱眉。

"这钱我要是收了，那我欠得就太多了，还不上。"邱奕说，"我最怕的就是欠人什么了。"

边爸爸叹了口气："你这话说得……你家也需要用钱，再说这事儿也让你家里人担心受罪了……"

"谢谢叔叔，那是两回事。"邱奕笑了笑，"钱我肯定不会收，谢谢您。"

"你还真跟边南不太一样。"边爸爸盯着他看了好一会儿，很无奈地看了看手里的红包，"这要是给边南，他肯定不会拒绝。"

"他是您儿子啊。"邱奕乐了，往楼梯下面走去，"这要是我爸给我的，我也要了。"

走到楼下大厅时，边南从外面走了进来："怎么这么久，我以为你俩又回去吃上了呢。"

"走吧。"邱奕看着边南一脸欲言又止的表情，经过他身边的时候轻声说了一句，"没事儿了。"

边南听了这话放松了一些,再看老爸的样子还挺愉快,他走过去:"爸,一会儿先送他们回家吧。"

"当然。"老爸笑笑,想了想又问他,"你……回家吗?"

"回。"边南点了点头,他是真不想回家,但毕竟老蒋今天说的事他还要跟老爸商量,加上刚出院没两天,老这么不回家,老爸又该叹气了。

"明天早餐弄个炒蛋?"老爸说。

边南回头瞅了他一眼:"……好的。"

把万飞送回家之后,老爸把车又开到了邱奕家那条小街上,邱奕和申涛一块儿下了车。

"邱奕……"边南从车窗探出脑袋叫住了邱奕。

邱奕走到窗边看着他的时候,他又不知道该说什么了,瞪着邱奕半天都没说话,最后邱奕在车门上轻轻拍了两下,小声说:"到家了给我电话吧。"

"好。"边南点了点头。

"叔叔,今天谢谢了。"邱奕冲车里喊了一声。

老爸看着邱奕和申涛进了胡同,把车开出了小街。

"你这个朋友,"老爸看了他一眼,"是说原来成绩很好,因为家里条件不好才去念的中专吗?"

"嗯,现在在他们学校也是学霸级的。"边南说,想想又往老爸的手包上瞅了瞅,"爸,你是不是给他钱了?"

"他没要。"老爸叹了口气,"还跟我一通说,弄得我挺不好意思的。"

边南笑了起来:"就知道你那个暴发户做派在邱奕跟前儿不管用,要换了万飞没准儿就收了,先拿点儿给你买礼物,剩下的跟我一分。"

老爸看着前面的路笑了半天,笑完了又叹了口气:"难得你能跟我逗一回啊。"

"也不至于吧。"边南有些不好意思地抓抓头,"爸,你拿了多少钱给邱奕?"

"本来想拿五万,想想你说过他挺独立的,怕以他的性格不肯收,我就拿了三万……"老爸在方向盘上拍了拍,"小南,要不这钱你拿着吧。"

"嗯?"边南愣了愣,老爸这话在他听来算是在夸邱奕,正美呢,一下没反应过来,"我卡里还有呢。"

"你存着也行,想怎么用也行。"老爸拍拍他的肩,"一听说明天早上有炒鸡蛋吃，我心情就特别好。"

"给我的心情调剂费吗？"边南从手包里拿出了红包，"谢谢爸。"

回到家时，边皓没在家，阿姨和边馨语在一楼看电视。

看到边南进门，靠在沙发上的边馨语一下坐直了，似乎是想说话，但看到他身后的老爸，她又一撇嘴从沙发上跳下来转身跑上楼去了。

阿姨起身接过老爸的外套和包："怎么样？"

"那孩子挺犟的，红包不收。"老爸笑笑，"算了。"

"那这……"阿姨正要走开，听了老爸这话又站下了。

"你别管了。"老爸换了拖鞋往楼上走，"边皓呢？"

"在公司没回呢，说是开什么会。"阿姨看了边南一眼，"小南明天早餐想吃什么？我提前准备。"

"炒蛋。"老爸站在楼梯上，指着边南笑着说，"小南明天早上给我们炒鸡蛋吃。"

阿姨愣了愣："小南做早餐？"

"我就……可别全就指望我这一个炒鸡蛋啊，我就试试。"边南换了鞋赶紧也往楼上跑，他着急要给邱奕打电话。

"那就弄点儿能配炒蛋的早餐吧……"阿姨跟老爸差不多吃惊，坐回沙发上之后还说了一句，"炒鸡蛋？"

边南一边关上自己房间的门，一边拨了邱奕的号。

"到家了？"电话很快被邱奕接了起来。

"嗯，刚进门儿。"边南把包扔到地上，往床上一倒，"为什么不要我爸给你的钱啊？"

"懒得再说一遍理由了。"邱奕叼着烟的声音有点儿懒洋洋的，"主要是也太多了，要不知道的以为你爸送我本辞典呢。"

边南也没多问邱奕不要钱的理由，反正他知道邱奕肯定不会要这钱。

他从包里把红包拿出来看了看，居然还一水儿的新票，这一看就是老爸从他保险柜里拿的，老爸有收集新钱的爱好。

"那个辞典，我爸给我了。"边南说。

"是吗？"邱奕笑了，"那你得请我吃饭吧。"

"那必须的……这钱我给你的话，你可以要了吧？"边南问。

"这么着吧，"邱奕沉默了一会儿才说，"钱你拿着，先别用，我年前要

393

给我家亲戚还一次钱，到时如果凑不够数，你借我点儿。"

"好好好，行行行，没问题。"边南立马一连串应着，"我还以为你不会要呢。"

"那不要了。"邱奕喷了一声。

"嘿你这人怎么回事儿啊！"边南也喷了一声，"上回我说借你点儿你是不是不要啊！"

"那会儿不一样。"邱奕笑了笑，"那会儿还挺烦你的呢。"

"哎！"边南把衣服裤子都脱了，穿着内裤坐到电脑前，"今儿你吃好了没，我爸以前也没见对我朋友这么感兴趣的，今天还问个没完了。"

"他问这些又不是为了你。"邱奕说。

边南想了想，喷喷了好几声："也是，应该是为了边馨语小公主，边皓没跟着去真是难为他……对了你实习的事儿今天问学校了没？"

"嗯，问了。"邱奕点了根烟，那边传来了邱彦的喊声，邱奕叹了口气，"掐了掐了，已经掐了。"

"什么情况啊？耽误没？要重读吗？"边南一气儿问下来，"实习上哪儿啊？船上还……"

"哎！"邱奕笑着喊了一嗓子，"都忘了你第一个问题是什么了。"

"你随便答吧。"边南乐了。

"稍微耽误了一下，不用重读，具体单位还没确定，这阵儿先把证什么的考完了，年后差不多就实习了。"邱奕说。

"要考证啊？那是不是没工夫打工了？"边南问。

"我能应付得过来，你不用担心。"邱奕笑着说，"你呢？"

"我啊？"边南打听邱奕的事儿挺来劲的，一想到自己顿时就有点儿泄气，"我这儿还没准儿呢，一会儿我得跟我爸聊聊去。"

"那你去吧，有什么事儿该问的该做的都趁早，拖也拖不过去，早晚都得处理。"邱奕说。

"大宝，"边南站起来一边换衣服一边轻声说，"你说，我这人是不是挺没意思的，什么也不琢磨，也不敢琢磨。"

"还成吧，没逼到那份儿上而已。"邱奕笑笑，"再说也分什么事儿，有些事儿你不挺能琢磨的吗？"

边南挂了电话，一边往楼上老爸书房走，一边整理着思路。

书房门关着，他正要敲门的时候，听到了里面阿姨的说话声："他哪有这方面的经验？还不如让他先跟着边皓学两年。"

边南愣了，跟着边皓？

那不可能，跟着边皓不用一个月他俩就得死一个。

边南站在书房门外，举着手，不知道是该现在敲门进去还是先转身走开。

老爸不知道说了句什么，阿姨叹了口气："小南从小到大就没什么志向，玩玩闹闹长大的，跟着边皓先收收心学学管理……要不就考个大学……"

"他怎么可能去考大学，他连个体校都读得费劲，一直也不喜欢打网球。"老爸声音比较低，"我就想着给他找点事做，总比成天瞎混着惹出事来强。"

"那也总得有个过程吧。"阿姨轻声说。

边南轻轻在书房门上敲了敲，叫了一声："爸？"

"进来吧。"老爸在里面应着。

边南推开门，阿姨坐在沙发上，看到他进来，笑了笑："我跟你爸正聊你的事呢，正好你来了就听听你的意见吧。"

"什么……事？"边南靠着书柜站着。

"你就快毕业了，转过年也该实习了。"老爸一边泡着茶一边慢慢开口说，"我跟你阿姨商量着，你看你……去物流公司跟着边皓先锻炼锻炼怎么样？"

"爸，"边南看了老爸一眼，又看了看阿姨，低下头沉默了一会儿，"我跟边皓……在一块儿待着……估计……他也不能答应。"

"他没有意见。"阿姨笑了笑，"这事儿我问过他，他同意的。"

边南愣了愣，他以为阿姨这个提议是临时想的，没想到已经跟边皓谈过了。

而且边皓还没意见？

他当然没意见，物流公司已经交给了边皓，什么事都是他说了算，自己去了就是个小兵，边皓能有什么意见！

跟送上门儿去找不痛快没什么区别，还能给边皓解闷儿……

"我知道你担心跟边皓处不好，"老爸喝了口茶，"但工作归工作，这个应该不会有什么影响。"

"我……爸，我……"边南感觉有些无力，他在家里很少跟老爸阿姨同时讨论什么事儿，就算有过，他也从来没有给出过反对意见，现在完全没有心理准备，猛地要开口，他竟然发现自己本来就不怎么充沛的勇气正飞快地消失着，"我……"

"嗯？有什么想法就说吧。"老爸看着他。

他在外面，在学校，在同学朋友面前，从来不会像在家里这样感觉到压力，一举一动都会觉得紧张和不自在。

现在面对老爸和阿姨，他全身如针扎似的发热发痒，难受得老想跳浴缸里去泡着。

沉默了半天，在勇气快要被紧张情绪蒸发殆尽的时候，边南一咬牙："我能不去物流公司吗？"

"不去？"阿姨皱了皱眉，"为什么？先了解一下，学习一下，知道走出社会是怎么回事，不然你能做什么？"

边南张了张嘴没说出话来。

阿姨的话虽然不太好听，但他却无法反驳。

他能做什么？

他的确什么也做不了。

除了不喜欢的网球，他什么也不会，什么也不懂……

他顿时很泄气，一直以来他很清楚却又始终不肯去多想的事实再一次放在了他面前。

边南你是个没用的废物。

"你再想想吧。"老爸看出了他的纠结，站起来走到他身边拍了拍他的肩，"我跟你阿姨也是在替你想，你要有什么想法就跟我说。"

"那我……想想。"边南有点儿吃力地说，他都不知道自己这是怎么了，就想着快点离开书房，离开老爸和阿姨的视线范围，"我先回房间了。"

说完这话他转身大步地走出了书房，关上书房门之后他才想起来自己忘了说老蒋给他的提议。

他犹豫了几秒钟，最后还是下了楼。

边南，你真没出息啊！

真没用！

一下楼拐进走廊，边南就看到了在他房间门外来回溜达的边馨语。

"啊！"边馨语看到他从楼上下来，吓了一跳，"你没在屋里啊！"

"有事儿?"边南走过去,打开了房间的门,回头看着边馨语。

"能……"边馨语往楼梯那边看了看,推了推他,"进去说吧。"

边南现在没什么心情应付边馨语,他整个人从里到外都被烦躁和懊恼包裹着,进了屋之后他坐到桌子旁边,也没看边馨语,只管自己愣着。

"其实我没什么事儿,我就是想问一下邱奕有没有事,我爸今天有没有为难他,有没有瞎给人家说什么,我给邱奕打电话他没接。"边馨语大概也是不自在加紧张,一连串地把话给说了出来之后就没声儿了。

"没有。"边南用两个字把边馨语的几个问题都回答了。

边馨语皱了皱眉:"你什么态度啊!"

"邱奕没有事,爸今天没有为难他,也没给他瞎说什么,他不接电话我不知道是为什么。"边南看着她,"这样行了吗?"

边馨语往他桌子上拍了一下,喊了一声:"你以为我非得求着你吗?"

"没以为。"边南说。

边馨语瞪了他一眼,转身冲出去,进了自己房间,狠狠地甩上了门。

边南叹了口气,过去把门关上,进浴室去洗了个澡,出来衣服也没穿就扑到床上闭上了眼睛。

"你还不回去?"邱奕看着坐在葡萄架下仰着脑袋的申涛,"我要睡觉了,困死了。"

"赏灯。"申涛笑笑,拿起茶壶给自己倒了杯茶,"别赶我走,你出来以后我还没轮得上跟你好好聊聊呢。"

"去学校了再聊呗。"邱奕在他对面的躺椅上坐下,靠着椅背轻轻晃着。

"上船实习的事儿基本定下了呗?"申涛问。

"嗯,内贸船挺好的,条件也行,还不用那么长时间。"邱奕点了根烟叼着,"真一趟十天半个月的二宝估计要闹腾死。"

"别的事儿呢?"申涛也点了根烟。

"什么别的?"邱奕看着他。

申涛皱着眉,抬手把眼前的烟雾扒拉开,清了清嗓子:"就……跟边南,我看你俩……是不是……挺好的?"

"啊,是。"邱奕应了一声没多说别的。

"是吗?"申涛嘟囔了一句,"那……挺好的,你也算是终于能交上朋友了。"

"说得好像我没朋友似的。"邱奕笑笑。

"差不多。"申涛看着他,拍拍他的肩,"挺好的,边南性格能带着你开朗些。"

邱奕笑了笑,两个人都没再说话。

申涛小口喝着茶,邱奕在躺椅上一直晃着。

天儿已经凉了,晚上的寒意已经能轻松钻透身上的外套,申涛一边烧着水一边喝茶,也就头三口是热乎的。

坐了半个多小时,他扛不住了,站了起来:"我走了。"

邱奕没出声,他凑过去看了一眼,发现邱奕已经靠在椅子里睡着了。

"你要感冒了。"申涛拉了拉外套,跑进了厕所。

从厕所出来的时候邱奕还维持着之前的姿势没动,申涛想叫醒他回屋睡,手刚碰到他的胳膊,邱奕突然从躺椅上坐直了。

"吓着你了?"申涛吓了一跳,赶紧收回手。

邱奕瞪着眼睛,喘得有些厉害,过了好一会儿才转过脸看了看他:"要走了?"

"嗯,你没事吧?"申涛盯着他。

"没事儿。"邱奕胳膊肘撑着膝盖,低下头,手在脸上搓了搓,顿了一下才轻声开口,"做梦了。"

申涛没说话,他靠回躺椅里闭了闭眼睛:"梦到我妈了。"

申涛叹了口气,伸手在他肩上拍了拍:"要我给你唱首摇篮曲吗?"

"滚蛋。"邱奕乐了,站起来伸了个懒腰,"你回吧,一会儿没车了。"

"那我走了。"申涛转身往院门口走,走了两步又停下,回过头看着他,"邱奕,别太为难自己。"

"嗯?"邱奕看着他。

"你看,有时候,像边南那样也挺好的。"申涛说,"你懂我意思吗?我不是说他没心没肺的就好,但你也太……给自己压力了。"

"话真多。"邱奕把桌上的杯子收拾好,"我知道。"

"你真知道吗?你现在这样子真不像是知道的。"申涛笑了笑,"别嫌我烦……"

邱奕没说话,偏过头看了他一眼。

"行吧是挺烦的。"申涛推开院门走了出去,"走了。"

第八章
思考人生

邱奕在桌子前站了半天，又点了根烟，蹲在水池边抽完了才轻轻叹了口气。

边南也只是看上去没心没肺，有些事儿感觉比自己还无解呢。

洗漱完轻手轻脚走进里屋时，邱彦正好一个翻身滚到床中间，把小被子掀到了一边。

他过去把被子拉好，拿了两条小毛毯，在邱彦身体两边一边堆了一条，防止他再乱滚。

虽然之前很困，但那个梦和申涛的话都挺提神的，他现在暂时没有了瞌睡，坐到了桌子前。

之前被边南粘好的小泥人还在桌上，因为边南的修补技术太次，所以他没让边南带回家，打算重新补一下再给他。

修这个对于邱奕来说不是什么难事，调好土之后没多大会儿工夫就把缺口都补好了，明天把颜色补上就可以。

手机响了一声，边南的短信："睡不着。"

邱奕看了看桌上的小闹钟，刚过12点。

"跟你爸聊得不顺利？"

"我还没说，是不是挺没用的？"

邱奕笑了笑，对着手机想了一会儿才回过去一条："怎么总这么着急否定自己，明天炒完鸡蛋说了就行了。"

"好，豁出去了。"

边南起了个大早,狗一直在他窗户底下欢快地叫着,他起床之后,狗就去休息了。

今天要做早饭,虽然挺不乐意的,但他光着身子搂着被子在床上滚了十来分钟之后,还是决定早点儿起来去准备。

进厨房的时候,保姆张姐正准备把牛奶热上,旁边是已经切好的面包片。

"张姐早。"边南揉揉眼睛,"有……鸡蛋吗?"

"有,给你准备好了,你阿姨说你要炒鸡蛋?"保姆笑着把鸡蛋递给他,"要不要我帮忙?"

"没事儿,这个简单。"边南拿过一个大碗,把五个六鸡蛋磕进了碗里,又弓着个背用筷子把一块儿磕进去的蛋壳挑了出来,"有葱吗?我弄个葱花鸡蛋饼吧,夹面包里做三明治。"

"有葱。"保姆从冰箱里拿出葱,帮他洗好了,"葱花鸡蛋三明治什么味儿啊?"

"不知道。"边南嘿嘿笑了两声,"试试呗,不好吃就分开吃好了。"

保姆被边南赶出了厨房,他掏出电话给邱奕打了过去:"起了没?"

"起了。"邱奕声音挺清醒,旁边唱着歌的邱彦听着更清醒。

"葱花鸡蛋饼怎么做?"边南一边用筷子在鸡蛋里搅着一边问。

"……不是炒鸡蛋吗,怎么成了鸡蛋饼了?"邱奕愣了愣。

"我看有面包片儿,做三明治应该可以吧……"边南说。

邱奕沉默了一小会儿之后乐了:"没吃过,你试试吧。"

"葱和鸡蛋我都有了,要怎么弄?"边南问。

"有饼铛吗?"邱奕笑着问。

"有……吧。"边南在厨房里转了一圈,老爸和边皓对食物要求很高,所以他家厨房弄得跟饭店后厨似的很复杂,他半天也没看到饼铛,"好像没有。"

"平底锅呢?"邱奕又问,那边邱彦扯着嗓子唱歌的声音都快把他说话声音盖过了。

"有,平底锅有。"边南拿起锅,"二宝演唱会开了多久了……"

"一个多小时了。"邱奕走到了院子里,"把鸡蛋打好,搁点儿盐和香油,再放点儿面粉。"

"嗯。"边南夹着电话按邱奕的指点开始忙活,"我星期一去找你怎

400

么样?"

"去哪儿找我?"邱奕愣了愣。

"学校啊。"边南笑了笑,"现在我们管得不严,星期一下午放学了一块儿吃东西吧,你不还没开始打工吗?"

"我上你们学校嚣张一把,你再到我们学校嚣张一把,是这意思吗?"邱奕问。

边南嘿嘿笑了半天:"那要不咱俩一块儿去卫校门口集合。"

邱奕让他逗乐了:"找张晓蓉吗?"

"哎,你别说,"边南喷了一声,"要没张晓蓉,我也未必能注意到你。"

鸡蛋饼做起来还算比较简单,边南动作虽然有点儿不美观,但操作上没出什么错,就是把鸡蛋饼翻面儿的时候有点儿小意外。

"哎!"边南举着铲子喊了一声。

"怎么了?扣地上了?"邱奕立马笑了起来。

"你是不是就等着我往地上一扣就鼓掌啊。"边南喷喷了几声,"这饼只翻过去一半儿,还有一半儿没动,让我给扯成两半了,怎么办?"

"把那一半翻过去不就行了,你智商一块儿拌蛋糊里了吗?"邱奕叹了口气。

"我不是这意思,我意思是,这就不美观了,不是一整个蛋了。"

"本来也不是一整个蛋,这不是好几个蛋吗……"

"邱大宝你成心呢吧,听不懂人话啊!"边南冲着电话恶狠狠地说。

"一会出锅了你给切成几片儿分好呗,还是智商问题啊。"邱奕叹了口气。

"我没有做菜的智商!"边南挥了挥铲子。

"有牛肉酱之类的吗?要有的话,一会儿往上刷点儿,挺好吃的。"邱奕笑着说。

"好。"边南点点头。

鸡蛋饼出锅的时候边南凑过去闻了闻,鸡蛋饼的火候在邱奕的遥控之下掌握得还不错,闻起来很香。

他拿过筷子,从鸡蛋饼的边上夹了一点儿放进嘴里尝了尝,然后给邱奕发了条短信过去:"我觉得我出师了,早上可以去你们家胡同口支个炉子卖

401

早点了。"

邱奕很快地给他回复过来："快跟你爸说你已经想好了,从早点摊开始,向鸡蛋饼跨国公司前进。"

边南对着手机嘎嘎笑了老半天。

端着鸡蛋饼走出厨房,边南往饭厅那边扫了一眼,顿时愣了愣。

全家人都已经坐在了桌子边上,老爸很期待地看着他,阿姨正在吩咐保姆去把别的早餐一块儿拿出来。

边皓偏着头正看着电视,边馨语趴在桌上玩手机,一脸起床气没撒干净的表情。

"哟,改鸡蛋饼了啊?"老爸看着他把盘子放到桌上,立马站起来凑过去闻了闻,"闻起来很像那么回事儿嘛!"

阿姨笑着夹了一块放到他碗里:"那你快尝尝。"

老爸夹起来放进了嘴里,嚼了几下之后笑了起来,冲边南竖了竖拇指:"不错!哎真不错!没想到小南手艺这么好!"

"是吗?"边馨语也拿起了筷子吃了一口,"淡了点儿,还成。"

边南没说话,老爸陶醉开心的样子让他有点儿说不上来的滋味,想说的话一下都堵在了嗓子眼儿里了。

"我刚听你在厨房打电话呢。"边馨语拿起一片面包,"是不是现场打电话让人教的啊?"

边南看了她一眼:"嗯。"

"打电话问的谁?"老爸顿时来了兴致,"是女生吗?"

"不……"边南拿过面包往嘴里塞了一口,含混不清地说,"是……"

"肯定是女生啊,男孩儿谁会这些。"阿姨推了推老爸,"你别瞎打听。"

边南不再说话,埋头吃早餐,这种全家人都到齐了的场面边南永远都习惯沉默,找不到话题,也加入不了。

边皓很快地吃完了,站起来去客厅穿上了外套。

"要出去?"阿姨问他。

"嗯,去公司。"边皓往这边看了一眼,"馨语是不是今天要跟人出去逛街,我顺便送你出去吧。"

"不用!"边馨语斜了他一眼,"八点半逛什么街,又不是去菜市场要赶这么早！"

"你……"边皓皱皱眉。

"行了你去你的吧，又不是没人送了。"阿姨挥挥手，"你别惹她了。"

边馨语吃完了之后就上楼去了，阿姨去院子里准备带狗出去散步，饭厅里就剩下了边南和老爸。

边南盯着面前已经空了的盘子，在老爸吃完了也站起来的时候开了口："爸。"

"嗯？"老爸应了一声，又坐下了，"怎么？"

"我想了想，"边南的手在桌子下相互拧了拧，"我还是不去物流公司了。"

老爸看着他，过了一会儿才叹了口气："这个事就不用赌气了吧，边皓也没说什么……"

"不是，"边南抬起头，"蒋教练在展飞有个朋友，他想推荐我过去。"

"网球俱乐部？当教练吗？"老爸皱皱眉。

"一开始当不了教练，助理什么的……"

"那有什么出息，能有什么发展？"老爸有些不满，"你这是怎么想的！"

边南看着老爸没说话。

"你要说你去俱乐部打球，我也就不说什么了。"老爸敲敲桌子，"你要想考个体院什么的我也不反对，你跑去当个什么助理，这算什么工作？"

边南继续沉默。

"你说你到底在想什么？"老爸站了起来，"你别不吭声，你告诉我你到底在想什么！"

"我在想什么你真想知道吗？"边南猛一下也站了起来，椅子倒在了地上。

"这是怎么了？"阿姨听到声音从后院跑了过来。

"你这是什么话！"老爸瞪着他。

"你根本不想知道我在想什么，也没有谁想知道我在想什么。"边南说，他的手有些颤抖，他不知道自己为什么突然会这样，他不知道老爸这句话到底哪里戳到他了，"所以也就不要再问我在想什么了。"

说完这句话，边南转身走出了饭厅。

回到自己房间，边南在窗前站了很长时间。

这是他第一次跟老爸顶撞……应该算是顶撞吧？

虽然从小到大他都不是什么乖孩子，会在外面跟人打架，也在家里跟边皓打过架，但每次老爸教训他的时候，他都会沉默。

无论心里有多不满多委屈他都习惯了不说话，老爸骂完了一声叹气之后，他就会松一口气，感觉是熬过去了。

他对来到这个家之前的事已经记不清了，但他敏感的神经让他从被老爸接到这里开始就知道自己的身份：一个不受欢迎的破坏者的孩子。

无论老爸怎么对他，他始终做不到像边馨语和边皓那样放松。

撒娇，不讲理，发发小脾气，任性……这些正常家孩子会对父母做的事他一件也学不会，对阿姨他不可能，对老爸也做不到。

如果有撒不出的气儿，没人的时候自己踢几脚墙摔摔东西也就算发泄掉了。

在饭桌前那几句话，边南的声音并不高，除去那张被他碰倒的椅子，他的态度连发小脾气都算不上，老爸脸上的错愕却那么明显。

边馨语摔盘子，边皓跟老爸斗牛似的大吼，老爸都没有过那样的表情。

边南突然觉有些过意不去。

大概是太神奇了吧，边南居然弄倒了一张椅子，还说出了那样的话。

边南冲着窗外嘿嘿傻乐了几声，听到阿姨在院子里叫狗的声音的时候，他迅速从窗边退开甩手拉上了窗帘。

他收拾好下周要带去学校的东西，换了衣服想出门的时候又有些犹豫。

这算是跟老爸吵架了吗？

吵完架就跑掉吗？

会不会让人觉得他……不懂事？

"哎……"边南有些郁闷地在门后蹲下了，靠着门发了很长时间的愣。

一直到房门被人敲响，他才回过神站了起来。

打开门看到是老爸的时候他赶紧把还背在身上的包扔到了一边。

"要出去啊？"老爸脸色不太好看。

"想去万飞那儿的。"边南揉了揉鼻子。

"你是……非要去做那个什么俱乐部的助理吗？"老爸皱着眉问他。

"……嗯。"边南低着头，"起码那个……跟我专业对得上，我就对网球比较熟了。"

老爸沉默了一会儿叹了口气："还有一阵子,你再想想,如果到时还非要去,那你就去。"

老爸这话说得有些生硬,说完转身就上楼去了。

边南在门边站了几分钟,心里某个地方莫名其妙有种突然轻松了的感觉,他弯腰拿起包走出了房间。

楼下只有边馨语一个人坐在沙发上看电视,看到边南下来,她叫了一声:"哎,边南。"

边南停下看着她,她从沙发上跳下来,走到边南身边,低声说:"你是去万飞那儿还是邱……哎算了算了,没事儿了。"

边馨语挥挥手,又团回了沙发里:"等你心情好点儿的时候再跟你说吧,我现在心情也不好,不想吵架。"

"嗯。"边南应了一声,转身出了门。

边南给万飞打了个电话,这小子没接,周末早上万飞不睡过十点不会起床,他直接打车去了万飞家。

敲开门的时候万飞妈妈刚把早餐放到桌上,一屋子都是烙饼香。

万飞爸爸正要出门,看到他立马指了指桌上的饼:"正好,做多了,你战斗力强,给收拾了吧。"

边南嘿嘿笑了两声,过去拿了个烙饼咬了一口:"哎还是我大姨的手艺好!"

"今儿怎么这么早就跑过来了,你不跟万飞一样得睡到明天吗?"万飞妈妈笑着给他递了碗豆浆。

"我思考人生了。"边南边吃饼边往万飞屋里走,"决定以后都早起了。"

万飞还睡得相当沉,边南开门进屋又哐的一声关上门,他动都没动一下。

边南在床边的椅子上一坐,声音不大地说了一句:"哎许蕊你怎么跑来了啊?"

"嗯?"万飞立马迷迷瞪瞪地哼一声,支起了沉重的脑袋。

"这么灵?"边南乐了,"许蕊,许蕊,许蕊……许蕊小腰不错嘿。"

万飞看清是边南之后,一脸摔回了枕头上,"南哥你有病吧?"

"起床了,睡得脸都歪了。"边南跳起来把他被子一掀,往他屁股上一巴掌甩了上去。

万飞被他折腾得没法睡了，盘腿坐在床上，低着头好一会儿才算是清醒了过来。

"你是不是碰上什么事儿了？"万飞拿过手机看了看时间，又看到了手机上边南的未接来电，"八点刚过就给我打电话了？"

"早上起来给我爸炒鸡蛋呢。"边南笑了笑。

"真炒了啊？成功吗？"万飞乐了，"有没有被挑毛病？"

"还成。"边南本来还挺得意，但一想到早餐之后的事儿，情绪又有些低落。

"怎么了啊？"万飞下了床，一边穿裤子一边看着他，"跟边皓干架了？"

"我爸想让我去物流公司实习。"边南闷着声音说。

"啊？物流公司？就边皓的那个？"万飞愣了愣。

"嗯。"边南点点头。

"不去。"万飞想也没想就说，"去了还能有好吗！再说展飞那儿不是挺好的？先助理，慢慢教练，然后弄点儿私教的活儿，以后还可以包个球场自己干，怎么不比在边皓手底下受气强啊！"

万飞一通话说得边南愣了愣，他抬起头盯着万飞看了半天，站起来对着万飞张开了胳膊："来，让哥抱抱。"

万飞立马过来跟他拥抱了一下："是不是很感动，我为你指了条明路。"

"起码给了我点儿信心，"边南在他背上拍了拍，"到现在你是唯一一支持我的人。"

"邱奕不支持你？"万飞问。

"我没跟他细说呢。"边南往床上一躺，"他那人，感觉做什么事儿都特别干脆，而且都特有谱，我这么犹犹豫豫的我都不好意思跟他细说。"

万飞喷了一声："这有什么不好意思的，你跟他能一样吗？你再怎么说也是大少爷，从小到大屁事不管，生活主线是混日子，他差不多小学就去打黑工了，这怎么比得了……"

"你妈烙饼了，你不去吃吗？"边南打了个岔。

"邱奕这人其实还挺不外露的，都不知道他想什么呢。"万飞完全忽略了边南的话，自顾自地沉浸在自言自语当中，"你不理他了，他也就懒得理你了，非得出点儿什么事儿才患难见真情的……哎缘分哪这真是……"

"我还是回去吧。"边南坐了起来，拿起包就要往外走。

"哎南哥哥南哥，"万飞赶紧笑着拉住了他，"我不说了，反正我就站你这边儿，别的不管。"

万飞洗漱完塞了俩烙饼，端着碗豆浆回到屋里，边南正坐他电脑前斗地主，他过去踢了踢椅子："出去转转呗。"

"去哪儿？"边南点着鼠标。

"随便，要不去游乐园？叫上……许蕊？"万飞说到后半句放轻了声音，有点儿底气不足。

"呵呵。"边南说。

"哎，呵个鬼啊，我昨天就答应她了。"万飞抓抓头，"一块儿去呗，你叫上邱奕。"

"这借口找的，你直接让我找邱奕玩去，把二人世界留给你俩不就得了？"边南喷喷了几声。

"你看你这人，我对你这一片真心的。"万飞也喷了一声。

边南拍拍他的肩，正想说话，手机响了。

他拿出手机看了一眼，屏幕上显示：小卷毛。

"二宝？"他愣了愣，接起了电话，"你……"

没等他说出话来，那边就听见了邱彦带着鼻音的喊声："大虎子！"

"哎，二宝。"边南应了一声，"怎么了？"

"天冷了就不能去烧烤了吗？"邱彦大声问。

"天冷……"边南不知道他这话是什么意思，"天冷风大，烧烤的时候火会被吹灭……"

"那怎么办啊？"邱彦很着急。

"什么……怎么办？"边南被他问愣了，"二宝，你哥在不在？我跟他说？"

"不在，小涛哥哥在，他说不可以去烧烤了！"邱彦一着急鼻音又加重了，听着立马就要哭出来的感觉。

"那你把电话给小涛哥哥，我问问他是怎么回事。"边南说。

"喂。"那边传来了申涛的声音。

"哎哟，小涛哥哥，你把二宝怎么着了啊？我听着怎么要哭了？"边南笑着问他。

"问你啊。"申涛叹了口气,"你是不是答应他要去烧烤的,现在非闹着要去……"

"哎?我……是答应他来着。"边南顿时有点儿不好意思,这事儿他已经完全忘了,"我忘了,那邱奕没在家?"

"准备回饭店打工,一早过去了,估计一会儿回吧,我是给他拿实习的表格过来。"申涛的声音伴着邱彦的嚷嚷显得很无奈,"早知道我不过来了,简直吃不消,现在二宝还不让我走了,我就说了一句天冷了不能烧烤他就炸了,我都不知道你答应过他。"

"还没有冷啊!"邱彦的声音很响亮,说到后边就低了下去,"今天没有风啊!我想去烧烤,大虎子说了带我去的……"

"哎哎,去吧,就今天去烧烤,"边南看了看万飞,"我这儿万飞跟他女朋友,那边你一块儿吧。"

"烧烤?"万飞一听就来了劲头,"行啊,还真挺久没去了!"

"等等。"申涛跟邱奕基本属于同款,对于边南这种心血来潮的提议的不靠谱性马上提出了质疑,"你别跟二宝一样,什么都没准备呢烧什么烤啊?"

"不用准备,城东出去河边就有那种烧烤场,什么都有,去人就能吃,晚上还有篝火晚会风情表演什么的。"边南说说把自己给说兴奋了,"挺好玩的,还可以住帐篷!"

"等……等等……"申涛大概有点儿无语,等了半天才说了一句,"等邱奕回来吧。"

"你等吧,我跟万飞这就过去,你跟邱奕不去我们带二宝去。"边南说完挂了电话。

"我给许蕊打电话。"万飞迅速拿出手机,看样子比邱彦还激动,"你要回家拿车吗?"

"不。"边南摇摇头,自打上回邱奕跟他说了车祸的事之后他就决定不再无证开车,"你家不是两辆小电瓶吗?借来骑吧。"

万飞挺奇怪地看了他一眼:"行,不去远就行。"

"就烧烤场,咱初中的时候去过的那里。"边南说。

"那没问题。"万飞打了个响指。

两人骑着小电瓶到许蕊家路口等了没多大一会儿,许蕊也骑着辆小电瓶出来了,脸上带着笑。

"哎,你们是不是神经病啊,突然就说去烧烤。"许蕊笑着说,"我妈问了我半天,让苗苗替我撒了个谎说去她家玩才出来的。"

"你告诉她了?说了南哥也去?"万飞马上问。

"嗯,说了,怎么……"许蕊愣了愣才一捂嘴,"哎呀,有她男神在居然没叫她一块儿!"

"傻了吧你!"万飞指指她。

"被你传染的呗。"许蕊白了他一眼,又看着边南,"不过她也没多问什么,应该没事儿吧?"

"能有什么事儿。"边南笑笑,"她都没联系过我。"

"不会吧?"许蕊挺吃惊,"昨天还跟我念叨你来着,说有你比赛要告诉她,她要去看呢。"

边南没说话,万飞拍拍许蕊胳膊:"你别操心了,走吧,今天的大事是烧烤。"

"是哦。"许蕊点点头,"还是跟航运老大呢,有种吃着吃着就要打起来的感觉!"

三个人开着电瓶到邱奕家院门口的时候,听到了邱彦的歌声。

边南下车推开门,一眼就看到了从屋里走出来的邱奕。

"神经病。"邱奕看到他说了一句。

"怎么着。"边南笑着回了一句。

"大虎子你来啦!"邱彦扑过来搂住了他,"现在走吗?"

"一会儿。"边南抱起邱彦往屋里走。

"车够吗?"申涛在旁边问了一句。

"够了,你一辆,我们这里三辆,我带着许蕊,谁再带着二宝就可以了,"万飞指了指许蕊冲邱彦说,"哎二宝,你还没叫嫂子。"

"什么啊!"许蕊喊了一声。

"嫂子好!"邱彦想都没想就很响亮地叫了一声,"嫂子我们一起去烧烤。"

许蕊的脸顿时红了,几个人都乐了,万飞竖了竖拇指:"小家伙嘴真甜!还押着韵呢!"

边南进了邱爸爸屋里聊了几句,出来的时候看到邱奕进了里屋,他跟着走了进去,顺手把门掩了掩。

"你这心血来潮真没治了。"邱奕说。

"哎,二宝那样子我真不忍心,再说了偶尔抽抽风挺好的。"边南笑着说。

"乐什么呢?"邱奕看着他笑了笑,"从进门儿就一直看你在笑。"

"不知道。"边南知道自己的确是一直在笑,"我就是……心情特别好。"

"我是看见你笑就想笑。"邱奕看了他一眼,也许就像申涛说的,边南身上跟他截然不同的气场也许真的在一点点影响着他。

对于邱奕来说,太久以来都是这样生活着,各种压力和自我约束把他埋得很深,边南这个对自己没有规划也没有个方向的家伙最吸引他的就是身上那种哪怕前一秒还是忧郁范儿,后一秒就能一甩脑袋屁事没有的性格。

虽然他知道边南也有敏感自卑不让人接近的那一面。

"我哥哥呢?"邱彦在院子里喊。

"哎!我屋里呢!"邱奕赶紧喊着回答,"我换件衣服!"

"我靠耳朵让你喊聋了。"边南往床上一躺,"这日子太苦了,你看出去玩一趟二宝都乐成什么样了……"

"把床上那个包拿出去,都二宝的东西,看谁的车能放下。"邱奕打开柜门随便拿了件衣服换上了。

"晚上……"边南拿过包,小声问,"过夜吗?"

"不知道,看情况吧,我跟我爸说了可能过夜,饭都给我准备好了。"邱奕看了他一眼,"不过夜你也可以在我家待着啊。"

"我的重点不是过夜,是玩。"边南嘿嘿乐了两声,拉开门走了出去。

"你居然不是流氓?"邱奕跟在他身后,"太神奇了,我还以为咱俩都是呢。"

"发现你损人真是火力全开。"边南乐了,回头瞅了瞅邱奕,又走到院子里手一挥喊了一声,"出发!"

五个半人四辆车,几个人乱哄哄地安排了半天,边南觉得集体活动最大的烦人之处就在于啰唆,就光哪辆车结实点儿能坐俩人,哪辆电会不会不足了不能带人就折腾了老半天。

二十分钟之后几个人才开着车出了胡同,因为邱奕嫌邱彦小朋友烦人,所

410

以邱彦坐在了边南车后边儿。

"我哥哥不要我啦！把我卖掉啦！"邱彦搂着边南的腰，一边晃着腿一边喊，兴奋得鼻尖上全是汗。

"是啊。"边南点点头，"前几天不是就卖给我了嘛。"

"给钱了没啊？"邱彦很响亮地笑着问邱奕。

"没有。"邱奕说。

"哎。"边南乐了，减了减速，跟邱奕并排骑着，放低声音，"我还真可以给钱，三万。"

"先该着吧。"邱奕笑着看了他一眼。

万飞带着许蕊，许蕊胳膊环着他的腰，下巴搁在他肩上，这个姿势让万飞简直乐得快不行了，一路傻笑，开在队伍最前面。

申涛本来跟他并排开着，最后让他傻笑得估计有点儿受不了，减了速，跟在后边儿。

边南和邱奕跟在最后，俩人没聊几句，边南觉得这种时候未必需要有话说，光是一块儿开着车就已经很享受。

他觉得哪怕今天不是去烧烤，就这么开着车在街上转一圈儿就回去也无所谓了。

"小涛哥哥好寂寞呀。"邱彦在边南身后说。

"哎哟。"边南喷了一声，"你还知道什么是寂寞呢？"

"知道啊，寂寞呀寂寞，"邱彦不知道拿个什么调哼哼着，"撒鼻息呀撒鼻息……噢噢……"

边南没忍住笑了，看着邱奕："你教的？"

"谁知道他打哪儿看来的。"邱奕笑了半天，"我头回听他说。"

"我同桌老说。"邱彦把脸贴在边南背上看着邱奕，"哥哥你记得她吧，就上回你说她塌鼻子她哭了一路的那个。"

"……记得。"邱奕说。

"邱奕你真能耐！能把八岁的小姑娘气哭了？"边南挺惊讶，"太没人性了。"

"我就随口问了一句，我哪知道小姑娘这么不经逗。"邱奕有点儿无奈。

边南喷了一声："二宝，以后不能跟你哥学。"

"嗯！"邱彦应了一声。

411

还没出城,前面的万飞和许蕊已经撒着欢开得没影儿了,为了不让申涛太撒鼻息,边南加了一把油,往前追上了他。

"干吗?"申涛看了他一眼。

"聊会儿。"边南冲他嘿嘿一乐,"二宝说你寂寞了。"

"嗯,寂寞死了。"申涛笑笑,"你带来的俩灯泡都没了,就剩我了。"

"能不抓着这个说吗!"边南喊了一嗓子。

"撒鼻息。"申涛叹了口气,突然一下加速窜到了前面,"我先飞了。"

边南和邱奕保持匀速往前,出了城之后,四周一下开阔起来,地里基本都没种什么东西了,平时要看着可能会觉得有点儿落寞,但今天边南心情很好,看着就觉得真是别有一番风味啊……

就是风吹得人有点儿冷。

他背过手扯了扯邱彦衣服上的帽子:"帽子戴上,冷吧?"

"不冷!"邱彦把帽子扣到脑袋上,很快地回答,估计是担心说冷了烧烤就会被取消。

车往前又开了没多远,边南看到万飞和申涛的两辆电瓶车都停在了路边。

"车没电了吗?"他顿时一阵紧张。

"怎么可能?"邱奕倒是很平静,把车开过去停下了,"怎么了?"

"你们想吃柿子吗?"许蕊挺兴奋地往路对面指了指。

边南顺着她手指的方向看过去,路边立着块牌子,上面歪歪扭扭写着三个字:摘柿子,下面还划了个箭头。

旁边的乡间土路尽头有几个柿子园。

"现摘现吃吗?行啊。"边南回过头问邱彦,"二宝,咱去摘柿子?"

"好!"邱彦点点头。

柿子园挺大,车开进去之后能看到园子外面有挺大一块平整好的停车场,停着五六辆车,估计都是出城来摘柿子顺便吃农家饭的。

柿子园里的柿子树叶子基本都已经掉完了,老远就能看到一树金黄色的柿子。

不吃饭的话,摘柿子按人头交钱,只要能吃得下去,摘多少都可以,要带走称了买下就行。

"自己摘还是买摘好的?"老板问他们。

"自己摘自己摘。"万飞搓搓手,"必须自己摘。"

"行，会摘吗？"老板走到一边拿过了几根长长的竹竿，"不会的话我叫人带你们过去教着点儿。"

"会吗？"边南看着万飞，他反正是肯定不会，他都上小学了才知道柿子是长树上的。

"会……"万飞犹豫了一下转过头看着邱奕，"吗？"

最后几个人的目光都落在了邱奕身上，邱奕喷了一声："干吗都看我？"

"这儿要有一个会的，就只能是你了。"申涛笑着说。

邱奕叹了口气，接过了老板手里的几根竿子，转身往园子里走："会，走吧。"

老板给的竹竿构造很奇特，长长的竹竿顶端用绳子绑了一把镰刀，下面一点儿还有一个网兜，用铁丝穿过撑开，看着跟个篮球筐似的。

"这怎么弄？"边南研究了一会儿，"镰刀割了用兜子兜着吗？"

"嗯。"邱奕把竹竿分给几个人，仰着头看了看，找了个比较低的枝子，把竹竿举了上去，镰刀往柿子根部一钩一拽，一个柿子落进了网兜里，"就这样，摘低点儿的吧，要不还得爬树。"

邱奕把竹竿放低，网兜伸到了邱彦面前："尝尝甜不甜。"

"甜！"邱彦伸手去掏柿子，还没吃就先喊了一声。

"我帮你拿吧！"万飞看着就在邱彦脸面前晃着的镰刀，顿时有点儿紧张，伸手拉开邱彦，帮他把柿子拿了出来，"这要在脸上碰一下得破相。"

"没事儿，反正已经卖给边南了。"邱奕笑笑。

"破相了不给钱！就冲这小脸儿才买的！"边南笑着说，帮邱彦把柿子掰成两半，"吃吧。"

"甜！"邱彦咬了一口就喊起来了，"真的很甜。"

"那动手吧。"邱奕把竹竿又往上一举，镰刀从邱彦面前掠过。

"你慢点儿！"边南喊了一声，虽然他对邱奕这种带小朋友的方式已经习惯，但这个动作还是吓了他一跳，

"不动就行，碰不到我的。"邱彦低头啃着柿子，满不在乎地说。

"……小玩意儿！你就活该被卖。"边南喷了一声，"你跟许蕊嫂子站一边儿等着去。"

"嫂子你个头啊。"许蕊跑过来牵起邱彦的手，"来，咱去那儿坐着等着。"

"好。"邱彦把手里的半个柿子递给她,"嫂子你尝尝。"

"谢谢。"许蕊接过柿子,"叫姐姐行吗?"

"姐姐嫂。"邱彦想也没想就改了口。

几个人顿时都乐了,万飞边笑边喊:"二宝,一会烧烤我专门负责给你烤肉!"

邱奕摘柿子很利索,就说话这会儿,他的网兜里已经有三个了。

申涛也摘了两个,正仰着脑袋找下一个目标:"这个活动不错,应该组织广大颈椎病患者来参加……"

"我试试。"万飞看着邱奕轻松自如的动作,也拿了个竹竿走到了树下,挑了个大的,"就你了!"

要说举根竿子摘柿子对于头脑不知道怎么样反正四肢肯定发达的网球运动员万飞来说其实不难,难的是后续动作。

万飞挥着竿子往结着柿子的小树杈上一钩,连树枝带柿子被他一块儿割了下来,稀里哗啦地直接越过了网兜,扑拉拉地就落了下来。

"哎!"万飞喊了一声,没来得及躲开,柿子砸在了他肩上,顿时绽开了一朵金色的湿乎乎黄灿灿的花。

"快舔!别浪费了!"边南乐得不行。

"还好没扣脸上啊……"万飞把外套脱了,"意外来得真突然。"

边南拿着竹竿往邱奕那边走了过去,邱奕正举着竹竿准备钩,边南一看,飞快地伸出竿子,抢先一步钩住了柿子。

"这个小爷抢了!"他恶狠狠地说,手里竹竿一收,柿子掉了下来。

还成,感觉不算太难。

边南正默默总结着呢,被钩下来的柿子居然掉进了邱奕的网兜里!

边南愣了:"这什么原理?"

"你斜着能接着什么……"邱奕把竹竿放了下来,拿出了柿子,递给了他,"赏你的。"

"你是不是还去柿子园里当过小工啊,"边南拿过柿子,掰了一半给邱奕,"这么专业。"

"没吃过猪肉还没见过猪跑吗?"邱奕低头咬了一口柿子,"还挺甜的。"

"我还真就没见过猪跑……"边南看了他一眼,琢磨着这柿子该怎么咬才不会糊一脸。

"嗯。"邱奕舔了舔嘴唇,"新鲜的特别甜。"

边南往后面瞅了瞅:"我再来潇洒地钩一个,刚那个太没范儿了也不知道有没有被人看到。"

"都看柿子呢谁看你啊。"邱奕笑了笑。

边南低头狠狠地两口把手里的半个柿子吃了:"挺甜。"

摘柿子没有太大难度,掌握了力度之后摘起来就很快了,下一波客人举着竹竿兴奋地跑进园子的时候,边南他们已经摘了挺大的两兜,围着坐在石桌边吃着了。

"真好吃,比超市里买的好吃多了!"邱彦坐在石凳上,开心地拍了拍肚子。

"这些差不多够上吃零嘴了吧?"许蕊看了看两兜柿子。

"明天早上早餐都够了。"万飞站了起来,"怎么样,继续出发?"

"出发!"邱彦蹦起来喊了一声。

柿子很新鲜,卖得倒也不算贵,比市场上的贵,跟超市价格差不多。

"还挺实在啊,跟市里价格差不多。"边南拎着柿子感慨了一句,"这怎么赚得着钱啊?"

"废话。"邱奕看了他一眼,"前面一个人十五块进去摘的钱你怎么不算,你在园子里吃回票价了吗?"

"哎?"边南愣了愣,还真没算这块儿。

"你以后千万别做生意,肯定赔本儿。"邱奕拍拍他的肩。

"这不有你呢吗?"边南小声说,嘿嘿乐了两声。

柿子园离烧烤场不远,往前开了不到半小时就到地方了,不过万飞和边南的小电瓶车差点儿没开到。

"你家这车该换电瓶了,这才多久就没电了啊!"边南的车开到烧烤场还有二百米的时候熄了火,他用腿蹬着才把车弄进了烧烤场。

"这俩车带着人呢。"万飞拍拍车座,"一会儿充上电就行。"

边南找了两个空桌,他俩把车推过去用桌子下面的插头充上了电,然后进了烧烤场的小厅里。

虽然天儿已经冷了,风也挺大,但今天太阳不错,烧烤场里居然没有像边南想象的那样只有他们一帮人。

拖家带口的好几家人,还有两拨年轻人,看着是中午就到了,已经吃过一轮了,这会在小厅里喝着下午茶打牌。

"先把住宿弄了吧,我看人不少。"申涛说,"别一会儿没好房间了。"

"行。"边南应了一声,看了看几个人,盘算着该怎么住。

"几位是住帐篷还是房间?"老板捧着个茶壶走了过来。

"帐篷!"邱彦喊。

"这个天儿能住帐篷吗?"万飞问。

"能。"老板指了指正打牌的那伙人,"年轻人都要的帐篷,我们这儿有宿营地,帐篷都是加厚防风的,铺盖都有,放心住,小朋友要是怕冷,我们取暖器都有呢。"

"什么样的帐篷能看看吗?"许蕊作为女生比较谨慎。

"后院,从这儿穿过去就能看到了。"老板带着他们往后院走,"就在河边,可以帮你们把烧烤桌架到帐篷旁边,美着呢。"

几个人跟着老板走的时候,边南用胳膊轻轻碰了碰邱奕:"怎么住?"

"万飞许蕊,我跟二宝……"邱奕轻声说。

边南喷了一声,虽然他已经想过这是最合适最正常最自然的组合方式,但还是有点儿郁闷:"我跟申涛睡一个帐篷总觉得他半夜会搂我。"

"估计会,你半夜逮着人就乱搂,他没准儿能直接把你扔出去。"邱奕乐了。

"我跟你说正经的呢。"边南瞪了他一眼。

"你当申涛愿意跟你一块儿睡啊?"邱奕笑着搂了搂他肩膀,"咱俩一会儿一个帐篷,正好秉烛夜谈。"

边南嘿嘿笑了两声:"听着一般子假正经的味儿。"

宿营地挺大,已经支着四五顶帐篷了,不过距离挺远的,相互不太会影响。

帐篷都是双人的,往里看看感觉还挺暖和。

"都是……双人的啊?"许蕊说了一句。

"三人的肯定也有。"邱奕说,"你看你跟万飞是带着二宝睡还是在我们仨里挑一个一块儿?"

"哎!"许蕊喊了一声,有些不好意思地笑了起来,"我还想着是不是熟一点了你这嘴就不损了呢,怎么还这样啊!"

"双人就双人的呗。"万飞一搂她的肩，往天上一指，"今儿晚上我陪你一起看雪看星星看月亮，从诗词歌赋谈到人生哲学……"

邱彦很兴奋地在几个帐篷之间来回跑着看了一圈，回来跟邱奕指了指："哥哥，我们睡那个红色的帐篷吧。"

"那是人家的帐篷。"邱奕笑了。

"还有红色的帐篷吗？"边南回头问老板。

"有，红黄蓝绿，除了没黑白的，什么颜色都有，你们直接去库房挑就行。"老板一挥手，"来个人跟我去交钱。"

"你们去挑。"边南跟着老板往回走。

申涛叫了他一声，正想说话的时候被边南打断了："今儿是我请客玩，我有辞典。"

"辞典？"申涛看着邱奕。

"挑帐篷去吧。"邱奕笑着说。

边南把烧烤和住宿的钱都交了，回到河边的时候，几个人已经挑好了帐篷，红黄蓝各一顶，都是邱彦选的颜色。

现在邱彦正很着急地跟在邱奕身后想帮忙支帐篷，不过这帐篷不是上回边南让他玩过的那种自动帐篷，得手动着撑起来，他只能帮着扯扯绳子。

用了半个小时，三顶帐篷以一种"你离我远点儿"的气势支好了，摆成了个三角形，中间留了一大片地方可以放烧烤用的东西。

"红的！"邱彦很急切地钻进了红色的帐篷里。

许蕊挑了黄色的那顶，跟万飞蹲在帐篷口研究着里面的空间。

"我看看烧烤架去。"申涛转身走了。

"申涛有没有女朋友？下回再出来玩叫上一块儿，要不太撒鼻息了。"边南钻进了蓝色的帐篷里，手撑着垫子左右看着。

"估计这几个月是不会有了。"邱奕也钻了进来，跟他并排一块儿撑着，"他上学期刚分的手，现在心如死灰，处于看谁都没有性别的阶段……这帐篷还挺不错啊，比你上回拿那个厚多了。"

"废话，我那个就是夏天凑合着用的家用小帐篷，这个多专业。"边南转过脸看着他，"一看就是住这儿不打算走了的架势。"

邱奕笑着上下左右看了看帐篷："还真是，感觉还挺暖和。"

"以后给二宝买一个这样的，冬天让他搁院儿里过瘾。"边南打了个响指。

"嗯?"邱奕看着他,"别把我弟弄得跟你似的大少爷。"

"得了吧。"边南龇牙笑了笑,"我这样的大少爷有什么劲。"

"话不能这么说。"邱奕回头往帐篷外看了看,"有没有劲都看自己。"

"又教育我。"边南嘿嘿乐了两声,"也就你教育我我不觉得烦,要换了万飞,我早抽他了。"

"我跟万飞能一样吗?"邱奕笑笑,"我一个正经人。"

"装。"边南指了指他,"你假正经技能十年前就满血了吧。"

邱奕笑了半天,说实在话,他也就跟边南在一起的时候才会有这种放松的状态:"还成,你觉得我是假正经模式好还是正经模式比较合你的状态……"

边南乐了,在他鼻子上按了两下:"哔哔,你还是装一下吧。"

邱奕笑了半天,也倒在了他边儿上。

"邱大宝,你以前……有过……前……"

"没有。"邱奕的回答很简单。

"为什么啊?"边南其实有点儿不太能理解,就像他这样交了女朋友感觉也差不多就那样的人,以前也会一直瞄着漂亮姑娘,哪怕只是为了面子。

"不为什么。"邱奕笑笑,过了一会儿才又说了一句,"……不想。"

"不想?"边南还是没明白,"你没碰到过喜欢的人吗?"

"你要是不想,就不会有喜欢的人。"邱奕说。

这个回答对边南来说有点儿费脑,他瞪着邱奕看了半天也没绕明白:"那以后呢?"

邱奕没说话,瞪着帐篷顶愣神。

边南在一边也没再说话。

俩人保持了一会儿只有四只脚留在帐篷外面的姿势,感觉别人都在忙,就他俩这么闲,有点儿太不够意思了,邱奕赶在万飞和许蕊研究完帐篷之前出了帐篷。

邱彦已经把装着零食的包拖进了红色帐篷里,把零食都倒了出来,邱奕过去看的时候,他正忙着把零食分成几份。

"干吗呢?"邱奕摸摸他的脑袋。

"分一下大家一起吃呀。"邱彦指了指各种袋子,"这么多呢。"

"好。"邱奕笑笑,"你慢慢分吧。"

万飞和许蕊研究完帐篷,几个人跑去仓库,申涛已经挑出了两套比较新一些的烧烤架。

"再去看看吃的吧。"申涛说,"我看打牌那帮人也是要玩到明天的,咱先把吃的抢上,别晚了再没了。"

"走走走,赶紧的。"万飞一听立马推着大家往厨房去,"再拖几箱啤酒。"

"大冷天儿的喝什么啤酒?"边南一听酒就有点儿头大。

"大冷天儿的我们还烧烤了呢,烧烤就得配啤酒。"万飞啧了一声,"你跟许蕊二宝一块儿喝可乐呗。"

边南对于自己瞬间就被归入妇女儿童的行列很不满:"老子喝酒。"

鸡翅、鸡腿、牛肉、羊肉、猪肉、肉丸子,还有一大堆能烤和看起来不能烤的青菜,他们几个人跟食堂老板买菜似的搬空了半个冰柜。

把烧烤架支好,吃的喝的往旁边一堆,邱奕点点头:"这能一气不停吃到明天早上了。"

"那就开动吧。"许蕊拿着手机咔咔咔地拍了一通,"哎我都不敢拍你们的脸,这要一发朋友圈,看到是你们几个估计要震惊一片了。"

"可以拍拍你男朋友。"边南指指万飞。

"对,拍我。"万飞马上站到了烧烤架后面,拿起一把肉串,龇牙咧嘴笑得眼睛都不见了,"这样行吗?"

"挺好,这一笑许蕊直接换了个男朋友。"邱奕说。

"哎!"许蕊笑得手都抖了,"看你这样子我都有点后悔了。"

"我也要拍!姐姐嫂给我拍一个。"邱彦站到了放菜的架子旁边,举起一串韭菜。

"咱能拿点儿肉吗……"申涛叹了口气。

"哥哥不让我吃那么多肉。"邱彦说。

"哎?这会儿记得了,吃的时候怎么不说。"邱奕啧了一声。

许蕊给邱彦拍了几张,又转过来把手机对着边南:"哎边南,能拍张你吗?传给苗苗的。"

"啊?"边南愣了愣,"是要拿去朋友圈让大家传看吗?"

"经过很多年的战斗,"邱奕一脸正经地说,"航运和体校的这一次野餐,能否开创一个和平年代?"

"哎哟!"许蕊笑了起来,"航运老大这么能说,没看出来啊!"

边南喷了一声,冲许蕊笑了笑:"赶紧拍。"

许蕊拍爽了收起了手机,大家开始点火准备烧烤。

好容易刷了几盘子的肉串,邱彦很激动地站在烧烤架前,守着他负责的几串肉,时不时转一转签子,嘴里一直在念叨:"左右左,上下上,一二三,好嘞,小辣椒呀大辣椒……"

边南拿了两个鸡腿在烤,滋滋冒着油,看着相当馋人。

邱奕正帮邱彦往肉串上撒椒盐,边南看了半天,感觉邱奕做什么都挺像那么回事儿,这会儿要是贴两撇胡子就能上街卖烤串儿了。

"煳了。"邱奕突然抬眼看着他。

"嗯?什么?"边南没反应过来。

"你的腿……"邱奕往烧烤架上看了一眼。

"哎!我的腿!"边南顿时闻到了煳味,赶紧用夹子把鸡腿夹起来吹了吹,还好只黑了一小块儿,他把鸡腿转了个方向放回了架子上。

"煳啦!哎快拿开!"另一个烧烤架前的许蕊也喊了一声。

"怎么办怎么办?"万飞拿着几串丸子一脸悲痛。

"老板在前院儿养了几条狗……"申涛回手指了指,"那边,去吧。"

万飞的丸子煳得有点儿过分,盯了半天也没找到解决方案,只得拿着肉丸子上前院找狗去了。

边南的鸡腿烤好之后,拿个纸碟放了一个递给邱奕:"尝尝。"

这话说完之后他发现邱彦正眼巴巴地看着他,顿时觉得自己真是……

于是他在邱奕伸手来接的时候迅速地把碟子又递到了邱彦手上:"二宝吃。"

邱彦很开心地接过碟子,转身迎着风把碟子举起来:"快吹凉快吹凉……"

邱奕喷了一声,没说话,把邱彦烤好的几串牛肉放到了碟子里。

还有一个鸡腿,边南犹豫着是就近给申涛,还是拿过去给许蕊,申涛叹了口气:"你就别考虑我了。"

边南乐了,把鸡腿拿给了许蕊,然后又拿了七八个鸡腿都码在了烧烤架上。

这么多总没问题了吧!

万飞喂完狗回来的时候,身后跟着三条狗,都挺胖,看着就四五个月的样子,他一脸无奈地边走边回头:"哎这怎么办啊?"

"小狗!"邱彦眼睛一亮,把手里啃完了的鸡腿骨头喂给了其中一条,三条狗立马都坐在了他身边,一起仰着脸看他。

"我要骨头,给我骨头!"邱彦很着急地跑到边南身边。

"给给给,我还没啃出骨头来呢……"边南把吃了一半的一串牛肉给了他,又冲几个人招招手,"把你们的骨头都交出来。"

邱彦收集了一碟子骨头跑去喂狗了。

这里的狗并不缺吃的,长得都圆滚滚的,估计平时客人都会喂。

邱彦给它们喂完骨头之后就带着它们在营地里来回跑,最后一人三狗跑到河边找宝石去了。

"邱奕,你弟弟真是精力旺盛啊。"许蕊看着邱彦的背影感叹了一声。

"不是我弟弟了,卖给边南了。"邱奕笑笑。

"边南你弟弟真是精力旺盛啊!"许蕊笑了半天,对边南说。

"这还没旺盛起来呢,真旺的时候咱谁也不是他对手。"边南很得意地打了个响指,就好像这真是他亲弟。

"烤串丸子给我吧。"邱奕站在边南身边小声说,"多放点儿辣椒。"

"行。"边南看了他一眼,手里拿着个夹子来回翻着几个鸡腿,"一会儿的,我还说给你烤个腿儿呢。"

"不要腿儿。"邱奕声音很轻,"要丸子,就一串。"

边南一听就乐了:"你有病。"

"嗯,早上没吃药就出来了。"邱奕点点头。

烧烤的主力暂时是申涛,一开始他跟万飞许蕊在一个烧烤架前烤着,邱彦去找宝石之后他就接替了邱彦的位置,换到边南和邱奕这边来了。

"受不了那俩了?"边南往那边看了一眼,小两口笑得跟两朵大牡丹花似的。

邱奕拿了个烤好的鸡腿递给申涛:"赶紧吃。"

"喝酒吗?"申涛啃了一口鸡腿问了一句。

"喝吧。"邱奕说,又冲万飞那边喊了一声,"啤酒要吗?"

"要要要要,我去拿。"万飞笑着往厨房跑,天冷了老板没冰啤酒,他们自己扔了两打到冰柜里,"也不知道冰好了没。"

"我跟你一块儿去。"许蕊放下手里的东西追了过去。

边南把邱奕要的肉丸子烤好了，又加了一层辣椒，递到了邱奕手上："给。"

邱奕挺满意地咬了一个，含混不清地说："就这个feel……"

"倍儿爽！"边南接了一句。

"这个feel 倍儿爽 feel feel倍儿爽……"申涛在一边接了下去，"爽爽爽爽！"

边南想了半天，最后笑着说："我接不下去了，不知道词儿。"

"估计就二宝记得。"邱奕说。

万飞和许蕊把啤酒拎了过来，这边乱七八糟一通烤出来的东西也有不少了，几个人把防潮垫铺在地上，吃的都放到了垫子上。

"二宝——"边南冲着河那边喊着，"二宝——邱二……不，边二宝——"

边南喊了两声，远远地看到三条小狗先往这边跑过来了，后面跟着抱了一堆石头用衣服兜着走路都不利索了的邱彦。

看到大家都已经坐好了，邱彦很激动地跑进帐篷里，把石头往里一倒，又捧着一堆零食跑过来挤到边南身边坐下了："这儿还有糖和巧克力。"

"二宝真大方。"许蕊拿了串韭菜给他，逗他说，"是不是不吃肉要吃青菜？"

邱彦盯着韭菜看了一会儿，有些无奈地接了过来，叹了口气："算了，先吃点儿青菜吧。"

"小玩意儿你真没救了。"边南边笑边夹了个肉卷放到他的碟子里。

"郊外天黑得比城里早啊。"万飞拿瓶啤酒灌了一口，抬头看了看天，"刚六点就看不清我老婆的脸了。"

"烦不烦啊！"许蕊斜了他一眼。

边南看着他俩，有点儿羡慕，一下午这俩人打情骂俏如此肆无忌惮旁若无人没皮没脸得简直人神共愤。

"一会儿就有灯了。"邱奕指了指营地周围拉了一圈的灯，"不过今儿晚上没有表演，老板说天冷了。"

"没事儿。"万飞挥挥手，"就这么吃吃喝喝聊着就挺好，想看表演一会儿要是我喝高了你们可以忽悠我给你们跳舞。"

"等不到你喝高吧。"申涛笑笑，"怎么不得是边南第一个高？"

边南拿起瓶子喝了一口:"我今儿就发一回威,争取两瓶再倒。"
邱奕笑着看了他一眼,手往他肋条上戳了一下。
边南呛了一下,差点儿没把嘴里还没咽下去的啤酒都喷到邱彦脑袋上。
旁边几顶帐篷的主人们在天黑透了之后回来开始烧烤了,十来个人,男男女女都是一对一对的,烤点儿吃的都是在你摸我一把我掐你一下又笑又喊当中进行的,还带了外放的音箱开着音乐。

"怎么感觉这帮人这架势是要聚众……"申涛看了一边旁边的邱彦,话没说完。

"晚上可以去偷听。"万飞喝了口酒,"反正闲着也是闲着。"

"是吗?"申涛边吃边慢条斯理地说,"没准儿人家还想来听你俩呢。"

"我去!"万飞喊了一声,脸顿时憋红了。

旁边的许蕊举起碟子挡着脸,边笑边骂了一句:"申涛你神经了你。"

边南边乐边举起啤酒瓶往中间一伸:"来碰一碰。"

几个人的啤酒瓶饮料瓶顿时叮叮当当敲成一片,邱彦喊了一声:"干杯!"

邱奕申涛和万飞都喊了一声干杯,把瓶子里的啤酒一口灌了下去。

"干杯。"邱奕看着边南,笑着说。

边南嘿嘿笑了两声,也把半瓶啤酒喝光了。

旁边的那群人各种喧闹的声音挺能带动气氛,大家都被带得聊兴大发,从两个学校的恩怨情仇聊到卫校的萌妹子们,又从宿舍闹鬼事件扯到了去年的裸奔事件……

边南跟着几个人边聊边吃,没留神三四瓶啤酒就下了肚。

"感觉这么吃,比平时吃得多啊,咱几个战斗力真强。"万飞把刚烤好的两碟肉串拿了过来。

"吃得都困啦!"邱彦捧着肚子躺在了垫子上。

"你睡觉去。"邱奕拿出手机看了看时间,已经十一点多了,"红帐篷。"

"红帐篷!"邱彦喊了一声,爬起来很开心地跑进了对面的红色帐篷。

"盖上被子睡。"邱奕追了一句。

"好——"邱彦在帐篷里回答。

邱彦一说困,边南感觉眼前开始有点儿发晕,倒不是困,估计是酒劲儿上来了,他仰起脸往天上的星星月亮看过去的时候,感觉它们都带着毛边儿。

"你看,"边南用肩轻轻撞了撞身边的邱奕,"毛茸茸的月亮。"

"毛……茸茸?"邱奕跟着抬头看了一眼,又看了看边南身后的酒瓶,笑着说,"才这几瓶就毛茸茸了?"

"小飞飞,快!"边南仰着头,头有点儿晕,他没坐稳,晃了一下直接顺势往后躺倒在了垫子上,冲着天乐了好一会儿,才往万飞腿上踹了一脚,"你俩该去看……雪看星星看月亮,从诗词歌赋……谈到人生哲学了……"

"去谈哲学啦!"邱彦在帐篷里跟着喊。

"边南酒量这么差啊?"许蕊看着边南挺吃惊,笑着说,"感觉应该很能喝的啊。"

"今天已经破纪录了,以前都是一瓶下肚就到边儿上睡觉去了。"万飞嘿嘿笑着。

边南没说话,本来坐着没动还没什么太明显的感觉,现在这又说又笑的再一躺下,顿时觉得身上都是软的,跟着垫子就要起飞了。

邱奕看了他一眼:"要不你也去睡吧。"

"不。"边南揉了揉脸,撑着慢慢爬了起来,"我得先去个厕所,厕所在哪儿?"

"前面院儿里,西面那排小房子……"申涛说。

"你是厕所控吗?这么清楚。"边南乐了,往前院走过去。

灯光不是太亮,营地上不少草坑,边南走起来都感觉自己步子再大点儿就能扭起来了。

"不会摔厕所里吧?"万飞放下酒瓶,习惯性地想跟过去。

"我去看看。"邱奕回头看了看边南,起身跟了过去。

"往后转树林的边儿上。"申涛把话说完了。

邱奕乐了:"你这气儿喘得够大的。"

边南晃晃悠悠飘到前院儿的时候听到了身后的脚步声,他回过头看清是邱奕,笑了笑:"哎,不至于要跟着,还能摔……厕所里吗?"

邱奕走过到他身边,轻轻推了他一把。

"哎!"边南一串踉跄往后退了过去。

邱奕过去拉住了他:"肯定摔。"

"你再推狠点儿呗。"边南喷了一声。

邱奕抓着他胳膊，俩人往那排小房子走过去。

厕所出人意料的很漂亮，看着跟书屋似的，而且挺干净，点着熏香。

"这老板品味真特别，客房穷乡僻壤范儿，厕所弄得这么有意境……"边南走进厕所，"在这儿尿尿都觉得自己档次不够了。"

"哪儿那么多废话，上个厕所你还体会人生了。"邱奕扶着他的肩，"赶紧尿。"

上完厕所边南洗手的时候顺便洗了洗脸，这里是老板自己抽的地下水，现在天儿冷，泼在脸上感觉有点儿温温的，还挺舒服。

邱奕站在外面等他，看他出来，问了一句："难受吗？"

"不难受，就是有点儿晕，估计喝的时候吹了风。"边南走到他身边，胳膊往他肩上一搂，拉着他就往树林那边走。

"这边儿。"邱奕拉了拉他。

"走。"边南拽着他，"咱俩树林里转转去。"

"大半夜的跑树林里干吗？"邱奕拧不过他，跟他进了树林。

夜里的树林很安静，这个季节也听不到虫鸣，两人踩在洒着月光的厚厚落叶上，发出沙沙的轻响。

"你是也要看雪看星星看月亮，从诗词歌赋……"邱奕的话没说完就被打断了。

"邱奕，"边南突然回过身，"我喝多了。"

没等邱奕说话，边南又指了指他："知道为什么我喝多了吗？"

"还有原因？你喝多的原因不只能是你酒量太差吗？"邱奕笑了起来。

"No，no，"边南摆了摆手指，"是因为小爷郁闷，我特羡慕你，知道吗？爸爸那么……好交流，弟弟那么懂事儿可爱……我都……没有……"

"你冷不冷？"邱奕拍拍他的脸，"要不回帐篷躺着慢慢说？"

"我就这会儿突然感慨万千了，我感慨一回不容易，就这点儿感慨走不了十步就得没了……"边南说话有些大舌头。

邱奕听得出他声音里的烦闷，但对着个喝多了的人，也不知道该怎么安慰开解，刚想伸手扶他往回走，边南往后边儿树上一靠。

边南皱着眉轻声说："老子站不住了。"

邱奕笑了笑："就这德行还感慨万千呢？"

"你管得着吗？"边南笑了两声，往他身上一靠，"我难得……"

邱奕对于边南这种一喝酒就醉，醉了立马就发作的状态有点儿不知道该怎么形容。

边南胳膊往他脖子上一勾，整个人都挂在了他身上，一米八六的个头儿加上一身结实的肌肉，这重量让也喝了不少酒的邱奕很发愁。

坚持了一会儿，他不得不伸手揪住了边南的裤腰，正准备发力把他揪回营地去的时候，边南突然松开了一直搂着他的胳膊。

没等邱奕反应过来，他已经顺着树干往下出溜着一屁股坐在了地上。

"哎……"边南靠着树，皱着眉，"头晕。"

邱奕手撑着树干，低头看着他，半天才说了一句："你狠，你别说你还想吐啊。"

"不想。"边南抬起头嘿嘿傻笑了两声，摆了摆手，"我就是晕得……厉害。"

"起来吧。"邱奕无奈地拽住他的胳膊想把他从地上拉起来，"回帐篷睡一觉就好了。"

"嗯。"边南跟着他的劲儿想要站起来，结果脚往地上蹬的时候在厚厚的落叶上打了滑，整个人往旁边荡了出去。

邱奕赶紧死死拽着他，边南体重不轻，邱奕没法就这么把跟地面都快没角度了的他给拉起来，只能先拽着。

最后边南以他为圆点荡了大半个圈之后，他不得不撒了手，再不撒手就得配合着一块儿转圈了。

"啊……"边南顺着惯性在地上滑出去半米左右，很低地哼了一声躺在地上不动了。

"你没事儿吧？"邱奕过去弯腰拍了拍他的脸。

"没事儿。"边南笑了笑，"我缓缓。"

邱奕没说话，蹲在他身边，等他缓了几分钟，边南慢慢坐了起来："哎，好点儿了。"

这回邱奕没直接拉他手，而是走到他身后把他扶了起来，然后走到他前面蹲下了："我背你。"

"不用！"边南愣了愣笑了，"我没事儿了。"

"我不想再打架似的扶你了……"邱奕回头看了他一眼，"赶紧的。"

"我可沉啊。"边南笑着往他背上一扑，"背不动了别把我扔下来……"

"嗯。"邱奕背着他站了起来，往宿营地那边走。

经过院子的时候，旁边那伙人里有几个过来上厕所，嘻嘻哈哈地搂着，看到他俩，有个姑娘边乐边指着边南，大着舌头说："倒了一个哎！"

边南在他后背上跟着那几个人一块儿嘿嘿乐了一会儿，然后侧着脸枕在他肩上："大宝，我沉吗？"

"还好，不算沉。"邱奕说。

"跟你比呢？"边南问。

"……不知道，我没背过自己。"邱奕回答。

"我背过你啊。"边南笑着说。

邱奕叹了口气没搭理他。

回到帐篷旁边时，邱奕发现烧烤架旁边只还剩下了申涛一个人正在烤西兰花。

他掀开那顶蓝色帐篷，把边南扔在了帐篷门口，边南自己钻了进去。

"还难受吗？"邱奕跟着钻进去问了一声。

"不难受。"边南翻了个身，把身上的衣服脱了扔到一边，闭上了眼睛，"就是觉得自己跟螺旋桨似的。"

"别担心，帐篷的绳子挺结实，飞不了。"邱奕拿过条毛毯盖到他身上，"睡着了就好了。"

"睡不着。"边南睁开眼睛，眼神一看就挺飘忽，都不知道他在看哪儿。

"那就继续转。"邱奕退着出了帐篷，把双层的挡风帘子拉上了。

"那俩呢？"邱奕问申涛。

"到河边顶风谈人生去了。"申涛把烤好的西兰花递了一串给他，"边南这是摔了还是晕了？"

"估计喝的时候吹了风了，说晕。"邱奕又去了红帐篷，拉开往里看了看，邱彦已经睡着了。

邱奕把他手里还抓着的一块石头拿开了，重新把帐篷拉好，坐回了垫子上，边吃西兰花边把剩下的半瓶酒喝了。

"厕所安全吗？"申涛又烤了几串牛肉过来放到他面前，问了一句，"我看那边那伙人集体去厕所了。"

"嗯？"邱奕看了他一眼，乐了，"树林里宽敞着呢，不要担心厕所。"

"好。"申涛笑着站了起来去厕所了。

他回来的时候,邱奕已经吃完把烧烤架的火熄了,东西也都收拾好了。

"我睡了。"申涛打了个呵欠,直接拉开了红帐篷的拉链,往里看了看又退了出来,"二宝这是在练摊儿吗?"

"乱七八糟的都扔出来吧。"邱奕乐了,过去跟申涛一块儿把邱彦铺了一垫子的宝石都扔了出来,再把没吃完的零食都装回了包里,"你一会儿拿个毯子再给他裹一层,我怕他着凉。"

"嗯,知道了。"申涛进了帐篷,"那俩回来的时候不会进错帐篷吧?你放个应急灯到他们门口提示一下。"

"好。"邱奕笑着把老板给的应急灯放到了黄色的帐篷前对着帐篷里照着。

夜里的风开始变得冰凉,邱奕钻进帐篷的时候,风在屁股上扫了一下,感觉跟没穿裤子似的。

他进了帐篷,把门上所有的拉链都拉好,所有的粘扣都粘牢了,这才感觉舒服了。

"申涛啊?"边南搂着毯子趴着,光着的背全露在外面。

"嗯。"邱奕应了一声,"你不冷吗?"

"邱大宝。"边南闭着眼睛笑了起来,声音有些含含糊糊的,不太清醒,"你还想骗我呢,进来我就闻到你味儿了。"

"我有什么味儿?"邱奕按了按垫子,感觉不够厚,于是扯了条小毛毯,"你起来,我再垫一层。"

"不想动。"边南嘟囔了一声。

邱奕把空着的半边垫子铺上了,推了推边南:"去那边。"

"……哦。"边南翻了个身,滚到铺了毯子的那边趴着。

邱奕再把这半边给铺上了,帐篷里还有床被子,挺松软的,老板很骄傲地说这被子都是上月才买的,嘎嘎新。

他扯过来打开被罩往里看了看,的确是新的,被套上也一股洗衣粉的清香味儿,还成。

他把衣服脱了躺下,把被子盖在了两人身上。

刚盖好,边南就翻了个身,跟个火炉似的摊在垫子上,又来回扭了半天,邱奕推开他看了看,也没东西硌着啊。

"老实睡吧。"邱奕拍拍他的胳膊。

"嗯。"边南哼了一声，把腿搭到了他身上，"你冷吗？"

"你冷啊？"邱奕摸了摸他的腿，边南身上滚烫得跟个大暖水袋似的。

"我热。"边南搂紧他。

"那你搂这么紧干吗？"邱奕推了推他。

"你身上凉，我乘凉……"

邱奕虽然没喝醉，但喝了不少，也挺困的了，躺下就想快点儿舒服地睡一觉，明天肯定得起个大早。

但边南睡觉不老实，喝多了更是变本加厉，不是来回翻就是胳膊腿儿轮流往他身上砸，跟打架似的。

"你睡觉能不瞎动吗？"他抓住了边南的手。

"我没动。"边南迷迷瞪瞪的，还很不服气地回了一句。

"你到底睡不睡？"邱奕啧了一声，侧过脸看着他，光线很弱，也看不清边南脸上什么表情。

"睡不着，我就是晕又不是困了……"边南有些不满地说，"对喝多了的朋友还有没有点儿同情心了……"

"谁来同情一下被喝多的了朋友折腾得睡不了的我啊？"邱奕叹了口气，重新躺好，把多出的一床毛毯塞在两人中间，以防止边南再次砸过来。

"按喝酒的发展阶段，"边南啧了一声，含含糊糊地念叨着，"我现在刚到孔雀开屏，都没到猴子上树呢……"

邱奕都无奈了："你上不了树了，就你这满地打滚的状态能爬上树去树都不信。"

边南在他耳边嘿嘿笑了两声，终于停了下来，慢慢翻身躺平了，有些郁闷地小声说："他大爷，又转起来了。"

邱奕没出声，过了一会儿听到边南没动静了，才问了一句："好点儿没？"

"嗯。"边南说，"不动就行。"

"那你躺着不要动。"邱奕说。

"……哦。"边南应了一声，沉默了一会儿又轻声说，"大宝，你说，为什么我跟我爸就这么别扭呢？"

邱奕没说话，他困得厉害，边南突然问出这么一句来，他一时半会儿不知道怎么回答。

"我爸要跟你爸似的多好啊……"边南声音又低了一些,"不过不可能,你爸也不会找个三儿生个我……可这也不怪我啊……"

"边南,"邱奕翻个身冲着他,"大虎子,有些事无论对错都改变不了,已经这样了,再去纠结谁对谁错没有意义……"

边南闭着眼睛,也不知道是在听还是已经睡着了。

"人不能总回过头走路,总扭头往回看,就一步都走不下去了。"邱奕轻声说。

边南没有出声,邱奕也没再说话,闭上了眼睛。

这话不算是为了安慰边南,算是对自己的总结吧,他就是不敢也不能回头看的人,有些东西一回头就会在那里,也许永远都会在那里。

他得扛着爸爸和弟弟一直往前走。

边南的呼吸慢慢放缓了,邱奕睡意没了,凑过去看了看,发现这家伙已经睡着了,皱着眉,发出轻轻的鼾声。

"边南?"邱奕戳了戳他肋下。

边南没有任何反应,他小声啧了一下,穿上衣服,轻手轻脚地出了帐篷。

营地灯还亮着,不过人都已经不见了,风刮得挺猛,他拉了拉衣领,往黄帐篷那边瞅了一眼,谈哲学的那二位居然还没回来。

真扛冻啊。

再往旁边那几顶帐篷看过去,老觉得隐隐能听到风声带过来的暧昧笑声。

邱奕把手揣进兜里,低头往厕所那边走过去。

从厕所回来的时候,邱奕发现从河边有人影晃着过来了。

邱奕站下了,等了一会儿果然看到是万飞和许蕊搂着走了过来。

"还没睡呢?"万飞看到他,小蹦着问了一句。

"上厕所。"邱奕看着他俩,"冷吧?"

"冻死了,耳朵都麻了,"许蕊捂着耳朵,弯腰进了帐篷,"都怪万飞。"

"又不是我弄掉的,冤死了。"万飞说。

"你不说去河边能掉吗?就怪你。"许蕊在帐篷里说。

"怎么了?"邱奕愣了愣。

"哎!"万飞抓抓头,"我俩不是说上河边玩浪漫吗,结果溜达了没一会儿她手链掉了,找了半天……"

"你俩在河边找手链找到现在？"邱奕看着他半天，感觉这俩人相当神奇。

"找了一个多小时吧。"万飞叹了口气，"我说不找了，她非要找，姥姥送的手链，不能丢。"

邱奕笑着冲他竖了竖拇指："你俩……真浪漫。"

"赶紧睡吧。"万飞缩了缩脖子，"冻死了。"

邱奕钻进帐篷的时候边南还是原样躺着，睡得很沉。

他被风吹透了，掀开被子进去的时候感觉一阵暖意，边南热烘烘的身体简直让人热泪盈眶。

"边南，"邱奕推了推边南，"大虎子。"

边南过了一会儿才迷迷糊糊地哼了一声。

"你还热吗？"邱奕在他耳边轻声问。

"……热。"边南嘟囔着。

"好。"邱奕盖好被子，把手放到边南胳膊上搓了搓取了会儿暖，"睡吧。"

早上邱奕醒得不算太早，摸过手机看时间，七点多了。

帐篷外面很安静，估计所有的人都还在睡，全都是喝了酒闹到半夜的，半夜里还不定干了点儿什么体力活……

正掀了被子想起来的时候，边南翻了个身，手伸过来抓住了他胳膊："哎，干吗？觫冷的。"

"我去看看二宝，他肯定起得早。"邱奕替他把被子拉好，"你再睡会儿吧。"

"……都没起呢，再躺会儿呗，你一走我这儿攒了一夜的热气儿都没了……"边南皱着眉抱怨着。

"哎别闹。"邱奕笑着挡住了他的手，"都睡一晚上了酒还没醒吗？让人看到以为我把你怎么着了呢。"

"本来就没醉。"边南皱着眉。

邱奕没说话，掀开被子坐了起来，又隔着被子拍了拍他，拿过衣服套上了。

边南有些郁闷地往他屁股上蹬了一下。

"起床气？"邱奕拍拍他的腿。

"不是。"边南闷着声音说,扯过被子蒙住了脑袋,"哎!行行行,你出去吧。"

邱奕没说话,穿好衣服之后出了帐篷,早上风小了很多,气温也回升了不少,但他还是把帐篷拉链仔细拉好,粘扣也都粘牢了。

营地上果然跟夜里一样安静,没有人起来。

他拉开红帐篷的拉链,发现申涛没在里面,只有邱彦打横睡在垫子中间,称霸了整个帐篷。

他摸出烟盒,身上却没找到打火机,只得在烧烤架边上坐下了。

等了一会儿正想开了烧烤架点烟的时候,申涛叼着烟从前院那边走了过来。

"起了?"申涛问了一句。

"嗯。"邱奕笑笑,"火机给我。"

申涛掏出打火机扔给他:"我还想着过会儿再打电话叫你起来呢,还能再睡一会儿,这帮人没九点起不来。"

"没事儿。"邱奕点上烟,往蓝帐篷那边看了一眼。

低头抽了一口烟,他盯着在风里飘散的烟雾有点儿出神。

邱奕出了帐篷之后,边南迷迷糊糊地捂在被子里半天,感觉到喘不上气儿了,才把脑袋探了出来。

本来觉得有点儿郁闷,心里不痛快,但被子里暖烘烘的,没过多大会儿他又迷迷糊糊地睡着了。

不知道这个回笼觉睡了多长时间,总之再睁眼的时候是因为听见了邱彦响亮的歌声。

边南揉揉眼睛,惊讶地发现小家伙居然没太跑调,他基本听出了这是用红色娘子军填的词。

"找宝石,找宝石,河边的宝石多,全都捡光光……"

跟着调哼了两声,正要起来的时候,边南听到邱彦并没有唱着歌上河边找宝石去,而是跑到了他帐篷外边儿,边唱边熟练地拉开了帐篷拉链。

"大虎子!"他探进脑袋来喊了一声。

"哎宝贝儿!"边南坐了起来,张开胳膊,"今儿唱歌没跑调真是可喜可贺啊。"

邱彦蹬掉鞋蹦进帐篷里扑到了他身上,扭了半天找了个舒服的姿势靠着:

"早上有粥、油条、豆浆、馒头、包子……"

"你吃了吗？"边南从被拉开了的帐篷口往外看了看。

邱奕申涛起来了，万飞正从帐篷里往外爬，看起来神智还没太清醒，盯着帐篷外面的两双鞋琢磨了半天才确定了哪双是自己的，慢吞吞地穿上了。

"我还没吃呢，小涛哥哥说都起来了一块儿去吃，要去大厅吃呢。"邱彦边说边往帐篷外面爬了过去，边南都想拿个秒表给他掐一掐了，看看他连续不动的时间能不能超过十秒。

"好冷！"万飞出了帐篷就缩着脖子喊了一声，扭头看到边南正在穿衣服，伸手一指，"别出来！南哥千万别出来，太冷了！"

"冷吗？"边南坐在帐篷里，感觉今天风比昨天小多了，太阳也洒得满地，他又往邱奕那边瞅了一眼，"冷啊？"

邱奕笑了笑，突然伸手把自己衣服一掀，肚皮全露了出来，然后又飞快地拉好了："不冷。"

几个人都愣了愣，然后一通狂笑，万飞蹦着往厕所跑："邱奕你也是个有病的。"

边南觉得自己早上的时候挺郁闷的。

说不清是为什么，也许是因为跟老爸和家里人的关系，也许是因为从来没细想过更没面对过的所谓前途……

不过邱奕昨天晚上那些话他倒是听进去了的，虽然因为喝多了，回想起来总觉得有点儿朦胧。

"许蕊还没起呢？"边南跟邱奕和申涛点了点头，扭头看到万飞他们那顶帐篷里似乎还没动静。

"早就起啦。"邱彦捡了根小树枝在自己脸前比画着，"又进去化妆啦，眉毛、睫毛、口红……"

"二宝你懂得挺多呀！"许蕊笑着在帐篷里喊。

邱彦笑着跑到帐篷前，把脑袋探进去唱上了："悄悄问圣僧，女儿美不美，女儿美不美……"

"这暑假刚看完吧？"边南乐了，这会儿又找不着调了。

"嗯。"邱奕看着他，"你衣服扯扯行吗？"

"真讲究，一会儿走走自己就整齐了。"边南低头整了整衣服，帐篷里站不起来，他就是把衣服都胡乱套到身上，"水凉吗？"

"不凉。"邱奕说,"去洗吧。"

边南进了厕所的时候,万飞正弯腰在水池那儿洗脸,边洗还边哼哼着歌,他过去对着万飞屁股甩了一巴掌。

"哎我去!"万飞一脸恶狠狠地回过头,看到是他,立马笑了,"南哥,昨儿晚上睡得怎么样?"

"还能睡得怎么样啊,"边南站到小便池前,"喝了酒倒头就睡呗。"

"真的?"

边南乐了,斜了他一眼:"边儿去,当心老子尿你一身。"

"怕你吗?来来来!"万飞喷了一声,一拉裤子,掏了两下又停下了,"我尿过了。"

边南乐了好半天:"你跟许蕊昨儿晚上愉快吗?"

"嗨快别提了!"万飞一脸郁闷,"昨天我俩跑河边溜达着,我心想着亲个小嘴耍耍流氓的,结果刚亲上,她说她手链掉了!"

"啊?"边南愣了愣。

"找手链找了一个多小时才找到,给我冻得都不举了。"万飞咧咧嘴,"回帐篷里也没好意思继续。"

"没好意思?"边南喷了一声,"废物。"

边南走到水池边接了一捧水,迅速把脸埋进了水里。

万飞似乎还沉浸在昨天跟许蕊相敬如宾举案齐眉不知道是懊悔还是回味的回忆里,对着水一通沉思。

大家都起床收拾好了,老板在餐厅里给他们准备好了早餐。

边南感觉比平时饿,不知道为什么,四个大肉包子下肚又喝了两大碗粥就跟没吃似的。

他又拿了俩鸡蛋,边剥边瞅了瞅旁边的邱奕,邱奕咬着包子看了他一眼:"嗯?"

边南小声说:"我怎么觉得这么饿啊……"

"喝了酒第二天都饿。"邱奕笑笑,"你昨天也算是喝高了吧。"

"是吗?"边南一想昨天晚上的事,脑子里就一阵排山倒海的乱七八糟,这一杯倒的功力什么时候才能有点儿长进呢?

回回喝点儿酒就跟展览似的在邱奕跟前儿丢半天人,啧,他费了半天劲才跟上刑似的把鸡蛋给咽了下去。

吃完早餐，隔壁那帮十来个人才有几个起床了，顶着鸡窝一样的脑袋和俩大黑眼圈从餐厅穿过往前院走。

"这造型，"万飞啧啧两声，"看着他们我有种赶紧把这些吃的都打包收好再屯点儿物资准备末世逃亡的感觉。"

"走吧。"申涛笑着说，"吃饱了没？咱们现在就可以逃亡了。"

车都已经充好了电，几个人把东西放好，骑着车原路回城。

现在基本还能算得上是早晨，郊外的风有些凉，但很清新，吸进肺里时感觉一阵阵畅快。

清爽的风和轻薄的阳光都让人心情愉快。

边南还是开车带着邱彦。

他心情挺好，不过一想到一会儿回去就该回学校了，他又一阵郁闷。

"怎么了？"邱奕开着车往他边上靠了靠。

"没。"边南吸了口气，"你下周开始打工了？"

"嗯，跟曼姐说好了。"邱奕说，"要不是她愿意帮忙，我这再想回去就不太容易了。"

"下学期不是要实习了吗？"边南想了想，"也干不了多久了吧？"

"几个月吧，过了年再看情况，过年那几天钱挺多的。"邱奕笑着说，"你实习的事儿还没告诉我呢，怎么安排的？"

"哎……"边南一提实习就一阵郁闷，"一会儿我上你家待会儿吧，慢慢给你说。"

"好。"邱奕点点头。

回到邱奕家的时候，正好快中午，家家户户都开始做饭了。

邱爸爸正坐着轮椅在院儿里跟隔壁老太太聊天儿，看到他们拎着熟食进来的时候，老太太笑了："还真是带着吃的回来的。"

"奶奶一块儿吃吧。"邱彦举着一袋烧鸡跑到老太太跟前。

"我吃过啦。"老太太拍拍他，"现在可吃不下了。"

"那吃柿子吧，我们摘了好多柿子，大家都分了一袋。"邱彦又过去拿了边南手里的柿子递给老太太，"可好吃了，新鲜的。"

邱奕走到邱爸爸身边看了看："吃药了没？"

"吃了吃了。"邱爸爸点点头，"一切按你安排的都做好了，现在就按你安排的等着吃午饭呢。"

"这就吃。"邱奕笑着说。

熟食就在胡同口买的,边南去厨房拿了盘子一装,就可以开饭了。

"玩得开心吗?"邱爸爸坐在桌边,问了一句,"还去摘柿子了?"

"嗯,路过柿子园,现摘现吃。"邱奕说,"都吃吐了,现在看到柿子就饱了。"

"哎你们会摘柿子吗?没让柿子砸着?"邱爸爸问。

边南一听就乐了:"叔,万飞就让砸了。"

"就知道。"邱爸爸笑了好半天,"跟你说,我们以前摘柿子,都直接上树,在树上边摘边吃……"

邱爸爸来了聊兴,边吃饭边说摘柿子的趣闻,一顿饭吃完,从摘柿子说到摘桃子,然后是偷西瓜,再说到偷了红薯就在田地挖个坑就地埋上烤。

"不会烤的要不就煳了要不就没全熟,煳了的没法吃,没熟的吃了那一路……都吃完饭了吧?"邱爸爸看看他们,等他们都点头之后,才把话说完,"那一路的屁崩得跟过年似的。"

"哎!"邱奕叹了口气,站起来收拾盘子,"你真是……"

边南在边儿上一直乐。

邱彦一晚上没见着爸爸,洗完碗就跑到邱爸爸屋里黏着去了。

邱奕进了里屋,边南跟了进来,往床上一倒,摆了个大字:"哎,也没干什么啊,就老觉得想躺着。"

"你这酒量……"邱奕笑笑,顺手把被子扯了盖到他身上,"感觉都不如二宝了。"

"我以后肯定得是二宝的手下败将。"边南感叹了一下,想了想又用脚点了点邱奕的腿,"哎大宝,昨儿晚上你跟我说的话,我都听到了。"

"是吗?"邱奕挑了挑眉,"好神奇,我以为你睡着了呢,呼噜都打得跟拖拉机似的。"

"放屁。"边南指了指他,"这事儿别想蒙我,我一打呼噜就醒,要没醒就肯定没打。"

"这技能不错。"邱奕笑着在床边坐下,"我的话也就是那么一说,有没有用还是看自己,有时候自己不愿意,别人说什么都没用。"

"是吧,我觉得也是。"边南看了他一眼,"不过你的话我还是愿意听听的,毕竟起早贪黑的童工干过来的。"

邱奕顿了顿，想想又笑了起来："好话愣让你说得这么损。"

"不过吧，我要说点儿什么你能听吗？"边南枕着胳膊，"我也是起早贪黑小三儿的儿子干过来的。"

邱奕勾了勾嘴角，没有说话。

"别活得这么累，"边南闭着眼叹了口气，"我是太逃避，你是太不会逃避了，像这回我跟我爸……"

"这两天你一提家里就愁，"邱奕跟他并排躺下，"是不是不顺利？"

"也不是不顺利。"边南皱皱眉，"就，我们老蒋问我愿不愿意去个网球俱乐部做助理，我回家问我爸，才发现他跟阿姨都替我安排好了。"

"是让去家里的公司什么的？"邱奕从枕头下面摸出烟盒，拿了一支烟点上了。

"你在屋里抽烟当心二宝下午收拾你。"边南看着他。

邱奕下床去把窗户打开了，再躺回他身边："接着说。"

"让我去家里物流公司学学，公司现在是边皓负责着呢。"边南叹了口气，"让我跟着边皓，不知道他俩怎么想的。"

"怎么想的你不知道吗？"邱奕笑笑。

"哎，我就随口说说。"边南在邱奕腿上拍了几下，怎么会不知道，虽然他平时不爱琢磨这些事儿，但从小到大在这样的气氛里压抑着生活的他怎么可能不知道这是为什么。

"那你要去吗？"邱奕问他。

"不去，当然不去啊。"边南啧了一声，"去了不是找死吗？然后我就跟我爸说我想去俱乐部，我爸就不怎么乐意，说没前途。"

邱奕没说话，搂了搂他的肩。

"邱奕，"边南偏过头看着他，"换了是你，你去吗？"

"边皓在公司做得怎么样？这事儿他有没有反对？"邱奕叼着烟问。

"他没反对，公司做得挺好的，要不我爸也不会全交给他了。"边南说，"怎么？"

"我的话……可能会去吧。"邱奕笑笑，"毕竟比俱乐部起点高些，有时候一个人的优势也包括钱和家庭背景，对不对？"

"你个现实的家伙。"边南啧了一声。

"没办法。"邱奕笑着说，"不过你跟边皓的矛盾我没体会，真放到你的位置,也许也不一定吧,只是觉得边皓如果是个能做事的人,在工作上不会有太出格的举动。"

"那你的意思……我去试试?"边南犹豫着。

"不不,我不是这个意思。"邱奕拿了个空烟盒把烟掐了,坐起来看着他,"你问我,我才站在自己角度说说,以你对边皓的心态去了也做不下去。"

边南笑了,往后仰仰头,"我吧,再怎么说也还是被惯出毛病了的,很多事儿我都受不了,这算是个大缺点。"

"以后慢慢磨吧。"邱奕想了想,打了个响指,"去俱乐部先干着也挺好的,至少是你熟悉的事。"

"嗯。"边南点了点头。

"不过你去了就好好干,别成天吊儿郎当的……"

"我没成天吊儿郎当。"

"还有,"邱奕笑了,"你别老觉得这个家跟你没关系,至少这个爸爸也是你爸爸,该你的就不要主动放弃……当然,这是我的想法,咱俩情况不一样,但你也不能太……怎么说呢,太……"

"没底气。"边南说。

"嗯,是的。"邱奕笑了起来,"你也知道啊?"

"当然知道,我又不傻。"边南嘿嘿乐了两声,"不过要改变也不容易,先走着吧,实在不行你推我一把。"

"废物。"邱奕笑笑。

"就废了,"边南翻身也坐了起来,"怎么办?"

"认倒霉呗。"邱奕说。

边南笑了起来,搂了搂他:"哎真可怜,让哥好好疼你。"

"有病。"邱奕笑了一会儿下了床,在桌子边靠着。

"这话就不对了,疼你就是有病啊。"边南笑着说,"那不是骂自己吗?"

"你就这点儿情商,"邱奕叹了口气,"还老想开导我呢。"

"我情商怎么就这点儿了?"边南一下急了,撑着胳膊看着他,"你就说我说得对不对吧!"

"服了你了。"邱奕乐了,"对!可对了!"

"哎，算了。"边南叹了口气。

俩人跑着题瞎聊了一会儿，也没再回归到之前的话题上。

"我眯会儿。"邱奕躺回床上闭上了眼睛，"下午你回学校吗？"

"我四点多走吧，正好赶上食堂开饭，"边南打了个呵欠，"大宝。"

"嗯？"邱奕应了一声。

"你……"边南感觉话题一下也拉不回去了，于是闭了嘴。

邱奕笑了笑："怎么了？"

"我就觉得吧……"边南说了一半又停下了，啧了一声躺到了枕头上，他果然不是探讨人生这块料，"算了，我也眯会儿。"

"盖上点儿。"邱奕拉过被子扔到他身上，"你那一身土的衣服先脱了。"

"我衣服上没土，你真麻烦！"边南无奈地坐起来把衣服脱了扔到床边的椅子上，"就假寐一会儿还非逼着人脱这么干净。"

"小学生都知道讲文明讲礼貌讲卫生饭前便后要洗手……"邱奕闭着眼睛一连串地数落着。

"哎哎哎，我这不都脱了吗？"边南盖上被子侧身冲着墙，"别念叨了。"

不知道是不是昨天喝了酒没睡好，边南躺下没多久就觉得困得不行，本来还想跟邱奕聊一会儿，没等想好聊什么，他就睡着了。

直接睡到了四点，邱奕推了推他，他才很不情愿地睁开了眼睛。

"比二宝还能睡。"邱奕站在床边看着他，"你不要回学校吗？赶紧回吧，我一会儿要出去买菜了。"

"……哦。"边南慢吞吞地爬了起来，盘腿坐在床上愣了一会儿，"你明天要去打工了？"

"嗯。"邱奕点点头。

"一放学就走？"边南又问。

邱奕看了他一会儿，笑了笑："中午能出来吗？赏个脸咱俩一块儿吃饭？"

"没问题！"边南顿时心情大好，打了个响指，"这个脸必须赏给你。"

"对了，这个，"邱奕从桌上拿了个东西递到他面前，"弄好了。"

边南接过来，看到是那个生日礼物小泥人，缺角和颜色都已经补好，基本已经看不出来被摔过。

他笑了笑:"果然还是得专业人士来弄。"

"其实重做一个也行的。"邱奕说。

"不要,"边南喷了一声,"就要这个,重做的就没这个意义了,下回再做个你自己送我吧。"

"好啊。"邱奕笑着说,"每年生日都送你一个不一样的。"

"真的吗?"边南想了想,"要等一年太久了,要不你每个节日送我一个吧,马上圣诞节元旦情人节春节元宵节什么的……"

"那我这一年什么也别干了。"邱奕乐了,"就生日,一年一个,有个盼头多好。"

边南想了半天,最后才跟下决心似的一拍腿:"行吧,一年一个,明年的是邱大宝。"

"好。"邱奕说。

跟邱彦又在院儿里玩了一会儿,边南才拿了包离开了邱奕家。

出胡同的时候都快五点了,万飞打了个电话过来:"你今儿晚上还回学校吗?"

"回啊,我都上车了。"边南伸手拦了辆出租上了车。

"赶紧的,一凡他妈给做了辣小鱼让他带过来了,把隔壁的王八蛋们都香过来了,这一通打啊,我给你抢了点儿,你再不回来我就保不住它们了,只能藏进我的胃里……"万飞说话的时候边南都快能听到他咽口水的声音了。

"出息!"边南挂了电话冲司机一笑,"叔,麻烦开快点儿,我要回去抢食儿。"

回到学校的时候,万飞正蹲宿舍楼下打电话,手里攥着个食品袋,看到他,一扬手把袋子扔了过来。

边南接住一看,大半袋子辣小鱼,他乐了:"不怪别人要撕你,统共就带了一袋都在你这儿了吧!"

"两袋子呢,特别好吃!不怎么辣,你可以吃,要不我也不抢这么多了。"万飞挂了电话走过来,"走吧,上外边儿吃去,我看了,食堂今儿没好菜。"

"又炒饼?"边南从袋子里捏了一条小鱼出来吃了,有点儿辣,但是非常香,让他想起邱奕炸的鱼柳了。

"今天听你的，我请客，你想吃什么我就吃什么。"万飞嘿嘿笑着，"回家的时候我妈给我钱了。"

"留着钱请许蕊吧。"边南喷了一声，"一会儿吃完直接去网吧？"

"网吧？行。"万飞愣了愣，"难得你会主动要去网吧啊，去斗地主吗？"

"你兜你的塔去，不用管我。"边南龇龇牙。

俩人找了个小饭店随便吃了份盖饭，去网吧的路上碰到隔壁宿舍的，边南把包让人帮拿回去了，然后跟万飞去了网吧。

一般他俩去网吧都不挑座，有俩挨着的机子就坐下了，但今天边南拉着万飞找个背后是墙边儿上也是墙的座位。

"干吗上这犄角旮旯的地儿坐着啊？"万飞开了机之后问了一句。

"我有事儿。"边南坐下，把显示器往墙那边扳了扳。

"哦……"万飞拉长声音看着他乐了，"我……懂……了……"

"你懂个屁。"边南没理他。

"行行行，你办你的事儿，我不打扰你。"万飞挥挥手，戴上了耳机。

万飞在兜塔和谈恋爱两件事上相当投入，一旦开始，就心无旁骛。

"有烟吗？"边南踢了踢万飞的椅子。

万飞看了他一眼，摘下耳机喊了一声："什么？"

"有烟吗？"边南问。

万飞从兜里掏出一盒烟扔到他面前，万飞不抽烟，但为了装逼身上总带着烟。

边南拿起烟看了看："没过期吧，这烟是上月的还是去年的？"

"过期过期呗。"万飞看着他，"你不就点上叼着吗？又不往里抽，叼根棍子也一样效果。"

边南乐了，拿了一支出来点上了，叼在嘴里。

找个小黄片儿看得了。

网吧有个隐藏文件夹，一般总来上网的老流氓们都知道怎么进去。

里面有不少片子，不定时更新。

边南点开了，挨个儿把视频名字扫了一遍，耳边自动补足一片娇喘。

有人走进网吧，从他们这排机子前面晃过，边南有些心虚，飞快地把文件夹给关掉了。

算了算了，他弹了弹烟灰，吸了口气，再次点开网页，犹豫了一会儿，开始搜电影。

换了手机之后手机里都是空的，他打算存点儿电影进去无聊的时候看。

其实这活儿要是安排给万飞，估计用不了多久就能搞定，对于边南来说就不那么熟练了，他不怎么找资源，都是万飞弄好了他直接拿。

盯着几个进度条，最后挑了跑得最快的那个留下了，其他几个都点了暂停。

干完这些，他有些心虚地把下载界面最小化。

网吧号称光纤，但下载速度不怎么样，估计下东西的人不少，边南一边胡乱点着网页，一边时不时偷看几眼进度条。

预计下载需要的时间是一小时零五分。

他感觉自己有点儿闲得发慌，于是又踢了一脚万飞的椅子："喝水吗？"

"什么？"万飞戴着耳机喊。

"算了，没什么。"边南冲他竖了竖中指，站了起来。

又看了看屏幕，一切正常，他往收银台那边走过去，买了两瓶水，扔了一瓶给万飞，自己灌了半瓶下去。

网吧里人已经来了不少，不过这边人还没满。

边南平时来网吧都挺无所事事的，要不跟万飞一块兜塔，他也就是到处瞎点瞎看看，经常是没多久就睡着了。

今天照例是瞎点瞎看，点进个论坛，随便扫了几眼。

看到有人写了自己的心路历程，从小如何如何不易，过得如何惨，人生不公平，命运如何不待见他，而自己又如何努力……

边南看着就觉得特别没意思，也许是因为同样过得很不易的邱奕从来没在他面前抱怨过什么，哪怕提到过去，也只是轻描淡写的一句话而已。

这就是差距。

边南想想，又哼了一声，也许就是因邱奕什么也不说，不抱怨，都藏在心里，才会过得这么……

还是斗会儿地主吧。

片子下载完了，他给存到了手机上。

把手机塞回兜里，边南打算把之前输掉的钱先赢回来。

不过今天他显然不在状态，一直奋战到过了十二点，钱还没回到之前的数字。

"哎——"边南扔下鼠标伸了个懒腰，扯下万飞的耳机问了一句，"兜完了没？"

"要回？"万飞看了看时间，"等我五分钟，马上完事。"

等万飞战斗完毕，俩人结账出了网吧。

冰冷的夜风从身上一个扫堂腿吹过，边南打了个冷战，把外套拉链拉到头，感觉自己终于从一晚上迷迷瞪瞪的状态里清醒过来了。

"今年过年上我家玩吗？"万飞蹦着走了一段，转头问他，"今天我妈还问我呢。"

"看情况吧。"边南一想到过年就心烦，过年家里会来不少亲戚，各种家庭聚会很多，他在家里尴尬的地位每到过年时就会得到全方位的展示。

所以小时候他一般就躲在自己房间里，出去聚会吃饭的时候他也不去，大概老爸也觉得面对亲戚时会尴尬，也不强迫他，会让保姆在家给他做饭，然后一脸歉疚地给他塞钱。

长大点儿之后过年他就会直接躲出去了，除了年夜饭，别的饭他都不在家吃，去亲妈那儿，去万飞家，还去过老师家。

"是不是想去邱奕家啊？"万飞一搂他肩，笑着问。

边南嘿嘿乐了两声没说话。

回到宿舍，孙一凡和朱斌都已经躺睡了，朱斌的呼噜打得走廊上都听得见。

"哎，困了，昨儿晚上没睡踏实。"万飞抓了衣服往床上一扑，"老担心碰到许蕊她会说我趁她睡着了占便宜。"

"她都愿意跟你一个帐篷待着了，还会说你这个？"边南喷了一声，"你真够傻的。"

"也是啊。"万飞也一连串喷着，"错失良机了。"

边南没跟他再瞎扯，飞快地拿了东西去洗漱，洗漱回来，万飞的呼噜也打上了，不过比朱斌强，此起彼伏的呼噜声里，万飞是那个彼伏的。

本来想再看看电影，被这呼噜一打，边南没躺两分钟就困了。

第九章
一些改变

早上是万飞把他晃醒的:"南哥!南哥!再不起又要多跑五公里了!"

边南迷迷糊糊地睁开眼睛,被已经穿戴整齐的万飞从床上拽了起来,困得要命,好一会儿都保持着被拽着的姿势没动。

"别愣了,想什么呢!咱俩都晚十多分钟了!"万飞把衣服扔到他身上,"赶紧的!"

罚跑个五公里十公里对边南来说是家常便饭,跑完也没什么问题,但能不跑还是不跑得好,边南收起思绪,抓过衣服胡乱套上了,脸也没顾得上洗,跟万飞一块儿跑出了宿舍。

出校门之后反方向跑了一阵,迎上了已经跑了一圈的队伍,还好老蒋今天没骑个车跟着,他俩跟在了队伍最后面。

平时跑步他跟万飞总得聊天儿,老蒋最烦他俩跑步的时候说话,说是有边跑边说浪费的这点肺活量都够再跑三公里了。

今天他却一句话也没说,闷着头往前跑,万飞倒是跟他说了几句来着,他连听都没听清,啊了三回之后,万飞皱着眉挥挥手:"得得得,跑吧,不说了。"

边南也没再说话,继续跟着队伍往前。

"南哥,"万飞跑了没多远又说上了,这回说话前他先往边南背上戳了一指头,"你有点儿不对⋯⋯"

边南本来就怕痒,再在沉思的时候被他这冷不丁戳一下,条件反射地蹦了一下,回手一巴掌甩在了他胳膊上。

"哎！"万飞搂着胳膊狠狠搓着，"你打贼呢！"

"有话说不就行了，突然戳我一下，我能不打贼吗！"边南瞪了他一眼。

"我刚说那么多，你听见了吗？"万飞喷了几声，往他脸上指了指，"从昨儿晚上起就这德行了，你这是干吗了啊？"

"有你什么事儿？跑你的步，有说话这肺活量再跑三公里去！"边南说完继续埋头往前跑了。

"有事儿你就说出来。"万飞跟在他身后，"解闷儿小能手万飞随时为您服务，优质服务24小时无休，随叫随到……"

跑步结束之后队伍有点儿散了，边南还是跟在最后，慢吞吞地往学校门口走，低头盯着地上的落叶。

差不多该下雪了吧。

"南哥，"万飞在他旁边一块儿慢慢走着，"你……哎？"

"哎什么哎？"边南看了他一眼，发现他正看着路对面，顺着他的视线看过去，边南看到了站在对面路边的邱奕。

那辆白色的自行车很抢眼，上回大战之后应该是修过了，被他掰断的车撑子已经换了一个，邱奕正跨在车上，一手扶着车把，一手拿着盒牛奶喝着。

"我靠，他干吗？"边南立马往前面的队伍那边扫了一眼，果然，大家的脸都冲着路对面。

"航运前老大来曾经的战场上视察呗。"万飞乐了。

看到边南发现他之后，邱奕喝光了手里的牛奶，捏了捏牛奶盒，扔进了旁边的垃圾箱里，然后骑上车走了。

边南掏出手机拨了邱奕的号："你有病啊，大清早跑这儿示威来了？"

"我路过，突然想体会一下以前在这儿挑衅的感觉。"邱奕笑着说。

边南愣了愣也笑了起来："那次是挑衅吗？我还以为那会儿你是来跟我展示你那个破伤的呢，求着我再揍你一顿。"

"哎哟！"万飞喊了一声，走到一边去了。

"怎么可能。"邱奕的声音里带着风，"我又没病，抖M也没这么抖的。"

"中午吃饭你别再上这儿来杵着了，早上来一趟，中午再来，肯定得打起来。"边南看了看前面的人，不少人脸上都挺不爽的，特别是潘毅峰的徒子徒孙们。

这帮人倒没几个真是为了潘毅峰,纯粹就是想在潘毅峰走了之后找个借口大干一场,力争成为体校下一个横着走的人而已。

"我在小吃街路口等你,我想吃饺子。"邱奕说。

"没问题。"边南笑着说。

挂了电话之后,万飞过来一把搂住他的肩膀:"赶紧的,趁现在你的心情好,说说你从昨儿晚上到现在是不是有什么事儿了,还下了个片儿?"

边南看了他一眼:"你就不能等我想告诉你的时候再说?"

"你这人不就这样吗?我要不问你,你多半就不会说了。"万飞一脸嫌弃地看着他,"没有分享精神?"

"别拿老太太腔调跟我说话。"边南推开了他。

"爱说不说。"万飞瞪了他一眼,甩手往前走了,走了几步又回过头,"解闷儿小能手等着哟。"

"哎你赶紧走。"边南有点儿无奈。

一上午上课他都没听,百无聊赖地看着旁边趴桌上睡得香甜可口的万飞,快要期末考试了,老师上课的时候多数都让做题,发点卷子让写。

边南趴卷子上没写几题就困得眼睛都快睁不开了,心里还乱,总觉得有哪块儿别着,让人不踏实。

这么一直熬到最后一节课,课间的时候他推了推万飞:"小能手,别睡了。"

万飞揉揉眼睛:"怎么?"

"操场转转去。"边南站了起来,走出了教室。

"马上上课了吧。"万飞跟在他身后看了看手机,"不上了?"

"这会儿谁还管你上不上课。"边南伸了个懒腰。

上课铃响的时候,他俩躲进了操场旁边的旧器材库里。

"要烟吗?"万飞掏出烟盒递给边南。

边南拿出一根点了叼在嘴上,牙咬着过滤嘴一上一下地晃着烟头。

烟快烧到一半的时候,他拿出手机,把昨天下的电影点了出来,调了静音,放到了万飞手上:"看吧。"

万飞嘿嘿乐着拿过手机,往后快进了一下扫了一遍,"传给我吧。"

边南盯着烟头:"随便,当心许蕊骂你。"

"她不至于。"万飞看着他。

"我就是提醒你。"边南拿过手机放回兜里,"追许蕊费多大心思啊,可得好好捧着,要不让人甩了我还得安慰你,我多累啊。"

"南哥,"万飞嘎嘎乐了一会儿,一拍他大腿,"真够哥们儿!"

"你现在感慨这个干吗?"边南乐了,"赶紧跪下给老天爷磕俩响头谢谢他没歧视你还给你分配了我这么个铁子。"

万飞跟着一块儿嘿嘿乐了半天,又收起了笑容,很严肃地看着他:"其实吧,什么人就会有什么样的朋友,朋友就是互补用的,你有洞了我给你补补,我漏风了我给你缝缝。"

"小飞飞,"边南从烟盒里又拿了支烟点上了,盯着万飞看了一会儿,"你有时候还挺会说话的,智商偶尔一下拔得挺高,都不适应了。"

"我……正在努力进步。"万飞说。

边南没有说话。

万飞拧着眉思索体会了半天:"但是吧,你说邱奕和申涛那样的朋友,一个德行,他俩谁能补上谁呢,所以就又交上了你这么个朋友,漏气儿了……不,漏风了你能给缝。"

"操,"边南让他给说乐了,"你这智商还能不能稍微保持一下高度了啊?"

"反正就是那意思,"万飞笑着说,"反正咱俩挺好的,无论你什么样,哥们儿照做,架照打,该干吗干吗。"

没错。

这也许才是最好的相处方式,朋友不就该是这样吗。

边南往后躺到垫子上,长长地舒出了一口气。

没错就是这意思。

"哎……回吧,一会儿该让人逮了。"边南拍了拍垫子,垫子上腾起一阵白灰。

俩人赶紧从垫子上蹦了起来,万飞一个劲拍着裤子:"这儿多久没搞卫生了啊?"

"上学期大扫除以后就没打扫过了吧。"边南冲着地打了个喷嚏。

"以前不还老有人上这儿偷情来吗,学校抓好几回才没人来的,"万飞喷喷着,"这里一身灰……"

"你懂个屁,"边南乐了,"就因为没人来了才落的灰。"

"哎，"万飞看着那一摞垫子感叹着，"这上面都是咱体校前辈们的青春啊……"

"二货。"边南笑了半天。

在中午放学的铃声响起之后，万飞去了食堂，边南从操场边的围墙翻了出去，

跑到小吃街路口的时候，邱奕已经在等着他了。

"你怎么这么快？"边南笑着跑过去，看到邱奕他就想笑，之前因为各种纠结而烦闷心情暂时被扔到了一边。

"骑车过来的。"邱奕也笑了，"怕走路经过你们学校门口被人追了跑不掉啊。"

"你让人追我们学校里边儿去了都跑掉了呢。"边南走到他身边，两人的肩在一块儿轻轻撞了一下，他心里顿时一阵舒服。

自己果然没有瞎操心的命。

"那不是因为碰上个废物没拦住我吗？"邱奕顺着路往小吃街里走，"吃饺子？"

"那是小爷没防备，谁能想到航运老大跑我们学校翻墙来了。"边南喷了一声。

"在街上也没堵着我啊。"邱奕又说。

"根本没想堵你好吗！"边南推了他一把，"你要愿意，我现在就堵你一回，哭着求小爷放过也没用！"

"以后吧。"邱奕笑着说。

小吃街有三家大馅儿饺子，边南吃着都差不多，但邱奕要去最里面靠近小区的那家。

"有什么区别吗？"边南跟着他进了这家店，人倒是比前两家多，俩人找了个角落里的小座坐下了。

"有区别啊。"邱奕笑笑，"我能吃出来。"

"那是，你当童工的时候就在饺子店里混了。"边南一想到比邱彦大不了几岁的邱奕躲在饺子店后厨里埋头包饺子的场景就有点儿心疼。

"这么溜达着走一段挺好的。"邱奕说，"聊会儿呗。"

边南顿了顿，笑着一指他，说："咱俩有代沟知道吗？有什么可聊的。"

"是吗？也是，你跟二宝是一拨的。"邱奕跟服务员点了饺子，正要说

话，手机响了，他拿出来看了看，"我接个电话。"

边南靠到椅背上，拿了茶杯一下下转着，邱奕的电话估计是某个他正在补课的学生家长打来的，邱奕说话的腔调完全变了个样子。

"杨姐，谢谢你，不过我这儿实在抽不出空一对一了。"邱奕看着他，嘴角带着笑，但说话还是一本正经的，"我现在能加进去的只有周六上午，不过是两个孩子一起上课的，加上他就是三个人……嗯，我知道……这样吧，杨姐，我另外介绍个同学怎么样？他也讲得很好……好，您问问……"

邱奕挂掉电话之后又给他以前的一个同学打了个电话，问了有没有时间多一个人补课。

"你把周六上午都占满了啊？"边南看他挂了电话之后问。

"嗯，这阵儿找补课的多，我就都接了。"邱奕喝了口茶。

"那二宝周末多寂寞啊。"边南叹了口气，"我也撒鼻息了……"

邱奕笑了起来，手伸过来，手指在他掌心那条疤上戳了戳："年前不是要还钱吗？得多赚点儿，这儿还疼吗？"

"不疼，没什么感觉，我现在是威武的断掌……不还有辞典吗？"边南说，"你要用随时拿去啊。"

"那是万不得已的时候用的。"邱奕笑笑，"钱也不是白来的，再说我总不能每次都靠借钱吧，这么多年都过来了，不在乎这点儿了。"

"哎！"边南趴到桌上，"太累了。"

"过了明年差不多了。"邱奕想了想，"到时想办法带我爸去近点儿的地方旅个游。"

"我也去。"边南马上说，"我放假了去学车本儿，我开车……保证慢慢开，咱一块儿去。"

"好。"邱奕看着他。

"一路开，一路玩。"边南立马开始计划，"开半道看哪儿想玩就停下，带着帐篷……啊，叔叔睡帐篷估计不行，那就找地方住，反正二宝要想玩帐篷就野餐的时候让他玩……"

"想那么远呢。"邱奕笑着看他。

"先想想呗，再远也会到的啊，现在想想给自己找点儿乐嘛。"边南说，"像你这种只琢磨实际问题的人体会不到，这个搁你那儿得是浪费时间的空想。"

"所以你替我想吧。"邱奕说。

"包我身上了。"边南嘿嘿笑了两声。

现在这种感觉让他很享受,两个人面对面坐着,吃着饺子瞎扯着。

别的什么都可以暂时先不去想了。

边南对饺子没什么特别要求,上回在邱奕家包的饺子他就觉得特别好吃,不过邱奕特别爱吃三鲜馅儿的,比平时吃饭的量要多,边南跟着他忍不住吃得停不下来。

俩人把饺子吃光之后,边南摸摸肚子:"饺子这东西,只要不在家吃,在哪儿吃都挺好吃的。"

"那你过年遭罪了。"邱奕笑笑。

"还成,边馨语不爱吃饺子,我们家过年不怎么吃饺子。"边南想了想,在桌子下面轻轻踢了邱奕一脚,"哎,大宝。"

"嗯?"邱奕也往他脚上踢了一下。

"过年你家怎么过?"边南问。

"你来过一次就知道了。"邱奕说。

"啊?"边南愣了愣。

"你是不是过年想上我家待着啊?"邱奕看着他。

"以后你要猜到我想什么了能不说出来吗?"边南有点儿无奈。

"好。"邱奕点点头,"你说吧。"

"我……不都已经让你说了吗?"边南叹了口气,"三十儿我肯定得在家,之后亲戚朋友吃来吃去的我就难受了。"

"那就上我家来吧,我家亲戚只要债不吃饭。"邱奕笑着说。

"我可以再装一次黑社会。"边南一拍桌子,恶狠狠地咬着牙说,"还钱!"

邱奕笑了半天:"还真挺像的,只要不穿运动服。"

"运动服多方便,我这运动服一时半会儿是脱不下来了。"边南伸了个懒腰,"实习的时候不还得穿吗?"

"挺好的,看惯了你穿运动服,偶尔穿一次别的能让我觉得换了个人似的。"邱奕说。

"是太帅了吗?"边南挑挑眉毛。

"是。"邱奕点点头,伸手招了招,叫了服务员过来结账。

"就走了啊？不多聊会儿吗？"边南皱皱眉，"多么难得的午后闲暇时光……"

"在东北大馅儿饺子馆里度过午后闲暇时光？"邱奕拿出钱包，"这么接地气。"

"那上哪儿？卫校小花园？"边南乐了。

卫校旁边有个小人工湖，湖边有个小花园，一直是卫校姑娘和她们的男朋友谈恋爱的圣地，偶尔也会夹杂着些外来情侣，一般来说体校和航运的在那里碰面的概率很高，但本着大家谈个恋爱都不容易的原则，他们都不会在小花园打架，而是一块儿肩并肩，排排坐在面湖的石凳上谈集体恋爱。

邱奕走出饺子馆，没往小吃街出口走，而是带着边南一直顺着路往里去了。

"上人小区里待着吗？"边南问，再往前就是两个居民小区，他在这儿待了好几年，一次都没去过。

"以前没来过这边？"邱奕问他。

"没。"边南看了看四周，中午人少，小吃街上的人也不往这边来，倒是挺清净的，"我们都得翻墙出来，好容易费劲翻出来了谁会上这儿来啊。"

邱奕笑了笑没说话，俩人慢慢溜达着，十来分钟之后穿过了小区，到了后面的一条街上，人更是少了。

"去那儿。"邱奕指了指路斜对面。

边南顺着看过去，在一溜不起眼的小店面中间看到了一个很小的门脸，能看到门里有个往上去的楼梯。

走近了才看清，门脸一圈都是用铜钉钉上的原色木板，上面还有用旧铁条拼出来的三个字：好无聊。

"真装。"边南一看就乐了，"这什么地方？"

"一个很装的咖啡店。"邱奕往楼梯上走，压低声音说，"感觉从来都不会有人来，不知道老板指什么赚钱。"

"你怎么发现这么个地方的？"边南往四周看着，楼梯很窄，也就只能容下一个半人，两边的墙上还挂了镜框，里面是用各种字体写出来的"好无聊"。

"一会儿告诉你。"邱奕说。

"这还卖关子。"边南啧啧两声。

这个咖啡馆很小，看上去是用两居室的房子改的，都铺着木地板，也都是原色。

木地板上扔着一堆的垫子，草垫、棉垫，小茶几也都是短腿儿的，都得席地而坐。

客厅里有个小吧台，没见着有人招呼，这店里别说没客人，俩人进来之后连老板都没看着。

"上里边儿吧。"邱奕看了看，进了里间。

这间屋子放了不少绿植，用木桩和篱笆隔成了四个小空间，都是木地板加各种垫子，让人看着就想躺上去睡一觉。

俩人脱了鞋，在靠着落地窗的垫子上坐下了。

"哎！"边南半靠在墙上，阳光从窗外洒进来，暖烘烘得晒得人眼睛都不想睁了，窗外能看到街景，虽说一条小破街没什么可看的，但懒洋洋的初冬午后有些落寞的景象还真是挺符合"好无聊"三个字的，"这儿还挺舒服，你还没说你怎么找着这地儿的呢。"

"张晓蓉带我来的。"邱奕拿了个垫子放在身后靠着墙。

"什么？"边南眉毛没忍住往上挑了挑，"张晓蓉？你俩还上这儿来美过呢？"

邱奕笑了。

"不是，你俩上这儿来干吗啊？你不说你俩没什么吗？"边南啧啧两声。

"我被骗来的。"邱奕看着他，"哎我发现你挑眉毛的样子很好看啊。"

"老子把眉毛刮了都一样好看！现在拍马屁不管用。"边南把腿一盘，"就张晓蓉还能把你给骗了？"

"她说有个学生要介绍给我补课，一听有钱赚我就比较容易被骗了。"邱奕笑着说，"她说学生约了在这儿先见个面，我就来了。"

"结果学生没来？"边南乐了。

"嗯，说是过来的路上学生给她打了个电话说家长找了别人给补了。"邱奕叹了口气，"真是悲伤。"

"那你是走人还是喝了两杯才走的啊？"边南笑着问，感觉自己当初在追张晓蓉这事儿上还真是一点不含糊地输给了邱奕。

"你猜。"邱奕往下滑了滑，半躺在了垫子上。

"走人了，你这人就这样。"边南打了个响指。

"嗯。"邱奕笑着点点头,"钱没了我很不高兴。"

俩人乐了半天。

瞎聊了能有快十分钟,才有个三十来岁的男人拿着壶咖啡和一碟点心走了进来,把东西往他们面前的地板上一放,转身就往外走。

"哎,老板吗?"边南看了看点心,是一碟老婆饼,"没点呢就拿来了?"

"想点别的也没有,不想吃就放着吧,要不就打包回去给你同学。"老板打了个呵欠,"反正一份五十,吃不吃都得交钱。"

"这生意做得也太霸道了。"边南乐了,拿了个饼咬了一口,还是热乎的,味道还真不错。

"所以没看没人来吗。"老板走了出去。

边南愣了愣,指着门口,看着邱奕说了一句:"丫肯定不缺钱。"

邱奕笑笑没说话,拿了个饼也咬了一口:"嗯,挺好吃的,可惜刚塞了一肚子饺子,一会儿你打包给万飞带回去吧。"

"以后我有钱了也开个这样的店,有人来就招呼一下,没人来就睡觉。"边南把咖啡给邱奕倒上,"你不带点儿给申涛吗?"

"他减肥,现在拒绝甜食。"邱奕说。

"申涛减肥?他不胖啊,不挺顺溜的吗?"边南觉得有点儿莫名其妙。

"不知道,他觉得再瘦点儿就能有艳遇了。"邱奕笑着说,"他在这方面一直挺神奇的。"

"小涛哥哥一本正经的看不出来还有这么二逼的心思。"边南嘿嘿嘿地乐了好半天才一指邱奕,"你家二宝才应该控制体重,肉乎乎的……"

"嗯。"邱奕看了他一眼,笑着说,"不过二宝对自己的身材很满意。"

边南拿起咖啡喝了一口,冲他竖了竖拇指:"其实你真挺牛的,那么点儿大就得扛着一个家,还把二宝养得这么可爱。"

邱奕没说话,笑着看了看窗外。

俩人喝了几杯咖啡,躺在阳光里昏昏欲睡地聊着天,老板开了音乐,边南觉得这音乐跟催眠似的,聊着聊着他眼睛就睁不开了,干脆闭上了眼:"这儿挺好的,咱以后有空可以上这儿来待着。"

"好。"邱奕应了一声,也躺在了阳光里,"边南。"

"嗯?"边南还是闭着眼,觉得眼前全是金灿灿的光芒。

"你不用往旁边躲躲吗?"邱奕轻声说,"你这身儿皮,再晒晒,牙该更白了……"

"滚蛋!"边南愣了愣,"听你这凝重的语气,以为你要说什么大事儿呢!"

"这多大的事儿啊。"邱奕笑着说。

"今儿心情好,你慢慢挤对吧,我不回嘴。"边南嘿嘿笑了两声。

阳光很好,两人躺平没晒多大一会儿,边南就感觉自己有些微微出汗。

"老板哪儿去了?是不是在偷看咱俩?"边南往门口看了一眼,老板拿完东西过来之后就没了人影,不知道躲哪儿去了。

"有谁会这么无聊……"邱奕说。

"这儿有啊,店名都叫好无聊呢。"边南啧了一声。

邱奕笑了起来,笑了好半天才坐起来喝了口咖啡:"还真是。"

好无聊的老板一个中午都没出现,快到下午上课的时间,边南和邱奕收拾了东西,自己拿了食品袋把老婆饼打了包,他都没见着人。

"钱都不收了吗?"边南往外看了看。

"不收就走人。"邱奕说。

"真好,要不再顺俩杯子走吧。"边南拎着袋子往外面走。

"傻妈你,怎么不得顺个壶,杯子才多少钱。"邱奕穿上外套。

"吧台上有个笔记本。"边南走出房间,走到吧台前,"就这……"

话没说完就看到了吧台后面靠在躺椅上玩手机的老板,他吓了一跳:"老板你在啊?"

"快上课了就过来等着收钱。"老板放下手机,"五十,别让我找钱啊,没零钱找。"

边南掏出钱包,就一张十块的还有几张一百的,他有点儿无语:"大叔,您就没打算做生意吧?五十都找不出?"

"谁是你叔,叫大哥。"老板看了他一眼。

"叫大哥能找出五十吗?"边南问。

"找不出。"老板回答得很干脆。

"能刷卡吗?大叔。"边南从钱包里抽出了卡。

"不能,还要交手续费呢。"老板说。

"我靠!"边南在吧台上拍了一掌。

邱奕从屋里出来,放了五十块到吧台上:"走吧。"

边南怀着对老板的满腔莫名其妙,跟着邱奕出了咖啡店,又回头瞅了一眼招牌:"这老板真牛。"

"以后还来吗?"邱奕问他。

"来啊。"边南乐了,忽略这个半死不活的老板,这间店还真是不错,有点儿小情调,清净,在学校附近再想找这么个地儿出来还真没有,"待着还是挺舒服的。"

两人慢慢溜达到路口,邱奕从小路回了航运,边南顺着大路跑着从侧面围墙翻回了体校。

从墙头跳下去落到地上的时候,边南觉得心里一下空了。

就像抱着被子睡了一夜,正美呢,被子被人一把拽走了似的那么空荡荡的。

他真希望日子就一直不变,就像中午那样窝在咖啡店里。

"可惜啊……"边南踩着上课铃声往操场跑过去,可惜啊,现实生活里还有一堆甩不掉的事儿。

考试,实习。

和怎么也待不暖的那个家。

不过边南最大的特点就是什么事儿转头就能甩到一边,甭管是真不想了还是假装自己不想了,再或者是不敢想,总之那些并不完全美好的感受没影响他太长时间。

日子在老蒋的高压下又回到了平时的节奏里。

每天上课训练,一星期跑出去个两三次,跟邱奕吃个饭,偶尔会去好无聊待上一小时晒晒太阳聊聊天儿。

"不要以为快毕业了,训练就可以凑合了!"老蒋站在跑道边,对着正在蛙跳的一帮人喊,"只要还有一天在我手上,就得老老实实按我的安排训练!边南!你怎么不直接爬过去啊!"

边南赶紧狠狠地蹦了两下,罚跑他不怕,要老蒋让他围着跑道跳个几圈儿那可真要了命了。

"万飞!"老蒋又换了个目标,指着万飞吼,"跳就给我连着跳!别跳一跳停一停!想女朋友跳完了晚上再想!"

四周顿时一片笑声,还有起哄声:"蒋教练挺清楚啊。"

"没事儿就翻墙出去约会,当我不知道呢。"老蒋说,"你们别乐,你们这帮人,哪个出去是奔网吧,哪个出去是约会,我都知道!"

万飞嘿嘿乐着,没说话,偏过头看了边南一眼。

边南知道他在想什么,边蹦边伸手冲他竖了竖中指。

休息的时候,一帮人在球场旁一边活动一边瞎聊着,因为老蒋开了个头,所以大家的话题都放在了女朋友身上。

谁女朋友漂亮,谁女朋友胸大,谁正在追谁,谁准备被甩,说得都挺带劲儿,时不时地会乐成一团。

边南一直没出声,以前他就不太参与这种跟姑娘有关的话题,追得着追不着,有女朋友没女朋友,他觉得就那么回事儿。

"追女生这事儿还得问边南。"有人说了一句,"边南不一直手到擒来吗?"

"放屁。"边南说。

"就是,人边南都是等着女生倒追的。"有人笑着接话。

"你们目光要放长远。"万飞看了边南一眼,"不要老盯着卫校,马上毕业了,还有海一样广阔的妹子在等着你们……"

万飞成功地转移了话题,大家开始另一轮热烈讨论。

早上边南裹着被子正睡回笼觉,耳边突然传来万飞的吼声:"哈哈!哈哈哈!下雪了!"

"哎……"边南拉过被子盖住脑袋,他困得厉害。

昨天晚上邱奕下班之后他俩电话聊了一个多小时,聊到快两点才挂的电话,这会儿五点多简直是最困的时候。

"别哎了,起床了。"万飞在他被子上拍了几下,又站到窗边往外看,"今年下雪真晚啊,马上都元旦了。"

"老蒋没通知一声不用跑步了?这么大的雪。"孙一凡裹着被子坐在床上。

"别妄想了,去年暴雪那两天咱不也一样跑步吗?"朱斌捂在被子里说。

"对了!那天南哥还摔了个狗啃屎。"万飞一想起来就乐上了。

"你啃屎。"边南掀开被子坐了起来,指着他,"你摔跤的时候非得往人屁股上撞,让你撞那么一下谁还站得住。"

"我已经努力控制了,没把你裤子扯下来就不错了。"万飞笑着说,回手把窗户打开了一条缝,"你们都赶紧起……"

北风猛地从窗户缝里灌了进来,边南的床靠窗,都能听见风被挤压之后发出的惨叫,几个人同时吼了一声。

让万飞一折腾,宿舍里的人都起来了,成为一条走廊里最积极起床的宿舍。

边南一出宿舍楼就摸出了手机,给邱奕打了个电话。

那边邱奕估计是刚起,声音里带着迷糊的鼻音:"怎么了?"

"下雪了。"边南蹦着往前走,"好冷。"

"嗯,知道,二宝四点半就喊过一次了。"邱奕笑了笑,"你要去跑步?"

"是啊,都出门了。"边南把拉链拉到头,"又困又冷真受不了。"

"我也困。"邱奕打了个呵欠,"二宝感冒了,一晚上对着我耳朵打呼噜。"

"二宝感冒了?"边南皱皱眉,"这个身体素质得加强,把我搁雪堆里埋两天我也不会感冒。"

"是。"邱奕乐了,"直接给你冻死了,都没有感冒的机会。"

两人随便聊了两句,边南挂了电话,跟着跑步的队伍出了校门。

围着学校还没跑两圈,雪就下得人都快看不清了,风也刮得很凶猛,今年这第一场雪居然这么残暴。

"哎,南哥,"万飞帽子往下拉得眼睛都快给挡住了,"元旦三天假呢,你怎么过?"

"听课。"边南说,一张嘴就往肚子里灌风。

"听课?"万飞愣了愣,压低声音,"听什么课,不跟邱奕一块儿?"

"听邱奕上课。"边南叹了口气,昨天就为这事儿俩人才聊那么长时间。

边南的概念里,放假就是拿来玩的,邱奕却相反,假期是用来赚钱的,他已经把元旦三天都安排了,饭店那边一到节日就特别忙请不了假,初三的学生本来就没什么假期可言,都扎堆儿在那几天……

"我没想着你元旦要找我出去玩。"邱奕声音里带着歉意,"对不起啊。"

"对不起什么啊。"边南一听他这话顿时心里就挺不好受,邱奕跟他情况不同,放个假都得这么辛苦,"反正想玩随时都能见,也不差这两天。"

"要不我推掉一个……"邱奕琢磨着。

"别别别。"边南更过意不去了,最后一咬牙,"要不我跟着你去补课?"

讨论的结果就是边南跟邱奕一块儿去给学生补课。

挺逗的。

不过边南觉得,比起猫在宿舍或者待家里或者跟着同学朋友的出去瞎玩都有意思。

他还挺想看看邱奕一本正经给人补课是什么样子的。

自己长这么大,除了打个球,就没干过什么正事儿了,别说打工,就在家都没干过活。

每到放假就是疯玩,反正只要不待家里,去哪儿都成。

跟万飞出去瞎转悠一晚上都觉得挺好,不过现在万飞谈恋爱了,就不好总拉着万飞。

上周晚上宿舍几个人溜出去K歌,虽然只是学校旁边的破场子,音响环境什么的都透着城乡结合风,但并不妨碍万飞和许蕊手拉手情歌对唱,看着对方唱得就差凑上去边啃边唱了。

这种时候他也就跟邱奕猫一块儿才能解解闷儿,有时候想想,自己每次碰到什么郁闷的事儿,都会下意识地去找邱奕。

邱奕的稳重和成熟还有那些不急不慢的开解安抚,有时候让他觉得挺受用的,相比自己这十来年的人生,邱奕经历得要多得多,要复杂得多。

他一直觉得邱奕被生活压得太累。

这也是他总想能给邱奕帮上点儿什么忙的原因。

哪怕是像邱奕能开导他那样……当然这个对自己来说的确难度太大。

大概只有陪着邱奕一块儿瞎逗才是他最合适的姿势,比如看到邱奕走过来的时候就立马龇牙一笑。

"干吗不让我上家里去等啊?"边南缩着脖子蹦了蹦。

"上家去二宝见了你该不让你走了。"邱奕笑笑,往他手里放了个热乎乎的东西,"尝尝。"

"哎?"边南低头看了看,手里是个热腾腾的烤白薯,"哪儿来的?"

"邻居家烤的。"邱奕说,往小街路口走过去,"他家卖这个,正要出摊儿呢,我拿了俩。"

"咱去哪儿？不坐公车吗？"边南边吃边跟了上去，挨着邱奕走，走两步就往邱奕身上挤一下。

"地铁，直接就能到了。"邱奕被他连着挤了好几下，都快走到人行道下边儿去了，只得也往他身上挤了一下，"你是不是斜视了？"

边南喷了一声，"小学的时候没玩过吗？这么冷的天儿，来回挤着才暖和。"

邱奕叹了口气，跟他来回挤着走了几步："暖了没？"

"凑合。"边南笑了笑。

一放假，无论天气如何，街上都堆满了人，两边商店的喇叭一个比一个声音大，耳朵里全是各种声音，眼前也堆得满满的各种颜色。

地铁里也一样，人挤人的。

邱奕前面有俩小孩儿正挤来挤去，他拉着吊环往后让了让，边南在他背后挤了挤。

"干吗？"邱奕回头笑着看了他一眼。

"暖暖手。"边南把手伸进了邱奕外套兜里，"齁冷的。"

"这儿还冷？"邱奕笑笑。

"我说冷就冷，我怕冷。"边南喷了一声。

去补课的那家离得不算远，没几站他们就往车门边挤过去下车了。

边南从人堆里挣扎着出来的时候上下检查了一下自己，总觉得衣服都被挤掉了。

"就说你是我同学，准备给人补课，来听听我是怎么补的。"邱奕交代他。

"嗯。"边南抓抓头，"要人觉得还不错，要给我介绍学生怎么办？"

"不会。"邱奕看了他一眼，"你看着就不是好学生。"

边南摸摸脸："滚蛋。"

"要真这么幸运，你介绍给我就行了。"邱奕笑着说。

"你忙得过来吗？这都快连轴转了。"边南皱着眉，他都能看到邱奕的黑眼圈，虽然不是太明显。

"我可以转给我同学，拿点儿介绍费，好几个等着我介绍呢。"

"……你还真挺会做生意。"

补课的是个男生，家里没大人在，都出去逛街了，所以边南基本不用担心被人看上给介绍学生了。

男生戴个眼镜，看着像个好学生，挺有礼貌给边南拿了水和零食。

到邱奕开始给他讲数学卷子的时候边南才发现，这男生就是看着像好学生，成绩差得一塌糊涂，而且似乎还挺笨。

边南坐在男生身后的沙发上，一抬眼就能看到邱奕。

"这题上回给你讲过，怎么还错了？"邱奕指了指卷子。

"没讲过……吧？"男生凑过去看。

"别装。"邱奕拿过手边的笔记本打开翻了几页放到他面前，"下回要没听明白就告诉我，多讲几遍没事儿的。"

"嗯。"男生点点头。

"那我再给你讲一遍，有没懂的你就说。"邱奕说。

边南撑着额角看着邱奕给男生讲题，有点儿小小的吃惊。

他一直觉得邱奕能给学生补课是因为他学习很好，没想过别的。

邱奕开始讲题之后他才发现，这大概不光是学习好就能干好的活儿，这家伙思维相当清晰，讲得简单有条理。

初中的时候边南成绩差得哪次能及个格都能让老爸欢欣鼓舞的，尤其数学，数学老师是个小老头，属于肚子里有才，但表达不出来的那种。

边南一上数学课就想睡觉，小老头说话连个抑扬顿挫都没有，跟坐在庙里似的，如果老师是邱奕……

这个男生听没听明白边南不知道，但他就这么在一边随便听几耳朵，居然就差不多听明白了。

这还是他第一次听人讲题没瞌睡的。

边南突然觉得邱奕相当帅气。

邱奕给这个男生补课的时间是两小时，但两小时到了之后，他又多讲了半个多小时，确定男生今天没有不明白的地方之后，才开始收拾东西。

走出男生家的时候，边南觉得自己屁股都坐麻了。

他拍了拍自己的屁股："哎，大宝，你累吗？"

"还成。"邱奕伸展了一下胳膊，"给这小孩儿补课费劲，说半天才能明白，换个人讲一遍就能听懂了。"

"以后再有这样的就推给别人得了呗，或者不接。"边南前后左右地边走边扭腰。

"这样的才得接,能把这样的给补出来了,算是打广告。"邱奕笑着看了看他,"就坐那儿都能把你累成这样啊?"

"哎!"边南猛地往前蹦了一下,笑着搓了搓自己屁股,"我发现你还想得真周全啊,那这样的要没补出来呢?"

"也得挑人啊,我第一次课不收费,先试试,我挑学生,学生也挑我,这种笨是笨,但肯下功夫跟你学的,就可以。"邱奕看了他一眼,"像你这种的一般就PASS掉了。"

"放屁。"边南乐了,"说真的,你讲题我能听得进去,我刚听半天呢,不用看题,好多都听明白了。"

邱奕笑笑,胳膊搭到他肩上搂了搂,叹了口气:"你挺聪明的。"

边南很得意地挑挑眉,笑了半天,最后又收起笑容跟着叹了口气:"真觉得你太辛苦了。"

"习惯了就没感觉,这些题什么的天天给人讲,都讲成条件反射了,我走着神儿都能讲完。"邱奕在他耳边打了个响指,"你操心操心实习的事儿吧,决定去了就好好干。"

"我这么牛,肯定能干好,放心吧。"边南也打了个响指。

上回老爸跟他说完之后,家里就没再讨论过实习的事,边南松了口气,虽然他对网球没什么兴趣,但也憋着劲儿想做好。

邱奕对这片很熟悉,从小区出来就拐到旁边的街上:"去买点儿烧卤,这里有一家做得特别好,二宝喜欢吃。"

"多买点儿,中午我上你家吃。"边南说。

"这种废话以后就不用特地说出来了。"邱奕笑笑。

烧卤店的东西好不好吃不知道,但生意的确是好,大冷天儿的排队的人都有几十个,排了快半小时才轮到他俩,边南都担心东西让前面的人买光了。

"想吃什么?"邱奕问他。

"跟二宝吃一样的就行。"边南说。

邱奕买了挺多,他俩一人拎了一袋往地铁走的时候,边南莫名其妙就有种挺幸福的感觉。

回到邱奕家,刚进门,邱彦就一边打着喷嚏一边跑了过来:"大虎子!"

"哎这小鼻音真心疼。"边南抱住他,"鼻子都擤红了,怎么会感冒了的?"

"我前后座的都感冒啦,"邱彦揉揉鼻子,"就过给我了。"

"吃药了没?"边南问。

"吃了。"邱彦边点头边从兜里掏出个口罩戴上了。

"干吗啊?"边南笑了,邱彦这口罩一戴,脸上就剩下一对大眼睛了。

"怕过给你啊,我在屋里都戴着呢,怕过给爸爸。"邱彦说。

"那你跟你哥睡觉的时候也戴着吗?"边南逗他。

"……没戴,喘不上气儿。"邱彦顿时愣了,过了一会儿他垂下眼皮,声音很郁闷,"怎么办啊?会不会过给哥哥?"

"哎哎,我逗你呢,要感冒你哥早感冒了。"边南赶紧拍拍他,"他身体好着呢,这个他不怕,我也不怕,来亲一下。"

边南拉开邱彦的口罩,在他鼻子上很响地亲了一口。

这家的烧卤味道的确不错,看得出邱彦对这家烧卤是真爱,感冒鼻子都闻不着味儿,他也埋头吃了很多,最后吃完饭了还拿了个鸡翅意犹未尽地啃着。

下雪过后天就一直冷得很,邱爸爸有些咳嗽,吃完饭跟他们随便聊了几句就回屋待着看电视去了。

邱奕家装了暖气片,还挺暖和,但邱爸爸进屋之后,邱奕又拿了个电暖器进去放在他腿边打开了烤着。

"不热吗?"边南小声问邱奕。

"我爸就得这样,身体不好,冬天一冷毛病就多。"邱奕说。

"哥哥,我也看电视行吗?"邱彦因为放假,中午不愿意睡觉。

"不能去爸爸屋看。"邱奕说。

"我就在客厅看。"邱彦躺到沙发上。

"看吧,"邱奕帮他把电视打开了,又看了边南一眼,"你要睡会儿吗?上午是不是挺累的?"

"哦。"边南应了一声进了屋。

过了几分钟,邱奕也进了屋,回手刚把门关上,边南蹦起来拿起枕巾往他那边一抽,发出啪的一声:"吃我一剑!"

"哎!"邱奕往边上躲了躲,"你不是睡了吗?"

"睡不着。"边南躺回床上。

"吓我一跳,睡不着就出这动静啊。"邱奕笑了,"以为你要打架呢。"

"我就想活动活动。"边南挥了挥胳膊。

462

"要不来打一架吧,咱俩还没好好干过架呢吧?"邱奕偏过头看着他,嘴角带着笑。

"来!"边南跳下床,扑过去,"相扑!"

邱奕往后靠到墙上,伸出胳膊迎战,俩人扭成一团,邱奕笑得不行:"你这体格跟相扑差点儿……"

"那改散打。"边南这一交手才发现邱奕劲儿挺大的,如果照以前的关系,他俩一对一正面冲突还不一定谁能占上风。

俩人正跟套路表演似的打闹着,邱彦突然在客厅里喊了一声:"哥哥,爸爸叫你!"

边南还没反应过来,邱奕突然推开了他,扯了扯衣服:"就来!"

"哎!"边南也整了整衣服,"轻点儿!吓我一跳,差点儿闪着我腰。"

邱奕笑着拉开门走了出去。

邱爸爸是要上厕所,大概是穿得有点儿多行动不便,让邱奕过去帮忙。

边南等了一会儿,正琢磨着要不要也过去帮忙的时候,邱奕回了屋。

"弄好了?"边南问。

"嗯。"邱奕笑笑,"衣服让轮椅勾着了,要不平时自己就能上了。"

边南向后躺到了床上:"我眯会儿,下午是还有两个学生吗?"

"嗯。"邱奕笑了笑,"你……"

"哦对了,衣服。"边南又坐了起来,把身上的衣服脱了,再躺回床上拉过被子盖上了,"你走的时候我要没醒一定叫醒我,你要敢自己去了不叫我,当心我抽你。"

"好。"邱奕说。

边南不知道是不是真的很困,闭上眼睛就没再说话,也没动。

邱奕在床边站了二十分钟,听到他慢慢放缓了的呼吸的确是睡着了之后,才活动了一下腿,拿了烟盒走出了房间。

邱彦还是没忍住跑到了老爸屋里,戴着口罩离老爸两米远地待着,俩人不知道看什么电视,笑得挺欢。

邱彦的笑声脆嘣嘣的很有感染力,他听着都忍不住勾起了嘴角想一块儿乐了。

院儿里风不小,他点了烟之后就拿了椅子坐到了墙根儿下边。

离过年一天天近了,他感觉压力越来越大,琢磨着手头那些钱该怎么安排才比较合理。

"哥哥。"邱彦不知道什么时候跑到了院子里,正拧着眉毛看他,很小声地说,"你又抽烟。"

"你要尿尿?"邱奕叼着烟看着他。

"嗯。"邱彦跑到他跟前儿,"别抽啦。"

"你去尿尿,你尿完了出来我就掐了。"邱奕说。

"你心情不好啊?"邱彦边往厕所跑边问了一句。

"嗯?"邱奕愣了愣,倒没有心情不好,但心里稍微有点事儿就能明显到小学生都能看出来了?

"平时我叫你不要抽烟,你都会马上扔掉啦。"邱彦跑进了厕所。

邱奕看了看手里的烟,笑着把烟掐了,扔进了垃圾箱里。

邱彦上完厕所又跑回了老爸屋里,邱奕跟了进去:"你要困了就在爸爸床上睡会儿。"

"哦。"邱彦虽然不愿意睡觉,但显然生物钟没配合,他脱了衣服趴到了床上。

"下午大虎子还跟你去上课?"老爸把电视声音调小了,问了一句。

"嗯,他反正没别的事儿。"邱奕说。

"他是不是也想给人补课啊?"老爸想了想,"要不你给他介绍个学生呗。"

"得了吧,你看他像是平时能及格的人吗?"邱奕笑着说。

老爸想了想笑了起来:"不太像,不过他挺聪明的。"

"没用到正地方呗。"邱奕把老爸腿上的毯子整了整,"人一旦有退路,无论是你愿意还是不愿意接受的退路,就不会用全力了,他从小到大估计就没想过这些事吧。"

"你没退路吗?"老爸斜眼看着他。

"往哪儿退,往你这儿吗?"邱奕笑了,"然后一块儿饿死。"

"哎呀!"老爸往他脑门儿弹了一下,咳嗽了几声,"你挤对你爸还是一点儿不留情啊。"

"你这阵儿晚上是不是睡挺晚的?"邱奕说,"老咳嗽,现在天儿冷,你别让我担心。"

"嗯,知道了,我注意。"老爸点点头。

跟老爸又聊了几句,邱奕听到客厅里边南的手机在响。

估计边南睡成那样听不见,他犹豫了一下,到客厅里拿起了边南的包,探头到屋里:"边南,你手机在响。"

边南半张脸都捂在被子里一动不动。

邱奕等了一小会儿,手机还在响,他只得从包里把手机掏了出来。

苗苗。

邱奕感觉这名字有点儿耳熟。

苗苗?

把手机放回包里之后他想起来了,那天烧烤的时候许蕊提过这个名字。

边南旧手机电话本里存的那些电话号码,邱奕都还记得,姑娘的名字基本全都是代号,没一个正经名字,这还是头一回看到不仅是名字,似乎还是昵称的。

邱奕进了屋,坐到床边,脑子里也不知道在想什么,手机在桌上轻轻嘀了一声,是下午补课的事件提醒,邱奕这才动了动,伸手拿过手机看了看。

"边南。"他抬腿往床上伸过去,隔着被子踢了踢边南,"起床了。"

边南没动,他又踢了几下,边南才有些不耐烦地哼哼着翻了个身,又不动了。

邱奕站起来,凑到他耳边说了一句:"我走了啊。"

"哎?"边南迷迷糊糊地应了一声,睁开了眼睛,嘟囔着,"信不信老子抽你。"

"十五分钟内出门不会迟到。"邱奕把手机凑到他鼻子前,"起吧。"

"嗯。"边南起床还算干脆,说起了就直接一掀被子坐了起来,两分钟之内就全收收拾好了,他看了邱奕一眼,"你没睡会儿啊?"

"没有,我不困。"邱奕走出屋子,"刚有人给你打电话。"

"谁啊?"边南小步蹦着跟着出来,随手扯了他的毛巾跑院儿里洗脸去了,边洗边抽着凉气,"嘶……真冻……"

"我看了一下,名字是苗苗。"邱奕说,"厨房有热水啊。"

"不用,这回醒了。"边南关了水,一甩头挑了挑眉毛,"帅吗?"

"……好帅哦。"邱奕捏着嗓子说。

"傻子。"边南冲着他乐了半天。

俩人往公车站走的时候,边南拿出手机,给苗源回了个电话:"我中午睡觉呢，找我有事儿？"

"妈呀！"那边是苗源惊喜的声音，带着几分不好意思，"男神还能给我回电话，太意外了！"

"要不你先吃点儿药吧。"边南说。

"其实我没什么事儿，就，你受伤之后我也一直没慰问过你嘛，打个电话慰问一下。"苗源笑着说。

"早没事儿了，现在才慰问是不是有点儿晚啊。"边南笑笑。

"哎，我这不是不好意思嘛，再说前面不得一大堆同学朋友的慰问啊，怕你应付不过来，我就往后排排吧。"苗源听声音是有些不好意思，但话还挺能说。

"谢谢啊。"边南觉得这姑娘挺有意思。

"嗨，客气什么啊，又没送你慰问品。"苗源笑了起来，"你是不是在外面呢？我不耽误你时间了，下回有机会再聊哈。"

"好。"边南笑着挂掉了电话。

公车来了，俩人挤上了车，依旧是没座儿，他俩挤在后门旁边。

"苗苗谁啊？"邱奕问了一句。

"许蕊的小姐妹。"边南说，"叫苗源，你见过的，就上回你跟边馨语吃饭的时候……"

"没细看。"邱奕看了他一眼，"那次我连你都没太看。"

边南喷了一声，一想到那段煎熬的日子他就觉得不堪回首，"反正就那个女孩儿。"

"叫苗源啊。"邱奕笑了笑，"小名儿叫苗苗？"

"不知道，反正都管她叫苗苗，她说苗源听着跟男的似的……"边南说了一半停下了，扭脸盯着邱奕，"哎，大宝。"

"嗯？"邱奕看着窗外。

边南嘴角慢慢露出了笑意，压低声音逗了一句："要不要给你介绍？"

"不用。"邱奕还是看着窗外，"你没看上的推给我啊？"

"你这人。"边南乐了，指着他。

"不要，"邱奕转过来看着他，"特别真诚，看我真诚的眼神。"

"是是是，特别真诚。"边南笑着说。

苗苗长什么样邱奕还真记不清了，要有机会见面再好好看看吧，不算那些因为不记得名字被随便编了代号的姑娘,边南手机联系人里用昵称的除了大宝小卷毛就只有苗苗了。

下午补课的是两个小姑娘,住在两个挨着的小区,所以邱奕把她俩安排在同一天里,这边补完了走十分钟就能到另一家了。

跟上午那家不同,小姑娘的父母都在家,听说边南也是准备要给人补课的,很热情地拿出水果和点心招待他坐下了。

然后接下去就难受了,小姑娘父母对女儿的学习太紧张,补个课都要盯着,于是两个小时的补课时间里,都是边南加小姑娘父母三人围坐在小姑娘和邱奕身边。

边南坐在那儿跟坐碎玻璃碴儿上一样痛苦,只能专心地盯着邱奕。

让他意外的是邱奕相当放松,给小姑娘讲课的状态跟上午没什么区别,边南非常佩服,要换了他,被人爹妈这么一边一个地盯着两小时,估计舌头都捋不直了。

第二家的小姑娘也差不多,热情的妈妈每十分钟出现一次,端茶送水的每次都要往邱奕脸上盯一会儿,边南在一边坐着玻璃碴儿,保持着脸上的微笑,生怕人家觉得他不是好人。

补完课走出小区的时候边南狠狠地挥着胳膊活动了一下:"太受罪了,你怎么没跟我说这两家是这样的。"

"小姑娘嘛,人父母紧张点儿不是很正常吗?"邱奕拍拍他的背。

"干吗,怕你勾引小姑娘啊?"边南愣了愣,接着就笑了起来,"不过你这种性格长相还真挺吸引小姑娘的!"

邱奕笑着往两边看了看,没说话。

"可惜了啊。"边南啧了一声,"这么一个大好的帅哥。"

"缺心眼儿。"邱奕乐了。

"唉,"边南伸了个懒腰,"我的腰都僵了!"

元旦三天假边南一次没落地跟着邱奕参加了所有的补课活动,三天下来,感觉比平时上课还痛苦,听着邱奕耐心地一遍遍给学生讲题,然后晚上还得赶着去饭店上班,他都不知道是心疼还是佩服,以前没有直观感受过,现在才算体会了一次邱奕忙碌的生活。

自己跟他对比一下,过得简直无比腐败。

年前邱奕一直挺忙,要考试,还有个什么证也要考,他俩见面的时间少了不少，见面大多也是在"好无聊"，邱奕一边看书一边跟他聊天儿。

聊着聊着他就睡着了，等醒了的时候邱奕还在看书。

"我怎么这么闲呢？"边南皱皱眉，"你说我要不要也找个地儿打工？"

"马上过年了打什么工。"邱奕喝了口咖啡，"你要真觉得闲，我给你指条明路。"

"指。"边南坐起来。

"你跟你们教练说说，让他先带你去展飞转转，就说你现在有时间就可以去帮忙了。"邱奕说，"寒假也可以去看看。"

"嗯？还没开始实习呢。"边南愣了愣。

"你是不是打算去那儿实习啊？"邱奕笑笑。

"是啊，我还想能留下呢。"边南说。

"那就先表现表现呗，熟悉一下环境，看看你是跟哪个教练，积极点儿给人留个好印象总没错，到时又不止你一个实习生，对不对？反正你闲着也是闲着。"

"有道理。"边南想了想，"有道理，我下午就跟老蒋说说。"

"嗯，要想干就好好干，展飞多少人想去呢，你就多用点儿心。"邱奕把书收拾好，"你要在那儿待不住，就得去跟着边皓了。"

"哎，我不去。"边南啧了一声。

"那你现在就没退路了，必须干好。"邱奕说。

"嗯。"边南点点头，想想又凑到邱奕身边，"哎大宝，我感觉你跟我爸似的，我爸都没跟我说过这些。"

"那叫一声儿呗。"邱奕乐了。

"美得你！"边南瞪了他一眼。

边南找老蒋说这事儿的时候，老蒋挺意外，上上下下打量着他："太阳打西南边儿出来的吧？边南居然会主动提这样的要求？"

"男大十八变嘛。"边南嘿嘿笑了两声。

"行，我跟人说说，过两天先带你过去玩玩。"老蒋拍了拍他的肩，"我跟你爸通过电话，他不看好你去展飞，你是不是跟他较劲呢？"

"不是。"边南抓抓头，"这是我自己的事儿不是吗，就想做好了。"

"突然这么成熟有点儿不适应。"老蒋笑着说，"等我电话吧。"

老蒋虽然训练的时候惨无人道，但对他们这帮学生还是很上心的，没两天就替他联系好了，周末带他过去转转。

"一会儿我就跟老蒋过去了，怎么我有点儿紧张啊，我这辈子活到现在十几年都没怎么紧张过。"边南等老蒋的时候给邱奕打了个电话，"怎么去个俱乐部转转会紧张？"

"大概是你这辈子到现在都没干过正事儿。"邱奕说。

"放屁。"边南骂了一句，"你都不安慰一下我吗？"

邱奕乐了："安慰什么啊？都不知道你紧张什么。你知道吗，你这人，不用说话，穿着运动服，手一拿上拍子，整个人就不一样了，特有范儿。"

"是吗？"边南笑了，"那我就放心了，就怕到时碰不到拍子。"

"唉！"邱奕叹了口气，"你是不是系鞋带的时候把智商落鞋上了啊，我就是说你往那种气氛里一站，不用说话都很像那么回事儿了……"

"懂了懂了。"边南喷了一声，"邱大宝你真损。"

"去吧，完事儿了给我电话。"邱奕说。

"好。"边南提高声音给自己打了打气，"看我的厉害！"

邱奕在那边笑了好半天。

老蒋开着车带着他去了展飞，一路交代了他不少，这教练姓石，是他哥们儿，以前打比赛的时候成绩特别好，后来因为肩受了伤才退了当教练的，跟着他少说话多干活就行，他让你往东你就往东，让你往西你就往西，西南西北都不行……

边南看着车窗外，越听越没底儿了，他忍不住打断了老蒋："您别说了，您就说你可怕还是他可怕吧。"

老蒋皱着眉想了半天："他比我还是温柔点儿的。"

"那就行。"边南打了个响指，"跟你这儿我都扛住了，他那儿不会有问题。"

车刚到俱乐部门口的时候，老蒋就指了指门口站着的两个人："就是他了。"

边南下车了之后看了看，俩人，一个穿着套运动服，一个穿着牛仔裤，应该是穿运动服那个。

"人我带来了。"老蒋过去跟穿运动服的打了个招呼。

"石教练。"边南很规矩地问了个好，运动服看了他一眼，点了点头。

这个石教练看着三十来岁，脸上略微有点儿冷，对老蒋笑完转过脸看他的时候笑容就没了。

"我晚上忙完了给你电话吧。"石教练跟身边的人说。

"行。"那人转过身正要走,往边南这边看了一眼停下了脚步,"边南啊？"

边南愣了愣,看了好几眼才认出这人是谁。

他挺吃惊,张了张嘴还没说话,这人又转头看着石教练,指了指他:"这是你等的实习生啊？"

"嗯。"石教练看了边南一眼,"你俩认识？"

"算……认识吧。"边南回过神来点了点头,尽管他费了点劲儿才认出这是好无聊的老板,但跟邱奕经常去那儿猫着,也能算是认识了,只是对于老板知道他名字有些意外。

"这是我侄子。"老板边说边挥了挥手,往台阶下走去,"你照应着点儿吧。"

石教练没说话,转身进了训练馆。

边南看不明白石教练和老板的关系到底是好是坏,于是也没敢多说话,跟着老蒋走了进去。

展飞的场地很大,比体校的球场要高档得多,边南看着在球场里挥着球拍的人,莫名其妙地有点儿手痒痒,想跟着上去打几拍。

石教练把老蒋和他带到了后面的办公室里,老蒋把边南的情况介绍了一下之后,跟石教练又闲扯了几句,然后拍拍边南的肩:"那你就跟着石教练吧,我回去了。"

"哦。"边南应了一声。

看着老蒋离开的背影,他有点儿想扑上去喊一声大哥你把我带走吧……石教练那张看着比老蒋严肃不知道多少倍的脸让他觉得压力巨大。

"我先带你转转吧,"石教练看了看表,"先熟练一下环境。"

"好的。"边南点点头,"麻烦您了。"

"没事儿。"石教练带着他出了办公室,"你现在也不是正式实习,不用太紧张。"

"我……"边南有点儿不好意思,抓了抓头,"是有点儿紧张。"

"你们蒋教练说你脸皮挺厚的,"石教练回头看了他一眼,"还会紧张啊？"

"得看……环境。"边南对于老蒋会这么跟人介绍自己有点儿无语,"我现在脸皮挺薄的,熟悉了之后大概能厚点儿……"

"这边是私人场地,会员专用,有一对一的教练。"石教练指了指办公室外面的几个场子,"你跟杨旭很熟吗?"

石教练的话题转得太快,边南还在消化前一句,半天才反应过来后一句跟前一句没什么联系:"杨旭?杨旭是谁?"

"你……叔。"石教练看了他一眼,带着他穿过走廊,指着另一边的场地,"这边场地比较多,都是公开的,也有固定的训练班。"

"哦。"边南被石教练这种每句话带俩内容的说话方式弄得有点儿晕,"我叔?"

"你实习的时候不直接跟着我,我会安排教练带你,主要是在这边的训练班,工作比较累,不过想学东西就别怕累。"石教练说,"好无聊的老板叫杨旭。"

"啊……嗯。"边南都不知道该怎么答话了,不过他还是到这会儿才知道好无聊的老板叫杨旭,他一直默认老板叫无聊,"我经常去他那儿喝咖啡。"

"我就知道,逮谁都说是他侄子。"石教练挺鄙视地说了一句,这回好歹是没再俩话题混着说了。

"石哥。"有人经过,跟石教练打了个招呼,"今天没课啊?"

"晚点儿的,带实习的先转转。"石教练笑了笑。

"哟,"那人停下了脚步,看了边南一眼,"亲自带着转啊,规格挺高啊。"

边南冲那人笑了笑,看来石教练平时不会带着实习生熟悉环境,这面子不知道是给老蒋还是杨旭的。

"打算安排给顾玮的,他没在,我就先带着转了。"石教练说完带着边南走到了场地边上,"顾玮负责两个训练班,挺忙的,正好前段儿走了个助理,你顶上先干着。"

"嗯。"边南看着场地里正训练的人,不少人动作什么的还挺专业,看着是练了不短时间了。

"你今天就自己转转,一会儿我拿点儿资料给你先看看。"石教练说,"明天周末,你有空都过来吧,具体要做什么顾玮会跟你说,平时你有空就过来,没时间就周末来吧,周末人多,来帮着点儿也算熟悉工作了。"

"好的。"边南点点头,一不小心周末就这么没了,虽然周末也没什么事儿干,但猛地还有点儿舍不得。

石教练又带着他把所有的场地和办公室都转了一圈儿,然后回办公室拿了资料给他:"实习一般都会安排到分部去,老蒋说你专业素质不错,脸皮还厚,所以我让你就在总部这边儿了,好好珍惜机会。"

"谢谢石教练。"边南赶紧接过资料,脸皮厚到底算个什么优点,跟实习又有什么关系他实在有点儿想不明白,不过展飞几个分部都在城郊,要让他去分部他还真挺难跑的,于是又补了一句,"谢谢。"

"叫石哥吧,石教练太正式了听着有点儿不习惯。"石教练说,又拿出一张名片递给他,"有什么问题可以给我打电话。"

"好的,石哥。"边南接过名片看了看,名片印得很简单:展飞网球俱乐部,石江。

基本的事项都交代完之后,边南出了石江的办公室,溜达到了网球场边上,找了个长凳坐下,翻开资料开始看。

资料都是展飞的介绍,历史、成绩、业务范围之类的,没看两行边南就有点儿犯困,这么些年他连课本上的字儿都没怎么认真看过。

他摸出手机看了看时间,这会儿邱奕应该下课了,他把电话打了过去。

"怎么样?"邱奕电话接得很快。

"哎我这边还没响呢你就接了。"边南一听到邱奕的声音,心里一阵踏实,"是不是玩手机呢?"

"正在给你发短信呢。"邱奕笑了笑,"你这是在干活儿呢还是已经完事儿了?"

"今天没什么事儿,就是熟悉一下,周末我得过来,给安排了个助理先干着……哎跟你说个事儿,你猜我今天过来碰上谁了?"

"边皓。"邱奕想也没想就说。

"你烦不烦!"边南乐了,"要真是他,我得郁闷死,我跟你说,碰上好无聊的那个无聊老板了。"

"他?"邱奕挺意外,"就他那个半死不活的样儿是去打网球的吗?"

"这就不知道了,不过他认识石教练,就老蒋给我介绍的那个特牛的教练。"边南啧了一声,"就是不知道他俩熟不熟。"

"改天去问问不就行了,"邱奕想了想,"要是熟的话,没准儿能帮上点儿。"

"算了吧，感觉他那人每天都跟没睡醒似的靠不住。"边南笑了笑，"今儿还跟人说我是他侄子，结果人说你认识杨旭吗？我连杨旭是谁都不知道……"

邱奕笑了半天："他叫杨旭啊，不叫柳絮吗？"

"不过他居然知道我名字，是不是挺神奇的？"边南拿着资料在腿上一下下拍着，看着场地里一个年轻男人正对着发球机狠狠地扣球，力量挺足，但没扣几个动作就变形了，他还全然不觉潇洒地挥着胳膊。

"那我要去问问他知不知道我叫什么。"邱奕也喷了一声。

"你叫邱大宝。"边南乐了，看着还在扣球的那人有点儿浑身难受，"哎，我不跟你说了，我得去跟那哥们儿说一声，这姿势太别扭了。"

"你完事儿了给我电话吧。"邱奕说，"今儿晚上我休息不用去饭店，你过来吃饭吧？"

"好，我要吃蛋炒饭。"边南顿时觉得心情大好。

"哎，哥们儿。"他挂了电话，又看了两分钟，站起来走到球场边喊了一声，"用上肩部力量！"

打球的那位又扣了两个球，才慢吞吞地回过头往这边看了一眼，一脸不爽地问了一句："你谁啊？"

这人转过脸来之后，边南才看清，这人跟他年纪差不多，留着挺傻的小胡子。

边南笑了笑："你一开始打得挺好的，几拍下来就只用胳膊……"

"我问你谁啊？"这人打断了他的话，又皱着眉问了一句。

"我……就路过的。"边南看出这人很不爽，于是转身打算走开得了。

"路过的你张嘴就说啊。"这人在网子上拍了一巴掌，"来来来，要不你给我示范两下？看看你有多牛。"

边南回过头看着他，说实话，在体校这么些年，还从来没有人这么跟他说过话，抛开打架不错，就只说网球，也没人怀疑他的技术。

猛地被这么个技术动作四五拍就变形的陌生人拽了吧唧一说，他挺上火的，但还是压了压，没答话，拿着资料准备走开。

"跑什么啊，没本事就别瞎指挥人。"那人在身后追了一句，这话说得挺大声，隔壁场子练着的几个人和教练都看了过来。

边南停下了，背对着那人站了两秒钟，把手里的资料扔回了椅子上，转身走到了网子边上："怎么示范？"

"我怎么打的你怎么打呗，不敢？"那人指了指发球机，一脸不屑。

边南没说话，绕到旁边走进了场子里："拍子我用用。"

那人把拍子扔给了他，边南接过拍子，拿在手里转了转，拍子不错，不过这人的技术跟拍子不在一个档次。

他站到了场地中间，那人打开了发球机，一个球斜着往这边半场飞了过来。

是正手，这是边南强项，他退了两步，身体向后一仰，跳起来挥拍把球打了回去。

靠在网边的那小子抱着胳膊盯着他。

第二个球角度有点刁，反手，角度很大。

边南在跨步过去的同时看到了那人脚边放着的一个空饮料罐子，他在这一瞬间找到了掩饰自己反手弱点的方法。

他用一拍力度并不强的反手削球，准确地击中了那个罐子。

罐子弹了一下，旋转着弹进了场地里。

接下去的六个发球，边南有三次把球回到了罐子上，罐子在场地里叮铃当啷地被砸扁了。

一眼扫到那人挺难看的脸色，再看到场地外面站着的几个不知道是学员还是教练的人，边南突然从嘚瑟中回过神来，感觉自己似乎有点儿嘚瑟过头了。

于是他停了手，把拍子递回给了那个人。

"新来的实习生？"那人眯缝了一下眼睛。

"……是。"边南有点儿不踏实，点了点头就快步走出了场地。

"你还没说我的技术问题呢。"那人在身后说。

边南回过头，那人脸上没什么表情，也不知道这句话是在挑衅还是真的在问，犹豫了两秒钟之后，他还是回答了："你力量挺好的，就是几拍过后就没用肩背力量了。"

"受教了。"那人冷笑了一下。

边南没说话，低头从看热闹的几个人中间穿过，往椅子那边走过去。

他觉得自己今天这事儿干得有点儿傻了。

伸手刚要拿资料闪人的时候，边南看到了站在椅子后面花坛旁边的石江。

"石教练，我……手痒痒就……"边南顿时有些尴尬，刚才那幕没准儿已经被石江看到了，不知道会给人留下什么印象。

"打得挺狡猾。"石江说，"反手力量明显不如正手啊。"

"嗯，我们蒋教练每次训练都得念叨我半天。"边南有些不好意思地抓了抓头，老蒋说过，石江之前打网球的成绩很好，受了伤才没再继续的，自己那点小伎俩估计一眼就被看穿了。

"为什么不继续打球了？"石江问。

这个问题边南有点儿不知道该怎么回答，感觉跟面试似的，他盯着手里的资料看了好一会儿才说："兴趣不够，觉得打下去也出不了好成绩了。"

"哦。"石江应了一声，没说别的，"资料你拿回去看吧，明天过来就行。"

"好的，"边南一听说自己可以先走了，顿时松了口气，又试着问了一句，"石教练，刚那人……是训练班的吗？"

"那个啊，"石江往场地那边看了一眼，"那是罗总家二公子。"

"我觉得我完蛋了。"边南在胡同口碰到正在等他的邱奕时，有些郁闷地说。

"怎么了？"邱奕递给他一个棒棒糖。

"哪儿来的啊？"边南看了看，草莓味儿的，他把棒棒糖放到嘴里叼着。

"给你和二宝准备的。"邱奕看着他，"我有空在这儿等二宝的时候都给他准备一点儿小零食什么的。"

边南乐了："怎么总把我和二宝放在一个层次啊？"

"你俩差不多，二宝在学校碰上什么事儿回来就跟我说，哥哥我完蛋了。"邱奕笑着说，"你这实习就几个小时呢，回来也喊完蛋了。"

"你大爷！"边南推了他一把，把嘴里的棒棒糖咬得咔咔的，"我今儿真的可能完蛋了，我跟傻子似的跟人嘚瑟球技呢，结果你知道那人是谁吗？"

邱奕笑了笑："是谁都没事儿啊，你不助理吗？帮着教学不很正常吗？"

"问题是我还没开始呢，人也不是跟着安排带我的那个教练的。"边南皱着眉，"人就不是学员，是展飞老总的儿子。"

"哎哟！"邱奕笑了起来，"怎么嘚瑟的？"

边南挺郁闷地把自己潇洒打罐子的事简单说了："石江也看见了，会不会对我印象不好啊？"

"没什么可担心的。"邱奕想了想,"你顶多是方式有点儿问题,也没什么别的毛病,石江不也没说什么吗?"

"就有点儿不踏实,我这刚去第一天……"边南皱着眉。

"问题不大,别不踏实。"邱奕搂了搂他的肩,推着他往胡同里走,"不过你这情绪总压不住的毛病得改改,要不以后没准儿还会吃亏。"

"嗯。"边南闷着声音。

"给你做蛋炒饭。"邱奕说,"吃完就没事儿了。"

"你逗小孩儿呢吗?"边南笑了,其实邱奕也没说什么,但就这么几句话却让他心里舒坦了不少。

回到邱奕家,邱奕就进厨房忙着去了,边南进了屋。

邱彦因为马上期末考了,在屋里一本正经地复习,他感冒还没好,一边吸着鼻子一边埋头写作业,边南也没吵他,回到客厅跟邱爸爸聊天儿。

"叔,您这几天总咳嗽。"边南给邱爸爸倒了杯热水,"是不是晚上踢被子着凉了啊?"

"我想踢被子可不容易,我只能是掀被子。"邱爸爸乐了,慢慢喝了口水。

"哎!"边南有点儿不好意思,"我说顺嘴了。"

"都差不多嘛。"邱爸爸拍拍他,"听邱奕说,你过年想上我家蹭饭?"

"让吗?"边南笑着凑到邱爸爸身边,"我家太没意思了,我过来蹭个饭,顺便帮忙干活。"

"想来就来呗,反正我家过年就仨人,你来了还能热闹点儿。"邱爸爸喝着水,"你不是三十儿过来吧?"

"不,我三十儿在家,后面我来蹭。"边南嘿嘿笑了两声。

"这还成,三十儿还是得在家陪陪父母,要不你爸多难受。"邱爸爸咳嗽着说。

"我家吧,主要是……气氛有点儿那什么。"边南在他背上轻轻拍着,"我就喜欢您家这样的,轻松。"

"现在这儿跟你第二个家也差不多了。"邱爸爸笑着说,"见天儿上我家报到来,跟多了个儿子似的。"

"这不挺好吗?"边南拉了张凳子坐到旁边,邱爸爸这话让他心里有种微妙的愉悦感,就像是他和邱奕的关系猛一下拉近了很多,有点儿暖洋洋的,脑子里闪过对今后莫名其妙的某种期待,他忍不住往邱爸爸身边凑了凑,"要不我认您做干爹吧?"

邱爸爸愣了愣,接着就笑了起来,在他肩上拍了好几下,正要说话的时候,门外传来了邱奕的声音:"边南,来帮我打蛋。"

边南乐滋滋地跟着邱奕跑进了厨房,刚要伸手拿碗打蛋的时候,发现蛋都已经打好了。

"这不打好了吗?"边南有些茫然地看着邱奕。

邱奕没说话,把锅里提前煮好晾凉了的饭舀松。

"怎么了啊?"边南看着他的动作。

"边南,"邱奕停下手里的动作,想了想才转过头看着他,"跟我爸弄什么干爹干儿子的没问题,但你也……"

"啊?也什么?"边南这回是真迷茫了。

"你有跟我爸这么亲热的工夫,"邱奕叹了口气,"为什么不试着跟你爸沟通一下?"

"哎!"边南皱着眉,"你这什么意思啊?挺开心的时候说这些。"

邱奕没再出声,埋头把饭从锅里都舀了出来。

边南站在他身后愣了半天,最后轻声说:"我跟我爸……都十来年了也就这样,不知道为什么,我往他跟前儿一站,就不知道该说什么了。"

邱奕没有再说话,只是低头把锅放到了灶上,盯着锅,热了之后把油倒了进去。

"今儿这个蛋为什么蛋黄蛋清分开啊?"边南在他身后靠着墙问了一句。

"这么炒出来蛋嫩,也漂亮。"邱奕说。

"哦。"边南应了一声,"多费事儿啊。"

"平时就不分了,今儿不是你伪实习第一天还郁闷了吗?"邱奕把蛋清倒进锅里翻炒着,"给你弄好点儿。"

边南心里一暖,但沉默了一会儿他还是闷着声音开了口:"我其实见着你心情就挺好的了……不过现在被你败了心情,一个蛋炒饭收拾不回来了。"

"我怎么败了?"邱奕回头看了他一眼,"我就提醒你一下,没别的意思。"

"还需要别的意思吗?"边南觉得心里挺堵的,又不知道该怎么疏通,真想找个皮撅子往里通通,"就这一个意思就够我堵一阵儿的了,你知道我家的情况吗你就提醒。"

邱奕没说话,很熟练地把蛋清炒好了,再把拌好了蛋黄的饭倒进了锅里,又炒了一会儿才说了一句:"你爸对你……"

"他对我不差,因为他对我有愧,但他对阿姨和边皓边馨语都有愧,连带对我亲妈也有愧。"边南喷了一声,"你体会过那种感觉吗?我的存在就是让人硌硬的,你觉得我还该做什么啊,我能做的不就是躲着点儿吗?"

"你就是什么都躲。"邱奕扒拉着锅里的饭。

边南突然有点儿烦躁,邱奕平静的话让他很不舒服,他往旁边的碗橱上拍了一巴掌:"没错我就是躲,你不也一样吗,你觉得自己把什么都压着埋着扛着就行了啊!"

邱奕没理他,闷头炒着饭,按部就班地加着佐料。

"邱奕,我挺佩服你的。"边南补了一句,转身往厨房门口走了过去,出去之前又停下脚步,"但现在我做不到你能做到的那些,我从小缩着躲着习惯了。"

边南走开之后,邱奕把火关小了,拿着铲子对着锅发了挺长时间的愣。

这是边南第一次冲他这样发火,估计是最近家里和工作都让他有压力,对于一个从小到大就什么都不愿意多想得过且过的人来说,本来就挺烦的,再被自己这么一说,可不得爆发吗?

邱奕轻轻叹了口气,感觉今天自己可能是有点儿急了。

他按边南的口味把蛋炒饭做好了,把另一个高压锅里已经煮好的排骨汤盛进了电火锅里,一会儿可以热着吃。

正要叫边南过来端菜的时候,邱彦跑进了厨房,有些兴奋地喊:"哥哥,做好了吗?"

"好了,你把炒饭端过去吧。"邱奕摸摸他的脑袋,"作业写完了?"

"早写完了,"邱彦端起两盘炒饭,"我是在复习呢。"

"真厉害,都会复习了啊。"邱奕笑笑,端着锅跟在他身后。

进屋的时候,边南从屋里出来了,看了他一眼,没说话,直接往厨房过去了。

端菜,拿碗筷,边南进进出出跑了好几趟,始终没跟邱奕说过话。

邱彦因为有美味蛋炒饭,加上"复习"这个技能带来的成就感,吃饭的时候一直挺兴奋,话很多,一会儿跟爸爸说,一会儿又很得意地跟边南显摆,一顿饭净听他说了。

边南话少了不少，跟邱爸爸聊了会儿今天去实习的事儿，又配合着邱彦聊着，基本没太跟邱奕说话，蛋炒饭也没有得到他平时会有的热烈反响。

吃完饭边南烧了点儿热水，帮着邱彦把碗洗了。

在邱彦和邱爸爸还在客厅热火朝天聊天儿的时候，他进了里屋，站在门里看着邱奕。

邱奕犹豫了一下，站起来也进了屋。

"我先回学校了。"边南打开自己的包翻了翻石江给的资料，"这一大堆资料得看呢，明天还得去，带我的教练明天上班。"

"行吧。"邱奕看着他，"明天记着先别管闲事儿了，多看看别的助理是怎么干的。"

"嗯。"边南把包拉好，甩到背上背着，想了想又在椅子上坐下了，"邱奕。"

"怎么？"邱奕在他对面坐下。

"吃饭的时候我想了想，我之前的态度可能是有点儿冲动了。"边南看着他，"但是吧……我自己想想吧。"

邱奕靠到了椅背上，没有出声。

"我其实挺愿意听听你的意见，我这人不爱想事儿，想也想不明白。"边南说得有些艰难，"但是我也不是不能去试试……我还有句废话。"

邱奕抬起头看着他。

边南咬咬嘴唇："我刚话说得冲，但也就那个意思，你别光说我，想想你自己，你已经够累的了，有些事儿为什么不放开点儿……"

"我爸一直觉得对不起我。"邱奕压低声音开了口，"他觉得家里所有的事他都帮不上忙，都压在我身上了，他觉得他是我的拖累，所以……因为这样，我就可以没有任何顾忌了，你是这意思吗？"

边南盯着他看了一会儿，没再继续说下去，站起来往门口走了过去："行吧，我知道了。"

邱奕坐着没动，听着边南在外面跟老爸说要回学校看资料先走了，再听着他跟邱彦逗了一会儿，最后听到他开门出去。

院子门打开又关上之后，他长长地叹了口气，看着边南之前坐的那张椅子发呆。

边南走的时候的那个眼神让他觉得很难受,无论他的本意是什么,无论他的表达方式是否准确,边南那种失望的眼神他都看得清清楚楚。

　　他从烟盒里拿了根烟,走出了房间。

　　"上哪儿啊?"老爸问了一句。

　　"外边儿待会儿。"邱奕拉开了房门。

　　"齁冷的跑外边儿干吗?"老爸推了推轮椅,"穿件衣服。"

　　"没事儿。"邱奕走出去,顺手把门带上了。

　　太阳快落山的时候风就大了起来,到现在更是刮得起劲,钻过院门缝隙的北风发出尖锐的嘶鸣,听着跟吹哨子似的。

　　邱奕就穿了件毛衣,点着烟的工夫,身上就被风给吹透了。

　　他蹲在水池边,看着叶子都已经落光,只剩下枯黄藤条的葡萄架。

　　一根烟没滋没味地抽完了,他蹲着发了半天愣,腿都有些发麻,身上也已经冻得发僵了,他才从兜里掏出手机,看了看时间。

　　这个时间边南应该已经到宿舍了,他拨了边南的号码。

　　听筒里的拨号音一直响到自动挂断,边南也没有接电话。

　　他拿着手机愣了一会儿,又拨了一次号,边南依旧没接电话。

　　邱奕叹了口气,坐到了水池沿儿上。

　　边南还是头一回这样,估计是真生气了。

　　邱奕咬了咬嘴唇,点开了短信。

　　对不起。

　　别生我气。

　　我只是……

　　我其实……

　　邱奕手冻得有些发僵了,反反复复地打上字又删掉,最后还是把内容全删了,把手机放回了兜里。

　　边南是在担心他,用他自己莽撞的直白的方式。

　　在意的人才会这样,才会因为一句话而生气。

　　说什么似乎都解不开眼前的这个结。

　　邱奕抓了抓自己的头发,这样的自己让他心烦意乱。

　　"这玩意儿有什么可看的啊,不就展飞历史和教练介绍吗?"万飞凑到边南身边看了看,"你这都看了一晚上了,要不要这么用功啊……"

"嗯。"边南靠在椅子上,眼睛瞪着资料,应了一声。

"你这半小时都没翻页了。"万飞用手在他眼前晃了晃,"是看不进去要睡着了还是有事儿啊?"

"别烦我。"边南说。

"谁乐意烦你啊,你这样子我看着还烦呢。"万飞指了指他。

"那一边儿待着去。"边南看了他一眼,又转回去盯着面前的资料。

"你……"万飞皱着眉对着他研究了他一会儿,最后转身倒在了自己床上,"算了,你不想揍我的时候我再跟你说话吧。"

"谢谢。"边南说。

邱奕没有再打电话来,边南瞅了一眼扔在旁边的手机,上面有三个未接来电,都是邱奕的。

他现在不想接电话,尤其不想接邱奕的电话,他感觉他要是接了,会在电话里跟邱奕吵起来。

但邱奕不再打过来了,他又有点儿失落,心里更堵了。

丫居然连个短信都不发!

其实他也不知道自己到底在气什么。

其实他能理解邱奕。

他从来没有过这种感觉,能为别人做点什么,想为别人做点什么,也觉得也许别人也需要自己做点什么。

但却弄砸了。

资料他来来回回地翻了能有十来遍,到宿舍熄灯他也没看明白里面到底有什么内容。

胡乱洗漱完躺到床上的时候,他只能祈祷明天石江或者那个顾玮不要跟考试似的给他来个抽查。

闭上眼睛之前,他又拿起手机看了看,依然是只有三个未接,没有新增的未接,也没有短信。

边南把手机扔到床脚,把被子往脑袋上一裹,闭上了眼睛。

睡觉!

周末的展飞比平时人稍微多了一些,不过因为展飞的训练班并不是报名交钱就能上的,所以场地上倒是不像别的网球俱乐部那么热闹。

石江没给边南具体的时间,他九点多到石江办公室门口时,石江也刚到。

"来得挺早啊。"石江打开了办公室的门。

"我平时五点半就得起来跑步了,今儿这算很晚了。"边南嘿嘿笑了两声。

"顾玮应该已经来了,你等我一下。"石江把手里的一个袋子放到了桌上,从里面拿出了一个盒子,"我一会儿带你过去……你吃早点了吗?"

"吃了。"边南点点头,其实他没吃,早上起来一想到昨天的事儿,再看到手机上依然没有变化的三个未接来电,他就什么胃口都没了。

"门口有家早点铺子不错,吃的挺全。"石江打开了盒子,从里面拿了个饼咬了一口,"你以后要是没吃早点可以去那里吃。"

"嗯。"边南看清了他拿出来的是个老婆饼,顺嘴问了一句,"还卖老婆饼啊?"

"这个不是他家卖的。"石江说,拿起杯子喝了口水,往办公室外面走过去,"来吧。"

边南看了一眼盒子,跟着他往外走:"这是……好无聊的老婆饼吧?"

"常客吗?"石江回过头,"连他家老婆饼都认识。"

"算是常客吧。"边南本来因为猜对了老婆饼的出处挺得意的,但一想到好无聊,就又不可避免地想起了邱奕,情绪顿时又摔了回去,"他家老婆饼芝麻特别多,很香。"

石江把他带到了昨天他潇洒打罐子的那个球场边上,今天罗家二少爷没在这儿玩发球机,一个教练模样的人正带着几个年轻人在场地里练球,有男有女。

"顾教练,"石江过去叫了一声,"出来一下。"

顾玮回头看了一眼,走出了球场:"石哥,这是新来的实习生?"

"嗯,边南。"石江点点头,"不过还不是正式实习,先来熟悉一下,周末过来帮帮你的忙。"

"平时不能来?"顾玮看了看边南。

"下学期就可以来了,期末考完了也可以来。"边南说,这个顾玮看着二十七八岁的样子,圆头圆脑的,比起严肃的石江,显得十分和蔼可亲,边南稍微觉得放松了一些,"考完试就没什么事儿了。"

"那……行吧。"顾玮指了指球场上的几个人,"今天上午训练的就这几个,你跟着先看看。"

边南坐在场边的椅子上,看着顾玮给那几个人上课。

示范动作的时候，边南能看出顾玮的球打得一般，如果他俩来场比赛，他基本不会输。

不过看了一会儿边南就发现，这人能当教练不全是靠技术。

跟邱奕一样，顾玮给学员讲解的时候，表达很清楚，几句话就能把重点准确交代明白，学员很快就能听懂……

"小边，"顾玮给几个人讲完之后，冲他这边叫了一声，"你来给他们喂喂球，变化多一些。"

"好。"边南赶紧站起来，从自己球包里拿出了球拍，走了过去。

"这几个我带挺长时间了，不是新手。"顾玮说，"可以打狠点儿。"

"好的。"边南点点头，走到了场上。

对面站着的是个二十多岁的男人，看身体还挺健壮，皮肤晒得黝黑发亮，看到他之后，很自信地喊了一声："全力打吧，没事儿！"

"哦。"边南拿了个球，拍了两下试试手感，他今天没活动开，感觉身上有点儿发紧。

他活动了一下胳膊腿，正要发球的时候，对面那哥们儿又喊了一声："别紧张！是实习助教吧，放开了打！"

边南看了他一眼，把球抛向空中。

这一拍他本来没想用全力，但面对对方这么真诚的要求，他还是决定照做。

他在球落下时向后倾了倾，肩背同时发力，挥出一拍。

球在拍子上发出沉重的一声响，速度极快地飞向了对面场地。

对面那哥们儿追了两步，球孤单地弹出了界外。

"嘿！"他喊了一声，扭头往边南这边看了一眼，"再来。"

这回他发球，边南看出这人水平跟他的自信远不在一个水平面上，于是反手把球抽了回去，角度不刁，球速也降了下来。

"你这不行啊！"那人把球接了回来，力量还不错。

边南对于这种边打球还边嚷嚷的打球方式有点儿无奈，本来就不太好的心情被这人一激，又继续往下落了下去。

他跳起来狠狠地把这人打过来的球扣了回去，都没等对方移动，球已经压着底线边缘弹了出去。

"嘿！"那人又喊了一声。

嘿了几分钟之后，坐在一边的顾玮笑着开口了："陈哥，人这是专业运动员级别的,你要老这么让人出全力,你可就真练不了了。"

"小朋友,"那个叫小陈的停下了,看着边南,半天才又说了一句,"你还是收着点儿吧。"

"好的。"边南点点头,"我叫边南。"

"来个七八分力。"小陈说,想想又改了口,"先五分吧,我试试。"

边南忍不住笑了:"这也太精确了,我尽量吧。"

按顾玮的要求陪学员练球,比在学校训练要轻松得多,几个学员也都是年轻人,性格都挺活泼,交流起来还算愉快。

没多长时间边南就跟几个人都混熟了,大概是因为注意力被转移,两个小时的训练结束之后,他的心情好了不少。

"挺牛啊。"顾玮笑着带他往更衣室走,"把我风头都抢了。"

"你让我抽他们的。"边南笑了笑,"我听你的啊。"

"挺好。"顾玮拍拍他的肩,"我跟你还挺对脾气,之前走那个助理我每次看到他都觉得他欠我钱了。"

"我会努力不欠你钱的。"边南乐了。

下午还有一个小班训练,边南洗了个澡,换了衣服在更衣室里坐着,等着跟顾玮一块儿去吃饭。

顾玮洗个澡跟干工程似的半天都没洗完,边南看了看时间,习惯性地摸出了手机,拨了邱奕的电话。

拨号音响了之后边南才反应过来自己这个下意识的动作,想要挂断的时候,那边邱奕已经接起了电话。

"喂?"听筒里传来邱奕有些沙哑的声音。

边南迅速地挂掉了电话,又莫名其妙有些紧张地把电话直接给关机了。

自己没头没脑地瞎替人使劲,还吵了一架,不够尴尬的。

但是……邱奕的声音听起来似乎是感冒了?

"感冒啦,感冒喽,感冒哦……"邱彦踮着脚在厨房的小篮子里翻了一块生姜,一边哼哼着一边把姜洗了,放在砧板上拿起菜刀拍了几下,"感冒,感冒,感冒……"

"我感个冒你怎么这么高兴?"邱奕进了厨房,拿小锅接了点儿水,扔了块红糖进去,放到了灶上煮着。

想去拿过邱彦手里的菜刀时,邱彦有些着急地说:"我来弄我来弄我来我来我来。"

"行行行你来你来。"邱奕站到一边,"你弄完了该睡觉了。"

"大虎子今天为什么没过来玩啊?"邱彦把拍碎了的姜扔进锅里,拿了个勺在里边儿来回搅着。

"他……"邱奕下意识地摸了摸兜里的手机,从中午边南打了个电话过来,听到他声音立马直接关机了之后,到现在都没再开机,"他开始实习了,周末都要上班,昨天不是说了吗?"

"哦。"邱彦低下头闷着声音说,"我忘记了。"

邱奕摸了摸他的脑袋,没有说话。

"那你明天还要去补课吗?"邱彦回过头看着他。

"要去。"邱奕揉了揉鼻子,"已经说好了,不好改时间了。"

"你传染给学生怎么办?"邱彦皱着眉说。

"哪那么容易传染。"邱奕笑了笑,"我离人家远点儿就行,你感冒这么些天也没过给我啊。"

"哦。"邱彦似乎有些郁闷,低头拿着勺一直在锅里搅着,不再说话。

邱奕知道他有些失望,如果自己周末请假不去补课,就可以在家陪着他了。

不过课能补还是要补的,饭店的活儿能去也得去,邱奕几乎没有因为生病耽误过打工,特别是马上要过年了,他答应了老叔要还一部分钱。

还完钱,基本就没有积蓄了,起码得把生活费折腾出来,还有杂七杂八的费用,过年要用钱,开学邱彦的学费,老爸的医药费……

邱奕扭头冲地打了个喷嚏,然后拍了拍邱彦的肩:"好了,水开了,你去爸爸屋里睡觉,我喝了就睡了。"

"嗯。"邱彦放下了勺,回屋睡觉去了。

邱奕其实很少生病,他身体一直很好,一年到头感冒都难得有一次,这次在院儿里吹了半小时冷风就感冒了让他有点儿没想到。

而很少生病的人一旦病了,还真有点儿来势汹汹,他现在就觉得头昏脑涨的,思维都跟呼吸似的不连贯了。

药已经吃过,没什么效果,喝完姜糖水,他觉得脑袋很沉,身上有点儿发冷。

回到屋里的时候邱彦已经去老爸屋里睡下了,灯也关了,他轻手轻脚地从抽屉里找出了体温计,进了里屋。

夹着体温计在椅子上发了二十分钟呆，他把体温计拿了出来，看了一眼之后就皱着眉哼了一声，居然还真发烧了，38度3。

他轻轻叹了口气，从柜子里又翻了床小被子出来，脱了衣服躺到床上，把两床被子都盖在了身上。

这一夜睡得有点儿难受，身上一直发冷，裹着被子还是觉得冷。

翻来覆去浑身难受地折腾到后半夜，他才勉强有了点儿睡意，但又开始头痛了。

"要了命了。"邱奕挺了半天没扛住，掀了被子披了衣服跑到客厅里，翻了半天没有退烧药，于是拿了两片止疼药吃了。

回到床上躺下之后，身上又开始发冷，一直到天亮，他也没弄清这一夜自己到底有没有睡着。

早上的补课时间是十点到十一点半，邱奕起床的时候，邱彦已经去胡同口把早点买回来了。

"今天冷吗？"邱奕觉得脑袋跟被劈开了又重新用钉子钉上了似的，说不上来是痛还是涨还是晕。

"冷啊。"邱彦扒到窗户上往外看了看，"爸爸说今天要下雪。"

"那你别出去瞎晃了，当心又感冒。"邱奕说。

"嗯。"邱彦点点头。

邱奕进了老爸屋里，老爸已经穿好了衣服，他过去拿了条毛毯盖到老爸腿上："还咳吗？"

"没怎么咳了，上回开的那个药还挺管用的。"老爸看了看他，"你今天是不是得去趟医院，脸色怎么这么难看？"

"就是鼻子堵，昨天没睡好。"邱奕把老爸从屋里推到了客厅的桌子边上，"用不着去医院，就感个冒而已。"

"你这不光是感冒吧。"老爸盯着他的脸，"是不是怕花钱？"

"你甭管了，我自己有数。"邱奕坐到老爸对面，拿了个油饼咬了一口，嘴里没滋没味儿的，他喝了口豆浆把这口油饼裹了下去，"你操心你自己就行，可不能再咳了。"

老爸看着他好一会儿，叹了口气："你有什么数，你就一个小孩儿。"

"小孩儿也分种类。"邱奕笑了笑，"我就是特有数的那种。"

为了不让老爸再说什么，邱奕飞快地塞完早点，戴上口罩提前出了门。

天有点儿阴,风也刮得挺急,邱奕把外套拉链拉到头,帽子也扣得严严实实,跑进地铁站的时候,还是觉得脸上被风吹得生疼。

昨天晚上的那颗止疼片药效估计是过了,现在被冷风一激,再往地铁又闷又挤的车厢里一扎,头痛慢慢从太阳穴向脑后蔓延。

到学生家里时,邱奕只觉得自己的脑袋跟被人敲了一棍子似的弹着疼。

头痛的情况下还戴着口罩给人上课不怎么愉快,再加上本来就有些喘不上气儿。

学生的妈妈给他拿了颗布洛芬,吃了之后似乎疼得没那么厉害了,但脑袋还是闷得像被扣在咸菜缸里似的。

中午也没什么胃口,回家做饭的时候连味觉都好像被清零了,菜和汤都做咸了。

"你这样怎么行?"老爸吃完饭把筷子往桌上一摔,有些生气,"给老子看病去!"

邱奕觉得自己反应都迟钝了,老爸扔完筷子半天,他才回过神来:"嗯。"

看来是得去趟医院,这样子补完课晚上估计在饭店能难受死。

犹豫了半天,他最后打了个电话给下午要补课的学生,把时间改在了明天下午。

"你就不能少补一次?"老爸看着他有些无奈。

"明天下午那家跟这家离得挺近的,能来得及。"邱奕看了老爸一眼,"我下午去医院,估计打个针吃点药什么的明天就……"

"你到底为什么要这样!"老爸提高声音说了一句,顺手在桌上拍了一巴掌。

邱奕看着老爸没出声,把桌上的碗筷都收拾了,邱彦捧着碗去洗的时候,他才说了一句:"不为什么,我就怕我在意的人过得不好。"

没等老爸说话,他转身进了里屋,把门关上了。

昨天没睡好,又昏昏沉沉地给人补了一上午课,邱奕进屋之后往床上一躺,就觉得全身酸疼发软,脑门往后都有点儿抽着疼。

他想出去找片安定,但又怕老爸看到了担心,于是裹了被子闭上眼睛,打算试着睡一觉。

在床上翻来翻去折腾了能有半个多小时,他也没有睡着,感冒没再加重,可也没有好转的迹象,头疼也没有缓解,呼吸困难,这感觉简直太销魂。

浑身难受地在床上躺了不知道多长时间，邱彦在客厅里叫了一声："小涛哥哥！"

邱奕愣了愣，撑着胳膊想要坐起来的时候，房门被人推开了，申涛走了进来。

"你怎么来了？"邱奕倒回枕头上，皱了皱眉。

"你爸给我打电话了。"申涛走到床边，伸手摸了摸他脑门儿，转身把他放在一边的衣服扔到了床上，"穿衣服，去医院。"

"我爸给你打电话干吗？"邱奕坐了起来，拿过衣服套上，"我都说了下午去医院了。"

"他给边南打电话了说是关机，然后又给我打的。"申涛弯腰看了看他的脸，"你这脸色……有点儿吓人啊。"

邱奕穿好衣服下了床，头有点儿晕，他闭着眼睛靠在桌子上缓了缓才开口："没事儿。"

申涛看着他似乎还想说什么，但最后只说了一句："算了，先去医院，你烧得厉害。"

"别跟我爸说我发烧了。"邱奕说。

"嗯。"

申涛叫了辆出租，陪着邱奕到了医院。

重感冒，发烧，炎症，没什么悬念，医生开了单子让去吊瓶。

邱奕坐在注射室里，申涛跑着交费开药都弄完了，坐到了他身边，等着护士把针扎好之后，把手里的单子递到邱奕眼前，用手指弹了弹："一百多差不多二百，后面还有，越怕花钱越拖就花得越多，这么简单的道理你都想不明白吗？"

"哪儿来那么多废话。"邱奕盯着正一滴滴往下滴着的药水，说实话他真挺郁闷的，这一病，周末补课白补了。

"边南为什么关机了，你俩吵架了吗？"申涛问。

邱奕没说话，还是盯着药水。

"你肯定是跟他说什么了。"申涛也一块儿盯着药水。

"为什么就一定是我说什么了？"邱奕说。

申涛转头看了他一眼："边南那人心思简单得很，要说了什么能让你俩这样的，只能是你。"

"是吗？"邱奕笑了笑，又叹了口气，"还真是。"

"你说什么了？"申涛继续问。

"别在我生病难受的时候折腾我行吗？"邱奕看着他。

申涛没再说话，过了挺长时间才又低声说了一句："给边南打个电话吧，何必呢，有个这样的朋友不容易。"

邱奕没出声。

"就……你跟边南吧，"申涛想了想，"你跟他说什么不能总按你自己的思维，他跟你生活的环境不同，无论什么事，他未必能理解你的想法，你……"

"说得好像你知道我跟他说什么了似的。"邱奕啧了一声。

"不知道也能想象嘛。"申涛靠在椅背上，"其实你跟他在一起以后，我都觉得你开朗了不少，以前没这么多话，也不笑。"

"嗯，所以我是挺愿意跟他在一块儿的。"邱奕捏了捏输液管。

"那你也该知道他是什么样的人。"申涛伸了伸腿，"要换我，咱俩肯定不能吵起来，人和人不一样。"

邱奕没有再出声，沉默了很长时间，从兜里掏出了手机。

申涛看着他，他拿着手机看了一会儿，又偏头看着申涛，申涛立马站了起来："我上个厕所去。"

邱奕拿着手机想了半天，最后点开了电话本里大虎子的名字，发了一条短信：

边南，开机给我回电话。

边南从来没想过工作的事，实习当然也不会想。

现在还不算是开始实习，只是来帮忙顺便熟悉一下，但一个周末两天下来，他还是觉得挺累。

工作内容并不复杂，就是协助顾玮给学员上课，运动量跟训练没法比，但学员每个人情况都不一样，有的正手弱，有的反手不行，有的力量不够，有的爱哼瑟……顾玮会大致给他说一下学员情况，但实际操作起来依然很费神。

他得根据不同的学员的不同练习做出不一样的配合，两天下来，越干越觉得不轻松。

再加上还得跟不同的教练还有助理打交道，有时得帮顾玮跑个腿什么的，这些人光脸和名字他就记了半天，到现在也没记全。

偏偏这两天心里还乱得很，手机他一直没开机，不想开，也不敢。

那种自己一个人热火朝天地觉得自己有点儿用处了最后被人生生顶回来泼一脸辣椒水的感觉真不好受。

他也怕开了机之后手机依旧安静，或者一堆短信和未接里还是没有邱奕的名字，如果真那样，他才真是会沮丧到谷底去了。

这两天他总会习惯性地想到邱奕，碰上事儿就想摸手机打电话，听听邱奕的意见，让邱奕给出出主意什么的，哪怕只是听到邱奕的声音他也能踏实不少。

可现在，连着三次叫错一个脾气特别不怎么样的教练的名字，现在那人见了他连瞅都不带瞅一眼的了。

"哎，真是吃咸了瞎操心。"边南躺在宿舍床上，拿着手机小声骂了一句。

今天连晚饭都没心情吃，万飞给他带的鸡腿还放在保温盒里，要搁平时他早吃光了，这会儿却连看一眼的欲望都没有。

万飞大概对他这个要死不活爱答不理的状态绝望了，买了吃的放下之后，就跟宿舍几个人去网吧厮混了。

边南一个人待在安静的宿舍里，躺床上翻来覆去的什么睡姿都让他觉得不舒服，又拿起手机瞪着。

捂在枕头上愣了几分钟，边南偏过头看了看手机，按下了开机键。

手机一连串地连震带响之后，边南在一堆未接和短信里看到了邱大宝的名字。

只有一条短信，却让他手指都有些发抖，犹豫了一下才点开了。

边南，开机给我回电话。

看到这句话时，边南几乎能想象出邱奕脸上的表情，带着让他安心的平静和……无奈。

他把这条短信来来回回看了好几遍，最后从床上猛地坐起来，拨了邱奕的号码。

电话那头响了好半天才有人接起了电话。

边南正满怀说不清的兴奋期待和忐忑刚要开口，那边传来了邱彦响亮的声音："大虎子！"

"哎！"边南吓了一跳，莫名其妙有点儿不好意思，"二宝啊？怎么是你接的电话？"

"哥哥睡着啦，我就帮他接电话了。"邱彦开心地说，"大虎子你是刚下班了吗？"

"我啊？我早下班了，躺床上呢。"边南笑了笑，"你哥这么早就睡了？"

"嗯，打吊针回来吃了药就睡觉了。"邱彦似乎是跑进屋里看了一眼又跑出来了，"现在还在睡呢，我推了他一下他都没有醒。"

"那是睡沉了……等等，"边南从床上站了起来，"打吊针吃药？你哥怎么了？"

"感冒发烧了啊。"邱彦愣了愣，"你不知道啊？哥哥病了两天了。"

"……我不知道。"边南猛地想起来关机前听到的邱奕有些沙哑的声音，顿时急了，"发烧了？怎么会发烧这么严重？"

"我也不知道。"邱彦的声音有些郁闷，"小涛哥哥陪他去看病的。"

"我……现在过去。"边南穿上鞋，抓了外套就跑出了宿舍，"你一会儿给我开门，我打车过去，很快。"

"可是哥哥睡着了啊，我叫醒他吗？"邱彦问。

"别别别，别叫，让他睡，我就是……过去看看。"边南赶紧说。

跑出宿舍的时候，边南发现外面不知道什么时候开始下雪了，风刮得挺急。

他拉好外套拉链，还好今天没门禁，要不这一出门就吹僵了，手脚都不利索，翻墙没准儿能摔了。

不过就这么跑出校门，他也跟跄了一下差点儿摔倒。

一直跑到路口，他才拦到一辆出租车，尽管知道邱奕现在没事，已经睡着了，但他还是一路催着司机。

他有点儿不明白，认识邱奕这么长时间，感觉邱奕身体相当好，就打架也能看出来，怎么会突然就病得这么严重？

累的？

还是……气的？

想到这个，边南喷了一声，谁让你也气我来着！活该！

喷完了他又扭头冲司机说了一声："叔，您得开快点儿，我这急得都想上厕所了……"

第十章
新生活

邱奕感觉自己的头还是有点沉,睡得很闷。

迷糊中只觉得不怎么舒服,不知道自己到底有没有睡着。

小奕……

邱奕的呼吸紧了紧。

小奕,妈妈好想看看你的媳妇儿和你的孩子啊……

对不起,妈妈。

小奕,你为什么才这么一点儿,快点长大啊,妈妈好想看看……

对不起。

对不起。

妈妈,别说了……对不起。

无论是什么时候,什么状态,只要想到妈妈,伴随着想念而来的痛苦就会一点点蔓延,心跟着会猛然一抽,寒冷从身体里慢慢向全身漫去,让他无处躲无处藏,分不清是现实还是梦境。

对不起……

似乎有人抓住了他的胳膊,还轻轻拍了拍他的脸。

他有些吃力地想要看清。

妈妈?

边南跳下出租车跑进胡同,雪已经下大了,空气里透着冰冷。

跑进院子的时候,他看到了穿着件小棉衣正蹲在房门口等他的邱彦。

"哎宝贝儿!"边南一看就赶紧跑过去搂住了他,"怎么没在屋里等啊?

这么冷的天儿,下雪了你没看到吗?"

"看到啦。"邱彦抱住他,"爸爸也睡着了,我怕你喊我的时候会吵醒他们。"

"怪我怪我。"边南搂着邱彦进了屋,小声说,"早知道我明儿再来了,你快去睡觉吧,你今儿是跟谁睡的?"

"跟爸爸睡的,哥哥感冒了怕过给我,我本来已经睡了。"邱彦挨在他身上来来回回地蹭着,"起来尿尿就听到你电话啦。"

"那你尿了没啊?"边南虽然很想直接把邱彦扔进邱爸爸屋里去,但还是耐着性子跟邱彦小声说着话,这小家伙两天没见着他,搂着脖子就不撒手了。

"尿了,好冷啊。"邱彦笑了起来,"我冻得都哆嗦了,尿尿都是拐弯的。"

边南乐了:"有没有尿到鞋上?"

"没有。"邱彦低头勾着脚看了看自己的鞋。

"那去睡吧。"边南摸摸他的鼻子,冰凉的,"我一会儿自己走就行了,晚安。"

"晚安。"邱彦大概是困得不行了,终于撒了手,"记得院子门也关上哦。"

"知道了,还真操心。"边南笑笑。

看着邱彦进了邱爸爸屋,边南才赶紧跳了起来,轻手轻脚地推开了邱奕的房门。

屋里的灯亮着,对着墙,在墙上铺出一片光晕。

邱奕侧躺在床上,拧着眉,白皙的脸上泛着红色。

看到这个样子的邱奕,边南顿时有点儿心疼,在他眼里,邱奕一直很强势,无论什么事都永远沉稳冷静,这还是他第一次看到邱奕生着病显得有些虚弱和难受的样子。

"喂!"他走到床边弯腰看着邱奕,"邱大宝?"

邱奕没有醒,还是皱着眉,看上去并不怎么好受,边南想摸摸他的脸,手伸出去之后又很快地缩了回来,双手搓了一会儿感觉自己的手还挺暖和的,才又伸过去在邱奕脸上轻轻碰了碰。

"邱大宝……"边南不知道是该叫醒邱奕还是就这么坐床边看他睡觉,所以声音并不大,但叫了两声之后他还是决定把邱奕弄醒,于是隔着被子抓了抓他胳膊,"邱大傻子?"

邱奕很低地哼了一声,本来就皱着的眉拧得更紧了。

"喂!"边南在他脸上轻轻拍了两下,"你边大爷不计前嫌来看你了,你快睁眼儿给爷笑一个。"

邱奕动了动,闭着眼睛不知道嘟囔着什么,但最后两个字边南听清了。

"……妈妈?"邱奕轻声说。

妈妈?

边南愣了。

在他和邱奕之间,妈妈这个词出现的频率低得可以忽略不计。

邱奕的妈妈不能多提,大概是因为会勾起想念,而且无意中骂个靠还会被揍,而边南自己的妈……有还不如没有。

所以当他听到邱奕迷迷瞪瞪地喊出这么一句的时候,有些不知道该做出什么反应,他也想不到邱奕会来这么一句。

是梦到妈妈了?

"是我。"边南把邱奕前额的头发往后拨了拨,"我是你边大爷,当然你要是想认我当干……爹,也可以。"

"……边南?"邱奕睁开了眼睛,声音沙哑,带着鼻音。

"你嗓子怎么哑成这样了?"边南一听就吓了一跳,"不说申涛陪你去医院了吗,怎么还这样啊?"

"哎。"邱奕皱着眉,从被子里伸出手往他胳膊上拍了拍,"没事儿,你先别急。"

"能不急吗?这马上就哑巴了。"边南喷了一声,抓着他胳膊塞回了被子里,"别乱动,一会儿再加重了。"

"帮我倒点儿水吧。"邱奕缩在被子里哑着嗓子说,"渴死了快。"

"等着。"边南转身跑出了房间。

轻手轻脚接了杯热水回到房间里时,邱奕已经坐了起来,靠在床头。

"哎,我不是让你别乱动吗?"边南很不爽,指着他,"你是不是觉得发烧很有成就感啊?"

"那我怎么喝水啊?"邱奕有些无奈。

"行行行。"边南把杯子递到他手里,"赶紧喝了躺好。"

邱奕低头慢慢喝了口热水,看着他:"你怎么跑来了?几点了?"

"不知道,十一点多吧。"边南听着邱奕这说话的沙哑声音就浑身不舒服,"你这破锣嗓子快别说话了,听着难受。"

邱奕喝了几口水,把杯子放到床头柜上,往下缩回了被子里,没再说话,用被子蒙住了半张脸,只露出眼睛看着他。

"老看着我干吗?"边南被他看得有点儿不好意思,这头天还冷战着,第二天又连夜顶风冒雪地扑过来探病,真是情深义重好兄弟。

邱奕还是没说话,只是看着他。

"你找揍呢?"边南指着他一瞪眼,接着才又顿了顿,"哦,是我让你别说话的,行吧,不说不说吧。"

邱奕笑了笑。

"眼睛都红了。"边南凑近他看了看,邱奕的眼睛很漂亮,不过这会儿却全是红血丝,也不知道是病得还是没睡好,"你说你怎么回事儿啊,突然就病成这样?"

"着凉了。"邱奕笑笑,说了一句。

"怎么会着凉的?"边南叹了口气,"按你这身体,得是裸奔了才会着凉吧……"

邱奕从被子里伸出手,冲他竖了竖拇指。

"你真裸奔了啊?"边南趴到床沿儿上,笑着说,"可惜了,我没瞅着。"

"想看啊?"邱奕笑了笑,"现在奔给你看,反正没穿呢。"

"哎你别瞎动。"边南赶紧把他手塞回被子,接着又愣了愣,"没穿?"

"嗯。"邱奕笑着点了点头,说话有些吃力,"我难受的时候睡觉就爱光着。"

"难怪让二宝上你爸屋睡去了,是怕他乱翻踹着蛋吧?"边南想想就想乐,仰脸笑了好半天,"可怜的小小奕啊。"

邱奕乐了,刚笑出来又咳嗽了几声:"你幸灾乐祸得也太直白了吧。"

"怎么着吧。"边南看着他还在乐,"我好心好意想替你……你一点儿不领情也不给面子……"

"生我气了吧?"邱奕轻声问。

"一开始是挺生气的。"边南叹了口气,"就觉得这人怎么这样,挺没劲的,只能他说我,不能我说他,说两句还跟我急。"

"……对不起。"邱奕说。

"也没什么对不对得起的,咱俩不说这个,"边南在被子上轻轻拍了两下,"反正现在你因为跟我犯急得到惩罚了。"

"是不是一看我这样子觉得特解气啊?"邱奕笑着说。

"你到底怎么回事儿啊,怎么突然就感冒了,感个冒还就发烧了啊?我现在想感个冒发个烧的都不容易。"边南皱皱眉。

"我也不知道,挺久都没病过了。"邱奕咳了一声,"就那天你走了以后,我跑院子里待了一会儿,就半小时吧,回来就感冒了。"

"……活该!"边南磨磨牙,"活该!"

"嗯。"邱奕笑了笑,翻了个身冲着墙那边咳了半天。

"小可怜儿啊。"边南爬上了床,"咳得真爽,我听着特别解气。"

"小心眼儿,赶上针眼儿了。"邱奕边咳边说,"线粗点儿都穿不过去。"

"你快闭嘴吧,咳成这样还有工夫损人呢?"边南在他背上拍着,"哎,刚我来的时候你是不是做梦呢?"

"怎么?"邱奕偏过头。

"也没怎么,"边南轻轻拍着,"听到你叫妈妈来着,是梦到妈妈了吗?"

邱奕明显愣了愣,接着声音就低了下去:"……大概是吧,不知道……还说什么了没?"

"没说别的了,我说你要不认我做干爹得了,你就醒了。"边南盘腿坐在床上,用手从邱奕背上一路敲到腰上腿上,再顺着又敲回去。

邱奕从来不说梦话,半睡半醒的时候也很少开口,挺多是让邱彦起床的时候别往他身上乱踩,他没想到自己会真的叫出妈妈,还让边南听见了。

这种说不上来的感觉瞬间淹没了他。

什么时候想妈妈也变成了一种负担?

一面内疚一面又想回避,这滋味儿实在太煎熬。

"我今儿不回宿舍了。"边南隔着被子躺倒在床上,"行吗?我听着外面雪下挺大的了。"

"那你睡厅里沙发上吧。"邱奕翻身躺平了,"我这感冒挺重的,我怕过给你了。"

"那不可能。"边南拍拍自己胸口,"我真不是吹,谁感冒了都过不到我这儿来,小爷壮如牛……牛不怎么帅,马吧,小爷壮如马,黑马王子,一身黝黑发亮的肌肉……"

邱奕忍不住笑着叹了口气："有没有人说过你很烦人？"

"没有，有没有人说过你近视？看人这么不准。"边南喷了一声。

"我本来就近视。"邱奕笑着说，又偏开头咳上了。

"我差点儿忘了你近视了。"边南继续在他背上拍着，"你们实习什么的不用体检吗？近视的能上船？"

"嗯，要求5.0以上，不过我度数浅，我看得到第几个，就是看不清。"邱奕咳了半天才缓过来，"我把各款视力表都背下来了……"

"我……靠！"边南有点儿吃惊，"你还真是什么都背啊，从饲料袋子到视力表，我算是知道你成绩为什么这么好了。"

"没办法，特长就这么拉风。"邱奕笑了两声又咳上了。

"你别说话了别说话了。"边南叹了口气，坐起来开始脱衣服，"我也不招你说话了，这一说话就咳嗽还老笑。"

"你干吗？"邱奕看着他。

"能干吗啊，睡觉呗，我这么大老远顶风冒雪地跑过来探病，"边南斜眼瞅了瞅他，"你还要赶人走啊？"

"你真跟我挤啊？"邱奕有些犹豫。

"你是不想跟我挤还是怎么啊？"边南拧着眉看着他。

"都说了怕过给你。"邱奕轻声说。

"我都说了不怕！"边南把衣服往旁边一扔，抬手关掉了床头的灯，钻进了被子里，"你是不是还发着烧呢，怎么这么热乎？"

"比白天还好点儿了。"邱奕说，"还有床被子，你蹭一会儿就还是盖别的被子吧。"

"嗯，知道，我还想着我热乎能给你暖暖呢。"边南摸了摸邱奕胳膊，邱奕身上还是有些烫，"结果您比我热乎多了，跟个烤白薯似的。"

"你这两天去展飞怎么样？"邱奕笑着问。

"我说，你听着就行，别说话了。"边南看着邱奕，邱奕点了点头，他清了清嗓子，"还成吧，就只说技术什么的我没问题，我就是烦那些关系，教练挺多的，平时都得打交道，不光得记得人家名字，带的什么班，这些个人闲着没事儿还分拨，谁和谁一拨，谁和谁见了面就想干架，我还得弄明白这些……唉，还有个姓李的教练长得特像潘毅峰，顾教练还总让我上他那儿拿东西，我回回见了他都想上去抽一耳光，而且见了他总想叫潘教练……"

邱奕没出声，在一边笑了半天。

"你别老笑，等你好点儿了咱再细说。"边南叹了口气，"我这两天没回家，我爸还不知道我去展飞了呢，这事儿他一直没提，其实就是不同意，我要是说了，估计他会不高兴。"

"好好干就行。"邱奕哑着嗓子说。

"嗯，听着你说话简直难受。"边南钻出了被子，拿过另一床被子盖上了，"赶紧睡吧。"

黑暗里两人躺了一会儿，邱奕轻声叫了他一声："大虎子。"

"嗯？"边南翻过身跟他面对面躺着。

"那个辞典……"邱奕说。

"我明天取了给你。"边南马上说，感觉等邱奕这句话等了很长时间了。

"一万就行。"邱奕想了想。

"都拿去不就行了，要用多少你自己计划着啊。"边南满不在乎地说。

"不用，你存着吧。"邱奕叹了口气，"边南，这些钱要都是你自己挣来的，你就不会这么不在乎了。"

"我自己挣的对你也会这样。"边南想了想，"我知道你意思了，一万就一万吧，别的我先存着。"

边南这一觉睡得很踏实，早上醒过来的时候觉得跟充了电似的，他看了看时间，回学校能赶上早锻炼。

邱奕还在睡着，他轻手轻脚地下了床。

这个时间早起踩人小能手邱彦也还没醒，屋里很静，边南打开房门走了出去，冰冷的空气顿时从他领口灌了进去。

他拽着领子，一路蹦着跑到胡同口买了点儿蒸饺包子，又跑回邱奕家，拿个大保温壶装上放在了桌上，再轻轻地关门出去了。

没两天就要期末考了，老蒋对高三这帮人的训练稍微放松了一些，早上就跟他们说了下午训练减量。

边南觉得很感动，上午文化课听着都没打瞌睡，当然，也有可能是因为昨天睡得比较好。

中午下了课，他跟万飞去食堂吃饭，雪下了一夜，到中午了也没停，一路都有精力过剩的学生在砸雪球。

"南哥，"万飞看着他，"心情好像还不错？"

"一直都不错。"边南打了个响指,跟邱奕没吵架了就行了,别的也不想了,很多事他就是不愿意多想,反正想了也没用。

刚走到食堂门口,边南的手机响了。

"不要!不要!陪我吃饭,"万飞一把抓住了他的胳膊,一脸悲伤,"你是不是又要跟邱奕出去吃?"

边南正想说邱奕病成那样了还吃个屁,低头看了看,邱大宝。

"去打饭。"边南一掌把万飞拍开,接起了电话,"起床了?"

"都上了两节课了。"邱奕依然沙哑的声音传了过来。

"什么?"边南觉得自己声音都有点儿走调,"你烧退了?你感冒好了?"

"烧退了,我起床的时候量了。"邱奕说,"我中午还要去挂一次水,想让你陪我去,所以干脆来学校了,就上了两节课。"

"一二节课你没上?"边南问。

"嗯,睡够了才起来的。"邱奕咳了两声,"一块儿吃饭吗?"

"在路口找个避风的地儿等我。"边南挂了电话跑进食堂,看到万飞就打了自己的饭正坐在桌子边吃着,"你没打我那份啊?"

"打了你吃吗?"万飞喷了一声。

"变聪明了真有点儿不习惯。"边南拍了拍他的肩,"我下午回来。"

"给我带俩鸡翅吧?"万飞马上说。

"行。"

邱奕在路口的小超市里站着,看到他跑过去才从店里出来。

边南盯着他看了看就乐了,邱奕比平时穿得多很多,帽子围巾口罩手套,厚羽绒服,他过去推了推邱奕:"还能站稳吗?"

"一点儿也不善良。"邱奕拉下口罩,"好歹是个病人,能不能温柔点儿。"

"能。"边南挨到他身边,拉着他胳膊就往小吃街里走,"快找个没人的地方让我好好温柔一下。"

"好无聊?"邱奕问。

"嗯。"边南点点头,"他那儿暖和,我正好问问他认不认识顾玮。"

俩人东西也没吃,穿过小吃街之后就往居民区那边走过去了,下雪天外面没几个人,这会儿整个小区都空荡荡的。

走到个楼后边儿时,边南突然笑着一把抓住了邱奕的衣领:"来让哥哥温柔一个。"

"救命啊，"邱奕捂住了嘴，拿着腔，"警察叔叔这儿有个流氓……"

"警察叔叔说不管！"边南一脸恶狠狠的表情，"来，小朋友，让我看看你烧是不是真退了。"

"真退了。"邱奕捏着鼻子说。

"骗我就揍你。"边南伸手往他脑门上摸了摸，说退也退了，但感觉还是比自己要热。

正想再摸摸的时候，邱奕突然一把推开了他。

"干……"边南正想说干吗这么狠，发现邱奕正看着他身后，他愣了愣，转过身的时候，他看到了正从另一栋楼后面转出来大概也是准备从小区后门出去的苗源。

今天一直下雪，所以苗源也穿得挺多的，围巾裹着脑袋，嘴上还捂着个大口罩，要不是她因为吃惊把口罩扯开了，边南还真认不出来这是苗源。

苗源的手还保持着扯口罩的姿势，眼睛瞪得挺圆。

"苗……苗？"边南冲她笑了笑，又挥了挥手，"上哪儿去啊？"

"啊！"苗源听到他的话之后才像睡醒了似的应了一声，还有些尴尬地原地跳了一下，扬了扬手里的袋子，"我……我买了件衣服不合适拿去……换。"

"哦。"边南回头看了一眼邱奕，发现邱奕的口罩虽然被自己拉开了，但围巾还是挡掉了半张脸，加上帽子压得低，猛一看未必能认出是谁来，"这是……"

没等边南编出个人来，邱奕突然把围巾往下拉了拉，露出了整张脸，冲苗源笑着点了点头："嗨。"

嗨你大爷啊！

边南差点喊出声来，瞪着邱奕半天没说出话来。

"嗨！"苗源赶紧也笑着挥了挥手，"是邱……邱奕啊，真……巧啊。"

"那个，"边南觉得眼下气氛很诡异，但他还是想到了现在最关键的问题，"苗苗，就，我俩是在……"

"啊，我不会瞎说的，不会的。"苗源马上拼命地摆手，"不会的不会的，这个……是私事，不关别人的事。"

"你是不是想太多了？"邱奕在一边清了清嗓子说了一句。

"啊？哈！哈哈！"苗源提高声音笑了两声，反应过来以后又愣了愣，"我想多了啊？那你俩干吗呢？"

"他发烧了我摸摸他退没退烧。"边南看着苗源的样子忍不住乐了。

"妈呀!"苗源脸一下红了,"我……哎太丢人了我走了我走了,拜拜!"

都没等他俩说拜拜,苗源已经拎着衣服袋子转身一溜烟跑走了。

边南往自己脑门儿上抹了一把,瞪着邱奕:"她本来没认出你来吧?"

"嗯。"邱奕把围巾整理好,把口罩也重新戴上了,低声说了一句,"怎么了?"

"那你干吗呢?"边南拉了他一把,"你脸都挡着呢你没事儿把围巾扯了干吗啊,不是不愿意让人误会吗?我还想着随便说个谁给你遮过去呢。"

"那你说这是谁啊,万飞吗?"邱奕说,咳嗽了两声。

"说谁都行啊,个儿跟我差不多的我们宿舍一把呢,说孙一凡也行啊,他也白着呢,而且也不用非得说是谁吧。"边南皱着眉。

邱奕拍了拍他的肩:"走吧,吃东西去,吃完陪我去医院。"

"你不是不愿意让人知道吗?"边南闷着声音。

"不是你说……"邱奕笑笑。

"突然这么听话真不习惯啊。"边南斜了他一眼。

好无聊依旧是没有人,边南都怀疑这里要没有他和邱奕过来,老板一个月也见不着一个客人。

"哥,"边南在他拿了咖啡和点心过来的时候叫住了他,"你是叫杨旭吧?"

"嗯。"杨旭站下,看着他,"实习怎么样?"

"挺好的,哎,叔,"边南笑着问他,"你跟石教练是不是挺熟的?"

杨旭想了想:"不知道。"

"嘿!"边南乐了,"有你这样的吗?这还能不知道?"

"有啊,我不就不知道吗?"杨旭转身往外走。

"挺熟的吧,石江早点都是你家老婆饼呢。"边南追了一句,"哥。"

"想说什么啊?"杨旭停下了。

边南平时叫叔,杨旭都爱答不理的,叫哥了就能混个笑脸,他嘿嘿笑了两声:"没事儿,就是以后我要是犯错了,你能帮着说点儿好话。"

"行,不过不敢保证效果。"杨旭笑笑,走了出去,在外面又说了一句,"没准儿说完了就直接把你开了。"

"你喝点儿热牛奶吧?"边南拿过一个老婆饼咬了一口,看着邱奕,邱奕脸色还是不太好，看着不太有精神，他伸手摸了摸邱奕的脸，"补充点儿能量啊营养什么的。"

"这儿没有吧？不一直就只有咖啡和老婆饼吗？"邱奕说。

"我问问去。"边南站了起来，走到了客厅里。

来熟了之后他就知道了，平时找不到的杨旭，是因为他一般就待在收银台旁边的小隔间里睡觉，他走过去喊了一声："杨叔，哥，有热牛奶吗？"

"没有。"杨旭在里面回答。

"你这儿改名字叫咖啡与饼得了，反正也没别的东西。"边南喷了一声，顺手拉开了旁边的小冰箱，立马看到了冰箱里的一大盒牛奶，"这不有吗！"

杨旭拉开了小隔间的门，半死不活地靠着门框："那是我的。"

"借我一杯呗。"边南拿出了那盒牛奶，"明天我还你两杯。"

杨旭没理他，把小隔间的门又关上了。

边南找出杯子倒了一杯牛奶，用微波炉打热了，放到了邱奕面前："不想吃老婆饼的话，我出去给你买点儿吃的？"

"不用，"邱奕拿起杯子喝了一口牛奶，捏捏眉心，"我没什么胃口，吃个饼就差不多了。"

"不是吓的吧？"边南看着他。

"不至于。"邱奕笑了，想了想又问他，"那个苗苗，应该是挺喜欢你的吧？"

"我也觉得。"边南龇牙笑笑，"能看出来？"

"嗯。"邱奕点点头，"挺明显的，感觉挺开朗的见了你就脸红啊。"

"那要不要我……"边南拧着眉琢磨了几秒钟。

"我就是说说。"邱奕拿了个饼。

在好无聊待了一会儿，吃完东西，两个人决定现在就去医院，边南把钱放到收银台上，冲小隔间里喊了一声："杨哥，钱放着这儿了，想着点儿收起来，别一会儿让人拿走了。"

"拿走拿走呗。"杨旭在里面懒洋洋地回答，"也没人来。"

"你真想得开……"边南啧啧两声，走出了门外。

出了门发现雪下大了，风也刮得急，能见度都下降了不少，边南往前一通跑，在小区门口拦了辆出租，开过来把邱奕接上了。

"冷吗？"边南坐在后座上拍了拍帽子上的雪花。

"不冷。"邱奕说，又凑到他耳边小声说，"你这服务周到得我感觉我快病得不行了似的。"

"别瞎说。"边南斜了他一眼，"我跟你说，感冒最烦人了，你还咳嗽，不伺候周到点儿能行吗？我怕你到时又还要病着去补课打工什么的。"

中午在医院吊瓶的人不少，在输液室里等了半天才轮到邱奕，他伸出手让护士扎针的时候，边南才发现他手背上一大片青紫。

"怎么弄的，不没打两天吗？"边南挺吃惊，护士扎好针走开之后他问了一句，邱奕皮肤白，这一衬，青紫显得很吓人。

"一直都这样。"邱奕不在乎地说。

"你没好好按够时间吧？"边南皱着眉。

"按够了，从医院回家才松开的。"邱奕笑笑，"医生说热敷一下就好了。"

"可怜见儿的。"边南摸摸他的手，"那热敷了没啊？"

"……忘了。"邱奕说。

"我是谁记得吗？"边南看着他。

"记得，"邱奕笑着也看着他，"烦死人的大虎子。"

边南嘿嘿乐了半天："你才真是烦死人。"

邱奕烧退了之后，感冒就没多大问题了，就是还在咳嗽。

这周期末考，考前邱奕一边咳嗽一边给边南打了电话："好歹看看书，多少能记点儿东西，及格成吗？"

"小爷也是经常及格的！"边南挺不服气。

"那考完了我等着看吧。"邱奕说。

边南被他这话说得挺不好意思，要说及格，次数真不太多，差不多回回都得补考，学校对专业成绩好的学生要求放得宽一些，边南一般补考的时候糊弄一下凑合着能够着及格线。

这回被邱奕这么一说，他很难得地在考试前几天拿起了基本全新的书，看了两眼就放弃了，转头抢了孙一凡的书，他们宿舍只有孙一凡成绩还成，也是唯一一个往书上划了道道的人。

拿着孙一凡的书，边南咬牙熬了四个晚上，看进去多少他不知道，反正他上学这么些年来这是头一回考前复习。

考完试没两天就出成绩了，万飞震惊了："南哥！"

503

"干吗?"边南看着自己的成绩单,心里压不住地有点儿兴奋。

"你是南哥吗?边南?南边儿的边,南边儿的南?"万飞盯着他。

"看着我的脸,"边南指了指自己的脸,"除了我,还有谁能长出这么英俊帅气看一眼美三年的脸?"

"我南哥考试居然全及格了?"万飞把手遮在脑门儿上往窗外探头探脑地看了半天,"太阳都吓不见了!"

"这话说得,"边南乐了,"我及个格至于这样吗……"

"不至于,但关键你就看了四天书吧?"万飞三科不及格,但这会儿比他还兴奋,"学霸这玩意儿还带传染的吗?"

"滚蛋,我平时又不是完全没听课,你睡觉的时候,我抽空也听听老师在念叨什么的。"边南打了个响指。

"今儿晚上回家你爸又该笑咳嗽了。"万飞很感慨。

说到笑得咳嗽,边南也挺感慨,大概高一的时候,边南有那么一次考试全及格了,老爸乐得不行,最后笑得一直咳嗽,咳了半天……

边南看了看时间,航运期末考比他们早两天,邱奕已经考完了,这几天正连轴转地给人补课,他决定先回家,晚上再给邱奕打电话唠嗑。

回家的时候,边南看到老爸和边皓的车都停在车库里,应该是因为边馨语考完试了,每次无论是寒假还是暑假,边馨语考完试了,老爸和边皓都会回家来陪着,给边馨语安排假期放松活动。

推开门进屋,果然全家都在,笑得挺开心,边南进屋时,大家都停了下来。

"回来了?"老爸看到他有些意外,站了起来,"两周都没回家,我以为你这周也不回呢,放假了?"

"嗯。"边南应了声,换了鞋。

"寒假有训练吗?"老爸问他。

"我们没有训练了。"边南说,"我这个寒假就……开始实习了。"

"你……"老爸皱了皱眉,大概是想说实习的事,但犹豫了一下没说下去,"考试怎么样?"

"这学期不安排补考吧?"边皓在一边说了一句。

边南没理他,本来因为都及格了的好心情让边皓这句话一下都打没了,他闷着声音回答老爸:"都及格了。"

"都及格了?"老爸声音提高了,带着笑意,"我看看?"

边南从书包里扯出成绩单递给老爸,想要上楼的时候被老爸拉住了:"不错啊,不错!"

老爸在他肩上拍了几下,边南扯着嘴角笑了笑。

"我去厨房看看,"阿姨站了起来,"今天多加几个菜。"

"不用……"边南有些尴尬地说,边馨语的成绩一直很好,他这及个格还加菜让他有点儿不自在。

吃饭的时候,果然是一大桌子菜,边南坐下的时候感觉自己要还是不及格就好了,这种在家里吸引了别人注意力的事儿让他很不自在。

不及格的话他一般就躲屋里不出来了。

"今年过年靠后,要不要出去玩玩?上南方暖和几天。"老爸心情不错。

"先说啊,我哪儿都不去。"边馨语喝了口饮料,"我不说了从这个寒假开始打工吗?"

"你打个什么鬼工。"边皓皱皱眉,"也没谁寒假跑去打工的。"

"你管我呢,我要打工。"边馨语说得很坚决,"谁也别拦着我,我同学好几个都去打工了,寒假用工的才多呢,都回家了,活儿没人干。"

"回家的都是什么服务员之类的,你去洗盘子啊?"边皓皱皱眉,"出息。"

这话边南听着有点儿不舒服,邱奕这阵就挺忙,他们那个饭店就有服务员回老家了,所以缺人手,他每天都干到挺晚,为了能多赚点儿。

他觉得邱奕挺有出息的。

"干什么才算出息啊?"他闷着声音说了一句,当然,说完他就后悔了,边馨语这事儿肯定是全家反对的,他居然帮腔。

边皓愣了愣,接着脸色就阴了下来,盯着他,但没开口,边馨语飞快地接了一句:"就是啊,干什么才算出息啊?我就想锻炼锻炼自己!"

"小南你别帮着她。"阿姨在一边皱了皱眉。

"我……"边南想解释,又觉得没意义,于是低头吃了口菜,"嗯。"

"小姑娘跑去打什么工,乱得很,被欺负了怎么办?"阿姨看着边馨语,"别瞎闹了。"

边馨语大概开始进入叛逆期了,谁也劝不住,一会儿说去动漫书店打工,一会儿说去咖啡店当服务员,一会儿说去摆地摊,而且拒绝去自家的店,家里有几个超市,说实在不行让她去超市,她也不肯。

"我就是不想什么事都被你们护着管着!烦不烦啊!"边馨语喊了起来。

边南埋头吃饭,这些争论听得他脑袋都涨了。

"那去个没熟人的地方我们不放心啊。"阿姨叹了口气。

"非得有熟人……那我就去那个饭店不就行了!"边馨语很不耐烦地说,又推了推边南,"就邱奕打工的那饭店,听说还是个女老板对吧?"

"什么?"边南愣了。

"有熟人,老板还是女的。"边馨语又转头瞪着老爸,"这总行了吧!"

老爸脸上连个笑容都挤不出来了,一时似乎又找不到合适的理由阻止,于是没说话。

"就这么定了,边南,"边馨语又看着边南,"你帮我问问行吗?他们那儿应该招人吧?"

边南烦乱应了一声,低头继续吃饭。

这顿饭就在乱糟糟的争论和边馨语发脾气的状态里吃完了。

边南跟逃似的忙着想上楼回屋,结果边馨语又叫住了他:"边南,帮我打个电话问问吧?"

"我……"边南简直难受得不行,看了一眼老爸,老爸皱着眉,轻轻摇了摇头,他掏出了手机,"你等着。"

他点出了邱奕的名字,装着拨了号,然后:"喂喂,嗯嗯啊你们饭店现在招不招人啊,啊不招吗我妹还想去打工呢,啊啊哦哦……"说完了他把手机放回兜里,"他们不招……"

"都合伙骗人吧!"边馨语很生气地带着哭腔喊了一句,扭头跑上了楼了,甩门的声音楼下都听得清清楚楚。

"她会不会自己打过去问?"阿姨有些担心。

边南赶紧又拿出电话,拨了邱奕的号码。

"喂?"那边传来了邱奕的声音,因为咳嗽一直没好利索,他声音还是有些沙哑。

"边馨语要是给你打电话问你们饭店那儿招不招人你就说不招。"边南压低声音一连串飞快地说,"知道了吗?"

"……知道了。"邱奕反应很快。

"好,我晚点再给你电话。"边南挂了电话,感觉客厅里坐着的几个人都松了口气的样子。

上了楼进屋关上门之后,边南才又给邱奕拨了个电话,往床上一倒。

"怎么回事儿啊?"邱奕接了电话。

"给你打电话了没有?"边南问,"她非闹着要打工,大概是叛逆期了吧。"

"没打。"邱奕笑笑,"叛逆期这么能闹呢?"

"谁知道,我没叛逆过,不知道是不是这样。"边南想了想,"我好像也不怎么敢叛逆……你呢?"

"我没时间也没条件叛逆。"邱奕笑了起来,"我要叛逆了全家都过不下去了。"

"哎!"边南之前被打下去的心情在对着邱奕嘚瑟的时候又扬了起来,"对了,跟你说个事儿,期末考小爷全及格了。"

"真的?"邱奕也挺意外。

边南扬扬眉毛:"嗯,真的,我看了几天书,凑合着蒙及格了,大概是这次选择题占分儿多……"

"边南,"邱奕说,"你真挺聪明的。"

"还成吧。"边南乐呵呵的。

"实习的时候用点儿心,以你的技术和聪明劲儿,干到石江那个程度不难的。"邱奕很正经地说。

石江差不多是总教头的感觉,有自己的办公室,教练都归他管,边南想了想,也很正经严肃地说:"我努力努力。"

其实类似的话老爸大概也说过,但不知道为什么,他就愿意听邱奕的。

这次放假跟以往不同,边南要提前去实习,邱奕那边要赶在过年这阵多赚钱,所以俩人几天都没时间见面,只能打个电话聊聊,连给邱奕的那一万都是转账过去的,边南本来还想拿着一摞钱交给邱奕过过瘾的。

虽然挺郁闷,忙忙碌碌也挺累人,边南却还能忍受,跟上学训练时候的感觉有点儿不同了,瞬间觉得自己挺牛的。

忙了没两天,中午休息的时候他手机响了,邱奕打来的,他走到一边接了电话:"哟,想我了啊?今儿你不是在饭店替班吗?还有工夫打电话啊?"

"我跟你说,边馨语自己跑我们店来了。"邱奕估计是在厕所里,声音带着回音,"我刚碰上她了。"

边南愣了,"要她了没啊?"

"废话当然要了,这阵不少服务员走了,正缺人呢,挺漂亮的小姑娘来了怎么可能不要?"邱奕说得很快,"你回家跟你爸说一声吧,我先挂了,还忙着呢。"

"那她去干吗?服务员吗?"边南追了一句。

"好像是包厢的,比大厅强,轻松点儿。"邱奕说。

边南挂了电话之后愣了老半天,这叛逆期的边馨语也太让人扛不住了……这回家该怎么跟老爸说啊!

边南几次都想给边馨语打个电话问问她到底怎么回事儿,但犹豫了半天最后还是没打,他跟边馨语的关系真不是平时能心平气和打电话的。

她自己偷偷跑去饭店应聘的事儿让边南很心烦,邱奕是他朋友,全家都知道,边馨语喜欢邱奕也是全家都知道的,现在她突然自作主张地跑到邱奕打工的饭店去干了,边南真不知道家里人知道后会是什么反应。

他都有点儿不敢跟老爸说了。

下午的训练不太忙,这个班是几个小姑娘,不太爱说话,只闷头练球,边南只需要按顾玮的要求给她们喂球陪练就行。

不过练了没多久,休息的时候之前那个罗总家二公子就又来了,一来就跑到边南他们场子里,一屁股坐到了边南身边。

边南看了他一眼,没说话。

罗总家二公子叫罗轶洋,边南打听过,罗轶洋比他大两岁,正在上大二,只要放假了基本就会泡在展飞的球场上。

边南一直觉得就冲那抹小胡子,这人得比自己大五六岁,不过这两天他小胡子被刮掉了,看得出年纪不大。

"休息了?"罗轶洋问。

"嗯。"边南应了一声。

"去那边儿呗。"罗轶洋指了指隔壁还空着的球场,"陪我打两局。"

"累了。"边南没动,罗轶洋的水平不怎么样,边南之前陪他打过两次,打得实在没意思,"不想动。"

"不敢啊?"罗轶洋站了起来。

"有什么不敢的,你赢得了我吗?"边南说,罗轶洋这人有点儿二了吧唧的,看着挺拽,接触几次就知道不是这么回事,边南跟他说话就比较随便了,

"全反手让你都赢不了。"

"切!"罗轶洋很不屑,"那来全反手让我呗。"

"哎……"边南叹了口气,站起来拿了拍子,"我就十分钟时间,一会儿这边还得练呢。"

"知道。"罗轶洋转身往那边走了过去。

一点儿悬念都没有,罗轶洋的水平在普通人里算不错的,但在边南面前就还真是只有跟着球跑的份儿了。

十分钟之后,他把拍子往肩上一扛:"行了,不打了。"

"嗯。"边南扭头准备回那边继续陪小姑娘练球。

"哎,我说,"罗轶洋叫了他一声,"你是体校的吧?"

"是。"边南回答。

"打这么好,怎么不继续打了啊?我们学校旁边是体院,感觉那些打网球的水平还不如你呢。"罗轶洋说。

边南有些无语,来这里实习时间不长,这问题已经是第三次被人问起了,石江问过,顾玮问过,现在罗轶洋也问。

打得这么好为什么不继续打了?

回头想想自己比赛的成绩,还真是不错,一直打下去应该会有发展吧,不过他虽然不知道自己到底喜欢什么,但不喜欢网球他是知道的。

"不喜欢网球。"边南闷着声音。

"那你干吗学网球?"罗轶洋问。

边南回头看了他一眼:"不知道。"

"可悲。"罗轶洋说,"可悲。"

边南看着他一脸沉痛的样子乐了:"准备写诗还是写文章啊?"

"人生都没有方向,多可悲。"罗轶洋看着他。

边南喷了一声,"谁说我没方向。"

以前大概没有,现在其实长远的他也没想过,但暂时有个目标。

像石江那样来个总教头。

顾玮对他挺满意,每次训练结束,都会过来拍拍他的肩:"小伙儿聪明,有干劲,比……"

"比之前你的助教强多了。"边南替他说了。

"没错。"顾玮笑着说,"一会儿回家吗?要不回家咱俩喝一杯去。"

"得回家,我跟我爸说了回家吃饭。"边南一想到回家,就又想起了边馨语这个叛逆公主的事儿,一阵郁闷。

"那改天吧,反正你现在天天来。"顾玮笑笑。

"行。"边南也龇牙乐了乐。

实习的工资很少,只有正式新员工的一半不到,这不到两千块钱在边南眼里简直跟没有钱差不多,他上学的时候零花钱都不止这么点儿,但邱奕说他一家三口一个月基本花费也就这么多。

所以边南打算看看自己每个月只花工资能不能活下去,现在下班回家他都是挤地铁,要搁以前,他出门买点儿零食都得打车。

下班高峰期挤在地铁里的感觉真不好受,他腰后顶着的是不知道谁的皮包,面前是一个不停一百八十度转身的大姐,一站地她转了四次了,也没找到合适的站姿,因为静电,飞舞的头发都糊在边南脸上。

"姐,"边南实在扛不住了,"把头发扎一下行吗?"

"怎么?"大姐有些吃惊地看着他。

"我不想再吃到你头发了。"边南很无奈地说。

大姐愣了愣,很迅速地抓过自己的头发看了看,又摸了摸,然后才从兜里摸了根皮筋出来把头发扎上了。

边南刚松了口气,地铁到站了,身边的人瞬间开始往门口移动,边南经验不足,站得太靠近门口,都没有挣扎的机会就直接被人群裹着扔到了站台上。

边南愣了愣,等再想回头挤上车的时候,车厢里已经堆满了人。

他不知道该怎么再挤上车,跟在要上车的人堆后边儿等了一会儿,车开走了。

"嘿!"边南目送着车开进隧道里,简直不知道该怎么形容自己此时此刻的心情。

正郁闷呢,裤兜里的手机响了,他掏出来,邱大宝。

"喂!"他接起电话。

"中气这么足,吓我一跳。"那边邱奕笑了笑。

"你下班了?"边南问,听到邱奕的声音,他心里舒坦了不少。

"下什么班了,正准备开始忙了,晚餐时间到了,趁着这会儿给你打个电话。"邱奕笑着说,"在哪儿呢?"

"……地铁站,半道被挤下车了还上不去了。"边南一说就又郁闷了,

"你说这地铁什么玩意儿啊,现在还一堆人等着呢,我一会儿怎么上?"

"挤啊,你当坐出租车呢?高峰期出租也得抢,你一个运动员还能挤不上去?"邱奕笑了半天。

"那么多人……"边南很头大,"还有小姑娘,一会儿不会挤一半有人喊耍流氓吧?"

"你也喊不就得了。"邱奕学着他的语气喊了一声,"谁摸老子屁股呢!"

"你这人真够不要脸的。"边南乐了。

"慢慢挤吧,以后就有经验了。"邱奕停了停,似乎是在抽烟,"你回家记得跟你爸说边馨语的事儿。"

"哎,知道,你打电话就为说这个啊?"边南靠在旁边的柱子上。

"我怕你不说。"邱奕说。

边南没出声,他还真有点儿不想说。

"我跟你说,"邱奕看他没声音,又说了一句,"这事儿你必须得说,要在你爸和阿姨他们自己知道之前说,要不咱俩就成共犯了,到时你爸要生气就会连带上你,懂吗?"

"……哎,知道了。"边南叹了口气,邱奕这人什么事儿都想得比他多。

下一趟车来的时候,边南迅速挤进人堆里,往前跟扎堆儿打架似的冲,夹到人群里之后,就轻松多了,照旧被人群裹着卷进了车厢里。

他又往中间挤了挤,以防下一站又被带到站台上。

最后到站从地铁出来的时候,他觉得自己身上的衣服都挤转圈儿了。

回到家的时候保姆正在厨房里忙着,老爸和阿姨在客厅里说着话,边皓坐在一边看电视。

"怎么了?衣服怎么撕了?"阿姨一看他就站了起来。

"啊?"边南愣了愣,低头才发现自己外套袖子上被撕开了一个口子,大概是被谁的包还是什么勾着了,他叹了口气,"我挤地铁回来的。"

"……这不是找累吗?"老爸也叹了口气。

"不跟馨语非要去打工一样吗?"边皓跟着也叹了口气。

边南对于今天边皓居然没呛他感到有些吃惊,不过这话又提醒他得跟老爸说边馨语的事儿了,于是他硬着头皮说了一句:"爸,我有事儿跟你说。"

老爸跟着他上了楼,进了他屋里。

"边馨语回来了没?"他看了一眼斜对面边馨语的房门,关着的。

"说是要晚点儿,跟同学逛街去了,怎么了?"老爸一听边馨语的名字立马有点儿紧张。

"那个……就,邱奕给我打了个电话,"边南抓抓头,"说在饭店看到她了,她自己去应聘了,人家店里正招人呢,就要了。"

"什么?"老爸愣了,"这孩子是疯了吗!"

"我不知道……爸……"边南不知道该怎么接茬。

"行了,我知道了。"老爸拍了拍他的肩,"我跟她谈吧,唉……"

边南觉得老爸选择在吃完饭之后才跟边馨语谈是明智的,边南待在自己房间里都能听到边馨语生气的哭腔。

这要是饭前谈了,这顿饭都没法吃了。

不过这次谈话似乎作用不大,老爸阿姨边皓齐上阵,也没能让边馨语妥协。

等楼下都安静下来了,边南才轻轻打开门,想去厨房拿点果汁喝。

刚一开门,就看到边馨语两只眼睛通红地跑了上来,边南赶紧退回屋里,想关门的时候边馨语已经跑到了他门外:"边南!你跟我有多大仇啊,小报告真是打得一点儿也不含糊啊!小人!"

边南没说话,楼梯那边传来了边皓的声音:"你骂他干吗,这事儿他可能不说吗?"

"你帮边南说话?"边馨语猛地转头瞪着边皓,"你以后别跟我说话了,我看到你就烦!烦死了!"

其实边南对边皓会说这么一句也挺意外的,不过没等他多想,边馨语甩门的巨响就吓下了他一大跳。

边皓跟他对视了一眼,上楼去了。

"你说这事儿闹的,我不说,老爸要怪我,我说了,边馨语骂我是小人。"边南给邱奕打了个电话。

邱奕那边刚走了一桌客人,正好有空到后门抽根烟,边南能听到听筒里的风声,他啧了一声:"还咳着呢,这又是吹风又是抽烟的,是不是觉得我伺候你没伺候够啊?"

"马上就进去,已经不怎么咳了。"邱奕笑笑,"边馨语骂你你也得说啊,她和你爸之间,你当然得往你爸那边站。"

"嗯。"边南坐在椅子上一圈圈转着,"不过感觉今天边皓喝多了似的,居然没跟我呛,还帮我说了句话,太不是他风格了。"

"当然得帮你说话。"邱奕喷了一声,"他估计从一开始就知道劝不住边馨语,她要真来打工了,边皓还指望从你这儿打听他宝贝妹妹的情况呢。"

"……是啊,还真是。"边南笑了起来,"他这哥当得也够敬业了。"

"不过你可以跟他们说,不用太担心,我们饭店毕竟也是高消费了,包厢这块儿还挺好的,事儿不多,喝多了闹事的也少。"邱奕想了想,"有什么事儿我也会帮着处理的。"

"哟,哎哟……"

"哟个屁啊!"邱奕乐了,"我要真不管,出了什么事儿不得找你吗?你难受了我不还得跟着遭罪吗?"

"你就会说话。"边南磨磨牙,"行了别吹风了,抽完没,进屋去吧。"

邱奕掐了烟回到饭店里,这几天为了应付过年前后的用工荒,店里招了不少新的服务员,有些有经验,有些没什么经验,像邱奕这种老员工还得帮着教教。

不过他不介意增加工作量,这些都不是白干的,肖曼最大的优点就是对员工大方,像这种事儿她都会让领班给算成加班费。

边馨语算是这些新招的服务员里拔尖儿的,漂亮、聪明、嘴还挺甜,领班一看就挺喜欢,给安排到了包厢。

邱奕第二天到店里上班的时候,她已经换上了饭店的制服,跟几个新员工一块儿听着领班给交代工作。

"哎小邱,正好,你来给他们先讲讲,我那边儿还忙着呢。"领班一看邱奕进来就招了招手。

"嗯。"邱奕点点头,过去就看到了边馨语带着笑的眼神,不过她眼睛下面有点儿黑眼圈,估计昨天跟家里抗争气得一夜没怎么睡好。

邱奕上午刚给人补完课,过来的时候挺累的,但还是赶在上客之前把要注意的事儿都交代了一遍。

"明白了吗?"他问。

大家都点头表示明白了,邱奕这才转身去了更衣室。

换好衣服出来的时候,边馨语正站在更衣室外面等他,见了他就有些不好意思地走了过来:"我跑来给你添麻烦了吧?不好意思啊,本来没想到这儿来的……"

"还好。"邱奕看了她一眼,"你干好你该干的就行。"

"明白啦。"边馨语点点头,转身走了两步,又回过头,"我要有什么不明白的就问你哦?"

"嗯。"邱奕应了一声。

边馨语走开上楼之后,有人在后面拍了邱奕肩膀一下,邱奕回过头,看到是跟他同一班的服务员小李,他笑了笑:"干吗?"

"你俩认识啊?"小李挤挤眼睛,"女朋友?"

"不是。"邱奕说。

"不能吧,一看就跟你似的不像是来饭店打工的人。"小李不相信。

"是都得长成你这样才该来饭店打工吗?"邱奕笑了笑,"你也太不给曼姐面子了。"

小李一听就不挤眼睛了,瞪了他一眼:"你小子就这张嘴烦人。"

"你自找的。"邱奕整了整衣服,"干活儿吧。"

中午上客挺多,不过这顿在大厅和卡座的比较多,相比楼上包厢的轻松,在大厅这边的服务员都忙得团团转。

平时人也不会这么忙,但因为这一段时间新来的人多,虽然有简单的培训,新来的服务员还是有些不熟练,上菜要慢了不少。

包厢的服务员一般不用下来帮忙,但边馨语一个娇生惯养的大小姐还挺会来事儿,邱奕他们几个服务员正忙着的时候,她跑了过来:"楼上没有人,我上这儿帮帮忙吧?"

"好好,你帮着上菜。"领班正好在一边儿催人,一听就点了点头。

边馨语马上拿过了托盘,跟在邱奕身后走进了大厅。

不过边馨语虽然很积极,但业务还是有点儿生,托盘上的菜一多她就掌握不好平衡了,拿走一盘菜之后她手里的托盘歪了一下。

邱奕正好在她身后,还没拿菜的时候他就已经看出来这托盘拿得不对,肯定得翻,赶紧走了两步过去,在托盘歪过去的时候伸手扶了一下。

"哎!"边馨语低声喊了一声,拍了拍胸口,回头看到是他的时候,露出了笑容,"吓死我了,谢谢啊。"

"这个不是教过吗?这么托不行。"邱奕说。

"一忙就忘了。"边馨语调整了一下,"这样对了吧?"

"嗯。"邱奕转身走开了。

中午这阵忙完了之后,邱奕拿了根烟出了后门,一出去就看到边馨语正一手扶着墙,一手在脱鞋。

"怎么了?"邱奕叼着烟问了一句。

边馨语吓了一跳,赶紧把鞋扔到地上,蹦了两步,很不好意思地把脚又塞回了鞋里。

"脚疼啊?"邱奕看了她一眼。

"……嗯,以前都没站过这么长时间呢。"边馨语咬咬嘴唇,自己这形象被邱奕看到了,她大概有些尴尬,也没弯腰穿鞋,只是把脚一点一点地慢慢往鞋里进,进到一半又停了,估计是脚肿了不用手帮忙塞不进去了。

邱奕拿着火机转身回了饭店,过了几分钟再出来的时候,边馨语已经穿好了鞋,正靠着墙活动自己的腿。

"到晚上会更忙,包厢上客也多了。"邱奕点上烟,"周末人更多,你要是累……"

"我不累,我要因为这个不干了,回去不得让我爸嘲笑死啊。"边馨语皱着眉,"回去泡泡脚就行了。"

邱奕没再说话,对着垃圾桶沉默地抽着烟,边馨语没有进去的意思,一直站在他身后。

抽了没两口,邱奕的手机响了,是边南打过来的,他犹豫了一下接了起来:"喂?"

"今儿晚上你是不是要轮休?"边南劈头就问。

"嗯,你还知道这个呢。"邱奕笑了笑。

"你一星期就这一个晚上闲的,我当然记得。"边南啧了一声,"见个面吧人生导师,我都一个月没跟你好好聊会儿了!"

"放屁,哪有那么久。"邱奕说。

"我感觉就有这么久了。"边南心情挺好,"你就说约不约吧。"

"约呗。"邱奕侧过身,边馨语正在捶腿。

"那我去饭店等你。"边南马上说。

"别。"邱奕赶紧说,"我去找你。"

"啊对,边馨语上班了吧?"边南反应过来了,"那你过来吧,我跟罗轶洋打两场等着,正好把他收拾服了。"

"好。"邱奕应了一声,挂掉了电话。

515

边馨语停下了捶腿的动作,偏过头看着他有些尴尬地笑了笑,过了一会儿才问了一句:"跟女朋友约会啊?"

"不是。"邱奕回答,还真不是。

"啊……"边馨语突然摆了摆手,低头就往饭店里跑,"哎我多嘴了,真是……不好意思了,我就是……我干活去了……"

邱奕看着她的背影,轻轻叹了口气。

真愁人。

边馨语跑进饭店之后,邱奕又在后门外面站了一会儿。

边馨语的问题问得有点儿突然,他猛一下回答得有些没经过思考。

应该说是女朋友的,应该断了边馨语的某些念头,要不后边儿没准儿还会有麻烦。

中午上客最忙的这阵忙过之后,就是各种收拾,全做完得差不多四点,休息一个多小时,就该忙碌晚饭了。

边馨语估计忙得够呛,邱奕看到她跟另两个小姑娘往休息室走过去的时候,步子都有点儿拖着,早上来的时候还活蹦乱跳走路带风呢。

邱奕估摸着这个大小姐撑完了今天晚上,回到家一缓过来,明天就不会来了。

这种连着几小时来回走和站着的辛苦,当时咬咬牙也没什么大的感觉,休息一下缓过劲来之后,才是最难受的,他刚来的时候,起码有半个月,每天都不想干了。

邱奕去更衣室换了衣服,跟领班说了一声,准备走的时候,碰到了肖曼。

"着急走吗?不着急的话聊两句?"肖曼叫住了他。

"嗯。"邱奕跟着肖曼上了二楼,随便进了个带露台的包厢。

肖曼找员工谈话很少去办公室,一般都找个没人用的包厢,她说这样大家都轻松些,办公室太正式。

"边馨语是你朋友吧?"肖曼坐下之后问了一句。

"我朋友的妹子,算是认识。"邱奕也坐下了。

"嗯,挺机灵的小姑娘。"肖曼笑了笑,"看着应该是家里的宝贝吧,还挺能吃苦。"

"家里条件挺好的。"邱奕说。

肖曼又随便跟他扯了几句,接着就转了话题:"那天你是说过完年不做了?去船上实习是吗?"

"是。"邱奕点点头。

"船上很辛苦吧?"肖曼问。

"内贸船,几天就一个来回,还成。"邱奕说,余光扫了一眼肖曼手腕上的表,估算着去展飞要用多长时间。

"没考虑过继续做餐饮吗?"肖曼笑了笑。

"嗯?"邱奕抬眼看着她。

"你知道明年我们有两个分店要开业吧?"肖曼说,"想找几个信得过的人,我还想跟陈总他们推荐你过去帮忙呢。"

邱奕没说话,肖曼这个"帮忙"的意思他清楚,那肯定就不只是服务员领班什么的了。

"有没有兴趣?"肖曼看他不出声,又问了一句。

兴趣还是有的,真去了,工作会比上船轻松,还不用几天几天的不在家,钱也能多赚,但是……

邱奕对肖曼始终刻意地保持着距离,虽然肖曼比他大了一旬多,但他不傻,肖曼对他超出了普通员工的那种态度他还是能感觉到,无论是把他当了儿子弟弟还是别的什么,邱奕都不愿意。

他想避开所有不必要的麻烦,这种明显不仅仅是基于觉得他有能力而欠下的人情,他更能不欠就不欠。

"我学了三年航运,首选的还是对口的工作。"邱奕笑了笑,"饭店的工作我一直就是个服务员,熟悉的也就是这一块儿而已,我觉得曼姐应该找个更了解饭店的人,我肯定不合适,要是做得不好,咱俩都别扭。"

肖曼偏着头盯着他看了一会儿,最后笑了:"就知道你会拒绝,还真没见过你这样的小孩儿,这样吧,话也别说死了,你再考虑一下?"

"嗯。"邱奕点点头,没有把路完全堵死。

"好吧。"肖曼站了起来,笑着说,"你去吧。"

"嗯,曼姐你忙。"邱奕站起来走出了包厢。

邱奕站在公交车站牌前,研究了一下去展飞的路线,上车之后又拿出手机查了一下地图,琢磨着给边南找一条不那么挤的回家路线。

下车的时候基本已经计划好了,他把路线在记事本上写了下来。

展飞的总部离车站不远,走五分钟就能看到他们跟什么高级会所一样的大门。

一进门就有穿着运动服的服务员小姑娘迎了上来："先生是有预订场地还是临时过来打球？"

"我找人。"邱奕往里看了看，也不知道在这里实习没多久的边南人家知不知道，"边南。"

"找边南啊。"小姑娘笑着指着往球场去的走廊，"那边过去，他应该在七号场打球呢。"

"谢谢。"邱奕点点头，走了进去。

走廊出来，就是一条铺着红土的小路，平整干净，路两边就挨着的两大排网球场，基本都有人正在场地上挥着拍子。

邱奕顺着路往前没走多远，就看到了七号场，同时也看到了场地上穿着蓝色运动服的边南一记漂亮有力的跳杀。

站在网球场上的边南永远都充满活力，一举一动都透着帅气。

邱奕站在铁网外面看了一会儿，最后哼了一声，就是黑皮再来这么一身蓝色运动服有点儿伤感。

边南的对手应该就是他说的那个罗轶洋，几拍下来就能看出实力跟他有巨大差距，不过打得倒是挺拼，最后边儿上一个年轻人挥挥手："二少爷你又输了。"

"靠！"罗轶洋往空中挥了一下拍，"歇会儿再来！"

"不来了，你倒是挺爽，我打得太没劲了。"边南说，抬手用护腕在脑门儿上蹭了蹭，"看看，汗都没出。"

"再来一局，赌上我的胡子！"罗轶洋喊。

"你胡子不是早被罗总剃没了吗？"边南乐了，"你赌个屁啊。"

"我赌上我这一年的胡子，我一年不留小胡子，我最爱的小胡子。"罗轶洋很执着。

"得了吧，你那小胡子本来就不该留，跟鲁迅似的……"边南没再理他，转过身拿外套的时候一扭头看到了站在场外的邱奕，他眉毛忍不住扬了扬，笑容一下就漾了出来，"你什么时候进来的？"

"十分钟之前吧。"邱奕笑着说。

"进来，先坐会儿。"边南招招手，给他跟场地里的人介绍了一下，"我朋友邱奕，这是带我的教练顾玮，那个是我手下的常败将军罗轶洋。"

邱奕打了个招呼，在旁边的凳子上坐下了。

"叫邱奕是吧?"罗轶洋走了过来,转了转手里的拍子,"也是打网球的吗?来一局?赌胡子。"

"我……"邱奕忍着笑,"我不留胡子。"

"我输了刮一年胡子,你输了留一年胡子呗。"罗轶洋说,"来不来?"

"我不会打网球。"邱奕说。

"不够意思。"罗轶洋一脸不相信的表情,转头又跟顾玮说,"顾教,来一局吧。"

顾玮被他磨得没办法,脱掉外套站了起来。

"这就是你说的那个你们老总的儿子?"邱奕看着在场上跟顾玮打球的罗轶洋。

"嗯。"边南坐在他身边嘿嘿笑了两声,"是不是挺二的,一开始看他那样我还觉得我惹麻烦了呢。"

"他天天都在这儿吗?"邱奕问。

"放假了刚回来,没事儿都来,来了就拉着我打球……"边南说了一半停下了,转过头看着他开始乐。

"傻乐什么?"邱奕被他带得也忍不住跟着笑了起来。

"不知道。"边南还在乐,"大概太久没见着你了,我跟万飞要一假期没见能傻笑一节课。"

"要不你俩能是哥们儿呢。"邱奕笑着说,"不过现在人得对着许蕊傻笑了吧。"

"没错。"边南打了个响指,盯着场上跑动着两个人看了一会儿,低声说,"有时候还真佩服他俩那腻歪劲儿的,受不了,我还是跟你待一块儿得了。"

"这是表扬吗?"邱奕勾勾嘴角。

"嗯。"边南很严肃地点点头。

邱奕想起挺久之前,陪边南从亲妈那儿出来,他曾经说过的那些话,那时就知道边南对感情这事儿并没有什么美好期待。

看了一会儿球,边南站了起来,伸了个懒腰:"咱走吧,去吃饭。"

"要洗个澡吗?"邱奕也站了起来。

"不洗了,今天都没怎么出汗,回家再洗吧。"边南蹦了蹦。

"好。"邱奕说。

边南跟顾玮和罗轶洋说了一声,带着邱奕走出了球场:"觉得这儿怎么样?"

"工作环境还挺不错的。"邱奕看了看四周,"平时累吗?"

"凑合吧,要让我干别的可能还真不行,就这个起码我懂。"边南抓抓头,"哎,边馨语去饭店打工没给你找什么麻烦吧?"

"能找什么麻烦,还行,估计再有两天就熬不住了。"邱奕说。

"那不一定,边馨语虽然娇气,但是挺犟的,还死要面子。"边南把胳膊搭到他肩上搂了搂,"你注意点儿距离。"

"嗯。"邱奕很认真地点点头。

这会儿又是下班高峰,两人决定不去跟别人挤,就在附近找个地儿先吃饭。

"二宝要知道咱俩吃饭不带他,该不高兴了。"边南叹了口气。

"我说今儿晚上加班,他不知道。"邱奕笑了,"他今天打算自己煮个排骨粥呢。"

"二宝真能干。"边南啧啧两声,"长大了估计比你招人喜欢,二宝不跟你似的这么不爱理人。"

"我哪不爱理人了,不爱理人我还理你了呢。"邱奕拍拍他后背。

"理我就对了,要不你病了伤了的谁照顾你啊。"边南喷了一声。

"申涛啊。"邱奕笑着说,"有你了他才下岗的……"

"他肯定没我这么周到!"边南很不爽地提高声音说,过了一会儿又放低了,"哎,申涛会不会对我有意见啊……"

"现在才想起来问这个?"邱奕笑了起来,"这个不该是一开始就问的吗?"

"那不是一直都没顾得上吗?申涛也不老在我跟前儿晃,存在感有点儿低。"边南说。

"你当申涛三岁呢,我跟别人玩得好他就生气啊,幼稚。"邱奕笑着叹了口气,"我跟他这么多年朋友,他怎么可能因为这个对你有意见。"

"那还行……"边南嘿嘿乐了两声。

冬天天黑得早,出门天就已经黑了,路灯都亮了,雪还飘着,俩人走在路上觉得特别凄凉,于是随便找了家小饭店进去了。

边南胡乱点了三个菜,坐了好一会儿才把外套脱了:"暖和过来了才觉得踏实了。"

"这么没安全感。"邱奕笑笑,从兜里掏出手机,翻出记事本递给他,"给,看看,按这个路线公交地铁搭配着回家不太挤,就是要多花两块钱。"

边南愣了愣,低头看了一会儿:"邱奕,你真……贴心。"

"就感觉你自己不会去琢磨,我怕你每天都被挤站台上一回。"邱奕托着下巴,"这个也不费事儿。"

"这就是我喜欢跟你待一块儿的原因。"边南冲他竖了竖拇指,"让我觉得特踏实。"

邱奕笑了笑没出声。

天冷了,街人基本没有人,不到九点就不少商店就已经关门了,如果不去酒吧咖啡厅的话,他俩这会儿能去的地儿实在少得可怜。

不过边南并不介意,只是邱奕病还没全好,时不时还会咳嗽,他俩在街上转了转,进了一家电玩城。

以前在电玩城里泡着是边南消磨无聊时光的最好方式,他跟万飞能在里面一待待一天,不过现在感觉就不同了。

对他充满吸引力的那些游戏机今天都没了感觉,随便玩了一圈,他又拉着邱奕去了二楼的一个小休闲吧,要了两杯热饮,在面街的卡座上坐下了。

"还是这么安静待着比较爽。"边南回头往四周看了看,"跟你认识以后我整个人都往小老头儿那方向迈进了。"

于是他俩就在这里老干部座谈会似的待了一个多小时。

边南看了看手机,说已经快十点的时候,邱奕挑了挑眉,有些吃惊:"这么晚了?我以为刚过九点呢。"

"日子就这么哗啦啦流过去了啊。"边南感慨了一句。

"嗯。"邱奕点点头,"所以赶紧的,该干吗干吗去。"

"能干吗啊,回家就睡觉呗。"边南喷了一声,"你回去还有二宝能玩呢,我就不同了。"

"那你上我家玩二宝去。"邱奕伸了个懒腰。

边南又喷了一声:"玩不起,受不了,他开关一开没一小时关不上,太能闹了……"

"你不是还羡慕我呢吗。"邱奕站了起来,"我就盼着哪天你给他买走了我就解放了。"

边南跟在他身后乐了半天,邱奕有点儿无奈,回过头:"你还能不能行了。"

"不能行了。"边南说。

年前两个人都挺忙,邱奕那边是因为缺人手,边南这边是因为放假了,俩人想见一面挺困难,只能是谁有空谁打电话,就这另一个还不一定有空接。

邱奕看着日历,仔细算了一下排班表,今年过年晚,在情人节之后。

边南那天还抱怨说以往情人节他都跟万飞出去鬼混,现在万飞有了许蕊,他就被无情地抛弃了。

邱奕想看看排班能不能把那天晚上空出来,跟边南一块儿出去凑热闹过个节。

不过似乎是排不过来,得跟人换班。

邱奕手撑着墙,盯着放在前台的小台历,盘算着那天有谁是没女朋友男朋友可以换班的,他跟边南这回有差不多半个月没见着,唯一能玩的就只有这一个节日了。

有时候他都希望边南是在他们饭店实习了,他跟边馨语基本天天都能见着……

确定了可以跟同组的张姐换班之后,他跑去找张姐说了,又答应过年的时候替张姐两天,张姐同意了换班。

邱奕心情挺好地活动活动胳膊,去休息室跟领班说了。

"行吧,那情人节那天你就休息了。"领班笑着说,"小年轻真是麻烦啊。"

邱奕笑了笑,没多说,转身走出休息室。

一出门就碰上了边馨语,边馨语一边捏着胳膊一边往里走,看到他时脸上挤了个笑容出来:"情人节换班啊?"

"嗯。"邱奕点点头走开了。

"真难得你会换班儿啊。"边南接了电话心情挺不错,嘿嘿乐了好一会儿,但笑完了又不满地说,"不过还有好几天呢!得想想去哪儿。"

"这就不错了,我初二初三都得替张姐的班,连着一个多星期没得休息了。"邱奕听到边南的笑声就忍不住跟着勾了勾嘴角。

"没事儿,我给你按摩。"边南说,"过年那两天我休息,我上你家待着吧。"

"好。"邱奕说。

虽然还有好几天,但邱奕觉得这几天要琢磨出来那天去哪儿挺愁人的,他还想着要不要送个礼物,送什么却定不下来。

其实自己送什么边南肯定都会开心,哪怕什么也不送,边南也不会有感觉,但邱奕还是连着想了两天,最后决定买点儿软陶,做两个一样的小猪,他和边南都属猪。

时间有点儿紧,但这个比做泥人要简单,Q版的猪也很好捏,他随手在纸上画了两头猪,一头白的,一头黑的,看了一会儿就乐了。

小猪用了三个晚上捏好了,赶在过节的头一天。

不算太精致,不过还挺可爱的,邱奕弄了个小铁盒装上,没用完的软陶都搓成了小圆球一块儿放进去垫着了。

饭店这两天很忙,不过邱奕心情还不错,也没觉得累。

中午忙完了休息的时候,他照例到后门的小巷子里准备抽根烟。

现在抽烟挺麻烦的,边馨语不知道是有意还是无意,也经常会跑到这里来透透气,开始邱奕碰上了还会跟她聊两句,但没几天他就躲着了,聊得太尴尬。

于是他都先拿点垃圾过去扔,如果边馨语在,他扔完垃圾就回去,要没在,他就待会儿。

今天他拎着垃圾过去的时候没看到人,于是扔了垃圾拿出了烟。

刚要点烟,边馨语从后门里走了出来,邱奕顿时有些不舒服。

"在啊?"边馨语站在门口问了一句。

"嗯。"邱奕这会儿不好走开,只得点了烟。

"那个……"边馨语有些犹犹豫豫地走到了他身边,"明天是情……情人节,如果明天……明天送礼物就有点儿……不太好……所以今天……"

邱奕转过头看着她:"什么?"

"就,"边馨语咬咬嘴唇,从兜里掏出一个很精致的小布包递了过来,"今天送的就不算情人节礼物吧,你可以收的,这个是……我做的。"

邱奕叼着烟没说话,没接东西,边馨语这样子让他有些头大。

沉默了一会儿他掐掉了烟,看着边馨语:"谢谢,心领了,但这个我不能收。"

"我做了一个月才做好的。"边馨语有些着急,大概是因为又急又害羞,眼眶里都有眼泪在转了,"我没在情人节送你啊,应该没什么的,而且……而且你不是没有女朋友吗……"

邱奕没出声,心里的纠结让他整个人都有些发闷,他盯着边馨语看了很长时间,最后一咬牙,开口的时候觉得自己嗓子都有些发哑。

"我没有女朋友,"邱奕说,"暂时也不打算交女朋友。"

这句话一说出来,边馨语顿时愣住了,瞪大了眼睛看着他,嘴唇有些哆嗦,老半天才低声说了一句:"你是故意这么说的……吗?怕我缠着你?"

"不是,"邱奕看着边馨语这样子有些尴尬,"没那个必要。"

"那……"边馨语用力咬咬嘴唇,像是下了很大决心一样抬起头,"那能不能明天一起吃个饭,算是……就朋友之间……"

"不了,吃饭更没必要了。"邱奕说。

"你……"边馨语的眼睛瞪得很大,眼泪一直在眼眶里转着,"怎么……这样啊……"

邱奕没说话,只是靠着墙看着她。

边馨语瞪着他看了半天,最后一转身跑回了饭店里。

邱奕看着她的背影,长长地松了口气。

站了几分钟之后,他掏出了手机,这事不知道对边馨语会有什么样的刺激,他得跟边南说一声。

他拨通了边南的电话,那边响了半天,边南才接了电话:"哎,我刚正跟人打球呢,怎么,躲垃圾筒边儿上抽烟呢?"

"边南,"邱奕清了清嗓子,"刚边馨语找我来着,我……可能她生气了。"

"怎么了?你打边馨语了?"边南笑着问。

"比这严重,"邱奕吸了口气慢慢吐出来,"我拒绝她了,话说得可能有点儿不客气。"

邱奕把事件简单跟边南说了一遍之后,那边的边南突然没了声音,邱奕等了一会儿,正想再开口,边南笑了起来:"真没想到,你就这么给我家大小姐说了啊!这可真是要塌天儿了。"

"按说不会有什么吧,我觉得……"邱奕想了想,"我本来是想缓和着点儿说的,但一不小心就……"

"就狠上了?你平时也那样,对姑娘不一直没个好脸吗,"边南喷了一声,"偏偏还就有小姑娘吃这套……"

"说正经的,你别跑题。"邱奕打断他的话。

"你紧张什么啊?"边南问他,"怕边馨语回家闹起来?怪我身上?"

"谁知道呢,小姑娘的心思。"邱奕说,"咱俩关系这么好,她肯定觉得你也清楚我的想法,但又一直没跟她说。"

"我无所谓,"边南想了想,满不在乎地说,"那又怎么样,还能吃了我吗?"

"你还真是……心大啊,"邱奕说,"我就是有点儿担心会出事,她一直大小姐脾气,刚那个样子……你实习刚开始,又马上要过年,这事儿动静太大,我怕你受影响。"

"没事儿!"边南笑着说,"真要这样了也没什么,我都习惯了,什么事儿最后都能找到我身上来。"

"反正这事儿你别掺和就行了,别真的她一不高兴找你麻烦了,你跟她对着来。"邱奕说。

"知道了,"边南回答,"我在家能跟谁对着干啊……"

回到饭店里,没看到边馨语,邱奕到休息室转了一圈,也没见到她人,又在饭店里能让人待着休息一会儿的地方都转了转,感觉自己跟个执行任务被人发现了正满世界找人灭口的杀手似的。

最后他准备去上个厕所的时候,迎面碰上了刚从女厕出来的边馨语。

边馨语眼睛通红,一看就是刚哭过,脸上还有洗了脸没擦干的水珠。

邱奕本来只想看看她的情况,猛地这么面对面碰上,他不知道该不该开口说话。

边馨语也没说话,只是抬眼看了看他,拢拢头发笑了笑就走开了。

邱奕回头看了她一眼,没有再追问也没有跟他哭闹的边馨语眼神里复杂的情绪让他有些不踏实。

边馨语出奇地安静,一下午都认真地工作。

今天是周末,晚上的客人特别多,包厢也全满了,边馨语跑来跑去的,除了见到他不再有笑容,别的看不出有什么异常来。

客人多的晚上他们下班都比较晚,特别是包厢。

等到都收拾完了走出饭店的时候已经快十二点了,邱奕从大门走出去的,准备坐夜班车回去,这几天没骑车,平时停车的地方在修地下管道,没地方放自行车了。

一出饭店大门，就看到了一辆车违章停在路边，没有熄火。

接着边馨语从他身后跑了过去，拉开车子的副驾驶门坐了进去。

邱奕看到了开车的人是边皓。

边南下班到家的时候给他打过电话，家里没什么事，边馨语应该是没跟家里说这事儿。

不过当脸上藏不住事儿的小公主碰到全世界就他妹最可爱最聪明的妹控时，就不一定了。

邱奕现在并不在意边馨语怎么看他，也不在意边南一家怎么看他，他唯一担心的就是这些人知道边南跟他关系很好。

边南倒是满不在乎，他的特长就是不出事儿绝不多琢磨。

邱奕笑了笑，弄得自己跟个老妈子似的……

回到家洗漱完了，邱奕躺到床上。

邱彦已经睡着了，裹着被子趴在枕头上打着小呼噜，他把邱彦翻了个个儿，摸了摸他的脸："今天居然真睡着了啊，真难得。"

邱彦感觉到了身边有人，于是迅速伸胳膊往他身上搂了过来，迷迷糊糊地嘟囔了一声："哥哥……"

"睡吧。"邱奕拍拍他。

邱彦很快又睡沉了。

看了看时间，十二点过了，邱奕拿过手机，给边南拨了个电话。

"邱大宝。"那边边南的声音带着鼻音。

"睡了？"邱奕问。

"嗯。"边南笑笑，"你刚到家吗？"

"到了一会儿，都躺床上了。"邱奕拉了拉被子，"边馨语回家了？"

"回了，她哥去接的她，她没说什么，回来就回屋了。"边南小声说，"应该没说什么，你别担心。"

"我就是习惯性担心。"邱奕笑笑，"明天你下午少安排点事儿，我去展飞找你，咱俩晚上出去过节。"

"吃大餐吗？"边南提到这个事儿就来了兴致，声音里的睡意也没了。

"嗯，吃，然后可以去看电影。"邱奕说。

"看电影不错，我好久没看电影了，其实我就没好好看过电影。"边南压低声音,"小时候老爸总带我们去看,我就趴椅子上看小情侣耍流氓……"

邱奕乐了:"你真够烦人的。"

"是吗?我这么可爱。"边南想了想又笑了,"记得找个火爆点儿的电影,太抒情的我怕我会睡着了。"

"好。"邱奕笑着说。

情人节这天饭店比平时要忙得多,中午上客就已经跟晚上差不多了,小情侣们一对对的要的都是套餐。

中午包厢人不多,边馨语还是跑到楼下来帮忙了。

邱奕看了看她,眼睛有点儿肿,精神也不太好,见了他依旧是没有说话。

邱奕没有单恋过,更没有单恋失败过,看到边馨语这状态有些说不上来什么感觉,只觉得这小姑娘可能真的挺难受的。

中午忙过之后,邱奕跟领班说了一声,离开了饭店。

挤上公车的时候,他把甩在背上的包拎在了手上,虽然两只小猪是用铁盒装着的不怕挤,但他还是有点儿不放心。

生日礼物已经碎过一回,这回的礼物不能再有什么意外了。

走到展飞门口时,邱奕有些意外地看到边南正蹲在门外的花坛边儿上,看到他走过来就跳了下来跑到了他面前,喊了一声:"嗨。"

"……嗨。"邱奕乐了,也跟着说了一句,"你怎么跑外边儿来了?"

"躲罗轶洋呢,我下午没活儿了,他又要拉着我打球。"边南拉拉衣领,"走吧,咱先找个地儿晒晒太阳喝点儿东西,然后吃饭,然后看电影?"

"行。"邱奕看到有辆出租车过来了,伸手招了招,"罗轶洋情人节还泡在球场上?没女朋友吗?"

"异地恋着呢。"边南龇牙笑笑,"据说正因为他把小胡子剃掉了很不高兴,说就迷恋他的小胡子。"

"这品味挺独特。"邱奕上了车,报了个地址。

这是个建在湖边的咖啡厅,环境很好,消费也很高,边南一听就愣了愣,他现在拿着不到两千块这月还没发全的实习工资,对花钱比以前敏感多了。

"一杯奶粉冲出来的牛奶都要三十多呢。"边南凑到他耳边小声说,"还不如去路边的奶茶店……"

"你是不是边南啊?"邱奕笑了起来,盯着他看了一会儿,"大少爷居然说出这样的话来了,有点儿神奇啊。"

"我是下定决心开始节约生活的边南，"边南在他耳边继续嘀咕着，"现在不是学着过日子吗？感觉这月什么也没干钱就没了……"

"所以今天你什么也不干钱也不会多出来。"邱奕拍拍他的腿，"听我的吧。"

"那听你的。"边南点点头，反正邱奕这么多年能把一家人生活安排好谁也没饿着，还把邱彦养得那么招人喜欢，听他的没错。

咖啡店里人很多，从一个小小的木桥走进去的时候，大厅的各种吊床卡座都已经坐满了人。

"集体恋爱啊，赶上卫校小花园了……"边南一进来就愣了愣，屋里都是小情侣，看到俩男的进来，不少人都往他俩身上看了过来。

"咱上外边儿。"邱奕指了指面湖那边的落地窗，"我事先研究过了。"

"你不是吧？"边南看了看外面，外面是一个回廊，倒是也坐了不少人，但毕竟是室外，这大冷天儿的，"你感冒还没好呢！"

"不冷，我都说研究过了，来吧。"邱奕笑笑，从侧门往回廊上走了过去。

边南只得跟了过去。

"先生几位？"一个服务员跟了过来，"想坐哪里呢？"

"就俩人。"邱奕指了指回廊最尽头，"我们坐那儿。"

"好的，我去给你们拿毯子。"服务员转身走了。

"毯子？"边南乐了。

再走到尽头那儿一看，是个挨着栏杆的榻榻米台子，阳光从回廊的玻璃顶上洒下来，正好满满地把这个台子都罩在了阳光里。

榻榻米上面铺着厚实的垫子，放着一张小矮桌，一边一个地还放着两个带靠背的长条懒人沙发垫，看着跟两张小床似的。

"哎？还挺暖和啊。"边南摸了摸，感觉到了暖暖的空气，低头往小桌下面看了一眼，发现下面有个暖炉，"我说，你是怎么知道他家有这么个地儿的啊！"

"查了一下冬天想在室外聊人生该去哪儿，就看有人说这儿了。"邱奕笑笑，"我还怕有人占了，又怕儿风大待不住，结果还挺好。"

服务员很快拿来了两床毛毯，边南和邱奕脱了鞋上了台子，往垫子上半靠着一躺，再盖上毯子，身边是一阵阵扑来的暖风，还真是……不冷了。

"舒服死了。"边南喷了一声,仰头看了看天空,侧过脸,"我发现这种老干部生活还挺好的。"

"你先回头看看。"邱奕拿过餐牌慢慢翻着。

"干吗……"边南回头往身后瞅了一眼,"邱奕你故意的吧,这怎么跟展览似的!"

背后就是大厅的落地桌,里面坐着的人只要往窗外看一眼就能看到他俩,跟大屏幕看电视似的。

邱奕低头看着餐牌,笑得停不下来:"你这人怎么样,平时不是挺爱出风头的吗?现在大家都瞅你不挺好吗?"

"这样我连动都不敢动了!"边南抗议。

"你看那边,"邱奕指了指离他们没几米远面湖坐着的一对小情侣,"你会看他们吗?"

"看他们干吗?"边南扫了一眼。

"那别人没事儿看咱干吗?"邱奕按铃叫了服务员,"谁没事儿谈恋爱的时候还老拧着个脖子瞅别人啊。"

"也是。"边南想了想,偏过头嘿嘿嘿嘿地乐了半天。

边南要了一份小点心和一盘水果,又要了一杯热可可:"我就喜欢这种又浓又香又甜的味儿。"

"我要……"邱奕想了想,"这个,五谷米浆。"

边南对米浆表示不爽,这玩意儿每次他看到都没兴趣:"米糊有什么好吃的啊,我爸说我跟着亲妈的时候,她就总给我吃米糊。"

"还记得味儿?"邱奕笑着看看他。

"……不记得了。"边南也笑了,"其实我被接回家里之前的事儿我都不记得,我对我妈有印象都上幼儿园的时候了。"

"以后的事儿能记得就行了。"

热可可和米浆被一块儿端上来,边南为了验证一下米浆什么味儿,拿过来尝了一口,愣了愣之后他把热可可推到了邱奕面前:"要不咱俩换换吧。"

"……那也让我先尝尝啊。"邱奕很无奈。

"你没吃过吗?那你点这个?"边南只得又把米浆推到他面前,"让你尝一口吧。"

"我没吃过,就觉得应该好吃。"邱奕尝了一口,看着边南,"要不再来一杯这个呗。"

俩人对着乐了半天,最后又让服务员拿了一杯过来。

邱奕边吃边研究了好一会儿,这东西是用米糊加牛奶,加上一点儿打得很碎的核桃花生之类的,应该不难做。

"我回家试试吧,看能不能做出来。"邱奕说。

"身边儿有个厨子感觉还真不错。"边南笑着打了个响指。

边南总觉得阳光能让时间变得很慢,冬天没有大风的日子里,裹着毯子靠在湖边晒太阳聊天,这种感觉让他很舒适。

盖在阳光下的毛孔一点点张开,暖洋洋地呼吸着。

什么都可以不想,什么都可以不管,只跟身边的人有一句没一句地聊着天儿。

"总带我过这种老头儿的生活,先是湖边喝茶,然后跑炕头上躺着吃米糊……"边南眯缝着眼睛看着太阳,"你真是……"

"那你跟罗轶洋打球去呗,少年。"邱奕笑着说。

"幼稚!"边南笑了起来。

"真想快点儿变成老头儿。"邱奕伸了个懒腰。

"为什么?"边南转过头看着他。

"变成俩老头儿一块儿晒太阳的时候,就说明我们这辈子所有过得去过不去的坎儿都已经过去了。"邱奕也转过头。

俩人一直躺到太阳开始落山,风起来了,空气也变凉了,才起身结了账,慢慢地晃到了街上。

晚饭去哪里吃,他俩都没有计划,瞎转了半天,最后看到了一家西餐厅,昏暗的灯光,低缓的音乐,点点跳动的烛光,用边南的话来说就是"太适合看人耍流氓了不进去都对不起自己"。

于是他俩进去了,要了一份双人烛光晚餐。

不过气氛并不太美好,这日子全世界的情侣都出门儿了,跟比赛秀恩爱似的,烛光晚餐都吃出银河的效果了,四周都是人。

吃完饭出来的时候,倒是有点儿意外收获,他俩后面那桌,也是俩男的,而且隔着烛光四目相望的样子,一看就不是出来打发寂寞单身汉一年里最苦闷的一天的哥们儿。

最后俩人去了电影院,买了一堆吃的进了放映厅,灯都还没熄呢,边南就往双人卡座上一靠:"哎,今儿真腐败啊。"

"有东西送你。"邱奕坐到他身边,打开包,从里面拿出了那个小铁盒,放到了边南手上,"不知道你喜不喜欢。"

边南愣了,"还有礼物?"

"看看。"邱奕说。

边南看了他一眼,低头打开了小铁盒,看到盒子里搂在一块儿的两头猪之后先是一顿,接着就捧着盒子笑得停不下来了:"你大爷邱大宝,你送个礼物还要挤对人啊!"

"我就觉得黑的特可爱。"邱奕也乐了。

"是想中和一下肤色吗?"边南喷了一声,"咱俩待一块儿时间长了得染出头斑马来。"

俩人压着声音傻笑了半天,放映厅里的灯熄灭了。

边南这才停了笑,沉默了一下:"怎么办,我没礼物送你。"

"没事儿。"邱奕往他身边挨了挨,"我现在能点一个吗?"

"行。"边南想也没想就点了点头,"想要什么?"

"你给我写封信吧。"邱奕小声说,"就用信纸写,写够一千字。"

边南愣了能有一分钟才转过头借着大屏幕上闪动着的光看着邱奕,"你整我呢吧,我连考试作文憋出便秘痘了都从来没写够过800字。"

"你就说你写不写吧。"邱奕说。

"写!"边南一咬牙,"写!"

从电影院出来的时候,已经十一点多了,气温降得很低,不过双双对对的人还是不少。

"打个车回吧。"边南缩缩脖子。

"嗯,先送你回去。"邱奕拿出手机看了看,上面有邱彦的未接来电,他打了过去,告诉邱彦自己马上回家了。

"先送你。"边南看了他一眼,其实俩人分头打车最快,但他俩似乎都没有这个打算,"二宝该着急了。"

"没事儿,我都跟他说了。"邱奕笑笑。

"别废话了。"边南拉开了路边等着的一辆出租车的车门,"跟我还绅士个屁啊。"

"行吧。"邱奕上了车。

这个司机很少有的沉默,边南还是头回见着这么一言不发的出租车司机,都有点儿怀疑这人是不是要劫道了。

司机开着电台,听着一档情感节目,女主持人正用略带伤感的矫情语气诉说着在这个普天下情侣都出门儿撒欢的日子里那些分手和单身着的痛。

边南一边听一边乐,说起来,有那么点儿感慨。

以前他是不会留意这种内容的,要上车听到这些,他多半会让司机给换个单田芳。

"三尺龙泉万卷书,上天生我亦何如?不能治国安天下,妄称男儿大丈夫!"

今天却有滋有味儿地听了半天,还拍了拍邱奕的腿,有种得意扬扬的爽快感觉。

一直到回了家,看到车库里停着的边皓的车,他一直扬着的心情才稍微回落了一点,再想到不知道刚单恋失败的边馨语经过一个情人节之后会是什么反应,心情就又往下跌了跌。

客厅里还有人,老爸和边皓还在聊天儿。

看到他回来,老爸转头看了看钟:"跟女朋友出去了?"

边南不知道该怎么回答,边换鞋含糊地应了一声。

"单身汉聚会吧。"边皓在一边说了一句。

"别你自己跟女朋友玩回来了就说人家都是单身。"老爸喷了一声,又转头看着边南,"回得还挺早啊。"

"瞎玩。"边南笑了笑,转身想往楼上走,还好边馨语不在,要在的话,这话题没准儿能让她大发脾气。

"赶紧找个女朋友吧。"边皓伸了个懒腰,"省得过个情人节还得跟邱奕撂一块儿,多苦啊。"

边南正要往楼梯上迈的步子猛地停住了,他转过头看着边皓。

"怎么了?我今儿看到你俩了。"边皓有些嘲讽地笑了笑,想想又站了起来,换个笑容,"对了,有个事儿你帮我一下吧。"

"……嗯?"边南觉得自己有点儿发蒙。

"这个。"边皓走到他跟前儿,拿过旁边小柜子上放着的一对鞋垫似的东西递给他,"这个是缓解脚疲劳的,我给馨语她不要,要不你替我给她吧,或者……让邱奕给她?我看她这两天路都走不利索了。"

"哦。"边南接过鞋垫看了看,"我给她试试吧,邱奕给她……不合适吧?"

"那你试试吧,谢了。"边皓点点头,又回到沙发上一躺。

"上去睡吧。"老爸冲他挥挥手,似乎对于他情人节是跟邱奕过的有些失落,"早点儿休息,明天不还上班吗?"

"嗯。"边南抓着鞋垫跑上了楼。

进了自己房间又站了半天,他把邱奕送他的小猪放到了衣柜最上层,拿出手机给邱奕打了个电话。

"你到家了?我这儿刚收拾完。"邱奕接了电话,笑着说,"怎么了?"

"边皓看到咱俩了。"边南压低声音说。

"……他什么反应?"邱奕愣了愣。

"没什么反应,就嘲笑我情人节跟你过来着。"边南皱着眉。

"你就跟平时一样就行了。"邱奕沉默了一会儿,"如果……边馨语说了什么,这事儿你能不掺和就不掺和,不是你的事儿,知道吗?"

"知道。"边南嘿嘿笑了两声,"还有个事儿,就……边皓拿了个什么缓解疲劳的鞋垫要给边馨语,她不要,边皓心疼他妹说是路都走不利索了……"

"想让我给边馨语?"邱奕马上反应过来了。

"嗯,我说你拿给她不合适,我给她吧,她不要再说。"边南小声说,"正好能缓和一下关系再看看她什么反应?"

"也行吧。"邱奕想了想,叹了口气,"我要有这么个哥早烦死了。"

"我觉得你就挺能操心的,跟边皓操心的方向不一样罢了。"边南笑了笑。

"要跟边皓一个方向,我爸早带着二宝离家出走了。"邱奕喷了一声。

"看把你得意的。"边南心情莫名其妙好了不少,"行了,我就跟你说这么个事儿,我先睡了,太困了。"

"嗯,晚安。"邱奕说。

邱奕看了看趴在床上抓着手机睡得正香的邱彦,过去从邱彦手里拿过手机放到了桌上。

本来打算直接睡了,但刚要关灯,听到了老爸屋里有响动,于是他转身走出去,进了老爸的房间。

"回了?"老爸估计是刚睡下,还靠在床头,开着小收音机。

"嗯。"邱奕坐到床边拉了拉他的被子,"怎么还没睡?一会儿又要咳了。"

"冬天了,咳咳很正常嘛。"老爸像是应景儿似的偏过头一通咳嗽,半天才缓过来,"我还等着你给我汇报呢。"

"汇报什么?"邱奕在他胸口轻轻地捋着,"喝点儿水吗?"

"不喝,喝了晚上又得起夜,费劲。"老爸摇摇头,"你是不是跟人过节去了?等你汇报呢。"

"又不是跟女孩儿出去,有什么可汇报的。"邱奕看了他一眼。

"跟申涛啊?"老爸笑了起来,"过单身汉节吗?"

邱奕笑了笑:"不是,跟边南。"

"哦。"老爸顿了顿,"现在你跟边南是不是比跟申涛关系好啊?"

"都挺好的,又不是二宝,还能跟这个好了就跟那个不好吗?"邱奕站起来替老爸整了整枕头,把小收音机关掉了,"赶紧睡吧,都十二点了。"

"你倒是从来没让家里担心过早恋。"老爸往下移了移躺到枕头上,叹了口气,"再这么下去该担心你晚恋了。"

"有空操心一下自己身体。"邱奕皱皱眉,"上回医生怎么说的你不记得了?你这身体出问题的地方多了,不好好注意要出大毛病的,下周约了医生检查,听听人家怎么说。"

"不去。"老爸摆摆手,"烦不烦啊成天往医院跑!"

"就你这样的情况,条件好点儿的就该在医院待着调养,咱是没条件,几个月才去一次医院你还烦上了。"邱奕叹了口气,"你还真挺视死如归。"

"自己儿子忙得女朋友都不交,情人节跟哥们儿过,当爹的能不烦吗?"老爸闭上眼睛也叹了口气。

"说了你甭操我的心,谁能比你烦啊。"邱奕捏了捏老爸的肩膀,"行了睡吧,我明天还得忙呢,我也睡了。"

"睡吧睡吧。"老爸拉了拉被子,"儿大不由爹啊……"

邱奕关上了老爸房间的门,拿了根烟上院子里点上了,叼着蹲在了家门口。

从小到大,老爸都很信任他,他做出的任何决定,他决定去做的任何事,老爸都不会多说什么,包括打架,老爸也很少责骂他。

他的压力大,老爸能体谅,他也能感觉到老爸的无奈,所以在老爸面前他永远不能表现出自己的心思。

晚恋？邱奕想想笑了起来。

跟妈妈一样，老爸也曾一起幻想过儿媳妇儿的事，只是男人不如女人那么爱琢磨这些而已……

想到老妈，邱奕的手轻轻抖了一下，有些痛苦地低下了头，盯着月光在地上斜着打出的葡萄架的阴影。

枯萎了的藤蔓扭曲地在地上留下了纠结的影子。

边南现在起床的时间比以前要晚得多，不用早起跑步的日子还挺不习惯的，他每天都还是六点多起床，到三楼老爸装健身达人其实一次也没进去过的健身房里折腾一会儿，跑跑步活动一下。

八点他下楼的时候，边馨语从自己屋里走了出来。

边南一看她的样子就有点儿说不上来什么感觉，黑眼圈离着几米的距离都看得见，表情绷着，情绪也很低落。

看到他，边馨语扫了一眼就没再理他，准备下楼去吃早餐。

"馨语，"边南叫住了她，这声馨语叫出来他自己都起鸡皮疙瘩了，从小到大他几乎就没这么叫过，"那个……你等我一下。"

边馨语没说话，站那儿看着他。

边南跑进屋里拿了边皓的那个鞋垫，刚一出来边馨语就皱了皱眉："干吗？边皓让你给我的？我不说了不要这玩意儿吗？他都找上你了还有完没完了啊！"

"是啊，都找上我了。"边南笑了笑，"也挺不容易的，你用不用都拿着吧，扔一边儿也行啊。"

边馨语从小起床气就特别大，现在加上心情不好，脸上阴得能下场暴雨了："我不要就是不要，他是不是还打算让邱奕拿给我啊！有病！"

邱奕两个字一说出来，边南地心蹦了蹦，拿着鞋垫没说话。

边馨语皱着眉从他手里一把拿走了鞋垫，打开自己房门往里一扔："行了吧！"

边南没说话，转身下了楼，发现边皓正站在楼下仰头往上看呢。

"给她了。"边南说。

"哦。"边皓点点头，想想又有些郁闷，"估计不会用。"

"也没那么娇气的，我以前跟你爸爸一块儿打拼的时候不也……"林阿姨在一边笑了笑，说到一半看了边南一眼，没再说下去，"苦点也好，苦得受不了就知道回家了。"

边南低头坐到了餐桌旁,老爸是白手起家,林阿姨嫁他的时候他还只是跟着矿山老板跑腿儿,俩人算是一起相互扶持,不过要再往下说他亲妈就该出场了。

边馨语心情不好,家里除了边南,没人知道真正的原因,只能是大家都小心地哄着她,想逗她开心。

看着边皓就差起来给她跳个大猩猩之舞的样子,边南的心一直提着,就怕边皓一着急会把"边南和邱奕俩可怜人一块儿过情人节"这事儿当笑话给说出来。

这可真就刺激到边馨语了。

还好边馨语匆匆吃完早餐就背着小包出门了,谁也没多搭理。

边南吃完早餐也出了门,今天这一天应该是没什么事儿了,晚上会不会出什么意外不知道,明天呢,后天呢……

按邱奕给的上下班乘车指南,边南感觉轻松了不少,车上人还是不少,但他至少可以在手机铃声响起来的时候顺利地把手机从兜里拿出来了,而不用担心手机会被别人的屁股挤住。

不过看到屏幕上显示的是苗苗的名字时,他愣了愣:"苗苗?"

"哎,男神早啊。"苗源在那边挺愉快地打了个招呼。

"……早。"边南不知道苗苗怎么会突然给他打电话,一想到苗源那天的反应,他就有点儿想笑。

"是这样的,你现在是不是在展飞实习啊?"苗源说话倒是听不出什么来,感觉还挺自在,还真是个大大咧咧的姑娘。

"嗯,是。"边南说。

"我要是介绍朋友过去给你,算你提成什么的吗?"苗源问。

"介绍朋友?"边南没想到她会说这个事儿,"我实习期不算提成,再说我也不是教练,是助理。"

"哦……那没劲了。"苗源挺失望,"我这儿有两个朋友想找个好地儿打球,原来有点儿基础的,还想介绍给你让你能赚点儿呢。"

"要不你带过来吧,可以介绍给带我的教练。"边南想了想,顾玮带的班还有三个位置没满。

"行啊,还能替你拍个马屁。"苗源一听就乐了,"那我今天下午带人过去，到时打你电话哈。"

"行，你……"边南想了想今天的安排，"你过来的时候给我打个电话，我出去接你们进来。"

"行。"苗源笑着说，"哎男神你真挺好相处的，我突然觉得跟你说轻松多了，你看我跟你说话都不结巴了。"

边南有点儿想笑："你原来也不怎么结巴啊。"

"那是我掩饰得好，早知道我应该去考中戏。"苗源说，"那就这样吧，等我电话啊边助理。"

"好。"边南笑着挂掉了电话。

苗源性格还真挺好，边南有些感慨，如果都跟她这样就好了。

边南这阵儿跟着顾玮慢慢对工作已经掌握了一些，人头也熟悉了不少，再拿出在学校时跟教练打交道混出来的厚脸皮……虽然俱乐部的教练因为各种利益关系跟学校的教练不同，但起码能在表面上都给他赏个笑脸。

"玮哥……不，亲哥。"边南跟顾玮忙了一个多小时学着给学员制订训练计划，没体校的计划细，但也挺费事的，好容易忙得差不多了，他拿着顾玮的杯子去泡了杯热茶拿过来，"给你说个事儿。"

"嗯，什么事？"顾玮拿过杯子。

"我一朋友，说带俩人过来，有点儿基础的，就特想跟着您，咱这儿还有空位子吧？"边南说。

"有基础的啊？有基础的行。"顾玮点点头，"带来吧，没基础的要是你开口也能行，就是不好安排一块儿练。"

"没基础的我也直接就回掉了，我陪练也费劲啊。"边南笑笑。

下午苗源给他打了个电话，把人给带来了，是俩女生，跟苗源家住一个小区的，都在本市上大学，看着比苗源更开朗，一来了见了顾玮就一抱拳叫了声师父。

把顾玮乐得笑了半天，试了试，俩姑娘的确都有基础，于是就都放在自己班上了，说好明天开始可以来跟着练了。

苗源没跟边南多说什么，陪着俩姑娘登记交钱完事儿就一块儿走了。

"那个苗苗，"顾玮拉着边南到休息室后的小院子里站下了，"你女朋友？"

"不是不是不是。"边南赶紧摆摆手。

"不是就好。"顾玮点了根烟,"她有男朋友吗?"

"……哥,"边南一听就笑了,"你想干吗啊?"

"对了,问得太着急。"顾玮有些不好意思地笑了笑,"应该先问,成年了没啊?"

"应该成年了吧,跟我一年的。"边南啧啧了几声,"不过我不能随便把人联系方式给你。"

"不用不用。"顾玮拍拍他的肩,"你就问问她,对今儿那个教练有没有印象,要人家连印象都没有,那就算了。"

"行,没问题。"边南笑了半天,顾玮这人平时挺放得开的,一碰这事儿居然还能有点儿害羞。

边南下班等车回家的时候给邱奕打了个电话,邱奕那边正要上课了,挺忙的,俩人没说多大一会儿就挂了电话。

不过边南心情还不错,人有时候真挺容易满足的,现在生活工作都一切顺当,没什么不愉快的事儿,对于边南来说就已经是享受了。

每天跟万飞打打电话瞎扯几句,再听听邱奕声音,工作上有什么不爽俩人聊几句就能放松下来。

按这节奏算算,离过年没几天了。展飞赶在年终前还发了点儿奖金,要不说都想进展飞呢,福利还不错,连边南这样的实习生都有份。

边南挺开心,一路都盘算着这月工资加上福利应该给家里人买点儿什么礼物,还有邱奕二宝邱爸爸……

边南心情还算不错地回到家,一推开门就看到了坐在沙发上一脸不开心的边馨语,和在旁边沉默着看电视的边皓,边南心里沉了沉。

边馨语大概是今天晚上不用上班,其实她在家也没什么,她一直也没跟谁说起过邱奕的事儿,但郁闷的是边皓也在家,这阵儿他妹妹心情不好,他压缩了陪女朋友的时间,没事儿就待在家里。

"回了啊?"阿姨从厨房里走出来,"今儿都回得挺早,正好早点儿吃饭吧。"

"我不吃饭了。"边馨语缩在沙发上说,"不想吃东西。"

"这几天都没好好吃饭了。"阿姨皱皱眉,"你说这是何苦呢,打个工累成这样……"

"谁说我是因为打工的事儿了?"边馨语喊了一声,"我就不能有我自己的烦心事儿啊！"

"那你烦什么呢？"阿姨叹了口气，"这都多少天了，每天都这样，你让我们多担心啊。"

"没事儿。"边馨语抱着膝盖，"过了就好了。"

"感情的事儿？"边皓试着问了一句，"感觉你就情人节……"

"你烦不烦啊！情人节情人节情人节你个鬼啊！"边馨语大概是被戳到了痛处，突然从沙发上跳了起来，冲着边皓跟爆发了似的一通喊，"过你的情人节去呗，你又不是没过成天说个没完烦不烦！"

"你是不是有病？"边皓这段一直被亲爱的妹妹各种不爽地吼，估计也忍到头了，他往茶几上拍了一巴掌，"我说句情人节你抽什么疯？"

"就抽！就不乐意听你情人节情人节的！"边馨语声音里带着颤抖，"我就堵得慌！不想听不想听！"

"全家这么哄着你，你也收敛点儿吧！天底下没伴儿过情人节的又不是你一个人，怎么到你这儿就不行了呢？又不是什么了不起的节。"边皓一看边馨语这是要哭，顿时又有点儿不知道该怎么办，往边南这儿扫了一眼，"人拉个朋友出去转转不也能过吗？怎么就非得……"

"哎哟这吵什么呢！"阿姨跑了过来，"边皓你冲她喊什么喊……"

"你说什么？"边馨语打断了阿姨的话，看着边皓，"你说谁拉个朋友……"

"邱奕情人节跟你去吃的饭？"边馨语已经不再高声喊叫，第二次问的时候她的声音已经带着颤抖和鼻音，"他宁可跟你去吃饭，都不肯跟我一起吃？我都说只是朋友吃个饭了……"

下一秒应该就会哭出来。

边南还真没想到邱奕拒绝了边馨语一块儿吃饭，他不知道该说什么。

几秒钟之后他张了张嘴刚要出声解释，边馨语突然尖叫了一声，捂住耳朵往楼上跑去："不要告诉我！我不听——"

边馨语跑得很急，带着哭腔地边跑边喊，把楼梯上站着的老爸撞到了一边，冲上二楼跑进了自己屋里，狠狠地甩上了门。

接着就听到了从她屋里隐隐传出来的哭声。

"怎么回事？"老爸这才反应过来，瞪着边南问了一句。

"我……"边南觉得手脚发凉，手心里全是汗，老爸这一个严厉的眼神让他攒了半天的勇气差点儿消失。

"这到底是怎么了?"阿姨也顾不上多问,急匆匆地跑上了楼,在边馨语房间门外有些焦急地敲着门,"馨语,怎么了?出什么事了?你给妈妈开开门……"

边皓没有说话,走到他面前盯着他看了半天,上了楼。

"爸,"边南抬起头看着老爸,有些艰难地开了口,"我跟你解释一下?"

老爸皱着眉,停了一小会儿之后转过身往楼梯上走了几步:"来我书房吧。"

"嗯。"边南抬腿迈上楼梯,他没想到边馨语会把事情推到这个地步,会有这么难以面对。

"边南!"边馨语突然打开了房门,推开了站在门外的阿姨和边皓,往他这边冲了过来,"你为什么这样?"

边南回过头,只来得及退了一步,边馨语已经扑了过来,抓住了他的胳膊:"你就等着看我笑话呢是不是?他拒绝我的时候是什么样你知道是吧!你就等着笑吧是吗!"

边南看着她满脸的泪痕和通红的眼睛,皱着眉应了一声:"你说什么呢?"

"为什么啊?"边馨语大概是连最后一丝幻想也消失了,嘶吼着,"你明明知道我喜欢邱奕!你明明知道!你们就这么串通了看我笑话!"

"我……"边南觉得边馨语这个逻辑有问题,但没等他开口,边馨语的手已经对着他脸上甩了过来,他赶紧偏过头,边馨语的指甲在他脖子上划了一下,顿时有点儿火辣辣的疼。

"馨语!你这是干什么?"老爸喊了一声,边馨语从小到大虽然被惯得脾气很大,但从来没有过这样疯狂的行为。

"馨语……"阿姨跑了过来,想要拉住边馨语,被她一把甩开了。

"我跟他过个节怎么了啊?"边南有点儿窝火,"我还不能跟我朋……"

"边南你是故意的!你明明知道我喜欢邱奕!你是故意的!"边馨语指着他。

"你先别这样。"边皓也冲了过来搂住了边馨语,把她往后拖开了,"你这都说的是什么,跟边南有什么关系?"

"我说什么了！我就说边南他什么都知道！什么都不告诉我！就这么跟别人一起看我笑话！看着我像傻子一样！我说的是什么！就是这些！"边馨语拧不过边皓，边哭边挣扎着，还是指着边南，"你浑蛋！边南你跟你妈一样，别人喜欢的你就要抢！"

边南只觉得自己猛地晃了晃，扶了一把旁边的栏杆才站稳了。

边馨语的这句话像一把刀狠狠捅进了他心里，还连捅带转地搅了搅。

"馨语！"边皓压着声音，"你瞎说什么？"

"我没有瞎说！边南，你说啊！你看着我每天傻子似的想着他是不是很开心啊！你说，你明明知道我喜欢他……你就跟你妈一……"边馨语哭喊着，话并没有说全，边皓一把捂住了她的嘴，把她拖回了房间里。

边皓和边馨语虽然从小都看边南不顺眼，但因为老爸的关系，所有的不满都不是直接表达，不友好、不待见、冷嘲热讽、白眼、打架，哪怕是边馨语的那句"原罪"，都并不会直接提及边南亲妈。

边馨语的话边南听得清清楚楚，他已经听不清别的声音，边馨语被拉进房间后还在喊着，他已经完全听不见了，也已经忘了自己是不是要解释清楚，满脑子里只有那一句：

边南你跟你妈一样！别人喜欢的你就要抢！

别人喜欢的你就要抢！

这句话准准地戳在了他十几年里最不愿意触碰的那道伤疤上。

你妈是三儿，你也跟她一样，别人喜欢的你就要抢！

边南轻轻靠在了栏杆上，抖得厉害。

他觉得栏杆真结实，自己抖得都跟发了功似的了，栏杆还是纹丝不动。

真结实……

阿姨眼神复杂地看了他一眼，跑进了边馨的房间里。

"这是怎么回事？"一直没有说话的老爸在他身后问了一句，声音里透着明显的怒火。

"爸，"边南闭了闭眼睛，手抓着栏杆，就好像这一松开他就会摔倒，"我就是跟邱奕……去过了个节。"

"然后呢？"老爸大概是还没有完全反应过来，又问了一句。

"我……"边南咬咬嘴唇，回过头看着老爸，也不知道自己在想什么，只觉有种一直被压抑着的情绪在翻腾，从小到大他在这个家里都保持着最低的存在感,希望能让被他老妈伤害过的人不因为他而感觉到硌硬,无论说什么做什么都没有底气,就这样过了十几年,却依然笼罩在这样的阴影里。

他看着老爸:"我不知道,谁知道呢,也许……我就是看笑话呢?"

他已经分不清自己是在赌气还是没有成功来袭过的叛逆冒了头,也或者是为了护着自己这个意义不同的朋友。

老爸一个耳光扇过来的时候,边南甚至都没来得及看清他出手的方向就重重地摔到了走廊的地板上,还顺着光滑的地板往后出溜了一小段距离,撞上了从边馨语屋里走出来的边皓。

老爸指着他说了句什么,边南没听清,耳朵里一边嗡响,伴随着尖锐的鸣音,比边馨语的哭喊更有杀伤力。

他被脑子里的鸣音震得头都有些发晕了。

老爸说完就黑着脸上楼去了,边南胳膊撑着地板,背后靠着边皓的腿,只觉得眼前的东西都带着风飞快地旋转着。

老爸作为一个从少年时期就在矿上干力气活的矿主,这一巴掌的力量很惊人,边皓退开的时候,他直接躺到了地上。

边皓把他从地上拉了起来,他双腿打滑地撑了好几下,才靠着墙站稳了。

边皓看着他,说了句什么。

边南在一片嗡嗡声里只听到了他的声音,却没听清他说什么。

"我听不清。"边南轻声说。

边皓没再说话,等了一会儿才又开了口:"现在呢?"

随着鸣音的退去,四周开始有了些乱七八糟的声音,像是搜索不到信号的收音机发出的杂音。

"嗯。"边南应了一声。

"回屋待着吧。"边皓脸色不太好看,瞅了他一眼之后往楼上走过去,"这个年精彩了。"

边南靠着墙没有动。

四周似乎静了下去,边馨语屋里已经没有了哭泣声,只能听见阿姨轻缓的说话声,边皓和老爸上了楼。

走廊里只剩下了他自己。

他顺着墙慢慢蹲到地上,闭着眼睛想让自己冷静下来。

可他觉得自己挺冷静的。

那就是……快点从之前的漩涡里出来。

边南你跟你妈一样！别人喜欢的你就要抢！

一想到这句话，他就全身一阵发凉。

哪怕这句话有着明显的破绽。

就这么一句逻辑混乱的话却能一棍子把他打进黑暗里。

真神奇。

原罪。

是因为这个吗？因为他有个做了三儿的妈，所以他就会在这样的逻辑面前一败涂地。

所有小心隐藏着的敏感和自卑像潮水一样翻滚着淹了过来。

边南不知道自己在走廊上蹲了多长时间，一直到他走出家门，家里都一片安静，没有人从房间里出来，没有人理会他。

甚至暴怒的老爸都没有再过来揍他。

边南缩缩脖子，夜里真冷啊。

北风刮过他的脸时，刺骨的寒冷和着那一巴掌还残留在脸上的辛辣相当销魂。

这两天说是要下雪，晚上的风刮得特别紧，几下就把身上的衣服都给刮透了。

边南漫无目的地在空无一人的街上转悠着，一开始觉得很冷，慢慢地就没什么感觉了。

他不知道现在什么时间，也不知道自己已经转悠到什么地方。

他看了看四周，在路边找了个长椅坐下了，屁股下边儿一点点传来的冰冷慢慢更新了他身上已经被风吹得麻木的感觉。

他往兜里摸了摸，想拿手机看看时间，想打个电话给邱奕。

但兜里是空的。

手机他习惯放在裤兜里，但不知道什么时候掉出去了。

是被老爸那一巴掌打翻在地的时候掉出去的吗？

他轻轻叹了口气，把手放到了外套兜里，盯着脚边被风吹起的细沙和尘土。

他真没想到事情这么狗血地发生了。

他甚至没来得及跟老爸认真解释解释，表达一下自己的想法就被一巴掌扇开了。

事情居然变成了这样。

莫名其妙就被搅得乱七八糟的一家人……也许从十几年被搅乱了就一直没有真正平静过吧。

他低头笑了笑。

他知道自己在意老妈的身份,也在意自己的身份。

但还不知道自己会这么在意。

更没想到自己会用这样的方式半发泄半顶撞地跟老爸对扛了一回。

邱奕是什么样的朋友。

很重要的。

让他踏实地想待在一起的。

他碰到麻烦时会第一时间想听他意见的。

……朋友。

时间慢慢地在北风里滑过。

边南坐在长椅上,看着月亮从东边慢慢移向西边,琢磨着自己是该回家还是该继续愣在这里。

如果在这里待一夜,会不会感冒?

跟邱奕一样,他很少生病,这大概是这么多年迷迷瞪瞪没个方向地在体校混着最大的收获了。

小时候他还挺想生一次病的,特别羡慕身体不好的边馨语打个喷嚏都能让老爸和阿姨紧张半天的待遇。

现在也挺想生病的,可以一次性从邱奕身上找回自己两次伺候他的份儿。

他嘿嘿地乐了两声,他还真不知道自己要是病了邱奕该怎么腾出时间来照顾他。

时间过得挺快的,边南一直没想明白自己该去哪儿,满脑子胡思乱想,不知道从什么时候开始就已经习惯性跑题了。

应该是习惯性地避开那些让他无奈的事。

天有些亮的时候他站了起来,屁股都失去知觉了,他背着手在自己屁股上拍了半天,旁边推着小车准备开始卖早餐的大爷一直看着他。

他往四周看了看,环境有些陌生,但也不是完全没见过,他冲大爷笑了笑:"大爷,这是哪儿?"

"中国。"大爷看着他。

"什么?"边南愣了。

大爷看他一脸迷茫,又说了一句:"中国,现在是二零一……"

"大爷我不是穿越来的。"边南忍不住打断了大爷的话,这大爷估计是昨儿晚上小说看多了还没醒过来。

"哦。"大爷应了一声,边南感觉自己在大爷脸上似乎看到了一丝失望,大爷指了指旁边的街牌,"看不见啊?"

街道的名字挺熟,但边南一时想不起来这是哪儿。

他觉得自己脑子大概被冻住了,现在唯一的想法就是应该上班了。

他也没管方向,顺着路往前走,打算找个车站或者地铁口再看看该怎么走。

走了一截儿,他听到了前面有高跟鞋敲打地面的声音,接着就看到了一双穿着棉裤的腿。

他往一边偏了偏,正想让开的时候,一个还算挺熟悉的女声响起:"哎哟,这不是我儿子吗?"

边南愣了愣,猛地抬起头。

老妈穿着一套棉睡衣,手里捏着钱,正有些吃惊地看着他。

边南这才猛地想起那个有些熟悉的地名,是老妈住的小区外面的那条街。

"……妈。"边南叫了她一声。

"太神奇了。"老妈虽然穿着睡衣,不过脸上还是化了精致的妆,跟她的衣服不太搭,她走过来拍了拍边南的肩,"怎么,来看我的?这一大清早的这么孝顺?今儿太阳是不是打我兜里升起来的啊!"

"我……"边南在这种情况下看到老妈,心里说不上来是什么滋味儿,"路过。"

"路过?"老妈冷笑了一声,"我就知道,哪有这么好的事儿,这么久也没打个电话问问我死了还是没死透,还能直接跑来看我了?"

边南想走,但被老妈一把抓住了胳膊:"正好,挺久没见面了,聊聊吧。"

老妈大概是出来买早点的,不过这会儿她什么也没买,直接把他拉回了家。

边南觉得能让老妈这么热情和着急的唯一原因应该只有一个:想要钱。

老妈推开房门的瞬间，边南就有种扭头离开的冲动。

屋里沙发上坐着个叼着烟的男人。

"这谁啊？"男人一见边南就喊了起来。

"我儿子，亲儿子。"老妈提高声音，冲男人挥了挥手，"你进里屋去，我跟我儿子好久没见了要聊聊。"

"哦。"男人一听就站了起来，转身进了里屋。

"先说说你吧。"老妈在沙发坐下了，点了根烟叼着。

"我有什么可说的。"边南站着没动。

"别装了。"老妈夹着烟笑了起来，"你毕竟是我儿子，我生的，你有事儿我能看不出来吗？"

边南看着老妈不知道是什么心态的笑容，突然有种愤怒。

他咬着牙盯着老妈脸上的笑容，沉默了一会儿开了口，他都没想到自己说出这件事的时候能这么平静，还能说得这么简洁而明了。

感觉自己就想要看到老妈听到这事时脸上的表情。

"什么？"老妈听完了之后愣了愣，突然尖声音笑了起来，夹着烟的手笑得一直抖，烟灰都落在了衣服上，"边馨语说你跟她喜欢的男人一起看她笑话？天哪——"

边南盯着她不出声。

老妈笑得停不下来，眼泪都笑了出来，边笑边尖着嗓子喊："边南你真牛，你是在替你妈报仇吗，哈哈哈哈哈哈……真不愧是我亲儿子，你都学会不动声色看人笑话了啊，哈哈哈哈……你真恶心……"

边南拿起了茶几上的一个杯子，狠狠对着老妈砸了过去，杯子擦着她的脸向后砸在了墙上。

杯子碎裂的声音终止了老妈的笑声。

"怎么？"老妈摸了摸自己的脸，笑容消失了，看着他的眼神里有些空洞，"恨我啊，这怪我吗？"

"我不怪你，也不恨你。"边南弯脸凑近她，一字一句地说，"我只是看不起你，你给我带来的痛苦就到这里了，今天，现在。"

老妈没说话，脸上的表情有些难以捉摸。

边南也没再说话，转身拉开了房门走了出去。

"边南！"老妈在他身后大喊了一声。

边南摔上了门。

被边馨语指着鼻子骂得无法解释的时候，被阿姨复杂的眼神扫过时，被老爸一耳光扇倒的时候，他只觉得害怕和混乱。

从老妈家里走出来的时候，他却突然想哭。

不为别的，只为了老妈那句带着笑喊出来的，你真恶心。

谁都没有说出这个词，被骂被打的时候都没有听到，却在自己亲妈的嘴里听到了这么一句。

你真恶心。

恶心吗？

为什么恶心？

边南飞快地往前走着，快得他都能听到自己混乱的呼吸。

他走出小区大门，冲进了一家开着门的杂货铺，看着正在理货的老板问了一句："有电话吗？"

"没……"老板一看他，立马摇了摇头。

边南知道自己现在的样子应该不太好看，吹了一夜的风，疲惫、郁闷、憋屈，估计有点儿像个流窜犯。

他没再说话，直接推开老板，往收银的小桌子下面看了一眼，拽出了放在抽斗里的电话："我打个电话。"

"你干什么？"老板不知道他要干什么，有些着急地过来想拦。

"我打个电话！听不懂啊！"边南吼了一声，拿起电话，飞快地拨了邱奕的手机号。

老板僵在了一边，盯着他。

"喂你好。"那边传来了邱奕的声音。

听到这三个字时，边南整个人突然一下软了下去，就像是一直紧绷着的那根线被猛地抽走了，他一屁股坐在了旁边的椅子上。

"我要见你，现在。"他说。

"我正要出门去补课……"邱奕边吃东西边说，声音有点儿喘，应该是边吃边收拾着东西。

"我要见你！现在！"边南说。

邱奕顿了顿："好，在哪儿？"

"我妈那个小区门口，你跟我来过的。"边南轻声说。

"等我。"邱奕说。

挂掉电话,边南觉得自己很困,靠着椅背不想动了。

老板还在一边盯着他,他看了老板一眼,在兜里摸了半天,钱包也不见了,不过他摸到了一张钱。

拿出来看了看,是一百的,他把钱放到了桌上。

"干吗?"老板看着他。

"电话费。"边南说。

"……不用了,打完电话就走吧。"老板挺紧张。

"我坐会儿,等个朋友。"边南没动。

二十分钟之后,老板还站在一边盯着他,边南也没再多说话,盯着外面偶尔走过的人和慢慢变得多起来的车。

一辆出租车飞快地开了过来,停在了路边。

车门打开,邱奕从车上跳了下来,往两边看了看。

"邱奕!"边南吼了一声,看到邱奕的一瞬间,他顿时觉得一阵说不上来的委屈,自己都不知道委屈什么。

老板被他吼得一哆嗦。

边南跳起来跑出了小杂铺,往邱奕那边冲了过去。

不知道是不是因为一夜没睡,或者是因为让风吹病了,再或者是被老爸那一巴掌扇晕了还没好,再或者是被老妈气得……他感觉有些腿软,冲到邱奕面前的时候直接跪在了地上。

"哎!这是怎么了?"邱奕吓了一跳,看了看四周,也跪了下来,想想又换成了单膝。

"大宝。"边南想站起来,没成功,往向栽了栽。

邱奕赶紧扶住了他肩膀:"磕头就别了吧,不好回礼。"

"你大爷。"边南突然笑了起来。

邱奕笑了笑没说话,边南笑得有点儿收不住,看着邱奕一个劲地笑,笑了半天,眼泪顺着脸滑了下来。

真丢人。

"没事儿了。"邱奕搂过他,在他背上拍了拍,"没事儿了。"

边南就这么跪在地上把眼睛压在邱奕肩上哭了能有好几分钟,邱奕也一直没动,也没说话,就只是用手在他背上轻轻拍着。

"哎！"边南感觉哭痛快了，堵在胸口的感觉减轻了不少，他往脸上胡乱抹了两把，龇牙咧嘴地撑着膝盖慢慢站了起来，"都跪出老寒腿儿了。"

"这不是跪出来的吧，是一晚上吹风吹出来的吧？"邱奕也站起来，笑了笑。

边南愣了愣，抬眼看着他："你怎么知道的？"

"随便一想就知道了。"邱奕拍了拍他的胳膊，"这脸色，这个时间，这个地点……"

边南扯着嘴角笑了笑："也是。"

"先吃点儿东西吧。"邱奕搂着他的肩往两边看了看，"我过来的时候看到那边有个早点店，人不多。"

"嗯。"边南搓了搓脸，他现在是饱是饿完全没感觉，冷不冷也不知道，身上所有的感觉经过这一夜的折腾似乎都已经进入了休眠状态。

小早点店里人不多，俩人找了个靠墙的小桌坐下了。

"想吃什么？"邱奕问他，准备去端东西。

"不知道，你吃什么就拿双份儿吧。"边南说。

"行吧。"邱奕在他脑袋上扒拉了两下转身走开了。

店里很暖和，他们这个桌离门口做煎饼的大炉子挺近，边南觉得自己这一晚上被冻成了冰块的身体一点点地化开了。

身上不舒服的感觉也一点点地变得清晰起来，膝盖发酸，腿也酸麻，腰都硬了，脖子上被边馨语抓伤的地方有点儿火辣辣地疼，脸上……脸上倒是没太大感觉，就觉得半边脸有点儿发木。

打出偏瘫了吗……

邱奕拿了一堆东西过来，饼、包子、油条、豆腐脑、牛奶、豆浆，放了一桌子。

"你这么饿啊？"边南笑着问。

"吃吧，吃不完打包就行。"邱奕在他对面坐下。

"邱奕，"边南拿了根油条在手里，"昨儿晚上……"

"先吃东西。"邱奕声音很缓，"吃完了再说。我一会儿打个电话取消上午的补课，不赶时间。"

"不，你别取消。"边南低头咬了口油条，"你补你的课，我一会儿去上班。"

"嗯？"邱奕愣了愣。

"不是什么大事儿，没必要。"边南又喝了口豆浆。

"确定？"邱奕看着他。

"嗯。"边南点点头。

他说不清自己为什么要这样，不是为了逞强，也不能说是为了让邱奕不担心，估计也不是为了让老爸看到他有能力把自己的事情处理得很好……更多的应该是他不敢闲下来。

哪怕是跟邱奕待在一块儿，也不敢，他怕闲了自己会不踏实。

昨天就那么跑出来了，家里现在是什么样他都不知道，回家之后要面对的是什么他也不敢多想。

总之他就是想努力保持自己之前的生活节奏，抓住那点平稳的安全感。

这份安全感里有他日常的工作和邱奕日常的问候。

边南埋头吃了不少东西，又加了碗豆腐脑和一杯牛奶，最后打了个饱嗝。

"可能吃多了。"边南喷了一声。

"你爸打你了？"邱奕手里拿着的油条从头到尾就只咬了一口。

"嗯。"边南叹了口气，"挺乱的。边馨语打从情人节以后不是一直心情不好吗，她哥安慰人技术也稀松得很，把我跟你过情人节的事儿拿出来举例子……结果边馨语一听就发飙了。"

"然后呢？"邱奕轻轻皱了皱眉。

"然后我就掺和了呗，就一团糟了呗……边南你就是看我笑话，边南你跟你妈一样……"边南笑笑，放在桌上的手狠狠地往一块儿掐了掐，"我爸问我是不是，我说是，他打了我一巴掌，我就出来了，现在什么情况不知道。"

"你……"邱奕听了这句有些吃惊地挑了挑眉，拍拍他的手，又捏了捏他的手指，把他死死掐在一块儿的手指掰开了，"你跑这儿来干什么了？"

"我不知道，迷迷瞪瞪就跑这儿来了，坐了一夜，要走的时候碰上了我……妈……是潜意识吗？受伤了找妈妈？"边南笑得很无奈，声音有点儿颤，"不过她都没问问为什么，就说我……恶心。"

邱奕没有说话，手收了收，握紧了他的手。

"现在就这情况了，别的我得下午下班回家了才知道。"边南说。

"下午我跟你一块儿回家吧？"邱奕看着他，"我……"

"不。"边南摇摇头，"现在还不用，我回家看了什么情况再说，现在带着你回去我怕火上浇油，我爸没准儿觉得我示威呢。"

"那也行。"邱奕想了想，"行吧，不过……"

"有事要告诉你，是吧，知道了。"边南笑着啧了一声，"**真啰唆。**"

吃完早餐出来，邱奕补课的时间和边南上班时间都差不多了，为了不迟到，他俩决定各自打个车。

边南上车坐下的时候看了看站在路边的邱奕。

"怎么？"邱奕走到车窗边。

"没。"边南笑笑，"你赶紧打车。"

"嗯。"邱奕点点头，退了一步又说了一句，"到了用**顾玮电话联系我**吧，要不今儿一天都联系不上你了。"

边南嘿嘿笑了："好的。"

"晚点儿找个药店买点儿感冒药预防着。"邱奕又说。

"哎！"边南挥了挥手，刚才邱奕就想找药店，可惜现在药店都还没开门，"知道了知道了。"

"行了走吧。"邱奕退到人行道上，这边车开了之后又喊了一句，"你那个脸，到了以后找东西敷一敷！"

"哎——"边南从窗口探出脑袋，"知道了邱奶奶！"

快到展飞门口的时候，边南看到了路边有个药店，赶紧让**司机停了车**，下去买了盒感冒冲剂揣到了兜里。

他觉得自己没什么问题，应该不会感冒，但还是决定预防一下，**现在一切**情况都弄不清，病了会很麻烦。

低头顺着路走到展飞门口的时候他被人叫住了，一抬头看到是石江。

巫哲 著
WU ZHE WORKS

狼行成双 下

江苏凤凰文艺出版社

第十一章
真正的新生活

"石哥早。"边南这阵儿跟石江混得还挺熟,石江这人不熟的时候脸挺冷,熟了之后……脸还是冷,不过说话能随便不少,"去吃早点?"

"吃过了。"石江往他脸上脖子上扫了一眼,皱了眉头,"打架了?"

"没。"边南摸了摸自己的脸,一会儿真得找个镜子瞅瞅,怎么人人一眼就能看出来?

"边南,"石江还是皱着眉,"展飞的员工一旦发现有打架斗殴的情况是一律开除的,下不为例的机会都不会给。"

"哎,真不是。"边南吓了一跳,赶紧凑到石江面前,"这是……我爸打的。"

"你爸?打你?"石江有些吃惊,"都这么大的儿子了还动手?"

"这不是惹急了吗?"边南扯扯嘴角,"真不是打架。"

"你爸还挠你啊?"石江指了指他脖子,"什么招式……"

"指甲刮的,石哥你别问了。"边南低下头闷着声音,"挺郁闷的。"

"行吧不问了,没打架就行,赶紧进去吧,今儿你们那班有人来得早,已经练上了。"石江说。

边南跑了进去,进了更衣室,一边换衣服的时候一边往镜子里瞄了一眼,捂着脸就愣了。

他小声骂了一句,早知道就不该来上班,这么招摇!

被老爸扇了一巴掌的地方面积不大,没到半张脸的程度,但红肿得挺明显,再加上脖子上那道红艳艳的血痕……难怪杂货铺老板见了他跟见逃犯似的，没报警都得谢谢人家了。

"你打架了？"顾玮走进更衣室，一看到他就喊了一声。

"哎没没，刚石教练还问我呢，被我爸揍的……"边南一看到顾玮的表情立马又补了一句，"别问！"

"不问。"顾玮笑了起来，"教练休息室里有冰块，敷一下吧，要不行就去医务室看看。"

边南没去医务室，去休息室的冰箱里找了点儿冰块拿毛巾包了在脸上滚了滚，最后又从自己包里翻了个口罩出来戴上了。

顾玮还挺照顾他，今天没安排他摘了口罩去陪练，只让喂球，顺带帮着跑了跑腿儿。边南很感激，借了顾玮手机给邱奕打电话的时候琢磨过几天悄悄替顾玮充点儿话费。

想到这儿，边南想起来还没顾得上给苗源打电话转达顾玮的倾慕之情。

充话费要能送个女朋友什么的就好了。

下午是苗源那两个朋友在的班训练，顾玮教得很认真，边南没什么事儿，坐在一边听着，平时他听顾玮给人讲解不会这么仔细，但今天不一样，他只要脑子一放空就会立马乱成一团，没着没落地难受。

今天简直就是他来展飞实习之后最投入的一天。

快到下午下班的时候，边南都不太敢去看时间，顾玮的手机就放在椅子上，他却不敢拿起来看看几点了。

"走吧！没事儿了。"顾玮把明天的训练安排跟学生交代完之后过来拍了拍他，"下班了，对了明天安排了晚上训练，你要来不了……"

"来得了。"边南一听立马说，"我能来。"

"好吧。"顾玮穿上外套，"我去洗个澡，你回家吧。"

"哦。"边南有些不情不愿地慢吞吞地走出了球场。

从球场到展飞大门外这几分钟时间里，他脑子里跟爆发了似的把回家有可能会碰到的各种场景都过了一遍，想得汗都下来了，有点儿想回头跟着顾玮去洗个澡。

垂头丧气地往公车站走的时候，他扫到路边花坛边坐着个人，看清之后他愣住了。

吃惊过后就是瞬间从心里蹿遍全身的喜悦，感觉自己笑得口罩都要皱了："你神经病啊，怎么跑来了？"

"不放心呗。"邱奕站了起来,"边馨语今天没来上班,我就想要不还是过来陪你回家吧,我在外面待着,没事儿了我回去,有事儿我可以……"

"你大爷。"边南冲过去一把搂住了他,"你就这么觉得我处理不吗?"

"这两回事儿啊。"邱奕笑了笑,"再说这儿是因为我引起的。"

"不,"边南摇摇头,"这事儿是边馨语没地儿撒气儿引起的。"

邱奕陪着他一块儿上了公车,又一块儿挤上了地铁。

一路上他俩挨着站着,没有说话,邱奕没问他回家以后打算怎么说怎么做,也没问他的伤,也没问感没感冒。

边南觉得挺好,邱奕如果说了什么,哪怕是跟这件事完全没关系的,都会让他觉得紧张,就这么沉默着站在他身边就可以了。

走进小区的时候边南吸了口气,心跳得有些厉害。

他指了指他家那条路拐角的小咖啡店:"你在那儿待会儿吧,暖和。"

"嗯,你别管我了。"邱奕在他肩上捏了捏,"有话好好说,别急,越急越表达不清了,能解释的……还是解释一下。"

边南点点头,转身顺着路往自己家走过去。

家里亮着灯,门外听不到什么动静,不过老爸和边皓的车都停在车库里,看来全家都在。

边南掏出钥匙,刚插到锁里,门就被人打开了,阿姨站在门里。

"……阿姨。"边南低头叫了她一声。

"嗯。"阿姨点点头,脸上有些疲惫,看样子是没睡好,"马上吃饭了,上楼收拾一下吧。"

"我爸在书房吗?"边南换了鞋,看到客厅里没有人,回头问了一句。

"在呢。"阿姨看着他,脸上表情有些说不上来,"你……去吧。"

边南一步一步地上楼梯,一、二、三、四……他在这房子里住了十几年,还没数过楼梯一共有多少级呢。

不过最后站到书房门外时,他已经忘了自己数了多少个数,可能本来就没数明白。

他敲了敲门,轻轻叫了一声:"爸。"

里面传来脚步声,门打开了。

边皓和老爸都在书房里,天都黑了也没开个灯,整个书房都被烟雾笼罩着,边南没来得及说话,先被呛得一通咳。

"以为你不打算回家了呢。"老爸在一片烟雾中坐在沙发上说了一句。

"没。"边南走进书房,"我上班去了。"

这话估计挺让人吃惊,一向懒散不上进的边南居然会在这样的情况下去上班,边皓忍不住看了他一眼。

"你找我什么事?"老爸问。

"谈谈……昨天的事儿。"边南犹豫着要不要坐下,怕老爸这会儿还在上火,自己坐下去再被一脚踹地上去。

"谈你交了个什么样的朋友?"老爸冷笑了一声,"你还有脸跟我谈这个?"

边南没说话,老爸的怒火如果在边馨语迁怒他的事儿上可能还好办些,现在老爸已经把注意力放在了邱奕身上,还是这样的语气,边南顿时不知道该怎么说下去了。

"我去洗个澡。"边皓往书房外面走。

"你别走。"老爸叫住了他,"家里就这三个男人,要说什么就一块儿说吧,你不还帮他说话了吗?"

"我什么时候帮他说话了?"边皓皱着眉,"我就说这事儿我管不着,我又不是他爸。"

"我是不是你爸?"老爸看着他。

"你是我爸跟我不想听你俩说这个有关系吗?"边皓一脸莫名其妙。

"都坐着吧。"老爸叹了口气,"你是年轻人,我就想让你也听听。"

边皓没再说话,有些不耐烦地坐下了,边南也拉过张椅子坐在了老爸对面。

"你跟邱奕到底怎么回事儿?什么时候关系就好成这样了?"老爸拿过茶壶倒了杯茶喝着。

"大概就……上回拘留那事儿之前吧。"边南回答得有些困难,他不想在老爸面前老提到邱奕被拘的事,"差不多那时就挺好的了。"

"你是不是脑子有病?这就一起看自己妹妹笑话了?"老爸皱着眉打断了他的话,语气有些烦躁,"你怎么就交了这么一个朋友?"

"我朋友怎么了?"边南眉毛拧成了一团,"我朋友怎么了!你都没听我……"

他的话被老爸摔碎的杯子打断了。

"你是怎么好意思说出这种话的?"老爸看着他。

"我为什么不好意思?"边南被老爸这么一问,顿时想起了昨天老妈的那句话，"我又没干什么伤天害理的事儿，我朋友也没干什么啊！"

老爸被他这句话顶得瞪着他半天没说出话来。

"爸……"边南试着再次开口。

"你就说，你今天是不是要跟我顶到底？"老爸盯着他，脸色很难看。

"你这样我还怎么说。"边南顿时觉得身上跟着了火似的，老爸这状态根本没法沟通，是的，就是这样，十几年了，他一次次败在了老爸这样的态度之下。

老爸吼了一声："荒唐！你要这么说，就没什么好谈的了！"

边南没说话。

"行了，你们都出去吧。"老爸沉着脸挥了挥手。

"爸，你能听我说吗？"边南不愿意就这么几句话就出去了。

"你想说什么？"老爸皱着眉看着他，"你想说什么？边南，从小到大，你一直拧着劲儿，跟我，跟这个家里每一个人，我知道不全怪你，但你最后给我来这么个事，交这么个朋友，你让我怎么想？让我怎么做？你到底是哪儿不对劲了？"

"我没有哪儿不对劲，我也不是要恶心谁给谁不痛快。"边南咬牙说，"邱奕是我朋友这事儿怎么就不行了呢……他拒绝了边馨语怎么就不行了呢……"

"你怎么就这么不让我舒坦呢！"老爸站了起来，指着他，手抖着，"你非得交个这样的朋友！怎么就行了呢？这是很时髦还是很光荣啊！"

边南很少跟人讲道理，他觉得自己没事儿跟人瞎逗的时候嘴还算利索，但一说正事儿就没词儿，特别是面对老爸，本来就说不出，现在更是没法说了。

换个人，他逼急了还能抡胳膊上去干一架，可这是他爸，看上去也是一夜没睡，眼袋都挂出双层了的老爸。

边南突然觉得自己很无力，他甚至不知道自己到底在想什么，又是想跟老爸说什么，或者只是想在跟老爸意见不统一时拧着劲犟一次。

但看来并不成功，无论这件事是怎么回事，他跟老爸都无法沟通。

"爸，"边南低下头，闷着声音，"你要不……别管我了。"

"放你的屁！"老爸暴吼了一声，嗓子都有些破了，把旁边一直偏着头往窗外看的边皓吓得一下跳了起来。

"放你的屁！"老爸又吼了一声，声音带上了颤抖，"你说这样的话，你是什么意思？我要真不管你，当年就不会把你接回来！不会这么十几年拼命想要弥补你！我是个粗人，我不知道到底该怎么做才能让你把我当个爸爸！我只能让你吃好穿好，钱管够！不管你？你现在让我不管你了？你还有没有良心！"

"爸，"边皓走到他身边，拍了拍他的背，"你先坐下，消消气！"

"我怎么消气！"老爸转过脸冲边皓吼着，"你说我怎么消气？他从小到大有没有让我顺气儿过？不好好上学！打架！每天混日子！最后交了这么个朋友！还让我别管他了！我怎么消气？你说！"

没等边皓再开口，老爸又转回头来冲边南吼了一句："你为什么就这么不让我安心呢！"

"爸……"边南看着老爸，有些吃惊地发现老爸眼里有泪光。

但"这么个朋友"放在邱奕身上让他不是滋味儿，邱奕不是"这么个朋友"，他身上的稳重、担当、坚强、温柔，这些都是边南欣赏的。

老爸挥了挥手："你也不用再跟我谈了，你要再这么跟我犟，就别怪我门儿都不让你出了！"

边南心里猛一沉，呼吸都紧了紧。

"行了，别说了，先不说了。"边皓把老爸推回沙发上坐下，"这么发着火还怎么说，边南你先回屋吧，一会儿先吃饭了。"

"吃什么吃！还吃什么饭！"老爸甩开边皓的手。

"那你说还能怎么着？"边皓皱着眉，"不吃饭，不睡觉，就这么骂下去？他现在这样子你是想打死他还是怎么着啊？"

"你不用帮着他！"老爸推了边皓一把。

本来说话还算平静的边皓被老爸这一把推得差点儿一屁股坐到地上，他站起来往茶几上拍了一巴掌："我没帮着他！这事儿是帮着谁就能解决的吗！"

老爸没有说话，还是阴沉着脸。

"我谁也不想帮着，我就想家里能平平静静的！"边皓拧着眉，指了指边南，"我就是从小看到他就烦！为接他回来的事儿当年还没吵够吗？我想起来就哆嗦！我就是不愿意家里再有这样的争吵了！够了！"

老爸沉默着。

"他满十八了，成年了！他要干什么，要交什么朋友，是男是女是猫是狗，都是他自己的事。"边皓说，"他就是要去杀人，也是他自己承担后果！能不能不要再为了他让这个家乱七八糟！"

边皓说完这些，往椅子上踢了一脚，转身走出了书房。

书房里陷入了一片沉寂。

边皓的话，边南每个字都听清了，这话说得并不客气，也的确没在帮他，但这些话说出来之后，他突然松了口气。

老爸点了根烟，抽了几口之后走到他面前："我再问你一遍，如果你真想明白自己是怎么回事了，你能不能改？"

"是错我才会改。"边南说。

"好。"老爸脸上闪过一丝无奈的笑容，举起手冲他竖了竖拇指，"滚。"

老爸最后这一个字说出来的时候带着无奈和愤怒，边南看着他，想说点儿什么，但却什么也没说出来。

事情怎么就会不受控制地发展成了这样，他半天都回不过神来。

邱奕还说让他别掺和进来，他甚至都没明白是怎么了，就已经掺和进来了，还掺和得乱七八糟一塌糊涂。

他现在都不知道自己为什么非得这样跟老爸犟着。

就像之前十几年缩着团着的那些东西全都撑开了爆发了一样。

两人面对面僵持了几秒，老爸重重地叹了口气，擦着他身边走出了书房，往楼上露台去了。

边南在原地站了很长时间，老爸的感觉他无法体会，估计自己的感觉老爸也永远体会不了吧。

他缓缓转过身，走出了书房。

边皓背对着书房门坐在楼梯上，边南从他旁边往楼下走。

气氛很僵，很沉，整个家里的气压都低得让人觉得无法呼吸。

是因为他。

他在二楼的走廊上停了停，回到了自己屋里，拉开了衣柜的门。

老爸让他滚。

让他迷茫的是他却不知道自己究竟是该就这么滚了，还是先不要动。

但最后他还是从柜子里拿出了自己的背包，把几套衣服塞了进去，又把邱奕送他的小泥人和小猪用袋子装好也放了进去。

他常穿的衣服没几套，来来回回就那几套运动服，团好了正好把包塞满。

关上衣柜门，他又站在床边想了很久。

还有什么应该拿上的？

好像没有了。

他摸了摸兜里的钱包和手机，背起包转身走出房间，关好门下了楼。

客厅里没有人，电视也关着，显得很冷清。

边南往饭厅里看了一眼，阿姨正坐在桌子边对着一桌子还冒着热气的菜发呆，听到他的脚步声也没有动。

边南咬咬嘴唇，换了鞋，拉开了客厅走廊的侧门，进了车库。

在车库里他站了能有好几分钟，他有些很重要的事需要先理清。

邱奕还在咖啡厅里等他，他只要现在背着包过去告诉邱奕他被赶出家门了，就可以跟邱奕一起回去。

他不知道邱奕会是什么样的心情，也不知道邱奕看到自己因为这件事离家出走了会怎么想……这个情况应该是邱奕没有预料到的。

他又该觉得自己不懂事把事儿闹成这样了。

他走出车库，把背包放在了院子门边，把身上的外套脱了扔到背包旁边，然后深吸了一口气，又原地蹦了蹦，这才跑出院门，顺着路往咖啡厅跑过去。

邱奕没在咖啡厅里，而是叼着烟站在路边，正往这边看着，远远看到他跑过来就掐了烟，迎了过来。

"怎么样，没事儿吧？"邱奕抓住他的胳膊，借着路灯往他脸上看着。

"没事儿。"边南摸摸脸，嘿嘿笑了两声，"还能总打啊。"

"怎么说的？比我估计的时间要短啊。"邱奕捏捏他的肩，"有没有吵架？好好解释了吗？"

"没吵架，放心吧。"边南笑着挥挥手，"我爸……就是脾气大，也还在生气，但也没太为难我，这事暂时也就只能这么着了。"

"真的？"邱奕还是看着他，伸手搂了搂他的肩，"你就稳着点儿，别再跟你爸争什么了就行，快过年了，别再惹他了，也别再瞎说那些招他不高兴的话。"

"嗯，我知道。"边南搓搓手，"你放心吧，可以安心回去了。"

邱奕笑了笑："你冷了吧？也不穿个外套出来。"

"没顾得上，就赶着出来跟你说一声，我说我上咖啡厅买杯热可可就跑出来了。"边南龇牙笑笑，"也不冷，比昨儿晚上舒服多了。"

"那你去买热可可？"邱奕搂着他在他背上用力搓了几下，"其实你打个电话告诉我不就行了吗？跟家里还没聊顺呢又往外跑。"

"这不是怕你等这儿担心嘛，"边南笑着说，"先出来面对面汇报一下好让你放心呗。"

"傻了吧你。"邱奕乐了。

边南进咖啡厅里买了杯热可可,又看了看单子,没有米浆,他喷了一声:"哎,你什么时候给我做米浆?"

"周末吧,这周六下午没安排补课了,可以试一下。"邱奕说。

"这家长也够可以的,周日就三十儿了吧,能把补课安排到二十九……"边南又喷了一声,把杯子递到邱奕面前,"是不是过了初一又要开始补了?"

"暂时没安排了,没几天就得实习,饭店那边也是忙完过年这几天我就辞了。"邱奕喝了一口,"行了,你快回去吧,要吃饭了吧?"

"嗯,菜都已经摆上了。"边南点点头,想起了阿姨一个人坐在一桌菜旁发呆的样子。

"那行,我也饿了……"邱奕笑着摸摸肚子。

"赶紧回去,晚了二宝又该急了。"边南推了推他。

"嗯。"邱奕笑笑。

俩人在咖啡厅里待了几分钟才走了出去,邱奕又挺不放心地交代了他几句,这才拉了拉外套,转身往小区门口走了。

边南拿着热可可往回跑,站在家里院子门外看不到邱奕了,他这才进了院子把外套穿上,又背上了包,重新关好院子门,往小区后门那边走了过去,边走边拿了手机出来,给万飞打了个电话。

"哎哟南哥你可算给我打电话了。"那边万飞很快接了电话,"这一放假就没消息了真是伤感情!"

"在哪儿呢你?"边南笑着问。

"姥姥家呗,陪老太太过年呢。"万飞大概是在吃饭,塞了一嘴东西说话含混不清的,"你这阵儿怎么样啊?上班顺利吗?"

"嗯,挺顺利的。"边南说,万飞这家伙居然回姥姥家了,他顿时有点儿郁闷,"你什么时候回?"

"得过了十五,怎么了?"万飞马上反应过来了,"你没在家吗?"

"没怎么,你回来了给我电话吧。"边南说。

"你是不是没地儿去啊?邱奕家也不行?"万飞有点儿着急,"要不你去我家,我家对门儿那个阿姨你知道吧,她家有我家的备用钥匙,我给她打个电……"

"哎,我说没地儿去了吗?"边南打断了他的话,"哪儿来那么丰富的想象力,我就是这两天休息了想翻翻你牌子。"

"真的假的啊？"万飞乐了，"那你等我，我回去了你随便翻，来回翻，翻来翻去……"

"行了你吃饭吧。"边南说，"你都让许蕊翻了个遍了……"

"你有没有良心！"万飞喊，又压低声音，"我俩没翻呢，我一正经人。"

边南忍不住乐了，跟万飞又扯了几句才挂了电话。

站在小区后门的岗亭边儿上，边南琢磨了半天，拉开了旁边一辆出租车的车门。

"这么冷的天儿还出门儿啊。"司机被开门灌进来的北风吹得一哆嗦，"上哪儿？"

边南报了好无聊的地址。

按目前这情况，除了宾馆，能去的地方只有好无聊了。

他不愿意去宾馆。

因为陌生和……孤单。

他想找个有熟人的地儿先猫着。

好无聊的这条街，晚上格外冷清，连大中午的都看不到几个人，这会儿更是一根人毛都没有。

边南往楼上看了看，隐约是有点儿灯光，他跑上了楼梯。

店门关着，借着昏暗的路灯光能看到门上挂了个"太无聊关门了"的牌子。

"叔！"边南拍了拍门，喊了一声，"杨哥！"

里面没动静。

他摸出手机按开手电往门边照了照，没见到门铃，只得继续拍门："杨哥，杨旭！开门！不开门我踹了啊！"

又拍又喊地能有两分钟，边南总算听到里面传来了脚步声，松了口气。

门缝里能看到灯亮了，接着门被打开了，杨旭一脸不耐烦地站在里面，一看到他就把门上的牌子摘下来举到了他眼前："不认识字儿啊？"

"不认识。"边南从门边挤了进去，"这才几点，我家楼下的咖啡厅正上客呢，你这儿居然就关门了……"

"那你上你家咖啡厅待着去，"杨旭关上了门，看着他，"跑我这儿来干吗？"

"你这儿能睡觉。"边南进了里屋，走到了他和邱奕每次来都喜欢坐的那个窗边,把背包一扔,靠到了垫子上。

杨旭把里屋的灯打开了,盯着他看了半天,最后笑了笑:"你俩打架了?"

"谁俩?"边南问,"还有饼吗?我没吃饭呢。"

"没饼了。"杨旭想了想,"吃饺子吗?"

"哎哟还有饺子?您这儿不是咖啡与饼专卖吗?"边南有点儿吃惊,不过想到饺子,他肚子里一阵呼喊。

"我自己吃的,还剩点儿,你煮了吃吧。"杨旭指了指外面的冰箱,"你打不过他?"

"谁啊?"边南站了起来,跑出去拉开了冰箱门,看到了一袋速冻饺子。

"邱奕呗。"杨旭靠在里屋门边笑着说。

边南愣了愣,转过头看着他:"什么?"

"是叫邱奕吗?"杨旭说。

边南笑了起来:"你……怎么能想到我俩打架的?"

"还能怎么想,俩人见天儿猫一块儿你看我我看你晒太阳挠痒痒的。"杨旭伸了个懒腰,走到沙发边躺了上去,"现在你都惨成这样也没跟他一块儿。"

边南张了张嘴不知道该说什么好,低头把饺子拿出来之后才又看了杨旭一眼:"我……是跟家里闹了,这事儿告诉邱奕又解决不了问题,还让他心烦。"

"所以就来烦我呗。"杨旭懒洋洋地枕着胳膊,沉默了一会儿又笑了,"揍得挺惨啊是不是,要我送你去医院吗?"

"……我先煮饺子吧。"边南拎着饺子在屋里转了一圈又停下了,"在哪儿煮啊?"

"哎烦死了。"杨旭指了指他平时睡觉的小屋,"进去,里边儿有个小厨房。"

边南进了小屋才发现小屋并不小,还挺大的,别有洞天的感觉。

书柜电脑床很齐全,尽头除了厨房还有个装修得很漂亮的卫生间,他忍不住喊了一声:"你是不是就住这儿呢?"

"嗯。"杨旭走了进来,拿了个锅烧上了水,"要不还得来回跑多麻烦。"

边南靠着墙,进屋这半天,他才总算暖和过来了,看着眼前的灶火,心里也慢慢踏实了一些:"谢谢杨哥。"

"你是被赶出家门了吗?"杨旭好像一秒钟都不愿意站着,就这么两句话工夫,他已经拉过一张椅子坐下了。

"算是吧。"边南低声说。

"怎么不去找邱奕？"杨旭靠着椅子把腿搭到案台上。

"我没跟他说我从家里出来了。"边南看着锅里的水。

"干吗不说？"杨旭看了他一眼。

"怕他为难，这马上要过年了，这事儿……跟他有一丢丢关系，我怕他有想法。"边南皱皱眉，"他心里想什么也不爱说，脸上也看不出来。"

"唉！"杨旭叹了口气，"你不会是打算一直赖我这儿吧？"

"行吗？"边南乐了。

"不行。"杨旭说。

水开了，边南把一袋饺子都倒进了锅里，拿勺搅了搅："杨哥。"

"别求我，求我也没用。"杨旭说得很快。

"你知道哪儿能租房吗？"边南问他，"一两个月的，现在放假我没法回学校宿舍，展飞那儿要实习期过了才有可能安排，还不一定能安排得上……"

"有，我家。"杨旭说。

"给我个便宜价。"边南马上停了手，举着勺盯着他。

"给你免费。"杨旭站起来慢吞吞地走到小屋里的床边，拉开抽屉拿了串钥匙出来扔给了他，"你帮我把房间收拾干净就算房租了。"

边南看了看钥匙，又看了看他："你那儿多久没收拾了？你就告诉我收拾俩月能收拾完吗……"

杨旭笑了起来："差不多吧，边住边收拾，谢谢了。"

边南收好了钥匙，他还没收拾过屋子，自己的屋子一直是保姆和阿姨给收拾，他很少回家住，屋里也没什么可收拾的。

不知道杨旭家能乱什么样……实在不行就请家政收拾，比房租便宜多了。

"别想着请家政。"杨旭往锅里加了点儿凉水，"家政看了都不接活儿。"

"你牛。"边南忍不住感叹了一句。

饺子煮好以后，边南找了个盘子装了，坐到了平时跟邱奕的老位子上，没滋没味儿地吃着。

还没吃完，邱奕的电话打了过来，边南拿起手机，冲外面喊了一声："杨哥你别说话，我接个电话。"

"谁有病了喊着跟你说话！"杨旭也喊了一声。

"喂？"边南接了电话，"到家了？"

"嗯，你吃完饭了吗？"邱奕笑着问。

"吃着呢。"边南看了看眼前的饺子，倒是挺热气腾腾的，再听到邱奕的声音，感觉很暖和，"你吃没啊？"

"一会儿吃，邻居奶奶今天蒸包子，拿了一堆过来，正热着……"邱奕说到一半停顿了一下，有些无奈地说，"哎，二宝要跟你说话。"

话音还没落，那边就传来了邱彦脆嘣嘣的声音："大虎子！"

"哎，二宝，想我了没？"边南莫名其妙地有点儿鼻子发酸。

"想啊。"邱彦估计是跑过来的，声音里还带着喘，"你不说过年来我家吗？马上过年了，你什么时候来啊？"

"这周末就过去，你哥说做米浆呢，咱一块儿去买年货。"边南说。

"酸奶算年货吗？"邱彦问。

"算，你就记着酸奶了。"边南乐了，"到时给你买一箱，你慢慢喝，也不用老用积分换了。"

"积分也换啊，要换的。"邱彦很严肃，"积分换的不要钱。"

"哎，积分怎么来的啊，你这账算的，跟你哥都不像亲兄弟……"边南很无奈，往嘴里塞了个饺子。

"我哥说我跟你才是亲兄弟。"邱彦说。

边南乐了半天："你哥真损。"

邱彦话很多，跟边南从学校说到家里再说到学校，那边包子蒸好了他都还没说完，邱奕抢了电话："行了，我们先吃了，明天给你电话。"

"嗯。"边南应了一声，"我也接着吃了。"

挂了电话之后边南躺到了垫子上，感觉心里舒服了不少。

这一晚上他心情很难形容，难受、憋闷、轻松、迷茫、不安、忐忑……还有些隐隐的兴奋，不知道是因为某种意义上的"解放"，还是因为对未来莫名的期待。

他躺了一会儿，又坐起来把剩下的饺子都吃光了，然后跑到小屋里："杨哥，我用用你电脑。"

"先洗盘子。"杨旭看了他一眼。

边南叮叮当当地把厨房给收拾了，杨旭听着他这动静，忍不住回头问了一句："你在家从来不干活吧？"

边南嘿嘿笑了两声，跑到他身边，杨阳正在看网球赛，他抓住了桌上的鼠标:"我用用电脑。"

杨旭懒洋洋地伸腿往桌子下边儿蹬了一脚,椅子往后滑开了:"你干吗啊?"

"我查查钱。"边南冲他龇牙笑了笑。

卡里的钱边南不是太有数,每次老爸说给他打钱他都不会查,老爸给钱也不一定是多少。

以前他并不在意这些,但现在他必须得先对自己的经济状况有个大致的了解,要不光凭自己那不到两千的实习工资,年没过完就已经饿死了。

看到卡上的余额时,他愣了愣,虽然没有具体数,但他记得算上还没给邱奕拿过去的辞典,应该是十来万,但现在余额显示有二十来万。

他点了点鼠标,查了明细。

发现半小时之前有八万的转账交易。

再看到转账信息时,他愣了。

是边皓。

"查完没?"杨旭在后面用脚点了点他屁股。

"嗯,查完了。"边南退出了页面,让到了一边,还有点儿没反应过来,边皓给他转钱干吗?是他自己转的,还是……老爸让转的?

他顿时有种说不上来的感觉,无论钱是边皓还是老爸给的,都让他有些无法形容自己的心情。

"听石江说你球打得挺好的。"杨旭回到电脑前继续看比赛,"怎么没打了,跑去做什么助理?"

"哎,怎么你也问这个?"边南叹了口气。

"很多人问吗?"杨旭笑了,"石江也打得挺好的,后来也没继续打了。"

"我们教练说他受伤了不能打了?"边南顺口问了一句。

"……嗯。"杨旭的笑容突然消失了,"是受了伤。"

边南本来还想多问两句,一看杨旭这表情就闭了嘴,转身走出了小屋。

"隔壁屋壁橱里有被子,你拿了随便找地儿睡吧。"杨旭说,关上了小屋的门。

边南找了被子出来,扔到里屋,在吧台后面的小水池里胡乱洗了个脸。

没有放音乐的好无聊很安静,边南裹了被子躺到窗边,枕着垫子,看着窗外的月亮。

不知道家里现在是什么情况了,他叹了口气。

老爸那句滚无论是真心还是气话,他这一走,都会让老爸更不痛快了吧。

但要真不走,他也不知道该怎么继续在家里待下去了。

他翻了个身。

不想了。

虽然从这个并不能算是依靠的家里离开不是件多么愉快的事,但这事儿也就不要多想了。

明天开始就是不一样的生活了。

嗯。

边南觉得自己的心真的挺大的,明明这几天心里一直都不踏实,昨天今天又出了这么大的事,他居然对着窗户发了一会儿愣之后就裹着被子睡着了,睡着前他看了一眼手机,都还没到十一点。

而且这一睡着了就跟吃了安眠药似的,睡得醒都醒不过来,估计是因为之前一夜没睡。

早上杨旭掀了他被子踢了他好几脚,他才迷迷糊糊地睁开了眼睛:"干吗呢?"

"你今儿上班的吧?"杨旭抱着胳膊,"赶紧起来,我要营业了。"

"你营个鬼业。"边南很不情愿地坐了起来,"我就没见过你这儿有别人。"

"谁说的?"杨旭往墙边一靠,手往他旁边指了几下,"这么多人你看不到啊?"

"哎?"边南愣了愣,接着就觉得后脊梁发冷,汗毛都竖起来了,他蹦了起来,一边回手在自己背上拼命搓着,一边骂了一句,"你大爷!"

"这是地址。"杨旭把一张便笺纸递给他,"下午下了班你直接过去吧,暖气天然气都有,记得收拾,不收拾的话一月房租六千。"

"哎知道了。"边南拿过纸看了看,写得挺详细,这地址看着跟展飞离得倒是不太远,如果骑个自行车估计半小时能到,"杨哥你字写得真难看,说狗爬出来的都算表扬了……"

"赶紧收拾了走人。"杨旭转身走了出去,"吧台上那套一次性牙刷什么的你用吧。"

"哦。"边南穿上衣服,"你这儿还有这东西啊?"

"以前住店的时候顺的。"杨旭进了小屋。

昨天夜里估计下了不小的雪，走出好无聊的时候，边南发现人行道上全是雪，踩上去咯吱咯吱的。

从好无聊去展飞不知道该怎么坐车，边南找了个站牌看了看，居然只有一趟车，而且方向完全不对。

他犹豫了半天，是走出去到大街上再找车站，还是……

走了几步之后对面开来一辆出租车，边南蹦着挥手把车给拦下了，今天实在太冷，他还忘了拿围巾，脖子里风灌得畅通无阻有点儿扛不住。

刚上车，邱奕的电话就打了过来："昨天睡得怎么样？"

"特别好。"边南笑了笑，"一睡到天亮，跟嗑了药似的。"

"还怕你一堆事儿要失眠呢……"邱奕说到一半停了停，"你今儿打车了？"

"嗯。"边南估计邱奕是听到车上打车软件的信息播报了，"我睡过头起晚了，怕来不及。"

"那你先去吧。"邱奕笑笑，"我们这儿今天要打扫卫生，早上挺忙的，我中午有空给你电话。"

"好。"边南应了一声挂了电话。

"小邱，"领班在身后叫了邱奕一声，"你带几个男的去把外面花圃弄弄吧，太冷了别让女生去了。"

"行。"邱奕点点头。

邱奕拿上大垃圾袋，带了几个服务员去了门口花坛，这花坛是饭店自己弄的，环卫的不负责清洁，一般都是他们自己弄。

打扫完了他回到饭店里，感觉手都冻麻了。

一会儿还要擦擦洗洗，他进了休息室想找副手套，刚要进去，就碰上了正从里面走出来的边馨语。

看到边馨语他有些意外，他没想到边馨语还会继续来上班。

"早。"边馨语精神不太好，见了他声音不高地打了个招呼。

"早。"邱奕应了一声，犹豫着要不要再说两句，但最后还是没开口。

他想问问边馨语边南是不是不在家住了。

早上那个电话里，他听到了出租车上的打车信息，虽然很不清楚，只隐约听清了一个地址，但那地址并不在边南家去展飞的路上，就算是怕堵车绕路也绕不到那里。

那是从体校打车才会经过的地方。

边南昨天晚上没在家里,但因为某种原因,边南没有告诉他。

不知道边南是就这一晚跑出来了,还是离家出走了,还是……被赶出来了。

很担心,但邱奕还是没直接问边南。

边南不是小孩儿了,在这个问题上他应该不会太冲动,而且相对于**边南的冲动**,邱奕更在意的是他的敏感,他不想因为自己追问让边南**不舒服**。

忙完中午的事之后,领班把人一个一个叫进了肖曼的办公室里。

还两天就过年了,肖曼这是要发红包,除了工资和加班费,年前**她会亲自给每个员工发一个红包**。

邱奕走进办公室的时候,她笑着招招手:"坐。"

邱奕在她对面坐下,她从抽屉里拿出个红包递了过来:"辛苦了。"

"谢谢曼姐。"邱奕接过红包,他不知道别人的红包里有多少,**但他这个还挺厚的**。

"我听领班说了,年后还是打算不做了是吗?"肖曼看着他。

"嗯,先去实习。"邱奕点点头。

"那行吧,挽留的话我不多说了,你也不是几句话就能改主意的人。"肖曼笑笑,"不过如果以后想去新店,或者有什么需要帮忙的,可以**跟我联系**,别一走了就跟不认识了似的就行。"

"不会。"邱奕把红包收好,站了起来,"其实我才应该谢谢你一直这么帮着我。"

"哎,别说这些,都习惯你平时不说话了。"肖曼笑着挥挥手,"**行了,去忙吧,过年这几天还得你们这些老员工多帮着,事儿多。**"

邱奕从办公室出来,直接去了厕所,本来想多憋会儿再看红包里有多少钱,不过没忍住。

边南这两天挺清闲,马上过年了,现在只有一个班打球,工作量减少了**很多**。

他今天总算是记着给苗源打了个电话,说了顾玮的事儿,**苗源倒是记得顾玮这人**,也愿意认识一下。

"是那个圆脸的教练吧,交个朋友行啊,把我电话给他吧。"苗源挺干脆的,"男神都开口了,这面子怎么都得给。"

"这话说得。"边南笑了笑。

"过年有时间出来玩呗,叫上圆脸儿,我放假以后一直猫家里闲着呢。"

苗源说。

"行，约了时间叫你。"边南挂掉电话，冲正在一边紧张地看着他打电话的顾玮比了个yeah。

"同意了？"顾玮问。

"同意交个朋友，不是同意了谈朋友。"边南强调了一下，把苗源的电话号码点出来给他看了。

"这个我知道。"顾玮拍了拍他的肩，记下了苗源的电话，"谢了。"

早饭没吃，午饭顾玮请客，他俩去吃小火锅，边南埋头一通吃，吃完了出来之后感觉自己腰都有点儿直不起来了。

邱奕的电话打过来的时候他正一手撑着球场边的铁网，一手揉肚子。

"哎，我吃多了。"边南接起电话就说，"我现在嘴都不敢张。"

"那我过会儿再打，你消消食儿。"邱奕乐了。

"别别，你的电话我挺得住。"边南靠着网子，"你忙完了啊？"

"嗯，现在能休息一会儿。"邱奕说，"明天你休息了吧？过来陪我去买年货，我单子都列好了。"

"行。"边南立马答应了，"你们发工资了啊？"

"工资昨天就发了，今儿发了红包。"邱奕笑着说，"猜猜有多少？"

"一千？"边南想了想。

"一千我能乐成这样吗？"邱奕喷了一声，"再猜。"

"你个钱串子，我觉得有五百你都能乐了。"边南嘿嘿笑了两声，"三千？"

"六千六百六十六。"邱奕说，"这个算意外之财，我原来想着大概能给个一两千，六千真没想到。"

"你们老板是不是有什么企图啊？"边南皱皱眉，"展飞这边实习生就没有这样的福利！"

"我又不是实习生，我算老员工了。"邱奕笑了半天，"过年我给你和二宝包红包。"

"我记着了啊。"边南笑着说，笑完了又有点儿惆怅，以往过年他能收到老爸的超大红包，今年是不用想了。

以前的零花钱红包什么的他都用得大手大脚，早知道省点儿了。

……那八万是不是老爸的红包？

"边南，"邱奕低声说，"跟你商量个事儿。"

"说，咱俩还有什么事儿用商量啊。"边南一边揉肚子一边说。

"我三十儿那天下午上班，晚上不用上，但回家会晚，所以年夜饭也吃得晚，大概得九点多了。"邱奕说，"我是想，你要能出来的话，要不你过来吃饭？"

边南愣了愣，中午吃火锅的时候他还在发愁，三十儿回家应该是没可能了，去邱奕家吃，又怕邱奕会怀疑，也怕邱爸爸有想法，之前又说好了初一才过去玩……

现在邱奕这么一说，他顿时感觉一阵轻松，差点儿要笑出来了。

"行啊！"他立马说，说完觉得太露骨，又装模作样地想了想，"我家年夜饭八点之前就吃完了，一般我都会出去玩……行，我九点多过去？"

"嗯，你要愿意，过来接我一块儿回去也行。"邱奕说。

"我去接你。"边南嘿嘿笑了两声。

挂了电话之后邱奕轻轻叹了口气，边南这小子还真是一点儿都不会撒谎，一撒谎跟平时说话风格都不一样了，一本正经跟傻子似的。

看来真不是只跑出来一夜啊，邱奕抛了抛手机，这会儿了学校宿舍是住不了了，不知道是租了房还是大手笔地住酒店去了。

不知道边南打算憋多久才会把这事儿告诉自己。

边南心情不错，三十儿有地儿待了让人心情愉快，下班的时候他背着大包愉快地打了个车直奔杨旭家查看情况。

到了小区看看环境还不错，杨旭家的那栋楼在小区靠里边儿，不挨着街，估计挺安静。

从电梯里一出来他就看到了门牌号，就是这儿了。

他左右看了看，四户，别人家都已经贴好了春联福字，看上去很热闹。

杨旭家光看门的档次就知道装修得应该不错，边南拿出钥匙打开了门。

门里扑面而来的灰尘味儿让他忍不住喷了一声，在墙上摸了半天才把灯给打开了。

灯一亮他就愣在了门口。

杨旭这套房子很不错，居然是套复式。

但是……边南知道为什么他会说家政的人不接收拾屋子的活儿了。

这根本就是从来没住过人的样子！

就是做完了最基本的装修之后就扔着了!

屋子里堆的全是各种箱子和没有找到地方安放的桌椅!

还有扔了一地的食品包装袋和莫名其妙的纸……

边南愣了半天之后发出了一声感叹,拿出手机翻出了早上出门时记下的杨旭的电话,那边一接了电话他就吼了一声,"叔!您这儿不是要找家政,您这儿得找搬家公司吧!"

"二楼卧室不用收拾,你先住那屋吧。"杨旭懒洋洋地说,"不收拾屋子也行,一月房租八千。"

"之前不说六千吗?"边南愣了愣,把房门关上了,站在客厅的一堆纸箱中间。

"你听错了,八千,这么大套房,还是新装,暖气水电还都不用你管……"杨旭慢条斯理地说着,"你要觉得贵了就收拾屋子。"

"我要明天再问你一次是不是房租得改一万啊?"边南很无语。

"聪明,好好思考吧流浪汉。"说完没等边南开口,杨旭就挂掉了电话。

"我……哎!"边南无奈地把背包扔到了地上,立马腾起一股白色的灰。

作为一个流浪汉……作为一个合格的自强自立的流浪汉……

边南楼上楼下地转了两圈之后做了一个工作量评估,他决定收拾屋子。

二楼主卧装修得不错,除了需要擦擦灰,没有什么需要弄的,别的屋子他也都看了一下,没什么家具。

自己的主要工作就是把那些没拆开的箱子都搬进一个屋里码好,再把客厅里的家具找地儿摆上,然后就是擦擦洗洗扫地拖地了。

想想也没多难嘛!

虽然从小到大只在学校大扫除的时候擦过桌子,但边南还是对自己充满了信心。

他去厨房翻了翻,找到几块新的抹布,拿了去把卧室擦了几遍。

桌上有盏挺后现代的装逼台灯,边南把灯往边儿上移开了点儿,把小泥人和小猪拿出来放在了桌子中间。

放好之后他打开卧室的柜子看了看,让他开心的是被子什么的都用真空袋装着,没有落灰。

里面还挂着几套运动服,看样子应该是杨旭的,不过还真没见过杨旭穿运动服……

他把自己的衣服挂在了旁边的柜子里，再把床给铺好了，往上一躺，感觉还挺舒服的。

如果不打开卧室门的话。

收拾好卧室用了一个多小时，边南洗了个澡，在一楼的卫生间里找到了洗衣机，试了试居然能用。

"真神奇。"他本来想先冲冲洗衣机里的灰，但想想反正也是脏衣服……于是也没冲，直接把换下来的衣服扔进去洗了。

没有洗衣粉，边南四下找了找，在厨房里找到了替代品。

不过他没想到自己第一次洗衣服用的会是洗洁精。

今天就这样吧，起码是可以睡觉了，边南翻出钱包，准备去小区里的面馆吃点儿东西。

正要出门，邱奕的电话打了过来。

"你现在休息啊？"边南知道邱奕今天晚上要上班，看了看时间，应该是服务员轮流吃晚饭的时间。

"嗯，刚吃完饭，休息一会儿。"邱奕说，"你干吗呢？"

"刚收拾完屋子。"边南顺嘴说了一句，说完立马掐了自己大腿一下。

"收拾？"邱奕问。

"是……收拾收拾。"边南只得顺着往下说，"不是要过年了嘛，就收拾一下自己屋。"

"你家不是有保姆收拾吗？"邱奕又问。

"我屋不想让保姆弄。"边南很小心地说，一扭头看到了桌上的泥人和猪，于是顿时找到了理由，"你送我的礼物都在屋里，不想让人碰。"

邱奕笑了笑："不说礼物我还忘了，给我写的信呢？"

"哎！"边南乐了，"这两天就给你写，有你这样的吗？追着人要……"

"我要拿个镜框放起来。"邱奕笑着说，"字数给我写够了，少一罚百。"

"够够够，肯定够！"边南说。

"那你歇着吧，明天别睡太晚，我抽根烟得去忙了。"邱奕那边传来打火机的声音。

"抽死你。"边南对着电话喷了一声。

邱奕笑了起来，又咳了几声："晚安。"

"晚安。"边南挂了电话吹了声口哨，拿着钱包和钥匙出了门，邱奕应该是没怀疑了。

面馆的牛肉面味道还不错，因为要关门了，就把剩下的肉都放了，边南吃得很爽。

不过看到面馆老板和老婆孩子一块儿坐在旁边看电视的情形，他又有点儿郁闷，虽然对他来说，家并没有什么让人特别留恋的地方，但这么跑了出来，心里还是有些不是味儿。

毕竟现在身后是真的空了，连老爸都没在他身后了。

不过也没什么，三十儿还能跟邱奕一块儿过呢，挺好的。

睡觉前边南把手机调了闹钟，他怕自己又睡过头了，邱奕要来一句上你家门口接你去吧，他就得露馅儿。

不知道是不是因为安顿下来了，心里的事儿慢慢开始冒头，他这一夜没睡得太踏实，闹钟还没响他就醒了。

给邱奕打了个电话告诉他自己一会儿过去，然后飞快地洗漱完，穿过客厅里的八卦箱子阵出了门。

按老习惯在邱奕家胡同口买了一堆早点，边南拎着几个袋子刚进了胡同，就听到了邱彦的喊声："大虎子——"

小家伙估计已经在院门口等了一会儿了，一看到他就飞快地跑了过来。

"哎！二宝！宝贝儿！小可爱！"边南一连串地喊着，把手里的袋子抓牢了，伸胳膊接住了跟要练铁头功似的一脑袋扎进他怀里的邱彦，"我靠，我还好没吃早点，要不得让你顶出来。"

"我也一块儿去买年货！"邱彦声音里透着兴奋，搂着他的脖子，"哥哥说让我自己挑想吃的东西！"

"那你想吃什么？"边南抱着他往院子里走，"你还吃啊，我怎么感觉几天没见，你重了这么多啊？"

"我胖了，还长个儿了。"邱彦有点儿得意，"我现在是班上第二高的了。"

"胖了你还美成这样呢……再胖点儿没姑娘喜欢了。"边南啧啧了两声。

"不怕。"邱彦把下巴搁在他肩上，晃着腿，"我觉得我胖了也挺好看的。"

边南笑了好半天，差点儿抱不住他："你这自信随谁啊？"

邱奕已经起床了，边南推门进屋的时候，他正跟邱爸爸坐在客厅里说话。

一看到边南进来，邱爸爸就笑了："我就说不用去买早点了。"

"叔。"边南放下邱彦，把手里的袋子放到桌上，"你是不是爱吃胡同口那家的虾饺,刚我一看还有最后两屉,立马抢了,我后边儿大姐瞪了我好几眼我都没敢回头看她。"

"哎,挺好,这星期想吃都没抢着,昨天明明还有一屉,邱奕硬是让给别人了。"邱爸爸马上伸手捏了一个吃了,"你俩一会儿是去哪儿买东西啊?"

"就广场那边的年货集市,今天最后一天,到中午就收了。"邱奕说,"吃完了过去正好,这会儿东西还便宜。"

"你列的那个单子里有没有送邻居的东西?"邱爸爸边吃边问。

"有,我都想着呢,不是说我们饭店之前做的那种盒装的点心好吃嘛,这两天又做了,我要了一堆,到时一块儿分分给他们。"邱奕放了一杯豆浆到边南面前。

"你叔那边儿你什么时候去?要不要拿点儿……"邱爸爸想了想又问。

"我看时间吧,你别操心了,我有数。"邱奕说,看了看在一边拿了包子因为兴奋边吃边满屋转悠的邱彦,"你是吃还是转?选一样。"

"吃。"邱彦马上坐到了桌边。

"对了,一会儿你们去的时候,衣服就别瞎买了,去年二宝给我挑个大红棉袄,我穿着连院儿里都不好意思去了。"邱爸爸又说了一句。

边南一听就乐了,笑了半天。

他一直没说话,就这么听着邱爸爸和邱奕有一句没一句地对话。

这些对话的内容并没有什么特别的,但就这么边吃边听着却让他感觉很舒坦,有一种听一天也不会烦的感觉。

今天天气还不错,气温虽然还是很低,不过阳光很明媚,风也不大。

出门前邱彦因为兴奋过度在屋里跑圈儿跑出了一身汗,被邱奕罚站了二十分钟,等到身上汗都退了,才裹了厚厚的羽绒服出了门。

"别再给我买大红棉衣!"邱爸爸在屋里追了一句。

"好的!"邱彦很响亮地回答,跑出院子了又补着喊了一句,"那买大花棉衣!"

"这什么品味啊……"边南叹了口气,看到邱彦已经冲出院子,他赶紧追出去喊了一嗓子,"你自己去吧。"

邱彦头也没回一路撒着欢往胡同口跑过去了。

"你管不管啊?一会儿让人拐走了。"边南回过头看了一眼慢吞吞走过来的邱奕。

"就在胡同口待着呢,那些摆摊的都认识他,谁拐。"邱奕笑笑。

俩人走到胡同口的时候,邱彦正蹲在路边跟个小男孩儿俩一块儿盯着地面。

"干吗呢?"边南凑过去也蹲下了。

"看!"邱彦指了指地上的一摊水,"大虎子你说这尿什么时候能变成冰?"

"怎么也得半小……"边南说到一半突然顿了顿,声音一下提高了,"这什么?"

"尿。"那个小男孩儿说。

边南一阵恶心,伸手往邱彦上肚子一兜,直接把他拎了起来,"你俩有病啊蹲在这儿盯着一泡尿!"

"半小时吗?"邱彦挂在他胳膊上还没忘了跟那小孩儿说,"半小时,你看着点儿啊,我回来的时候告诉我。"

"好!"小孩儿点点头。

边南走出老远了才把邱彦放到了地上,拉过他的手,捏着他手套问:"你真是不讲究,有没有弄脏手?"

"你缺心眼儿吧,知道是尿谁还去碰啊。"邱彦抽回手,"那是尿啊!"

"我靠,知道是尿你还蹲跟前儿研究呢还说我缺心眼儿?"边南震惊了。

"我有数。"邱彦拍拍手。

"别学你哥说话!"边南啃了一声,拉着他的手往车站走。

邱奕根本没管他俩,只是边走边看着手里的单子。

"你弟玩尿呢你看见没?"边南用胳膊撞了他一下。

"弄脏了没?"邱奕把单子放回兜里。

"……没。"边南又捏了捏邱彦的手,手套挺厚的,邱彦的手在手套里一点儿也不老实地一会儿伸直一会儿勾起来。

"那你管他呢。"邱奕很无所谓地说。

"当我没说。"边南叹了口气。

广场离得不算远,坐公车五站地。

边南跟在邱奕身后把邱彦拎上了公车,已经腊月二十九了,不少上班族这两天才放假,都出门儿买东西了,车上人挺多。

邱彦上了车站定之后就扯着边南裤腰,挺开心地东张西望。

边南站了一会儿觉得不行，低头小声跟邱彦说："哎二宝，你拽你哥裤子成吗？他裤子有皮带，我这运动裤你再拽两下就给我脱了。"

"哦。"邱彦点点头，裹着一身球似的衣服转了个身，拽住了邱奕的裤腰。

"拽掉了？"邱奕笑着小声问，还斜眼儿往下瞅了瞅。

"大庭广众的……"边南也小声说。

"小偷！"邱彦突然喊了一声，"你偷东西！"

这一嗓子把周围挤成一团的人都惊着了，所有人都捂着包和口袋扭着身体看了过来。

"怎么了？"邱奕第一时间把邱彦从身侧拉到了自己和边南中间。

"他偷东西！"邱彦指着邱奕身后的一个男人，"他拿了那个姐姐的手机！"

"啊！"旁边一个姑娘突然也喊了起来，"我手机！"

"小孩儿别瞎说啊！"那个男人一脸愤怒地指了指邱彦，"这么小就会说瞎话！家长怎么教育的？"

"我没瞎说！"邱彦有些着急，"我看见了，就在你兜里呢！"

"我兜里？"那男人马上喊了起来，一边喊一边把自己衣服和裤子上的兜都翻了出来，"在哪里！哪有？"

邱奕皱了皱眉，还没开口，男人身后一个戴着雷锋帽的人突然指了指地上："哎这谁手机掉了啊？"

"哎我的手机，是我的。"那姑娘赶紧很费力地弯腰把手机捡了起来。

"小孩儿真厉害，这么小就会害人了，大人可得好好教教！"雷锋帽说了一句。

"我没有……"邱彦顿时带着哭腔地喊了起来，"我没有！"

边南一听就急了，扒开人群就往那人面前挤了过去。

"我知道。"邱奕拍拍他的脸，跟着边南一块儿转身一边一个站在了那俩人身边，"一伙儿的吧？"

"神经病！就有你这样的家长才会有这样的孩子！"那人一脸不满。

正说着话，车到站了，车门打开，这俩人立马转身往车门挤了过去。

"都别走！"边南一把抓住了其中一个人的胳膊。

"干什么？想打人啊！"两个人都喊了起来。

"下车。"邱奕跟边南说，拿出了手机，"我报警，这俩肯定熟客。"

俩人已经挤到了车门边,边南直接一脚踹在了那个男人的背上,那人扑着摔到了车下,他拽着雷锋帽的胳膊把他也拽下了车。

邱奕跟着跳下了车,拎住了地上爬起来想跑的那位。

"干什么?打人啊!打人了!"那人顿时喊了起来,回手就想往邱奕脸上打过去。

"打你怎么了!"邱奕架住他胳膊往地上狠狠一推,这人又扑到了地上。

邱彦也挤着跳了下来,一下车就跑到了旁边一堆等车的人旁边喊了一声:"哥哥叔叔!快帮忙抓小偷!"

要说打架,就这俩还真不是边南和邱奕的对手,再来几个他跟邱奕也能放倒了。

边南手里这个被他把胳膊往背后一拧就号了起来,他把这人胳膊往下一拉,这人就跟地上那位跪在了一块儿。

紧接着排队等车的队伍里有俩大学生模样的男生也跑了过来,几个人把俩小偷按在了地上。

有人往其中一个人衣服里摸了一把,两个女式钱包掉了出来。

"钱包挺多啊,你妈还是你媳妇儿的?赶ер买年货呢吧?"边南说。

邱奕打了110,警察两分钟之后就到了现场。

边南和邱奕带着邱彦跟警察叔叔一块儿回派出所做了个笔录,这俩人还真是是惯犯,警察看到他俩都忍不住说了一句:"又是你们。"

做笔录的时间不太长,邱彦从派出所出来的时候有些手舞足蹈,一看就是连惊带兴奋地有点儿收不住了。

"警察叔叔表扬我了!"邱彦拉着边南的手一直晃。

"嗯,真能干。"边南蹲下摸了摸邱彦的脑袋,但今天这事儿他不敢轻易多说,是该鼓励还是该教育邱彦少管闲事儿他拿不准主意,抬头瞅了邱奕一眼。

"今天很勇敢啊。"邱奕也蹲了下来,"这么牛就喊了?"

"你和大虎子都在啊。"邱彦有些得意地搂住他的脖子,偏过脑袋枕在他肩上,"我就喊啦!"

"我们要没在呢?"邱奕拍拍他的背。

"悄悄告诉司机,悄悄报警,悄悄提醒那个姐姐。"邱彦回答得很溜,"对不对?"

"没错。"邱奕抓抓他的头发,"走,我们现在得打车去广场了。"

"之前教育过?"边南小声问邱奕。

"嗯,小屁孩儿特有正义感,不提前教着不行。"邱奕点点头,"我挺怕他哪天就自己冲上去了。"

"告诉他别管闲事儿不就……也不行。"边南想了想,"一个男人不能这么窝囊。"

"带小孩儿可烦了。"邱奕笑着把胳膊搭到他肩上,"特别是一带带俩。"

"滚蛋。"边南乐了,"今儿要没边小孩儿你打算怎么办啊?"

"这俩也没什么战斗力,再说了,能拽一个是一个呗,拽住了就喊,坐地上一边蹬腿一边号,说自己钱包丢了不让开门,警察来了再说。"邱奕笑着说。

边南笑了好半天:"想象不出来,堂堂一个前老大拽着人胳膊坐地上不起来。"

"又没人认识我。"邱奕喷了一声。

到广场的时间还算合适,集市还有不少的摊位在摆着,逛着的人也很多。

邱彦很兴奋地每一个摊位都扒着看半天,没跑几分钟又看中了一件红色的大团花棉衣:"这个爸爸穿好看!"

"哎,可别折腾爸爸了。"邱奕笑了起来,"今天你给自己挑东西就行。"

"婶儿,"邱彦指着衣服问老板,"这个有我能穿的吗?"

"我求求你了。"边南一把抓着邱彦的衣领把他拎开了,"你能不这样吗?一会儿我给你买衣服,纠正一下你的审美!"

"你自己的衣服都是运动服。"邱彦有些不满,"我不要运动服。"

"不给你买运动服!"边南很无奈,"我给你买别的,你不要运动服也别盯着大团花盘扣儿的棉衣啊……"

边南不知道以前邱奕带着邱彦出来是怎么带的,反正今天他感觉自己根本没法逛,就被邱彦拽着在各种摊子上转,看着邱彦把每个摊位上最奇葩的东西挑出来……

邱奕倒是挺气定神闲的,按部就班地照着单子上的东西一样样买着:春联,小吃,各种食品。

"我不行了。"边南拎着邱彦走到他身边,"我跟你换换吧,我买东西,你带着你家二宝,跟头猪一样到处乱拱,我受不了了。"

"你不用管他。"邱奕看了他一眼,伸手往他鼻尖上碰了碰,"哎汗都出来了啊?我以为你想跟着他到处转呢……"

"废话,他这么跑我能不跟着吗,丢了怎么办?"边南皱着眉。

"你别管他,他就不乱跑了。"邱奕把手上的几个袋子递给他,"上那边儿看看,还要买点儿糕点……"

边南犹豫了一下,拎着袋子跟在邱奕身后,走了一段之后发现邱彦还真不乱跑了,老实地跟在了他和邱奕身边。

"这怎么做到的?"边南觉得挺神奇。

"没人跟着他,他怕自己走丢了,这就老实了。"邱奕说。

"……哦。"边南看了看邱彦,这都什么神奇的毛病。

年货基本买齐了之后,邱奕和边南带着邱彦进了商场,把东西都存了。

"现在买衣服。"边南拉着邱彦,"我给你挑,你闭嘴跟着,知道吗?"

"嗯。"邱彦拿着一块巧克力啃着。

边南转了两圈,给邱彦买了件橙色的小羽绒服,再配了条牛仔裤,还想再挑的时候邱奕拦住了他:"差不多了。"

"没事儿,反正……"边南想说反正本来想给老爸和家里人买东西的钱也用不出去了。

"嗯?"邱奕看着他。

"反正小爷钱多。"边南闷着声音说。

"哟,一月挣个不到两千块就敢说自己是有钱人了?"邱奕笑着说。

"行行行,不给二宝买了,也不给你买,我给叔叔买点儿东西总行吧?"边南之前就想好了,给邱爸爸买个那种能放在身后按摩脖子和背的按摩器,躺下了还能放在腿下边儿按腿。

"行。"邱奕说。

邱奕给邱爸爸买了个剃须刀,据说邱爸爸虽然身体不好但胡子却是剃须刀杀手,一年要换好几个。

在一楼看到有针织品打折,邱奕想了想,拉着边南过去了。

"干吗?"边南跟着他挤进了人堆里。

"围巾,一人来一条吧?"邱奕说。

"咱俩?"边南在他耳边小声问。

"嗯。"邱奕笑笑。

边南本来逛得有点儿累了,一听这话立马来了精神,扑到围巾的架子前就开始挑。

"带花纹的还是纯色的?"边南回过头问邱奕。

"都行。"邱奕说。

边南挑了条灰色带暗蓝色条纹的,又挑了条白色带同样蓝色条纹的:"行吗?"

"嗯。"邱奕拿过两条围巾比了比,把白色那条递给边南,"你用这条。"

"为什么,我要灰的。"边南抓过灰色那条。

"跟你脸都一个色儿了。"邱奕把灰色那条又拿了过去。

边南有点儿无奈,"我这是健康小麦色,跟灰色不挨着好吗!"

"不好。"邱奕说。

"哎,行行行行,我要白的。"边南拿过白色那条围到自己脖子上试了试,冲镜子里的自己龇了龇牙,还挺好看的。

"我要这个。"邱彦突然伸手拉住了架子上一条红色的围巾。

"没你的。"邱奕说。

"我要红色的这个。"邱彦就跟没听到邱奕的话似的又说了一遍。

"你不是有吗?"邱奕扯了扯他脖子上的蓝色小围巾。

"过年我要红色的。"邱彦仰着头说,"我和爸爸都要红色的。"

边南忍着笑看着邱奕,邱奕无奈地叹了口气,把红色的那条拿了下来,又给邱彦找了条小的。

邱彦很满足地拿着两条红围巾转身去收银台了。

"哎!"边南乐得停不下来,"快成家庭装了。"

"要不咱俩也换红的?"邱奕斜眼儿瞅着他。

"别别别,别啊。"边南赶紧拉着他,"我这脸色配红的不能看,**影响我英俊的形象。**"

买完全部东西,已经到午饭时间了,邱爸爸打了个电话过来,**说已经在隔**壁院刘叔家蹭火锅吃了,让他们带邱彦在外面吃点儿。

"想吃什么?"邱奕弯腰看着邱彦。

"酸奶、巧克力、牛肉干……"邱彦张嘴就报了一串零食。

"重新说一遍。"邱奕看着他。

"黄焖鸡米饭。"邱彦马上换了答案。

"多难吃啊……"边南在一边啧了一声，正想说要不去吃大筒骨，手机响了。

他把手上的袋子放到脚边，掏出手机，看了一眼就愣了。

边皓。

边皓十年也不会给他打一个电话，现在会接到边皓的电话让边南相当意外。

"我接个……电话。"边南看了看邱奕，拿着手机装着若无其事的样子慢慢走到了一边，然后才按了接听，"喂？"

"边南？"边皓确定似的问了一句，估计这号码打得太少。

"嗯。"边南小声说，"有事儿？"

"你……明天回家吗？"边皓问。

"明天？"边南愣了愣，沉默了一会儿才说，"我回去……会给老爸添堵吧。"

"不知道。"边皓说。

"他还在生气吗？"边南想到老爸的眼神，还不错的心情顿时落到了脚面上。

"大概吧，这两天都在书房没怎么出来。"边皓声音里听不出情绪。

"那我……"边南一想到回家要面对的场面，立马觉得一阵混乱，犹豫了半天他咬了咬嘴唇，"先不回去了。"

边皓没说话，过了一会儿才开口："你住哪儿了？"

"朋友租了房子给我。"边南往邱奕那边看了一眼，邱奕正蹲着把那条小红围巾给邱彦围上。

"那随便你吧。"边皓说。

"对了，"边南想了想，"我卡上多了八万……是爸……"

"我给你转的。"边皓清了清嗓子，听着似乎有些尴尬，"爸没真想让你滚蛋，你要真有什么事儿，谁的日子都不好过。"

"我能有什么事儿。"边南没想到钱真是边皓自己的，有些不知道该说什么了，"我卡上还有钱。"

"我不知道你有多少钱。"边皓说，"行了，就这么着吧，挂了。"

边南挂了电话，背对着邱奕那边先龇牙咧嘴地活动了一下自己的脸，整理出一个合适的轻松表情之后才转过身小跑着过去了。

"谁的电话啊？"邱奕站起来。

"好看吗？"邱彦扯了扯自己的围巾看着他。

"好看，小帅哥。"边南在邱彦脸上弹了弹，又看着邱奕，"我……爸的电话。"

"没事儿吧？"邱奕问。

"没事儿，就挺尴尬的不想当你面儿说。"边南嘿嘿笑了两声，在心里给自己瞬间编瞎话的技能竖了竖拇指。

"吃黄焖鸡米饭？"邱奕拎起地上的袋子。

"哎，二宝，"边南实在对黄焖鸡米饭没兴趣，"咱去吃大筒骨火锅怎么样？或者涮羊肉？"

"涮羊肉！"邱彦眼睛一亮，"涮羊肉！"

市中心这块儿这个时间想找个涮羊肉还有空桌的店不容易，他俩直接打了车往边儿上去了。

"过年了嘛，"边南小声说，"又买了这么多东西，还带了个小朋友，打个车舒服点儿吧。"

邱奕听了就乐了，凑到他耳边："我说不让打车了吗？"

"我说给自己听呢。"边南喷了一声，"现在不是学着过日子吗？算着点儿。"

"一会儿我请你吃涮羊肉，你别算了。"邱奕笑着说，"我这儿有意外之财。"

他们找到的这家涮羊肉馆子位置偏，加上时间稍晚了一些，所以人不多，进去还能找着靠窗的桌，虽然窗外就是大街，也没什么可看的。

边南脱掉外套，再帮着穿着跟粽子一样动起来都不灵活的邱彦把身上的外套扒了："二宝爱吃涮羊肉啊？"

"爱吃，我爸爸也爱吃。"邱彦趴到桌上，"我已经闻到香味了。"

"哎，那咱自己吃了，你爸没得吃多不好啊。"边南想了想，拍了拍邱奕的手，"要不下午买点儿羊肉回去涮？"

"你晚上在我家吃？不回去？"邱奕看了他一眼。

"不回啊，我那儿乱七八糟的也没收拾，都是灰，我回去一个人多没意……"边南话没说完，停下了。

我靠！这都说什么了？

一顺嘴怎么说出这么一句！

"我是说……我家……他们都出……出去吃了。"边南艰难地垂死挣扎着，"我……"

邱奕没出声，一手拿着菜单慢慢看着，一手拿起杯子喝了口茶，嘴角带着一抹没忍住的笑容。

"我这意思是……哎！"边南往椅子上一靠，"不说了！"

"百密一疏啊。"邱奕嘴角的笑容慢慢漾开了，"边南你撒谎的水平还不如二宝。"

边南看着邱奕脸上的笑容，好半天都没回过神来。

这王八蛋是不是早就发现了！

可他是怎么发现的！怎么可能被发现？

自己明明装得挺像那么回事儿的……

有点儿尴尬，有点儿不服气，还有点儿猛地弹出来的轻松感。

"百密一疏呀！"邱彦在旁边一边喝茶一边学了一句。

"闭嘴！大人说话小孩儿别插嘴！"边南瞪了他一眼，又转过头看着邱奕，"你是不是早知道了？"

"也不算太早。"邱奕还是笑，慢慢地拿了笔在菜单上打着勾，"see you tomorrow要来一份吗？"

"什么？"边南愣了愣。

"金针菇，吃吗？"邱奕看了看他。

"……"边南这才反应过来，"不吃！这么说完了谁还吃得下去啊！"

"那来点儿……"邱奕继续看菜单。

"你点你要吃的就行，肉、粉丝、蒿子秆儿，我吃涮羊肉就这样。"边南说，想了想又问了一句，"你怎么知道的？"

"你打车那天，司机那个打车软件我听见了。"邱奕又勾了几个菜，把菜单递给了服务员，"什么朵朵幼儿园的，不就在小吃街东口吗？好无聊那条街。"

"我……"边南瞪着他，"你耳朵也太好了吧？"

"你不会是住好无聊去了吧？"邱奕喝了口茶，托着下巴看着他。

"没。"边南叹了口气，"我就那天晚上出来没地儿去，跑好无聊待了一宿，然后……杨旭把他的房子租给我了，说起他那房子我真……"

"先不说房子，"邱奕打断他，"怎么跑出来了？"

"我爸让我滚来着。"边南闷着声音，那天晚上混乱的情景一想起来就堵心，"你别细问了，我话都没说上两句。"边南趴到桌上。

"那你说什么了？"邱奕在他脑袋上抓了抓。

"不记得了，其实都没整句子，爸……我……之类的。"边南皱皱眉，"大概他就是气我突然这么跟他拧着来吧，从小他骂我我都不出声，这回抽了疯似的给他气着了，还问我能不能改了……"

"知错就改才是好孩子。"邱彦在一边又说了一句。

"我没错啊。"边南乐了，手指在他脸上弹了弹，"二宝真乖。"

邱奕笑了笑没再说什么。

边南跟邱彦逗了一会儿，服务员把涮锅端了上来，是个鸳鸯锅，邱彦挺着急地拿筷子往辣锅里蘸了蘸，放到嘴里："啊！辣！好！"

"我是不是……太不懂事儿了？"边南没忍住又问了邱奕一句。

"也不算。"邱奕笑笑，"偶尔爆发一次吧，你不是连叛逆期都没有吗？只是时机不太对，不过人在气头上，说什么时机都不对。"

"唉。"边南靠到椅背上叹了口气。

"以后有事儿还是跟我说吧，我会有感觉，你不说我会担心。"邱奕说。

"……我主要是不想让你有压力，你说，本来能混过去的事儿，我这么一闹……"边南看了一眼旁边正埋头搅着蘸酱的邱彦，"总之就不想给你找事儿。"

"没事儿。"邱奕夹了片羊肉放到锅里涮了放到邱彦碗里，"我事儿一直挺多的，习惯了，多一件少一件的没感觉。"

边南啧了一声："知道了。"

邱奕又涮了几片肉放到他碗里，轻声说了一句："谢谢。"

"你……"边南知道邱奕在谢什么，这声谢谢让他心里挺暖的，但不知道说什么才好，吃了片肉之后才说了句，"客气了。"

"你还能不能行了？"邱奕乐了，"对了，那房子很乱吗？"

"哎！别提了！"边南一听这话，立马放下了筷子，"他说要是我给他收拾了，就不收房租，白住俩月，我一听挺合适啊，结果一看，丫根本没收拾过，感觉搬家搬一半就停了，东西都没整呢！不过暖气和天然气都通着，你说

585

这人是不是有病……"

"要不明天我过去帮你收拾一下吧。"邱奕笑着说，"我看看什么样的房子。"

"明天太赶了，过几天再说吧。"边南顿时觉得心情好得不行，"房子复式的呢，我就说杨旭肯定不缺钱，买个房子不住，开个店不做生意，强买强卖爱来不来……"

边南心情好了在食量上就会有体现，埋头一通吃，小肥牛、羊肉、小肥牛、羊肉、小肥牛、羊肉……

吃完的时候一数，小肥牛盘子六个，羊肉盘子八个，边南摸摸肚子："这里得有一半是我吃的。"

"还有一半是我吃的！"邱彦也摸摸肚子，打了个嗝。

"嗯，我就是来看你俩吃的。"邱奕叫了服务员来结账，"看着你俩吃完了还要管给钱。"

"好惨。"边南嘿嘿嘿地乐了半天。

"晚上还吃吗？"邱彦很关心这个事。

"吃！"边南打了个响指。

"明天呢？"邱彦很开心地又问。

"明天三十儿，吃饺子啊。"边南搂过他，搓着他脑袋上的卷毛。

"嗯。"邱彦靠在他身上，看着邱奕，"那明天拿饺子给妈妈吗？"

边南愣了愣，手上动作停了。

邱奕点了点头，看了看边南："明天我妈忌日。"

"哦。"边南有些吃惊，"你妈是年三十儿……"

"是今年正好年三十儿。"邱奕扫了他一眼，"你不会分不清阴历阳历吧？"

"你才分不清呢！"边南说。

从饭店出来，他们又去了趟超市，把晚上涮羊肉的材料买齐了，一堆东西差点儿拿不了，连邱彦小朋友手里都提了三个袋子。

只好又站路边打车，这会儿风大，他们站在靠里的广告牌旁避风，连着三辆都因为拎的东西太多行动不便而被人抢了。

"嘿！"边南怒了，"这都什么素质啊！"

"没事儿，这条路车挺多的，再拦呗。"邱奕没所谓，"反正吃多了，站会儿消消食,要不滴滴叫辆过来……"

"不,我要发大招。"边南磨磨牙。

又站了几分钟,来了第四辆车,边南赶紧甩着手里的袋子蹦了蹦。

车在他们前两米靠边停下了,边南正要冲过去的时候,一个男人跑了过来,直接拉开了车门。

"你找死啊!"边南吼了一声。

那人吓了一跳,转过头看着他。

"老子叫的车,你上一个看看!信不信我抽你的!"边南恶狠狠地拎着几个袋子稀里哗啦地走了过去。

那人脸上闪过一片惊恐,边南一看就舒坦了,吓死你!

正美呢,那人突然跳上了车,直接把车门一甩,边南得意的笑容还没有在脸上顺利展开,车就嗖一下开走了。

"你大爷!"他冲着车屁股吼了一句,实在不能接受这样的现实。

"这就你的大招?"邱奕笑得停不下来,拿了手机,用滴滴叫了个车,"妈呀吓死我了。"

"吓死我了!"邱彦跟着很响亮地喊。

第五辆车是邱奕叫来的,他们终于成功上了车。

边南揪着邱彦上了后座,车门一关就抓着邱彦一通揉:"小东西,今天一天都跟着挤对我!"

邱彦闭着眼在他身上边笑边扭,笑得特别响亮。

"嗓子真好。"边南揉了一会儿松了手,捏了捏他的脸,"可惜一唱歌就开飞船,跑得嗖嗖的。"

"我要吐了。"邱彦笑着喘了好半天,突然皱了皱眉。

"哎!小朋友别吐车上啊!"司机一听就喊了起来,"后座背兜里有塑料袋,给他拿一个接着。"

边南赶紧手忙脚乱地翻出袋子接在了邱彦脸跟前儿。

邱彦对着袋子沉思了半天,最后抬起头:"没了。"

几经折腾,回到邱奕家的时候,边南觉得自己往沙发上一瘫就能睡死过去。

"回来了啊?"邱爸爸正守着电暖器看电视。

"爸爸!大虎子给你买了围巾!"邱彦从一堆袋子里翻出了那条红围巾扑

到了他身上,"你看!"

"哎,怎么让大虎子买东西啊。"邱爸爸笑着低下头,让邱彦把围巾胡乱绕到了他脖子上。

"过年嘛。"边南坐到邱爸爸身边坐下,帮着把围巾整了整,"也不知道买点儿什么好,就一人来了一条。"

"挺好,挺好,比棉衣强。"邱爸爸挺高兴,笑了一会儿就咳上了。

边南在他背上拍了拍,但邱爸爸咳得挺厉害,半天都没缓过劲儿来,脸都涨红了。

"哥哥!"邱彦冲着门外喊了一声。

正拿了东西去厨房放着的邱奕跑了进来,在邱爸爸背上又捶又揉的,问了一句:"堵痰了没?"

邱爸爸边咳边摇了摇头,邱奕拍了边南肩膀一下:"倒杯水。"

"哦。"边南跑去拿了杯子倒了杯热水。

邱爸爸又咳了一阵,总算是停下了,靠在轮椅上闭着眼睛倒着气儿,过了一会儿才长叹了口气,拿过杯子抿了一小口热水:"哎,还以为要咳死了呢。"

"今天是不是没吃药?"邱奕弯下腰看着他。

"吃了。"邱爸爸说,"比吃饭还积极呢。"

"天天吃着药怎么还咳成这样……你这次咳的时间也太长了。"邱奕皱着眉,"一会儿去医院看看吧。"

"不去!"邱爸爸马上推开了他,看到邱奕脸上没有笑容,又换了个语气,"大过年的……要去也再等两天吧,这两天医生休息呢。"

"你这阵儿是不是都不舒服?是不是没跟我说?"邱奕还是盯着他,"别撒谎,撒谎我看得出来。"

"哎,当着大虎子的面儿这么训你爸,面子都不留。"邱爸爸喷了一声,"是有点儿不舒服,反正天儿一冷了不就这样吗?具体也说不上来哪儿不舒服,就没跟你说,其实我看着你这凶巴巴的样儿就挺不舒服的。"

"边南帮我把这些东西拿厨房放好,二宝去告诉大虎子放哪儿。"邱奕指了指桌上的年货,"我打个电话。"

"嗯。"边南把桌上的袋子都拿上了。

"好的!"邱彦应了一声,跟在边南了身后。

边南感觉之前邱爸爸也总咳嗽,但今天这咳得特别厉害,他按邱彦的指点把东西放好之后蹲下了:"二宝。"

"嗯?"邱彦靠到他身上。

"你爸爸以前这么咳过吗?"他小声问。

"没有……有,有过。"邱彦想了想,"前年秋天咳得可厉害了,住院了呢,后来就没有这样咳了。"

"你爸爸是哪里生病啊?"边南一直没有问过邱奕这事儿,怕邱奕说起来不开心。

"哪里都不好。"邱彦拧着眉头,"哥哥说,医生说爸爸因为腰往下都动不了,所以内脏有很多毛病,要一直吃药。"

"哦。"边南没再问别的,搂了搂邱彦。

邱爸爸咳完了又看了会儿电视,就被邱奕赶回屋睡觉去了。

邱彦趴在沙发上看漫画书,边看嘴里还边念念叨叨地说着台词。

边南瞪着眼看了一会儿电视,站起来把邱奕拉进了里屋:"哎,你刚打什么电话了?是给医院打的吗?"

"嗯,跟医生约了初三上午过去看看。"邱奕笑了笑,"拉我进来就问这个啊?"

"是啊,刚咳成那样了,能不问问吗?"边南说。

"你还挺能操心。"邱奕坐到椅子上,"应该不会有什么太严重的,以前有时候也会这么咳。"

"我挺担心的。"边南皱着眉,"邱奕,我要说你爸跟我亲爹似的感觉,你信吗?"

"信。"邱奕笑笑。

"其实这样该做康复吧,以前没做?"边南问他。

"没条件,钱都还不上,我赚的钱就够维持生活和平时简单的医疗费。"邱奕叹了口气,"就算让他去,他也不肯。"

说起邱爸爸,边南聊了没几句就想到老爸身上去了,于是沉默了一会儿重重叹了口气,躺倒在了床上。

邱奕大概看出他在想什么,拍了拍他没说话。

两人都不再说话,待了一会儿边南吸了吸鼻子:"有纸吗?"

"拉屎啊?"邱奕问。

"邱大宝你说话真是越来越不讲究了。"边南笑了几声,带着鼻音,"我要擤鼻涕。"

"床头。"邱奕闭着眼仰脸靠在椅背上。

边南伸着胳膊往床头摸了摸,只摸到了邱奕的眼睛:"哪儿呢?没有啊。"

"嗯?"邱奕睁开眼睛往那边看了一眼,"……那大概是用完了。"

"用完了?"边南转过头看着他,"你是不是晚上偷摸自己玩来着?"

"没那条件,二宝躺边儿上呢,我要玩得去厕所,齁冷的,冻坏了怎么办……"邱奕说。

"臭不要脸的玩意儿!"边南啐了一声,又推了他一把,"还有纸吗?"

"在外屋呢,你去拿吧。"邱奕笑着说。

边南愣了愣,躺回了床上不动了,"我不想动。"

"我也不想动。"邱奕抬起手挥了挥,"要不等鼻涕风干吧。"

"滚蛋!"边南跳下了床,抓过邱奕的T恤往脸蹭了蹭,"算了,我去拿吧……"

"哎!"邱奕看着他的动作,"我衣服好用吗?"

"好用,柔软吸水,一擦就没,别瞪我。"边南冲他龇牙一乐,"你要不服气下回也用我的呗。"

邱奕无奈地挥了挥手:"去拿纸。"

边南拿了纸擦了擦眼睛,又扔了一包到屋里,关好门去院儿里洗了个脸,回屋坐到邱彦身边:"看什么呢,念这么起劲?"

"听了这么久都没听懂,"邱彦抬头看了看他,"你是不是耳背啊?"

"嘿!"边南乐了,"小东西,我发现你现在很嚣张啊!"

邱彦往他身上挤了挤,笑着说:"其实我不念就看不明白啊。"

"别看字儿呗,我以前看漫画就不看字儿,看着画猜个意思就得了。"边南给他提供了个方法。

"难怪你学习不好呢。"邱彦叹了口气。

"信不信我揍你啊?"边南压低声音。

"不信。"邱彦抱着他胳膊笑了,"你舍不得。"

"还真是舍不得。"边南被他说得笑了半天,搂过他亲了一口,"你哥揍过你吗?"

"揍过。"邱彦点点头,往里屋那边看了一眼,小声说,"我不想洗碗,发脾气摔了一个碗,他就揍我了,可疼了。"

"我以为你哥也舍不得打你呢。"边南搓搓他的脸,"这么懂事儿,虽然有点儿精力过盛。"

邱彦瘪瘪嘴,一脸委屈:"他可舍得了……"

"别在背后说我坏话。"邱奕从里屋走了出来,手里还抓着纸,"统共就打过你那一回。"

"还骂我了呢。"邱彦把脸埋到边南怀里闷着声音说。

"你欠骂呗。"邱奕打开门准备去院里扔纸,一抬眼看到院门被推开了,申涛拎着几个袋子跳了进来,他笑了笑,"你怎么来了?"

"我婶儿从乡下拿来的年货,太多了吃不完,我拿点儿过来,"申涛走了过来,看到他手上的纸愣了愣,"你这干吗呢?"

"小涛哥哥!"邱彦跳下沙发喊了一声。

"哎乖。"申涛把东西放到桌上,跟边南打了个招呼,"你放假了?"

"嗯。"边南站起来走到桌边,"哎好漂亮的腊肉。"

"自己家做的,我还挺爱吃的,没那么咸。"申涛从袋子里拿了盒巧克力递给邱彦。

"小涛哥哥晚上在我家吃饭吧,涮腊肉。"邱彦拆开盒子拿了块巧克力塞到嘴里,"大虎子晚上也在我家吃呢!"

"你怎么不涮香肠啊?"申涛笑了,看了边南一眼,"你晚上不回家吃啊?"

"嗯。"边南应了一声。

"大虎子明天也在我家吃呢!"邱彦很开心地说。

"明天?明天是三十儿我没记错吧?"申涛很吃惊地看着边南。

"啊,是……"边南有些不知道该怎么说,申涛的眼神有些复杂。

申涛没说话,回头看了看邱奕。

"他自己住了。"邱奕声音很低地说了一句。

申涛应了声没再多问。

边南突然有些不踏实,申涛并没有说什么,但他还是能感觉到……自己这么一冲动跑了出来,在别人的眼里,果然还是给邱奕找了麻烦。

申涛拿来的东西不少,加上今天买回来的,感觉出了正月也吃不完。

"我回去了。"申涛帮着把东西都收拾好,又跟邱爸爸聊了一会儿之后站了起来,"我家还一堆事儿得弄。"

"我送你吧。"邱奕也站了起来。

"小涛，替我谢谢你家里啊。"邱爸爸说，"这一堆吃的要美死二宝了。"

"美死二宝没事儿，"申涛往外走，又回过头，"您别美就行，少吃油腻，对身体不好。"

"你快走吧。"邱爸爸马上挥挥手，申涛和邱奕出去之后，他转过头小声对边南嘟囔了一句，"这申涛跟邱奕一样，就爱教训人，吃点儿油腻有什么，又不是天天吃，你说是不是？"

"叔，"边南不知道该说什么好了，"我也就是教训人这事儿干不利索，要不我也教训了，您这身体是得注意。"

"没劲，怎么你也这样。"邱爸爸很不满地看着他。

"这次吃点儿没什么，下次再吃点儿没什么，下下次再吃点儿没什么，这攒一块儿就多了呗。"边南叹了口气，"您别总跟二宝待一块儿就学得跟小学生似的。"

"哎！"邱爸爸愣了愣，接着就乐了，"你这还教训不利索啊？连教育带损的，比他俩都狠呢。"

"我随便说说。"边南嘿嘿笑了两声，"您就随便听听。"

出了院儿门，邱奕抬头看了看天："没到四点就黑成这样了。"

"估计晚上要下雪。"申涛拉拉衣领，"我跟你说，那个熏鱼有点儿咸，做的时候别搁盐了。"

"嗯。"邱奕点点头。

申涛走了两步，停下了："边南是不是跟家里闹翻了？"

"差不多吧，他没跟我细说。"邱奕也停下了，靠着墙根儿掏出烟，递了一根给申涛，自己点了根叼着。

"大过年的这么冲动？"申涛拿着烟没点。

"嗯，有点儿意外，他那性格，没控制好。"邱奕抽了口烟。

"那他住哪儿？"申涛又问。

"租了房子。"邱奕看了他一眼，"审问呢？"

"审就审，这事儿你怎么想啊？"申涛点了烟，皱着眉也看着他。

"我能怎么想？你想说什么就说吧。"邱奕笑了笑。

"我也没什么要说的，就是有点儿担心。"申涛拧着眉，"闹这么大动静，以后怎么办？"

"到时再说吧。"邱奕笑笑，"先过好年。"

"都学会边南那套了啊。"申涛笑着说,"事儿没到跟前儿就先不想。"

"有时候这样也挺好的啊。"邱奕冲申涛喷了口烟,"分什么事儿吧,反正现在也解决不了,得花时间慢慢来。"

"我是你朋友,跟边南就是认识,有什么事儿我肯定会站在你这边想,可能有点儿自私,或者……或者……就直说吧,我怕你有麻烦。"申涛说得有些艰难,"有些事儿吧,就是个相互的关系,没有谁欠谁什么的,你懂我意思吧?"

"懂。"邱奕点点头,又拍了拍申涛的肩。

"你俩都是容易有这种想法的人。"申涛喷了一声,"朋友也好,哥们儿也好,别的什么都好……反正都是好好付出了就行。"

"哎!"邱奕笑着打断了他的话,"行了我知道你意思。"

"行了我不说了。"申涛掐了烟,"这阵放假待家里没怎么说话,说这么多都口渴了。"

"回屋喝口茶吗?"邱奕乐了。

"回家喝。"申涛把外套帽子往脑袋上一扣,往胡同口走,"走了,你回吧。"

邱奕原地又站了一会儿,把烟抽完了才转身慢慢往回走。

自己能跟申涛做这么多年朋友,大概就因为他俩都是想得多的人吧,申涛父母离婚复婚闹过两回,他有时候感触很多。

申涛说的这些他其实也想过,但他并不是太担心,比起边南,还不如担心自己,因为忌日临近而每天都会出现在梦里的妈妈,身体情况变得越来越不稳定的老爸……

大概也就边南这种心大得能放水缸的人才不会觉得跟他待一块儿很累吧。

走进院子的时候边南正好关了房门出来,一看到他立马就蹦了过来,把他推出了院子:"快说,申涛那厮说我什么坏话了?"

"就确定他要说你坏话吗?"邱奕笑着说,"你怎么跑出来了?"

"你爸要小便,说为了维护在我面前光辉的形象,让我出来回避。"边南小声说,"别转移话题!"

"夸你呢,申涛多正经的一个人。"邱奕笑着往他肋条上戳了一下。

边南腰上痒痒,蹦了一下:"他还能夸我?"

"为什么不能?"邱奕问。

"申涛个小老男人,"边南喷喷两声,"肯定觉得我这人特不靠谱,办什么事都一团糟……"

"还行吧。"邱奕凑到他眼前,"毕竟年纪还小呢。"

"也是。"边南乐了,点点头,"我这么青春年少,不冲动一把都对不起自己,不过我还真得好好想想了……"

"慢慢想吧。"邱奕在他背上拍了一下,走进院子里,小跑了两步推开房门进去喊了一声,"爸?要帮忙吗?"

"哎你喊什么!"邱爸爸在里屋说,"不用帮忙,完事儿了!"

边南还没回过神来,跟着进屋,迷迷瞪瞪地直接进了里屋,看到正在整理裤子的邱爸爸时才猛一愣,说了一句:"叔我帮你?"

"……我的形象啊。"邱爸爸叹了口气,扯扯裤腰,"已经好了。"

"哦!"边南赶紧转身又往外走,跟身后的邱奕撞了一下。

"你跟二宝玩会儿吧。"邱奕说,进屋准备帮邱爸爸把尿盆拿出去。

边南看了一眼正趴在沙发上看漫画的邱彦,过去把他拎起来一搂:"凭什么?"

邱彦抓着书举到他眼前,指着一张穿着泳装的女生图片:"看,多性感!"

"我……"边南瞪着邱彦,"你说什么?"

"性感。"邱彦说。

"邱奕你听见了没!"边南喊了一声,一把抢过书,"你看的这什么玩意儿啊?"

书看着很正常,就是普通漫画书,校园的,边南拿过来翻了几页,也没看到什么涉黄的内容。

"你还知道什么叫性感啊。"邱奕走出来说了一句,又开门出去了。

"知道啊。"邱彦有些得意,"大虎子不知道。"

"哎!"边南无奈地窝进沙发里,"二宝你长大了怎么得了。"

下午没什么事儿,晚饭涮羊肉也没什么要准备的,邱奕在屋里拿着手机边看电视边琢磨着怎么做米浆,打算宵夜或者明天早饭弄米浆吃。

邱爸爸还有点儿咳,但不太严重了,边南陪着坐了一会儿,想带邱彦出去转转,结果邱彦不肯,说天黑了害怕。

"怕什么啊?"边南问他。

"狼外婆。"邱彦缩在沙发里抱着大黄蜂想也没想就说。

边南张了张嘴没说出话来,一个知道什么是性感的小孩儿,却怕狼外婆……

他只得坐着继续看电视。

其实周末如果他回家,这种一家人坐在一块儿看电视的时候也很多,但这种情况出现时边南一般都待在自己屋里玩电脑。

他不想不自在,也不想别人不自在。

不过在邱奕家就没这种别扭了,几个人看着无聊的电视,话都没有人说,却很舒坦,边南看了没多大一会儿就已经半躺在沙发上了,把邱奕挤得坐到了旁边的椅子上。

舒坦。

但不知道为什么,边南盯着电视突然有些想老爸。

这个跟他永远无法正常沟通交流,自顾自用自己的方式对待所有人的老男人。

老爸现在还在生气吗?

还关在书房里吗?

"会拌酱吗?"邱奕回过头问他。

"什么酱?"边南坐了起来。

"芝麻酱,一会儿涮锅吃的。"邱奕说。

"会,我去弄。"边南站起来去了厨房。

邱彦也抱着大黄蜂跟了过来:"要吃了饭了吗?"

"酱弄好烧了水就可以吃了。"边南斜眼儿瞅了瞅他,"有吃的就不怕狼外婆了啊?"

"嗯!"邱彦用力点头。

"我中午吃的那顿还顶在嗓子眼儿呢……"边南一边说一边把芝麻酱舀到碗里。

"要吐吗?"邱彦问。

"别恶心我!"边南啧了一声。

涮羊肉很简单,电磁炉一开,水一烧,放点儿佐料算是汤底,然后就可以稀里哗啦开吃了。

边南调的酱还不错,邱奕用筷子蘸了蘸,有些意外:"还不错啊,我以为得咸呢。"

"小看我。"边南挺得意地把桌上的菜都放好,拿起心爱的蒿子秆儿之后,他看到了压在下面的金针菇,愣了愣,"这……"

"这是see you tomorrow！"邱彦马上喊了一声，脆响。

"发音标准。"邱奕冲他竖了竖拇指。

"什么？"邱爸爸问。

"叔！"边南一抓邱爸爸的胳膊，"吃完了再问行吗？"

邱爸爸顿了顿，接着就笑了："行，吃完了再问，估计不是什么好话。"

边南有点儿佩服邱彦的食量，中午跟他一块儿吃了不少，回来一路都在揉肚子，现在他还顶着呢，邱彦居然又可以埋头吃了。

邱奕中午没吃多少，邱爸爸中午上别人家蹭的饭，估计也吃得少，一桌四个人除了边南，都吃得挺欢的。

"哎！"边南夹了两根蒿子秆儿在锅里来回荡着，"我中午真是吃太多了，要不怎么不得吃个几斤肉啊。"

"see you tomorrow！"邱彦又喊了一声。

"邱二宝，早晚我得把你转手卖掉。"边南把蒿子秆儿又放到碗里裹着酱来回转，"我已经深深体会到为什么你哥不要你了。"

邱爸爸在一边突然笑了起来："我好像知道see you tomorrow怎么回事儿了，是说今儿吃了……"

"邱叔叔！"边南打断了他，"您一个长辈，还是有光辉形象的，您还能不能行了啊？"

"快吃快吃。"邱爸爸笑着吃了片肉。

"哎，叔，"边南想了想，"你还知道see you tomorrow什么意思啊？"

"这能不知道吗？"邱爸爸说。

"我爸就不知道，我爸爸就知道哈喽拜拜，哦还知道法克。"边南嘿嘿笑着。

"我知道得也不多，英语不是强项啊。"邱爸爸喝了口热水，"想当年……"

边南一听这"想当年"就反应过来了："您强项得是俄语吧？"

"也就是当年的强项。"邱爸爸脸上的表情很怀念，"邱奕他妈妈中文说溜了以后我就不怎么说了，现在也忘得差不多了，估计还没邱奕会得多了。"

"你会？"边南猛地转过头看着邱奕，"哎你肯定得会！哎我怎么从来没想过你应该会呢，邱大宝你很牛啊！学霸中的战斗猪啊……"

"你夸我呢还是骂我呢？"邱奕笑了。

"夸呢，咱俩不都属猪吗？猪用俄语怎么说？"边南对这个意外发现有些兴奋，嘚儿嘚儿地弹了几下舌头，"要弹舌头吗？"

"你是网球王子猪。"邱彦边吃边说。

"……二宝。"边南很无奈地看了他一眼，"算了，至少还有个王子。"

"网球猪。"邱彦立马改了口。

几个人全乐了，边南冲他一瞪眼睛："大黄蜂还我！"

"王子！"邱彦赶紧很大声地喊。

"你这什么立场啊，这么不坚定……"边南乐了半天。

提到俄语，邱爸爸又被勾起了聊欲，一顿饭乐呵呵地忆了半顿的往昔，吃完饭收拾的时候，边南看了一眼钟，已经八点多了。

"一会儿我得回去了。"边南虽然不想走，但考虑到正常人二十九基本都会在家吃饭了，他再不想走也得装装样子，要不邱爸爸该奇怪了，"明天晚上我过来玩。"

"啊，都八点多了，赶紧回吧，别收拾了。"邱爸爸拍拍他，"明天过来家里人知道吗？"

"……都知道，我家三十儿吃完饭就都自由活动了。"边南笑笑。

这句话倒不全是瞎话，往年三十儿晚上吃了饭他和边皓都是往外跑的，跟同学朋友什么的出去玩，就老爸阿姨和边馨语会待家里看春晚。

邱彦接了热水去厨房洗碗，边南本来想帮忙，被邱爸爸催着回家，他只好穿了外套拿了东西往外走了。

"我送你。"邱奕也穿上外套跟了出来。

"明天你上班时间是怎么安排的？"边南出了院子小声说，"我要不去你们饭店门口找个地儿待着等你吧。"

"别啊，那得等多久。"邱奕想了想，"你明天好好睡一觉吧，这阵儿是不是都没好好睡过，黑眼圈儿都能看见了。"

"黑眼圈儿看不见还叫黑眼圈儿吗？"边南喷了一声。

"关键是你……"邱奕笑了。

"行了！"边南打断他，"知道你要说什么，就你白，你家有你跟二宝俩大白灯泡电费都能省不少了……哎，还真是，要不你怎么拿那么点儿钱还能把日子给过下来呢……"

"你明天睡一觉，"邱奕笑着把胳膊搭到他肩上，"睡到下午，起来了自己吃点儿东西先垫垫，晚上我差不多下班了给你打电话你再过来。"

"那上午你上班吗？"边南问，按邱奕上班的安排，晚上要晚的话，上午一般都会闲着。

"上午……我有点事儿得出趟门。"邱奕说。

"我跟你一块儿去。"边南马上说，"什么事儿？"

邱奕看了他一眼，犹豫了一下："我明天想去看看我妈。"

"我也去。"边南说完看看邱奕，又抓抓头，"我没别的意思，我就是……想跟你待着。算了，有点儿不合适。"

邱奕沉默了一会儿，胳膊收了收，把边南往自己身上揽了揽："我明天八点就得出门，你起得来吗？"

"起得来。"边南笑笑，"我训练的时候五点就起了。"

"那完事儿了你回去睡觉，我快下班了再去等我。"邱奕说。

"行。"边南打了个响指。

在邱奕的指点下，边南顺利地坐公车和地铁回了杨旭家。

今天心情还挺好的，看到一屋子的灰尘和乱七八糟的东西也没觉得太难受，洗澡之前他还把最碍事儿的几个箱子都搬到了楼梯旁边的空屋里，都码成了一摞。

出来的时候，衣服被夹在了俩箱子中间，一转身，最上面的俩箱子就潇洒地翻到了地上，里面的东西撒了一地。

边南吓了一跳，回头就被腾起来的灰尘呛得咳了两声。

他很不情愿地开了灯，蹲到地上把东西往箱子里扔。

这些东西在箱子里的时候也是乱七八糟扔着的，都是些莫名其妙的东西，边南边捡边看，没用过的本子、看不明白的英文原版书、捆在一块儿的一大把笔，也不知道还能不能亮的小台灯、旧的护膝护腕，居然还有负重沙袋……

边南一样样往箱子里扔着，玻璃裂了的相框、一盒用过的卡通蜡烛、旧相册，他啧了一声，杨旭还挺怀旧，这留的都是什么……

相册？

边南把已经扔进了箱子里的相册拿了出来，犹豫了一下翻开了，其实他对杨旭还真有点儿好奇。

不过相册里没有照片，边南翻了翻，都是空的。

他有些失望地把相册扔回箱子，相册翻滚了一下，他看到最后一页似乎有照片。

拿出来一看，边南愣了愣。

照片是杨旭和石江的合影，让边南吃惊的是，照片上俩人都拿着球拍，都笑着用相同的动作举着球拍挡掉了自己半张脸。

边南吃惊的是石江能笑得这么欢，还有就是石江拿球拍没什么，杨旭也一身运动服拿着球拍让边南很意外，护膝、护腕、很专业的球拍……杨旭也打过球？

"太神奇了。"边南盯着照片看了一会儿，把相册放回了箱子里，懒得跟条蛇一样每天不是坐着就是靠着的杨旭居然打过球？

脑子里转着"太神奇了"这句话，边南洗了个澡，把之前洗的衣服晾了，又用洗洁精把换下来的衣服洗上，回房间躺到了床上。

估计真是累了，现在一切暂时都不再有什么变化的感觉让他一下感觉到了疲惫，定好手机闹钟之后，他还没来得及再玩会儿手机就睡着了。

第二天闹钟响的时候他还在梦里，听到闹钟的第一反应是，要跑步了！

于是他一骨碌从床上跳了起来，习惯性地就往宿舍门方向蹦，直接撞在了旁边的衣柜上。

"哎！"他喊了一声，撞得还挺疼，到邱奕家胡同口时，脑门儿上居然起了个包。

"怎么了这是？"邱奕出来一眼就盯住了他脑门儿。

"早上起太急，撞柜子上了。"边南龇着牙搓了搓那个包。

邱奕抓抓他头发："要我给吹吹吗？二宝小时候撞到脑袋就让我给吹。"

"滚蛋！"边南瞪着他，想了想又看看四周，小声说，"要不就给……吹吹呗？"

邱奕笑了老半天，对着他脑门儿上吹了几口气："还疼吗？"

"不疼了！"边南喊了一声，原地蹦了蹦，"怎么过去？"

"打个车，地铁不到，这么早也没有过去的公车。"邱奕说。

边南家里没有人过世，老人也都还在，这还是他第一次来市郊的墓园。

因为没有什么建筑，这片儿的风刮得很急，加上有些阴沉的天空，墓园里显得很落寞。

邱奕妈妈的墓在挺靠里的位置，走过长长的一段台阶之后，他在一排墓碑旁边停下了。

"我在这儿等你吧。"边南说。

"嗯。"邱奕点点头,往中间走了过去,没走多远就在一个墓碑前蹲下了。

边南站在风里,看着沉默着蹲在碑前的邱奕,心里突然有些翻腾。

许多年前,邱奕还是个小朋友的时候,是不是也这样,默默地蹲在自己妈妈的墓碑前,她会不会哭……

如果邱奕的妈妈还活着,现在会是什么样?

边南蹲在台阶上,看到邱奕抬手往墓碑上轻轻摸了摸,那个位置应该有邱奕妈妈的照片,他有点儿想过去看看的冲动。

他想看看能有两个这么漂亮懂事的儿子的妈妈长什么样……

当然,他也只是想想,他觉得邱奕能让他跟着到这儿来,已经是很不容易的事了。

"妈,"邱奕看着照片,"过年了。"

邱奕的声音很低,不过因为边南在下风,还是能隐约听到说话声。

他下意识地竖了竖耳朵,想听听邱奕会跟妈妈说什么。

邱奕停了停,再次开了口。

依然是轻缓低沉地说着,这次边南却一个字儿也没听明白。

愣了半天他才反应过来邱奕说的不是普通话,是俄语。

嘿!还真的会!

边南的注意力瞬间跑偏了。

他坐在了台阶上,看着眼前斜坡上的一排排墓碑。

这会儿风缓一些了,也没那么冷了,他偏着头看着邱奕。

邱奕语速挺慢的,边南虽然听不懂,却还是觉得挺好听,他听过邱奕给人补英语,那会儿就觉得邱奕说英语很好听,现在又觉得邱奕说俄语才是真的好听。

跟低声唱歌似的。

他闭上眼睛,听得有些入神。

"哎!"邱奕在他屁股上踢了一脚,"这都能睡着?"

"嗯?没。"边南蹦了起来,他不知道自己闭着眼听了多长时间,不过应该是没睡着,他感觉自己一直能听到邱奕的声音。

"走吧。"邱奕拍了拍他后背,"回去接着睡。"

"不知道能不能睡着。"边南跟在他身后,又回头看了看邱奕妈妈的那个碑,"你跟你妈说什么了?"

"你不是在听吗？"邱奕笑着说。

"我又听不懂。"边南喷了一声，跳了两步搂住邱奕的肩，"你故意的吧，就是不想让我听懂。"

"不是。"邱奕捏捏他手指，"我跟我妈一直这么说，她跟我爸说话是混着说，汉语说熟以后就说汉语了，不过跟我说习惯了，那会儿还说过我长大了学俄语专业呢……"

邱奕说到这儿就没再往下说，边南也没再问下去，再说就该是邱奕妈妈出车祸的事儿了。

"边南，我跟你说个事儿。"邱奕侧过脸看着他。

"嗯？"边南也看着他。

"今天找时间给你爸打个电话。"邱奕说，"毕竟是三十儿，他生不生气，你回不回家，都应该联系一下。"

"……哦。"边南低下头，"知道了。"

邱奕笑笑："本来就挺生气的了，儿子跑了更生气，跑了就没消息了更更生气，大年三十儿都没个消息就……"

"就更更更生气了。"边南接了一句。

"嗯，这事儿说不上谁对谁错，那是你爸，怎么也不能等着他先低头吧。"邱奕拍拍他后脑勺。

"哎！"边南低头打了个喷嚏。

邱奕从墓园出来在公车站给边南说了回杨旭家的路线，然后直接去了饭店。

这条线的公车上基本没人，边南上车挑了个靠窗的位置坐下，车里暖和，他坐下没几分钟就觉得困了，脑袋在玻璃上一路磕着居然也睡得迷迷糊糊。

醒过来的时候已经坐过了一站，他不敢随便更改路线，怕迷路，只能下车往回走了一段再按邱奕说的倒了车。

回到杨旭家，他给邱奕发了个短信说到了，然后拿着手机开始发呆。

要给老爸打个电话。

可打这个电话需要的勇气还真得攒攒。

他坐在床边盯着电话一直盯到眼睛都发酸了，这才点开了电话本，一咬牙点了老爸的名字。

这个时间老爸已经起床了，休息的日子里他一般会在书房里喝喝茶……

电话里响着单调的拨号音，一声一声，边南觉得手心有些冒汗。

但一直到电话自动挂掉，老爸也没有接电话。

他犹豫了一下，又重拨了一次。

这次只响了两声就挂断了。

边南把手机拿到眼前瞪着了很长时间才往后一倒，躺在了床上。

老爸不接他电话，还在生气吧。

他其实一直也没弄清老爸究竟是为什么生气。

他轻轻叹了口气。

就这么躺在床上闭眼胡思乱想着，他最后居然睡着了。

一觉直接睡到了下午，边南被电话吵醒的时候，看了一眼时间，已经下午四点多了。

边南挑了挑眉，竟然睡了这么长时间。

电话是邱奕打来的，听到他迷迷瞪瞪的声音问了一句："打电话了没？"

"打了。"边南揉揉眼睛坐了起来，"打了两个，我爸都没接，第二个直接挂断了。"

"没事儿，接不接都没关系，只要他知道你打电话了就行。"邱奕那边有风声，"我现在休息，一会儿得接着忙，桌全都订满了，我大概九点可以下班。"

"嗯，我过去等你。"边南站了起来。

"太早了，我就是问问你打电话了没，你一会儿先吃点儿东西垫垫，等我电话。"邱奕说。

"嗯，你去忙吧。"边南说。

挂了电话之后，边南换了衣服，把之前买的一袋红包抽了三个出来，想想又放回去一个。

两个红包每个放了二百块，一个是给邱爸爸的，一个是给邱彦的。

这是按自己现在的收入放的钱，要搁以前，红包里没放个一千以上，他会觉得拿不出手。

把红包封好之后他拿了包出了门，这个点儿没有吃东西的地儿了，都关门了，要吃只能买了回去做，太费事。

边南找了个还在营业的小超市，进去买了一份关东煮凑合吃了，然后坐车去了邱奕他们饭店。

杨旭那儿没电视没电脑，让他发几小时呆他可扛不住，还不如去等邱奕呢。

街上看上去很冷清，几乎看不见行人，偶尔开过的车看着估计都超速了，全在往家赶呢。

边南缩缩脖子，今天要不是能去邱奕家，他还真不知道自己该怎么度过这个有生以来最孤单的年三十儿。

邱奕他们饭店这条街相对要热闹很多，都是饭店，订了年夜饭的馆子这会儿都已经开始上客，路边的停车位都是满的。

不过边南转了半天，有点儿傻眼。

这条街除了饭店之外的所有地方都关门了，也没有全年不休的超市，他在这条街上走了三个来回，一个能待着等人的地方都没找着。

"傻了吧。"边南嘟囔了一句。

在街边站了一会儿，他决定随便找个饭店进去，大不了点几个菜吃着呗！

结果进了三家店，全都没空桌了，都订满了，而且都还在大厅加了桌，看边南一个人跑来要吃饭，服务员都用奇怪的眼神看着他。

边南只得继续在街边流浪，浪了半条街扛不住了，太阳一落山，北风就特别敬业，感觉太阳都是被北风吹下去的。

正想着要不再坐车回杨旭家待着的时候，邱奕的电话又打了过来。

边南接了电话，没等开口，邱奕那边有些吃惊地问了一句："你在哪儿呢？"

"我……"边南犹豫着，北风吹得他只能退着走。

"你出来了？"邱奕听到了风声，"不跟你说我得九点吗？"

"哎！我失误了，我在家待着无聊，想着先过来找个地儿待着等你，结果全满了，我现在正杵街上吹风呢。"边南很郁闷地说，"风真大，我觉得我蹦几下就能把我吹回去了。"

邱奕沉默了一小会儿笑了起来，笑了好半天才说："傻眼儿了吧，算了，你过来吧。"

"啊？"边南愣了。

"到我们饭店来，在这儿遛了一晚上，应该知道是哪家吧？"邱奕笑着说。

"那必须知道，我第一次看清你长什么样儿就是在这儿呢。"边南顿时心情大好，转身顶着北风蹦了好几下，"我过去方便吗？"

"没事儿，边馨语没上班，你到休息室等我吧。"邱奕说。

边南跑到饭店门口的时候，邱奕站在门口等他。

"哎，这身衣服太记忆深刻了。"边南乐了。

"我跟领班说了,你在员工休息室待着吧,有电视能看。"邱奕带着他往里走,"我要没打电话,你打算怎么办啊?"

"回去呗。"边南看了看四周,一楼大厅已经坐满了人,服务员都忙忙碌碌地小跑着。

邱奕把他带到了休息室:"就这儿待着吧,我得去帮忙了,这会儿刚开始上客,事儿多。"

"赶紧去。"边南赶紧说。

休息室跟后厨的上菜口斜对角,坐在休息室门边能看到来回跑着上菜的服务员。

边南坐到椅子上,有一眼没一眼地看着电视,时不时有人从门口经过。

他觉得挺神奇,只要是邱奕经过,他都感觉到,每次看过去的时候,都能看到邱奕嘴角带着笑地也在看他。

这会儿很忙,邱奕每次经过都没时间停下,但就这样经过,看一眼,经过,看一眼,重复着没什么新意的场景,却让边南觉得享受。

就这么看一会儿电视,瞅一瞅从门外走过的邱奕,时间没什么存在感地就滑过去了。

邱奕进了休息室冲他一打响指说可以走了的时候,边南才注意到已经在这儿坐了两个多小时。

"你们今天忙得跟打仗一样啊。"边南站了起来。

"等我换衣服。"邱奕进了里面的更衣室,没两分钟就换好衣服出来了,"走吧,打个车回去,二宝估计都等急了。"

"累吗?"边南跟在邱奕身后从后门出了饭店,他第一次这么直观地看到邱奕在饭店里来回穿梭,感觉自己腿都酸了。

"还成,习惯了。"邱奕笑笑,"小姑娘都扛得住,我能累到哪儿去。"

边南猛地想起边馨语,虽说平时应该没这么忙,可边馨语一个娇生惯养的大小姐居然能坚持得住,真是让人意外。

路上打车也是件困难的事,邱奕提前叫了车了,还在路边等了十来分钟车才过来。

外面已经没人了,这会儿都窝家里或者饭店里吃年夜饭呢,吃完了饭出来玩的人也还没到时间,边南坐在车里,觉得暖烘烘的,挺踏实。

接近胡同那片儿之后,四周才变得热闹起来,能听到远远近近的鞭炮声,还能看到天空中窜起的烟花。

"咱那天买的烟花够二宝玩吗?要不明天再买点儿去。"边南说。

"够够的,跟你说,二宝胆儿小,他不敢点,就愿意在边儿上看人玩。"邱奕笑了,"胡同里谁家要放花了他就跟着去看,够他看呢。"

"邱二宝真是……"边南啧了两声,"难以归纳的性格啊。"

回到邱奕家的时候,邱爸爸已经和邱彦把邱奕昨天晚上准备好的菜都热好了,一开门,扑面而来的香味和暖烘烘的空气让边南整个人顿时放松了下来。

"回来啦!"邱彦很兴奋地喊着,围着桌子跑着圈,"菜都是我热的,爸爸指挥,我热的!"

"厉害,这么一大桌呢!"边南脱了外套,跟着他也围着桌子转了一圈儿,"今儿又得吃站着了……"

"还有饺子呢!"邱彦喊。

"吵死了。"邱爸爸把轮椅推到了一边,"转得我眼晕。"

"快,洗手开饭。"邱奕弯腰在邱彦屁股上拍了一巴掌。

"哎,等会儿,来,"邱爸爸伸手在衣服里摸索着,掏出了几个红包,"来给我拜年,要不一会儿吃完了我被赶去睡觉该忘了。"

"爸爸过年好!大吉大利,身体健康!"邱彦立马喊了一声,扑到了他腿上。

"好!"邱爸爸给了他一个红包,"小财迷。"

"爸过年好。"邱奕笑着说。

"好!"邱爸爸把红包递了一个给他,"大财迷。"

"叔过年好!"边南蹲到爸爸身边,"新年顺顺利利的。"

"好!"邱爸爸在他脑袋上拍了拍,把红包放到他手上,"大虎子乖。"

"叔。"边南从兜里也摸出了个红包,嘿嘿乐着递给了他。

"哎这……"邱爸爸愣了愣。

"我这不是压岁钱,是小辈儿的心意。"边南说,"您不要我就躺地上打滚儿。"

邱爸爸笑着接过红包:"谢谢啊,其实真不想要,挺想看你打滚儿的。"

"我的呢?"邱奕在一边问。

"没你什么事儿。"边南冲他摆摆手,又转头冲邱彦龇龇牙,"二宝过来给我拜年!"

"王子过年好!"邱彦立马扑了过来,"越来越帅,越来越白!"

"……我该乐吗?"边南捏捏他的脸,"再来一句。"

"工作顺利!"邱彦马上又喊开了,"找个漂亮女朋友!"

"二宝乖!"边南定了定神,把红包放到了邱彦手里,搂着他亲了一口,"学习更上一层楼。"

"已经到楼顶啦!"邱彦接过红包有些得意地说。

"你还真一点儿不谦虚啊……"边南喷了一声。

过年的时候就必须待在有人的地方,听着人声,看着人影,心里才会踏实。

比起自己家来,邱奕家的年夜饭算不上多丰盛,常规的老百姓家过年的几个大菜,鸡鸭鱼肉之类的。

不过边南吃得很香,除去邱奕手艺实在是好,菜的味道让人欲罢不能之外,就是气氛,让人吃着吃着就想躺沙发上打个滚儿的那种舒坦和自在。

邱爸爸今天精神状态不错,吃得比平时多一些,但想喝酒的时候被邱奕拦住了,只能跟邱彦一块儿喝饮料让他有些不满意。

"过年都不让喝酒……"他叹了口气,喝了一口饮料,"老子被儿子从头管到脚,唉!"

"为你好。"邱奕笑着说,"我们都陪着你喝饮料呢。"

"就是。"边南往邱爸爸身边靠了靠,拿着自己的杯子跟他碰了碰,"我觉得喝饮料挺好的。"

"你这两杯下去就昏迷不醒的当然说饮料好。"邱爸爸笑了起来。

"哎,我要咬咬牙挺个几瓶啤酒才倒也不是做不到的!"边南乐了。

这顿饭吃得很慢,几个人边看电视边聊着,吃得差不多的时候,邱奕跑去厨房忙了一会儿,居然拿个大玻璃壶弄了一壶热乎乎的米浆进了屋。

"哎,米浆?"边南一看就站了起来,"还真做出来了啊?"

"我尝了一下,味道好像差不多,"邱奕笑笑,"尝尝?一人一杯,留点儿肚子,一会儿还有饺子。"

邱奕做的米浆跟在店里喝的味道并不完全一样,但很浓郁的米香和奶香混在一起却很美味,边南喝了一口就竖了竖拇指:"大宝,你真有厨子天分。"

喝完热米浆,邱彦脸都红了,白里透红的,看着就让人想捏一捏,跟个小面包似的。

邱奕靠着椅子休息了一会儿站了起来:"我去下饺子吧。"

"你是想抽烟了吧?"邱爸爸笑着说。

"那你去下。"邱奕笑着坐下了。

"我不去。"邱爸爸摸摸肚子,"别下多了,我这儿大概还有五个饺子的地儿。"

"我能吃二十个!"邱彦在一边抱着米浆杯子喊。

"给你二十个,什么时候吃完了什么时候玩。"邱奕又站了起来,打开了门。

"我能吃十个。"邱彦改了口。

"我去帮忙。"边南起身跟着邱奕走了出去。

还没走到厨房,边南就蹦着贴到了邱奕身后,拍了拍他,小声说:"哎,真有意思。"

"以前在家不这样吧?"邱奕回过头看着他笑了笑。

"嗯,其实我觉得……大概是因为我在家里吧,大家都不自在。"边南揉揉鼻子。

"又来了。"邱奕叹了口气,进了厨房,"你这毛病真得改改,不要再纠结那个原罪不原罪的,原罪不是罪,不是你自我否定的理由,自己要有个姿态,别人才会有姿态。"

"是……吗?"边南低下头想了半天,"你说话时不时就高深一回,说什么都不考虑我的……智商。"

邱奕笑了起来:"那把这话先留着吧,吃点儿饺子补补智商再想。"

"这话我就能听懂了,赶紧的。"边南搓了搓手,第一次对过年吃饺子这么兴奋。

"你去接点儿水烧着,麻利点儿弄上,一会儿二宝肯定要来看。"邱奕指指锅。

"小跟屁虫!"边南过去数了数饺子,"挺多的啊,都是昨儿晚上包的?"

"嗯。"邱奕点点头,"全都是昨天准备的,要不今天哪得吃。"

"你太贤惠了。"边南感叹着。

"是你太废物了。"邱奕说。

"哎!"边南举起胳膊活动了一下,往墙上一靠,看着邱奕,"大宝。"

"嗯?"邱奕回头看了他一眼。

"跟你一块儿过年真踏实。"边南笑笑。

这是边南长这么大,过得最有意思的一个年。

虽然也就是普通程序,吃饭,下饺子,再带着邱彦小朋友去火柴厂的空地上放鞭炮烟花……就这么常规的过程,却是他以前从来没体会过的。

以前一块儿吃年夜饭的时候他都希望快些结束,特别是有时候家里的老人会被接到家里来过年,爷爷奶奶,阿姨的父母,他该怎么称呼都不知道,这种时候边南就更难熬了。

吃完饭……有时候连饭都只吃了几口他就回屋了,尽量不让自己引起大家的注意,省得大家别扭。

年纪小的时候就躲回屋里,年纪大一些之后就往外跑,叫上同学朋友什么的去外边儿玩,万飞没回老家过年的话就去万飞家待着,至于跟家里人放烟花之类的事,那更是没有过。

这一晚上邱彦很兴奋,一直都边蹦边喊的,缠着边南放烟花给他看,边南感觉自己比他更兴奋,放完烟花又跑去跟邻居要了俩从郊区买来的二踢脚。

拿回来了又不知道怎么放,看着邱奕:"这玩意儿怎么放,会炸吗?"

"没玩过?"邱奕有些意外地看着他。

"没,我就看别人是拿手抓着……会炸手吗?"边南看着手里的二踢脚。

"啊?"邱彦一听就吓了一跳,"不放啦不放啦!"

"我没用手抓着放过。"邱奕笑着拍了拍邱彦,"去跟王叔叔要个炮架来。"

"哦!"邱彦马上往胡同跑过去,找到邻居王叔叔借了个二踢脚的炮架。

"真先进!"边南研究了一下炮架,"这东西都有……"

把二踢腿戳到炮架上之后,邱彦一边兴奋地喊着一边退到了邱奕身后,抓着他衣服露出半张脸。

边南其实心里也挺怵的,把邱奕叼着的烟拿到手上,正紧张地弯了腰要点的时候,邱彦喊了一嗓子:"要炸了吗?"

"别喊!"边南手哆嗦了一下,回过头,"还没点呢往哪儿炸啊?"

"……哦。"邱彦点点头,边南正要伸手去点的时候,他又补了一句,"大虎子小心啊!"

"哎!"边南手又一哆嗦,"知道了。"

这二踢脚看着跟雷管似的,边南老有一种自己该点着了二踢脚就抓起来扑向敌军阵地的错觉。

烟头已经靠近了引信,边南正琢磨着一会儿点着了应该怎样潇洒的姿态转身跑开的时候，不知道谁家放了个大炮。

轰的一声巨响。

边南又惊又吓地把烟往前一杵，引信着了。

嗞嗞嗞都能听见响。

边南吼了一声，莫名其妙就觉得挺吓人，转身跑的时候腿都不利索了。

二踢脚在他身后炸响了第一声。

"啊！"边南又吼了一声，直接往邱奕身上一扑。

"哎！"邱奕手还放在外套兜里来不及抽出来，被他扑得只能往后退，身后还有邱彦，三个人跌跌撞撞地乱成一团，一块儿撞到了墙上。

第二声响在上空传来之后，边南才一把从邱奕身后把垫在墙边的邱彦揪了出来："宝贝儿没压着你吧？"

"没有！我穿得厚！"邱彦兴奋得眼睛发亮，笑声脆响，"好响啊！"

"你怎么……"邱奕有点儿好笑，"一个二踢脚就能吓成这样？就这样还能是传说中体校单挑最怕碰上的对手……"

"这能一样吗！"边南对此时此刻自己跟小鸡似的胆子无法解释。

第二个二踢脚就好多了，边南点着了之后没有转身跑开，只是退了一步，观赏了从第一响到窜上天第二响的全过程。

"这玩意儿太危险，不能让二宝玩。"边南搓着手，感觉还挺过瘾的。

"本来也没让他玩。"邱奕笑着说，"是你要玩啊。"

"我错了。"边南又搓了搓邱彦的脸，"我就是没玩过，突然就想玩了。"

"以前是怎么玩的，你家过年……"邱奕没再说下去，拿出手机看了看时间，抓住了还想往旁边跑的邱彦的衣领，"快十二点了，回去睡觉了。"

"爸爸已经睡啦！"邱彦挣扎着。

"爸爸睡了你就可以不睡了？"邱奕说，"那明天爸爸不睡，他那份儿你帮他睡了吧。"

"那明天还放烟花吗？"邱彦回过头问。

"你是要放还是看啊？"边南笑着问。

"……看！"邱彦想了想。

"明天晚上再带你出来看，我放给你看。"边南说。

"家里买的都放完了。"邱彦笑着说，"我们去看别人放。"

边南猛地明白了邱彦的想法，烟花挺贵的，邱彦反正只爱看不敢放，看别

609

人家的更合算。

想明白了这点他顿时有点儿心疼,跟邱奕一块儿带着邱彦往回走的时候,他小声说:"明天我多买点儿烟花回来。"

"挺有钱啊?"邱奕笑着看他。

"二宝看烟花还要去看别人家的……"边南叹了口气。

"就是因为只看不放,看别人家的才划算啊。"邱奕说。

"小孩儿能不爱玩这个吗,他肯定是觉得买烟花贵才喜欢去看的。"边南喷了一声,压着声音,"多可怜啊。"

"可怜吗?什么样的条件就过什么样的日子。"邱奕在他背上轻轻拍了拍,"你要不说他好可怜,他也许也不会有什么感觉,反而觉得自然而然的,这就是他的生活,你要说了,好可怜啊好可怜,他就会发现,啊我好可怜……"

"什么歪理!"边南愣了愣。

"我的总结,以前我没觉得我多辛苦,顶多累点儿,也没什么,邻居一说邱奕太辛苦了这么小就这么辛苦什么的,"邱奕笑笑,"有一阵儿我就觉得我活得太累了,为什么我要这么累。人就是这样的,关键是你说了让他知道了,对他也没什么正面影响。"

边南张了张嘴没说出话来,邱奕说什么听着都挺有道理,他一般反驳不了。

回到邱奕家,邱爸爸已经上床睡觉了,屋里桌上的碗筷什么的还没收拾,带着些许杂乱的场景和关上门之后隐隐传来的鞭炮声,特别有种过年时疲惫而兴奋的温暖感觉。

邱彦折腾一晚上也困了,洗漱完了就自觉进屋睡觉去了。

"我回去了。"边南打了个呵欠,"也有点儿困了,你明天休息吗?"

"不休息,三倍工资呢,又没什么事儿,不拿了这钱我心不安。"邱奕笑着说。

"说你钱串子真没错。"边南喷了一声,"我初四才上班,有空我过来跟二宝玩吧。"

"嗯。"邱奕把他外套扔给他,"打个车回吧,没公车了。"

"我觉得我应该去弄辆电瓶车,或者……要不你把自行车给我,反正现在你也不骑。"边南想了想。

"我不骑是因为天冷,顶着北风骑自行车上下班你想什么呢?"邱奕说。

"不管,我要。"边南说,"我是顶着北风跑了六年步的运动员,我没你那么娇气。"

"你就是图新鲜。"邱奕没再阻止他,从抽屉里拿出了钥匙和车锁,"拿去玩吧,我看你能骑几天。"

三十儿晚上打车比较困难,邱奕半天才联系到一辆,还二十分钟到,边南准备出门儿去等的时候,邱奕把炸好了没吃的春卷装了两袋给他。

"放一袋不就行了吗?"边南接过袋子。

"一袋你吃,那一袋一会儿给出租车司机。"邱奕说,"大过年的多辛苦。"

边南没想过这个,点点头看了邱奕一眼,这种生活不易的感觉大概邱奕很有体会吧。

俩人在胡同口等了一会儿,出租车来了,司机是个大叔。

把自行车放到后备厢之后边南上了车,冲邱奕挥挥手,邱奕笑笑转身回去了,他关好车门,冲大叔笑了笑:"叔,过年好。"

大叔乐呵呵的:"过年好过年好,出去玩啊?"

"玩够了回家呢。"边南笑笑。

大叔心情不错,一路跟他聊着国家大事,连吹带发散地说得挺深奥,边南听得老想瞌睡。

到地方了他才想起来手里的那袋春卷,赶紧拿了递了过去:"叔,这是我朋友做的,特别好吃,您尝尝吧。"

大叔有些意外,接着就很开心地笑了起来:"这怎么好意思。"

俩人推来推去推了一会儿,大叔一拍腿:"行,我收下了,谢谢你小兄弟!车费我给你打个对折!"

边南下车的时候心情相当愉快。

不知道为什么,也许是因为大叔的笑脸,也许是因为……省了一半的车钱?

反正就是愉快。

推着车进电梯的时候步子都迈得跟踩了弹簧似的。

一直到进了屋,看到乱七八糟的房间,他才回过神来,把没整理的桌椅什么的都推到了墙边,先这么堆着吧,等邱奕……来收拾。

虽然有点儿困,边南躺到床上的时候却睡不着了。

在床上来回滚了一会儿,他起来跑到楼下,从箱子里翻出了那捆笔,抽了一支出来，又拿了个没用过的笔记本。

写信！

这是个重要的事儿，反正今天心情好得睡不着，看看能不能写点儿感悟出来。

邱奕。

不对，亲爱的邱奕。

不对，有点儿别扭，也不够亲密。

邱大宝。

就大宝吧。

"大宝。

我现在趴在床上给你写信呢。"

边南边乐边琢磨，这个开头太不美好了，于是又划掉了，重新写了一行：

"大宝，刚离开你家，现在不过一个小时，我就又开始想着明天去你家玩了。"

边南看着自己写下的这行字，扔下笔，在胳膊上狠狠地搓了几下。

"大宝，不知道你睡了没有，估计以你的速度，桌子已经收拾好了吧，应该已经躺下了，二宝有没有打呼噜？"

边南搓着胳膊看了看，嗯，这个开头稍微好点儿了……

"今天我很开心，我过了十几个年，就今天最开心，就这个年过得最像一个年。"

"哎。"边南皱着眉，感觉越写越像小学生作文了，没准儿邱彦都比自己写得好。

后边儿该怎么写呢？

边南扔下笔，把下巴搁在了床上趴平了，以他十几年就没好好上过课的功力，要写个一千字的东西，真是难度太大了。

太大了……

大了……

了……

早上被电话铃吵醒的时候，边南想伸手拿电话，发现动不了，脖子酸，背和腰也酸得厉害，关节跟被人用502粘上了似的打不了弯，挣扎了半天才翻了个身，接起了电话。

"新年快乐。"邱奕的声音传了过来。

"新年……快乐，哎……"边南龇牙咧嘴地一边揉着脖子一边说，"你上班了？"

"嗯，早到了，这都快11点了。"邱奕说，"怎么了？"

"睡觉姿势错误，我现在痛不欲生，全身骨头都卡死了。"边南很费劲地坐了起来，跟老头儿似的缓慢地转过身，看到了枕边被自己下巴压皱了的本子，还有本子上那几行字，"哎大宝，咱打个商量。"

"什么？"邱奕笑了笑。

"你那个信，500字行吗？"边南捶着后腰。

"不行。"邱奕马上回答，"一个字也不能少，不算标点，手写，字迹要工整，不能有涂改。"

"你……大爷！"边南倒回床上。

"又没给你限定时间，什么时候写好都行，我不着急，一想到你每天都在琢磨着给我写信的事儿，我就浑身舒畅。"邱奕说。

"你真变态。"边南很无奈。

"我现在要去忙了，你再睡会儿吧。"邱奕放低声音，"你今天给你爸再打个电话，他不接电话你就给边皓打，他会让你爸知道，再发个短信给你爸拜个年。"

"哦。"边南应了一声，想到老爸他就有点儿紧张。

"这事儿慢慢磨吧，你千万别躲就行。"邱奕交代他。

"嗯，不躲，我后边儿有你呢。"边南嘿嘿笑了两声。

"那你先睡吧，我去忙了。"邱奕捂着电话小声说，"今天加班费很可观，我得卖力点儿，没准儿曼姐一感动再发一轮红包……"

"你哪天要发财了肯定要用钱来当床垫，财迷！"边南躺床上乐了好半天。

过年对于边南来说，就三十儿那天最有意义，反正之后就是玩玩乐乐吃吃喝喝走亲戚了。

家里的亲戚他不可能去走，邱奕家的亲戚……他也不可能去走。

邱奕倒是自己去走了一趟，带着些年货和钱。

这次还完钱，邱奕欠亲戚的钱基本就还得差不多了，不过在赚钱这件事儿上他依旧挺拼的，边南知道除去欠债，他要负担的日常开销也不低。

生活费、邱彦的学费，还有邱爸爸的医药费。

初三他陪着邱奕把邱爸爸送去了医院，医生建议要住院观察一段时间，邱爸爸不愿意，说是躺在医院太无聊还要被医生护士管着。

邱奕被他磨得没办法，只能先带他回了家，但还是想让他去住院。

"就是怕花钱。"邱奕说，"每次住院都跟要绑架他似的。"

"每次？"边南愣了愣，"住院很多次了吗？"

"差不多一两年就要住一次。"邱奕叹了口气，"按说他这个情况有点儿不对就应该去医院的，弄不好就要出问题……他一直还挺能撑。"

"我这儿……有钱。"边南犹豫着小声说，"你……"

"住院用不了多少钱。"邱奕拍拍他肩膀，"再说他知道我手头大概有多少，一下多出来了他肯定知道是你，就更不愿意去了。"

"那怎么办？"边南皱着眉。

"我弄他去就行。"邱奕说，又看着他很长时间，"边南。"

"嗯？"边南被他看得莫名其妙。

"如果我真要用钱的时候，一定会跟你开口的。"邱奕想了想，轻声说，"我不是那种撑不下去还干撑着的人，有什么办法我都会想到，比如跟你借钱。"

边南嘿嘿笑了两声："那就行。"

"所以你省点儿花吧，哪天我要用钱了你拿不出来就没面子了。"邱奕笑笑。

"放心！"边南拍拍胸口，"我现在都骑车上下班了，环保节能省钱。"

邱爸爸的反抗在过完元宵节之后失败了，被邱奕和边南俩人强行弄去了医院，这次住院主要是得做个全面的检查，再针对性地治疗。

邱奕已经辞掉了饭店的工作，再过两天就该去航运公司报到了。

这是边南印象里邱奕最清闲的几天，每天他都能去医院看看邱爸爸，能送邱彦去上学，边南居然还能在下班的时候一走出展飞大门就看到邱奕蹲在花坛边等他，这感觉简直美不胜收。

"今儿晚上过去帮你收拾一下屋子吧。"邱奕说，"后天我去报到了，工作还不知道会怎么安排。"

"上车。"边南指了指自行车后座，"我带你。"

"……要不坐公车吧，自行车先扔车棚里。"邱奕笑笑，"这北风呼呼的。"

"上来。"边南拍了拍车把，"赶紧的，我过过瘾。"

"过什么瘾啊？"邱奕有点儿无奈。

"看你坐自行车上笑。"边南龇龇牙。

"有病。"邱奕叹了口气。

边南没理他,直接蹬了一脚,自行车窜了出去,邱奕只得追了两步跨上了车。

边南车骑得很快,邱奕把围巾裹在了脸上,又把帽子也扣上了,还是被吹得脸上发疼,最后只能把脸埋在了边南后背上。

还好杨旭这套房子离展飞不远,在邱奕准备弃车步行的时候,边南捏了车闸。

"到了。"边南跳下车,指了指前面的楼,"咱是先吃点儿东西再上去收拾还是收拾完了再吃啊?"

"收拾完了再吃吧。"邱奕想了想。

进了屋边南把灯打开之后,邱奕被眼前的乱七八糟震惊了,好一会儿才说了一句:"应该吃完了再上来收拾的。"

"那下去吃?"边南问。

"算了,别折腾了。"邱奕在楼下几间屋子里转了一圈,"还成,就是客厅这儿东西堆得多,把这些一整基本就好办了,来吧,争取一小时。"

边南一听到要忙活一小时,立马就不想动了。

邱奕也没理他,直接开始搬箱子挪椅子。

"你是不是还干过家政啊……"边南跟过去帮忙,"我看你业务很熟啊。"

"没,家政可打不了黑工,要求挺严的。"邱奕指挥他,"椅子就留两张在客厅,别的都搬那屋去吧,摞起来。"

"怎么……摞?"边南拿了两张椅子,有些迷茫。

"一张倒过来扣另一张上边儿。"邱奕看着他,"你什么智商?"

"我什么智商?"边南喷了一声,"总挤对我也不能对提高我智商有什么帮助!"

收拾房间这种事,一个人做很没劲,而且容易没头绪,有时候就光琢磨该从哪儿下手都得琢磨半天,俩人一块儿的话就会顺利多了,特别是当其中一个是熟练工的时候,你只管跟着他就行。

边南就跟在邱奕身后,埋头吸着灰尘,进进出出来来回回跑了一通,发现乱糟糟的客厅居然在不知不觉中空了。

"哎!"他站在客厅里伸了个懒腰,"收拾完了才发现杨旭这屋子客厅还挺大的啊。"

"他这房子一直没住?"邱奕身上有点儿出汗,脱掉了上衣,在屋里又转了转,"就这么租给……不,白借给你住了?"

"嗯,他说住这儿去店里还得来回跑。"边南跟在邱奕身后,摸了摸他的背,居然都有点儿汗湿了。

"都是汗,别瞎摸。"邱奕回手拍了他一巴掌,"找套你的衣服给我,我洗个澡,一身灰了都。"

边南从衣柜里找了套自己的运动服给了邱奕。

看着邱奕进了浴室之后,他站在门口没走。

过了一会儿,听到里面响起了水声,他笑着过去敲了敲门:"哎,大宝。"

"怎么,"邱奕的声音传了出来,"要跟我抢浴室啊?"

"我神经啊,"他拧了拧门锁,把门推开了一条缝,"一个人待着没劲,聊会儿呗……"

"门关上,风嗖嗖的。"邱奕打开了热水开关,带着热气的水从喷头里洒了出来。

"你这人这么不抗冻啊。"边南喷了一声,"水热吗?"

"嗯。"邱奕回头看了他一眼,"你搬进来没洗过澡吗?水热不热你不知道啊?"

"……靠,"边南有点儿尴尬,"我不是怕咱俩对水温要求不一样吗?我跟万飞一块儿洗的时候,他调的水我洗着跟杀猪退毛似的。"

"还行,不冷不热的。"邱奕笑了笑,站在喷头下兜头冲着水。

边南嘿嘿乐了两声关上了门。

边南觉得自己心情一好就容易幼稚,拿凉水往洗澡的人身上偷偷浇过去是他跟万飞初中的时候最爱干的事儿。

他把收拾屋子的时候在厨房找到的一圈儿橡胶管子接在了外面水池的水龙头上,偷偷摸摸扯着管子回到浴室门口的时候,邱奕正在里边儿洗得正嗨。

"洗发水呢?"邱奕喊着问了一句。

"……架子上。"边南在门外回答。

"哦。"邱奕应了一声,过了几秒又问了一句,"没沐浴液?"

"用香皂吧。"边南跑过去把水龙头打开了,"我忘了买,我洗衣服用的都是洗洁精呢……"

"难怪,我这两天总在你身上闻到熟悉的气息。"邱奕笑了起来。

"能闻到？"边南皱皱眉，扯着衣服闻了闻。

邱奕没说话，边南能看到管子里的水正慢慢过来，他小心地把浴室门推开一条缝，捏着管子口对准了邱奕的屁股。

"你……"邱奕一边搓着身上的泡沫一边转过了身。

话没来得及说完，在他转过来的同时，一道水柱对着他冲了过去。

边南没想到他能在这时转过来，没等调整本来对准屁股的管口，水已经准确地冲在了邱奕身上。

"哎！"邱奕吓了一跳，猛地往后退了一步撞在了墙上，接着脚下一滑，摔倒在了地上。

"……"边南没想到会有这样的连锁反应，以前他跟万飞这么玩的时候都是水泥地，也没谁滑倒过。

他赶紧扔下水管，蹦进了浴室，顾不上正从喷头里喷出来的水："邱奕你没事儿吧？"

"你是找架打呢吧？"邱奕半躺着靠着墙，手撑着地没动。

"摔伤了？"边南被浇了一头一脸的水，抹了抹眼睛，看到邱奕脸上没什么表情，也看不出是生气还是没生气，"我就想逗逗你……"

"又滋又冻的，"邱奕皱皱眉，"我蛋都吓碎了。"

边南又着急又想笑，抹抹脸瞅了瞅："碎……碎了？"

"你为什么……"邱奕慢慢撑着站了起来，在后腰上揉着，"这么……二？"

"怎么就二了？"边南伸手也想帮他揉揉腰，"我就是想跟你逗逗。"

"以前跟万飞也总这么玩吧？"邱奕拍开他的手，"我自己来，你不知道地儿，唉……"

"嗯，以前也没谁摔成这样……"边南有些内疚，他没想到会让邱奕摔这么一下，"我就是想……虽然你吧挺那什么，成熟稳重的，但毕竟也就大我一个月不是吗？"

"嗯？"邱奕看了他一眼，关掉了喷头，拿过旁边的毛巾擦了擦，龇牙咧嘴地把衣服给穿上了，"是想帮我恢复童心吗？"

"不好意思啊。"边南小声说。

"你洗吧，一身水了都。"邱奕拍了拍他，顶着条毛巾出了浴室。

边南靠着墙没动，邱奕出去半天了，他才慢慢把身上的衣服裤子都脱了，

617

站到喷头下开了热水兜头冲着，感觉自己真是傻了，总这么能坏事儿也算是修炼得道了吧……

本来只是想跟邱奕开心乐一下，结果除了让邱奕觉得他更二了，也没什么别的效果。

脑子里都不知道在想什么，听到客厅里传来一声门响的时候，边南才猛地回过神来，拉开浴室门冲外面喊了一声："邱奕？"

邱奕没有回应，边南愣了愣，也顾不上一身水，从浴室跑进了客厅。

客厅里没人，他又冲楼上喊了一声："邱大宝？"

还是没有人回答他，他一眼看到邱奕放在客厅椅子上的外套没了，愣了愣。

生气走了？

这样就生气了？

跑了？

边南回头跑进浴室拿了条毛巾围着，跑过去打开了房门，走廊里也没人，他看到电梯上的数字正往下慢慢跳着。

边南顿时有些着急，扑过去按了一下电梯按钮，又冲回屋里想拿钥匙和衣服。

他记得钥匙进门以后他就扔桌上了，但看了一圈却没找着。

门外传来了电梯叮的一声响。

"哎！"边南喊了一声，抓了手机转身又跑了出去，门就开着吧，反正屋里屁都没有。

进了电梯他一手抓着毛巾一手拿着手机拨了邱奕的电话。

电梯到了一楼，邱奕也没接电话。

屋外很冷，边南觉得身上一点点地冷了下去，这王八蛋也太容易生气了吧！

就算摔了一跤，也不用这么甩手就走吧！

也可以拿水滋回来嘛，还可以把他也滋一跤找回来嘛！

一向能体谅人的邱奕居然会这么跑了，让边南有一种说不上来的郁闷，以及……发慌。

电梯门一开，边南立马被涌进来的寒意冻得一哆嗦。

蹦着跳出电梯之后，他一眼就看到了一个人影刚出了楼下大厅，邱奕的外套是黑色的，看不清，但腿上蓝底儿带白杠的运动裤他一眼就认出来了。

"邱奕！"边南提着毛巾吼了一声，"你要去哪儿？"

已经走出去的邱奕顿了顿，回过了头，看到他的时候，立马转身跑了回来，带着风没几步就跑到了他跟前儿。

"你干吗呢？"邱奕眼睛都瞪圆了，脱了外套往他身上一裹，跑过去按了电梯钮，"你有病啊！"

"你有病吧！"边南拉着外套，"你跑什么跑啊！"

"我跑什么了？"邱奕把他推进电梯里，按下了楼层，"我不说了我出去买洗衣粉吗？"

边南猛地转过头看着他："买洗衣粉？"

"你一身洗洁精味儿很舒服？"邱奕啧了一声，"不伤手无残留……"

"你什么时候说要去买洗衣粉了啊？"边南顿时觉得自己像个神经病，病得还挺重的。

"我在客厅里说的，还是喊着说的……"邱奕皱着眉盯着他，"你没听见？想什么呢？刚摔的是我的屁股也不是你脑袋啊。"

"开着水呢……我能听见吗？"边南闷着声音，这事儿太绝了！

哆里哆嗦地从电梯里走出来，边南正想说别回屋了趁电梯还在去买洗衣粉吧，一抬眼看到房门不知道什么时候已经关上了。

"完了！"他冲过去撞了撞门，"锁了！"

邱奕叹了口气，掏出钥匙过去打开了门。

"你……还真是去买洗衣粉啊？"边南进了屋，对自己的二逼行为简直难以接受，"那你怎么不接电话？"

"我就去趟外面小超市还拿手机干吗？"邱奕拉长声音又叹了口气，"你怎么回事？"

"以为你生气跑了。"边南也跟着叹了口气。

邱奕沉默了一会儿笑出了声，好半天才停下了，看着他："我至于吗？"

"谁知道呢。"边南想想也乐了，"小小奕被滋一身凉水，还摔了一跤，蛋不都吓裂了吗？"

"你这不是好心想逗我呢嘛，"邱奕笑了笑，把外套拿过来穿上了，"我怎么可能生气，屁股不疼了也，再说我对你一直没什么脾气。"

"是吗？"边南嘿嘿乐了两声，把毛巾往旁边椅背上一扔，转身往浴室跑过去，"我再冲冲，冻死我了。"

"边南!"邱奕突然在身后吼了一嗓子。

"哎!"边南吓得差点儿摔进浴室里,回过头看着他,"干吗?"

"我去楼下买洗衣粉!"邱奕继续吼,"听得见吗?"

"听见了……你大爷!"边南进了浴室。

边南洗完澡出来,邱奕从超市买了洗衣粉回来了,一块儿买回来的还有一袋面条,外加鸡蛋和几个西红柿。

"煮面吃?"边南凑过去看了看,"出去吃两口不就得了吗?"

"齁冷的,吃暖了走回来又冻透了,我看了一下厨房,东西都能用,可以自己做。"邱奕把洗衣粉放到他手上,"去把衣服洗了吧,我煮面。"

"嗯。"边南把两人换下来的衣服拿过去扔进了洗衣机里,倒洗衣粉的时候他有点儿犹豫,用洗洁精的时候那瓶子里没剩多少了,他就全倒了,现在这一袋洗衣粉不知道用多少合适,手一抖,洗衣粉们欢快地扑了能有一饭碗。

肯定多了,边南嘁了一声,伸手抓了一把想放回袋子里,结果弄了半天也没弄回去多少,他有点儿不耐烦,把袋子往旁边一扔:"就这么着吧。"

洗了两分钟他过去看了一眼,一掀盖子就乐了:"噢吼……"

"怎么了?"邱奕正在切西红柿,放了刀过去瞅了一眼,"你放了多少洗衣粉?"

"一碗。"边南嘿嘿乐着,这要是没盖盖子,估计泡沫能扑出来,满眼的泡泡,衣服已经难寻踪迹了,"这个比洗洁精起泡啊,洗洁精的泡泡也没这么大。"

邱奕看了他一眼,回了厨房继续切西红柿:"我突然感觉你自己一个人住是件很危险的事儿。"

"没那么夸张,我就是没自己洗过衣服而已,住校的时候不也自己吗?又没个老妈子跟着我。"边南跟着进了厨房,"我自己煮个面也没问题的。"

"打算吃几个月的面啊?"邱奕打开锅盖把面条放了进去。

"展飞那儿也不知道多久能给安排宿舍。"边南靠在灶台边,"我跟杨旭说的是住俩月,到时再说吧。"

"要不给安排怎么办?"邱奕问。

"哎,谁知道呢,我没想呢。"边南懒得去想这些事儿,"不行就让杨旭跟石江说说,看能不能……哎,对了,还没跟你说呢,我之前收拾箱子的时候看到杨旭照片了!"

"裸照吗？"邱奕瞅了他一眼，"这么兴奋。"

"想什么呢你。"边南喷了一声，凑到他身边，"跟石江一块儿照的，俩人还摆个对称的POSE，知道吗？杨旭以前好像也打网球。"

"跟石江一块儿？"邱奕愣了愣。

"嗯，看吗？"边南问。

邱奕被勾起了兴趣，把火关小了，俩人跑到房间里，翻出了箱子里的相册。

边南指指照片上的两个人："他俩关系肯定挺好的，到时我问问，看能不能让杨旭帮我跟石江……"

"你还是别问吧。"邱奕说。

"嗯，"边南愣了愣，"怎么？"

"他俩……"邱奕看着照片，"平时他俩有来往吗？"

"好像……不太有吧，不过石江上回吃的早点是好无聊的老婆饼。"边南想了想，"怎么了，有什么不对吗？"

"说不好。"邱奕手指在照片轻轻弹了弹，把相册放回了箱子里，走出了房间，"万一真有什么矛盾呢。"

"我又想得不够周全了？"边南有些茫然地跟着他回了厨房，过了半天才往旁边的冰箱上敲了敲，"越这样我越好奇……"

"按说关系挺好的，但平时又不怎么来往……"

"不来往吧还吃他家的饼……"

邱奕看着他没说话。

边南也没出声。

俩人对视了一会儿之后，邱奕开了口："咱俩好八卦啊。"

边南乐了："怎么办，我们怎么这么烦人啊。"

"总之别问就行，也别让杨旭找石江帮什么忙。"邱奕把配料放进锅里，用筷子慢慢挑着，"谁知道他俩怎么回事儿，万一有什么杨旭和石江不可说的秘密，你这么让人帮忙就不太好了。"

"我觉得吧，他俩没准儿以前是关系特好的队友啊，打双打什么的，后来……有矛盾了，然后俩都不打了……然后……"边南说了一半编不下去了，喷了两声，"真挺八卦的。"

邱奕笑了半天，把面条盛了出来："吃面吧。"

"哎呀！"边南捧过碗，美滋滋地往客厅走，"洗个热乎澡，吃碗热乎面，美好人生也就这样了吧……"

邱奕把椅子放到他身边，挨着他坐下了："咱俩来个合照吧，还没一块儿的照片呢。"

"行。"边南顿时来了兴致，摸过手机，"怎么拍？"

"不知道，端着面？"邱奕举了举手里的碗。

"……好，够傻。"他举起了手机，俩人把碗并排举着，"真傻。"

"笑一个。"邱奕笑着说。

边南冲镜头龇了龇牙，按下了快门。

"这张没拍到热气儿，再来。"边南看了看手机，再次举起手机，"脑袋往中间靠……对，笑，为什么咱俩笑得跟刚打完架似的……哎就这么笑，邱奕我特别喜欢看你这么笑……"

"你拍不拍？"邱奕看着屏幕上跟幼儿园小朋友摆拍集体照一样的姿势和笑容有点儿扛不住，"面都坨了。"

"笑！"边南喊了一声。

折腾了好几张，看着都挺傻的，不过边南还挺满意，反正就自己看，欣赏了半天，又把照片传给邱奕之后，他才放下手机开始吃面。

"我跟你说，你下班回来的时候买点儿面包，再买点儿红肠什么的，早上切了一夹就能当早点了，"邱奕边吃边说，"晚上自己煮个面吃就行。"

"嗯。"边南点点头，"你不管过来给我做饭啊？"

"我有时间才能来啊。"邱奕拿出手机看了看日历，"这阵儿忙，我爸住院我还得送饭。"

"应该没什么问题吧？"边南有点儿担心。

"反正一直这样，肺一直都不好，现在就怕别的地方也有问题，全面检查完了才能知道。"邱奕皱皱眉，"我过两天要上船了，你……"

"什么？"边南一听就放下了筷子，"上船？这么快，要多久？"

"不会太久的，两三天就回了。"邱奕笑笑，"就是想让你有空的时候……"

"嗯，我去给你爸送饭，我有空。"边南马上说，"一走两三天啊？"

"两三天也没什么吧，咱俩不经常好几天才见一次面吗？"邱奕低头吃着面。

"那能一样吗？"边南狠狠地把面条咬断，"感觉上不同啊，平时你就在家里，不在家就在饭店，想见个面也就俩小时的事儿，上船了就不一样了。"

邱奕笑了笑没说话。

"别笑得这么镇定。"边南看着他,"船上多寂寞啊,你同事可没我这样的,这么全心全意逗你开心。"

"是。"邱奕笑了起来,"逗得我腰都差点儿摔断了。"

边南埋头把面条吃完了,本来就只有他和邱奕的话他肯定懒得洗碗,但就冲邱奕这句话,他进厨房把碗筷和煮面的锅都放到了洗碗池里准备大干一场。

之前的洗洁精洗衣服用完了,现在又不能拿洗衣粉来洗碗,于是他把厨房几个柜子都打开翻了一遍,发现在最下面的柜门里居然放着四瓶洗洁精。

"这是要正经过日子的架势啊。"边南拿了一瓶洗洁精出来,"居然又这么扔着不住了?"

"所以说这里头肯定有事儿,你别多嘴问就行。"邱奕站在一边看着,"也没熟到那分儿上。"

"挺熟的了。"边南喷了一声。

"你这也算是优点了。"邱奕说,"自来熟,脸皮厚,跟谁都能聊。"

"我脸皮薄着呢。"边南瞅了他一眼,"我其实做很多事儿都没自信,总觉得做不好,不行,就没兴趣了。"

"是吗?"邱奕想了想,"都这程度了还能有这么开朗的性格也算牛了。"

"哎我也觉得。"边南转过头边洗碗边说,"你说要不是这样,我这性格得发展到什么地步,得亏老天爷帮我收着点儿了。"

邱奕没说话,靠着冰箱笑了半天。

"怎么了?"边南洗完碗看了他一眼。

"没,挺好的。"邱奕说,"其实我跟你待一会儿还真挺受影响的,你不用专门把我往你那边拉,我自己就靠过去了,我以前没这么……二。"

"真的啊?哎我这么大感染力呢,你看万飞也……"边南说到一半猛地反应过来了,手指着邱奕,"又骂我,谁二啊!"

"一听你说万飞,我突然有点儿担心我自己了。"邱奕笑笑,边乐边说,"他跟你待一块儿好多年了吧,最后变成那样了……我是不是早晚有一天得……"

"滚蛋!"边南喊了一嗓子。

邱奕笑着走出了厨房。

边南慢吞吞地把碗筷收拾好了,又转圈看了看,把东西都整理好了,才走出了厨房。

客厅里没有人,他顿时又有点儿心慌,喊了一声:"邱奕!"

"楼上呢!"邱奕的声音从楼上传来。

"跑楼上干吗呢?"边南听到他声音立马觉得踏实下来了,几步跑上了楼梯。

"看看几个屋里还有什么能用的东西没。"邱奕从一个屋子里拎出了个盒子,"这有个加湿器,应该可以用。"

"邱奕,"边南看着加湿器,感叹了一句,"你还真是会过日子啊。"

"学着点儿。"邱奕拍拍他的背,"你暂时要独立生活了。"

"我在学校的时候也独立着呢。"边南皱着眉,"其实你要说我影响你,这都是小影响,你没发现我正努力向你学习吗,成熟稳重什么的?"

"……没看出来。"邱奕停了一下乐了,"你别瞎琢磨就不错了。"

"你不说我不爱想事儿吗?现在又让我别想……"边南拿过加湿器打开看了看,"还是新的呢。"

邱奕拿出手机看了看时间:"我得回去了,今天二宝给我爸送的饭。"

边南愣了愣:"我以为你今天在医院帮你爸订饭了呢!"

邱奕笑了笑:"让他送吧,也不是小孩儿了,送个饭也不难,我不在家的时候他也得……"

"你不在家的时候有我啊,干吗让一个小孩儿这么辛苦啊。"边南啧了一声,"行了你赶紧回去吧,不,你先给二宝打个电话问问。"

"到家再问。"邱奕往楼下走。

"那我打。"边南拿出手机拨了小卷毛的号码。

电话只响了一声就被接了起来,邱彦欢快的声音响起:"大虎子!"

"二宝乖。"边南说,"你在家了吗?"

"嗯。"邱彦很响亮地回答,"我给爸爸送饭啦!在医院待了一会儿就回来了,坐公车回来的,这趟车八点半就停了,所以我就回来了。"

"真能干,饭是做的还是买的啊?"边南问。

"哥哥早上做好的,我热了拿去就行。"邱彦说。

"你哥过两天要上船回不了家,你等我过去一块儿送饭。"边南交代他,"知道吗?"

"我自己也能送啊。"邱彦对于自己独立完成这样的事兴致很高。

"我不放心。"边南笑了笑。

"那你有时间就来吧。"邱彦叹了口气,"你这样怎么教育得好小孩子啊?"

"哎,这话说得。"边南乐了,"你这小老头儿的语气是跟你哥学的吗?"

"我现在长大很多了。"邱彦有些不服气。

"是是是,再过两年我得叫你哥了。"边南笑了着说。

跟邱彦聊了几句挂掉电话,边南看到邱奕已经穿好了外套,正站在客厅里。

他本来想说声拜拜,想到邱奕这就要上船了,又感觉似乎应该再说点儿别的,但该说什么又半天憋不出来。

最后他过去拍拍邱奕的肩:"好好的。"

邱奕愣了愣,往桌子边一靠就笑得不行:"你干吗啊?我又不是去打架,什么好好的?"

"算了,我果然还是不合适这款。"边南龇了龇牙,"明天等你召唤吧。"

邱奕喷了一声,拎起自己的包甩到背后:"我走了,明天给你电话。"

"是到家给我来个电话。"边南纠正他。

"到家给你电话。"邱奕笑着说。

把邱奕送进电梯,看着数字蹦到一楼,边南才转身回了屋里。

时间对他来说还有些早,不过他还是洗漱完了回到卧室躺下了。

边南心里不太容易被什么事儿堵着,反正从小的经历已经让他习惯于碰上事儿就扔一边儿不管了。

但在邱爸爸住院这当口邱奕要上船,总让他不踏实。

就算邱奕一直说让他别瞎操心,他还是忍不住琢磨了半天,越想越烦躁。

边南撅着屁股在床上拱了两下,烦躁!

邱奕这厮居然要去实习了,就要上船了,怎么这么快?

邱奕说过他实习的是什么内贸船,边南也听不明白,不过还好时间不算长,两三天三四天五天一个星期的还算快,要真来个十天半个月有点儿什么事可怎么办?

不行,什么叫有点儿什么事!

不可能有事!

"唉!"边南捂在枕头里叹了口气,不想了,睡觉。

还没等把不知道在哪儿快活的睡意找出来呢,邱奕的电话打了过来。

"到家了啊?"边南接起电话。

"嗯。"邱奕应了一声,"你睡了?"

"不睡还能干吗啊,这儿什么都没有。"边南很郁闷,"你说我要不要去买个笔记本,杨旭这儿应该拉了网线的。"

"我这有一个,我现在也不用了,明天你拿过去吧。"邱奕说。

"你还有笔记本呢?"边南啧啧了好几声,"你个钱串子还舍得花钱买笔记本啊?"

"以前给人补课的时候装样子用的,弄个PPT什么的给人照着讲,后来觉得没什么必要就没弄了。"邱奕笑了笑。

"那我明天过去拿,有没有什么见不得人的东西先删了啊。"边南说。

"比如?"邱奕笑着问。

"什么裸照小黄片儿什么的。"边南嘿嘿笑了两声。

"我什么也不删,明天你拿去了慢慢看吧。"邱奕说。

第二天晚上七点多有晚班的学员打球,边南得替顾玮盯着,就这点儿时间得去邱奕家还要吃饭,边南下了班就骑着车往邱奕家一通猛蹬。

就为了骑这个车,边南买了一套厚围巾手套还加帽子,再捂个大口罩,每次顶着风飞驰在慢车道里的时候他都有种生活真艰辛的感受。

不过这车还挺好骑,被他掰断了车撑子以后邱奕修过车,顺便把链条脚蹬什么的都弄了,现在骑着嗖嗖地。

在还没被冻透之前边南嗖到了邱奕家。

邱彦已经裹成了个球在院子里站着,大概是准备去医院给邱爸爸送饭。

盯着蒙头蒙脸的边南看了半天,邱彦才喊了一声:"大虎子!"

"你平时是靠什么认我的啊?"边南扯下口罩,"这都要研究了才能确定吗?"

"脸啊。"邱彦看着他。

"没别的了?"边南把车靠到院墙边,摆了个POSE,"比如我的身材、我的身姿……"

"脸啊!"邱彦又响亮地说了一遍。

"……好吧。"边南在他脸上捏了捏进了厨房。

"笔记本在我屋桌上放着,你拿上吧。"邱奕正把饭菜往保温盒里放,"你晚上要去展飞是吗?"

"嗯，有学员过来。"边南回头看了一眼，邱彦正专心地往自行车上爬，"我一会儿跟你去送饭。"

"不够时间。"邱奕看了看时间，"光过去就得四十分钟了，这会儿还堵车，你还没吃饭。"

"那我拿了笔记本就回去？"边南也看了看时间，的确是不够跑一趟的，"这通折腾就聊一块钱啊？"

"那聊个五块钱吧。"邱奕笑笑，"锅里有炒饭，要不你吃了再过去吧，省得再找地儿吃饭了。"

"好！"边南立马点点头。

边南盛了炒饭，本来想慢慢吃，多磨蹭点儿时间，但一想邱奕这么陪着他，那边邱爸爸还在医院里饿着，他只能埋头飞快地把一盘炒饭给扒拉着塞完了。

"行了，你去医院吧，你爸估计得一个小时以后才有饭吃了。"边南抹抹嘴。

"他这两天老说吃不下东西，说不吃也行呢。"邱奕笑笑，把盘子拿去洗了。

"检查结果什么时候出来？"边南皱皱眉。

"明天。"邱奕说，"我上午去拿。"

"拿了给我打个电话吧。"边南小声说，"我想知道。"

邱奕看了他一眼："好的。"

边南骑着车回到展飞的时候，离晚上训练时间还有半个小时，他把笔记本放到自己柜子里，换了衣服转身出门准备去球场的时候，看到了站在走廊上的罗轶洋。

"你怎么又来了？今儿这个班就我一个人，顾玮休息，我没时间陪你打球。"边南一看到罗轶洋就头大，"你们还没开学吗？"

"下周就走了，这周得抓紧时间玩啊。"罗轶洋说，"我刚看到你骑车来的，不冷吗？"

"你当都是你啊，天天开个车撒欢。"边南喷了一声，拿着球拍往球场那边走过去。

"你原来不是坐公车过来的吗，省路费啊？"罗轶洋跟他并排往球场走，"实习有工资吧？"

"嗯，主要是为了节能环保。"边南看了他一眼，"我真没时间陪你打球。"

"我玩发球机。"罗轶洋说，走了两步又说了一句，"要不晚上我送你回去吧？觉冷的。"

"别这么有爱心，你送我回去了明儿我怎么来啊？"边南说。

"我……接你？"罗轶洋犹豫着。

"你天天接送我我也没空陪你打球，这阵人多忙着呢。"边南叹了口气，"您下周就回学校了，这周行行好别折腾我了行吗？"

"说了我玩发球机！"罗轶洋提高声音强调了一句。

边南没理他，远远地看到球场上已经有几个人在了，他跑了过去。

罗轶洋也不知道是赌气还是怎么着，一晚上还真就在跟发球机较劲。

一直到边南这边的人都走了，边南也准备下班回去了，他才扛着拍子过来了："哎，边助，我送你回去吧。"

"你是不是失恋了？"边南忍不住问了一句，"怎么这么无聊啊，你要实在无聊我给你介绍个地儿，专供无聊的人待着的……"

"好无聊吗？"罗轶洋问。

边南愣了愣："你知道啊？"

"知道啊，石江朋友开的。"罗轶洋转转拍子，"我去过一次……哎你怎么知道我失恋了？"

"啊？"边南还没回过神来。

"我失恋了啊！"罗轶洋对着他耳朵吼了一声，"失恋了！"

"你大爷！"边南吓了一跳，耳朵都嗡嗡了，"活该！"

"心疼着呢。"罗轶洋拍拍胸口，"你小孩儿不懂。"

罗轶洋估计是真失恋了，一提失恋这事儿立马就情绪低落了，然后就跟抽了疯似的非要送边南回家。

边南被他闹得烦躁得不行，要不是因为这人是罗总家二公子，他真有冲过去抽丫几个回合的冲动。

最后坐到罗轶洋车上时他连话都懒得说了。

"住哪儿？"罗轶洋跟战斗胜利似的有点儿得意扬扬地问了一句。

边南闷着声音报了杨旭家的地址。

罗轶洋愣了愣："这不是杨旭买房子那儿吗？"

"你又知道？"边南很震惊。

"知道啊，他买房的时候石江还帮着跑了俩月呢。"罗轶洋发动了车子。

这回边南实在是忍不住了："他俩关系挺好啊？"

"以前挺好的，不，不是挺好，是超级好。"罗轶洋有点儿感慨，"后来就闹崩了，不，也没崩透……说不上来。"

"哦。"边南本来还想问两句，但考虑到邱奕说过的话，这种事儿还是少打听，罗二少爷八卦几句没什么，他一个小实习生就不一样了。

"感情这事儿啊……真是。"罗轶洋感叹了一句。

边南没说话，罗轶洋这话也不知道是在感叹自己还是在感叹杨旭和石江。

人生真是无常啊。

曾经关系那么好的两个人，有一天居然会变成这么诡异的状态。

回到家已经快十一点了，边南给邱奕打了个电话，俩人胡乱扯了几句傻乐了几声就挂了。

本来开了笔记本看看，但洗漱完了边南就觉得困得不行，抱着笔记本躺到床上没滚两圈儿就睡着了。

半夜被笔记本硌醒了好几回，他都有点儿无奈了，明明每次都把笔记本放到枕头边儿，但过不了多久就会在背后、屁股下边儿，甚至腿边儿摸到。

他总算确定了自己睡觉的时候的确爱瞎抱东西……

早上他出门比平时早，骑自行车不怕堵车，但是今天得坐车，就得早点儿。

在厨房里抓了几片面包塞进了嘴里他就出了门。

刚到小区门口，一辆车就窜了过来停在了他身边，还按了好几声喇叭，他皱着眉一扭头就看到了罗轶洋的脸。

"哎！"边南喊了一声，都不知道该往自己脸上搁个什么表情合适了，"您真闲得够可以的，要不今儿你帮我去上班得了。"

"昨天不说了接你吗，说了就得做到嘛。"罗轶洋拍拍车门，"上车！"

"我跟你说，你真不用这么守信。"边南上了车，"我压根儿就没记着这事儿。"

"你这人真没劲，当你是朋友才这样呢，我这人也不是随便就跟人交朋友的。"罗轶洋有些不满，"你也太不把我当朋友了。"

"谢谢。"边南赶紧拍了拍他的肩，"哥们儿，谢了。"

"也就接送你这一次，我这个点儿起床简直是折寿……"罗轶洋打了个呵欠，"简直影响我胡子的生长发育。"

到了展飞，罗轶洋没往球场上去，跑教练休息室补眠去了，快到中午的时候边南才看到他在球场上晃悠的身影。

边南赶紧拿了东西准备溜，让这小子逮着又得磨半天。

今天只用上半天班，之前他给顾玮替过半天的班，顾玮让他今天下午休息，刚换了衣服想给邱奕打个电话的时候，邱奕的电话打了过来。

"心有灵犀啊，正要给你打电话呢。"边南笑着说，"我下午休息，过去找你吧。"

"下午休息？太好了，快过来吧。"邱奕马上说。

"哟！"边南乐了，乐完了又猛一阵紧张，"你爸的报告拿了吗？"

"拿了……"邱奕说，"今天公司通知了，让明天下午上船，过来吧，咱俩抓紧时间瞎聊会儿。"

太快了！

边南拎着自己的包顺着走廊一路飞奔。

居然明天下午就要上船。

明天全天都要上班，他也没时间帮着邱奕收拾收拾，更没时间送他……

大概是身边第一次有朋友要出远门儿，他感觉自己有些瞎操心。

"边南！"罗轶洋从走廊旁边的花坛后蹦起来喊了他一声。

边南没理他，装没听见继续往前跑。

"边助！"罗轶洋提高了声音又喊了一声。

"你认错人了！"边南也喊了一声，顺着走廊拐了个弯穿过大厅跑出了大门。

中午也有个下班小高峰，这种时候骑自行车的优势就能体现出来了，不会堵车。

除了冷。

……还有腿酸。

边南觉得这阵儿骑车上班大幅提高了他的抗寒能力以及腿部力量。

从展飞骑到邱奕家，他只用了半小时。

不过下了车进院子的时候腿都有点儿哆嗦了。

"记住啦！"屋里传来邱彦响亮的声音。

"二宝！"边南在院子里喊了一声。

"大虎子来了！"邱彦开了门，从屋里跑了出来，只穿着一件小薄毛衣。

"进去进去。"边南赶紧把车往墙边一靠跑了过去，"别感冒了。"

邱彦飞快地跑过来抱了他一下，又转身飞快地跑回了屋里。

边南跟着进了屋，邱奕正坐在桌子前，面前放着一张纸，上面用挺大的字

630

差不多给写满了。

"挺快啊。"邱奕笑着看了他一眼,又用笔在纸上写了几个字,"打车过来的?"

"骑车过来的,快吧?"边南拉过椅子往他旁边一坐,"写什么呢?"

"注意事项!"邱彦扒着桌沿,"是我每天要做的事。"

"这么多?"边南愣了愣。

"不多。"邱彦拍了拍纸,"字写得大才显得多。"

"我看看……"边南拿过纸。

早上起床以后把粥焖上。

"这来不及吧?"边南看了一行就提出了质疑。

"买了个焖烧锅让他炖排骨粥,排骨我都弄好了。"邱奕托着下巴看着他,"一块儿扔进去烧开了放进锅里就可以了,一个多小时就能焖好。"

"多危险啊……烧开了往锅里放,烫着了怎么办?"边南皱着眉,下一行是"中午回来把包子蒸好喝粥",边南更吃惊,"还要自己蒸包子?"

"唉——"邱彦在一边拉长声音叹了口气,"是早上买好的包子,蒸一下热热就可以啦,然后去给爸爸送粥,再去学校,下午回来把中午剩下的粥热好送过去,晚上回来写作业,就行啦!还有平时不在家里要断火断电锁好门,出门要告诉邻居叔叔阿姨。"

"我不说我去送吗?"边南瞪了邱奕一眼。

"我算了一下,时间来不及,你下午不上班的话去送,平时等你下了班再过来,时间来不及。"邱奕笑笑,"你真不用这么紧张,二宝比你想象得靠谱得多。"

"嗯。"邱彦点点头,拿了纸进屋去了,"我贴到墙上。"

边南想想邱奕一直以来对邱彦的教育,虽然还是有点儿不放心,也只能暂时接受了这样的安排。

"你爸……"他低压声音,"什么情况?"

"就那样吧,瘫痪这么多年的人都会有的那些毛病,我爸又一直没条件系统地做康复。"邱奕说,"泌尿系统有点儿问题,要治疗,现在比较麻烦的是肺部有点儿感染,现在先做抗感染治疗。"

"怎么会感染呢,这个严重吗?"边南一听就急了,"医生怎么说的?"

"医生也没说什么。"邱奕笑笑,"以前也有过,应该没什么大问题。"

边南没说话，过了一会儿才小声说："你是在安慰我吗？"

"安慰你干吗？就是这样的情况。"邱奕笑着站了起来，"你还没吃吧，一块儿带二宝出去吃点儿？"

"嗯。"边南没再多问，或者说，不敢多问。

邱奕进了里屋换衣服，邱彦已经把那纸贴到了墙上。

"这两天你得辛苦点儿了。"邱奕拍拍他的脑袋。

"没事儿。"邱彦仰起头，"一会儿能喝酸奶吗？"

"现在去喝吧，一会儿带你出去吃饭。"邱奕说。

"酸奶——"邱彦蹦着边喊边跑出了房间。

邱奕笑笑，拉开了衣柜门，把半个身子都探进了衣柜里，脑门儿顶在一摞衣服上，深深吸了口气。

他没在安慰边南，他是在安慰自己。

老爸这次情况不是太乐观，除了肺，胆管也有问题，医生说有可能是胆管炎，但还需要进一步检查。

老爸一直说他有什么事儿都压在心里，从来不跟人说，邱奕觉得这大概算遗传，而且他遗传得比老爸差远了。

胆管炎发作时的疼痛，他不知道老爸是怎么忍的，他一点儿都没有看出来，就为这个还被医生骂了一顿。

老狐狸，太能骗人了。邱奕皱皱眉。

"你上船要带行李吗？"边南走进屋里，坐到床上问了一句。

"带点儿换洗衣服。"邱奕从柜子里拽了件毛衣出来套上了，"也没几天。"

"我衣服洗好了？"边南看到床上放着叠好的运动服。

"嗯。"邱奕拿过外套穿上，"这是你平时总穿的那套吧？"

边南往床上一躺："是啊，就这套穿着特别舒服，而且特能显示我完美的身材……"

"给我吧。"邱奕打断他的话。

"啊，"边南愣了愣，"你不是不穿运动服的吗？你想穿我买一套新的给你呗，展飞那儿有不错的，我买可以打折。"

"就这套，给我吧。"邱奕说。

"……行，给你就给你。"边南看着他，"为什么啊？这套我穿两年了，都旧了。"

"我就带着。"邱奕笑笑,"踏实,当护身符吧。"

"哎哟我衣服还有这功能呢,挺好,"边南乐了,一挥手,"赏你了。"

邱彦下午还要上学,所以他们没去太远的地方吃,就近找了个小火锅店。

边南点好菜以后看着邱彦:"二宝,你哥没在家的时候有什么事儿就给我打电话,什么时间都可以打。"

"嗯。"邱彦很严肃地点点头,"应该没什么事儿。"

"……没什么事儿也可以打。"边南喷了一声。

"那你就说想你了给你打电话就行了呗。"邱彦眼睛都笑眯缝了,"咱俩可以去逛超市。"

"你这什么爱好。"边南叹了口气,"然后拿积分换酸奶吗?"

"现在没有酸奶换了。"邱彦有些郁闷,"现在只能换一次性纸杯和香皂了。"

"我给你买。"边南说。

"别趁我不在的时候瞎惯着他。"邱奕指了指邱彦。

"知道。"边南嘿嘿乐了两声。

吃完热气腾腾的小火锅,邱彦坐在桌子边儿上就喊困了。

邱奕抱着他走出店门口的这段距离他就趴邱奕肩上睡着了。

"真神奇。"边南看了看邱彦的脸,"我还头回见着他困成这样的。"

"他昨天失眠了。"邱奕小声说,"估计担心我爸。"

边南顿时有点儿心疼,轻轻摸了摸邱彦的脸。

回到家邱彦在里屋睡觉,他俩在客厅里看电视,有一搭没一搭地聊着天儿,聊了没多大一会儿,边南发现邱奕没了声音,扭头看过去,发现邱奕窝在沙发那头睡着了。

边南把电视声音调小,进屋拿了小毛毯盖在了邱奕身上。

邱奕虽然把邱爸爸的病说得还算轻松,但这段时间肯定累了,再加上这人本来就爱琢磨事儿……

边南坐回沙发上,挨着邱奕靠着,瞪着电视发愣,突然有点儿担心,如果邱爸爸的病有什么变化,邱奕的工作估计就得泡汤了。

然后怎么办呢?

回饭店去打工?

开个小馆?

钱呢……自己这儿倒是有，也不知道够不够……

边南笑了笑，觉得自己想得似乎有点儿远了。

迷迷糊糊中边南也不知道是什么时候睡着的，邱彦在他脸上轻轻拍了两下把他弄醒的时候，边南发现他跟邱奕在沙发上一边一个歪着，都睡得挺投入。

"上学了？"边南坐了起来。

"嘘……"邱彦把手指竖到嘴边，用极低的声音说，"别吵醒我哥。"

"果然还是你哥那头的。"边南笑着抱着他，在他耳边小声说，"就舍得吵醒我。"

"我哥明天要上船嘛，怕睡不好呀。"邱彦搂着他的脖子，"下午你去接我放学好吗？"

"好。"边南捏捏他的脸，"我现在陪你去学校吧，反正你哥睡觉也没人跟我说话。"

"走。"邱彦眼睛一亮。

边南起来穿上了外套，邱彦拉着他，俩人跟做贼似的踮着小步出了门。

把邱彦送到学校之后，边南逛了趟超市，买了点菜，想让邱奕下午做了一块儿去医院看看邱爸爸。

他本来想再买点儿营养品，但又不知道这种情况下该买什么，也觉得太客套，还不如买点好菜实在。

回到邱奕家的时候邱奕还在睡，连姿势都没变过。

边南很小心地凑过去蹲在沙发边盯着他的脸看了十来分钟，站起来的时候腿一阵酸麻，差点儿直接扑到沙发上，龇牙咧嘴地在沙发上坐下又在腿上搓了好一会儿才缓过来。

拿着遥控器对着电视按了一圈儿，没找到什么可看的内容，他随便挑了个体育节目，把遥控器扔到一边，往沙发里一窝，不想动了。

虽然邱奕在睡觉，不能跟他笑，也不能跟他聊天儿，但他心里挺踏实。

哪怕就这么愣一天也行，只要邱奕在，就跟颗定心丸似的，他就不会没着没落的了。

屋里很暖和，中午的阳光从窗口沿着墙边洒了一条进来，看一眼就觉得整个人都松软了。

边南打了个呵欠，把邱奕身上的小毛毯扯了点儿过来盖在自己腿上，靠着沙发扶手闭上了眼睛。

边南觉得自己这一觉睡得挺沉的,不过邱奕的手指在他眉心上轻轻戳了两下,他还是感觉到了,睁开了眼睛。

"醒了啊?这眉毛拧得苦大仇深的。"邱奕蹲在他身边笑了笑,"刚出去买菜?"

"嗯,送二宝去学校回来的时候顺便买了……"边南说到一半猛地坐了起来,"哎几点了?我答应二宝去接他放学呢!"

"差十五分钟四点。"邱奕看了看手机。

"能赶上。"边南跳了起来,活动了一下压麻了的胳膊腿儿,一边穿衣服一边说,"我去接二宝,你看看菜怎么弄吧,弄好了我跟你们一块儿去送饭,我想看看你爸。"

"好。"邱奕笑着点了点头。

到了邱彦学校的时候,正好赶上放学,边南跟一群家长挤一块儿,盯着从校门里走出来的小朋友们。

邱彦是跑出来的,有些急切地东张西望着。

"二宝!"边南喊了一声。

邱彦看到他,立马笑着跑了过来:"大虎子,还以为你没来呢!"

"哪能不来啊。"边南拎过他的书包,"你跑得挺快嘛。"

"我平时都不跑的,你在外面等我我才跑的。"邱彦走路一直是蹦着的,估计是平时放学总是一个人,今天有人来接让他挺开心的。

邱奕做饭挺快的,边南带着邱彦回到家的时候他已经把粥和骨头汤煮上了,正在厨房里忙着,打算再弄个清淡点儿的素菜。

"怎么不弄得丰盛点儿啊?"边南进厨房看了看,"弄个红烧肉什么的,你爸不是爱吃肉吗?"

"带个红烧肉过去估计得让护士赶出病房。"邱奕看了他一眼,"这时候不能吃得太油腻。"

尤其是胆有问题的时候。

"哦。"边南揉揉鼻子,"我不知道,那剩下的菜你能弄的晚上都弄了,让二宝热热就能吃。"

"知道了。"邱奕笑了,"你怎么这么能操心啊。"

"跟你学的呗。"边南喷了一声,转身去院子里陪邱彦玩去了。

饭菜都弄好之后,邱奕拿保温盒装好,时间刚好。

"走吧,现在过去正好差不多。"他踢了踢正蹲院子里跟邱彦拿石头在地上画画的边南。

"我来拿!"邱彦抢着拎了保温盒。

"这么多,吃得完吗?"边南看了看。

"一块儿吃。"邱奕笑笑,"多几个人陪着我爸一块儿吃他能多吃点儿。"

"好。"边南乐了,"怎么有种要去野餐的感觉。"

邱爸爸住院的医院环境不错,病房里没住满,三张床的病房就住了两个人。

边南他们进去的时候,邱爸爸正跟同屋的大叔聊天儿,他脸色有些发暗,手上还扎着针,不过情绪还挺好,估计是说得正高兴。

"叔!"边南喊了一声。

"哎哟,"邱爸爸愣了愣,"你怎么来了,没上班?"

"今儿下午我休息。"边南跑到病床边,"早两天就该来看看你,邱奕非说我时间赶不上不带我过来。"

"本来就是,申涛也是大老远儿地跑了一趟。"邱爸爸笑了,"你们想看我等我过几天出院了上家去多好。"

"那哪能行啊。"边南嘿嘿笑了几声,感觉也没多久没见,邱爸爸就消瘦了不少,他心里有些不好受,但脸上还得笑着,"居然让申涛抢先了,我太不服气了。"

"申涛今天上船,昨天自己跑过来的。"邱奕笑笑。

"叔,我没给你买什么高端营养品,就买了点儿好菜想让邱奕给你做了带过来,结果他说你现在得吃清淡的。"边南看邱爸爸想坐起来,过去把床摇起来,又往他身后垫了个枕头。

"是得清淡。"邱爸爸皱皱眉,"淡得我都没胃口了,喝水都比那些清淡的菜有味儿。"

这是边南头一回在医院吃饭,看着邱彦很熟练地把床头的桌板架到邱爸爸面前,再把饭盒里的菜拿出来摆好,边南还觉得挺新鲜。

邱奕去护士站借了两张凳子过来,几个人坐在床边边聊边吃。

邱爸爸饭量一直都不大,今天边南留意了一下,似乎比之前吃得更少了,他喝了半碗粥,夹了几筷子菜就放下了碗说饱了。

边南本来想劝邱爸爸多吃几口,但看邱奕没说什么,于是也没多说话,估计是胃口不好，硬多吃几口还难受。

剩下的菜都被他们几个吃光了，邱彦吃完以后靠在邱爸爸身上打了个饱嗝："爸爸，明天我就自己来给你送饭啦。"

"嗯，你管做吗？"邱爸爸笑着问。

"管啊，哥哥教我了，我做好拿过来。"邱彦有些得意，"我给你做排骨粥。"

"真厉害，估计比你哥做得好吃。"

"那肯定！"

医院探视时间到九点，不过邱彦还要写作业，所以吃完饭邱奕帮着邱爸爸上了个厕所，又聊了一会儿就站起来准备走了。

"叔，我有空过来看你，邱奕没在的时候你有事儿就打我电话。"边南穿上外套以后又回到床边交代邱爸爸。

"没事儿，人都在医院待着呢，我一按铃，医生护士跑着就过来了。"邱爸爸笑着拍拍他的肩，"你别担心，快回去吧。"

从医院出来后，边南一路都没怎么说话。

邱爸爸对于他来说，是个很亲近的长辈，这辈子除了万飞他妈妈，没有哪个长辈再给过他这种感觉，连老爸都没有，他对老爸的感觉暂时还找不到合适的词儿来形容。

总之邱爸爸这一住院，边南心情挺不好的，特别是看到他明显消瘦了的脸和有些勉强的笑容，边南一晚上都有些郁闷。

回到家邱彦进屋去写作业，边南跟邱奕俩人又并排坐沙发上看电视，按说邱奕明天要上船，他有挺多话想说的，但这会儿却神奇地没什么兴致。

"怎么了？"邱奕把胳膊搭到他肩上。

"心情欠佳。"边南闷着声音说，"欠得估计看小黄片儿都能看成黑白默片儿了。"

邱奕愣了愣，顿时笑得都坐不住了，倒在沙发上笑了半天，"你这形容还挺丰富。"

边南斜眼瞅了瞅他："笑屁啊，一上船你就要变成黑皮了，还美呢。"

"有你一衬，我黑不到哪儿去。"邱奕笑着按按肚子，踢了他一脚，"哎，你还真是跟二宝一样，二宝昨儿还眼泪巴巴了一会儿呢，你要不要试试，我给你拿纸巾。"

"你大爷！"边南喊了一声，一巴掌拍在他腿上。

"不许说粗话——"邱彦在里屋也喊了一声。

虽说是心情不好,不过边南和邱奕还是一块儿窝沙发里聊了一晚上,一直到邱彦上床睡觉了,边南才打了个呵欠站了起来。

"我回吧。"边南看了看时间,已经不早了,邱奕明天要先去公司报到,然后下午就上船了,晚上得早点儿睡,"明天……哎不提这事儿,烦。"

"我送你吧。"邱奕也站了起来,"明天我会给你汇报的,什么时候起的床,什么时候吃早点,什么时候出门儿,什么时候上车,什么时候到公司,什么时候上船……"

"不至于,"边南笑了起来,"说得好像我是跟踪狂似的。"

"你都黑白默片儿了……"邱奕一说这个又乐了。

"差不多得了啊!是不是现在不跟你打架你皮痒啊。"边南站起来,原地蹦了蹦,"行了,我走了,你送我去打车。"

回到杨旭家,边南进门先给邱奕打了个电话,然后才去洗漱。

大概是因为睡了一下午,他躺到床上的时候没什么睡意。

在床上翻来滚去地折腾十来分钟,他拿过了枕边的那个本子,突然想到一个能顺利凑出一千字的好办法。

"亲爱的大宝。

现在是你上船的前一天,我又趴在床上给你写信了。

今天天气很好,不过咱俩在沙发上睡了一下午实在有点儿浪费时间,起码应该多聊会儿天。"

边南对着这几行字嘿嘿乐了半天,接下去就是你上船第一天,你上船第二天,第三天,下船第一天……

把信写成日记真是个不错的办法,再加上日期星期几天气怎么样,简直完美。

边南把笔一扔,翻身摆了个大字躺着,闭上眼睛笑了好一会儿。

边南觉得自己一整夜都在做梦,但具体梦见什么了,他却记不太清楚了。

反正有邱奕。

邱奕跟主演似的贯穿了他一夜乱七八糟的梦。

边南洗漱完咬着几片面包出门的时候,邱奕发了短信过来:

我出门了,今天好冷,多穿点儿。

边南笑了笑,给他回了一条:

我也正好出门。

虽然昨天一直觉得邱奕上船对自己来说是件挺难以忍受的事儿，从小到大他都没有什么关系好的朋友要这么分开的，顶多是万飞过年回姥姥家待几天的时候见不着面……那也挺舍不得的了。

不过真到上船这天他发现这也没什么。

果然是不爱想事儿的人——琢磨事儿就容易走火入魔。

今天他挺忙的，实习也有一阵子了，对平时的工作内容他基本都了解了，顾玮开始慢慢把不少事儿都扔给他一个人去做。

比如写下一阶段的计划。

"这也归我写？"边南愣了愣，别说写计划，就写个留言条他都费劲，再说他任务重着呢，给邱奕的日记……不，是信，那信还只写了半页纸都不到。

"你写，我修改一下就行。"顾玮一挥手，"我那儿有以前写的计划，你可以参考一下。"

"哥，"边南凑到顾玮身边，"玮哥，你肯定不太了解体校生。"

"屁话，我就是体校生！"顾玮斜了他一眼。

"你是体院的！跟我们体校不一样。"边南简直觉得有种马上要死了的感觉，"我考试的时候卷子上只写自己名字和ABCD……"

在一边拿着拍子找不着人对打百无聊赖转了半天的罗轶洋一屁股坐到了边南身边："我帮你写。"

边南转头盯着他能有两分钟，咬牙问了一句："说吧，要我陪你打几场？"

"我下周四回学校。"罗轶洋说，"从今天开始，每天一小时就行。"

边南磨磨牙："行。"

"哎哎哎，这还当我面儿呢。"顾玮啧了一声，"公然就商量工作偷懒的事儿了？"

"偷懒的是你。"罗轶洋拿了个球往地上砸了一下又接住，"这个本来该你写的吧？"

顾玮又啧了一声，站了起来，往边南肩膀上拍了一巴掌："什么时候给我啊？"

"什么时候啊？"边南扭脸问罗轶洋。

"下周一。"罗轶洋说。

学员要开始上课了，罗轶洋扛着拍子去找空场了，边南有些不放心地看着顾玮:"他能写出来吗?"

"能,你小子还挺能搞关系的,能让二公子帮你写计划。"顾玮笑了起来,"他高考的时候是咱市里文科状元呢。"

"状元,"边南的确是相当吃惊,更吃惊的是,"还是文科?"

"嗯。"顾玮站了起来,"开始吧。我一会儿给安排一下今天的,你看着点儿就行,今天还有几个新来的没到,暂时凑不出一个班,来了以后你先带着。"

"好的。"边南脱了外套,站起来活动着。

罗轶洋居然是文科状元,虽然是市里的,也够让边南吃惊的了。

还文科,边南顿时觉得罗轶洋被刮掉的小胡子可惜了……

他靠在球场围网边听着顾玮给学员讲今天的安排,脑子里胡乱转着。

文科状元也没什么了不起的,邱奕也学霸呢,要不是家里条件不允许,他要能上了高中,弄个状元肯定也没问题。

正想着呢,邱奕的短信又发过来一条:一共三个实习的,一会儿开个小会,熟悉一下章程条例就差不多上船了。

那不能玩手机了吧?边南回过去。

嗯,有空再给你短信。

这个短信一直到下午边南下班也没发过来,边南算着时间应该是已经上船了,估计是新人不能随便玩手机。

他刚来展飞实习的时候,不到吃饭时间手机都不敢拿出来。

"一小时!"罗轶洋不知道从哪窜了出来,往他肩上拍了一巴掌,"走!"

"唉……"边南无奈地跟着他,俩人找了个没人的场子进去了。

要把罗轶洋这半吊子水平的人打服了对于边南来说简直太容易。

平时他跟罗轶洋打球都没用全力,凑合着算是陪练,多数时间都跟着罗轶洋的水平走,今天他没手软。

大概是这阵心烦的事儿不少,他一直压着也没个地儿能发泄出来,在学校的时候还能借着训练爆发一下,现在就只能对罗轶洋下杀手了。

拍拍都跟他打比赛的时候一样认真。

别说给罗轶洋喂几个球了,能让罗轶洋接住的球他都没回过几个,抽得罗轶洋满场跑。

一个小时结束后,罗轶洋把拍子往地上一扔。

"记得写计划。"边南说,擦了擦脑门儿上的汗,抓过外套穿上了,这一小时打得挺过瘾，感觉拍子都该重新绷线了。

"我跟你什么仇什么怨啊！"罗轶洋踢了一脚拍子，"打个球都不让人打痛快了！"

"你痛快了我就不痛快，我都不痛快那么长时间了，还不能让我痛快一回啊。"边南乐了，转身往球场外走，"走了。"

"之前就觉得你打得挺好的，"罗轶洋捡了拍子追了上来，"没想到能到这个层次，感觉跟杨旭来一场能打个平手。"

"嗯，"边南看了他一眼，"你还跟杨旭打过呢？"

"我还上高中的时候了，他现在不打球了。"罗轶洋活动着膀子，"感觉他现在就会煮个咖啡烤个饼……"

边南想象了一下杨旭拿着网球拍在球场上的样子，有点儿困难。

今天罗轶洋没说送他，不过他也没车可骑，车还在邱奕家院子里扔着呢。

边南看了看时间，这会儿邱彦小朋友应该在医院，现在坐公车过去，到的时候邱彦差不多该回家写作业了。

这会儿已经过了高峰期，路上车速慢，但也没堵死，一路还算顺利。

邱奕家关着灯，边南凑到窗边看了看，确定邱彦还没回来，不过应该差不多了，他又转身出了院子，慢慢溜达到了小街的公车站上蹲着。

今天的确冷，特别是现在天已经黑透了，风刮得很急。

边南在车站蹲了十来分钟，感觉自己都快变成冰雕的时候，邱彦才跟个球似的拎着个饭盒从公车上跳下来，他扑过去一把搂住了。

一半是因为想抱抱邱彦，另一半是因为……取暖。

邱彦被他吓了一跳，手里的饭盒都扬了起来准备冲他脸砸过来的时候才看清楚，又惊又喜地喊了一声："大虎子！你吓死我啦——"

"等你半天了。"边南笑着把他抱了起来往回走，"爸爸今天情况怎么样？"

"还是吃不下东西。"邱彦搂着他的脖子，"就喝了几口白粥。"

"没事儿，别担心，病了就是不爱吃东西的，好了就吃得下了。"边南拍拍他。

"你怎么跑来了？"邱彦问。

"我一个人待着没劲，过来找你玩。"边南隔着帽子抓了抓他的脑袋，"我晚上不回去了，怎么样？"

641

"好啊!"邱彦立马兴奋了,"好啊!"

其实在邱奕家待着也没什么事儿做,邱彦在屋里写作业,边南去厨房把邱彦明天的早点吃了当晚餐,然后就窝沙发里看电视了。

看一会儿电视,他就悄悄去看一眼邱彦,小家伙低着脑袋写得很认真,边南看着有点儿感慨,这要就邱彦一个人在家,得多寂寞啊。

虽说平时邱爸爸吃完饭在客厅待不了多久就得回屋休息了,可现在家里没有邱爸爸,感觉一下空了不少。

邱彦大概感觉比他更明显,写完作业以后也没闹着要玩,只是团在边南身边很老实地看电视。

快十点的时候邱彦用着的那个手机在桌上响了一声。

"哥哥的!"邱彦猛地跳下沙发,扑过去拿起手机,按了两下就很大声地念了出来,"今天乖吗?该睡觉了!"

"快给你哥回一个。"边南笑了笑,这短信虽然不是发给他的,但跟邱奕有关他就忍不住心情往上扬,"你今天可乖了。"

邱彦低头回短信的时候,边南的手机响了一声:今天一切顺利,我们几个人一个房间,就不给你打电话了,信号也不是太好。

边南勾着嘴角点了回复,手指在输入框上挥舞了半天却不知道该怎么回。

邱奕的第二条短信很快又过来了:你在我家?

嗯,我一个人无聊,觉得二宝应该跟我一样寂寞,就过来了。

神经了你。

怎么着吧。

邱奕没有回复,那边邱彦的手机响了一声。

"哥哥跟我说晚安啦!"邱彦很开心地喊了一声。

"那你一会儿就乖乖睡觉了。"边南笑着说,"明天我带你去吃早点。"

"嗯。"邱彦放好手机,跑去洗漱了。

边南的手机响了一声,邱奕发了张照片过来。

他一看就乐了,邱奕一脸严肃地竖着中指,估计是旁边有人脸上不方便有什么表情。

不过无论邱奕什么样的表情,脸还是那么……帅气。

边南想起自己当初看到邱奕这张脸就气儿不打一处来,又笑了半天,现在居然会变成这样。

真是没想到啊。

边南发现邱彦虽然挺怕邱奕的，但邱奕不在家的时候，小不点儿明显比平时老实，洗漱完就老实地上床睡觉去了。

边南跟邱奕又瞎聊了几句，说了晚安这才伸了个懒腰站起来进了屋。

邱彦已经裹着被子躺好，正瞪着眼睛发愣，边南往床边一坐，他立马扭着凑了过来挨着边南。

边南摸了摸他的脸，感觉他就跟个刚离了娘的小动物似的不安。

"睡吧。"边南搂搂他，"我陪着你呢。"

"嗯。"邱彦闭上眼睛。

从邱奕家去展飞比从杨旭家过去要远不少，不过边南这几天还是住在了邱奕家。

邱彦虽然看着没心没肺没心眼儿，大多数时间里都乐呵呵的，精力旺盛，但边南还是能感觉到他的不踏实，爸爸住院，哥哥不在家，这事儿搁哪个小孩儿身上估计都扛不住。

只是这小家伙跟他哥在这点上特别像，哪怕是撒娇的时候边南也没听他说过一句代表不安的话。

边南每天带着邱彦去吃早点，帮他弄好要给邱爸爸送的饭，陪他去上学，下了班再买点儿好吃的。

邱奕每天都会发短信过来，偶尔会打个电话问问情况，这情况跟以前他们见不了面的时候差不多，倒是没有了之前那种没着没落的感觉。

不过邱奕这回上船的时间比边南预想的要长得多，快一星期了才打了个电话说明天可以下船了。

"我以为你们要开出国去了呢。"边南心里一阵轻松，"感觉怎么样啊？"

"累死了。"邱奕声音里有些疲惫，"旧船事儿多，我们昨天洗船洗了大半天，那俩实习的还晕船晕得厉害，我不晕船真亏死了……"

能让打工王子邱奕说出累字，说明这还真是挺累的，边南喷了一声："回来能待多久啊？"

"还不知道，让下船回家就不错了。"邱奕笑笑。

"回来我给你按摩按摩。"边南说。

"行。"邱奕说，"行了先不说了，信号不好了，晚点儿给你短信。"

接完这个电话，边南一上午上班都觉得心情愉快，中午被罗轶洋拉着说要打返校前最后一场球的时候他都没觉得烦。

"晚上请你吃个饭吧。"罗轶洋站在对面活动着胳膊，"得谢谢你。"

"不用了，不说是朋友吗，这么客气不习惯。"边南笑笑。

"别啊，认识这么久不就请了这一顿吗？"罗轶洋说。

"明天就走了，今儿晚上不在家吃？"边南问他。

"明天晚上才走，明天一天我就待家里出不来了，上个厕所估计我妈都要在外面守着。"罗轶洋皱皱眉，"不够烦的。"

"那……"边南刚想说只要不吃太晚就行，扔在旁边椅子上的手机响了，"我接个电话。"

是小卷毛的号码，边南顿时一阵紧张，这时间是邱彦下午第一节课，怎么会打电话过来？

"二宝？"边南赶紧接了电话。

"大虎子！医院说……医院说，要找哥哥。"邱彦的声音带着颤，着急得话都说不明白了，"我找不着，我……你带我去医院好不好？"

"什么？"边南顿时觉得腿都软了，"你爸爸怎么了？"

"你好，我是邱彦的班主任。"那边响起了一个女声，"你是他哥哥的朋友吧？"

"是是是是。"边南一连串地说，"老师，出什么事了？"

"是这样，邱彦的爸爸现在没什么事，医院说要见家属，但给邱彦哥哥打电话接不通，所以打了这个电话。"那边班主任说。

"他哥哥在船上有时候手机没信号，谢谢您。"边南听到邱爸爸没事，稍微松了口气，但医院为什么会突然叫家属过去却依然让他不安，"我现在就去医院看看，麻烦您照顾一下邱彦，让他别着急，我会跟他哥哥联系。"

挂了电话他抓起外套冲罗轶洋喊了一声："你开车来的吗？"

"嗯。"罗轶洋点点头，拿过衣服准备掏钥匙，"你要用车？"

"你开，送我去趟医院！"边南转身就往外跑，碰到顾玮的时候他只来得及喊了一声，"玮哥我下午请个假，有急事！"

"……哦。"顾玮愣了愣，"去吧。"

边南边跑边给邱奕拨了个电话，听筒里是长时间的安静，接着就是忙音，看来的确是没信号。

罗轶洋也没问他是怎么回事，开车带着他就往医院冲。

"哎。"边南坐了一会儿之后慢慢缓缓过了神，"慢点儿，你当这是高速呢？"

"我不是看你急吗？"罗轶洋松了松油门。

边南没说话，脑子里还是有点儿乱糟糟的，邱爸爸没事儿，但医院要见家属，那肯定还是有问题。

怎么会这样？不是说肺部感染吗？不是已经在治疗了吗……

"他儿子呢？"医生见了边南有些意外，"这个情况得跟他儿子商量。"

"他在船上呢。"边南皱皱眉，"您先跟我说，我一联系上他马上叫他过来，他爸爸没事儿吧？"

"现在是没事儿，你别急。"医生看了他一眼，"你抓紧联系一下，邱大叔胆管这个情况估计是胆管癌。"

"什么？"边南眼睛一下瞪圆了。

胆管癌？邱奕没有说过邱爸爸的胆管有问题啊，怎么突然就冒出来个胆管癌？癌？

"你再联系一下，让他儿子尽快过来，好确定后续的治疗方案。"医生没有跟他多说。

"医生，不要跟邱叔说。"边南感觉自己的手都有点儿发抖，"他现在还不知道吧？"

"嗯，他还不知道。"医生点点头。

医生走开之后，边南靠在走廊窗户边愣了很长时间。

"你朋友的爸爸吗？"罗轶洋一直在旁边站着，这会儿才试着问了一句。

"啊？"边南看了他一眼，"嗯。"

"有什么要帮忙的吗？"罗轶洋问。

"谢了。"边南拿出手机，"我再给他打电话……他也没跟我说他爸胆管有问题啊，怎么就这样了？"

罗轶洋没说话，在一边的长椅上坐下了。

联系不上邱奕，边南连病房也不敢进，在走廊上待着他都怕邱爸爸万一出来透透气会看到他，只能跟罗轶洋跑到住院部一楼坐着。

邱彦在课间的时候打了个电话给他："大虎子，你在医院了吗？"

听着邱彦有些怯怯的声音，边南一阵心疼，他咬了咬嘴唇，努力让自己放松:"在医院了,没事儿,是医生要找你哥商量一下后面治疗的事儿,你爸爸不是一直在治病吗?后面要怎么治,医院得让你哥哥知道。"

"哦,这样啊。"邱彦似乎是松了一口气,"那我哥哥要明天才回来呢。"

"嗯,不着急,我联系他呢,你先上课,放了学直接过来吧,我们去饭店买点儿粥什么的就行。"边南说。

"好的。"邱彦说,"我想吃鸡翅。"

"一会儿带你去吃。"边南笑笑。

"那什么,我爸也不知道跟医院熟不熟,要不我帮你问问,看能不能找个好点儿的医生?"罗轶洋在一边说。

"先看看是什么情况吧,医生跟我一个外人也不会详细说。"边南叹了口气,继续给邱奕打电话,"谢谢啊。"

其实他并不想这么着急告诉邱奕,明天邱奕才下船,现在让他知道了,这一天该怎么过?

但要不说,邱奕手机有信号了立马就能看到一堆未接来电,里面好几个是医院的……

一个小时之后,邱奕的电话打通了。

"出什么事儿了?"邱奕第一句话就直接问。

"邱奕啊,"边南一听就知道他已经看到了那一堆的未接,"是这样的……"

"我爸什么情况?"邱奕打断了他。

"别急别急,你爸现在没事儿。"边南赶紧说,"医生找你来着,我现在已经在医院了,是……"

"胆管?"邱奕马上问。

"嗯。"边南停了一会儿才轻声说,"医生说考虑是胆管癌。"

邱奕那边沉默了。

边南等了半天没听到他声音:"喂,邱奕?"

"在呢。"邱奕声音出奇地平静,"我知道了,我明天中午下船,直接去医院。"

"嗯。"边南应了一声,"你……没事儿吧?"

"没事儿。"邱奕还是很平静,"先别让我爸和二宝知道。"

"你爸不知道，我跟二宝说就是找你谈后面治疗的事。"边南说。

"那我先挂了，我……想想。"邱奕声音终于有了一点儿变化，低了下去。

边南挂了电话之后对着地板发了很长时间的呆，有人从旁边走过碰到了他，他才回过神来，想起罗轶洋还一直在边儿上坐着。

"要不你先回去吧，今儿估计是吃不了饭了。"边南说。

"好吧，你没事儿吧？"罗轶洋盯着他看了一会儿。

"没事儿。"边南笑笑，罗轶洋也许会觉得他的反应有些太大了吧，但邱爸爸对他来说真的有着不一样的意义。

"那……有什么要帮忙的你给我打电话，我人不在这边也可以让我爸帮联系的。"罗轶洋站了起来。

"嗯。"边南点点头。

罗轶洋走了之后，边南继续对着地板发愣。

不知道过了多长时间，一双穿着小棉靴的脚停在了他面前。

他抬起头，看到了邱彦正拧着眉盯着他。

"来了啊？"边南赶紧调整了一下表情，龇牙笑了笑，"是先上去看爸爸还是先去买吃的？"

"你骗我。"邱彦说。

"什么？"边南愣了愣，"我怎么骗你了？"

"我爸爸是不是有什么事了？"邱彦皱紧眉。

"哎？"边南没想到邱彦会这么敏感，顿了顿才笑着捏了捏他的脸，"说了没事儿啊，我给你哥都打了电话了，他明天中午就能过来了。"

"那你为什么在这里发呆，不上去？"邱彦偏了偏头还是一脸担心和不相信的表情。

"我……心情不太好。"边南搓了搓自己的脸，"我今天被骂了，怕上去影响你爸爸的情绪。"

"啊，"邱彦有些吃惊地看着他，"被谁骂啊，为什么？"

边南搂过他，以防邱彦看到自己脸上不太自然的样子："被带我的教练呗，出了点儿错，被他训了一个多小时，郁闷死了。"

"唉！"邱彦靠在他身上，脸往他肩上蹭了蹭，"你太笨啦。"

边南笑了："是啊。"

第十二章
成长

边南带着邱彦先去吃了个饭，又给他买了一对鸡翅，打算一会儿找个小店买一份粥。

邱奕之前说过邱爸爸不能吃油腻，他还没想明白，现在才算知道了，那时邱奕就已经知道邱爸爸的胆有问题了。

按邱奕的性格，这几天他可能已经反复思考过，没准儿对最坏的情况也已经有了心理准备，所以才能那么平静。

但是……就算这样，邱奕的平静还是让人担心。

现在他又不敢再给邱奕打电话。

真熬人。

邱彦一路倒是都挺开心，边南很仔细地观察了他半天，应该不是装出来的，就算他有着吓了边南一跳的敏感和聪明，毕竟还是个小孩儿。

他要担心的是一会儿到了病房别让邱爸爸看出来。

"鸡翅要在外面吃完了才能进病房。"邱彦说，低头啃着鸡翅，"爸爸爱吃肉，病了以后都不给肉吃了，看到别人吃肉他会生气的，还不给酒喝。"

"别顶着风吃。"边南拉着他进了旁边一个商场，在休息区找了张椅子让他坐下，"慢慢吃吧。"

"你要吗？"邱彦啃完一个拿起剩下的那个，一边问一边咬了一口。

"……不要。"边南喷了一声，"有你这样的吗？我还没回答呢，就上嘴咬了。"

"你要的话可以啃那一半啊。"邱彦有些不好意思地笑笑。

"我不吃，买了就是给你吃的。"边南摸摸他的脑袋。

邱彦吃得很快，吃完擦了擦手就着急要走，担心爸爸饿了。

边南找了个店买了粥，怕粥凉了，俩人一路小跑着回了医院。

进了电梯边南就开始紧张，他从小到大虽然惹了不少麻烦，但撒谎骗人的事儿干得不多，经验不足。

一路他都在调整自己的情绪，推开病房门看到正躺在床上对着电视发呆的邱爸爸时，还是鼻子一酸。

"哟！"邱爸爸转头看到他俩进来，笑着说，"今天比平时早啊。"

"今天我有事儿，没来得及陪二宝在家弄，就直接过来了。"边南赶紧甩开郁闷，把笑容堆到了脸上，"粥在饭店买的，叔你尝尝，比用焖烧锅煮的怎么样？"

"哎，没买多吧，我没什么胃口。"邱爸爸撑着胳膊坐了起来。

"快有胃口吧。"边南过去把床摇起来，嘿嘿笑了两声，"邱奕说明天中午回来，我怕他说我饿着您了呢。"

"他估计跟我吃得差不多，发俩短信跟我说船上厨师手艺不行。"邱爸爸笑了。

粥还是热的，邱爸爸拿勺吃了几口就停下了，边南看得出就这几口他都吃得很勉强。

"味道怎么样？"他在床边坐下。

"哪能有味道，"邱爸爸哼了一声，"比白开水还没意思。"

边南把饭盒收了放到一边，靠着桌板："要不这两天让邱奕弄点儿上回那个米浆？清淡，还有味儿。"

"对。"邱爸爸冲他竖了竖大拇指，"好主意。"

"等病好点儿了回家咱包饺子吃。"边南说。

"哎，回家啊，"邱爸爸笑了笑，靠着床，过了一会儿才轻声说，"不一定回得去喽。"

边南心里猛一惊，张了张嘴，半天才憋出来一句："叔你瞎说什么啊！"

又赶紧扭头看了看邱彦，小家伙正往病房外探着脑袋，看着一个举着吊针瓶子在走廊里散步的老头儿，他转回头瞪了邱爸爸一眼，"让二宝听到该伤心了！"

"没那么严重。"邱爸爸笑了笑，"我出事到现在都多少年了，身体一直也没好利索过，年年都得折腾几回，他们早就已经有准备了。"

"准备什么!"边南皱着眉,"准备什么!你再这么说我生气了啊叔。"

"听我说,"邱爸爸笑着拍了拍他的肩,"这个生老病死啊,在我们家,早就不是什么大不了的事了,越是这样的身体,才越是要让他们能够面对,习惯去面对,你说我这身体不一定哪天就……他们要是一点儿准备都没有,还不得崩溃啊。"

边南没有说话,就跟邱奕有时跟他讲道理一样,他觉得似乎没什么理由反驳。

"我自己情况自己知道,病了这么多年,我自己没事儿也查查资料,身体哪有不对的,我差不多都能估计出来。"邱爸爸说,"我就是不太愿意来医院住着,花钱、受罪、不自在,有个什么不舒服扛扛能过去我就不说了,就怕一说了,邱奕又要抓我到医院来。"

"有病就得上医院来,总扛着行吗?"边南皱着眉,"这事儿我支持邱奕,不站您这边儿。"

"爸爸,"邱彦在门口回过头,"我出去玩一会儿行吗?"

"护士站啊?"邱爸爸笑了。

"小芸姐姐今天值班吗?"边南也乐了,护士站有个挺漂亮的小护士,邱彦每次来见了她都要跟着看半天。

"我看到她啦。"邱彦说。

"去吧,就站一边儿,别影响人家工作。"邱爸爸挥挥手。

"知道啦。"邱彦跑了出去。

"他这几天乖吗?"邱爸爸问边南。

"乖。"边南点点头,"二宝平时看着傻呵呵的,有些方面比别的小孩儿成熟。"

"我吧,有时希望他能像邱奕那样,能扛得住事儿。"邱爸爸叹了口气,"有时又怕他跟邱奕一样。"

"邱奕太辛苦了。"边南轻声说。

"是啊,太辛苦了。"邱爸爸在桌板上轻轻敲了两下,"这小子好像没有小时候似的,没多大点儿就已经是大人了,没有熊孩子期,也没有叛逆期。"

边南没出声,邱奕的确是成熟,偶尔幼稚一回就会让人觉得惊讶,想想挺心疼。

"我都没想到他会有你这样的朋友。"邱爸爸看着他,"他朋友少,也没时间交朋友,就一个申涛,也是小老头儿型的。"

边南乐了："给我封口费，要不我告诉申涛你说他是小老头儿。"

邱爸爸也乐了，伸手从旁边小柜子上摸了个一块钱的钢镚儿放到他手上："保密啊，申涛一严肃起来跟邱奕一样讨厌。"

"再加一块，又说了一句。"边南说。

"你也挺讨厌的。"邱爸爸又拿了个钢镚儿扔给他。

边南把两块钱放到自己兜里，满意地拍了拍。

"你跟邱奕能玩到一块儿吗？"邱爸爸看着他，笑着问。

"能啊。"边南抓抓头，"一开始挺讨厌他的，也讨厌申涛……"

"我看现在他跟你比跟申涛要好呢。"邱爸爸又说。

"啊？"边南愣了愣，挤了个傻笑出来嘿嘿了两声，"也没有，他俩都多少年朋友了，跟我哪能一样啊。"

邱爸爸过了一会儿才低声说："是啊，是不一样。"

"不是，叔，您……"他抓了抓脑袋，"什么意思啊？"

邱爸爸没说话，突然偏开头开始咳嗽，咳得很厉害。

边南赶紧站起来扶着他，在他背上拍着，又用力地捋了几下："我给您倒点儿水。"

邱爸爸咳了半天才慢慢停下了，靠在枕头上慢慢喘了半天才缓过来，喝了口热水，长长地舒出一口气："哎，肠子都咳出蝴蝶结了。"

"别说话了，好好躺会儿。"边南想把床摇下去。

邱爸爸按住了他的手："我想靠着，靠着舒服。"

"嗯。"边南拖过旁边的凳子坐下了。

邱爸爸闭着眼睛歇了一会儿，轻轻拍了拍他的手："没事儿，你别这么紧张，弄得我都紧张了。"

边南没有说话，看了看吊瓶里的药水，还有三分之一。

"边南……"邱爸爸叫了他一声。

"嗯？"边南很想说叔你别说话了。

"你是不是没在家住了啊？"邱爸爸问。

"我……"边南愣了愣，"住宿舍呢。"

"没在家住了，是不是……"邱爸爸笑了笑，"以为你跟邱奕一样呢，这小子从来没交过女朋友。"

边南张了张嘴没说出话来。

"什么事儿也不跟我说，什么想法也不让我知道。"邱爸爸叹了口气，"我要没这样，他性格应该会开朗些吧。"

"他现在也挺开朗的。"边南说得小心翼翼，"损我的时候可开朗了。"

邱爸爸笑了起来，又咳了两声："你损人也不差的，扛损能力也强啊。"

没等边南说话，他又笑了笑，补了一句："所以你俩才能这么好吧，性格互补。"

"叔，我……"

"我跟邱奕啊，一直都是这样，他什么也不说，以为我什么都不知道，其实我什么都知道，毕竟是我儿子嘛。"邱爸爸闭上眼睛，声音很低，跟要睡着了似的，"我有时候也会郁闷，儿子是个好儿子，可又不像个儿子……大概从小压力太大了，什么事都得优先考虑别人，考虑爸爸，考虑弟弟。"

边南沉默着，鼻子酸得他脑门儿有些发疼。

"有时候觉得真对不住他，拖了他这么多年。"邱爸爸闭着眼，眼角有些湿润，"他是个很稳的孩子，所以他说什么做什么想着什么选择了什么，我什么意见都不会有，要不是因为我，他哪会这么辛苦。"

"叔，"边南抓了抓邱爸爸的胳膊，开口时才发现自己声音有些颤，"别说了，好好歇会儿。"

邱爸爸很轻地叹了口气，没再说话。

床边的药水快打完的时候，邱爸爸一直都没动，大概是睡着了，边南没有按铃，怕吵醒他，起身去了护士站叫护士过来拔针。

邱彦坐在护士站对面的椅子上正跟小芸姐姐聊得热闹。

听到边南说拔针，他站了起来："爸爸打完针了？"

"嗯，现在睡着了。"边南笑笑，"要到小芸姐姐的电话了没？"

"要到了。"邱彦晃了晃拿在手里的手机，有些得意。

"真了不得了你。"边南喷了一声。

小芸姐姐给邱爸爸拔了针，说是今天的药都打完了，可以让邱爸爸好好休息了："这几天晚上都睡得晚，叫他睡觉也不听，今天难得这会儿就睡着了，你们别叫醒他了。"

"好的。"边南点点头。

邱爸爸一直失眠吗……是为什么？

因为病，还是因为觉得自己的病拖累了邱奕？

边南心里一阵抽着疼。

无论是邱奕还是邱爸爸,他俩的确是父子,做事风格都一样一样的。

这一晚上边南是真真正正地失眠了,没有迷迷糊糊,没有一夜醒了好几次。

他从躺下到天亮,一秒钟也没有睡着,脑子里反反复复回放着跟邱爸爸的那些对话。天亮的时候,他给顾玮打了个电话,请了一天的假。

起了床倒是没觉得困,就是有点儿闷,用冷水洗了个脸之后,边南觉得清醒了不少,脸疼。

"中午哥哥回家吗?"邱彦已经穿好衣服背上了书包。

"不一定。"边南带着他出了门,"你哥不知道中午什么时候下船,而且去医院要跟医生商量,可能时间比较长。"

"哦,那我下午放学回家的时候哥应该在家了吧?"邱彦又问。

"应该在家了。"边南摸摸他的头,"如果回来得早我们就去接你,要是没赶上你就先回家,打个电话给我们。"

"好。"邱彦蹦了蹦。

看着邱彦进了学校之后,边南在路边站了一会儿,不知道自己现在是该去医院还是回去等邱奕。

最后他给邱奕发了个短信:我在哪儿等你?

过了一会儿邱奕打了个电话过来:"你没上班?"

"我没心情。"边南闷着声音,"等你跟医生谈完了知道结果再说吧。"

邱奕沉默了几秒钟:"你先在家待着吧,我下船的时候告诉你,你直接去医院。"

"好。邱奕,"边南皱了皱眉,邱奕的声音还是很平静,但听得出有些发哑,"你没事儿吧?"

"没事儿,我不是那么容易就有事儿的人。"邱奕说。

等邱奕下船的几个小时很难熬,边南坐在沙发上对着电视愣神。

手机就放在面前的桌上,每隔几分钟他就要拿起来看看时间,不知道看了多少回,最后手机终于响了。

他跳起来一把抓过手机,看都没看就接了起来:"喂?"

"南哥,明天晚上有时间没?"那边传来的居然是万飞的声音。

边南愣了半天才反应过来:"怎么是你?"

"是我怎么了?我都不受待见到这地步了吗!"万飞很不爽地说,"打年前起咱俩就没碰过头了，你真是……"

"我晚点儿给你电话，我这有事儿呢。"边南说，"在等电话。"

"行行行。"万飞无奈地说，"我等你电话啊。"

边南挂电话的时候又补了一句："出去吃饭别带许蕊。"

"不带，就咱俩！"万飞说。

邱奕的电话是十一点的时候打过来的，边南坐在沙发上都快愣得元神出窍了，铃声响了好一会儿他才一把抓过了手机。

"你现在去医院吧，我打个车过去。"邱奕说。

"嗯。"边南穿上外套跑了出去。

打车到了医院的时候邱奕还没到，边南站在医院门口的路边盯着开过来的每一辆出租车。

看到邱奕坐的车在他面前停下，邱奕拎着包从车上下来的那一瞬间，边南一直紧绷着的神经猛然一松，全身都跟着有些发软。

邱奕走到他面前，把包往脚边一扔，搂住了他。

"你爸不会有事的。"边南也抱住他，邱奕的胳膊在轻轻颤抖，但抱他抱得很紧，他有些担心邱奕的状态，"不会有事的。"

邱奕没说话，静静地抱了他一会儿之后松开了，拿起了扔在地上的包："走吧，进去。"

邱爸爸正坐在床上发呆，看到邱奕的时候先是一愣，接着是压不住的喜悦笑容："这是还没回家？"

"就一个包，先过来看你。"邱奕走到床边，弯腰盯着他的脸看了一会儿，"脸色不行啊你。"

"你去照照镜子看看你自己吧。"邱爸爸笑了笑，"船上累吧？"

"还成，没太大感觉，就是没睡好。"邱奕回头看了看边南，"我爸没好好吃饭吧？"

"每顿倒是都吃了。"边南说，经过了昨天那次聊天之后，边南再站在邱爸爸面前的时候有些说不上来的心疼和担心。

"我先去找医生聊聊。"邱奕给邱爸爸拉了拉被子，转身看了边南一眼，往病房门口走了出去。

"我去偷听。"边南冲邱爸爸嘿嘿了一声，跟着出去了。

邱奕站在走廊上，边南跟出来之后他拉着边南到了楼梯边上："昨天你是不是跟我爸说什么了？"

"没啊。"边南愣了愣，"你不说别让他知道吗，我就没说。"

"不是说病的事，"邱奕看着他，"别的。"

"别的……"边南真不知道邱奕是怎么看出来的，靠着墙半天都不知道该怎么说，"就聊了聊。"

"聊什么了，"邱奕放轻了声音，"我怎么感觉我爸状态不对？"

"没聊什么啊，就……说了点儿你怎么辛苦之类的……"边南皱着眉回忆着。

"你没事儿跟他说这些干吗啊？"邱奕叹了口气，又拍了拍他的肩，转身准备去按电梯，"我去找医生，你去买点儿吃的回来吧，我昨天到现在都没吃东西，饿了。"

"邱奕，"边南拉住他，"我是不是说错什么了啊？"

邱奕拍拍他的手："没事儿，去买吃的吧。"

"对不起，"边南拧着眉，"对不起。"

"对不起什么，"邱奕拍拍他，笑了笑，"我其实就是不太愿意他老跟人说这些，对情绪有负面影响。"

边南走出医院大门，站在街边。

今天天气还行，大太阳，没什么风。

但他却一直觉得身上发冷，不踏实，心里总有些没着没落的。

而让他更不安的，是邱奕身上那种让人觉得不太正常的平静。

边南在街上转了两圈，他没什么胃口，看什么都觉得不好吃，也不知道该买什么回去。

最后转了能有半小时他才进了一家看起来不错的小店，要了两份烧鹅饭和一份粥，打包回了医院。

在医院门口，他看了看时间，打了个电话给邱彦。

邱彦已经到家了，正准备自己热粥吃。

"你哥哥还在医生办公室商量着呢。"边南说，"中午事儿多，你就在家自己吃饭，睡个觉，下午自己去学校。"

"嗯。"邱彦应了一声，"那下午哥哥能回吗？"

"能回。"边南听着邱彦的声音老忍不住鼻子发酸，"我下午去接你放学。"

"好的，能给我带瓶酸奶吗？还有牛肉干儿。"邱彦马上说。

"你哥都回来了你还敢这么瞎吃啊？"边南笑着说。

"他回来了我才赶紧再吃点啊，要不又不可以吃啦。"邱彦笑了起来。

"好，我给你带，但就今天了啊，明天就不能胡乱吃了。"边南说。

"嗯！"邱彦应得很响亮。

回到病房门口时，边南在门外听了听，屋里没有邱奕的声音，邱爸爸跟隔壁床的大叔正在说话。

邱奕还没跟医生聊完，边南犹豫了一下，在走廊的椅子上坐下了，他突然不敢单独跟邱爸爸面对面地待着。

不知道为什么。

在椅子发了一会儿愣，电梯响了一声，邱奕走了出来。

"怎么样？"边南站了起来。

"买什么了？"邱奕走到他跟前儿，手指挑开塑料袋往里看了看。

"烧鹅饭，给你爸买了粥。"边南看着他，自从进了医院之后，邱奕脸上的表情就再没有过什么变化，也感觉不到任何情绪波动。

"怎么没进去？"邱奕看他。

"我……"边南不知道该怎么说，也的确不知道为什么不敢进去。

"烧鹅饭啊，"邱奕在椅子上坐下了，"那咱俩吃完再进去吧，要不我爸喝粥，咱俩吃烧鹅，不得馋死他啊。"

"哦。"边南在他旁边坐下了，拿出一份饭递给邱奕，他估计邱奕能猜到他是不敢进去。

吃饭的时候邱奕一句话也没说，边南也不好老追着问，看邱奕这样子，医生那里应该是没什么好话，要不他早说了。

边南这份饭没吃完，太堵了，比在家里跟边馨语边皓吵完架吃饭还要难受。

"一会儿我进去跟我爸聊聊。"邱奕看样子是饿了，吃完了自己那份，把边南手里的饭盒拿过去接着吃，"你要不……"

"我在外面等。"边南说。

邱奕看了他一眼，手在他腿上轻轻拍了拍，埋头把他那盒饭吃完，起身去茶水间用微波炉把粥热了热，进了病房。

邱奕推开病房门的时候，觉得门很重，他用肩顶了顶才进了门。

"边南呢？"老爸往他身后看了看，"你俩吃了没？"

"吃了。"邱奕架好桌板,把粥放到了老爸面前,"我俩吃肉了,为了不刺激你,吃完了才进来的。"

"他走了啊?"老爸拿起勺,在碗里搅了搅。

"没,跟外边儿转呢。"邱奕在床边坐下,笑了笑,"怎么,想再跟他聊聊吗?"

"不聊了,那孩子可能被我吓着了吧。"老爸叹了口气,勺一直在粥里搅着,"没胃口,吃不下啊。"

"医生说下午要给你上营养针了,这么吃不下东西身体扛不住。"邱奕说。

老爸没说话,勺子依旧在粥里来回搅着,邱奕看着勺子,勺子搅得他心里有些乱。

应该是很乱。

"说说吧,跟医生聊了这么久。"老爸搅了半天,终于开了口。

邱奕不出声,只是伸手把勺拿走了,又把饭盒盖上。

"胆管的问题不小,我估计啊,"老爸笑了笑,"是癌吧?"

邱奕反复地按着饭盒盖子,按了好一会儿,起身把饭盒拿到了一边的桌上放着,背对着老爸站着,盯着饭盒没动。

"我这疼得一夜一夜睡不着,"老爸轻声说,"估计就是了,也没什么。"

邱奕闭了闭眼,吸了口气,手在兜里狠狠地捏了好几下,捏得指关节生疼才慢慢转过身,坐回了床边。

"你之前就疼了,"邱奕盯着老爸,"为什么一直不说?"

"要骂我啊?"老爸喷了一声,笑了笑,"我不在意了,你不一直说我视死如归吗?"

"视死如归跟找死是两码事。"邱奕说。

"小奕啊,"老爸长长地叹了口气,"我俩有矛盾,不可调和的那种。"

邱奕没说话。

"你是个孝顺孩子,懂事,有担当。"老爸看着他,"早先我真的骄傲,我老邱家虽然……但我有个谁也比不了的儿子,我一想起来就得意。"

老爸抓住了他的手,邱奕能感觉到老爸的手冰凉,想要用力握住他,却没什么力量,只有很轻的颤抖。

"以前只觉得你太辛苦，但越到后来我越觉得不对劲。"老爸停了停，看着他继续说，"所有的事，烦心事、郁闷事，到了你这里就都消失了，没个正常人该有的反应，生气烦闷什么的都没有，这……不正常。"

"我在外面都反应完了。"邱奕皱皱眉。

"打架吗？"老爸无奈地笑了笑，"这一样不正常，需要用打架来缓解情绪，这不正常。"

"所以呢？"邱奕差不多已经能知道老爸想说什么了。

这些跟交代后事一样的话让他心里一阵疼，抽着搅着，疼得他喘不上气来。

"这就是咱俩的矛盾。"老爸说得很慢，似乎是在思考，"你希望照顾着我让我好好活下去，我希望你不要再这么活下去。"

邱奕反手一把抓紧了老爸的手："你就得好好活着，我怎么活是我的事。"

"没劲。"老爸啧了一声，"没劲，我这么活着没劲，也太难受……医生那里有什么方案？"

"手术或者保守治疗。"邱奕说的时候声音有些哑，"我觉得应该手术，你年纪不大……"

"保守治疗吧，太晚了，手术完了也没什么希望，医生肯定跟你说了，别骗我。"老爸打断了他的话，"我身体吃不消了，你知道我肺现在也不好，我这肚子里就没一样是好的，我不想再折腾自己，折腾你，不，主要是不想再折腾自己。"

邱奕没说话，手抖得厉害，从知道老爸胆出了问题到昨天知道是癌，他给自己建立的所有心理防线都因为老爸这些话而开始一点点裂开。

"你看，"老爸看着他，"你照照镜子，正常这么大的孩子，知道这种事会不会是你这样的反应？我不想再这样了，烦了，累了，我也……想你妈了。"

邱奕猛地偏开了头，盯着墙上的电视机，把这一瞬间差点就要涌出来的眼泪狠狠地憋了回去。

我想你妈了。

这句话让邱奕几乎崩溃。

这么多年咬着扛着所有的辛苦，所有的不公平，所有的冷漠，他只想让老爸能平平安安舒舒服服地过下去。

老爸这句话却几乎击碎了他所有的坚持。

"难受吧？我这些话说得有点儿太重了。"老爸拍了拍他的手，"以前我也没这么仔细地想过这些，你，你弟弟，我都逃避着没有细想，就是没人的时候想想你妈，一直到边南总上家里来……"

邱奕瞪着眼睛，过了一会儿才转回了头看着老爸。

"我发现边南这孩子挺神奇的。"老爸笑了笑，"你跟他待一块儿时间长了有变化，你自己有没有感觉？"

"什么变化？"邱奕开口，嗓子干涩得声音差点儿都发不出来了。

"你变得开朗了，话也多了，偶尔还能犯个傻了。"老爸说了一半偏头咳嗽了几声，又笑着说，"我才突然觉得，我儿子就应该是这样啊，这个年纪的孩子本来就应该是这样，你原来也太……变态了。"

"你才变态。"邱奕皱皱眉。

老爸笑了半天，沉默了一会儿才收了笑容说："小奕，我跟你商量个正经事。"

"说吧。"邱奕看着他。

"如果……如果最后我……不行了，"老爸轻声说，"不要拖时间，什么插管上呼吸机之类的，太受罪，我不要。"

邱奕没有说话。

"听见了没？"老爸看着他。

"没。"邱奕站了起来，他接受不了老爸现在跟他说这些，还是这样的内容。

"这事儿你可以用用你的理智。"老爸说。

"不，"邱奕看着他，"不。"

边南在长椅上坐不住，一是心里不踏实，二是走廊上暖气不足，坐时间长了感觉冷。

邱奕进病房一个多小时了还没出来，他在走廊上从这头走到那头，再从那头走到这头，来来回回走了多少趟他已经数不清了。

中间还看到医生护士推着仪器跑进一间病房里，他心里一阵阵发慌。

好容易又等了快半个小时，邱爸爸病房的门开了，邱奕低着头边掏烟边走了出来。

"你爸还好吧？"边南冲到他面前。

"嗯。"邱奕拿着烟往消防通道走过去，"陪我抽根烟吧。"

边南跟在他身后进了消防通道，又往下走了两层，站到了窗边。

邱奕点了烟叼着，眼睛看着窗外。

"聊得怎么样？"边南问，邱奕这样子让他又害怕又心疼。

"他不肯手术。"邱奕说，"要保守治疗，保守治疗基本就是等死。"

"你不说不让他知道吗？"边南没控制住声音，喊了出来。

"他猜到了。"邱奕看了他一眼，"再说如果要手术，他总会知道。"

"那手术啊，他为什么不手术？"边南声音都抖了，邱爸爸这是怎么回事？

"拖得有点儿久了，医生说手术也……没有太大作用，而且他身体会吃不消。"邱奕声音听不出情绪，脸上也很平静，"他自己也不愿意，说是太难受。"

"那怎么办，就这么……待着？"边南不太能接受这样的答案。

邱奕没说话，目光还是落在窗外。

"你没再劝劝？"边南问。

"边南，"邱奕收回目光，抽了口烟看着他，"你觉得……我是个什么样的人？"

"啊？"边南愣了愣，"挺好的啊。"

"是吗？"邱奕掐了烟，继续看着他。

"是挺好的啊，人帅，还聪明，又懂事，还靠谱。"边南不知道邱奕怎么会突然问这么一句，"怎么了啊？"

"变态吗？"邱奕问。

"变……态？"边南有种想要摸摸邱奕脑门儿看他有没有发烧的冲动，"我应该不会愿意总跟个变态待一块儿吧。"

邱奕笑了笑，把手揣到兜里，往边南身边靠了靠，低头把脑门儿压到了他肩上，声音很低："我跟你在一起之后变了，爱说话了，爱笑了，还会犯傻了……"

"是吗，"边南轻轻在他背上拍着，"不是挺好的吗？你爸……说的吗？"

"嗯。"邱奕声音有些闷，"因为这样，他觉得我因为他才会这么……不像个正常人，所以他不想再拖累我，不想再半死不活地躺在医院里吊着。"

边南正要往邱奕背上拍的手猛地停在了空中。

"因为你，他觉得我这样活着不对。"邱奕轻声说。

身边所有的声音都消失了，边南觉得自己耳边一片死寂，脑海里也全是空白，特别像他那件用洗洁精洗过的白T恤。

"几点了？"邱奕抬起头轻声问。

"我看看……"边南回过神,摸出手机瞅了一眼,"三点刚过。"

"帮我去接二宝放学吧,送他过来。"邱奕说,"我现在不想动。"

"好。"边南点点头,"我也正好答应了二宝接他的。"

"晚上你回去好好睡一觉。"邱奕看着他,"感觉你脸色不太好。"

"你看错了,我这是肤色。"边南龇牙笑了笑,又吸了口气,"那……我先去接二宝了,你再陪陪你爸。"

"嗯。"邱奕应了一声。

边南看了他一眼,张了张嘴想说什么,最后却还是沉默地转身顺着楼梯往楼下走了。

邱奕看着他的背影,又摸了根烟出来点上,靠着墙慢慢地蹲下了。

对不起。

边南对不起。

邱奕说出那句话时边南的反应让他立马就后悔了。

他不该在这种时候对一直紧紧绷着的边南说出这样的话来。

边南不是他,边南没有错,边南不该为这件事受到什么伤害。

但他已经有些承受不住了,老爸的病,老爸那些从未跟他说过的话,都让他痛苦。

他无处可以宣泄,憋得想哭又哭不出来也不敢哭出来的感觉让人受不了。

他最后选择了任性地把自己的压力不经思考地砸到了边南身上,不讲理地把本来跟边南没有关系的痛苦压给了边南。

对不起。

邱奕狠狠地把烟头按灭在地上,闭上眼睛,眼泪在这一瞬间不受控制地涌了出来。

他咬着嘴唇,用手抱着头,努力想要控制自己,却怎么也收不住,多久没这么哭过了?眼泪怎么也刹不住,开了个头就跟撒欢似的停不下来了。

他狠狠抓着自己的头发,最后闷在胳膊里哭出了声音。

边南把因为要见到哥哥而开心得欢蹦乱跳的邱彦从学校里接了出来,打了个车直奔医院。

"晚上吃什么?"邱彦在后座上窝他怀里一刻不停地扭来扭去。

"一会儿买点儿吃的,你给你哥带过去。"边南摸摸他的头,把给他买的酸奶和牛肉干放到他手上,"我……晚上还有事儿,就不跟你们一块儿吃了。"

"啊,"邱彦有些失望,"那你明天能来吗?"

"明天……明天我上班呢。"边南笑笑,"我今天请了一天假呢,明天得老实上班……"

"那下班了呢?"邱彦追着问。

"看情况吧。"边南往后枕在靠背上,轻轻叹了口气。

边南买好了晚饭,看着邱彦拎着袋子进了住院部的电梯,愣了一会儿转身走出了医院。

打车回到杨旭家,洗了个澡换了身衣服,他看了看时间,拿出手机给万飞打了个电话:"出来吃饭。"

"好嘞!"万飞立马说,"哪儿碰头?"

"随便,你说地方我直接过去。"边南闷着声音说。

"南哥,你没事儿吧,"万飞犹豫了一下,"听着怎么情绪不佳啊?"

"佳不佳的不影响吃饭,甭废话了,说地方。"边南说。

万飞报了个饭店的名字:"知道在哪儿吧?你打车说二环上那家,司机都知道。"

"嗯。"边南挂了电话。

跟万飞有两三个月没见面了,边南打车到饭店门口下车的时候,看到万飞缩着脖子站树底下蹦着,他莫名其妙地就想过去抱着万飞大哭一场。

"南哥你这脸色……黑皮都遮不住你发黑的印堂啊……"万飞冲过来就喊了一声,"你这是怎么了?"

"废话真多。"边南看了他一眼,"饿了,吃饭。"

"行吧,我也饿了。"万飞一勾他肩膀,往饭店里走,"吃饱了慢慢给我说。"

饭店里人很多,挺热闹的,他俩在角落里找了个小桌坐下了。

万飞也没问他想吃什么,跟服务员直接点了菜,又要了瓶白酒:"喝点儿吧?"

"倒了你负责吗?"边南看着他。

"倒了上我家睡去呗。"万飞笑着说,"我背你。"

"行。"边南点点头。

边南不太饿,或者说饿没饿他不知道,胃没给他信号。

万飞点了个清汤底的小火锅,边南一看上来的菜里那盘金针菇就乐了,冲着金针菇笑了老半天。

"还没喝呢就这样……"万飞拿了个小杯子给他倒了一杯酒，又拿个玻璃杯给自己倒了一杯，"来，抿一口吧。"

边南拿起杯子跟他叮地轻轻碰了一下，仰头把酒都倒进了嘴里。

"哎，"万飞愣了，"咱能吃完饭再醉倒在桌子下边儿吗？"

"这才多少。"边南感觉酒顺着嘴里一直烧到了胃里，说不上来的辛辣让人觉得还挺痛快，他看了看手里这个比拇指大不了多少的小杯子，跟万飞那个玻璃杯一比，简直小得一不留神就找不着了。

"也有半钱了呢。"万飞啧了一声，又给他倒了一小杯，"行了啊，这杯抿着喝。"

"嗯。"边南夹了一筷子金针菇放到锅里。

边南以前老听人说心情不好的人喝酒容易醉，他觉得自己现在心情就挺不好的，但两杯酒喝下去凑凑有一钱多了，按他的酒量，居然还没醉。

有点儿神奇。

不过醉是没醉，脑袋却觉得热烘烘的有些发晕，看东西会晃，他只能一直瞪着万飞。

"说说呗，碰上什么事儿了啊？咱俩没什么不能说的。"万飞拍拍自己的胸口，"哥们儿就是拿来说事儿的。"

边南盯着他看了一会儿，趴到桌上："邱奕他爸住院了，胆管癌，可能晚期。"

"什么？"万飞愣了，夹着一块儿肉忘了吃。

边南这两天总算是体会到了邱奕有什么事儿都憋在心里是什么滋味儿了。

不能说，无处可说，还要咬牙扛着装着什么事儿都没有，难受。

压抑得他想哆嗦。

现在万飞就坐在他对面，他最好的哥们儿，他才突然觉得那些堵在胸口的东西找到了出口。

开始说了就再也停不下来，他没怎么吃菜，只是一小口一小口地抿着酒。

最后他也记不清自己说了些什么，万飞拿着一张纸巾往他眼角按了按的时候他才感觉自己鼻子酸得厉害。

"他爸爸因为我才觉得邱奕一直这样扛着是不对劲的，是因为我，因为我他才不想再治疗了……"边南话说得有些含糊，大概是酒劲开始抢占地盘了。

"因为我。"

他反反复复地说着这一句，万飞最后不得不拍了拍他的脸："南哥，我说句话，可能不太好听，你就随便听听。"

"说。"边南拿着杯子往桌上磕了磕。

"我觉得没人怪你，邱奕他爸跟邱奕说这话也没别的意思，就是觉得他辛苦，邱奕跟你说这话也不是怪你……"万飞站起来坐到了他身边，也趴到桌上轻声说着。

"可这是因为我……"边南皱着眉。

"我还没说完，我说句不好听的，"万飞拍了拍他，"他爸只是不想再受罪，他不想手术了跟这个没关系，他就算手术了……也未必……能好。"

"你说什么？"边南猛地支起脑袋瞪着他。

"我都说了这话不太好听，但你现在跑题了你知道吗？"万飞也皱着眉，"他爸爸不愿意手术跟你没关系，你这跑题也跑得太离谱了。"

"那邱奕为什么跟我说这个，"边南盯着他，"他为什么跟我说？你说，我要……没出现该多好啊，他爸不会因为我跟邱奕是朋友的事儿伤神，说不定就不会病，也不会这种时候了还给邱奕添乱添堵……"

边南的声音低了下去："要是没我在该多好啊……"

喝醉了，意料之中。

边南知道万飞结账，架着他走出饭店，拖到路边，拦了三辆车，才有一个司机在万飞保证如果他要吐就把他扔下车之后让他们上了车，车开到了万飞家楼下，万飞背着他上楼，进屋，跟万飞妈妈说话，再把他弄到屋里扔到了床上……

这些他都知道，清清楚楚，但就是话说不利索，也无论如何都站不住，脚一沾地就打滑。

"南哥，"万飞拿了条热毛巾在他脸上擦着，"想吐吗？我给你拿个盆儿，你要吐我床上我就抽你。"

"长行……市了你。"边南皱着眉吐字不清地嘟囔了一句。

"要打个电话给邱奕吗？"万飞又问，拉着他坐起来把他身上的衣服扯掉了。

"不要。"边南倒回枕头上，闭着眼觉得自己像是被捆在个高速旋转的球上，"别烦我，我要睡觉。"

万飞后来又说了什么，他记不清了，倒到枕头上没多大一会儿，他就在天旋地转中睡着了。

一夜没有梦，只觉得自己一直在想事儿，想邱爸爸的那些话，想邱奕的那句话，甚至根本没觉得自己睡了一夜。

邱奕明显逻辑混乱的一句话居然能被自己准确地接收到了，感觉俩人的逻辑都已经失控了，跟云霄飞车似的……

早上万飞起床的时候床晃了晃，边南睁开了眼睛。

"几点了？"他问。

"六点半。"万飞凑过来盯着他的脸，"你气色不怎么好，再睡会儿吧，我去上班了，我帮你请个假？"

万飞妈妈希望他考体院，但万飞在家看了半个月书就崩溃了，去了前两年毕业的一个师兄的健身房当教练，每天干得还挺积极。

"不用。"边南揉了揉额角坐了起来，拿过扔在床头的衣服穿上了，"我也上班。"

"开什么玩笑，"万飞皱皱眉，"你知道你脸什么色儿吗？"

"黑的呗，反正我也没白过。"边南站了起来，穿了裤子，"给我找牙刷。"

万飞愣了愣，转身出去了："神经病。"

边南洗漱完，万飞妈妈正好烙完饼，他抓了两个就往外走。

"边南，昨天喝成那样，今天多睡会儿休息一下吧？"万飞妈妈担心地叫住他。

"大姨我没事儿，我看着吓人，其实估计就喝了一两不到。"边南咬着饼穿上外套，含混不清地说，"我昨儿请了一天假了，今天再请说不过去，马上就过实习期了。"

"那……再拿杯豆浆。"万飞妈妈拿了杯热豆浆给他。

"谢谢大姨，过两天我再过来，给我烙饼。"边南嘿嘿笑了两声。

"行！"万飞妈妈笑着拍拍他胳膊。

脚底下还有些发软，但精神状态意外地还不错，也不知道是酒精的副作用还是因为有些事儿猛地就不是事儿了。

边南莫名其妙地就老觉得自己双目炯炯有神。

到了球场，顾玮盯着他看了半天："你这是……"

"好着呢。"边南龇龇牙，"我美吗？"

"真是好美啊。"顾玮叹了口气，"是不是病了？再请一天假没事儿的，实习鉴定我肯定给你写好话。"

"谢了炜哥。"边南笑了，"就给我照实写，应该也都是好话。"

"挺自信啊。"顾玮瞅了他一眼，"今儿挺忙的，都排满了，还有几个新报名的上午过来，你去接待一下。"

"好。"边南点点头。

今天这一天的确是挺忙的，边南中午吃饭吃一半还跑出去接待了一个新来的学员。

下午顾玮把新学员都分给他了，让他先单独带着，几个女孩子，一块儿来的，边练边嘻嘻哈哈没个安静的时候，进度相当慢。

第一次来的为了体现优质服务对时间不是太控制，边南好容易把她们的内容完成的时候，看看时间，比顾玮计划的时间多了近一个小时，都可以直接下班了。

"这几天你准备一下，实习结束以后下周有个入职考核。"顾玮边换衣服边交代他，"资料该看的多看看，平时工作流程也再捋一捋，别出错。"

"明白。"边南说。

感觉挺长时间下了班都没回杨旭家了，每天下了班就往邱奕家跑，不过今天边南下班还是没往杨旭家那条路走，而是骑着自行车直奔医院。

到医院的时候他看了看时间，这会儿邱奕和邱彦应该正在病房陪邱爸爸吃饭，他把自行车锁了，在路边站了一会儿，估计时间差不多了才走进医院。

走到住院部外面的时候，邱奕从一楼大厅里出来，他低着头大步往前走着，没看到他。

边南站到了路中间，邱奕一直低头走到他面前才猛一下停住了，抬起了头。

"去哪儿？"边南问。

邱奕看到他显然有些意外，顿了顿才说了一句："去把几个卡的钱转到一块儿方便交费。"

"够吗？"边南马上问，"你说过如果……"

"走吧，一块儿去。"邱奕说。

俩人沉默着并排走出医院，邱奕跑了两个自助银行，把卡上的钱都转到了一块儿,边南站在一边看着,邱奕没避着他,卡上的余额他都看到了。

"不够吧?"边南说。

"嗯。"邱奕看了他一眼,"你那儿的钱先借我三万吧。"

"我转给你。"边南马上掏出钱包抽出了自己的卡,"三万够吗?"

"先看看情况,不够再说。"邱奕声音一直是哑的。

"那现在是保守治疗吗?"边南听着邱奕的声音心里很不是滋味儿。

"是。"邱奕看着他,"我又跟医生聊过了,医生早上会诊过,不建议手术,身体情况不允许,承受不了,手术效果也不会太明显,只能先介入治疗,总管里放个支架……"

"知道了。"边南觉得有些无力,没再说别的,给邱奕卡里转了三万。

"你喝酒了吧?"往回走的时候邱奕突然问了一句。

边南下意识地捂了捂嘴:"还能闻到,不至于吧?"

"又没换衣服,能闻到衣服上的酒味儿。"邱奕停了脚步,扭头看着他,"边南,昨天我说的那个话……"

"我知道,我知道。"边南打断了他,"我知道你不是那个意思,是不是都不是,反正说什么我都这样。"

这话说得挺绕,边南不知道邱奕能不能听懂,他说完了自己都没太听明白,于是又补了一句:"你已经不讲理了,我总不能也不讲理吧。"

说出这样的话,对于边南来说,不是件容易的事,说完之后他就盯着邱奕,怕看到邱奕脸上会有让他不安的表情。

但邱奕看了他一眼,只是笑了笑,就继续往前走了。

"你昨天没睡?"边南看着邱奕的侧脸,邱奕脸上满满的都是疲惫。

"没睡好,陪床了,坐了一宿。"邱奕说,"我爸现在晚上基本睡不了了。"

"要不……今天我来陪吧。"边南想了想,"你回去睡个觉,要不过几天让你上船……"

"不上了。"邱奕清了清嗓子,"我已经跟公司说我不去了。"

边南愣了愣,虽然他知道邱爸爸这个情况,邱奕再上船会很麻烦,但猛地听到邱奕说出来还是有些吃惊,毕竟学了三年,就指望工作了能有份稳定收入。

"现在上船了照顾不过来。"邱奕低声说,"这阵儿先这么着吧。"

"要不再拿点儿钱吧。"边南皱了皱眉,邱爸爸每天治疗的费用不低,他算不清,但邱奕的钱再加那三万,要没了别的收入还是会费劲。

"再说吧,先留着。"邱奕拉了拉围巾,"我有办法。"

"什么办法?"边南追了一句。

"我想好了再跟你说。"邱奕说。

边南没有再打听,邱奕一直是个很有主意也很有计划的人,哪怕是现在这种情况,他也依然镇定,除了话变得有些少。

虽然因为邱爸爸的病,他俩的生活都完全被打乱了,不再像以前那样可以轻松地瞎聊,可以抽空到处转悠,两人的关系也变得有些微妙,某种程度上疏离和某种程度上的亲密交错在一起。

但边南现在没有心情去梳理这些,邱奕再能扛事儿,也还是需要他的支撑,哪怕只是帮着找医生打听情况或者送个饭,替换着陪个床。

边南觉得自己反倒了没了之前的不踏实,至少他还跟邱奕站在一起。

邱爸爸介入治疗之后的状态并不好,一天天都能看到变化,每天边南下了班赶到医院的时候都能感觉他又消瘦了一些。

一开始只是胃口不好吃得很少,没一个月已经什么都吃不下了,只能每天都吊着营养针,说话也越来越费劲。

"叔,"边南坐在病床边,把袖子撸上去露出胳膊上一块青紫,"看看,今儿教人打球,真猛,丫一拍子对着我胳膊就抽过来了。"

邱爸爸看着他的胳膊,无声地笑了起来,轻轻地说了一句:"跟朵花似的。"

"真没治,这回新来的几个都这样,再来一个月估计我全身都得开满花了。对了,"边南凑到邱爸爸耳边,"叔我跟你说,二宝今天收到情书了,前桌小姑娘给他的,写得可好了,特有文采,反正我是写不出来。"

边南想到了自己那个有一天没一天,一天就一句的"日记",简直高下立现。

"比他哥……强。"邱爸爸笑着说,声音很轻。

邱彦虽说不一定比他哥强,但也差不到哪儿去。

边南一直担心邱彦知道了邱爸爸的病情会受不了,虽然没人跟他直说,但邱彦是个聪明的小孩儿,他应该已经看出来了。

不过让边南又安慰又心疼的是,邱彦没有哭也没有闹,只是跟老师请了假,每天提前一节课放学,到医院来陪着邱爸爸。

看着邱彦的样子,边南开始有点儿能体会邱爸爸那种欣慰又纠结的心情了。

跟邱奕不太一样，邱彦本来是个开朗的小孩儿，猛地就这么沉默而乖巧，边南总担心他会突然崩断了弦。

邱奕想出的解决经济问题的办法一直没跟边南说，不过边南知道他又开始带学生了，每天上午下午都安排了课，一下了课就直扑医院。

只有申涛下船的时间和周末万飞过来帮帮忙的时候他俩能同时休息一会儿。

两人交流的机会变得很少，见面在医院，守在邱爸爸床边，回了家倒头就睡，第二天又要开始一天的忙碌。

边南顺利通过了考核，正式入职之后工作变得比以前更繁杂。

每天迷迷瞪瞪地从早忙到晚，早上起床的时候看到窗外晨曦中已经长满了绿芽的树枝时，他才猛地反应过来，春天已经来了一阵儿了。

中午吃完饭，他特意拿手机在球场边拍了不少花坛里的小嫩芽，打算带去医院给邱爸爸看看。

手机响了，他看了看，是邱奕的电话，有些意外，邱奕这阵太忙，很少会给他打电话。

"吃了没？"他接起电话。

"吃了。"邱奕说，"跟你商量个事儿。"

"什么事？"边南在花坛边儿上坐下了。

"借钱。"邱奕说。

"这用商量吗，多少啊？"边南笑了。

"除了医院要用的钱，再多借我点儿。"邱奕也笑了笑，"我要在医院旁边租套稍微大点儿的房子。"

"嗯，"边南愣了愣，"干吗用？"

"你过来了我跟你细说。"

边南下班之后到医院的时候正碰上邱奕拿着烟盒从病房出来，俩人照例进了消防通道，在窗边站下了。

"我想租套房把要补课的学生叫过来上课，开小班。"邱奕点了烟，"这样离医院近点儿我方便过来，不用每天到处跑了。"

"开补习班儿？"边南挺吃惊的。

"也不算，可以一对一，也可以三四个一块儿，上课时间错开就行。"邱奕手指在窗户上轻轻敲着，"一直都有挺多家长找我补课的，我想着，我自己带几个，再分点儿给别人……"

"上哪儿找人来上课？"边南问了一句，他知道邱奕很会给人讲课，也知道一直有挺多家长找他补课的，邱奕补课的口碑挺好，只是没想到邱奕会琢磨着把这事儿做成这样。

"我以前的同学，同学的同学，之前就有找我想让我给介绍学生的，我了解了一下，有几个还挺不错的。"邱奕笑笑，"现在找两三个就可以，我从补课费里收点儿介绍费，目前这样就能比之前收入多得多了，以后再看怎么弄。"

"我……"边南想了半天没想好该说什么，最后说了一句，"我多出点儿能参股吗？"

邱奕笑了："小黑作坊参什么股啊。"

"总不会一直是小黑作坊吧，万一做大了呢，做成什么新东方、蓝翔了呢？"边南喷了一声。

"真要做大太麻烦了，资质和各种手续，我现在想不了那么远。"邱奕抽了口烟，"我就想解决一下眼前的困难，补课的话，时间上也比较灵活。"

"那行。"边南点点头，"我去给你转钱。"

邱奕看中的房子就在医院旁边的一个老小区，管理很松散，所以房租比较低，小区里不少房都租出去做各种生意了，还有办私人幼儿园的。

这套房三室一厅，客厅用来给小班上课，房间里可以一对一补课，屋里没有家具，俩人抽空去买了点桌椅一摆，就算齐活儿了。

"怎么我有点儿小兴奋？"边南站在客厅里原地转了一圈。

"没入股呢，你兴奋什么。"邱奕说。

"不知道，就挺有希望的那种感觉。"边南笑笑。

邱奕没说话，站在他面前看了他一会儿，靠过来搂住了他肩膀，在他肩上很用力地捏了几下，低声说："谢谢。"

边南笑了笑，没有说话。

开始在医院旁边补课之后，邱奕每天的时间宽松了一些，补完课十分钟差不多就能走到医院，边南把杨旭家的电磁炉拿了过来，平时还可以做些简单的吃的。

邱爸爸的身体没有什么起色，尽管不太容易，这两三个月以来边南还是强迫自己慢慢接受了这个现实。

邱奕除了在病房里面对邱爸爸时会露出笑容，别的时间很少再笑，偶尔边南会看到他坐在走廊椅子上发呆。

边南觉得大概只有自己能看出来，邱奕脸上的疲惫里隐藏着的一丝悲伤。

今年的倒春寒时间有点儿长，边南早上去上班的时候觉得风比冬天的时候还锋利，又割又劈的很销魂，感觉路程再长点儿自己的脸就是完美的"刀削斧劈般的脸"了……

今天是周末，来打球的学员很多，边南在场上站了快两个小时才有时间到旁边坐下。

"这位少年，跟你说个事儿。"顾玮过来坐在了他身边，"下月展飞有个活动，每年春天都会有的，就是组织学员来个比赛，自愿报名，奖品展飞负责，教练也会有表演赛。"

"嗯。"边南点点头，"你是想让我去吗？"

"聪明。"顾玮乐了，拍拍他的肩，"我去年前年都被抓去参加了，被陈教练他们打个半死，今年有你了，我就不用再去丢这个人了。"

"表演赛不就随便打打吗？你这都能让人收拾了？"边南忍不住看了他一眼，顾玮要不是教学水平高，就凭技术估计早被展飞淘汰出教练队伍了。

"说是表演，但就是说说，没谁表演！"顾玮一脸不爽，"都憋着劲儿要在学员面前孔雀开屏呢！"

"行，下月我参加，不一定能给你报仇，但应该不会给你丢人。"边南说，别的教练和助理什么的，他差不多都见过他们打球，能估计出水平来。

"少年，看你的了！"顾玮很愉快地在他肩上抓了一把。

边南站起来活动了一下，正准备过去纠正一下正在练球的学员的姿势，扔在凳子上的手机响了。

边南心里抽了抽，自从邱爸爸的状况越来越差之后，他开始害怕手机响起。

过去拿起手机看到是小卷毛的号码时他松了口气，邱彦今天不上学，在医院待着，估计是邱爸爸睡着了，他打电话过来聊天。

"二宝啊，"边南接起电话，"差不多该吃饭了吧？"

"大虎子！"邱彦声音很大，惊慌中带着哭腔，"我爸早上发高烧，刚才下病危了！"

"什么？"边南喊了一声，转头看着顾玮，半天没说出话来，顾玮反应很快，立马挥了挥手，他抓起外套转身就往外跑，边跑边问，"二宝你别着急，我马上过去！你哥呢？"

"哥哥在病房里。"邱彦声音颤得很厉害。

"没事儿的，我马上到。"边南冲出展飞大门，直接抢了在路边已经被人拦下的一辆出租车。

邱爸爸昨天半夜突然开始发烧，一直退不下来，用了药体温也没有变化，边南赶到医院的时候，医院开始给他物理降温。

邱奕站在病床边，抬头看了他一眼，又低下头帮着护士给邱爸爸不断地擦着身体，换下湿了的衣服。

边南在病房里站了一会儿，他帮不上什么忙，护士进进出出的他还怕碍事，于是退出了病房。

邱彦坐在外面的椅子上，一下下地晃着腿。

边南过去蹲在他面前摸了摸他的脸："二宝。"

"你旷工啦？"邱彦看着他问了一句。

"没。"边南笑了笑，"我请了假来的。"

邱彦沉默了一会儿，突然看着他："大虎子，我爸爸是不是快死了？"

"别……瞎说。"边南愣了愣，突然发现自己不知道该怎么回答邱彦的问题，无论是或者否，对于邱彦来说，都是一样的痛苦。

"我没事儿。"邱彦低着头轻声说，"我不怕，我只是有点担心……担心以后我想爸爸了见不到他。"

边南帮不上什么忙，抱着邱彦坐在走廊的椅子上，竖着耳朵听着病房里的动静。

其实邱奕也帮不上什么忙，只能是搭把手。

折腾了快两个小时，邱爸爸的体温终于开始下降，看到护士走出来，边南抱着邱彦站了起来。

邱奕一脸疲惫地跟着走出病房，边南凑过去往里看了看，邱爸爸闭着眼睛安静地躺在床上。

"怎么样？"边南小声问。

"暂时控制住了。"邱奕在椅子上坐下，"还要观察，有可能是肺部感染引起高烧。"

"哦。"边南站着没动。

"边南，"邱奕抬头看了看他，"你帮我把二宝先送回家吧，照顾不过来了。"

"行吧。"边南点点头,邱彦趴在他肩上已经睡着了,眉头紧紧地皱着。

"跟隔壁奶奶说一声,让她帮忙照看着点儿,我这两天估计都回不了家。"邱奕轻声说。

边南打了个车,把邱彦送回家里。

进院子的时候邱彦醒了,但没有说话,只是搂着他脖子不撒手。

"二宝,"边南进了里屋在床边坐下,"困了就睡一会儿,你爸爸现在没事了,就是还要观察。"

邱彦沉默着还是不出声。

"我还得去医院,我怕有什么事你哥哥忙不过来。"边南抱着他轻轻拍着他的背,"你一个人在家能行吗?"

"嗯。"邱彦点点头,松开了他的脖子,坐到了床上。

边南把他身上的外套和裤子都脱掉了,从兜里掏出一块巧克力放到了邱彦手上,他一直在兜里备着几块巧克力,邱奕顾不上吃饭的时候可以补充能量。

"现在不想吃。"邱彦摸了摸巧克力。

"就放这儿,想吃的时候就吃。"边南又拿出钱包,抽了两张钱出来,"晚上要是回不来吃饭我就给你打电话,你自己买点儿东西吃,知道吗?"

"嗯。"邱彦点点头,躺下拉过被子盖好,"我睡个觉,你去医院吧。"

边南把门关好,去了隔壁奶奶家,让她帮忙看着点邱彦,别让他一个跑出去。

老太太一个劲儿地点头:"我就坐窗边儿晒太阳呢,他要出去我能看得见,下午我儿子过来,你们要忙,就让二宝上我家来吃。"

"谢谢奶奶。"边南道了谢,小跑着出了院子。

路过小超市的时候边南进去抓了几盒牛奶,又打了个车回医院。

到医院门口刚下车,手机响了,他腿一软差点儿站不住,掏出手机看到是罗轶洋的号码时,他长长地舒了一口气。

"最近怎么样啊?"听声音罗轶洋是在宿舍,背景音里乱糟糟的有人在聊天。

"不怎么样。"边南边说边往医院里走,"我在医院呢。"

"你朋友爸爸的病怎么样了?"罗轶洋问,"还是你病了啊?"

边南简单地把邱爸爸的情况说了,说的时候自己心里的不安又一点点散了开来。

"这么快？那现在就是……"罗轶洋听了有些吃惊，停了一会儿才说，"住的是大病房吗，几个人的那种？"

"嗯。"边南应了一声。

"这样吧，这个情况还是弄个单人病房，你等我电话，我跟我爸联系一下让他找朋友给调一下。"罗轶洋说，"顺便也找医生让多照顾着点儿。"

"谢谢，麻烦你和你爸了。"边南本来不太愿意欠罗轶洋人情，都不知道怎么还，但现在他已经不知道还能做什么，只想着怎么能让邱爸爸舒服些就怎么弄。

边南走进病房的时候邱爸爸还在睡着，鼻子上插着氧气管子，手上还扎着针，身边都是嘀嘀响着的监视器。

邱奕坐着凳子趴在床沿儿上，看样子是在睡觉。

边南过去看了看吊瓶里的药，邱奕听到他脚步声抬起了头，轻声问："二宝怎么样？"

"睡了，我看他上床睡了才出来的，隔壁奶奶说要是晚了让二宝上她家吃饭。"边南拿出牛奶和巧克力给邱奕，"你中午就没吃吧？"

"嗯，顾不上，就让二宝自己出去吃了。"邱奕两口就把巧克力给啃了，拿着牛奶大口喝着，"饿了。"

"还怕你没胃口吃东西呢。"边南靠着床脚。

"不会，我从小就知道要保持精力。"邱奕笑笑。

邱爸爸一直在睡，偶尔会动一动，醒过来的时间很短，也说不出话，不过邱奕跟他说话的时候他还能听明白，会无声地笑笑，然后又闭上眼睛继续睡过去。

病房里的暖气给得很足，走出病房的时候会觉得走廊上很冷。

边南一直觉得自己脸上都暖得有些烧得慌了，手却还是冰凉的。

邱爸爸睡着的时候，他跟邱奕也没什么话，偶尔小声说两句废话，两人都避开了邱爸爸现在的病情。

罗轶洋的动作挺快，估计他爸跟医院的关系不错，晚饭的时候他打了电话过来说已经商量好了换病房的事，也跟主治医生打了招呼。

过了一个多小时，邱爸爸就被推到了上面一层顶头的单人病房里，有配套的茶几和小沙发，陪床的人可以坐下靠着休息了。

"你找的谁？"护士都给安置好离开了之后邱奕问了一句。

"罗轶洋，就我跟你说过的那个，展飞二公子。"边南坐到小沙发上，"他爸跟医院挺熟的，帮着说了一声，这病房刚空出来，要不找人也住不进来。"

"哦，有空了请他吃个饭，得谢谢他。"邱奕也坐到了沙发上靠着，"我背都硬了。"

"再说吧，他上学呢，人不在这边儿。"边南笑笑，伸手在他腿上捶了捶，"我估计你腿肿了吧？"

"还行，在饭店的时候也一站一天。"邱奕活动了一下自己的腿，"你出去吃点儿东西，给我带点儿回来，我给二宝打个电话，让他先上隔壁吃算了。"

"我想吃牛肉粉，给你带一份？"边南站了起来。

"我要吃饭，牛肉粉不顶饱。"邱奕笑着说。

边南跑出医院，他没有邱奕那种功力，他就是吃不下东西，就算为了保持精力，也只是把牛肉粉改成了牛肉面。

吃完了本来想找个快餐店，但最后想想，他还是进了个饭店，点了个回锅肉，又打包了一大盒饭带回了医院。

邱奕虽然能吃得下，但大概也是强迫自己吃的，吃嘴里都没感觉，快餐和炒菜这么大的区别他愣是没注意到，眼睛一直盯着监视器上跳动的数字，吃完了都没问一句。

邱爸爸的针到晚上九点多才全部打完，医院只让留一个人陪床，不过之前罗轶洋他爸应该是找过了关系，所以护士进来拿走吊瓶的时候没说什么，只交代了几句就出去了。

边南在床边愣了挺长时间，正想让邱奕先靠沙发上睡一会儿的时候，邱爸爸动了动，眼睛睁开了一条缝。

"叔？"边南赶紧叫了一声。

"爸。"邱奕在床边坐下握住了邱爸爸的手，"能说话吗，有没有哪儿不舒服？"

邱爸爸过了一会儿才笑了笑，轻声说："哪儿都不舒服。"

邱奕咬了咬嘴唇："疼吗？"

"不疼。"邱爸爸说，声音很轻，也很不清晰，"二宝呢？"

"送回去了，他没事儿。"邱奕摸了摸他的脸，"他明天过来。"

"邱奕，"邱爸爸有些吃力地转过头看着他，"我……"

675

"什么?"邱奕凑过去。

"我不进ICU,不……抢救。"邱爸爸说,"太……遭罪,受不……了。"

边南转身走出了病房,邱爸爸的话他听清了,鼻子酸得不行,站走廊上揉了好一会儿才缓过来。

过了十来分钟,邱奕也走出了病房,手里拿着烟盒。

"睡了?"边南问。

"嗯。"邱奕点点头,往消防通道走,"陪我抽根烟。"

"你这一天都抽一盒了吧。"边南跟在他身后进了消防通道,下了一层站在了窗边。

"哪能啊,没时间抽都。"邱奕点了烟叼着,"估计再这么下去我可以被强制戒烟了。"

边南笑了笑,想到邱爸爸的话,笑容又消失了:"你爸为什么不让抢救,是不是担心花钱?"

"不是。"邱奕轻轻叹了口气,"他就是不想受罪。"

"那你打算听他的?"边南问。

邱奕看了他一眼,没有说话,偏过头盯着窗外一口口狠狠地抽着烟。

边南快十二点的时候离开了医院,虽然不太情愿,但考虑到如果俩人都这么熬着也不行,他同意了回去休息一会儿,顺便陪陪邱彦。

邱彦在隔壁奶奶家吃的晚饭,边南进屋的时候他已经盖好被子躺在床上睡了。

"我爸爸……"听到边南进屋,他坐了起来。

"没事儿,晚上醒了,说了几句话又睡了。"边南在他脑袋上抓了抓,"睡吧,明天早上咱俩去医院。"

"嗯。"邱彦又躺回了被子里。

边南胡乱洗了个脸,就回屋躺下了,身体上不算累,但心里很累,这一段时间以来都是这样,累得很。

他都不敢想邱奕会有多累,又是怎么熬下来的。

邱彦在他身边很快就睡着了,边南侧过身搂着他,也闭上了眼睛。

快天亮的时候,他被邱彦身上一阵阵地发抖弄醒了。

"二宝,"他摸了摸邱彦,小家伙身上滚烫的,他吓了一跳,摇了摇邱彦,"二宝你哪儿不舒服?"

"没有不舒服。"邱彦迷迷糊糊地说,"就是冷。"

"你发烧了!"边南跳下床,飞快地穿上衣服,冲到客厅,从放药的抽屉里翻出了体温计。

邱彦的脸很红,边南用被子把他裹了起来,他身上也还是一直在抖。

39度。

边南看着体温计上的数字一阵紧张,抓过邱彦的衣服往他身上套:"二宝,你发烧了,我们去医院。"

"我睡一下就好了。"邱彦有些挣扎。

"我们悄悄去看病。"边南知道他在想什么,抓着他的胳膊,"不告诉哥哥和爸爸。"

邱彦看了他一眼,点了点头。

抱着邱彦上了出租车,边南给万飞打了个电话:"在家还是在健身房?"

"健身房……怎么了?"万飞问。

"过来帮帮忙。"边南看了看靠在他怀里满脸通红的邱彦,"二宝发烧了,我现在送他去……"

"我马上过去。"万飞打断了他的话,挂掉了电话。

医院的急诊跟住院部不在一块儿,隔着半条街,没有人帮忙边南两头跑不过来。

万飞打的车比边南晚到十来分钟,跑进急诊的时候护士刚给邱彦安排了一张床。

"什么情况啊?"万飞一看到邱彦的脸就喊了一声。

"不知道着凉了还是怎么着。"边南皱着眉,"医生没让打针,开了药先吃了再观察一下。"

"这是……"万飞在边南耳边小声说,"这是急的吧?"

"医生说问题不大让不要担心,就先观察着。"边南掏出手机,"你帮我守着点儿,我跟邱奕联系一下。"

"行。"万飞凑到邱彦床边弯下腰,"二宝,记得我是谁吧?"

"万飞哥哥。"邱彦笑了笑。

"哎,真乖。"万飞在兜里掏了半天,掏出个记步器来,"知道这是什么吗?"

"不知道。"邱彦挺有兴趣地盯着。

"记步器,这东西能记下来你走了多少步。"万飞把记步器递到他眼前,"我告诉你怎么玩啊……"

边南打通了邱奕的电话,邱奕的声音听起来没什么精神:"给我带早点了没?突然饿得想咆哮。"

"我一会儿给你买了拿过去。"边南听着这话又想笑又心疼,"我跟你说,你别担心啊,已经没事儿了。"

"什么?"邱奕问。

"二宝早上发烧了,39度,我刚把他送急诊了,吃了药医生让观察一下。"边南一口气没太停顿地把话说完了,就怕自己喘气儿时间长点儿会让邱奕着急。

"……怎么会发烧了?"邱奕还是有点儿着急。

"昨天盖的厚的那个被子,应该不会着凉,估计是因为担心着急吧。"边南小声说,"我跟他说了不告诉你,你就装不知道,我叫了万飞过来守着了……你爸那边怎么样?"

邱奕沉默了一会儿:"不太好,昨天半夜说疼,折腾到早上,又有点发烧了。"

"你怎么半夜不跟我说呢!"边南急了,说完又有点后悔跟邱奕吼,那种情况下邱奕怎么可能还想得到给他打电话。

"现在暂时没事了,你过来待会儿吧。"邱奕说。

边南又回头跟万飞交代了几句,邱彦已经闭上眼睛睡着了,他摸摸邱彦的脸,转身往住院部那边跑过去,路上又插队在早点摊上买了几个饼。

跑进病房的时候,他愣了愣,病房里又多了台不知道干吗用的设备。

邱爸爸躺在床上,嘴里有一根管子。

边南顿时连步子都迈不动了,靠在门边半天没说话。

过了很长时间他才颤着声音轻声说:"怎么……这样了?"

邱奕扯着嘴角笑了笑:"还是这样了,我爸最讨厌的事儿,插管儿什么的……"

边南张了张嘴说不出话来,走过去搂住了邱奕。

"半夜又下了……病危……"邱奕靠着他,声音颤得厉害,"说不了话了。"

边南不知道该怎么形容自己的心情,就像是所有的情绪都被关在了心里,哭不出来喊不出声。

在这一瞬间他突然体会到了邱奕这么长时间以来一直把所有事都强压在心底的那种痛苦感受。

邱爸爸不是他爸爸，但对于他来说，挺像他想要的爸爸，开朗幽默，体谅信任孩子，他已经习惯了在邱奕家看到坐在轮椅上说着以前的事的邱爸爸，习惯了聊天斗嘴时看到带着笑认真听的邱爸爸，习惯了听到邱爸爸表达各种不让吃肉不让喝酒的不满……

他已经难受得不知道该如何缓解，邱奕呢？

二宝呢？

邱彦的烧到中午时退了，人还有些虚弱，但精神还可以。

边南本来想让万飞送他回家，但邱彦不愿意，犟着非要守在病房里，整整两天他都跟邱奕边南一块儿熬着，沉默地坐在病房的沙发上，只在晚上睡觉的时候才回家。

万飞的工作请假还算方便，请了两天的假也一块儿待在医院，跟许蕊的约会也改成了许蕊帮忙给他们几个送饭的时候聊上几句。

申涛好容易下了船直接跑到医院，家都没回。

几个人往走廊上一杵，都没什么话可说，不过虽然大家都帮不上什么忙，还是能让人略微定心一些。

邱爸爸插上管子之后一直没有完全清醒过，只是偶尔会睁开眼睛，邱奕和边南跟他说话，他也会有反应，但已经无法表达。

边南不敢待在病房里，他怕自己的情绪会让邱爸爸不舒服。

短短两三天，邱爸爸被下了三次病危。

邱奕一直没睡觉，像个真正的永动机似的，边南几次想让他休息，但想想又开不了口，邱奕这么多年就为了爸爸和弟弟每天拼着命，最后这样的情况，谁也没有资格开口让他休息。

邱爸爸在一堆仪器和管子中又熬了一天，病情一直不稳定，人已经完全陷入昏迷。

医生过来看了看，走出病房把邱奕叫到了一边。

边南靠着墙盯着医生的背影，邱奕一直没有说话，医生的声音很低，边南支着耳朵连蒙带猜地听到了几句。

衰竭。

ICU。

呼吸机。

他猛地挺直了背，看着面对着他们这边的邱奕。

邱爸爸说过的话边南还记得清清楚楚，他知道邱爸爸不愿意抢救，什么插管儿什么ICU什么呼吸机的他都不能接受。

但邱奕一直没有表态，是同意还是不同意邱爸爸的意思，他始终没有说过。

现在尽管谁都不愿意，还是走到了最后这一步。

边南盯着邱奕，他不知道自己希望邱奕给医生怎样的答案，他心里乱成一团，已经快要没办法思考。

邱奕在医生说完话之后沉默了很长时间，最后轻声说了一句什么。

医生点点头，转身从几个人面前穿过走进了病房，给护士交代着后面要注意的事情。

边南在邱奕沉默的时候就已经猜到了他的答案，再听到医生在病房里并没有提到让病人准备进ICU的话时，他的心一下沉到了谷底。

"邱奕，"他慢慢地走到了邱奕面前，"你……是不是放弃了？"

邱奕抬起头看了他一眼，布满了红血丝的眼睛里满满的全是痛苦。

"是。"邱奕说。

"为什么啊？"边南吼了一声，猛地往邱奕胸前推了一把，"人还活着，为什么放弃啊？"

邱奕被他推得往后跟跄了几步，撞到了消防通道的门上。

"你在想什么啊？"边南冲上去把他推进了消防通道里，揪着他的衣领，"怎么就放弃了，你疯了吗！"

万飞和申涛跟着跑了过来，一边一个想要把边南拉开。

"南哥，南哥，"万飞拽着他胳膊，"你别这样，邱奕也不好受……"

"不好受他还这样！"边南吼了一声，挣扎了一下把万飞和申涛都甩到了一边，瞪着邱奕，"他说不愿意抢救你就不抢救了吗？他是你爸啊！你要怎么跟二宝解释？"

邱奕靠着墙也瞪着他，过了一会儿才说："抢救也就是在ICU里多痛苦几天。"

边南没说话，说不出话，最后他看了一邱奕一眼，转身冲下了楼梯。

一直到冲出了医院，边南才在路边的花坛上一屁股坐下了，抱着头。

他没法再在病房外面待着,眼睁睁看着邱爸爸的生命就这么一点点消逝。他狠狠地咬着嘴唇。

就这样了?

就这么结束了吗?

邱爸爸就这样……马上就要走了吗?

边南只觉得全身发冷,他没有权利干涉邱奕的决定,有些事他也知道,的确,抢救与不抢救的最后结果都是一样的,这个病就是这样,谁也无力回天。

可哪怕是理智上能明白,甚至也知道邱爸爸反复强调不愿意这样折腾,但情感上他也难以接受。

就这么……放弃了。

边南不知道自己在路边坐了多长时间,路灯亮起的时候,有人走到他面前站下了。

边南抬起头,看到申涛脸上有些灰暗的表情时,知道躲不开的那一刻还是就这么来了,眼泪一下滑了出来。

"你都这么难受了,"申涛看着他,"邱奕会有多难受?"

"我知道。"边南站了起来,"我知道。"

他转身往医院里冲进去。

来不及等电梯,边南直接从楼梯跑了上去。

推开病房门的时候两个护士正沉默地撤下各种仪器的管子和线。

邱奕静静地跪在病床前。

边南走得很慢,走到邱奕身后他停下了,跪在了邱奕身后,伸手用力地搂住他。

邱奕没有动,过了很长时间才低头抓住了他的手腕,抓得很紧。

手上有温热的感觉。

邱奕的眼泪一颗颗砸在了他手上。

"邱奕,"边南搂紧他,"别难过……别难过……你没做错,你没有做错……"

邱奕用力抓着他的手腕,指尖几乎掐进了他的皮肤里,最后发出了一声压抑着的嘶吼:"爸——"

这是边南第一次看到邱奕哭泣,看到他从来没有外露过的痛苦和悲伤。

他不知道应该说什么,也不知道说什么能让邱奕好受一些,他自己也同样难受,听到邱奕压抑着的哭声,他除了紧紧搂着邱奕,已经不知道还能做什么。

他没有经历过和至亲的生死离别,因为淡漠的家庭关系,他甚至都没像别人那样想象过如果有一天……这是他第一次直面死亡,第一次看到生命逝去而无能为力,第一次感受到失去亲人是多么痛苦。

万飞和申涛把他们从地上拉起来的时候,边南感觉自己整个人都像裹着厚重的棉被,连声音都听不太真切。

他唯一还能顾及的就是邱奕,他紧紧抓着邱奕的胳膊没有松手。

在医院里坐了半个多小时,边南才慢慢缓过来,看着坐在他对面椅子上的邱奕。

本来想象中邱奕悲痛之后的爆发并没有出现,邱奕在发呆,表情和眼神都回到了平时的样子,看不出他到底在想什么。

"还有些手续要办。"邱奕说,站了起来。

"我们去弄。"申涛拦了他一下,"你再……"

"没事儿。"邱奕拍拍他的胳膊,"要家属签字的,你们办不了。"

边南脑子里一直有点儿空白,办手续的时候他紧紧跟着邱奕,手续都有什么内容,都是怎么回事儿,他全都没注意。

他只是担心邱奕,那种巨大的要爆发的状态居然被邱奕又狠狠压了回去,这让他担心。

而他们还面临着另一个痛苦的现状,在家待着的邱彦还不知道爸爸已经不在了。

因为邱爸爸这两天情况恶化得快,加上邱彦周末已经在医院熬了两天,所以大家今天没让他放学了再跑来医院,他还在等哥哥们忙完了回去跟他说说爸爸的情况。

这该怎么说?

走出医院的时候天已经黑透了,虽然已经是春天,但今天却出奇的冷。

"都回吧,谢谢了。"邱奕拉了拉衣领,"剩下的事儿我明天再过来处理。"

"没事儿,不差这一会儿。"万飞招手叫了辆出租车过来。

"先一块儿去你家吧。"申涛说,"二宝……"

"你下船就这两天时间都没在家待过吧?"邱奕看了他一眼。

"想在家待着还不容易吗,"申涛笑了笑,把他推到了出租车旁边,"跟我们还客套什么?"

最后几个人全都上了车,边南一直没说话,紧紧挨着坐在邱奕身边,握着他的手。

邱奕的手本来就挺凉,平时总爱拿他的手来暖着,今天他一直握着邱奕的手,却没能让他的手变暖,依然冰凉的。

回到邱家的时候,邱彦还没睡觉,正坐在客厅的沙发上看电视。

看到几个人进了屋,邱彦愣了愣,眼睛猛地瞪大了,从沙发上跳了下来,站在茶几旁边愣着。

"二宝……"邱奕看着他,似乎在想该怎么说。

邱彦没有说话,开始慢慢往后退,一直退到了里屋门口,最后又退了两步进了屋里,没等邱奕再说话,他就把门用力地关上了,接着就从里面上了锁。

"我跟他聊聊。"邱奕弯腰从电视柜下面的抽屉里拿出了钥匙,又回过头看着边南,"好饿,煮几个饺子吃吧,冰箱里有。"

"行。"边南马上转身拉开冰箱找了两袋速冻饺子出来。

关上冰箱门的时候他突然很想哭。

没有邱爸爸从屋里推着轮椅出来的场景让他很不习惯,如果是以前,这会儿邱爸爸肯定会笑呵呵地出来,说一句:怎么都跑来了?

家里所有的东西都还是原样,却再也不是从前的感觉了,甚至没有了邱爸爸那个烤着腿的电暖器,屋里的温度都低了好几度。

邱奕拿钥匙打开了里屋的门,邱彦死死顶在门后一言不发。

邱奕把门推开一条缝,伸胳膊进去抓着他的衣服把他拎开,推开门走了进去。

关上门之后,里屋就一片安静,几个人在客厅里都没动,都在听着,但谁也听不到说话的声音。

"我去煮吧。"万飞拿过了边南手里的饺子,"都煮了得了,大家都吃点儿。"

"嗯。"边南应了一声。

万飞拿着饺子去了厨房,边南还站在里屋门外。

申涛在沙发上坐下,把电视声音调小了,也依然听不到里屋的动静,他叹了口气:"边南。"

"嗯?"边南转过头。

"坐下歇会儿。"申涛指了指沙发,"他熬,你也跟着熬,准备要比赛谁先倒吗?"

边南定了几秒钟,坐到了沙发上。

这一坐下去,顿时一阵疲惫袭来,松弛下来的身体这时才感觉到累。

"我后天要上船了。"申涛点了根烟叨着,"后面事儿还挺多的,你盯着点儿他,我觉得他……事儿一完了肯定要病。"

"我也这么觉得。"边南闷着声音,"快到极限了吧。"

"他爸这事儿他没通知任何人,但亲戚早晚得知道。"申涛皱皱眉,"你知道他家这个房子,一直被他几个叔盯着呢,知道他爸没了肯定会上门。"

边南咬着牙骂了一句。

"到时……"申涛看了他一眼,"冷静点儿处理,要不这事儿就难扯了。"

"你还真是。"边南笑了笑,摸了摸这些日子一直放在兜里的那两块钱钢镚儿,"邱叔说你……"

"说我什么?"申涛也笑了笑。

"他给了我封口费,不能说。"边南把钢镚儿拿出来在申涛眼前晃了晃。

"肯定说我小老头儿了。"申涛啧了一声,"以前就说过,我说再这么说我就跟他急,他就没说了,果然还是在背后说呢。"

两人都笑了起来,像是某种发泄。

申涛笑得烟灰都掉在了地上。

"哎!"申涛把烟灰捏起来,"这让他看到了得用扫帚把我赶出去。"

边南没说话,鼻子发酸,酸得脑门儿都疼了。

里屋突然有了动静,有椅子倒地的声音。

两人同时从沙发上跳了起来,紧跟着就听到了邱彦扯着嗓子的一声哭喊:"爸爸——我要爸爸——"

邱奕声音很低,听不清在说什么,只能听见邱彦满满都是伤心的哭泣声,边哭边含混不清地嘶喊着。

还有桌椅磕碰和东西掉在地上的声音。

"你为什么啊?"邱彦哭喊着,"我爸爸没有了——"

"邱奕!"边南急了,这动静一听就知道邱奕把事情都跟邱彦说了,他过去拧了拧门把手,"二宝?二宝!"

"别进来。"邱奕在里面说。

边南停了手,跟申涛对视了一眼,俩人都站在门外没敢进去。

"怎么了这是?"万飞煮一半饺子,听到动静跑进了屋里,压低声音问。

"估计打他哥呢。"申涛小声说。

"为……"万飞愣了愣,"邱奕是不是把放弃的事儿也说了,这话不说不行吗?"

"他这人就这样。"申涛叹了口气,"煮饺子去吧。"

里屋又传来了碰撞的声音,邱彦哭喊得嗓子都哑了,万飞指了指门:"这……不管?"

"我饿了。"边南看着万飞。

"……行行行。"万飞皱皱眉,"我接着煮,水刚烧开。"

几分钟之后,邱彦的声音低了下去,里屋渐渐安静了下来。

万飞那边把饺子煮好了端进屋的时候,里屋的门打开了,邱奕走了出来。

边南一看他就愣了,邱奕嘴角破了,眼角旁边还有一小片青紫。

"下手这么重,"申涛也愣了,往里屋看了看,"二宝呢?"

"睡着了。"邱奕拿起桌上一个小镜子对着看了看,舔了舔嘴角,"拿椅子砸我呢,劲儿真大。"

"何必呢,没必要跟他说那么细吧?"申涛说。

"那不是我一个人的爸爸。"邱奕按按眼角,"那也是他爸,该知道的就该让他知道。"

"吃饺子吧。"边南把椅子放到桌边,邱奕的做法跟他不是一个风格,但在这样一个家庭里,谁也不知道真正合适的方式是怎样的,"要叫二宝也吃点儿吗?"

"不叫他了,刚睡着,醒了万一又打我呢。"邱奕笑笑坐下了。

吃完饺子,万飞和申涛又坐了一会儿才各自回家了。

边南和邱奕沉默地坐在客厅里看着电视。

边南想说点儿什么,希望邱奕能回应,但又不知道说什么合适。

他希望邱奕能痛快地哭一场,痛快地爆发一次,痛快地宣泄一次自己的情绪,打人、骂人、哭,都行,就像邱彦那样,把自己的痛苦全都发泄出来。

但这样的状态在邱奕身上始终没有出现,跪在邱爸爸床头的那几分钟似乎就是他全部的爆发了,沉重而压抑。

这一夜两人一句话也没有说,也没有上床睡觉,不知道什么时候就一块儿歪在沙发上睡着了。

天亮的时候边南睁开眼睛,看到桌上已经摆了热腾腾的包子和豆腐脑,邱彦低着头正在整理自己的书包。

边南看了一眼邱奕,他还在睡,这段时间以来邱奕没有睡过一个完整的觉,这会儿睡得很沉。

"二宝。"边南坐起来,轻声叫了邱彦。

"大虎子。"邱彦也小声应了一声,跑过来靠在他身边,"我昨天……我昨天……"

"我知道我知道。"边南搂紧他,在他脑门儿上用力亲了好几口,"没事的,你哥哥不会怪你的。"

"我不敢跟他说对不起。"邱彦低下头,长长的睫毛扑了几下,眼泪顺着脸滑了下来。

"不用说对不起,你没有错,他也没有错。"边南擦了擦他脸上的泪珠,"谁都没有错,你们都太爱爸爸了。"

"那他会不会打我?"邱彦抬起头,轻轻抽泣着。

"怎么会,"边南笑了笑,捏捏他的脸,"你哥那么疼你。"

邱彦靠在他怀里默默地哭了一会儿,然后抹了抹眼泪:"我去学校了。"

"去学校?"边南摸摸他的头,"这几天你不用去学校,我给你请假,爸爸的事处理完了你再去上学。"

"我去学校。"邱彦摇摇头,眼泪又滑了下来,"我帮不上忙,在家待着我会想爸爸,我要去学校。"

边南沉默了很长时间,最后站了起来:"我送你去学校吧。"

平时边南牵着邱彦的手时,他的手总爱在手套里动来动去,没有停下的时候,今天却特别安静。

边南轻轻地一下下隔着手套捏着他的手指,挺心疼的,这个跟他哥哥一样倔强坚强的小家伙。

今天邱彦的班主任值班,在学校门口站着,看到邱彦时她有些吃惊。

边南跟她简单说了一下情况,班主任蹲下看着邱彦笑了笑:"邱彦真是个男子汉,进去上课吧,有事就跟老师说。"

邱彦点点头,背着书包走进了校门里。

一直到看不见他背影了,边南才转身往回走。

回到邱奕家时，邱奕已经醒了，正坐在桌边吃包子。

"我送二宝去学校了。"边南坐到他旁边拿起豆腐脑喝了一口，"他说一个人待在家里会……想爸爸。"

"嗯，让他去吧。"邱奕说，"下葬的时候再一块儿去就行。"

下葬两个字让边南心里猛地抽了抽，没有说话。

"上午我去医院，还有点儿事要处理，昨天还约了殡葬公司的人，要谈一下具体的安排。"邱奕边吃边说，"你……"

"我跟你一块儿。"边南说。

"不，你上班，我叫了申涛，他今天没事。"邱奕看着他，"你不是正式入职了吗？这才入职没多久，老请假不好。"

"可是……"边南皱皱眉。

"补课那边现在我都让人顶着，还不知道以后怎么弄。"邱奕说得很慢，"你要也把工作弄得一团糟，以后我没收入了怎么过？你卡上也没多少钱了吧？"

边南没说话，钱是花了不少，后期邱爸爸用的好药都是从卡里划的钱，一天下来算上别的费用的确挺多，虽说他并不在乎这些钱，但的确要考虑以后的事，如果真像邱奕说的，他总不能回过头再去问老爸要钱。

"行吧。"边南说。

边南回到展飞上班的时候，还挺困的，昨天拧着睡了一宿，现在腰也是别着的，他站在球场边扭了半天也没把筋给扭回来。

"玮哥，给我顺顺筋……"边南站到顾玮身边。

"后腰？"顾玮戳了戳。

"嗯。"边南叹了口气，"昨儿晚上坐沙发上睡的。"

"你朋友他爸爸怎么样了？"顾玮知道他这阵动不动就请假的原因。

"……没了。"边南声音低了下去。

"唉，这个病是没办法。"顾玮在他腰后用指关节刮着，"其实吧，走了也差不多算是解脱了，家里人难受，病人也太遭罪。"

是啊……

边南盯着地面，这几个月邱爸爸就那么躺在医院里，每天瞪着电视发呆，身上疼得一夜一夜睡不了，最后又被各种仪器包围着。

那种已经知道了最后结果却不得不在痛苦和亲人的爱里苦苦挣扎着的感

受……

边南抬起头看了看天，今天天气还不错，一早阳光就已经洒了满地。

走了真的算是解脱了吧。

邱爸爸的后事按他以前……很多年前的要求，跟殡仪公司说了从简，流程很简单，只有一家人和几个朋友参加的小告别会，然后就送去墓园了。

日子也没有特别选。

边南一大早先去了邱奕家，万飞也请假过来了。

邱奕没有通知家里别的亲戚，申涛上船了没办法来，除了边南和万飞，还有两个在航运时跟邱奕关系不错的朋友。

几个人在院子里低声跟邱奕确定着一会儿的程序，怎么过去。

邱彦穿着黑色的小外套，坐在屋里抱着邱爸爸的遗像。

边南拿了块巧克力剥了递到他嘴边："二宝吃一块儿巧克力。"

"嗯。"邱彦偏过头把巧克力咬到了嘴里。

"难受就哭。"边南在他面前蹲下，"咱不憋着，知道吗？"

邱彦点点头："现在还不想哭，我老觉得爸爸还在。"

"他就是在呢。"边南捏捏他的下巴，"你只要想他了，他就会在。"

邱彦抬眼看着他，他在邱彦胸口轻轻戳了戳："在这里。"

"真不像你说的话啊。"邱彦说。

"小玩意儿你怎么这么烦人。"边南笑了起来。

邱彦也笑了笑："本来就是。"

边南正陪着邱彦在屋里说话，院子里传来了有些杂乱的声音，他站起来走出了屋子。

院子里多了几个人，男男女女有四五个人，边南一眼就认出了其中两个中年男人就是上回来邱奕家要债的亲戚，什么叔叔之类的。

边南顿时觉得心里一阵发堵，邱奕欠他们的钱已经还清了，今天也没有通知他们，这会儿跑来干什么？

"我这还是听老街坊说了才过来的。"一个男人看了看院子里的人，"怎么这事儿都没告诉我们一声，我们也好来帮帮忙啊。"

"谢谢二叔，不用。"邱奕说，"有事儿吗？"

"这话说得，我大哥没了，过来看看很正常。"这个二叔笑了笑，"你看，这正赶上要出殡。"

"有事儿说事儿，"邱奕皱皱眉，有些不耐烦，"没事儿先走吧。"

"哟，邱奕，你这什么态度！"一个女人走到了他面前，"你二叔老叔也不是来找不痛快，你要非让我们现在说，那就别怪我们给你添堵了啊。"

邱奕没出声。

"你这一个劲儿让我们走，是不是知道这片儿有规划了啊。"老叔冷笑了一声，"你别以为你爸死了……"

老叔的话没有说完，后面的内容被突然扑过去的邱奕一拳砸没了。

邱奕第二拳砸在老叔鼻子上的时候，院子里的人才猛地反应过来，女人尖叫了一声："你干什么，你干什么？"

老叔被邱奕两拳砸在脸上，疼得出不了声，只是拼命往后退着想躲开。

邱奕冲上去抓住他衣领狠狠一拽，往地上一按，老叔被他按倒在院子里，他直接骑到了二叔身上，沉默着砸出了第三拳。

老叔鼻子里涌出了鲜血。

"邱奕！"边南冲上去拉住了邱奕的胳膊，想把他拉开，这三拳砸得结结实实，再打两下这人没准儿要进医院了。

邱奕甩开了边南，狠狠地往老叔脸上又抡了一拳。

"杀人了！杀人了！"女人尖叫着。

二叔回过神来，冲上来在邱奕身后对着他的头就抬起了脚。

边南吼了一声，站起来直接往二叔的身上撞了过去。

二叔被撞倒在地上，他们带来的两三个男人立马冲过来帮忙，场面顿时乱成了一团。

对方四五个男人，跟他们的人数差不多，但没两分钟就落了下风。

航运那俩是一直跟着邱奕混的，加上边南和万飞，几个都是打架快打出一本暴力指南的人，没几下就把二叔和几个男人都按倒在了地上，只是碍着这几个好歹是长辈，他们没敢下重手。

但被邱奕盯着打的老叔情况就有些糟糕。

边南几个人过去把邱奕强行拖开的时候，老叔已经被揍得满脸都是血了，嗷嗷喊着相当惨。

"我告诉你，"邱奕双眼通红，几个人都差点儿拉不住他，他指着刚从地上爬起来的人，声音都吼得有些发哑，"再敢来一次，我让你们谁都回不了家！都陪我爸去！"

"怎么回事啊？"隔壁院子的邻居都跑了过来。

第一个进来的边南认识，开出租的，邱彦去医院送饭有时赶上他出车都会给捎过去，他进来愣了愣就喊上了："怎么搞的，是不是人啊，人家家刚出了这么大事儿，大清早就过来找麻烦，还是不是人啊？"

"他们先动手的！这是要杀人啊——"女人喊着，看着老叔那一脸血又哭了起来，"这是要往死里打啊！"

"我可认识你们几个。"司机大叔满脸不屑，"赶紧走吧，就没见过你们这样的，心黑得都锃光瓦亮的了！"

"滚！"邱奕指着那个女人吼了一声，"滚！"

边南搂着邱奕往屋里拖，邱奕全身都在发抖，边南都能听到他痛苦而愤怒的喘息声，他冲万飞使了个眼色，把邱奕拖进了屋里，一脚踢上了门。

"走不走啊！"万飞在院子里喊，"不走就再来一回合？"

邱彦坐在沙发上，看到边南和邱奕的时候也没有动，只是眼睛一直瞪得很圆，带着惊慌。

"二宝乖，没事儿了。"边南把邱奕推进了里屋，"你乖乖坐着。"

邱彦愣了一会儿才点点头，坐回了沙发上。

"邱奕，"边南把还在挣扎着想出去的邱奕按在了墙上，手抓着他的肩膀，"看着我！看我！"

"你有什么好看的，黑皮！"邱奕瞪着他，终于停止了挣扎。

"老子什么都好看。"边南盯着他，压低声音，"你吓着二宝了。"

邱奕没有说话，还是瞪着他，眼里是还没有熄灭的怒火。

"没事儿了，赶走了，他们被赶走了。"边南松开按在他肩上的手，抱住了他，在他背上不停地轻轻拍着，"没事儿了。"

邱奕的身体还是抖得厉害，边南用力在他背上搓了几下："邱……"

正要说话，耳边传来了邱奕压着的哭声。

边南愣了愣。

邱奕哭了。

在短暂的压抑之后，他哭出了声。

他哭得很放肆，几乎是带着嘶吼地狠狠地放声哭着，用尽了全力地大哭。

边南闭上了眼睛，觉得心里一下松快了。

邱奕终于扛不下去了，把脆弱的一面肆无忌惮地暴露在他面前。

边南不是个能压得住情绪的人，从小到大在家里虽然一直有些压抑，但不在家的时候他基本能吼就吼，想哭就哭，骂人打架各种发泄途径基本能妥善利用。

邱奕在他肩头几乎是颤抖着在嘶喊着地哭泣，他是第一次感受到，这得是憋成什么样了才会有这样的爆发啊。

"我爸就这么没了……"邱奕哭得很伤心，偶尔的几句话边南听不清，只听到了这一句。

就这么没了。

邱奕心里肯定有很多的不甘心、不舍得，很多的遗憾和愧疚。

"哭吧，哭吧。"边南站得很直，在邱奕背上轻轻拍着。

过了能有十来分钟，邱奕才慢慢松开他，往后靠在了墙上，眼睛红着，鼻尖也都是红的。

"现在知道皮肤白的缺点了。"边南看着他，摸了摸他鼻尖，"你这红鼻子也忒明显了。"

"百年不遇。"邱奕笑了笑，声音里还带着很重的鼻音，"像你这种总哭的才得弄一脸保护色。"

"靠。"边南啧了一声。

"你先出去看看他们，再给殡葬公司的人打个电话说晚点儿到。"邱奕把自己的手机递给边南，"我缓缓。"

"好。"边南拿过手机，在邱奕肩上抓了抓，转身出去了。

俩叔和婶子带帮手都已经被赶走了，邱彦安静地坐在客厅里，看到边南出来，他小声问了一句："我哥呢？"

"在里面休息一会儿就出来了。"边南过去抱抱他，"你在这里等他。"

"嗯。"邱彦点点头。

"我打个电话，告诉人家我们要晚一些才能到了。"边南晃晃手机。

"好的。"邱彦揉揉眼睛。

边南拿着手机到了院子里，邻居也都散了，院里就万飞和俩航运的，正有一搭没一搭地聊着。

"怎么样？"万飞问了一句。

"没事儿了，歇会儿就行。"边南找出号码，打了个电话给殡葬公司的人。

没过多大一会儿,邱奕带着邱彦从屋里出来了,眼睛还有点儿肿,鼻尖倒是不怎么红了,看上去状态还成。

"你们几个看着跟黑社会似的。"邱奕扫了一眼院子里站着的人,都一水儿黑色外套,航运那俩还叼着烟,经过刚才的事儿,几个人脸上都还有残留着的狠劲,"出发吧。"

告别会就在火葬场的小厅里,边南本来觉得自己情绪挺稳定的了,进去转了一圈出来的时候鼻子又酸得不行,眼睛都有些睁不开了的感觉。

邱奕牵着邱彦的手,两个人还算平静,邱彦出来的时候哭了,但没有哭出声,只是低着头。

所有人都沉默着,边南不知道自己心里在想什么,只是在等骨灰的时候有那么几分钟想到了老爸,突然觉得很想他。

接下去的事很简单,把骨灰送到墓园下葬。

墓园有一套为亲属准备的仪式,但邱奕都拒绝了,邱爸爸似乎说过不想要这些,觉得只是给活着的人徒增悲伤。

边南跟邱奕来过一次墓园,但那次他没有细看,这次来了才知道,邱奕妈妈的那个墓,是个双人的葬墓,旁边给邱爸爸留了位置。

墓园的工人打开了旁边的石板,看了看捧着骨灰的邱彦,说道:"来,小儿子来放进去吧。"

邱彦跪到地上,把骨灰坛小心地放了进去,又从衣服里摸出一张兄弟俩的合照也放了进去,站起来的时候抹了抹眼睛。

"这片向阳。"工人很会说话,一边把石板轻轻盖上一边笑着说,"住在这儿挺好的,能晒晒太阳看看湖水。"

"谢谢。"邱奕也笑了笑。

边南今天才有机会看到旁边邱奕妈妈墓碑上的照片,金发碧眼的一个漂亮女人,笑起来跟邱奕很像。

"这是我妈妈。"邱彦指着照片,仰着头跟边南说。

"嗯,好漂亮啊。"边南说。

"嗯!"邱彦点点头,"比爸爸漂亮多啦。"

几个人都笑了。

工人动作很快地把石板封好了,邱奕摸摸邱彦的脑袋:"给爸妈磕头。"

边南他们几个走到了一边,等到邱奕和邱彦磕完头跟父母说完话,他们过去一块儿给烧了点儿纸钱。

"叔,这回可以喝酒吃肉了,钱管够。"边南说。

"带酒了吧?"邱奕转头看了看航运那俩。

"带了。"他俩从拎着的一个袋子里拿了两瓶酒出来,"涛哥说叔必须得老白干儿才行。"

"两瓶啊?"邱奕笑了笑。

"叔叔阿姨一人一瓶呗,战斗民族必须能喝。"万飞说。

"那行。"邱奕打开了瓶盖,"其实我妈比我爸能喝多了。"

从墓园出来已经是下午了,几个人一天都没吃什么东西,邱奕领着他们找了个火锅店涮羊肉。

虽然心情还有些发灰,但邱奕脸上一直带着微笑,这让边南心里又放心又不放心的,老忍不住盯着邱奕看,怕他太难受了要崩溃,但按说早上在家里哭的那一通都发泄出来不少了……

"我爸每天早上起床都会说,"邱奕凑近他轻声说,"哎哟今天又是新的,每天都会说,旁边有人没人都会说。"

边南愣了愣,邱奕笑笑:"又是新的了。"

"为明天又是新的干一杯。"万飞耳朵挺尖,扫了一句就举起了杯子。

"为新的。"邱奕笑着也举起了杯子。

"新的!"邱彦拿起自己的可乐。

几个人叮叮当当碰了一圈。

边南知道邱奕心里还是难受,晚上他本来想陪着,但邱奕拒绝了,说想一个人待着静静。

"你确定你没事儿?"边南站在胡同口皱着眉。

"嗯,真没事儿。"邱奕笑笑,"但是后面的一大堆事儿得好好想想,补课那边估计要换地方,离医院是近,离我家有点儿太远了,还有……房子的事儿我要打听一下想想该怎么弄。"

"行吧。"边南点点头,"那我回去了,我得洗衣服了,这阵就没洗过几回,都快没衣服换了。"

"边南,"邱奕看着他,"这阵儿都没跟你爸联系吧?"

"嗯。"边南摸摸兜里的手机,"我回去给他打个电话。"

"你回去再查查钱,这段时间钱用得都没数了,我这儿也没记全。"邱奕

693

又说。

"你用我的钱还记账呢？"边南很不爽。

"我是习惯了要记，用你的用我自己的我都会记，就你这糊里糊涂的还想靠工资过日子，肯定要饿死。"邱奕啧了一声。

"哎，别小看我，我这几个月可都是用工资过的日子。"边南说。

"那是你不用交房租。"邱奕想了想，"杨旭不是说借你俩月吗，还没来要？"

"你不说我都忘了。"边南顿时觉得要被杨旭赶出去了手里的钱就该跳舞了，"我得赶紧打个电话问问。"

"我说这事儿多吧。"邱奕笑笑，"这几天把事儿都处理一下吧。"

边南回到杨旭家小区的时候快十一点了，楼下大厅的保安正抱着个猫打瞌睡。

"哎，哥，"他过去拍了拍保安，"要扣工资了。"

保安这才醒了，有些不好意思："是你啊，吓我一跳，这阵儿都没怎么见着你啊。"

"太忙了。"边南笑笑，进了电梯。

这阵儿的确是太忙了，心里还堵着事儿，每天出来进去上班下班医院地跑着，脑子里都是空的。

直到今天走出墓园的时候他才突然有些感慨。

几个月就这么过去了。

就这么结束了。

就这么……再也见不到邱爸爸了。

邱爸爸算是解脱了，而他们现在该是打起精神来了，又是新的呢。

楼道里很安静，声控灯好像坏了，边南边掏钥匙边跺脚咳嗽的都没能让灯亮起来，他感觉到脚底下有乱七八糟的杂物，不知道是不是隔壁新装修扔的。

他只得摸黑把东西用脚随便踢开，拿着钥匙往锁眼附近一通乱捅，正想拿手机出来照亮的时候，钥匙捅进去了。

开门的一瞬间，门缝里溢出来的灯光让边南愣在了门外。

没关灯？

关了啊！

客厅的灯他平时根本就不会开！

进贼了？

我靠!

他把门一把推开了,正想看看怎么回事的时候,看到了客厅里站着个人,正看着他。

边南吓得连退了好几步差点儿摔回过道里,等到看清屋里那人的脸时,他受到了更大的惊吓,声音都拐弯了:"石……教,不,哥?石哥?"

石江居然站在客厅里!

"你……边南。"石江看到他明显也是吃了一惊,愣了好一会儿才把手里拿着的一根水管放到了桌上,"你怎么有这儿的钥匙?我以为进贼了呢。"

看到那根水管,边南汗都下来了,这要是冲进去速度快点没准儿能被石江直接开瓢了。

"我……我住这儿。"边南缓了缓才进了屋,把门关上了。

"住这儿?"石江皱了皱眉,"谁租给你的?"

"杨哥啊,杨旭。"边南开始有点儿没底了,"他不会……这房子是他的还是你的啊,不会是你的吧?他说是他的啊……"

"是他的。"石江看了看他,"我是不知道他租给你了,他没跟我说。"

"吓死我了。"边南舒出一口气,"他没租给我,是借的,我给他收拾,他让我住俩月……这都好几个月了我正想找他呢。"

"哦。"石江看了看四周,"你收拾了?"

"也没太仔细收拾,就把那些箱子都搬屋里了,然后擦擦洗洗拖个地什么的。"边南抓抓头发,石江居然有这套房子的钥匙,他这大晚上的跑过来是要干吗?

"你这阵儿是不是总请假?"石江突然问他。

"啊?"边南低下头,"是,请不少假,我朋友家里出了事,我给人帮帮忙,已经处理完了。"

"没事儿,入职以后好好干吧。"石江拿过放在一边的外套穿上了,"顾玮人不错,教学有一套,跟着他能学不少东西。"

"哦。"边南对于石江突然把话题转到工作上有点儿反应不过来,再看到石江穿好外套就直接往门口走了,他忍不住问了一句,"石哥您过来是不是有事儿啊?"

"没有,就看看。"石江打开门走了出去,"你早点休息吧。"

门关上的同时,门外响起一通乱糟糟的声音,似乎还有撞到对面房门上的动静,他赶紧跑过去把门拉开,看到石江被一堆杂物绊得跟跄着撞到了过道墙上。

"灯坏了。"边南忍着笑把门全打开,"给您照着点儿吧。"

石江有些狼狈地踢开脚下的东西,按下了电梯按钮:"行了,关门吧。"

听到电梯叮地响过之后,边南才拿了手机拨了杨旭的电话。

"同学,你是不是终于想起来还占着我的房子了啊?"杨旭懒洋洋的声音传了过来。

"你怎么没告诉我石江有这房子的钥匙啊!一开门人拎个水管站客厅里!"边南压着嗓子喊,"吓死我了!"

"哎,"杨旭愣了愣,"他过去了啊?"

"是啊,我一开门就看到他,你俩这怎么回事儿啊?"边南一想到刚才的场景就一阵尴尬。

"谁知道他会这时候过去啊。"杨旭喷了一声,"而且你说就住俩月,我以为碰不上呢。"

"我过几天就搬。"边南坐到床上,"他再过来一次我得吓死,不,起码得尴尬死……"

"找到地儿住了?"杨旭笑了起来,"是回家还是去邱奕家蹭床啊?"

"跟展飞申请个宿舍呗。"边南说,心想如果住邱奕家,在邱爸爸刚过世的时候就这么凑到人家家里去合适吗,"或者租套便宜的小房子。"

"就你那点儿工资还租房呢?"杨旭说。

"我正式入职了,算上提成也好几千。"边南挺不服气的,"你那儿一个月流水有没有一千啊老板。"

杨旭笑了好半天才说了一句:"行吧,你找着地儿住了就把钥匙给我送过来。"

"行。"边南挂了电话。

坐在床边儿愣了一会儿他得出了个结论,杨旭和石江的关系绝对不简单,只是看上去挺诡异的,也闹不清到底怎么回事儿。

他本来想跟邱奕说说这个,但想想邱奕现在的心情不太合适,于是只是给邱奕发了个短信,说已经到家了准备睡觉。

快睡吧,这阵儿太辛苦了。邱奕很快地给他回了一条。

一点不辛苦,应该的,请叫我红领巾。

红领巾,多亏有你。

边南看着短信，坐在床边乐了好半天。

这会儿给老爸打电话有点儿晚了，老爸为了养生，没有应酬的时候一般十一点前就睡觉了。

他想了一会儿，给边皓发了条短信：爸这段时间还好吗？我想明天给他打个电话。

边皓的短信回得也挺快，不过就俩字：打吧。

虽然回复很简单，不过边南算是松了口气，这至少说明老爸没事儿，对自己的怒气应该也消了一些了。

边南把手机扔到一边，闭着眼躺到了床上，不想洗澡了，也不想洗漱了，就像是这一段时间以来的疲惫全都醒过来了似的，累得他只想马上睡觉。

早上第一遍手机闹铃响的时候边南很不情愿地睁开眼睛，发现自己昨晚睡着之后姿势一直没变过。

时间还够，他起床去洗了个澡，拿出最后一套干净衣服换上，把这些天攒下来的衣服扔了几件到洗衣机里洗着，然后出了门。

邱奕起得也挺早的，边南吃早点的时候给他打了个电话，他已经准备出门去补课的那套房子了。

"去补课？"边南问。

"今天不补，跟房东说说下月不租了，然后再跑跑看有没有合适的房子。"邱奕说，"你睡得怎么样？"

"挺好的，倒下去姿势都没变就到天亮了。"边南说，又有点儿担心地问了一句，"二宝还好吗？"

"嗯，还成，昨晚上又哭了一会儿，早上起来还好，去上学了。"邱奕笑笑。

"我发现二宝还真……坚强。"边南感叹着。

"我弟嘛。"邱奕说。

"得了吧，他要跟你似的不好。"边南皱皱眉，"我前阵儿一直担心你会突然嘎嘣一下就倒了。"

"不会。"邱奕笑着说，"我有数。"

"哎，就这话，可别再说了，你有数你有数你有什么数啊！"边南皱着眉小声喊了一句，又顿了顿，"大宝啊。"

"嗯？"邱奕应了一声。

"以后别这样了,你看,这方面你学学我。"边南说,"有事儿别憋着,该哭哭,该生气生气。"

"……知道了。"邱奕说,"跟你学。"

早上到展飞的时候,石江正挨个球场转着。

边南看到他脑海里立马浮现出昨晚上他手提水管站在客厅里的样子,还有出门儿差点儿摔了的样子,尴尬和想笑的感觉交替翻腾,石江往这边看过来的时候边南都不知道该把什么表情放到脸上了。

石江看到他没什么特别的反应,扫了他一眼就走开了,跟平时差不多。

边南负责的几个小姑娘进步还挺快的,虽然只是花架子,不过要只看姿势,都挺有正式球员的范儿,只是打过来的球还是软绵绵的。

"就你这球,"边南站在场地里叹了口气,看着对面叫李欢欢的姑娘,"我拿个羽毛球拍都能接住。"

"吼!"李欢欢喊了一声,双手狠狠一挥拍。

"哎对了。"边南冲她竖了竖拇指,把她打过来的球回过去,"就这样。"

回球他没用力,角度也并不刁,但李欢欢还是没接住。

"边帅,"她叉着腰有些喘,"这球我已经用尽我毕生吃零食的力气了,我要休息。"

"那休息五分钟吧。"边南说,"另外换个称呼行吗?"

"边小黑。"李欢欢说。

"李二欢。"边南说。

"再叫一次我去投诉了啊!"李欢欢瞪他一眼。

"欺负我没地儿投诉吗?"边南乐了。

几个小姑娘上一边儿聊天休息去了,边南坐到椅子上拿出手机看了看时间,这会儿老爸应该没什么事儿。

他按下了老爸的号码。

手机里响着拨号音,他突然有些百感交集,说不上来的有点儿紧张,有点儿害怕,但也有期待和内疚。

响了挺长时间,电话接通了,那边传来老爸熟悉的声音:"喂。"

"爸。"边南叫了一声,接着就说不出话了,也不知道该说什么,他有点儿后悔自己打电话之前没有先彩排一下想想台词。

老爸没说话,等了一会儿才开口:"怎么不说话啊?"

"我……说什么啊?"边南半天才说了一句。

老爸哼了一声:"是不是没钱用了就想起你爹来了?"

"不是。"边南咬咬嘴唇,"爸,我想……我想……我想回去看看你。"

现在天已经开始转暖,边南每天骑着自行车上下班感觉也不是太痛苦了,不过今天决定回家,他还是坐了公车,他怕边馨语看到他骑着邱奕的自行车会有想法。

到家门口的时候他突然有些紧张,躲到小花园里给邱奕打了个电话。

"我觉得我太紧张了。"边南在花坛边来回蹦着,"我怕门一开我直接跪地上了。"

"那是你爸,跪就跪了呗。"邱奕笑着说,"当初跑出来的时候不是挺硬气的吗?"

"要里边儿站的是边皓呢?"边南啧了一声,"万一是边馨语呢?"

"那你开门之前先抱紧门框。"邱奕无奈地说。

"滚蛋。"边南乐了,吸了口气,"行了,跟你说了几句不紧张了,我晚点儿再给你打电话。"

"别吵架啊,他要骂你就听着。"邱奕又交代了一句。

"知道。"边南笑笑,"我不会跟他吵的。"

吵不起来了。

经历了失去邱爸爸的痛苦之后,边南觉得老爸对他再怎么生气,要骂要动手还是要怎么着,他都会忍着。

虽然跟老爸之间始终无法做到亲密无间,也始终没办法有那种对父亲的依赖,可这毕竟还是他爸爸,亲爹,一旦有一天失去了再想念也见不到了的。

边南出门那天没带钥匙,在门口站了一会儿之后他按下了门铃。

之前已经跟老爸说了今天晚上回来,不知道开了门之后会是什么情形。

门很快打开了,站在门后的是阿姨。

"小南回来了啊。"阿姨似乎也有些憔悴,见了他就带着笑转头冲楼梯那边喊了一声,"老边,小南回来了!"

"知道了。"楼上传来老爸的声音。

老爸声音里透着一丝不耐烦,但边南进了屋还没等换好鞋,老爸已经从楼上下来了,最后几级楼梯才放慢了脚步。

"爸。"边南赶紧飞快地换了鞋,往老爸那边走了过去。

"要饭去了吧你这是?"老爸盯着他看了两眼,皱了皱眉,"脸色这么难看。"

"就是没太睡好。"边南摸了摸脸。

"估计也没吃好吧?"阿姨往厨房里走,"我看看菜去,今天都是小南爱吃的菜,你爸开的菜单呢。"

"我不知道他爱吃什么。"老爸说。

"有肉就行。"边南嘿嘿笑了两声,看着老爸又有些尴尬,不知道该说什么了,"爸,你……"

"挺好的。"老爸走到沙发上坐下了。

"哦。"边南犹豫了一下,脱了外套也坐到了沙发上。

阿姨跟保姆在厨房里忙着弄饭菜,边馨语和边皓不知道在不在家,客厅里只有边南和老爸两个人,对着电视沉默着。

简直尴尬得有些撑不住。

老爸比他黑多了,边南在他脸上完全看不出他脸色如何。

"这阵儿住在哪里?"老爸泡了茶,倒了两杯。

"问朋友借了套房子住的。"边南拿起茶杯喝了一口,"这两天刚递了申请,跟展飞申请了宿舍,过半个月差不多能批了。"

"不打算回家住了?"老爸看了他一眼。

边南捏着杯子,半天才小声说:"申请的时候没想这么多……"

"住宿舍就住宿舍吧,当锻炼了。"老爸说得挺平静的,"反正以前也住校,周末回来看看吧。"

"嗯。"边南点点头。

老爸问了问他最近的情况,再次对展飞的工作表示了一下不看好,便没再多说别的。

边南本来以为老爸会说到邱奕,他都已经在脑子里准备了各种版本的草稿来解释,结果老爸并没有提起。

厨房那边传来菜香时,边南听到有车开进院子里的声音,估计是边皓。

"小皓回来了。"老爸冲厨房那边喊了一声,"饭好了没?"

"马上,"阿姨在厨房里回答,"洗洗手准备吃饭吧。"

"吃饭。"老爸站了起来。

边南跟着站起来,往二楼看了看,犹豫了一会儿才问了一句:"边馨语没在家?"

"跟同学出去吃了。"老爸往厨房走,叹了口气,"不管她,我们吃吧。"

边南听出来了这意思大概是边馨语知道他今天要回来,所以躲出去了。

边皓进屋之后看到了他,没有说话,边南有些艰难地冲他点了点头打了个招呼。

以前他跟边皓见了面不会有这个步骤,不吵架的话基本就当对方是空气。

但现在毕竟不同,边皓给他转的钱无论是出于什么原因,总归是帮了忙。

几个人坐到了桌边,今天菜很丰盛,边南心里有些过意不去,他这一跑,似乎家里也没安生,连带阿姨看上去精神都不太好。

一顿饭大家都没太说话,基本是阿姨问问边南的情况,边南挨条回答。

"以后别这么冲动了。"阿姨把红烧肉换到他面前,"你爸脾气急,你也一急,这急一块儿去了怎么行?"

"嗯,以后不会了。"边南低头吃着饭。

吃完饭边南回了屋,正想给邱奕打个电话汇报一下,门被敲了两下。

他过去开了门,老爸走进了他屋里。

"爸,要……上去陪你喝茶吗?"边南不知道老爸是不是要跟他谈邱奕的事儿,门也不知道是要关还是开着。

"没事儿,就说两句话,我晚上跟边皓还要出去谈事儿。"老爸看了看表,"你最近有没有联系过……你妈?"

"我妈?没有。"边南愣了愣,顿时有些紧张,"她怎么了?"

"不知道她,给我打了个电话,劈头盖脸一通骂,骂得挺难听的,她那人……你知道的。"老爸皱皱眉,"你要不有空去看看她,我知道你为难,但是她毕竟……"

"我知道。"边南不知道老妈为什么会突然打电话骂老爸,他是实在不愿意再见到老妈,但还是答应了老爸,"我过两天去看看。"

"那行吧,没什么别的事儿了,今儿你就在家住吧,明天直接去上班。"老爸说着往门口走,准备出去的时候又停下了,"你的事儿,我想了想。"

"哦。"边南心里顿时一紧,看着老爸。

"我对待你的方式是有点简单粗暴了。"老爸说,"我没什么文化,也不懂你心里想什么,就觉得小孩儿嘛,哪来那么多想法……你现在大了,成年了，有什么事儿咱们可以沟通，虽然不一定能沟明白。"

没等边南回答，他走出去关上了门。

边南瞪着门站了好一会儿，才一屁股坐到了床上，有种长长地舒出一口气的感觉，他觉得全身都轻松了，往后一躺倒在床上半天都不想动。

展飞那边的宿舍不到一星期就批了，边南心情不错地去办公室领钥匙，顾玮说这回批得比较快，往年新员工申请未必能通过，而且时间怎么也得半个多月，这回还俩老员工都没申请上。

边南看着手里有石江签字的申请表格，觉得这是石江给他开后门儿了，没准儿是希望他快点儿把房子还给杨旭。

展飞的宿舍还不错，不是单人间，跟学校宿舍差不多，只不过不是架子床，两人三人的都有，边南这间三个人，另外俩是入职三四年的教练，有一个听说快结婚了，正准备把宿舍让出来。

其实边南在宿舍待着的时间不多，下了班他都先往邱奕家跑，邱奕已经赶着这月到期把医院旁边的房退了，这阵正忙着找新的房子，每天白天补完课就到处看房子。

边南帮不上什么忙，只能是每天赶过去陪着邱彦。

邱彦自从邱爸爸走了之后一直表现得很正常，但一到晚上天黑了就会很黏人，连写作业没人在他身边坐着他都会不踏实，晚上必须搂着邱奕的胳膊才能睡着，邱奕要一动，他就会惊醒。

有时待太晚了边南想留下过夜都没办法，小家伙太让人心疼，边南只能每天在邱奕回家之前过来陪着邱彦，顺便照着懒人菜谱做几个菜。

不过他已经发现自己这辈子估计都不可能在厨艺上有什么进展了，做了这么些天，一点儿长进都没有，回回把菜盛到盘子里的时候他都为邱奕和邱彦悲痛一番。

"难为你和你哥了。"边南看着又一不小心糊锅了的菜，"每天都得吃这玩意儿。"

"炒完一个菜要洗洗锅再炒下一个，要不就会煳锅。"邱彦端起盘子往屋里走，"我都说过好多次啦。"

"别教育我。"边南啧了一声，"小玩意儿你哪天给我做一顿呗。"

"我说我来做呀，你又不让。"邱彦笑着跑进屋里。

"我这不是心疼你吗，"边南把另两个菜端了跟着进了屋，"有没有良心了啊?"

邱彦把盘子放到桌上,回身抱住了他:"有的,大虎子最好了。"

边南乐了,放下菜,抱了抱他:"今天可以喝可乐了。"

邱奕坐在桌边正打电话,联系人问房子的事,今天好像找到个还不错的,离家近,房租也还能接受。

边南听了一会儿,房东似乎对租房用来补课还有些犹豫,最后要邱奕先去一家家问过邻居,都同意他才肯租,主要是怕扰民。

邱奕挂了电话之后边南才问了一句:"这么麻烦?"

"嗯,明天我去问问,这也挺好的,省得以后出问题。"邱奕给他俩盛好饭,"我这个学生不多,不会扰民的,就是电动车停楼下别挡着人家车道就行。"

"真累。"边南低头吃了两口饭,"你真决定不上船了?"

"决定了。"邱奕说,"以前有我爸在家,还能照应着点儿,现在我一走就剩二宝一个人,不能总让你跑来跑去吧。"

"就弄这个补习班?"边南有些不放心。

"嗯,先弄着。"邱奕慢慢吃着菜,"就现在都挺多人找的,都已经安排不下了,先看一段时间,如果能行,我就跑跑手续。"

"钱呢?"边南现在对钱已经有了概念,知道这手续和场地什么的跑下来得花不少钱。

"所以说要过段时间,现在只能先这么着。"邱奕笑笑。

"我可以拉拉投资。"边南想了想。

"说得跟要干几千万的活儿似的。"邱奕乐了,"找你爸要钱吗?"

"我一开始觉得可以找我爸,"边南喷了一声,"但是要真找他也挺麻烦的,他肯定没那么痛快,没准儿还得让我写个可行性报告什么的,我们可以找别人。"

"谁?"邱奕看着他。

"杨旭杨大老板,每天赔着本儿做生意还那么孜孜不倦的,他肯定能拿出钱来。"边南笑着说,"还有一个,不过这个不确定,就……罗二公子。"

"哎,还说请他吃个饭感谢一下呢,是不是得等到暑假了?"邱奕说。

"估计放了假还得等等,他约了朋友去旅行。"边南说,"前两天刚跟我说的。"

"哦。"邱奕看了他一眼。

"不过他一回来肯定又拉着我打球,不够烦的。"边南一想到每天要陪罗轶洋没滋没味儿地打球就头大。

"呵呵。"邱奕说。

"呵呵!"邱彦跟着喊了一声。

"呵你……有你什么事儿啊二宝?"边南往邱彦脑门儿上弹了一下,又盯着邱奕看了一会儿,开始嘿嘿地乐,乐了好半天都停不下来,"邱大宝你要不要这么明显啊,就这么不待见他?"

"是你先不待见的,我不得挺你吗?暑假见见呗。"邱奕又很夸张地挑了挑眉,还把手指捏得咔咔响,"正好。"

"你挺久没打架了是吧?"边南笑着说。

"谁说的,前阵儿刚揍过我老叔。"邱奕笑笑。

"你老叔就该揍!"边南一提这事儿就来气儿,特别想倒回那天去再给那什么二叔老叔的来几拳,"说到这个,你家这房子……"

"说不清,到时再看情况吧,当初这房子爷爷过户给我爸的,说是卖,但只要了五万,这个如果硬要说有问题也能扯一阵了。"

"那你打算怎么办?"边南皱着眉。

"说是有规划了,我再打听打听吧,要真是要拆,"邱奕叹了口气,"我打算分他们点儿,打官司什么的耗不起,我也没时间去跟他们扯这些。"

"凭什么?"边南急了。

"我不想折腾了。"邱奕看着他,"这么多年,就因为欠钱的事儿我跟他们一直这么折腾着,笑脸赔过,狠话说过,实在太累了,现在我爸不在了……我就想消停地过日子。"

"那行。"边南也没多说别的,邱奕那些亲戚虽然他统共就见过两回,但有多折腾他能想象得出来,现在邱奕想要重新开始生活,想要没有压力不受干扰地生活也正常。

邱奕说会再找两个叔叔商量,不过怎么商量他没跟边南说,边南也没打听,只知道那俩最近一直没再来闹过。

邱奕的小补习班已经正式开始上课了,一两个月下来还不错,学生和家长都挺满意,边南偶尔有空会跑过去参观一下,听听邱奕给人讲课。

现在坐在布置得挺像那么回事儿挺有学习氛围的房间里听着邱奕讲课,跟以前在学生家里补课的感觉不太一样,这让边南对以后把这事儿继续做下去有了期待。

不过现在邱奕每月赚的钱都存不下来,刨去各种开支,他每周都用一个信封装上这周的钱交给边南,还钱。

"收债的感觉怎么样?"邱奕问他。

"特别有成就感。"边南搓开信封把里面的钱拿出来,唰唰地数了几遍,又用手指在上面一下下弹着,"特别爽,你要不要再接几个学生都弄成三人小班?感觉这赚钱挺多的啊。"

"先不了。"邱奕伸了个懒腰,"别还没怎么样就让人觉得质量降下去了,一对一现在还是要保留,慢慢稳定了再说吧。"

"听你的吧,反正我只管收债。"边南笑了笑,他这钱邱奕还不还的他没所谓,但邱奕要还,他就当存钱了。

"今年二宝生日没过成。"邱奕说,"咱带他上儿童乐园补一次生日吧,叫上他同学一块儿。"

"行,上回是不是方小军那小王八蛋去过儿童乐园一次,吹了好几天来着?"边南问,"咱这回就不请他,不,请他,超过他那次,气死他。"

"你怎么……还就跟方小军过不去了啊?"邱奕乐了,"多大的人了都,老跟一个小学生较劲。"

"小学生怎么了,小学生也分可爱的小学生和讨厌的小学生,就方小军,丫每回见了我都蹦脏字儿,我要不是看他是小学生我早抽他了。"边南换了个恶狠狠的表情,"早晚让二宝收拾了他!"

"你觉得二宝能收拾他吗?"邱奕笑了半天。

"……不能。"边南泄了气,"二宝跟个小面包似的,脾气太好了。"

邱奕没时间去儿童乐园订生日餐,只能是边南抽空跑一趟。

儿童乐园有两个很可爱的儿童餐厅,里面弄得跟童话城堡似的,还有专人负责陪伴,小孩儿都愿意上这儿来吃饭,就上回方小军生日来这吃饭之后,邱彦念叨了好些天。

边南一进餐厅就看到了个熟悉的身影,他愣了愣:"许蕊?"

"哎,边南?"许蕊看到他也挺吃惊,"你怎么上这儿来啦,带二宝来的吗?"

"你怎么在这儿啊?"边南看着许蕊身上色彩鲜艳的餐厅制服,"你没去医院啊?"

"没去。"许蕊笑了起来,"实习的时候觉得自己不适合做护士,就……我喜欢小孩儿,这儿还挺有意思的。"

"你跟万飞赶紧生一个自己玩自己的,不用上这儿玩别人家的了。"边南笑着说,找了张椅子坐下了,"正好,二宝马上要生日了,我过来订个餐,要弄得比较有特色的,你替我安排一下呗。"

"没问题啊。"许蕊马上拿了菜单和活动项目单过来,"你看看。"

边南想给邱彦补一个开心的生日,顺带幼稚地坚持要把方小军小浑蛋给比下去,所以跟许蕊商量了一个多小时才把全部内容都安排好。

许蕊给弄了员工折扣,便宜了不少,全部谈妥交完订金离开餐厅之后,边南觉得心情很不错。

走出儿童乐园,边南没有打车回去,顺着路一直走到路口,停下了。

直走是地铁站,右转是……老妈家。

他犹豫了几分钟,往右转了。

老妈骂过他变态之后,他就没有再跟老妈联系过,现在也不太愿意去联系,但老爸开了口,他还是决定去看看,他不想让老爸太为难。

老妈家还是老样子,那几盆枯死的花过了一个年也没收拾掉,现在都春暖花开了,老妈家门前还是一片枯败的景象。

他在门上轻轻敲了两下。

"谁啊?"老妈在里面问了一句。

"我,"边南说,"边南。"

过了能有两三分钟,他才听到老妈趿着鞋走过来的声音。

门打开了,老妈扶着门堵在门口:"你来干吗?"

"看看你。"边南说,老妈看上去还成,脸色不错,状态……也跟从前没什么变化,一脸不耐烦。

"不用,好着呢。"老妈冷笑了一声,"这刚骂完你爸,你就上门儿了,怎么,还真跟你爸一条心啊?"

边南沉默了一会儿,看着老妈:"你没事儿又找他干吗?"

"闲的。"老妈撇撇嘴,"我就看你有没有把他家弄得一团糟。"

"你别再这样了,这事儿谁对谁错都已经过去了,你就不能好好把自己的日子给过好吗?"边南皱皱眉。

"哎哟，"老妈提高了声音，一脸不可思议地看着他，"哎哟！边南你还能来劝我把日子过好了啊，你自己日子过得怎么样啊？"

"挺好的。"边南压着火，控制着自己的声音还算平静地回答。

老妈一挑眉毛笑了起来："别逗了，边南，你好不了，知道什么叫基因吗，知道什么是遗传吗……"

"我跟你不一样。"边南打断了她的话，"我们对感情的态度不一样。"

"是吗？"老妈的声音突然就放低了，看着他半天没有说话，似乎在研究他这句话真正的意思。

"是的。"边南点点头，"你没什么事儿就行，我走了，不要……再给我爸打电话，别再折腾自己了。"

"我的事不用你管。"老妈又冷笑了一声，"还教训上我了。"

边南没吭声，转身走了，身后传来老妈甩上门的声音。

他笑了笑，掏出手机给邱奕打了个电话："今天我带个蛋糕过去吧？"

"干吗，"邱奕正在补课，能听到那边有小孩儿说话的声音，"二宝生日不是下周吗？"

"不是生日蛋糕，就我想买个蛋糕庆祝一下。"边南说。

"庆祝什么？"邱奕被他说得有些茫然。

"就庆祝一下，我想吃蛋糕。"边南哼了一声。

"那你买吧，庆祝就庆祝吧。"邱奕没再多问，"你一会儿别做菜了，庆祝的话我做菜吧，你做的菜实在是……快把我味蕾都杀光了。"

边南乐了："行。"

边南在店里挑了半天，让人给现做了个小小的巧克力蛋糕，拎着去了邱奕家。

他也不知道自己为什么非得吃个蛋糕，他对甜食一向没什么太大兴趣，手里这个巧克力蛋糕他看着也没觉得有多好吃。

但还是买了，反正有人喜欢吃。

边南拎着蛋糕走进院子的时候发现邱奕已经回来了，厨房外面的架子上还放着几袋刚买回来的菜。

"大虎子！"邱彦从厨房里跑出来，手里抓着一小块儿叉烧，边吃边冲他跑过来，"是不是有蛋糕？"

"是，有。"边南赶紧伸出一只手抓着他的肩膀把他给按停了，"手上都是油,别往我身上抹。"

"我洗手。"邱彦把叉烧都塞进嘴里,跑到水池前洗了洗手,又回头过来往边南身上蹭了蹭,"什么样的蛋糕啊?我看看。"

"巧克力的,过来看。"边南把蛋糕放到葡萄架下边的桌子上,冲厨房里喊了一声,"大宝你今儿怎么这么早?"

"下午那个小孩儿我让吕然帮我上课了。"邱奕走了出来,到桌子边看了看蛋糕,"你还真买了啊?"

"嗯,说了买就肯定买啊,算给二宝预热一下生日吧。"边南笑笑。

邱彦对巧克力蛋糕很有兴趣,趴桌上盯着看个没完,还偷偷捏了一小块儿巧克力下来吃。

"不是生日蛋糕,不用等时间吃。"边南拿了刀洗了,把蛋糕给切了,拿了一块给邱彦,"现在吃。"

"哈!"邱彦很开心地啃了一口。

边南跟着邱奕进了厨房:"做什么好菜了?"

"红烧带鱼,叉烧,柠檬鸭。"邱奕忙着处理鸭子,"够吗?"

"炒个饭呗,大宝牌炒饭。"边南回头看了看,邱彦沉浸在巧克力蛋糕里,他戳了戳邱奕的腰,"哎,大宝。"

"嗯?"邱奕应了一声,"炒不了,没冷饭。"

"你看二宝正跟蛋糕谈心呢。"边南凑过去小声说,"这阵小家伙需要用力补补,感觉要蹿个儿了。"

"用力补有用炒饭补的吗?"邱奕继续忙着,"这又是鱼又是肉又是鸭子的,够他补出一米八六了。"

边南喷了一声:"知道我这个儿是怎么来的吗,就是……"

"就是炒饭补出来的?"邱奕看了他一眼,"那你说我跟你差不多个儿,我怎么补出来的?"

"你就是小时候没补够。"边南用肩顶了他一下,"要不没准儿你能窜到两米。"

邱奕没理他。

边南又顶了他一下:"炒饭。"

邱奕叹了口气,低着头。

"哥哥。"边南继续用肩撞他,"要不现在煮一锅饭放凉了晚上炒饭吃夜宵。"

"哎！"邱奕皱着眉推了边南一把。

"干吗！"边南飞快地回头瞅了瞅，邱彦还在研究蛋糕，"你敬业点儿成吗？"

"你再挤两下我得坐油锅里了！"邱奕又用力推了边南一把。

"就为个炒饭你要打架啊？"边南被他推得直接撞到了身后的墙上。

"打呗，"邱奕笑了笑，"不打就控制一下你的食欲。"

"控什么控制啊？"边南往自己肚子上拍了几下，"您瞅瞅，腹肌都馋没了，您再听听……哎！"

"行行行，你把饭煮上吧。"邱奕笑了半天，转身拿起刀砍鸭子："你该学学我，把一腔食欲都化为……刀工。"

"你玩吧。"边南看了看，也帮不上什么忙，转身出了厨房，"我玩二宝去。"

邱奕做饭依旧那么利索，边南在院儿里跟邱彦玩了没多大一会儿，**他就把菜都弄好了**，三菜一汤，色香味俱全。

邱彦已经吃了一块儿蛋糕，不过对吃饭的热情不减，跑着把**碗筷都摆好**了，坐到了桌边："今天能喝饮料吗？"

"喝瓶酸奶吧。"邱奕说。

"好！"邱彦马上又跑过去从冰箱里拿了瓶酸奶，"今天是**谁生日啊**，为什么这么多菜还有蛋糕？"

"谁也没生日。"边南摸摸他脑袋，"就想吃点儿好的。"

"哦。"邱彦点点头，又低头按按自己肚子，"我要长胖了。"

"本来就不瘦，再胖点儿也看不出来。"边南笑着说，其实这几个月邱彦瘦了不少，原来是个小面包，现在是个小小面包了，也不知道多久能补回去。

吃了一会儿，邱奕看着他问了一句："今儿你去订完餐直接回来的吗？"

"……啊，是啊。"边南犹豫了一下回答。

"儿童乐园离你妈家挺近的吧，"邱奕夹了一块鸭子放到邱彦碗里，"**没过去看看？**"

边南看着他没说过，过了一会儿才叹了口气，这小子肯定是猜到了。

"去了。"边南闷着声音说，"门儿都没进就回来了。"

709

"不愉快？"邱奕轻声问。

"不算愉快吧，反正我跟她在一块儿待着就没愉快的时候。"边南皱皱眉，"习惯了，以后……也不想管了。"

邱奕没再问下去，扭头跟邱彦聊上了。

邱彦的班主任为了分散他在爸爸这事儿上的注意力，给他了个卫生委员当，每天要检查班上卫生责任区的清洁工作。

小家伙对这事儿很上心，干劲十足，谁跟他一提卫生的事儿，他立马就能很得意地说上一堆。

边南在一边儿听着总想乐，想想自己从小到大，别说什么委员了，就四人小组的小组长都没混上过，上课能不被老师撵出去都算这天好好学习天天向上了。

"哎大宝，"边南问邱奕，"你上学的时候当过官儿没？"

"班长、学习委员什么的都当过。"邱奕笑笑，"怎么了？我在航运的时候也是班长啊。"

"就你这么个打架狂人还班长呢，真神奇，你们班长是按打架成就排名来选的吧？"边南连喷了好几声，他只听万飞说过邱奕学习很好，但还不知道邱奕这样的居然是班长。

"怎么了啊？突然打听这些。"邱奕给他盛了碗汤。

"我就问问，好奇。"边南想了想，"你这种从小就好学生的感觉我没体会过，三好学生也总拿吧？"

"废话，那个不是我们这种好学生的标配吗？"邱奕看了他一眼，"初二的时候我连省三好学生都拿过了。"

"三好生还有省级的啊，有部级的吗？"边南喷了一声。

"你烦不烦。"邱奕笑了起来，"是不是特受刺激啊？"

"就有点儿感慨。"边南喝了口汤，"我初中就在体校混日子了，一混就这么多年，要没碰上你，我估计现在也还在混。"

"你现在不就在展飞混着呢吗？"邱奕说。

"谁混了？"边南放下碗，"我可是有目标有计划的。"

"奔石江总教头那位置去的？"邱奕看着他。

"暂时吧，反正我想过了，这工作还不错，我这人也没别的本事了，就会打个球，要就干这个，就展飞最好了。"边南手指在桌上轻轻敲着，"甭管能不能总教头吧，好好干总没错。"

邱奕继续看着他，过了一会儿才笑着说："边南，你还能这么想事儿了啊？"

"谨遵您的教诲，我已经学着思考人生挺长时间了。"边南顿了顿又说，"说真的，虽然你挺烦人的，跟我也根本不是一类人，但是碰上你也算我运气不错了，要没你，我现在不定怎么混着呢。"

"我呢我呢？"邱彦一直在旁边认真吃饭，听了他这句话马上抬起头问。

"哎，碰上你简直是我这辈子了不起的好事儿了。"边南弹了他脑门儿一下，"小活宝。"

吃完饭收拾完桌子，邱彦想出去散步，他今天的作业已经写完了，这会儿不想待家里看电视。

邱奕站了起来："行，走走吧，转一圈正好能赶上火柴厂……"

"我先说啊我不去火柴厂跳舞！"边南没等他说完就喊了起来。

"真不去？"邱奕看着他，一脸认真，"跳跳舞，出点儿汗，回来洗个澡一躺，多舒服。"

"不去！"边南很坚定，上回在一帮大妈大姐环绕之中把广场舞跳成了猩猩舞的惨痛记忆已经刻在了他心里，成为一辈子挥之不去的记忆。

"那你看我跳吧。"邱奕抬起胳膊活动了一下，"我挺久没跟她们聊天儿了，还挺寂寞的呢。"

"……你什么爱好！"边南很无奈。

邱奕家胡同这一片其实没什么可以散步的地方，挺热闹，两边都是商店，但街道都窄，冬天还挺清净，天热了以后就全都是人了。

也许以后规划改造之后能舒服些，边南想到这儿就又瞅了邱奕一眼，想想还是没问房子的事儿，毕竟这事儿邱奕已经琢磨了很多年了。

"你今天是心情好还是心情不好啊？"邱奕慢慢走着，伸手在他背上搓了搓。

"你不一向明察秋毫嘛，猜呗。"边南抬起头看了看天空。

"猜不出来，要不也不问你了。"邱奕笑笑，也抬起头，"一会儿觉得心情不太好，一会儿又觉得好像还不错。"

"就是的。"边南嘿嘿笑了两声，"我自己也说不上来，今儿去看我妈，其实也不是想去看她，就……她打电话把我爸骂了一顿，我爸就让我过去看看。"

"为什么骂？"邱奕愣了愣。

"刷刷存在感，让我爸别扭吧。"边南叹了口气，"我妈这人，我其实一点儿也不了解，我不知道她在想什么，也不知道她想表达什么。"

"这么多年都放不下，多少有点儿扭曲了吧。"邱奕说，"我估计她自己都不知道自己要干吗。"

"嗯，她这人……特别负面。"边南揉揉鼻子，"我从她那里感受到的从来都是郁闷压抑，还有暴躁，还有……"

边南没再说下去。

"二宝走慢点儿！"邱奕把胳膊搭到他肩上，"还有什么？"

"就……"边南偏过头看着他，"我应该跟你说过，不过那会儿咱俩关系还不是这样，你估计也不记得了。"

"是吗？"邱奕想了想，"说说看。"

"我就一直觉得说什么爱不爱啊感情不感情啊挺可笑的。"边南低声说，"我妈老说他俩真的爱过，我就觉得挺没意义的，我也一直觉得这种爱不爱的不靠谱，你说我爸爱林阿姨吗？爱吧，但他又跟我妈在一块儿了，你说我爸跟我妈有爱吗？反正我妈说有，但最后呢？反正就他俩把一大帮人折腾得十来年都不踏实，狗屁爱不爱的呢……"

"然后呢？"邱奕捏捏他肩膀。

"我妈……就像个诅咒，每次想到她，我都……昨天见了面儿她还说呢，结婚了离的也大把，何况我这样的。"边南叹了口气，"我突然就觉得她没劲透了。"

"你怎么想的？"邱奕问。

"没怎么想，我跟她不一样。"边南皱皱眉，"不一样，我也不想跟她一样，至少……她身边没有你这样一个人。"

"嗯？"邱奕看着他。

边南突然就觉得心情飘起来了，打了个响指："你、你爸爸、二宝，你们这个家，所有的一切都让我觉得往上走，人有时候就需要这么个氛围，身边的人，看到的、听到的、想到的，都这么……幸福，人就会不一样了。"

"嗯，就是这样，就这么不一样，我也这么觉得。"邱奕也跟着打了个响指，"要不咱一会儿去火柴厂捋捋心……"

"邱大宝你还能不能行了！"边南吼了一声，"你一会儿自己浪去，我肯定不参加!"

"要去跳舞了吗?"邱彦转身跑过来仰着脸问。

"跳鬼啊,这散步刚散了一百步没到呢!"边南瞪他一眼。

"那要散几百步?"邱彦又问。

"……散一圈儿再说。"边南很无奈。

这一圈儿挺大的,基本上是沿着几条交错着的胡同外围的小街转了一圈,他们慢慢晃完这一圈一个多小时过去了。

边南觉得这种吃饱喝足了拖儿带女……不,拖家带口……不,总之就是一起边溜达边东拉西扯的感觉很不错。

如果最后是回家休息而不是被拖进 火柴厂就更不错了。

"我不跳我不跳我不跳!"边南一进火柴厂院儿里就一连串地喊。

大姐大妈们就见过他一次,居然过了这么久还能认出他来,拉着他就往队伍里拽:"这就上回那小伙儿!"

"哎,记得记得,跳得……还挺逗的呢。"

边南一向对大妈大姐有些不知道该怎么对付,一旦被包围了,他顿时就全身僵硬,举着胳膊几次想逃跑都没找到机会。

"二宝今儿也跳吗?"一个大妈抓着边南的胳膊,扭头冲邱彦笑着说,"今天我们跳'我从草原来'。"

"跳!我会跳!我还会唱!"邱彦很兴奋,一个劲儿地蹦来蹦去,"我从草原来!温暖你心怀……"

边南本来想着要是躲不开就一咬牙蹦几下得了,反正上回跳的动作他凑合还能记得几个,结果听邱彦这一喊他立马急了,一句我靠差点儿脱口而出:"不是小苹果吗?"

"云白!白出了毡房华盖!草绿!绿出了绵延如海……"邱彦根本没理他,唱了两句还RAP上了,没开始跳呢就已经一鼻尖汗了。

"今儿跟我们学学我从草原来吧,下月社区有比赛,我们正排练这首呢。"大妈很开心地说。

"比赛?"邱奕很有兴趣地走过来问了一句。

"是啊,哎,小邱,要不要一块儿?"一个大姐也过来了,拍了拍邱奕的肩膀,"是星期六上午,你不上班吧?"

"我还不确定时间。"邱奕拿出手机翻着记事本,"不过我可以跟你们一块儿练着……"

"邱奕!"边南眼珠子都快扑邱奕脸上去了,"你……"

"行啊。"大姐马上说,"陈大姐领舞,你跟她一块儿领舞呗,这样如果你有事儿来不了不影响队形。"

"领……"边南觉得自己要不按着点儿眼珠子都不行了。

"好。"邱奕笑着点了点头。

"邱……"边南已经说不出话来了,在他心里英俊帅气玉树临风帅遍任学校无敌手的邱奕,居然要跟大妈大姐去参加广场舞比赛,还要领舞!

而且大家都很雀跃,认为加个年轻帅小伙儿进队伍能大大增加她们队伍拿名次的可能性。

"你有时间参加吗?"邱奕问他。

"滚……"边南咬着牙,不过话没说完就被另一个大姐打断了。

"小边不行,动作不协调。"大姐说,一点儿面子都不留。

"蛋……"边南松了口气,把后一个字吐了出来,又小声说,"邱奕你真牛!"

"玩嘛。"邱奕活动了一下胳膊,"开始新生活。"

"你新生活就从广场舞领舞开始啊?"边南就差上去抓着他肩膀晃几下了。

"反正也没别的乐子,咱俩平时就上班下班吃饭,看个电视。"邱奕笑得很愉快,"做个饭收拾个屋子,精力都用不掉……"

"跳跳跳跳……"边南赶紧指着队伍,"跳去!"

广场舞跳了一个小时,邱奕把动作都学会了,边南在队伍里张牙舞爪地也学了个差不多,邱彦一个动作没学会,就跟着音乐边唱边蹦了一晚上。

回到家的时候边南觉得自己明天上班挥拍的时候都能按着节奏来了。

"二宝你都臭了,洗澡去!"边南拎过邱彦闻了闻。

"你也臭了!跳得那么难看也臭了。"邱彦也闻了闻他,扭头拿了衣服去洗澡了。

"嘿!"边南乐了,"跳得难看就不让臭啊,就你哥跳得好看才让臭吗?"

"怎么样,"邱奕把身上的衣服脱了,往沙发上一倒,"活动得爽吗?"

"我后天就要参加展飞的网球比赛了,我现在严重担心我会扭着打……"

边南看着邱奕还带着点儿汗水的赤裸上身，"裤子一块儿脱了呗，浪催的。"

"羡慕还是嫉妒啊？"邱奕笑了起来，拿过衣服盖在自己身上。

"燃起了嫉妒的熊熊大火。"边南叹了口气，坐到邱奕身边把电视打开了，把邱奕往一边扒拉开坐了下去。

邱奕立马用脚蹬了他两下："干吗？坐椅子去。"

"嘿你一个人坐得完一张沙发吗！"边南喷了一声，"我坐个沙发还不行了啊？"

"不行。"邱奕把他往一边推了推，"我现在要舒展枝叶。"

"哎哟广场舞就像那春天的雨，"边南一脸鄙视地看着他，"浇开了你鲜嫩的小枝丫啊？"

"没错，还是荧光绿的。"邱奕看着电视一脸严肃。

两秒钟之后俩人窝沙发上笑成了一团。

好像挺长时间没这么笑了，边南笑得抹了抹眼泪，半天才停下来，听了听院子里的动静："好像早就没水声了，二宝洗睡着了？"

"我去看看。"邱奕搓了搓脸，站了起来。

"我去。"边南把他推回沙发上，"万一真睡着了你肯定又得说他。"

"怎么在你眼里我跟什么不讲理的家长一样啊？"邱奕有点儿无奈。

"您太威严了。"边南边往外走边说，"有时候我瞅着你我都怕。"

邱彦已经洗完澡了，边南一出门就看到他正坐在院子里的小石墩儿上，仰着脸往上看着。

"赏月啊？"边南过去在他旁边蹲下，摸了摸邱彦湿漉漉的卷毛。

"大虎子，你今儿晚上在我家住吗？"邱彦转过脸看着他。

"我得回宿舍啊。"边南笑笑，"我从你家去上班挺远的……"

"哦。"邱彦应了一声，"我就觉得……家里人少了，撒鼻息。"

边南又想笑又觉得心里有些发酸，邱彦这种感觉他能体会，他有很长时间都觉得这家里变空了，他摸了摸邱彦的鼻子："又撒鼻息了，不是有哥哥陪着你吗？"

"那还是少一个人啊，哥哥又还没结婚。"邱彦皱皱眉，"要是有个嫂子，就多一个人啦。"

"这个啊……"边南有点儿卡壳，不知道该怎么说下去。

"大虎子，"邱彦托着腮，"我同学说，我爸在星星上，是不是啊？"

715

"是,是!"边南赶紧用力点了点头,"有时候也在月亮上。"

"月亮上啊?"邱彦想了想,又摇摇头,"不会。"

"为……什么不会?"边南搂搂他。

"我妈肯定吃醋,有嫦娥呢,我爸不敢。"邱彦靠着他笑了笑。

边南愣了,过了一会儿乐了:"你妈妈醋劲儿这么大呢?"

"嗯!"邱彦笑着点头,过了一会儿又垂下眼皮,叹了口气,"哎,你们拿这些骗小孩儿的时候,知道小孩儿不会相信吗?"

边南正在他脑袋上揉着的手停住了,半天才说了一句:"你不信啊?"

"想爸爸的时候就信。"邱彦又抬起头看着天,"不太想的时候就不信了,不过人死了总会去个什么地方吧,我觉得爸爸妈妈现在在一起。"

"嗯,那肯定的,去哪儿了咱也不知道。"边南有些感慨,邱彦年纪不大,懂得还真是挺多的,还总琢磨事儿,这真是经常让人措手不及,"他和妈妈现在肯定在一起,你和哥哥的事儿他们也会知道。"

"那是不是也知道我今天晾衣服的时候把湿衣服掉地上啦?"邱彦看了看院子里晾着的衣服,"我懒得再洗就捡起起来直接晾啦。"

"是谁的?"边南忍着笑。

"我哥哥的。"邱彦小声说。

"你哥的没事儿。"边南说,"干了以后拍拍土就能穿了。"

跟邱彦在院子里小声说了会儿话,邱彦的心情慢慢好了,推了他一下:"你快去洗澡吧,给我抱脏啦。"

"哎!你现在都学会嫌我了?"边南哭笑不得地说。

邱彦笑着抱住他脖子:"一点儿也不嫌。"

"去睡觉吧,不早了。"邱奕看了看时间,"明天还上学呢。"

"知道啦!"邱彦响亮地回答,跑进了屋里。

边南跟进去,从柜子里翻了套邱奕的衣服出来去洗澡了。

院子里这个小澡房是以前加盖的,后来邱奕重新弄过,贴了砖换了喷头什么的,天热的时候邱彦差不多天天得在这里头玩一个多小时。

边南没进来过几次,不过感觉还成,宽敞,空着的地方都够再放个浴缸了。

要再弄个浴缸,那夏天邱彦估计就会住澡房里不出去了。

正冲着水胡思乱想的时候,澡房的门突然响了一声,边南脱了个精光,一听门响，吓得赶紧捂着下边儿。

这要隔壁老太太进来了……

"干吗跟个小姑娘似的。"邱奕把门推开了一条缝，往里瞅了瞅。

"你跑这儿来干吗？我没洗完呢！"边南瞪了他一眼，"你要着急在院儿里冲冲得了。"

"不着急。"邱奕把门又关上了，"我就看看你开始洗了没。"

"神经病。"边南喷了一声，拧开了喷头，晚上的水略微有点儿凉，他兑着点儿热水器里的热水一块儿冲着，"你要不要帮我搓搓背？"

"我怕给你搓白了你不习惯。"邱奕在外面笑着说，听声音是走开了。

边南今天活动得一身汗，站在喷头下用温水一冲，感觉很舒服，水流经过之处的毛孔都扭动着张开了。

邱奕站在水池前，手里拿着一卷管子，这是平时他在院子里洗车洗地什么的时候用来接水的，挺长，能一直拉到澡房门口。

他把管子在水龙头上接好，轻手轻脚地把管子一直铺到了澡房外面。

澡房里水声响得挺欢，边南估计洗得挺投入的，他勾起嘴角笑了笑。

这种幼稚得他都不好意思多想的事儿，今天居然打算亲自干一回，都不知道自己这是怎么了，果然跟二货在一块儿待久了，就同化了……

把水龙头拧开到最大，没几秒钟，水管那头就涌出了水柱。

他过去捏住管子口，贴着门轻声叫了一声："边南。"

"嗯？"边南在里面应着，"都说了等一会儿你急什么啊，你要急你进来跟我挤得了，反正……"

边南话说了一半，邱奕把澡房门一脚踢开了，捏着水管冲着里面就一通滋。

这院子里的老式水龙头跟高级住宅里温柔的龙头不一样，水出来又大又猛，两条水柱对着边南就冲了过去。

"啊！啊！啊——"边南说话的时候转过了身，水柱在他脸上身上一通乱打，还是凉水，激得他原地蹦了半天都没想到往边儿上躲一躲。

最后他转过身趴在墙上喊："邱奕你有病吧，打击报复呢吧！"

"说错了。"邱奕笑得不行，水管对着他后脑勺屁股来回滋着，"这怎么能是打击报复呢，这是按您的教诲恢复童心呢！"

"你有种……"边南刚要转身想冲过来，水柱已经对着他脸滋了过来，打得他眼睛都睁不开，还喝了好几口水，"跟我对着来，偷袭算……什么？"

"都偷袭我多少回了。"邱奕拿着水管没给他喘息的机会，"这账一块儿算了吧！"

"你……真行！来来来！怕你啊！"边南一把扯下了墙上的喷头，几下把头给拧了下来，把水给开到最大，一转身对着邱奕这边也滋了过来。

邱奕身上还穿着衣服，瞬间就被浇透了，俩人边乐边对着滋水。

"怎么了呀？"已经上床睡觉的邱彦大概是听到了动静，跑到了澡房门外，还没看明白是怎么回事儿，已经被滋了一脸水，他响亮地笑了起来，"哈哈哈！"

"哎二宝你别……"边南听到邱彦的声音，赶紧把水管偏了偏，话没说完又被灌了一嘴的水。

邱彦爱玩水，一看这架势，顿时兴奋地冲进了澡房，站在两人中间，连蹦带跳的笑得脆响。

最后邱奕的水管突然放低，对着邱彦浇了一脑袋水。

"干吗你！"边南一看就急了，过去抱住邱彦，"这滋一身水一会感冒了！"

"哎，"邱奕靠着门框，把水管扔到了地上，"早湿了。"

"你哥疯了，你哥疯了。"边南拿过毛巾邱彦脑袋上擦着，"走走走，换衣服去。"

"你先穿衣服啊！"邱彦还在笑，边笑边往边南背上拍了一巴掌。

"我……"边南这才反应过来自己还是光着的，赶紧转身抓了裤子就套，水都没顾得上擦。

"自己去换衣服。"邱奕笑着对邱彦说，然后转身去水池那儿把水龙头给关掉了。

等边南把邱彦湿乎乎的头发都吹干让他睡下了，邱奕才洗完澡进了屋，往沙发上一扑："哎，闹死我了。"

"你神经病！"边南过去一屁股坐在他旁边。

"我长这么大头一回跟人这么闹。"邱奕笑笑，"简直不适应，累死了。"

"你困了吗，上床睡吧？"边南看了他一眼，这一坐下来，他也觉得又困又累的。

"我就睡沙发了，不想动了。"邱奕打了个呵欠，"你进屋睡吧。"

"我不。"边南想了想，"那我也睡沙发。"

邱奕家的沙发还算大，带个拐弯，邱奕趴在了这边，边南决定趴另半边。

"随便你。"邱奕笑了笑，"脚别冲着我就成。"

"肯定脑袋冲着你啊。"边南立马蹦上了沙发，跟邱奕头碰头地躺了个直角，"我这么有素质的人。"

"过阵儿二宝踏实些了我想让他睡我爸屋里去。"邱奕翻了个身侧躺着，"以前我爸还想给他买个小床，怕他总跟大人睡会太娇气。"

"二宝可不娇气。"边南笑了笑，"我觉得他长大了肯定特别能干，性格还好，不过……刚我俩说话你听见了没？"

邱奕笑了笑："听见了，他这阵一直都这样，只是不大跟我说。"

"他都想到你结婚的事儿了。"边南皱皱眉，"比你琢磨得还远啊……"

"唉……"邱奕轻轻叹了口气，"看来过段时间我得找个合适的机会跟他聊聊未来规划什么的了。"

"能行吗，"边南坐了起来，有些不放心，"一个小学生你跟他说这么沉重的话题干吗啊？"

"他都已经开始想了，就说明可以聊了啊，学着拿主意什么时候都不早，"邱奕笑笑，"再说还有你，我要是把他说迷糊了，你可以再给他扳回来。"

"唉，"边南倒回沙发上，"我怕我要说得不合适，二宝不喜欢我了。"

邱奕笑了半天："你还担心这个呢。"

"当然担心，"边南喷喷几声，"十个大宝也抵不上一个二宝呢。"

俩人有一搭没一搭地聊着天，没多大一会儿边南就睡着了。

这一觉睡得很踏实，一觉睡到邱彦起床走来走去地洗漱整理书包他才睁开了眼睛。

邱奕已经醒了，靠在沙发扶手上闭着眼睛睡回笼觉。

"二宝，"边南坐了起来，"咱俩去买早点吧。"

"嗯。"邱彦跑过来靠到他身上，"你俩昨天怎么睡沙发啊？"

"我俩聊天儿聊睡着了。"边南抱抱他，伸了个懒腰站起来穿上了衣服。

"下次我也要聊。"邱彦对于没能参加聊天儿有些郁闷，"我也要在沙发上睡觉，我还没在沙发上睡过觉呢。"

"又不是多高级的地儿,没睡过沙发有什么好遗憾的啊。"边南乐了。

"不过我在院儿里躺椅上睡过。"邱彦说,"可凉快了,就是醒了以后腰疼。"

"哎哟,你还腰疼呢,你有腰吗?"边南说。

"有啊。"邱彦往自己腰上指了指,"就这儿,后边儿一点。"

边南往他腰上捏了捏:"这儿有腰吗,全是肉啊?"

"别把我当五岁小孩儿逗。"邱彦很不满地看着他。

"是,好。"边南笑着出了屋,到水池边洗漱,"九岁了呢,不是小孩儿了。"

邱彦九岁了,边南虽然一直觉得小家伙多数时间里都是迷迷糊糊的,也没什么心眼儿,碰上事儿了才觉得他跟邱奕很像。

迟到的生日小宴会让邱彦很开心,兴奋得不行,在儿童餐厅里跟同学又唱又跳的折腾得都不知道累。

邱奕和边南坐在一边看着,一帮小孩儿都闹得满脑袋汗。

"我看都看累了。"边南叹了口气。

"挺好的。"邱奕笑了笑,"我好像都没这么玩过。"

"要不你过去一块儿呗。"边南笑着说,"正好我看许蕊她们就俩小姑娘都忙不过来了。"

"其实,我爸的话也没错,虽然我一直不肯承认。"邱奕靠在椅子上轻轻叹了口气。

"什么话?"边南看着他。

"小孩儿还是得像小孩儿才好。"邱奕仰了仰头,"我一直挺害怕二宝变得跟我一样。"

"不会。"边南捏捏他的肩,"有你在他不会变得跟你一样的,什么事儿你都扛了,你看他基本还是个小傻子。"

"嗯,再跟你待一块儿时间长点儿,基本就全傻回去了。"邱奕点点头。

"滚蛋。"边南蹬了他一脚,正想站起来把邱奕拖到活动区的垫子上去时,手机响了,他指了指邱奕,"一会儿收拾你。"

电话是罗轶洋打过来的,边南这边儿刚一接起电话,就听到了他愉快的声音:"边助!"

"小罗同学。"边南说。

"这阵儿怎么样,心情好点儿没?"罗轶洋在那边问。

"嗯,挺好的,那天还跟邱奕说要请你吃饭谢谢你呢。"边南看了邱奕一眼。

邱奕正偏着头看他。

"这有什么好谢的,也没帮上什么忙。"罗轶洋叹了口气,"不用这么客气,陪我打几场球就行了。"

边南一听打球就一阵头大:"……等你回来了再说吧。"

"别再说啊,先说了好呗,省得到时又逮不着你人。"罗轶洋说,"我过几天就回了。"

"过几天?"边南愣了愣,"我这儿小学生才刚要放假,你们怎么跟小学一个时间啊?"

"我上的就是小学啊。"罗轶洋说,"别转移话题,说好了啊,打球,要不打球就也别请我吃饭了。"

"行行行。"边南有些无奈,"你回来了给我电话吧。"

边南挂了电话,往邱奕身上一斜,腿搭到另一张椅子上:"哎,过几天罗轶洋就回来了,请他上哪儿吃啊?"

"成都小吃。"邱奕说。

"什么,"边南愣了愣,扭过头看着他,"成都小吃?"

"酸辣粉,或者来份炒饼。"邱奕一脸正经地说,"家里二宝的酸奶还有几瓶,可以带上……"

边南瞪着他看了一会儿就乐了:"多大的人了怎么跟小孩儿似的,人罗轶洋可是帮了忙的呢。"

"啊对,这个是得好好谢谢,那先请顿好的吧。"邱奕还是很严肃,"以后再碰上了就成都小吃。"

边南笑得不行:"你还真没完了啊,就这么看不上他?"

"谁让他成天没事儿就跟你后头。"邱奕说完没绷住也乐了,"人万飞都没见天儿缠着你打球呢。"

"万飞那是没空。"边南嘿嘿乐着,"再说我俩天天训练,打都打烦了。"

"哎对了,"邱奕想了想,"有个很重要的事儿,你那信不能再宽限了,就我生日那天吧。"

"……好。"边南咬咬牙。

邱奕不说他都没注意自己的日记已经停了挺长时间了。

不过这段时间要真认真地理理自己的情绪,倒有挺多感悟的,就不知道能不能写出来。

别说写出来了,就有时候想表达一下自己的想法他都觉得费劲,比如每次跟老爸说话,他都很难说出自己真正想说的东西。

虽说现在周末回家已经不再像从前似的那么别扭,反正现在跟他关系最别扭的边馨语基本上见不着,但跟老爸面对面的时候,他还是感觉费劲,这大概不是一天两天一个月两个月能转变过来的了。

老爸估计也在寻找跟他相处的正确方式,有时候会问问他工作的事儿,也不跟以前似的一提展飞就表示不屑了。

挺好的。

边南坐在球场边,看着正在球场上挥着拍子的人,自己起码认真把这份工作干好了,让老爸心里能舒坦些,不用老觉着他是个废物。

"现在挺像个教练了。"顾玮走过来往他身边一坐,"坐这儿表情特别严肃,特别威严。"

"我沉思呢,谁还笑着沉思啊。"边南拿了自己的杯子喝了口水。

"快沉思吧,罗轶洋是不是回来了?又该缠着你打球了,你沉思的日子即将结束。"顾玮笑着说。

"还能思几天吧,他不是一回来就让他妈关屋里了吗?一学期没见想儿子想得不行不行的。"边南说。

边南的判断有些失误,中午的时候他接到了罗轶洋的电话:"是不是要请我吃饭啊,下午吧!"

"你不是刚回来吗,不用陪陪你妈?"边南挺惊讶的。

"陪了两天了,我妈终于看我看得有点儿烦了。"罗轶洋笑着说,"就今天吧,我下午直接过去饭店就行。"

"行,定了地方我告诉你。"边南说。

饭店是邱奕挑的,就跟他租来补课的房子离着两条街,一家清真馆子,听说菜做得很地道。

不过这地方不太好找,罗轶洋开着车都到旁边那条街了,边南和邱奕还在饭店门口等了十来分钟才看到他的车开了过来。

"边南!"罗轶洋从车上跳下来就给边南来了个拥抱,"好久不见。"

"多久啊?"邱奕在一边说。

"一学期呢!"罗轶洋又在边南背上用力拍了好几下才松开了。

"还好,要再久点儿该让你拍出肺炎了。"邱奕笑了起来。

"咱俩算算更久没见呢。"罗轶洋转身就又抱住了邱奕,在他背上也拍了几下,"你爸爸的事……节哀。"

"谢谢。"邱奕被他拍得咳嗽了两声,"住院的时候真谢谢你了,换的那个病房真挺好的。"

"真不用客气,边南的朋友就是我朋友,这点儿小忙真的不用谢。"罗轶洋一挥手,往饭店里走,"饿死了,我中午都没吃呢。"

边南笑了半天,跟邱奕一块儿往里走,小声问:"感觉这人怎么样?"

"挺……活泼的。"邱奕笑着说。

"一会儿有机会跟他说说补习班的事儿吧,我觉得他能愿意一块儿。"边南说。

邱奕犹豫了两秒钟点了点头:"行。"

罗轶洋对不熟的人态度不怎么好,熟了一些之后就不同了,话也多,还挺仗义,边南觉得这小子跟自己性格挺像的,不过比自己傻多了。

"你现在住展飞宿舍啊?"罗轶洋问边南。

"嗯,先……住一阵。"边南点点头。

"哎挺好,出门就能打球。"罗轶洋很羡慕地看着他,"跟谁住的,还有空床没?"

"你干吗?"边南愣了愣。

"我也申请一间去,这样咱俩晚上可以打球嘛,还不耽误你工作。"罗轶洋有点儿小兴奋,"哎我早怎么没想到呢?"

"你赶紧醒醒吧,就这间宿舍还是开了后门儿的。"边南看了邱奕一眼,邱奕没什么表情,不过眼神里带着笑,他拿手在罗轶洋面前晃了晃,"我又不是你私教,你还真拿我当陪练呢,再说你要来住宿舍,你妈不得上展飞砸场子啊。"

"哎!你这人真是……"罗轶洋用力叹了口气,想想又看着邱奕,"你真不会打网球?"

"真不会。"邱奕笑着说,"我要会打,你是打算住我家去吗?"

罗轶洋笑了半天,又叹了口气:"想要找个投缘的球友太难了。"

今天邱奕的意思就是请罗轶洋吃个饭表示一下感谢,几个人边吃边聊,虽说边南想拉上罗轶洋,但他并不着急说这个,补习班目前的情况还不错。

不过聊到邱奕的工作时,罗轶洋一听他在弄补习班,顿时来了兴趣:"我大一的时候还想跟同学弄一个补习班呢,就是手续太麻烦就一直没做。"

"是吗,"邱奕笑了笑,"打个高考状元的招牌?"

"没错。"罗轶洋也笑着说,"我这简直就是免费广告。"

"我现在就是小规模的,十来二十个人。"邱奕说,"要真做个正规补习班要跑什么教育局教育委员会,加上工商物价,这一堆怕办不下来手续。"

"暑假正好啊,咱俩可以一块儿跑。"罗轶洋说得很干脆,"我以前打听过流程,差不多该跑哪儿我都知道,不行的话还可以……让我爸找找关系。"

罗轶洋说得很愉快,说完了邱奕和边南都没说话,一块儿看着他。

他这才愣了愣:"我是说……一块儿做,有没有兴趣啊?我入伙。"

邱奕还没开口,边南问了一句:"你有钱吗?"

"有啊。"罗轶洋想了想,"又不是一开始就来个几百人的学校,有十来万就可以先弄着了,一人出一半儿不就得了吗?"

邱奕看了边南一眼,他的钱基本都给边南了,有多少他也没个数。

"你暑假完了就闪人了啊?"边南说,他卡里算上邱奕这段时间给他的和之前剩下的出一半没有问题。

"我回来一趟又不难。"罗轶洋喷了一声,"主要是前期麻烦,所以才说暑假跑跑嘛,其实要换个人我未必愿意,一块儿做什么事儿,最重要的还是有眼缘。"

因为罗轶洋的眼缘,这顿饭基本就没再聊别的了,都在说补习班的事儿。

罗轶洋很有热情,而且估计也是从小到大没碰过坎儿的人,要不是邱奕一直保持着冷静,感觉他说一半就有捞袖子出门开干的意思。

吃完饭,罗轶洋跟邱奕交换了一下电话,开车把他俩都送到邱奕家,然后从车窗里探出脑袋冲着邱奕喊:"小邱,我想到什么就给你打电话啊!"

"行。"邱奕点点头。

看着罗轶洋的车开走之后,边南舒了一口气,一晚上就听罗轶洋和邱奕一个激动一个冷静地讨论着,对于很少费这些脑筋的他来说,简直跟上刑差不多,吃菜的时候都觉得嚼的是各种手续。

"我感觉你要不拦着,他今儿晚上就能逼着咱都把钱拍出来先把场地给租了……"边南感叹着。

"挺好的,做事最怕只说不行动,开故事会似的来回说,最后没影儿了。"邱奕伸了个懒腰,拍了拍边南的肩,"要真开始弄了,他应该就没空天天找你打球了。"

边南打算先去邱奕家跟邱彦待一会儿,这两天邱彦放假了,每天都盼能见着他。

俩人刚走到院子门口,邱奕的手机响了,他掏出来一看就愣了愣,罗轶洋的电话,他接了起来:"你不是开着车呢吗?"

"停路边儿了。"罗轶洋说,"我是这么想的,要不明天我先去跑跑场地?"

邱奕没忍住乐了:"这事儿不是说你找个空房就能用,还要考虑很多别的条件……"

"大虎子!"邱彦正跟邻居老太太坐葡萄架下边儿聊天,看到边南就连喊带蹦地跑了过来,"还以为你今天不过来呢!"

"想我了没!"边南搂着他狠狠亲了一口,"跟奶奶聊什么呢?"

"奶奶给我讲故事呢。"邱彦拉着他过去坐到了老太太旁边的椅子上,"一块儿听吧。"

"讲什么故事啊?"边南问。

"西厢记。"邱彦说。

"哎哟,"边南乐了,看着老太太,"奶奶您这教他谈恋爱啊?"

"非让我讲故事。"老太太笑了半天,"我这儿一下也想不出什么故事来,就给他讲这个,这小家伙什么都懂呢,都不用教。"

邱奕一直站在院子里打电话,基本都是罗轶洋那边说,他时不时说两句,边南听了一会儿也听不出什么来,于是拿了茶壶去泡了点儿茶,坐下跟老太太聊天儿。

聊了快二十分钟,老太太说回屋睡觉了,那边邱奕的电话还没打完。

边南靠在躺椅上百无聊赖地跟邱彦玩猜谜语,邱彦有本谜语书,估计他都已经把上面的谜语背下来了,挨个给边南猜。

边南本来这一晚上脑浆子都被搅乱了,连着好几个都猜不出,被邱彦一通嘲笑。

他有点儿恼火地瞪着邱奕，等邱奕眼神跟他对上了，他才压着声音说："干吗呢，这聊了都一小时了。"

"不许说脏话。"邱彦趴在他身上说。

"你哥烦死人了。"边南喷了一声。

"你跟我玩呗，我又不烦人。"邱彦说。

"你也别玩了。"边南看了看时间，"该睡觉了，今天的暑假作业写完了没？"

"早写完啦，放桌上了。"邱彦指指屋里，"还写了日记呢。"

"那睡觉。"边南半抱半拎地把邱彦提起来放到了水池边，"洗脸刷牙。"

邱彦洗漱完了进屋去睡觉了，邱奕才终于挂了电话，一屁股坐到了他旁边，喊了一声："哎！"

"聊爽了？"边南斜眼儿瞅着他。

"这罗轶洋话也忒多了点儿。"邱奕揉了揉眉心。

"不知道。"边南晃了晃躺椅，"我没跟他这么聊过。"

邱奕没说话，偏头看了看他，嘴角勾了勾："还说我呢？"

"早知道今儿还就该请他一碗酸辣粉就完事儿了！"边南喷喷几声，"这一个暑假可真精彩了。"

"那跟他说算了呗，不要他了，反正也不是我想拉上他的。"邱奕笑着说。

"大局为重。"边南一脸严肃，"我这点儿牺牲没有关系。"

"行了。"邱奕打了个呵欠，"你今儿回宿舍吗？"

"回，明天展飞比赛呢，之前不是打了一轮吗，居然还有第二轮。"边南叹了口气，"还有什么请来的嘉宾，电视台还要来录像。"

"那我得守着电视等新闻了。"邱奕笑着说。

"快得了吧，我之前比赛的录像你看过没？电视上一看，我就跟傻子似的。"边南皱皱眉。

"你打球挺帅的，哪儿傻了？"邱奕看着他。

边南挥挥手："不说打球，我上回看的时候正好是休息，我正擦汗呢，看着特像山大王下山抢粮来了……"

邱奕没说话，靠椅子上乐了好半天。

"笑吧，笑吧。"边南叹了口气，站起来蹦了蹦，"我回宿舍了，你明天怎么安排的？"

"跟平时一样，过去补课，又来了俩学生，我明天要先聊聊看他们跟哪个进度的小班合适。"邱奕站起来活动了一下，"明天让二宝过去看你比赛行吗？放假了他老一个人待家里也没意思。"

"行啊。"边南说，"我接他还是你送他过去？"

"他自己过去，他知道怎么坐车。"邱奕说，"或者我明天跟李哥说说，让他出车的时候给捎过去就行。"

"那我明天等着他。"边南说。

"边南啊，"邱奕看着他，想了想才又说下去，"你在展飞的宿舍……是不是石江给你开的后门儿？"

"嗯。"边南抓抓脑袋，"应该是，反正新员工都没有批得这么快的，这批还有俩老员工没轮上呢……我是不是挺有面子的？"

"是挺有面子的。"邱奕笑笑，"下个月把宿舍退了吧。"

"啊，为什么啊？"边南愣了愣，"退了我住哪儿啊……"

"要这批没有老员工也就算了，有老员工还没申请上呢，你一个刚入职的……"邱奕叹了口气，"你没想过这里头的问题吗，会不会不太合适？"

"我还真没想这么多，我还挺得意呢。"边南往墙上一靠，"这要让人在背后说点儿什么……还真是不太好。"

"回家住呗要不？"邱奕拍拍他肩膀，"正好是个机会，跟你爸也缓和点儿了，回家住，你要觉得天天回家不舒服，有时……"

"我就上你家来蹭床，怎么样？"边南笑着说。

"行。"邱奕笑着点点头。

"那我到时得先来占地儿，我估计会经常来，我得在这儿划出我的地盘儿来。"边南挥了挥手。

"行。"邱奕继续点头。

展飞前几年都有比赛，今年弄得阵式特别大，借机会好好宣传，听顾玮说今年下半年还打算在市里弄个什么展飞杯网球赛。

边南早上起来还没出宿舍，就能听到楼下乱糟糟的声音。

他到走廊上往下看了看，宿舍楼下是仓库，工作人员都在准备布置看台了，横幅、桌椅、一箱箱的水都堆在了楼下。

第二轮比赛算是水平比较高的,有几个小学员的水平搁体校去也能横扫了,来看的学员和观众挺多的。

边南换了衣服到球场那边转悠了一圈,展飞请了专业的公司来布置和准备,没什么需要帮忙的。

正想给邱彦打个电话问问出门了没,邱彦的电话打了过来:"大虎子,我在这个展飞的门口了!"

"哎哟,这就已经过来了?"边南赶紧往门口跑。

一过去就看到了正站在前台仰着头跟接待小姑娘聊天的邱彦。

"二宝!"边南喊了一声。

"我就是找他。"邱彦指了指他,对接待小姑娘说。

"你弟弟啊?"小姑娘笑着问,"真可爱。"

"嗯,可喜欢网球了,有比赛就让他过来看看。"边南摸摸邱彦的脑袋,"我带你进去吧。"

"嗯。"邱彦点点头,又扭头冲小姑娘说,"一会儿我过来找你聊天儿。"

"好啊。"小姑娘笑得不行,"你过来我要没在就给我打电话哦。"

"好!"邱彦说。

"邱小彦,"边南拉着他的手边走边乐,"你又问人要电话了?"

"嗯。"邱彦把手机放到书包里,很仔细地把书包扣好,"我看人好多啊,怕一会儿你顾不上我,就要了那个姐姐的号码,有事儿可以找她嘛。"

"真厉害,都能想到这些了。"边南这夸奖很由衷,"想吃什么,我先带你去买点儿吃的,你一会儿可以边看边吃。"

"牛肉干、麻辣鱼、酸奶、橄榄、豆腐干、巧克力……"邱彦一连串地报着,气儿都不带喘的。

"再说一遍。"边南停下,蹲到他面前。

"你学我哥。"邱彦笑了起来,靠到他身上,"酸奶和牛肉干,行吗?"

"行,走。"边南笑着说。

给邱彦买好吃的,边南带着他往球场那边走,邱彦很兴奋地转着脑袋东张西望:"大虎子,今天你比赛吗?"

"我啊,我不是比赛,我就是跟别的教练打个表演赛,主要是那些学员比赛。"边南拿出手机给邱奕发了个短信告诉他邱彦到了,"我一会儿得去看看我和玮哥的学员,我给你找个姐姐先陪着你好吗?"

"嗯。"邱彦不认生,跟着谁都能跟人家聊得上。

边南往四周看了看,冲跑道那边喊了一声:"二欢!"

李欢欢跑了过来:"小黑,什么事儿?"

"替我带着这小家伙。"边南摸摸邱彦的头。

"行。"李欢欢弯腰看着邱彦,"真漂亮啊,你儿子?"

"他儿子哪能有我这么白啊。"邱彦把手里的牛肉干递到李欢欢面前,"姐姐好,我叫邱彦,你吃牛肉干吗?"

"谢谢啊。"李欢欢拿了一块牛肉干边吃边冲边南乐着,"哪儿来的小孩儿啊?这么好玩。"

"朋友的弟弟。"边南说,"你拿着慢慢玩吧,玩不下去了给我打电话就行。"

李欢欢把邱彦领走之后,边南又给顾玮打了个电话,这会儿乱糟糟的他一直都没找着顾玮在哪儿,也不知道该干点儿什么,第一轮的时候还有不少人在旁边球场训练,今天一看电视台来了,都过去看比赛了。

"我在办公室这边呢。"顾玮接了电话,"现在没咱们什么事儿,你过来陪我跟嘉宾聊聊天吧。"

"嘉宾?嘉宾在办公室,不都安排到会议室休息了吗?"边南愣了愣,"哪有把请来的嘉宾扔办公室里的。"

"就这一个嘉宾在这儿,你过来吧,你认识。"顾玮说完就挂掉了电话。

认识?

边南想了半天也想不出来什么嘉宾是自己认识的,体校的教练?打过比赛的选手?

无论是教练还是选手,他估计都没什么话可说,感觉有点儿遭罪,早知道不给顾玮打电话了。

办公室这边没什么人,都去球场了,顾玮和几个年轻教练的办公室在走廊这头,边南刚一走过去,就看到了面对着门这边坐着的一个人。

他眼睛一下瞪圆了,又揉了两下才走了过去:"杨叔?"

杨旭一听就喷了一声,也没答话。

"杨哥,你怎么在这儿?"边南看着穿着一身运动服的杨旭,办公室里除了顾玮,就只有杨旭了,他有些不敢相信自己的眼睛,"你是嘉宾?"

"啊。"杨旭照旧是懒洋洋地笑了笑,"嘉宾。"

"你是嘉宾?你来做老婆饼吗?"边南虽然已经知道了杨旭也打过网球,但真没想到他会是嘉宾,这都多少年没打球了,技术肯定不如做老婆饼强。

"这什么话啊!"顾玮在一边乐了,"边南你陪杨哥聊会儿吧,我去外面转转。"

"行。"边南点点头,一屁股坐到了椅子上。

要说别人他真不愿意陪,还得找话题跟人聊,可要是杨旭,那就轻松多了,只是他的震惊好半天都缓不过来。

顾玮走了之后,边南往杨旭身边凑了凑:"你是不是倒贴钱来的,展飞是不是没钱请靠谱的嘉宾啊?"

"你嘴真欠。"杨旭看着他,"问你们石教练去。"

"他请你来的?"边南顿时想给罗轶洋打个电话,好好地讨论一下这俩人到底是怎么回事。

"嗯。"杨旭笑了笑,"今儿我跟他打一场玩玩。"

边南愣了,过了一会儿才往椅背上一靠:"那你完了,你跟石江打你不是找虐吗?他再受过伤打你一个做饼的西点师傅还是很轻松的。"

杨旭笑了半天才长长地叹了口气,换了个话题:"你在这儿干得怎么样?"

"还行吧。"边南抓抓头,"工作都上手了,人头也熟了。"

"现在住宿舍?"杨旭拿过杯子喝了口水。

"嗯。"边南点点头,"三个人,房间还挺大的,上班不用起个大早跑来跑去了。"

"现在也不过去我那儿晒太阳了。"杨旭把腿伸长,懒洋洋地说了一句。

"大热天儿的。"边南乐了,"想我们了吧?还是我们不去你就没生意了?"

"那是啊,就指着你俩每月那点儿钱交水电房租呢。"杨旭说。

边南在办公室时跟杨旭聊了一会儿,顾玮打了个电话过来,让他过去给裁判帮忙准备。

"你去吧,我一会儿自己转转。"杨旭说。

边南跑出去到会议室拿了瓶饮料给他:"无聊了就给我打电话,要不就上球场那边找我聊天儿。"

"每天都无聊着呢。"杨旭挥挥手。

边南出了办公室往球场那边跑过去，刚一转出走廊，迎面碰上了石江，看样子是准备去办公室。

"石哥，"他打了个招呼，"我去那边帮忙。"

"嗯。"石江往办公室那边看了一眼，"你今天是不是跟小李有比赛啊？"

"是，顾玮说要下午了。"边南自打那天在杨旭家碰上石江之后就一直有些尴尬，这会儿为了表示自己挺忙的一直原地小蹦着。

"你俩打法挺像的。"石江看看他，"行了你去忙吧。"

路过空着的球场时，边南看到了邱彦和李欢欢，俩人居然像模像样地在打球。

边南过去喊了邱彦一声："二宝！"

"看我！"邱彦看到他就兴奋地蹦着，"看我接球！"

李欢欢发球，把球打到了邱彦面前，邱彦双手拿着个大拍子把球接了过去。

"好厉害！太厉害啦！"李欢欢也喊着。

"二欢你念的是不是幼师啊？"边南乐了。

"这都被你发现了，我的目标是生一窝小朋友！"李欢欢笑着喊了一句。

边南笑了笑，跟邱彦喊了一声好好玩，就往比赛场地那边跑过去了。

生一窝小朋友？

就邱彦这样的，来一个都吃不消了。

真有一窝，估计邱奕早拿个扁担挑着上菜市场卖掉了。

裁判席也没什么事可帮忙的，而且裁判边南还认识，没等边南给他拿了水站到一边去，他就问了一句："边南啊，怎么没打球了……"

"没兴趣。"边南抢在他把后面那句可惜了之类的话说出来之前笑着说，"现在这样挺好的，我喜欢教别人。"

"也……挺好。"裁判笑了笑没再说别的。

边南松了口气，想想又有点儿小得意，这么多人都觉得自己不打球浪费了，多牛。

嘿嘿。

比赛开始之前，罗总还致了个辞，边南这是第一次这么清楚地看清罗轶洋他爹长什么样。

　　还挺像的，特别是胡子，虽然罗轶洋的胡子过年的时候刮掉了就一直没再留起来，但还是一眼就能看出是父子。

　　说起来罗总才是真像鲁迅，边南在心里提醒自己，下回见了罗总千万别叫成鲁总……

　　三个场地同时开始比赛，边南来回转了转，看到李欢欢正带着邱彦在临时看台上坐着，俩人旁边放着个塑料袋，一看就知道里边儿装着一堆吃的。

　　边南过去一屁股坐到了他俩身边。

　　"大虎子！"邱彦转头看到是他，很开心地小声叫了他一声。

　　"吃得不少啊？"边南瞅着他。

　　"欢欢姐姐买给我的。"邱彦有些不好意思地笑了笑。

　　"他说哥哥们不让吃这么多。"李欢欢喷了一声，"要带回家去慢慢吃，这孩子怎么养得这么乖。"

　　"等你生了一窝让他哥教你。"边南乐了。

　　随便看了一会儿，边南站起来打算再转转。

　　"去哪儿啊？"邱彦拉住他。

　　"转转。"边南说，"我还在上班呢宝贝儿。"

　　"啊，"邱彦低头咬了口巧克力，"忘了。"

　　边南摸摸他的头，继续在球场之间转悠。

　　他对比赛没什么兴趣，以前打比赛的时候他也只看万飞的比赛，别的比赛都懒得关注，展飞自己的比赛他就更没兴趣了。

　　倒是总教头石江VS西饼师傅杨旭的那场嘉宾表演赛他还挺想看看的。

　　再说一万遍杨旭以前打过球，他也没法想象看上去都快懒成蛇蛋了的杨旭拿着球拍在场上跑着是什么样。

　　快中午的时候一个场地的比赛结束了，顾玮不知道从哪儿跑了出来，拍拍边南的肩："一会儿这边是石江和杨旭。"

　　"哎哟！"边南立马来了兴致，"我得看看去。"

　　"我也得去看。"顾玮也挺有兴致，毕竟石江早就不带学员了，没几个人见过他打球，哪怕对手是个西饼师傅，这帮年轻教练们也想看看。

　　顾玮还拿了DV准备拍下来。

　　"这要打得不怎么样你这录了会不会被灭口啊？"边南看着他。

"我被灭口之前会把它交给你。"顾玮深情地看着他,"你要把它传给后人。"

边南乐了,俩人傻笑了好半天,直到石江拎着球包过来了他才收了笑容。

"还录像啊?"石江看到了顾玮手里的DV。

"纪念一下,多难得啊。"顾玮举起DV对着石江的脸,"石哥,有什么赛前宣言要说吗?"

石江看着DV,半天才说了一句:"我肩膀疼。"

边南没绷住乐出了声。

"你这是为一会儿输比赛先找借口吗?"顾玮跟采访似的挺投入。

"你下月请假估计批不下来。"石江说。

"哎?"顾玮马上收了DV,"石哥加油!"

学员和观众们对嘉宾表演赛的兴趣不算太大,过来这边看的基本全是展飞的教练和员工。

边南和顾玮找了个视角好的座位坐下了,他给邱奕发了条信息:好激动,石江跟杨旭要开打了。

打差不多了记得拉架。邱奕给他回复过来。

边南对着手机笑了半天:他俩打网球,比赛呢,我正在看。

太意外了,杨老板还会去打球,是不是好无聊生意做不下去了要去打广告?你看看他衣服上有没有印着"好无聊咖啡与饼欢迎您。"

"靠。"边南笑着揉了揉脸。

杨旭进场地的时候边南还真盯着他衣服看了一眼,外套上没印字。

不过杨旭把外套脱了之后边南愣了愣,没看出来杨旭还挺结实的,不说打球,起码是经常去健身房的样子。

他突然就觉得杨西饼也许不一定能让石教头轻松赢了比赛。

"录了吗?"他问顾玮。

"准备录了。"顾玮拿着DV,"石江肩膀也不知道是真疼还是假疼,他的伤倒是在肩上。"

"怎么会突然就疼了呢?"边南愣了愣,"平时也没见他肩有什么问题啊。"

"紧张的呗,毕竟听说以前他俩实力差不多。"顾玮看到杨旭在准备发球了,把DV对着那边,"我要开始解说了,你跟我配合一下。"

"说相声呢你，还得有人给你捧哏。"边南喷了一声。

杨旭拿着球拍轻轻拍了两下球，接着就没有停顿地把球抛起，拍子猛一挥。

球拍和球接触时发出了有力的声响，边南看杨旭发球的姿势和力量就知道这人水平不差，再看到球速时，他挑了挑眉毛。

看不出来啊。

这个球直接而且粗暴，不过看上去石江接得并不费力，把球回到了杨旭反手。

边南的反手不够强，所以每次看到反手球时他都会下意识地跟着用力，杨旭反手力量怎么样看不出来，这个球他没有用力，回到网前。

石江的移动很快，虽然这球回得质量挺高，角度也有点儿刁，但他还是把球打了个漂亮的对角线，擦着边线飞了出去。

边南跟着大家鼓了鼓掌。

除了教练要求他看的比赛视频，边南还没这么认真地看过比赛。

石江的技术在他意料之中，再怎么说有伤，以前也是专业的，打了很多年，还是展飞的总教头，没点儿实力不可能到今天。

但杨旭的确是让他挺吃惊。

跟平时看到的蛇的形态不同，球场上的杨旭无论是移动还是力量都让他意外，跟发条拧紧了似的。

两人的比赛局面没有像边南想象中那样一边倒。

第一盘石江赢了，但赢得不轻松，边南看着坐在球场边擦汗的石江和杨旭，有点儿说不上来的感觉。

第二盘差不多的情况，两人的体力都还挺充沛，石江力量足，杨旭技巧够，边南一直盯着他俩的动作和回球，想弄清这两人之间给人的那种奇怪的感觉是什么。

"都大叔了还能打成这样。"顾玮在旁边一边录一边小声说，"边南你说你过十年再打是什么样？"

"潇洒，帅气，英俊，拉风，"边南想也没想就一连串地回答，最后犹豫了一下又补了一句，"……的山大王。"

"大家听到的这个是我的搭档对自己臭不要脸的总结……"顾玮把DV转过来对着他，"展飞的后起之秀边南。"

"我靠你录这些干吗?"边南推开他,"你要被我灭口了。"

顾玮笑着继续对着球场上录:"过十年你还能找到这样的对手吗?真是感慨万千啊……"

顾玮这句话让边南顿了顿,再看着球场上不相让的两个人时,他突然知道了那种奇怪的感觉是什么。

这两个人对对方都太熟悉了。

下一个球的方向,每一种球的处理,回球的力度角度和速度,相互似乎都能知道。

这不是纯粹对手之间较量的感觉。

这真的是在一起打了很久的两个人才会有的感觉。

他跟万飞一块儿练了三年都打不出这种效果。

他在心里啧了一声,顿时比顾玮还要感慨。

三盘两胜的比赛打完之后,四周响起了掌声。

杨旭输了,不过输得挺漂亮,出人意料。

边南站了起来,想过去跟杨旭说两句话,刚走了两步,他看到杨旭收拾了东西走到石江面前说了句什么。

石江看了他一眼,没说话,只是笑了笑,然后拿着包把东西装了转身离开了球场。

边南跑过去在杨旭身后叫了一声:"杨哥。"

"嗯。"杨旭回过头,看到他就叹了口气,"烦死了,干吗啊?"

"去我宿舍洗澡吗,一身汗你不会这么就走吧?"边南笑着说。

"石江上哪儿洗?"杨旭看了一眼已经往宿舍那边拐过去了的石江。

"他自己宿……"边南说到一半反应过来了,赶紧说,"那你去他宿舍洗!"

杨旭笑了笑:"去你宿舍。"

边南觉得自己背后打听石江的事儿不地道,但看完比赛之后他实在有些压不住了。

他看着洗完澡已经换回了蛇蛋状态的杨旭:"杨哥。"

如果问杨旭就不算背后打听石江,这得算当面打听杨旭。

"嗯,"杨旭看着他,"有吹风机吗?"

"抽屉里。"边南指指自己桌边的小柜子,"拿吧。"

"你这半寸长的头发还用吹风机呢。"杨旭拉开抽屉。

"这不你问我有没有的吗。"边南喷了一声。

"是啊,但是你就有啊。"杨旭说。

"我头发软,不吹一下立不起来。"边南没好气儿地说。

杨旭伸手往他脑袋上摸了一下:"嗯,毛茸茸的。"

"哎!"边南拍开他的手,想想又换了个语气,"哥。"

"不知道,别问我。"杨旭说。

边南张了张嘴没说出话来,杨旭也没说话,拿了吹风机开始吹头发。

边南过了一会儿才在吹风机的嗡嗡声中又问了一句:"你俩什么关系你都不知道啊?我又没问你别的。"

"朋友,以前是很好的朋友,现在是……还不错的朋友。"杨旭说。

"哦,你俩以前总一块儿打球吧?"边南说。

"我们一块儿练了很多年。"杨旭上下左右地晃着吹风机,风把边南桌上的资料都吹到了地上。

"看得出来,太有默契。"边南过去把资料捡起来塞进抽屉里,"你俩这对打都快打出双打的效果了……"

杨旭吹完头发就懒洋洋地拎着球包出了宿舍,边南本来想跟出去送他到门口,但在走廊上看到了楼下站着的石江,他停了脚步:"杨哥慢走。"

"有空了跟邱奕想着过来喝咖啡。"杨旭背过手挥了挥,"我等你们的钱交电费呢。"

"……知道了。"边南笑了。

看着石江和杨旭一块儿往外走了,他才蹦着下了楼梯,往球场那边跑过去,打算带邱彦去吃午饭,然后回宿舍休息一会儿,下午还有比赛。

邱彦还在球场,跟李欢欢那几个女学员聊得正热闹。

"走吧。"边南过去捏捏邱彦的脸,"吃饭去。"

"正等你呢。"李欢欢说,"街口新开的石锅焖饭我们还没吃过。"

"还有谁都叫上吧。"边南笑笑,"请你们一块儿了。"

"边助是不是有阴谋?"一个姑娘笑着说。

"有啊,你们这个班三个月快结束了,进阶班都报名吧。"边南说,"我和顾教的奖金就靠你们了。"

"包在我们身上了!"李欢欢拍拍胸口,"奖金记得给小彦彦买吃的!"

边南跟一帮小姑娘出了大门,往街口走,他走最后边,前面小姑娘叽叽喳喳地不知道在聊什么,邱彦居然还总能插上话,这小子长大了绝对是个祸害!

边南拿出手机,给邱奕打了个电话:"吃饭了吗?"

"刚吃了,订的快餐。"邱奕说,"一会儿睡一觉,下午……罗轶洋要过来,我跟他去看看房子。"

"他还真是行动派啊,是不是太闲了?"边南简直佩服罗轶洋的热情。

"他就觉得自己一定会心想事成,跟他一块儿跑跑,碰几回麻烦就知道了。"邱奕笑笑,"杨老板的比赛打完了?"

"打完了。"边南喷了好几声,"真没想到杨旭还真是打过网球的,还打得挺不错,改天我得跟他来一场。"

"赢了输了?"邱奕问。

"输了,石江毕竟是总教头,不过赢得也不算轻松。"边南脑子里回放着他俩的比赛,"大宝,这俩真是神奇,打球时候那架势一看就是老熟人。"

"你跟万飞也是啊。"邱奕说。

"不一样,我总觉得得是咱俩这样的才会有这感觉。"边南想了想,突然有点儿兴奋,"哎大宝,我教你打网球吧?"

"什么?"邱奕让他突然这么一句弄愣了。

"我教你打球,咱俩没事儿打打球什么的多好。"边南说,"今天顾玮说句话让我特别有感触,他说,十年之后你会打成什么样?我感觉我过十年肯定也是黑树临风潇洒风流啊……"

"哎。"邱奕被他给说乐了。

"别哎,听我说完,"边南笑着说,"后来我一想,我十年之后跟谁打啊,万飞投身健身事业义无反顾,除了他也没谁能跟我打球上有默契了,想了半天只有你!只有你!"

"演讲呢你。"邱奕有些无奈地笑着。

"我说真的,你看你每天就坐着,也不运动,现在吧生活压力也没以前那么大了,"边南一连串地说着,"也不打架了,也不学习了,也不上船了,这么下去肯定会长胖,你这么白,现在当然好看……哎真是挺好看的,但以后变成了个大白胖子你还好意思在我跟前儿晃吗?"

"边南,"邱奕说,"你旁边有药店吗?"

"我看看,"边南往四周看了看,"对面有一个,怎么了?"

"进去随便吃点儿吧。"邱奕说。

"你大爷!"边南喊了一声,接着就乐了,"真的,就当陪我玩吧,等补习班的事儿弄差不多的时候。"

邱奕沉默了一会儿,笑了笑:"行吧。"

边南以前对教人打球没有什么特别的兴趣,但在展飞干了这么些日子,他也慢慢找到了乐趣,不过这次非要教邱奕打球其实就是想跟邱奕一块儿干点儿什么。

他和邱奕之间能一块儿做的事就是做饭的时候他给打打下手,洗个菜端个盘子的,啊对,还有……跳广场舞。

无论是做饭还是跳广场舞,他跟邱奕的差距都有点儿太大,不过瘾。

邱奕很聪明,身体素质也好,运动神经也发达,如果能一块儿打网球,就有意思得多了。

边南光想想就觉得挺期待的,顺便还能教教邱彦,这小家伙一直对网球有兴趣。

这么一琢磨,边南顿时觉得自己还是一个有用的人,会打球呢,于是全身充满了力量,下午教练友谊赛直接把对手两盘拿下,一点儿面子都没留。

"友谊啊!表演啊!"李教练打完比赛指着边南悲痛地喊,"都哪儿去了?"

"化为了我的力量,用球带着飞向了你。"边南嘿嘿乐着,擦了擦汗。

"都飞场外去了!"李教练瞪了他一眼,"你这是给小顾出气呢吧,去年他输得特悲壮。"

"那是,怎么也是我师父。"边南一挥胳膊。

"说实话,你打得是真不错……"李教练一拍他肩膀。

边南赶紧打断了他的话:"谢谢!"

"你现在这么年轻,正是合适的年纪,"李教练没有停,"你应该去展飞的俱乐部打球才对,当什么教练助理。"

"我喜欢这个。"边南打了个响指,笑着说,"我就想当教练。"

边教练带着邱彦回到家的时候,邱奕跟罗轶洋在外边儿跑着还没完事儿,他本来想先把饭煮上,想想等邱奕回来再做饭太麻烦了,于是跟邱彦商量:"二宝,一会儿晚上咱吃大餐吧,等你哥回来。"

"好啊!"邱彦反正只要是听到吃的就会眼睛一亮,"正好夏天来了以后我瘦了好多。"

边南看着他的脸乐了半天都停不下来,搂着他笑得不行:"是吗?"

"是啊。"邱彦一脸严肃地点头。

边南捏了捏他腰上软乎乎的肉:"这是瘦了好多啊?"

"是啊!"邱彦喊了一声,"冬天的时候我胳膊都放不下来,走路都是架着的,现在都贴着了。"

"那是衣服穿太多了!"边南笑着也喊。

"不,是瘦了。"邱彦说。

"我都说了带你吃大餐了,不用找借口了。"边南亲了他一口。

"为了以后的大餐。"邱彦有些不好意思地笑了。

邱奕六点多的时候打了电话过来,说是还有个地方顺路过去看看。

"你带二宝出去吃吧。"邱奕说,"我看完了跟罗……"

"不行。"边南马上说,"我跟二宝说了等你回来带他去吃大餐。"

"可是……"邱奕有些犹豫。

"不行!"边南打断了他,"混一下午了还想跟他吃饭?"

邱奕顿了顿笑了起来:"那我估计得八点多才到家。"

"没事儿,我给二宝买个面包先垫垫就行。"边南说。

"好吧,我快到了给你打电话。"邱奕说。

边南听到电话那边有罗轶洋的声音,透着不满,他一听就乐了:"让小罗罗自己回家吃去。"

"成。"邱奕笑着说。

邱彦吃了面包就先去写暑假作业了,边南坐沙发上,把腿架到茶几上,从包里拿出了随身带着的那个写日记的本子翻开了。

胡乱地往本子上写着:

"今天看了杨饼和石江的比赛,打得真是让人意外。于是受到启发,决定教邱大宝同学打网球,过十年再一起打球,看看会是什么样。"

这都写的什么小学生日记,边南叹了口气,估计邱彦的暑假日记都比他的写得有意思……

一百个字不到的日记,边南写了好几遍,修来改去的,越写越像小学生日记了。

一个小时之后邱彦今天的暑假作业写完了,边南要了他的日记过来看。

"今天天气很好,不太热,我跟边南哥哥去展飞看网球比赛了。比赛可精彩了,大家都打得很好,特别是两个叔叔打的那一场,大家都拼命鼓掌,我的手都拍红了,我觉得打网球真是帅气啊,以后我也要去打网球,让边南哥哥教我就行,不过不知道他有没有时间,他每天上班都很忙,我哥哥工作也很忙……"

邱彦的日记从网球比赛写到了哥哥的工作内容,随便就写了好几百字,边南看完之后有种强烈地想把邱彦日记抄下来凑数的冲动。

邱奕生日没两天了,他的那信百忙之中抽空就写了不到一半。

愁人啊。

边南帮着邱彦把今天的作业检查完之后,院子门响了一声,邱彦立马从沙发上蹦了起来往外跑,很开心地喊着:"哥哥回来啦!"

"回来回来呗。"边南伸了个懒腰,慢吞吞地站了起来。

还没迈步往门口走,就听到邱彦又在院子里喊了一声:"轶洋哥哥好。"

边南一听,在屋里就吼上了:"罗轶洋你烦不烦!"

"走啊,吃饭去!"罗轶洋在院里喊。

边南拉开门就看到罗轶洋正站在院子里东张西望,又走过来往屋里探了探脑袋,"这房子不错啊,环境真好,这片儿要规划了那钱可真不少。"

"他怎么跑来了?"边南瞪着蹲院子里正跟邱彦说着话的邱奕。

"甩不掉。"邱奕说。

"一块儿吃个饭都不行了?"罗轶洋喷了一声,往边南肩膀上一搂,"我跟着他跑一下午,肚子都快跑成透明的了……"

"你回家吃啊。"边南斜眼瞅着他。

"你怎么不回家吃?"罗轶洋说,"我跟你们一块儿!我受到了打击。"

"唉!"边南无奈地叹了口气。

"我请客!"罗轶洋又说。

"不用你请。"边南看了看邱奕,"走吧。"

罗轶洋受了打击,他觉得找地方租房子很容易,结果跑了一下午,一个地儿都没挑出来。

"我真没想到邱奕这么啰唆。"他趴在桌上看着正拿着菜单研究的边南,"你是怎么能跟他玩一块儿去的啊?"

"因为我比他还啰唆。"边南说,"他怎么啰唆了?"

"我不想说了。"罗轶洋不爽地嘟囔了一句。

"这事儿不是不看价钱不看环境也不管条件就租下来,然后跑下手续就不管了的。"邱奕笑了笑,"我们是要这堆东西以后能赚钱,不是弄了个架子就放着了的,所有的东西都得考虑到后续……"

"知道了。"罗轶洋挥挥手,"知道了,听你的。"

"今天作业和日记写了吗?"邱奕摸摸邱彦的脑袋。

"写啦,大虎子帮我检查了。"邱彦抱着果汁喝着,"我日记写了两页呢。"

"这么厉害,写什么了?"邱奕笑笑。

"写今天看的网球比赛。"邱彦晃着腿,"可好看了……"

"哎?"罗轶洋一听就坐直了,"今天有比赛,什么比赛啊?"

"展飞的,之前不跟你说过吗?内部什么赛。"边南说,"石江和杨旭还打了一场呢。"

"啊,他俩打了?"罗轶洋愣了愣,接着就很悲痛,"我靠,错过了!早知道今天不去看房子了,反正也没看着合适的,还没看到他俩比赛!"

"打得挺精彩的,顾玮录了,你找他要来看吧。"边南一想到这场比赛也挺激动,过十年他跟邱奕要也能这么打一次就好了。

"还是郁闷,看现场才有意思啊……"罗轶洋叹了口气,"算了,明天我过去,你陪我打球吧。"

"不。"边南想也没想就说,"这阵忙,马上这帮初级班的就完事儿了,我这几天得说媒拉纤地忽悠人家继续呢……"

"我跟你打吧。"邱彦突然抬头说。

"你?"罗轶洋愣了。

"嗯,我会打。"邱彦点点头,"不过我没有拍子。"

"没事儿我有啊。"罗轶洋立马来了兴致,"你要用儿童拍吗?展飞有,我给你拿!"

邱彦转头看着邱奕:"哥哥,行吗?"

"嗯,行。"邱奕应了一声,看了边南一眼,边南没出声,俩人都忍着笑。

"那说定了,明天我来接你好不好?"罗轶洋看着邱彦。

"好的。"邱彦一脸严肃地说。

第二天边南刚从宿舍出来到球场上准备等学员过来,就看到了正在旁边场地上拿着球一下下砸着玩的邱彦。

"二宝!"边南跑过去扒着护网叫了他一声。

"大虎子!"邱彦也扑了过来,扒着那边的护网,"你怎么这么早啊,我说给你打电话,罗轶洋说你还没有起床。"

"我刚起,你俩这也太早了吧。"边南笑着说,心想着一会儿罗轶洋跟邱彦对打时会不会再次遭受打击。

"他一大早就去我家啦。"邱彦跳了跳,"你过来好不好?这样说话跟坐牢了一样。"

边南笑着绕了过去,抱了抱邱彦:"吃早点了没?"

"吃了。"邱彦点点头,从口袋里掏了一小包薯条出来,"你吃薯条吗?"

"我不吃,罗轶洋呢?"边南往四周看看,没看到罗轶洋。

"他去拿拍子了,你上班吧,不用陪我。"邱彦跟个小大人似的说。

"行吧。"边南看到顾玮过来了,便指了指那边球场,"我就在旁边那个球场,你有事儿就过去找我。"

边南帮着顾玮把发球机什么的拿到球场的时候,那边罗轶洋已经帮邱彦拿来了拍子,俩人正一边一个站着准备打球了。

"二公子已经没人打球到这个地步了?"顾玮正看着那边,"那小不点儿不是你朋友的弟弟吗?"

"嗯。"边南乐了,"不知道他想什么呢。"

那边邱彦很像那么回事儿地拿着球,用球拍拍了几下。

罗轶洋一看这架势,马上也很配合地摆了个马步。

邱彦镇定地一抛球,胳膊一扬,挥起小拍子,球还算漂亮地发了过去。

"可以啊。"顾玮啧了一声,"学了多久?"

"不知道,有一搭没一搭地瞎玩呢。"边南说。

罗轶洋接这个球相当轻松,大概是为了试探邱彦的实力,他把球回到了邱彦跟前儿。

邱彦双手握拍,对着球一抡。

打空了。

罗轶洋愣了愣:"没事儿,再来。"

"嗯！"邱彦点点头，跑去捡了球准备再次发球。

边南在这边乐得停不下来，边乐边把东西都放好，学员陆续到了，他给安排了先跑跑步热身。

人刚出了球场准备跟着一块儿跑几圈，就听见罗轶洋冲他这边吼了一声："边南！"

"干吗？"边南笑着也吼。

"你给我过来！"罗轶洋指着他。

"没空，没看我这儿忙着呢吗？"边南从球场边跑着经过，"二宝好好打！"

"好嘞！"邱彦响亮地回答。

"你们昨天怎么没跟我说他就学了发球啊！我以为他……"罗轶洋喊了两声看到边南头也没回地跑走了，指着他，"你给我等着！"

邱彦最大的优点就是无论你是损他还是不爽他，他都能不知道是真傻还是装傻地不明白。

虽然罗轶洋对邱彦的水平极度不满，但邱彦完全没感觉似的，很认真地拿着拍一次次地发球接球捡球。

俩人居然一直打到了中午边南休息了才停下。

邱彦一身衣服都被汗湿透了，边南往他脑袋上一摸，摸了一手水。

"你俩游泳呢吗？"边南拿过自己的毛巾在邱彦头上脸上身上来回擦着，"累吗？一会儿我带你去宿舍洗个澡。"

"真过瘾！"邱彦很兴奋，不过估计是累得够呛，只是靠着边南的腿喊了一声，要搁平时得蹦着说。

"怎么样？"边南看了一眼走过来一屁股坐到了椅子上的罗轶洋。

罗轶洋叹了口气："欲哭无泪。"

"谢谢你陪我打球，我打得不好……"邱彦转过头对罗轶洋说，又拍了拍自己的口袋，"一会儿我请你喝水吧，哥哥给了我十块钱。"

"不用不用，你打得挺好的！"罗轶洋一听赶紧摆手，"是你陪我玩呢，一会儿我请你和边南吃饭。"

边南笑着带着他俩去宿舍洗澡，邱彦就这样子，眨眨眼睛不知道真假的可怜可爱样子任谁冲他都发不出火来，还会觉得自己特不是人，伤了一个小朋友的心。

中午罗轶洋请他俩吃饭,一顿饭还没吃完就莫名其妙地被绕进去答应了教邱彦打球。

"我哥哥不会打球。"邱彦扒拉了两口饭,"大虎子要上班很忙……"

"我……不忙。"罗轶洋有些迷茫地看了边南一眼。

下午球场都满了,罗轶洋领着邱彦到一边去对着练习墙打球去了。

边南安排好训练,正想给邱奕打个电话的时候,手机响了,邱奕的电话打了过来。

"心有灵犀啊。"他接起电话。

"我一会儿过去接二宝。"邱奕笑着说,"有个房子让下午去看看,我接了他回家正好去看看。"

"跟罗轶洋一块儿吗?他一早上都跟二宝打球呢。"边南一想起来就想乐。

"让二宝虐惨了吧?"邱奕说,"不叫他了,你过五分钟能出来吗?先陪我随便吃点儿东西,一个人吃没意思。"

"你还没吃饭?"边南一听就皱了皱眉,跟顾玮打了个手势说出去几分钟,便往门口一路小跑着,"就我们街口有个石锅拌饭,挺不错的,你直接上那儿,我先去给你点上。"

邱奕到的时候,边南点的饭正好上桌,他刚一坐下,边南就把饭推到了他面前:"赶紧吃。"

"你不吃点儿?"邱奕笑笑,"看着就跟咱俩穷得吃一锅饭还得相互让着。"

"多浪漫啊。"边南啧啧两声,"想想,咱俩穷得就只能吃一锅饭了,还死死地挨着不肯分开……"

"得了吧,咱俩要穷成这样早蹲家里吃面条了,一斤面条才多少钱,比这便宜得多。"邱奕扫了他一眼,"大少爷你是真没吃过苦啊,还浪漫呢,你要喜欢这个,今儿晚上上我家我给你做酱油拌饭。"

"你烦不烦!"边南皱着眉。

"要分你一半吗?浪漫一下。"邱奕舀了一勺饭,"要不我喂你,更浪……"

"是够浪的!行了你快吃。"边南无奈地靠着椅背摸了摸肚子,"我刚吃了,罗轶洋请客,早知道你没吃,我就让他带二宝俩人去吃了,我等你。"

"你最近饭量减了。"邱奕边吃边说，"以前吃完了也还能再吃一顿吧？"

"运动量减少了，以前我天天训练呢，从早吃到晚都不饱。"边南在自己腰上肚子上捏了几下，"我都担心时间长了我的肌肉早晚得被肥肉遮住。"

"你不是每天都跟着学员跑步什么的吗？"邱奕说。

"那能一样吗？学员跑个一公里就不行了，还有人觉得不打球光跑步骗钱呢。"边南一脸不爽，"扔他们上体校待一星期就知道什么叫训练了。"

"那怎么办，要不上万飞那儿办个卡吧。"邱奕笑着喝了口汤。

"他求着要送我卡呢，哭着喊着说南哥你过来练吧。"边南学着万飞的口气说，"我哪来的时间去健身房，就等你忙完这俩月教你打球，我给你加训练量，顺便就练了。"

"……你还来真的。"邱奕有些无奈，"我保证我不会变成白胖子行吗？"

"不行，那我要变成黑胖子了呢？"边南说。

"那我再变成白胖子陪你。"邱奕鼓了鼓腮，"应该不丑。"

"滚蛋。"边南乐了，"想都别想，我一直觉得咱俩站一块儿还挺帅的，俩胖子还是反色，想想都吓人。"

邱奕吃完了饭，俩人出了饭店，邱奕在路边水果摊买了一兜桃："一会儿给顾玮和罗轶洋拿点儿过去，过阵院儿里葡萄该熟了，也记得拿点儿给他们，吃不完。"

"嗯，真操心。"边南拿了桃把皮儿啃了咬了一大口，"甜。"

"对了，上回说跟二宝聊聊的事儿……"邱奕看了他一眼。

"定下日子了？"边南边吃边问。

"我想生日的时候跟二宝说。"邱奕小声说。

"生日啊，"边南愣了愣，"你生日的时候？"

"嗯，"邱奕点点头，"我觉得这个日子不错。"

"不什么错啊不错，"边南拉住他，"好好过个生日你搞得这么严肃，随便找个时间聊聊得了呗。"

"我生日的时候二宝肯定特别开心，他高兴了话就特别多。"邱奕放低声音，"这么着我才好跟他聊啊，我又没跟人展望过未来什么的，没经验。"

"邱大宝你也有怯场的时候啊，"边南瞪着他笑了半天，"可算让我逮着一回了。"

"一边儿乐去吧。"邱奕笑笑。

回到展飞,边南抱着邱彦往外走。

"我自己能走啊,不累。"邱彦搂着他脖子,枕在他肩上,"这样抱着人家以为我多娇气呢。"

"我想抱抱你。"边南笑了笑,"二宝,知道我有多喜欢你吗?"

"知道。"邱彦晃着腿,"特别特别喜欢我,因为你妹妹没有我可爱。"

边南让他逗乐了,笑了半天:"嗯,我就想有你这么个弟弟,妹妹也成,可惜没有,所以我特别特别喜欢你,当亲弟弟的。"

"嗯!"邱彦用力点点头,"我也喜欢你,我有两个亲哥哥。"

"真会说话。"边南亲了他一下,出了大门把他放下了。

邱奕生日这天不是周末,俩人都得上班,申涛得三天之后才下船,那天正好周末,他们商量着先自己过一次,周末叫上朋友再出来聚一次。

边南提前买了礼物,一个网球拍,绿色的,邱奕应该会喜欢。

蛋糕是他当天中午去展飞旁边的店里订的,接待小姑娘推荐的款,做得还挺漂亮。

他让人在上边儿写上了"邱胖子生日快乐。"

下午他提前半小时下了班,取了蛋糕打车去了邱奕家。

邱彦已经回家了,这次他给邱奕的生日礼物是他在学校学着用可乐罐子做的一个小烟灰缸,把手指都划破了才做好的,边南到的时候他正捏着烟灰缸想往上再用彩条系个蝴蝶结。

"大虎子!"邱彦从椅子上跳下来蹦到他身边,"蛋糕来啦!"

"搁冰箱里去。"边南把蛋糕递给他,又走到桌子旁边,"你这系的是什么款式啊?"

"总是歪,我歪着系它还是歪的,正不过来啦!"邱彦在屋里喊。

"手够笨的。"边南帮他把蝴蝶结重新系好了,"这个要先藏起来吗?"

"嗯。"邱彦把蛋糕放好,又跑出来拿着烟灰缸跑进了里屋,放在了枕头下面。

边南跟进去看了看:"每年都放这儿,你真够没创意的。"

"万一放别的地方我忘了怎么办?"邱彦说。

边南乐了:"你是鱼吗?"

邱奕今天也稍微提前了点儿回来，进院子的时候手里拎着一兜菜，还有个袋子里装着一堆包装好的礼物。

"丰收啊，谁送的？"边南拿过袋子往里看，大大小小的盒子。

"女朋友送的呗。"邱彦一边踮着脚往袋子里看一边说，"好多女朋友。"

"那是你。"边南把袋子递给他，"要帮你哥拆吗？"

邱彦跑到葡萄架子下面把袋子里的礼物都倒了出来，拿起了一个粉色的盒子："这个最大，这个是女朋友送的。"

"二宝，"邱奕把菜放到厨房里，出来的时候听到这话笑了笑，走到了邱彦身边，"哥哥没有女朋友。"

"没事儿，以后总会有的，"邱彦小心地把盒子的包装拆开，"以后我也会有的。"

"想过以后什么样儿吗？"邱奕看了边南一眼，拿了凳子坐到了邱彦身边，"哥哥小时候就经常想。"

"想过。"邱彦扭头看着他。

"跟哥哥说说怎么样，以后的事儿你是怎么想的？"邱奕领着邱彦进了屋，"咱俩怎么过啊，你想上哪个学校啊……"

邱彦进了屋，又探出脑袋："大虎子你不来聊天儿吗？"

"我……不聊了，"边南坐下，嘿嘿笑了两声，"我怕你俩层次太高显得我没文化。"

"哦。"邱彦点点头。

边南看着邱彦进了屋，清了清嗓子，一边一下下打着响指，一边小声哼哼着歌。

就上回邱奕跟大姐大妈们比赛的那个歌，听说还拿了个第三名呢。

我从草原来，温暖你心怀……

一首歌唱完了，邱奕和邱彦还没有出来，边南想再唱一首，但居然一下想不出来该唱什么了，脑子里全是邱彦跑调跑到天边拉不回来的不知道什么歌。

憋了一会儿只得站起来进了厨房。

邱奕买了不少菜，他看了看，也弄不清该怎么处理，于是拿了锅先把米给淘了，邱彦今天想喝粥，他估计着给先煮上了。

正琢磨着那只酱鸭子是不是要先砍出来的时候，那边房门响了一声。

他猛地回过头,可算是聊出来了。

"畅谈完人生了?"边南放下手里的鸭子看着邱奕。

"你要不要进屋跟他继续聊聊,"邱奕笑了笑,走进厨房看了看,"煮的饭还是粥?"

"粥,白粥,"边南说,"你跟他说什么了啊?"

"瞎聊呗,平时跟你怎么聊的,跟他就怎么聊的,"邱奕拿过熟食案板洗了洗,回过头看着边南,"你俩反正水平差不多。"

"二宝思想有我这么高深?"边南斜眼儿瞅了瞅他,"他要真跟我水平差不多你就该乐了,怎么不得是个神童啊?"

"所以让你继续啊,"邱奕笑了半天,低头开始砍鸭子,"不敢啊?"

边南往外迈了一步又退了回来,回手指着邱奕:"你怎么这样,这也就是我能忍你……"

"去吧,"邱奕用力在他肩上拍了几下,"二宝现在正思考人生呢。"

边南出了厨房,走了好几步邱奕又在厨房里说了一句:"你要是有什么不明白的就让二宝给你讲解讲解。"

边南这会儿没工夫跟邱奕详细理论他又挤对自己的事儿,只是冲他竖了竖中指,转身往屋里大步走了过去。

房门开着,屋里电视也开着,邱彦正跪在凳子上全神贯注地拆着邱奕的礼物。

"二宝?"边南站在门口叫了他一声。

邱彦抬眼看到他,没出声也没动,只是冲他愣着。

"在……干吗呢?"边南走到桌边,看这样子还真是在思考人生啊,思得还挺投入。

"拆礼物,"邱彦低下头把盒子打开,从里面拿出了一个手工做的羊毛娃娃,"我喜欢拆礼物。"

"我明天买一堆礼物让你拆个够,"边南笑着说,"怎么样?"

"好!"邱彦点了点头。

边南靠着椅子,看着专心拆礼物的邱彦。

把所有的礼物都拆开了放了一桌子之后,邱彦终于从凳子上跳了下来,走到了边南身边,往他身上一靠,叹了一口气。

"怎么了?"边南把他抱到腿上,看着他。

"我觉得我的人生好复杂啊，"邱彦看上去有些忧伤，"你说我哥哥是怎么能想那么多的呢？"

"因为他神经。"边南晃了晃他，"你甭想那么多，该吃吃该喝喝该玩玩……"

"你真是挺幼稚的。"邱彦看了他一眼。

"嘿，"边南喊了一声，"信不信我揍你啊！"

邱彦笑了起来："不信。"

"你就说你这人生琢磨完了没啊？"边南问。

"完啦，"邱彦笑了一会儿，"只要你和哥哥一直疼我就行了，别的我都不担心。"

"那必须啊，不疼谁也不会不疼你，你是我俩的心尖尖。"边南很认真地伸出小拇指跟他勾了勾手指，然后用胳膊把他一夹，站了起来，"走，去厨房给你哥帮……你好重啊。"

"我长个儿呢！"邱彦笑了起来，声音脆响的。

"你是长秤呢，你长什么个儿了？"边南说。

边南靠在厨房门框上看着给哥哥打着下手的邱彦，有种说不上来的温暖感觉，被一个小家伙需要的需要让他很满足。

他喜欢小孩儿，从小就想要个可爱的弟弟或者妹妹，这么多年总算有了一个小面包。

如果家里的情况不是那样，他跟边馨语或许也会这样吧，抛开别的不说，边馨语小时候也是个挺漂亮可爱的小姑娘……

回家这么久，他一次也没见过边馨语。

他周六下午要上班，一般是晚饭时间才回家，边馨语肯定会跟同学出去吃，晚上很晚才回来，周日他离开家回宿舍之前边馨语都避着他，出门逛街，或者闷在屋里不出来。

这种状况边南不知道怎么才能改善，也许也没必要刻意去改变什么了。

不能接受的人这样尽量避免碰面其实也挺好的。

能跟老爸维持目前这种平静的局面已经让他很满足了。

邱奕做菜的水平似乎越来越高了，边南靠着门愣神这会儿工夫，他已经把鱼煎了出来，香气四溢，边南闻着就觉得饿得两眼放光。

"我拿去院子里吧。"邱彦飞快地过去端了盘子走出了厨房。

"鱼别偷吃！"邱奕追了一句。

"哎呀，知道了！"邱彦很不满地喊了一声。

边南回头偷偷看着他，邱彦把鱼放到桌上以后，盯着盘子看了一会儿，伸手小心地从旁边捏了一根葱出来放到了嘴里。

"还真听话。"边南一看就乐了，小声跟邱奕说，"没吃鱼，吃的葱。"

"排骨糖醋的行吗？"邱奕笑着问。

"二宝，糖醋排骨怎么样？"边南回头冲院子里喊。

"这是鱼啊，不是排骨！"邱彦看着他，"我也没吃到啊，我吃的是葱！"

"哎，我说还有个菜是糖醋排骨！"边南乐了半天，"你心虚什么？"

"糖醋排骨好！"邱彦点了点头。

没多大会儿工夫，四菜一汤都上了桌，邱奕用汤罐装了一罐子排骨汤让邱彦给邻居老头儿老太太拿过去了。

"开吃。"边南拍拍手。

"喝酒吗？"邱奕问他。

"……喝……不喝呢？"边南突然有些拿不定主意。

"喝点儿吧。"邱奕站起来往屋里走，"我爸屋里藏了瓶五粮液，不让他喝，他就藏起来了谁也不让喝……"

边南笑了起来，等到邱奕进了屋他才反应过来："喝白的啊？"

"我要喝橙汁，是不是买了橙汁？"邱彦也往屋里跑。

"啊，买了。"边南对于要喝白酒有些拿不准，他喝白酒经验不足，不能完全预估喝完了会是什么状态，邱奕拿着酒走出来的时候，他犹豫着，"要不……我跟二宝喝橙汁吧？"

"喝这个。"邱奕把杯子放到他面前，"我替你控制着。"

"你控制个屁啊，你知道我喝多少能倒啊？我跟你说我要来个爆击一瓶啤酒我就能倒地不起你信不信！"边南捂着杯口。

"我生日呢，"邱奕在他手背上拧了一把，"别啰唆。"

边南把手拿开了，在手背上使劲搓着，"你有没有点儿轻重了？"

"你要喝了，我明天去找你，你教我打球。"邱奕往他杯子里倒了小半杯，"不用全喝，慢慢抿吧，喝不了了就给我。"

"你说什么？"边南眯缝了一下眼睛。

"我说你喝不了给我。"邱奕给自己倒了一杯。

"前面那句。"边南盯着他。

"你教我打球!"邱彦在一边拧着橙汁盖子,"那谁教我啊?我也想打球!"

"罗轶洋呗。"邱奕拿过橙汁帮他拧开了。

"邱大宝!"边南乐了,"你就这么又把你弟卖给罗轶洋了……"

"又不是刚认识我,我一直热衷于把弟弟卖掉。"邱奕举起杯子笑了笑,"我的生日愿望是……二宝永远这么开心,大虎子永远这么傻,我们永远在一起。"

"永远在一起!哥哥生日快乐!"邱彦拿着瓶子往邱奕杯子上撞了一下。

"生日快乐,永远在一起。"边南看着邱奕,轻轻跟他碰了碰,又跟邱彦磕了两下,"二宝,我最疼你了,永远都最疼你。"

邱彦笑得很响亮:"真乖!"

"跟你哥一个德行,长大了不定多烦人呢。"边南喷了一声,在杯口抿了一下,一秒钟之后整个嘴都辣了。

"怎么样?"邱奕笑着问他。

"不知道,什么酒到我嘴里都一个味儿,难受。"边南夹了一块排骨放到嘴里,咔咔地咬着。

时间过得真快,上回他跑邱奕家来过生日的事,现在都还记得清清楚楚。这都一年了。

说起来发生的事儿还真是不少。

相比起他之前平淡无味波澜不惊的十来年,这一年酸甜苦辣让他尝了个遍,就像这口酒似的,一回味就半天回不过神来。

现在三个人坐在这里,他抬起头,透过葡萄叶的缝隙往天空看了看。

他以为邱爸爸会跟他们一起坐在这里很多年呢。

那些说了很多遍的故事他都还没有全听完。

"我要一块汤里的排骨。"邱彦的声音让边南收回了思绪。

邱奕从汤里给邱彦舀了块排骨,又转过头看着他:"你要吗?"

"要。"边南把碗递过去。

"挺好的。"邱奕往他碗里舀了块排骨和半碗汤。

"什么?"边南问。

"我爸要在的话，会这么说。"邱奕看了他一眼，"挺好的，他喜欢看我们瞎开心。"

边南笑了笑，又被邱奕看出了他在想什么，这人真是太烦人了。

他拿起杯子抿了一口。

"哎呀！"他皱着眉，嘴里到嗓子眼儿到胃里一路的辛辣让他觉得整个脑袋都热了起来，"真是……难以形容的感受。"

邱彦吃得很卖力，边吃边念叨着想去打网球的事儿。

"罗轶洋说，可以带我一起打。"邱彦啃着排骨，"我觉得挺好的，他给我找拍子，还可以不花钱用那么好的球场……"

"小钱串子，"边南拿着杯子在一边乐了，"还挺会打算的。"

"你喝多了。"邱彦看了他一眼，又转头看着邱奕，"哥哥，我能去吗？"

"去呗，不过你要懂事儿，人家要用球场训练的话你要让出来。"邱奕把边南手边已经喝掉一半的酒倒进了自己的杯子里，"知道吗？"

"嗯，没有场地我们可以去训练墙那里打。"邱彦点点头。

"我给你买拍子。"边南趴到桌上，"明天就买，不用罗轶洋给你找，我给你个好拍子……我酒呢？"

"喝饮料吧，冰箱里还有。"邱奕进屋拿了瓶橙汁放到他面前。

边南皱着眉哼了一声："我还能再喝点儿，现在还没什么感觉呢，今天状态好。"

"那是劲儿还没上来。"邱奕往他杯子里倒上橙汁，"一会儿劲儿上来了正好抽风。"

"我要抽风了你把我扔沙发上扔床上都行，没事儿。"边南挥挥手，这酒他喝不出什么好坏来，不过现在舌头大概已经麻了，酒没那么辛辣难忍了。

"你说的啊，"邱奕一脸平静地说，"一会儿给你扒光了扔街上去。"

边南乐了，指着邱奕，转过头冲邱彦说："听见没，你哥要把我弄上明天的早间新闻。"

"上个月就有呢，有个人喝多啦，边走边脱，还有照片呢，还被拍到鸡鸡啦！"邱彦啃完了排骨正站在凳子上看着头顶上的一串小绿葡萄，听了这话立马就说上了，"大虎子你不要脱裤子。"

"我靠！"边南喊了一嗓子，"卖给罗轶洋吧，这小玩意儿我也不要了！"

"二宝说得对。"邱奕点点头。

"对你大爷!"边南弹了起来,屁股在椅子上砸了一下,"邱大宝你就是这么教育你弟的?还成天觉得自己特教育有方呢,臭不要脸大全能给你单独开一章了!"

邱奕拿着酒杯笑了半天:"就这样,怎么着吧,要打架赶紧的,再过半小时你连二宝都打不过了。"

"哈!"邱彦站在凳子上喊了一声,摆了个李小龙姿势,"吼!"

"下来。"邱奕看了他一眼,"一会摔锅里浪费我一锅汤。"

"吃蛋糕吗?"邱彦从凳子上跳了下来,他已经吃饱了,现在开始想着冰箱里的那个蛋糕。

"去拿吧。"邱奕站起来,把桌上的盘子都收拾到了一边,又踢了边南一脚,"趁现在还能干活,去厨房拿刀来切蛋糕。"

边南站起来,往厨房走的时候感觉自己步伐还算轻盈,也基本保持了两点之间直线最短的路线。

不过在厨房里找刀的时候他感觉还是高估了自己的实力,比如打开橱柜门的时候他居然没目测出距离,门直接在脸上砸了一下,眼泪都差点儿疼出来了。

"怎么了这是?"邱奕看着一手拿刀一手捂脸走过来的他。

"撞门上了。"边南搓搓脸,"没事儿。"

邱奕笑了笑,拿过刀:"我切吧,别一会儿切脸上了。"

"我那块儿要大。"边南坐下了。

"我要第二大的那块儿!"邱彦跑过来。

"你要跟我那块儿一样大的,咱俩都要最大的。"边南揉揉他脑袋。

吃完蛋糕,邱奕把碗筷都收拾了,邱彦蹲在水池边洗碗,边洗边跟邱奕聊着天。

边南靠在椅背上仰着头看着葡萄架,他没仔细听邱彦和邱奕在聊什么,他觉得这种时候不需要听清,他只要听到他俩的声音在身边,和着清凉的夜风,就够了。

他在这个院子里感受得最多的,就是安心和踏实,最普通最不起眼的那种,所有平常人家都有的那种。

真好啊。

邱彦什么时候进屋的他都不知道，邱奕过来把他从椅子上拉起来他才发现自己大概是酒劲儿上来了，站起来的时候脚直接踩在了邱奕脚上。

邱奕半拖半架地把他弄进屋里扔在了床上。

边南听到自己心满意足地哼哼了一声，听着跟酒足饭饱的老先生似的。

酒劲儿是真上来了。

这么一躺着感觉酒都匀到脑袋里了似的。

边南觉得头晕，还挺困的，不想睁开眼睛。

邱奕扒掉他衣服裤子的时候他都没太配合，就感觉邱奕跟摊饼似地拽着他胳膊来回翻了几下。

想到这场面他突然就乐了，闭着眼嘿嘿笑着："注意火候，勤翻面儿别煳了……"

邱奕没说话，随手抓过旁边的衣服扔到了他脸上："今儿看你可怜，就不逼你洗澡了，你赶紧闭嘴睡觉。"

"不想动。"边南趴在床上，半张脸埋在枕头里，"嘴好像也闭不上，半夜流口水了怎么办……"

邱奕没理他，站在床头收拾了一下东西，然后外面传来了邱彦从那个屋走出来的声音，似乎是小跑着要去上厕所。

"我去看看。"邱奕说了一声，开门出去了。

边南听到邱彦在客厅里有些得意地跟邱奕说他刚又写日记了，把明天的日记写完了。

"明天的日记怎么写啊？"邱奕笑着问。

"把今天的事放到明天写呗。"邱彦说，"我哥哥过生日啦，反正老师也不知道你哪天生日。"

"赶紧睡觉去。"邱奕说。

"尿完就睡啦。"邱彦跑了出去，在院子里又问，"我能看半小时电视吗？"

"不能。"邱奕也跟着出去了。

几分钟之后邱彦又跑着回了那屋，邱奕端着盆热水进来了。

"干吗？"边南偏了偏头看着他。

"你不是不想动吗？"邱奕拿了毛巾搓了搓，拧了水往他背上一盖，"给你擦擦呗。"

"舒服。"热乎乎的毛巾顿时让边南觉得一阵舒畅。

邱奕笑了笑,手隔着毛巾在他背上捏揉了几下:"再给你按按?"

"……你不困吗,今儿你喝得不少吧?"边南半眯着眼睛问。

"还成。"邱奕把毛巾重新搓了热水盖到他腰上又捏了几下,"你不晕了?"

"一看到您这么尽心地伺候我,我就乐清醒了。"边南笑着说,"记着啊,我喝了,你明天过去打球。"

"行,中午我去展飞找你,让你体会一下什么叫运动天才。"邱奕说。

"不要脸的玩意儿。"边南抱着枕头笑了好半天,"给你点儿电你就能抖上十楼去了!"

邱奕笑了半天才往他屁股上拍了一巴掌:"还真是酒醒了啊?话这么多。"

早上醒的时候边南脑袋有点儿发沉,估计还是酒喝多了。

邱奕已经起了床,正在客厅里跟人打电话,听说话内容对方应该是申涛。

"他回来了啊?"边南提着裤子出去问了一句。

"还有两天。"邱奕说,"二宝去买早点了,半天没回来,你去看看,他今天要去学校打扫卫生的。"

"嗯。"边南应了一声,洗了个脸出了院子。

邱二宝同学最近买早点不爱在胡同口买,特别愿意走到外面小街口那个早点摊,那家养的一条狗生了一窝小串串,每次他都借买早点之名过去逗小狗。

边南远远就看到他拎着一兜包子蹲在树底下,脚边两只小胖狗正围着他摇尾巴。

"二宝!"边南喊了一声。

邱彦挺开心地跑了过来:"你怎么来啦?"

"我再不来你今天打扫卫生就得迟到,是不是把早点都喂狗了?"边南问他。

"没有。"邱彦晃了晃手里的袋子,"就给了狗妈妈一个包子,老板说小狗吃奶不吃包子。"

每次边南喝多了第二天都会觉得饿,于是他过去又买了一屉小笼包,外加俩油饼,这才带着邱彦一块儿往回走。

"你昨天喝多啦。"邱彦甩着手里的袋子,边说边蹦。

755

"没有。"边南说。

"路都走不了啦,是我哥把你拖进去的。"邱彦笑着说,"大虎子你酒量真差。"

"你个喝汽水儿的也能这么得意……"边南抓抓他头发。

"大虎子,"邱彦转了个身退着蹦,"是不是以后你会经常到我家来住?"

"……啊?"边南被他猛地这么一问突然有点儿不好意思,这床蹭得也太明显了,"这个……还不一定。"

"我看哥哥在收拾屋子,说是有时你会来住。"邱彦有些着急地又补了一句,"来我家挺好的,我喜欢家里人多些,我喜欢你过来。"

"嗯,我也喜欢过来。"边南笑笑,弯腰摸摸他的脑袋,"宝贝儿有时候你还真是……"

"我就快要叛逆期了,你得跟我多培养感情。"邱彦一脸严肃地说,"这样以后我叛逆了你才好劝我啊。"

"什么?"边南愣了愣,几秒钟之后乐得半天都说不出整话来,"哪看来的这什么乱七八糟的?"

"情感三百六。"邱彦说,"六频道。"

邱彦说的六频道是市里的什么信息频道,边南从来不看,没想到邱彦每天坐电视前面就看半小时还能找到这种内容。

"我得跟你哥谈谈,电视就给你留个中央一就得了。"边南感慨着,"这成天都看的什么玩意儿,看多了简直让人压力大得都直不起腰了。"

"越不让看越想看,越不让说越想说。"邱彦摇摇头,"这道理你不知道吗?"

"闭嘴!"边南过去搂着邱彦的腰用胳膊一夹,大步往回走,"再过两年你能去电视里给人做讲座了。"

回到家的时候邱奕正好打完电话,看到边南就招招手:"哎,跟你说个事儿。"

"什么事儿,申涛的?"边南把邱彦扔到沙发上。

"嗯,下午下班了咱俩去帮人搬个家。"邱奕说。

"什……什么?"边南愣了愣,"今天咱俩还打球呢,打完球还有个屁力气帮人搬家啊?"

756

"帮个小姑娘搬家,没什么东西,就一点儿行李还有个电脑桌,叫个车帮她拉过去就行。"邱奕瞅了瞅放在桌上的网球拍,"你要不就跟着看看吧,东西我搬。"

"不是,这跟申涛什么关系啊?"边南说完就反应过来了,"申涛女朋友?"

"不算吧,他们公司办公室的小姑娘,他跟人家聊得挺好的,想追。"邱奕笑了起来,"咱俩正好去看看是什么样的姑娘。"

"哎,可以可以。"边南对申涛喜欢的姑娘还挺有兴趣的,申涛一直深沉稳重未老先衰的,边南还真想看看他喜欢的姑娘会是哪款。

"小涛哥哥没你俩帅。"坐在桌子旁边啃着包子的邱彦突然说了一句,"万一那个姐姐看上你俩当中哪个了怎么办?"

邱奕和边南对视了一眼,半天都没说出话来。

最后邱奕转头看了邱彦好半天:"你还挺操心。"

"我去学校啦!"邱彦笑着拿起门边放着的一个小桶,抓了个包子跑了出去。

"我发现小孩儿都是突然就长大了。"边南有些茫然,"前阵儿还玩尿来着……"

"他现在这成熟还有偶发性,我现在就想按着不让他长。"邱奕拿起一杯豆浆喝着,"小时候多好玩。"

"有你这样的吗?"边南笑了起来,"他长大了也好玩的,就跟你似的。"

"是啊,早晚有一天得跟申涛似的指使着他朋友去给他喜欢的姑娘搬家……"邱奕啧啧了几声,"想想我就不爽。"

"你别横加干涉啊。"边南咬了口油饼,"我还想着二宝以后生一堆小二宝,然后匀一个两个的给我……"

邱奕笑得让一口豆浆给呛了,蹲地上咳了好一会儿才说了一句:"边南你能不这样用词吗?"

"哪样?"边南斜了他一眼,"我就喜欢小孩儿。"

"喜欢自己生去。"邱奕说,"还抢上侄子了。"

"邱奕,早晚咱俩得拉开架势干一仗。"边南指指他,"等着吧。"

"赶紧上班去吧你,要迟到了。"邱奕笑着拿出手机看了看时间,又凑到他身边，"今天中午我过去跟你打球，你最好提前做好准备。"

今天上班还不算太忙，边南一上午基本都站在球场边，琢磨着该怎么给邱奕上第一堂网球课，得让他这一节课就深深爱上网球，以便一直练下去，十年后还能跟自己打一场。

快中午的时候罗轶洋来了，到了球场就一屁股坐到凳子上喊了一声："累死了！"

"干吗去了？"边南对于他来了第一句话不是"边南来打球"有些意外。

"跑了一上午手续啊。"罗轶洋捏捏腿，"邱奕给安排的任务。"

"跑着去的？"边南又问。

"……开车去的啊。"罗轶洋一脸不爽，"我有病啊我跑。"

"全程开车你捏什么腿，我以为你马拉松跑手续呢。"边南乐了。

"跑人办公室里不得站着等着。"罗轶洋叹了口气，"办点事儿真不容易。"

"现在知道了啊。"边南过去从自己包里翻了块巧克力给他，"你是不是觉得一小时就能全搞定呢？"

"别跟邱奕学啊，一点儿都不可爱了。"罗轶洋摇摇腿，"不过有十天半个月的也差不多了，我是挺佩服邱奕的精力的，天天上课什么的一堆事儿，这几天还能把计划给写出来……"

"是。"边南特别真心地点点头，邱奕这精力旺盛劲真是无人能及。

大概就永动机二宝能跟他哥拼一把了。

"二宝呢，怎么没来？"罗轶洋在身后问。

"今天学校大扫除，去学校了。"边南活动了一下胳膊腿，打算一会儿上去给做几个示范。

"打球。"罗轶洋站了起来，"边助，来活动一小时。"

"不。"边南很干脆地拒绝了他，"我等邱奕呢，一会他过来我教他打球，人生第一节网球课。"

"你教他打球，我靠他怎么不叫我教啊？"罗轶洋立刻喊了起来。

"昨天喝酒的时候说起来的……"边南捂了捂耳朵。

"你俩还一起喝酒了，没叫我？"罗轶洋又喊了一嗓子。

"过两天一块儿吃饭吧。"边南说，"邱奕生日，周六叫了朋友一块儿聚聚，你俩算朋友加搭档，必须得去。"

758

"周六？没问题，他生日啊，多大了？"罗轶洋一听很高兴，瞬间就忘了喝酒没叫他的事。

"19。"边南说。

"多大，19？"罗轶洋愣了愣，"我靠我居然每天被个19岁的小孩儿指使着满城跑……"

"你得了吧。"边南乐了，胳膊架到他肩上笑着说，"你也就比我俩大一两岁，装什么大叔，原来有胡子还凑合，现在胡子没了看着也就一小孩儿。"

"是吧。"罗轶洋摸了摸自己的嘴，"我也觉得我胡子不错……算了不说胡子，一说胡子我又想起我失恋的事儿了。"

边南最后也没跟罗轶洋打球，还没到中午休息的时间，邱彦自己跑来了，罗轶洋算是找着点事儿干。

小家伙对网球是真有兴趣，今天场地全满，罗轶洋带着他在训练墙那边练，枯燥的击球他愣是一两个小时能坚持下来。

边南看了挺感慨的，这就是有兴趣和没兴趣的区别吧。

没准儿十年之后他还能跟邱彦打几场呢。

不过一想到十年后邱彦已经跟他现在差不多大，又突然体会到了邱奕的那种感觉，舍不得，这么可爱的小面包就没了……

邱奕背着球拍到展飞门口的时候给边南打了个电话，邱彦跟着罗轶洋已经在训练墙那边玩了一个多小时，要不是罗轶洋下午还要出去跑腿儿，估计能打到下午下班。

邱奕等罗轶洋走了才跟边南一块儿进了球场："要让他知道我上这儿打球来了，肯定轮不到你上场。"

"哎你运动服一穿拍子一拿，还挺像那么回事儿的。"边南打量着邱奕。

邱奕穿了一身运动服，脚上是那会儿骨折出院时他给买的那双球鞋，还有……红袜子，他拍了拍邱彦："二宝，你哥是不是特像个打网球的？"

"像！"邱彦点点头。

边南在最边儿上找了个空场地，中午时间不多，他其实就想着跟邱奕玩一会儿，然后去吃饭。

邱彦兴奋地坐在一边看着："哥哥，我会，我教你！"

"你不每回练完了回家都得跟我连讲带比画至少半小时吗？"邱奕拿着球拍站到场上，"我都快背下来了。"

"咱今天不讲基础，直接打。"边南把球打了过来，球弹到邱奕手边，他伸手接住了，边南笑了笑，"其实我就是想试试跟你打球的感觉。"

"看出来了。"邱奕拍了拍球，"我觉得你打完这次基本就可以忘掉你那个什么十年后打球的约定了。"

"那不可能。"边南站好，弯腰转了转拍子，"你发球吧，会发吧？"

"我试试，平时打过羽毛球……"邱奕退到底线外，往他这边看了一眼，突然喊了一声，"哎，好远啊，看不清你了。"

边南乐了："忘了你近视，要戴上眼……"

话还没说话，邱奕手一扬，把球抛了起来，接着就一挥拍，球跟球拍接触时发出了有力的一声响，对着边南这边就飞了过来。

边南愣了愣，邱奕这个发球，姿势只能算是凑合，但力量和准确度都很不错，他完全没想到邱奕此生第一次握拍，发出的第一个球居然能有这样的水平。

他不知道该怎么表达自己内心的激动以及瞬间对十年后再打球的满满信心，只能是潇洒地一挥拍，感叹了一声："哎？"

因为这个球发过来的质量还不算太差，所以边南忘了喂球，习惯性地把球回到了邱奕反手。

刚潇洒地发完球跑回网前的邱奕对这个反手球只能是蹭了个拍子边儿，球弹出了边线。

"哎个鬼啊……"邱奕看着他，"你跟你零基础的学员练习上来就反手啊？"

"哥哥打得好！"邱彦坐在旁边的椅子上用力拍了拍手。

"忘了忘了。"边南嘿嘿乐了两声，又冲他竖了竖拇指，"大宝，你真是让我刮眼珠子相看。"

"还成。"邱奕笑了笑，"我就学个样子，平时好歹也看过你和二宝打。"

边南给邱奕喂了一会儿球，邱奕的模仿能力很强，运动细胞也发达，就这么喂球的过程中，邱奕已经慢慢能学着他的步伐移动了。

当然，步伐姿势之类的基础，需要有漫长的枯燥的训练才有可能真正扎实起来，反正边南也没指望邱奕能跟他似的系统地学成什么样，就按现在这样，打到十年之后，就足够了。

"爽！"边南喊了一声。

"浪！"邱奕也喊了一声。

"什么素质。"边南一拍子把球又杀到邱奕反手。

邱奕把拍子往地上一扔："累了，就这么着吧，我下午还得上课。"

"出去吃点儿东西。"边南虽然不过瘾，但心情相当不错，手一挥，"二宝，走，吃饭去。"

俩人带着邱彦随便在旁边小店吃了点儿东西，邱奕领着邱彦回家了。

边南下午没什么事儿，坐球场边上看人练球的时候还回味了一下中午跟邱奕对打的场面，老想象着十年之后他俩都大叔了，再这么打的时候是什么感觉。

没准儿会被后起之秀邱二宝嘲笑呢。

下班之前邱奕给他打了个电话，提醒他下了班别耽误，还得给人搬家去。

其实不用邱奕提醒，边南下了班都没跟人多聊，换了衣服就去了邱奕家，邱奕今天到家也比平时早，准备随便煮个面，然后去给人搬家。

对申涛看上的姑娘，他俩都一样充满了好奇。

"申涛之前谈的姑娘什么样？"边南吃着面问了一句。

"高瘦白。"邱奕很快地总结着，"大眼睛长头发，不温柔，脾气火爆。"

"……他喜欢这样的？"边南有些不能理解。

"不知道，不过他能忍这样的，他脾气挺好的。"邱奕笑笑。

"赶紧吃。"边南说。

吃完饭，俩人把邱彦扔在家里，到胡同口找了个等着给人拉货的面包车按申涛给的地址过去了。

姑娘现在住的地方离公司有点儿远，所以在公司附近重新租了房子，赶着这两天搬过去。

快到地方的时候邱奕给姑娘打了个电话，姑娘说已经把东西搬了几件到楼下了。

"听声音挺成熟。"邱奕挂了电话之后说，"还不错，知道自己先把能拿的拿下来了。"

车开到楼下的时候边南隔着车窗看到了一个短发姑娘站在两个箱子旁边，看到他们的车就抬手挥了挥，又往车窗里看了看："是邱奕和边南吗？"

"是！"邱奕赶紧让司机停车，然后猛地回过头看着边南，"看到没？"

"看到了！挺漂亮的……不过这得有二十四五岁了吧？"边南也瞪着他，"申涛喜欢姐姐？"

之前邱奕说过申涛前女友是个高白瘦爆脾气的妹子，边南在心里大致有个勾勒，跟苗源那款的应该差不多，要不是苗源跟顾玮一直若有若无地过着招，他还想着要是把苗源介绍给申涛估计靠谱。

不过看到正在路边等他们的这个姑娘时，边南还真是有点儿吃惊。

申涛的口味也太飘忽不定了。

姑娘一看就大他们好几岁的样子，穿着牛仔裤T恤，挺利索的短发。

挺漂亮，但是不高不瘦也不算白。

"不好意思啊，这都累一天了还让你们过来帮我搬家。"姑娘站到车边笑着说。

"没事儿。"邱奕拉开车门跳了下去，笑着打了个招呼，"梁悦？"

"嗯，你是邱奕吧？给我打电话那个，我听得出声音。"梁悦笑了笑，"叫我悦姐就行。"

"搬家还是找自己人，方便指使。"边南跟着也下了车，"悦……"

一个悦姐还没叫出口，邱奕在他胳膊上碰了一下打断了他的话："跟申涛聊天儿的时候提到你都叫小悦习惯了。"

"是吗？那……小悦就小悦吧。"梁悦笑了起来，指了指楼道，"你们这么熟我可就随便指使了啊，我屋里还有张电脑桌、一个简易衣柜、两箱子书……"

"嗯，先把东西搬车上吧，你在这儿守着，我们上去拿下来。"邱奕说。

把梁悦已经拿下来的东西都放到车上之后，邱奕拿着梁悦的钥匙跟边南一块儿上了楼。

"干吗不让叫姐？一般这样的我都叫姐了。"边南进了电梯问了一句。

"你傻吗，"邱奕啧了一声，"那是申涛要追的人，咱俩是申涛的朋友，也不知道人对这个年龄差有没有想法，就直接管人叫姐？"

"啊！"边南抓抓头发，"我没想那么多……这能追得到吗？"

"谁知道呢，他愿意追谁追谁。"邱奕伸了个懒腰，"能帮的忙就忙，别的随他的便呗。"

"哎……"边南脑袋一晃，脖子发出了咔的一声响，"申涛还真把小老头风格贯彻到底了啊?"

"哎!"邱奕皱皱眉,"别弄这动静。"

"怎么了?"边南换了一边又一扭脖子,咔又一声响,"我们体校差不多人人都会……"

"信不信我抽你。"邱奕斜眼儿瞅着他,"我受不了这动静,听着老觉得下一秒你脑袋就得咔嚓掉我脚边。"

"滚蛋!"边南愣了愣乐了,"你这什么毛病啊,那你不还捏手指吗?咔咔的你怎么也不担心你手指掉兜里了……"

"反正你别再玩脖子就行。"邱奕抬手在他脖子后面捏了捏。

梁悦屋里已经没什么东西了,都收拾到了箱子里。

本来邱奕打算自己一个人拿一个箱子,结果刚拎起来又扔回了地板上:"大虎子。"

"重吧?"边南乐了,过去拎了拎,"我靠……一块儿吧。"

"是今天被我打残了吗?"邱奕问。

"你也太看得起自己了吧!"边南喷了一声。

"是吗?"邱奕笑了笑,把电脑桌反过来,俩人把箱子放了上去,再一块儿拎着桌子。

跑了两趟,把屋里的东西都拿上了车,梁悦坐在副驾驶一个劲儿给俩人道谢:"真谢谢了,我这一堆东西看着不算多,但都死沉死沉的,真谢谢你俩了。"

"完事儿了再谢吧。"边南笑笑,"这会儿说得跟搬完了似的,听着觉得一会儿我俩回句不用客气就该下车走了,东西你自己搬上去啊。"

"那不谢了。"梁悦也笑了,"你俩还没吃吧?一会儿请你们吃点儿东西。"

"吃过了来的。"邱奕说,"没吃饭来怕没力气。"

"真的?别跟我客气啊。"梁悦看着他俩。

"真的,吃过了,要换了别人我们肯定留着肚子,但申涛的朋友就不一样了。"边南嘿嘿笑了两声,"不拿一针一线。"

"那申涛回来了让他请客吧。"梁悦挺爽快地一挥手,"我也不跟你俩推来推去的了。"

"对嘛,申涛请我俩就行,反正我俩帮的是他的忙。"邱奕笑着说。

到了地方往屋里搬东西的时候边南发现梁悦力气还挺大的，跟在他俩身后一个人居然把一个箱子拖进了屋里。

"你还挺……有劲。"边南忍不住夸了她一句。

"一直都一个人住着，搬个东西什么的都得自己来啊。"梁悦拍拍箱子，"搬家这种大事儿找人帮忙，平时搬个桌子拎点儿什么的不都得自己吗。"

"我们帮你把东西都放好吧，你告诉我们搁哪儿就行。"邱奕说。

"没事儿，就这样就行，我慢慢弄，还没想好要怎么放呢。"梁悦打开刚扛上来的迷你小冰箱，拿了两听可乐递给他俩，"这一身汗，辛苦了。"

俩人灌完可乐，看着屋里也没什么事儿了，跟梁悦又聊了几句就出了门。

从这儿回邱奕家挺绕的，邱奕站路边琢磨着该怎么坐车，边南等了一会儿有点儿不耐烦地招手拦了辆出租车："打车吧，二宝还一个人在家呢。"

"着急回去陪他去火柴厂吗？"邱奕上了车。

"滚蛋！你要想去了你自己去，别拉上我和二宝。"边南一提火柴厂就相当无语。

"二宝也爱去。"邱奕笑了，想了想又偏过头看着他，"你上我家占地儿的时候应该没这么多东西吧？"

"我……别说是占个地儿，就是搬家我也没什么东西啊。"边南喷了两声，宿舍他跟石江提了一嘴说还是让出来给别人，石江倒是没说什么。

"是吗？"邱奕笑着问。

"嗯，就几件衣服。"边南在心里清点了一下自己的东西，突然发现自己真没多少东西，就连待在家里，属于自己的似乎也就那一个屋子里那点儿东西，电脑手机……没了。

邱奕在他腿上用力拍了两下，又搓了搓："来占地儿吧，我的东西也不多，凑一凑都算你的了。"

"……靠。"边南笑了笑，突然有点儿想哭，感动的吧大概是。

"还有我的信别忘了，这期限都已经过了一天了你也没点儿动静，非得打一架才拿出来吗？"邱奕又小声说。

"周末你不还得过一次生日吗？"边南倒是没忘了这事儿，信一直在包里放着呢，只是这种二宝写的日记都能甩出他一条街的玩意儿真要拿出来也挺不好意思的，"到那天我没东西送了怎么办？"

"哪儿来那么多讲究，还非得送东西啊？"邱奕笑着说。

"我就这样,我就喜欢给人过生日,给人送礼物,不能没有这步骤。"边南说。

"行吧,那我再等等。"邱奕笑笑。

回到邱奕家的时候,院儿里的灯亮着,葡萄架下的桌子前趴着个小孩儿。

边南一看这瘦猴儿一样的小孩儿立马眼睛一瞪:"方小军!"

"大虎子!"邱彦听到他声音,从屋里跑了出来,手里拿着两小盒冰淇淋,是邱奕买了放在冰箱里让他平时吃的。

"你俩在干吗呢?"边南一看到方小军就忍不住把警惕性调到最高等级。

"他抄我作业。"邱彦把一盒冰淇淋放到方小军面前,"赶紧抄,要不一会儿我哥要赶你走了。"

"还差一页,快了。"方小军拿起冰淇淋舀了一大口放到嘴里,然后继续埋头抄着。

"还吃点儿东西吗?"邱奕进了厨房,在厨房里看了看,"我怎么有点儿饿啊。"

"好啊,吃!"方小军趴在桌上喊了一嗓子。

"有你什么事儿?你走了我们才吃!"边南瞪着他说。

"抠门儿。"方小军撇了撇嘴。

"就是抠门儿!"边南过去一把拿走了桌上的那个冰淇淋,"这个你也别吃了!"

"这是邱彦给我的!"方小军跳下凳子跟他抢,"给我!"

"不给。"边南也不知道为什么就这么看不上方小军,反正同样是小孩儿,他就不乐意惯着方小军。

"你拿回去抄吧。"邱彦坐在椅子上乐呵呵地看着他俩,"明儿早上给我拿过来就行了。"

"赶紧走!"边南把冰淇淋还给了方小军。

"你以为我多想看见你啊!"方小军把邱彦的作业拿上,吼了一声转身跑了。

"你烦不烦,成天跟方小军没完没了的。"邱奕在厨房里叹了口气。

"不烦,一点儿也不烦!"边南进了厨房,"那小子心眼儿忒多了点儿,就二宝那层次跟他老待一块儿肯定要吃亏。"

"小亏吃点儿就吃点儿了,大亏不会再吃就行。"邱奕不是很在意,转身冲院子里喊了一声，"邱小彦你怎么又让他抄你作业？是不是又连日记一块儿抄了？"

"嗯，抄了。"邱彦在院子里吃着冰淇淋点了点头，走到厨房门外，"抄抄呗，反正老师一看就知道是他抄我的，又不骂我。"

"你让他抄的，不骂你？"边南看着他。

"啊？"邱彦抬起头眨了眨眼睛，一脸茫然，"我不知道呀。"

"你真会装！"边南都看乐了，拎过他在他脸上搓了搓。

"方小军家里可乱了，他妈他爸成天打架。"邱彦舀了一勺冰淇淋举着递到边南嘴边，"他在家里写不成作业，寒假的时候他妈把他作业本儿都撕了，他粘了一天才粘好的。"

"那他过来写作业不就行了，干吗要抄你的？"边南把冰淇淋吃了。

"哎，你不明白吗？他哪会写啊，他都没心思写作业，他家一点儿都不好。"邱彦叹了口气，"哪像我家这么好呀。"

"这倒是。"边南搂搂他，"那我好不好？"

"好。"邱彦点点头，"你最好了。"

"大虎子搬过来住好不好？"邱奕在旁边问了一句。

"好啊！"邱彦眼睛一亮，仰着头看着邱奕，"真的吗，大虎子搬到咱家来住吗？"

"嗯。"邱奕笑了笑，"有剩饭，炒饭吃不吃？"

"吃吃吃吃。"边南马上一连串地说，"吃！"

边南要去邱奕家占地儿很容易，从展飞宿舍到邱奕家，也就一个包的规模，下午下班的时候回宿舍一收拾，拎着就过去了。

退宿舍的事他有点儿不好意思，石江应该是给他特批了名额，现在没住两个月就又要退了，看到石江的时候都不知道说什么好。

"要搬啊？"石江问他。

"嗯，那个……石哥，我给你添麻烦了。"边南抓抓头发，"我就是……"

"回家住了吗？"石江又问了一句。

"是。"边南应了一声。

"挺好的，能回家还是回家住，省得家里人担心。"石江笑笑，"也不用不好意思，宿舍再安排给别人就行了。"

邱奕已经把原来邱爸爸那间屋子收拾了一下，让邱彦晚上在那个屋睡。

邱彦在床上滚来滚去，挺兴奋的样子："我可以一个人睡一张大床啦！以前爸爸老笑话我上学了还跟哥哥一块儿睡。"

"要给你再换个新床吗？"邱奕弹弹他脑门儿。

"不用。"邱彦抱着枕头，"我就睡爸爸这张床就行，爸爸不说这张床是他自己做的吗，可结实了。"

"嗯，别说这床了。"邱奕敲敲旁边的衣柜，"这柜子也是爸爸做的，这屋里的家具都是他跟妈妈结婚的时候自己做的。"

"我要用柜子。"邱彦跳下床打开衣柜，"哥哥你帮我收拾一半出来吧，我要把衣服放这里头。"

"行。"邱奕点点头。

柜子里还有一些邱爸爸的衣服挂着，边南看着几件熟悉的外套，突然有点儿不好受，转身到院子里的葡萄架下坐着出神。

"我衣柜给你腾了一半。"邱奕跟了出来，坐到他身边点了根烟叼着，把邱彦做的那个小烟灰缸放到桌上，"还想占哪儿您开口就行，要不再弄张桌子搁屋里，你来的时候要玩个电脑什么的不用跟我抢地儿。"

"嗯。"边南想了想，突然转过头看着邱奕，"别买了，咱俩自己做张桌子吧？"

邱奕正要点烟，听了他这话愣了："自己做？你当这么容易呢。"

"那你爸还能做出一屋子家具呢，他也不是木工。"边南不知道为什么就觉得要是他和邱奕能有张自己做的桌子一块儿用着挺好的，"你不是手挺巧的吗？还会捏泥人儿，多少有点儿遗传吧，咱俩一块儿试试呗。"

"随便你。"邱奕点上烟，笑着说，"那就试试吧，不过得先找找我爸的工具，都在杂物房里放着呢。"

"咱先挑个款，看要个什么样的合适。"边南立马拿出手机。

"还挑款呢，"邱奕乐了半天，"就一个板儿四条腿的款就行了，胡同口小吃店搁门口的那个款，能把那样的做出来就不错了。"

边南挥挥手："你真没意思，你甭管了，我挑好款，买好材料，然后……"

"然后我做，是吧？"邱奕问。

"……是啊。"边南说完自己也乐了，"我帮你我帮你。"

767

"这周末先别弄吧,不说叫上人到家来玩吗?弄一院子乱七八糟的没地儿待了。"邱奕也没再反对,自己做桌子想想也挺有意思。

"嗯。"边南打了个响指,兴致勃勃地盘算着,"周六玩,周日我去买木头。"

"咱都叫了谁啊,我得算算买多少菜……"邱奕掏出手机,打开记事本,里面已经记了几个菜名。

"你怎么这么贤惠。"边南嘿嘿乐了几声,"寿星还管做菜啊?我来吧,叫他们一块儿做呗。"

"你做菜的最终结局就是叫饭店给送菜,我还不知道你吗?"邱奕往身后看了一眼,笑着说,"都有谁啊?"

"万飞、申涛……"边南跟着也往后看了一眼,发现邱彦正站在门口,他冲邱彦张开胳膊,"二宝过来,站那儿干吗啊?"

"你们商量事儿我又插不上话。"邱彦跑到了他身边站下了。

"你有什么想法只管说。"边南搂着他亲了一口,"啵儿一个。"

"再亲一下。"邱彦偏了偏脸。

"哎,好。"边南低头在邱彦脑门儿上又用力亲了一下,"管你哥也要一个。"

"我哥不爱亲我。"邱彦叹口气。

"是吗?"边南忍着笑,也跟着叹了口气,"你哥真没劲。"

邱奕笑着在邱彦脑门儿上亲了亲:"行了吧。"

"哥哥,"邱彦摸摸自己脑门儿,"我想要台电脑。"

"要电脑干吗啊?"邱奕问。

"学习啊。"邱彦回答得很利索。

"哦。"邱奕应了一声,没再说别的,叼着烟玩手机。

边南本来想说要不我给你买,但邱奕不开口,他不知道该不该说了。

邱彦等了一会儿,看邱奕没有再说话的意思,于是往邱奕身边蹭了蹭:"哥哥,有时候我用来玩游戏。"

"还有呢?"邱奕看了他一眼。

"跟同学聊QQ什么的。"邱彦小声说,"还可以看动漫。"

"一天一小时,看电视还是玩电脑都在这一小时里。"邱奕掐了烟,"你自己安排,超时我直接拔线。"

"嗯！"邱彦用力点了点头。

"下星期让大虎子带你去买吧。"邱奕说，"哥哥没钱，钱都在他那儿。"

邱彦立马回过头看着边南，边南笑着往自己口袋上一拍："星期天去买，不过先说好，方小军不许上咱家来玩电脑。"

"唉！"邱奕无奈地叹了口气，"我真想看看过十年你跟方小军同学是不是还这样……"

"当然不这样了。"边南喷了一声，"过十年二宝肯定也不跟他玩了。"

"那要是还跟他玩呢？"邱彦问。

"那我再揍他就不叫欺负小孩儿了！"边南一脸凶恶地说。

周六这天边南起了个大早，因为今天生日聚会……实际上就是找个借口聚一聚的聚会在院子里进行，所以得提前把堆在院儿里的什么破箱子旧花盆之类的都整理到一边，留出活动的空间来。

算上申涛还有邱奕在航运时候的几个朋友、万飞小两口、罗轶洋，怎么也有十个人了，还都是能闹腾的，边南都去跟隔壁老头老太太打好招呼了，省得晚上吓着人。

邱奕把晚上在院子里烧烤要用的东西都搬出来放好了："葡萄架那边够坐了吧？反正烧烤也不用都坐着。"

"嗯。"边南坐到桌子边上，冲邱奕勾了勾手指，"过来，有礼物送你，我就不当那么多人的面儿送了。"

邱奕笑着走到他跟前儿："什么礼物啊？"

边南从兜里掏出了一个红包，递到他手里："拿好，这辈子我也就写这一次了，真是为你。"

"我现在能看吗？"邱奕接过红包，一搓开就看到了里面的信纸。

"愿意看看呗。"边南龇牙冲他笑笑，"看完了记得拿去裱好供起来。"

邱奕没说话，抽出了信纸。

刚看了没两眼，他嘴角就勾了起来。

"哎哎哎！"边南顿时有些不好意思，脚尖点了点他，"进屋慢慢看成吗？"

邱奕没动，嘴角带着一丝笑容看着他："我就想这么看。"

一封厚着脸皮憋了好几个月连凑数带灌水的信，给出去就已经够羞耻的了，居然还被人当面打开来边看边乐，笑容里还满是意味深长。

边南觉得相当受罪，叫了三回，邱奕都没动，拿着信纸勾着嘴角慢吞吞地看着。

"就这么两页纸你要背下来还是怎么着？"边南站了起来，想把信纸抢回来，邱奕很快地把手背到了身后，他瞪着邱奕看了几秒，最后一咬牙，"得，你慢慢看，我进屋躲着还不行吗！"

邱彦正在邱爸爸那屋里铺床，一边哼着歌一边床上床下跳来跳去。

"哎，二宝，"边南走过去看了看，"我帮你……"

"别添乱，你给我拿杯水就行。"邱彦忙得一脑门儿汗。

"嘿！"边南愣了愣，"小东西你再拿这口气跟我说一次你看我会不会把你拎院子里好好晾晾。"

"大虎子帮我倒杯水吧！"邱彦仰着脸冲他笑了笑，"我好渴啊。"

"等着。"边南转身走到饮水机旁边给他倒了杯水，看到属于邱爸爸的那个白色的杯子已经被邱奕用袋套好了，但并没有拿走，还放在一起。

把水拿给邱彦的时候边南问了一句："你家这个杯子，哪儿买的？"

"胡同口超市里买的。"邱彦抱着杯子一口气把水全喝光了，"好多颜色呢，还有黄的蓝的绿的……"

"有绿的？"边南打断他。

邱彦点点头："嗯，绿的，还有黄的蓝的……"

"我出去一趟。"边南把他的杯子放回饮水机边儿上，往外走的时候看到邱奕还站在院子里对着他的信乐呢，忍不住指着他说了一句，"早晚得打一架！"

"哪儿去？"邱奕笑着问了一句。

"不告诉你。"边南大步走出院子，"你慢慢乐吧你。"

小超市里挺热闹，边南转了两圈也没找着杯子在哪儿，正想找人问呢，一个穿着超市制服的大姐走过来了："哟，这不是小边吗？"

"……姐。"边南愣了愣，他没认出来大姐是谁，不过听这句肯定是火柴厂的熟人，他笑了笑，"我想买个杯子，正找呢。"

"这边儿，来。"大姐招招手，领着他走到了最里的货架前，"靠那边都是杯子，玻璃的塑料的陶瓷的保温的都有，要我给你介绍一下吗？"

"不不不不用，我就随便拿一个。"边南赶紧走过去，一眼就看到了跟邱奕家同款的绿色杯子,没忍住乐了,这绿色太夺目了,就它了!

边南拿了个绿杯子回到院子里,邱奕没站着了,靠在躺椅上轻轻晃着,手里还拿着信纸。

"看完了没啊?"边南往屋里走。

"今天天气不错,万里无云,站在球场上我就想起了邱奕。"邱奕闭着眼睛,嘴角带着笑,"也不知道……"

边南一听脸都快红了,过去一把捂住他的嘴,"你没完了是吧,还真背啊。"

"背这个太容易了。"邱奕拉开他的手,"我看完一遍差不多就背下来了……你买了个杯子?"

"嗯,给你买的。"边南展示了一下手里的杯子,又到水池那儿把杯子洗了洗,然后进了屋,"以后你用这个绿的,我用这个黑的。"

"凭什么?"邱奕跟了进来,"那个黑的我用了两年了,都有感情了。"

"你自己说的,"边南把绿杯子并排放了过去,"你的东西虽然不多,不过都是我的了。"

邱奕笑了起来:"你这人怎么这样。"

"就这样,你刚认识我吗?"边南往绿杯子里倒了点儿水递给邱奕,"说实话,我第一次看见你,就记住你那抹骚破天际的荧光绿了,在我心里,你就是这色儿的。"

"你知道我第一次看见你是什么感觉吗?"邱奕拿着杯子,靠着墙喝了一口水。

"威武的天神!"边南说,想想他跟邱奕第一次打架那天……还挺威风的吧,虽然他和万飞都挨了揍。

"你第一次看到我就是打架那天吗?"邱奕笑了笑。

"嗯。"边南点点头,"我平时不管闲事儿,只要别打到我头上来就成。"

"我第一次看到你的感觉……"邱奕想了想,"哎哟体校第一单挑王就这德行啊。"

边南挑了挑眉,"你什么意思啊?"

"那天你跟万飞蹲路边喝豆腐脑呢。"邱奕喷了两声,"看着跟刚放出来似的,没找到人生方向的刑满释放人员。"

"放你的屁！"边南瞪着他，"你不要把我跟万飞混到一块儿说……"

"你比万飞像呢。"邱奕笑着说，"他挺白的。"

"这日子过不下去了。"边南在屋里转了两圈，进了里屋冲邱彦挥了挥手，"二宝，我走了，再见。"

"去哪儿啊？"邱彦坐在床上看着他，"你宿舍都退了。"

邱奕倒在沙发上笑得不行。

"早晚让你们兄弟俩气死，我决定去流浪！"边南也乐了，拉开门一条腿跨了出去，"没人挽留一下我吗？"

"大虎子，你不要走啊！"邱彦站在床上扒着门框，"你不要走！你走了我哥肯定会打我出气的。"

"打得好！"边南说。

"别走，你走了我没人欺负了多寂寞。"邱奕笑着从沙发上站了起来，走到他身边，上上下下打量了一遍，一脸严肃地说，"第一眼看见你，就觉得，啊，蹲地上喝豆腐脑的那个炭头，挺有意思的。"

"太假了。"边南喷了一声，斜眼儿瞅着他，"刚还刑满释放呢。"

"其实是像讨薪失败……"邱奕笑了半天，又收了笑容拍着他的肩，"真的，那会儿就看你挺有意思了。"

"算了。"边南叹了口气，"我已经分不清你这是夸我还是骂我了。"

"夸你呢，这么帅，这么有型，这么拉风。"邱奕一边说一边往院子里走，"帅哥赶紧的，帮我把肉腌一下。"

超市卖的烤串邱奕吃着老说味道不正，所以这回直接买了一大堆肉，拿回来自己切了腌好。

工作量挺大的，今儿来的基本都是男生，吃烤串儿不按串计，得论盆儿，没个三五盆不够他们吃的。

邱奕在厨房里一通切，边南在旁边把切好的肉按邱奕的要求用各种调料腌上。

"我们晚上收费吧，这一看就是烧烤摊准备出摊儿的架势了。"边南拿了双筷子在盆里搅拌着，"收成本价。"

"抽屉里有一次性手套，戴上用手抓几下就行。"邱奕看了他一眼，"你这拿个筷子得搅到什么时候去。"

"我不抓，多恶心啊。"边南喷了一声。

772

"那你吃的时候恶心不恶心啊？"邱奕叹了口气。

"你管我呢，我乐意用筷子，切你的肉吧废话真多！"边南继续拿筷子来回搅。

说好都是下午过来，中午的时候院子门就被推开了，边南一扭脸就看到了万飞。

"南哥！"万飞拎着一兜子不知道什么东西进了院子，身后跟着许蕊。

"哎，你是快饿死了吧？"边南跑出厨房，"赶着饭点过来蹭吃的。"

"我俩逛街正好逛到这边了，"许蕊笑着拢拢头发，"就说过来帮帮忙呢，主要是万飞好久没见着你了，想得厉害啊。"

"万飞哥哥好，嫂子好！"邱彦从屋里跑了出来，很响亮地叫了一声。

"二宝越来越讨人喜欢了，怎么就这么讨人喜欢呢！"万飞乐得半天都没停下来。

"二宝，姐姐给你买了个遥控飞机，你看喜欢吗？"许蕊拿了个盒子给邱彦。

"喜欢！"邱彦眼睛亮了，"谢谢嫂子。"

"哎……"许蕊很无奈地往厨房那边看，"邱奕，你弟弟怎么回事儿啊？"

"是不是越来越懂事了？"邱奕靠着厨房门笑着，手里还拿着一块儿牛肉。

"这是在做饭还是准备晚上的东西？"万飞勾着边南的肩膀往厨房走过去，"正好，我来打下手呗。"

"听说你想你南哥了啊？"邱奕看着他。

"我现在不敢多想，就偷偷捂被子里想想，哭一鼻子什么的……"万飞说一半乐了，松开了搂着边南的胳膊，一拍邱奕，"生日快乐啊奕哥。"

"嘴真甜。"邱奕笑了，"帮忙腌肉吧，边南动作太慢，弄完这点儿给你们煮面条。"

三个人进了厨房，挤成一团。

"有什么要我帮忙的吗？"许蕊在院子里喊。

"不用，你陪二宝吧。"万飞马上喊。

万飞干活这事儿上比边南利索，手套一套，俩手往盆儿里来回边翻边抓，没几下就弄好了一盆肉。

773

把肉都切好弄好以后，邱奕煮了一锅面，搁了点儿刚腌上的肉，味道很不错，许蕊吃了没几口就缠着邱奕让给写腌肉用的材料和比例。

"要给我做吗？"万飞嘿嘿笑着凑过去。

"什么时候给我烙饼什么时候给你煮面。"许蕊说。

"哎哟！"边南在一边啧啧啧了好几声，"不带这么上人家里秀恩爱的啊，真肉麻，我们这儿还有小学生呢，注意点儿影响。"

"我开学才四年级呢。"邱彦在一边点点头。

"这小孩儿早晚让你俩给带坏了。"万飞叹了口气。

原计划下午五点才开始的生日烧烤，刚过三点，就已经把持不住了。

申涛吃过午饭就开着小电瓶带着几箱啤酒进了院子，居然还都是冰的，据说是头天就放他家楼下冰棍批发部的大冰柜里了。

没等说几句话呢，又到了三个，院子里顿时开始热闹了。

"直接上胡同口买冰好的不行吗？"邱奕把冰箱里的东西都拿了出来，想把啤酒都给塞进去。

"你以为这些够喝啊？"申涛一脑门儿汗，"照样得上胡同口买，这些是留着等胡同口店里的啤酒让咱买光了以后喝的……"

边南一听这话就愣了，把邱奕拉到里屋，"我能跟许蕊二宝一块儿喝可乐吗？这架势我要喝了今儿晚上得死八百个来回。"

"那不正好吗？"邱奕乐了。

"正好什么？正好你个脑袋啊正好！"边南瞪着他，"邱大宝你笑得眼睛都找不见了你知道吗？"

邱奕靠着墙一个劲儿乐。

"邱奕，"边南手指在他下巴上戳了戳，"今儿我不跟你计较，小爷也不是总喝成那样的，你等着我过两天好好收拾你。"

"再过两天该你生日了，也得喝点儿酒庆祝吧。"

边南吼了一声："啊！"

客厅里传来了一声咳嗽，申涛关上冰箱门："我……在呢。"

"那你赶紧不在啊。"边南乐了，走出去拉住正要去院儿里的申涛，"小涛哥哥，我俩还有正事儿找你问呢。"

"什么事？你还有正事儿呢？"申涛看着他。

"小悦。"边南说。

申涛转身想走,边南拉着他没松手:"哎,跑什么,这是正事儿吧?"

"想说什么啊?"申涛笑了笑,看着有点儿不好意思。

"靠谱吗,"邱奕点了根烟在沙发上坐下了,"看着比你大不少吧?"

"大四岁。"申涛往院子里看了一眼,"现在你问我我也不知道,什么都没有呢……"

"你要真想……过几天请个客呗。"邱奕笑笑,"谢谢我们给梁悦搬家,叫上她一块儿,我俩替你使点儿劲。"

"邱奕,"申涛笑了,"你现在怎么对这些事这么有兴趣,以前我让你帮着参谋一下你都懒得听呢。"

"不知道。"邱奕啧了一声,往边南那边看了一眼,"我也觉得我现在有点儿不对劲,让人传染了?"

"让谁……我啊?"边南愣了愣,"我原来也没兴趣好吗?我看万飞追许蕊看得都烦死了……其实我觉得大概就是小涛哥哥要谈恋爱这事儿实在是太神奇了,所以大家都特有兴趣。"

"有道理。"邱奕点点头。

"你俩真够了。"申涛转身往外走,"饶了我吧。"

"咱俩是不是挺烦人的啊。"边南乐了半天,往邱奕身边一坐。

"一般烦人吧。"邱奕笑笑,"要不是申涛这回感觉挺认真的,我也不会多问。"

"其实梁悦也还行吧,不矫情,就是不知道人家看申涛是看男人还是看弟弟。"边南拍了拍他的腿,"八婆。"

邱奕也拍了拍他的腿:"黑八婆。"

边南笑得呛了一口,"我真的很黑吗?"

"那我真的那么喜欢荧光绿吗?"邱奕往他脸上喷了口烟,"其实你也不算多黑,咱俩凑一块儿顶多也就是没墨了的斑马。"

四点没到,叫来的人基本就全齐了,算上几个女朋友,不大的院子里挤了十来个人,要不是之前邱奕收拾过,这就得站到胡同里去了。

邱彦很少有机会在家里看到这么多人,兴奋得一直在院子里转来转去,仰着头一个个哥哥姐姐地叫着,最后万飞看他仰个脑袋太辛苦给他抱起来在院子里来回检阅着。

边南看着这一院子的人,基本都是见过面的,航运平时跟着邱奕的这帮人他差不多都见过,干过架的也不少。

这会儿大家都毕业了,挤一个院子里都找不着以前那种碰上就想撸袖子抡几回合的感觉了,大家凑一块儿居然还聊得挺愉快。

许蕊她们几个女生在一边串肉串,平时都娇滴滴的,跟着男朋友出来,突然都挺贤惠了,虽然肉串都串得挺抽象的,有的一团肉,有的只有两片儿,不过速度还挺快,一小时下来,一大包签子都用完了。

没用完的肉还用保鲜袋分装好放进了冰箱。

"看看,姑娘们多贤惠。"边南已经没地儿坐了,只能坐在门槛上,一边说着一边碰了碰邱奕的胳膊,"你要是找个姑娘……"

"别跟我说这个。"邱奕笑笑。

"也是,其实你都不用找姑娘。"边南嘿嘿乐了两声,"你比姑娘贤惠。"

"边南,你知道吗?"邱奕低下头,手指在地上轻轻划拉了几下,"我跟你说过没,我妈……特别想看着我结婚,给她生个孙子。"

边南愣了愣,过了一会儿才轻声说:"是吗?你没跟我说过。"

"不想说这些,"邱奕声音很低,"就总觉得无论我以后过得怎么样,过得有多好,我妈都不知道了,想想就难受。"

"话不能这么说……"边南皱了皱眉,"人有时候就得有个希望在那儿,你就得告诉自己,你妈会知道的,会开心的,别老给自己压力。"

"说实话,你要不老跟我后头瞎使劲儿,我还真可能不会像现在这样。"邱奕看着他笑了笑,"这就是缘分哪。"

"还是挺深的那种!"边南补充了一句,沉默了一会儿,突然往邱奕肩上拍了一巴掌:"大宝!"

"哎!"邱奕被他冷不丁一巴掌拍得差点儿跳起来,"干吗?"

"生日快乐!"边南说,"我觉得吧,只要你活得自由自在,没压力没烦恼,没病没灾的,就够了,父母要的不就是平安踏实吗?你看二宝和我,就活得挺正确的。"

邱奕笑了半天,站起来踢了踢边南低声说:"谢谢。"

边南愣了愣:"……别客气。"

"干杯。"邱奕把手指圈成握杯的手势伸到他面前。

边南也圈起手指,跟他碰了碰:"干杯。"

院子里很热闹，邱彦对许蕊给他买的遥控飞机很有兴趣，等不到没人的时候，直接就在院子里拆开玩上了。

院子门被人推开的时候，飞机正对着门俯冲，一脑袋就扎在了进来的人头上。

"哎，这是什么？"那人捂着头喊了一声。

"罗轶洋！"邱彦很开心地也喊了一声，"我的飞机！"

"你是不是故意的……"罗轶洋往院子里扫了一圈，"这么多人你还玩这个？"

"来啦！"不知道谁说了一句。

"来了来了。"罗轶洋应着。

院子里响起一片招呼声，好像谁都认识谁似的。

"生日快乐。"罗轶洋走到邱奕面前，把手里一个用袋子装着的盒子递到他面前，"送你的，这东西……你总补课坐的时间长应该用得上。"

"什么？"边南凑过来看了看，"按……按摩器？"

"腰部按摩器。"罗轶洋说，"怎么样，能用得上吧？"

邱奕看着盒子上一个老头儿靠着按摩器一脸惬意的图片笑了半天："我已经看到我五十年后的样子了……"

"总坐着容易腰累嘛。"罗轶洋拍拍他的肩，转头看了看院子里的人，"能吃了吧，我是不是来得正好？"

"去干活！"边南推了他一把，"正好！"

边南心情很好，他想要的生日就是这样，一帮朋友没心没肺地聚在一块儿，管你认识不认识，喝酒吃东西吹牛皮热火朝天就成。

罗轶洋考虑得还挺周全，因为是开车来的，他还带了一套烧烤架过来。

三个烧烤架在院子里一字排开，女生负责撒佐料，男生负责烤，没多大会儿工夫就都吃上了，也不知道烤没烤熟。

邱奕这个寿星也没人管了，边南拿了几串过来，本来还想给邱彦拿点儿，一扭脸发现小家伙手上已经拿了好几串，也不知道都谁帮他烤的。

"咱俩被遗忘了。"边南把肉串递给邱奕。

"开心吗？"邱奕啃了一口问他。

"不错。"边南往葡萄架上一靠，抬头看了看，"这葡萄能吃了吧？哎结了不少呢！"

"小点儿声。"邱奕竖了竖食指，"他们还没发现，一会儿咱俩给摘下来就行,要让他们听见了这架子都得一块儿拆掉。"

"今年的葡萄好像比去年结得多啊。"边南仰着头,大片大片的叶子中大大小小的葡萄一眼看过去就有十来串,"是不是施肥了?"

"嗯。"邱奕点点头,"施肥了,幸福,各种感情,爱,伤心,希望,鼓励……"

边南咬着竹签,手往胳膊上一通搓:"你闭嘴。"

一轮吃下来,一盆串好的烤串见了底,邱奕把申涛叫了过来:"我看这架势串好的串儿肯定不够吃,还有些腌了没弄的,到时直接拿出来烤肉吧,上手抓得了。"

"我去看看。"申涛笑着说,转身叫了两个女生去了厨房。

"咱把葡萄摘了吧。"邱奕拿过一张凳子。

"行。"边南跑到一边拿了个筐过来。

邱奕刚拿了剪刀站到凳子上,立马就有人看到了,喊了一声:"哟,有葡萄啊!"

"哎我以为假的呢!来几串!"又有人跟着喊。

"都站着。"邱奕晃了晃手里的剪刀,"感觉怎么跟要抢似的。"

"不能,哪敢抢老大的。"有人笑着说。

"那没准儿,体校的在呢。"有人接了一句。

"来来来!"万飞乐了,撸了撸袖子,"正好很久没活动了。"

"边南和万飞就算了,不好惹。"那人也笑了,又很感慨地说,"哎,当初打成那样,现在居然还能凑一块儿烧烤……"

还好打了。

边南举着筐接着邱奕扔过来的葡萄,还好打了。

还好那天张晓蓉让他不爽了。

还好方小军骗了二宝的钱。

还好他跟万飞去偷袭了邱奕。

还好他知道大宝是邱奕之后没有一走了之。

还好……

太多的巧合才让他跟邱奕现在能这样站在一起,经历那么多的成长。

少了任何一个环节,他跟邱奕现在就是两条不相干的线,各自往前。

申涛很有先见之明,带了啤酒过来,这帮人从下午吃吃喝喝玩到晚上。

胡同口几个小卖部的冰啤酒都让他们买光了,最后把申涛带来的也都喝光了,这才算消停了。

边南喝了一瓶,再往空瓶里倒了两瓶邱彦的雪碧,拿着来回转悠也没有人发现。

闹到十一点,邱奕把人都给赶走了,一堆人在小街上打了半小时车。

罗轶洋上车之前把车钥匙往边南兜里一放:"我明天过来拿车,你帮我收好。"

"你直接来拿不就行了,给我干吗?"边南莫名其妙。

"哎!你不帮我拿着钥匙,车让人开走了怎么办?"罗轶洋瞪着他。

"大哥,"边南无奈地拍拍他的脸,"车钥匙放你身上,不是放车上的啊,你拿着车钥匙回去,明天拿着过来……"

"哦对,是,没错。"罗轶洋愣了愣,点点头转身上了出租车,"走了!生日快乐啊!"

除了万飞小两口和申涛,人总算是都走光了。

"哎!"万飞伸了个懒腰,"赶紧的,我们去帮着收拾完了也走了。"

"不用了。"邱奕看了看时间,"你们也走吧,我明天收拾就行。"

"那多不好,寿星啊。"许蕊笑着说。

"走吧。"申涛说,"明天收拾就行,明天他就不是寿星了,咱现在过去叮当一通收拾邻居该疯了。"

申涛是打着电话走的,万飞和许蕊是搂成一团走的。

边南转身往回走的时候忍不住喷了好几声:"这突然间一个个都这么甜蜜了。"

"你有什么不平衡的,"邱奕把胳膊搭到他肩上,"好歹现在还有我跟你一块儿呢。"

"嗯。"边南斜了他一眼,笑了,"咱俩这鲜明的对比色多么拉风。"

"可以调点儿绿的。"邱奕说。

"咱俩还能不能行了?"边南喷了一声,"这黑白绿的到底还能不能过得去了!"

"你开的头啊。"邱奕想了想,"到你生日吧,这色儿就算过去了。"

"为什么要到我生日?"边南问。

"因为我打算做个黑白条的边大虎送你。"邱奕笑着说。

"今年生日难道不是该送个绿色的邱大宝吗？"边南想了想。

"今年我有感触，还是想做个边小黑。"邱奕说。

"行吧，都一样。"边南嘿嘿一乐。

邱奕答应过他，每个生日都会送他一个小泥人。

边南突然很感动，虽然他觉得已经预知了自己今后几十年的生日礼物挺没神秘感的……

而且离着他生日没几天了，这人做个礼物送人居然还特别没情调地要让被送礼物的人一起参考。

"这回不拿球拍了，穿个泳裤吧。"邱奕坐在床边，手里拿着个速描本低头唰唰画着，"一是好做，二是比较能体现身上的条纹……"

"我能不要了吗？"边南趴在床上，"我不想要了。"

"不能。"邱奕看了他一眼，"要不给你穿成大裤衩吧。"

"我能把衣服都穿上吗？背心也行。"边南说。

邱奕想了半天："行吧，你喜欢站着蹲着还是坐着？"

"就你捏的那种三头身小短腿儿还分得出站着蹲着坐着？"边南乐了。

"能啊，我知道了。"邱奕翻了一页继续飞快地唰唰了一会儿，"真可爱。"

以前生日感觉更明显一些，暑假很无聊，一个暑假都盼着快结束的时候自己的生日可以跟同学出去聚聚。

现在不同了，每天上班下班事儿挺多的，生日一天天临近就没有那么明显的感觉了。

边南工作挺认真的，以前训练的时候他就算没兴趣，累死人的体能和枯燥的技术训练他也不会偷懒，现在觉得上班还挺有意思的，也就做得格外认真。

有种自己总算是有方向了的踏实感觉。

不过想教邱奕打网球的计划一直没时间落实，邱奕比他忙，每天除了带学生，还要跟罗轶洋一块儿跑手续。

不过场地的事儿总算是搞定了，罗轶洋找的，在市二中旁边的市场后门，旧的办公楼二楼，四间屋子，收拾收拾重新装修一下就可以用了。

边南把银行卡拍出来给邱奕的时候突然有些紧张："邱校长，我以前从来没有过这种感觉。"

"什么感觉？"邱奕拿过卡放到钱包里。

"又兴奋又紧张的。"边南抓抓头发,"这事儿总算是差不多上正轨了,但又怕……赔本儿,我以前从来没对钱这么上心过。"

"因为这钱是咱俩一点点儿攒起来的,我也紧张,"邱奕笑笑,"所以我才这么谨慎,但也是因为考虑了很多,才敢去做啊。"

"是吧?"边南点点头,"是。"

"其实就算真赔了也没什么,最惨也不过就是回到租个小班收几个学生补课的状态,有什么呢?"邱奕点了根烟,"你还有工作,你可以养着我呢。"

"也是,爷养你!我要撑不住了就让万飞养我,还有申涛,让他们都来养我。"边南乐了,"对了,石江前两天找我谈过,年底我要能通过考核,明年可以自己带学员了,就跟顾珥那样,不是助理了。"

"牛,再有一年就该总教头了。"邱奕竖了竖拇指。

"展飞明年有个新分部,就在西郊那边,规模挺大的,你说我要申请去那儿会不会更好?不过前期钱肯定没总部这边多。"边南一碰上这种事儿就习惯性地想听邱奕的意见。

"想去就去,钱少点儿就少点儿,以后怎么说都是分部元老,就算你要弄个总教头,也是去分部好发展,总部你跟石江去争吗?"邱奕笑笑。

"那到时考核通过了我就申请。"边南打了个响指,"突然觉得自己前途无量了。"

"你就这点特别好,"邱奕给他鼓了鼓掌,"洒水车过一趟就能窜一片草地出来了。"

"所以咱俩比较合适,"边南说,"简直天造地设一对儿斑马。"

边南的生日也不是周末,因为邱奕的生日已经闹过了,他生日就打算三个人过。

他都想好了,天儿热,找个靠水边的农家乐,租条船在船上吃饭。

邱彦对这个提议无比兴奋,一直问能不能下水游泳、能不能钓鱼,甚至想象了一下能不能开个快艇拿根绳子拖着他滑水……

"盯紧点儿二宝,这小子再长大点儿不定还能玩出什么花样来。"边南很无奈,"天天练着球呢还能这么精力旺盛,是不是你妈妈战斗民族的基因都遗传到他那儿去了……"

邱奕笑了半天,正要说话的时候,边南扔在桌上的手机响了,他拿过来看了看递给边南:"你爸,如果跟你说生日的事儿,你别直接说不回家过。"

"知道，我上班走不开。"边南笑笑，接了电话，"爸？"

"小南啊，"老爸那边听声音挺乱的，还有机器轰隆的声音，"吃饭了没？"

"吃了。"边南对这声音挺熟，"你怎么跑矿上去了？"

"过来看看，明天你生日我能赶回去。"老爸说。

"别，我生日……改到周末吧，明天我上班呢，晚上得到九点才下班。"边南赶紧说，"你周末回来就行。"

"对，你现在上班呢，我还总觉得你在上学。"老爸笑了笑，"那你周末一定回来啊，我和阿姨都给你准备了礼物，你别不回来啊。"

"回，一定回。"边南说，"你是不是又给我买手机了？"

"不是手机，给你买了辆车……"

"什么，"边南愣了，"车？你给我买车干吗啊？我本儿都没考呢。"

"边皓也是19岁的时候给他买的车，你阿姨说给你也买一辆，你找时间去学学车，拿了本儿就能开了。"老爸安排着，"有个车你去哪儿也方便。"

"……谢谢爸。"边南心里说不上来什么滋味儿，鼻子有点儿发酸。

"那你明天就不过生日了吗？"老爸顿了一下又试着问了一句，"还是跟朋友过？"

"我跟……朋友随便吃个饭，周末再回家正式过。"边南说。

"邱奕吗？"老爸问。

边南看了邱奕一眼，犹豫了半天才小声说："是。"

"哦，没事儿，没事儿。"老爸说，"那你周末记得回家。"

"嗯。"边南应了一声，挂掉电话之后感觉手心有些冒汗。

"给你买车了？"邱奕笑着问。

"是，边皓的车也是19岁生日的时候他们给买的，"边南抓抓头，"所以也给我买了一辆。"

"挺好的啊。"邱奕过来也在他头上抓了抓，"你抽空去考个本儿，然后开车带上你爸和阿姨出去转转。"

"嗯。"边南想想又乐了，"邱校长，你们补习班要用车吗？不用买了。"

"你管接送吗？"邱奕笑了。

"管啊。"边南来了兴致，"哎，要不咱俩一块儿去考本儿，车谁要用就谁开好了。"

"我还想着明年买辆车呢。"邱奕说。

"不用买了,能省就省点,是不是?"边南看着他,"你不会不愿意开这车吧?"

"干吗不愿意,我没那么矫情,省下来的钱可以干别的嘛。"邱奕打了个响指,"补习班这边再有一个月杂事差不多就忙完了,到时去报个名学车吧。"

"好!"边南嘿嘿笑着。

一提到车,最兴奋的是邱彦,第二天打车去农家乐吃饭的时候,邱彦一直在后座上折腾:"可以开车送我去学校吗?"

"可以。"边南说。

"可以开车去买菜吗?"

"可以。"

"可以开车去打网球吗?"

"可以。"

"可以……"

"你出油钱。"邱奕在一边打断了邱彦的话。

邱彦不说话了,过了一会儿才问:"可以赊账吗?"

边南和邱奕都乐了,边南摸摸他的头:"可以。"

到农家乐,上了船,邱彦暂时忘了车的事,坐在船头把脚泡在水里打着水:"我能下水吗?"

"不能。"邱奕拿着菜单看着,"吃鱼?"

"好。"边南点点头,"不喝酒。"

邱奕没看他,冲着菜单乐了半天:"不喝就不喝。"

点好菜之后邱奕把椅子转了转,对着船边,边南也拿了椅子挨着他一块儿坐下了。

这里是河湾,水很缓,周围还有几条船漂着,都点着黄色的灯,看上去很宁静。

"景色不错吧?"边南靠着椅背,把脚搭到船沿上。

"嗯,舒服。"邱奕拿过自己的包,从里面拿出了个小盒子,"生日快乐,二宝送你的礼物。"

"你的礼物呢?"边南笑着打开盒子,一堆垫着的彩色纸片里有一团黑色的东西。

"拆完他的再拆我的呗。"邱奕说,"这是二宝亲手做的。"

"这是……什么?"边南把这东西拿出来,一个圆圆的泥团子,看得出材料是邱奕做泥人用的陶土,但黑糊糊的也不知道是个什么,让他想起了邱彦第一次给他捏的那串丸子……这么久了手艺一点儿长进也没有。

"二宝,"邱奕回过头叫了邱彦一声,"大虎子问你这捏的是什么?"

邱彦马上从水里收回了腿,跑到了边南身边:"大虎子生日快乐。"

"谢谢。"边南搂过他,"这是你做的?"

"嗯!"邱彦点点头,"我捏的,搓了好久才圆的。"

"……这是个什么东西?"边南对于没有看出这是个什么有些歉意。

"这是……这是……"估计邱彦自己也没个定义,想了半天,最后一咬牙,"这是一个蛋!"

邱奕在一边儿乐出了声。

"蛋?"边南看了看,"好吧,黑色的蛋?"

"松花……蛋。"邱彦犹豫了一下。

边南实在绷不住了,拿着这个松花蛋笑得停不下来:"谢谢你二宝,我太喜欢了。"

"真的吗?"邱彦眼睛亮了。

"真的,太喜欢了,我要放在桌子上。"边南边乐边点头。

"那以后我再给你做!"邱彦很开心地说。

"现在是我的。"邱奕又拿出个大一些的盒子放到了边南腿上。

"都没有新鲜感了,你看人二宝的松花蛋多惊喜,你这……"边南边说边拆开了盒子,看到里面的小泥人时愣了愣就仰头冲着天乐开了,"靠!"

"新鲜吗?这是我第一次见到你的时候你的样子,多新鲜哪。"邱奕笑着说。

边南没说话,一直笑得停不下来。

邱奕做了个蹲着的小人儿,捧着一碗豆腐脑,身上穿着黑白杠条纹的背心,没有裤子……

"喜欢吗?"邱奕偏过头看着他。

"喜欢。"边南揉揉脸,看着手里的小人儿,"怎么没在里头放封信啊?"

"信?"邱奕指了指自己脑袋,"在这儿,听吗?"

"听!"边南立马坐正了。

"亲爱的大宝,现在是你上船的第一天,我又趴在床上给你写信了……"邱奕往椅背上一靠,闭着眼开始说,"今天天气很好……"

边南一听就愣了,"这……念我的干吗?"

"不是念,是背。"邱奕笑笑,"不过咱俩在沙发上睡了一下午……"

"闭嘴!"

"实在有点儿浪费时间……"

"你没完了是吧?"

"起码应该多聊会儿天……"

"行行行,你背吧。"

我跟谁聊天都觉得挺没意思的,就跟你聊天不会有这感觉,内容多无聊我都觉得有意思。

亲爱的大宝,这是你上船的第二天。

以前觉得你不在眼前也没什么,上船了感觉真是不一样了,我都觉得无聊了,做什么都挺无聊的,不知道去好无聊待一会儿能不能有聊一些。

大宝啊,三天了。

亲爱的邱奕,好多天都没写了,你爸爸的事,我很难受,写不下去了。你也很难受吧?抱歉那天我跟你吼了。

他就像我爸爸一样,人没了我实在接受不了。

亲爱的邱大宝,又好多天没写,最近心里真是很乱,我大概不应该想这么多,越想越担心,你不要一直这么绷着,发泄一下行吗?打我一顿也可以,我不还手。

不跟你在一起的时候觉得没意思,在一起了又觉得很担心,真矛盾。

而且我总觉得不踏实,不知道为什么。

亲爱的大宝同学,我大概是没有写日记的技能,又好久没写了,不知道什么时候才写得完,你要求也太霸道了。

今天天气不错,我心情也好了很多,这种小学生作文你看着不知道会不会笑。

之前写的内容真影响心情,要不你从这里开始看吧。

大宝,今天在路上看到一只狗,毛是卷的,像二宝。

这内容算信吗？不过真挺像二宝的，要不以后咱俩住一块儿养只狗吧，卷毛的那种，叫三宝。

大宝，告诉你个特好笑的事，昨天我梦到你了，咱俩抓小偷呢，我跑得比你快！追上去一通打，想想真过瘾啊，哈哈。

上面这行是昨天写的，今天看到真想划掉，太傻了，算了，留着给你看吧，反正你肯定也梦见过我，说不定比我更傻。

今天真不想写，太累了，学员都很烦人。

今天还是不想写，感觉任务要完不成了，数了一下写了这么久居然还没到700个字，我以前语文考试都是怎么考的，想不通。

今天写一点吧，今天吃饭的时候听你说补习班以后的计划，突然觉得你很帅，不过当着二宝面我没太好意思夸你。

太阳当空照，花儿对我笑。今天感觉有点热，什么时候去游泳啊？找找红宝石……

今天是个好日子，要纪念一下，纪念一下，是纪念吧？

不过写出来真是不好意思啊，哈哈哈哈。

太傻了我都不好意思写出来我们打水仗了。

但不写出来又怕几年后回头看的时候看不出来今天发生了什么事。

是犯二纪念日，或者重返童年纪念日什么的。

这么写应该能记住了。

邱大宝你能变成跟我一样大的少年，不，青年，真是不错。

回味了好几天，都不知道该写点什么好了。

今天看了杨饼和石江的比赛，打得真是让人意外，于是受到启发，决定教邱大宝同学打网球，过十年再一起打球，看看会是什么样。

十年之后我们还是在一起的吧？突然有点担心。

不过你不跟我在一起还能跟谁在一起呢，我这么好，对吧？

生日快乐，大宝。

19岁了，真牛！

一早起来写几句，晚上还要跟你一块儿过生日，挺开心。

不过今天你要跟二宝说事，心里突然又有点"坠坠不安"。这个字应该错了，我拿手机查一下。

惴惴不安。

希望二宝不介意这个事吧。

哈哈，二宝真是太可爱了。

这么淡定真是没想到。

好久不写字了怎么什么字都不会写了。

大宝，明天就要把这个信给你了，我回头看了一下，写的什么玩意我自己都说不上来。

你凑合看吧，毕竟我写的时候一直都是认真地回忆着写的。

不知道你看到这东西会不会笑，算了，想笑就笑吧。

够1000字了吧？我没数，我再补几句吧。

邱奕，碰到你我很幸运，跟你在一起我改变了很多，我喜欢这种改变，也喜欢你带给我的那些不一样。

跟你在一起我慢慢变得成熟起来，也懂得了很多道理，享受到了踏实温暖的家的感觉，有了一个可爱的弟弟，和一个永远住在我回忆里的爸爸。

希望我们可以一直这么开心下去。

十年以后我们一起打网球。

二十年以后我们应该可以看到二宝的小二宝了，让他媳妇多生几个，给你匀一个小姑娘和一个小小子。

三十年以后我们估计挺有钱了，拿一个月什么也不干去旅行，不，两个月。

四十年以后，我算一下，那时我们快六十了，哎半老头儿了真伤感，不要变成胖子不要变成胖子。

五十年以后，我们还在一起。

六十年以后，还在一起。

七十年以后，哎呀还在一起。

最后都死了，碑上就写：

旁边这个白皮是我最在乎的朋友。

旁边这个黑皮是我最在乎的朋友。

番外一
家长会

今天天气不错。

学员们都挺烦人。

边南在小记事本上写下两行字,这是顾玮弄的新玩意儿——工作日记。

靠在球场边的护网上伸了个懒腰,边南把本子收好,冲球场上还在挥拍的两个姑娘喊了一声:"差不多了,休息一会儿!"

俩姑娘就跟没听见他说话似的继续挥拍对打着,嘿嘿哈哈的。

边南没再喊,活动了一下胳膊,转身走出了球场。

打球特上瘾的阶段基本都是会一点儿打得不怎么样但刚刚好能把球打到对方场地的这一阵。

边南也就随便喊一嗓子,估计一会儿他吃完午饭回来她俩还在场上嘿哈着。

边南去办公室的路上碰到了顾玮,顾玮满面春风的,一见他就一指:"别走,一块儿吃饭去,我请你。"

"我不吃盖饭。"边南马上说,顾玮请他吃饭,十次里有八次半是盖饭,说是有菜有饭味道好还便宜快捷。

"不吃不吃,你想吃什么说。"顾玮一拍他肩膀搂着他往外走。

"……木桶饭吧。"边南犹豫了一下说,中午就这点儿时间,也吃不了什么高级玩意儿。

"那不一回事吗,木桶饭跟盖饭有什么本质上的区别吗?"顾玮表示不解。

"它……有个桶,"边南想了想,"里面还垫了荷叶……"

"行!木桶饭!"顾玮乐呵呵地点点头,"指不定什么时候你就过分部去混了，咱一块儿吃饭的机会就少了。"

"我会回来蹭饭的，你怎么这么……愉快？"边南看着顾玮，上周此人被莫名其妙地投诉了，虽说最后解释清楚了，但他连着几天都挺郁闷的，今天突然就这么欢快了。

"你猜？"顾玮笑着说。

"苗苗？"边南很快地问。

"聪明！"顾玮咧嘴一笑，"我请她周末去看电影，她答应了。"

"好纯情的少男啊，"边南乐了，啧啧两声，"看个电影都能乐成这样。"

"这是进展啊！进展！"顾玮斜了他一眼。

"行吧进展进展，我要个最贵的木桶饭庆祝。"边南笑了。

俩人去了对街的木桶饭，边南都没看菜单内容，直接扫了扫价格表，要了个最贵的。

正在聊着天等饭的时候，手机响了，他拿出来看了一眼，是小卷毛。

"二宝，放学了？"边南接起电话。

"大虎子，跟你商量个事儿。"邱彦那边听声音是在厨房里，自从五年级开了家政课，邱彦家传的做饭因子似乎苏醒了，每天中午回家都要自己做饭弄吃的。

"做饭砸锅了？是不是要我救场啊？"边南问。

"你下午去一趟我们学校吧。"邱彦小声说，"老师让叫家长呢。"

"嗯？"边南愣了愣，邱彦一直很乖，基本没被叫过家长，就家长会的时候才需要去学校，而且家长会一直是邱奕去。

"行吗？"邱彦声音又低了一些。

"你是不是干什么坏事了？"边南也小声问。

"……没有。"邱彦说得不是太有底气，吭哧了一会儿才又说了一句，"我打人了。"

"打人？"边南吃惊地喊了一声，从桌子沿包的金属条上都能看到自己一下大了两圈儿的眼睛，又软又乖的二宝还能打人？

他控制了一下声调："你打谁了？"

"我前桌的。"邱彦说话声音里带着一点儿小委屈，"我们见面了我跟你细说好不好？"

邱彦不肯细说，边南只得等着那个最贵的木桶饭上来了，风卷残云地吃完，然后跟顾玮请了下午的假去学校见老师。

"你去学校，"顾玮看着他，"要不要换套衣服？"

"我衣服怎么了？"边南低头看了看自己。

"老师一看就知道你是临时客串的。"顾玮笑笑。

"怎么就成客串的了？"边南指指自己的衣服，"运动服就客串啊？邱奕去学校的时候也没穿得多精英啊，他还穿过大裤衩去开家长会呢。"

"人那一看就是亲哥啊……"顾玮摇摇头叹了口气。

"我也不是后哥啊。"边南喷了一声，"行了不跟你废话，我去了啊，下午我就不回来了，晚上那班儿我过来替你。"

边南没开车过去，胡同口那条小破街找个车位比取经还难。

打了个车到胡同口的时候，邱彦正靠在一棵树旁边看人下象棋，看得挺投入，边南走到他身边儿了他都没发现，还盯着棋盘。

"哎，"边南拍了拍他，"心情不错啊？"

"大虎子！"邱彦一扭头看到是他，立马转身往他身上一扑，再抬起头来的时候已经是满面愁云了，"怎么办啊……"

"什么怎么办，我不说了我去吗？"边南揉揉他的头发，"你先给我说说怎么回事儿？"

"万一你去了不管用怎么办？"邱彦低着头往回走，"万一老师给我哥哥打电话了怎么办？"

"有我呢，怕什么，你哥要知道了想打你，先跟我打。"边南咔咔地捏了两下手指，"我正好很久没跟他打架了。"

回到家里，邱彦趴在沙发上，有些委屈地把事情给边南说了。

就是周末学校组织同学们去福利院做好事，邱彦他们四人小组负责擦玻璃，说到怎么擦玻璃能更干净的时候吵了起来。

边南喷了一声，这种事都能吵起来也就小学生能办到了。

"我说擦完以后用报纸蹭蹭就会很亮了。"邱彦抱着靠垫小声说，"他不懂，说我……没有……没有爸爸妈妈，就不懂……"

"什么？"边南眉毛立马挑了起来，声音也跟着挑了上去，这邱彦好不容易能不老想着邱爸爸的事儿了，在学校居然被人这么说？

"然后我就打他了。"邱彦继续小声说。

"打得好！"边南吼了一声，站起来在屋里转了两圈儿，指着邱彦，"打得好！就欠抽呢！该打！下午我跟你过去再抽丫一顿！"

"你怎么这么冲动？"邱彦看着他。

"我……"边南被他一句话说得半天不知道该怎么回应了，"那你什么意思啊？"

"打人是不对的，不应该打人。"邱彦坐了起来，抱着垫子皱着眉，"你去跟老师说一下就好，我就是不想让哥哥知道我惹事儿了，他会不高兴的。"

边南瞪着他半天："我知道该怎么说，你别教我。"

中午邱彦趴在沙发上看着电视睡着了，边南一直在琢磨这事儿，越想越来气儿，但再想想，又慢慢平息下去了，再想想该怎么跟老师说的时候又一点点地堵了上来。

最后邱彦按点儿起床的时候，边南总算是把心情调节好了，带着他一块儿去了学校。

"那我去教室了。"邱彦背着书包在教学楼前面看着他。

"去吧。"边南拍拍他，"我去办公室，下午放学我来接你回去。"

"嗯。"邱彦点点头，跑进了楼里。

边南找到了老师的办公室，老师都去上课了，就俩没课的正在批作业。

"你找谁？"一个老师问了一声。

边南认出了这是邱彦的班主任，赶紧笑了笑走进了办公室："老师好，我是邱彦的……哥哥。"

"邱彦的哥哥？"班主任愣了愣，"邱彦有几个哥哥啊？"

"俩哥哥，我是二……"边南被班主任上下打量得有些没底儿，他本来就挺怕老师的，这会儿莫名其妙就做贼心虚了，"二哥。"

"……哦，坐。"班主任站起来给他拿了张椅子，又倒了杯水递给他，"那他大哥怎么没来？"

"上班儿呢，忙。"边南接过水坐下了，"老师，邱彦跟我说了，您有什么事跟我说，我回家跟他哥……大哥……我大哥，我哥说就行。"

"我好像见过你。"班主任盯着他又想了半天，"邱彦爸爸去世那会儿是你送他……"

"对，就是我送他来学校的。"边南赶紧点头，"您可算想起来了。"

"其实这事儿应该跟他哥哥聊的。"老师有些犹豫地看着他，"他哥这么忙？"

"忙是挺忙的。"边南决定还是说实话，这么编下去他自己都吃不消了，"但主要还是邱彦不敢跟他哥说，毕竟这小孩儿平时都乖，突然说打了人让叫

791

家长,他不敢。"

"我看也是。"老师笑了笑,"所以叫了个二哥来?"

"我跟他亲二哥没什么区别,我保证不包庇。"边南笑了笑,"我就起个缓冲作用,晚上我会跟他哥说的。"

"那行吧。"老师拿过杯子喝了口茶,"这件事想跟家长聊聊的原因不是想说邱彦有什么错……"

"哎老师您这话我爱听。"边南一拍腿,"这事邱彦就没错,那小子就是欠……老师您继续说。"

"那个同学我已经批评教育过,但邱彦打人也是不对的,同学都被打出鼻血了。"老师看着他,"我是希望家长能配合老师,让他知道解决事情的方法不是只有打人这一种,同学不对,用不对的方法来处理就是错上加错了啊。"

"是。"边南点点头,"老师您说得对。"

"邱彦很聪明,又有些敏感,家里又是这样的情况,对他心理上肯定是有影响的。"老师说得很慢,不知道是不是在估计边南的理解能力随时调整,"这个阶段的孩子得有耐心地好好引导……"

边南没再说话,一直点头,老师的话挺有道理,他得认真听明白了跟邱奕转述,邱彦平时看不出有多大的变化,但家里出现这样的变故,连边南现在想起来都还有些不舒服,何况是邱彦这样一个小朋友。

差不多一节课的时间,老师跟他聊完了,又有些不放心地看着他:"我的意思表达得清楚吗?"

"清楚。"边南一个劲儿点头,"特别清楚,老师您费心了,我会跟他哥哥说明白的,一定配合老师。"

"如果有什么问题,给我打电话就行。"老师笑着说,"邱彦这孩子特别招人喜欢,我希望他能快乐地长大。"

"一定会的。"边南拍拍胸口,"一定。"

边南从老师办公室出来,又跑到邱彦教室,从窗边往里瞅了瞅,还没下课,教室里的小孩儿都还挺认真地在上课。

这节课不是主科,老师在说什么星球、星云的,邱彦瞪着眼睛一直看着老师放在讲台上的模型。

边南又看了看他前桌,是个小胖子,也听得挺认真,脸上已经看不出被揍出鼻血的痕迹了。

他悄悄离开了教学楼，看看时间还早，他直接去了书城。

在书城里迷路了三回，边南才终于拎着一兜书出来了，去邱奕家把东西放了，时间正好到该去接邱彦放学。

他啧了一声，感觉这一下午真奔波。

在学校门口等邱彦的时候，他给邱奕打了电话，那边邱奕刚跟罗轶洋打完电话，不知道说了多长时间，反正边南听着邱奕的嗓子都有点儿哑。

"以后你俩谈事儿，你让他说。"边南叹了口气，"你跟个话痨拼说话真拼不过他……"

"他又激动了，我给他平息一下。"邱奕笑着说，"怎么这时间给我打电话，有事儿吗？"

"我现在等着接二宝放学呢，晚上我上你家。"边南吸吸鼻子，"你给做点儿好吃的，我有事儿跟你谈。"

"这么严肃，你……不会又被家里赶出来了吧？"邱奕问。

"你这话说得，我还能天天被赶出来啊！"边南啧了一声，"关于二宝的，今天……你回来我再跟你说吧，不过你要快点儿，我怕时间长了我背不下来了。"

邱彦对于边南去见老师明显很不放心，从学校里一跑出来就拉着边南问了半天，边南再三保证老师没有不高兴他才放心了。

"我以后不打人了。"邱彦说，"老师说他也不对，我也有错。"

"嗯，以后碰上这种事儿，就知道光打人是不能解决问题的了。"边南捏捏他的手，肉乎乎的，"想喝酸奶吗？我买给你。"

"喝！"邱彦马上一扬脸，响亮地回答。

边南没敢跟邱彦多聊，他觉得自己在讲道理这方面功力太弱，万一说不明白没准儿能把邱彦说迷糊了，这事儿还是留着让道理专家邱奕来干。

他给邱彦买了一大桶酸奶拎着回了家。

邱奕还挺配合，回来得比平时早了四十分钟，还带了一堆菜。

邱彦已经在屋里趴着写作业了，他进去看了看，又出来把边南拉到了厨房："说吧，怎么回事儿？"

"是这样的，"边南抓抓头，"今天上午二宝前桌的小胖子说他没爸妈什么的，二宝把人给揍了……"

"严重吗？"邱奕正拿了排骨要砍，回过头问了一句。

"流……流鼻血了，我去看了一下，已经没事儿了。"边南说，"然后老师就让叫家长,他不敢叫你,我就……去了。"

邱奕看了他一眼:"然后呢?"

"然后……你等等,我捋捋。"边南靠着墙仰着脑袋想了半天老师的话,还好,都记着着,"老师就说吧,二宝吧……"

等边南磕磕巴巴把老师的大致意思复述完之后,邱奕很长时间没说话,最后叹了口气,低头开始砍排骨。

"你别骂二宝。"边南站在一边把砍好的排骨拿到盘子里。

"嗯,我知道。"邱奕应了一声,"你跟他聊了没?"

"我没,我不敢。"边南笑笑,"我中午听说这事儿的时候噌一下还窜火了呢,差点儿想带着二宝把那小孩儿再给揍一顿,这种事儿我教育不来,还得你,再说你是亲哥呢不是。"

"哟,"邱奕乐了,"这种时候你就不是亲哥了啊?"

边南嘿嘿笑了两声,用肩膀撞了他一下:"我这不是实事求吗?对了,我买了点儿书,你晚上看看。"

"什么书?"邱奕有些惊讶地放下了刀,"你居然还能买书?我都快忘了你认字儿了。"

边南指了指他,"你是不是就挤对我的时候特别有成就感啊?"

"我一会儿看看是什么书。"邱奕笑着继续砍排骨。

把排骨炖上之后,邱奕进了屋,把边南买回来的书都码在了桌上。

《儿童异常心理学》《儿童发展心理学》《儿童行为的塑造与矫正》《小学生心理健康》《成长的阶梯》……

"你……"邱奕看着这些书,"是要去考个证吗?"

"我也不知道哪些合适,你都看看呗,反正你过目不忘,也不费事儿。"边南拿过书翻了翻,"过两年再买点儿青少年的。"

"谢谢。"邱奕突然说了一句。

边南愣了愣,拿着书好一会儿才说了一句:"你这话说得我都不知道该怎么接了,咱俩说什么谢不谢的啊。"

"有时候看你大大咧咧的都想不起来你其实心挺细的。"邱奕笑着说。

"我对别人未必有这么细,这也就是二宝啊。"边南往床上一倒,"我就觉得吧,你以前要求二宝跟你似的坚强点儿什么的,现在情况有变,你要改改你粗放型的管理,稍微精细点儿。"

"知道了。"邱奕翻着书,"你不是挺懂的吗,怎么不跟二宝聊聊?"

"这种事儿他还是比较服你。"边南一下下地打着响指,"我吧,还是陪玩陪吃的贴心哥哥这种定位合适,万一他不服气也怪不到我头上。"

"看看,真话说出来了。"邱奕乐了半天,"太阴险了。"

"哎,说真的,"边南想了想又坐了起来,"你说要哪天二宝长大点儿了,初中高中了,叛逆期了怎么办?"

"有什么怎么办的,谁没叛逆过……"邱奕说到一半停下了,捏着下巴啧了一声,"咱俩是不是都没叛逆过?"

"是啊!"边南皱着眉,"咱俩没经验啊,到时对付不了他怎么办?"

两人陷入了沉思。

沉思了一会儿之后,邱彦在外面喊了一声:"汤都扑啦!"

"哎排骨汤!"邱奕赶紧冲了出去,看到邱彦的时候还补了一句,"你不写作业呢吗怎么跑出来了?"

"我上厕所。"邱彦皱着眉,"我要不出来那汤就全扑光啦!你做个饭都不认真,还要跑屋里玩,昨天也是差点儿煮煳了!"

"就是!"边南跟着跑了出来,往邱彦屁股上拍了一巴掌,"继续写去吧。"

"看到没,"邱奕一边把炖排骨的砂锅拿下来,一边回头看了看,"现在已经时不时就要教训我了。"

"我已经能想象他再大点儿是什么感觉了。"边南在旁边乐得停不下来,"其实我还挺想看看的,风水轮流转啊。"

"你觉得咱俩谁更容易被他教训?"邱奕斜眼儿瞅了瞅他。

边南愣了愣,最后一叹气:"……我吧。"

俩人又乐了半天,最后邱奕一挥手:"想那么远呢,没准儿他也不叛逆,悄没声儿地就过了青春期呢,就算叛了,咱见招拆招就行。"

"就是!"边南一拍他肩膀,"俩哥哥什么风浪没见过啊,特别是邱大宝哥哥,那是洪湖水浪打浪里浪过来的人。"

"那是。"邱奕把扑出来的汤都收拾了之后,突然举着胳膊扭了两下,"跳着广场舞过来的……"

"二宝!"边南转身就往院子里走,"有药没?你哥犯病了!"

"收拾一下桌子。"邱奕在厨房里笑着说,"一会汤煮好炒俩菜就开饭了。"

"好嘞!"邱彦在屋里喊。

番外二
泥人套餐

邱奕今天起了个大早,本来今天他休息,想多睡一会儿,但邱彦一早就起来了,在院子里哼着歌。

一开始还挺小声,等邻居老太太也起床出来活动之后,他就没再控制声音,嘹亮的歌声纷纷跑着调传进了屋里,硬生生地把邱奕从梦里跑醒了。

邱彦心情好就愿意唱歌,今天估计是心情特别好,所以直接开了演唱会。

邱奕把枕头拉过来捂在耳朵上,闭着眼坚持了一会儿,想再睡个回笼觉,十分钟之后失败了。

"边南,"他摸过手机拨通了边南的号码,"你现在马上立刻速度过来,把你亲弟弟领走。"

"我刚起呢,还没吃早点……"那头边南的声音还带着鼻音,他今天也休息,昨天回了家,被他爸拉着谈人生谈到夜里两点。

"你出的馊主意,二宝现在兴奋得就差上树了,院儿里那葡萄架要不是经不住他早上去了。"邱奕皱着眉,"你过来弄走他,我这阵儿做教学计划累死了想多睡会儿都睡不了。"

"行行行。"边南一听马上一连串应着,"我马上过去,我开车嗖嗖地过去,你再坚持会儿。"

"别飙车。"邱奕说。

"哎知道了,我什么时候飙过车啊。"边南挂掉了电话。

邱奕扯过一条毛巾被在脑袋上又裹了一层,闭上眼睛继续寻找离他远去的瞌睡。

前段时间申涛为了追姐姐向邱奕求助，要玩个浪漫，让邱奕给做一对儿小泥人，邱奕给做了。

本来做泥人这事儿也不稀奇，他从小做到大，但不知道怎么这回就勾着边南神经病的那条筋了，非要学着做，他一说要学，邱彦凑热闹的劲儿瞬间就被带了起来。

邱奕说这个周末教他捏个小人儿，他从周一就兴奋上了，今天可算是到了周末，一早就兴奋得不能自持。

歌声一直持续到边南进院子才算停息了，邱奕捂在毛巾被和枕头长长地叹了口气，到最后也没睡着。

"哎哟，这可算是唱完了。"隔壁老太太笑着指了指自己的头发，"我头发都让他唱黑了……"

"多好啊！"边南乐了，"奶奶您瞬间就返老还童了。"

"这孩子应该去参加个什么唱歌比赛。"老太太笑着出了院子去早锻炼。

"那肯定在海选的时候就被截出来搁网上了，跑调巅峰之作，谁与争锋！"边南拍拍邱彦的头，"吃早点去？"

"嗯！"邱彦点点头，"吃完就做泥人吗？"

"吃完了去把你哥伺候舒服了才能做泥人。"边南往屋里看了看，"你这一大早把你哥都唱疯了，他起来得把你当泥人捏了。"

"那……"邱彦低头从兜里掏出自己的小钱包，里面有邱奕给他的早点钱和零花钱，他翻了翻，"要不大虎子你借我点儿钱吧。"

"干吗，"边南往他钱包里瞅了瞅，"你不挺多钱的吗？"

"早点钱是定量的啊，零花钱还要攒一点儿还你钱呢。"邱彦看了他一眼，"你借我点儿钱，我买份儿豪华早点给我哥。"

边南一听就乐了："还记着还我钱的事儿呢？"

"嗯。"邱彦点点头。

"行吧，你说你给你哥买什么？我带你买去。"边南带着他出了院门。

"我想想。"邱彦低着脑袋。

想了半天，到最后，邱彦决定给他哥买一份肯德基的早点。

"真豪华。"边南笑得不行，"我以为你要上旁边酒店给他订一桌呢。"

豪华早点一份，外带包子油饼豆腐脑什么的，边南把早点都拎回屋里搁在桌上。

"你去拿碗筷。"边南往邱彦脑门儿上弹了一下,"我去看看你哥醒没醒。"

"肯定醒啦!"邱彦转身往厨房跑,"让我吵醒的。"

"你还知道是让你吵醒的啊……"边南喷了一声,推门进了里屋,看到邱奕趴在床上,脸冲墙侧着,他过去轻轻叫了一声,"大宝?"

"没醒。"邱奕闷着声音回答。

边南乐了:"认命吧,你亲弟弟给你买了拍马屁早点,起来吃吧。"

"你说我想睡个懒觉容易吗,我这么多年睡的懒觉加一块儿都不够你一个假期的……"邱奕翻了个身,拉长声音叹了口气。

"也是。"边南给他拉好毛巾被,想想邱奕还真是个基本没有懒觉时间的人,以前是忙着打工学习,现在忙着补习学校的事儿,"要不你再睡会儿?"

"得了吧,睡不着了。"邱奕伸了个懒腰,又狠狠地打了个哈欠,"买什么早点了?"

"K记的。"边南笑着说。

"什么品味,哪有胡同口的油饼好吃啊……"邱奕叹了口气。

"哎,你可别当他面儿说。"边南指指他,"二宝特地去买的,想讨你高兴呢。"

"知道。"邱奕笑笑,"他就给我买个儿童套餐我也会高兴地吃下去。"

"儿童套餐挺好吃的呢。"边南喷了两声,往床头一靠,"有一阵儿我特别爱吃儿童套餐,天天拉着万飞去吃。"

"行。"邱奕坐了起来,推开他下了床,"中午请你俩吃儿童套餐吧。"

边南笑了笑,盯着邱奕看了一会儿,指着他身上的衣服:"你身上穿的是我的衣服吧,又穿我的?"

"嗯?"邱奕低头看了看,"是。"

"你拿我衣服当睡衣?"边南喷了一声,过去扯了扯衣服,"这件我上班还穿着的呢到你这儿就成睡衣了?"

"昨天随手抓的。"邱奕从柜子里随便扯了条裤子出来穿上了,又低头看了看,"这裤子不是你的吧?"

"不是,我没有这么正经的裤子。"边南躺在床上,自打那会儿拿着东西到邱奕家来占地儿之后,邱奕给他腾了半个柜子放衣服,然后就经常随手扯一件他的T恤睡觉穿了,"你说你这人,那时说得多感人啊,你的都是我的,现在你的我没捞着,我的你都拿走了……"

"这话说得,你把我弟都拿走了。"邱奕笑着说,伸着懒腰出了屋子。

"二宝可不好拿。"边南跳下床跟着他走了出去,"什么都想着他哥哥,你看要哪天他惹我不高兴了,别说K记的早点,就胡同口的包子他都舍不得买来哄我。"

邱彦已经把碗筷摆好了,正坐在客厅的桌子边等着,听到边南这话,他立马从椅子上下来,跑到边南身边抱住了他的腰,脸在他身上用力蹭了几下:"大虎子最好了,我不会惹你不高兴的。"

"听听。"邱奕笑了,拿了牙刷到院子里去洗漱。

"哎宝贝儿,"边南弯腰搂了搂邱彦,"你就是会说好话。"

"一会儿我捏的小人儿送给你。"邱彦笑着说。

"好,我捏的送你吧。"边南从桌上拿了个油饼咬了一口,想起来以前邱彦捏的烤串儿和松花蛋,心里一点儿底都没有,"也不知道咱俩能做出个什么玩意儿来。"

仨人往桌子边儿上一坐,看着早间新闻吃早点。

边南拿了个油饼就着豆腐脑吃得很欢,抽空瞅了一眼邱奕,看样子K记早点并不是很合他口味,明显是自己手上的油饼更吸引邱奕的注意力。

"哎,好吃。"边南乐了,边说边咬了一大口。

"挺美?"邱奕斜眼儿看着他。

"美得全身都是泡泡。"边南靠到椅背上笑着说。

"肯德基多好吃啊。"邱彦在一边吃着油饼,眼睛一直看着邱奕手里的猪柳汉堡,这份早点是按他自己的口味买的,现在估计馋得够呛。

"咱俩换?"邱奕把手里的汉堡递到了他面前。

"好……"邱彦眼睛一亮,刚要伸手接又停下了,垂下眼皮,"算了,那是买给你的。"

"心意到了就行。"邱奕摸摸他脑袋,"哥知道你专门给买了早点就已经很开心了,咱俩换吧。"

邱彦犹豫了一下,把手里的油饼递给了邱奕,拿过了汉堡:"哥哥你生我气了吗?"

"没啊。"邱奕笑笑,咬了口油饼,"你每天热热闹闹的我听着踏实。"

"哎哟哟哟哟!"边南喷了几声,喝了口豆腐脑,"亲弟就是不一样,咱

799

俩一块儿混这么久了,一块儿打过架,一块儿睡过觉,对着哭对着笑的,也没这待遇……"

"还吃上你弟的醋了。"邱奕也喷了一声,把油饼放在了他手里,又把自己那份豆腐脑推到了他面前,"都给你,咱俩这感情,以后就算我快饿死了,也会保你一口吃的。"

"靠,凭什么要饿死啊!"边南迅速在油饼上咬了一口,又拿过邱奕那碗豆腐脑喝了一口,抹抹嘴,"有我在你饿不死。"

"有我在你也饿不死。"邱奕笑笑。

吃完早点,邱彦嚷嚷着要做泥人。

"把桌子收拾出来吧。"邱奕看了看时间,站起来往里屋走,"我拿材料工具。"

边南看着邱彦这兴奋劲儿老想笑,帮着他把碗筷收拾了,擦了桌子,然后俩人一块儿坐在桌子边儿等着邱老师传授技艺。

邱奕把一套做泥人的工具拿出来放在了桌上,又转身进了屋里,拎出来两块用袋子包着的东西。

"这什么?"边南凑过去看了看。

"是不是泥啊?"邱彦跪在凳子上,都快爬到桌上了,伸长了脖子瞅着。

"是……泥。"邱奕清清嗓子,笑着说,"软陶泥。"

"我看你用的也不是这……"边南一把拿过来拆开了外面的袋子,是两块软陶泥,但颜色只有两种,就一块白色一块棕色,他愣了愣,"我怎么感觉你平时用的不是这种?"

"嗯,我用的不是这种。"邱奕从工具盒里拿了把小刀出来,"这是我用来练手剩下的,就是小朋友学做东西的时候用的那种……"

"你这算不算敷衍我们?"边南瞪着他,邱奕平时用的都是那种灰扑扑一坨的泥,感觉很高级。

"不算,没让你俩用橡皮泥就不错了。"邱奕转了转手里的刀,从白色那块上切了一条下来放到了邱彦面前,"你用白的。"

"好!"邱彦对于用什么材料并不介意,兴奋地喊了一声,拿过那块白色的泥来回看着。

"这个给你用。"邱奕从棕色那块上也切了一条下来递给边南。

边南接过来看了看,抬头盯着邱奕的脸:"你还有完没完了?"

"怎么了？"邱奕忍着笑。

"你是不是这辈子都抓着不放了啊？"边南把棕色的陶泥放到自己脸旁边，"是一个色儿吗？"

"不是。"邱奕乐了，"你比它白多了。"

"幼稚！"边南指了指他，"邱奕以前我没看出你这么幼稚，太能伪装了。"

"你非得用这个捏自己吗？"邱奕笑了半天，"你捏别的也没人拦着啊。"

"我就捏我自己！"边南喷了一声，也乐了。

"我也捏我自己！"邱彦在旁边喊。

邱奕给他俩分配好工具，切了块白色的拿在自己手上做示范。

"做个简单的吧。"邱奕捏了捏手里的陶泥，"先捏成这样。"

边南看着邱奕的手，只几下，陶泥在他指间就被捏成了一个很漂亮的长圆形。

"这……"边南学样又捏又搓了几下，凑合弄出了个橄榄形。

邱彦搓出了个……不知道什么形，看着跟他之前做的松花蛋有些异曲同工。

"把中间收一收，脖子。"邱奕拿起一个像竹刀似的东西转圈按了按，把中间收了进去，"大致有个轮廓就行。"

边南平时没觉得邱奕手有多巧，或者说他平时没觉得自己手有多笨，但是看着邱奕修长手指间那一团泥听话地按照要求变换着样子，但自己手里的就跟中了邪似的怎么都是歪的，才意识到。

再看邱彦，那基本就是自由发挥，就跟他唱歌跑调一样，已经大步走在了属于自己的那条路上。

"你这个再搓搓可以做个哑铃了。"邱奕看了一眼他手里的泥。

"别废话。"边南喷了一声，"然后呢？"

"你……选一头当脑袋吧。"邱奕说。

"那就这边当头吧。"边南盯着自己手里的泥看了一会儿，选了比较小一些的那边，"就这边。"

"随便戳几个洞当眼睛嘴。"邱奕边说边低头在自己那个泥人上用个尖头的东西弄着。

"你平时就这么给学生讲课的？"边南凑过去看了看，没看明白，只好随便拿了个跟袖珍铲子似的玩意儿在"脸"上戳了仨窟窿。

邱彦也学着他的样子在自己那团泥上戳了三下，边南看了一下，觉得邱彦捏出个东西的可能性似乎比他要大，已经能看出ET的雏形了。

邱奕手里那个人已经有鼻子了，边南觉得自己弄出个鼻子来的成功率太低，于是在中间又戳了两个洞，代表鼻子。

制作小泥人的过程不长，没多大会儿工夫三个小泥人都完工了。

邱奕做得快是因为他本来就很熟，又只是弄个小球人，只大致弄弄，不过小人儿还是挺可爱的，圆头圆脑。

边南和邱彦速度也挺快是因为……捏的都是看不清本体的东西。

总之从邱奕做的那个依次排过去，一个比一个不像人。

边南看着放在邱奕做的小人儿旁边自己做的那团棕色不明物体，想了想："我这个是花生人。"

"是。"邱奕拿过他做的那个，低头开始慢慢修着。

"二宝那个是……"边南看了一眼，一时都想不出合适的词来。

"是个青蛙！"邱彦很响亮地回答。

"什么？"边南不得不佩服邱彦的想象力了。

"嗯，是青蛙，一会你给上色吧。"邱奕点点头。

"荧光绿吗？"边南立马问。

邱奕乐了，笑着看他："找着反击机会了啊？"

"必须啊。"边南打了个响指，"现在怎么弄？"

"烤一下就行了。"邱奕伸了个懒腰，继续补救边南做的那个，"哎……"

"哎什么哎，是不是挺有前途的？"边南站了起来，转圈儿看着。

"是。"邱奕点点头，很诚恳。

"哎，我问你，"边南在他身边坐下，搂了搂他的肩，"你第一次做小泥人是什么样的？有我俩这水平吗？"

"我啊，第一次做的时候做了个乒乓球，还写了字。"邱奕笑着说。

"……什么做个乒乓球？"边南愣了愣。

"因为简单啊。"邱奕继续乐。

"那为什么让我俩做小人儿啊！"边南很不满，"这难度也太大了吧！"

802

"我没让你们做人,你自己第一反应就是要做个人。"邱奕把改好的小人儿放到他面前。

"哎?"边南有些吃惊地看了看,"这么一改我感觉我还是很有天赋的啊。"

"不要脸。"邱奕笑了好半天。

小泥人最后全部完成,放在桌上看着挺……有成就感。

邱彦兴致勃勃地又拿了一块准备继续做。

邱奕进屋拿了个小盒子出来,在盒底标上了今天的日期,把做好的三个小人儿放了进去。

"干吗?"边南看着他。

"留个纪念。"邱奕把盒子盖上,"以后可以拿出来乐乐。"

"是拿出来挤对人吧?"边南笑着说,拍了拍盒盖,"你说,没事儿就留点儿这些东西,以后咱俩清点的时候是不是会很感慨啊,岁月如梭什么的。"

"是啊,看看你写的那个信,看看这些泥人,然后感慨……"邱奕拿起盒子,笑着说,"啊,这辈子二着二着就过来了。"

番外三
养鱼是件严肃的事

"养鱼？"邱奕看着在院子里来回转悠的边南，"养什么鱼？"

"热带鱼呗。"边南继续转悠。

"养院子里啊？"邱奕不知道他这又哪来的突发奇想，"冬天都得变冰雕。"

"谁养院子里啊，养屋里。"边南走到门口，靠在门框上，"你不觉得这屋子该弄些点缀吗？"

"你不已经弄了一溜仙人球了吗？"邱奕走到他身边站下，指了指窗台上的几盆小仙人球，这些都是边南前几个月弄来的，死了一半，还剩几盆邱奕好歹给救活了。

连仙人球都能种死的人，还想养鱼，还是热带鱼。

"你就想想得了，"邱奕搂住他的肩，"这话别跟二宝说，你要说了，他立马就疯。"

"鱼好养的。"边南偏过头看着他，"养吧，就放电视旁边，多灵动。"

"哎哟！"邱奕笑了起来，把下巴搁到他肩上笑了半天，"为了养鱼，灵动这么高端的词儿都憋出来了。"

"就这么决定了。"边南反手在邱奕脑袋上抓了一把，"就这么决定了啊。"

"你养不活。"邱奕叹了口气，"我反对，你要想养，养你家去，你家有保姆能照顾。"

"我家保姆只做饭收拾屋子，不管养鱼，再说了，"边南走进屋，站在客厅中间,"这个房子有我一半,我占过地儿的。"

"三分之一。"邱奕冲他伸出三根手指,"你别把二宝忘了。"

"没忘了二宝。"边南龇牙一乐,"我是没算你的。"

邱奕阻拦了半天,也没能阻挡住边南要养鱼的雄心壮志,最后只能退而求其次地跟他商量着不养热带鱼。

"如果冬天停个电,你那一锅鱼就都得嗝儿屁。"邱奕坐在沙发上,拿着遥控器一下下抛着,"然后晚饭就可以吃鱼了,要不你养点儿能吃的热带鱼吧,比如地图什么的,听说很好吃……"

"闭嘴!"边南斜了他一眼,"你吃仙人球去呗。"

"也行啊,蒸个鱼,炒个仙人球。"邱奕笑着。

"那不养热带鱼我养什么鱼啊?"边南坐到他旁边,拿了一袋邱彦没吃完的薯片吃了几片。

"鲤……不,金鱼吧。"邱奕拍拍他的腿。

边南张了张嘴没说话,琢磨了半天,最后推了他一把:"金鱼就金鱼,中午吃完饭去买,你别变卦了啊。"

今天周末,邱彦跟隔壁小孩儿一家去游乐场了,估计下午才回来,边南想赶着中午这会儿去买了,要不邱彦一回来肯定得跟着去,带着邱彦去花鸟市场绝对是个累死人的活儿。

邱奕估计也是这么想的,中午饭没弄得太复杂,就一人煮了一碗面。

不过这面条也吃得边南相当享受,邱奕做饭的手艺在边南这儿已经是无人能匹敌的高度了,要哪天邱奕在身边但没做吃的,他估计吃什么都没胃口。

吃完面条他把俩人的碗洗了,一挥手:"走,买鱼去!"

邱奕抹抹被他甩了一脸的水珠,叹了口气:"走吧。"

边南兴致挺高,开着车直奔花鸟市场。

"坐公车不行吗?"邱奕坐在副驾上闭目养神。

"那多费劲啊还得倒车。"边南喷了一声,"有个私人司机你还不满足吗?"

"怕你找不着地儿停车又急。"邱奕闭着眼,"上回去买仙人球的时候不就发火了吗?骂了半小时。"

"那半小时都找不着地儿停车能不骂吗?"边南一想到上回开着车在花鸟市场跟前儿那条路上来回转的事儿就发怵,人多,车多,加上摆摊儿的,半小时简直把起步停车掉头练到了人生的最高境界了。

"今儿要又半小时怎么办？"邱奕睁开一只眼睛。

"挺白个人别乌鸦嘴。"边南斜了他一眼。

"关键是你黑啊。"邱奕说完就乐了，"完了，真不是我故意的，你先开的头。"

"我已经习惯了。"边南叹了口气。

其实不用邱奕乌鸦嘴，就周末这个日子，花鸟市场老旧的这条街基本就不可能清闲了。

边南看到路上乌泱乌泱的人和车还有摊位的时候，用力喊着叹了口气："哎！"

"别发火啊，发火不给买鱼了。"邱奕把副驾的车座往后调了调，很舒服地半躺着闭上眼睛，"我睡会儿。"

"你这是招我火呢！"边南斜眼儿瞅着他。

"加油！大虎子加油！"邱奕笑着喊了两声，还挥了挥胳膊。

边南乐了："神经病。"

"看路吧。"邱奕说。

今天运气还成，边南顺着路边的停车位慢慢往前出溜着开的时候，一辆车正好开走，他赶紧过去先把车头塞进去半个，等人开走了，他慢慢把车挪了进去。

"怎么样？"边南下车的时候看了看两边，"就这屁大点儿的地方愣让我挤进去了。"

"一会儿开不出去你慢慢哭。"邱奕下了车。

"没事儿，我的技术实在是好得我都不好意思夸自己了。"边南呵呵地一搂邱奕肩膀，拉着他往对街的市场走了过去。

花鸟市场其实是个挺有意思的地方，除去花鸟鱼虫和猫猫狗狗之外，还有很多小玩意儿，各种工具，真真假假的石头，还有一排排的小吃。

"哎这地方不能带二宝来。"边南边看边乐，"这要让他来一次，估计天天都喊着要来，一来就得待一天。"

"我看看……"邱奕走到一个摊子边上停了下来，蹲地上跟大叔大哥们挤一块儿挑上了。

边南站他身后弯个腰看了半天，"你要买什么啊？"

这摊子卖的都是工具，什么螺丝刀钳子的，还有一根根捋直了的铜丝，旁边还放着一堆看不出新旧的小剪刀指甲刀。

邱奕很有兴趣地在里面翻着，最后挑了一套钳子和锤子，还买了点儿螺丝和门合页。

"要这个干吗？"边南看着他。

"院儿里那个葡萄架要弄弄了，时间久了不结实，都松了。"邱奕付了钱，"买点儿工具修修，顺便把隔壁老太太那屋的门弄弄。"

"啊，那是得弄弄，院儿门也得修，上回二宝挂门上晃了半天，现在门关上的时候是斜的。"边南说。

"你别老带着他抽风，要玩门上旁边火柴厂玩去，那儿的门反正没人用。"邱奕把东西塞进了边南的包里。

"哎！"边南喊了一嗓子，"说什么都能绕我身上来再教育一通！"

"那有什么办法，谁让你俩一般儿大呢。"邱奕说。

"买鱼去！"边南瞪了他一眼，拽着他往观赏鱼区大步走了过去。

观赏鱼这一地水，每个店门口都摆着几个大盆儿，看上去跟菜市场卖鱼的那块儿没什么区别，只不过盆儿里都是小金鱼。

边南弯个腰瞅了半天，每个店门口他都停留了好几分钟。

"怎么都这么小，就没大点儿的吗？"边南回过头看着邱奕。

"进店看啊，你什么脑结构啊！"邱奕推了他一把，走进了一家店。

"我从小的印象里，金鱼都是搁盆儿里卖的，路边骑个三轮儿，放几个盆啊小破缸的……"边南跟在他身后进了店里，看了看四面的鱼缸，啧了好几声，"我还以为大缸里的都热带鱼呢。"

"太小瞧金鱼了你。"邱奕拉过他，指了指一个鱼缸，凑到他耳边小声说，"看看价钱。"

边南顺着他手指的方向看了一眼，愣了愣，又瞪了瞪眼睛，然后转身就往外走："我还是挑盆儿里的吧，一块钱一条那种。"

"没有一块的，都两块一条。"店老板在旁边说，又指了指旁边大一些的，"那些五块一条，还有十块一条的，二十的也有。"

邱奕在后面笑得停不下来。

"五十的有吗？"边南回过头问。

"有。"老板点点头，"你是买回去养还是玩？"

"养。"边南回答。

"玩。"邱奕说。

"养！"边南瞪着邱奕。

"是是是，养！必须是养！"邱奕笑着说，"你就指着我给你养呢。"

"想好好养成的话，就这些吧。"老板在几个鱼缸跟前儿指了指，"要是随便玩玩就还是门口那些，便宜，也好伺候。"

"我就要不好伺候的。"边南很执着，"断腿的人我都能伺候得了，鱼有什么伺候不了的。"

鱼的种类挺多的，边南一种也不认识，就看个热闹。

贴鱼缸上盯着，然后指挥老板给他捞鱼："就这个，大眼睛的……对，还有那个，里面边儿黑的那个，带胡须的……"

"有个三四条差不多了。"邱奕在一边坐着。

"那条，花的，对，就红嘴的那条。"边南根本没理会邱奕，一口气儿来回指着，"再来一条全黑的，俩全白的。"

老板看了看他，又扭头看了一眼邱奕，乐了。

"快捞，别笑。"边南喷了一声，"没错就是按肤色来的，黑的是我，白的那条是他，另一条白的您给我挑条小点儿的，是他弟弟。"

"有黑白花的吗？"邱奕笑着问了一句。

"有。"老板笑着指指旁边的缸，"黑白狮子头，贵不少哦。"

"没事儿。"邱奕还是笑着，"给拿一条吧，我喜欢这个。"

边南瞅了他一眼，冲他龇了龇牙没说话，邱奕靠着椅背乐了好一会儿。

最后挑完了鱼，边南看着老板给装鱼的袋子打氧，数了数有十来条了，他问了一句："这些得多大的缸养啊？"

"得大缸了。"老板冲旁边的一个大方缸抬了抬下巴，"就那样的，小了不行，容易死鱼。"

"这么大？"边南愣了愣，回过头看着邱奕，"这要放电视柜上，得把电视拿走吧？"

"我不管。"邱奕笑笑，"你折腾吧。"

边南琢磨着去掉几条，但蹲着看了半天，哪条都挺喜欢的，去掉哪个他都舍不得，最后他站起来一挥手："得，大缸就大缸吧，没事儿！老板给送点儿草呗。"

"行。"老板又拿个袋子给他装了一兜水草,还送了点儿鱼食。

边南跟老板打听了半天养鱼的注意事项,这才和邱奕把几个袋子放到缸里,抬着鱼缸走了出去。

"是不是特满足啊?"邱奕问了一句。

"是。"边南喷了一声,"特别满足,我就觉得屋里得有点儿活物才有生气。"

"二宝就是个大活物,还是个活宝,有他在,咱俩想生气天天都能生一屋子气。"邱奕笑着说。

"反正买都买了。"边南心情挺好,"随便你说吧。"

"你路上想想放哪儿合适。"邱奕说,"二宝回来之前咱得弄好,要不我怕他回来一闹腾把缸给摔了。"

"我想过了,"边南说,"不放电视柜上了,放沙发中间那个茶几上,茶几小点儿,得在缸下边儿再垫块儿木板,上回你做桌子不是还剩了几块板子吗?"

"行吧。"邱奕点头。

俩人回到家一通折腾,挪开沙发,垫板子,垫纸,洗缸,放水,再把草放进去,最后把装着鱼的袋子整个搁进去,老板说这是让鱼适应一下水温。

邱奕躺在沙发上看着趴在缸前盯着鱼的边南:"真折腾。"

"一会儿差不多就可以放进去了。"边南看了看时间,"记着别让二宝喂食,刚拿回来不能喂。"

"那可不能保证。"邱奕皱皱眉,"你不觉得小孩儿最大的乐趣就是给小动物喂食吗?二宝站院子里喂麻雀能喂一上午。"

"……那我今儿不回家了。"边南想了想,"我得守着。"

等够了时间,边南把鱼都慢慢倒进了缸里,看着在水里来回游着的一群鱼,他往沙发上一靠,把腿搭到邱奕身上,伸了个懒腰:"哎!好了!累死我了!"

俩人在沙发上没躺多大一会儿,就听到从胡同里传来的笑声和叫喊声。

"哎——"邱奕拉长声音,"二宝回来了。"

"挺早啊。"边南看了看手机,从沙发上站起来,走了出去,"我以为要快晚饭的时候才回呢。"

"大虎子!"邱彦从门外蹦了进来,一看到边南就喊着扑了过来,"我们今天坐了林中飞鼠,还有碰碰车!"

"哎这么好玩啊。"边南抱住他,在他背上摸了两把,"这一身汗,不知道的以为你游泳去了呢。"

"我洗个澡去。"邱彦跑进了屋里,刚进去又听见他提高了的声音,"啊!鱼!金鱼!你们去买金鱼了啊!"

"漂亮吗?"边南进屋,邱彦已经跳上沙发趴在了缸旁边,边南过去,没地儿坐了,他直接往邱奕腿上坐了过去,"12条,我跟你哥刚买回来的。"

"哎。"邱奕抽了抽腿没抽动,仰着脖子又叹了口气。

"漂亮!真漂亮!"邱彦瞪着眼睛盯着鱼缸里的鱼,冲边南一伸手,"鱼食呢?我要喂鱼。"

"还真让你哥说对了。"边南乐了,"二宝我跟你说,这鱼这两天都不能喂,过两三天才能给吃的,要不会生病,会死。"

"那不就饿死了吗?"邱彦有些迷茫,"一点儿都不喂吗?一粒食儿都不能喂吗?"

"不能。"边南看着邱彦一脸担忧的表情,觉得自己要不守着,邱彦估计真能偷偷给鱼喂食,他只能继续耐心解释,"它们一路回来吓着了,吃了东西会消化不良,懂吗?"

"哦。"邱彦看着他点了点头,"那明天能喂吗?"

"不说了得两三天吗?"邱奕有些无奈。

"那是两天还是三天呢?"邱彦很认真地问。

"两……天吧。"边南也挺无奈。

"那今天一天,明天一天,就两天了啊。"邱彦对于不能喂食大概不太能忍受。

"今天中午买回来的,到明天中午算一天,到后天中午算两天!"边南指了指邱彦,"你别偷着喂,喂死了我会生气。"

"不会,我不喂,我又不是小孩儿不懂事。"邱彦揉揉鼻子,鼻尖顶到鱼缸玻璃上,"那它们这两天就只能喝水啊。"

边南往邱奕身上一倒,笑着说:"大宝你弟弟太可爱了。"

"是你弟弟。"邱奕推了他一把。

"它们有名字了没?"邱彦爬过来往边南身上一趴。

被压在最下边儿的邱奕被这一下压得憋着声音说:"我腰断了你们就都别

吃饭了……"

"起来起来。"边南把邱彦推到那边，坐了起来，"没饭吃这不能忍。"

"我给它们起名字吧？"邱彦趴回了鱼缸前。

"好，起吧，我听听。"边南坐到他旁边。

"小花，小红，小黄，小金……"邱彦点着玻璃一连串地说着，"小……"

"等等。"边南捏着他下巴把他脸扳了过来，"你这是起名字？"

"是啊，花的红的黄的啊。"邱彦一脸认真地说，"是不是啊，哥哥？"

"……是。"邱奕笑了起来，"有没有高级一点儿的啊？"

"就是，起点儿高级的啊，这点儿鱼好几百块钱了呢。"边南说。

"一块，十块，五十……"邱彦又点着鱼缸，"哎这个黑的漂亮，叫小黑，还有一条白的！小白！两条白的！那小的这个叫小白白吧！"

"我上院儿里哭会儿去。"边南跳下了沙发。

"有了有了！"邱彦有些着急地拉住他，"这个黑白花的我想好了！高级的！"

"说来听听？"边南看着他。

"奶牛！"邱彦很响亮地回答。

邱奕本来一直半眯着眼养神，一听这句实在憋不住了，一通乐，冲邱彦竖了竖拇指："好！"

半小时后，邱彦给一缸鱼都起好了名字。

红的叫阳阳，黄的叫金金，花的叫碎碎，鼓眼睛的叫泡泡，带胡须的叫条条，然后还有财财、眯眯、嘴嘴、蹦蹦，最后是一开始就定好的三个名字，黑黑、白白和奶牛。

番外四
练车也是件严肃的事

边南早上醒过来的时候睁着眼睛对着天花板瞪了能有一分钟才反应过来自己这是在哪里。

"万飞！"他躺床上喊了一声。

"哎哟醒了啊？"房间门马上被推开了，万飞拿着手机走了进来，估计是在给许蕊打电话，"哎先不跟你说了，南哥醒了，我跟他聊会儿。"

"你跟我聊个屁啊。"边南伸了个懒腰，顺手抓过一个枕头抱着，"耽误了你俩谈恋爱我多内疚啊。"

"没事儿了吧？"万飞挂了电话，趴到床上看了看他，"昨天拖你回来的时候你那状态感觉你将会看不到明天早上的太阳。"

"放屁，今儿早上的太阳我都看到了。"边南搓搓脸，昨天晚上跟万飞喝酒喝到十一点，虽然只喝了四五瓶啤酒，他也能喝断片儿了，不过早上醒过来倒是不像以前那么难受了，"我现在喝酒好像比以前好点儿了。"

"跟邱奕待一块儿练出来的吗？"万飞拉开窗帘，"哎呀这美好的周末。"

边南盘腿儿坐着，打了个哈欠："一会儿我走了，你跟你家许蕊浪去吧。"

"吃了午饭再走呗。"万飞转过头瞅着他，"你今天又不上班。"

"今天邱奕也休息，我跟他说了今天教他开车。"边南下了床，慢吞吞地套上裤子，又冲门外喊了一声，"大姨，今儿早上是吃烙饼吗？"

"是是是。"万飞爸爸在客厅里回答，"你大姨给你烙着呢。"

除了邱奕做的饭，边南最爱的就是万飞他妈妈的烙饼了，吃多少年都不带吃腻的，回回上万飞家来都得吃。

"邱奕要考本儿啊？"万飞问。

"没，我就是闲得想教他，要哪天去考本儿了练车的时候也省事儿。"边南一搂万飞肩膀，"你学吗？要不今儿你也过去，我顺带连你一块儿教了？"

"我开我电瓶挺美的，带许蕊出去还能搂个腰什么的。"万飞摇头，"再说我学了也没车开。"

"……目标真远大。"边南喷了一声。

在万飞家吃完烙饼，边南开着车到了邱奕家胡同口外面的小街，小街上的临时停车位照例是全满，周末都不上班，车挤得跟要跳兔子舞似的。

边南把车开到了火柴厂门口，平时这门都只开一半，车进不去，不过跟广场舞大姐大妈们熟了之后还有一个好处，就是他从大妈那儿弄了把火柴厂大门的钥匙，他可以开了门把车停进去。

停好车走出来的时候，边南看着路边找不着车位的一辆车，有些愉快地吹了声口哨，虽然不知道这有什么可得意的。

刚走到胡同口，就听到了邱彦的喊声，还有另一个小孩儿的声音，边南一听就特别不爽。

方小军个烦人货又来了！

邱彦站在一辆滑板车上朝着边南就冲了过来："大虎子！"

"哎！"边南赶紧闪到一边，让邱彦撞一下没什么，让他连人带板儿撞一下可吃不消，"哪儿来的这玩意儿？"

"小涛哥给我买的！"邱彦喊着冲出了胡同口，然后跳了下来。

"到我了到我了。"方小军跟在后头跑了过去。

邱彦把滑板车让给了方小军，跑过来往边南腿上一撞："是不是要去学车啦？"

"嗯。"边南抓抓他头发，看着方小军兴奋地蹬着车一路往胡同里冲，他喷了一声，"怎么一有好玩意儿就能看到方小军！"

"他正好来找我玩啊。"邱彦拉着他手，半拽着往前蹦，"你车停哪儿了？"

"火柴厂，你哥起了没？"边南被他拽得路都走得费劲了，"你能不能好好走路？你现在比以前重很多了知道吗胖宝！"

813

"我才不胖。"邱彦松开他的手绕到他身后蹦着,"你背我看看,我一点儿也不重,不信你试试。"

"你就直接说背一下就行,不用找借口。"边南弯下腰,邱彦蹦到他背上之后他用手兜住邱彦的屁股颠了颠,"还说不胖。"

"等我蹿个儿的时候就会瘦了。"邱彦趴在他肩上,"我哥说的,他就是蹿个儿的时候瘦的。"

"你哥就没胖过。"边南说,他看过邱奕小时候的照片,不多,就几张,邱奕小时候很漂亮,跟个娃娃似的,但挺瘦的。

一进院子边南就闻到了邱奕独家打卤面的香味儿,申涛正坐葡萄架下边儿挑着面。

边南把邱彦往地上一扔,吼了一声:"有我的没!邱奕你居然背着我给小涛哥哥做这么牛的早点!我现在看到他都不想打招呼了!"

"有有有有有,邱奕就知道你来了肯定还得吃,煮着呢。"申涛叹了口气,指了指厨房,"去拿。"

边南立马笑着过去往申涛背上一拍:"小涛哥哥早!"

"……早。"申涛被他拍得咳嗽了几声。

"我要大碗的。"边南跑进厨房,往邱奕身上一撞,"赶紧给盛上!"

"你在万飞家没吃?上他家不是每回都要他妈妈给你烙饼吗……"邱奕被他这一撞差点儿把手撑进面锅里,"你是不是酒还没醒呢!"

"醒了。"边南走到一边嘿嘿乐了两声,"申涛怎么跑来了,他这周没上船啊?"

"没,休息三天。"邱奕把面挑到碗里递给他,"给二宝买了个滑板车你看到没,简直闹得我烦死了。"

"看到了。"边南乐了,"把车送方小军得了,就不用烦了。"

"真的?"邱奕马上偏过头瞅着他,"那我一会儿就跟方小军说让他拿走啊?"

"他敢拿!"边南一龇牙,恶狠狠地说,"看我不抽他!"

吃完面,申涛一抹嘴,说要走。

"哎你不一块儿练练车吗?"边南拉住他,"我难得肯教人。"

"我骑我那个电瓶挺好的,你折腾邱奕吧。"申涛赶紧往院子门外跑,"我今天有事儿,忙着呢。"

"这怎么叫折……哎你这话说得跟万飞一样一样的,你俩是不是拜把子

814

了……"边南喷了几声，申涛已经跑没影儿了，他转过头看着正收拾桌子的邱奕，"他好容易休息几天，还忙什么事儿呢？"

"傻吗你，就因为好容易休息几天才忙呢，约人都是预约的。"邱奕把碗收拾成一摞，喊了一声，"二宝洗碗！"

"来了！"邱彦从院门外跑进来，袖子一挽捧着碗蹲到了水池边。

"跟梁悦姐姐约会呢？"边南乐了，"哎哟那可真是不容易。"

"走吧，咱俩也约会去，"邱奕进屋换了件衣服出来，"早约早了。"

"这话说得，我教你开车弄得跟我求着你似的。"边南站了起来。

"你就说你教我开车是不是因为闲得吧。"邱奕笑着问。

"那我闲着也没教别人啊。"边南喷喷两声，"你不感动一下吗？"

"感动死了。"邱奕一搂他肩膀，"走吧。"

"我也去我也去。"邱彦很着急地捧着洗好的碗往厨房跑，"你们等我！"

"慢点儿！急什么，等着你呢。"边南走到胡同里，冲正在玩车的方小军喊了一声，"下午再来玩，要出门儿了！"

方小军把车蹬到他跟前儿，往墙边一放，哼了一声，趴着院门："邱彦！我下午来啊！"

"知道啦。"邱彦应了一声。

边南刚想说下午别来太早，还没开口，方小军瞪了他一眼，转身边跑边喊："我就来我就来，气死你！"

"嘿！熊玩意儿！"边南指着他，方小军已经飞快地跑出了胡同，边南往门上踢了一脚，"靠！"

邱奕并没有马上学车的需求，实习学校跟家里这边坐地铁能直达，偶尔要用个车，边南可以免费接送。

所以边南教邱奕开车的确是因为闲得，心血来潮，就跟他要种花养鱼似的，就觉得好玩。

"上哪儿？"邱奕上了车问他。

"高新区那边，不是弄了个新区吗？现在路还没全通，没人没车。"边南拍拍方向盘，"可以尽情地撞。"

"我也想开。"邱彦在后座上躺着。

"你上高中了这车给你。"边南说。

815

"我是说我要学车，不是要一辆车。"邱彦说。

"我就是告诉你，高中了就把这车给你去学。"边南从后视镜里看了他一眼，又看了看邱奕，加了一句，"满18岁的时候。"

"18岁都上大学了，不是高中了。"邱彦皱皱眉。

"问你哥。"边南感觉这事儿他说出来从来都没有权威感。

"哥哥——"邱彦拖长声音喊，带着撒娇的鼻音。

"18岁。"邱奕很简单地回答。

"……哦。"邱彦马上应了一声，又叹了口气，"好吧。"

边南把车开到了高新区还没通车的路上，这片儿都是棋盘路，路宽，没有行人和车，但他们到的时候，路上有几辆车正以龟速在开着。

"他们也是练车的吧？"邱彦跪在后座上趴着车窗看，"开得真慢啊。"

"是。"边南看着那几辆车，琢磨了一下，"咱再找个没人的路，这一帮零基础的在一块儿容易出现不可估计的后果。"

"你就说容易撞一块儿呗。"邱彦笑得很响亮。

边南乐了半天，又开着车往里走了一段，找到两条没人的路，还带上下坡和拐弯，他停了车，开门跳了下去："就这儿，挺合适，换人！"

邱奕笑着换到了驾驶座上坐下了："教练好。"

"安全带捆上。"边南上了副驾，一脸严肃。

"好的，"邱奕很配合地把安全带系上了，"然后呢？"

"第一课，起步停车。"边南打了个响指，"这位同学，你先看一下你脚下，是不是有三个棍儿……不，踏板？"

"报告教练，看到了，三个踏板。"邱奕点点头，又很入戏地问，"为什么有些车是两个呢？"

"哎你烦不烦。"边南一听他这语气就乐了。

"因为那是自动挡的车呀！"邱彦在后座很积极地回答。

"二宝真厉害！这都知道。"边南表扬了一下邱彦，"你看人家二宝都懂。"

"我这不为了配合着让你过瘾吗？边教练。"邱奕笑着说，"为什么你的车有三个……"

"因为这是手动挡，行了吧！"边南一指他，"你别烦我啊。"

邱奕乐得停不下来，点了点头，停了一会儿又问："那为什么你不开自动挡呢？"

816

"因为手动挡好玩。"边南叹了口气。

"啊,边教练还是个注重驾驶乐趣的人啊。"邱奕说。

"行了没?"边南斜眼儿瞅着他。

"好了。"邱奕换了个语气,"看到了,三个棍儿,离合、刹车、油门,然后呢?"

"打火,一般停车都拉了手刹挂一挡,所以你打火之前先踩着离合。"边南说。

"嗯。"邱奕看了看,边南之前停车的时候就是挂了一挡,于是他踩下离合把车打着了。

"现在要起步,转向灯打上。"边南俩手在自己面前比画着,"右脚轻轻踩油门,左脚离合慢慢松开……"

邱奕没动,看着他的手笑着,边南瞪了他一眼,举着手又比画了一下:"笑什么啊,看见没,左脚慢慢松……"

"左脚!"邱彦从后面伸过胳膊在他左手上拍了一巴掌,又在他右手上拍了拍,"右脚!"

"管管你弟行不行!"边南喊了一嗓子。

"坐好。"邱奕笑着说。

邱彦蹦回了后座。

"照做!"边南又喊。

邱奕按他的指示做了,车子慢慢往前开了起来。

"好,还挺稳。"边南竖了竖拇指,"协调能力不错,不愧是前航运老大,现在松油门,踩离合,挂二挡。"

"这俩挨得着吗……"邱奕照做了,挂了二挡,"边教练,就你这么一连串地说,换个人还真听不明白。"

"知道你教人厉害,我现在又不是教零基础的人。"边南喷了一声,"现在可以三挡了。"

"我就是零基础的人……"邱奕叹了口气,"我第一次摸车啊。"

"你聪明。"边南笑着打了个响指,"好了,先到三挡,现在靠边停车。"

"本来就在边儿上。"邱彦在后面说了一句。

"小玩意儿你别打岔!"边南回手在邱彦脑门上弹了一下,"吃你的零食。"

邱奕很平稳地把车停在了路边，边南看了看前面，指着前面的路口："再来一次，开到前面拐个弯。"

"嗯。"邱奕点点头，这次没熄火，他挂了一挡就往前开。

边南正想再夸一句，没等开口，车突然蹦了一下，他差点儿咬着舌头："离……"

离合松快了刚说出一个字，车又蹦着往前窜了窜，接下去就连蹦带跳的，怎么也停不下来了。

"我……"边南感觉自己跟骑马似的颠着，还是匹没被驯服的神经病马。

颠了十来秒之后邱奕实在是没招了，喊了一声："教练！"

边南只得伸手直接把车钥匙给拔了出来，车最后蹦了一下终于安静了下来。

这一通又蹦又颠的把邱彦吓得都没声音了，边南和邱奕沉默了一会儿，边南开始笑。

这一笑把邱奕也逗乐了，俩人对着前面的路一通狂笑。

"这什么乱七八糟……"邱奕边乐边叹了口气，"吓得我以为要赔车了。"

"你离合松快了。"边南拽着安全带还在笑，"你个傻子，松快了就快了呗，大不了死火，你松完了又踩下去，又松那么快，然后又踩……"

"所以我说了我这是零基础啊。"邱奕笑着揉揉脸，"不要被我第一把的假象蒙蔽了。"

"记着，"边南指指他的脚，"离合松快了就这样，听声音，而且车也抖，你这时就重新把离合踩下去就行了，别踩一脚松一松的，我去电玩城玩个骑马也没颠成这样的。"

"知道了，我错了。"邱奕说。

"继续。"边南一挥手。

"继续骑马！"邱彦回过神来在后面跟着喊，"驾！"

绕着个方块儿路转了差不多一个小时，邱奕已经开得挺熟练了，没死火也没再骑马，靠边停车的时候停得还相当标准，边南靠在椅背上挺有成就感："不错不错，你运动细胞还挺发达的，教你打球的时候也轻松。"

"歇会儿吧。"邱奕熄了火，"我这儿都出汗了，找个地儿喝点儿水去。"

"别停啊，开出去。"边南回头指了指过来时候的那条路，"路口有个西瓜摊，过来的时候我看到了，开过去吃西瓜。"

"好吧。"邱奕重新打着火，慢慢把车调了个头，"你也不怕我开过去停不住直接把人摊子给撞了。"

"你只要没犯病,就不可能撞上。"边南喷了一声。

离着西瓜摊还有五米远,邱奕把车停下了:"安全起见。"

邱彦在车上闷了一个多小时,这会儿下了车撒欢似的来回跑了几圈,又拉着边南想往路对面去:"大虎子,我发现那边有草地,我们去野餐吧。"

"野什么餐啊,草什么地啊。"边南拦腰把他一把搂了起来放到了西瓜摊旁边,"那是人家工地,荒着长草了,吃西瓜!"

西瓜是老乡家自己种的,个儿还挺大,邱奕挑了一个,切开一尝,还挺甜的,于是又挑了俩放到了车上。

"去考个本儿吧,以后我也体会一下有司机的感觉。"边南蹲在他身边一边啃西瓜一边说,"我觉得我刚坐副驾上还挺享受的。"

"有空吧,现在这么忙。"邱奕渴了,三口两口啃掉一片,又拿过一片,"再说现在学车太热了,受不了。"

"你现在娇气了。"边南看着他,"以前你打工从来不嫌天热天冷的,下砖头你都还出门儿呢。"

"废话。"邱奕笑笑,"以前那是没办法,下砧板我也得出去啊。"

"哎,想想挺感慨的,你觉得呢?"边南用胳膊碰碰他,"这才多久啊,咱俩都走上正轨了。"

"我一直在正轨上。"邱奕看了他一眼,"你以前挺脱轨的倒是。"

"滚蛋。"边南拿着西瓜皮晃了晃,"我意思就是……"

"我知道你意思,"邱奕拿过西瓜皮扔到旁边垃圾筒里,又笑了笑,"挺好的,再努力努力,明年咱俩可以带二宝出去旅游了。"

"自驾吧,你把本儿考了,咱俩路上可以换着开,走哪儿玩哪儿。"边南马上就开始想象,"哎,那儿风景不错,好,下高速,哎那儿不错,好,过去待一天……"

"行。"邱奕笑着拍拍他的肩,"就这么定了。"

边南伸出手,邱奕往他手上拍了一下。

后记

每次写完一个故事，敲下句号时，当然，有时候也会是别的标点，省略号什么的，每当敲下最后一个标点的时候，都会有一种说不出是愉快还是怅然的感觉。

从这刻开始，无论甜蜜还是悲伤，他们的故事跟我就没有关系了，不再由我写出来。这个故事也许在另一个时空里继续着，也许就在我们身边继续着，只是没人知道他们在哪里。

这种感觉挺奇妙。

以前有人问过我，你为什么总写这种淡出鸟来的故事，为什么不多些波折，多些跌宕起伏。

我都不知道该怎么回答，也许是那些离我太远，我只喜欢写这种普通人的生活，每个人可能都会经历过的场景，每个人可能都会有过的情绪，我一直希望能在这种平常和平淡里给人激情和感动。

爱与温暖是我执着想要表达的东西，看着有读者因为细小的一个情节、一句话而有所感悟，得到了回应是我最大的享受。

还挺有……成就感的。

不是什么能让人回味无穷的作品，但只要能在听故事的这个过程里，有人曾经有过哪怕一点想法，就能让我满足了。

不知道该再说点什么，一个话痨作者居然还有不知道说什么的时候真不容易。

大概是因为没想到有一天还会写后记这种高级的东西,有种本来是在看热闹却突然被通知得了大奖立马就得到现场来段获奖感言的错觉。

总之,在你看到这段"后记"的时候,他们的故事已经在另一个我们看不到的地方继续着了,而我,又要开始下一个故事和下一份期待。

2015年4月
巫哲